宋史演义

现代白话版

(清)蔡东藩 原著　　刘子儒 改译

民主与建设出版社
·北京·

© 民主与建设出版社，2018

图书在版编目（CIP）数据

宋史演义 / 蔡东藩原著；刘子儒改译 . —北京：民主与建设出版社，2018.5

ISBN 978-7-5139-1968-5

Ⅰ.①宋… Ⅱ.①蔡… ②刘… Ⅲ.①章回小说—中国—现代 Ⅳ.①I246.4

中国版本图书馆 CIP 数据核字（2018）第 037305 号

宋史演义
SONGSHI YANYI

出 版 人	李声笑
原　　著	蔡东藩
改　　译	刘子儒
责任编辑	韩增标
封面设计	仙境设计
出版发行	民主与建设出版社有限责任公司
电　　话	（010）59417747　59419778
社　　址	北京市海淀区西三环中路 10 号望海楼 E 座 7 层
邮　　编	100142
印　　刷	三河市兴达印务有限公司
版　　次	2018 年 7 月第 1 版
印　　次	2018 年 7 月第 1 次印刷
开　　本	710mm×1000mm　1/16
印　　张	33.5
字　　数	750 千字
书　　号	ISBN 978-7-5139-1968-5
定　　价	58.00 元

注：如有印、装质量问题，请与出版社联系。

自序

后来读书人看《宋史》的时候，都觉得太过繁杂。《宋史》虽然臃长，但是辽、金两国的历史，反而又被人说遗漏不少。《辽史》共一百一十六卷，《金史》为一百三十五卷，这俩和有四百九十六卷的《宋史》相比，确实差距不少。纵然如此，也都算是大篇幅巨著了，如果不是长年累月坚持阅读钻研，估计也很难看完。

明代的柯维骐撰写《宋史新编》两百卷，明代的薛应旂撰写《宋元通鉴》一百五十七卷，明代王惟俭的《宋元资治通鉴》六十四卷，同时代陈邦瞻的《宋史纪事本末》一百零九卷，这几位都把辽、金二国的历史并入到《宋史》之中了。

几位作者悉心编订，颇有建树，在史料的陈述上，也各有详略偏重。我认识一位当代文人，他对中国几千年的历史史料颇有研究。我曾经问他是否看遍了几个版本的宋代史料，不成想他听了之后牢骚满腹，说这些人记载的宋代历史，都是东讲一点西讲一点，颇不严谨；要想彻底弄明白宋代历史，以及区分南、北宋史料的优劣，必须要多方搜集，多多阅读，才有可能弄明白。但是我们又怎么能指望那些普通文人的作品？他们写的东西就像宋代的小说似的，各种优劣不一而足，大抵上在创作上荒唐的多，证据确凿的少。

对宋史我也略有些了解，前人的这些作品里，确实有诸多不算严谨的地方。就像石守信、赵普之争就并无其事；而狸猫换太子的故事，也完全是虚构。还有诸如狄青脸上被刺字，容貌有何夸耀的？庞籍并非奸人之相，却被百般诋毁；还有说岳飞后人从此不关心国事、金国太子遭遇胯下之辱丧命等，像这样的谬谈，在宋代史料里不胜枚举。

前人史料如此胡编乱造，后代人们看了就更是以讹传讹，把假的当真的，确实影响不好。不仅不能引导人们正确对待历史，反而还会助长歪风邪气。其实我特别想问前朝那些编撰史料的诸位，为什么要去凭空捏造那些内容，不仅不尊重历史，而且也是欺骗后人。这种事情我一直不太理解。

我重新翻阅各种史料，想重新编撰宋代史事，以正视听。我认为朝廷官方记录的正史，太过繁杂深奥，让人不便阅读；于是采用小说的写作方式，来记述表达，让普通大众都能够理解。

或许有人会问我，用小说笔法来写历史，那又有什么资格来说前人的作品不严谨呢？小生不才，此前曾撰写过元、明、清三代历史通俗演义，以求让世人能够了解各自的历史。承蒙大家不嫌弃，都挺喜欢我的作品。

于此，我着笔开始撰述这部作品，回溯两宋三百二十年的史实，汇编成共一百回的《宋史演义》。两宋时期的治乱兴亡、善恶忠奸，我不敢说自己面面俱到、全部记录，只求尽力在这鸿篇巨著之中，能够详细表达清楚真实的历史，没有遗漏错失。官方正史和民间野闻，我都有翻阅考证，只选择证据确凿的引用于书；至于那些猜测、揣度的内容，则一概不信不用。大家在阅读本书的时候，应该有实事求是的感觉吧。

《宋史演义》一百回写完，落笔书成，多写了这么几句，暂且当作本书的序言吧。

中华民国十一年元月，古越蔡东藩于临江书舍

目录

第 一 章	香孩儿出世	一
第 二 章	老和尚指点迷津	五
第 三 章	赵普崭露头角	一一
第 四 章	周世宗南征北战	一六
第 五 章	陈桥兵变，黄袍加身	二一
第 六 章	公主再嫁	二五
第 七 章	宋太祖杯酒释兵权	三〇
第 八 章	南下戡定荆湘	三五
第 九 章	后蜀灭亡	四一
第 十 章	南汉覆灭	四六
第十一章	悬画像计杀敌臣	五一
第十二章	万岁殿烛影疑案	五六
第十三章	吴越、北汉乞降	六一
第十四章	高梁河兵败	六五
第十五章	赵普计除卢多逊	七〇
第十六章	李继迁降辽	七五

第十七章	杨业义死李陵碑	七九
第十八章	黑面大王尹继伦	八四
第十九章	冤魂索命	八九
第二十章	五路出师伐西夏	九五
第二十一章	康保裔血战亡身	一〇〇
第二十二章	纳忠谏御驾亲征	一〇五
第二十三章	澶渊之盟	一一〇
第二十四章	挥霍无度的宋真宗	一一五
第二十五章	故相王旦病终	一二〇
第二十六章	王曾铲除首恶	一二六
第二十七章	刘太后极乐归天	一三二
第二十八章	赵元昊僭号寇边	一三八
第二十九章	任福中计战死	一四三
第三十章	雄辩胜雄师	一四八
第三十一章	曹皇后智平逆贼	一五四
第三十二章	开封府的包阎罗	一五九
第三十三章	母子尽释前嫌	一六五
第三十四章	追封生父引争议	一七〇
第三十五章	神宗误用王安石	一七四
第三十六章	王安石变法	一八〇
第三十七章	韩琦谏君论弊政	一八五
第三十八章	仕途坎坷的苏东坡	一九〇
第三十九章	借父威竖子成名	一九五
第四十章	流民图为国请命	二〇一
第四十一章	南征交趾	二〇六
第四十二章	讨伐西夏李宪丧师	二一一

第四十三章	高后垂帘听政	二一六
第四十四章	三党相争	二二二
第四十五章	女中尧舜	二二七
第四十六章	宠妾废后纲常倒置	二三二
第四十七章	刘美人喜极生悲	二三七
第四十八章	初政清明的宋徽宗	二四二
第四十九章	大奸臣蔡京	二四七
第五十章	万恶的"花石纲"	二五二
第五十一章	渐渐强盛的女真	二五八
第五十二章	徽宗沉迷道教	二六四
第五十三章	风情万种的李师师	二六九
第五十四章	阿骨打称帝	二七四
第五十五章	方腊揭竿造反	二七九
第五十六章	梁山好汉勇破杭州城	二八五
第五十七章	狡兔三窟擒叛首	二九〇
第五十八章	金国灭辽国	二九六
第五十九章	金兵南下	三〇一
第六十章	城下乞盟	三〇七
第六十一章	误国误家京城失守	三一三
第六十二章	北宋灭亡	三一八
第六十三章	南宋开国皇帝赵构	三二四
第六十四章	智勇双全的宗留守	三二九
第六十五章	苗傅作乱	三三四
第六十六章	韩世忠讨平首逆	三三九
第六十七章	英雄夫妻	三四四
第六十八章	刘豫僭越称帝	三四九

第六十九章	神勇的吴氏兄弟	三五四
第七十章	岳家军威震四方	三五九
第七十一章	洞庭湖擒贼扫穴	三六五
第七十二章	大胡子将军	三七〇
第七十三章	岳飞计除伪帝	三七五
第七十四章	刘锜捍卫顺昌城	三八〇
第七十五章	莫须有的罪名	三八六
第七十六章	为生母屈辱求和	三九一
第七十七章	完颜亮篡国	三九六
第七十八章	虞允文大破敌军	四〇二
第七十九章	暴君的下场	四〇七
第八十章	奸臣通敌议和	四一三
第八十一章	南宋大儒朱熹	四一八
第八十二章	怕老婆的宋光宗	四二三
第八十三章	赵汝愚拥立新皇	四二九
第八十四章	钻狗洞的尚书	四三四
第八十五章	韩侂胄丧师辱国	四三九
第八十六章	史弥远定计除奸	四四五
第八十七章	成吉思汗伐金	四五〇
第八十八章	盗贼做了节度使	四五五
第八十九章	硝烟不断的楚州城	四六〇
第九十章	心头大患终被平	四六六
第九十一章	约蒙古夹击残金	四七一
第九十二章	侵南宋三路进兵	四七六
第九十三章	固若金汤的防守	四八一
第九十四章	奸权误国	四八五

第九十五章　捏造捷报欺君罔上..................四九一

第九十六章　误国的贾似道..................四九六

第九十七章　襄阳城失陷..................五〇一

第九十八章　元兵大举南下..................五〇六

第九十九章　都城被陷，幼主被掳..................五一一

第 一 百 章　三烈难违天意..................五一六

第一章　香孩儿出世

灭宋大将伯颜曾说："得国由小儿，失国由小儿。"这是他拒绝宋使的一句话，本来没有什么特殊的含义，但是事后追忆起来，好像有天大的玄机在里面。宋朝的江山是从周主柴宗训那里夺来的，柴宗训才七岁，哪晓得保家卫国的方法？周世宗纳宋朝大将符彦卿的女儿为皇后，后来皇后不幸去世，又纳她妹妹为后。柴宗训的继母符氏才进宫十几天，哪里懂什么国家大事？不巧又遇到周世宗驾崩，她整日只知道以泪洗面，恨不得随周世宗长眠地下。俗话说：苍蝇不钻无缝的蛋。看到这孤儿寡母势单力薄，殿前都点检赵匡胤以为有缝可钻，便起了谋逆的异心。

机不可失，时不再来。赵匡胤暗地里联络心腹将士，借口北伐，趁机发动了陈桥兵变，黄袍加身，居然自己做起了皇帝，拥兵还朝。试想，那七岁的小周王和二十出头的周太后，孤儿寡母，无勇无谋，怎么抵挡得住狡猾奸诈的赵匡胤呢？只能眼睁睁地看着大好江山被赵氏夺取。而赵氏却说皇位是禅让得来的，他是为了保全故主的江山，为了百姓免受祸乱不得已才做了这皇帝。世人却歌功颂德，搞得好像舜、禹再生，汤、文复世一样，真是令人捧腹。

五代年间，乱臣贼子争夺地盘的混战长达十几年，百姓苦不堪言。这个时候来了一个逆取顺收、不动干戈的主儿，百姓倒也高兴，谁还会去追究什么隐情呢？因而远近归附，赵匡胤南收北抚，一统了中原。这一举两得的好事全让他碰到了，于是才侥幸成功。

也许冥冥之中自有定数，宋室皇位传了八九代以后，大金将黄河以北的江山夺去，宋室成了偏安一隅的小朝廷；康王南渡后，又传了八九代，元将伯颜引兵南渡，势如破竹。那时的南宋，只剩下两三个小孩，今年立一个，明年就被敌兵掳走了；再立一个，不到两年又被惊吓死了。可怜宋室只留下赵氏一块骨肉，孤苦伶仃，流离逃亡，勉强挨过一年，最后还是命归黄泉，宋室最终覆灭。只剩下文天祥、陆秀夫、张世杰几个忠臣，力竭计穷，终究不能力挽狂澜，先后殉国，也算得上是以死谢责了。

善恶终有报，天道好轮回，不信抬头看，苍天饶过谁？不管你如何精心策划，干成一番惊天动地的大事，到了子孙手里，也会有人像他们先祖那样，不是巧取，便是豪夺，以眼还眼、以牙还牙总是逃避不了。多行不义必自毙，这并不是什么迷信的话。五代君主，大都是凶残暴虐，臭名昭彰，虽然自己很得意，但子孙不免遭殃，一会儿兴起，一会儿灭亡，五代总共有十三位君王，前后不过四五十年。唯独两宋传了十八代，一共三百二十年，这也是几位宽厚仁爱的君王呕心沥血、励精图治的功劳。两宋历时只比两汉短几十年，比唐朝长几十年，最后实在山穷水尽，才走向了灭亡。

宋朝确实有不少英明的政举：第一，整顿后宫，消除了红颜之祸；第二，抑制宦官，杜绝了阉党之祸；第三，睦好和亲，防止了宗室之祸；第四，防患外族，避免了外戚之祸；第五，铸剑为犁，没有了内乱之祸。这些善政，不但汉、唐不能相比，就连夏、商、周恐怕也要稍逊一筹。然而，这也造就了两大隐患：北宋重文抑武太久，对外缺少精兵良将；南宋不能人尽其才，对内缺少理朝辅政的良相。辽、金、元三国相继强盛，威胁边防。然而，赵宋全盛时期都不能收复燕云十六州，后来国力日渐衰弱，更是无暇顾及。于是敌寇一旦侵犯，便像摧枯拉朽一般，大片江山沦陷，最后就连皇帝都被掳走。偏安以后更是苟延残喘，好不容易出了几位善战大将，又被那乱贼奸相栽赃陷害，真是：有力没处用，有志没处行。再后来，大家都对大宋的存亡心灰意冷，只能坐听败亡了。

说也可怜，两宋三百二十年的历史，始终被外族欺压，最后弄得个寸土全无、国亡家破，当年叱咤风云的赵太祖哪会料到有这样的收场？

但凡君王出世，都会有独一无二的奇异事件发生，当然，赵太祖也不例外。唐明宗天成二年，洛阳的夹马营内生下一个香孩儿，远近传为奇闻异事。什么叫香孩儿呢？相传是一个小孩儿出生后，一道红光围绕着他，还有一股奇异的芬芳，久久不散，所以才叫作香孩儿。后唐明宗李嗣源继位之后，每天在宫中焚香祷告，祈求苍天早生圣人，拨乱反正，一统中原。可能是他的一片诚心打动了上苍，洛阳的香孩儿就是将来的真命天子，所以出生伴有奇异景象，也是理所当然的事情。当然这些都是史官编造出来奉承赵氏的，但是崛起称帝，传续三百年的基业，也不是一般人能做到的。

显然，这个香孩儿就是宋太祖赵匡胤了。他祖籍河北涿州，整个家族世代为官。高祖赵朓是后唐永清、文安、幽都的大官，曾祖父赵珽做过藩镇的地方官兼任御史中丞，祖父赵敬是营州（今辽宁朝阳）、蓟州（今天津蓟县）、涿州三州的刺史，父亲赵弘殷骁勇善战，后唐庄宗留他在禁军任职。后来，赵弘殷娶杜氏为妻，杜氏第一胎生了一个男孩儿，取名匡济，不幸夭折了，第二胎又生了个男孩儿，就是香孩儿。

据说香孩儿刚生下来全身泛着金光，几天都没褪去，人们都说是罗汉转世。长大后更是气宇轩昂、性情豪爽，大家猜测他将来必成大器。赵弘殷经历后唐、后晋两个朝代，从来没有失过职。香孩儿赵匡胤在军营中长大，喜欢舞刀弄枪，骑马射箭，有时候父亲出征，他在家里无所事事，总是以骑马射箭作为娱乐。母亲劝他多读书，赵匡胤奋然说道："治世用文，乱世用武，现在世间纷乱，刀兵未停，孩儿愿意练习武功，留待后用。以后有机会一定要定国安邦，出人头地，才算不虚度此生。"杜氏笑着说："我希望孩儿能继承祖业，不玷污了门楣，就已经很不错了，什么大功名、大事业，可不敢妄想。"赵匡胤不服气地说道："唐太宗李世民也不过是一个将门之子，为什么就能造就帝业呢？儿虽不才，但也想和他一样，轰轰烈烈地做个大丈夫，母亲觉得如何？"杜氏生气地说："你不要信口胡说！世上说大话的人都没什么用处，不要瞎闹了，赶快读书去！"赵匡胤见母亲动怒，也不敢多嘴，就灰溜溜地退了出来。

无奈赵匡胤天性好动,不喜欢舞文弄墨。他总是和街坊邻居的小伙伴溜出去比赛骑马射箭,但每次都是他赢,大家心里不免有几分嫉妒。一天,一个小孩牵着一匹马去找赵匡胤,寒暄几句后,赵匡胤便问他拉着马干什么。这孩子说:"这匹马野性十足,没人能驾驭得了,我想你的骑术高明,或许能降服它,所以特地来请教一二。"赵匡胤仔细打量了一下这匹马,黄鬃黑鬣,除了身材肥壮高大外,并没有什么特别的地方,于是说:"天下没有难骑的马,越是怪马,我越要骑他,只要驾驭得当,我就不信它能犟到哪儿去!"真是年少轻狂啊。那孩子故意激他说:"这也不能一概而论,就像的卢马总是妨碍主人一样,你还是小心为妙。"遣将不如激将,这孩子也会使坏心眼。果然赵匡胤着了他的道,笑道:"连马都驾驭不了,以后怎么驾驭得了人呢?我这就跑一回给你看。"

看到愣头愣脑的赵匡胤上当了,这个使坏心眼的小家伙心里乐开了花,嬉笑着说:"好好好,那我去把马鞍拿过来。"赵匡胤不屑地说:"要什么马鞍!"说完,就从那孩子手里接过马鞭,奋起一跃,上马而去。这马果然是匹烈马,还没等鞭子落下就飞奔起来。只见它展开四蹄,风驰电掣一般,一会儿工夫就跑了五六里。

不久,前方出现了一座城镇,城门低矮,人流密集,赵匡胤担心驰骋的野马进城伤及无辜,于是勒住缰绳,想沿着原路返回。偏偏这匹马不听约束,拽弄半天仍飞奔向前,赵匡胤不免焦急起来。正在想法子的时候,不料这马越跑越快,三脚两步,不一会儿就跑到了城关。赵匡胤刚抬起头,差点撞上了门楣,要不是及时后翻跳马还不知道会发生什么呢!真是让人捏了一把冷汗!那个小孩一路尾随,远远看到他从马上坠落,禁不住欢呼:"赵匡胤呐赵匡胤,你也有今天!就算你是铜头铁臂,恐怕也要撞得粉身碎骨了。"刚说完,忽然看到赵匡胤从地上站了起来,抢步追马,竟然给追上了!赵匡胤翻身跃上,扬鞭拦住了马头,马居然随着鞭子回过头来,不再像刚才那么倔强了。

看到赵匡胤悠然地沿着原路返回,小孩子眼珠子都快掉下来了,心想这怎么可能!看到赵匡胤面不改色、从容自若,他不由吃惊地问道:"我正为你担心呢,总觉得你这次坠马肯定会受重伤,偏偏你有这么高的本领,还能安然无恙地把马骑回来,有没有摔伤?"赵匡胤说:"我倒没事,不过这马确实彪悍,要不是我反应够快从马上翻下来,头早就撞烂了!"说完,下马作别,小孩目瞪口呆地看着他径直回家去了。

从此以后,赵匡胤名声大噪,周围的孩子都很敬佩他,再也不敢戏弄他了。其中,和赵匡胤关系最铁的要数韩令坤和慕容延钊。这两位都是当时的少年英雄,卓尔不群,因为听说赵匡胤的名声,特地前去拜访。想不到三人一见如故,互相视为知己。这三人除了研究军事武器之外,还经常结伴出游,要么比赛射箭,要么打猎作乐,要么蹴鞠击球,非常自在!

一天,赵匡胤和韩令坤在野外的一间土房子里玩得正高兴,突然听见外面鸟雀叽叽喳喳一阵乱叫,很是嘈杂,他们觉得很奇怪。赵匡胤道:"是不是有猛兽经过,所以鸟雀才叽喳个不停。我们正好带了弓箭,出去射死几只猛兽,不但为鸟雀扫除危害,还可保百姓平安,韩兄以为如何?"韩令坤听了,惊喜道:"正合我意。"于是拿着弓箭一起出去了,可瞧了半天并没有发现什么毒虫猛兽，只是一群麻雀在聚众斗殴。韩令坤说："鸟雀本是同根生，相煎何太急！"赵匡胤问："你可有好的办法替它们解围？"韩令坤说："这不难，驱赶一下自然就散了。"赵匡胤一本正经地说："我们好歹也算是好汉，学小屁孩儿赶麻雀丢不丢人？"韩令坤问："照你说来，该怎么办呢？"赵匡胤若有所思道："两伙麻雀之所以打架，无非是几只麻雀在带头闹事，只要我们把那几只射死以示惩戒，就可以平息骚乱了。来来来，你射左边的，我射右边，看谁射得准！"韩令坤觉得颇有道理，便和赵匡胤抽箭搭弓，朝那群麻雀射去。飕飕几箭，射中了好几只叫嚣厉害的家伙，不一会儿麻雀全部自行散去了。

说来也巧，他们刚停手，只听见身后一声巨响，好像地震一样。往后一看，竟然是那土房子突然坍塌了。韩令坤惊讶道："好好的一间房子突然倒了，真是奇怪，幸亏我们跑出来射麻雀，不然就压死在下面了。"赵匡胤说："怪了！想必是我们命不该绝，麻雀是在叫我们出来。它们救了我们，我们却要了它们的命，真是不应该啊！现在后悔已经迟了，我们还是好好安葬它们吧！"韩令坤连连点头，二人将射死的麻雀掩埋后，便各自离开了。

后晋灭亡，后汉兴起，中原一带大都被辽国占据，民不聊生。赵匡胤那时已经二十出头了，一听到这种消息心中忧闷，恨不得马上从军，驱除大敌。后来辽国逐渐衰弱，将中原兵马撤出抗金。赵匡胤的父亲赵弘殷为他操办了婚事，新婚燕尔，免不了儿女情长，英雄气短。到了汉隐帝时，赵弘殷出征凤翔，大败王景，升为都指挥使。可惜赵匡胤没有随军出征，又熬不住一腔热血，想要辞母西行。杜氏当然不肯答应。后来，他竟然偷偷溜了出去，到了襄阳的时候，才写信劝慰母亲和妻子。她们知道为时已晚，只好任由他前去了。

赵匡胤第一次出远门，不认识路，本来打算向西跟随父亲，不料走错了路，朝南边去了。等他发现后，索性将错就错，一条道走到黑。无奈身上的盘缠带得不多，走到襄阳的时候已经身无分文了。眼看日暮穷途，进退维谷，不得已投宿在附近的寺庙。

僧徒大都很势利，见他行李少，衣衫褴褛，料到是个落魄的穷鬼，所以冷眼相对，嚷着喊着赶他走。赵匡胤没办法，只好好言央求，希望能借宿一晚。可不管赵匡胤怎么说，那帮和尚就是不答应。赵匡胤顿时火冒三丈，忍不住骂了起来："你们这些秃驴，真是不讲情面，不要把我惹毛了，不然要你们好看！"一个和尚嘲笑道："你以为自己是哪根葱？要什么答应你什么。我今天就是不让你住宿，你能怎么着？"话音未落，这个和尚的大腿就挨了赵匡胤一脚，被踢倒在地。另一个和尚见势冲赵匡胤吼道："大胆狂徒，吃老子一拳！"说时迟，那时快，和尚举起拳头向赵匡胤胸口猛砸过去。赵匡胤倒是不慌不忙，伸出右手将他的拳头接住，一声大喝，将那人推出了几丈之外。旁边的几个小沙弥吓得魂不附体，一哄而散。不一会儿，从寺庙里走出一位老僧，赵匡胤见他仙风道骨、鹤发童颜，和刚才见到的那两个和尚大不一样，不由得平息了怒火，对他肃然起敬。

第二章 老和尚指点迷津

一看那老僧的模样,赵匡胤心想他绝非凡人,便向他拱手致敬。老僧慌忙回礼,说道:"小徒无知,冒犯了贵人,可不要见怪啊!"

赵匡胤说:"'贵人'二字,在下实在不敢当。我本来准备从军参战,路过贵地,没有地方可以住宿,特借宝刹暂住一晚。谁知道您的徒弟就是不肯相留,还恶语伤人,所以才发生了冲突,还请高僧原谅!"

"点检做天子,上天注定了的,何必太过谦虚呢?"老僧笑着说。

赵匡胤听了这话,不知道什么意思,就问点检是谁。老僧笑着说:"你以后自然会明白,现在不方便说。"说完叫起摔倒在地上的那两个和尚,苛责道:"你们肉眼凡胎,怎么可能认出圣人?快去把客房收拾好,准备让贵客休息。"这俩和尚无奈,只好乖乖从命。

老僧问到赵匡胤的行李,赵匡胤说:"只有箭囊、弓袋,没有其他东西了。"老僧叫两个小徒弟把行李送到客房,然后请赵匡胤到大堂喝茶。

赵匡胤到了大堂,老僧吩咐小沙弥献茶。赵匡胤问他的姓名,老僧答道:"老衲从小出家,现在快一百岁了,早就忘记自己姓甚名谁了。"

赵匡胤不甘心,继续追问:"那总有一个法号吧?"

老僧合掌说道:"色即是空,空即是色,老衲常常自称空空,因此别人总是叫我空空和尚。"

"大师百岁高龄,道行必然高深,弟子愚昧,不知将来结局,还望大师指点迷津呐!"赵匡胤拱手说道。

老僧捻须答道:"不敢!不敢!夹马营中已经呈现天机,香孩儿绝非凡人,你的后福不浅啊!"

赵匡胤听了越发不解,不禁起身拜叩。老僧连忙避开,合掌说道:"阿弥陀佛,真是折煞老衲了。"

赵匡胤诚心说道:"大师既然已经知道过去,一定能预知未来。虽然天机不可泄露,但是现在弟子落魄至此,应该走哪个方向,才可以实现抱负?还望大师指点迷津。"

"再往北走,就能碰到奇遇了。"老僧见赵匡胤沉默不语,猜中了他的顾虑,笑道:"区区一些盘缠,交给老衲了,贵人放心去吧。"

"怎么好意思让大师破费呢?"赵匡胤惭愧地说。

老僧忙说:"结识些香火缘也是老衲分内的事情。今晚就在敝寺凑合一宿,明早就启程,免得错过机遇。"然后嘱咐小沙弥道:"你引这位贵客到客房休息,不准怠慢了!"小沙弥领命,老僧将赵匡胤送出大堂,道了声别,便也离开了。

赵匡胤到了客房,见床榻被褥整洁,窗明几净,有一种淡淡的清香,顿时心情舒畅,欣慰无比。

过了一会儿,小沙弥送来晚饭,全是新鲜的野果蔬菜,清脆可口。赵匡胤正好饥肠辘辘,便狼吞虎咽起来,直到吃撑了才停下来。残羹饭菜撤走后,赵匡胤泛起了浓浓的困意,倒床酣睡起来。

一觉醒来,已经日上三竿了,赵匡胤连忙披衣起床。这时,在门外等候多时的两个小沙弥,端着洗脸水和早餐进来了。赵匡胤用餐完毕后出门,老僧已在大堂恭候多时了,两人相见,互相行礼拜过,又攀谈了一会儿。赵匡胤想早早启程,于是起身拜别。

老僧拦住说道:"且慢!老衲已经预备薄酒几杯,就当是为你饯行,等到吃过中饭再走也不迟,何必如此慌张。"赵匡胤只好又坐下,和老僧谈论当今时局,并问天下什么时候能恢复太平。老僧捻须道:"只要中原统一,天下便太平了,为期不远了。"

赵匡胤忙问:"圣人是否已经出世?"

"远在天边,近在眼前,但要记住,一定要戒杀好生,才能统一中原。"老僧语重心长地说。赵氏能得到皇位,跟后面这句话有很大的关系。

"这个自然。"赵匡胤点头称是。

二人聊得起劲,不知不觉已到正午,小沙弥摆好了斋饭,还热了一壶好酒。老僧请赵匡胤上座,赵匡胤推让道:"承蒙大师错爱,我已经感激不尽了,怎么还敢高居上宾的位置呢?"

老僧微笑道:"好!好!眼下蛟龙失水,韬光养晦,老衲还得要坐在主位上。贵客没有越礼,老衲反倒失礼了。"说完,各自坐定。老僧给赵匡胤斟了一杯酒,自己只是喝茶相陪,解释说:"老衲戒酒吃素已经几十年了,只能以茶代酒,请不要见怪!"赵匡胤又一再谢过老僧。

酒足饭饱后,老僧让徒弟取来白银十两,送给赵匡胤。见赵匡胤再三推辞,老僧道:"不必客气!不必客气!这也是好心的施主赠与敝寺的,老衲只是借花献佛而已。你一路朝北,不过几天就有落脚之处,盘缠虽少,但是够用了。"赵匡胤只好领谢。老僧又道:"老衲还有几句话要送给贵人。"

赵匡胤作揖道:"自当洗耳恭听。"

老僧道:"'遇郭乃安,历周始显,两日重光,囊木应谶'这十六个字,请贵人牢记在心。"赵匡胤茫然不解,但又不好多问,只能说领教了。

赵匡胤接过僧徒手里的箭囊弓袋,起身拜别,并对老僧约定说:"此行如果如愿以偿,我定忘不了大师的大恩大德!大师既然能预知未来,那我们什么时候能再相聚?"

"等到天下太平,你我自然会重逢!"老僧意味深长地说道。"太平"是赵匡胤称帝的年号,这也算一语双关吧。

老僧将赵匡胤送到寺门口,说了声"前途珍重",便转身回去了。

赵匡胤按照老僧的嘱咐,一路向北,沿途的景色怡人,倒也不感到寂寞。赵匡胤渡过汉水,顺流而上,只见前方群山叠嶂,地形很是险峻,山后隐约驻扎着一座大营,并有一面大旗随风飘扬。赵匡胤朝着大营走了几十米,这才认出上面赫然写着一个"郭"字,顿时触动记忆,心想:"老僧说'遇郭乃安',难道就是这里?"他也不管三七二十一,试试再说,便朝着大营去了。

不到片刻,赵匡胤就来到了营前,并询问营外驻守的哨兵:"贵营中的郭大帅是不是在这里?"

哨兵瞅了赵匡胤一眼,说道:"是在这里,你是从哪里来的?"

赵匡胤回答道:"我离开家已经好久了,是从襄阳赶到这里的。"

哨兵仔细打量了赵匡胤一番,见他蓬头垢面,衣衫不整,便冷语说道:"你到这里有何贵干?"

"早就听说了郭大帅的威名,今番前来特地拜见大帅,希望能留营效力!"赵匡胤答道。

哨兵不屑道:"你是什么人,大帅可是你想见就能见的?"

赵匡胤道:"我姓赵名匡胤,是涿州人氏,父亲是都指挥使,希望小哥通报一声。"

哨兵听后,觉得很是惊讶,不由得问:"你父亲位居都指挥使,你为何不留在家中享福,怎么还跑出来参军呐,真是让人不解!"

赵匡胤听后奋然说道:"乱世造英雄,不趁机闯荡出一番事业,更待何时?"真是胸怀大志,难怪能成就伟业。

哨兵听后如醍醐灌顶,羞愧不已,便说道:"你既然有这番志向,我这就为你通报!"

这位统领大营的将帅不是别人,就是后周太祖郭威。他现在还没有篡夺汉位,是后汉的枢密副使。汉隐帝刚上位,河中、永兴、凤翔三镇相继发生叛乱。李守贞镇守河中,为人桀骜不驯,是三镇盟主。郭威奉命西征讨伐,被任命为招慰安抚使。所有西面的军队都由他管制。现在他正发兵前往,途中在此安营扎寨,暂作休息。凑巧让赵匡胤遇到,真是天意啊!

不一会儿,哨兵回来,引着赵匡胤进入了大帅帐中。一进去,郭威盘坐帅位,见赵匡胤面方耳宽,身材魁梧,相貌不俗,对他印象非常不错,于是便问起他的籍贯和祖父世系,赵匡胤对答如流,声音洪亮。

郭威开口说道:"你父亲和我是同僚,他现在把守凤翔,你为什么不跟着你父亲,反倒投效我这儿了?"赵匡胤将父母宠爱,不许自己从军,自己偷偷溜出来的情况,一五一十地告知郭威。郭威听后,感叹道:"到底是将门之后,终究不是凡人,你先留在我的帐下,随我一起西征;等你建功后,我一定保荐你!"赵匡胤听后,连忙拜谢,于是便留在了郭营,随大军一起西赴河中。

一路上,赵匡胤披坚执锐,身先士卒,表现突出,立下了不少功劳。不久,李守贞败亡,河中平定。后来郭威移守邺都(今河北临漳县),对待赵匡胤倒是不错,就是始终不见举荐,其实无非是想留着自己用。

后来，郭威篡汉立周，赵匡胤被提拔为补东西班行首（军队行列的领队），兼任滑州副指挥使。没过多久，赵匡胤又被调任为开封府马直军使（骑军指挥官）。周世宗继位后，又将赵匡胤派到禁军供职。老僧说的"历周始显"得到应验。

北汉主刘崇听说周世宗刚刚继位，便想趁火打劫，亲自率领三万精兵强将并联合一万辽国骑兵，侵犯高平。周世宗姓柴名荣，是郭威妻子的侄子，也是郭威的义子。因为郭威没有儿子，所以柴荣得以登基，庙号世宗。当时世宗年轻力壮，又通晓军事，郭威在世时封他为晋王，兼任侍中，掌管内外兵马大权。

柴荣收到北方急报，毫不慌张，当即亲自率领禁军，星夜兼程，不到两天，便到了高平。恰巧碰到汉军蜂拥而至，只见汉军个个人强马壮，还有辽国骑兵如虎添翼，大有侵吞山河的架势！周世宗麾军向前，双方各自摆好阵营，也没什么好说的，一场厮杀一触即发！

不到几个回合，忽然周兵阵营里窜出一支人马，竟然是向汉军投降的！他们解甲弃械，一路上高呼："我愿纳降，请求饶命！"还有一千左右的步兵也跟了过去，情愿作降虏。周世宗仔细一看，率众投降的将军一个叫樊爱能，一个叫何徽。周世宗不由得火冒三丈，怒气冲天，当下突出阵营，率军追赶，喊杀连天！汉主刘崇看到周主亲自率兵杀来，于是命令几百名弓弩手一起放箭，想要将他万箭穿心。周主身边的卫兵急忙用盾把他护住，瞬间盾牌被箭镞射满，密密麻麻！

赵匡胤此时正在中军，见周主形势危急，对手下军士说道："主子蒙羞，臣子也跟着受耻辱；主子临危，臣子也会跟着赴死，我们难道要袖手旁观吗？"说罢策马跃出，手持一条通天棍，向敌阵杀去！各位将军也不甘落后，一拥而上，管他什么乱箭如雨，只管杀敌救主。这数十名猛将加上数千精锐，同心协力，直杀得敌军纷纷败退，落荒而逃。

周主见汉军溃逃，便率军追击，痛打落水狗。经过一阵追杀，汉主退到了河东城内，坚守不出。周主这才罢休，在不远处安营扎寨。樊爱能、何徽的兵马被汉主拒绝，不准入城，没办法只好又回到了周营，束手待罪。这个时候回来，周主岂能饶了他们？果然，周世宗雷霆震怒，下令将这二人斩首示众，全军上下无不为之胆颤。

第二天，周世宗率兵攻城，城上飞矢如雨，久攻不下，伤亡惨重。赵匡胤身先士卒，采用火攻，城上的士兵惊慌不已，连忙射箭抵御。顷刻间，万箭齐发，赵匡胤左臂中箭，血流不止，他回营包扎后想再次强攻。周主见他负伤，况且屯兵城下也不是长久之计，于是撤兵返回了汴都。赵匡胤因护主有功，作战勇猛，被周主提拔为都虞侯，兼任严州刺史。

周世宗三年，周主又亲自征讨淮南。那时，淮南被李氏占据，国号南唐，主子叫李璟，和周朝势不两立。周主发兵南下，赵匡胤自然也要跟着一起，还有他的父亲赵弘殷也一同前往。

这次南征的先锋是归德节度使李重进。行军到正阳，南唐派大将刘彦贞前来御敌，被李重进杀得大败，刘彦贞自己也丢掉了脑袋。赵匡胤带兵挺进，路遇南唐将领何延锡，一场鏖战，砍去了何延锡的首级，大败唐军。先锋连番被斩，南唐非常震惊，急忙派遣节度使皇甫晖、姚凤领大军十万，前来阻挡。这两人见周军士气正旺，不敢贸然前进，只驻守在清流关，坚守不出。

清流关在滁州的西南方，依山傍水，地势凶险，况且还有十万精兵把守，显然易守难攻。探子把这些情况报入周营，情况不容客观，周主听后沉思不语。就在这时，赵匡胤挺身说道："臣愿意领兵两万，拿下此关。"

周主道："爱卿虽然忠勇，但清流关易守难攻，皇甫晖、姚凤都是南唐健将，老奸巨猾，恐怕一时攻打不下来啊。"

赵匡胤对答道："这二人如果真勇猛，就应该开关迎战，如今龟缩在关内，肯定是不敢和我们正面较量，要是我带兵突然攻打，来他个出其不意，一鼓作气便可攻下此关，趁机杀入，生擒这二人也是顺手牵羊的事情。臣虽不才，愿担当此任！"要么怎么说初生牛犊不怕虎呢。

"要夺下此关，除了偷袭没有别的好办法了。朕听你这么一说，知道爱卿已有胜算，你明天就出发吧！"周主说道。

赵匡胤说道："事不宜迟，最好今天就行动。"周主大喜，随即调拨两万精兵，任赵匡胤调派，攻打清流关。

赵匡胤星夜兼程，一路上偃旗息鼓，寂无声响。离城关还有十里的时候，天快亮了，他急忙命令军士加快步伐，到了城关时已是黎明。可是关上的守兵全然不知，一个个还在睡梦之中。鸡鸣数声，太阳升起后，才有侦察骑兵出关，刺探军情。不料关门一打开，旁边就冲出了一员大将，手起刀落，连续斩杀了数人。守门小兵知道大事不好，连忙前去关紧城门，可手刚一伸出，就被人斩断了五指，痛晕倒地。周兵一哄而入，大刀阔斧，杀了进去。皇甫晖、姚凤二人刚刚起床，突然听说周兵已经入关，吓得魂飞魄散，不知所措。还是皇甫晖机灵，跑出房门，骑上马就往东逃命去了。姚凤也紧跟其后，向东逃窜。只是可怜了那十万唐兵，只恨爹娘生得腿短，一时来不及逃跑，被周兵杀死无数。还有一半侥幸逃生，向着滁州城奔去。

皇甫晖、姚凤一口气跑到了滁州，回头一看，只见烟尘滚滚，旌旗蔽空，周兵像旋风一样追杀了过来。二人不由得叫苦连天，当下商议，只好拆毁城外吊桥，暂时阻挡敌军。

吊桥拆毁后，二人本以为濠渠宽广，可以挡住敌军来犯。谁知道周兵追到濠边，竟然都跳到水里，游了过来！最神奇的是统帅赵匡胤，勒马一跃，竟然跳过了七八丈宽的濠渠，没有丝毫拖泥带水，安安稳稳地站住了，非常不可思议。二人大惊失色，慌忙避入城中，闭门拒守。

赵匡胤命令士兵猛攻，四面架起云梯，正要督兵登城，忽然听到城上有人喊道："请周将答话！"赵匡胤应声道："有话快说！"说完，抬头一看，那喊话的不是别人，正是南唐节度使皇甫晖。他向着赵匡胤拱手说道："来将莫非是赵统帅？你听我说，你我本没有什么大仇，不过是各为其主罢了。你偷袭我清流关，还穷追猛打追到这里，未免欺人太甚了吧！大丈夫做事要光明磊落，乘人之危算什么本事？有种容我出城摆好阵列，跟我一决雌雄。要是我再败了，情愿献上此城。"赵匡胤大笑道："你无非是想使个缓兵之计，我也不怕你耍心眼，给你半天的时间，整军出来，我和你厮杀一场，不是你死就是我活，好让你心服口服。"皇甫晖当然说好,自己还觉得是条好计策,其实还不如弃城了事,免得被人活捉。于是,赵匡胤下令暂时停止攻击,列阵待战。

大约过了半天,城门果然开了,涌出了好多唐兵。皇甫晖、姚凤一起出城,正要上前迎战,忽然觉得前队大乱,赵匡胤带着精兵冲杀过来。皇甫晖猝不及防,被赵匡胤一棍打落马下。姚凤急忙相救,不料刀枪未到,马先受伤,前蹄一跃,姚凤也被掀翻在地。周兵趁势把这二人围住,生擒活捉。

第三章　赵普崭露头角

唐军统帅皇甫晖、姚凤被周兵生擒，滁州城不战而下。赵匡胤进城后，一面安抚百姓，一面命人押着俘虏向周主报捷。周主接到捷报，龙颜大悦，命翰林学士窦仪到滁州军库登记造册。造册完毕后，赵匡胤又想拿库中的绢匹，窦仪出面阻止道："赵将军刚进滁州的时候，就算把库中的宝物拿光了都没关系，可是这些都已经是官物，要有皇帝的诏书才可以挪用，还请将军不要见怪啊！"赵匡胤到底是大家公子，心胸果然宽广，丝毫没有生气，反而赔礼道："学士说得有道理，是我的错！"

过了一天，来了一名谋士，赵匡胤和他叙谈，非常投机。这位谋士就是后来宋朝的开国元勋、太祖太宗两朝宰相、后来的魏国公赵普。赵普，字则平，祖籍幽州。他因为躲避战乱迁居洛阳，本来就和赵匡胤认识，后来经周朝宰相范质推荐，到了滁州。他乡遇到故交，两人都很激动，畅谈了一整晚。

恰好，赵匡胤的部下奉命清理乡镇，抓到了几百名乡民，这些人都被人指为强盗，准备当街问斩。赵普站出来抗议道："没有审问明白就将他们一律处斩，要是冤枉了好人，岂不是草菅人命吗？"赵匡胤笑道："你这书生的看法未免太过迂腐，要知道这里的百姓本来都是俘虏，我将他们一律赦免，已经是法外开恩了。如今他们竟敢做打家劫舍的强盗，如果不严加惩罚，我们怎么树立威信？"赵普道："南唐虽然是敌国，但百姓有什么罪过？况且明公一直胸怀大志，想要一统中原，为什么要将敌我分得那么清楚呢？王道不外乎一个字'仁'，还希望明公三思啊！"赵匡胤嫌他啰嗦，只好应付道："你要是不怕辛苦，就交给你审问好了。"

赵普接过案子，一一详查，发现大部分人都没有证据证明是强盗，于是他禀报赵匡胤，除了证据确凿的人定了罪之外，其余都被释放了。这一举动让百姓颇为高兴，都夸赵匡胤宽厚仁慈。经过这件事情后，赵匡胤越来越相信赵普的先见之明，凡是遇到疑虑，一定会和他磋商。当然，赵普也格外效忠，知无不言，言无不尽。

这个时候，赵匡胤的父亲赵弘殷也率兵到了滁州，父子相聚，当然令人高兴。可人算不如天算，不料过了几天，赵弘殷竟然生了场重病。赵匡胤非常着急，日夜在旁照顾。谁知道扬州突然传来警报，请求支援，周主立即下诏，命赵匡胤驰援扬州。

原来自从滁州被攻克后，南唐大震。唐主李璟派李德明求和，称愿意割地罢兵，但周主不肯。于是唐主挑选精锐六万，任命齐王李景达为元帅，向江北进发，直抵扬州。扬州本来是被南唐占据，和六合相距一百余里，都是江北的要塞，当时已经被赵弘殷夺下。后来赵弘殷退到滁州，留韩令坤守在那里。韩令坤听说南唐大军将到，害怕寡不敌众，于是飞速向滁州请求支援。

赵匡胤上迫君命，下迫友情，怎么敢坐视不理？只是父亲的病还没有痊愈，不忍心离他而去，是忠君还是孝父，真是叫人为难呐！这个时候赵普说道："君命不可违，请将军马上动身。要是不放心令尊，我愿意代替你尽孝。"赵匡胤惭愧道："这种事情怎么好麻烦你呢？"赵普说道："将军姓赵，我也姓赵，本来就是同宗。只要你不嫌弃我地位卑微，你的父亲就是我的父亲了，一切事情就交给我吧。我一定会替你照顾好他的，请将军放心！"赵匡胤感激地拜谢道："你既然这么说，那你我以后就以兄弟相称，永不相负！"于是赵匡胤让赵普留守滁州，城内一切事务都托付给他，然后自选精兵两千，向东驰援。

赵匡胤赶到六合后，听说扬州守将韩令坤已经弃城西逃，不禁大怒："扬州是江北重镇，要是又被南唐夺走，就大事不妙了。"于是一面派兵拦截扬州军的退路，并下令："如果有扬州兵迈过这里一步，就砍掉他们的双脚。"一面写信给韩令坤："你我一起长大，小弟一直以为兄长勇猛，如今你却弃城逃跑，真是出人意料。兄长如果离开扬州一步，一对不起主子，二对不起好友，往日的英明也将毁于一旦。"还是赵匡胤了解故友，韩令坤被他这一激，竟然又督兵返回，重新据守扬州去了。

正巧南唐偏将陆孟俊从泰州杀到，韩令坤誓师道："今日敌军来犯，我要和他决一死战，生和你们一起生，死和你们一起死。要是有临阵脱逃的，杀无赦！"将士们齐声答应。韩令坤命令打开城门，自己一马当先，跃出城外。各军紧随其后，个个努力向前，拼命冲杀。唐军将领陆孟俊正准备迎战，却不料周兵个个气势汹汹，生龙活虎，见人便杀，逢马便砍，唐军顿时乱了阵脚，被周军冲得四分五裂。陆孟俊知道打不赢了，掉头就跑，唐兵见主帅逃跑，也纷纷四处乱窜。韩令坤像一只被惹怒的狮子，怎么舍得让他逃走。追到大约一百米，他取弓搭箭，"飕"地一声将陆孟俊射落马下。周兵争先赶上，将倒地的陆孟俊擒获。韩令坤见敌将已被抓获，便鸣金回城去了。

韩令坤将陆孟俊押入囚车，正商议派谁押解时，突然从后帐闪出一位妇人，大哭道："请将军为臣妾做主，活剥这贼将为臣妾报仇。"韩令坤一看，原来是最近纳的小妾杨氏，便问："你和他有什么深仇大恨？"杨氏咬牙切齿地说道："妾身是潭州人氏，这贼将攻入潭州后，杀了我家二百余人，只剩下臣妾一人被唐将马希崇藏了起来，才幸免于难。今天仇人就在我眼前，我一定要为家人报仇。"原来杨氏颇有几分姿色，马希崇将她掳去做了小妾。等到韩令坤攻克扬州后，马希崇逃走，杨氏让韩令坤得到；韩令坤见她貌美如花，就将她纳做小妾，而且对她恩爱有加。

听完杨氏的话，韩令坤立即将陆孟俊带上审问，陆孟俊也不抵赖，只求一死。韩令坤命军士摆起香案，供上杨氏父母的牌位，烧烛焚香，让杨氏先拜祭一番。然后将陆孟俊推到案前，亲自用佩刀将他的心挖了出来，以祭杨氏父母的在天之灵。

南唐元帅李景达听闻陆孟俊被杀，急忙跟部下商议，左右献计道："韩令坤雄踞扬州，不容易攻取，大王不如西攻六合。只要我们攻下六合，扬州的退路就被切断，到时候扬州便如囊中之物，指日可取了。"李景达依计行事，向六合进发，在离城二十里的地方安营扎寨，固守不出。

赵匡胤也按兵不动，双方相持了几天后，周将怀疑赵匡胤怯战，进帐不满道："扬州一战我们大获全胜，后唐主帅已是惊弓之鸟，我军要是乘势攻打，定可获胜。为何按兵不动呢？"赵匡胤知道部下按捺不住，解释道："诸将有所不知，我军只有区区两千人马，要是贸然进攻，让他知道我们兵微将寡，反而壮起胆来，那就不好收拾了。只要我们以逸待劳，不怕打不赢。"诸将说道："要是他班师回朝该如何是好？"赵匡胤道："李景达是唐主的亲弟弟，他被任命为兵马大元帅，俨然到此，怎么能不战而退、自损威风呢？我估计再过几天，他必会前来挑战。"诸将这才不敢多说了。

过了几天，果不其然，有探马来报，敌帅李景达已经发兵前来。赵匡胤接到报告后，立即整军出城，摆好阵势，只等唐军到来。过了一会儿，果然见到唐军摇旗呐喊，蜂拥而至。赵匡胤指挥众将士上前迎敌。双方战鼓喧天，一边目中无人，立志要扫平淮南；另一边临危受命，立誓要保卫山河，雄踞江北。两军厮杀了几十个回合，难分胜负。到了傍晚，两军将士都感到饿了，这才各自收兵。

周兵回城后，赵匡胤仔细检查了一下，伤亡不过几十名。他又让将士们把各自穿的皮笠呈上来，检查完毕后，忽然让其中几名将士上前，呵斥道："你们为什么不肯尽心杀敌？难道等着敌人自杀吗？"说完，喝令左右将他们推出斩首。众将茫然不解，因为念及同袍的情谊，不忍心见死不救，纷纷上前求情。赵匡胤道："诸将难道以为我冤枉了他们不成？今天临阵，将士们各自戴着皮笠，为什么只有这几个人皮笠上有剑痕呢？"说到这里，众将更加不明白了，赵匡胤又说道："敌众我寡，全靠大家拼命杀敌，我督战的时候，看他们退缩不前，特地用剑在他们的皮笠上作了标记。要是不将他们就地正法，日后大家都不卖力，我以后还怎么带兵打仗？不如将这六合拱手相让好了。"众将士听后，吓得面面相觑，再也不敢多言。不一会儿，几颗首级就送到了帐前。赵匡胤让各营看过后，才将尸首掩埋。

第二天黎明，赵匡胤在大帐里召集将士，鼓舞他们说："能不能退敌，就看今天了。你们要各自为战，不要瞻前顾后！只要你们个个能奋勇杀敌，哪怕他兵再多将再广，照样也会一败涂地！"众将士齐声允诺。赵匡胤又召张琼进来，称赞地说："在寿春的时候，你掩护我过护城河，城上箭如雨下，你都能冒死不退，甚至被箭射中都面无惧色，确实忠勇过人。今天我拨兵一千，由你统帅。你率军绕道江口，截住唐军的退路。要是唐军溃逃，你可以趁势杀出，你我前后夹击，李景达这回是插翅也难逃了。他即使不被活捉，也要被淹死。"张琼领命准备去了。

赵匡胤命士兵饱餐一顿，等到辰时，传令出兵。将士们踊跃出城，行军才几里就碰到唐军到来，大家争先恐后突袭阵中，也不管什么刀枪剑戟，敌人越多，越是杀得凶狠。唐兵面对这一群发疯的豺狼，怎能招架得住，只得节节败退。

李景达自以为人多势众，命令部下分兵两路，包抄周军。没想到李景达围了周军这头，那头又被冲破；围了周军那头，这头又被冲破，不能兼顾。就在这时，周军中忽然窜出一个彪形大汉，手持长矛，带着一队人马直捣唐军的中军，竟然将李景达马前的大帅旗勾倒在地。李景达不免大吃一惊，急忙勒马后退。那群周兵穷追不舍，大有不取李景达首级誓不罢休的架势。幸亏李景达部下拼死拦截，才让他逃出生天。

唐军见大旗已倒，主帅落荒而逃，早就军心涣散，无心恋战。顿时，几万大军土崩瓦解，沿途弃甲抛戈的士兵不计其数。赵匡胤下令，不准拾取军械，全力追击败兵。军士们不敢懈怠，全都策马疾追。

可怜李景达好不容易逃到江边，本以为坐船过江后就可以逃脱虎口，却不料突然响起一声号角，一支人马从侧翼杀出，拦住了去路。李景达已是惊弓之鸟，被这一吓，差点跌落马下。还是唐将岑楼景有几分胆色，拿着一柄大刀站了出来，掩护李景达撤退。张琼出阵，左手拿着盾牌，右手拿着大刀，大喊道："无名小将，俺张琼在此，快快献上人头！"两人前后大战了二十多个回合，真是棋逢对手，将遇良才。就在僵持不下的时候，赵匡胤率军追了上来，周将米信、李怀忠都来助战，即使岑楼景有三头六臂，也只能拖刀败走。

这个时候，李景达早就逃到了江滨，找到了一只小船，仓皇渡江而去。还有一万多士兵就没有那么幸运了，上哪儿找那么多的船？等到周兵追来，像砍白菜一样，一顿屠杀。只见江上尸横遍野，血色染红了江水。一些会游泳的唐兵脱掉盔甲渡江逃走，一些不会水的被追到江中，沉没在了滔滔江水中。岑楼景等人只好跃马入水，半沉半浮，好不容易才过了江，南唐大军几乎全军覆没。

南唐经过这次大败，精锐耗尽，国力大减。然而，周世宗亲自攻打寿州，攻了几个月还是没有攻克，正准备下令班师回朝，忽然接到六合捷报，急忙召集宰相范质等人商议，想要改从扬州进兵，和赵匡胤会师一处，攻打江南。范质奏道："陛下从孟春出师，连续用兵几个月，还是没有攻克寿州。现在已经是盛夏，兵力疲惫，粮饷不足，要是继续征讨，恐怕不是万全之策。依臣愚见，不如班师大梁，休整数月，等到兵精粮足的时候，再图江南也不迟啊。"周世宗说道："一个小小的寿州城，攻了几个月都没能攻下，反而耗费了我这么多粮饷，朕实在是不甘心呐。"

范质想再次进谏，突然有个人站出来说道："陛下放心回去，臣愿意留在这里继续攻城！"周世宗一看，原来是都招讨使李重进。大喜道："爱卿肯为朕分忧，真是太好了。"于是周世宗留下一万余人交给李重进，继续围攻寿州，自己带范质率大军还都。赵匡胤等人因为在外征战已久，周世宗特令他回京，另外派大将驻守滁州、扬州。

赵匡胤在六合领命后，率军回到滁州，进城看望父亲。此时赵弘殷的病好得差不多了。赵弘殷对赵匡胤说，多亏了赵判官悉心照顾，日夜守护，才能痊愈。赵匡胤对赵普再三感激，说日后一定报答恩情。等到驻守滁州的守将一到，赵匡胤父子和赵普便一起回到了汴都。

这次征讨南唐，赵匡胤父子建树颇丰。朝堂上，周世宗对赵匡胤说道："朕亲自征讨寿州，几个月下来一无所获，真是惭愧。你父子二人这次劳苦功高，朕要为两位爱卿册封行赏。"赵匡胤叩首说道："这都是陛下恩威浩荡、众将士奋力杀敌的功劳，臣不敢邀功请赏。"周世宗笑道："论功行赏，爱卿不必太过谦虚！"赵匡胤对答道："判官赵普是个人才，可以给予重用，希望陛下明察！"周世宗答应，随即封赵弘殷为检校司徒，赵匡胤为定国节度使兼殿前都指挥使，赵普为节度推官，三人叩拜谢恩。

第四章 周世宗南征北战

周世宗回朝后,准备再次征讨江南。但考虑到水军不如南唐强大,便命人在城西汴水中建造了几百艘军舰,派南唐降将督练水师。同时招兵买马,日夜操练,准备水陆并进,直逼江南。

就在此时,南唐派遣员外郎朱元出兵江北,攻夺舒州(今安徽安庆市)、和州(今安徽巢湖市和县)、蕲州(今湖北蕲春县),兵锋直指扬州、滁州。扬州、滁州守城的周将闻风而逃。周世宗听说后非常生气,但无奈水军还没有操练成熟,不得已卧薪尝胆,静待时机。

另一方面,周世宗命令周将李重进加紧拿下寿州,同时让他警惕唐军援军偷袭。截至下令的时候,寿州城已经被周将围困了半年之久。南唐节度使刘仁瞻坚守寿州城,兵来将挡,水来土掩,防御做得无懈可击。李重进接到周主诏命后,格外小心,把步兵分为两队,一队屯驻城下,专心攻城;一队扼守要道,防止敌军援兵前来偷袭。而他自己则在其中调度指挥,丝毫不敢怠慢。不久,唐将朱元、边镐、许文等率军数万前来支援寿州。各军在紫金山安营扎寨,和城中烽火遥相呼应;同时唐军还在南边修筑甬道,连绵数十里,运输粮草,以解寿州城的燃眉之急。李重进趁着夜色偷袭甬道,杀败唐将,夺走了数十车粮草,小胜回营。虽然只是小胜,但是对唐军的士气打击很大。朱元吃了败仗,不敢逼近,只是守在紫金山,遥作声援。

周世宗听说唐军支援寿州,害怕李重进独木难支,于是任命王环为水军统领,亲自督军战船,从闵河进入淮河。浩浩荡荡的水军战船一字排开,旌旗蔽空,百舸争流。这个消息传到唐军大营,朱元等人惊恐万分,飞速向金陵(今南京)求援。唐主又派齐王李景达和监军陈觉率兵五万,前去支援。

过了几天,周世宗渡过淮河抵达寿州。朱元登山遥望,只见战船密密麻麻,顺流而来,纵横排列,秩序井然,不禁吃惊地说:"都说南方人擅长驾船,北方人擅长骑马。谁知道北方人今天也能乘船行驶,反而比我们南方人还要敏捷,真是出人意料。"

朱元突然看到领头的那艘大舰,缓缓靠岸,岸上周将纷纷叩拜。他仔细一看,船上坐着一位身披龙袍的大元帅,估摸着他就是周世宗了。在他旁边还站着一位威风凛凛、相貌堂堂的大将,比周世宗还要威武,朱元禁不住好奇,指着那位大将问部下:"他是谁?"有个部下曾经经历过滁州大战,认识赵匡胤,便站出来说道:"这就是那个赵匡胤!"朱元叹息说道:

"我听说他智勇双全，多次大败我唐将，今天遥看他的风采，真是名不虚传呐！"

周主登陆后，亲自披坚执锐，率领士兵攻打寿州城。赵匡胤带领偏师，攻打紫金山唐军大营。唐将边镐、许文开寨迎战，两军对阵，陷入厮杀。没打几个回合，赵匡胤忽然下令撤退，假装败退。边镐、许文不知道是计，率军追击。赵匡胤边战边退，撤到寿州城南，突然调头反杀，用长枪大戟刺入唐军阵营。唐军前队纷纷落马，这时边镐、许文才知道中计，正准备整队奋战，忽然从左、右两边各冲出一支队伍，原来是周将李怀忠和张琼的人马。

两支周军捣入唐军阵内，好像老虎进了羊群，无人能挡。边镐、许文只好慌忙沿原路撤退。不料后面的步兵被斩断数截，首尾不能相顾，到最后只剩下数十骑随着边镐、许文逃回了紫金山。赵匡胤率军大喊道："降者免死！"于是，进退两难的唐兵都下马弃甲，跪在路旁投了降。

赵匡胤收编了降军，在紫金山山下安营扎寨。边镐、许文兵马全部覆没，他们期望朱元能出兵接应，令人没想到的是，朱元的寨前竟然竖起了白旗，献降了周军。两手空空的边镐和许文看到唐军大势已去，只好丢盔卸甲，偷偷翻过紫金山，抱头窜走了。

唐齐王李景达和监军陈觉正准备率水师进入淮河，恰好碰到了周军水师统领王环，双方也不废话，大战瞬间爆发。正在酣战的时候，周世宗亲自率领数百人在河岸督战。周水师看到周主亲自前来，越战越勇。由于紫金山已经被荡平，不久，赵匡胤也分兵赶到。李景达和陈觉还不知道边镐和许文大败的噩耗，独自勉强支撑，可是眼见周军的兵马越来越多，不禁奇怪。李景达命人登高遥望，不看还好，一看发现周军大旗插遍了整个紫金山。李景达惊讶地对陈觉说："难道紫金山各个军寨已经被周兵夺去了？"陈觉回答："要不是这样，为什么山上都是周字的旗号？看来我们只好回撤了，不然也要全军覆没啊！"

李景达也是鼠胆，经过这么一吓，于是下令撤军。军士接到命令后，自然丧失斗志。战舰一调头，周军乘势追杀，被夺走的军舰器械不计其数，唐兵要么投降，要么淹死，总共折去了两万多人。李景达再次狼狈逃回了金陵。

寿州城内的刘仁赡被周兵围困长达半年之久，已经是鼓衰力竭，械尽粮空。这次又听说援军惨败，急火攻心，竟然卧床不起。周世宗大军压境，向城内射入诏书，劝守将投降。唐监军周延构跟左骑都指挥使张全约商量："主帅病重，不能理事，况且现在兵疲粮绝，怎么可能守得住这座城池呢？与其被敌军攻入，惨遭屠戮，不如趁机开门投降，生灵还可以免遭涂炭，兄台觉得怎么样？"张全约觉得很有道理，于是代替刘仁赡拟写降表，出城献降。此时的刘仁赡已经不省人事，周主敬佩他的忠心和毅力，特令他的家属好生照顾，并封他为天平节度使，兼中书令。然而，没过多久，刘仁赡病情加重，不幸去世，周主追封赐爵为彭城郡王，把清淮军改为忠正军。

寿州已被攻下，周世宗班师回京。赵匡胤也随驾还京，由于赵匡胤又立大功，周世宗加封他为义成军节度使，晋封检校太保。没过多久，周世宗又出兵攻打濠州（今安徽凤阳县）、泗州（今江苏泗县），赵匡胤毛遂自荐愿当先锋，行军到十八里滩，只见岸上唐军大营绵延十几里。周主知道兵贵神速，想打唐军个时间差，于是命赵匡胤火速渡河，给唐军来个出其不意。唐军没料到周军竟然来得这么快，一时间来不及防备，纷纷溃散。唐营外停泊着战舰，舰内早就空无一人，赵匡胤乘势登上战舰，直抵泗州城下。

泗州守将范再遇早就被"赵匡胤"这三个字吓破了胆，还没开打就献城投降了。赵匡胤还是老样子，进城之后禁止士兵掳掠，对百姓秋毫无犯，百姓也知道感恩，箪食壶浆，夹道欢迎周军进城。周主听说赵匡胤已经夺下泗州，便移师濠州。濠州陪练使郭廷谓知道和周军抗衡只能是以卵击石，于是命令参军李延邹拟写降表，弃城投降。李延邹不答应，被郭廷谓杀死。郭廷谓自作降表，开门归降。

泰州、海州守将听说泗州、濠州相继沦陷，纷纷归附。随后，周主开始进攻楚州。楚州防御使张彦卿和都监郑昭业亲自上城督军，誓死守卫楚州。周主倾尽全力，猛攻不下。唐节度使陈承诏又出兵清口，和城中形成掎角之势，互相呼应，因此楚州的守卫更加牢固。周主对此烦恼不已，只好调派赵匡胤前来助战。

赵匡胤接到命令后，立即调集水师，顺着淮河北上。到达清口时已经是黄昏时分，诸将建议寻找港口停泊，然而赵匡胤说："听说清口有南唐的守军，他们肯定没料到我军会突然出现，正好乘着夜色偷袭，为什么要停船呢？"说完，下令扬帆加速行驶，大军直指清口。

那晚正好夜色昏沉，暗淡无光。唐军大营虽然有巡逻士兵，他们到了半夜见没有什么动静，便都回营睡觉去了。赵匡胤率兵悄悄摸上岸，点燃火炬，向昏睡的唐军杀去。唐军正睡得香，忽然被营外的喊杀声惊醒，见帐外已经火光四起，杀声震天，急忙起床，来不及披甲拿枪，周兵就已经闯入。唐军赤手空拳怎么杀敌？周兵杀进寨门，一顿乱砍，数千手无寸铁的唐兵惨死刀下，尸积如山。赵匡胤蹿进将军大营，不见陈承诏，猜他已经逃走，于是带着百十号人绕过大帐，向前追赶，大概追了五六里路，忽然看到前方有个黑影一闪而过，当即快马加鞭，追上查看。果然，这黑影正是陈承诏。倒霉的陈承诏好不容易逃出生天，偏偏这个赵匡胤喜欢痛打落水狗，无奈只好束手就擒。

赵匡胤带着战俘赶到楚州，周主大喜。两军合兵一处，轮番攻打势单力薄的楚州城。守将张彦卿和郑昭业拼死抵抗，怎奈势孤援绝，城门终于被攻破。张彦卿和郑昭业宁死不屈，带领部下进行巷战，最后只剩下几十人。但是他们还是拒绝投降，张彦卿在混战中被乱军杀死，郑昭业见大势已去，也拔剑自刎了。周主不禁感叹，如果南唐众将都像这二人忠勇，南唐何愁被灭！周主随后命令厚葬张、郑两人，并贴出安民告示，休整数天，准备再次南下。

唐主接到战败的消息，急得如坐针毡，寝食难安。江南的门户已经洞开，唐主自知无力抵抗，于是派陈觉前去求和，表示愿意传位给太子弘翼，归附周廷，并献上庐州、舒州、蕲州、黄州，以江为界，恳请周主罢兵。周主说道："朕兴兵只想夺取江北，如今你全国归附，我还有什么好说的？"于是修书一封，息兵掩鼓。唐主自己除去帝号，奉周为天朝，江北从此平定。

周主凯旋归朝，大小百官论功行赏。赵匡胤此番南征，又屡立大功，自然要特别奖赏。不久，唐主派遣使者来到周朝，偷偷地给赵匡胤一封信，并赠送他白金三千两。赵匡胤笑着说："这明摆着是反间计，我难道不知道？"于是他将书信、白金悉数奉上，周主称赞他忠诚，晋封他为忠武军节度使。这时，赵匡胤的父亲赵弘殷旧病复发，医治无效，竟然驾鹤西去了。周主又厚赐赵弘殷，追封为太尉，兼武清节度使官衔，册封赵匡胤的母亲杜氏为南阳郡太夫人。

周世宗显德六年，周主认为北方还没有收复，是自己的一块心病。北汉曾经勾结辽国入侵边疆，一直是个祸患。于是周主下诏书，准备亲自征讨辽国。当即召见赵匡胤，任命他为水路都部署，另外任命亲军都虞侯韩通为陆路都部署，两军先行出发，水陆并进，周主自己作为后应。

赵匡胤率领几百艘战舰出发，顺风顺水。大军行驶到瀛洲、莫州，辽国兵民毫无防备，突然见到周兵到来心惊胆战，全部落荒而逃。辽国宁州刺史王洪收到周兵入境的消息，正准备搬救兵守城，谁知道周兵已经兵临城下。王洪据守空城，自知不能抵挡，便开城投降了。赵匡胤收降王洪，让他做向导，进兵益津关。

益津关守将终廷辉登上关隘向南望去，只见周朝军舰一字排开，旌旗飘摇，戒备森严，不由得大惊失色。他正发呆吃惊的时候，忽然听到关下有人大喊："快快开关！"当下俯身一看，原来是宁州刺史王洪，于是问道："刺史大人来这里有何贵干？"王洪答道："我这次前来，是为了关内数万条性命，特地过来和你协商。"终廷辉于是将王洪请进关内，相见后，王洪说道："周兵势大，不好对付，还是降了吧！"终廷辉踌躇了一会儿，又想不出什么好办法，只好依了王洪的话，开关出降。赵匡胤好言抚慰终廷辉，并向他询问这里的路径。终廷辉答道："从这里到瓦桥关只有数十里，但是水路狭窄，不方便行船。大帅要是想继续前行，必须舍弃军舰登上岸去。"

赵匡胤决定依从终廷辉的话，派遣裨将和王洪一起返回驻守宁州，并且留下几百士兵和终廷辉一起把守益津关。考虑到陆路都部署韩通还没到，不应该久留在这里，赵匡胤索性命令军士全部登岸，向西边的瓦桥关进发。

不到一天的工夫，赵匡胤就率军到了瓦桥关下。关上守将姚内斌率领数千战骑前来截击，想乘着周兵立足未稳，杀个措手不及。不料，赵匡胤早就看穿了他的心思，在岸边设了陷阱，就等他前来送死了。姚内斌被赵匡胤暗算，仓皇逃回了关内。赵匡胤乘胜追击，攻打了一天一夜，仍然未能攻下瓦桥关。

第二天，韩通率军赶到，两路大军黑压压的一片，声势浩大，守将姚内斌哪里再敢抵抗，乖乖地献关投了降。

不久，周主赶到，赵匡胤请周主入关。周兵一路高歌猛进，连拔辽国几个关隘，周主非常高兴，传令三军将士痛饮三天，并设下酒席大宴群臣，商讨夺取幽州的事情。席间将士们表示出了担忧："陛下离开京城虽然只有四十多天，但却一鼓作气拿下了燕南各州。辽主痛失燕南，一定会大肆集结兵力死守幽州，还望陛下三思而后行。"周主虽然没有说话，但脸上已经露出了不悦的神色。

散席后，周主召先锋都指挥使李重进进帐，对他说道："朕的志向是统一中原，削平南北，如今已经到了这里，况且已经攻夺了燕南各州，难道现在要罢手不成？你率领一万人马，明天出发，朕率领后军殿后，这次不捣入辽国都城绝不回去！"李重进见周主态度如此坚决，只好答应退了下去。周主又命令孙行友带领五千骑兵，马上攻打易州，孙行友也领命而去。

第二天，李重进率兵先行，到了固安。守卫固安的将士全都逃走了，城门大开任周兵涌入。转眼周主也赶到了，李重进便奉驾前进。走到固安县北边的时候，只见一条长河挡在面前，这条河水流潺潺，深不可测。李重进询问当地人后，得知这条河名叫安阳河，河上的渡筏都被辽军藏起来了。茫茫的河水阻挡了大军前进的道路。

周主命令各军采伐树木，搭建桥梁，不到两天桥梁便建好了。北方的天气晚上寒冷，加上河边湿气重，周主日夜操劳，竟然染上了风寒。过了一天，周主的病情还是不见好转，又卧床两天。就在这时孙行友的捷报传来，并押来了辽国刺史李在钦。周主带病审问他："愿意投降还是愿意砍头？"李在钦也算是一条好汉，瞋目喊道："要杀就杀，哪来那么多废话！"周主便下令将他斩首。审问完后，周主觉得头晕目眩，急忙退入寝室。又过了两天，病情还是没有好转，诸将想请圣驾还都，又害怕触动周主怒火，所以不敢请奏。唯独赵匡胤奋然说道："主子身体抱恙，长留下去，要是辽国大军赶到，那该如何是好？我这就奏请陛下，立即班师回京。"说完便径直走入周主的寝室，请他还驾。

第五章　陈桥兵变，黄袍加身

赵匡胤进入周主寝室，来到床前请了安。周主跟他谈到军事，说道："朕本来想乘此机会平定辽国，却不料身体患病，延误了时机，接下来该如何是好啊！"赵匡胤答道："陛下，可能是辽国气数未尽，天意如此吧。要是陛下能顺天行事，暂时罢手，上天一定会降临好运，陛下的病情自然就能康复了。"周主迟疑了好一会儿，才说道："爱卿说得是，朕暂时回都。爱卿立即调回各处的人马，明天我们就启程回京吧！"赵匡胤退出后，马上传旨调回李重进、孙行友，准备回京。

第二天，周主下令将瓦桥关改为雄州，命韩令坤留守；益津关改为霸州，命陈思让留守；然后自己乘车还师，赵匡胤等人也都一起随驾南归。

在路上，周主的病情有所好转，他便取出文书来批阅。忽然看到一块木头，长约三尺，上面写着五个大字，正是那位老僧送给赵匡胤的十六字的一段："点检做天子"。周主沉思了一番，越想越觉得不对劲。回到大梁后，周主二话没说就罢免了都点检张永德。张永德是郭威的女婿，周世宗害怕他暗中谋反，所以将他免职，改任赵匡胤为都点检，兼检校太傅。从此赵匡胤的威信越来越大。真是冥冥之中自有定数啊！

宰相范质考虑到周世宗的病情还没有痊愈，担心会出现意外，于是奏请周主先册立太子，以防不测，周主随后立四子柴宗训为梁王。柴宗训只有七岁，根本不懂什么国家大事，只不过是挂个虚名罢了。周主在宫里住了一段时间，病情忽然又加重了，他知道自己时日不多了，急忙召见范质等重臣，嘱托道："宗训还小，希望你们能尽心辅助他。翰林院学士王著是我的老朋友，要是我真的驾崩了，就召他为宰相，切记！"既然想要任命王著为宰相，为什么不把他召唤进来，真是令人不解。范质等人答应下来，出了宫门，范质和群臣私下里商议："王著整天醉酒取乐，不过是一个酒鬼而已，怎么能担当得了重任？肯定是天子病昏了头，胡乱任命的，我们就当陛下没有说过这句话，大家也都不要泄露出去了。"大家点头应允。

这天晚上，周世宗在寝宫驾崩，真是英年早逝啊！范质等人奉梁王柴宗训登基大位，奉符太后为皇太后，所有的典礼都和以前一样。

柴宗训继位后，改任赵匡胤为归德节度使兼任检校太尉，仍担任殿前都点检，赵匡胤身兼多个要职，他的莫逆之交慕容延钊也被他举荐做了副都点检。两人总是一起上朝，显得格外亲密。

光阴飞逝，转眼到了元旦。就在这时，忽然镇州、定州传来警报，说北汉主刘钧勾结辽兵大肆侵犯，声势浩大，边境守将请求发兵支援边疆！年幼的柴宗训只知道嬉戏，知道个什么紧急要事？符太后连忙召集范质等人商议。范质说道："都点检赵匡胤忠勇绝伦，能征善战，可以命他为主帅；副都点检慕容延钊以骁悍著称，可以命他做先锋；再命令各镇将士一同北征，权归赵匡胤调派，一定能赶走来犯的敌人！"符太后年轻妇人一个，也不懂什么行军打仗，只要能保住江山社稷，让她做什么都答应。于是符太后准奏，立即任命赵匡胤为大帅，慕容延钊为先锋，会师北征。慕容延钊带着前军先行一步；赵匡胤调集各镇将帅，如石守信、王审琦、高怀德、张令铎、张光翰、赵彦徽等人，随后出发。

赵匡胤率领大军来到陈桥驿，眼看天色渐渐昏暗，于是令各军安营扎寨，休息一晚，明早继续赶路。到了傍晚，大家都休息去了。前队有一个叫苗训的指挥使，独自一人站在营外，仰望着天空，一副若有所思的样子。这时，他旁边走过来一个人，问道："苗先生，你在这里看什么呢？"

原来苗训精通天文学，凡是遇到风雨雷电，都能未卜先知。就是国家兴亡，他也能预测得到，因此军中人习惯称他为苗先生。而问苗训话的人，是赵匡胤的心腹楚昭辅。苗训指着西方的落日说道："你没见太阳的下面还有一个太阳吗？"楚昭辅仔细观察，确实发现日下有日，互相摩擦，融合成了一片黑光。不一会儿，一个太阳沉没，另一个太阳射出耀眼的光芒，分外明朗。这个太阳的旁边还有紫云环绕，光彩绚丽，夺人眼眶。这个太阳在空中停留了好久才落入地平线。

楚昭辅看后吃惊不已，连忙问苗训："这是个好兆头吗？"

苗训说道："你是点检的亲信之人，跟你说了也无妨，这就叫作天命所归！先前隐没的那个太阳就是周朝，后面出现的那个太阳就是赵点检！"

楚昭辅追问："什么时候能够应验？"

"天机已经出现，应验就在眼前了。"苗训说。

说完，两人一起回到大营。楚昭辅免不了将这件奇事告诉别人，顿时一传十，十传百，军中上下都传开了。

都指挥江宁节度使高怀德首先出来倡议："周主刚刚继位，年幼无知，我们身临大敌，即使粉身碎骨谁又知道？不如我们顺天应人，拥立点检为天子，然后北征，不知道诸位将军觉得怎么样？"众将一拍即合。都押衙李处耘补充说道："这件事必须告知点检，但是我又担心点检不肯答应，好在点检的亲弟弟赵匡义也在营中。不如我们先和他商量一下，让他和点检说明，才有可能成功。"

大家都说好，于是邀请赵匡义前来协商。赵匡义说道："这件事非同小可，等我先和赵普商量之后，再行定夺。"

赵普听后，说道："皇上年幼无知，怎么可能服众？点检德高望重，恩威浩荡，一回京城就可继承大统。今晚我就安排妥当，明早就可依计行事。"赵匡义和赵普部署好一切，等待天亮。

眼看天色将明，众将一起到赵匡胤的寝室外面，高呼万岁。寝室外的守卫摆手说道："点检还没有起床，各位将领不要高声喧哗！"众将说道："今天策立点检为天子，难道你不知道吗？"说完，赵匡义从人群中挤入帐内。正好赵匡胤被吵醒。问赵匡义出了什么事，赵匡义将诸将的想法告诉了赵匡胤，赵匡胤大惊道："这怎么行得通呢？"赵匡义劝道："曾经听兄长提起老僧的话，两日重光，囊木应谶，这话已经说得很清楚了，兄长就顺应天意吧。"赵匡胤只是沉默，走出寝室。

　　众将见赵匡胤出来，齐声高呼："诸军无主，愿意奉太尉为皇帝。"还没等赵匡胤答应，高怀德等人就已经把龙袍捧进来，披在了赵匡胤的身上。众将全部下跪，三呼万岁。赵匡胤忸怩说道："事关重大，怎么能如此仓促呢？况且我世代蒙受皇恩，怎么敢妄自尊大，擅自称帝呢？"赵普劝慰道："天命所归，人心所向，明公要是再推让的话，上违背天命，下失去人心。要是明公觉得有愧于周室，登基之后优待幼主，赡养符太后，也算是不辜负先主的恩泽了。"说完，赵匡胤被众人连推带抱扶上了马，赵匡胤无奈，只好说道："那我的号令你们还听不听？"众将齐声说当然听令。赵匡胤又说道："回京之后，你们不得冒犯太后和幼主；朝中大臣都是我的同僚，你们不得欺凌；朝廷府库以及百姓，你们不得惊扰！如果听从命令，我自有重赏，胆敢违抗，军法处置！"众将听后，齐声喊诺！随后，赵匡胤整军还都，派遣楚昭辅和客省使潘美先行一步。

　　到达京城后，潘美去传令给大臣们；楚昭辅去安排赵匡胤的家人。这两人进京后，分头行动。不久朝廷得到了消息，当时正在早朝，大臣们突然听说陈桥兵变，都吓得不知所措。符太后召入范质说道："你们保举赵匡胤，怎么会弄出这种祸端？"说完，太后止不住大哭，眼泪哗啦啦地流了出来。范质只好说："老臣这就出去商量对策。"符太后也没多说什么，哭着回到了寝宫。范质退出宫门后，握着右仆射王溥的手后悔道："仓促调兵遣将，竟然导致兵变，这都是我们的过失啊，该怎么办？"王溥哑口无言，也不知该说什么好。忽然，王溥痛叫了一声，范质急忙松手，哪知道手指甲已经陷入了王溥的肉里，差点掐出血来。

　　范质正准备向他道歉，侍卫军副都指挥使韩通走了过来，对他们说："叛军快到了，你们怎么还那么淡定？"范质回答说："韩指挥有什么好办法？"韩通说道："兵来将挡，水来土掩，京城还有禁军，赶快请旨调集登城守御，并传檄文给各镇将领，他们都是忠义之士，要是能星夜赶来，同心协力，还担心乱贼不灭吗？"范质说道："远水救得了近火吗？"韩通说："你二人快去请旨，我这就召集禁军。"说完，便匆忙离开了。范质和王溥正犹豫不决的时候，只见范质的家丁跑了过来，说道："叛军前队已经进城了，相爷赶快回家啊！"他们听到这个急报，还管什么请旨不请旨，都一溜烟地跑回了家中。

　　这个时候，赵匡胤的前队都校王彦昇果然带着铁骑，驰入城里。凑巧王彦昇和韩通相遇，大声喊道："韩侍卫快去接驾！新天子到了。"韩通听后非常生气，骂道："哪里来的新天子？你们这些卖主求荣的狗贼，擅谋叛逆，还敢这么横行霸道？"说完，韩通就朝着家里赶去。王彦昇生性残忍，听完后火冒三丈，肺都要气炸了，当下策马追赶，紧随其后。韩通刚进家门，正准备关门，没想到王彦昇火急火燎地冲下马背，手起刀落，一刀劈死了韩通。杀了韩通还不解气，王彦昇索性又冲进韩通家里，无论男女老少，见了就杀，将韩通一家满门斩杀。

赵匡胤领着大军从明德门入城，他命令将士全部回到大营，而自己退居公署。过了一会儿，军校罗彦瓌将范质、王溥等人带到署门，赵匡胤见到他们后，痛哭流涕地说："我蒙受世宗的厚恩，被六军逼迫到如此地步，有负皇恩，真是惭愧啊！"范质等人正准备回答，罗彦瓌厉声喊道："大家一致同意立点检为天子，哪个还有意见？要是不肯从命，问问我的宝剑答不答应？"说完，竟然拔剑出鞘，指着范质、王溥等人。王溥这个怂蛋被这一吓，连忙拜跪求饶。范质不得已，只好跟着一起跪拜。

赵匡胤急忙上前扶起两人，给他们赐座，并一起商量继位的事情。范质说："点检既然已经是天子，那怎么处置年幼的周主呢？"赵普在旁边说道："立即请幼主效仿尧舜，禅位给点检。点检日后定会优待他们，也算不辜负世宗的厚恩了。"赵匡胤接着说："我是周室的臣子，早已经下令不准侵犯太后、幼主。"范质说："既然这样，点检应该召集文武百官，准备禅让仪式。"赵匡胤说道："请二位大人替我召集百官，我不会亏待旧臣的。"范质、王溥当即退下，入朝宣召百官。

正午时分，百官已经齐集朝门，分列左右。不一会儿，石守信、王审琦等人拥护着身披黄袍的赵匡胤缓缓走来。翰林承旨陶谷从袖中取出禅位诏书，递给兵部侍郎窦仪，由窦仪宣读。窦仪宣读完毕后，赵匡胤登上崇元殿，加上衮冕，即皇帝位，受文武百官朝贺。万岁万岁的声音响彻大殿！礼成后，范质等人进入后宫，胁迫幼主、太后移居西宫。可怜这二十多岁的寡妇、七岁的孤儿，凄凄楚楚，呜呜咽咽，哭着向西宫去了。

群臣奏议，取消周主尊号，改称为郑王，符太后改称周太后。赵匡胤因曾在宋州担任归德节度使，所以改定国号为宋，大赦天下，并追赠韩通为中书令，厚葬全家。封石守信为归德节度使，高怀德为义成军节度使，张令铎为镇安节度使，王审琦为泰宁节度使，张光翰为江宁节度使，赵彦徽为武信节度使，并掌管侍卫亲军。赵匡胤还提拔慕容延钊为殿前都点检，高怀德兼任副职。封皇弟赵匡义为殿前都虞侯，改名光义。赵普为枢密直学士，范质任司徒兼侍中，王溥任司空兼任侍郎，魏仁甫为尚书右仆射兼中书侍郎。所有篡夺有功的人都一一加官晋爵。就这样，方面大耳的赵匡胤便安安稳稳地做了宋朝的第一代皇帝，历史上称他为宋太祖。

陈桥兵变，黄袍加身，史书上都说不是宋太祖的本意。依我看来，赵匡胤对皇位处心积虑，蓄谋已久。史书上有很多可疑的地方。第一：北汉既然已经勾结辽国肆意侵犯，为什么没有继续深入？第二：陈桥驿站"点检做天子"的谣言从何而来？第三：诸将打算拥立新主，而赵匡义、赵普为什么没有参与？第四：奉点检做天子，突然之间哪来的龙袍，可见早就准备好了。第五：韩通全家被王彦昇杀害，赵匡胤策立后，为什么没有追究他滥杀无辜的罪名？第六：登基之后，赵匡胤犒赏参与陈桥兵变的"功臣"，他自己不是说被逼的吗？种种疑点足以表明，宋太祖早就有了篡位的打算，只是周世宗在世时，威武过人，不敢有变。等到周世宗驾崩，周室只剩下孤儿寡母，赵匡胤取代周朝易如反掌，假借北征的幌子想瞒天过海，真是可笑！

第六章　公主再嫁

宋太祖登基大位，为了祭拜先祖，特地派兵部尚书张昭言修建四亲庙，尊高祖赵眺为僖祖文献皇帝，曾祖赵珽为顺祖惠元皇帝，祖赵敬为翼祖简恭皇帝，他们的妻子皆为皇后。父赵弘殷为宣祖昭武皇帝，每年都有五次祭拜。庙宇建造好后，赵匡胤尊母亲杜氏为皇太后。先前派遣楚昭辅进京，安抚赵匡胤的家属时，杜氏听说陈桥兵变后，吃惊地说道："我儿一直都胸怀大志，今天果然成功了。"

等到杜氏被尊为太后，在大殿上，百官群臣包括赵匡胤在内，都行叩拜之礼，然而杜氏却满脸愁容，左右不解地问道："都说'母以子贵'，如今你的儿子已是天子，太后为什么还不高兴呢？"杜氏担忧地说："圣人曾经说'为君难'，天子在万民之上，如果能治理得当，臣服天下，那还说得过去；要是做了一个昏君，恐怕以后连做个平凡人的机会都没有，你们说是不是？"宋太祖听后，叩拜道："谨遵慈母教诲，孩儿一定做个好皇帝，不敢有违！"

后来，太祖册立夫人王氏为皇后。太祖原配贺氏生了一儿两女，儿子叫昭德。周世宗显德五年，杜氏病逝，太祖便娶了彰德节度使王饶的女儿。周世宗在世时，曾经赐封她为琅邪郡夫人，到后来册立为皇后，真是福分不浅呐。

宋太祖有两个妹妹，其中一个已经去世，被追封为陈国长公主；还有一个已经出嫁，但是不幸亡夫，年纪轻轻守了寡，太祖封她为燕国长公主。公主芳龄守寡，不免寂寞感伤，整天皱着眉头，郁郁寡欢。太祖念及兄妹之情，看到妹妹整天闷闷不乐，自然非常心疼。

凑巧殿前副点检高怀德不幸妻子去世，于是太祖想出了一个移花接木的办法，也算是两全其美。这个高怀德是真定人，父亲是周朝大将，曾经担任天平节度使。高怀德出生将门，生得一副好身材，虎背熊腰，英姿不凡，并且他正值青壮年，按理应该再结姻缘。

太祖于是和杜太后商量，打算将燕国长公主许配给高怀德。杜太后迟疑地说："这恐怕不太好吧！"太祖劝解道："我妹妹青春年少，才不过二十几岁，我怎么忍心让她独守空房，抱恨终生呢？"杜太后说："还是先问问你妹妹的意思再说吧。"

太祖退出后，太后便召燕国长公主谈话。公主听到"再嫁"两个字，不禁两颊微红，低头不说话。杜太后说："我这个做母亲的也不敢教你变节，但是你哥哥可怜你寂寞寡欢，所以才想让你再嫁。"公主支支吾吾地回答说："我哥哥既然贵为天子，宫里宫外都应该由他说了算，女儿怎么好违抗？"说到"违"字的时候，脸上的桃花越来越红，自己觉得难为情，便向太后拜别出去了。

原来公主在大殿上见过高怀德，看他仪表堂堂，暗中仰慕已久。现在哥哥、母亲想撮合他们结为夫妻，真是意外惊喜。太祖听说妹妹有答应的意思，连忙谕令赵普、窦仪做媒，找高怀德面议。高怀德也见过公主，见她长得年轻貌美，也很心动。况且她又是皇帝的亲妹妹，娶做继室，现成的皇亲国戚，高怀德当然满口答应，乐得合不拢嘴。赵普、窦仪听后，开开心心地回宫复命去了。于是太祖下令，选黄道吉日，举行婚礼。

婚礼这一天，满朝文武都来道贺，皇亲贵族的婚礼，说不完的繁华，道不尽的热闹。高怀德在外面陪客人，等酒席散了，才回到寝室。公主这时已经换了淡妆，和颜相迎。他们在灯下对望，一个丰容体满，风姿绰约；一个广颐方额，神采奕奕。两人当即携手入帐，同圆好梦。从此，情天补恨，缺月重圆，他们的结合也算是少了一个忧郁寡欢的怨女和一个黯然神伤的旷夫了。

谁知道断弦刚续，战鼓又响，一道诏书传入高府。原来，太祖命令高怀德跟随自己一同讨伐李筠，即日出师。燕国长公主又不免伤感离别之苦，心里埋怨哥哥太没人情了。李筠，太原人，先后在唐、晋、汉三朝供职，战功累累。到了周朝，李筠被提拔为检校太尉，领昭义军节度使驻守潞州，跟赵匡胤官职相当。太祖登基后，加封李筠为中书令。李筠本来想拒绝，因为左右一再劝谏，才勉强拜受。李筠设宴张乐，为宋太祖派来的使者接风洗尘。酒过三巡，李筠忽然命人挂起了周太祖的画像，对着仰望了好久，痛哭流涕。他的左右看到都吓了一跳，连忙跟使臣解释："李公喝多了，有点失态，大人千万不要见怪！"酒席散去，使臣拜别回到京城，并向太祖一一禀报，太祖也没有说什么。

北汉主刘钧听说李筠对赵匡胤不满，于是修书一封，拉拢李筠一起起兵。李筠也正想举事，长子李守节进谏说："潞州只不过是个小地方，恐怕敌不过大宋，还望父亲三思啊！"李筠生气地说："你懂什么？赵匡胤欺负寡妇孤儿，谎称辽、汉侵犯，蓄谋发动陈桥兵变，回京逼宫，废黜少主，幽禁太后。这种大逆不道的人，我为什么要甘愿做他的臣子？今天我要为周讨逆，替天行道。即使不成功，我也死而无憾了！"李守节哭着对父亲说："父亲要是真想举兵，也要想个万全之策。依孩儿看来，不如将北汉的书信寄给朝廷，宋主见我们忠诚，当然不会怀疑我们，那个时候再见机行事，给他来个出其不意。"李筠听完，说："这倒是一条好计，我就派你送信，同时打探宋朝的举动。你要是遇到志同道合的故人，还可以一起约定，里应外合。事关机密，你一定要小心！"李守节领了父亲的命令，即日南下赶往汴京。

到了汴京，李守节入朝觐见太祖，并呈上北汉的书信。太祖看完后，说道："你父亲能如此忠诚，朕真的很欣慰。你可以留在这里为皇城使，朕不会亏待你的。"李守节叩恩退出。太祖便亲自写下诏书，又派使臣去了潞州。李守节留在京城供职，他见京城上下一片安稳繁华的景象，各镇也都甘愿臣服，毫无异言，心想潞州独木难支，要是举兵起事很难成功，便修书给父亲，劝他归效朝廷，打消跟宋廷抗衡的念头。

可谁想，李筠却一意孤行，就是不听劝。不但如此，他还将朝廷派来的使者羁押，不肯放归。宋太祖听说后，便召见李守节："你父亲谋反的迹象已经败露，你要留在这里抵罪了。"

宋太祖前番留他在京城做官，看来是已经打算好了的。李守节慌忙叩拜说："臣曾经哭着劝谏过父亲，叫他不要生有异心，我是清白的。"太祖说："朕早就知道你的态度，也留意你很久了。朕现在特赦你，你回去告诉你父亲，朕不是天子的时候，他可以自有行动，我管不着；现在既然朕已贵为天子，他就应该坚守做臣子的原则，不要闹事。"李守节叩头辞别，返回潞州。

回到潞州后，李守节将自己在京城的遭遇一五一十地告诉了李筠，劝父亲浪子回头，放使者回去。李筠听后，火冒三丈："你既然已经回来了，还怕什么？"当下李筠吩咐幕府草拟檄文，历数宋太祖不忠不孝的罪状，布告天下。李筠一面派监军周光逊联络北汉一起讨逆，一面派大将儋珪偷袭泽州。

儋珪精通马术，每天能跑七百里。领命后，他带着几百精锐，飞奔到了泽州。泽州刺史张福还不知道潞州兵变，当即打开城门迎接儋珪。儋珪不等张福开口，就一刀将他砍死，然后麾兵进城，拿下了泽州。李筠收到告捷信后，非常高兴。从事闾丘卿建议道："公孤军起兵，势单力薄，虽然有北汉助阵，恐怕不能长远。宋朝兵多将广，我们恐怕很难与他们交锋，不如西下太行，守住洛邑（今河南洛阳），向东争夺天下，才是上策。"

闾丘卿分析得确实很有道理，奈何李筠却说："我是周朝的老将，和周世宗情同手足。禁卫军都是我的旧部下，听说我起兵讨逆，一定会倒戈归附的。况且我还有儋珪这等骁勇大将，还怕踏不平汴梁吗？"闾丘卿见李筠不采纳自己的建议，黯然退去。

不久，北汉主刘钧率兵到来，李筠在太平驿迎接，拜伏在路旁。不愿意臣服宋朝，倒甘愿叩拜汉主，真是可笑！汉主当即封李筠为平西王，赐马三百匹，召见密谈。李筠在交谈时，总是说自己蒙受周室厚恩，不敢不报，刘钧也只是沉默，不予回答。原来周、汉是世仇，李筠提及周朝，不免惹汉主猜忌，所以汉主才不愿意答话。汉主临走之前，派宣徽使卢赞监督李筠。李筠和卢赞一起返回潞州，心里愤愤不平，总是当着卢赞的面抱怨汉主。

卢赞秘密禀报汉主，汉主又派平章事卫融去劝慰李筠。但李筠总是闷闷不乐，他见汉主派遣的援兵越来越少，心中非常悔恨。可是箭在弦上，又不得不发，只好留下李守节守城，自己率兵南下。

警报传达宋廷，太祖立即下诏，命令石守信为统帅，高怀德为副帅，兴师北征。当时高怀德正在府里和燕国公主把酒言欢，听到诏书颁到，急忙出来领旨，等诏官走后，高怀德对公主说："北汉刘钧这次真的和李筠联合起兵，侵犯我大宋边疆了。"公主听后，不禁惹起情肠，脸上带着几分忧虑。高怀德将公主搂入怀中，劝慰道："公主不要担心，区区跳梁小丑，有什么害怕的？我大宋大军一出，不久就可以凯旋了。"公主眼含泪光道："但愿夫君马到成功，早日与我团聚。"高怀德又和公主喝了几杯后，就戴着朝冠进宫去了。

石守信先行赶到，正在和太祖商议军事。高怀德抢步入殿，下跪叩拜。太祖说道："两位爱卿这次出征，一定不要让李筠西下太行，必须速战速决，扼住要塞。朕亲自在后方接应你们。"从宋太祖的担心可以看出，闾丘卿的建议确实很有道理。高怀德和石守信叩头领命，退朝整军，准备出发。

临行时，高怀德回府辞别公主。公主再三嘱咐他一路小心，并把他送出门外，依依不舍。高怀德在途中听说太祖已经派遣慕容延钊、王全斌从东路出兵，夹击李筠，于是也放胆前进。

行军到长平，高怀德望见前方有敌营驻扎，于是下令摆开阵营，准备战斗。李筠跃马而出，看到石守信和高怀德，大喊道："石、高两位将军为什么甘心为逆贼效力？快快倒戈，和我一起杀入汴都，还可以将功补过！"石守信怒道："李筠你个匹夫听着！你是唐、晋的老臣，为什么后来又投靠了周室？唐、晋亡国你坐视不理，今天大宋接受禅让，周主也安然无恙，你反而嚣张跋扈，这是什么道理？快快下马投降，我还可以免你一死！"高怀德还没等他说完，便挺枪出阵，领兵冲杀。李筠也不甘示弱，率兵对战。双方来来回回，杀得难分难解，眼看天色将晚，便各自收兵。

第二天双方又出兵鏖战，正打得热火朝天的时候，突然慕容延钊带着一队人马冲杀过来。突如其来的援军将李筠的阵营冲得七零八散，李军顿时大乱。石守信、高怀德乘势掩杀，把李军斩断好几截。李筠不敢恋战，便从侧面突围，逃回大营。

战后，诸将纷纷献功，呈上首级，一共三千多颗。石守信一一记录下来，又和慕容延钊、高怀德商议进兵。慕容延钊说："王全斌将军已经绕道直指泽州，我们应该去接应才是。"石守信说道："事不宜迟，即刻出发！"当下传令三军拔营，向泽州进发。

行军约数十里，到达了大会寨。这大会寨依山而建，地势险要，李筠收集败军，在这里把守，有一夫当关、万夫莫开的气势。宋军鼓足勇气，猛扑好几次，都被乱箭飞石挡了回去。高怀德大怒，准备亲自冒险领兵攻打。慕容延钊说道："且慢！王将军要是到了泽州，寨内一定会有消息。他们要是知道泽州失守，一定会军心大乱的。等他们军心一乱，我们再进攻拿下大会寨就简单多了。"于是慕容延钊下令安营扎寨，休整一晚。第二天宋军再进攻，还是不能攻下，又过了一天再次进攻，又同前番一样，被打退回去。

石守信和慕容延钊商量："寨门固若金汤，并没有出现内部瓦解的情况，看来王将军还没有到泽州吧。"慕容延钊说："这我也说不准，我们还是再想想办法吧。"石守信问道："慕容将军可有什么妙计？"慕容延钊贴着他的耳边说了几句，石守信觉得可行，于是决定试一试。

第二天，慕容延钊挑战寨门，大骂李筠叛贼，骂得非常难听。李筠是个火爆脾气，被他这么一激，便按捺不住率兵出寨。双方对阵，慕容延钊也不废话，抡起大刀就是一顿乱砍，战斗了二十多个回合。这时，高怀德纵马前来助阵，大喊："叛贼赶快受死！"慕容延钊见高怀德前来接应，便勒马回阵。高怀德挺枪出战，双方又大战了二三十个回合。高怀德佯装败下阵来，也倒退回阵。慕容延钊又跨马出战，李筠正杀得性起，狂吼道："就是你们一起上，老子也不怕！"说着，挥舞着大刀，越战越紧。

寨内的卢赞、卫融见李筠占据优势，也出兵助阵。慕容延钊假装害怕，勒马奔回。李筠见宋军不敌，步步紧逼，慕容延钊、高怀德索性鸣金退兵。宋军奔驰了五六里，李筠已经杀红了眼，哪里肯罢休，领着卢赞、卫融奋力追杀。就在这时，突然听到一声炮响，石守信带领伏兵从路旁杀出。慕容延钊、高怀德也调头杀回。突如其来的埋伏让李军慌乱不已。卢赞、卫融见中了埋伏，竟然调头往北逃跑，真是患难见真情啊！剩下李筠一支人马，怎么支撑得住？李筠连忙往回撤退，手下的士兵伤亡无数。李筠刚跑到寨门前，发现寨门已经插遍了宋军大旗。只见有一位金盔铁甲的宋将领着宋军，从寨里杀了出来。李筠还以为是自己眼花了，等他确认之后，吓得魂飞魄散，一边破口大骂，一边向西北遁去。

攻入大会寨的那位将军原来是王全斌。话说王全斌想要绕道攻取泽州，一路上高山叠嶂，崎岖得很。王全斌害怕孤军深入，有所闪失。于是，他半途返回，绕到了大会寨的后方，偷袭李筠。来得早不如来得巧，正好李筠和石守信等人酣战，寨内空虚，王全斌不费吹灰之力，便夺下大会寨。

四位将军回寨后，皆大欢喜。忽然有殿前侍卫到来，说皇上的仪仗将要到来，石守信等人急忙出寨迎接。众人将太祖拥入寨中，在大会寨暂时休息一晚。

第二天，太祖下令亲征，随即领各路兵马向泽州进军。一路上，群山连绵，乱石横路，太祖亲自下马搬走挡路的石头。将士们见太祖亲自动手，急忙上前，争抢清扫道路，不一会儿路障就被扫除，大军得以继续前行。快到泽州的时候，各个重要关隘都被李筠据守，阻止宋军兵马前进。原来，李筠向北逃走后，在路上偶遇卢赞、卫融，于是三人择险据守，扎下大营。

太祖下令进攻，李筠、卢赞率军抵御，慕容延钊、高怀德上前厮杀，李筠对阵慕容延钊，卢赞对阵高怀德，四匹马搅在一起，盘旋了好几个回合。不一会儿，只听高怀德大喊一声："受死吧！"顷刻，卢赞被刺落马下。忽然李筠军中闪出一将，大喊道："高怀德休要张狂，我来也！"高怀德一看，原来是河阳节度使范守图，高怀德见他和李筠串通一气，便骂道："叛贼，你也要来找死吗？"王全斌怕高怀德体力不够，也拔刀助阵。战了不到两个回合，范守图一个疏忽，被高怀德挑下战马，活捉走了。李筠见接连损失两元大将，只好撒下慕容延钊，和卫融合兵一处，跑到了泽州城内。

宋军追到泽州城下，四面围攻。太祖派都校马全义攻打南门，马全义领命率十几名士兵攀墙登城，他刚一得手，城中忽然着起大火，黑烟滚滚，烈焰冲天。

宋太祖杯酒释兵权

泽州城内忽然起了大火。原来，李筠逃到泽州后，连忙派遣儋珪守城。儋珪见宋兵声势浩大，竟然弃城逃跑。本来就善于骑行，不逃更待何时？急得李筠仓皇失措。李筠的小妾刘氏来到军中，劝李筠备马连夜出逃，返回潞州，李筠犹豫不决。这时，李筠得知宋将马全义登城，城门被攻破，于是决定自焚。刘氏想跟着他一起死，李筠叹息道："我已经没有退路了，所以才甘心赴死，你肯随同我一起，志节可嘉，我很欣慰。只是你还有孕在身，要是生的是男孩儿，将来或许还能为我报仇，快去逃生吧！"刘氏听后，哭着离开了。李筠当即纵火自焚，大火被风一刮，转眼间红光四映，照亮了全城。

李筠的士兵看到主帅自焚，全部吓得溃散。马全义从城上下来，打开城门，将宋军大队人马迎入城内。王全斌首先杀入，正遇到卫融单枪匹马向外奔逃，当即大喝道："叛贼休要逃走！"卫融勉强抵抗，不到三个回合就被王全斌擒住。城内的士兵和老百姓大多被王全斌斩杀。

太祖进城后，命令士兵扑灭大火，然后贴出告示，安抚百姓。军士把卫融推上来，太祖劝他归降。卫融铁骨铮铮地说道："你敢有负于周，但我不会有负于汉！"这两句话戳中了太祖的痛处，太祖怒火中烧，命令卫兵用铁锤猛击卫融的头额，卫融顿时血流满面。但他还是不肯屈服："死不负主，死了也值得了。"太祖因为他语直气壮，不觉得怜悯起来。太祖并不是不忍心杀他，只是自己心虚罢了。于是太祖让卫兵罢手，将卫融松绑，好言劝慰，并封他为太府卿，卫融这才肯降，真是有始无终。

第二天，太祖发兵直指潞州，李守节大吃一惊，飞速向汉主求援。谁知道汉主早就跑了，李守节一时没有办法。等到宋军兵临城下，传令李守节如果献降，就免罪不予追究，李守节本来就不愿意起兵，加上现在孤立无援，便出城迎驾，匍匐在地上谢罪。太祖说道："你父亲不明是非，但我知道你忠心一片，朕难道不会区分善恶吗？朕今天不但要特赦你，还要封你为团练使。你一定要好好干，不要辜负朕对你的一片好心！"李守节没想到太祖这么大度，连忙泣涕谢恩。

太祖入住泽州城，安抚百姓，遍宴群臣。在宴席上，太祖赏赐李守节袭衣锦带，黄金千两。李守节感激万分，趴在地上磕了好几个响头。等到太祖回京后，李守节才想起查访父亲的小妾刘氏。

刘氏当时跑到了一个百姓家中暂时躲避，后来被李守节找到。不久刘氏腹中的胎儿出世，是个男丁。李守节做了三州团练使后，不久便病逝了，他膝下没有儿子，幸好刘氏生的是男孩儿，得以继承李家的香火，李氏才不不至于断子绝孙。这或许是李筠对周朝至死不渝的忠心的回报吧。

太祖平定潞州后，班师回朝。过了几天，南唐使臣入朝，上表祝贺太祖大捷，并附上淮南节度使李重进的密书，太祖打开一看，只见上面写道：

周淮南节度使李重进，奉书南唐主麾下：重进，周室之懿亲，藩镇之旧臣，世受先帝深恩，不忍背负，今将举兵入汴，乞大王援助一旅之师，联镳齐进，声罪致讨，若幸得成功，重进当拱手听命，还爵朝廷，少效臣节于万一，宁敢穷兵黩武为哉？惟大王垂谅焉！

太祖看完后，勃然大怒："李重进竟然背叛我！我曾经派遣陈思诲赏赐他丹书铁券，加以抚慰，如今陈思诲还没有回来，他却暗地里勾结南唐，起兵造反，真是可恨！"太祖对南唐使臣说道："你的主子忠心耿耿，朕很欣慰。你回去后转告你的主子，守住要塞，不要让叛军侵入，朕不日便发兵平定淮南。"南唐使臣便领命离开了。

太祖命令石守信、王审琦、李处耘、宋偓四员大将，分别带领大军，出征李重进。太祖这次没有派遣高怀德，想必是念及和燕国长公主的兄妹之情。

李重进是周太祖郭威的外甥，太原人，晋、汉、周三朝供职。周世宗在位时，任命他为淮南节度使，镇守扬州。宋太祖即位后，加授他为中书令，命令他移守青州。李重进本来和太祖赵匡胤官职不分上下，都手握重兵，听说赵匡胤陈桥兵变，黄袍加身，担心会被猜忌，所以常常坐立不安。

后来，太祖命令李重进移守青州，李重进感到更加慌张，于是他索性举兵造势。这消息传到了扬州，李重进害怕宋廷大军压境，孤立无援，于是派遣亲吏使翟守珣前往潞州，希望能和李筠联盟，约定南北夹击，谁知道翟守珣却跑到了汴都，将李重进的阴谋一一禀告给了太祖。

太祖听完翟守珣的禀报后，对翟守珣说道："李重进无非是害怕朕加罪于他，因而起兵，朕这就赏赐他丹书铁券，表示不会无故加罪于他，他能不能相信我？"翟守珣说道："臣以为李重进一直胸怀大志，希望陛下还是小心提防！"太祖点头说："朕和你也算是老朋友了，你前来禀报朕，真不愧是朕的故交。朕想要亲自征讨潞州，但是朕担心李重进会乘虚而入，这样朕就不能首尾相顾，那就不妙了。所以麻烦你回去劝慰李重进，尽量拖延时间，不要让他们两人一起发难，让朕分兵。等朕平定潞州之后，再去征讨李重进，到那时就势不可挡了。"说罢太祖又厚赏翟守珣，命他马上返回扬州。

翟守珣返回扬州后，见到李重进，编了一大堆谎话，阻止了李重进发兵。等到太祖亲自北征，还是担心李重进会偷袭后方。为了以防万一，太祖特地派遣陈思诲赏赐李重进铁券。李重进留住陈思诲，说等太祖还都汴京，便和他一起进京。

等到太祖凯旋回朝后，李重进非常害怕，正准备收拾行李和陈思诲一起进京。偏偏这个时候，部将向美、湛敬等人出面阻止："李公是周室的至亲，又手握重兵，总免不了被宋主所忌惮。要是李公再入朝觐见的话,正好中了他的诡计,恐怕只会一去不复返呐!"

李重进忧心忡忡地说:"要是宋主责怪下来,我该怎么办?"

向美说道:"古人说:'宁教我负天下人,休教天下人负我。'现在宋主刚刚平定潞州,已经是人疲马乏了。李公何不马上兴兵讨逆,直捣汴京,来个先发制人呢?"

"可是我兵力不足,恐怕无济于事啊。"李重进犹豫道。

湛敬献计道:"我们可以扣留住汴京的使者,然后再向南唐乞求支援,只要我们有南唐的帮忙,还担心大事不成吗?"

李重进说道:"不管是臣服宋朝,还是抗拒宋朝,反正都难逃一死。既然这样,我还不如搏一把,也许还有一线生机!我就依你的意思办!"随后,李重进便拘押了陈思诲,一面给南唐主写信,一面修城磨枪,准备起事。

转眼几天过去了,忽然有探子来报,说宋军已经南下,直奔扬州来了。李重进大吃一惊地说:"唐兵还没有借到,宋兵已经来了,这该如何是好啊?"向美、湛敬也不免有点惊惶,但这次的兵祸是他们两个惹出来的,所以他们只好硬着头皮,请兵出战。

李重进调派一万人马,交给这二位,自己留在城里据守,静候佳音。谁知从前方传来的都是败耗。李重进又听说宋太祖亲自南征,更是慌张得不得了。他正准备再招些兵买些马,迎接来敌,忽然看到湛敬狼狈不堪地跑了回来,并说向美已经阵亡,折损了大部分的士兵。李重进被这噩耗吓得两眼发呆,面如土色。不一会儿,城外喊声震天,鼓角齐鸣,李重进料到宋军已经杀到,勉强登上城墙,往下一看,只见宋军像蚂蚁一样,密密麻麻,排列整齐,长约数里。只见赵匡胤一马当先,全身甲胄,威风凛凛,不愧是开国皇帝,果然不同凡人。

李重进长叹一声,下城对将士们说:"我本来是周室的旧臣,理应以死报主。现在我整个家族将要玉石俱焚,你们自己都逃生去吧!"左右请求斩杀陈思诲,以泄私愤。李重进说道:"我都要死了,杀了他有什么用?"说完,李重进命令手下取来柴火,先让妻子跳到火里,自己随后也跳了进去。一道青烟,不久便化作了焦骨。

李重进死后,城中大乱,哪里还有人会去防守。宋军当即登城,鱼贯而进,捉住湛敬等数百人。太祖进城后,下令缉捕逆党,一律斩首。然后,太祖又询问起陈思诲,将士们说已经被逆党杀死了,横尸狱中。太祖很是叹惜,命人将他厚礼殓葬。太祖又问及翟守珣,将士们搜寻了好久,费了很大的精力才找到他。太祖抚慰翟守珣道:"扬州已经平定,爱卿可以随同朕一起回京!"翟守珣说:"臣害怕李重进怀疑,所以才躲了起来。臣今天能够重新见到陛下,也算是我命大吧。但是臣毕竟为李重进出死入生多年,我不忍心见到他暴骨扬灰,还望陛下特别开恩,批准臣替他一家收拾骨灰,安葬在野外,也算报答他的一片知遇之恩了。"太祖见翟守珣能知恩图报,说:"就依爱卿,朕不会怪罪你的!"翟守珣收拾完李重进一家的遗骨后,便跟随太祖返还宋城了。

宋太祖回京后,提拔翟守珣为补宫殿直,并时常命翟守珣跟他一起微服私访。翟守珣进谏说:"陛下刚刚得到天下,人心还没有安定。总是外出私访,要是有什么不测,该如何是好?"太祖笑着说:"帝王创业,自有上天庇护。凡事不能强求,也不能抗拒。从前周世宗在位的时候，见到方面大耳的将士，经常拿下斩首。朕当时整天呆在他旁边，也没有遇害，可见朕是天命所归，所以一般人暗算不了朕。"

一天，太祖微服到赵普的府邸，赵普慌忙出来迎接。赵普也劝太祖小心谨慎些。太祖又笑着说："如果真的有人要得了天命，那就随他去吧，朕是不会阻止的。"

赵普担心地说："陛下虽然圣明，但是普天之下未必人人都心悦诚服。想加害陛下的人还是有的。就是各镇将领，也不是个个都能靠得住，万一他们趁机兵变，祸起萧墙，到那个时候后悔也来不及了，所以陛下还是要早做准备啊！"

太祖说："石守信、王审琦等人都是朕的老部下，想必不会叛乱，爱卿不要过虑了。"

赵普解释道："我不是怀疑他们的忠诚，只是根据臣观察，他们都不善于驾驭部下。要是军中有人胁迫他们造反，他们就不得不从了。"

太祖觉得赵普说的话也不无道理，便说道："朕也想留在宫中纵情享乐，可是国家刚刚建立，人心是否归向还不知道，所以这才私行察访，了解情况，不敢有半点怠慢。"

"要是陛下能将所有兵马大权握在手中，那别人就不敢再打歪主意了，这样一来就太平无事了。"赵普献策说道。

太祖听后只是沉思，并没有说话。后来他又和赵普谈论了几句，便回宫去了。

转眼到了建隆二年，京城内外的众将帅和以前一样，没有太大的变动。赵普私下里却很着急，但是他又害怕触怒了太祖，不便时常进言，所以只好隐忍过去。

到了闰三月，太祖开始有了动静。他首先调任慕容延钊为山南东道节度使，撤销其殿前都点检一职，拔掉了一颗眼中钉。夏秋交界，太祖召见赵普进宫乘凉，当时他们旁边没有别人，太祖感叹道："自从后唐以来，几十年间，八姓十二君，篡夺相继发生，变乱无休无止，朕想要息兵安民，想出一个长久之计，爱卿觉得怎么样？"

赵普说道："陛下能这么想，真是百姓的福气，依臣愚见，五季变乱，全是藩镇割据、君弱臣强惹的祸。要是陛下能将他们的兵权撤销，稍加裁制，还怕天下不安定吗？臣去年多次想要启奏这件事，可是又害怕多嘴，触怒了龙颜。"

太祖说道："爱卿的好意朕心领了，这件事朕自有打算。"赵普不久便退出了。

第二天，太祖命令有司在大殿上设宴，召石守信、王审琦、张令铎、赵彦徽等大将入宴。酒喝到一半的时候，太祖令左右退下，对众将说："朕要不是有爱卿们的支持，恐怕也坐不了这皇位。但是朕觉得做天子太难了，还不如担任节度使逍遥自在。朕受禅到现在，已经有一年多了，可是一次安稳觉都没睡过。"

石守信等人听后，站起来问道："陛下还有什么烦恼？"

"朕和爱卿们都是老朋友了，也不妨直接告诉你们。这皇帝的宝座，哪个不想坐呢？哪个不眼馋？俗话说得好：'不怕贼偷，就怕贼惦记啊！'"太祖笑着说道。

石守信等人吓得连忙伏在地上叩头："陛下何出此言？现在天下已经稳定，哪个人还胆敢生有异心？"

"我知道爱卿们肯定是没有这种想法的，但要是你们的部下贪图富贵，暗地里怂恿你们呢？他们一旦发动兵变，将黄袍披在你们身上，你们即使不愿意，也不好收场吧。"太祖说道。

石守信等人哭着说："臣等愚昧，还希望陛下能够指条活路！"

太祖安慰道："爱卿们先起来！朕有些话想跟你们商量一下。"石守信等人遵旨起来，太祖接着说：

"人生如白驹过隙，忽壮忽老忽死。总没有几百年寿数，所以萦情富贵，无非欲多积金银，厚自娱乐，令子孙不至穷苦罢了。朕为卿等打算，不如释去兵权，出守大藩，拣择良好田园，购置数顷，为子孙立些长业，自己多买歌童舞女，日夕欢饮，借终天年，朕且与卿等约为婚姻，世世亲睦，上下相安，君臣无忌，岂不是一条上策么？"

石守信等人听后又下跪叩拜："陛下为我们考虑得这么周到，真是待我们亲如手足啊！"宴席散后，他们便各自回府去了。

第二天，诸将都上表称病，请求让出兵权。于是太祖命令石守信为天平节度使，王审琦为忠正节度使，张令铎为镇宁节度使，赵彦徽为武信节度使，并收回他们的兵权，将他们分派到各地去了。还有驸马都尉高怀德，也被任命为归德节度使，撤去殿前副都点检的职位。诸将先后辞行，太祖又对他们好好赏赐了一番。众人相继离开京都，离开朝野纷争，去过逍遥自在的日子了。

过了几天，太祖又召见雄军节度使符彦卿，打算让他统领禁兵。符彦卿是宛邱人氏，父亲叫符存审，曾经是后唐的宣武军节度使。符彦卿自幼擅长骑射，年轻时骁勇善战，历经晋、汉两朝。周太祖即位后，授他为天雄节度使，晋封为卫王。周世宗先后册封他的两个女儿为皇后，赵匡义则娶了他的第六个女儿做继室。因为符彦卿德高望重，又是国丈，所以周世宗在世时加封他为太傅。到了宋太祖时，更是加封他为太师。太祖手下的将帅大都被调去镇守地方，京城防守空虚，于是太祖打算召符彦卿进宫统领禁兵。

赵普知道消息后，连忙进谏："符彦卿已经位极人臣，怎么能再交与他兵权呢？"太祖说道："朕待他不薄，他应该不会辜负朕的。"赵普突然问道："那陛下为什么会辜负周世宗？"一针见血，太祖听后沉默了很久。

不久，永兴军节度使王彦超、安远军节度使武行德、护国军节度使郭从义、定国军节度使白重赞、保大军节度使杨廷璋等人同时入朝，太祖在后苑宴请他们，从容地说道："爱卿们都是国家老臣，据守藩镇已经很久了，也该休息休息了。"刚说完，王彦超离开席位，跪拜道："臣没有什么战功，承蒙陛下错爱，才得到这些荣华富贵。如今臣已经老了，请求陛下准许老臣告老还乡！"太祖连忙扶起他，嘉奖安慰道："爱卿过谦了！"武行德等人不明白太祖话里有话，反而还自夸以前劳苦功高。太祖冷笑道："这都是过去的事了，就不要再提了。"

等到宴席散去后，武行德等人预料太祖肯定会有举动。果然，第二天太祖下旨，将武行德等人的节度使罢免，只留下王彦超一个人留守原地。太祖先后将卫军和藩镇彻底进行了一番裁制，自此那颗警惕之心才肯放下！

 南下戡定荆湘

建隆二年的夏天，杜太后病重，太祖日夜侍奉，不离左右。无奈杜太后的病情一天比一天重。不久，杜太后咳喘交加，生命垂危。她知道自己时日不多了，便召集赵氏子孙，包括枢密使赵普一起来到病榻前。她先对太祖说道："你登基皇位已经有一年多了，你可知道自己为什么能得到江山吗？"太祖答道："托先祖和母后的洪福，我才有机会得到天下。"杜太后说道："你想错了！是周世宗将皇位传给了年幼的儿子，这才让你有机可乘，得到了江山！所以为了避免这类事件再次发生，你百年之后，帝位应该传给光义。光义逝世后，再将帝位传给光美。光美逝世后，再将帝位传给德昭。一个国家有个年长的君主，是江山社稷的福分，你要牢记在心！"太祖哭着说道："谨遵母后教诲！"

太后又转过头叮嘱赵普："你跟随你的主子多年，为人忠诚，我早就把你当成一家人了。我刚才的遗言，麻烦你也记在心上，不得有违！"赵普领命，在床榻前记下太后遗嘱，并写上"臣赵普谨记"五个字，然后把遗书收藏在柜子里，让可靠的宫人保管。

杜太后生了五个儿子，大儿子匡济、二儿子匡胤、三儿子匡义、四儿子匡美、小儿子匡赞，其中匡济和匡赞幼年夭折。太祖即位后，由于避讳的缘故，将所有兄弟名字中的"匡"字都改为"光"字。太后遗嘱中提到的昭德，是太祖和原配贺夫人所生。

两天后，太后病逝于滋德殿，享年六十岁，谥号明宪。乾德二年，又改谥号为昭宪。

太祖听从赵普的计策，将藩镇的兵权全部收回，接着又选择将帅，分别防守边关，而他们的家人全部留在京师，由朝廷供养，待遇非常优厚。边防所有的军务，将领们都可以自行做主。将领们每次进朝，太祖都会赐宴赏金，所以诸将都愿意拼死效力，西北的边关也得以安定。羁留诸将的家属并优待他们，无非是太祖防止诸将叛乱的手段，此法非常奏效。

一天，关南（周世宗显德三年，从契丹手中收复瓦桥关、益津关、淤口关、瀛洲和莫州，北宋称这三关以南的地区为"关南"）有个百姓来到京城告御状，说守将李汉超强占他的女儿，而且还借钱不还。

太祖召见那个百姓问道："你的女儿有没有嫁人？"这人答道："嫁给了一个农夫。"太祖又问："李汉超没去关南之前，辽人有没有侵犯过？"这人回答："年年都来，我们苦不堪言。"太祖又接着问："那现在怎么样？"这人听后便默不作声了。太祖生气地说："李汉超是朕的功臣，你的女儿能够侍奉他，应该比嫁给一个农夫光荣得多。要是关南没有李汉超镇守，你

的子女和家产能保得住吗？你为了区区小事，大老远跑来京城告状。你下次再敢来，朕绝对宽恕不了你！"说完，便命令左右将他赶了出去。

事后，太祖派遣密使传谕给李汉超："你赶快将民女送回去，并且把借贷偿还清。朕暂且宽恕你这一回，下次再敢犯，我饶不了你！如果你真的缺钱用的话，尽量跟朕说，何必向老百姓借钱呢？"李汉超听后，感激涕零，将人和财物悉数奉还，还上表谢罪。

环洲守将董遵诲是高怀德的外甥，他的父亲名叫董宗本，曾经在后汉担任随州刺史。太祖还没有成就大业之前，曾经去过董宗本的府上。董宗本见太祖一表人才，武艺非凡，所以非常器重他，还留他在府上住了好几天。但是，董遵诲却很看不起太祖，经常对他傲慢无礼。

一天傍晚，董遵诲对太祖说："我曾经看到城上紫云缭绕，看到一条几百尺的黑蛇忽然飞腾到天空，化作巨龙而去，你说这暗示着什么？"太祖听后只是微笑，并没有作答。

过了几天，董遵诲又和太祖谈论军事，董遵诲理屈词穷，反而恼羞成怒，竟然要跟太祖动手。太祖惹不起，躲得起，连忙向他父亲董宗本辞别。周末宋初，董遵诲担任骁武指挥使，太祖在后殿召见他，笑着对他说："爱卿还记得从前黑蛇化作巨龙的事情吗？"董遵诲吓得连忙跪拜："臣当时愚昧，不认识真命天子，要是陛下不计前嫌，我定当以死谢恩！"太祖大笑。

没过多久，有军士击鼓鸣冤，列举了董遵诲数十件违法的事迹。董遵诲更加害怕，惶恐不安地等待发落。太祖又召见他说："朕既然打算原谅爱卿，怎么会忍心追究爱卿以前的罪状呢？爱卿不要担心，只要爱卿从此以后改过自新，朕还是会破格重用爱卿的。"董遵诲听后，连忙叩头谢恩。

董遵诲的父亲董宗本是范阳人，曾经是辽国降将赵延寿的部下，赵延寿被抓后，董宗本带着儿子往南逃亡，而他的妻妾却陷在幽州。太祖派人买通当地人，将董遵诲的生母赎回来，送给了董遵诲。太祖几次以德报怨，董遵诲无比感激，发誓要万死相报。太祖特封他为通远军使，镇守环夏。董遵诲上任后，召集各族的酋长，宣布朝廷的威德，大家都心悦诚服。不久，边关传来急报，董遵诲带兵深入，斩获无数，边关于是平定。豺狼并不是不可以任用，重要的是任用的方法。

太祖还嫌对藩镇的裁制不够，于是派文官到各州担任通判，并设下诸路转运使，选择各路的兵马补充禁卫军。这些举措无非是为了节制藩镇，巩固皇权。从此，五代以来君弱臣强的弊端一扫而空。真是煞费苦心呐！

建隆四年，太祖改元乾德，接受百官朝贺。武平节度使周保权派遣使者向京城告急。周保权是周行逢的儿子，周行逢在周世宗在位时，因为平定湖南有功，被封为朗州大都督，兼武平军节度使，管辖湖南全境。宋朝初年，周行逢的任职没有变动，太祖还加授他为中书令。周行逢在地方上励精图治，一切还是按照藩镇的做法，行动非常自由。太祖刚刚平定中原，没有精力过问湘南，所以周行逢能在湖南坐镇七年，安享荣华富贵。

后来，周行逢将要病逝，召集部下道："我的儿子周保权才十一岁，什么都不懂。我逝世后，犬子还得仰仗诸位的辅佐和保护。湖南境内大部分的官属还算恭顺，没有什么野心。只是衡州刺史张义表生性凶悍，蓄谋已久。我死之后，他一定会举兵作乱，希望诸位能尽心辅助我儿，不要丢失了疆土。万不得已的话，你们宁可投靠宋廷，也不要让疆土陷入张文表的虎口。"

周行逢死后，周保权继位。果然没过多久，衡州张文表听说周行逢病逝，生气地说道："我和周行逢从小都身份微贱。我们两人白手起家，曾经一同建功立名。如今他已经病逝，我们这么多年的交情，他不把藩镇交给我，反而还劝我臣服那叛贼赵匡胤，真是欺人太甚！"不久，张文表便率军偷袭潭州，杀死了守将廖简，还扬言要进取朗州，杀光周室一族。朗州大震，周保权急忙派遣杨师璠前往讨伐，并且派遣使者向宋廷求援。

同时，荆南节度使高继冲也上书，乞求宋廷派兵援助。高继冲是高保勋的侄儿，高保勋的祖父高季兴是唐朝末年的荆南节度使，经历后梁和后唐，被后晋封为南平王。高季兴死后，他的儿子高从海承袭爵位。高从海又将爵位传给儿子高保融，高保融又将爵位传给高保勋。后来，高保勋又把爵位传给了侄子高继冲，高氏一族世代镇守江陵。荆南和湖南毗邻，高继冲害怕张文表侵犯，所以也派人驰报宋廷。

太祖接到周保权和高继冲的求援信后，先下诏到荆南，让他们派遣水军讨伐潭州。然后又派慕容延钊为都部署，李处耘为都监，率兵南下。临行时，太祖叮嘱他们："江陵南边是长沙，东边是建康，西边是巴蜀，北边是大梁，是天下的心腹之地，地理位置非常重要。如今荆南四分五裂，是收复的大好时机。爱卿假装说向他们借道，然后伺机入城，占据荆南，岂不是一举两得吗？"两位将军领命前往。

慕容延钊和李处耘到了襄州后，立即派遣阁军使丁德裕率军先赶到江陵，要求高继冲借道。高继冲正派遣水师三千令亲校李景威统率，兵发潭州。丁德裕率军来到江陵后，向高继冲说明来意。高继冲急忙召集部下商讨对策，部将孙光宪说道："中原自从周世宗以来，大有一统天下的趋势。如今的宋主比周世宗还要雄武，江陵地小民贫，肯定不能和宋主抗衡，不如尽早归附疆土，还可免遭兵祸。如果归附宋廷，明公的富贵同样可以保全！"高继冲犹豫不决。他又召见叔父高保寅密商，高保寅说道："我们暂且备好牛肉和酒席，借着犒师的名义，看看他们兵力如何，再做计较。"高继冲说道："那就麻烦叔父前往了。"

高保寅挑选数十头肥牛和几百坛美酒，前往荆门犒劳宋军。到了荆门后，由李处耘出面接待高保寅。李处耘对他很是殷勤，高保寅非常高兴。第二天，慕容延钊召见高保寅，置办酒宴，相谈甚欢。高保寅派人飞速禀报高继冲，让他不要担心，宋军非常友好。谁知道李处耘已经带领精兵星夜前进，抵达江陵，和丁德裕会师一处。高继冲正等待高保寅回来，忽然听说大军兵临城下，急得束手无策，只好出城相迎。高继冲向北出迎十余里，刚好碰到李处耘。李处耘一边将高继冲带入寨中，让人好生招待；一边亲自率军进入江陵城。等到高继冲回去的时候，宋军已经占据了各个要塞，高继冲越发惶恐不安，只好交出荆南版图，将全境的三州十六县全部献给宋廷，并上书表示愿意归附。

太祖听说荆南已经平定，自然高兴得不得了。于是派遣王仁赡为荆南都巡检使，赏赐高继冲锦衣玉带、金银珠宝，并授他为兵马都指挥使，仍旧担任荆南节度使。孙光宪因为劝谏有功，被任命为黄州刺史。荆南自从高季兴据守以来，传袭了三代五主，共四十余年。荆南被纳入宋朝后，高继冲后来又被改任武宁节度使，开宝六年病逝于汴京，总算是富贵终身，了却一世了。

慕容延钊和李处耘夺取了江陵后，便率军进取潭州。当时湖南将校杨师璠已经在平津亭大破敌军，活捉了张文表，并将他活剥熟吃，手段非常残忍。慕容延钊趁着张文表和杨师璠酣战之际，不费吹灰之力便攻克了空虚的潭州。随后，他又率军进逼朗州。周保权只有十一二岁，毫无主见，部将张从富说道："眼前我军刚刚得胜，气势正盛，不妨和宋军决一胜负。况且朗州城固如金汤，就算不能战胜，我们还可以据城坚守，等到他们粮草耗尽，自然会退去，少主不必过虑！"拿宋军和张文表相比，真是无知！诸将多半赞同，于是湘兵整缮兵甲，决心和宋军一较高下。

慕容延钊先礼后兵，命令丁德裕前往朗州，劝抚他们献土投诚。丁德裕率领数百骑兵，直抵朗州城下，让守将开门。张从富在城上回应道："来将是谁？"丁德裕说："我是使臣丁德裕，特地来传达朝廷圣旨！"张从富冷笑道："你有什么圣旨？无非是想窃据我朗州。你回去告诉宋主，我这里的疆土本来就是世袭，张文表已经被我们荡平了，就不用劳烦你们帮忙了。我们彼此守住边境，不要伤了和气！"丁德裕生气地说："你敢违抗王师吗？"张从富自信满满地说："朗州不比江陵，不要小看了我们！你们要是来硬的，我们也不怕，看箭！"说完向丁德裕射了一箭。丁德裕见张从富态度如此坚决，只得先行离开，返回禀报慕容延钊。

慕容延钊上书奏明太祖，太祖随后派遣使者前往朗州，谕令：

汝本请师救援，所以出发大军，来拯汝厄。今妖孽既平，汝等反以怨报德，抗拒王师，究是何意？

张从富不愿听使臣饶舌。为了阻止宋军压境，他派人摧毁城外的所有桥梁，并把船毁掉沉入水中，堵住河道。同时命人将树木砍倒来阻挡道路，一心为难宋军！

慕容延钊和李处耘陆续进兵。李处耘先到澧江，远远望见对岸敌军的阵营，旌旗飘扬，非常严整。李处耘明地里说要渡江，暗地里却分兵绕到上游，偷偷潜往南面的渡口。朗州的守将张从富只知道提防着李处耘，却不料从侧面杀出了一支宋军，冲到阵营里。张从富慌忙带兵阻击，还没有打几个回合，对岸的宋军又渡江杀了过来，搞得张从富手忙脚乱，只好逃回了朗州。

宋军俘获许多敌兵，李处耘检阅俘虏。为了震慑敌军，他看到肥壮的士兵，就下令将他们的肉割下，做成粥分给左右品尝。他又挑选了几名年轻的俘虏，在他们的脸上刻上字，放他们回到朗州。

脸上被刺字的士兵逃回朗州后，将自己的亲身经历告诉了城里的人，说宋军喜欢吃人肉！顿时一传十，十传百，全城上下人心惶惶，纷纷逃走。朗州军也曾经吃过张文表的肉，怎么听说宋军吃人肉吓成这样？等到李处耘兵临城下，城中更是慌乱，张从富看军心已散，知道不是宋军的对手，便携带家眷逃往西山去了。

朗州的偏将汪端护住周保权和周氏家属，躲避在长江南岸的一个寺庙中。李处耘一鼓作气，攻破城门。慕容延钊大军进城后，全城上下搜抓逃虏。士兵搜到西山脚下的时候，正好撞见张从富出来，想要向别的地方逃窜，真是冤家路窄啊。张从富见宋军人多势众，只好束手就擒，他因为极力抗拒王师，后被慕容延钊斩首。慕容延钊又探访寺庙，将周保权一族抓获。汪端率军逃跑，被宋军追上后剿灭，汪端死于乱箭之中。湖南全境自此平定。

周保权被押解进京，等候发落。太祖命令他入朝觐见。这个十一二岁的孩子，突然见到雄威的赵匡胤，吓得瑟瑟发抖，哆哆嗦嗦地连"万岁"都喊不出来。太祖不禁心生怜悯，不忍心治他的罪。不但这样，太祖还优旨特赦，授他为右千牛卫上将军，留在京城和家属同居。周保权长大后，被提拔为右羽林统军，并担任并州知府。周保权后来也和高继冲一样，寿终正寝。这也全仰仗太祖的宽厚仁善。

荆、襄已经平定，太祖的统一大业又前进了一步。太祖打算再次进兵南北，又担心战事太过频繁，士兵疲惫，于是暂时下令养精蓄锐，休整各军。就在这时，军校史珪、石汉卿进谏太祖，说殿前都虞侯张琼拥兵自盗，作威作福。太祖召见张琼，当面讯问他是否属实。张琼不肯认罪，反而还顶撞了几句，惹得太祖火冒三丈，喝令石汉卿掌他的嘴，并把张琼交给他们处置。石汉卿等人平时和张琼有些过节，这次张琼落难，他们恨不得整死他。他们用铁棍狠狠地击打张琼的头部，张琼顿时血流如注，晕厥过去。

等到张琼苏醒，已经被囚禁在大牢里了。他伤痕累累，疼痛难耐，于是哭着说："我在寿春的时候，身中数箭，那天死了反倒更好，还可以保住名节。如今却要死得不明不白，真是可恨！"说完，他解下腰带，拜托狱卒寄送给母亲，自己咬牙撞向了墙壁，当场殒命。太祖听说张琼的遗言，又查明张琼根本没有多余的钱财，非常后悔。于是下令厚葬张琼，优厚抚慰张琼的家属，并严加苛责石汉卿等人太过鲁莽，便匆匆结案了。

乾德二年，范质、王溥、魏仁浦三位宰相一起被太祖罢免，只留下赵普担任同平章事。宋朝初年，官员制度和唐朝一样，同平章事这个职位在唐朝就有了，就是宰相的代名词。太祖任命赵普为宰相，想要再设立一个副宰相的职位，又没有好的名称，于是询问翰林学士陶谷的意见。陶谷说唐朝有参知政事这个官职，比宰相稍低一级。于是太祖任命枢密直学士薛居正、兵部侍郎吕余庆一同为参知政事，月俸是宰相的一半。

赵普做了宰相之后，太祖更加信任他，凡事都要和他商量。有时候在朝堂上没有得到解决的事情，到了夜里，太祖还要亲自去赵普的府邸，商讨解决。赵普每次退朝，担心太祖会夜间拜访，所以不敢轻易换下官服。

一天大雪纷飞，狂风呼啸。赵普退朝后吃过晚饭，对门客说道："皇上今天想必不会来了吧。"门客回答道："今夜非常寒冷，就是寻常百姓都不愿意出门，何况高贵的天子呢？相爷尽可放心，早点歇息吧！"赵普于是换下官服，退到了寝室，刚准备上床睡觉，忽然听到有敲门声，连忙起身开门，只见门客跑进来禀报："皇上来了！"赵普来不及穿上官服，匆匆赶出去迎接圣驾。赵普见太祖站立在风雪中，慌忙叩拜，并自责道："臣接驾太迟，衣冠不整，还望陛下恕罪！"太祖笑着说："今晚大雪，不怪爱卿没有准备，何罪之有？"太祖一边说着，一边扶起赵普，携手走进大堂。太祖说道："我还约了光义一起来，他还没有到吗？"赵普正要回答，赵光义就到了。

于是,君臣手足齐聚一堂。太祖半开玩笑地问赵普:"羊肉美酒可以除寒,爱卿有没有准备啊?"赵普回道已经准备妥当,太祖大喜。赵普将妻子林氏叫出来,让她烧酒。林氏拜见太祖、光义后,太祖笑着说:"贤嫂!今天就麻烦你了。"

　　酒过三巡,太祖对赵普说:"朕因为外患还没有平定,寝食不安。其他的地方还可以缓缓,只是太原一路,经常前来骚扰,朕打算先将太原拿下,然后再削平其他的国家,爱卿觉得怎么样?"赵普回答:"太原阻挡西北两面,我军如果先攻下太原,便和契丹接壤了,这样一来边疆的压力就会很大。臣的意思不如先征讨其他的地方,等这些国家收复了之后,区区弹丸小国,自然会收入版图之内的。"不愧是经验老练的千古良相。太祖微笑道:"朕的意思也是这样,刚才只不过是在试探爱卿。但是如果要平定其他的国家,先从哪个下手呢?"赵普回答:"没有比蜀地更合适的了。"太祖点头,三人又商讨了一会儿讨伐蜀国的计策,夜色已深,太祖兄弟二人才起身离去,赵普恭送出门。

第九章 后蜀灭亡

蜀主孟昶是两川节度使孟知祥的儿子，后唐封他为蜀主，历史上叫作后蜀。唐朝末年，孟知祥在蜀国称帝，不久病逝。他的儿子孟仁赞继位，后改名为孟昶。孟昶荒淫无度，滥用臣僚，他所宠信的王昭远、伊审征、韩保正、赵崇韬等都非常不称职。孟昶的母亲李氏曾经对他说："唐庄宗和你父亲之所以能灭掉后梁，平定蜀国，是因为他们当时统兵的将帅都是按照功劳授予职位的，士兵们都很心悦诚服。现在王昭远无才无德，韩保正是个纨绔子弟，他们都不懂行军打仗，一旦边关有警报，怎么能够承担起重担呢？"孟昶的母亲还是很有见识的，可是孟昶却没有理会。

后来，大宋平定了荆南、湖南。蜀相李昊进谏孟昶："臣观察宋朝不像周、汉，将来一定会统一四海。为了我国的未来考虑，不如派遣使臣向宋朝称臣进贡，或许还能免遭战祸。"孟昶觉得很有道理，就和王昭远商议。王昭远自信地说："主上大可放心，蜀道艰险，有三峡这道天堑，宋军难道能飞进来不成？我们何必向他们称臣进贡，受宋廷管辖呢？"孟昶听后，便放弃了称臣进贡的念头，只是增兵防守要塞。

不久，王昭远又劝孟昶拉拢北汉，夹击汴梁。于是，孟昶派遣部校赵彦韬到太原给汉主送信。偏偏赵彦韬阳奉阴违，竟然跑到汴京，将书信交给了太祖。太祖看完后，不禁微笑着说："朕正准备发兵西征，偏偏他先来挑衅，这下朕出师有名了。"于是太祖扔下书信，开始点将出征。太祖命忠武节度使王全斌为西川行营都部署，都指挥使刘光义、崔彦进为副将，枢密副使王仁赡、枢密承旨曹彬为都监，率兵六万，分道进入蜀地。

王全斌等人入朝辞行的时候，太祖问他们："你们认为西川能不能攻下？"王全斌回答："臣等仰仗天威，谨遵天意，用不了多久就会凯旋归来的。"右厢都校史延德说道："西川要是在天上，确实没办法得到，但只要它在地上，难道六万大军还不能平定一个西川吗？"太祖高兴地说道："爱卿们都这么勇猛，朕还有什么好担忧的呢？只要攻克城寨，所得的财物都可以分给将士们，朕只想要得到土地，其他的都无所谓了。"王全斌等人叩拜领命。太祖又说道："朕已经为蜀主置办了府邸，一共五百多间，家具杂物一应俱全。要是蜀主投降，他的家属无论男女老少，一概不准侵犯，好好地送到京城来见朕，不得有误！"王全斌等人领旨后，分兵两路进兵西川。王全斌和崔彦进等人由凤州进入，刘光义和曹彬等人从归州挺进，浩浩荡荡，直奔西川。

蜀主孟昶接到警报，急忙任命王昭远为都统，赵崇韬为都监，韩保正为招讨使，李进为副使，率兵抵御。随后，蜀主又令李昊在郊外为他们饯行。酒喝到一半，王昭远醉醺醺地振臂大喊："我这次前去，退敌当然不在话下，就是进取中原也是易如反掌！"李昊心中暗暗地嘲笑他，嘴上敷衍几句。王昭远率兵启程，手里拿着一把铁如意指挥兵马，把自己比作诸葛亮。

军队到了罗川，王昭远听说宋军主帅王全斌已经攻克了万仞、燕子两座要寨，正进军兴州，于是连忙派遣韩保正、李进率领五千兵马，前往抵拒敌军。韩保正、李进二人行军到三泉寨，正巧碰到宋军的先锋史延德带着前队纵马冲杀过来。李进手持长戟出迎，还没跟史延德交手几个回合，就被史延德用枪挑飞长戟，打翻到马下，活捉了过去。韩保正大怒，抢刀出战，史延德丝毫不惧怕，挺枪迎战，又打了十几个回合，杀得韩保正气喘吁吁，不久也被宋军活捉了。还真是个纨绔子弟，不堪一击。史延德又率兵乱杀一阵，可怜这些蜀军失去了主帅，大多做了无头鬼，还有三十万石粮草，全都被宋军抢走，一车不剩。

王昭远接到战败的消息，在罗川摆下兵阵，准备拒敌。史延德也不敢贸然挺进，在途中暂时休整，等待后军到来。不久，崔彦进率兵一万和史延德会师，两军一同前行。史延德远远看见蜀军沿着长江排兵布营，江上的桥梁还没有被斩断。崔彦进的部下张万友大喊："不乘机抢渡浮桥，更待何时？"话音未落，他已经纵马突出，跑到了浮桥上。蜀军连忙前来阻拦，却挡不住张万友的大刀。只见张万友左一枪，右一刀，将蜀兵杀落到江中。宋军蜂拥跟上，顷刻间杀到了对岸，王昭远见宋军竟然这么骁勇，不禁大惊失色，急忙率军撤走，退守漫天寨，然后调集各处的精锐一起防守。

崔彦进分兵三路，同时发动进攻。自己和史延德为中路，先抵达漫天寨下。漫天寨在山上，地势非常高峻，崔彦进清楚仰攻难度很大，所以只命令士兵在山下辱骂王昭远，引诱他出战。王昭远仗着自己兵多，倾巢出动。崔彦进率军迎敌，刚一交锋，就假装败退。王昭远麾军穷追不舍，追赶了十余里，觉得离寨太远了，正准备鸣金收兵，可是已经迟了。就在这时，从左右两边杀出两路宋军，左路是宋将康延泽，右路是张万友。这个时候崔彦进、史延德又调转马头，领军杀了回来，三路夹击蜀军，王昭远无奈，只好纵马往回撤军，蜀军随即溃败。

宋军乘胜追击，追到寨下，凭借着这股锐气，踊跃登山。王昭远料想难以守住，于是放弃漫天寨，向西逃窜去了。宋军杀到寨中，抢走无数的兵器、盔甲、粮草。王全斌赶到后，派崔彦进再次进兵，王昭远收集逃兵，前来迎战，三战三败，只好西渡桔柏江，烧毁桥梁，退守剑门去了。

王全斌因剑门险峻，担心难以攻克，决定先探听刘光义那边的消息，再做决定。不久，刘光义送来捷报，说已经攻克夔州，正进兵峡中。夔州是西蜀江防的第一重门户。刘光义、曹彬从归州出发，攻打夔州。蜀将高彦俦和武守谦率兵死守，在夔州城外的锁江上筑起浮桥，上面设置三重栅栏，同时沿江布设大炮，专门提防宋军军舰。

刘光义等人从汴京出发前，太祖叮嘱他们水陆夹击，才可以取胜。于是，刘光义逆江进入蜀地，在距离锁江三十里的地方舍舟步行，乘夜偷袭。蜀兵只顾江防，疏忽了陆防，忽然被宋军从陆上攻入，立即溃散。刘光义夺下浮桥，进军城下。武守谦正准备开城迎战，高彦俦阻止道："宋军长途跋涉，意在速战速决，不如坚守不出，等到他们士兵倦怠、粮草耗尽、斗志全无的时候，我们再率军迎战，到那时便可以一鼓作气打退敌军了。"这是个以逸待劳的好办法，可是武守谦没有同意，独自领着几千骑兵，大开城门，跃马出战。

刘光义的骑将张廷翰挺枪过来，双方交战了一两个小时，张廷翰的枪法越逼越紧，武守谦抵挡不住，虚晃一枪，驰马向城中逃去。说时迟，那时快，张廷翰步步紧追，也跟着进城，守城的士兵想要将城门关闭，被张廷翰一枪戳死了。宋军蜂拥进入，曹彬、刘光义先后驰入，高彦俦急忙前来阻拦，可是已经招架不住了。高彦俦身中数十处创伤，奔回府中，整理衣冠，朝着西边拜了又拜，然后自焚而亡。也算是后蜀的忠臣了。

刘光义攻克夔州后，进城安抚百姓。他厚葬高彦俦的遗骸后，再向北进兵，所到之处，望风披靡！万州、开州、施州、忠州等四州相继归降，峡中郡县全部平定，刘光义于是飞书告诉王全斌。王全斌听说东路大捷，也准备进军益光，途中抓获一名蜀军的侦察兵，王全斌厚赐美酒和粮食，劝他归降，并询问进入蜀地的路径。这名侦察兵答道："益光的东面，越过几座大山之后，有一条狭窄的小道。从这条道路经过，就可以绕出剑门南面，和官道会合，前面的路就好走多了。"

王全斌大喜，于是按照他说的办，从小道径直赶往青疆，同时分兵给史延德，偷袭剑门。王昭远听到警报，命令偏将在剑门据守，自己率军去汉源坡阻击王全斌。谁料还没有遇到王全斌，剑门失守的消息就传来了，吓得王昭远魂不附体。不久，鼓角声连天，王全斌、崔彦进从青疆杀到，王昭远吓得一动不动，好像死了一样，还是都监赵崇韬有些胆色，布阵出战。这个时候的蜀军人人胆战心寒，哪里还敢跟宋军较量？果然，蜀军一跟宋军交手，看到几个人受伤后，就一哄而散各自逃命去了。赵崇韬本来还想坚持下去，偏偏坐骑也像被吓破了胆，只知道向后退，害得赵崇韬没有坐稳，从马上翻落下来，平白无故地被宋军活捉去了。

王全斌喜好杀人，命令士兵一路砍杀，好像刀劈西瓜一样，滚滚落地，砍下有一万多颗头颅。有几个败兵侥幸逃脱，跑回寨中，急忙将王昭远推上马，快马加鞭，逃到了东川，然后藏到了仓舍里面。一会儿，追兵杀到，他们进到仓舍里搜寻，看到王昭远缩成一团，也不管你是什么都统不都统的，把铁锁往他身上一套，王昭远就像猴子一样被宋军牵走了。

蜀主孟昶正和爱妃花蕊夫人饮酒取乐，突然接到败报，孟昶的醉态立即吓醒了一半。他连忙下旨招兵买马，令太子孟玄喆为统帅，李廷珪、张惠安为副将，率兵赶赴剑门，支援前军。孟玄喆从小不习武功，只喜欢音乐，当天从成都出发，还带着好几个美女，几十个伶人，笙箫管乐，沿途吹唱，并不像是去行军打仗，倒像是出门迎亲去了。李廷珪、张惠安又都是无用的书生，走到绵州，得知剑门已经失守，竟然逃跑去了东川。

孟昶惊惶失措，急忙向左右问计，老将石斌献计说道："宋师远道而来，肯定不能久持。只要我们据守深沟高垒，死守要塞，宋军自然会退兵。"蜀主叹息道："我父子二人省吃俭用，养兵四十多年，如今大敌当前，试问谁还敢为我效命，领兵迎敌？"说完泪如雨下。忽然，丞相李昊报道："不好了！宋军主帅王全斌已经攻下魏城，不久就要到成都了。"孟昶失声说道："这该如何是好啊？"李昊说："宋军进入蜀地，无人可挡，估计成都也难保守，不如见机归降，还可以保全自己。"孟昶犹豫了一会儿，才说道："罢了！罢了！我也顾不上什么了，爱卿为我拟写降表吧！"李昊于是立刻修缮降表，孟昶派遣使者送与宋军。

王全斌接受蜀主的归降，令马军都监康延泽领着几百骑兵，随使者进入成都，宣谕皇恩和威信。康延泽进城后，将府库查封，然后返回了宋军大营。第二天，王全斌率领大军入城，刘光义等人也领兵前来，孟昶出城迎接。王全斌下马抚慰蜀主，待遇非常优厚。孟昶令李昊将降表献给宋太祖，表示归降。

李昊本来是前蜀的旧臣，前蜀亡国时，降表也是出自李昊之手。蜀人总是拿"世修降表李家"六个字来嘲讽李昊，也算是一段趣闻。后蜀从孟知祥到孟昶，一共两代，三十二年。太祖接受降表后，任命吕余庆为成都知府，并命令蜀主孟昶即刻率领家眷来京供职。孟昶不敢怠慢，带着孟氏一族赶往汴京。太祖在崇元殿接见孟昶，孟昶叩拜完毕后，太祖赐座宴席，面封孟昶为检校太师兼中书令，授爵秦国公，孟氏一族子弟都封有职位，就连王昭远那帮俘虏也都被释放了。

太祖为什么这么优待蜀主呢？因为他听说蜀主的妃子花蕊夫人倾国倾城，是个绝世佳人，非常想一睹真容，又不便特地召见她，只好将孟氏上下全都赏赐一遍，不怕见不到这花蕊夫人。孟昶的母亲李氏带着孟昶的妻妾，当然也包括花蕊夫人，入宫拜谢太祖。太祖一一传见，等到花蕊夫人拜见的时候，她刚一靠近，便觉得有一种花香扑面而来。太祖仔细端详这花蕊夫人，果然有倾国倾城、沉鱼落雁的美貌。等到她弯腰下拜，好似迎风的杨柳，婀娜轻盈。太祖听到她娇声说道："臣妾徐氏，拜见陛下，愿皇上万寿无疆！"这两句话原本很平淡，但是出自花蕊夫人的口中，太祖偏偏觉得珠喉婉转，楚楚动人。太祖当面下旨，命孟昶的母亲李氏带着妻妾去参观后宫，花蕊夫人也一同前往。她们从后宫回来后，便向太祖谢恩告别。

太祖称呼孟昶的母亲为国母，并教她以后随时进宫，不要拘泥。真是醉翁之意不在酒啊。李氏应诺退下，太祖睁着一双大眼睛，入迷地看着花蕊夫人的脸，花蕊夫人好像察觉到太祖在看她，也回瞧了太祖一眼，便跟着李氏出去了。这秋波一转，害得这位英明仁武的宋太祖心猿意马，几乎废寝忘食。因为继后王氏于乾德元年崩逝，六宫里虽然有嫔妃，但都姿色一般。就在这个时候，突然出现这倾国倾城的美人，怎么肯轻易放过？只是这花蕊夫人已为人妇，不方便强取豪夺。太祖踌躇了好几天，最后想出了一个绝妙的办法。

一天晚上，太祖召孟昶入席。两人一直喝到半夜，孟昶才回去。过了一晚，孟昶竟然一病不起，胸里好像被什么食物给塞住了，不能下咽。经过医治，毫无效果。孟昶连续卧床几天后，竟然毙命，享年四十七岁。太祖连续五天没有上朝，身穿素服以示哀悼，另外还赠给他的家眷一千匹锦缎，丧葬费用全都由朝廷支付，并追封孟昶为楚王。孟昶的母亲李氏本来奉旨可以随意入宫，自从孟昶逝世后，她每次和太祖见面，总是一副愁眉苦脸的样子，太祖就对她说："国母应该自爱才对，不要总是这么忧伤。如果你嫌留在京城不方便的话，我这就送你回去。"李氏问道："回到哪里？"太祖说回到蜀地。李氏说道："老身是太原人，回到并州是我的夙愿，老身要是能老死在并州，自当感激不尽！"太祖说："并州现在被北汉占据，等朕平定刘钧，一定让国母如愿以偿！"李氏便拜谢离开了。

孟昶死后，李氏并没有号啕痛哭，只是在拜祭的时候说："你不能为了江山社稷战死沙场，却贪生怕死来到这里，可是最后还是难逃一死！我是为了你才苟且偷生到现在，如今你已经魂断黄泉，我活着还有什么意义呢？"于是李氏绝食了几天，最后饿死在家中。后来，太祖命人将李氏与孟昶都葬在洛阳。丧事办理完毕后，孟昶的家属回到汴京，又免不了入宫谢恩。太祖见到花蕊夫人满身缟素，愈发显得丰神楚楚，玉骨姗姗。到了晚上，太祖竟然将她留在宫中，逼迫她侍寝。花蕊夫人身不由己，只好唯命是从了。太祖和她畅饮了几杯酒后，见她脸蛋红彤彤的，越发怜爱，索性将她抱入帐中，享受鱼水之欢去了。

第二天，太祖册立花蕊夫人为妃。这花蕊夫人是徐匡璋的女儿。她之所以绰号花蕊，是因为她体态娇柔，仿佛花蕊一样娇嫩清香。她本来和孟昶非常恩爱，这次被太祖逼迫，勉强侍寝，但她心里还是想着孟昶。在后宫里，她时常亲手绘画孟昶的画像，日夜供奉。每当别人问起，她只说自己画的是张仙，祈祷自己早生男丁。宫里的那帮嫔妃巴不得都生男孩儿，于是争相模仿她。大家说的张仙送子的故事，就是由花蕊夫人捏造出来的。

第十章 南汉覆灭

宋太祖得到花蕊夫人后，册封她为贵妃。这花蕊夫人天生就是个尤物，不但风韵十足，而且能诗善画，是个才貌双全的绝世佳人。太祖曾经让她作诗赞咏蜀国，她信手拈来，立即写成了七言绝句，其中有两句最为凄切："十四万人齐解甲，也无一个是男儿。"太祖看过这两句后，不禁拍手称好，赞美她说："爱妃真是锦心绣口啊！"

孟昶刚到汴京时，太祖曾经赏赐给他五百间宅邸，家具一应俱全，供给他的家族居住。孟昶和李氏相继逝世后，花蕊夫人已经入宫，太祖便命人将孟宅的家具收了回来，就连孟昶所用的夜壶也带回了宫里。这夜壶上面装嵌着七颗宝珠，非常精致。太祖见后感叹道："一个夜壶就如此华贵，那盛饭的器具不是更了不得吗？如此奢靡，不亡国更待何时？"于是命人将夜壶打个粉碎。

有一次，太祖看见花蕊夫人所用的梳妆镜后面有"乾德四年铸"五个大字，不免惊讶地问："朕以前用的年号，曾经下令不能袭用，为什么镜子上面有'乾德'的字样？"花蕊夫人一时也想不起来为什么，不知道怎么回答。于是太祖召问群臣，诸臣都不知道，只有翰林学士窦仪说："蜀主王衍曾经也用过这个年号。"太祖恍然大悟道："怪不得这镜子上有这两个字，镜子是蜀国的，应该刻上蜀国的年号。要么说读书人就是见多识广呢，难怪从古到今担任宰相的都是读书人呐！"窦仪拜谢夸奖。

那次夸奖以后，朝中文武百官都在议论窦仪将要入相。其实太祖也正有此意，跟赵普协商，赵普回答道："窦仪学士文采有余，但是经验不足。"这简单的一句话，便将窦仪的相位给抹杀了。太祖听后默不作声。窦仪听说这句话后，猜想赵普嫉妒贤才，心中闷闷不乐。后来窦仪竟然染病不起，没过多久便病死了。太祖感到非常惋惜。

一天，朝廷忽然收到川中的急报，说文州刺史全师雄聚众作乱，王全斌等人屡战屡败，只好向京城求援。王全斌能平定西蜀，却不能制服全师雄，可见这个人嗜杀好贪，没有什么大的用处。不久，太祖命客省使丁德裕率兵支援，并遥命康延泽为东川七州招安巡检使，剿讨和抚慰双管齐下。

原来王全斌在蜀国昼夜酣饮，不理军务。曹彬多次请求还师，王全斌不但不从，反而纵容部下掳掠民女，夺劫财物，蜀地百姓苦不堪言，怨声载道。后来，太祖命令蜀兵进京，还赏给他们许多财物。王全斌从中克扣，蜀军非常愤怒，走到绵州的时候，竟然揭竿而起，号称兴国军，人数多达十几万。接着，蜀军推举文州刺史全师雄为大帅。

王全斌派遣朱光绪带领一千兵马，前往安抚，哪知朱光绪仗着王全斌的淫威，将全师雄的满门杀光！只留下全师雄的女儿，见她美丽动人，将其占为小妾。真是上梁不正下梁歪啊。全师雄听说一家被屠杀殆尽，怒发冲冠，于是率军攻下彭州，自称兴蜀大王。两川人民饱受王全斌的虐待，群起响应，越聚越多。崔彦进和弟弟崔彦晖分道讨伐，屡战失利，崔彦晖阵亡。王全斌又派张廷翰赶去支援崔彦进，张廷翰也战败逃回，成都陷入危急之中。

当时，成都城内还有两万七千名投降的蜀兵，王全斌害怕他们里应外合，于是将他们引诱出城，团团围住，杀得一个不剩。王全斌的暴行不胫而走，西川十六州争相叛变。王全斌急得没办法，只好上报朝廷。同时派刘光义、曹彬出师攻打全师雄。刘光义廉洁守法，曹彬宽厚仁善，两人自从进入蜀地以来，对百姓秋毫无犯，军民夹道欢迎。这次他们从成都出发，仍然严守军纪，下令士兵不准扰民。沿途的百姓看见是刘、曹的旗帜，都额手相庆。

大军到了新繁，全师雄率军迎敌，刚一对垒，前队的好多士兵都解甲归降，搞得全师雄莫名其妙，只好率军退回。谁知全师雄大军的阵势一动，宋军便像潮水一样涌了上来，刘光义大喊道："降者免死！"乱贼抛戈弃械，纷纷投降。只剩下若干头头，不肯罢手，不是被杀，就是身负重伤。全师雄眼见大军快撑不住了，只好调头逃跑。他跑到郫县，看到宋军追了上来，又转走到灌口。这就是人们常说的"仁者无敌"吧！

王全斌听说刘、曹得胜，也星夜前往，到灌口偷袭全师雄。全师雄见大势已去，不能再战，只能冲杀出一条血路。全师雄逃到金堂的时候已经身中数箭，鲜血直喷，倒地身亡。乱党退据铜山，改推谢行本为帅。后来，巡检使康延泽用兵将他们剿灭。此时丁德裕也到了蜀地，他们二人分道招抚，叛乱慢慢被平定。西南蛮夷，也纷纷归附。

捷报传到汴京，太祖催促王全斌等人班师还朝，命中书省问责。太祖得知是因为王全斌残暴违法，烧杀抢掠，才导致群情激奋，揭竿而起，非常愤怒，但考虑到他先前平定蜀国有功，姑且免去死罪，只将他降为崇义节度留后，崔彦进降为昭化节度留后，王仁赡降为右卫将军。王仁赡对簿公堂的时候，将罪过全部推卸给其他将军，想要明哲保身。但王仁赡唯独推崇曹彬一人，他对太祖说道："说到清廉谨慎、不辜负陛下皇恩的人，恐怕只有曹都监了。"王仁赡明知故犯，罪加一等！太祖查得曹彬的行囊除了书籍、衣裳，没有其他的东西，从此对曹彬刮目相看，并提拔曹彬为宣徽南院使。刘光义因为口碑远播，也赏功晋爵，蜀国的事情暂时告一段落。

西蜀平定后，太祖考虑到"乾德"这个年号蜀国曾经用过，便决定更改。同时，太祖想要立花蕊夫人为皇后，秘密与赵普商量。赵普回答："亡国的宠妃不足以母仪天下，陛下最好再另选淑女为后。"太祖沉思许久道："左卫上将军宋偓的长女容德兼备，可以立她为后吗？"赵普回答："陛下明鉴，想必不会错的。"于是太祖决定立宋女为皇后。

乾德元年，这宋女还没成年的时候，曾经随母亲进宫恭贺太祖的生日。太祖见她娇小如花，甚是可爱，对她的印象特别深刻。又过了四年，太祖召见宋女，赏赐冠帔。宋女那时年仅十六岁，豆蔻年华，芙蓉笑脸，模样很是动人，性情也很柔媚，当时便映入太祖眼帘，记在心中。只因为花蕊夫人专宠后宫，太祖便把宋氏抛诸脑后了。这次提起册封皇后的事情，太祖除了花蕊夫人，只对这个宋女还有些兴趣。当下太祖通知宋偓，召他的长女入宫。宋偓自然遵旨，当即将女儿送入宫中。哪个人不愿意做国丈呢？

乾德五年腊月，太祖改乾德为开宝。开宝元年二月，由太史选择吉日，正式册立宋氏为皇后。那年宋氏只有十七岁，太祖已经四十二了。老夫得到少妻，自然倍加恩爱。偏偏宋氏又非常柔顺，每当太祖退朝后，必定整衣接见。平日里所有的点心，她都会亲自检验试吃，因此她越来越讨太祖的欢心。

俗话说得好：痴心女子负心汉。花蕊夫人本来有被立为皇后的机会，被宋氏夺走也就算了，就连太祖的宠爱也被抢走。偌大的宫殿，谁能排解无尽的寂寥？花蕊夫人哀痛故国的灭亡，感叹今朝的失宠，悲愤交加，终于积怨成疾，香消玉殒。太祖念及旧情，也不禁落了几滴眼泪，命人按照贵妃礼将花蕊夫人安葬。时过境迁，太祖也就慢慢将花蕊夫人忘怀了。

不久，朝廷接到北方消息，北汉主刘钧病逝，刘钧的养子刘继恩继承皇位。太祖觉得这是收复北汉千载难逢的好机会，于是命昭化节度使李继勋督军北征。李继勋到了铜锅河，连破汉军，一路打到了太原。北汉主刘继恩急忙派遣使臣向辽国求援。北汉司空郭无为和刘继恩一直有恩怨，他竟然秘密命令供奉官将刘继恩刺死，另立刘继恩的弟弟刘继元为北汉主，太原大乱。

宋太祖得知情形后，一面敦促李继勋进兵太原，一面派遣使者送上诏书，谕令刘继元投降，并许诺授李继元为平卢节度使，郭无为为邢州节度使。郭无为接诏，非常希望降宋，偏偏李继元不同意。正巧这时辽主兀律发兵救汉，李继勋害怕孤军深入，于是收兵南归。看到宋军撤退后，北汉竟然反过来联合辽军，进兵晋州、绛州，大肆掠夺一番后离开了。太祖知道后勃然大怒，下令皇弟赵光义留守京城，自己亲率大军进攻太原。

太祖围攻太原三个月，还是不能攻下。北汉大将刘继业善战善守，宋将石汉卿等不幸阵亡。众将纷纷劝太祖班师回朝，太祖转问赵普，赵普的意思和众将相同，于是太祖分兵镇守潞州，自己班师回朝了。讨伐北汉的事情告一段落。

第二年，道州刺史王继勋上书："南汉主刘鋹残暴不仁，多次犯边，请求派遣王师，为民除害。"太祖不愿意用兵，于是写信给南唐，让唐主转告刘鋹，劝他称臣。这时唐主李璟已经去世，继位的是他的第六个儿子李煜。李煜对宋朝仍然臣服，他收到太祖的诏书后，急忙派遣使者转告南汉。刘鋹不服，反而拘押前来的唐使，并且写信回复李煜，口气傲慢。李煜把书信原封不动地交给太祖，太祖看后大怒，命潭州防御使潘美、朗州团练使尹崇珂领兵征讨南汉。

南汉的始祖叫作刘隐，后梁的时候占据广州，受封为南海王。刘隐去世后，他的弟弟刘陟袭位，僭越称帝。后来，刘陟将皇位传给儿子刘玢，刘玢被弟弟刘晟所杀。刘晟的儿子就是现在的南汉主刘鋹。刘鋹荒淫无度，将朝中大小事务全部委托给宦官龚澄枢和才人卢琼仙，自己整天深居后宫，沉迷酒色。

刘鋹不但沉迷酒色，而且生性凶残。为了惩罚罪人，他亲自发明了烧、煮、剥、剔、刀山、剑树等酷刑，甚至让犯罪的人和大象、老虎搏斗。而且，南汉每年的赋税非常沉重，刘鋹所得到的税收，大都用来建造宫殿宅邸，或者收买奇巧古玩。宦官陈延寿总是进献奇珍异宝，深受刘鋹宠信。

有一次，陈延寿劝刘鋹除掉刘氏诸王，以消除后患。刘鋹竟然不顾宗族情谊，真的将刘氏宗族屠戮殆尽。还有老臣旧将，不是被刘鋹杀了，就是逃亡了。内侍李托有两个女儿，都很有姿色，刘鋹选他的大女儿为贵妃，小女儿为才人，任李托为太师。南汉宫廷里第一个有权力的就是李托，第二个有权力的就是龚澄枢。

宋将潘美率军前来进攻，南汉主刘鋹非常着急。龚澄枢刚刚掌握兵权，到前线御敌是当仁不让，他只好出兵赶往贺州，准备守御。大军行至半路，龚澄枢听说宋军已经到达芳林，离贺州只有三十里，不禁大惊失色，慌忙领兵撤回。龚澄枢毕竟是个阉人，带着一半的女人性格，懦弱也是难免的。汉主刘鋹急得手足无措，这个时候大将伍彦柔站了出来，请兵出战，于是刘鋹命他率领水师援助贺州。

南汉的战舰到达贺州城外时，正好是半夜。等到天微微亮，伍彦柔下令登岸。他盘坐在胡床上，指挥士兵，好像第二个王昭远一样。不料早已埋伏在四周的宋军突然杀了出来，把汉军冲断了好几截，汉军顿时大乱，伤亡惨重。伍彦柔逃走后不久，被宋军抓住，斩首示众。守城的士兵惊愕失措，第二天，贺州城便失守了。

刘鋹和李托等人商议，李托等人都束手无策。有人请求重新起用大将潘崇彻，刘鋹心里很不愿意任用潘崇彻，无奈战败的噩耗相继传来，他慌不择将，只好命潘崇彻率军三万，屯守贺江。潘崇彻因为被人诬陷而罢免官职，心里很不痛快，这个时候虽然受命统军，但是免不了心存芥蒂，所以只是抱着一种坐观成败的心态前去抵御。刘鋹临时抱佛脚，又有什么用呢？宋军接连攻克昭州、桂州、连州，进逼韶州。韶州是岭南的门户，一旦失守，广州就保不住了。刘鋹想要孤注一掷，命令广州的所有精锐和驯象全部出发，派遣都统李承渥为元帅，前往韶州防御。

李承渥到了韶州城北，在莲花峰下驻军，将大象列阵排开。每只大象载着十几名士兵，士兵手拿长戟，气势磅礴。宋军还是第一次见到这种场面，不免慌张起来。潘美说道："这有什么好怕的？众将士可以用强弩射杀大象，大象必然大乱，往反向奔跑，到时候大象践踏的都是他们自己。"众将士得令后，用强弩射杀，果然象阵马上瓦解，骑在象背上的士兵纷纷坠落下来。宋军乘势掩杀，杀得汉军七歪八倒。李承渥抱头鼠窜，总算保全了性命，宋军很快攻入了韶州。

刘鋹收到战败的消息，大惊失色。他环顾诸臣，见他们都面面相觑，没人敢上前请战，不由得哭着回到了后宫。后宫里有个妃子叫作梁鸾真，上前说："臣妾有个养子名叫郭崇岳，非常熟悉用兵之道。主上如果任他为大将，一定可以退敌。"刘鋹大喜，急忙召见郭崇岳，授他为招讨使，命令他和大将植廷晓统兵六万，屯守马径。

这个郭崇岳其实毫无智勇，只知道迷信鬼神，日夜祈祷，想请到几位天兵天将来打退宋军。偏偏鬼神没有显灵，宋军一路所向披靡，英州、雄州相继失守。更糟糕的是潘崇彻反戈投降了大宋，宋军很快抵达泷头。郭崇岳回去禀报刘鋹："宋军已经到了泷头，看来马径危在旦夕，我们还是想想别的办法吧！"刘鋹吓得哆哆嗦嗦，半天才说："不如派人去请和吧！"说完，刘鋹立即派使者到潘美那里求和。潘美没有同意，接着进兵马径，在双女山下安营扎寨。

双女山离广州城只有十里路，刘鋹逃命要紧，命人找来十几艘船只，装载妻妾儿女和金银珠宝，打算亡命海洋。不料宦官乐范和一千士兵把船偷偷开走，自己逃命去了。刘鋹一面派人去追，一面派左仆射萧漼向宋军乞降，拖延时间。潘美派人把萧漼送往汴京，自己率军进攻广州城。刘鋹想派弟弟刘保兴率百官出城迎接宋师，郭崇岳阻止道："城里还有一万多士兵，不如背水一战。如果战败了，再投降也不迟啊！"刘鋹点头同意。郭崇岳和植廷晓出城迎敌，在水边设置栅栏，严阵以待。宋军渡江而来，郭崇岳和植廷晓出城拒敌，怎奈宋军个个如狼似虎，神挡杀神，佛挡杀佛。汉军死伤了一大半，植廷晓战死在乱军中，郭崇岳逃回了城里。

潘美对诸将说："汉军将木头做成栅栏，自以为很坚固，我们只要用火攻，一定能攻破。"于是潘美给每个人分发两个火把，等到夜深人静的时候，乘着大风纵火。只见几万个火把一起扔出去，火光冲天，所有的栅栏都被点着了。那栅栏里的汉军无路可逃，葬身于一片火海，郭崇岳也被烧死了，只剩下刘保兴逃到城里。

龚澄枢和李托私下里商量："宋军远道而来，无非是贪恋我们的珍宝财物，我们不如先将它们毁了，让他们得到一座空城。他们即使攻克了广州城，也不会久留，到时候自然就退走了。"这二人的想法真是太天真了！于是，龚澄枢命人纵火将府库宫殿全部烧毁。城内顿时大乱，无人据守。宋军趁机登城，抓获刘鋹和龚澄枢、李托等文武大臣九十七人。刘保兴逃到百姓的家里，也被抓获。他们一干人等全部被押解往京城，等候发落，广州就此平定。南汉从刘隐据守广州到刘鋹亡国，一共经历了五位君主，总共六十五年。

第十一章 悬画像计杀敌臣

南汉主刘鋹被宋军擒住，押送到汴京。太祖在崇德门亲自审问南汉俘虏，并当众斥责刘鋹荒淫无道，残害生灵。刘鋹反而不慌不忙地叩拜道："臣十六岁继位，龚澄枢、李托等人都是我父亲的旧臣，每当遇到大事都是由他们做主，臣不能专断。所以臣在位时，实际上龚澄枢等人才是国家的主子，臣就像他们的臣子一样，还望皇上明察！"历史上都说刘鋹能言善辩，寥寥数语，就已经能看出他的口才了。太祖听后，命令大理卿高继申审讯龚澄枢、李托等人。不久太祖得知刘鋹说的话不假，便将龚澄枢、李托等人推出午门，斩首示众，并赦免了刘鋹，授他为检校太保右千牛卫大将军，同时赏赐宅邸供他居住。刘鋹的弟弟刘保兴也被授予右监门左仆射，其他人一概赦免。

潘美等人凯旋归来，带着刘鋹的财物进宫交给太祖。太祖当初许诺，征讨各国所得来的财物全部赏赐给将士们。所以，太祖将财物全部赐给了潘美等人。众多宝物中有一条用珠宝连成的巨龙，惟妙惟肖，做工非常精细。潘美当下献给太祖，太祖一看，对左右说道："刘鋹喜好奇珍异玩，他整天沉迷在这些没用的东西身上，不亡国才怪！"左右连忙称是。

有一天，太祖在御花园散步，和刘鋹商讨南汉以前的国情。他赏赐给刘鋹一杯御酒，刘鋹接过酒杯就是不肯喝，还叩头哭着对太祖说："臣继承祖宗基业，违抗朝廷，导致王师讨伐，罪虽当诛，但陛下既然没有杀臣，臣愿意做个大梁的普通百姓，终了一生，陛下赐的御酒，臣实在不敢喝！"太祖觉得莫名其妙，问道："你是不是怀疑这酒有毒？朕推心置腹，怎么会用这种手段杀人呢？"说完，命左右将酒拿过来，一饮而尽，又倒了一杯酒给刘鋹。刘鋹这才接过酒杯，放心喝下，并感到非常惭愧。原来刘鋹在广州的时候经常用毒酒毒害臣子，所以推己及人，也害怕太祖会用这一招。然而太祖不但无心加害他，反而还加封他为卫公，真是够幸运的。

南汉被平定后，南唐主李煜非常震恐，于是派遣弟弟李从善上表宋廷，表示愿意去除国号，改称江南国主，并请太祖赐号。太祖准他所奏，并厚待李从善，除了平常的赏赐外，还赏给李从善白银五万两。

太祖为何要赏赐李从善这么多银两呢？原来，李煜曾经秘密赠送给赵普五万两银子，赵普据实奏报太祖，太祖道："爱卿你尽可以受用，只是以后不要跟他来往信使了。"赵普回答道："臣不敢受贿！"太祖说道："大国怎么能示弱呢？我就是想让他捉摸不透，爱卿不要推辞了，朕自有打算。"

等到李从善入朝，太祖特地将白银如数奉还。李从善回去后禀报李煜，李煜不知道太祖此举的含义。忽然，江都留守林仁肇上书：

淮南戍兵，未免太少，宋前已灭蜀，今又取岭南，道远师疲，有隙可乘，愿假臣兵数万，自寿春径渡，规复江北旧境，宋或发兵来援，臣当据淮守御，与决胜负，幸得胜仗，全国受福，否则陛下可戮臣全家，藉以谢宋，且请预先告知宋廷，只说臣叛逆，不服主命，那时宋廷也不能归咎陛下，陛下尽可安心哩。

林仁肇的计策是十足的挑衅，李煜觉得风险太大，不肯同意。

林仁肇一直以骁勇著称，是江南诸将的佼佼者，太祖也听说他骁悍，不敢轻敌，所以暂时息兵，划江自守。但太祖心中还是惦记着江南这个好地方，多次想除去林仁肇，以便进兵。

正巧开宝四年，李从善又奉李煜的命令，赶赴汴京。太祖把李从善留下，赏赐豪宅，授予泰宁军节度使。李从善不好拒绝，只好写信告知李煜，然后留京供职。李煜上书给太祖，希望太祖能放遣弟弟回来，偏偏太祖不许，只是说："从善是个人才，朕会重用他的。如今南北是一家，又分什么彼此呢？希望爱卿不要担心！"

李煜也不知道太祖这葫芦里卖的什么药，所以常常派遣使者去李从善那儿打探消息，一时间往来于南北的信使不绝于道。太祖派一名画师冒充使臣去见林仁肇，并将他的相貌偷偷画了下来。太祖随后召见李从善，将林仁肇的画像挂在墙上，故意让廷官带着李从善观看。廷官假装问李从善认不认识这个人，李从善一看，惊诧地说："这是敝国的留守林仁肇，怎么他的画像会出现在这里呢？"廷官装模作样地扭捏了一会儿，才说道："足下已经在京城供职了，你我都是朝廷的臣子，我不妨直言相告。皇上爱惜林仁肇，特地诏谕，希望他能为宋廷所用。林仁肇也表示愿意遵旨前来，并先奉上画像作为凭证。"说完，廷官又领着李从善去了一个空宅子，对李从善说："听说皇上已经打算把这座宅子赐给林仁肇，只要他归顺，当个节度使还是不成问题的！"李从善嘴上答应，心里却觉得很怀疑。

李从善从宫里出来后，便派遣信使驰回江南，转报兄长。李煜立即传召林仁肇，质问他是否收到过宋廷的诏书，林仁肇不知所云，当然一口否认。李煜也不等查明真相，便怀疑林仁肇有意欺君。随后李煜摆下酒席招待林仁肇，暗地里在酒里下了毒。林仁肇喝完酒后，回到府里没多久便毒性发作，七窍流血，竟然枉死在家里。这条反间计，也就只骗得了李煜兄弟，有点头脑的人都不会上当！

太祖听说林仁肇已经被杀，非常欢喜。他仍然留住李从善不放他回去，并且让他写信转告李煜，召李煜入宫。李煜只派使臣进朝纳贡，并请求太祖把弟弟放回去。太祖仍然不答应，督促李煜马上进京。李煜假称患病，始终不肯进京。太祖正准备发兵征讨，突然前朝的周主病逝，太祖罢朝十天，赐谥号周恭帝，并将他葬在周世宗庆陵的左边，号称顺陵。周恭帝刚成年就病逝了，这不免让人心生怀疑。丧事刚办完，同平章事赵普又捅出很多娄子，免不了要调动相位，所以南征的事情一拖再拖。

原来，太祖平定岭南之后，又微服私访。一天傍晚，太祖去赵普府邸，正好碰到吴越王钱俶送书信给赵普，还赠送给他十坛海产，放在房里。赵普突然听说太祖驾到，仓促出去迎接，来不及将海产藏起来。等到太祖进来后，问坛子里是什么东西，赵普不敢撒谎，只好实话实说。太祖听后说："海产肯定很美味，打开让朕也尝一尝！"赵普不敢违背旨意，便打开坛子，揭开一看，里面哪里是什么海产，分明是金光闪闪的金子！上回李煜的那五万两白银，赵普还说不敢受贿，这回被太祖撞见，真是哑口无言。这位有胆有识的赵则平（赵普字则平）慌张地解释道："臣也没有打开看过，他说的是海产，臣也不知道是怎么回事，望陛下明察！"太祖生闷气说道："你也不妨收下，他的意思是说国家大事都由你做主，所以才对你格外厚赠！"说完，太祖便走了。赵普匆匆将太祖送走后，懊悔了好几天。

后来赵普见太祖待他跟从前一样，那颗悬着的心才放下。谁知道一波未平，一波又起。赵普派遣心腹去秦、陇等地购买巨木，运到京城私建府第。不料派去的心腹利欲熏心，超量购买，然后趁机倒卖，牟取暴利。朝廷早就明令禁止私自贩卖秦、陇大木，赵普私自购买已经是抗旨，后来又纵容手下贩卖牟利，更是罪加一等。三司使赵玭将详情禀报给太祖，太祖大怒："他竟然还这么贪得无厌！？"说罢命令翰林学士拟写诏书，准备问罪赵普。多亏了老臣王溥极力求情，诏书才没有派发出去。翰林学士卢多逊和赵普有点矛盾，经常在太祖面前揭赵普的短。这让太祖更加不高兴，对赵普更加疏远了。不久赵普上书辞官，太祖将他贬为河阳三城节度使，让他到外面供职。

卢多逊随后被提拔为参知政事。卢多逊的父亲卢亿曾经担任少尹，当时已经告老退休了。他听说卢多逊经常说赵普的坏话，不禁长叹道："赵普是开国元勋，你小子年轻无知，诋毁前辈，将来肯定会惹出祸端的，我幸好活不了多久了，见不到你遭殃的那一天，也算侥幸了。"不久，卢亿病逝。卢多逊进朝理事，很受太祖信任。后来，太祖封他的弟弟赵光义为晋王，赵光美兼侍中，儿子赵德昭为同平章事，填补了相位。

不久，太祖再次下令召南唐主李煜入朝。李煜想要奉诏，可是又担心进京后会被太祖扣留，乘机夺走他的土地。因此他总是称病推辞，暗地里准备战事。李煜是个多情的种子，风流倜傥。他本来册立周氏为皇后，又看到周氏的妹妹秀外慧中，天姿国色，于是将她召进宫，私下交欢。皇后悲愤成疾，不久便去世了。后来，凭借着天生丽质，曲意献媚，周氏的妹妹继承了皇后的位子。周氏日夜排练杨贵妃的《霓裳羽衣曲》，她的舞艺几乎达到了出神入化的地步。李煜整天沉迷在欢歌笑舞当中，无心过问国事。真是红颜祸水呀！

太祖多次召见李煜都不见他前来，于是命曹彬为西南路行营都部署，潘美为都监，曹翰为先锋，率兵十万，讨伐南唐。曹彬受命后，即刻向太祖辞行，太祖叮嘱道："上一次王全斌平定蜀国，滥杀降兵，朕每每想起，总会悔恨心痛。爱卿这一次出师，到了江南后，所有的事都交给爱卿去办理，千万不要再暴掠民生了。只要我们恩威并施，他们自然会归顺，进城之后，一定要避免杀戮！还有，李煜一族也不要加害，爱卿要铭记于心！"曹彬点头领命。太祖拔出剑授予曹彬，说道："副将以下，如果有人不听从指挥的，朕准爱卿先斩后奏！爱卿可以把这把剑带上！"曹彬接受宝剑后告退。潘美等人听到这句话之后，无不失色。一路上，军士彼此相戒，恪守军纪，一起奔赴江南。

江南池州人樊若水，在南唐考中进士，却一再被贬，于是投靠了宋廷。他平时在家没事的时候，就在采石江上借着钓鱼为幌子，暗中测量江面的宽度。他曾经从南岸系上绳子，坐船将绳子拉到北岸，来回十多次，将江面的宽度测得一清二楚，丝毫不差。樊若水听说宋军要来，立刻跑到汴京，上书献策，建议太祖建造浮桥支援大军，并献上长江的地图，太祖仔细审查，地图上所有曲折险要的地方都有标注，数据非常完备，尤其是采石矶一带，水面的宽度、江水的深度清楚明了。太祖不禁大喜道："有了这张长江地图，敌人便在我的掌握之中了。"于是太祖面授樊若水为右参赞大夫，派他到前军效命，同时派人到荆州和湖南监造战舰数千艘，又用大船载运巨大的竹子，从荆江漂流而下。

当时江南的守兵见到宋军到来，还怀疑是江上的巡逻小兵，根本没有阻拦。宋军顺流而下，直抵池州。池州守将戈产派遣骑兵前往探视，才知道宋军已经兵临城下了，急得不知所措，弃城逃走了。宋将曹彬进城之后，没有杀害一人。随后曹彬又进兵铜陵，这个时候才碰到前来抵抗的南唐军队。宋军如狼似虎，将南唐士兵杀得丢盔卸甲，慌忙逃窜，不一会儿便消失得无影无踪。宋军又进军石牌口，先让樊若水用荆江飘来的巨竹建造浮桥，三天后浮桥建造成功。曹彬令潘美带着步兵先行渡江，兵马在浮桥行走如履平地。

这时，宋军在采石江上建造浮桥的事情，被探马报入南唐首都金陵，李煜召集群臣商议。学士张洎进言说："臣遍览群书，从来就没听说过长江上还能造浮桥的事情，想必是军中的谣言。宋军能做出这么荒谬的事情，来了我们也不怕！"赵括饱读诗书，纸上谈兵，导致了长平之败，这个张洎跟他也差不多。李煜笑着说："我也觉得这是天方夜谭，不足为虑。"刚说完，又有探马来报，说宋军大队人马已经渡过长江，直奔白鹭洲。

这时李煜才意识到建造浮桥的事情是真的。急得乱跳的李煜连忙派遣镇海节度使同平章事郑彦华率领一万水军，都虞侯杜真率领一万陆军，同赴拒敌。李煜嘱咐道："这次出兵，你们水陆要相互策应，才能取胜，千万不要相互推诿！"郑彦华和杜真领旨后离开了。

郑彦华带领战船，临江鸣鼓，直逼俘梁。潘美听说郑彦华到来，立即选出五千弓弩手，并排在岸上。见敌船靠近，潘美一声令下，万箭齐发，射得来舰橹折帆摧，东倒西歪。南唐军军舰又没有地方可以停泊，只好退了回去。不久，杜真率领的步兵从岸上赶到，潘美也不等他排兵布阵，冲上去就是一阵厮杀，把杜军杀得七零八落，向南溃散。李煜接到败报后，一面征募百姓充军，一面让他们纳税上交粮食。无奈江南的百姓一直都很文弱，一听说"充军"腿也软了，哪里还敢主动投靠？还有家里藏匿的粮食和财产，他们宁肯藏在地窖里，也不愿给国家充当军饷。因此，告示接连贴出去了好几天，却始终没人响应。江南百姓只顾身家财产和性命，不顾国家危亡，该有灭国之祸啊！

此时宋军已经攻下白鹭洲，正进军新林港，并分兵攻克溧水。江南统军使李雄有七个儿子，先后战死。宋将曹彬亲自督军，进军秦淮河。秦淮河在金陵城南边，水路可以直达城中，江南水军三万在城下列阵，沿河防守。

潘美率军渡河，因为船只还没有送到，各军将士只好停滞不前，等待船只赶来。潘美生气地说："我率军数万，从汴京千里迢迢赶到这里，战必胜，攻必克，无论什么艰难险阻，我都要试一试。区区一条河流，难道还过不去吗？"说完，潘美将马一拍，竟然跑到了河里，截流而过。各军将士见主帅身先士卒骑马渡河，自然也跟着过去了。就连那些没有骑马的步兵，也争相游泳过河。江南士兵前来截杀，都被宋军给打退了。

宋都虞侯李汉琼用船装载芦苇，乘着南风纵火，把城南的水寨全部烧光了。水寨里的士兵多半淹死。这时候李煜仍然坚信门下侍郎陈乔和学士张洎的计策，坚壁固守，高枕无忧，并且把一切军事全部交给都指挥使皇甫继勋，他自己却在后宫召集僧道，诵经念佛，祈求神仙保佑，想必是《霓裳羽衣曲》听得厌倦了。

等到宋军逼临城下，李煜才听到城外炮火连天。他亲自上城一看，只见城外驻扎着黑压压的一片宋军，吓得两腿发软。李煜急忙问守城士兵："宋军已经到了城下，怎么不来禀报我呢？"守兵回答："皇甫统帅不准我们禀报，所以才没有上传。"李煜听后顿时气不打一处来，急忙召见皇甫继勋，责问他为什么隐瞒军情。皇甫继勋理直气壮地说："宋军太过强大，无人能挡。就算臣每天都向陛下禀报，想必陛下也没有什么好办法，反而弄得宫廷震动，人心惶惶。所以臣才对陛下隐瞒军情！"说得倒是有点道理。李煜听后拍案而起怒骂道："照你这么说，就算宋军杀进城里，你也只是眼睁睁地看着他们烧杀抢掠，不问不管了？像你这种卖国误君的人，该当何罪？"说罢李煜喝令左右将他拿下，关押大牢，并处以死刑。

李煜接过军务后，火速诏令朱令赟率领水军前来救援。朱令赟驻扎在湖口，号称有十五万大军，打算顺流而下，去焚毁采石矶的浮桥。曹彬听说后，急忙召见战櫂都部署王明，让他秘密率军去采石矶防守。

朱令赟开着军舰，挂着帅旗，威风凛凛，星夜赶来。他远远地看见前面帆樯林立，有几千只战舰，不禁怀疑起来，于是命令水手停止滑桨，暂时停泊在皖口。到了半夜，突然战鼓喧天，水陆两边灯火通明。朱令赟仔细一看，江上船只的帅旗上写着一个"王"字，岸上的帅旗上写着一个"刘"字。两边一起冲杀过来，这黑灯瞎火的，只见前方灯火攒动，朱令赟也不知道宋军到底有多少兵马。他害怕忙中出错，不敢分兵抵抗，只命令军士纵火，先将敌船堵住。不料起了北风，自己的战船正好停在南面，那火势随风逆转，反而烧着了自己的战船。

霎时间全军惊慌溃散，朱令赟惶恐万分，想拨船返回，偏偏船身高大，行动不便，敌兵又从四面八方杀了过来，吓得朱令赟魂飞天外，正准备跳水脱身，正巧一宋将赶到，一声喝令，立即跑来许多士兵，把朱令赟按倒在船上，接着用绳子将他捆了起来，像扛猪一样扛上了岸。这来将便是王明，他依照曹彬的密嘱，在浮桥上下插上无数根旗帜，做成帆樯的样子，用来迷惑敌人，然后和陆军将领刘遇相约乘夜偷袭敌军。他们总共不过五千水军、五千步军，却把朱令赟十万大军半夜间扫个精光，真是不可思议！

金陵城内，众人都眼巴巴地盼着援兵到来，忽然听说朱令赟被俘虏了，都吓得胆战心惊。无奈之下，李煜只好派学士徐铉到汴京哀求太祖罢兵。

 ## 万岁殿烛影疑案

南唐使臣徐铉进京拜见太祖，哀求罢兵。太祖说道："朕让你的主子入朝，他为什么违抗圣命？"

徐铉回答："我主对陛下一直很尊重，对陛下就如同对待自己的父亲一样，只是因为疾病缠身，不方便前来。我主并没有什么大的过错，难道不来见驾就要加罪吗？请陛下网开一面，罢兵息战！"

太祖说道："你的主子既然把朕当作父亲一样，朕也待他像亲生儿子一样，都是一家人，为什么要南北对峙，分作两家人呢？"

徐铉听后，一时不好辩驳，只好哀求道："陛下即使不念及李煜，也应当为江南生灵着想啊！要是大军逗留，玉石俱焚，陛下也不愿意看到百姓涂炭吧！"

太祖说："朕已经明令禁止，不得妄杀一个人，要是你的主子识相投降，何必弄得烽烟四起呢？"

"李煜年年进贡，从来没有失礼过，陛下为什么就不能格外开恩呢？"徐铉苦苦求道。

太祖说道："朕并不想加害李煜，只要他献出版图，入朝见朕，朕自然下令班师回朝。"

"李煜这么恭顺，仍然要讨伐，陛下未免有点薄情寡义吧！"徐铉争辩道。

听完这句话，太祖不禁火冒三丈，竟然拔出宝剑指着徐铉大怒道："废话少说！江南是没有什么大罪，但天下本是一家，卧榻之侧岂容他人鼾睡？打得过就打，打不过就降，你再多嘴，休怪我宝剑无情！"徐铉被这一指，吓得连忙告辞。

李煜听说宋太祖仍然不肯罢兵，越来越觉得着急，忽然又接到常州急报，说吴越王钱俶遵从宋廷的命令，前来攻打常州。李煜见已经没有援兵，彻底绝望了，只好派人跟钱俶讲："今天大宋灭了我，明天就该轮到你了。"钱俶没有理会，竟然接连攻克江阴、宜兴，直逼常州。

江南州郡剩下的已经不多了。金陵城被宋军越围越紧，曹彬派人对李煜说："事到如今，你守着这座孤城还能怎么样？只有投降才是上策，否则一旦城门被破，免不了惨遭屠戮，希望你早作打算！"见李煜还是迟疑不决，曹彬决定攻城。但是转念一想，一旦大军进城残害百姓，那该如何是好？虽说已经颁布禁令，但恐怕不能遍及，左思右想，终于想出了一个办法。

曹彬谎称自己生病，不能理事。诸将听说主帅生病了，都前往探望。曹彬对他们说："诸君可知道我的病根吗？"众将听后，有的说是积劳成疾，有的说是身患风寒，曹彬说："不是，不是。"众将都说不知道，希望请军医前来调治。曹彬摇头说："我的病，吃药是吃不好的，只要诸将诚心发誓，等攻克城门后，不妄杀一个人，我的病就痊愈了！"众将这才明白，于是齐声答道："也没有什么难的，末将等当着主帅的面，立下军令状便是！"说完后，诸将烧香宣誓，然后退出大营。

过了一个晚上，曹彬对外宣布病情已经痊愈，并下令攻城。很快，城门就被攻下。南唐侍郎陈乔对李煜说："今天亡国都是臣等辅助不利，愿陛下赐臣一死，以谢国人！"李煜哭着说："这都是天意，就算爱卿死了，也没有意义。"陈乔说："陛下即使不杀臣，臣也没有脸去面对天下苍生。"陈乔退朝回到府中，悬梁自尽。勤政殿学士钟蒨穿戴整齐坐在大堂上，听说宋军已经打到门口了，就召集家属，全部服毒身亡。张洎曾经和陈乔约定，一起殉国。陈乔死后，张洎仍然洋洋自得，丝毫没有赴死的意思。真是可恨、可笑！

李煜见大势已去，无计可施，只好率领百官到宫门前请罪。曹彬好言抚慰，并放李煜回宫，收拾好行李，即日随他一同赶赴汴京。李煜回宫后，左右不解地问曹彬："主帅为什么放李煜入宫呢？要是他寻死怎么办？"曹彬笑着说："李煜优柔寡断，既然已经投降，肯定是不想死的，不必多虑！"不久，李煜整装出来，和宰相汤悦等四十几人同往汴京。曹彬也率军凯旋。

到达汴京后，李煜君臣在明德楼候旨待罪。太祖在大殿召见李煜，好言安抚，并授他为右千牛卫将军，封做违命侯，并封他的妻子为郑国夫人，其余的人按能力授予官职，大家叩谢而退。南唐从李升篡吴，自称是唐太宗的儿子吴王李恪的后裔，立国号为唐，称帝六年。李升死后，传位给儿子李璟，沿袭帝号十九年，后来为周世宗逼迫，去掉帝号，自称江南国主四年。不久李璟又将帝位传给儿子李煜，在位十九年。共经历三世，总计四十八年。

曹彬讨伐江南的时候，太祖曾经对他说："等你收服了李煜，我一定会任你做宰相。"潘美听后，向曹彬贺喜。曹彬谦虚地笑着说："这次出师，上托皇上的恩威，下靠众将士卖力。我虽然是个统帅，侥幸成功，哪里敢居功自傲呢？况且宰相位极人臣，哪里能轮到我啊！"潘美道："君无戏言，况且江南已经被平定，加封是自然而然的事！"曹彬又笑道："太原还没有攻下呢！"潘美似信非信。

等到俘获李煜等人进京，论功行赏的时候，太祖对曹彬说："朕本打算任命爱卿为宰相，只是北汉的刘继元还没有征服，还得等一等。"曹彬叩首谦谢。正好潘美也在旁边，微笑着看着曹彬，恰巧被太祖看到，便问他为什么发笑。潘美据实回答，太祖也不禁大笑了起来。曹彬是宋朝的第一良将，提拔他为宰相又何尝不可呢？违背约定不是王者风范。太祖为了弥补曹彬，赏赐他五十万两白银，曹彬拜谢告退。诸将知道后议论道："人生何必做什么宰相，做个好官还不如多得点钱呢！"也算是为太祖解嘲了。

不久，曹彬被升为枢密使，潘美升任宣徽北院使。只有曹翰因为江州还没有平定，移师征讨。江州指挥使胡则聚众死守，曹翰围攻五个月，终于攻下江州。攻入江州城后，曹翰擒杀胡则,并纵容部下屠戮百姓,抢夺财物,用一百多艘战船运回汴京。太祖因曹翰攻城有功,升他为桂州观察使,并兼任颍州判官。曹彬不好杀戮,太祖却没有履行诺言,任他为宰相;曹翰大肆屠掠,却得以升迁。太祖戒杀的旨令是否出于真心实意,真是令人捉摸不透!

吴越王钱俶派遣使臣朝贺,太祖面谕使臣道:"你的主子攻克常州,立了大功,朕非常想念他,让他进京跟朕聊聊,不日就放他回去。苍天在上,决不食言!"使臣领命回去。钱俶的祖先钱镠曾经是贩盐的强盗,唐僖宗在位的时候,钱镠奉命征讨黄巢,平定吴、越,唐主封他为越王,后来又封为吴王,后梁的时候又加封为吴越王。钱俶本名叫钱弘佐,因为避讳宋太祖父亲赵弘殷的姓名,遂改为钱俶。太祖元年,封钱俶为天下兵马元帅。钱俶每年向宋廷进贡,臣服宋廷。

不久,钱俶带着妻子孙氏、儿子钱维濬入朝。太祖派皇子赵德昭出城相迎,并赏赐豪宅,让钱俶居住。钱俶觐见的时候,太祖赐座赐宴,还让他和晋王赵光义行兄弟礼,钱俶坚持不敢受。太祖又亲自去钱俶的府上和他饮酒作乐,气氛非常融洽。后来,太祖允许钱俶带剑上殿,不用行叩拜之礼。后来又封钱俶的妻子孙氏为吴越国王妃,赏赐丰厚。

开宝九年三月,太祖准备巡幸西京,钱俶请求一同西去。太祖说:"南北气候水土不同,马上就要到盛夏了,爱卿可以早点回国,不用和我一起去西京了。"钱俶感激涕零,说愿意三年进京朝拜一次。太祖说:"路途遥远,也不用规定日期,时常记得派人来看看朕就是了。"钱俶叩头谢恩。太祖在讲武殿为他饯行,酒宴过后,太祖令左右将一个黄色的包裹交给钱俶,说途中再打开看,不要让别人知道了。钱俶拿着包裹,便启程上路了。途中,钱俶打开包裹一看,见全都是大臣们求情将他扣留下来的奏折,大约有一百篇。钱俶既感动又害怕,随即给太祖写了一封信,表达谢意。太祖将钱俶送回国后,自己便启程西行了。

太祖受禅后,仍然沿袭周朝的旧制,定都开封,改称东京,又改河南府为西京。当时江南已经戡定,太祖决定前往洛阳,祭拜天地,并想在洛阳定都。群臣相继上谏劝阻,太祖不听。等到晋王赵光义上奏的时候,太祖对他说:"我不但要迁都洛阳,以后还要迁都长安。"赵光义问是什么原因,太祖说:"汴梁地处平原,无险可守。关中依山傍水,地势险要。我迁都之后,消减军队,效仿周、汉,是长治久安的根本,岂不是一劳永逸的好办法吗?"赵光义说:"治国依赖的是德行,而不是什么地势险要。何必要迁都呢?"太祖叹息道:"你未免太过迂腐了,如果依你的话,不出百年,天下的民力就已经消耗殆尽。现在当然要以德治国,但是也要把眼光放长远一些才是。"随后,太祖下令返回汴京。

过了一个月,太祖决定北征。派侍卫都指挥使党进、宣徽北院使潘美,和杨光美、牛光进、米文义等人,率大军北伐,分兵攻取北汉。党进等人奉命前行,接连击败北汉军队,即将拿下太原。党进命郭进等人分别进攻忻州、代州、汾州、沁州、辽州、石州,不久全部攻克。

北汉主刘继元连忙向辽国求援,辽国宰相耶律沙率兵前来支援,党进等人正准备鏖战一场,和辽汉联军一决雌雄,忽然接到汴京的急报,说太祖病重,促令他们班师回朝。太祖从西京还驾后,就觉得有些不舒服,后来被治好了。到了初冬,他又到处巡防,顺便到晋王赵光义的府上饮酒谈天。太祖向来看重手足之情，兄弟之间非常和睦。赵光义觉得身体不舒服，太祖就用针灸给他治疗。赵光义觉得疼痛，太祖也取出针灸扎自己，和弟弟同甘共苦。太祖总是夸奖弟弟龙行虎步，将来必定是一位太平天子，赵光义很高兴，于是对兄长更加恭谨。偏偏太祖寿命将终，那次欢宴之后，旧病复发，随后便卧床不起，所有的国政都委托给赵光义代理。赵光义白天处理朝中事务，晚上还要照顾太祖，非常忙碌。

一天晚上，天下起了大雪，太祖的内侍突然到赵光义的府上，诏他进宫。赵光义急忙进宫，只见太祖喘得非常厉害，对着赵光义，一时说不出话来。赵光义待了一会，发现兄长还是没有说话，只好跑到床榻前慰问。太祖眼睁睁地看着外面，一副欲言又止的样子。赵光义迟疑了片刻，让内侍退出，只留下自己一个人，静听顾命。内侍不敢违命，退出寝室门，远远地站在外面，偷听里面的动静。不一会儿，听到太祖嘱咐赵光义，言语断断续续，声音低沉，不知道说了些什么。过了一会儿，只见烛影摇曳，忽暗忽明，好像是赵光义离开榻前，在寻找什么东西。不久，听到斧子掉在地上的声音，又听到太祖大喊了一句："你好好去做！"这一句话说得激动、惨烈，也不知道为了什么，忽然听到赵光义传呼内侍，赶快将皇后和皇子请来。内侍分头去请，不一会儿，皇后、皇子陆续赶到，来到床榻，不看还好，看到后，大家都号啕痛哭起来。原来，太祖已经目定口开，悠然归天了。

太祖驾崩之前，寝室内到底发生了什么，稗官野史都没有记载。有人说是太祖后背上生了一个毒疮，非常痛苦，赵光义走近一看，发现有一个女鬼正在用手捶太祖的后背，便拿起斧头向女鬼砍去，不料女鬼闪避，斧头落在毒疮上，毒疮破裂，太祖疼痛难耐，昏厥过去，不久一命呜呼。有人说是赵光义谋害太祖，所以特地支开内侍，以便下手，至于是怎么杀死太祖的，旁人没有看到，所以也无从考证。只有《宋史·太祖本纪》里面记载道：太祖驾崩于万岁殿，享年五十，而太祖的遗命和烛影斧声等传闻都没有记载，笔者也不便臆测，只好将正史、野史都节取下来，供后人评论了。

皇后宋氏和皇子赵德昭、赵德芳等人悲恸不已，皇弟赵光美也悲伤泣涕，只有晋王赵光义没有哭泣。内侍王继恩劝慰宋后，并说先帝奉昭宪太后的遗命传位给晋王，有赵普立下的遗书为证，并请求晋王继位，然后准备治丧。宋皇后听后，索性号啕大哭起来，赵光义看不过去，上前劝慰了几句。宋皇后不禁哭着对赵光义说："我母子的身家性命就托付给你了！"赵光义道："我们自然是荣辱与共，你不必担心！"宋后这才停止哀号。原来皇子赵德芳是宋皇后所生，宋皇后想要太祖立他为太子，可是太祖向来看重兄弟情谊，决定誓守太后遗诏，不愿意违背，宋皇后无计可施，只好忍耐过去。这次太祖突然驾崩，宋皇后心想，我们孤儿寡母，以后该如何是好？况且晋王手握大权，肯定不能和他相争，只好低眉顺目、含哀相嘱。赵光义倒也满口答应，敷衍了几句。

第二天，赵光义即皇帝位，大赦天下，并下令改元，把当年定为太平兴国元年，封宋皇后为开宝皇后，封弟弟赵光美为开封尹，晋封齐王，所以太祖、光美的子女并称为皇子、皇女。赵光美避讳赵光义，改名为赵廷美。封太祖的儿子赵德昭为武功郡王，赵德芳为兴元尹，兼同平章事。封薛居正为左仆射，沈伦为右仆射，卢多逊为中书侍郎，曹彬仍为枢密使兼同平章事，楚昭辅为枢密使，潘美为宣徽南院使，并加封刘鋹为卫国公，李煜为陇西郡公。晋王继位后，史家因为他的庙号为太宗，所以称他为宋太宗皇帝。第二年初夏，宋太祖被葬于永昌陵。太祖在位改元三次，共在位十三年。

第十三章 吴越、北汉乞降

太平兴国二年，宋太宗赵光义下诏改名为炅。等太祖下葬后，太宗将开宝皇后迁到了西宫。太宗的原配尹氏是滁州刺史尹廷勋的女儿，不久便病逝了。后来，太宗又娶了魏王符彦卿的第六个女儿为继室，在开宝八年也病逝了。太宗即位后，追封尹氏为淑德皇后，符氏为懿德皇后，皇后的位置一直空着。后宫里有个李妃和太宗很恩爱，为太宗生了两个女儿，先后夭折，后来又生了一个儿子叫元佐，被封为楚王，不久又生了第二个儿子叫元侃，就是将来的真宗皇帝，开宝四年被封为陇西郡君。

太宗正准备册立李氏为皇后，偏偏李氏染病在床，病情日益加重，于太平兴国二年夏去世。第二年，潞州刺史李处耘的二女儿入宫，雍熙元年，太宗将李氏册立为皇后。

太平兴国三年三月，吴越王钱俶和平海军节度使陈洪进相继入朝觐见。陈洪进是泉州人，原是清源军节度使留从效的部下。留从效是南唐的臣子，节度泉州、漳州，号清源军，并被封为鄂国公晋江王。留从效死后无子，他的侄子刘绍镃继位。刘绍镃年幼，陈洪进污蔑他归附吴越，将他押送到了南唐，另外推举副使陈汉思为留后，自己为副使。不久，陈洪进逼迫陈汉思交出官印，将他迁到别的地方，又派人请命南唐，说陈汉思老朽之年，不能理事，自己众望所归，被推荐为留后。唐主李煜信以为真，竟然答应他继任清源军节度使。

后来，太祖平定泽州、潞州，攻克扬州，夺取荆州、湖南等地，威震华夏，陈洪进非常惧怕，连忙派遣部下魏仁济赶赴汴京，上表宋廷，解释说自己是清源军节度副使，掌管泉南州军府事务。因为陈汉思年老体衰，不能理事，所以暂时掌管节度使的官印，恭候朝廷定夺。太祖派遣使者慰问，此后，陈洪进每年朝贡，从没间断过。

乾德二年，太祖下诏改清源军为平海军，任陈洪进为节度使，赐号推诚顺化功臣。开宝八年，江南平定，陈洪进心里越发忐忑不安，派遣儿子陈文灏进贡。太祖下诏陈洪进入朝觐见，陈洪进不得已启程赴汴京，走到南剑州的时候，突然听说太祖驾崩，于是返回泉州发丧。太宗三年，加封陈洪进为检校太师，第二年春天，陈洪进入朝进贡，太宗赐钱千万、锦绣万匹，待遇非常优厚。陈洪进献上漳州、泉州的版图，又被授予武宁节度同平章事，并获赐一座京城的宅子。

这一番纳土，使得吴、越十三州的土地也心甘情愿拱手献出，回归朝廷。吴越王钱俶入朝觐见，听说陈洪进已经归顺，十分震惊，上疏请求撤销自己吴越国王和天下兵马大元帅的封号,情愿解甲归田,颐养天年。太宗不同意,钱俶的臣子崔冀进言说:"朝廷的旨意不言而喻。大王不如早点纳土,不然就要大祸临头了。"钱俶还是迟疑不决,左右都争相上谏阻拦。崔冀又严厉地说:"现在我君臣的性命全在宋主的手里,试想吴、越距此十万八千里,除非是长翅膀了还能逃脱,否则我们怎么走得了?不如见机纳土,免遭祸端!"钱俶听后,下定决心献图归降。

第二天,钱俶上表宋廷,表示愿意献出十三州土地,向宋廷称臣。太宗非常高兴,当即封钱俶为淮海国王,并命范质的长子范旻暂代两浙诸州军事,所有钱氏子孙和亲属以及境内的旧吏都被召到汴京,一共载舟一千零四十四艘。吴、越自从钱镠开始,历经五世,总共八十一年。

东南一带尽归大宋所有,太宗一心想着统一天下,准备兴师北伐。左仆射薛居正等人都表示不赞同。于是,太宗便召见枢密使曹彬商议,只要曹彬一个人说可以。太宗说道:"从前周世宗和太祖都亲自征讨北汉,为什么没有成功?"曹彬回答:"周世宗的时候,史彦超兵败石岭关,并且惊扰百姓,所以才班师回朝的。太祖的时候,正值盛暑雨季,军士大多染病,所以才中止北伐。并不是北汉强盛,无可匹敌。"太宗又问:"朕现在北征,爱卿估计能成功吗?"曹彬回答道:"国家强盛,兵强马壮,如果现在进攻太原,必定势如破竹,马到成功!"太宗听后决定兴师北伐,任潘美为北路招讨使,率崔彦进、李汉琼、刘遇、曹翰、米信、田重进等人,分兵四路,进攻太原。又命邢州判官郭进为太原石岭关都部署,阻拦燕京、蓟州的援师。

北汉主刘继元听说宋军大举进攻,急忙派遣使者向辽国求援。开宝八年,辽国曾经派遣使者到宋廷,表示愿意重修好和,太祖答书允诺。辽国派遣使臣觐见太宗,询问伐汉的原因,太宗道:"北汉抗命,应当问罪。要是你们辽国不支援的话,我们的合约还有效,否则只有刀兵相见了。"使臣悻悻归去。

太宗料到辽国必定会助战,到时候难免会是一场恶战,于是下诏亲征,借此鼓舞士气。太宗命齐王赵廷美执掌政务,赵廷美也很乐意,开封府判官吕端进言赵廷美:"皇上栉风沐雨,亲往征讨,大王身为皇上的亲弟弟,应该做个表率,随同圣驾一起出征才对。"赵廷美于是请求随同圣驾同行,太宗改任沈伦为东京留守,王仁赡为大内都部署,自己带着赵廷美一同北征。

到了镇州,郭进传来捷报,已经将辽兵击退到石岭关外,太宗大喜。原来辽主得到使臣回报后,派遣宰相耶律沙为都统,冀王敌烈为监军,领兵救汉。大军走到白马岭,遥见宋军挡在前面。耶律沙对敌烈说道:"前面有宋军扼守,不宜贸然挺近,我军先在这里安营扎寨,然后申报主子,再派兵来接应。"敌烈大言不惭道:"丞相也太懦弱了,我看前面的宋军也不过一万多人,我们兵力相当,为什么不趁着锐气杀过去呢?你要是胆小,就在后面押阵,看我前去扫平宋军!"耶律沙说道:"并不是我贪生怕死,只是带兵打仗,还是小心点好!"敌烈不听,耶律沙急忙派人回去禀报辽主,同时和敌烈一同前行。

走了大概一里地,来到山涧旁边,敌烈自以为骁勇,争先渡过河,士兵跟在后面。突然听到一声炮响，宋军从军营里突然杀出，辽兵还没来得及列阵，吓得手忙脚乱，胆落魂销。敌烈也不管死活，还是向前乱闯，正巧碰到了郭进。两马相交，打了三四十个回合，郭进卖了个破绽，手起刀落，将敌烈斩于马下。耶律沙正准备上前营救，前面的辽兵却逃了回来，反而将耶律沙的阵脚冲乱了。

宋军乘胜追击，竞相渡河，斩杀辽兵无数。耶律沙看到势如猛虎的宋军冲上来，哪里敢阻挡，只好勒马往回跑。辽兵只恨腿长得太短了，跑得不快。宋军也毫不留情，紧紧追上去，见一个杀一个。郭进下令，必须活捉耶律沙，不然不准收兵。军士们得令后，奋起直追，不料这时候从斜刺里杀出一支人马，将宋军截住。原来是辽将耶律斜轸，他奉了辽主的命令，郭进见有辽军前来救援，急忙勒马停止追击，整队回师。耶律斜轸也引兵撤回，双方罢战。

郭进回到石岭关，驰书告捷。太宗于是从镇州出发，进逼太原。当时北路招讨使潘美多次大败汉军，直抵太原城下，筑起围墙，四面合攻，从春季一直打到夏季，还是没有攻下太原城。城中的人一心等着辽军前来支援，见这么久还没到，又派遣探子从小路赶去辽国，奉上蜡丸帛书，催促援师。谁知道辽军已经被郭进击退，所派遣的探子也被郭进捕获，斩首示众。

刘继元收到消息后，非常震惊，以至于寝食难安。多亏了建雄军节度使刘继业入城助战，昼夜坚持不懈，才得以苟延残喘。不久太宗亲自赶来，督兵攻城。将士们奋力攻扑，毁掉了无数的城墙，却还是被刘继业冒险修堵住了。太宗见久攻不下，就写下诏书，劝刘继元出城投降。可是守城的士兵却不接受，刘继元没能收到诏书。太宗再次下令攻城，城上的矢石如雨，将宋军打退。

军马都军头辅超气愤得不得了，大喊道："小小的一座城池就那么难攻吗？壮士们快快随我一起，登城立功！"说完，铁骑将军呼延赞等人踊跃而出，跟着辅超，架着云梯攻城。辅超攀墙登城，正好被刘继业看到，急忙命长枪手去刺杀辅超。辅超用刀格挡，不肯退步，无奈双拳敌不过四手，最后还是被戳伤了好几处，不得已退归城下。解下盔甲一看，身受十三处创伤，血肉模糊，不忍直视。太宗褒奖他忠勇过人，面赐锦袍银带，并命他留在后营休息。辅超还是不肯罢休，扬言第二天一定要攻进城里，即使战死也无怨无悔。

第二天，辅超果然又跃马而出，架梯登城。等云梯架好，身上已经中了八箭，他左手拿着盾牌，右手拿着大刀，还准备冒死直上。幸亏太宗得知后，连忙令辅超回营，这才保住了性命。随后，太宗禁止士兵登城，只命令弓弩手排列阵前，轮流向城里射箭。宋军一射就是几万支箭，把城墙插得像刺猬一样。刘继元用十文钱收购一支箭，大概收回了数百万支，又射还给了宋军，就这样又坚持了一个多月。

外援不到，粮饷又耗尽了，太宗多次射书城中，招降将士。城里的宣徽使范超开城出降，宋军怀疑他是奸细，还没有问清楚，就将他劈成两半。刘继元听说范超降宋，将范超的妻子儿女屠戮殆尽，把头颅抛到城下。真是冤枉！太宗听说错杀了范超，不禁心痛万分，命将士厚葬范超一家老小，并亲自前往祭拜。城内的守将看到后，纷纷感动起来。指挥使郭万超派人到宋军大营，约定开门归降。太宗折箭为盟，发誓绝不加害。郭万超于是偷偷出城投奔宋营，太宗格外优待。不久，刘继元帐下的很多将士纷纷出城归降。

随后，太宗又拟写诏书：

越王吴主，献地归朝，或授以大藩，或列于上将，臣僚子弟，皆享官封。继元但速降，必保终始，富贵安危两途，尔宜自择！

这道诏令到了城下，城里的人总算肯接待宋使，引见给刘继元。刘继元看过后，沉吟了半响后，对宋使说："要是真的是这样，我愿意遵旨！"宋使出城回复太宗，过了很久，却没有见到刘继元出城投降，宋军怒不可遏，打算攻城。太宗谕令手下说："攻进城后，百姓不免遭殃，还是再等等，要是明天还没有出城献降，就准备强攻。"

这天傍晚，刘继元派遣客省使李勋奉表请降，太宗赏赐李勋锦衣玉带，又派人跟李勋一起入城，宣读圣谕。第二天黎明，太宗亲临城北，登上城台，张乐设宴。刘继元率领百官出城，缟衣纱帽，跪在台下待罪。太宗传旨将他们一律赦免，并封刘继元为检校太师右卫上将军，授爵彭城郡公，赏赐颇厚，刘继元叩头谢恩。太宗命刘继元下台，引导宋军入城，偏偏城上站着一位金甲银盔的大将，大声喊道："主子降宋，我可没有投降，我要和宋军拼杀到底！"宋军抬头一看，原来是北汉节度使刘继业。

当下奏报太宗，太宗非常欣赏刘继业的忠勇，希望能引为己用，于是派刘继元去好言抚慰。刘继元派遣亲信进城，对刘继业说自己也有不得已的苦衷，希望他屈志出降，保全百姓。刘继业大哭了一场，向北面一拜再拜后，解甲开城，放宋军进城。太宗进城后，召见刘继业，授他为右领军卫大将军，厚加赏赐。

刘继业原本姓杨，太原人氏，因为在刘崇手下做事，所以赐姓为刘。刘继业降宋后，以单个"业"字为名，人称杨令公，从此北汉也灭亡了。

宋朝初年，其他十国数吴越最为恭顺，吴越王见机纳土，使得百姓免遭涂炭，也算得上是造福天下了。天下大势所归，岂是区区一个北汉能阻止的？北汉自以为有辽兵救援，固城死守，到最后粮尽援绝才出城归降，环顾军民，伤亡惨遭。再说宋朝这边，十万人马围攻太原几个月，都不能攻克，可见宋朝军力开始走下坡路了。往后，宋军还想再图谋燕、蓟等地，恐怕很难！

第十四章 高梁河兵败

刘继元降宋后,太宗派使臣康仁宝督促刘继元收拾行装,召集家属和大臣,即日离开太原,赶往汴京。刘继元到了汴京后,将所有的宫女全都献给了太宗。太宗又把这些宫女赏赐给了立功的将士。北汉始祖刘崇本来是后汉刘知远的弟弟,受封于太原。郭威篡后汉建立后周,刘崇便僭越称帝,后来将帝位传给了儿子刘钧。后来刘钧又将皇位传给了养子刘继恩。刘继恩后来被弟弟刘继元杀害,刘钧的妻子也被刘继元弑杀。后来,刘继元听信谗言,将刘崇一族赶尽杀绝,以绝后患。刘继元生性残忍,好杀臣民,这次成了亡国之君,很多人都请命太宗把他处死!太宗说:"亡国的这些君主,要么软弱无能,要么生性残暴,否则怎么会亡国呢?这种人只能怜悯,要是朕也虐待他们,岂不是跟他们一样了?"随后,太宗命人将太原城改为平晋县,改榆次县为并州。

太宗攻克太原后,想顺道讨伐辽国,夺取幽州、蓟州。潘美等人都以缺乏粮饷为由,劝阻太宗不要贸然进攻。只有总侍卫崔翰说:"机不可失!臣主张我军应该趁着锐气收复失地!"太宗觉得很有道理,于是决定北伐。

宋军第一站直指易州,辽刺史刘宇见宋军人多势众,不敢抵抗,便出城献降。太宗留下一队人马协同留守,自己又转攻涿州,辽国判官刘原德也开城投降。宋军乘势进取幽州,辽将耶律奚底誓死抵抗,但在太宗亲自督战,昼夜猛扑下,城中士兵开始慌张起来。

就在这时,忽然有探子报入宋营,辽国宰相耶律沙率军救援幽州,前锋已经到达高梁河。太宗说道:"来得正好,我们这就前去迎敌,先把他给杀败了,再来夺城也不迟!"说完,拔营出发,向着高梁河进发。宋军快到河边的时候,果然见辽兵渡河过来,差不多有几万人。宋将都跃马出阵,杀了过去。耶律沙率兵抵御,双方金鼓齐鸣,旌旗飞舞,杀得昏天黑地,鬼哭狼嚎。大概过了两三个小时,辽兵伤亡惨遭,渐渐支持不住,向后退去。太宗见辽兵退却,手执令旗,麾军追击。突然听到几声炮响,有两支辽军从左右杀出,左边的辽将是耶律斜轸,右边的辽将是耶律休哥。

耶律休哥是辽国健将,智勇双全,他的部下很是精锐,都有以一当十、以十当百的本事。这时候的宋军正战得疲乏,怎么经得起两支劲旅横冲直撞呢?顿时,宋军大乱,纷纷溃逃。耶律休哥趁着这个机会冲入中军,直指太宗!太宗急忙命诸将护驾,无奈诸将各自对仗,一时间不能顾及,急得太宗仓皇失措。幸亏辅超挥舞着钢刀,呼延赞挥舞着铁鞭,前遮后挡,才将太宗护住，南逃涿州。

宋将陆续逃回，检查军士，伤亡过万！这是宋军第一次败得如此惨烈！当时正值傍晚，太宗正准备进城休息，不料耶律休哥穷追不舍，竟然带着辽兵追了上来。宋军喘息未定，哪有什么心思列阵对战，一听说辽兵杀到，立刻各寻生路，统统跑了。就是太宗的护卫队也有很多人逃跑。太宗这个时候除了三十六计的上计，没有别的办法了。

太宗加鞭疾走，向南逃命。偏偏天色渐渐昏暗，分不清东南西北，道路还泥泞曲折，太宗的坐骑不敢前进。太宗见追兵快到了，急忙将缰绳收紧，用鞭子一顿乱抽，马忍不住疼痛，也不管看得见看不见，索性乱窜。不一会儿，只听见"扑通"一声，太宗连人带马陷入泥沼，他慌忙呼唤侍卫救驾，哪知道前后左右空无一人！太宗不禁仰天长叹："崔翰误我啊！难道我要命丧于此吗？"

话还没说完，只见前面火光莹莹，有一支人马赶来，也不知道是宋军还是辽军，太宗更加惶恐不安。等到那队人马走近，这才看到旗帜上写着一个"杨"字。太宗顿时欢呼起来："可能是杨业来了。"原来杨业降宋后，本来已经跟随太宗一起征讨幽州、蓟州。只因为太宗命他回太原搬运粮草，接济军需，所以离开了好几天现在才回来。正好中途撞见太宗，太宗急忙呼救，杨业跳入泥沼，将太宗救起，交给岸上的小将。

杨业带着小将拜谒道："臣救驾来迟，罪该万死！"太宗道："爱卿这是哪里话，要不是爱卿赶到，我恐怕性命难保啊！"太宗见杨业身边的小将身材魁梧，便问道："这小将是谁？"杨业答道："这是臣的儿子杨延朗。"太宗说道："真是将门出虎子啊！"说完，太宗看到后面尘土飞扬，好像是辽兵赶到，于是皱着眉头说："敌军追上来了，怎么办？"杨业说："请陛下先走一步，我们父子二人前去退敌！"说完，就去牵御马。谁知道那马已经卧倒在地，不能再骑了。杨业对太宗说："御马已经不能再骑了，陛下骑上臣的马走。"太宗说道："爱卿想要退敌，不能没有好马，朕看爱卿装载粮草军械备有驴车，可以腾出一辆，让朕先行吧。"杨业遵旨，令部下腾出一辆驴车，请太宗坐进去，命部下好生保护前行。

杨业丢掉所有粮饷军械，和杨延朗在原地等待敌军。没过多久，后面有兵马赶到。原来是孟玄喆、崔彦进、刘廷翰、李汉琼四位将军带着败兵残卒逃了回来。他们一个个垂头丧气，狼狈不堪。不一会儿，潘美也赶到，问杨业："皇上哪里去了？将军有没有遇到？"杨业告诉详情后，潘美说："后面还有追兵，如何是好啊？"杨业语气坚定地说："刚才只有我父子二人的时候我还想着怎么退敌，现在你们都来了，那还怕个什么？"潘美听后觉得惭愧，就命杨业部署残兵，列阵等待。

不到一个时辰，果然有辽兵追到，前队的两个将领一个叫兀环奴，一个叫兀里奚。杨业策马抡刀，一马当先，大喊道："胡虏慢走！"兀环奴和兀里奚大怒，上前迎战，杨业大战二将，丝毫不惧怕。杨延朗害怕父亲有什么闪失，急忙挺枪而出，与兀里奚对阵。那兀环奴跟杨业打了不到几个回合，被杨业一刀砍死。兀里奚心中一慌，手里的刀一松，被杨延朗当胸一枪，刺落马下。宋将见杨业父子斩杀了辽将，都纷纷助战，辽兵不能抵挡，慌忙退去。宋军追杀数里，缴获无数军械，这才收兵。军队走到定州，才遇到太宗。太宗命孟玄喆屯守定州，崔彦进屯守关南，刘廷翰、李汉琼屯守真定。又留崔翰、赵廷进等人援应各镇，自己率军返回汴京。一路上太宗怏怏不乐。

　　武功郡王赵德昭当时跟从太宗一同征讨幽州，那时宋军大败，军中找不到太宗，大家以为太宗已经遇难，打算拥立赵德昭为皇帝。结果没有成功，偏偏这件事又被太宗知道了，本来就心情郁闷，这回更加不高兴了。赵德昭却没有发现太宗最近心情不好，因为见太宗返回京城已经有很多天了，却没有对攻克太原的功臣进行封赏，诸位将军大部分心生怨言，他担心会出乱子，于是进宫拜见太宗，向太宗提议叙功行赏。太宗还没等他说完，便生气地睁大眼睛说："打了败仗回来，我差点被辽军杀了，还有什么功劳？要什么赏赐？"赵德昭辩解说："这是两码事，不能一概而论嘛，虽然征讨辽国失利了，但是北汉终究被平定了，还希望陛下分别考核，论功行赏！"话虽然有道理，然而太宗却听得肚子里都是火，大怒说："等你以后做了皇帝，再封赏他们也不迟！"这两句话把太宗心里的疑恨全盘托出，赵德昭哪里受得了这种话？低着头退出了宫廷。

　　返回府里后，赵德昭越想越烦恼，越烦恼越悲伤，想起父母早早就去世了，无依无靠；虽然还有继母宋氏和同父异母的弟弟赵德芳，但是一个被太宗迁到西宫，像被幽禁了一样；还有一个才十几岁，少不更事，一肚子的苦水不知道向谁诉说，顿时觉得生无可恋，竟然从墙上挂着的剑囊里拔出三尺青锋，往脖子上一抹，顿时鲜血四射，晕倒在地，三魂七魄去鬼门关寻找双亲去了。等到被人发现的时候，赵德昭已经死了很久了。家人连忙禀报太宗，太宗急忙前来探视，只见他僵卧在床上，眼睛睁得大大的，死不瞑目。太宗毕竟跟他是至亲，不禁悲从中来，涕泪横流，大哭着说："你这孩子怎么这么傻啊！怎么这么傻呢？"随即太宗让家属好好安葬，自己返回宫中，颁布诏书，赠赵德昭为中书令，追封为魏王。可能是良心发现吧，太宗回去后，对这次征讨太原的功臣一一赏赐，对于死者的家属厚加抚恤。另外，加封弟弟齐王赵廷美为秦王，算是遵从侄儿的遗愿了。

　　辽军杀败宋军，回国报功。上回石岭关大败，让辽主非常恼怒。辽主觉得这回还是不解气，于是得寸进尺，派遣燕京（燕京即今天的北京）留守韩匡嗣和耶律沙、耶律休哥等人率军五万，准备进犯镇州。镇州守将刘廷翰接到警报，急忙约崔彦进、李汉琼等人商议抵御的办法。刘廷翰说："我军刚刚大败，元气大伤，如今辽兵又来侵犯，该怎么办呢？"崔彦进说："要是和他硬碰硬，胜负很难说，不如我们诈降，引诱他们进城，然后埋伏袭击，一定能取胜！"刘廷翰摇头说："我听说耶律休哥以智勇双全闻名于世，恐怕他稳重老成，不肯进城。"李汉琼补充说："要不我们先献出一部分粮草，让他们信以为真，我就不信他们不上当！"刘廷翰点头应允，当天便差人献粮请降。

　　韩匡嗣看到宋军前来投降，并带来了粮草，半信半疑地问约定什么时候出降。诈降的来使说明天正午。韩匡嗣满口答应，并派人将粮草拉进大营。耶律休哥觐见说："宋军还没有跟我们交锋，就跑来请降，其中肯定有猫腻，元帅不得不防啊！"刘廷翰果然没有估计错。韩匡嗣摆手说："我看未必，他要是诈降的话，怎么还肯献出粮草呢？"耶律休哥说："舍不得孩子套不住狼，也许这是诱饵呢？"韩匡嗣说道："我军锐气鼎盛，上回高梁河杀败十万宋军，如今宋军听说我们又杀了过来，出城献降也不是不可能的事情。我想他们肯定是真心实意的。退一万步说即使是诈降，我也不怕！"耶律休哥看他执迷不悟，只好退出，自己号令部下，没有他的命令不准妄动。韩匡嗣和耶律沙满心欢喜地打算明天纳降，就跟做梦一样。

刘廷翰收到诈降的使者回报，于是整点军马，命令李汉琼率领一万步兵，埋伏在城东，袭击辽兵的来路；命令崔彦进率领一万步兵，埋伏在城北，截断辽兵的去路。同时，刘廷翰还约定副将崔翰、赵延进连夜发兵，准备将辽兵来个包饺子。布置妥当后，宋军安稳地休息了一个晚上。

第二天，刘廷翰大开城门，自己率兵在城西埋伏，只等辽军前来。辽军主帅韩匡嗣一马当先，耶律沙押着后军，大举朝镇州城进发。大军快到城下的时候，见城门大开着，但连个人影都没有，韩匡嗣正准备挥军入城，辽护骑尉刘雄武连忙阻止说："元帅不能贸然进城，他们既然献降，为什么城外没有一个人呢？"韩匡嗣想想也觉得很奇怪，就在这时候，猛地听到一声号炮响彻天空，从城西杀出了刘廷翰，城东杀出了李汉琼，韩匡嗣这才发现自己中计了，拍马就跑。后面的部队看到主帅调头，也随着一起往回跑，前队和耶律沙的后队撞到一起，顿时辽兵大乱。耶律沙本来还想抵御，可一看士兵们都不听喝令，自己也只好倒退。忽然，又是一声炮响，崔彦进又杀了出来，截住了辽兵的退路。

辽军腹背受敌，又无计可施，好像哑巴吃黄连，有苦说不出，没办法只能拼着性命，冲杀出一条血路。不料，宋将崔翰、赵延进各军相继赶到，宋军越聚越多，把辽兵团团围住。韩匡嗣、耶律沙带着士兵冒死想要突围，怎奈四面八方被围得像个铁通似的，几乎没有缝隙可钻。宋军又命令弓弩手向围困的核心射箭，辽国士兵被射得人仰马翻，死伤无数。正当韩匡嗣和耶律沙绝望万分的时候，忽然有一位大将挺刀跃马，带着一股精锐从北面杀来。韩匡嗣仔细一看，不是别人，正是耶律休哥，不觉大喜过望，连忙和耶律沙跟着耶律休哥杀出重围。

宋军乘胜追击，一路上获得辎重无数，斩杀辽兵数万。比起昨天献给辽军的粮草要多得多。追到了遂城，刘廷翰才下令收兵，回防原地，随后向朝廷发送捷报。

太宗接到捷报后，对百官说道："辽兵进犯镇州，没有成功，将来一定会入侵别的地方，朕一直觉得代州一带非常重要，必须派遣良将把守，才可以让人放心。"群臣齐声说道："陛下圣明，应该马上派遣良将，早做准备！"太宗思考片刻后道："朕有一个人选，可以胜任这个重任。"然后对左右说："赶快宣杨业觐见。"左右领旨，前往召见杨业。不久，杨业被传到，拜见太宗。太宗对杨业说："爱卿对边疆的事了如指掌，智勇兼备，朕特地任命爱卿为代州刺史，爱卿千万不要推辞！"杨业叩首说："陛下既然下令，做臣子的怎么敢推脱呢？"太宗大喜，赏赐锦衣玉带，命令他马上启程。杨业叩谢退出。

第二天，杨业便带着儿子杨延玉、杨延昭等人去代州赴职。杨延昭就是杨延朗，他随同父亲归降大宋后，受职供奉官，改名杨延昭。杨业曾经说他最像自己，所以每次出师，必定会带上他。到了代州，正好碰到天寒地冻，杨业亲自监督修缮城墙，虽然风雪飘飘，仍然没有半点松懈。

转眼到了太平兴国五年，冬去春来，青草慢慢长出来，辽国军马肥壮，于是准备再次大举入侵。辽主派耶律沙和耶律斜轸领兵十万，直达雁门关。雁门关在代州的北面，是代州的门户，一旦失守，代州就会危在旦夕。杨业听说辽军十万大军攻来，对儿子杨延昭、杨延玉说："辽兵号称十万，而我们却只有一两万人，就算是以一当十，也未必能稳操胜券，只能用计给他一个下马威，免得让辽国人小看了我们。"杨延昭说："孩儿有一计，我可以带领一支劲旅，从小道绕到辽军的背后，给他们来个出其不意，一定可以成功。"杨业点头说："我也是这么想的，兵马不在于多，只要趁着夜色前去偷袭，吓唬吓唬他们，让他们自己惊惶逃散就好。"当下，杨业挑选几千名精锐，从雁门关西径口出发，绕到雁门关北面。

这时正好是半夜时分，月光暗淡。杨延昭远远地看见雁门关下，黑压压地驻扎着几十公里的辽军大营。杨业命令杨延玉领兵三千，从左边杀入；命令杨延昭领兵三千，从右边杀入，自己率领几百骑兵，偷袭中军。这三支兵马趁着夜色偷袭辽军大营，一到辽军大营附近，便齐声呐喊，冲杀声震天。耶律沙和耶律斜轸等人只提防着关内的士兵出来偷袭大营，却不料宋军竟然这么胆大，绕到后营。就好像从天上掉下来的天兵天将一样，吓得辽军东躲西藏。

辽兵中军大营里，有一个辽国节度使驸马侍中萧咄李，自以为骁勇无敌，拿着一把大斧头，从大营里杀出来迎敌，正巧遇到杨令公，两马交战，还没有打上十个回合，只听杨令公大喝一声，萧咄李便连头带盔一起飞落到马下。辽兵看萧咄李死后，更加觉得惊慌，顿时溃散。

第十五章 赵普计除卢多逊

辽国宰相耶律沙和辽将耶律斜轸等人被宋军吓得惊慌失措,落荒而逃,黑灯瞎火的,辽军将士混乱不堪,被践踏致死的人不计其数。杨业父子虚张声势,杀退辽兵,整理军队回到了雁门关,检查士兵,才伤了十几人。休息半天后,返回代州,向朝廷发去捷报。辽国人自打吃了这次败仗以后,都称杨业为"杨无敌",只要看见"杨"字大旗,调头就跑。

辽主听说自己的军队失败而归,勃然大怒,竟然亲自督军,再次大举侵犯大宋,并命令耶律休哥为先锋,进犯瓦桥关。守关的将士听说辽军两次败退,量他也没什么伎俩,竟然开关迎敌,真刀真枪的干起来了。耶律休哥挑选精锐,从南边渡河而来,宋军将领欺负他带的兵少,没有截击而是放他上岸,等辽兵都渡河之后,宋辽两军开始了激烈的交锋。谁知道耶律休哥的手下个个身经百战,悍勇无比,宋军不是对手,被他杀得七零八落,连瓦桥关都失守了,宋军一哄而散逃到莫州去了。

耶律休哥追到莫州城下,命令士兵围攻,誓要拿下莫州城。城中守将八百里加急上报宋廷,太宗下令亲自征讨,并调集诸位将领向北进发。行军途中,太宗接到战败的消息,连忙下令火速前进。到了大名,听说辽主已经撤退了,于是太宗命令曹翰部署诸位将军防守,自己回到了汴京。

回到汴京没几天,太宗想要兴师讨伐辽国,朝中百官大多迎合皇上的意思,纷纷上奏说应先夺取幽州、蓟州等地,只有左拾遗张齐贤上书劝阻。张齐贤是曹州人,很有胆识,远近闻名。太祖先前巡访洛阳的时候,张齐贤只是一介布衣,并向太祖献策十条,太祖采纳了四条,还有六条不合心意。张齐贤坚持己见,非说十条都没问题,把太祖惹怒了,于是太祖下令将他乱棍打出。不久太祖回到汴京,对太宗说:"我这次巡视西都(洛阳),碰到一个叫张齐贤的人,非常有才能,以后可以让他当你的宰相,你一定要牢记在心。"太宗谨记在心。

太平兴国二年,张齐贤考中进士,太宗为他特别开创先例,让他直接担任左拾遗。张齐贤上疏往往直言不讳,太宗非常欣赏他,这次张齐贤出来劝阻,太宗才暂时取消了出师的打算。

前任同平章事赵普被太祖罢黜,贬为河阳节度使。赵普曾经上表为自己辩解:"皇弟赵光义忠孝两全,别人说臣在背后诽谤皇弟,臣怎么敢呢?臣在昭宪太后面前发过毒誓,怎么敢有二心呢？皇上是了解微臣的，还希望皇上明察！"太祖将这奏折交给了赵光义，化解了他们之间的误会。太祖驾崩后，太宗继位，赵普被宣入朝觐见，并改封太子太保，但是因为卢多逊总是从中作梗，赵普虽然回京多时，却一直得不到太宗的重用，每天郁郁寡欢。

赵普有个妹夫叫侯仁宝，曾经在京城供职，后来卢多逊因为和赵普有过节，卢多逊便将侯仁宝调到了邕州。邕州远在千里迢迢的南岭，在交州附近，交州就是交趾，唐代末年被大理吞并，五代时又被南汉夺回。等到南汉被平定后，交州主帅丁琏曾经向宋廷称臣。丁琏死后，他的弟弟丁璿承袭职位，部将黎桓将年幼的丁璿幽禁，交州从此大乱。

赵普担心妹夫长时间待在邕州，几年没有调动，会老死在异国他乡。于是赵普设法上书说交州现在大乱，很容易就可以拿下。太宗本来就是个好大喜功的人，看完赵普的奏折，准备召侯仁宝进京，询问那边的情况。谁知道卢多逊非常刁滑，入朝面奏太宗说："交州现在内乱，是夺取的好时机，但是先召见侯仁宝，恐怕会泄露我们的意图，臣的意思不如秘密命令侯仁宝直接率军攻打交州，较为妥当。"太宗点头答应，于是下诏命侯仁宝为交州水陆转运使，孙全兴、刘澄等人为部署，一统讨伐交州。卢多逊这次作梗，让赵普的计划彻底落空。

侯仁宝接到诏书后，不敢违抗，只好整备兵马和孙全兴等人先后出发，征讨交州。大军走到白腾江口，正好看到交州的水兵在江边驻扎，有战船数百艘。侯仁宝二话不说，一马当先率军杀了过去。交州水师没有预防，瞬间溃散，侯仁宝缴获战船二百多艘，大获全胜。随后，侯仁宝自己为先锋，约定孙全兴等人为后应，孤军深入交州地界。孙全兴等人害怕有意外，竟然止兵不前。侯仁宝一路势如破竹，如入无人之境。忽然侯仁宝接到黎桓的书信，表示情愿出降，侯仁宝信以为真，放松了警惕。到了半夜，黎桓率军前来劫营，侯仁宝正在大营里酣睡，突然听到外面的战鼓声，衣服都没穿好，就仓皇跑出去迎敌。宋军上下全都沉睡在梦乡中，突如其来的夜袭让宋军混乱不堪，最后，侯仁宝竟然惨死于乱军之中，宋军大败而归。

转运使徐仲宣据实奏报朝廷，太宗大怒，下令即刻班师回朝，并缉拿孙全兴、刘澄等人当街问斩。后来，黎桓又派遣使者入朝进贡，并请求太宗罢黜丁璿，任命自己为交州刺史，太宗因为吃了败仗，又见山高皇帝远，不方便征讨，只好勉强答应。

赵普听说妹夫侯仁宝在交州战死，心里对卢多逊又多了一份仇恨！赵普做梦都想将卢多逊斩首挖心，来祭拜妹夫的在天之灵。无奈卢多逊正得太宗的宠爱，一时半会儿无机可乘。而且卢多逊非常狡猾，平日里一直提防着赵普，害怕他联合朝中官员，上书弹劾自己。因此，所有大臣的奏章都必须先通过他才能递交上去。朝中大臣对此敢怒不敢言，就连赵普也没有办法，只能任他兴风作浪。

一天，太宗以前出任晋王时的部下柴禹锡、赵熔、杨手一等人忽然密奏太宗，说秦王赵廷美骄恣不法，蓄意谋变；卢多逊和秦王关系一直很好，这二人恐怕也有勾结。这几句话戳中了太宗的要害，太宗不禁心生猜忌，当下召见赵普进宫秘密商讨。赵普毛遂自荐，表示愿意查清此事，并叩头说："臣是前朝老臣，昭宪太后托付遗诏，备受皇恩。后来因为拥权自傲，多次犯错触怒了龙颜,被贬到京城之外,但臣的耿耿忠心日月可鉴。曾经有人污蔑臣,说臣在背后诽谤皇上,臣曾上书向太祖解释,希望皇上明察秋毫,还臣清白。"太宗点头说道:"人非圣贤,孰能无过,朕今年五十了,但是一生中做过很多错事。爱卿的忠心我很清楚,朕以后不会再让爱卿受委屈了。"赵普叩谢圣恩,太宗当场授赵普为司徒,兼职侍中,并封为梁国公,令他密查秦王赵廷美的事件。

当时,太祖的小儿子赵德芳病逝,死时只有二十三岁,距离赵德昭自刎只隔了一年多的时间。赵廷美越发觉得内心不安,说太宗辜负了太祖的兄弟之情。谁知道这些埋怨的话传到了太宗的耳朵里,再加上一群奸臣在旁边煽风点火,污蔑秦王蓄意作乱,太宗担心自己的皇位受到威胁,于是罢免了赵廷美的开封府尹,调他出任西京留守。柴禹锡、赵熔、杨守一等人因为告发有功,官职都得到提拔。

赵普本来和秦王赵廷美没有什么矛盾,不过为了扳倒卢多逊,只好从赵廷美下手,拉卢多逊下水。卢多逊明知大祸临头,却还贪恋宰相的位置,不愿意辞官,错过了免死的机会,真是贪念富贵惹的祸啊!

赵普好不容易抓住了他的把柄,早就想报一箭之仇,怎么肯善罢甘休呢?赵普明察暗访,得知卢多逊曾经派心腹到秦王那里,跟秦王互通要事。这个心腹名叫赵白,跟秦王府里的幕僚阎密、王继勋、樊德明等人朋比为奸,串通一气。秦王和卢多逊互通私信,都是他们在中间传递书信。

赵白曾经为卢多逊传话给秦王:"但愿秦王早日继承大位,臣愿意尽心辅助大王。"赵廷美也派遣樊德明对卢多逊说:"我也希望早点登基!"秦王私下里还赠送给卢多逊很多珠宝。赵普将这些事一一禀报给太宗,太宗听后非常不解地问:"朕驾崩后皇位自然是他的,但是朕现在还算强壮,廷美为什么这么性急呢?况且朕对卢多逊也算不薄,为什么他还这么不知足,非要奉廷美为皇帝呢?"赵普说:"自从夏禹开始,皇位只传给儿子,太祖已经错了,陛下难道还要一错再错吗?"太宗心里本来就不愿意遵从什么太后遗诏,这句话直接说到他的心坎里去了,于是太宗下诏,问责卢多逊不忠不义的罪名,把他降为兵部尚书。

然而一切只是刚刚开始,没过多久,卢多逊锒铛入狱。他的心腹赵白以及秦王的幕僚阎密、王继勋、樊德明等人相继被抓,太宗派翰林学士承旨李昉、学士扈蒙、卫尉卿崔仁冀、御史滕正中等人升堂问罪,秉公办理。赵白等人害怕吃苦头,一经审讯便把所有的事情供了出来。王溥找卢多逊对质,卢多逊无法抵赖,只好认罪。李昉将这些报告给太宗,太宗召集文武百官到朝中商议,群臣早就对卢多逊心怀不满,正所谓墙倒众人推,这次卢多逊罪证确凿,百官联名请求对这一干人等严惩不贷。

当下群臣议定,赵白、阎密、王继勋、樊德明等人推出午门斩首示众,没收全部家产,并将家属流放海南。赵廷美虽然贵为秦王,但也免不了责罚,太宗下诏,没收赵廷美府邸,去除其儿女的全部封号。赵廷美的儿子赵德恭、赵德隆仍然称呼为皇侄,去掉皇侄女婿韩崇业公主驸马的称号,并贬西京留守阎炬为涪州司户参军,贬前开封府推官孙屿为融州司户参军。这两个人都是赵廷美的部下,因为惩罚他们辅佐无能,连带坐罪。卢多逊即日被流放到崖州,在雍熙二年死在那里。

卢多逊是河南人,他祖先的坟墓都在河南。在被查办的前一天晚上,天空电闪雷鸣,将他祖坟前面的树林劈着火了,当时人们都觉得很诧异。等到卢多逊被流放之后,众人才明白了这是上天惩罚卢多逊的预兆。真是善恶终有报,天道好轮回啊!

赵普除掉卢多逊这颗眼中钉之后,担心赵廷美死灰复燃,暗中派遣开封府李符向皇上进言,说赵廷美不但不肯悔过,反而心生怨恨,恳请将他迁徙到偏僻的小郡,免得他再生祸患。于是太宗又下诏,降秦王赵廷美为涪陵县公,将他安置在房州,削夺其妻子楚国夫人的封号,并派阎彦进为房州知府,袁廓任通判,各赏白金三百两,让他们监督赵廷美,不得有误。赵廷美到了房州之后,行动不自由,最终抑郁成疾,患上肝病,身体渐渐虚弱。

太宗因为右仆射沈伦没能察觉秦王和卢多逊的阴谋,有失职之罪,将他降为工部尚书。不久,左仆射薛居正去世,太宗升窦偁、郭贽为参知政事。后来,因为郭贽嗜酒如命,不堪重任,将他贬为荆南知府,另命李昉继任。太宗这个时候察觉赵普心胸狭窄,也不免对他有所猜忌。一天,太宗对群臣说:"赵普是国家的大功臣,又是朕多年的老朋友,朕非常信赖他,但是他现在牙齿脱落、头发花白、年事已高。朕不忍心再让他过多操劳,还是选一处风水宝地,让他享享清福,如此才不辜负他尽心辅佐的功劳。"太宗语气倒是挺委婉,但心里却是想赶他走。随后,太宗作诗一首,命令刑部尚书宋琪交给赵普。

赵普接过诗信,捧读完后,不禁潸然泪下。他也明白诗里的暗喻,无非是想让自己辞职。他好不容易重新登上宰相的位子,屁股还没坐热,就要让给别人,真是冤枉得很!但事到如今,也没有别的办法,只好对宋琪说:"皇上待我情真意切,我赵普已经时日不多了,自愧报答不完皇恩,唯愿来世再为皇室效犬马之劳,希望足下转告陛下!"宋琪劝慰了赵普几句,便返回禀报太宗。

第二天,赵普递呈辞职书,太宗当然准奏,并封赵普为武胜军节度使,在长春殿大摆酒宴,为赵普饯行,并作诗一首赠与赵普。赵普哭着说:"承蒙陛下赐诗,臣回去便将诗刻在石头上,他日和臣的朽骨一起埋葬在地下。臣死后有知,或许还能铭记住皇恩浩荡呢。"太宗被赵普的话感动了,不禁也流了几滴泪水。等赵普谢宴告退,太宗又命宋琪等人代替自己将赵普送出京都,然后回到了皇宫。

太宗任命宋琪、李昉为同平章事,因为窦偁病逝,太宗又选择李穆、吕蒙正、李至三人担任参知政事。随后太宗又命令史官编写《太平御览》一千卷,每天规定编写三卷,呈给自己御览。

第二年,太宗改元太平兴国为雍熙,即太宗九年。群臣纷纷上表道贺,歌颂太平盛世,欢天喜地庆祝了好几天。突然,房州知府阎彦进入朝觐见,奏报太宗说涪陵县公赵廷美已经病逝。太宗正和宋琪、李昉等人商议封禅的相关事宜,一听到噩耗,太宗不禁叹息:"廷美从小就刚愎自用,长大后更加凶恶。朕因为他是手足至亲,不忍心重罚他,只是暂时将他安置在房州,让他闭门思过。如今,正准备恢复他的封号,他怎么就这么走了呢?回想我们兄弟五个,现在只剩下朕了,扪心自问怎能不心痛呢?"说完,便痛哭流涕。宋琪、李昉等人连忙上前劝慰。

第二天，太宗下诏，追封赵廷美为涪王，任命赵廷美的长子赵德恭为峰州刺史，次子赵德隆为瀼州刺史，女婿韩崇业为靖难行军司马。

第十六章 李继迁降辽

赵廷美刚死,忽然李昉上奏,说又有一位重要大臣病故,这位大臣便是参知政事李穆。太宗听说后更加悲痛,亲自前去吊唁,并对群臣说:"李穆刚正不阿,是难得的人才。朕刚刚委以重任,他就不幸去世,真是令人可惜啊!这不但是李穆的不幸,也是朕的不幸啊!"说完太宗对着灵柩哭了一场,然后便回到了宫里。后来,太宗和大臣们商议祭天的事情,让学士扈蒙等人拟定详细的仪式,准备冬天的时候前往泰山祭天。当时正值盛夏,没想到乾元、文明两座宫殿先后起火,太宗认为这是不祥之兆,就暂时搁置了祭天的事情。

太宗因为皇后的位置空缺了好多年,一直没有合适的人选,所以不得不继续选择妃子来作为内助。李妃才貌双全,德行出众,所以特地册立李氏为皇后。册封当天,典礼非常隆重,宫里宫外摆了好几天的宴席。太宗还给京师官员放假三天,饮酒作乐,京城上下一派繁荣欢乐的景象。

自从上回辽国军队被杨业打退,宋朝各地的边关一直没有急报传出,太宗也过上了一段太平安逸的日子。雍熙二年春天,太宗召宰相和亲密的大臣一起在后花园赏花,并对群臣说:"春风温和,万物复苏,如见天下太平,四方无事,朕愿意和爱卿们一同作乐,爱卿们各自赋诗一首,抒发情怀!"大家搜肠刮肚,终于想起了什么"尧天舜日""帝德皇恩"之类的字眼,再搭配押韵,凑成七言绝句。太宗一一鉴赏,无非都是歌颂太平盛世、捧吹太宗英明的话,太宗看后心里乐开了花,满口称赞。到了这年盛夏,太宗又召集宰相、参知政事、三司使、翰林枢密直学士等五品以上的官员到后苑赏花钓鱼,这回当然也免不了赋诗。大家换汤不换药,仍旧是一番夸赞皇上圣明的话,随后便各自散去。

太宗的长子名叫赵元佐,是李妃所生。赵元佐小时候就非常聪明伶俐,样貌酷似太宗,深得太宗喜爱。长大以后,赵元佐擅长骑射,曾经跟随太宗征讨太原、幽州、蓟州,回来后被太宗任命为检校太傅,加职太尉,晋封为楚王,并赏赐新的府邸。秦王赵廷美获罪的时候,赵元佐曾经奋力营救,再三向太宗求情,却多次遭到太宗的呵斥。后来,赵元佐听说赵廷美病死,悲愤之极导致癫狂,曾经拿着大刀砍伤过下人。后来经过医治,病情稍好转了一些,太宗因此也非常欣慰。

重阳佳节的时候,太宗召诸位皇子、皇侄在后苑中赴宴,因为赵元佐有癫狂的病而没有去请他。等到诸位皇子和皇侄回去,路过赵元佐门前的时候,赵元佐询问左右,这才得知后宫赐宴的消息。他愤愤地说："其他皇子都去赴宴了，我犯了什么罪，父皇为什么偏偏不邀请我去？这分明是嫌弃我嘛！"左右在旁边劝解了半天，并给他取来美酒让他解闷。赵元佐拿着酒就是一顿豪饮，接连喝了十几杯已经酩酊大醉，他还是不肯罢休，一直喝到夜深人静的时候才停下来，然后回到了寝室。左右以为他已经熟睡了，便都退下去了。谁知道他竟然放起火来，霎时间烟雾弥漫，火光冲天，下人们慌忙跑去救火，可是已经来不及了，只把赵元佐和所有家属救了出来。可惜这座豪宅，一把火变成了一堆黑炭。

太宗听说楚王的宅子被烧毁，正觉得纳闷，有人进来禀报说是赵元佐自己放的火。太宗不禁大怒，立即派遣御史将赵元佐逮捕，把他废为庶人，安置在均州。宋琪率领百官上表，请求太宗宽恕赵元佐，别将他迁出京师。太宗没有批准，命令赵元佐立刻离开京城，不准逗留。后来，经过宋琪等人再三求情，太宗才下诏将赵元佐召回。当时赵元佐已经走到黄山，奉诏回京后，他被太宗幽禁在南宫。

秦、陇的北边，有银州、夏州、绥州、宥州、静州五个州的土地被拓跋氏占据。唐代初建，拓跋赤辞进朝向唐朝称臣，被赐姓为李。到了唐代末年，黄巢作乱，唐僖宗投奔蜀国，拓跋思恭纠合藩众，入境征讨反贼，后来被封为定难军节度使，又被赐姓李。五代割据时期，周世宗显德中，正好是李彝兴受职，周世宗封他为平西王。宋太祖初年，李彝兴派遣使者入朝进贡，太宗授他为太尉。后来李彝兴病逝，他的儿子李克睿继位，不久，李克睿也病逝，他的儿子李继筠继位。太宗讨伐北汉的时候，李继筠曾经派遣部将李光远、李光宪渡河侵犯太原边境，遥作声援。不久，李继筠也去世，他的弟弟李继捧袭位。

太平兴国七年，李继捧入朝觐见太宗，将银州、夏州、绥州、宥州四州的土地献出，并称自己和亲族之间不和睦，愿意居住在汴京。太宗派遣使者到夏州迎接李继捧的亲属，并授他为彰德节度使，同时派遣都巡检曹光实前往戍守四州。李继捧的弟弟李继迁是定难军都知藩落使，一心只想留居在银州，不愿意入住汴京。他听说宋使来了，就谎称自己的乳母病故，要到郊外送葬。想不到他竟然带着十几个心腹逃到了泽州。

泽州在夏州东北三百里的地方，李继迁在那里召集部下，声势逐渐强大。曹光实害怕养虎为患，便率师前去偷袭，斩杀了五百多人，焚烧了四百多个营帐。李继迁仓皇逃走，他的母亲和妻子来不及逃跑，都被曹光实抓住，押回了夏州。李继迁辗转迁徙，与辽国结亲，势力逐渐恢复。他愤愤地对手下说："李氏世代传下来的土地，今天难道要拱手让人吗？你们要是还没有忘却李氏之恩，就跟我一起努力，共图复国大业！"众人齐声答应。李继迁又说："用蛮力不如用巧计，我要用诈降计来诱杀曹光实，一来可以报前仇，二来可以恢复先祖的大业，你们觉得怎么样？"众人齐声称好。李继迁大喜，率众人向夏州进发，同时写信给曹光实，信中说："我们已经是穷途末路，如果曹公能网开一面，我愿意率众投降，以后的安危富贵全仰仗曹公了！"言辞非常诚恳，曹光实信以为真，当即派人和信使约定，在葭芦川纳降。

到了约定的日期，曹光实带着一百多名骑兵到了葭芦川，见李继迁已经带着几十个人在那里等候。见面之后，李继迁在马前毕恭毕敬地向曹光实行礼，并邀请他到大帐里安抚其他人。曹光实心高气傲，完全没有察觉危险，竟然昂首挺胸跟着李继迁去了。来到大营前面，突然跑出来数千藩众，李继迁忽然举手挥鞭，大喊道："仇人已经来了，大家还不动手更待何时？"话还没说完，只听藩众喊杀声震天，都大刀阔斧向曹光实杀去。曹光实手下只有一百多人，就算每个人有三头六臂也招架不住。一会儿工夫，曹光实和手下就被全部斩杀，李继迁趁势占据银州。

警报传到汴京，太宗急忙命令秦州田仁朗等人挥师前往讨伐。田仁朗立刻调集人马，等待各路兵马陆续会师后，启程北行。大军到了绥州，田仁朗听说李继迁正在围攻三族寨，大概有一万多人马，他担心寡不敌众，于是飞书到汴京请求增兵。不久，田仁朗收到三族寨失守的消息。守寨的部将折裕木杀死监军使者，和李继迁联合起来，一起进攻抚宁寨。将士们请命速去支援抚宁寨，田仁朗笑着说："不急！不急！藩人都是乌合之众，况且抚宁寨虽然不大，但是易守难攻，没有十天半个月的，怎么可能拿得下呢？我们等他们打累了，突然发兵袭击，再派几百名弓弩手截断他们的退路，一定会大获全胜的。"众将听后也无话可说，只好默然退去。田仁朗纵酒放歌，在原地逗留了好几天，迟迟不见前去驰援抚宁寨。

副将王侁将田仁朗逗留不前的事情上报给了朝廷，太宗听说后非常生气，立即下诏将田仁朗召回。田仁朗回到京城后，太宗亲自审问。当问到三族寨被攻陷，以及无故奏请添兵的事情时，田仁朗为自己辩解道："银州、绥州、夏州三州守将以守城为借口，不肯发兵救援，臣这才请求增兵。等臣勉强凑齐人马赶到绥州，听说三族寨已经失守了，这也怪不得臣呐！臣当时已经有了捉拿李继迁的好办法，偏偏这个时候陛下下诏把我召回。我料想李继迁深得人心，要是这个时候不能将他擒拿，以后必成大患。"太宗生气地说："朕听说你整天就知道寻欢作乐，难道李继迁肯自己跑过来送死吗？"田仁朗说："这其实是臣的诱敌之计。"太宗怒道："什么诱敌不诱敌的，朕要是没有任用你，那个李继迁能得逞？"说完，下令将田仁朗打入大牢。

第二天，太宗下诏，将田仁朗流放到商州。副将王侁除去田仁朗之后，便统兵进攻银州北面，连续攻破几座敌寨，并斩杀藩众头目折罗遇。麟州诸藩因此惶恐不安，纷纷请求纳马赎罪，帮助王侁讨伐李继迁。王侁随即集合各路兵马进攻银州，正好碰到折裕木纠结众人前来，两下交锋，折裕木大败，被王侁的部下活捉。李继迁从后面杀来，被王侁麾兵驱杀一阵，李继迁部下伤亡了六七成，最后落荒而逃，王侁随即凯旋。这个时候王侁才接到消息，太宗命郭守文前来和他共同抗敌。

郭守文来到后，联合夏州知府尹宪共同击退盐城各个藩落，烧毁几千座营帐。自此银州、夏州、麟州三州所有的藩落一百五十族，全部归附大宋，人口总计一万六千余人，西北一带从此平定。

李继迁穷途末路，只好上书辽国，表示愿意归附。辽王准许，册封他为夏国王，并将义成公主许配给他。李继迁又是封官又是娶公主，真是福分不浅，三生有幸啊，怪不得人人都喜欢做辽国的俘虏。

自从上回高梁河一战宋军大败，辽国日益强盛。辽国人是鲜卑族后裔，辽人的祖先最初居住在黄河附近，自称是神农氏的后裔。后来辽人慢慢强大，各族聚集在一起，号称契丹。

后梁朱温在位时，契丹主耶律阿保机并吞各个部落，僭越称帝，辽人尊称他为辽太祖。耶律阿保机死后，他的儿子耶律德光继位。后来，契丹帮助后晋灭掉后唐，并趁机夺取了燕云十六州。然而晋出帝不愿意向契丹称臣，耶律德光率大军将后晋灭掉，并改国号为辽。耶律德光在班师回朝的途中病逝在杀狐岭，辽人称他为辽太宗。

耶律德光死后，他的侄儿耶律兀欲继位，改名为"阮"字，在位五年后被弑杀，辽人称他为辽世宗。后来，耶律德光的儿子耶律兀律继位，改名为"璟"字，耶律兀律嗜酒好杀，不问国事，又被身边的侍卫谋杀，辽人称他为辽穆宗。耶律兀欲的儿子耶律贤继位，是为辽景宗，他任用萧守兴为辽国的尚书令，并立他的女儿萧燕燕为辽国的皇后。

萧燕燕姿色过人，并深谙韬略，经常干预辽国朝政。当时辽景宗身患重病，卧床不起，朝中大小事务一律归萧燕燕裁决，辽国上下只知道有萧皇后，不知道有辽景宗。宋太宗七年，辽景宗驾崩，他的儿子耶律隆绪继位。耶律隆绪还是个小孩子，他的母后萧燕燕摄政，历史上称为萧太后，恢复国号为大契丹。

萧太后任命韩匡嗣的儿子韩德让为政事令，兼任枢密使，总管禁卫军；任命耶律勃古哲总领山西各州事务；任命耶律休哥为南面行军都统。萧太后号令严明，威震四方，辽国上下无不臣服。

第十七章 杨业义死李陵碑

契丹收降李继迁后,派他在大宋边界伺机而动,企图进军南下。不料三交守将贺怀浦父子竟然向宋廷献策,极言幽州、蓟州等地可以夺取,于是战鼓又响,王师复出。

贺怀浦父子共同驻守北方边境,贺怀浦曾经担任指挥使,是太祖原配贺皇后的哥哥,其子名叫贺令图,是雄州知府。贺怀浦父子看到契丹主年幼,萧太后摄政,觉得有机可乘,于是请命出师攻取幽州、蓟州等地。太宗觉得很有道理,于是任命曹彬为幽州道行营都部署,崔彦进为副都部署,米信为西北道都部署,杜彦圭为副都部署,在雄州出师;田重进为定州都部署,在飞狐县出师;潘美为云州、应州、朔州都部署,杨业为副都部署,在雁门关出师。

将士们在辞行时,太宗对曹彬说:"潘美可以先去云州,爱卿等人率领十万大军进取幽州。一路上宁可慢点行军,也不要贪功急进!契丹军听说我们大军杀到,必然会率军前去支援范阳,无暇顾及背后,那个时候再偷袭过去,一定能成功。"曹彬等人领命后,分道并进。

曹彬派遣先锋李继隆向北进攻,连续拿下固安、新城二座县城,准备继续进攻涿州。涿州守将贺斯出城迎敌,李继隆与贺斯大战三十多个回合,贺斯支撑不住,拍马想跑。李继隆追赶上去,一枪正中贺斯的背心,将他掀翻落马,再一枪结果了他的性命。契丹兵看到主帅被杀,纷纷溃逃。李继隆乘势拿下了涿州。

不久,救援涿州的契丹援兵到了,他们正好在路上碰到了米信。米信手下只有三百多人,契丹兵却有一万多人,兵力相差悬殊。两军相遇,契丹军见宋军人少,立马将米信重重围住,企图将宋军一步步蚕食。米信大喊一声,挺着大刀,一马当先,率军突围。这三百骑兵紧随其后,合力一处,终于从包围圈中撕开一个口子,逃了出去。契丹兵一路狂追不止,企图再次将米信等人围困起来。就在米信快被追上的紧急关头,崔彦进、杜彦圭等人从两个方向杀了过来,契丹兵前军追得太急,已经把后队甩了好远,这个时候看到两路宋军杀来,不禁慌乱起来,顿时向四处逃散。曹彬等人的大队人马随后也赶到,各路人马汇集在涿州,准备下一步的作战计划。

同时,在另外一头,田重进也从飞狐县出发。部将荆嗣率领五百骑兵先行,远远地看见漫山遍野的契丹骑兵朝着自己的方向开进,差不多有两三万人,统兵的大将乃是契丹西面招安使大鹏翼。荆嗣急忙返回禀报田重进,田重进见敌军大部队出现,连忙在山岭以东列阵以待,同时命令荆嗣从山岭的西边绕过去,乘着夜色偷袭敌军。

大鹏翼不愧是契丹名将，他料到宋军会用偷袭这招，早就做好了准备，就等偷袭的宋军前来。荆嗣率军和契丹军短兵相接，双方都杀红了眼，一来二去，都死伤惨重。酣战打到半夜，双方这才鸣金收兵。契丹兵在山坡上安营，宋军在山脚下安营，双方整顿休息，准备再战。

第二天早上，天还没亮就听到了契丹军冲锋的号角，契丹兵从山上冲下，居高临下，荆嗣抵挡不住。就在快要崩溃的时候，田重进率军杀到，双方也只是平分秋色，谁都没有占到便宜。荆嗣看契丹军兵锋正强劲，忽然想到屯守小沼的谭廷美可以引为援兵，于是急忙派人给谭廷美送信，请他派兵在契丹军背后骚扰。同时派遣两百人每个人手里拿着一面军旗，在契丹军侧面来往跑动，制造援军前来救援的假象，以蒙蔽敌军。

大鹏翼遥看山下旌旗蔽空，延绵不绝，怀疑是宋军援军到了，连忙下令撤军。荆嗣看到契丹兵撤退，料到敌帅已经上当，便率军追赶。大鹏翼只好停下对阵荆嗣，双方正在酣战，突然田重进的兵马也杀了过来，契丹兵惊慌失措，只好相继逃命。荆嗣在万军丛中瞄准大鹏翼，开弓搭箭，"飕"的一声将他射落马下。宋军一拥而上，将他五花大绑起来。不是叫大鹏翼吗？怎么不飞天逃走呢？大鹏翼被活捉，飞狐、灵邱各地的守将闻风丧胆，纷纷请降。

潘美这一头，大军一路向西，与契丹兵大战于寰城。契丹兵退败，寰州刺史赵彦章出降。潘美接着围攻朔州，朔州节度副使赵希赞也出城献降。潘美接连攻下云州、朔州，捷报很快传到了汴京，百官都拍手叫好，只有武胜军节度使赵普担心宋军深入敌境，贪功急进，于是上疏太宗请求退兵。赵普刚刚递上奏折，忽然又有捷报送来，田重进再次大败敌军，攻入蔚州，抓获契丹监城耿绍忠，准备进逼幽州。

太宗看到三军屡屡传来捷报，便没有听从赵普的意见，仍然锐意进军。不久，太宗收到曹彬急奏，说在涿州逗留多时，粮饷得不到补充，希望暂时退据雄州等待粮饷运来。太宗看后大怒道："出发前朕千叮万嘱让他步步为营，缓慢进军。他倒好，一股脑向前冲了那么远。如今大敌当前，费了那么大力气攻下的城池难道要拱手相让吗？要是敌军趁我们撤退的时候袭击我军，那不就前功尽弃了吗？"于是，太宗八百里加急下诏书，命令曹彬不准撤退，并让他带兵和米信合兵一处，以巩固兵力。曹彬接到诏书后，遵旨行事。

这个时候，潘美已经将幽州南边的城池全部攻下，并会同田重进一起，想乘着锐气攻取幽州。崔彦进等人向曹彬请命道："朝廷派遣三路兵马共同出师，我军是中路军，兵马最多。如今逗留不前，反而让其他两路偏师建功立业，让人知道了岂不是笑话？元帅不如统兵前进，抢先一步拿下幽州、蓟州，免得落在别人的后面。"曹彬为难地说："可是皇上有旨，不能贸然前进呐。"崔彦进又劝道："将在外，君命有所不受。元帅要是拿下了幽州、蓟州，难道皇上还会谴责你吗？"曹彬暗自沉思，觉得崔彦进的话很有道理，于是和米信联合一气，各自带上粮食，返回涿州。

契丹健将耶律休哥，当初因为兵力不足，不敢跟宋军硬碰硬，只派轻骑精锐去阻截宋军的运粮道路，同时请求契丹朝廷速派援兵。萧太后萧燕燕是个女中豪杰，接到耶律休哥的请求后，竟然带着幼主亲自率大军南下支援。耶律休哥听说援兵快到了，便先到涿州派小股部队前去挑衅。宋军开城出战，还没打上几个回合，契丹军便撤退了。等到宋军回城吃饭的时候，契丹军又杀回来，宋军放下碗筷准备出战，契丹军又跑了，来来回回几天的骚扰，让宋军苦不堪言。一到晚上，耶律休哥便派人潜伏在悬谷，要么吹哨，要么打鼓，等到宋军杀出来，却又看不到一个人。

宋军白天黑夜被契丹军骚扰，白天不能安心吃饭，晚上不能安心睡觉。无奈，宋军只好列成方阵，缓慢前进。偏偏天公不作美，那个时候才五月，天气竟然像盛夏一样酷热难耐。烈日当空照，将士们汗流浃背，非常口渴，沿途又没有水井泉水，只有沼泽里又脏又臭的水。大家渴得无法忍耐，也不管水干不干净了，冲上去就是一顿豪饮。过了四五天，宋军终于回到了涿州。

刚刚安顿下来，就有探子来报，说耶律休哥已经率军前来。曹彬连忙下令各军列阵迎敌。不久，又有探子来报："契丹萧太后和少主耶律隆绪带领国内全部精锐前来接应。"这个消息一传出，宋军将士全都惊慌失措。曹彬跟米信商量说："我军将士这些天酷暑赶路，吃不好睡不稳，已经非常疲惫了。现在粮草也快吃完了，怎么可能抵挡得住这大敌呢？不如识相点撤军吧！"米信说道："行军打仗的秘诀就是知难而退，既然敌我实力差距那么大，那将军还犹豫什么呢？"曹彬听后，立即下令撤军。将令一下，宋军全营兵马一哄向南飞奔。曹彬被世人称为当世良将，但是这回突然下令前进，又突然下令撤退，一点主意都没有，真让人不解。

耶律休哥听说宋军退兵，马上下令追击，在岐沟关追上了宋军。然而宋军却无心恋战，勉强列阵跟契丹军交战了几个回合。两军对垒，最重要的就是士气，宋军士气消沉，困顿饥饿，而耶律休哥的部下本来就强壮得很，又养精蓄锐了那么久，这回盛气杀来，宋军如何支撑得住？不到几个回合，宋军就四处溃逃了。曹彬、米信阻止不住，只好也随溃逃的大军一起退逃。

宋军好不容易逃到沙河，觉得追兵已经被甩远了，于是在河边休息埋锅做饭，准备晚餐。忽然听到战鼓连天，契丹兵又从后面追了上来。曹彬和米信早已是惊弓之鸟，不敢抵挡，只好将锅碗瓢盆都扔了，忍着饥饿往南渡河而去。宋军的先头部队刚过河，敌军就已经杀来。契丹兵上来就是一顿胡劈乱砍，就跟削瓜切菜一样，可怜后面的大部队一半被砍死，一半掉到河里淹死了。宋军的尸体填满了河床，把河水都挡住了。宋军一路上丢弃的兵器都被契丹军缴获，堆积成山。

萧太后母子统兵来到沙河，跟耶律休哥会合。萧太后见耶律休哥大获全胜，非常高兴。耶律休哥向萧太后请命乘胜追击，并将溃败的宋军一直追到黄河岸边，这才肯罢休，班师归去。耶律休哥回来后，萧太后对他说："酷暑行军打仗乃是兵家大忌，宋军正因为如此才会败给我军，我军不能重蹈宋军的覆辙。哀家命令即刻班师回朝，等到秋高气爽、兵强马壮的时候，再进兵南下，图谋大业！"说完，即刻命令班师回朝。回国后，萧太后封耶律休哥为宋国公，同时改用耶律斜轸为大帅，调集全部兵力，准备再次南下。

曹彬等人千辛万苦逃到易州，清点士兵，伤亡了一大半。曹彬无奈，只好上表向太宗请罪。太宗看完奏折后，非常懊恼，于是下诏命曹彬、米信、崔彦进等人回京；并命田重进屯守定州，潘美屯守代州，将云州、朔州、应州、寰州四州的百姓和士兵迁徙到别处去。各路布置还没有妥当，契丹大将耶律斜轸就已经率十万大军到达了安西。

雄州知府贺令图自恃骁勇，选兵出战。契丹军锐意而来，军势浩大，贺令图怎么可能是他们的对手？果然，宋军一败涂地，拼命逃回了雄州。耶律斜轸率军进攻蔚州，贺令图向潘美请求增援。潘美接到求援书信后，领兵前往，与贺令图合兵一处，准备再次进兵迎战。宋军到了飞狐县，正巧遇到耶律斜轸，可惜宋军还是拼杀不过，向南逃去了。浑源、应州的守将都弃城南逃，耶律斜轸乘势杀入寰州，杀死一千多名守城将士。

潘美等人在飞狐惨败后，退守代州，商议出兵守护云州、朔州。副将杨业进谏说："现在契丹军兵锋正强劲，不应和他们对战，对战也很难取胜。朝廷命令我们保护军民，将他们迁徙到内地。我军可以从大石路出发，先派人秘密告知云州、朔州等守将。等我军离开代州时，云州的军民就可以出逃了。然后，我军再进兵应州，这个时候契丹军必然前来迎战，朔州的军民也可以趁机出逃。我军随后在石竭谷派遣几千名弓弩手，陈列谷口，再用骑兵援应，那个时候三州的军民便都可以救出来了，契丹军就不能烧杀抢掠我大宋子民了。"

潘美听后，不免陷入了沉思。突然护军王侁从旁边闪出来，大声阻挠道："我军有几万人马，却要如此懦弱，这不是让人笑话吗？依我看，我军可以直接从雁门关发出，大张旗鼓地前去迎战，堂堂正正地跟契丹干上一仗，未必打不过。"

杨业听后摇头道："虽然胜负还很难预料，但是我军刚刚经历两次惨败，契丹军士气正旺盛，要是我们再败了，后果不堪设想！"

王侁冷笑道："杨公一直都以英勇著称，现在却畏首畏脚的，莫非有了二心不成？"

杨业听后愤然道："杨业怎么会是那种贪生怕死之辈，不过是因为天时地利人和都对我军不利。如果真的跟他们硬碰硬的话，只会让士兵白白牺牲，一点意义都没有。护军要是怀疑我对大宋不忠，杨业愿意身先士卒，给各位将军开路！看看我是不是贪生怕死的人！"说罢，杨业便号令部下，准备出发。

临行时，杨业哭着对潘美说："杨业本来是太原的降将，按理早就身首异处了。承蒙皇上不杀之恩，破格提拔我为副帅，交付兵权。我并不是纵敌不杀，只是想等待时机，再图建功。如今各位将军怀疑我的忠心，杨业不敢自爱，这次前去，恐怕再也见不到主帅了。"

潘美听后，"哼"了一声，装模作样地笑道："杨公父子都是当今英雄，如今还没有开战就先害怕，难怪别人会不理解。你尽管放胆前进，我会前去接应你的！"

杨业建议道："契丹主帅耶律斜轸不是等闲之辈，他行军打仗变化莫测，我军必须预防。离这里不远有个陈家谷，地势险峻，还请主帅派兵驻扎。等到杨业转战到那里，你们马上出兵夹击，或许还可以险中取胜！"潘美淡淡地说："我知道了。"

杨业率军从石跌口出发，杨延玉、杨延昭也随父同行。一路上遇到契丹兵，当即厮杀上。耶律斜轸不愿意恋战，且战且退，杨业带兵追赶。沿途都是平原，杨业想来没有伏兵，就只管尽力穷追。耶律斜轸且战且退，将宋军引入腹地，一声号炮，四面的伏兵蜂拥而出。耶律斜轸调转枪头，把杨业团团围住。杨业带着两个儿子，舍命突围，硬是从水泄不通的围墙中杀出了一条血路，退逃到了狼牙村，那个时候士兵已经伤亡过半。耶律斜轸穷追不舍，杨业命令大部队往南逃窜，自己断后。杨业战一程，退一程。

宋军好不容易逃到了陈家谷，眼巴巴地望着援军前来救援。谁知道谷中连个人影都没有，杨业忍不住恸哭道："这下死定了！"杨延玉、杨延昭也跟着哭泣不止。杨业又说道："你我父子都战死也无济于事，我上受国恩，却被小人嫉妒，除了以身殉国没有别的办法了。你二人快去自寻生路，返回报知天子，让他知道我被小人出卖。如果承蒙皇恩，沉冤昭雪，我死也瞑目了。"杨延玉哭着说："孩儿愿意随同父亲一起战死，不愿苟且偷生！"杨业摇头。杨延昭对杨延玉说："潘美已经答应前来支援，现在大军就是没到谷口，最少也已经出师了。你先保护好父亲，占住谷口。我这就前去请求支援，如果能请来救兵，我们都能化险为夷呢！"

父子三人刚商量好，契丹兵便杀了上来，万箭齐发，箭如雨下。杨延昭拼命杀出一条血路，飞马求援去了。

杨业和杨延玉带领众人血战，杨延玉身中数十箭，忍痛倒地，哭着对父亲说："孩儿先走一步，不能保护父亲了。"说到"亲"字的时候，狂吐鲜血，气绝身亡。杨业见杨延玉战死，好似万箭穿心，心痛得不得了。当即回顾手下，剩下不到一百人。杨业流着泪说："你们都是有父母妻儿的人，何必和我一起赴死呢？赶快各自逃生去吧！"各位将士也痛哭流涕道："生要一起生，死要一起死，我们怎么能丢下将军独自逃命呢？"

杨业拼死再战，又手刃一百多个契丹兵。无奈战马已经受伤，不能再进，杨业只能暂时躲避在林中。不料被契丹部将耶律希达看到，一箭射去，正中马腹，战马应声倒地，杨业也被甩了出去。契丹副部署萧挞览纵马过去，将杨业活捉。杨业部下都已经战死，无一生还。契丹兵将杨业带到一处平原，杨业看到旁边有一块石碑，上面写着"李陵碑"三个字，不禁长叹道："皇上待我不薄，我本来打算杀贼捍卫边疆，报答皇恩。如今被奸臣所害，兵败被擒，还有什么脸面苟活下去呢？"又大喊道："宁为杨业死，毋为李陵生。"说完便向石碑上撞去，顿时脑浆迸裂，瞬间毙命。

第十八章　黑面大王尹继伦

潘美派遣杨业出师后，自己和王侁等人作为后援，早早赶到陈家谷口，列阵以待。从早上等到了下午，还是没有等到杨业的消息。于是潘美派人登上高台瞭望，却什么都没看到。潘美不免心生怀疑，王侁这个时候却煽风点火道："杨业要是败退，必定有急报传来。如今这么长时间没有消息，肯定是大败敌军，主帅为什么不赶紧上前，乘机夺取头功呢？"潘美犹豫了一会儿才说道："再等等看吧！"

王侁退出去后，对众将说："这个时候不去争功，还等什么？你们不去，我可去了！"说完便率领部下，从谷口出发。众将都争功心切，跃跃欲动，潘美阻止不住，也只好随同。身为主帅，连手下都不能驾驭，真是饭桶！潘美沿着交河西进二十里左右，忽然看到王侁带兵退了回来。潘美问怎么回事，王侁急忙说："杨业已经退败，契丹兵非常猖獗，我害怕不能抵挡，所以领兵撤回。"潘美听后，也不禁惊惶起来，索性也麾兵返回。潘美将陈家谷的约定抛诸脑后，忘得一干二净！他带着部下一直退到了代州，这明明是故意不履行约定，置杨业于死地！

杨业没有等到援兵，撞死在了李陵碑前，边疆大震！云州、应州、朔州等守城将领都弃城而逃，眼睁睁地看着这三个州的疆土被契丹占夺。噩耗传到宋廷后，太宗恨失边疆，痛丧良将，下诏将潘美连降三级，将王侁即刻罢官，以示惩戒。

杨业的儿子杨延昭跑到代州求援，潘美还是不肯发兵救援。杨延昭听说父亲的死讯后，大哭了一场，上表朝廷。太宗召他回京，任命为崇仪副使，并追赠杨业和杨延玉官阶。还有杨业的儿子杨延浦、杨延训都被授予供奉官，杨延环、杨延贵、杨延彬都升为殿直，杨氏一门都有升迁，杨业总算没有白死。

曹彬、米信等人回京后，因为违背了圣上的旨意而被降职，曹彬降为右骁卫上将军，米信降为右屯卫上将军。只有田重进没有战败，李继隆的部队毫发无损，所以这两个人没有获罪。朝廷任命田重进为马步军都虞侯，李继隆为马军都虞侯，兼任定州知府。因为代州防守非常重要，杨业已经战死，需要另选良将。这个时候张齐贤正好上疏，触怒了太宗，太宗就命令他为代州知府，和潘美一同镇守代州。张齐贤是个文官，因为忤逆皇帝的旨意而被调到边关，这不免有点公报私仇。幸好张齐贤是个文武全才，不然边疆的安危又要令宋廷烦恼不已。

这年冬天，契丹幼主耶律隆绪和萧太后又率军进犯，任耶律休哥为先锋，率军十万，浩浩荡荡，统兵杀来。瀛洲部署刘延让（前文的刘光义，因为避太宗讳，改名刘延让）听说契丹率大军前来，约同守关将领李敬源、杨重进等人，集兵十万，沿河北上，准备乘虚进攻燕地。想法倒是不错，可惜遇到的对手是狡猾的耶律休哥。耶律休哥早有防备，他随时派探子侦察，一听到消息后，就连忙派人扼守重要关隘。

刘延让等人到了君子馆，天气非常寒冷，士兵们的手都被冻裂了，连弓弩都拉不开。耶律休哥趁他们不备，杀了过来。刘延让等人慌忙对敌，怎奈寒风凛冽，士兵们衣着单薄，毫无斗志，相继溃逃。契丹兵向来耐寒，凭着一股锐气，顿时将刘延让的队伍围了起来。刘延让之前曾分兵给李继隆，让他做后援。偏偏李继隆贪生怕死，退守到灵寿，没有前来救援。刘延让见援军没有来，只好跟李敬源、杨重进两人冒死突围。千辛万苦杀出了一条生路，李敬源和杨重进早已身负重伤，倒地身亡。刘延让带着几十个士兵，飞马狂奔才得以保全性命。

耶律休哥打了胜仗以后，接着进军雄州。他私下里给贺令图写信，并馈赠重金。信中说，自己得罪了萧太后，情愿归顺宋朝，请求约定个时间，前去投降，贺令图深信不疑。耶律休哥刚刚打了胜仗，就是傻子也知道他使得的是诈降计，而贺令图却上当了，可能是被功利冲昏了头脑。贺令图回信约耶律休哥见面。耶律休哥大喜，随即带兵来到雄州，在相距十里的地方安营扎寨。

耶律休哥派人禀报贺令图，约他相见。贺令图贪功心切，在没有和部下商议的情况下，贸然带着十几名骑兵去了契丹大营。他到了耶律休哥的营帐内，只见耶律休哥高高在上，大声喊道："你也算镇守边境的老将了，怎么这么傻乎乎地跑过来送死呢？"说完，便喝令手下将他拿下。贺令图发现自己上当，懊悔不已，本想着和随同的骑兵挣扎一番，没想到所有随从全部被杀。羊入虎口，哪里还跑得了呢？只剩下贺令图一个人，赤手空拳，自然被契丹兵擒住，押往了燕都，一刀结果了性命。

耶律休哥乘胜进兵南下，相继攻克深州、邢州、德州，所到之处望风披靡。他们一路上诛杀将士，奴役百姓，把城里的金银美女抢夺一空。贺令图的父亲贺怀浦在杨业战死之前就已经败亡。一年之内父子先后阵亡，都是贪功近利惹的祸啊！

耶律休哥南下攻城略地，势如破竹，准备乘势攻取代州。副部署庐汉赟懦弱无能，主张坚守不出。代州知府张齐贤愤然说道："契丹大军已经兵临城下，志骄气盈，我们必须用计给他来个下马威，才好保全代州。若是懦弱坚守，被他围攻，转眼间粮尽食空，我们还能坚守得住吗？"

当时潘美驻守并州，张齐贤于是派遣信使，跟潘美约定夹击敌军。潘美收到书信后，随即派遣信使返回报告张齐贤，依计行事。谁料信使在返回的路上被契丹骑兵截获。张齐贤日盼夜盼，还是没能等到潘美的回复。过了几天，潘营派来信使说："前些天，我本来和你约定好了夹击契丹军队，我部本来应当出师柏井，履行约定。无奈刚刚得到消息，说东路军被契丹杀得大败，我军为今之计只能守住城池，不能擅自发兵支援了，我部已经率军退回到了并州。"

张齐贤深思道："潘将军前日的答复我并没有收到，想必信使已经落到了敌军手里。现在敌军只知道潘帅要来，不知道潘帅已经撤回，我有办法退敌了！"说完张齐贤将潘营来使留在大营内，自己亲自挑选两千士兵，哭着向他们谎称，潘美已经率军前来，约定前后夹击，不怕敌军不退。将士们听后，个个激动不已，都表示愿意誓死效力。

张齐贤乘着夜色，派两百个士兵手执军旗，再带上一捆干草，潜伏在代州西南三十里的地方，摆列军旗，焚烧干草。同时又派一千步兵从小道绕出，潜伏在土磴寨，截断敌军的退路。布置妥当后，张齐贤竟然只率领几百骑兵，前往敌营挑战。耶律休哥倒也有所准备，宋军到来后，开寨迎战。张齐贤身先士卒，一马当先，士兵们看到主帅都这么卖力，不由得斗志昂扬，以一当百，都好像生龙活虎一般，拦截不住。

耶律休哥见宋军只有一小股队伍，也没放在眼里，准备率兵将他们团团围住。正在这时，耶律休哥看到西南一带火光冲天，隐隐约约好像有旌旗摇动，心里不免怀疑是并州援军到了，连忙勒马撤军。到了土磴寨，又听到连天的炮响，埋伏在这里的伏兵突然杀出，黑夜里暗箭骤然齐发，耶律休哥不知道宋军到底有多少人马，不敢对阵，匆匆逃去。契丹国舅详稳挞烈哥、宫使萧打里都惨死在暗箭之下。这一仗，宋军斩杀契丹兵数千，斩获战马两千匹，缴获兵器无数。看到契丹军远去后，张齐贤才下令收兵，当时天色已经微亮，晨鸡报晓。张齐贤之所以能以少胜多，全凭他的智勇！

太宗屡屡接到边关急报，准备发兵北伐契丹。当即下诏募兵，命令河南、河北四十余郡县，每八个男丁中选取一个，充当士兵。京东转运使李惟清叹息道："要是这道诏书颁发下去，天下就没有农夫了。"于是多次上书力谏，宰相李昉等人也上书劝太宗道：

河南人民，不知战斗，若勒令当兵，窃恐民情摇动，反为盗贼，请收回成命，免多骚扰！

太宗思前想后，决定下令只从河北征募壮丁，将河南排除在外。

雍熙四年晚冬，太宗下诏改元为端拱，第二年元旦便是端拱元年。太宗下令颁布新政，大赦天下。太宗召见赵普，再三抚慰，将他留用京城。契丹一直视李昉为眼中钉，于是派遣奸细翟颖上书弹劾李昉，污蔑他只知道饮酒赋诗，无所事事，有失宰相的职责。太宗在小人的挑拨下，不免对李昉心生不满。李昉感觉到太宗对他的态度冷淡，于是上书请求辞职。太宗将他罢免为右仆射，任赵普为太保兼侍中，吕蒙正为同平章事。

赵普已经担任过三次宰相，太宗想重用吕蒙正，又担心他资历太浅。于是，太宗重新起用赵普，希望他能给吕蒙正做个表率。赵普见吕蒙正秉正直言，不禁被他的德行折服，所以他们二人行动一致，关系非常亲密。枢密副使赵昌言和胡旦、翟颖等人狼狈为奸，赵昌言曾经让翟颖上书诋毁当时的忠臣，并勾结好友数十人，让他们推选自己为宰相。

赵普得知赵昌言和胡旦的阴谋后，和吕蒙正联名上奏，请求太宗依法将他们治罪。太宗听闻后大怒，将赵昌言贬为崇信行军司马，胡旦贬为坊州团练副使，将翟颖充军。郑州团练使侯莫、陈利用装神弄鬼，侥获得太宗的宠幸，在地方骄恣不法，穿衣出行似有皇族的派头，赵普上书陈述他们数十项罪名，力请太宗将他们就地正法。太宗不忍心，只将他们发配商州。赵普仍然上书请求诛杀他们，太宗说："朕是万民之主，难道连一个人都庇护不了吗？"赵普叩首说："陛下如果姑息养奸，那么法律就会成为摆设，到时候人人都不遵纪守法，那陛下还怎么统治天下？"太宗不得已，只好下令将他们斩杀。

当时陈利用已经被发配到了商州，他自以为深得太宗宠幸，还是那样大言不惭。等到朝廷圣旨到来，由商州刺史奉诏行刑。陈利用伏法后，朝廷又派人送来圣旨，下令缓刑。大概是陈利用恶贯满盈，罪有应得吧！朝廷派来的信使在半路陷入了泥淖，等到信使换马狂奔到商州的时候，已经为时晚矣。郑州军民听说他们二人被杀，人人拍手称快，这就叫作"天网恢恢，疏而不漏啊"！

端拱元年，李煜、刘鋹等人早已经病逝，只有吴越王钱俶和定难节度使李继捧还留在京城中。端拱元年八月，钱俶的生日那天，太宗在偏殿赐宴，当晚钱俶就暴毙了，恐怕是中毒身亡！李继捧留居在京城无所事事，他的弟弟李继迁归顺契丹后，仗着有契丹人做靠山，大肆侵扰边境。赵普害怕李继捧留在京城泄露机密，上书请求太宗将他送回夏州，招抚李继迁。太宗觉得很有道理，于是召见李继捧觐见，赐他姓名叫作赵保忠。同时还厚加赏赐，令他返回夏州，劝他的弟弟归诚。李继捧生性懦弱庸碌，怎么能制服得了他狡猾凶残的弟弟呢？太宗放他回去，真是失策。

几天后，朝廷接二连三地收到边关的急报：第一次是涿州失守，第二次是祁州失守，第三次是新乐失守。太宗愁容满面，对群臣说："契丹不肯收兵，总是侵扰我大宋边境，看来只好出兵北伐了！"赵普说："现在已经是隆冬了，不方便出师。先下令边关各个守将固城坚守，等到来年开春，再举兵也不迟！"太宗踌躇不决，右拾遗王禹偁也上书附议，大致也是休养生息，来年再战的意思。端拱二年七月，契丹又进兵夺取了易州。太宗再次召集百官商讨对策，大臣们大都主张屯兵把守，不宜和契丹正面交锋。

当时的同平章事宋琪已经被罢免，但是后来升迁为吏部尚书。宋琪是幽州人，对边疆的事情了如指掌。他和李昉一起上书，建议太宗和契丹修好，不要轻易动武。在群臣的多次劝谏下，太宗最后取消了北伐的计划，只命令边将固守要塞，以守为攻。契丹听说大宋不敢发兵，又率军进犯。朝廷命令定州知府李继隆发兵一万，护送粮草军械，以壮军威！耶律休哥得知消息后，就带领几万精兵良骑，准备在中途截击宋军。

北面都巡检使尹继伦领兵巡逻，恰巧碰到耶律休哥的部队，他慌忙率军躲到了树林里。耶律休哥一看尹继伦手下的人寥寥无几，不值得大动干戈，索性把他们当成空气，任他们逃匿，自己仍带兵南下。尹继伦等契丹兵过去后，对手下的将士们说："契丹人真是欺人太甚！他们明明就是藐视我军兵微将寡，所以才不问不顾，要是他们得胜归来，一定会回来夹击我军的。为今之计不如破釜沉舟，偷偷跑到他们的后面，他们一心向前进攻，肯定不顾后队。我们趁他们不备，迎头痛击。万一得胜了，还能建功立业；如果不能取胜，就是战死沙场，也算是报效国家的忠诚义士，总比任契丹狗贼屠戮强，你们觉得怎么样？"军士们听后，都很激动，齐声答道："定当从命！"

尹继伦命令士兵吃饱喝足，等到傍晚，让他们各持短刀，鱼贯而行，静悄悄地走了几公里，这个时候天还没亮。尹继伦登高而望，见前面已经是徐河，契丹正驻扎在河畔，隐隐有炊烟缕缕飘散在天空中。隔着河四五里的地方,也有大营驻扎,想必是李继隆的部队。尹继伦指着前面对士兵说:"契丹兵想必是在这里埋锅造饭,我们正好杀过去,让他们寝食难安!"军士们听令后,一拥向前,杀到河边,捣入敌营。敌军正在吃饭,突然看见宋军杀到,也不知道是从哪里冒出来的,慌忙抛下饭碗,准备迎战。

  宋军不等契丹兵整军迎战,直接冲杀了过去。尹继伦冲在最前面,他面目生得漆黑,又戴着黑头盔,穿着黑战甲,坐着黑马,好像一团黑云,手里拿着亮晃晃的大刀,左杀右砍,杀敌无数。契丹兵将领皮室出来抵御,还没打上三个回合,就已经人头落地。契丹兵惊呼道:"黑面大王来了,快逃命啊!"尹继伦是姓尹,又不是姓阎,为什么辽人这么害怕他索命呢?宋军杀到帐后,耶律休哥慌忙转身逃跑,不料右臂被砍了一刀,不由得失声喊痛。正是强中自有强中手,智将还得智将催啊!

第十九章　冤魂索命

耶律休哥右臂受伤，就要被宋军抓获。正在这个危急关头，他的帐下侍卫拼死相救，耶律休哥才得以逃走。他跃上战马，一路狂奔，部下看到主帅狼狈逃走，也跟着逃跑了。李继隆眺望契丹军营，只见火光冲天，喊杀声震天。他这才醒悟过来，连忙渡河前去助战。天色微微亮，敌军逃的逃，死的死，伤的伤，宋军大获全胜。

李继隆万万没想到，不可一世的耶律休哥也会有吃败仗的时候。当下和尹继伦会合，将士们非常钦佩尹继伦的勇气，这一仗大大鼓舞了宋军的士气。两军告别后，李继隆得以安安稳稳地押着粮草达到了目的地。尹继伦因为击退耶律休哥，被授予长州刺史，仍然兼任都巡检使。契丹军这次狼狈败逃，私下谈起"黑面大王"就不禁害怕，就是契丹悍将耶律休哥也不敢再贸然进犯了。

第二年，太宗又下诏改元，号淳化。三番两次改元，没有任何意义。赵普上书辞官，太宗不准。经过赵普再三恳求，太宗才让他到西京任职，仍然任太保兼中书令。原来，太宗再次起用赵普是为了吕蒙正，赵普也渐渐察觉出皇上的意思，所以不想再久任。李继捧回到夏州后，不但没有劝归回他的弟弟，反而还跟李继迁一起作乱，扰乱边境。当时有很多人指责赵普放虎归山，赵普心里非常内疚，于是总是称病休假。等到派他到西京的圣旨下来后，赵普再三推让，坚持辞官。太宗赐下手谕说："开国元勋就只剩下爱卿一个人了，其他人不能担此重任，你就不要再三推让了。等朕什么时候有空了，亲自去你的府上跟你好好叙叙旧。"赵普捧着手谕，非常感动。第二天，赵普入朝，跟太宗谈起以前太祖、太宗和他三人在一起的戎马生涯，感慨颇多，老泪纵横。赵普启程去西京的时候，太宗亲自到他的府上，握手道别，两人都依依不舍。

淳化二年春，赵普以年老多病为由，让留守通判刘昌言奉表上京，希望能告老还乡，颐养天年。太宗担心赵普的身体，派遣使臣前去慰问，并授赵普为太师，封魏国公，给宰相俸禄。太宗还让他好好养病，等他病体康复后，再抽空去看他。赵普感激涕零，打算撑着病体，励精图治，尽自己最后的力量来报答皇恩。

怎奈病体可以勉强支撑，可偏偏冤魂每晚都来缠绕着他。一到晚上，赵普就会做恶梦，常常喊叫太后或者秦王殿下，有时候义愤填膺，有时候苦苦哀求。左右将他叫醒，他害怕旁边的人知道，什么都不肯说。等到朦胧睡去，又是呓语不断。就这样持续了一个多月，赵普的精神越来越恍惚，吃得也越来越少，最后卧床不起。后来发展到只要一闭上眼睛，秦王赵廷美便坐在床边，瘦骨嶙峋，七窍流血，要向他索命。赵普无计可施，只得烧香祈祷，可惜祈祷根本没用，病情反而越来越重。

赵普因为病情日益加重，只好将平日里佩戴的宝物双鱼犀带交给他的亲信甄潜，让他去请太平宫里的道长姜道元帮忙。姜道元烧香焚纸，开坛作法，装神弄鬼了好半天，最后将笔仙请到，为赵普祈求破解的方法。只见那觇笔在信纸上工工整整地写道："赵普虽然是开国元勋，无奈他的冤孽太深，已经不能逃避了。"姜道元又叩拜道："那冤孽是谁呢？"觇笔又画了一张大牌子，牌子上零乱地写了很多字，大都不能认清，只在牌子的末端有一个"火"字可以辨认。姜道元不明白其中的含义，只好转告甄潜，让他回去禀报赵普。

赵普得知后，叹息道："这个冤魂一定是秦王赵廷美！但是他和卢多逊勾结谋反，事情败露惨遭幽禁，这件事的责任又不在我，我不明白他为什么要缠着我不放。"说完，赵普痛哭流涕，在这天傍晚便驾鹤西去了！享年七十一岁。

赵普逝世的消息传到了宋廷，太宗非常难过，红着眼睛对身边的人说："赵普忠心耿耿地为先帝效力，同时也是朕的老朋友。他遇事沉着冷静，凡事都能替朕想出好的办法。自从朕继位以来，他一直都非常效忠，真算得上是江山社稷的大功臣了！今天突然听到他溘然长逝，朕真的很心痛啊！"太宗为了悼念赵普，罢朝五天，以表尊敬，同时追赠赵普为尚书令，追封为真定王，赐谥号忠献。葬礼那天，太宗亲自赶到现场为赵普送行，并提笔撰写了墓志铭。太宗命令右谏议大夫范杲等人出面主持丧事，场面浩大，仪式隆重，一点都不输给皇亲王侯！太宗回宫后，下诏重赏赵普的家属，赵普的子孙都得到升迁，真是皇恩浩荡啊！

赵普从小就喜欢读书。太祖在位时，由于赵普常年跟随太祖一起行军打仗，太祖多次劝他练练骑马射箭，习武健身。然而，赵普仍然手不释卷，爱书如命。等到赵普位及相位，他对读书更加痴迷了，只要是空闲的时候，他都会把自己关在书房，静心地读书。第二天上朝谏议，总能想到别人想不到的好计策。等到他去世后，家人清理他的书房，书柜里有个包裹。家人取出来一看，里面只有两本书籍，其中一本就是《论语》二十篇。

赵普曾经对太宗说："臣有一部《论语》，其中半部可以帮助太祖平定天下，还有半部可以辅佐陛下国泰民安。"太宗听后非常感慨，对他大加夸赞。赵普进谏的态度有时候非常强硬，太祖曾经愤怒地将他的奏折撕烂，甩在地上。赵普看后，面不改色，慢慢地跪下将奏折收拾好，默默地退回。第二天，赵普用相同的奏折，写上相同的内容，又递呈给太祖。太祖拗不过他，又不好责罚他，只好依他所奏。

太宗曾经宠幸奸臣弭德超，弭德超向来跟曹彬不和，多次在太宗面前说曹彬的坏话，最后太宗听信谗言，将曹彬罢免。赵普深知曹彬为人正直，所以极力为曹彬辩解，劝说太宗远离佞臣。最后，太宗认清事实真相，将弭德超发配边疆，曹彬官复原职。

人非圣贤，孰能无过，赵普也不例外。秦王赵廷美的冤案，确实是由赵普一人造成，所以当时赵普总是因为这件事被人诟病。

赵普有两个儿子和两个女儿。大儿子赵承宗为羽林大将军，担任潭州、郓州的知府，在当地非常有声望。二儿子赵承煦为成州团练使，文武双全，很受太宗重用。赵普的两个女儿都到了出嫁的年纪，但是为了守孝，她们情愿削发为尼，终身不嫁。太宗再三劝慰，还是不能让她们改变主意。最后，太宗被她们的孝心感动，赐她们法号，长女名志愿，法号志果大师；二女儿名志英，法号智圆大师。后来她们自己建立尼姑庵，一生奉佛，至死不渝。赵真宗咸平初年，赵普又被追封为韩王。

在此之前，赵普请求太宗免去自己的相位，太宗看他这么坚持，就批准他辞相回到西京。赵普离开后，太宗三番两次更换宰相的人选。他任命张齐贤、陈恕、王沔为参知政事，张逊、温仲舒、寇准为枢密副使。王沔聪慧刚正，才思敏捷，同平章事吕蒙正非常欣赏他，并委以重任。但是王沔为人处事太过苛刻，做事一根筋，不知道通情达理，所以不免跟同僚产生矛盾。张齐贤、陈恕与王沔不和，互相猜忌。后来，太宗将王沔、陈恕罢免。王沔是吕蒙正一手提拔起来的，所以贬黜的祸端也殃及了吕蒙正。吕蒙正被罢相后，太宗又任命李昉、张齐贤为同平章事，贾黄中、李沆为参知政事。没过多久，吕蒙正又重新获得太宗的信任，官复原职，而张齐贤被罢免。一来二去，同平章事的位子又回到了吕蒙正的手里。

吕蒙正是河南人，父亲叫吕龟图，曾经担任起居郎。吕龟图有很多小妾，这些小妾们平日里非常嚣张，吕龟图对此却不闻不顾，任她们兴风作浪。吕蒙正是吕龟图的正室刘氏所生，因为刘氏与小妾们不和，处处受她们的排挤，最后忍无可忍的刘氏带着儿子离家出走。刘氏跟吕蒙正流落到一座古寺，在这里勉强苟活。僧众见这是对落魄的孤儿寡母，总是欺负她们。寺中的老规矩，每次开饭之前一定要撞钟。但是僧众为了将吕蒙正赶走，每次都是等饭吃完了，才去撞钟。吕蒙正听到钟声，匆忙跑过来一看，只剩下残羹冷饭。为了活命，吕蒙正只好忍受着这寄人篱下的痛苦生活。所以"饭后钟"这三个字便是吕蒙正落魄的典故。

吕蒙正飞黄腾达后，并没有对此记仇，反而以德报怨，厚赠寺僧。同时他还很孝顺，将父母迎接到府里，悉心照顾，非常诚恳。吕蒙正的父母相继过世后，吕蒙正便进宫做了参知政事。一些官员得知他的身世，不免有些看不起他，经常在背后议论道："这样的人也能做参知政事，真是可笑！"吕蒙正听说后，假装不知道，从容地一笑而过。吕蒙正的同僚对此愤愤不平，想要将那些说坏话的人找出来，上奏弹劾。吕蒙正摆手阻止说："不用了！不用了！要是知道是谁了，以后就会终身难忘，还是不知道的好啊！"同僚听后，都深深地被他的胸襟折服。

吕蒙正荣登相位后，更加刚正不阿，秉公廉政。有一个属下为了讨好吕蒙正，向他进献了一面古镜，说这面镜子能照到两百里以外的东西。吕蒙正笑着说："我的脸最多跟菜碟一般大小，哪里用得上照两百里的镜子呢？"所以坚持不肯收下。吕蒙正平时有个习惯，就是不管到哪儿都会随身携带一个书袋，无论大小官吏，见面时一定会考察他们的才学，事后他都会记录下来，藏在书袋里。等到朝廷用人之际，吕蒙正就将袋子里的记录拿出来审阅，按照才能大小予以推荐，以便做到人尽其用。

太宗每每谈到北伐，吕蒙正总是出面谏阻说："隋、唐在短短的数十年内四处征伐，弄得天下民不聊生。隋炀帝最后全军覆没，唐太宗亲自征伐胡虏，最后还是没有效果。由此可见，治国的秘诀主要在于内修政事，只要国家内政清明，国力强盛，其他的国家自然不敢与我们抗衡，前来归附也是水到渠成的事情。"太宗对此非常赞同，所以在吕蒙正担任宰相期间，百姓很少受战争的苦痛。

淳化四年，青神的一个乡绅王小波揭竿起义。青神是西蜀的一个小县城，西蜀被大宋所灭后，县城仓库里的积蓄全部被运到了汴京。治理西蜀的官吏都好大喜功，常常额外征收杂税，拼命地搜刮民脂民膏。青神县令齐元振生性贪婪，每天都想着怎么剥削敲诈百姓，民间怨声载道，百姓对他恨之入骨！

乡绅王小波家财万贯，齐元振利用私权，将他的家产全部霸占。王小波愤愤不平，乘机纠结群众，揭竿而起，他对众人说："如今的世道，穷人更穷，富人更富，这样公平吗？我今天起事，并不想争城夺地，只想劫富济贫，平分财富。"平日里穷得叮当响的贫民听到这句话后，当然非常拥护王小波。不到几天的时间，王小波就聚众一万多人，并率众攻入了县城。青神县令齐元振被王小波活捉，一群咬牙切齿的百姓将他挖心剖腹，然后将他的尸体悬挂在县城门口，以消心头之恨。邻近的几个县城听说有人起义，纷纷响应。

西川都巡检使张玘率军前去讨伐，和乱军在江原大战。张玘一箭射中王小波的左眼，乱军败逃。张玘得胜后，非常骄狂，戒备非常松散。王小波率众夜袭，一阵乱砍，杀死无数官兵，张玘也被乱军砍死。王小波因为左眼中箭，疼痛加剧，最后也一命呜呼了。

王小波死后，乱党推选王小波的小舅子李顺为主帅，继续在各个州县作乱。后来，乱党攻陷了邛州，拥兵十万。第二年，李顺相继攻陷汉州、彭州等地，并一鼓作气攻克了成都。成都转运使樊知古、成都知府郭载和大小官吏全部逃到了梓州。李顺攻陷成都后，自封大蜀王，并派乱党四处骚扰，为非作歹。两川之地大为震惊，区区小丑，竟然这样猖獗，西蜀真是无人可用了。

当时，李昉、贾黄中、李沆、温仲舒等人都被太宗罢官，并改任苏易简、赵昌言为参知政事。太宗见蜀地叛乱愈演愈烈，连忙召集百官商讨对策。文武百官大都提倡派遣大臣进川抚慰叛党，大事化小，小事化了，将他们招安。唯独赵昌言毅然阻止道："几个跳梁小丑竟然也敢舞刀弄枪！如果不派遣王师前去镇压，如何彰显我朝廷的威严？要是再姑息放纵他们，恐怕祸事蔓延，最后无法收场。"太宗于是命令宦官王继恩为两川招安使，率军前往讨伐，并任命雷有终为陕路转运使，管理后勤工作。

王继恩等人还没到达蜀地，就听说李顺已经派遣党徒杨广率军数万，进逼剑门。守卫剑门的都监上官正手下只有几百名老弱残兵，上官正登城死守。杨广的部下都是一群乌合之众，围攻剑门三天三夜，都被飞箭走石挡了回去。

不久，成都监军宿翰引兵前来救援。宿翰和杨广在剑门城下大战起来，上官正带领着几百骑兵出城夹击。上官正挺着长枪，一马当先，锐不可当。乱军在前后夹击的情况下，死伤无数，只剩下三百残兵败卒逃回了成都。李顺见杨广兵败而归，愤怒地指责道："我给你一万人马，剑门城不过只有几百人守卫，你连续攻打了三天都没能拿下，真是饭桶！如今兵败逃归，大挫我军士气。来人呐，将他拉出去斩了！"说完，左右便将杨广斩首示众。还有那好不容易逃回来的三百败兵，也一律被斩杀。众人对李顺的判罚多半不服，渐渐地军中便起了内讧。

李顺不达目的誓不罢休，他再次派遣贼众前去攻打剑门。此时王继恩已经率大军赶到剑门，并长驱直入杀到了研石寨，杀退叛党，斩首五百余人。王继恩率军北进，一路上势如破竹，相继平定青疆岭、剑州、柳池驿，乱党望风披靡。李顺听说北路溃败，打算向西路进攻，于是率众人前去围攻梓州。

梓州知府张雍非常具有先见之明。当初，他听说王小波聚众叛乱，立即招募士兵，日夜操练，以防乱贼前来攻城。同时，他一面派人修城凿濠，一面筹备粮草军械，做好打持久战的准备，就等乱贼前来围攻。果然，没过多久，李顺率贼众兵临城下，浩浩荡荡，大概有十万多人。张雍率领三千人尽力防御，贼兵没有一点可乘之机。两军相持了两个月，贼兵已经疲惫不堪了。

王继恩看准时机，领兵前去救援。李顺自知不能攻克，于是率众撤退。没过多久，王继恩接连战败贼党，直捣成都。李顺手上还捏着十万贼众，仗着人多势众，便开城迎战。双方一场鏖战，乱贼被官军杀得落花流水，狼狈不堪。李顺逃回城里后死守不出，王继恩经过昼夜不停的猛扑，成功将成都城攻破。李顺等人不愿意束手就擒，还要作困兽之斗。经过激烈的巷战，李顺被官军活捉。乱党被斩首三万，李顺被就地正法，成都被平定。

乱党张余逃出城外，收集残众，相继攻陷了嘉州、戎州、泸州、渝州、涪州、忠州、万州、开州。开州监军秦傅序战死，川境再度陷入危机之中。王继恩那个时候刚刚向汴都报捷，中书省论功行赏，准备任王继恩为宣徽使，这时太宗说道："朕纵观古今历史，宦官干预朝政是朝廷最忌讳的事情。我朝开国以来，后宫办事也不过五十人，而且还严禁他们干政。如今，朕很想破格提拔王继恩为宣徽使，但是宣徽使必定会受理政事，这让朕很为难呐！"宦官不可以参与朝政，那为什么要让他带兵讨伐，太宗假装糊涂，真是让人唏嘘。

参知政事赵昌言、苏易简等人上书道："王继恩平定叛乱，立有大功，除了授予宣徽使，没有别的办法了。"赵昌言极力主张讨伐西蜀，想必是受了王继恩的鼓动。太宗听后大怒道："太祖定的规矩，谁敢不从？"说罢，太宗命学士张洎、钱若水重新创立一个叫宣政使的官职，赏给王继恩，并让他兼任顺州防御使。

王继恩手握重兵，久留成都，每天饮酒作乐，一旦出行，必定前呼后拥，敲锣打鼓。王继恩渐渐地飞扬跋扈、肆无忌惮起来。他还放纵手下横行霸道，奸淫妇女，抢夺财物，为所欲为！小人得志，往往就是这样。附近州县相继告急，向王继恩求援，他却一律置之不理。

贼党头目张余的声势一天大过一天，比李顺的气焰还要嚣张。太宗得知后，命张咏出任益州知府。益州就是成都府，李顺被平定后，降府为州。张咏上任后，邀请上官正、宿翰等人一同讨逆，说了很多大道理。上官正和宿翰等人非常感动，发誓要扫清贼党，即日出师。临行之前，张咏设宴为他们饯行，哭着对他们说："国家对你们不薄，这次要是能荡平乱党，朝廷自然有嘉赏。要是战败了，就算是逃回来，也难逃一死啊！"众将领命而去。

张咏又亲自下乡，晓谕百姓，各自安生立业，不要做盗贼。张咏语重心长地对他们说：

"前些日子,李顺逼迫良民成为盗贼,今天我来化盗贼为良民可好?"张咏又打探到城中还有守兵三万人,一半吃不饱饭,而百姓们苦于缺盐,仓库里却还有富余的粮食。于是张咏下令,采购一万斤食用盐,让百姓们用米换盐。这样百姓、士兵的生活都得到了保障。张咏礼贤下士,赏罚分明,益州大治。

上官正、宿翰等人用兵如神,将沦陷的州县一一收复。张余败退到嘉州,宋军很快追上,将他就地正法,蜀寇就此平定。太宗召王继恩返回汴京,任命雷有终、上官正为两川招安使。太宗下诏悔过:"朕委任不当,才招致祸乱,以后朕一定要慎用官吏,造福百姓。"

第二十章　五路出师伐西夏

先前，太宗将李继捧放回银州，让他劝降弟弟李继迁。没想到几个月后，李继捧就上书说李继迁已经悔过，情愿归降大宋。于是，太宗任命李继迁为银州刺史。其实李继迁并没有投诚的意思，只不过是想乘机喘息一阵，养精蓄锐罢了。一年后，李继迁露出了真正的面目，威胁李继捧一起背叛大宋，一同侵犯大宋边界。李继捧不肯答应，李继迁不顾兄弟情谊，竟然率军攻打李继捧。幸亏李继捧早有准备，将他击败。

没过多久，李继迁又来进犯夏州，李继捧上表向朝廷请求支援。太宗连忙派遣翟守素前往增援。李继迁看到援军前来，担心不是哥哥的对手，于是又和李继捧讲和，求他在太宗面前代替自己谢罪。李继捧是个优柔寡断的人，而且两人毕竟是亲生兄弟，于是他又替李继迁上书说："这次李继迁甘心归附，发誓一定痛改前非，希望陛下恕罪，格外开恩！"太宗也想大事化小，于是派人授李继迁为银州观察使，赐姓赵，名保吉，并任命他的儿子李德明为管内蕃落使行军司马，以为此事就算了结了。

让人没想到的是，李继迁不久又出尔反尔，威逼利诱李继捧降服契丹，条件是封王爵。李继捧也觉得契丹开出的条件令人心动，于是回复李继迁，但用词却模棱两可。李继迁转告契丹人，契丹人丝毫不犹豫，称只要李继捧肯归顺，就任命他为平西王。

转运副使郑文宝听说李继迁一向狡诈，于是设法提前防备。他查到银、夏一带有很多的盐碱地，每年能生产出许多食用盐，李继迁将盐矿占为己有，然后贩卖赚了很多钱。郑文宝责令他归还官府，不得私自占有。李继迁那个时候还没有跟宋廷撕破脸，只好忍痛割爱，将盐矿交给官府。李继迁平白无故地丢失了一棵摇钱树，非常愤恨，于是带着部下侵略环州，大肆侵害边界。

后来，李继迁又想将绥州的百姓迁徙到夏州。李继迁的部将高文岯不愿意迁徙，起兵反抗，竟然将李继迁等人驱逐出境。李继迁是个有仇必报的人，他马上集结部下，攻入堡寨，将高文岯五马分尸。随后，他同李继捧一起率军进犯灵州。

太宗听说李继迁兄弟共同谋反，急忙任命李继隆为河西都部署，调兵前往讨伐。李继隆奉命前往，带着几千骑兵向夏州进发。李继捧听说李继隆来了，先将母亲妻儿安顿在郊外，并上书太宗替李继迁求情，还献上五十匹宝马，恳请太宗罢兵！

太宗看完奏折后，不禁讥笑道："这两个反复无常的小人，朕真的有这么好诓骗吗？"当下派遣使臣传谕李继隆出兵，还教他一条破敌的密计："李继迁和李继捧兄弟二人向来不和，可以利用这一点大做文章，让他们自相残杀，我们好坐收渔翁之利！"李继隆依计行事，一面写信给李继捧，约他前来会师，一起讨伐李继迁；一面又给李继迁写信，相约讨伐李继捧。李继迁果然上当，率众夜袭李继捧的大营，李继捧刚刚就寝，不料李继迁突然杀出，连忙出后帐逃了出来。指挥使赵光嗣将李继捧引入密室，把他禁锢起来，然后打开城门迎接李继隆的队伍。

李继隆进城后，将李继捧押入囚车，派人送到了京师。李继迁真是生性凶残狠毒，竟然对自己的兄弟下得了手！殊不知唇亡齿寒的道理？接着，李继隆又率军讨伐李继迁，被李继迁给逃了。李继捧被送到京师后，跪在朝堂之外谢罪。太宗召见他后，指着他的鼻子再三诘问。李继捧当庭表示悔过，说自己是受了弟弟的引诱，态度非常诚恳。太宗已经上了年纪，也渐渐厌倦了杀戮，又见他如此诚心，不忍加罪于他，于是下诏将他赦免，并封他为右千牛卫上将军，封宥罪侯，并赐给他一座汴京的宅子。为了稍示惩戒，太宗将赐给李继迁的姓名赵保吉收回。后来，太宗下令将夏州城里的百姓迁到绥州，并派兵把守。

李继迁逃到契丹国，饱受契丹人的冷眼。他实在忍无可忍，于是又逃了出来再次向宋廷献马谢罪。他还派弟弟李延信觐见太宗，将叛逆的事情全部推到李继捧的身上！太宗仍然好言劝慰，厚加赏赐，并派遣内侍张崇贵前去诏谕李继迁，赐茶器和锦衣玉带。淳化五年冬季，太宗再次下令改元，改淳化为至道。至道元年，李继迁派部将张浦向朝廷进贡骆驼和宝马。

当时正好碰到侍卫在后苑练习射箭，太宗带着张浦一起观赏。太宗问张浦道："你看我朝侍卫的箭术怎么样？"张浦回答："个个都是虎将啊！"太宗又问道："羌人敢跟我的侍卫对敌吗？"张浦回答："那羌人的弓弩羸弱，箭矢短小。他们见到这么强劲的弓弩，早就吓得魂飞魄散了，怎么还敢出来对阵呢？"无非是一番阿谀奉承的话。太宗大喜，任命张浦为郑州团练使，留在京师供职。

太宗将张浦留在京师后，又派遣特使诏谕李继迁，任命他为鄜州节度使。李继迁不敢接受，上表推辞。他还说郑文宝抢夺他的盐矿，多次逼迫欺压自己。太宗为了安抚李继迁，只好将郑文宝贬为蓝山令，好让李继迁安分一点。可是这刁横的李继迁并不满足，他静养了几个月后，竟然又率几千骑兵攻打清远军。幸亏守将张延了解李继迁的为人，早早做好了准备。他在必经之路上安排伏兵，一见李继迁率军来到，多路一起突袭，杀死敌骑好几百人，李继迁命大，又被他逃走了。

第二年，太宗命洛苑使白守荣等人护送四十万石粮饷前往灵州。临行前，太宗千叮万嘱，命白守荣将辎重分作三队。挑夫携带弓箭自卫居中，士兵列成方阵，一前一后，将挑夫夹在中间。运输途中运输队要步步为营，遇到敌人稳扎稳打，不可慌乱，这样才能保证万无一失。同时，为了保险起见，太宗又命会州观察使田绍斌带兵前去接应。谁知道这个白守荣刚愎自用、胆大包天，竟然没有遵从太宗的嘱咐，将三队混合为一队，匆匆前进。不巧的是，田绍斌也没有率军前来，这个时候如果遇到劫粮的人马，后果不堪设想。

辎重运到浦洛河，进入到了李继迁管辖的境内。果不其然，这个无恶不作的家伙听说有大批粮饷从这里过境，早早地带着人马在浦洛河以逸待劳。等辎重部队过河过到一半，李继迁突然率领人马从两侧杀了出来。军士看到如狼似虎的敌军，哪里还顾得上什么粮草，都各自逃命要紧，一哄溃散了。那四十万石的粮饷被李继迁洗劫一空，一车都不剩。太宗接到警报后，龙颜大怒，下诏将白守荣、田绍斌捉拿治罪。同时，命令李继隆为环州、清州都部署，再次征讨李继迁，誓要拔除这颗眼中钉！

这个时候，曹彬的儿子曹璨从河西回京，上疏说："李继迁拥兵数万，围攻灵武。城中守将上书告急，偏偏信使被李继迁捉去，因此消息隔绝。请皇上速速发兵前去解围，不然灵武危在旦夕呀！"太宗连忙召集重臣前来商议。

当时吕蒙正被罢相位，相位由参知政事吕端继任。吕端建议太宗从麟府、鄜延、环庆三路进兵，会攻平夏，直捣李继迁的老巢，不怕李继迁不顾根本，灵武之围自然解开。这一招便是孙膑的围魏救赵之计。太宗跟吕端的想法大同小异，太宗主张五路出师。有人进谏说盛夏快要来临，西北荒凉之地，沿途没有固定的水源，士兵千里跋涉，饥渴劳累，难免会出现意外，不如暂缓出师。太宗听后大怒道："李继迁三番两次侵犯我大宋边境，将朕玩弄于股掌之间，朕发誓要荡平他。敌寇侵犯我朝边境，我军害怕酷暑炎热而不去解救；要是敌寇直捣汴京，你们是不是也放任他杀过来？况且现在还是初夏，天气还算凉爽，这个时候不速速发兵，更待何时？"

太宗下诏，命李继隆从环州出兵，丁罕从庆州出兵，范廷召从延州出兵，王超从夏州出兵，张守恩从麟府出兵，五路一同进发，直扑平夏，共讨李继迁。李继隆考虑到环州道路崎岖，打算从清冈峡出师，较为便捷。他一面率领部下一万余人从清冈峡出兵，一面派遣弟弟李继和奏报太宗。太宗得到李继和的奏报后，厉声呵责道："你哥哥不遵从朕的旨意，一定会吃亏的。朕嘱咐他从环州出发，无非是因为环州跟灵武毗邻，希望李继迁闻风解围。你速速回去，与你兄长说明朕的意思，不要抗旨欺君！"宋朝臣子经常违背皇命，这也是主权旁落的缘故。李继和奉诏急忙返回，可是一切都迟了，李继隆已经率军远去了。

李继隆从清冈峡出兵，与丁罕合兵一处。又走了十天的路，一路上没有看到一个敌人，竟然又引军回来了。张守恩跟敌军相遇后，见敌军势大，不战而逃。范廷召和王超两支人马走到乌白池，遥见敌兵蜂拥而至，王超对范廷召说："敌军士气正强劲，我军应该把守营寨，坚守不出，免得给他们可乘之机。"范廷召表示赞同，于是两人各自选择险要的地方安营扎寨，并命令军士不准轻举妄动，但凡遇到敌人，只准用弓箭击退，不准出战。

没过多久，李继迁督军前来，从左右两边分攻，都被射回去了，两军相持了一天一夜。王超的儿子王德用才刚刚十七岁，就随父亲从军。王德用虽然年轻，但是智勇过人，有大将风范。他进帐向父亲进言："敌军虽然气势浩大，但是列阵并不整齐，孩儿愿意出营跟他们痛痛快快打上一仗，以壮我军威！"王超知道儿子年轻气盛，害怕他有什么闪失，生气地说："你难道敢违抗我的军令吗？"王德用也是牛脾气，劝解道："孩儿并不是有意要父亲为难，但是如果我军不出去迎战，他一定不肯撤军。这个地方粮饷接济非常困难，不宜久留，只有我们冲杀出去，一鼓作气将他击退，才可以从容地撤军呐！"王超犹豫不决，过了半天才说：

"再等半天吧,等到他锐气耗尽,我们才有利可图。"

过了半天之后,王德用征得父亲同意后,挺身杀出。李继迁刚开始也被吓了一跳,怎么一向龟缩懦弱的宋军,突然变得这么勇猛?后来,李继迁仔细一瞧,带头的是一位乳臭未干的少年,不禁放胆迎战。李继迁欺负王德用年少,分兵左右两路,想将王德用围困起来。王德用丝毫不惧,他手拿一支银枪,盘旋飞舞,枪锋所指,无不倒毙。李继迁一看这少年身手不凡,是个劲敌,正想率军跟他过两招,谁知道王超突然前来接应,范廷召也带兵前来夹击,李继迁哪里受得了三路围攻,只得率军撤退。王德用驱兵追赶,一路上李继迁且战且退,三战三败,领着残兵败将逃命去了。正所谓穷寇莫追,王超鸣金收兵,王德用才整军返回。

第二天,王超下令班师,王德用说:"撤军的过程中如果遇到敌军,一定会发生混乱,父亲应该严加防范,以免被李继迁偷袭。"王超和范廷召都觉得很有道理。王超命令王德用开道,王德用一路非常谨慎,一旦经过地势险要的地方,先派遣侦察兵前去侦察,然后才下令行军,并且还下令:"乱队者斩!"全军肃然。李继迁本来准备派轻骑在途中埋伏,看到宋军严阵而归,不敢进犯。王超、范廷召两军安然无恙地退回,没有死伤。

这次出征对李继迁并没有造成太大的打击,他还是照样跟朝廷作对。太宗想肃清祸乱,御驾亲征。怎奈自己年事已高,体弱多病,身体一天不如一天,还哪有心思去管河西祸乱,只能一心料理内政去了。

至道元年,开宝皇后宋氏病逝,太宗却只是草草操办丧礼,敷衍了事。翰林学士王禹偁为皇后打抱不平,对同僚说:"皇后母仪天下,逝世后应该按照惯例,举办隆重的丧礼才是,怎么能这样应付过去呢?"这话传到了太宗的耳中,太宗非常恼怒,将王禹偁贬为滁州知府。不久谏议大臣冯拯上疏请求册立储君,太宗责怪他多管闲事,将他贬到了岭南。从此以后,皇宫和立储的事情没有人再敢提起。

寇准因为遭人逸言,被贬为青州知府,后来又被太宗召回。一天,太宗对寇准说:"朕年老多病,大腿时常疼痛难忍,怎么办?"寇准说:"臣若不是奉陛下诏书,绝不敢回到京城;既然已经回到这里,臣有一句话想跟陛下说,希望陛下能够采纳!"太宗问是什么话,寇准于是说出了"立储"两个字。太宗问道:"爱卿你看朕这么多皇子当中,哪一个可以担当重任?"寇准回答:"陛下为天下选择良君,不应该询问近臣的意见,也不应该受到后宫的干扰。只要选出来的皇子德行出众,适合治国,就可以了。"太宗低头想了好一会儿,然后屏退左右,悄悄地对寇准说:"你觉得襄王怎么样?"寇准回答:"知子莫若父,只要陛下觉得可以,那就决定吧!"太宗点头。

太宗的长子赵元佐因为有癫狂症,所以被废弃。次子赵元侃和赵元佐是一母同胞。端拱元年,赵元侃受封襄王,后来又晋封为寿王。太宗跟寇准商议后,决定册立储君。至道元年八月,太宗册立寿王为皇太子,改名为赵恒,并大赦天下。

太子册立以后,经常出宫巡视。汴京城里的百姓见太子相貌不俗,都称他为少年天子。太宗听说后,反而滋生醋意,召见寇准说:"现在人心都归属太子,将朕放在哪里呢?"寇准笑着说:"这是江山社稷的福分呐,皇上应该感到高兴才是呀!"太宗细想,觉得也是。太宗回到后宫，妃嫔都说这是好事，太宗大喜。

过了几天，太宗下诏命李沆、李至一起做太子的老师，并嘱咐太子要尊师重道。太子每次见到他们，必定先行叩拜之礼。李沆和李至上书称礼仪太重，不敢承受，太宗不许，并语重心长地对他们说："太子贤明仁孝，是一个国家的立国之本。爱卿二人放心教导，犯了错该罚就罚，不要有顾虑。至于诗书礼乐，这是爱卿的强项，朕就不啰嗦了。"二人叩首领命。

太子刚刚二十岁，天资聪慧。相传太子的母亲李氏一天晚上梦到在太阳下晒衣服，后来就有了身孕。太子出生后，左脚的脚掌上有个"天"字。五六岁的时候，太子跟几位兄弟玩耍，喜欢摆兵布阵，自称元帅。他曾经到万岁殿里爬上龙座，太宗摸着他的头，笑着问："这是皇帝的宝座，孩儿也愿意做皇帝吗？"太子随即回答："天命所归，孩儿不敢推辞！"太宗暗暗称奇。

第二年三月，太宗已经到了弥留之际。王继恩害怕太子英明过人，暗地里跟李昌龄、胡旦等人，谋立以前的楚王赵元佐为帝。吕端早料到会有变故发生，就假装请王继恩到书房里商议要事。王继恩到后，吕端便将他反锁在房里，不让他出来，自己匆匆地进宫拜见皇后去了。皇后哭着对他说："皇上已经驾崩了！"吕端听罢，顿时泪流满面，然后问道："太子现在在哪儿？"皇后哭着说："继承皇位向来都是按照长幼的顺序，才算得上名正言顺，现在该怎么办？"吕端止住眼泪正色道："先帝册立太子，就是为了今天，谁还敢有异议？"皇后于是不再说话。吕端嘱咐内侍去迎接太子，太子来到后，在太宗的灵柩前继位。

第二天，太子在福宁殿召见群臣。吕端率领群臣高呼万岁，坐在龙椅上的便是后来的真宗皇帝。真宗尊母后李氏为皇太后，晋封弟弟越王赵元份为雍王，吴王赵元杰为兖王，徐国公赵元偓为彭城郡王。又追封涪王赵廷美为秦王，追赠魏王赵德昭为太傅，岐王赵德芳为太保。封兄赵元佐为楚王，加授同平章事，吕端为右仆射，李沆、李至为参知政事。册立继妃郭氏为皇后。

真宗的原配是潘美的女儿潘氏，在端拱元年病逝。继室郭氏是宣徽南院使郭守文的二女儿。郭氏被册立为皇后，原配潘氏亦被追封为后，谥号庄怀。后来，真宗又追封生母李氏为贤妃，奉上尊号为元德皇太后。真宗将先父安葬在永熙陵，庙号太宗，并改元为咸平。太宗在位二十二年，共改元五次，享年五十九岁。

康保裔血战亡身

真宗继位以后,自然是一朝天子一朝臣,所有跟真宗走得近的官员都得到了升迁和封赏。只有王继恩、李昌龄等人因为谋立楚王,一律坐罪。王继恩被贬为右监门卫将军,李昌龄被贬为行军司马,全部被发配均州;胡旦被罢官,流放到浔州。

真宗改元之后,吕端以老弱多病乞求告老还乡,李至也因为眼病请求辞官。真宗拗不过他们,只好同意。他们离开朝廷后,张齐贤、李沆升任同平章事,向敏中为参知政事。

第二年,枢密使兼任侍中鲁公曹彬不幸病逝,举国上下悲恸不已。曹彬在朝期间从来没有违背过圣旨,也从来没有在背后说过别人坏话;他率军攻下城池后,对百姓秋毫无犯;他虽然位极人臣,但始终不曾仗势欺人;他平时的俸禄大都用来赈济穷苦的老百姓,家里并没有多少财产。

曹彬病危的时候,真宗亲自前往探视,并询问他怎么处理跟契丹的关系。曹彬回答道:"太祖志在平定天下,文韬武略,尚且跟契丹握手言和。请陛下为了天下苍生,继承先祖的遗志,息兵养民。"真宗又问道:"朕也想天下太平,但一味退让求和,以后还有谁能保卫边防?"曹彬回道:"臣的儿子曹璨、曹玮都是当世良将,堪当大任,陛下尽管放心。"真宗又问他的两个儿子哪一个更优秀,曹彬说曹璨不如曹玮。真宗见他说完后气喘吁吁,不便多言,安慰他几句后便离开了。

曹彬逝世后,真宗非常悲痛,追封他为中书令,赠济阳王,谥号武惠。又过了一年,太子太保吕端病逝,吕端为人持重,深识大体。太宗任命吕端为宰相的时候,有的官员在背后说他做事糊涂,太宗说:"吕端处理小事是有点糊涂,但面对大事却非常明智,真是朕的得力帮手啊!"吕端病情加重后,真宗也亲自前往慰问。吕端病逝后,真宗追封他为司空,谥号正惠。大宋在外失去了一位能征善战的良将,在内失去了一位能谏善辩的良相,况且真宗刚刚继位,人心不稳,正是国家空虚的时候。

咸平二年十月,契丹主耶律隆绪大举入侵。镇守高阳关的都部署傅潜拥兵八万,却畏惧懦弱,大闭营门,坚守不出。他的部下纷纷请他发兵迎敌,傅潜勃然大怒道:"你们是想去送死吗?是不是被人家砍了头才知道后悔?"众部将齐声说道:"要是敌军骑兵孤军深入,前来攻打我们营寨,请问统帅如何对付?"傅潜索性大骂道:"一帮糊涂虫,都不明白我的苦心。我之所以这么做是想保全你们的性命,奈何你们都要去寻死。与其死在胡虏的手上,还不如死在我的刀下，你们胆敢再提半个'战'字，我定斩不饶！"部将们慑于军威，只好愤愤地离开了。

不久，副将范廷召回来了，部将们向他说明了此事。范廷召说道："等我进帐之后，再从长计议！"范廷召进去后，傅潜早就料到他会前来请战，于是拉长着嘴脸，跟范廷召相对。范廷召行礼完毕后，屁股还没有坐热就开口道："大敌当前，将军从容淡定，看来心中一定有退敌的妙计了吧！"傅潜回答道："我主张死守，不主张出战。除了这么做，还有什么别的方法吗？"范廷召冷冷地说道："死守？守得住吗？"傅潜不耐烦地说道："敌军来势汹汹，我们不应该轻敌呀！坚守不出总要保险一些。"范廷召争辩说："依廷召看来，将军拥兵八万，有足够的资本和他们一较高下。如今之计我们应该立即发兵，扼守险要的地方，与契丹军正面干一仗，只要我们一鼓作气，上下同心协力，一定能大获全胜的！"傅潜只是摇头。范廷召不禁生气地说："将军这么懦弱，连个老太婆都不如！"说完也没有告别，径直出去了。

范廷召刚出来就遇到了傅潜的部下张昭允，于是对他说："傅潜这么胆小，要是敌军兵临城下，恐怕边防有失。边防如果失守，朝廷一定会加罪下来，到时候我们也难逃坐罪啊！"张昭允忧心忡忡地说："刚才恰好收到了朝廷的圣谕，命令本部发兵，我正准备进帐禀报，想必主帅不会违抗圣旨。"范廷召让张昭允赶快进去禀报，自己在外面等候消息。

张昭允进帐见到傅潜后，递上朝廷的圣旨，傅潜看完后对张昭允说："朝廷也来催我出师，莫非是诸将私下里向朝廷奏报了不成？要知道敌军势头正强劲，要是我们战败，只能打击我军的锐气，要是敌军再来进犯，该如何是好？所以我才坚守不出呢。"张昭允说："皇命难违，请主帅三思而行。"傅潜冷笑道："范廷召刚才正好前来请战，他既然愿意为国效力，我这就拨发骑兵八千，步兵两千，令他前去迎敌。"张昭允奉命出帐后，将军令报告给范廷召。范廷召听后不满地说："听说契丹有十万大军，他却只派给我一万兵马，就算我军以一当十，也很难取胜啊。他这么做分明是想让我去送死！"

说到"死"字，范廷召不禁义愤填膺，大步走进大帐里，大声对傅潜说道："将军要我做先锋，我既然领受朝廷俸禄，理当义不容辞，不敢不从。但是一万人马肯定是远远不够的，最少再添三五万人，才够退敌啊。"傅潜假笑道："行军打仗在于计谋不在于骁勇，士兵在于精良不在于数量多。况且你在前面冲锋，我在后面做你的后盾，你还怕什么呢？"范廷召质疑道："将军真的会前来支援吗？"傅潜说："你知道报效国家，难道我就不知道吗？你尽管向前，我一定会做你的后应的！"范廷召半信半疑地领命退了出来。他暗想傅潜的话不能全信，为了以防万一，避免孤军陷入敌阵，他立即修书一封，派人送了出去。

这封信被送到了并州、代州都署康保裔的手里。康保裔驻扎在并州一带，跟高阳接壤，所以范廷召就近求援。康保裔是洛阳人，祖父和父亲全都为国家战死沙场，他因此世代承受皇恩，得以升任武将。开宝年间（太祖年号），他曾经带领诸将在石岭关战败辽兵，立下大功，被提拔为马军都虞侯，兼任凉州观察使。真宗在位初年，调任他为并州、代州都部署。康保裔治军有方，天生血性，立志精忠报国。他平时对将士晓以大义，每次临战，即使身受重伤也不肯退缩。他一收到范廷召的书信，马上率领一万人马前去支援。

那时，契丹兵已经攻破了狼山寨，继续深入宋地。祁州、赵州、邢州、洺州等地，到处都有契丹兵的影子，官道早就被截断了。康保裔想绕到敌军的后方，然后再约范廷召前来夹击。谁知道范廷召还没有赶到，敌军已经聚集过来，康保裔扎营固守，准备第二天出战。到了黎明，营外已经围满了敌骑。将士进帐禀报康保裔说："敌军众多，我们的援兵还没有到，我军深陷重围，恐怕很难杀得出去。将军不如乔装打扮一下，悄悄跑出去，等到你脱险后再调兵前来，跟敌军决战也不迟。"康保裔愤慨地说："我领兵以来，只知道向前，从来没有后退过。现在我们深陷重围，正是我拼死效命的时候！"他当即下令开营迎战，并率先冲杀了出去，奋力杀敌。可是敌兵越来越多，康保裔杀退一重，还有一重。

厮杀一直从清晨延续到日暮，宋军杀敌几千人，自己也折损了几千人。康保裔眼见不能冲出重围，只好率军返回大营，拒守一夜。契丹兵也觉得疲乏，没有再度进攻，只是围着康保裔不放。第二天早上天还没亮，双方便拿出了全部的力量，拼死相搏，杀得天昏地暗，鬼哭狼嚎。地上的沙砾经过人和马的践踏，被踩出了两尺的深沟。契丹兵死伤无数，可是无奈胡骑死一个，又添上一个；康保裔的部下却死一个，少一个，没有支援。

转眼间，鏖战又从早上打到了傍晚，康保裔望眼欲穿，始终不见救兵赶来。此时，康保裔已经身负重伤，他的手下也只剩下数百人，而且多半受伤，不能再战了。康保裔看着满身是血的部下，不禁痛哭流涕道："罢了！罢了！我这次死定了。你们如果能逃的话，赶快逃命去吧！"说完，康保裔便冲向了敌兵最多的地方，手刃了十几名契丹兵。敌军一拥而上，你一枪我一槊，可怜一代忠臣良将就这样战死在了千军万马之中。康保裔的部下不忍苟且偷生，也一起随同主帅横尸沙场。这一役，康保裔大军全军覆没，大宋和契丹都伤亡惨重，战况惨烈程度令人瞠目结舌。

那时，高阳关路钤辖张凝和高阳关行营副都署李重贵，被范廷召派作先锋，率军前往救援。可是他们来迟了一步，此时康保裔全军战死，契丹兵正好乘胜归来，声势嚣张。张凝来不及退避，被胡骑团团围住。张凝也算是条汉子，死战不退，跟契丹兵混战起来。眼看宋军快要支撑不住了，幸亏李重贵带兵杀来，才将张凝救了出来。他们合兵一处，同心协力才将契丹兵击退。两军返回禀报范廷召，范廷召听说康保裔已经战死，不敢再前进，只在瀛洲西南据守要害，暂时抵御契丹大军来犯。

契丹兵被击退后，经过几天的休整，又开始进攻遂城。遂城驻扎的士兵很少，听说契丹大军前来，守城的士兵都很害怕。杨业的儿子杨延昭刚刚升任缘边都巡检使，正好驻守在遂城。他召集城内的士兵和壮丁，鼓舞道："你们的身家性命全都靠这座城池来保护，要是城池被敌军攻陷，谁还能活命？不如大家团结一致，共同守城。只要我们拼死守护，敌军一定攻不进来。守住城池一来可以保全性命，二来可以保卫国家，岂不是一举两得吗？"众人听后，斗志昂扬，消沉的士气一扫而空。杨延昭亲自编列队伍，给与武器军械，让他们轮流上城守卫。他自己则昼夜巡逻，丝毫不敢懈怠。契丹兵猛扑好几次，都被宋军用流矢飞石击退。当时正值隆冬，杨延昭命人用水浇灌城墙，水结成冰后，城墙坚硬湿滑。契丹兵料想难以攻入，只好引退，改道进攻淄州、齐州。

真宗听说契丹已经深入内地，于是下诏御驾亲征。真宗命同平章事李沆留守东京，命王超为先锋，前去探路，车驾随后进发，直抵大名。途中真宗接到康保裔战死的噩耗，悲恸不已，追赠康保裔为侍中，并任命康保裔的大儿子康继英为六宅使顺州刺史，二儿子康继彬为洛苑使，三儿子康继明为内园使，小儿子康继宗虽然年幼，但也得到了封赏。

康继英等人奉诏，前往叩谢道："家父不能战退来敌，陛下没有怪罪已经万幸了。如今陛下还这么优待我们，叫臣等如何受得起啊！"说完便伏地呜咽，哭泣不止。真宗也不禁伤感，抚慰道："你的父亲为国捐躯，抚恤赏赐是天经地义的事，爱卿不必推辞！你的母亲是否健在，朕也要厚加封赏，褒奖她的忠节。"康继英叩首说道："臣的母亲已经过世，只有祖母还在，年已八十四岁了。"真宗转过头对身边的大臣说："康保裔的父亲和祖父，世代忠勇，为朝廷立下了不少汗马功劳。康保裔的母亲理应得到加封，爱卿们觉得怎么样？"群臣自然赞同，于是真宗下诏封康保裔的母亲为陈国太夫人，他的妻子为河东郡夫人，并派遣使者慰劳他的老母，赏赐白金五十两。

封赏过后，便是问责。集贤院学士钱若水上书请求问罪傅潜，并建议提拔杨延昭、李重贵等人以振作士气，真宗准奏。经过审讯，朝廷得知傅潜贪生怕死、嫉妒贤能的罪状，依法当斩。但真宗念他劳苦功高，特赦死罪，削去官职，流放到了房州。张昭允也不免跟着遭殃，被流放到了道州。

真宗在大名过了年。不久，范廷召等人上奏："契丹兵听说陛下御驾亲征，知难而退，臣等奋力追到莫州，杀死敌军一万多人，将他们掠夺的财物全部追回，余寇已经逃出了境外。"真宗见契丹兵已经撤退，下令褒奖有功的将士，升范廷召为并州、代州都部署，杨延昭为莫州刺史，李重贵为郑州知府，张凝为都虞侯。真宗召见杨延昭，问及边防事务，杨延昭对答如流，真宗非常高兴，对群臣说道："你父亲杨业是前朝的名将，爱卿统兵戍边的风采不比你父逊色多少，真不愧是将门之后！"杨延昭拜谢之后，随即返回边关镇守。不久真宗也起驾回京。

那年冬天，契丹又率军南侵。杨延昭在羊山设下埋伏，亲自率领老弱残兵前去引诱，且战且退，将契丹军引诱到了羊山的西面。等到敌军一到，宋军信号一发，伏兵齐出，契丹兵惊慌失措。杨延昭追杀敌将，取下他的首级，大胜而归。真宗晋封杨延昭为本州的团练使，契丹望风披靡，都叫他杨六郎。杨业本来有七个儿子，只有杨延昭战功显赫，为人所熟知。那时澄州刺史杨嗣因为屡建战功，也被升为本州的团练使。边塞的将士都称他们为"二杨"。

真宗在回汴京的途中接到急报，说益州发生兵变，叛贼推选王均为头目，贼势猖獗，请求火速支援。真宗当即传召，命雷有终为川陕招安使，李惠、石普、李守伦为巡检使，率领步兵八千，前往讨逆。雷有终接到圣旨后，立即领兵进入四川。

原来，雷有终任四川招安使、张咏为益州知府的时候，文武官员任命合理，蜀境渐渐富裕起来。后来，雷有终和张咏相继被调任，朝廷改用牛冕为益州知府，符昭寿为兵马钤辖。牛冕懦弱无能，符昭寿骄恣不法，部下的士兵多半怀有怨恨，渐渐开始生有二心。益州的守兵由都虞侯王均和董福分别管辖。董福驾驭得当，励精图治，朝廷的奖赏全部分给了士兵；

王均却好酒嗜赌，军饷多半被他克扣，占为己用，部下士兵都愤愤不平，敢怒不敢言。

一天，牛冕和符昭寿二人在东郊阅兵，百姓都前去观看。只见董福的部下个个甲仗鲜明，王均的部下却衣装粗敝，形成了鲜明的对比，百姓都指指点点，议论纷纷。王均的部下赵延顺等人自惭形秽，顿生愤意，认为是符昭寿处事不公。咸平二年除夕，赵延顺等人揭竿而起，将符昭寿杀死。第二年元旦，益州的官吏都忙着庆贺佳节，突然听说兵变，连忙惊惶逃窜。牛冕和转运使张适全都逃跑，只有都巡检使刘绍荣据守益州城。乱兵闯进来后，打算推举刘绍荣为主帅，刘绍荣愤怒地斥责道："我本来是燕人，好不容易弃暗投明，难道会和你们一起作乱吗？"叛兵想要杀刘绍荣，刘绍荣誓死抵抗，但终究寡不敌众，败回署中，悬梁自尽。

监军王泽急忙召见王均对他说："你的部下作乱，你怎么能袖手旁观呢？速速前去安抚他们！"王均出去后，好言劝慰赵延顺，叛军却拥戴他为主帅，王均抵不住诱惑，竟然一口答应。叛众定国号为大蜀，改元化顺。王均给部下一一封赏，并任用张锴为谋士。不久，叛军进攻绵州，久攻不下，转而进攻剑州，又被剑州知府李士衡击退，败还益州。蜀州知府杨怀忠传檄各个州县，集合兵力前去讨伐乱党，初战得利。李士衡乘胜攻打益州，乱党坚守不出，李士衡无奈只好暂时驻扎在鸡鸣原，静待王师前来支援。

雷有终奉命到达益州。王均多次派兵拦截，都被官军击退。雷有终乘势追到城下，乱兵弃城逃走，城门大开。雷有终见王均弃城逃跑，不费吹灰之力就拿下了益州城。将士们正想抢些财物，忽然听到一声巨响，喊杀声连天。他们慌忙寻觅生路，却发现路口全部被杂物堵住了。费了九牛二虎之力好不容易搬出一条生路，谁知叛军在外面以逸待劳，见到官军出来，一阵乱戳，官军死伤无数。有几个腿长的，侥幸漏网。他们匆匆跑到城门口，见城门紧闭，还有叛军据守，不但不让他们出去，还要索取他们的项上头颅，真是死得冤枉。

雷有终、石普、李惠都忙着各自逃生。雷有终和石普跑到城墙上面，攀墙而下，幸免于难。李惠可就没有那么好的运气了，他被王均率众追上，惨死于乱刀之下。这一场乱战，官军死伤大半，雷有终和石普跑到汉州，张思钧把他们接到城里。他们回去后心有余悸，再也不敢贸然前进。王均用计打败了官军之后，更加骄横，抢夺财物，无恶不作，每天左拥右抱，朝饮暮赌，把战事搁到一边。

官军恢复元气之后，又前去交战。雷有终和石普进兵城北，另外派人进攻城的东、西、南三面。王均多次出战，都被击败。这时候偏偏赶上阴雨连绵，城墙太滑，官军一时不能攻入。等到天气稍微晴朗一些，雷有终命令士兵将火把和火箭抛射到城头上，将城里的敌楼全部烧毁。城中顿时大乱，雷有终趁着这个机会，麾军登城，四面一起围攻，这才攻破城门。王均带着两万多人趁夜逃走，雷有终害怕有埋伏，不敢追击，只是派人纵火焚城，火焰冲天，通宵达旦。第二天，官军搜出了二百多个可疑的人物，一股脑地全部推入熊熊烈火中。

第二十二章　纳忠谏御驾亲征

雷有终收复益州之后，派遣巡检使杨怀忠前往追击王均。王均逃到福顺监，召集众人在监署中饮酒，喝得酩酊大醉。死到关头还要喝酒，真是个酒鬼。他的部下也都带着八九分的醉意，忽然听到官军追到，都吓得不知如何是好。王均料到自己这次插翅难逃，就拍桌子说道："罢了！罢了！"说完，解下裤腰带，悬梁自尽。乱党群龙无首，自然溃散。杨怀忠率领部下杀到，捉住乱党六千多人，并将王均的头颅割下。王均几个重要的部下全部被就地正法，杨怀忠收编了其余的士兵，然后返回益州。

朝廷下诏给雷有终、杨怀忠等人加官进爵，把牛冕流放到儋州，张适流放到连州，并派遣翰林学士王钦若前去安抚蜀民。第二年，朝廷又派遣张咏任益州知府，蜀民听说张咏回来了，夹道欢迎。张咏恩威兼施，蜀地政绩大为改观。真宗下诏褒奖他说："有爱卿在蜀地，朕就没有西顾之忧了。"

西蜀边陲已经平定，北方一带却总是不安宁。契丹、西夏时常侵扰边境。真宗继位后，李继迁上表称贺，并且请求封藩。真宗知道他为人奸诈，无奈太宗刚刚驾崩，内政不稳，姑且答应了他的请求。真宗命他为定难节度使，把夏州、绥州、银州、宥州、静州的土地一并封给他。同时，真宗还将以前扣押的张浦送还给了李继迁。李继迁派弟弟前去拜谢，真宗赏赐优厚，并将"赵保吉"的姓名赐还给了李继迁。

偏偏李继迁阳奉阴违，仍然暗中指使别人侵扰边境，四处作乱。这时，同平章事张齐贤和李沆之间发生了矛盾。张齐贤被罢免相位，贬为泾、原诸路经略使。张齐贤入朝向真宗辞行，真宗和他谈起边防的事情，张齐贤说："臣看灵武是座孤城，孤立在塞外，很难坚守。把六七万的军民放在那里，不但很危险，而且浪费粮饷。不如我们弃远图近，转守环庆，较为便利。"真宗沉吟了半天，说道："爱卿先去巡视一遍，要是真的可以放弃，那就放弃吧。要是还有坚守的价值，一定要坚守。"张齐贤领命前往。

不久，张齐贤派人送来书信，劝真宗放弃灵武。但永兴军通判何亮上书坚称灵武绝对不能放弃，一旦灵武有所闪失，内地也会危在旦夕。真宗召集群臣商议，只要几个大臣赞同张齐贤的观点，放弃灵武，转守环庆。而大部分的大臣都说灵武自古就是兵家必争之地，万万不能放弃。众人议论纷纷，莫衷一是。一番斟酌之后，真宗还是拿不定主意，于是召见李沆前来商议。李沆建议道："赵保吉一天不死，灵州便不会安宁。臣的意思是必须除掉赵保吉，派遣更多的士兵前往据守灵州。"真宗思前想后，决定任命王超为西面行营都部署，率军六万前往增援灵州。

这时，张齐贤又上书建议朝廷，如果决定把守灵武，就要招募江南的壮丁前往戍边。真宗看后摇头说："江南士兵千里远赴西北戍边，来往非常不便。江南百姓也不会答应，如果强征的话，恐怕会动摇人心，激起变乱。"于是没有采纳他的意见。

一个月后，李继迁攻打清远军，都监段义叛降李继迁。李继迁不久进攻定州，掠夺辎重数百辆，幸亏副都署曹璨召集藩兵，奋力拼杀才将李继迁击退。第二年，李继迁大举进犯灵州，灵州知府裴济率军死守，跟李继迁相持一个多月。李继迁不肯罢休，又增兵围攻，截断了城中的粮道，城内断粮。裴济眼看不能支撑，便写了一封血书呈给朝廷，请求支援。怎奈裴济望眼欲穿，始终不见援军到来，军士们整天空着肚子，怎么作战？不久城门被李继迁攻破，裴济率众进行巷战，最后力竭身亡。裴济自从担任灵州知府以来，一直大兴农田，整军牧马，为战事做准备。可惜独木难支，最后落得个暴尸荒野的下场。

真宗收到战报后，优赐裴济的家属。真宗后悔没有听从李沆的话，导致忠臣殉国。先前，真宗派遣王超前去支援灵州，王超却在半路逗留不前，坐观城守将战死。真宗知道后，对此事睁一只眼闭一只眼，令王超屯守永兴军，不得再有差池。

第二年，李继和上书，说六谷酋长巴喇济愿意征讨李继迁，请求授他为刺史。真宗召集辅臣商议。辅臣都说巴喇济已经是酋长了，授予刺史，未免封赏太轻了，要是封为王爵，好像又太重了，可招讨使的名号又不能加在外族的头上。众人商量许久之后，最终决定授他为朔方节度使，兼灵州西面都巡检使。巴喇济接到圣旨后表示："我已经集结六万兵马，静待王师到来，合兵一处，共同收复灵州。"

没过多久，李继迁率军攻打麟州，被知州卫居保击退。李继迁转而攻打西凉，杀死西凉知府丁惟清，占住城池。巴喇济居住在六谷，笨啦是西凉的藩属，他当下想出了一条计谋，前去诈降。李继迁不知道他已经归附北宋，只以为他是一个藩部的酋长，慑于自己的势力前来投诚，也就没有怀疑，传见巴喇济。巴喇济向他跪拜道："大王威德过人，六谷藩部情愿归降。"李继迁听完后，春光满面，得意忘形。李继迁将他扶起来，还给他赐座，并好言抚慰了一番。巴喇济一谢再谢，李继迁让他招徕部落的人马，从中挑选一些精兵良将为己所用，以增加实力，巴喇济欣然领命。

巴喇济回到六谷，召集藩部赶赴西凉，前去拜谒李继迁。李继迁亲自到校场检阅，只见藩兵都背着弓弩，鱼贯而出，报名应选。李继迁正在用心审查，突然听到弓弩声一响，连忙四顾，偏偏一箭飞来，不偏不倚正中他的左眼。李继迁不觉失声大喊道："快！快！捉拿匪徒！"左右急忙上前保护。不料藩兵已经拔出短刀，一哄上前，来取李继迁的人头。李继迁的部下拼死抵抗，多半被藩兵杀死，只剩下几个勇猛的小头目保护着李继迁，且战且退。藩兵奋勇追杀，差一点就将李继迁擒住。全靠李继迁忠诚的部下假扮他引开藩兵，李继迁才侥幸脱身，逃回灵州。

回到灵州后，李继迁左眼珠脱落，剧痛难忍，多次晕厥过去。不久李继迁因为伤势太重，医治无效，竟然一命呜呼。这一箭不用细想就知道是巴喇济射的。巴喇济和藩部秘密约定，以射箭为信号，一起动手。也是李继迁气数已尽，虽然侥幸逃脱，最终还是难逃一死。李继迁的儿子李德明派遣使者将父亲的死讯告诉了契丹，契丹追赠李继迁为尚书令，封李德明为西平王。环庆守将认为李德明刚刚继位，军力衰败，于是奏请真宗降旨招降李德明。真宗下诏，劝李德明归附大宋。李德明考虑再三，决定归降，便派遣部下王侁奉表归顺，朝廷决定加封李德明。曹彬的儿子曹玮请求真宗发兵，乘机剿灭西夏；朝廷百官却说征伐是不义之举，不如以德报怨。真宗不愿意再动兵戈，所以没有听从曹玮的建议。

真宗下诏授李德明为定难军节度使，统辖夏州、银州、绥州、宥州、静州五州。不久，真宗听说契丹封李德明为西平王，也下诏封他为西平王。李德明上表称谢，表示诚心归附，一定会感恩戴德，永远不再背弃约定。

契丹自从上回在莫州吃了败仗，大宋的边境安静了两年。李继迁攻打清远军时，朝廷又接到急报，说契丹蠢蠢欲动，想乘隙进犯。真宗急忙派遣王显为镇定关、高阳关都部署，王超为副都署，提防契丹。果然契丹兵进犯遂城，王显发兵痛击，斩首两万余人，追逐出境。

第二年，即咸平六年，契丹又派遣耶律奴瓜进犯高阳关，高阳关副都署王继忠约同王超、桑赞等人，到康村迎敌。王继忠在东面列阵，王超和桑赞在西面列阵，不久见契丹兵长驱而来，气势锋锐。王继忠挺枪而出，率部下力战，偏偏王超和桑赞按兵不动，坐观成败。敌骑随即向西边杀来，王超和桑赞不敢与战，竟然下令退兵。剩下王继忠一支人马，怎么能支撑得住？王继忠不得已且战且退，逃到了白城。天色昏暗，道路崎岖，追兵不减反增，将白城团团围住。王继忠仰天长叹道："我和王超、桑赞在这里合兵，希望杀敌建功。不料他们竟然不战而退，只剩下我孤军奋战，被胡虏围困，真是可恨之极！"

王继忠见敌军越来越多，而城中粮草缺乏，不能久持，于是，他亲自率领残兵想要突出重围。眼看手下一个个倒下，只剩下几个人，王继忠自思不能逃脱，正准备自刎，不料战马被箭射中，他摔落马下，被契丹兵活捉了。王继忠被押解到炭山见契丹主耶律隆绪，耶律隆绪劝他归降，他誓死不从。萧太后听说他以骁勇著称，不忍心杀他，便将他软禁起来。后来，萧太后多次派人去劝诱王继忠，王继忠最终被劝服，表示归降契丹。契丹主赐其姓名耶律显忠，授予户部使。大宋这边还以为他战死沙场，下旨抚恤他的家属，真是讽刺。

咸平六年腊月，真宗下诏改元，第二年为景德元年。新年过后，京师发生了地震，第二天又发生余震。过了十几天，又发生了一次更大的地震。朝廷免不了要减免赋税，让百姓休养生息。春季还算无事，等到春夏交界时，皇太后李氏驾崩，又是一番忙碌。皇太后的丧葬完毕后，真宗尊其谥号为明德。到了初秋，宰相李沆不幸病逝，真宗亲自前去吊唁，痛苦地对左右说："李爱卿忠诚淳厚，始终如一，是朕最亲信的人才，怎么会这么短命呢？"真宗回朝后，追赠李沆为太尉中书令，赐谥号文靖。不久，真宗任毕士安、寇准为同平章事。

相位刚刚确定，忽然边关传来警报，说契丹主耶律隆绪和他的母亲萧太后率军二十万，前来进犯。真宗连忙召见群臣商讨对策。寇准主张开战，毕士安主张议和，参政的百官有的主张坚守，有的主张议和，众说纷纭。后来，听说契丹攻打威虏、顺安的部队都已经败北，攻打北平寨、保州也没有得逞，真宗这才稍稍放心。不久，朝廷接到定州、苛岚军、瀛洲的捷报，王超和高继勋、李延渥相继击退敌军。此时寇准入奏道："胡虏东侵西扰，无非是想恐吓我们，我们岂能被吓到？臣请皇上速速派遣将士扼守要塞，与契丹决一雌雄！"真宗嘴上虽然答应，心中却很迟疑。

寇准退出去后，真宗又接到莫州都部署石普的奏章，称契丹派遣使臣前来议和，还附上了王继忠的密表，上面写道："臣孤军奋战，被契丹俘虏，臣就算战死也没有用，所以苟且偷生。现在臣劝得契丹主跟大宋议和修好，各自罢兵，所以派遣使臣李兴到莫州，代替臣禀明圣上。"真宗看完后，召见毕士安商议。毕士安说："这也不是什么坏主意，不如前去跟他议和吧！"真宗忧虑道："契丹大军来势汹汹，兵锋强劲，恐怕不足为信吧？"毕士安说："臣曾经俘获契丹降兵，降兵说契丹虽然大举南下，但是处处碰壁，不能得志。契丹想要撤军，又害怕被人耻笑，因此进退两难。而且他既然倾国前来，肯定担心别人乘虚而入，急切想要班师回朝。依臣看来，他派人前来议和应该是真心实意的。"真宗认为毕士安分析得合情合理，于是下诏石普传令给王继忠，答应跟契丹议和。

王继忠派人告知石普，请求真宗派遣使者到契丹商讨议和的事情。于是真宗派曹利用前往契丹军中。临走之前，真宗嘱咐他说："契丹南下，不是想夺取土地，就是想索取贿赂。关南一直以来都是我们中原的领地，肯定不能轻易割让给他们。汉朝曾经赏赐过单于玉帛，这个有例在先，我们可以考虑，爱卿自己斟酌掂量。"曹利用回答道："臣这次去一定不辱使命，他们要是有非分之想，臣也不打算活着回来了！"真宗赞叹道："爱卿精忠报国，壮志可嘉，朕还有什么好说的！"

曹利用到达契丹后，觐见萧太后母子，他们果然索要关南的土地。曹利用说："关南是我国的疆土，怎么可能割让给贵国？"萧太后说道："关南之地在晋朝时就是我们的，后来被周朝夺走，此时不还给我们，更待何时？"曹利用严正道："这些都是前朝的事情，和我大宋无关。贵国如果诚心议和，那就不要妄图索要土地了！就是送给你们些钱财，我朝也要慎重考虑！"萧太后还没等他说完，便竖起柳眉大怒道："不割地，不赔款，还敢前来议和？你难道不怕死吗？"曹利用面不改色回道："我要是怕死就不来了。我宋皇不忍心两国百姓遭受战祸之苦，所以才和贵国议和。你们要是索地要金，那就免谈！"说完，曹利用便拱手告辞。这时，帐下突然闪出王显忠，他拉住曹利用，邀请他到别帐相谈。

萧太后见宋使态度坚决，便召集将士，下令道："宋使此番前来，毫无诚意，我意立即进军，让他们尝尝我们的厉害！"炮声三响，大军拔寨前进。不久，辽军攻陷德清军和冀州，直逼澶州，一路上势如破竹。朝廷一天接到五次边境的急报，真宗急得团团转，连忙召集群臣商议对策。

群臣七嘴八舌，各抒己见。其中有一些人主张迁都。王钦若是临江人，他建议真宗迁都金陵，陈尧叟是阆州人，他建议真宗迁都成都。真宗听后沉默不语，环顾四周不见宰相寇准，于是便问群臣："寇爱卿怎么没来？"王钦若说："他还在家里喝酒作乐呢！"真宗生气地说："都什么时候了，他还有这般闲情逸致？"说罢命人唤寇准进宫。

寇准到来后，真宗对他说："契丹大军已经兵临澶州城下，朕心急如焚。听说爱卿在家甚是闲暇，是不是已经有御敌良策了？"

寇准拱手回道："陛下如果相信臣的话，不超过五天，契丹便会退兵。"

真宗转惊为喜，忙问道："爱卿有何妙计？"

寇准说道："四个字，御驾亲征！"

真宗听后犹豫了一会儿，说："敌军气势鼎盛，即使朕御驾亲征，也未必得胜。如今，有些大臣奏请朕迁都金陵或者成都，爱卿觉得可不可行？"

寇准听后大声道："这是谁出的主意，臣恳请陛下斩杀此人，祭奠战旗，然后北伐！陛下您英明神武，只要君臣同心，将士协力，我们一定稳操胜券。陛下御驾亲征，敌军兵锋已老，我军定能出奇制胜。陛下怎么能听信奸臣贪生怕死之言，放弃宗庙社稷，偏安蜀地、楚地呢？一旦迁都，人心就会崩溃，胡虏也会乘机长驱直入。到时候，太祖打下的江山就会葬送在陛下的手里啊！我等都会沦为亡国奴啊！"

真宗听后还是踌躇不决，毕士安见状奏道："陛下，寇大人所言极是啊！请陛下不要再犹豫了。"真宗这时才说："既然两位爱卿都觉得朕应该御驾亲征，那朕现在就下令！"寇准又启奏道："契丹南下入侵，天雄军首当其冲，一旦失守，黄河以北全都会沦为契丹的领土，请陛下挑选一名稳重的大臣前去驻守！"真宗问道："爱卿觉得谁能担此大任？"寇准答道："没有比参知政事王钦若大人更合适的人选了！"

退列朝班的王钦若早就气得面红耳赤，忽然听说寇准举荐自己，不由得脸色变青，慌忙跑出来，正准备上奏推辞，只听寇准又说："陛下御驾亲征，我们做臣子的应当义不容辞。现在臣已经保举了参知政事出守天雄军，王大人应该速速准备启程。"王钦若冷笑道："寇大人是不是也应该一同前往？"寇准毅然道："老臣既然是百官之首，肯定要树立榜样，怎么敢苟且偷安呢？"这时，真宗开口道："王爱卿要体察朕意，朕任命你为天雄军判官，兼任都部署，爱卿千万不要推辞！"王钦若不敢再言，只得叩头领命，辞行北去。

第二天，真宗命雍王赵元份在京城留守，赵元份是太祖的第五个儿子。第二天，各项事宜准备妥当后，朝中一班大臣和众将士拥护着皇上的车驾，浩浩荡荡地从京师出发了。

第二十三章 澶渊之盟

真宗下诏御驾亲征，从京师出发。他任命山南东道节度使李继隆为驾前东面排阵使，任石守信之子、武宁军节度使石保吉为驾前西面排阵使，各将帅拥护着圣驾前行。当时天气寒冷，北风凛冽，左右递给真宗貂帽裘衣，真宗摇头说："爱卿和将士们都很寒冷，朕怎么好意思独自取暖？"将士们听后，无不感动，顿时三军勇气大增。前军到了澶州，契丹统军顺国王萧挞览自恃骁勇，率军在宋营前列阵，挑衅宋军。

李继隆接到战报后，奏报真宗，请求上前御敌。两军还没有交战，萧挞览带着数十骑出阵四处眺望，审视地形。李继隆的部将张环是负责床子弩的领将，床子弩有机关，一旦触动，就会万箭齐发，宋军一直把床子弩当作秘密武器，多次用它建功。张环看见契丹军中有一位黄袍大将，料定不是常人。张环看到他走出阵营，走到弓弩的射程范围之内，来不及禀报，直接扣动了床子弩的机关。刹那间，几百支利箭接连射出，正中萧挞览要害，萧挞览应声倒地。跟随出阵的数十骑一半被射死，一半受伤逃回了契丹阵内。契丹军见主帅被射杀，顿时乱作一团。等到张环驰报李继隆，宋军麾兵杀到的时候，契丹兵早就一溜烟地跑了。

那时，梁门由安肃军驻守，守将为魏能；遂城由广信军驻守，守将为杨延昭。契丹率大军多次猛攻这两个地方，却屡攻不下。人们称这两支军队为"铜梁门""铁遂城"。只有王钦若守住天雄军束手无策，整天诵经念佛，闭门祈祷。幸亏契丹大军并没有进攻天雄军，他才勉强支撑过去。

真宗快到澶州的时候，有人进言："契丹兵锋强盛，我们不能轻敌，不如迁都金陵吧！"这想必是受了王钦若的唆使。真宗又不免迟疑不决，于是召见寇准商讨。寇准义正词严地说："陛下只能进尺，不能退寸，河北各军日夜期盼圣驾前来，个个奋力杀敌。哪怕圣驾往回退却一步，势必会让众将士失望。到时我军就会军心涣散、土崩瓦解。一旦契丹大军追杀，恐怕连金陵也到不了！"真宗说："爱卿说的也对，你让朕细想一下。"寇准出来后，正好碰到殿前都指挥太尉高琼，于是对他说："高太尉身受国家厚恩，今天是报效国家的时候了！"高琼毅然道："高琼是一介武夫，多次承蒙陛下提拔，我愿拼死报效国家。"寇准握住他的手说："我和你一起进奏天子，建议陛下马上下令，命大军渡河杀敌。"高琼点头应允。

两人入见真宗，寇准厉声说道："陛下要是不信臣的话，那就问问高琼。"高琼立即跪奏道："寇大人所言极是，机不可失，请陛下马上率军渡河！"经过这二人力谏，真宗才下定决心，命高琼麾兵继续前进。

部队到了澶州南城后，远远看见河对岸有很多敌营，星罗棋布一般。真宗不禁觉得有些慌乱，左右又劝真宗下令停军，静观敌军动向，再作进退。寇准听说后，急忙进谏道："两军还没交锋，我们就被敌军震慑住了，畏畏缩缩，还打什么仗？况且王超现在带着精兵驻扎在中山，扼住了敌人的咽喉；李继隆、石保吉在东西列阵以待，形成掎角之势；还有四方镇将前来支援，我们还怕什么契丹？为何要逗留不前呢？"高琼说："臣愿意护驾前行，请陛下不要担忧。"

真宗听后，稍微放心，下令全军渡河，抵达澶州北城。真宗亲自登城，远近将士看到龙颜，欢呼踊跃，高呼万岁，声音传到了数十里之外。契丹自从萧挞览被射杀之后，士气低沉，又听说真宗亲自前来督师，士气更加沮丧。唯独萧太后不肯罢手，命三千精锐骑兵前来攻城。寇准上奏："这只不过是在试探我军强弱，请陛下下诏，令将士迎头痛击，以壮我军声威。"真宗说道："军中事务一律交付给爱卿，爱卿可以代替朕调兵遣将。"寇准领旨后，下令开城迎敌。两军交战不到几个回合，契丹兵不敌败退，宋军一路追杀，契丹兵被斩杀一大半，其余的狼狈逃回。

真宗听闻捷报后，非常欣慰。不久，真宗留下寇准主持边防，自己返回京都。后来，真宗又派遣使者前去察探情况，使臣回朝禀报，说寇准和杨亿时常饮酒，非常轻松。真宗听后大喜道："寇爱卿如此从容淡定，朕可以高枕无忧了。"

不久，派往契丹的使臣曹利用回来了，并带着契丹使臣韩杞一同觐见真宗。真宗立即传见曹利用，曹利用上奏道："契丹想要索取关南之地，臣已经当面拒绝了他们，就是金银财物，我也没有轻易许诺。"真宗说道："爱卿做得很好，如果他们索要土地，朕宁愿开战！至于钱财，不妨斟酌给与一些，这个无伤国体。"随后，真宗宣韩杞进见，韩杞跪拜完毕后，呈上国书，说自己是奉了契丹主的使命，索要关南土地，只要宋朝答应，立刻罢兵结盟。真宗没有同意，但对来使以礼相待，命曹利用好生招待他。

真宗又召见寇准前来商议，寇准说道："陛下如果想要国家长治久安，不但要让胡虏俯首称臣，而且还要夺回幽州、蓟州等地。只有强兵才能令胡虏畏惧我朝，如果我们向契丹服软进贡，虽然能保暂时太平，然而后患无穷啊！请陛下三思！"真宗皱着眉头说："按爱卿的说法，我们和契丹之间只能兵戎相见了？但是一旦开战，胜负难料；即使我们打赢了，也会劳民伤财！朕实在不忍心看生灵涂炭呐！十年之后，要是朕的子孙英明，自然能抵御外敌。现在朕暂且和他们议和，这样一来，边境就能恢复太平，不妨就这样了事吧！"寇准见真宗态度坚决，只好松口道："这样做始终不是长久之计，臣先去问问来使，再作商议吧！"

寇准找韩杞了解情况后，还是坚持跟契丹决战到底。就在此时，有流言蜚语说寇准挟主邀功，刚愎自用。寇准听说后叹息道："我一片忠心，却遭人诽谤，还有什么好说的？"于是，寇准又觐见真宗，只是说："臣之所以坚持开战，是想图个长治久安。如果陛下不忍心兴兵劳师，那就跟他们议和吧！"于是，真宗遣还韩杞，又命曹利用赴契丹军中议和。

临行之前，真宗嘱咐道："只要不割让土地，钱财不妨多给一些。即使他们开口百万，也在所不惜！"钱财也是民脂民膏，为何视如粪土呢？曹利用领命退下。寇准听说后，找到曹利用，严肃地对他说："皇上虽然允许多给钱财，但我的意思不能超过三十万，你要是多许诺一分，我不会饶过你的！"曹利用唯唯遵命道："少一些，少一些，下官岂能不知道？"说罢当下辞别寇准，前往敌营。

　　契丹政事舍人高正始奉命接待曹利用。高正始问曹利用："议和有什么条件？"曹利用回答："给与钱财可以考虑，但是割让土地万难接受。"高正始说："我们兴兵大老远地过来，无非是想收复故土；如果只得到些许钱财，我们怎么向国人交代？"曹利用说："高大人既然是契丹大臣，也应该为国家社稷着想。倘若贵国执意用兵，恐怕两国从此战祸不断，狼烟不休，这样对贵国也没有好处。请高大人三思！"高正始无词辩驳，只好引曹利用见萧太后，萧太后还是坚持前番条件，曹利用仍然拒绝，双方都不肯退让一步。

　　萧太后留曹利用暂时住在营中，另外派遣监门卫大将军姚东之带着书信去宋营商谈和约，真宗还是不肯答应割地。姚东之返回后，萧太后又召见曹利用协商和约。当下双方决定，宋廷每年向契丹进贡白银十万两，绢二十万匹，两国疆界依旧，从此互不侵犯，永结和好。同时，契丹国主以兄礼事宋朝皇帝。和约拟定后，曹利用返回告知真宗，真宗非常欣慰。真宗本以为契丹会狮子大开口，没想到他们只要了三十万，如何不高兴呢？真宗派遣李继隆前往契丹军营签订和约，契丹也派遣使臣丁振上缴盟书。真宗在南楼接见契丹来使，并设宴款待。契丹使臣返回后，真宗颁布敕令，契丹撤兵，边防各将不得率军追杀。不久，契丹主和萧太后便引军北归，真宗也从澶州回京，并将契丹的盟书颁告各州。

　　转眼间已是景德二年正月初，真宗下令大赦天下，并将从河北招募来的士兵遣散回去务农。毕士安请奏开放商贸，修缮城池，安顿流亡人口，同时保举良将驻守重镇，从此河北大定，烽烟不举。不久，萧太后生辰，真宗派遣使臣前去祝贺，并自称南朝，称契丹为北朝。朝中大臣多有不满，私下抱怨真宗太过懦弱。

　　天雄军王钦若因为南北修好，奉诏返还京城，仍然担任参知政事。王钦若因为与寇准不和，多次请求辞官。真宗命冯拯代任，改授王钦若为资政殿学士。没过多久，毕士安病逝，寇准独任宰相。寇准秉性刚直，幸亏有毕士安在旁调停。澶州一战，虽然都是寇准的主张，但若不是毕士安出手相助，真宗很难采纳，也不会成功。真宗赞赏毕士安凡事躬亲，为人稳重，有古人的风采，因此对他非常信任。毕士安病逝后，真宗赐他谥号文简，亲自前去吊唁，罢朝五日。

　　毕士安归西后，朝中百官就数寇准品位最高、权力最大了，一切政令多半由他独断专行。每次任用官吏，寇准不问资历才能，而是任意选用，百官多有怨言。真宗碍于他劳苦功高，所以特别优待，即使他直言顶撞，也常常隐忍过去。一天寇准在朝堂上奏报政事，声音响彻大殿，真宗好言应允。寇准上奏完毕，便退了出去。真宗望着寇准出殿，内心多生愤恨。

　　当时王钦若也在朝堂上，他见真宗脸色难看，便猜到了真宗的心思，于是上奏道："陛下对寇准一再忍让，是不是因为寇准对社稷有大功？"真宗没有说话，只是点头。王钦若又说："澶州一战，陛下不以为耻辱，反而将寇准视为功臣，臣实在不理解！"真宗听后，吃惊地询问原因,王钦若说:"澶州一战,陛下御驾亲征,身为天子却和胡虏在城下定下盟约,每年还须向他们进贡,这难道不是耻辱吗?"真宗听后脸色大变。王钦若见真宗被自己说动,索性再进逼一层,接着说:"臣有一个浅显易懂的比喻,譬如赌博,当一个赌徒钱快输完了,倾囊下注,这便叫作'孤注一掷'。陛下就是寇准的'孤注',多么危险呐!幸好陛下洪福齐天,躲过了这一劫难。"真宗双颊通红地说:"朕明白了!"王钦若这才退下。

自此以后,真宗渐渐疏远了寇准,后来竟然将其罢免,降为刑部尚书,出任陕州知府。寇准知道自己被王钦若讥逸,无奈皇命难违,只好奉命启程赶赴陕州。正好益州知府张咏从成都赶往京城,路过陕州,寇准出郊外迎接,为他饯行。临行前,寇准对张咏说:"张大人治理蜀地多年,功勋卓越,在下真是羡慕啊,敢问张大人是怎么做到的,还望赐教啊!"张咏笑道:"寇大人何必过谦呢!说到治理地方,在下建议您多读一读《霍光传》。"寇准听后,觉得莫名其妙,只得回答"领教"二字。

张咏辞行后,寇准回到署中,取来《汉书·霍光传》边读边想。读到"不学无术"这一句,寇准不禁大笑道:"张公想对我说的恐怕就是这句话了!"寇准并不是不学无术,只是孤陋寡学而已。没过多久,寇准又被任命为天雄军通判。契丹使臣路过大名时,与寇准相见。来使询问寇准:"寇大人德高望重,为何不在朝堂之上效命,反而跑到边疆来了?"寇准知道他在嘲讽自己,对答道:"我朝天子因朝廷相安无事,特地派遣我到这里执掌军务,你不必多疑!"契丹使者不知如何作答,只好告辞。

真宗罢免寇准后,任命参知政事王旦继任。王旦是大名莘县人,器量宏远,心胸坦荡,有宰相的风范,深得人心。然而,真宗被王钦若蛊惑,将澶州修好的事引为耻辱,平日里快快不乐。王钦若察觉后,上奏道:"陛下如果想要一雪前耻,必须用兵进取幽州、蓟州,才可以大展我天朝国威啊。"真宗忸怩道:"河北百姓刚刚免遭兵戈,朕怎么忍心再动刀枪?还是想想别的办法吧!"王钦若又建议道:"陛下既然不忍心劳师动众,不如效纺古人,举行受禅大典,或许可以镇服四海,扬我国威。但古往今来,受禅应该伴有天瑞,只有这世上罕见的征兆才能征服众人。"真宗忙问:"天瑞百年难得,哪有那么简单?"王钦若看了看左右,一副欲言又止的样子。真宗会意,命左右暂且退下。王钦若这才说道:"天瑞不一定是真的,前代很多天瑞都是人为造成的。陛下觉得真有'河图洛书'吗?都是一些人凭空捏造出来的,只要能起到威慑作用,真真假假也就无关紧要了。"真宗迟疑片刻后说:"恐怕王旦不会赞成。"王钦若说:"如果陛下下定决心了,王旦那边就交给臣了!"真宗点头同意。随后,王钦若便找王旦秘密商议去了。

第二天,王钦若到内廷复命,说王旦已经答应遵旨行事,真宗十分欣喜。王钦若退下之后,真宗左思右想,总觉得心中不安,于是转驾秘阁,直学士杜镐等人出来迎接。杜镐学识渊博,德高望重,位列学士首列。真宗突然问杜镐:"古代相传黄河里冒出图画,洛河里出现丹书,是不是真有这等奇闻异事?"杜镐不明白真宗的意思,只回答道:"这恐怕是人为的!"误打误撞却给了真宗几分安慰。真宗听后,心里踏实了许多,随即起驾回宫。

第二天,真宗担心王旦会泄露机密,于是召见王旦到内廷,特别赐宴。吃完酒宴后,王旦起身作别，真宗又赏赐了他一坛美酒，并嘱咐道："这坛酒是绝世佳酿，爱卿可带回去和妻子一同饮用。"王旦不敢不受，急忙跪着接过酒坛，拜谢而退。回到家后，王旦打开酒坛一看，里面并不是什么美酒，而是满满一坛银光闪闪的珍珠！王旦料想这是真宗想要堵住自己的嘴，就让家眷将其收藏了起来。

到了景德五年正月，皇城的守将看见承天门南墙上悬挂着两丈长的黄帛，当即奏报朝廷。真宗一面派人前去查看，一面对群臣说："去年十一月的一个晚上，朕刚刚就寝，忽然看到寝宫闪闪发光，朕非常惊讶。不久，一位仙风道骨的神人出现在了朕的面前。神人指示朕，如果朕下个月在正殿设置道场一个月，就会降下天书大中祥符三篇，朕正准备起床跟神人对话，不料神人竟然消失不见了。从十二月开始，朕就虔诚斋戒，在朝元殿建设道场，等待天机降临。今天帛书降下，难道真的是天赐祥书吗？"王钦若连忙附和道："陛下精诚所至，肯定是感动了上苍。"真宗听后，满脸欢欣。

过了一会儿，中使跑回来复命："承天门上果然有帛书，这帛书外面用青丝缠裹，里面隐隐约约有字。"真宗故作惊讶地说："这莫非真是天书？朕这就亲自前往拜受！"说完，真宗就去了承天门，百官都在后面跟着。到了承天门后，真宗抬头一看，那黄帛正随风飘扬。真宗对着高悬的帛书一拜再拜，随即命人取来梯子，毕恭毕敬地将帛书取下来，递给王旦。王旦跪捧着帛书，呈给真宗。真宗将帛书带到道场，命知枢密院事陈尧叟打开。只见帛书上写着：

赵受命，兴于宋，付于眘，居其器，守于正，世七百，九九定。

真宗又向天书跪拜，书中还有黄字三幅，跟《洪范》《道德经》很相似。第一幅大致是说真宗仁孝治理天下，是难得的明君。第二幅是说真宗清净简俭，是万人的楷模。第三幅是说赵氏天下将会世代传承下去，延续万古千秋。陈尧叟捧着天书宣读完毕后，真宗命人用原来的帛布包裹好，藏于金匮之中。群臣纷纷到崇政殿恭贺，真宗和辅臣都戒荤食斋。接着，真宗下令大赦天下，宣布改元，以大中祥符为年号，然后大宴群臣，改承天门为承天祥符。

一时间，大臣们争先恐后地讨论瑞兆，附和经义。过了几天，宰相王旦等人率文武百官、诸军将校、官吏藩夷、僧人道士共两万三千两百多人，联名上书请真宗封禅。真宗故作推辞，不肯答应。百官一再劝进，真宗召问三司主簿丁谓，询问经费是否充足。丁谓表示经费充足，真宗于是决定封禅，命翰林太常详定仪式，任命王旦为大礼使，王钦若等人为精度制置使，冯拯、陈尧叟掌管礼仪。大家都忙得不亦乐乎，足足筹备了好几个月。真宗命王钦若东行，赶赴泰山预备封禅。王钦若到了泰山之后，派人上报说泰山上有灵泉涌出，泰山附近有苍龙出没。不久，王钦若又上奏，天书再次降落。

第二十四章　挥霍无度的宋真宗

王钦若到了泰山后，再次呈上天书，并说："有个叫董祚的木工，在醴泉亭北面见到黄帛挂在树上，随风摇曳。帛书上有字，董祚苦于不识字，只好辗转告知微臣。微臣派人前去观看，发现帛书与前番所降天书相似，因此特地取下来呈给陛下。"真宗在崇政殿召集群臣，大声说道："朕在五月的一天夜里再次梦到那个神人，他告诉朕下月上旬会在泰山降下天书。朕随即派遣王爱卿前去细心察看，今天果然收到王爱卿奏报，说又有天书降临泰山。朕自愧无德无能，上天一再眷佑，真是让朕受宠若惊啊！"这种天书即使降落几千册都没什么稀奇的，真宗说自己惭愧无德无能，会不会羞愧难当，面红耳赤呢？真是自欺欺人，可笑至极。

宰相王旦又率领百官拜贺道："圣德日增，皇天庇佑，臣等也感到无上光荣啊！实乃社稷之福，百姓之福啊！"真宗微笑道："这都是众位爱卿悉心辅助的功劳！"说完，真宗将天书迎到含芳园，斋戒沐浴后拜受。真宗仍然命陈尧叟启封宣读，这次的天书写道：

汝崇孝奉，育民广福，锡尔嘉瑞，黎庶咸知；秘守斯言，善解吾意；国祚延永，寿历遐岁。

天书宣读完毕后，陈尧叟又捧着帛书升殿，百官随即奉上尊号，称真宗为崇文广武仪天尊道宝应章感圣明仁孝皇帝。接着真宗下诏修建玉清昭应宫，用来供奉天书。知制诰王曾、都虞侯长旻上书谏阻，真宗视而不见。

到了初冬，真宗前往泰山，正式封禅。一路上，真宗命人专门打造玉辂，载着天书前行，自己随后出发，历时十七天才到达泰山。王钦若在道旁迎驾，献上芳草三万八千余种，真是煞费苦心，真宗非常欣慰，对他赞赏有加。在登山之前，真宗下令斋戒三日，然后上山。途中遇到险峻的地方，真宗就以步代车。登山之后，真宗命群臣祭祀神坛。

随后，真宗命人将天书从金匮中取出藏在石盒里。真宗绕着祭台转了好几圈，然后才归去。王钦若等人连连献媚奉承，说什么彩霞起岳，什么黄云覆辇，什么瑞霭绕台，什么紫气护幄，还有日重轮、月黄色，说得天花乱坠。真宗在寿昌殿接受百官朝贺，群臣高呼万岁，响彻山谷。接着，真宗下令大赦天下，文臣武将一律加官进爵，并命开封府以及所有州郡选取举人，赐天下大宴三天。真是皇恩浩荡，帝泽汪洋啊！

过了几天，真宗来到曲阜拜谒孔子庙。真宗命大臣分别祭拜了孔子的七十二个弟子，并封孔子为玄圣文宣王。然后真宗带着大臣们游览孔林，尽兴之后，才下诏回宫，仍然用玉辂载着天书,沿着驿道还都。王钦若护驾西归,带着一班阿谀奉承的大臣,朝奏符瑞,暮颂功德,哄得真宗得意忘形,忘乎所以。群臣认为只是东封还不够,又开始商讨西封。偏偏这时徐州、兖州相继暴发洪水,江淮一带连续大旱,金陵又起了大火,各处灾情接连入报。朝廷这才把西封的事情暂时搁置在一边。

第二年,内外稍微安定了一段时间,一些大臣又将西封的旧事重提,最终将时间定于来年春天。后来陕州太守上奏称,黄河河水变得异常清澈,千古难见,集贤院学士晏殊作河清颂献给真宗,真宗看后,非常高兴。转眼冬尽春来,真宗下令百官不得吃荤,同时筹备祭祀仪式,不能有丝毫怠慢。这时京城一带大旱,粮食价格陡然上涨,百姓易子而食,苦不堪言。龙图阁侍制孙奭毅然上书,陈述了封禅的十大弊端,言辞非常恳切。真宗看完他的奏折后,心里明白封禅劳民伤财,也知道孙奭是一片忠心,但是这时候的真宗虚荣心已经膨胀到了极点,无法自拔,因此他只将奏折搁到了一边。

仲春吉日,真宗趁着天气爽朗,便起驾西去了。一路上铺张浪费,大肆张办仪式。仪仗到了宝鼎县,真宗祭祀神坛,赏功赦罪,宴赐群臣,把东封的闹剧又重演了一遍。西封回来后,还有余岳未封,于是真宗再遣向敏中为五岳奉册使,加上五岳帝号,奉祀五岳。真宗一面任王钦若为枢密使,丁谓为参知政事,另用林特为三司使,三人互相勾结,专言符瑞。经度制置副使陈彭年素性奸媚,绰号九尾狐,并与内侍刘承珪阴通声气,广修宫观,朝中百官称他们五人为"五鬼"。

真宗两次封禅,挥霍无数钱财,国库几乎被耗空。真宗皇后郭氏一向生活节俭,最忌讳他人奢靡浪费。郭氏的族人进宫拜谒她时,但凡服饰华丽者都会被她训斥。有时郭氏族人进宫请求她出面帮忙,都被她一一拒绝了。真宗见她节俭正直,不偏袒族人,所以对她颇为敬重。景德四年,郭氏随真宗临幸西封,拜祭诸陵,不料途中染上了风寒,回到宫中后便卧榻不起。不久,郭氏病逝,真宗悲痛之极。后来,真宗追郭氏谥号章穆,连续几天罢朝废政,缅怀郭氏。

皇后一死,后宫中嫔妃争夺后位愈加激烈。其中,最受真宗宠幸的要数刘德妃,其次就数杨淑妃。这位刘德妃来历不明,一直饱受百官诟病。她幼年时跟着一位叫龚美的蜀人流亡到京城。龚美是个银匠,他带着年幼的刘德妃来到京城后,为了生计只好重操旧业。后来,龚美不知怎么结识了宫中内侍,能够自由出入皇宫。刘德妃十五岁的时候,模样生得小巧玲珑,纤腰秀媚,十分惹人喜爱。不仅如此,刘德妃还有一招特技,就是精通敲鼓。本来是寻常的小鼓,没什么稀奇的,可是经过她纤纤小手一来二去的敲打,鼓声悠扬动人,别具一番风味。内侍一有闲暇,经常出宫前去观赏,渐渐刘德妃的名声在京城传开了,一些王爷皇子全都跑过去,想要一饱耳福。

人们都夸这敲鼓的女子不但鼓艺了得,还拥有一副倾国倾城的容貌,是个才貌双全的绝世佳人。真宗那个时候还只是太子,年少好奇,就忍不住偷偷溜出宫中,带着几名侍卫前去观赏。到了龚美的府邸,一见到这位刘美人的芳容时,真宗顿时目眩心迷,暗暗赞赏。真宗让她展示鼓艺,果然鼓声婉转,声调铿锵,与众不同。刘德妃见这位公子衣着华贵,气质不凡，料想他不是常人，于是精心展示才艺，并不时向真宗眉目传情，暗送秋波。真宗热血年少，风流倜傥，不禁被她这几个媚眼弄得神魂颠倒，心猿意马。

真宗回到府邸后，便命人召她到府上，做自己的侍女。真宗问及她的籍贯，刘德妃自言："奴婢祖籍太原，因太原兵祸不断，祖父举家迁徙到了益州。奴婢的祖父名叫刘延庆，曾经在晋汉时期做过右骁卫大将军。父亲名叫刘通，太祖在位时，任虎捷都指挥使，后来因为跟随太祖征讨太原，在半路上病死了。当时，奴婢还在襁褓之中，父亲膝下无子，只有奴婢这么一个女儿。因为家世廉洁，母亲无法维持生计，只好将奴婢寄养在娘家人家里。后来，奴婢的舅父相继去世，只剩下表哥龚美相依为命。表哥出身低微，是个银匠，为了活命，只好带着奴婢四处奔波，最好流亡到了这里。"后人都说这身世是她自己编造出来的。她一边说，一双水汪汪的大眼睛一边饱含着泪水，一副楚楚动人的模样，惹得真宗非常怜爱。

真宗是个多情种，素来以好色闻名于世，见到如此尤物，怎肯轻易放过？况且这个刘美人心灵手巧，颇懂察言观色之术，出身卑微，流亡京都，梦想着找一位贵人，博取个荣华富贵。干柴烈火，少男少女，一个是仪表堂堂、风流多情的东宫太子，一个是才貌双绝、渴望富贵的落魄女子，一个愿打一个愿挨。于是，两下里相恋相爱，如胶似漆，好似一对金銮火凤。

真宗的乳母秦国夫人，秉性严整，她私下听说这个刘美人来历不正，出身低微，而且世人传言她精通妖媚之法，心术不正。又见真宗与她一天到晚黏在一起，不习武功，不理政事，非常气愤。于是，秦国夫人将此事告知太宗，太宗知道后也很生气，当下传见真宗，当面严加训斥，并命令真宗，马上将这个妖女逐出府门。真宗一直都很敬畏太宗，况且皇命难违，他只能忍痛割爱，将刘美人送出府邸。然而真宗并没有打消念头，偷偷地将她藏在亲信家中，饱受相思之苦。

后来真宗继承皇位，大权在握，当即将她召入宫中，封为美人。真宗与她破镜重圆，自然对她加倍钟情。那刘美人也确实聪慧，她听说秦国夫人对她有偏见，时常精心排练鼓曲讨她的欢心。一来二去，秦国夫人慢慢对她有了好感，也就不再反对真宗与她在一起了。还有后宫的郭皇后，刘美人对她也格外殷勤，但凡得到什么好的胭脂和玩物，总是第一个献给郭皇后。深谙人情世故的刘美人与后宫众嫔妃秋毫无犯，她毫不吝啬一些喜爱的东西，所以在后宫的人缘很好，跟众妃子相处得很融洽。就是同样深得真宗宠爱的杨淑妃，也跟她没有丝毫间隙。以退为进，让刘美人在后宫混得游刃有余！没过多久，刘美人便被升为修仪。正所谓一人得道，鸡犬升天，她那位银匠表哥也跟着加官进爵，当了一个不大不小的官。因为刘美人除了他之外，没有亲人在世，所以刘美人让龚美改姓刘，真是如同亲生兄妹啊！

原先，郭皇后接连生下三个皇子，长子名叫赵禔，次子名叫赵祐，三子名叫赵祇。可是，自古皇家子弟多薄命，三个皇子先后夭折，真是可怜。郭皇后痛断肝肠，身子一天不如一天。后来，杨淑妃又诞下两位皇子，分别取名为赵祉、赵祈，不料又意外夭折，真是怪事。真宗连续丧亡五个皇子，心中悲痛交加。真宗望子心切，后来又纳选宰相沈伦的女儿为才人，希望能兴旺皇家血脉。这些才人、修仪、嫔妃个个都是达官贵族的女儿，家族根深叶茂，父辈在朝中身居要职。就是那杨氏的祖上也非常显赫，她的叔父是天武指挥使杨知信，手握重兵，是边关大将。只有刘美人没有背景，所以对后宫众佳丽产生不了威胁，再加上她为人圆滑、大度，自然深得大家好评。

虽然杨氏比刘美人后进皇宫，但凭着叔父的威望，不久便和刘美人一起晋封为修仪。后来，郭皇后因为日夜思念夭折的三个皇儿，人也渐渐憔悴。可怜她才二十五六岁，看上去却如四五十岁的妇人，面容枯瘦，白发清晰可见。真宗见她每天魂不守舍，憔悴不堪，不免心疼。真宗西封时，郭皇后时常劝诫真宗，尽量不要铺张浪费。真宗对郭皇后敬重有加，时常将她带在身边。西封途中，寒风凛冽，郭皇后染上了风寒，不久便病逝在后宫之中。封后一事便成了满朝文武讨论的焦点。

刘修仪和杨修仪深得真宗宠爱，她们都有入主中宫的希望。沈才人虽然是后来入宫，资历尚浅，但是她是将相后裔，威望震慑六宫，也是争夺皇后宝座的一个劲敌。刘氏表面谦和，与世无争，然而城府颇深，早就对皇后之位虎视眈眈了。她日夜期盼自己能生下一位龙子，这样就多了一个筹码。怎奈不管她怎么烧香拜佛，诵经祷告，就是不能怀上龙种。她深知如果没有皇子作为依靠，皇后的位子不可能属于自己。于是，她想出了一条以李代桃的妙计。

刘氏自知无法怀上龙种，便暗中授意侍女李氏，让她侍奉皇上就寝。每次真宗前来，刘氏还亲自为他们铺床叠被，并送了很多补品给李氏。真宗盼子心切，也顾不了那么多了，竟然同意让李氏服侍就寝。春风一度，暗结珠胎。真宗日夜祷告，希望李氏能生下皇子。一天，李氏跟着真宗临幸寺庙，祭拜送子观音。李氏进门时，不小心被门槛绊倒，幸亏左右搀扶及时，才不至于出事。李氏不觉失色，头上的玉簪掉了下来。真宗见状，心里祷告，如果玉簪完好无损，李氏就会生下男孩儿。果不其然，左右拾起玉簪，完整无缺，真宗大喜。

几个月后，李氏临盆，果然生下一个男孩儿。真宗对他非常爱惜，亲自为他取名叫赵受益。这个皇子便是后来的仁宗皇帝。母凭子贵，李氏虽然只是一个侍女，但毕竟诞下唯一的龙脉，所以真宗封她做了才人。刘氏请求真宗将皇子赐予自己来抚养，并拜做他的母后。真宗担心百官诟病他与宫女生子，只好答应刘氏的要求，并对外宣称这孩子是他跟刘氏所生。刘氏听闻宫中皇子全都幼年夭折，担心祸及赵受益，于是就跟杨氏商量，约定一起保护真宗的唯一血脉。杨氏为人善良仁厚，见到这么可爱的小孩，自然怜爱得不得了，也就同意了。

刘氏的筹码已经到手，真宗爱子心切，时常到刘氏的宫中看望孩儿。于是，刘氏乘机请求真宗册立自己为皇后。真宗本来就对刘氏宠爱有加，再加上她手里有皇子，当然对她言听计从。不久，真宗册立刘氏为刘德妃，并召集群臣，欲册立刘氏为皇后，掌管后宫。刘德妃的身世一直都不清楚，她本是京城中的艺伎，召她为妃已经是格外破例了，真宗还要册立她为皇后，百官怎能不反对？果然，真宗一说立刘氏为后，百官哗然，其中有一人出列跪奏道："陛下，此事万万不可啊！刘德妃出身微贱，不足以母仪天下，希望陛下另选他人！"真宗一看，原来是翰林学士李迪，不觉厉声变色道："刘德妃的父亲刘通曾经担任却指挥使，怎么就出身微贱了？"真宗话刚说完，参知政事赵安仁就出列奏道："刘德妃来历不明，她自称将门之后，却无从考证，不足为信。陛下想要册立继后，不如立沈才人。沈才人出自相门，深孚众望，还望陛下三思！"真宗说道："册立皇后应该按照资历大小，岂能后来居上？况且刘德妃才德双全，为人谦和，又为朕生下龙子，足以掌管后宫。众位爱卿不必多言，朕意已决！"李迪、赵安仁碰了一鼻子灰，只好告退。

真宗随即命丁谓传谕给杨亿，令他拟写草诏，册立刘氏为后。杨亿素来重礼义廉耻，册立艺伎为后有伤风雅，不合古训。丁谓见杨亿面露为难之色，便对他说："杨大人，写吧，写完之后大人就不愁荣华富贵了！"杨亿听后摇头说："这样得来的富贵不要也罢，还是请你奏报皇上，改用他人吧！"丁谓拗不过这顽固的学士，只好另请他人拟写草诏。

随后，真宗下令，册封刘氏为皇后，入主中宫。封杨修仪为杨淑妃，沈才人为修仪，李才人为婉仪，所有的典礼一一照先例隆重举办。刘氏自从做了皇后，对宫里宫外的大事非常关心，每有闲暇，就会翻经读典，饱览史书。真宗退朝之后，常常退居内廷批阅奏折。有时政务繁忙，真宗需要通宵达旦，刘氏就坐在一旁服侍真宗，伺候笔墨。刘氏天资聪慧，有过目不忘的本领。真宗每每遇到疑问，她都会在旁援古证今，滔滔不绝。因此，刘氏更加讨真宗欢喜了，并渐渐地开始干预内政！

第二十五章 故相王旦病终

真宗非常迷信鬼神，常常祈神祷天。他听说亳州有座太清宫，里面供奉着老子的尊像，世人祭拜，有求必应，非常灵验。于是亲自前去祭拜，和东封、西封一样，浪费了不少人力物力。真宗离开之前，加封老子为太上老君，号混元上德皇帝。春秋战国时期的圣人都被他封作了皇帝，真是可笑！真宗还下令改应天府为南京。太祖以前是归德军节度使，归德军镇守宋州，后来宋州被改为应天府，真宗又将应天府改为南京，跟东、西两京并称为"三京"。

真宗刚继位时，下令在南京修建鸿庆宫，用来供奉太祖、太宗的圣像。真宗亲自前去巡阅，并询问建造官丁谓需要多久建成。丁谓起初估计需要耗时三年才能竣工，真宗嫌历时太长，命他将工期缩短一半。丁谓无奈，只好日夜督促劳工，拼命修建，花了一年半的时间终于竣工。鸿庆宫金碧辉煌，制度宏丽，耗费了大量的人力财力。修建期间，内侍刘承珪奉真宗之命前去监工，他不满宫殿的样式，便下令改造。前前后后，鸿庆宫共改造了三次，耗费了无数的财力。宫殿的中心修建了一个飞阁，名叫宝符阁，用以供奉真宗东封、西封的天书。后来，丁谓又仿照真宗的龙颜，打造了一座金像，立在天书旁边。真宗亲笔写下的誓文也被刻在玉石上，放到宝符阁之中。

一番大费周章建造宫殿，国库几乎亏空。当时，张咏正好从益州还京，一路上百姓怨声不断。回到京城后，张咏实在忍不住，于是上疏道："贼臣丁谓，诓惑陛下，劳命伤财，致使国力亏空，百姓苦不堪言。臣请求陛下斩下丁谓头颅，悬于国门，以谢天下！然后，陛下再斩下臣的头颅，悬挂在丁谓府门之上，以谢丁氏一族！"然而，真宗此时非常信任丁谓，根本不理会张咏的建议。张咏郁郁寡欢，痛骂真宗是个昏君。真宗得知后，火冒三丈，但念及他劳苦功高、忠心耿耿，只将他贬到了陈州。没过多久，张咏便去世了，真宗赐谥号忠定。

后来，太子太师吕蒙正、司空张齐贤先后亡故，真宗赐吕蒙正谥号文穆，赐张齐贤谥号文定。王旦年迈多病，多次请求告老还乡，可是真宗不肯答应，他只好虚与委蛇。王旦一生光明磊落，智量过人，可惜晚节不保。他明知道真宗封禅修宫不合情理，然而真宗迷信"五鬼"，他也没有办法，只好睁一只眼闭一只眼，明哲保身。先前李沆为宰相的时候，经常将各地的水灾、旱灾、盗贼等事情奏报真宗。王旦那时刚刚参政，认为这些小事交给地方官员办理即可，不必大费周章禀报皇上。李沆笑着说："皇上刚刚继位，心高气傲，不懂民间疾苦。我时常报知灾祸，是想提醒陛下心中常记百姓疾苦，切莫久居龙庭，不闻不问人间疾苦。陛下血气方刚，稍有不慎就会声色犬马，钟情土木神仙。我已经老了，可能还见不到那一天，等以后你就会明白老朽的话了。"

李沆病逝后，真宗果然东封西祀，大兴土木。王旦想要阻止，然而真宗只听信一班奸佞之臣。王旦想要辞官离去，却又不忍心，他曾经叹息道："李宰相不愧是圣人，真的有先见之明啊！"王旦在朝中独木难支，无法跟"五鬼"抗衡，朝中一些正直的老臣又先后逝世，于是王旦上奏，请求真宗重新起用寇准。真宗应允，不久，寇准被召进宫，担任枢密使。

寇准重新回到朝堂后，看朝中奸佞当道，整天骂骂咧咧，惹得真宗十分恼怒。真宗召见王旦，对他说道："寇准还是以前那副模样，爱卿你说怎么办？"王旦说道："寇准希望得到别人的尊敬，又想树立威严，为人处事的方法过于直白，很容易得罪人，这是他的毛病。可是寇准的为人刚正不阿，敢谏敢争，如果不是仁主的话，确实很难相容。希望陛下多多包容寇准，朝堂上有一位仗义执言的忠臣是社稷之福啊！"真宗听后没有说话，心里却还是不痛快。后来，寇准再三和朝中得势的大臣发生口角，真宗无法忍受，便将他调到河南，出任武胜军节度使。

祥符九年残腊，真宗又准备改元。第二年元旦，改元天禧。朝中百官除了寇准敢说实话之外，刚刚被提拔为参知政事的王曾也是忠正不阿。王曾是青州人，真宗咸平二年考中状元，笔试和廷对都位列第一。有位友人向他祝贺道："王兄高中状元，从此一生不愁吃穿了！"王曾听后正色道："君子当以定国安邦为己任，岂能只顾吃穿？"不久，王曾被选进直史馆，随后开任翰林学士。因为才能卓越，王曾又被保举为右谏议大夫，任参知政事。当初真宗封禅时，曾经命他拟写草诏，他却毅然不受，还直言指责王钦若迷惑陛下，扰乱朝纲。王旦当时也在场，听后暗暗点头。退朝之后，王旦对僚属说："王曾词正气和，他日必定德望勋业，前途不可限量，恐怕我都比不上啊！"

王旦年老体弱，再加上寇准被罢免，朝中孤立无援，多次请求辞职。真宗仍然不许，并且还加任他为太尉侍中，命他每五天进宫一次，参议国家大事。王旦态度坚决，不肯接受，并委托同僚请求真宗收回成命，不要再任用自己了。真宗只好答应，但是相位依然如故，可王旦的病情一天比一天严重。

一天，真宗在滋福殿单独召见王旦，看他骨瘦如柴，不禁黯然道："朕想着让你做我皇儿赵受益的老师，不料爱卿竟然病到这种地步，真是让朕担忧啊！"说完，真宗让内侍召皇子出来，并命赵受益拜见王旦，王旦慌忙趋避，跪着说："皇族子嗣一定能继承大业，陛下不必过虑。臣怎么受得起皇子的叩拜，真是折煞老臣了。"随后，真宗同意王旦辞去相位，授他为太尉，准他回去养病。王旦离开之前，向真宗推荐寇准、李迪、王曾等人，希望真宗能够重用他们。

不久，王旦已经病入膏肓，真宗前去探望，委婉地说："爱卿如今病得如此厉害，万一有什么三长两短，谁能担当相位呢？"王旦拖着病体艰难地说："依臣愚见，没有人比寇准更合适了！"真宗摇头道："寇准秉性太过刚正，况且气量狭小，他曾经还说过爱卿的坏话，爱卿为何还要一再保荐他呢？"王旦笑着说："臣蒙陛下错爱，久参国政，肯定会有过错！寇准光明磊落，为人正直，忠君爱国，臣这才一再举荐。臣已时日不多，还望陛下采纳！"

真宗回宫后，左思右想，最终还是没有重新起用寇准。寇准先前为相时，不管是在朝堂上还是在朝野之外，总是顶撞真宗，让真宗非常难堪。真宗是个记仇的人，怎么会重蹈覆辙呢？果然，真宗没有采纳王旦的话，竟然任命奸佞小人王钦若为同平章事。王旦听说后，对真宗失望透顶。

王钦若从前上朝的时候，怀里总是准备好几本奏折，等他窥测出真宗的意愿后，才拿出合适的奏折上奏，其余的奏折怀揣回去。枢密副使马知节为人正直，一向看不惯王钦若阿谀的丑态，他曾经当着真宗的面对王钦若说："王大人人前一套，人后一套，你为什么不把怀里的奏折都拿出来呈给陛下？"王钦若听后，心里不免记恨马知节。他时常在真宗面前说马知节污蔑、诋毁自己，马知节也不服软，据理力争。从此，这两人算是掐上了，朝内朝外，都知道他们二人矛盾不小。

马知节曾对王旦狠狠地说："我本想用朝笏拍死王钦若这个奸贼，但害怕惊动皇上，所以不敢轻举妄动。此贼不除，朝廷便永无宁日。"真宗因为他们二人经常争执，索性将他们一律罢免。这次因为王旦病危，真宗又想起了王钦若，不但将他官复原职，不久还提拔他为同平章事。王钦若身材短小，脖子上长了一颗肿瘤，世人总是嘲笑他。他升任宰相后，愤愤不平地说："要不是这个王子明，我十年前就当了宰相！"子明是王旦的表字。

王旦听说王钦若晋升宰相，更加愤懑悔恨，于是病情加剧。真宗派遣使者慰问，每天来回三四次，真宗一有空闲就前去探望王旦，亲自为他调药。王旦只说辜负皇恩，后悔当初没有力谏阻止陛下东封西祀。他在弥留之际叫来好友杨亿，请他代写遗愿，并对他说道："我在任宰相期间，没有什么作为，有很多遗憾。我死后，请奏陛下日亲庶政，亲近贤臣，罢黜奸佞。还有，杨公千万不要为我的子孙谋取官位。杨公是我多年的老友，所以才托你办理此事！"杨亿一字不漏地撰写下来，请王旦过目。

王旦看后点头，随后召见子弟家眷等人嘱咐道："我王氏一族一向清廉，祖上槐庭旧德，你们千万不要忘怀！我死后，你们应当各持节俭，共保门楣，我自问没有什么大的过错，只是天书一事，我没有谏阻，愧疚终生。我死后，你们将我的头发剃掉，按照僧道的礼仪入殓，或许我还有脸见列祖列宗。"说完，便驾鹤西去了。

王旦的父亲王祐曾经事臣于太祖、太宗，为兵部侍郎。王祐政德广布，曾在自家庭院中亲手种下三棵槐树，激励后世子孙争做三公大臣。后来，王旦不负父望，果然位极人臣，当了宰相。王旦的遗书递交给真宗后，真宗哀痛不已。家人想要遵从王旦遗言，为其剃发，按照僧礼下葬，杨亿不忍，于是罢了。真宗亲临葬礼，追赠王旦为太师尚书，封魏国公，赠谥号文正，废朝三日，并将王旦的儿孙家眷数十人各晋升一级。王旦一生算是生荣死哀，恩宠无比了。真宗在任期间频繁变动相位，就数王旦任期最长，世人也对王旦褒多贬少。

王钦若做了宰相之后，毫无建树，只知道求神拜佛，任用奸佞。参知政事王曾跟王钦若向来不和，后来被王钦若进谗，被贬任南京知府。第二年春天，西京（长安）谣言四起，说有一个面目可憎的妖精，半夜飞入百姓家中，变化成呲牙咧嘴的饿狼，经常伤人。百姓无不惶恐，一到晚上就紧闭大门，拿着兵器自卫。消息渐渐传到了汴梁，三人成虎，人心惶惶。真宗下令凡是捉到狼妖的人，必有重赏。王曾调任到南京后，部下提醒他晚上不要出门，王曾气愤道："妖言惑众，哪里有什么狼妖，分明是某些心怀不轨的人造的谣，再有危言耸听者，我定斩不饶！"不久，谣言不攻自破，百姓慢慢安静下来。

真宗看到皇子慢慢长大，而自己身体越来越差，为了以防万一，便册立皇子赵受益为太子，改名赵祯，大赦天下。这年十月，参知政事张知白又被王钦若排挤，出任天雄军知府。第二年即天禧三年，寇准在商州捉到一个贩卖禁书的道士，王钦若牵涉其中。寇准奏报真宗后，王钦若连坐治罪，被罢免了相位。寇准举报有功，又被真宗起用，接替王钦若为相。真宗可能是念及王旦遗言，才会重新召寇准入相。同时，丁谓补替张知白升任参知政事。

寇准和丁谓关系一向密切，他经常称赞丁谓是个才人。李沆还在世的时候，曾经对寇准说："像丁谓这样的小人，寇大人竟然还夸赞他？"寇准笑着回答："丁谓的才能，恐怕是李相公也难以匹及的啊！"李沆听后很不高兴，说道："他到底是什么样的人，咱们走着瞧！"寇准第三次入相后，才发现丁谓的真面目，但毕竟和他是故交，所以还是以礼相待。

丁谓素以奸诈闻名，他清楚寇准为人刚正，所以对待寇准非常谨慎，尽量避免让他抓住把柄。一天晚上，群臣在朝中吃饭，寇准喝汤的时候弄脏了胡须，丁谓为了讨好寇准，便起身帮他擦拭。寇准有点喝醉了，竟然嘲笑丁谓说："你一个堂堂的参知政事，是国家重臣，还要替我擦胡子吗？"这一席话让丁谓无地自容，羞愧得脸都红了，心想：我好心帮你擦胡子，你却还要讥讽我，真是不识抬举。丁谓不好发作，心中非常恼怒，因此下定决心排挤寇准下台。

平日里，丁谓总是没事就留意寇准的动向，企图抓到他的把柄。后来，寇准和向敏中又被加封为右仆射。寇准向来交际广泛，门客很多，总是聚众豪饮；向敏中却恰恰相反，闭门谢客，独来独往，从不结党。真宗收到丁谓的弹劾后，亲自派人前去查看，果然如此。真宗在朝堂上极力褒奖向敏中，却对寇准只字不提，有意冷落他。

天禧四年，真宗忽然患病，整日卧榻不能处理朝政。朝廷内外的事务全都由刘皇后决断，寇准非常担忧。一天，寇准入宫请安，乘机对真宗说："后宫自古不得干政，这是古训！皇太子是众望所归，请陛下以江山社稷为重，将朝中事务交给太子处理，然后选择正直的大臣辅助少主，才能保全我大宋江山呐！丁谓、钱惟演都是奸佞小人，千万不能让他们辅助少主！"朝中很多大臣都曾上奏弹劾这二人，历数他们的罪状。所以真宗听完后，点头应允。钱惟演是吴越王钱俶的儿子，博学多能，曾任翰林学士，兼枢密副使。他见丁谓势倾朝野，便和他结亲，二人私下来往非常密切。

寇准这次奉了圣旨，密令杨亿起草诏书让太子监国。寇准想要提拔杨亿，联手辅助少主。不料由于一时骄傲自满，酒后失言，让丁谓得知了太子将要监国的事情。丁谓惊讶地说："皇上只是暂时不舒服，过些日子就会痊愈，还没到太子监国的那一步吧！"李迪在场辩驳道："太子监国早有先例，有什么不可以的？"丁谓听后更加猜忌，他怀疑是寇准怂恿真宗，非常气愤。

丁谓不肯坐以待毙，于是怂恿内侍到刘皇后耳边煽风点火，说寇准谋立太子是另有所图。刘皇后对寇准一向不满，当初真宗册立她为皇后时，寇准曾经百般阻挠，所以刘皇后一直对寇准抱有成见。刘皇后听到这个消息后，当然愤愤不平。真宗不理朝政已经很久了，独掌朝政的刘皇后隐瞒真宗，发出假诏，罢免了寇准的相位。寇准在朝德高望重，刘皇后不敢太过分，于是命寇准为太子太傅，封莱国公。同时，改任李迪、丁谓为同平章事。

真宗久在深宫养病，对朝中事务全然不知。一天，真宗担心自己一病不起，就和宦官周怀政谈起打算让太子监国的事情。周怀政敬重寇准的为人，将此事告诉了寇准，寇准怅然道："牝鸡司晨，后宫干政，天子失权，我该怎么办呐？"

周怀政说："监国不成，不如我们辅助太子继位吧！"寇准没等他说完就摆手道："你越说越远了，陛下还没驾崩呢！"

周怀政见旁边没有人，悄悄地说："寇大人为什么这般胆小？今天皇上明明对我说打算让太子监国。倘若我们奉陛下为太上皇，拥立太子登位，我想也是陛下的意愿，有什么不妥的？"

寇准摇头道："内有刘后，外有丁谓，他们权势熏天，谈何容易啊！"

周怀政愤然道："刘后可以将其幽禁，丁谓这等奸臣可以将其诛杀。只要少主登位，寇大人便可重登相位，你就跟我干一番大事业去吧！"

寇准觉得太冒险了，还是不肯同意，并对他说："这计策虽然很好，但是风险太大，要是事情败露，恐怕会引火上身，还请三思啊！"

周怀政毅然道："事成大家享福，事不成我一力承担！绝不连累大人，请你不要再犹豫了！"寇准始终拿不定主意，临走之前还嘱咐他小心，劝他打消这个念头。周怀政见寇准冥顽不灵，甩袖离开了。

寇准回府后，闭门不出，暗中派人打探宫里的消息。过了几天，寇准听说周怀政被拿下了。又过了一天，周怀政被押到枢密院接受审讯，对所做之事供认不讳。寇准捏着一把冷汗，担心会株连坐罪。随后，他探听到只有周怀政一人伏法，没有波及自己，这才稍稍放心。

周怀政之所以被抓，是因为消息被客省使杨崇勋得知，杨崇勋将此事转告给丁谓。丁谓和杨崇勋连夜驾车赶往曹利用的府上，三人商议乘机除掉寇准。澶州议和的时候，曹利用被寇准训斥，对寇准一直心怀不满。三人商量好计策，专等天亮之后上奏给皇上。当时恰逢朝廷下诏抓捕周怀政，并派遣枢密使曹玮坐堂审问。曹玮是曹彬的儿子，战功卓越，此时因为边关安宁，所以被晋升为枢密使。曹玮不愿将事情闹大，所以只问了周怀政的罪状。周怀政也算是条好汉，将罪责全都揽到自己身上，毫不牵扯他人。

最后，曹玮只将周怀政治罪。丁谓等人得知后，大失所望，心有不甘的他们又密奏刘后，拉寇准下台。当时，真宗的病情有所好转，刘后不便专断，只是在旁边怂恿真宗，试图激怒圣意。真宗勉强上朝，面谕群臣，下令彻查此事。群臣面面相觑，不敢说话。唯独李迪上前跪奏道："陛下还有几个儿子可以传位？我敢保证，太子绝无二心！"真宗听了，不禁点头，只下令将周怀政正法，随即退朝。

丁谓还是不肯罢休，他和刘后合谋诬陷寇准，寇准随后又被贬为太常卿，去治理相州。寇准领了皇命后，暗自叹息："我这次没有大祸临头已属侥幸了！丁谓啊丁谓，你为何要苦苦相逼呢？你难道就能高枕无忧、长享荣华富贵了吗？"随后收拾行装，前往任所。福无双至，祸不单行，寇准又因其他事情坐罪，被贬为道州司马。这些诏旨都是刘后一人颁发，真宗全然不知。等真宗病愈后，环视群臣说："我怎么好久没看到寇爱卿了？"群臣奏明真相，真宗这才得知寇准被贬之事。虽然真宗知道是刘后假传圣旨，但并没有责怪她，此事也就不了了之了。

第二十六章 王曾铲除首恶

寇准被罢免之后,丁谓更加肆无忌惮了。李迪和丁谓一直不和,丁谓独断专权,很多事情朝中百官闻所未闻。李迪生气地对同僚说:"我从一介布衣起家,慢慢做到了宰相。我受恩深重,只要能报答国家,我死都不怕。丁谓势力熏天,独霸朝纲,我一定要跟他抗争到底。"平日里李迪留心丁谓的一举一动,多方牵制丁谓,不让他任意妄为。

此时,陈彭年已经去世,王钦若被外调,刘承珪也失去势力,"五鬼"之中只有林特一人还混迹在朝堂之上。丁谓想要壮大自己的势力,举荐林特为枢密副使,李迪不肯答应。二人争论不下,李迪便上奏向真宗弹劾:

丁谓罔上弄权,私结林特、钱惟演,且与曹利用、冯拯相为朋党,搅乱朝事。寇准刚直,竟被远谪,臣不愿与奸臣共事,情愿同他罢职,付御史台纠正。

李迪言辞非常激烈,惹得真宗怒意大发。真宗命翰林学士刘筠拟诏,贬李迪为郓州知府,贬丁谓为河南知府。

第二天,丁谓入朝谢罪,真宗指责道:"你二人身为宰相,为什么总是水火不容,争执不休呢?"丁谓跪着诉苦道:"臣怎么敢争论!李迪无缘无故地污蔑排斥臣,臣实在忍无可忍了。如蒙陛下特赦,臣必当拼死效命,报答皇恩!"真宗心软道:"爱卿时常为朕分忧,是朕的得力帮手,朕也想挽留爱卿留下。可是朕身为天子,必须赏罚分明,处事公正,只能委屈爱卿了。"丁谓谢恩退出后,竟然假传口谕,命刘筠改拟诏命。刘筠说:"圣旨已经写好了,除非你奉特旨前来,否则不能更改!"丁谓见他不买账,另请晏殊起草诏书,恢复了自己的相位。对于丁谓无法无天的行为,真宗竟然视而不见,刘筠非常失望。他愤慨上书道:"奸人当道,臣不愿和他一同共事,请求将臣外调!"真宗应允,将他调为庐州知府。

不久真宗颁布诏书:

此后军国大事,取旨如故,余皆委皇太子同宰相枢密等,参议施行。

试想此时赵祯年仅十一岁,就算是天资聪慧,终究少不更事。此诏一下,无非是增长了刘皇后的势力,助长了丁谓的气焰,他们宫内宫外相互勾结,朝廷的形势更加危急。

这时,王曾正好被召回汴京,真宗仍任命他为参知政事。王曾担心丁谓一家独大,于是偷偷地对钱惟演说:"太子年幼,丁谓势大,非刘皇后不能克制。刘皇后无非是母凭子贵,依仗太子才能自立。为今之计,只有教刘皇后与太子团结一致,保全太子权威,太子得安,刘皇后肯定也会安心！"钱惟演笑着说："参政所言极是，这样一来就可以稳定局面了。"钱惟演当下禀报刘后，刘后对此深信不疑。原来钱惟演最擅长逢迎之术，他为了攀结皇亲，将自己的妹妹许配给刘后的表哥龚美为妻。因此，钱惟演和刘后还沾点亲戚，很容易得到刘后的信任。王曾不告诉任何人，只对钱惟演说那一番话，就是这个用意。

天禧五年腊月，真宗又改元乾兴，大赦天下。同时，封丁谓为晋国公，冯拯为魏国公，曹利用为韩国公。元宵这天晚上，真宗到东华门观赏夜灯，非常开心。偏偏乐极生悲，也是真宗数残寿尽。立春的时候，真宗病情复发，且一天比一天严重。真宗向来迷信，他派人到东岳西岳祈祷山川，可是病情反而加重，没过多久，真宗觉得自己大限将至，就下诏命太子赵祯继位。临终前，真宗嘱咐刘后道："太子年幼，朝中百官中，寇准、李迪可以托付大事。朕以前不辨忠奸，多次听信小人逸言，如今真是后悔啊！"真是人之将死，其言也善。说完口吐鲜血，气绝驾崩了。后宫嫔妃、文武百官全都号啕大哭起来。真宗一共改元五次，在位二十六年，享年五十五岁。

刘后召丁谓、王曾等人入宫，假传遗诏，说奉真宗皇帝遗命，由自己全权处理国家大事，辅佐太子听政。王曾当即提笔起草诏书，将"全权"改为"权且"二字，限制刘后专权。丁谓一向拥护刘后，看到王曾拟写的诏书后，说道："中宫传谕，明明说的是'全权'，怎么就成了'权且'呢？你乱改口谕，该当何罪？"王曾正色道："我朝向来没有母后垂帘听政的先例。如今少主年幼，赋予她特权已经是破例了，这对国家而言并不是什么好事。我之所以改动诏书，就是为了限制刘后。况且增减诏书内容，本来就是宰相和参知政事分内的事情，这是太祖给的特权！丁公是当今宰相，却要助长后宫专政，莫非要扰乱朝纲吗？"丁谓听后，无言以对，只好悻悻离去。

草诏写好后被送入后宫。刘后已经听说王曾的话，不方便再改诏，只好将这诏书颁发到朝内朝外。太子赵祯在真宗灵柩前继位，就是后来的仁宗皇帝。仁宗尊奉刘皇后为刘太后，尊杨淑妃为皇太妃。中书省和枢密院两府，因为太后临朝是宋朝创制，所以汇集商议。王曾建议效仿东汉，让太后坐在皇帝的右边，垂帘听政。然而丁谓反对道："皇帝还小，凡事还是要太后才能做主。我建议每个月的初一、十五让皇帝召见一下群臣就可以了。要是遇到什么大事，就由太后和首辅共同商议，然后决断。那些琐碎的小事就交给押班（宋宦官的官名，在副都知下，供奉官之上）传奏到太后那里，盖章颁发就是了。"王曾听后勃然道："宦官干政，这不是隐藏祸患吗？东汉末年的祸乱是怎么引起的，诸公难道不知道吗？"丁谓不以为然，群臣害怕得罪丁谓，也迟迟不决。

后来，丁谓暗中勾结押班内侍雷允恭，秘密奏请刘太后手谕，把自己的建议颁布了出来。大家敢怒不敢言，丁谓非常得意，雷允恭从此开始擅权。幸亏王曾从中周旋，坐镇朝堂，才使得宫廷内外没有出现变端。

不久，刘太后封泾王赵元俨为定王。赵元俨是太宗的第八个儿子，秉性严整，神采奕奕，不可侵犯，内外人士都非常敬重他，尊称他为"八大王"。刘太后又提拔丁谓为司徒兼任尚书右仆射，冯拯为司空兼枢密尚书右仆射，曹利用为尚书左仆射兼侍中。这三人朋比为奸，权势熏天,其中丁谓最为猖獗。

刘太后被真宗册立为皇后的时候,李迪从中阻挠,因此被刘太后记恨。丁谓一心想博取刘太后欢心,加上自己与寇准恩怨颇深,而李迪跟寇准关系又很亲密,于是丁谓奏请刘太后,将这二人安插罪名,一一治罪。刘太后自然答应,随即命学士宋绶拟诏,再贬寇准为雷州司户参军,李迪为衡州团练副使。还有上回庇护寇准的曹玮也受到了牵连,被贬为莱州知府。王曾不满地对丁谓说:"他们三人罪轻罚重,应该斟酌才是,怎么能草草了之呢?"丁谓捻着胡须笑着说:"你曾经借过房子给寇准住,恐怕免不了包庇的罪名,还敢前来替他们求情?"王曾听后,火冒三丈,愤怒地离开了。

李迪和寇准一向威望颇高,这次他们被丁谓诬陷,惨遭重贬,京城内外的人无不替他们喊冤,人们还编写了一首打油诗:"欲得天下宁,须拔眼前丁。欲得天下好,不如召寇老。"丁谓不顾怨言,派人催促李迪和寇准上路,前往赴任。丁谓担心寇准会东山再起,于是命中使假传旨意,赐死寇准,以绝后患。寇准原本在道州,逍遥自在,突然接到圣旨,再度遭贬。他料想是丁谓从中作梗,想要赶尽杀绝。临行前,他与郡官宴饮,准备赴雷州上任。

忽然手下报告说中使到了,手里还提着一把宝剑。群官无不失色,寇准却神形自若,从容地说:"朝廷要是想要赐死寇准,我定当毅然赴死,绝不反悔。"中使敬重寇准的为人,也知道丁谓包藏祸心,假传圣旨,他不忍毒害忠良,只是催促寇准上任,并没有按照丁谓说的办,真是不幸中的万幸!寇准向北面一拜再拜,随即前往雷州赴任。

真宗驾崩后,朝廷命丁谓任山陵使,雷允恭为都监,建造陵寝。陵寝建到一半的时候,雷允恭和司天监邢中和前往审查。邢中和对雷允恭说道:"陵地往上走一百多米,有一块风水宝地,只是下面有石头,可能会有水。"雷允恭说道:"先帝子嗣虽然有几个,但都夭折,只剩下当今皇上。要想龙脉广继,需要选择一处风水宝地才是啊,不妨移建陵寝吧!"邢中和摇头道:"移建陵寝,事关重大。如果重建必定浪费时间,恐怕在七月葬期之前不能完工啊!"雷允恭说:"你尽管督工改造,我马上入宫禀报太后,她必定同意。"雷允恭的用意看似忠正,其实是专横无法。邢中和只好唯唯而退。

雷允恭回到汴京后,觐见刘太后,请旨改建陵寝。刘太后说:"陵寝关系重大,不应该无故更改。况且已经建造了一半,重建不仅劳民伤财,而且还会耽误葬期。"雷允恭劝道:"如果迁到那块风水宝地,先帝的后代一定兴旺,请太后不要犹豫了!"刘太后还是拿不定主意,只说道:"你去和山陵使商议一下,然后再决定。"雷允恭退出后找到丁谓,丁谓也很赞成。雷允恭再入奏刘太后,刘太后这才批准。她命令监工使夏守恩带着一万多名劳役,改建陵寝。劳役们把土挖开,看到乱石层叠,大小不一。好不容易凿开石头,忽然涌出一泓清水,片刻间坟墓就变成了小池子,大家一片哗然。夏守恩惊惧万分,不敢继续开工,急忙派人上奏刘太后。

刘太后知情后问责雷允恭和丁谓。丁谓袒护雷允恭,提议派大臣前去查看是否属实。王曾自告奋勇,当天便去了现场。不到三天,王曾返回汴都,当时已经是半夜了,他觐见刘太后,奏请道:"臣奉旨前往陵寝查看,原址风水很好,万难改移。丁谓包藏祸心,暗中勾结雷允恭,擅自迁移皇堂,妄图将皇室置于绝境!"王曾早就想借刘太后之手除掉丁谓这个祸患,如今让他抓到把柄,自然在旁边添油加醋,煽风点火。刘太后听了,不由得大怒道:"先帝待丁谓恩重如山,哀家待丁谓也不薄,谁知道他却如此忘恩负义,狼子野心,可恨之极!"说完,命左右速传冯拯前来。

不久,冯拯觐见,刘太后怒意未消,严厉地命令冯拯:"可恨的丁谓,有负皇恩,招此祸乱,要是不严惩于他,国法何在?雷允恭勾结党羽,肆意妄为,更是罪加一等。你马上带领卫兵将这二人缉拿,按律治罪!"冯拯听完后,吓得目瞪口呆,说不出话来。刘太后见他迟疑,便问道:"怎么?难道你也是他们的同党吗?"听到这句话,冯拯连忙扑倒在地,跪拜道:"臣怎么敢跟丁谓结党?但是皇上刚刚继承大统,就要诛杀大臣,恐怕会震惊天下,还望太后宽恕他们!"太后听了,觉得有几分道理,面色稍微缓和了一点,说道:"既然这样,你先去把雷允恭拿下,至于丁谓,再行定夺!"冯拯领旨退出。

冯拯拿着圣旨,带着卫兵将雷允恭捉拿归案,并按照刘太后的意思,勒令他自尽,还抄了他的家产。邢中和因为没能劝住雷允恭,一并坐罪。在抄家产的过程中,冯拯从雷允恭的府上搜出了多封密信,一封是丁谓委托雷允恭打造纯金酒器,还有一封是雷允恭请求丁谓举荐自己管辖皇城司以及三司衙门。冯拯将这些密信全部交给了刘太后。

刘太后召集群臣,生气地说:"丁谓、雷允恭暗中勾结,前些天更改陵寝的事情,他们谎称群臣多半同意,哀家这才答应下来。出事之后他们欲盖弥彰,幸亏王曾前去查探,不然这二人又要逍遥法外了。"冯拯见这二人大势已去,正所谓墙倒众人推,便跪地奏道:"先帝生病后,朝中政事全都由丁谓、雷允恭处理。他们一外一内,蒙蔽百官,宣称自己得到圣意,臣等不能辨明虚实。这二人狼狈为奸,扰乱朝纲,罪无可赦。幸亏太后圣明,为天下除去这两个奸臣,真是江山社稷之福啊!"刘太后当即下诏,肃清奸党,降丁谓为太子少保,调派到长安任职。

随后,刘太后将王曾升为同平章事,升吕夷简、鲁宗道为参知政事,钱惟演为枢密使,宋廷朝堂的首辅又重新换血。吕夷简是吕蒙正的侄子,以前真宗封禅的时候,两次路过洛阳,都住在吕蒙正的府邸。真宗问吕蒙正他的几个儿子可否担当大用,吕蒙正据实回答:"老臣的几个儿子都没有什么出息,唯独我的侄儿吕夷简才能出众,有宰相之能!"真宗回到汴都后,召吕夷简入宫,慢慢提拔为开封知府,颇有政绩。所以这次吕夷简才受到百官保举,晋升为参知政事。鲁宗道为人仗义执言,刚直无私,真宗赞赏他为"鲁直",口碑非常好。这次也被刘太后一并提拔。王曾请求刘太后匡扶新君,每天垂帘听政,废除先前丁谓的建议,刘太后应允。

丁谓未被查处之前,他家中有一个女巫名叫刘德妙,颇有姿色,跟丁谓的第三子丁玘通奸。然而丁谓却全然不知。丁谓也是个迷信之人,他让刘德妙做法托词给太上老君,卜测福祸,借以迷惑他人。丁谓的后院里便供奉着太上老君的尊像。刘德妙半夜做法,到了夜色人静的时候,丁玘便前往跟她交欢,好像一对露水夫妻。

雷允恭也经常去丁谓家里祭拜祈祷。等到真宗驾崩后,刘德妙被雷允恭带到后宫,得以觐见刘太后。刘太后问及宫中过去的事情,她了如指掌,惹得刘太后也迷信起来。一次,刘德妙拿着一只乌龟和一条蛇觐见刘太后,谎称这是在丁谓后院洞中发现的,龟蛇正在交欢。后来,刘德妙说这二物是真武座前的龟蛇二将,又说丁谓有旷世之才,堪当重用。刘太后将信将疑,丁谓不久便连升数级,兼任要职。等到丁谓被问罪后,刘太后下令批捕刘德妙,让内侍刑讯。刘德妙声称自己是受了丁谓的指使,迷惑太后。刘太后大怒,又将丁谓贬为崖州(今海南一带)司户参军。他的儿子丁玘因与刘德妙通奸,也一并除名。丁谓这个大奸臣算是拔掉了,朝廷百官相率拍手称快,真是报应不爽啊!

丁谓奉诏赴崖州上任,途中必须经过雷州境内。寇准得知后,派人给丁谓送去一头蒸羊,作为赠品。丁谓领谢后,想要拜见寇准,寇准推辞不见。寇准的家丁想要刺杀丁谓,以泄私愤。寇准见丁谓被贬至崖州,不忍再加害,严令家丁不许动他一根毫毛。世人都称颂寇准"若见雷州寇司户,人生何处不相逢"?

第二年,寇准被升为衡州司马,可惜他年老体弱,还没有上任便身患重病。寇准知道自己大限将至,便命人到洛阳取来通天犀带,沐浴更衣,束带整冠,向北面祭拜。不久,寇准便与世长辞了,享年六十二岁。这通天犀带是太宗赏赐的,晚上会发光,被称为至宝,价值连城!因此寇准想将它带入棺椁之中。棺木被运往西京,一路上,百姓争相祭拜,插竹焚纸。几个月后,枯萎的竹子竟然长出了竹笋,世人都很惊讶,便为寇准盖了一座庙,叫作竹林寇公祠。

寇准十九岁考中进士,被太宗重用。太宗曾赞赏他说:"我得到寇爱卿,就好比唐太宗得到魏征一样!"寇准去世十一年后,才得以沉冤昭雪,赐谥号忠敏,复爵莱国公。丁谓在崖州任职三年后,被调往雷州。又过了五年,被迁到道州,后来在光州病逝。

乾兴元年十月,朝廷葬大行皇帝于永定陵,用天书殉葬,庙号真宗。第二年,刘太后改元天圣,罢钱惟演为保大节度使,任河南知府,冯拯也因病免职。随后,朝廷又召王钦若入都,让他做同平章事。王钦若做了两年宰相,寸功未建,还进言说:"皇上刚刚登位,年少不辨忠奸,应当按照履历用人,不应该乱加任用。"他写了一些名单进献给朝廷,希望朝廷给予重用。没过多久,王钦若病逝。那些名单上的人大多无德无才,但都家财万贯,想必是王钦若受了他们的贿赂。仁宗稍稍长大后,对辅臣说道:"朕看王钦若的所作所为,实在是个奸佞小人。"

刘太后垂帘听政几年来,朝中事情不分大小都由她裁决。她以前卑微的时候,曾经寄居在张旻的家中,张旻待她甚厚。刘太后掌权后,便提拔张旻为枢密使。枢密副使晏殊不满道:"张旻毫无勋绩,不能担当重任。"刘太后听后很生气。不久,晏殊就被刘太后借故调任宣州知府。学士夏竦有点才学,并且善于曲意迎奉,因此被刘太后提拔为枢密副使,代替晏殊。朝中百官对刘太后的任命,多有不满。

一天,刘太后忽然问参知政事鲁宗道说:"你认为唐朝的武后是个什么样的人?"鲁宗道了解刘太后的暗示,直言不讳地说:"武后是唐朝的罪人!"刘太后问为什么,鲁宗道说:"她幽禁少主,篡夺皇位,更改国号,危及社稷,难道不是罪人吗?"刘太后听后默不作声。

后来内侍方仲弓请求立刘氏七庙。(《礼记》规定天子可以追祀七世祖，太祖庙居中，左右各为三昭、三穆。贾谊《过秦论·上》："一夫作难而七庙隳。"这里是在委婉地劝刘后称帝）刘太后召问辅臣，大家敢怒不敢言，只有鲁宗道毅然上奏道："天无二日，民无二主，太后如果立下七庙，要怎么处置皇上呢？"刘太后不敢冒天下之大不韪，此事就暂被搁浅了。

后来，刘太后和皇帝一同临幸慈孝寺。刘太后乘辇先行，皇帝在后面跟着。鲁宗道上前劝谏道："夫死从子，这是古人留下的遗训，太后母仪天下，不可以乱了规矩，毁了伦理，贻笑后世。"刘太后也是个通情达理的人，她连忙命人停辇，让皇帝的车驾先行。

枢密使曹利用自恃是当朝元老，劳苦功高，气焰嚣张。刘太后也有些惧怕他，称他为侍中。只有鲁宗道从不畏惧，上朝常常和他据理力争。由于鲁宗道刚正嫉恶，遇事敢言，因此宫廷内外就赠给他一个美名，叫"鱼头参政"。谁知天妒忠良，鲁宗道没过几年就溘然长逝了。

刘太后极乐归天

天圣六年，同平章事张知白逝世。张知白是河北沧州人氏，他虽然身居要位，却清贫如洗，所以死后朝廷赐谥号文节。参知政事鲁宗道不久也去世了，鲁宗道是亳州人氏，生平刚直嫉恶，死后赐谥号简肃。刘太后亲自前去祭拜，惋惜不止。这也是后人称刘太后为刘贤后的缘故。刘太后虽然用人有失偏颇，但她从谏如流，后人都称赞她的美名。

不久，曹利用举荐张士逊为同平章事，刘太后答应。后来，曹利用的侄子曹汭喝醉酒后胡言乱语，竟然还身披黄袍，让人叫他万岁。这件事情传到了朝堂上，曹汭被处死。内侍罗崇勋多次在刘太后面前挑拨，说曹利用也参与了此事，曹利用不免也受到牵连。张士逊曾受曹利用的举荐之恩，他在刘太后面前求情道："此事是曹利用的侄子做的，不关曹利用的事，还望太后宽恕啊！"刘太后生气地说："你恐怕是感激曹利用的举荐之恩，才这么说的吧！"张士逊唯唯退下。

后来，王曾又进奏说："这件事确实跟曹大人无关，还望太后轻饶！"刘太后不解道："爱卿曾经说曹利用骄横自恃，如今为何还替他辩解呢？"王曾笑着说："曹利用素来恃宠，这点臣确实不满意。但是一码归一码，这件事确实跟他无关，非要说他忤逆，臣实在不敢苟同。"刘太后听后，怒意稍微缓和了一些，只是降曹利用为千牛卫将军，出任随州知府。张士逊因为为曹利用求情，也被罢免了相位。

曹利用被撵出京都后，又因为私贷官钱，被流放到了房州。罗崇勋派遣同党杨怀敏押送曹利用到襄阳驿站，并对他恶语相加。曹利用气愤交迫，竟然上吊自杀了。原来曹利用自从澶渊之盟与契丹通好后，因为讲和有功，累蒙皇恩。他这个人有个毛病，就是特别讨厌宦官。平日里，只要商议跟内侍有关的好事，他就极力反对，因此才跟内侍结下了梁子，遭此横祸。真是常在河边走，哪有不湿鞋啊！

宋廷随后又重新任命了首辅，任吕夷简为同平章事，夏竦、薛奎任参知政事，姜遵、范雍、陈尧佐为枢密副使，王曾仍担任原职。

之前刘太后受册封时，准备在大安殿接受百官朝贺，王曾上书阻谏。后来，刘太后大寿，又打算在大安殿举办宴会，王曾又说不可。刘太后无奈，只好在偏殿接受朝贺。刘太后的亲戚有想趁机捞个官做的，更是被王曾多方压制。太后虽然没说什么，但心里很不高兴，可又不好发作，只得再三忍让。不料天圣七年六月，雷雨大作，风驰电掣，玉清昭应宫内竟然射入了一个大火团，霎时间烈焰飞腾，穿透屋顶。侍卫慌乱扑救，用水扑火，偏偏水入火中，竟然像火上浇油一样，越扑越猛，轰轰烈烈地烧了一个晚上，玉清昭应宫整座琼楼玉宇一夜之间变成一片瓦砾废墟，只剩下长生、崇寿两座小殿孑然独存。天书已经殉葬，供奉的地方已经不需要了，一炬成墟，也算是皇天有眼了。

刘太后得知后，一面传旨将守卫全部抵罪，一面召集廷臣，哭着说："先帝竭尽全力建造了这么大的宫殿，竟然在一夜之间烧得荡然无存，让我如何面对先帝？"枢密副使范雍说："如此大的宫殿，一夜烧成灰烬，想必是天意如此，并不是人为事故。不如将长生、崇寿二殿也一并拆毁。如果因为这两座宫殿存在，日后又提出再修玉清昭应宫，不但民力不堪，就是上天恐怕也未必允许呢！"中丞王曙表示赞成，他说天意示戒，应该除地罢祠，尚且还能挽回天意。司谏范讽附议道："既然与人无关，就不应该处罚守宫的官吏。"于是刘太后下诏不再修缮，改长生、崇寿二殿为万寿殿，减免守宫诸官吏的罪过。

其他的人都没有受到责罚，唯独首相王曾，太后说他玩忽职守，滥用职权，将他贬为青州知府。王曾多次阻挠刘太后，刘太后无非是想借机扫清障碍，真是蓄谋已久啊。

又过了一年，仁宗已经过了二十岁，秘阁校理范仲淹请刘太后还政于仁宗，屡次上奏都没有得到回应，反而还被贬为通州通判。翰林学士宋绶上奏称，军国大事由首辅和皇上商决后禀明太后裁决，其余的事情则应交给仁宗处理。这几句话又触怒了刘太后，宋绶被调任南京知府。

仁宗改元明道后，过了一个多月，他的生母李氏病重。刘太后这才将她由顺容升为宸妃。李氏自从仁宗被刘太后夺走后，始终一言不发，平日里也安分自守，从来没有异心。刘太后权势熏天，后宫都很忌惮她，谁还敢泄露以前的事情？所以仁宗长大后，一直视刘太后为生母，并不知道自己是李氏所生。

李宸妃病逝后，刘太后为了隐瞒秘密，打算悄悄治丧，尽量避免惊动仁宗。吕夷简听说后奏报道："我听说宫里有位嫔妃薨逝了，怎么没听说下旨置办丧事呢？"刘太后听后生气地反问道："宰相想要干预后宫的事吗？"吕夷简说："臣身为当朝宰相，事无大小，都应该负起一份责任。"刘太后听后一脸的不高兴。吕夷简不慌不忙地接着说："李氏生前，太后冷落她，臣不敢多言；可是李氏已经去世，太后如果想堵住天下的悠悠之口，必须按理操办宸妃的葬礼。"刘太后聪慧过人，不会不知道他的意思，一听到这话立即点头。

这时，司仪前来禀报刘太后，说这个月不利下葬。吕夷简又说："既然不利于下葬，那就应该加厚棺椁，选个地方暂时存放。"刘太后嫌吕夷简多事，便敷衍道："你退下吧，我知道了！"说完就进了后宫。内侍押班罗崇勋正准备跟着刘太后一起走，吕夷简一把将他拉住说："且慢！麻烦你转告太后，宸妃应该穿着太后的服饰入殓，棺椁内一定要注满水银，免得遗体腐烂了，切记！"罗崇勋答应下来，回去转告了刘太后。刘太后也想通了，就照吕夷简说的做了，并把灵柩放在鸿福寺中。

不久，宫里又起火了，刘太后召集群臣商讨缘故。殿中丞滕宗谅、秘书丞刘越均请刘太后还政，借赎天谴，可这两道奏疏都不见有回声。第二年春天，刘太后想要穿着龙袍去祭祀太庙，薛奎进谏道："太后要是穿着龙袍，打算行什么礼参拜？是天子礼，还是太后礼呢？"刘太后不听，执意为之，她头戴皇冠，身披龙袍，坐着皇辇到太庙祭祀。皇太妃杨氏、皇后郭氏在后面跟随。刘太后最先献礼，皇太妃第二，皇后最后。典礼完毕后，群臣奉上太后尊号，称她为应天齐圣显功崇德慈仁保寿皇太后。

祭祀完毕后，刘太后在回宫的途中染上了风寒。仁宗为她搜罗天下的名医，终归无效，一个月后，刘太后便撒手人寰了，享年六十五岁。仁宗赐她谥号章献明肃。旧制中，太后都是两个字的谥号，四个字的谥号就是从刘太后这里开始的。

刘太后临朝十一年，政令严明，恩威并用，赏罚分明，从谏如流。她虽然有时蛮不讲理，罢黜忠良，但却秉公执法，从不徇私；她虽然专权，但始终没有僭越。这也多亏了"鱼头参政"鲁宗道劝解的功劳啊。三司使程琳曾经进献武后临朝图，刘太后扔在地上说："哀家不做对不起祖宗的事情。"京官刘绰为了讨好刘太后，从家里克扣出一千多斛粮食，献给朝廷。刘太后听后说道："爱卿认识王曾、张知白、吕夷简、鲁宗道吗？他们四个有没有余粮献上？"刘绰非常惭愧。

刘太后晚年，宦官罗崇勋、江德明等人趁机窃权，并蛊惑刘太后。龙袍祭祀太庙的事就是这两个人的主意。刘太后在弥留之际，不能说话，她用手扯着自己的衣服，好像有什么话要说。仁宗在旁边看到，觉得很奇怪。他屏退群臣，参知政事薛奎随即回答："太后的意思是自己穿着龙袍，如果驾崩后穿着这身衣服，怎么好见先帝呢？"仁宗恍然大悟，等到刘太后驾崩后，仁宗命人随即为她换上皇后的服饰入殓。

刘太后遗嘱，尊杨太妃为皇太后，参议军国大事。御史中丞蔡齐对其他大臣们说："皇帝已经成年了，且饱读春秋，他从小跟着刘后听政，早就熟悉理事之法，现在开始亲政就已经很晚了，难道要让后宫听政成为制度吗？"吕夷简等人始终不敢决断。

当时八大王赵元俨入宫临丧，听说这件事后，大声说道："太后是皇帝生母的名号，刘太后能位居太后已经很勉强了，难道还要再立杨太后吗？"吕夷简等人面面相觑，默不作声。仁宗听得莫名其妙，赵元俨又说："治理天下莫过于一个'孝'字，皇上临朝已经有十几年了，连自己的亲生母亲都不知道，这也是我们这些做臣子的没有尽职啊！"

仁宗越听越糊涂，便问赵元俨道："皇叔所言，朕实在不明白。"

赵元俨解释道："陛下是李宸妃所生，刘、杨二后不过是代为养育而已。"仁宗听后目瞪口呆地说："皇叔怎么不早说？"

赵元俨又解释说："先帝在位的时候，刘后已经手握大权了。等到陛下登基，五鬼当道，太后又讳莫如深，不准泄露此事。臣早就想告知陛下，但转念一想，臣死不足惜，可臣担心会危及皇上和宸妃，所以才隐瞒至今。臣十年来，闭门养晦，不参与朝政，正是想在今天说明此事。我想文武百官都跟臣想的一样。可怜那宸妃，自从生下陛下之后，终生无处诉说，母子不能相认。就连死去的那天，也没能跟陛下见上一面，真是让人同情。"

仁宗听后，忍不住泪流满面，又回头问吕夷简："皇叔说的都是真的吗？"吕夷简见秘密已经被揭穿，索性说："陛下确实是宸妃所生，刘太后和杨太妃共同抚养长。宸妃去世的那天，臣就想告知陛下，但又恐太后不许。今天，即使八大王不说，臣也会奏明陛下的。"吕夷简真是狡猾。

仁宗忍不住悲声大哭起来，边哭边跑，想去宸妃的殡所见生母遗骸一面。吕夷简阻谏道："陛下不必过分悲伤，宸妃有陛下这样的儿子，在九泉之下也会含笑的。刘太后和杨太妃对陛下有抚养之恩，陛下理当报答啊。如今当务之急是尊从太后遗诏，奉杨太妃为太后。还望陛下顾全大局，暂忘私恩，早做决断！"仁宗只是哀恸，不说一句话。

赵元俨在旁边对吕夷简说："既然杨太妃可以尊为太后，那为什么李宸妃不可以呢？"仁宗听后，觉得很有道理，于是当即下诏，封杨太妃为太后，但删去了"一同决断军国大事"这句话，李宸妃也被追封为太后，谥号章懿。朝廷一面为刘太后治丧，一面哀悼李宸妃。仁宗多次下诏，反省自己的罪过，语气非常沉痛。

不久，仁宗临幸洪福寺，祭拜生母。他命人移去棺盖，只见躺在棺椁里的宸妃面带血色，身穿太后的服饰，才稍微宽慰。还是吕夷简想得周到，他当初就怕仁宗知道真相，所以命人在棺椁里装满水银，为宸妃换上太后的衣服，免得仁宗到时记恨刘后。仁宗回到宫中后，时常叹息："他们都说刘后生前待宸妃刻薄，可宸妃死后却被安置得如此周到，别人说的话还是不能全信呐！"因此仁宗对待刘氏一族跟从前一样，照样尊刘美为舅父。

仁宗召还先前被刘太后无端罢免的宋绶和范仲淹。内侍罗崇勋和江德明曾怂恿刘太后登位，仁宗将他们流放。自此仁宗不再受后宫牵制，打算放手做一番大事业。他励精图治，停修寺庙，裁减庸官，大换文武百官。

吕夷简根据当时的时局，提出了八条建议：第一，重振朝纲；第二，破除迷信；第三，禁止贿赂；第四，查辨忠奸；第五，杜绝后宫干政；第六，梳理朝中大事；第七，遣还劳役；第八，节省开支。这八条建议说得情真意切，句句动人。仁宗大为感动，于是召见吕夷简进宫协商。

重振朝纲，无非就是扫除刘太后以前的势力。正所谓一朝天子一朝臣，仁宗打算将张耆（张旻改名为张耆）、夏竦、范雍、晏殊等人全部罢免，这些人都是争夺相位的劲敌，吕夷简当然赞成。第二天，吕夷简上早朝，听到黄门宣布圣旨，除了张耆等人被依次罢免外，末尾还加了一句："同平章事吕夷简改授为武胜军节度使校检太傅，出任陈州判官。"这几句话好似晴天霹雳，惊得吕夷简目瞪口呆。他不知道自己因为何事而被贬谪，一时也来不及问明缘由，只好领旨告退。吕夷简回到府上后，派人四处打探，结果一无所获。后来，他委托内侍副都知阎文应秘密调查，才知道原来是郭皇后搞的鬼，不禁愤恨异常。

郭皇后是平卢节度使郭崇的孙女，她和石州推官张尧封的女儿先后入宫。天圣二年，朝廷要册立皇后，吕夷简跟张尧封素来交好，所以多次劝仁宗册立张氏为后。郭氏得知后，对吕夷简心生记恨。仁宗因为张氏秀外慧中，也正有此意。可是刘太后不同意，于是改立郭氏为皇后。郭氏虽然被立为皇后，仁宗却和她一直不太亲密。这次偏偏冤家路窄，仁宗回到中宫后，偶然向郭后谈起了吕夷简的忠诚，还说将从前拥护刘太后的大臣们全部罢免了。郭后本来就和吕夷简有过节，于是挑拨道："吕夷简何尝不是刘太后一手提拔上来的？只不过他善于逢迎，机巧过人，所以才得隐瞒一时，不被陛下发现。"仁宗听后，不觉起了疑心，于是也将吕夷简一同罢免。随后，仁宗任李迪为宰相，王随为参知政事，李咨为枢密副使。

过了几个月，谏官刘涣提起旧事，说："臣从前请太后还政于陛下，太后大怒。臣几次被贬，幸亏陛下听信吕夷简的话，明察臣的一片愚忠，准许臣戴罪立功，报答皇恩。臣蒙吕大人举荐，如今吕大人无故被贬，臣要替吕大人鸣冤！"仁宗听后，回想起以前吕夷简的种种事情，又觉得他是个忠臣，皇后的话并非实情，于是又召回吕夷简，让他继续担任宰相之职。仁宗见刘涣忠义，将他升为右正言。又命宋绶为参知政事，王曙为枢密使，王德用、蔡齐为枢密副使。

吕夷简重掌大权，整日伺机报复郭后。不久，终于让他逮到了机会。后宫中有两位美人，一个姓尚，一个姓杨，都倍受仁宗宠爱。郭后不免心生妒忌，常常与这两位美人发生口角。一天，郭后跟尚氏当着仁宗的面起了争执，尚氏自恃娇宠，不肯礼让郭后，二人居然对骂了起来。郭后非常生气，竟然上前打了尚氏一巴掌。尚氏当场啼哭起来，可是郭后依然不肯罢休，还想上前扇她几个耳光。仁宗看不下去，起身阻拦，谁知郭后已经出手，尚氏躲在一旁，这一巴掌竟然打到了仁宗的脖子上。郭后的指尖锐利，将仁宗的脖子刮出了两道血痕。仁宗非常生气，呵斥了郭后几句后，便带着尚氏愤愤离开了。

尚氏装娇耍赖，说了郭后的很多坏话，仁宗越发觉得恼怒。吕夷简和内侍阎文应关系很好，委托他寻找机会扳倒郭后。于是，阎文应趁机入奏仁宗："寻常百姓家，妻子都不能欺凌丈夫。陛下贵为天子，却要受郭后的欺负，这还了得？"仁宗半天没有说话。阎文应又挑拨道："陛下脖子上有两道血痕，明天上朝时该怎么见人？"这句话正戳中了仁宗的痛处，仁宗不禁激动起来，愤然说道："你马上去召宰相过来！"

阎文应通报吕夷简，一路上将事情原委都告知了他。吕夷简见到仁宗后，看了看他脖子上的抓痕，故作气愤地说："皇后太过失礼，不足以母仪天下，请求陛下废除皇后！"仁宗犹豫道："皇后虽然可恨，但废后一事，万万不能草率啊！"吕夷简继续说："汉光武素被称为明主，当年还不是一样废掉了郭皇后吗？郭后野蛮无礼，抓伤了陛下的脖子，罪不可赦，理当废除！"吕夷简引用东汉郭皇后为证，真是绝妙的比喻，想必郭氏的女儿，泼辣的性格都是祖传的。

在这二人的煽风点火、添油加醋下，仁宗决定废除郭后，以正后宫。但是仁宗又怕外人说闲话，于是便和吕夷简想出了一个法子，说是郭后自愿修道，仁宗封她为净妃玉京冲妙仙师，让她移居长宁宫。同时仁宗还下令，有司不得接受阻谏的奏章。中丞孔道辅，与谏官范仲淹、孙祖德、宋庠、刘涣、御史蒋堂、郭劝、杨偕、马绛、段少通等人联名上疏，结果未被采纳。他们就一同到垂拱殿，跪在地上说："皇后乃是国母，不应该轻易废掉！还望陛下三思啊！"他们喊了几声，只见殿门紧闭，毫无动静。孙道辅忍无可忍，竟然上前拍着门大声喊道："皇后因小被废，这样会引起天下不满，陛下为什么就听不进去臣等的肺腑之言呢？"不久，内侍出来传旨，让他们到中书阁与宰相对话。

孙道辅等人来到中书阁后，见吕夷简已经在那儿等候，便说道："你我皆为人臣，君王不知轻重，我们应当极力劝谏才是，怎么还作壁上观，不问不顾呢？"吕夷简摇头说："皇后打伤陛下的脖子，非常过分。况且废除皇后的事情汉、唐都发生过，为什么不可以？"孙道辅生气地说："身为大臣，应当引导君主以尧、舜为榜样，怎能拿汉、唐失德的事情作为法制呢？"吕夷简无可辩驳，愤然离去。

第二天上朝，仁宗颁布圣旨：

伏阁请对，盛世无闻，孔道辅等冒昧径行，殊失大体。道辅着出知泰州，仲淹出知睦州，祖德等罚俸半年，以示薄儆。自今群臣毋得相率请对。

孙道辅等人叹息了几声，奉旨离去。废后的事情就这样决定了，无人再敢提起。

郭后被废掉后，尚氏、杨氏二位美人更加受到仁宗的宠幸。她二人轮流侍寝，几乎从无间断。仁宗虽然正值当年，但终究熬不住这样折腾，身体渐渐虚弱，并生起病来。

 赵元昊僭号寇边

仁宗每天晚上都要宠幸尚、杨两位美人，日子一长，仁宗的身子越来越虚弱，身形消瘦了许多，有时甚至连续几天都吃不进东西，无精打采地躺在龙床上，跟个死人一样。朝堂内外见仁宗如此沉迷女色，无不担忧。杨太后得知后，责令仁宗将这两位美女赶走。仁宗碍于养育之恩，只得听教，他嘴上含糊答应，心里却眷恋不舍。杨太后了解仁宗的性格，便嘱咐阎文应传谕给仁宗，务必将她们逐出宫门。杨太后毕竟将仁宗一手抚养长大，仁宗当然要敬重她几分。在阎文应的再三唠叨下，仁宗只好忍痛割爱，送走两位美人。

阎文应当即叫来毡车，逼迫这两位美人出宫。她们平时饱受恩宠，突然被赶出皇宫，当然不情不愿，哭哭啼啼吵着要见皇上，赖着不肯离开。她们央求阎文应在太后面前求求情，阎文应厉声道："你们二人害得皇上废寝忘食，身形憔悴，还好意思求我替你们求情？废话少说，赶快走！"说完，便勒令她们上车，出了宫门。

第二天，仁宗心里过意不去，担心这两位美人流落街头，便下令她们做了女道士，住在洞真宫。过了一个多月，仁宗的身体慢慢好了起来，血气方刚的青年，当然少不了纳选妃子。没过多久，曹彬的孙女入选进宫。第二年，仁宗改元景祐，立曹氏为皇后，并令郭氏出居瑶华宫。曹后宽仁大度，体贴温柔，她当上皇后以后，见仁宗体质羸弱，担心他没有子嗣，便密奏仁宗，打算从宗室中选取一个幼儿来抚养，以防后患。正好太宗的孙子赵允让生了很多儿子，他的第十三个儿子叫赵宗实，年方四岁，聪明活泼，非常合适。仁宗将他召入宫中，由曹后抚养。赵宗实就是以后的英宗皇帝。

自从郭氏被迁居后，仁宗心里很愧疚，非常思念她，经常派人慰问，还仿照古乐府的文体写了很多诗句赠送给郭氏，以慰相思。郭氏也作诗对答，言辞委婉凄凉，惹得仁宗更加后悔。仁宗想将她密召回宫，弥补自己的过错。郭氏对来使说："想要我回宫，陛下必须当着百官的面，重新册封我为皇后，这样我才有脸见皇上。"仁宗听到这番话，非常为难。阎文应得知后，非常惶急，担心郭氏回来后，会要找自己算账。

偏偏郭氏在这个时候偶染小疾，仁宗嘱咐太医前去诊治。也不知道阎文应是怎么贿赂太医的，竟然将郭氏给毒死了。宫里的人都知道是阎文应干的，可就是找不到证据，没办法，只能说郭氏是病死的。仁宗非常悲痛，追封郭氏为皇后，下令厚葬。当时，范仲淹已经被调任开封知府，他上书弹劾阎文应的罪状，被仁宗贬为秦州钤辖，后来又被调往相州，在途中

病死。没过多久，杨太后也薨逝，谥号章惠，安葬于永定陵。

契丹自从与宋朝讲和以后，彼此相安无事，没有再来侵犯宋朝边境。萧太后没过多久与世长辞。萧太后是女中豪杰，素有谋略，善于驾驭人臣，百官都很信服她。以前契丹与宋交战时，她都要亲自穿上铠甲，跨上战马，麾旗督战。等到与宋通好后，萧太后安享太平，不再兴兵。

辽景宗耶律贤病逝以后，萧太后年轻守寡，难免春闺寂寞。正巧东京留守韩国嗣的儿子韩德让入朝供职。韩德让貌胜潘安，才同宋玉，非常讨萧太后喜爱。萧太后为了将他留在身边，竟然破格提拔他为政事令，总领卫兵。韩德让本来是契丹降将韩延徽的后人，突然蒙受厚恩，当然非常感激。萧太后准许他自由出入皇宫，还赏赐了很多金银珠宝给他。韩德让本来就善解人意，善于奉承，哄得萧太后心花怒放，相见恨晚。萧太后特赐他姓名耶律隆运，拜为大丞相，加封晋王。

萧太后和韩德让名义上是君臣，实际上已有夫妻之实。契丹主耶律隆绪尚且年幼，萧太后也不管别人说闲话。后来，耶律隆绪逐渐长大，早就对此司空见惯，也没觉得有什么不妥。萧太后死后，韩德让不久也去世了。耶律隆绪怜悯母后，下令将韩德让葬在萧太后身旁，生不敢明目张胆地在一起，死后也算是如愿了。

不久，高丽国发生内乱，康肇弑杀高丽国王，拥立国王的哥哥为帝。那时，高丽是契丹的附属国，契丹主兴师问罪，将康肇擒拿诛杀，平定了高丽叛乱。宋仁宗继位后，契丹主派遣使臣到汴都，吊死贺生。第二年，契丹主大肆阅兵，声言要校猎幽州。宋廷担心他前来犯边，准备操练兵马，守卫边境。同平章事张知白阻谏道："契丹跟我朝修好，百姓安居乐业，臣想他不会轻易挑起兵祸。如今他声言校猎，无非是在试探我朝，我们如果发兵，反而落下口实。陛下不如托言修缮运河，招募壮丁充军，这样一来就两全了。"仁宗如言照做。契丹见不好发作，只好罢兵。

天圣九年，契丹主耶律隆绪病逝，他的儿子耶律宗真继位。耶律宗真是宫人萧耨斤所生。耶律隆绪的皇后萧氏没有生育，就将耶律宗真领来认作自己的儿子。跟宋朝的刘太后如出一辙。萧耨斤一直记恨耶律隆绪夺走幼儿，待到耶律隆绪病重，她在背后骂道："你这个老不死的，总算享福享到头了吧！"耶律隆绪听说后，召耶律宗真嘱咐道："皇后萧氏侍奉我四十年，她因为没有儿子，才过继你为子。她对你有养育之恩，我死后，你们母子千万不要加害她，切记！另外，我们和宋廷的誓约，你要永远遵守，只要他们不主动挑衅，我们也别生事，这样你就能安享太平了。"耶律宗真唯唯受命。

耶律隆绪死后，萧耨斤掌权，自称太后，开始干预国事。左右奉了萧耨斤之命，污蔑萧氏的弟弟谋反。萧耨斤派人审讯，罪指萧氏。耶律宗真为难道："先帝遗命，怎么能不遵守呢？况且她一手将我抚养长大，恩勤备至，我没有尊奉她为太后已经很愧疚了，现在反而要加罪于她，这怎么使得呢？"萧耨斤不依不饶道："此人不除，必为后患！"耶律宗真争辩道："她膝下无子，年事已高，还有什么威胁呢？"萧耨斤蛮不讲理，竟然将萧氏送往上京（临潢府，遗址在内蒙古自治区巴林左旗林东镇南），幽禁了起来。

耶律隆绪死后，宋廷同样派中丞孙道辅等人，到契丹南京（今北京）吊唁，并祝贺耶律宗真继位。南北通好，仍旧照常。宋仁宗明道元年，契丹主耶律宗真前往雪山狩猎，太后萧耨斤趁机派人到临潢府逼迫萧氏自尽。真是赶尽杀绝啊！萧氏愤慨地说："我其实无罪，天下尽知，为何她要这样绝情？罢了！罢了！我也一把年纪了，是该去见先皇了！能不能容我沐浴更衣，我再自尽也不迟。"使臣也颇被感动，便退到了室外。不久，使臣进去一看，萧氏已经服毒自尽。使臣当下报知萧耨斤，萧耨斤高兴得不得了，夺子之恨终于释解。

耶律宗真回京后，得知此事，不免责怪生母，说她太过残忍，母子之间开始有了芥蒂。后来，母子二人的矛盾愈演愈烈，闹得不可开交。两年后，萧耨斤密诏她的弟弟，准备废掉这个不听话的皇帝，改立小儿子耶律重元为帝。偏偏耶律重元个性单纯，跟哥哥素来亲密，便将此事告知了耶律宗真。耶律宗真忍无可忍，也顾不上什么母子之情了，当即下诏将太后废黜，流放到庆州。耶律宗真随后封弟弟为皇太弟，然后亲临国政，将政权紧紧地握在手里。契丹和大宋和睦如初。

然而此时，西夏的平静被打破了。起初，西夏主赵德明（李继迁之子，真宗赐姓赵）既臣服大宋，也臣服契丹，两边都不得罪，还算安分守己，凡事都能尽到礼数。赵德明有个儿子叫赵元昊，他性格刚毅，足智多谋，对吐蕃和回纥（回纥，唐代时改称回鹘，是中国西北方的少数民族。唐朝时回鹘在内蒙色楞格河和闻昆河流域活动，后来一支迁徙到河西走廊，一支迁徙到葱岭以西，一支迁徙到新疆吐鲁番，是维吾尔族人的祖先）各部落虎视眈眈。

后来，赵元昊引兵攻打回纥，夺据甘州。赵德明为嘉奖他的功劳，便册立他为太子。赵元昊志向远大，他曾劝父亲背叛大宋。赵德明不同意，还告诫他说："自从我父辈以来，西夏年年用兵，百姓疲敝不堪。近三十年间，我们向宋廷称臣，蒙受恩泽，穿锦戴银，宋廷也算厚待我们了，我们怎好恩将仇报呢？"赵元昊不屑地说："穿毛毡，牧牛羊，是我族的天性。大丈夫生为英雄，死亦为鬼雄，怎能苟且享乐？难道几件锦衣就能让我们甘愿做宋朝的奴隶吗？"

不久，赵德明病死，赵元昊继位。宋廷派遣工部侍郎杨吉册封赵元昊承袭西平王，并授予定难节度使，统辖夏州、银州、绥州、静州、宥州五州，赵元昊勉强拜受。契丹也派遣使臣册封赵元昊为夏国王。赵元昊面圆高大，身长五尺有余，善于骑射，精通蕃、汉文字，他登位后大刀阔斧地推行改革，准备巩固民生，操练兵马，为四处侵略扩张做准备。

仁宗景祐元年，赵元昊竟然派兵侵犯环庆，到处残杀百姓，抢掠妇女、财物。庆州柔远寨蕃部都巡检嵬通趁夏兵懈怠，派兵袭击，将夏兵抢夺的妇女、财物全部抢了回来。赵元昊气急败坏，驱兵再次进犯。缘边都巡检杨遵带着七百人前来支援，谁知道赵元昊率夏兵大队人马赶到，杀得宋军七零八落，溃不成军。

环庆都监齐宗矩和宁州都监王文等人，不知赵元昊这次是倾巢而出，也前去柔远寨增援。走到节义峰的时候，突然听到战鼓声四起，夏兵漫山遍野而来。齐宗矩来不及退避，挺身对阵，力竭被擒，王文率军逃跑。不久，赵元昊将齐宗矩放了回去，只说是误会一场，才闹到如此地步，并表示愿意彼此约束，互不侵犯。

仁宗接到奏报后，想大事化小，便颁诏抚慰，令赵元昊兼任中书令。赵元昊生性狡猾，跟他的祖父李继迁很像。仁宗姑息不武，也跟他的祖父太宗相似，真是巧合。赵元昊假装领旨，暗中却派遣部将苏奴儿率军二万五千人，前往进攻吐蕃，结果被吐蕃酋长角厮罗诱入险境，几乎全军覆没，苏奴儿被活捉。赵元昊听到败报后大怒，率军攻打猫牛城，角厮罗派遣部将安子罗截击赵元昊。双方昼夜激战，赵元昊孤军深入，不能久持，被安子罗击退。赵元昊不肯罢休，又转而围攻临湟，角厮罗坚守不出，等待赵元昊大军渡河时，突然用精骑杀出，夏兵猝不及防，多半淹死，赵元昊夹着尾巴狼狈逃回夏州。此时，吐蕃、回纥都臣服宋朝，角厮罗报捷宋都，仁宗嘉奖他为保顺军留后。

赵元昊贼心不死，回到夏州后，厉兵秣马，转而又侵略回纥，夺据瓜州、沙州、肃州三州，疆界日益扩张，气势愈来愈嚣张。华州有两位书生，一个姓张，一个姓吴，两人多次科举名落孙山，便到塞外游玩。他们听说赵元昊威震西陲，便一起来到灵州（西夏首都），想为其效力，闯出一番事业。

来到灵州后，他们二人在一家酒店豪饮，临走前拿笔在墙上写道："张元、吴昊到此一游！"后来他们被巡逻兵捉住，带去见赵元昊。赵元昊生气地责问道："你们二人既然来到我的都城，难道不知道避讳国君的名字吗？"张、吴齐声说道："大王连姓氏都不在乎，却理会这名字，未免本末倒置了吧！"原来赵元昊还在沿用宋朝赐姓，舍李为赵，这二人趁机进言，想通过这样的举动引起赵元昊的注意。赵元昊听了这句话后，马上肃然起敬，亲自下堂替他们松绑，并给他们赐座。

赵元昊跟他们攀谈了几句，发现他们谈吐不凡，便询问到当今局势。这二人素来胸怀野心，他们指点江山，高谈阔论，把富国强兵、侵略扩张的计划一股脑地说了出来。赵元昊听后，喜出望外，随即改灵州为兴州，改西平府为兴庆府，隔山阻河，负隅自固。更嚣张的是，他竟然建造祭坛，接受朝拜，自称皇帝，国号大夏，改元天授。大夏设十六司总理庶务，置十二监军司，派遣部酋分军管辖，军马总共五十余万，四面扼守要地。同时还自制蕃书，用来教国人纪事。

赵元昊的叔父李山遇劝他不要背叛大宋，赵元昊不听。李山遇带着妻儿出逃，想归降大宋，不料被赵元昊发现，一家老小全部被抓了回来。赵元昊一不做二不休，竟然将叔父全家残杀，下定决心要侵犯大宋。他派遣使臣上表宋廷，表里大致写道：

臣祖宗本出帝胄，当东晋之末运，创后魏之初基。远祖思恭，当唐季率兵拯难，受封赐姓。祖继迁，心知兵要，手握乾符，大举义旗，悉降诸部，临河五郡，不旋踵而归，沿边七州，悉差肩而克。父德明，嗣奉世基，勉从朝命。真王之号，凤感于颁宣，尺土之封，显蒙于割裂。臣偶以狂斐，制小蕃文字，改大汉衣冠，衣冠既就，文字既行，礼乐既张，器用既备。吐蕃、塔塔、张掖、交河，莫不从伏。称王则不喜，朝帝则是从，幅辏屡期，山呼齐举，伏愿一垓之土地，建为万乘之邦家，于是再让靡ωφ，群集又迫。事不得已，显而行之，遂以十月十一日，郊坛备礼，为始祖始文本武兴法建礼仁孝皇帝，国称大夏，年号天授。伏望皇帝陛下，睿哲成人，宽慈及物，许以西郊之地，册号南面之君，敢竭愚庸，常敦欢好。鱼来雁往，任传邻国之音，地久天长，永镇边方之患。

至诚沥恳，仰俟帝俞，谨遣使臣奉表以闻！

景祐四年，仁宗改元为元宝，赵元昊称帝即在元宝元年。当时，吕夷简等人已经被罢职，王曾已经去世，被封为沂国公。仁宗重新任用张士逊为同平章事，王鬷、李若谷为参知政事。赵元昊嚣张跋扈，多次侵犯边境，诸大臣都主张兴师问罪，唯独谏官吴育上书道："陛下可以假装答应他的请求，同时秘密修备军事，这样一来他肯定目空一切，那时再出兵兴讨也不迟啊！"张士逊却不以为然，他笑说这是迂腐之见，所以仁宗没有采纳。

后来，仁宗下诏削去赵元昊的官爵，禁止两国通商，并在边境张贴告示："谁能活捉赵元昊，或者献上他的脑袋，当即授他为定难节度使。"然后，仁宗任夏竦为泾、原、秦、凤安抚使，范雍为鄜、延、环、庆安抚使。派两个文官过去，能起到什么作用？知枢密院事王德用是王超的儿子，他请兵前去西征，仁宗没有答应。王德用相貌伟岸，长相酷似太祖，而且平日里颇得人心，因此仁宗的左右纷纷进谗，说不能让他久任枢密，更不用说授予兵权了。仁宗也是年轻，容易受人蛊惑，他竟然对王德用起了疑心，不但不许他西征，反而将他贬为随州知府，改用夏守知为知枢密院事。

后来，赵元昊见宋军迟迟不发兵，胆子越来越大。他率军进犯保安军，兵锋锐利，来势汹汹。夏军走到安远寨附近的时候，看到只有数千宋军前来，根本没把他们放在眼里，当下冲杀上前。谁知两军刚一交战，突然宋军中冲出了一位披发仗剑、面含金色的大将，也不知道他是人是鬼，是妖是仙，吓得夏兵纷纷后退。这位披发金面的将军逢人就砍，势不可挡。夏兵更加惊惶，就连赵元昊也暗暗称奇，他恐抵挡不住，只好麾兵逃去。

这位披发金面的大将便是巡检指挥使狄青。狄青是北汉降将的后人，河西人氏，骁勇善战，曾多次建功。他平时上阵常常戴着青铜面具，披发督阵，吓退敌人。朝廷命他为巡检指挥使，屯守保安。这一战，他手下只有几千人，却吓退了赵元昊的几万雄师。仁宗刚准备召见他询问征讨方略，狄青已奏上捷报，还说要继续进兵，仁宗连忙制止，令他原地待命，不要冒进。

# 第二十九章 任福中计战死

赵元昊从保安败退后，气急败坏，又准备进犯延州。他先派人到守将范雍那里商议，约定互不侵犯。范雍信以为真，毫无防备。赵元昊见范雍上当，竟然率轻师偷偷潜出，攻破了金明寨，转而大军直指延州。这时候，范雍才接到急报，急忙召集将士来支援延州。鄜州、延州副总管刘平、石元孙接到求援信后，从庆州赶来支援；都监黄德和、巡检万俟政、郭遵等人也从外地赶来。几路兵马合兵一处，前去抵抗赵元昊。

两军相遇，夏兵左手拿着盾牌，右手拿着短刀，如狼似虎，非常勇猛。刘平令军士用钩枪勾走敌人的盾牌，接着带兵杀入敌阵，敌众败退。刘平率军追击，不料被敌兵射中面颊，疼痛难忍，只好下令退兵，安营扎寨。晚上，忽然有数千名步兵前来偷袭，宋军没有防备，十分慌乱。黄德和见前军退却，竟然率着步兵先行逃命去了，真是个怂包。

刘平派儿子刘宜孙去追赶黄德和，刘宜孙追上黄德和，拉住他的缰绳，质问道："都监应当奋力杀敌，怎么能逃跑呢？"黄德和只顾逃命，还管什么杀敌不杀敌，他挣脱缰绳，一溜烟地跑到了甘泉。万俟政、郭遵等人见黄德和跑了，也先后开溜，真是一群怂蛋。刘平派人堵住路口，下令：逃跑者斩！可是却只拦住了一千多人，他们和夏兵转战三天三夜，双方死伤惨重，敌军这才稍稍退去。

刘平率领剩下的人在西南山扎营。半夜，突然听到外面万马齐鸣，有人厉声大喊道："你们这帮老弱残兵，不要再负隅顽抗了，此时不降更待何时？"刘平和石元孙料到敌军大队人马赶到，勉强守住孤营，坚持到了天亮。他们二人手下本来只有几千人马，而且经过这几天的恶战，伤亡过半，已经非常疲惫了。夏兵几万大军前来，宋军怎么可能抵挡得住？夏军轮番进攻，来来回回好几个回合，刘平和石元孙战到筋疲力尽，终于坚持不住，做了西夏的俘虏。刘平被带到赵元昊的面前，他一见到赵元昊，便破口大骂，惹得赵元昊火冒三丈，当场将他杀害。石元孙被关押了起来。延州战败后，人心更加惶恐，幸好此时天降大雪，路面都被封住，无法行军，赵元昊这才退兵离去。

回到朝廷后，黄德和反咬一口，说是刘平投降西夏才导致了战败。朝廷不信，派殿中侍御史文彦博前去调查。文彦博为人正直，铁面无私，一经审讯，当然水落石出，黄德和被当场腰斩。范雍坐罪，被贬为安州知府。刘平殉国，朝廷追赠其官爵，并抚恤其家属。然而，万俟政等人却没有被问罪，成了漏网之鱼。

为了防止赵元昊再次进犯，仁宗下诏命夏守赟为陕西经略安抚招讨使，内侍王守忠为钤辖，即日启程，抵御西夏。谏官富弼上书说："夏守赟昏庸懦弱，不堪大任！王守忠是个宦官，命他做钤辖，恐怕会重蹈唐季监军的覆辙，还望陛下收回成命！"仁宗不听。正好这时蜀中都监韩琦从成都回京，他对西夏的形势了如指掌，仁宗便改命他安抚陕西，以防万一。

　　韩琦临行前，面奏仁宗道："范雍治军无方，连吃败仗，让人担忧。臣愿意保举范仲淹前去守卫边疆，他一定能够胜任！"仁宗迟疑了半天，才说道："你说的是范仲淹吗？"韩琦解释道："范仲淹前番忤逆吕夷简，被贬到了越州，朝廷怀疑他结党营私，这臣也知道。但如今边境形势危急，范仲淹是个人才，不如让他戴罪立功吧！倘若他行迹可疑，不堪重用，臣愿意一同坐罪！"仁宗见韩琦力保，点头道："好！朕这就派范仲淹前去！"韩琦叩谢起行。没过多久，仁宗下诏，命范仲淹统制永兴军。

　　范仲淹本来是开封知府。景祐三年，因为吕夷简滥用私人，他特地上书弹劾吕夷简，指责他像汉朝的张禹，徇私枉法。吕夷简面奏仁宗，说他越俎代庖，挑拨君臣关系。仁宗因而将他贬至越州。集贤院校理余靖、馆阁校勘尹洙、欧阳修联名上奏，替范仲淹求情，仁宗认为他们结党营私，所以把他们一并治罪。

　　当初，宰相张士逊主张征讨西夏，前番接到败报，百官中对他颇有微辞。张士逊引咎辞职，上书告老。仁宗同意，重新起用吕夷简为同平章事。吕夷简再度担任宰相，他也认为夏守赟靠不住，仁宗便将夏守赟和王守忠一同召回，改用夏竦为陕西经略安抚招讨使，韩琦、范仲淹为副使。

　　范仲淹奉旨前往，临行前，仁宗嘱咐说："爱卿和吕相有些矛盾，可是吕相也同意重用爱卿，爱卿应当尽释前嫌，为国效力啊！"范仲淹叩拜道："臣和吕相本来没有什么恩怨，前番只不过是就事论事，无非都是为了社稷着想，臣也不是有心要和他作对的！"仁宗说道："你们二人同心为国，朕还有什么好说的！"范仲淹当即拜别仁宗，前往边境。他在途中听说延州各寨多半失守，便上书请求仁宗让自己防守延州。仁宗下诏，命他兼任延州知州。

　　范仲淹日夜兼程，赶到延州，大阅州兵，集合州兵一万八千人，挑选六名将领统率，日夜操练。范仲淹根据敌军的数量，派出一定的人手抵御，同时下令修筑承平、永平等寨，招募流亡人员。羌、汉一带的百姓相继得到安置，边塞坚固，敌人不敢靠近。西夏士兵相传道："这次听说延州来了一个小范，他治兵有方，胸中好似有千军万马一般，比上回那个老范可强多了，看来延州没那么好攻下啊！"

　　赵元昊听说范仲淹善于守城，就假装派人前去议和，他自己则暗中引兵进犯。故伎重施，是个明白人都不会上当。副使韩琦料定有诈，命环庆副总管任福以巡逻为由，领着七千人马乘夜狂奔七十里，抵达白豹城，一鼓攻入，将夏兵的粮草全部烧毁，然后收兵回营。赵元昊假装无辜，派遣使臣表明心意，韩琦勃然道："无缘无故说要讲和，分明是想蛊惑我，雕虫小技，难道当我傻吗？"范仲淹却回信给赵元昊，反复劝他撤去帝号，甘心臣服，归附大宋。

　　元宝二年，仁宗下令改元康定。过了一年，又改元庆历。边疆那边，范仲淹主守，韩琦主战，两人各执一词，弄得仁宗也犹豫不决。赵元昊不肯善罢甘休，又派兵入侵渭州，逼近怀远城。韩琦亲自出战，招募一万八千壮丁，命环庆副总管任福为统帅，耿傅为参谋，泾原都监桑怿为先锋，朱观、武英、王珪为后应。

大军将要出发的时候，韩琦召见任福嘱咐道："赵元昊狡诈多端，你此去一定要小心！你们可以绕过怀远寨，袭击敌军的背后。如果形势不利于战斗，那就潜伏下来，拦截他们的归路，这样一来，不怕打不赢。如果有人违抗命令，即使有功也要斩首！"任福奉命前往，向怀远寨赶去。

在路上，任福遇到镇戎军西路巡检常鼎、刘肃等人，他们说夏兵在张家堡南边，距此不过数里。任福想给夏兵一个下马威，率军前去奇袭，果然碰到一股夏兵，立即拼力掩杀，斩敌军首级几百，大败夏军。敌众溃退，抛弃战马物资不计其数。先锋桑怿驱兵再进，任福紧随其后，参军耿傅最后。

不久，耿傅接到韩琦的檄书，说赵元昊奸诈多谋，千万不要贪功冒进，切记稳扎稳打。耿傅派人将檄书送到前军任福的手上，并附加书信劝他遵从韩琦的将令。任福接到檄书和书信后，冷笑道："韩招讨太过谨慎了，耿参军也太小心了。我看西夏士兵不堪一击，明天我便能抵达怀远寨，定要他们有来无回！"说罢当即遣回来使，约定后队迅速前来会合，扬言第二天便可破敌，不要耽误时机。信使回报，耿傅、朱观、武英、王珪等人只好一同进兵。

大军到了笼络川，天色已晚，听说前军已经到达好水川，相隔只有五里，便下令择地安营。第二天黎明，桑怿、任福等人顺着好水川西行到了六盘山下，在路上，他们看到几个银色的盒子，封得很严实，大家都很好奇。桑怿拿起盒子看了半天，只听到盒子里有动静，不敢打开。正巧任福赶到，他是个粗豪之人，也不管好歹，当即把盒子打开来看，谁知盒子里面是悬哨家鸽，霎时间全部飞了出来，在部队的上空盘旋。

桑怿、任福望着群鸽，莫名其妙。忽然，胡哨四起，夏兵从周围涌出，赵元昊亲自率领铁骑纵横而来，桑怿慌忙抵抗。任福的队伍还没来得及列阵，就被敌骑冲得七零八散，顿时乱了。宋军正欲组织再战，忽然夏兵的阵营里竖起一面战旗，长约两丈，大旗往左边一晃，左边的伏兵就一拥而上；朝右边一晃，右边的伏兵也蜂拥而来。在夏军的四面围攻下，宋军惨败。桑怿、刘肃陆续战死。任福身负十几处重伤，仍然坚持战斗，不肯退去。小校刘进劝任福赶快撤退，任福愤然道："我身为大将，不幸兵败，只有以死报国了，哪里还有脸苟活？"不久，他被人击中左脸，满脸都是鲜血，割喉自尽。任福的儿子任怀亮也一同战死，宋军全军覆没！

赵元昊乘胜攻入笼络川，正巧与武英的兵马相遇。他趁势将武英团团围住，武英左冲右突，无奈敌势强盛，不能突围。王珪急忙前去救援，硬是杀出一条血路，将武英从绝境中营救出来。这时，武英已经身负重伤，不省人事。王珪正打算设法逃走，不料敌军追了上来，将他们团团围住。耿傅、朱观想上去救援，正好渭川都监赵津带领瓦亭两千骑兵赶到，前来会战。耿傅和赵津上前支援，令朱观守住后军。

当耿傅和赵津赶到时，武英因伤势太重，已经身亡了，王珪为了救武英，也战死了。耿傅和赵津冒冒失失地冲杀过来，好似羊入虎口，战了不到几个回合，就被夏兵万箭穿心，一同殉难了。朱观得到消息后，急忙率领残军数千人撤退，并向四面放箭阻拦夏兵的追击。夏军怀疑有伏兵，再加上天色已晚，便唱着番歌，收军返回了。这一场交战，宋朝战死了六员大将，士兵死伤一万一千多人，只有朱观手下还有一千多人侥幸生还，边塞大震，人人自危。

韩琦引兵退还，夏竦派人收集残兵败卒，并找到任福等人的遗骸。夏竦见任福衣服里还藏着韩琦的檄书和参军耿傅的书信，便将详情奏明仁宗，说是任福私自违抗军令，孤军深入，导致兵败，罪不在韩琦。随后，韩琦上书弹劾自己，仁宗得知败报后，将韩琦官降一级，贬为秦州知府。

赵元昊连胜宋军，声势熏天。先前范仲淹劝诫赵元昊归附大宋，勿要妄图自立。赵元昊写信回复，语气非常傲慢。范仲淹看完后，非常生气，当场将书信撕毁，将夏使遣回。这件事传到宋廷，吕夷简向来跟范仲淹有矛盾，他上书弹劾道："范仲淹身为边境守臣，竟然擅自跟赵元昊通信，已经很可疑了。这回，他既然收到回信，又将其撕毁不奏报朝廷，分明是私通。"参政宋庠附议道："私通敌人，罪当问斩！"这时，枢密副使杜衍出列为范仲淹辩解道："范仲淹也是想招降叛贼，并没有包藏祸心，还望陛下明察！"他们彼此争论不休。

仁宗命范仲淹上书自述，他奏道："臣起初听说赵元昊有悔过之意，因此才写信劝解，宣示朝廷的德威。最近因任福败死，赵元昊声势嚣张，他回复的书信语气非常傲慢无礼，臣以为如果将此书上奏朝廷，如果朝廷不出兵征讨，必然会让朝廷颜面扫地，所以臣就当着他们的使臣将此书撕毁，这样一来只不过是侮辱愚臣，与朝廷无关。臣忠心一片，还望陛下明察！"

仁宗看后，又命中书、枢密两府商议。宋庠、杜衍仍然各执前说，哪知吕夷简一改常态，不慌不忙地说道："杜衍所言极是，稍微惩戒一下就好了。"话音一落，宋庠不禁瞪大眼睛，愤而退出。想必是吕夷简跟宋庠素有矛盾，所以才故意支持杜衍，反对宋庠。不然为何吕夷简前番倡议将范仲淹治罪，这时却又偏袒范仲淹呢？仁宗纳谏，将范仲淹贬为耀州知府，不久又将他调做庆州知府。随后仁宗下诏命工部侍郎陈执中任陕西经略安抚招讨使，与夏竦一同治理永兴军。

陈执中上任后，与夏竦意见不合，多次发生争吵。朝廷得知后，又命夏竦屯守鄜州，陈执中屯守泾州。夏竦戍边两年来，遇事畏缩，首鼠两端，为人耻笑。他整日将爱妾带到军营，流连酒色，不顾边情。赵元昊为了戏谑他，只出三千文钱悬赏要他的首级，一时被人传为笑话。

后来，赵元昊又举兵进犯麟府，大破宁远寨，接着又攻下丰州，警报频传。知谏院张方平奏称："夏竦身为统帅已经三年有余，却总是按兵不动，一出兵又必惨败，这样的统帅要他何用？请陛下另选良将，巩固边防！"仁宗于是改任夏竦为河中通判，陈执中为泾州知府，同时召集百官廷议，商讨守边官员。

最后经过商议，仁宗将西部边境分为秦凤、泾原、环庆、鄜延四路，任命韩琦为秦州知府，管辖秦凤；范仲淹为庆州知府，管辖环庆；王衍为渭州知府，管辖泾原；庞籍为延州知府，管辖鄜延。四人中除了王衍外，都捍御有方，修缮城墙，构筑营寨，招抚蕃民。羌人尤其敬重范仲淹，尊称他为"龙图老子"。赵元昊多次进犯，都被范仲淹打退，赵元昊也只能知难而退，稍微收敛，总算是遇到克星了。

庆历二年，契丹突然派遣使臣萧特末、刘六符来到大宋，索要关南的故地，他们还质问宋廷兴师讨伐西夏，以及疏通河流，在边境增派守兵的理由。朝廷命知制诰富弼为接伴使，在郊外迎接。萧特末等人昂然前来，下马与富弼相见，富弼传旨慰问，萧特末却傲慢不予叩拜，富弼厉声道："南北两位主子互称兄弟，我主和你主平等，我如今传旨慰劳你，你为什么不肯叩拜？难道你们契丹人都不知礼数吗？"萧特末托言身患疾病，不便施礼。富弼又说："我曾经也出使过贵国，当时我病卧在马车里，听说贵主传旨诏命，当即起身尽礼，你怎么能因为小疾而无视礼数呢？"萧特末无可辩驳，只好叩拜。

拜完后，富弼将他们带入京都，安置他们入住在宾馆，开诚布公地商谈。萧特末很感动，就将契丹派遣使臣的本意一一说出。富弼据理相争，萧特末私下里和富弼说："贵国要是同意那最好了，不同意的话，如果能加些财物，或者和亲，也没什么不可以。"

富弼向仁宗转达了萧特末的意思。仁宗召吕夷简前来商议，吕夷简说："如今西夏还没有平定，契丹又来趁火打劫，再次向我们索地，肯定是不能答应的。但是，我们既然已经与西夏交兵，就无暇顾及契丹，所以不能与契丹开战。契丹来使提到的增币或者和亲，倒是可以应允一件，暂时做个缓兵之计吧。"仁宗点头说："朕也是这个意思，那朕该派什么人前往契丹答复？"吕夷简思考了片刻说："不如还派富弼去吧，他曾经去过契丹，可谓轻车熟路，我想这次前去他定能不辱使命。"仁宗同意。

富弼奉诏前往契丹，启程之前，朝堂百官议论纷纷，都为富弼担忧，担心他会有去无回，身陷契丹。集贤院校理欧阳修上奏仁宗，请求留住富弼，不要羊入虎口，沦为俘虏。于是，谣言四起，百官都说吕夷简因为忌恨富弼才举荐他前往，意图陷害他。富弼却毅然前往，临行前他辞别仁宗，叩拜道："主忧臣辱，臣怎敢苟且怕死？这次除增加钱币外，臣绝不答应他们其他事情，倘若契丹有其他索求，臣誓死也不答应！"仁宗听后，不禁心生感动，当面授富弼为枢密直学士，富弼不肯接受，叩拜道："国家危急，臣义不容辞，寸功未建，怎敢先领受爵禄呢？"仁宗又嘉奖了他几句，富弼随即起身退朝，邀上契丹的两位使臣，前往契丹去了。

# 第三十章　雄辩胜雄师

　　富弼在出使契丹的路上，听说契丹在幽州、蓟州大肆集兵，扬言要南下。兵荒马乱，行程难免给耽误了。宋廷朝中大臣都建议在洛阳另设一都，而吕夷简却建议在大名建都，制造一种仁宗御驾亲征的假象，这样就能威震河北。仁宗同意吕夷简的建议，于是建大名府为北京，并亲自前往真宗从前亲征的驿站，同时命王德用为定州通判，兼任北方三路都部署。王德用抵任后，日夜操练士兵，修城缮寨。契丹派遣侦察骑兵前来观望，发现王德用部下人人强壮，个个威武，当下返回禀报，契丹主耶律宗真不免敬畏三分。

　　富弼长途跋涉，终于到达契丹。他觐见耶律宗真，行过礼后，便直接问道："你我两朝，已经通好四十多年，然而贵国如今又无故索取土地，究竟为什么？"

　　耶律宗真回答道："南朝先行违约，你们堵上雁门关，疏通河道，修筑城墙，征募民兵，又是为什么呢？我国大臣都请兵南下，朕不忍妄动干戈，故而派遣使者前去质问，并索要关南故地，如果你们南朝不同意，那我们只好刀兵相见了！"

　　富弼又接着说："你们难道忘记我先帝的大恩大德了吗？澶渊一战，我朝将士哪一个不是主张开战？要是先帝听从将士们所说的话，恐怕你们北朝的士兵都要战死沙场，不得生还了。我先帝顾全南北，有好生之德，所以特约修和。如今，你们北朝又想挑起战争，想必是北朝的臣子都为自己着想，不管主子的福祸吧？"

　　说到这里，耶律宗真不觉惊讶地问道："为什么不管主子的祸福呢？你这话我听不明白。"

　　富弼回答道："晋高祖昏庸无道，志向狭小，上下叛离，北朝才得以进主中原。但试问你们所得到的金币全部都归公了吗？你们国家花费了若干军饷、若干军械，却让贪官中饱私囊，国库凋敝。如今，我朝疆域万里，精兵百万，法令严明，上下一心，贵国如果一意孤行，举兵南下，能保证必胜吗？就算侥幸胜了，劳师伤财，是群臣受害呢？还是人主受害呢？如果两朝继续通好，岁币都归人主，群臣能得到什么好处？所以做臣子的都主战不主和，而作为主子，应该主和不主战。"耶律宗真听了，不由得连连点头。

　　富弼接着解释说："我们堵闭雁门关，只是为了防备赵元昊，并不是针对你们北朝；我们疏通河道，在通好之前就已经进行；城墙破旧，招募些民兵前去修缮，有什么不对吗？"

　　耶律宗真听后，心软道："要是真如你所说的，那朕就错怪南朝了。但是我祖宗的故地，

还希望你们南朝还给我们！"

富弼回答道："晋朝时，他们用卢州、龙州贿赂契丹，周世宗后来夺取关南之地，这都是前朝的往事了。如果大家都争夺土地，幽州、蓟州曾经隶属中原，难道你们不该归还我们吗？"

耶律宗真无可辩驳，只好命刘六符领着富弼到宾馆，设宴款待。刘六符说："我朝皇帝以收受金币为耻，想索回关南十县，你们就不能通融一下吗？"富弼正色道："我朝皇帝曾经说过，替祖宗守卫疆土，一寸土地都不敢让人，北朝的要求万万不能答应。我主不忍两朝的百姓罹遭兵戈，所以委曲求全，答应增加钱币。如果北朝执意索要关南十县，那就是故意破坏盟约，借此为词。澶渊之盟，天地鬼神，共鉴此言，北朝如果首先挑起兵端，错不在我，天地鬼神恐怕也不会原谅你们。"刘六符说："南朝皇帝能这么想真是太好了，我们应当奏明主子，让他们和好如初。"

第二天，耶律宗真还是不死心，非要索回关南之地。于是，他召见富弼一同狩猎，委婉地说："南朝如果答应割让关南，我朝一定会和你们世代和好。"富弼说："北朝以得到土地为荣，南朝以失去土地为耻，两朝既然是兄弟，怎么能让兄弟一荣一辱呢？"说得合情合理，耶律宗真默然。狩猎完毕后，刘六符又跑过来对富弼说："我主听闻阁下荣辱的高论，颇得感悟，所以关南十县的问题暂且搁置。现在我们愿意与南朝和亲，想必南朝一定会答应吧！"富弼说："联姻固然可喜，但是我朝长公主的嫁妆不过十万绢布，哪里比得上岁币呢？"刘六符返回禀报耶律宗真，耶律宗真召见富弼，对他说："你现在回国，下次再来的时候，朕希望你手里要么拿着归还关南的盟书，要么拿着联姻的盟书。"

富弼随即回国，据实上奏。仁宗还是坚持增加金币，不予和亲。他派富弼带着国书再次前往契丹，国书是由富弼口传仁宗的圣意，由枢密院大臣执笔的。富弼领命出发，途中经过乐寿，总觉得不对劲，便对副使张茂实说："我奉命为使臣，还没有阅读国书，要是国书与口传不同，岂不是坏了事情？"张茂实点头称是。

富弼随即取出国书审视，发现果然与口传的意思不符，于是立即星夜赶回。那时太阳已经落山，富弼入见仁宗，呈上国书跪奏道："枢密院大臣意图陷害臣，他们写下的国书与陛下的口谕不一致。臣死不足惜，但是贻误国家，岂不是后患无穷？"仁宗听后，也觉得很惊讶，转而问晏殊。晏殊回道："吕夷简想必不敢这么做，恐怕是录述有误吧！"富弼气急败坏道："晏殊你这奸臣和吕夷简结党营私，欺蒙陛下，该当何罪？"富弼是晏殊的老丈人，吕夷简公报私仇，晏殊又设词掩饰，全然不顾翁婿的情谊，真是可恨！

富弼到了契丹以后，绝口不提和亲的事情，只说要增加钱币。契丹主耶律宗真说："南朝既然答应增加岁币，那为何不改称为'献'？"富弼说："南朝为兄，北朝为弟，哪里有兄献弟的道理？"耶律宗真说："'献'字不行的话，改成'纳'字也行。"富弼还是不答应。耶律宗真怫然道："你们既然答应，又何必在乎区区一个字呢？要是朕拥兵南下，你们会后悔吗？"富弼正色道："我朝兼爱南北民生，所以委屈赠币，并不是我们害怕你们北朝。要是不得已改和为战，胜负臣也不敢预料！"耶律宗真说："你不要固执了，这种事情古时就有先例。"富弼勃然道："古时候唐高祖向突厥借兵，当时称'赠遗'或'献纳'，但是后来颉利被唐太宗擒获，难道陛下指的是这个吗？"耶律宗真见他态度如此坚决，便慢慢地说："朕自当派人前去商议。"

契丹主留下宋廷国书后，另派耶律仁先和刘六符二人出使宋朝，富弼带着他二人觐见仁宗。富弼密奏道："'献纳'二字，臣已经力拒，他朝主子也有所泄气，陛下千万不要答应！"仁宗点头。后来，仁宗又和晏殊商议，结果受到晏殊的蛊惑，竟然答应用"纳"字。宋朝每年增加白银十万两，绢布十万匹，并派知制诰梁适和耶律仁先等人一同前往契丹。契丹也派遣使臣再次递上国书并且撤兵。南北总算和好如初。

富弼第一次出使契丹的时候，他的一个女儿不幸夭折，他没有时间过问。第二次再次前往，他的妻子生了个男孩儿，他也没有顾得上询问探望。在外收到家书，富弼从不打开来看，一收到就把它们烧毁了。左右不解，富弼对他们说："这种家书只能扰乱我的心思，国家大事还没有了结，哪里顾得上家事呢？"等到和议谈成，仁宗要加封他为枢密直学士，富弼推辞道："赠币并非臣的本意，只是因为近来讨伐赵元昊，无暇顾及契丹，所以臣不敢死争，怎么能无功受禄呢？"不久，仁宗又授他为枢密副使，他还是推辞不受，并上表请求仁宗卧薪尝胆，不忘修政。仁宗很是赞叹，改授他为资政殿学士。

赵元昊盘踞西部边境，还是和以前一样，反叛宋廷，日夜窥探中原的土地。这年夏天，西夏大旱，军民苦不堪言，赵元昊的一些手下便渐渐有了向宋朝称臣纳款的想法。延州知府庞籍得知后，上报宋廷。宋廷下诏命保安军知军刘拯传谕给赵元昊的亲信刚浪陵、遇乞兄弟，让他们做内应，并许诺给予他们西平的官爵和封地。

刚浪陵为人非常狡猾，他命令部下浪埋、赏乞、媚娘三人假装到鄜州献降。鄜州通判种世衡跟刚浪陵打过好几次交道，深知他的为人，料定其中必有阴谋，便将他们三人留在营中，假装录用。刚浪陵以为种世衡上当了，便又派教练使李文贵来约定纳降的日期，种世衡也将他留住了。不久，赵元昊又大举入侵宋朝边境，渭州知府王沿派遣副使葛怀敏督军出战，到达定州寨时，被夏兵绕到背后，桥毁截住了退路。宋军孤立无援，都很惊惶，顿时大溃。葛怀敏只好拼死力战，他与手下将校十四人陆续战死。余下九千六百名士兵和六百匹战马，都陷入敌军之手。

赵元昊乘胜追击，直抵渭州。一路上，他纵容部下焚烧庐舍，屠掠民畜，泾河、汾河以东烽火连天，惨叫声不绝于耳！幸亏庆州知府范仲淹亲率蕃汉士兵前去救援，西夏兵一向惧怕范仲淹，见他前来，立即退去。先前，翰林学士王尧臣曾经安抚陕西，他巡视边境，发现范仲淹和韩琦治兵有方，在本地军民中口碑良好。回到京城后，他便上疏论兵，说道："韩琦和范仲淹都是将帅之才，不应该闲置在外地。还望陛下予以重用！"仁宗素来信任吕夷简，而吕夷简跟范仲淹素有矛盾，多次进谗范仲淹，故而范仲淹还是没得到重用。等到葛怀敏战败惨死，中外震惧，仁宗这才想起范仲淹，于是命文彦博经略泾州、原州，并打算任命范仲淹为渭州知府，跟王沿对调。

范仲淹了解王沿和文彦博的为人，他们都是一介书生，并不懂行军打仗，所以上奏道：

泾州为秦、陇要冲，贼昊屡出兵窥伺，非协力捍御，不足以制贼锋。臣愿与韩琦并驻泾州，琦兼秦、凤，臣兼环、庆，泾、原有警，臣与琦合秦、凤、环、庆之兵，犄角而进。若秦、凤、环、庆有警，亦可率泾、原之师为援。臣当与琦练兵选将，渐复横山，以断贼臂，不数年间，可期平定。愿招庞籍兼领环、庆，以成首尾之势。秦州委文彦博，庆州用滕宗谅，总之渭州一武臣足矣。

仁宗准奏，命韩琦、范仲淹、庞籍为陕西经略安抚招讨使，并召回王沿，命文彦博驻守秦州，滕宗谅驻守庆州，张亢驻守渭州。韩琦、范仲淹上任后，同心捍卫边境，号令严明，爱护军士，诸羌都愿意为他们所用。边人还特地为他们二人编写了四句歌谣："军中有一韩，西贼闻之心胆寒；军中有一范，西贼闻之惊破胆。"

却说鄜州判官种世衡知道刚浪陵派人诈降，总想着将计就计，以假应假，并打算用反间计除掉赵元昊的心腹。当时，有个和尚名叫王光信，此人足智多谋，人们交口称赞。种世衡将他招为部下，让他改名为王嵩。不久，种世衡派王嵩拿着招降书，前往拜见刚浪陵、遇乞。

刚浪陵接到书函，当下展开阅览，只见上面写道："朝廷得知大王有心归附，所以特地授你为夏州节度使，盼望大王速速归降！"书函的背后还画了一个红枣和一只乌龟。刚浪陵懵然不解，王嵩在旁边解释道："枣和早同音，龟和归同音，请大王留意！"王嵩之所以叫他二人为大王，是有原因的。原来刚浪陵和遇乞都是赵元昊第五个妃子的堂哥，这二人文武双全，所以赵元昊才委以重任。他们手握重权，是赵元昊的左膀右臂，夏人都称他们为大王，王嵩这是沿用夏人的称呼。

刚浪陵果然狡猾，一眼便看穿了种世衡的意图，他面目狰狞地笑道："种世衡也不小了，怎么还玩这种小孩儿玩的把戏呢？难道把我当成傻子不成？"于是下令将王嵩拿下，并将他和招降书交给赵元昊。王嵩胆识过人，见到赵元昊后，被赵元昊喝令斩首。王嵩并不惊慌，反而大笑道："人人都说夏人生性狡诈，我还不信，谁料果然名不虚传。"赵元昊拍案道："你等狡诈多端，企图用反间计离间我们，还说我们狡诈，真是可恨！"王嵩正色道："若不是刚浪陵大王派遣部下浪埋等人前来献降，我也不会无故前来送书信。现在浪埋等人还在鄜州，李文贵等人都得到重用，我朝已经授予刚浪陵大王夏州节度使，谁知他却出尔反尔，无故变卦。难道不是你们夏人多诈吗？罢了！罢了！我死了也值了，我死还有李文贵他们四个抵命，黄泉路上也不寂寞了！"赵元昊听后，不禁惊诧，于是转问刚浪陵。

原来刚浪陵等人派遣浪埋等人诈降，赵元昊并不知情，这个时候也没有办法解释，只好说是别有用意。赵元昊生性多疑，他见刚浪陵吞吞吐吐，马上起了疑心，当即命人将王嵩囚禁在牢中，并盘问刚浪陵。刚浪陵这才将事情的经过详细地告诉了赵元昊。赵元昊半信半疑，便将刚浪陵扣留在营中，同时偷偷派人扮成刚浪陵的使臣，去见种世衡。种世衡早就料到来人是赵元昊派来的，所以故意将错就错，格外优待他，并和他约定两大王归降的日期。

来使看不出种世衡在演戏，当然据实还报。赵元昊听后，怒火中烧，将刚浪陵召进来，让他跟使臣当面对质。刚浪陵正准备解释，话还没说出口，那赵元昊已经拔剑出鞘，手起刀落，将他劈成两半。随后，赵元昊下令将遇乞打入大牢。

种世衡听说刚浪陵被杀，料定反间计已经成功。为了将戏演下去，除掉赵元昊的另一个臂膀，他又亲自写了一篇祭文，言词非常悲恸，上面写道："刚浪陵大王本来有意弃暗投明，不料突遭惨变，功败垂成，真是令人惋惜。但愿遇乞大王能够完成你的心愿，这样你在九泉之下也能安息了。"他暗中派人将祭文送到西夏，故意交给赵元昊的亲信。亲信拿到祭文后，连忙交给了赵元昊。赵元昊为了斩草除根，又将遇乞处斩。

赵元昊也是一代枭雄，这等反间计还是隐瞒不了他的。其实，赵元昊之所以杀掉这二人，还有一段隐情。遇乞的妻子没藏氏和赵元昊的第五个妃子是姑嫂关系，所以没藏氏总是出入夏宫，一来二回，就被赵元昊盯上了。这个没藏氏长得跟个天仙似的，正所谓英雄难过美人关，赵元昊好歹也是西夏之主，他看上的东西还没有得不到的。但是，碍于遇乞手握重权，赵元昊才不敢轻举妄动。他日夜记挂着这位大美人，强忍着单相思，同时也在寻找机会，废掉这个遇乞。

恰好种世衡此时送来了招降信，劝遇乞归降，赵元昊正好假公济私，将遇乞除掉。随后，他将没藏氏扣留在宫中，连哄带骗，弄得没藏氏是又惊又喜，心甘情愿做了他的妃子。

赵元昊迷恋女色，渐渐萌生贪图享乐之意，雄霸中原的豪情壮志渐渐消散。他已经如愿以偿，索性放出王嵩，厚加礼待，并让他带信给种世衡，表示愿意与宋朝讲和。

种世衡转告环州、庆州统帅庞籍，经过商议，庞籍让种世衡遣还李文贵，与西夏议定和约。赵元昊见宋廷有意与他讲和，非常高兴。他又派遣李文贵跟王嵩一同来到延州，商讨和约细节。庞籍接到和约书一看，赵元昊的语气还是很狂妄，并且没有向宋廷称臣的意思，于是当即上报仁宗。连年征讨西夏，仁宗已经厌倦不堪，他下诏只要赵元昊能够恭恭顺顺的，什么条件都答应他。

不久，夏国六宅使贺从勖又和李文贵一同前来，递上议和书，书中自称男邦泥定国兀卒曩霄，上书父大宋皇帝。庞籍随即问道："什么是泥定国兀卒曩霄呢？"贺从勖答道："曩霄是我国主子改定的新名字，泥定国是立国的意思，兀卒是我国主子的称呼。"庞籍说道："照这么说，你主还是不愿意向本朝称臣了？"贺从勖说："既然已称父子，也跟君臣一般，要是天子不同意的话，我们还可以再商议。"庞籍做不了主，便将贺从勖带到京城，面见仁宗。

仁宗看过议和书后，对贺从勖说："你主赵元昊如果真心愿意归顺，就应该按照汉文的格式，称臣立誓，不能说什么兀卒，什么泥定国的。"贺从勖叩首道："天朝皇帝如果非要西夏称臣，那我只好回国再议。天朝自古仁恩浩荡，如果每年天朝能赏赐西夏一些钱财，我想称臣的事情会好办得多。"仁宗道："朕这就派遣使者跟你一起回国，与你主商议。"

随后，仁宗命邵良佐、张士元、张子奭、王正伦四人跟贺从勖一同西行。到了西夏，因为赵元昊要的岁币太多，宋使没有答应。后来，双方又派遣使者再议，最终商定，宋廷每年赐西夏绢十万匹，茶三万斤。西夏主赵元昊愿意向宋廷称臣，还发毒誓表示永不违约。仁宗册封赵元昊为夏王。

第二年，也就是庆历四年，契丹忽然派遣使臣来到汴京，请宋廷不要跟西夏议和，并说自己已经帮宋廷发兵，前去征讨西夏。这个消息一到，害得宋廷君臣大伤脑筋！

第三十一章 曹皇后智平逆贼

契丹派遣使者前往宋廷，劝大宋不要和西夏议和，还说要亲自讨伐西夏。原来，契丹的旧属党项部被赵元昊吞并，契丹主耶律宗真派人索处，赵元昊不答应，恼羞成怒的契丹决定兴师讨伐。耶律宗真亲率十万骑兵前往，并告诫宋朝不要多管闲事。仁宗正准备册封赵元昊，不料遭此打击，搞得他不知所措，连忙与廷臣议决，暂时不去册封赵元昊，并派人到契丹摸清到底是怎么回事。

仁宗派知制诰余靖前往契丹，打探实情。余靖到了契丹后，契丹主已战败而归。原来，契丹兵分三路，直抵贺兰山。赵元昊哪里是契丹铁骑的对手，果然节节败退，退师三十里。赵元昊服软，希望能跟契丹讲和，偏偏契丹枢密使萧惠心高气傲，目中无人，请愿荡平西夏，无视求和的来使。契丹主却对此犹豫不决。

赵元昊听说契丹大臣大都主张赶尽杀绝，便每日退避三十里，直至退到九十里远的地方，安营扎寨。赵元昊料到契丹会派兵前来追击，于是将契丹兵必经之路的草木全部烧毁，自己深沟高垒，坚壁以待。契丹大都是骑兵，长途跋涉百余里，士兵有粮食可吃，可是马匹却无草可食，骑兵骑上空腹的战马，根本打不了仗。契丹主无奈，只好答应与赵元昊议和。

赵元昊不愧是李继迁的子孙，确实狡诈。他明地里跟契丹周旋，拖延时间；暗地里却趁夜带兵突袭契丹大营。契丹将士都志满气骄，毫无防备，一时招架不住，全营溃散，契丹主仓皇逃跑。契丹驸马萧胡睹被赵元昊抓住，赵元昊也不杀他，反而好言抚慰，酒食相待，跟他商谈讲和的事宜。萧胡睹答应返回禀报耶律宗真，劝他议和。赵元昊随即派使臣护送萧胡睹回去，同时和契丹主再次议和。耶律宗真无奈，只得答应各自归还俘虏，罢兵修和。

余靖探明消息后，入见耶律宗真，说明了宋夏交好的事情。耶律宗真不便发表异议，就派余靖南归。余靖还朝后，仁宗派张子奭为册礼使，册封赵元昊为夏国王，赐他金带银鞍和两万两白银、两万匹绢布、两万斤茶叶，并允许他设置自己的官属。赏给了他这么多财物和特权，他才答应向宋廷称臣，事情才算尘埃落定。

赵元昊在诱占没藏氏之后，对她非常宠爱。这个没藏氏是个水性杨花的女人，她把杀夫之仇抛诸脑后，一味地献媚纵欢。赵元昊的原配野利氏非常嫉妒，好几次跟赵元昊争论，想要将没藏氏撵走。赵元昊正和她沉溺爱河，无法自拔，怎么可能答应？不过没藏氏的好日子也不长，自古君王薄情义，没多久赵元昊又移情别恋了，这回他看上的不是别人，而是太子宁宁哥刚娶的妻子玛伊克氏。一场乱伦的纠葛就此拉开了帷幕。

宁宁哥是野利氏的儿子，新婚之夜，新娘子被赵元昊强行拖入寝宫，发生了不正当关系。如此可恨的事情，野利氏母子怎么忍耐得住？于是，两人暗中谋划，伺机报复赵元昊。

那时候，没藏氏已经失宠了，野利氏趁机指使侍女将她的一头黑发全部削去，然后将她撵出做了尼姑。没藏氏有个兄长叫鄂博，他将妹妹收留在家里。此时，没藏氏已经身怀六甲，不久生下了一个男丁。赵元昊得知后，并不愿意他们母子二人回宫，只给孩子取名宁令哥，并赏给了若干金银，寄养在鄂博家中。

宁宁哥因娇妻被父夺走，愤愤不平，一直在寻找机会刺杀赵元昊，篡夺王位。一天，赵元昊出去打猎，宁宁哥请求一同前去，千载难逢的机会到来了。宁宁哥趁赵元昊聚精会神射杀猎物之际，从背后抽出利剑，朝赵元昊的脑后砍去。赵元昊听到剑声，急忙回头，正巧剑锋迎面而来，一时来不及闪躲，一声惨叫，鼻子被砍落在地。赵元昊忍痛呼叫，卫兵一拥而上，宁宁哥见没有得手，仓皇逃走。

赵元昊满脸鲜血，奔回宫中。他越痛越气，越气越痛，急忙命鄂博将没藏氏母子带入宫中，改立宁令哥为太子，并令鄂博带兵抓捕宁宁哥。宁宁哥很快被抓捕，首级被砍下，呈给赵元昊。赵元昊因为鼻子被砍掉，剧痛难忍昏厥了数次。等到鄂博禀报时，赵元昊遗命他拥立宁令哥为太子，然后就一蹶不醒。不久，一代奸雄赵元昊归天，享年四十六岁。

鄂博遵照遗命，拥立宁令哥为西夏国王，尊没藏氏为太后，将野利氏禁锢在后宫中。没藏氏一介女流，不懂治国权谋，宁令哥还在襁褓之中，西夏的大权全部落入了鄂博的手里。西夏向大宋和契丹发出讣告，宋廷派人前去吊唁，并册封宁令哥为夏王，这是仁宗庆历八年的事情。

这一年，震惊全国的贝州叛首王则，由河北宣抚使文彦博、副使明镐执送汴都，审实伏法。王则是河北涿州人氏，因饥荒流亡到了贝州，自卖为奴，以牧羊糊口。后来，他投靠宣毅军当了一名小校。贝州地方崇尚迷信，偏偏王则蛊惑人心、装神弄鬼的功夫了得，他自称释迦牟尼转世，天下将会大乱，只有加入自己的党派才可以保命。顽固的士兵和愚昧的百姓不辨真假，竟然一起煽动作乱，轰动一时。

贝州官吏张峦居然和他沆瀣一气，替他出谋划策。张峦请同僚北京留守贾昌朝做内应，于庆历八年元旦举事作乱。贾昌朝忠心朝廷，将来使拿住，押在狱中。王则害怕事情败露，来不及等到约定日期，急忙于庆历七年冬至日揭竿起事。当时，贝州知府张得一正在和百官摆宴欢庆，不料叛众突然杀到，百官无处可逃，全部被拘拿。叛众在贝州城里抢掠财物，扰乱全城。

北京指挥使马遂听说王则叛乱，急忙报知贾昌朝，请兵讨贼。贾昌朝向来和马遂不和，所以他故意派马遂去贝州招降王则，想来个借刀杀人。马遂不知是计，愣头愣脑地就去了，见到王则，晓之以理，动之以情，极力劝他不要跟朝廷作对。王则犹豫不决，这个马遂是个暴脾气，见王则沉默不答，便拍案而起，痛骂王则。王则被他这么一骂，立即火冒三丈，亲手活劈了马遂。

王则杀死马遂后,僭越称王,自称东平王,并建立国号,叫作安阳国,改元得圣,旗帜号令都用佛号,什么斗战胜佛,什么无量寿佛,乱七八糟,甚是可笑。试想,这种无知无谋的草头王,能成什么大事?宋廷接到警报后,当即命开封知府明镐为安抚使,率军征讨。明镐直抵贝州城下,守城官吏从城上射下帛书,表示愿意为内应,助朝廷平定贝州。不料事情败露,守城官吏被王则杀害。

贝州城高墙厚,易守难攻。明镐是个聪明人,他半夜派几百军士摸上了城墙,可惜被守城贼将发觉,没有成功。后来,明镐一面假装准备攻城,一面暗挖地道,直通贝州城内。地道挖到一半的时候,朝廷派来宣抚使文彦博,传旨命明镐为副使。两人携手入帐,寒暄过后,文彦博说道:"副使可知道你前日的奏议,朝中大臣多半反对?"明镐说:"想必又是那位夏枢密使搞的鬼吧!"

原来,吕夷简老病辞官后,不久便病逝,八大王赵元俨也驾鹤西去。仁宗改任晏殊为宰相,召夏竦为枢密使。谏官蔡襄、欧阳修等人纷纷递上奏折弹劾夏竦,说他在陕西作恶多端,以权谋私,不足胜任枢密使。仁宗于是将夏竦贬到了亳州,改任杜衍为枢密使,韩琦、范仲淹、富弼等人为枢密副使。北京留守贾昌朝阴柔险诈,好逸忠臣,他秘密勾结御史中丞王拱辰,处处排挤杜衍和韩琦、范仲淹、富弼等人。参知政事陈执中也跟贾昌朝串通一气,诋毁忠良。仁宗渐渐被他们所惑,竟然将杜衍、韩琦、范仲淹、富弼陆续外调,并提拔陈执中为同平章事,将晏殊罢免。枢密使一职落入了贾昌朝的手里。

后来,贾昌朝和参知政事吴育时常互掐,仁宗一气之下将他们全部罢职,又一心一意起用夏竦,竟然任命他为枢密使,并任文彦博为参知政事。夏竦见明镐上书自荐率军平定贝州,嫉妒他建功立业,便多方阻挠。文彦博代为不平,所以出使河北,跟明镐谈起此事。

文彦博又对明镐说:"副使不必担心,我已经奏明圣上,请副使放胆去做!"明镐答道:"太好了,我已经派人暗中开挖地道,不日就可挖穿。"文彦博大喜。不久,地道挖通,文彦博招募五百壮士半夜潜入地道,将城门打开,明镐率大军攻入贝州城内。王则等叛贼还在熟睡,突然听到外面杀声震天,连忙起身,迎面正撞见明镐,明镐命人将他拿下。后来,王则被文彦博和明镐押送京城,按律正法。其余叛党被官军全部烧死,震惊全国的贝州反叛自此平息。

文彦博因破敌有功,被仁宗提拔为同平章事,明镐为端明殿学士。随后,贝州被改名为恩州,贾昌朝因举报有功,竟然被封为安国公。谏臣纷纷上书:"贼众是贾昌朝的部下,贾昌朝并没有出兵征讨,应该坐罪才是,怎么不罚反赏呢?"仁宗却不予理会。后来,文彦博举荐明镐,称赞他才能出众,堪当大用,仁宗便提拔他为参知政事。

正逢这年是闰正月,有两个元宵节。在过完第一个元宵节后,仁宗正准备再张灯庆祝,曹皇后认为这样做白白损耗钱财,有百害而无一利,所以极力劝阻,仁宗只好答应。三天后,仁宗在中宫留宿,忽然听到外面有嘈杂声。曹后从梦中惊醒,急忙披衣起来。仁宗见状,也披上衣服正准备出门,曹后拦住道:"中宫深夜发出这种怪声,肯定是内侍谋变,现在深更半夜,陛下千万不要出去。请陛下立即传旨,召令禁卫军首领王守忠前来护驾,这样才能确保安全。"

当时值班的太监、宫女都被吵醒，其中一人被派出诏命王守忠。不久，宫外的声音越来越近，夹杂着哭声、喊杀声、呼救声，嘈嘈切切。曹后厉色道："王大人还没来，贼众已经靠近，不可不防。"她命太监和宫女站成两排，一队人环守宫门，另一队人速去取水备用。水取完后，曹后用剪刀将他们的头发剪去一截，并对他们说："你们要奋力守门，静待外援，明日我会按照标记厚赏你们的。"大家听后，都踊跃起来，把住宫门，不让一人闯进来。曹后亲自监督，相机应变。

不久，贼众相继而来，见中宫门口有两队人严阵以待，不敢冒进。其中一人说道："不如纵火吧，这样一来他们就插翅难飞了。"不一会儿，门外射来数支火箭，曹后连忙让人提水，将火箭一一扑灭。不愧是将门之女，果然智勇双全。两下里正僵持不下，王守忠带着禁卫军赶到，不消片刻就将贼众擒住。曹后在门内传语道："叛贼共有几人？"王守忠答道："总共十人，贼首是卫士颜秀。"曹后道："知道了，你将他们押出去，交给刑部，查明原因，不得污蔑好人，妄兴大狱。"

仁宗躲在寝室里，见曹后处理得有条不紊，不禁大喜道："皇后如此镇定，调兵遣将井井有条，心中暗藏雄韬武略，想必是祖传的家法吧！"曹后笑道："全仗着陛下的洪福，才得以躲过灾祸，臣妾有什么韬略呢？"正说着，妃嫔们已陆续赶到，在门外问安，曹后下令开门迎接。首先进来的是张美人，她是后宫第一宠妃，巧慧多智，素善迎逢，仁宗早就想要立她为皇后；但是当初刘太后执意要册立郭氏为后，所以就罢了。后来，郭氏被废，仁宗又打算立张美人为后，但是朝中大臣都主张立新进宫的曹氏为后，毕竟她是曹彬的孙女，是重臣之女，势力庞大，德高望重。仁宗碍于情面，只好同意，改立曹氏为后。

平日里，张美人和曹皇后相处倒也礼让有加，没有什么恩怨，这样一来，张美人就更讨仁宗的喜欢了。庆历元年，仁宗封她为清河郡君，不久又封她为修媛。后来，她忽然病倒了，申奏仁宗："贱妾资历尚浅，不能胜任修媛，愿意仍然做个美人。"仁宗点头允许。她名义上虽然只是个美人，但实际上她已经是后宫专宠了。

这次她入宫请安，仁宗反而好言抚慰她，并询问她的病情如何。张美人后面还跟着一位周美人，周美人四岁入宫，为张美人所钟爱，收为养女。周美人渐渐长大，生得妩媚动人，居然引动龙心，被列为嫔妃。后人都说仁宗好色，由此可见一斑。随后，苗才人、冯都君依次觐见。苗才人是仁宗奶妈的女儿，冯氏的父亲曾任兵部侍郎。

第二天，仁宗下诏斥责皇城使和卫官等人。副都知杨怀敏嫌疑最大，参知政事丁度请旨将他交到刑部，严加审讯。枢密使夏竦却上奏说事关中宫禁卫，不能声张，交给内侍官审查便可，仁宗准奏。杨怀敏和夏竦素来交好，夏竦早就买通了主审的内侍，所以，杨怀敏并没有被查出什么罪状。仁宗只将他降了官职，仍然让他留在朝中。

夏竦想要巴结后宫，他知道张美人得宠，想就此树立一个内援，于是上书说张美人此次有护驾之功，应该进封。仁宗眷恋张美人，日夜想着将她进位，但苦于无词可借。这次夏竦上奏，顿时觉得借口十足，当即下诏册封张美人为贵妃。

夏竦得寸进尺，又教唆谏官王贽上奏道："叛贼起自中宫，如不彻查，后患无穷，请陛下彻查此事！"夏竦的本意是想搅乱后宫，动摇后位，好拔旗易帜，讨好张贵妃。仁宗也不禁怀疑起来。那晚事发，曹后亲自督守大门，还有什么怀疑的？自古以来，做皇帝的多半是负心汉，看来真是如此。仁宗摇摆不定，转问御史何郯，何郯答道："中宫贤淑勇智，宫内宫外都很钦佩，这一定是奸臣诽谤，陛下不可不察。"仁宗只好将王贽的奏折放到一边。

　　正所谓一人得道，鸡犬升天，张贵妃的伯父张尧佐突然高升，身居高位。知谏院包拯、吴奎、殿中侍御史唐介等人极力谏阻。中丞王举正发动百官上书死谏，仁宗这才削去张尧佐几个职位。可是没过多久，仁宗又命他为河阳知府，兼南院宣徽使。御史唐介上奏抗议道："外戚不可干政，前番皇上从谏如流，收回成命，为何此次又要自乱典章呢？"仁宗说："这也是宰相文彦博的建议，并不全是朕的意思。"唐介又说道："相臣文彦博也想联络贵戚，稳固地位吗？"仁宗听罢，竟然拂袖离去。

　　退朝后，唐介又修书弹劾文彦博，说他交通宫掖，引用贵戚，与相位不称，请求陛下将他罢免，改任富弼为相。第二天入朝，唐介当面把奏章递给仁宗。仁宗粗略地看了几句，就扔在了地上，怒斥他说："你如果再敢多言，朕就将你贬谪出去！"唐介毫不畏惧，他捡起奏章，从容地跪在地上，叩首道："臣满腔忠义，连死都不怕，还怕被贬谪吗？"仁宗诏谕辅臣："唐介身为谏官，就事论事原是本职，无可厚非。但是他妄加弹劾文爱卿，擅自推荐富弼，难道任免的大权，他也要干预吗？"

　　当时，文彦博也在殿中，唐介竟然向他注目道："文大人，你应该自我反省，如果真有此事，你不该逃避。"仁宗听后，更加愤怒，呵斥唐介下殿，声色俱厉。谏官蔡襄上前道："唐介虽然狂妄耿直，但纳谏容言是仁主的美德，还望陛下宽恕！"仁宗怒气还是没消退，他将唐介贬为青州别驾，后来改徙英州。后来，王举正等人一再劝谏，文彦博才被罢免，出任许州知府。

　　据说，张贵妃的父亲张尧封曾经是文彦博的门客，张贵妃还没有入选的时候，曾认文彦博为伯父。入宫之后，张贵妃受到专宠，文彦博进献蜀锦给她做衣服，这锦名叫灯笼锦，是用蚕丝精心制作而成的。仁宗一开始被唐介的话激怒，未曾察觉。后来经过查实，仁宗非常后悔，便将文彦博外调，另外调唐介到英州。文彦博被罢免相位后，夏竦不久便死了，仁宗不得不另寻良相。

第三十二章　开封府的包阎罗

文彦博担任宰相的时候，陈执中被罢职，仁宗任用宋庠为同平章事。宋庠是安州人，仁宗初年，他和弟弟宋祁一同考取进士，宋祁位列第一，宋庠位列第三。当时还是刘太后临朝听政，她觉得兄弟名次不应该倒置，所以提拔宋庠为第一名，改宋祁为第十名。当时人们称他们兄弟二人为大宋、小宋。二宋相继入仕，都富有才华，为人称赞。后来，宋庠多次受到提拔，升任为宰相，可是他执政数年，毫无建树。正巧宋庠的侄儿外出郊游，伪造敕谍，东窗事发，论罪处死。谏官包拯等人上奏弹劾宋庠放纵子弟，治家无方，实难治国，请求免职。宋庠也主动请求离职，出任河南知府。

等到夏竦病逝，文彦博被罢免，仁宗任用庞籍为同平章事，高若讷为枢密使，梁适为参知政事，狄青为枢密副使。狄青由一个戍边的小兵起家，因善攻善守，经略判官尹洙视他为奇才，曾经与经略使韩琦、范仲淹谈起过。韩琦、范仲淹召见狄青，询问他战略战术，结果无所不知，于是这二人将狄青视为左膀右臂，非常器重。范仲淹见他不习兵书，才疏学浅，便赠送给他一本《左氏春秋》，并对他说："为将者，不能不博古通今，你岂能只做一介勇夫？"狄青唯唯受教。

从此以后，狄青潜心读书，凡是秦、汉以后的将帅兵法，无不通晓。后来他累积战功，升迁为都指挥使。赵元昊称臣后，西蕃渐渐平定，狄青奉诏担任殿前都虞侯。狄青是穷苦出身，脸上曾经被刺过字，仁宗命他想办法将脸上的字去掉，狄青叩拜道："臣没有什么大的功劳，却多次受到陛下的提拔，陛下没有嫌弃臣的出身，臣已经感激不尽了。臣能有今天，全靠这刺字，臣愿意留下来，时刻勉励自己。"仁宗点头说："爱卿所言极是，就随你的便吧！"随后，仁宗又任命他为彰化军节度使，兼任延州知府。后来，狄青又升任枢密副使，可谓一路扶摇直上，官运亨通。

仁宗庆历八年，仁宗改元皇祐。皇祐初年，广源州蛮夷部落酋长侬智高背叛交趾国，僭越自称南天国，改元景瑞。广源州与交趾毗邻，唐代末年，交趾国日渐强盛，后来兼并了广源州。交趾国傥傥州知州侬全福被交人杀死，侬全福的妻子幸免一死，后来改嫁给一名商人，生下一子名叫智高。智高冒姓侬氏，他在十三岁的时候，愤恨自己有两个父亲，便将养父杀害，与母亲占据傥傥州。

后来，交人兴兵进攻，拿住了侬智高母子，众人见他状貌雄伟，器宇不凡，便将他赦免，并令他出任广源州知府。侬智高与交人有杀父之仇，对交人恨之入骨，他暗中纠结部下，偷袭安德州，竟然僭越改元，向宋廷称臣进贡，表示愿意内附。北宋朝廷认为，交趾自从黎桓受封之后，每年岁贡都不曾少给，所以不愿收纳侬智高，与交趾国结怨。宋廷遣还来使，侬智高又派人奉金函书，极力请求投诚，宋廷还是置之不理。侬智高恼羞成怒，竟然进犯北宋边境，想要与宋朝相抗衡。

广州进士黄师宓郁郁不得志，听闻侬智高进犯，竟然投靠他，做了他的军师，替他出谋划策。黄师宓先劝他囤积粮食，让他用所有积蓄与大宋边境的百姓交换粟米。邕州境地与广源州相近，邕州百姓纷纷拿着粮食和他交换。邕州知州陈珙差人诘问，侬智高只是说："广源州连年遭灾，百姓官兵饥馑，我害怕部下离散，反而侵犯边境，所以才拿出钱财与你们的百姓交换粮食，免得发生暴动。"陈珙信以为真，毫无防备。

后来，侬智高又听从黄师宓的计策，将存放粮食的府库全部烧毁，并对大家说："我平生的积蓄全都被大火烧毁，现在唯一的生路就是攻取邕州，否则我们只能一起饿死了。"部众听后，无不摩拳擦掌，齐声听命。侬智高当即率军五千，沿江东下，偷袭邕州横江寨，守将张日新等人战死。侬智高乘机进攻邕州，陈珙没有防备，被侬智高一鼓攻入，陈珙也被活捉。司户孔宗旦、都监张立痛骂侬智高，惨遭杀害。侬智高夺取邕州后，又僭越自称仁惠皇帝，国号大内，改元启历。

北宋广南一带，很久没有战事，各州军队形同虚设，侬智高麾众四出，接连攻陷横州、贵州、藤州、梧州、康州、端州、龚州、封州八州，守城官吏相继逃亡。只有封州守吏曹觐、康州知府赵师旦出战身亡。后来，侬智高进兵包围广州，知州魏瓘鼓励百姓和将士登城死守。英州知州苏缄和转运使王罕先后前往增援，广州城才得以保全。仁宗接到警报后，急忙任命余靖为广西安抚使，杨畋为广南安抚使，调广东钤辖陈曙发兵西征。

正逢秦州知州孙沔入朝，仁宗询问秦州情况如何，孙沔奏道："秦州事务圣上不必忧虑，岭南的兵祸才是要紧之事。臣观察贼军的势头正旺盛，官军虽然已经前往征讨，可是没有一个得力的将帅统领，恐怕不能平复岭南呐！"仁宗听后没有说话。过了几天，果然收到战败急报，昭州钤辖张忠战死，仁宗随即授孙沔为湖南、江西安抚使。孙沔见贼army势大，不能跟他硬碰硬，为了压住贼军势头，他星夜率领七百骑兵，分散前往湖南、江西各州县，发布檄文称："朝廷大军将至，命各州县整军待命，打造兵器，修缮城池，不得延误！"侬智高连下八州，势不可挡，他正准备越过岭南，攻打湖南、江西，听说这道檄文，便暂时放弃了北侵的念头。

孙沔到了鼎州之后，被加封为广南安抚使，杨畋被朝廷召回。侬智高见宋廷这回是动真格的了，连忙服软，表示归附朝廷，愿为邕桂节度使。仁宗想要息事宁人，大事化小，准备答应侬智高。参知政事梁适劝阻道："侬智高猖獗异常，如果再姑息了事，岭南各州县恐怕就不归朝廷所有了。"仁宗皱着眉头说道："杨畋进军广南，寸功未建，余靖到了广西后，也不见捷报，如何是好？"刚说完，忽然有一人出班奏道："臣愿意奉旨南讨，生擒贼首，押往京城。"仁宗仔细一看，原来是枢密副使狄青。仁宗大喜道："爱卿愿意南征，需要多少人马呢？"狄青毅然说道："臣行伍出身，只有在战场上才能报效国家。臣只需几百骑兵加上一万禁兵，就足以破敌了。"仁宗说："爱卿既然有意前往，事不宜迟，朕命爱卿为荆湖宣抚使，爱卿即刻整顿行装，马上动身。"狄青拜谢而退。

宋朝一向重文轻武，文臣被拜为将帅已经是家常便饭，这回任用武将领军讨伐，免不了廷议纷纷。谏官韩绛上奏道："狄青一介武夫，不应该让他独掌大权。"仁宗于是准备派内都知任守忠为副使，知谏院李兑又说："宦官不应该掌握兵马。"仁宗被谏官弄得左摇右摆，犹豫不定，首相庞籍说道："用人不疑，疑人不用。以狄青的智谋，足以平定贼众，予以大权未尝不可。要是号令不一，还不如别派他去！"仁宗这才下定决心，并在垂拱殿摆宴，特地为狄青饯行，同时诏令岭南诸军全部受宣抚使狄青节制。

狄青出发不久，就收到了余靖的奏报，说交趾国愿意助大宋一臂之力，围剿侬智高，请天朝陛下旨准许！狄青急忙递上奏报，并上书道："借兵平定寇贼，实乃引虎驱狼之计，有百害而无一利。小小侬智高横行两广，我大宋反倒要借兵蛮夷才能制服他，恐怕要为人耻笑。蛮夷贪得无厌，倘若他轻视我朝，趁机挑衅，到时候祸患恐怕是侬智高的十倍不止啊。请陛下拒绝交趾的请求，杜绝后患！"仁宗认为狄青言之有理，准其所奏。

狄青连忙传旨余靖，不得跟交趾连兵，同时下令前敌各将士，不准私自与贼众出战，原地待命，等候大军到来。钤辖陈曙立功心切，率军出击，在昆仑关受到敌军伏击，溃败而归。狄青到了宾州，会集孙沔、余靖各军，立营扎寨。孙沔、余靖驰入中军大帐入报陈曙溃状，狄青勃然道："号令不齐，怎能不败？明天一早，各军主帅到中军大营，我要严申军律！"孙沔、余靖陆续退下。

第二天早上，狄青传命各军齐集，大小将校全部会集堂上，依次列座。狄青见陈曙在座，便起身对他作揖施礼，陈曙也起立还礼。狄青随即质问陈曙道："前日你擅自率军前往昆仑关，总共有多少兵马？"陈曙心知纸包不住火，只好据实相告，回答步兵八千，将校三十二人。狄青又令陈曙将将校一一召入，当即升堂高坐，卫士森列两旁。狄青召陈曙到案前，厉声呵斥道："皇上授予我特权，征讨贼酋，我已经在行军途中三令五申，不准妄自出战，钤辖为何故意违抗我的号令，以至兵败？按军令，理当问斩！"说完，便喝斥卫军，将陈曙拿下。随后，狄青又传那三十二位将校，对他们说："违抗军令出自陈曙，与你们无关。可是你们既然随同陈曙出战，就应该奋力杀敌，怎么遇到贼众就仓皇溃走，不斩你们，不足以严明军法！"说完，也令卫军一一捆绑，驱出辕门，跟陈曙一起斩首。

不到一刻钟的时间，血淋淋的三十三颗头颅由卫士带到堂前，孙沔、余靖等人相顾失色，其他将校也纷纷颤栗，不敢仰视。狄青命人将这些首级悬挂在竹竿上，明示三军。到了第二天，狄青才令人准备棺材，将他们掩埋安葬。从此以后，军纪大振，律法严明，军士无不服从号令。狄青下令各军昼夜戒备，操练士卒。

当时已经是腊月，转眼间已经是皇祐五年的新春，狄青按兵不动，传令大肆庆贺除夕，全军上下休整十天，大家都莫名其妙。就连贼军安插的间谍也摸不清，狄青的葫芦里卖的究竟是什么药。间谍如实禀报侬智高，侬智高长舒一口气，以为可以安歇几天了。谁知道刚过了一天，狄青就秘密下令拔营，自己亲率前军，麾军先发，孙沔为次军，余靖为后军，相机并进，准备进驻昆仑关。

侬智高安居邕州，遥见狄青在距离昆仑关五十里的地方安营扎寨。过了二三天，侬智高再派侦察骑兵前去打探，那天正好是上元节，宋军各营张灯结彩，宴饮尽欢，侦骑据实禀报。狄青料到会有敌骑前来窥探，所以故意张筵夜饮。第二天依旧设宴畅饮，二更天的时候，士兵们仍然觥筹交错，兴趣盎然。这时，狄青突然说身体不舒服，起身入内。他进去之前还劝将士们尽情欢饮，明天一早下令进关。黎明的时候，将士们都到帐前听令，忽然帐内走出传令官，对众将说道："元帅已经进关去了，诸位将军请速速前往会师，不得有误！"诸将都惊讶不已，慌忙领兵入关。

原来狄青起座入内，马上改换军装，从帐后潜出，暗中约定先锋孙节，乘夜度关。昆仑关在山上，是宾州和邕州的交界地带，地理位置十分重要。狄青担心敌军来争夺，所以偷偷潜到关外，列阵等待后军。等到各军陆续到齐，差不多已是辰时。那时侬智高已经得知消息，倾巢出动，抗拒官军。

先锋孙节与敌军相遇，立即上前搏斗。敌军来势汹汹，枪箭并发，孙节力战不退，中枪殒命。孙沔和余靖驻兵冈上，遥见孙节阵亡，不觉大惊。不久，鼓声大震，一队人马从山麓杀出，分兵左右两翼，夹击敌军，为首的是一员大将，银盔铜面，手执白旗，指挥官军。只见白旗摇动，官军阵列忽而纵忽而横，忽而开忽而合，杀得敌众东倒西歪，连连败退。那官军倒是井井有条，不慌不乱。孙沔对余靖说："那挥舞将旗的不是狄元帅吗？看他部下的将士，个个骁勇善战，生龙活虎，真是名不虚传呐！我等赶快上前，助他一臂之力，一定杀得那贼众片甲不回！"余靖允诺。于是，孙沔军在前，余靖军在后，从山上冲杀下去，搅入敌阵。

敌众抵住狄军已经非常吃力，怎么禁得起又有两军杀入，顿时大败，拼命逃窜。官军追奔五十多里，斩获首级一千多颗，敌将黄师宓、侬建中和将校一百五十七人被斩杀，生擒贼军五百有余。狄青随即乘胜进攻邕州，哪知侬智高已经纵火焚城，星夜逃走了。官军陆续入城，扑灭余火，搜得数以万计的金银珠宝。狄青入城后，一面赦免俘虏，一面广招流亡人口，同时下令搜寻侬智高，却没有消息。正好有一贼党的尸体穿着龙袍，大家都认为是侬智高，劝狄青上书奏报皇上，狄青却摇头道："此人面目全非，谁能断定他就是侬智高呢？我宁愿承认让他逃脱了，也不敢欺君揽功。"

狄青据实奏报，仁宗欣慰道："狄青果然不负众望，大破贼军，看来庞爱卿真是知人善用啊。还有梁爱卿，主张讨贼，也是大功一件，否则南方将永无宁日啊！"仁宗下诏命余靖经制广西，继续追捕侬智高，同时召狄青、孙沔还朝，升狄青为枢密使，孙沔为枢密副使，南征各将士都有封赏。杨延昭的儿子杨文广也因从征有功，被授为广西钤辖，后来又被调任邕州知州。那时，杨延昭已经去世，杨氏一门，要数杨文广还有祖辈风范。侬智高的母亲、弟弟和侄儿在逃亡的半路上被余靖截获，送到了京城伏法。唯独侬智高流窜到了大理，不久便病死了。余靖派遣使臣前去索取，这才将侬智高的首级取到，献给朝廷，两广的叛乱自此平息。

皇祐五年，仁宗下诏改元至和。这一年，张贵妃一病不起，最后竟然香消玉殒，一命呜呼。仁宗非常悲痛，罢朝七天，并且下令一个月之内京城禁止举办喜事。仁宗追封张贵妃为皇后，赐谥号温成，加赠张贵妃的父亲张尧封为郡王，晋封她的伯父张尧佐为太师。张氏二兄弟寸功未建，却位极人臣，朝中大臣多有不满。知制诰王洙为了迎合旨意，私下里与内侍石全斌勾结，打算让孙沔宣读诏书，让宰相护送葬礼，好让百官臣服。庞籍当时已经被罢免，仁宗又起用陈执中为宰相。

陈执中好不容易重登相位，所以处处小心谨慎，不敢冒犯仁宗。这次仁宗令他护送葬礼，他虽然知道这样不妥，但也只能奉命照办。只有孙沔入朝抗议道："陛下让臣宣读册封诏书，臣不能不从。但是臣的职务是枢密副使，并非读册官。臣如果不读册就是违抗圣旨；臣如果读册的话，又有越职之嫌。请陛下将臣罢免，这样臣就不会左右为难了。"志节可嘉，仁宗听后默然不答。

第二天，仁宗真的将孙沔罢免，贬谪为杭州知府，并下令参知政事刘沆充当温成皇后园陵监护使。刘沆欣然奉命，葬礼结束后，仁宗为了嘉奖他，竟然提拔他为同平章事。不久，知谏院范镇和殿中侍御史赵林轮流弹劾陈执中，说他没有宰相之能，纵容爱妾打死奴婢，应当坐罪。仁宗碍于舆论压力，只好又将陈执中罢免。

此时，当朝百官之中，要说德高望重，谁都比不上范仲淹、文彦博、富弼三人。这三个人忠正秉直，刚正不阿，在朝野口碑颇好。可是，自古忠而被谤，忠臣往往不能得意，这三人心直口快，处处受到排挤，相继被仁宗外调。范仲淹被迁徙青州，于皇祐四年在任所病逝，仁宗追赠他为兵部尚书，赠谥号文正。

范仲淹祖籍邠州，后来搬到江南吴县。他两岁丧父，母亲改嫁，其随母至继父家。长大后，他得知身世，告别母亲回到宗室。他从小苦志励学，希望报效国家。等到飞黄腾达后，他不吃肉，不穿锦衣，朝廷所给的俸禄，他全部拿来馈赠乡族，置办学堂，赈济贫穷的百姓。他在任期间，恩威并济，各个郡县的官吏百姓无不感恩戴德，许多地方都为他建立了生祠，就连羌夷百姓也对他敬爱有加。他去世之后，远近悲痛，如丧至亲。范仲淹生有四个儿子，都是国家栋梁，颇有政绩。文彦博当时任许州知府，富弼任并州通判，两人都政绩卓著。

仁宗罢免了陈执中后，当然要另择良相。正好枢密直学士王素因事上奏，仁宗就问他："爱卿是故相王旦的儿子，跟朕的关系不是别人能比的，所以朕想问问爱卿，满朝文武，你觉得何人堪当宰相大任？"王素对答道："后宫嫔妃和宦官不知道的人，便可以入选。"仁宗思考片刻后，说："据爱卿所说，口碑良好，为人低调的，恐怕只有富弼一人了。"王素叩头祝贺："臣恭喜陛下选对人了。"仁宗点头，又问到文彦博如何，王素说文彦博也具有宰相之才。于是，仁宗下诏将富弼和文彦博召回，授他们为同平章事。

至和二年，仁宗改元嘉祐。嘉祐元年，仁宗亲临大庆殿接受百官朝贺，忽然觉得头昏目眩，差点倒下。他只好命群臣草草行礼，之后便返回寝宫。仁宗突然病倒，几天都没有上朝，宫内宫外都很担忧。幸好朝中有文彦博、富弼两位宰相坐镇，大臣们才没有慌乱，所有政务也有条不紊地处理。文彦博趁这个机会请仁宗册立储君，仁宗含糊答应下来。知谏院范镇多次请求立储,惹怒龙颜,惨遭罢免。学士欧阳修、知制诰吴奎等人上疏力请,也不见回应。殿中侍御史包拯上书进谏,言辞非常恳切,仁宗也把他外调,任开封知府。

包拯字希仁,合肥县人,刚中进士的时候任建昌知县,因父母年迈,他辞去官职,在家侍奉父母。几年之后双亲逝世,他又出任天长知县。一次,县里的盗贼割了一户人家的牛舌头,牛的主人前来告状,包拯说:"牛舌已经被割掉,牛也就只能等死了,你赶快回去,杀了这头牛,免得到时候一文不值!"牛的主人不解地问:"小民是来告状的,大人为什么不追捕犯人,反而劝小人把牛杀掉呢?"包拯假装发怒道:"一个牛舌也值得你来告状吗?快出去吧!"牛的主人忍气吞声地离开了,回去将牛杀掉,割肉卖钱。没过多久,有个人前来状告牛的主人私自宰杀耕牛,包拯厉色道:"你为什么要割掉人家的牛舌?"那人不禁大惊失色,马上招供了。于是,包拯就以善于断案闻名于世。

后来包拯入朝做了御史,接连升为按察使、三司户部判官、京东转运使,继而又升为龙图阁直学士,兼殿中侍御史。包拯秉性刚毅,从来不攀附权贵,豪戚宦官都很惧怕他。后来,他调任开封知府,大开正门,听百姓述冤,无论什么案件,一经分析,必定清晰明了。遇到疑难讼狱,他必定会多方查找,力求找出真相。包拯除恶扬善,铁面无私,替百姓伸冤分文不收,连妇孺都知道他的大名,世人都尊称他为包青天、包龙图。

第三十三章 母子尽释前嫌

包拯升任御史中丞以后，仍然刚正不阿，秉公办事。没过多久，他又上奏道："东宫的位置已经空了很久了，朝中上下无不担忧，陛下试想，万物皆有本，难道国家可以无本吗？太子是国家的根本所在，根本不立，如何立国？"仁宗怫然道："爱卿又来说这事了。那朕问问爱卿，什么人可以立为太子？"包拯叩首道："臣本来没有什么才华，多次蒙受皇恩，所以力请建储，臣这么做无非是为大宋宗庙万世着想。陛下问臣应该立何人为储君，想必是怪臣多嘴了。老臣年将七十，膝下没有子嗣，还想什么后福？不过是耿耿忠心而已！"话语真挚，仁宗听后，面色转向温和，说道："爱卿的忠心，朕当然明白。立储的事情总要举行，朕和大臣们商议之后，自然会定下来，爱卿放心吧！"包拯这才退下。

包拯本来有个儿子叫包繶，曾任潭州通判。包繶在壮年的时候去世，妻子崔氏没有诞下子嗣，所以包拯面奏仁宗时，自称膝下无子。包拯还有个小妾，后来被包拯休掉了，那时她已经有了身孕，在娘家生下一个男孩。崔氏得知这件事后，就偷偷地将他们赡养起来。嘉祐六年，包拯晋升为枢密副使，第二年，包拯年迈卧病，弥留之际，崔氏将孩子带到包拯面前，由包拯取名为包綖。包拯留下遗嘱道："如果我的子孙做了官，一定要谨守清白的家风。如果贪赃枉法，作奸犯科，生不得进入家门，死不得葬于祖坟。如果不遵守我的遗嘱，那就不是我的子孙。"说完，便离开了人世。仁宗追封他为礼部尚书，赠谥号孝肃。立储的事情一拖再拖，直到嘉祐六、七年间才定下来。

张贵妃病逝后，仁宗痛失爱妃，追忆往事，又将以前宠爱的杨美人召回。杨美人是刘太后的亲戚，才貌双全，自从入宫以后，晋封为婕妤，后来又升为修媛、修仪。可是无论她怎么美丽动人，就是怀不上龙种。曹后以下的妃嫔也有人生下皇子，但都没能养活。历史上说仁宗有三个儿子，分别为赵昉、赵昕、赵曦，全部夭折。仁宗曾经挑选十名良家女子一一临幸，宫中称为"十阁"。嘉祐四年秋，这十人之中，刘氏、黄氏恃宠生娇，勾结朝中大臣，做出很多不法的事情。仁宗一气之下将十阁全部赶出宫门，并派遣一两百个宫女照料她们的生活，希望她们有人能怀上龙种。

不久，文彦博告老辞职，富弼因为老母去世，在家服丧，刘沆也被罢免。仁宗任用韩琦为同平章事，宋庠、田况为枢密使，张昇为副使。韩琦入相后，再次将册立储君的事情提上日程。仁宗说后宫妃嫔已怀有身孕，要等分娩之后，再做决议。谁知道妃嫔流产，希望再次落空。韩琦见仁宗已无力生育，便怀抱《汉书·孔光传》进献，奏请道："汉成帝没有儿子，就册立自己的侄儿做了储君。前朝人能做到的事情，为什么陛下就不能？当年太祖决定将皇位传弟不传子，陛下应该效仿先祖，不妨在宗室王子当中挑选储君。"仁宗仍然犹豫不决。

后来，宋庠因为怠慢政务被罢官，学士曾公亮被提拔为枢密使，不久，曾公亮便和韩琦并肩为相。张昇由枢密副使提拔为枢密使，欧阳修也被晋升为参知政事。曾公亮娴熟法令，以文学见长，张昇通晓治术，与韩琦同心同德，朝廷上下无不称赞。这四位大臣都以储君未立而烦忧，一再疏陈，还是没有得到回复。这时，知谏院司马光和江州知府吕诲又多次上奏力请，言辞极其恳切，仁宗非常感动，便将这二人的奏折交给中书。

韩琦看过二人的奏折后，仁宗对他说："朕留意了很久，爱卿认为哪个王子可以定为储君呢？"韩琦连忙回答："这件事臣不敢私自议论，请陛下自己斟酌！"仁宗又说道："宫里面养了两个王子，年纪小的那个朕感觉不太聪明，就立年长的那个吧！"韩琦听后问他的名字，仁宗答道："就是赵宗实。"韩琦非常赞成。仁宗说道："现在宗实在为濮王服丧，必须降旨将他召回，才能册立。"韩琦说："如果陛下下定决心册立储君的话，应该更加果断一些，直接传旨封他为储君。"仁宗点头。

赵宗实的父亲是汝南郡王赵允让。嘉祐四年，赵允让病逝，被追封为濮王。赵宗实正在服丧，接到圣旨后，他一再推辞，恳求仁宗允许他服丧完毕。仁宗再次召见韩琦，问他如何是好，韩琦对答道："陛下如果为宗室江山考虑，就应该选择一位贤明的君主。如今宗实孝心可嘉，固辞不受，这就是所谓的贤君。请求陛下准许他服丧完毕后，再作定夺。"

到了嘉祐七年秋，赵宗实服丧完毕，仁宗多次下诏，立他为储君，可是赵宗实还是不肯接受。赵宗实门下幕僚孟阳问他究竟是什么想法，他回答道："我并不贪图什么皇帝宝座，只要平安就好了。"孟阳劝道："如今皇上多次传召，命公子进宫受封，朝中上下文武百官和皇亲贵胄都已经知晓，公子是躲不过去了，不如欣然领命，执掌大权，才能保住身家性命呐！"赵宗实恍然大悟，决心领命。他入宫之前，对家里人说："你们好好照看宅邸，等皇上有了子嗣，我就回来。"

入宫之后，仁宗在清居殿召见他，正式册立他为储君，赐名赵曙。从此以后，赵曙每天都要到仁宗那里请安，有时候还要陪他批改奏折。过了一个月，赵曙受封为巨鹿郡公。转眼间已经是嘉祐八年，从正月到二月，仁宗一直卧床不起，不能处理朝政。朝中大小事务都由中书和枢密奏报，与赵曙商议后决策。经过太医调治，仁宗的病情稍有起色。三月初旬，仁宗亲临内殿两次，后来又病倒了，并且病情越来越重。嘉祐八年四月初，仁宗驾崩于中宫。根据遗诏，皇子赵曙即皇帝位，皇后曹氏为皇太后。

仁宗在位总共四十二年，享年五十四岁，改元多达九次。两宋十八帝，要数仁宗在位时间最长。仁宗恭俭仁恕，秉性仁厚，治术还算宽容，刑法还算简约。他所任用的机密要臣，虽然有贤有奸，但到底还是君子多，小人少，因此北宋江山根基尚稳，没有多大变动。只有庆历年间，朝中党派之争激烈，韩琦、范仲淹、富弼、欧阳修为一派，吕夷简、夏竦、宋庠、陈执中为另一派，两排互相排斥，勾心斗角。但也不过内外迁调，并没有妄兴大狱，所以宋史上称他为仁主，极力赞颂。

仁宗驾崩后，皇后曹氏下令将宫中各个大门的钥匙收归她管，直到第二天黎明。第二天一早，曹后下令召皇子入宫，并传令韩琦、欧阳修等辅臣共同商议皇子即位事宜。皇子哭丧完毕后，正要退出，曹后制止道："大行皇帝遗诏命皇子继位，皇子应该秉承先帝遗志，继承皇位，不得有违！"皇子赵曙还是犹豫不决，不肯接受。韩琦见状，连忙挽留道："皇子既然当初答应册封，就应该顺从遗命，如今先帝驾崩，朝中大事需要有人统一调度，还望皇子以江山社稷为重，不要再推辞了！"赵曙见辅臣和曹后极力劝进，只好遵命，继承皇帝大位，并在东殿召见百官，行册封大礼，史称英宗皇帝。

英宗继位后，想效仿古代制度，守孝三年，不事朝政，命韩琦为宰相，代为处理。朝中百官大都反对，说今时不同往日，如今内忧外患，不该废弃朝政。英宗自知阅历尚浅，所以尊奉曹后为皇太后，请她暂且处理军国大事。曹后也欣然领命，在东门小殿垂帘听政。曹后素来聪慧，又是将门之女，做事果敢机智，遇到疑难大事，就召集辅臣一同决策，朝中上下井然有序。曹后对待自己的亲戚和后宫内侍，丝毫不留情面，但凡违法，必定严惩，所以宫廷内外都对她肃然起敬，无不遵从。

后来，曹后册立高氏为皇后，高氏的母亲曹氏是曹后的姐姐。高氏出生之后，一直生活在宫中。长大后模样动人，身材曼妙，被英宗相中，做了英宗的妃子。高氏深受英宗宠爱，不久便被册立为皇后。她与曹后情同母女，曹后将她视为己出，她也对曹后敬爱有加。不久，曹后又重新起用富弼，将他召为枢密使。

不知为何，英宗的性情忽然变得十分暴躁，左右大臣上奏请旨，动不动就惹得他火冒三丈，大发雷霆，甚至有时对左右棍棒相加。内侍受到虐待后，心中愤愤不平，便跑到大内总管任守忠那里哭诉。任守忠因为那年中宫叛乱，坐罪被贬，后来仁宗又将他召入，委以重任，升为了大内总管。仁宗册立英宗为储君的时候，任守忠担心储君太过英明，就劝仁宗另立幼主，以谋取内权。后来，他的计谋没有得逞，未免非常失望。

这回内侍都在背后说英宗的坏话，他就趁机设法离间曹后和英宗的关系，好搅乱朝纲，从中揽权。试想，天底下有几个慈明不昧的贤母、诚孝无私的圣主能经得起随从日夜煽风点火呢？任守忠昼夜运动，惹得两宫互相猜疑起来。后来，他们母子二人由疑生怨，由怨生隙，好好的一对继母继子，几乎变成了仇人。知谏院吕诲上书调解，开陈大义，词情恳切，劝勉双方互相体谅，多多包涵。但是，两宫的矛盾始终没有化解。

一天，韩琦、欧阳修在帘前奏事，曹后声泪俱下地诉说英宗最近一反常态。韩琦劝道："皇上经验不足，刚刚继任大位，况且皇上最近身体不适，未免心情烦躁，有些失态，时间久了想必就不会这样了。况且太后是他的母亲，就应该多加忍让才是。"曹后听后还是流泪不止。

欧阳修又进言道："太后侍奉先帝数十年，仁德昭著，有目共睹。以前张美人、杨美人受到先帝的专宠，太后仍然可以泰然处之，为何如今就不能拿出那样的胸怀来包容陛下呢？"曹后听罢，这才停止了哭泣。欧阳修接着说："先帝在位时间长久，德泽浩荡，所以驾崩之后，先帝亲自指定的新君，没人敢有异议。太后虽然贤明，但毕竟只是个妇人，我们这五六位辅臣又都是百无一用的书生，要不是先帝的遗命，哪个肯来服从呢？"曹后听后沉默不语。

韩琦又说："皇上举动异常，与太后有矛盾，恐怕太后也难辞其咎。"这几句话惹得曹后大怒道："这话是什么意思？哀家也想跟陛下好好相处，冰释前嫌呢！"韩琦和欧阳修连忙叩首道："太后宽宏大量，仁慈贤明，臣等十分敬佩。希望太后今后以大局为重，尽量包容陛下，辅佐陛下治理朝纲。"说完便退下了。内侍们听后，不禁瞠目结舌，自此以后，挑拨离间的事情也越来越少了。

过了几天，韩琦独自到后宫向英宗问安。英宗和他寒暄了几句后，便说："太后对朕未免太薄情了。"韩琦对答道："古往今来，圣明的帝王不在少数，唯独舜被世人称颂为大孝，难道其他的君王都是不孝之人吗？臣看未必。不过是因为母慈子孝是再正常不过的事情，没什么可以称颂的。父母虽然不慈，儿子仍然尽孝，那样才能流芳千古。太后即使有不妥之处，陛下也应当多多包容才是啊！"英宗听后，不禁动容。

后来英宗的身体渐渐恢复，翰林侍讲学士刘敞讲读《史记》，当他讲到尧将天下传给舜的时候，拱手说道："舜是穷苦出身，尧没有嫌弃舜，将大位传给了他，天下归心，万民悦服。这并不是舜用了什么计谋，只是因为他孝顺父母，敬爱兄弟，德行远播，所以四海有志之士都来归附，百姓也纷纷称赞。"英宗点头，若有所悟地说："朕明白了！"

不久，英宗亲自到曹后寝宫，解释前段时间因身体不适，有很多地方得罪了曹后，希望曹后宽容原谅。曹后见英宗突然如此乖顺，欣慰地说："皇儿四岁入宫，哀家日夜照看，将你抚养成人，哀家早就把你当成亲生儿子了，怎么可能将一些鸡毛蒜皮的小事放在心上呢？"英宗哭着跪拜道："母后如此仁慈，孩儿不该听信谗言，猜忌母后。孩儿发誓再也不惹母后生气了。"曹后听后，非常感动，不禁也流下眼泪。她将英宗扶起来说："国家大事由百官辅佐，我一个妇道人家，不得已暂时摄政。凡是军国大事，哀家都会交给宰相他们断决，我始终不敢臆断，等皇儿身体复原了，我就把大权交还给你。"英宗说道："母后多一天训政，孩儿多一天受教，请母后继续垂帘听政，辅佐孩儿。"曹后道："此事我自有主意，皇儿不必过虑。"从此以后，母子二人冰释前嫌，和好如初。

韩琦等人听说两宫和好，自然放心。只是英宗总是不肯上朝，内外非常担忧，朝中百官都暗自揣测，很难见上英宗一面。当时，京师遭遇大旱，韩琦请求英宗出宫到祭坛求雨，英宗允诺，百官看到英宗安然无恙，这才放心。

第二年，英宗改元治平，过了几个月，英宗的身体大为好转，韩琦想要曹后撤帘还政，但是又不好明说。他入朝奏事时，请英宗裁决十几件事情，裁决完毕后，他又奏报曹后说："皇上明断，请太后阅览，看是否妥当。"曹后一一审阅，也连连称赞。韩琦见状便叩首道："皇上现在已经能明断国事，还有太后训政，此后朝中事务不会让人担忧了。臣年老体衰，恐怕不能胜任，想辞官归乡，请太后准许！"曹后明白韩琦用意，说道："朝中大事全仰仗韩相，韩相怎么忍心离去？倒是哀家辅政已久，是该退居深宫了。"韩琦叩拜道："先代刘后虽然贤明，但是不免眷恋权势。如今太后毅然还政，真是让人敬佩。但不知太后什么时候撤帘呢？"曹后说道："哀家也并不想干预朝政，无非是皇上先前身体抱恙，哀家不得已才执掌大局。既然打算还政，事不宜迟，何必另选日子，就今天吧！"说罢当即下令，命銮仪司撤去垂帘。

英宗掌政后，加封韩琦为右仆射，每天亲临前殿后殿，处理政事，并将曹后住的宫殿命名为慈寿宫。不久，知谏院司马光上疏弹劾道："内侍任守忠进谗太后，离间两宫，搅乱朝纲，要不是太后贤明，皇上诚孝，几乎祸起萧墙，乞求陛依法将任守忠斩首示众！"英宗看完后，也为之动容，可是并没有下旨。

第二天晚上，韩琦来到中书处，突然拿出一道空白的敕书，自己签上姓名，又令两位参知政事也签上姓名。这两位参知政事一个是欧阳修，一个是赵槩。仁宗末年，赵槩被提拔为参知政事。欧阳修接过敕书后，也不多说，当即签上姓名。赵槩却有些不情愿，欧阳修对他说道："不妨签上吧，我相信韩琦会给我们一个说法的。"于是，赵槩勉强签字。签完后，韩琦下令升堂，召见任守忠。任守忠不久前来，韩琦当面斥责道："你可知罪吗？你蛊惑圣上，离间两宫，本应将你斩首。但陛下宽仁大量不忍杀你，只将你流放蕲州，你应该感恩戴德，不要再作奸犯科了。"说完，便取出空白敕书，亲自将政令填写完毕，交给任守忠，然后下令将他押出京城。这次治罪，韩琦其实是奉了英宗的旨意，并非擅自做主。任守忠的余党史昭锡等人也被流放，朝中上下无不拍手称快。

过了几个月，韩琦入朝，英宗忽然问他："三司使蔡襄品行如何？"韩琦不知英宗的用意，只是回答："蔡襄做事干练，可以任用。"英宗没有说话。第二天，英宗竟然将蔡襄贬谪到杭州，做了知府。原来，曹后听政时曾对辅臣说："先帝选立皇子，不但后宫嫔妃都生疑，就是朝中某些重臣也有不满，而且差点坏了大事，我不愿意追究他的责任，已经将奏折全部烧毁了。"时人都猜测是蔡襄所奏。究竟是不是蔡襄上奏的，无从考察，但单从他为人方面考虑，他确实嫌疑很大。

蔡襄擅治案件，遇到疑难，谈笑剖析，当机立断，但是他为人口无遮拦，言语未免不妥，所以才遭同列滋疑。他曾经担任泉州知府，并督建万安桥，长三百六十丈，造福了一方百姓。他还大修水利，修渠灌溉，州民无不赞颂他的恩德。不料，祸从口出，触怒君主。英宗又是小肚鸡肠，将此事牢记在心，所以将他远调。治平三年，蔡襄的母亲去世，他回家服丧，第二年他在家中郁郁而终，宋廷追封他为礼部侍郎，谥号忠惠。

第三十四章 追封生父引争议

英宗将蔡襄外调后,打算着手追封生父濮王。他苦思冥想该怎么册封,可是朝中大臣对此却争论不休。英宗是濮王赵允让的第十三个儿子。濮王有三位妃子,原配王氏被封为谯国夫人,次妃韩氏被封为襄国夫人,三妃任氏被封为仙游县君。英宗是第三个妃子所生,他虽然自小在宫中长大,但父母的生育之恩断然不敢忘怀。韩琦曾经上奏说:"做人不能忘本,何况天子呢?濮王德盛位隆,按理应该加封,请陛下令司仪议定名称!"

知谏院司马光得知后,上书批驳道:"西汉孝昭帝也没有子嗣,他册立汉宣帝刘询为帝,刘询至死也没有追尊他的父亲史皇孙;汉光武帝同样也是这样,他的生父巨鹿南顿君也没有得到册封,这是亘古不变的常理。"治平二年,朝中百官大都同意濮王尊奉典礼,唯独司马光奋力抗议道:"既然陛下已为先帝之子,就不应该顾念私情,还望陛下三思!"韩琦上奏道:"濮王是仁宗的堂兄,皇上应该称他为皇伯才对。"后来经过三番五次的争论,终于确定下来。为了追封濮王这件事,朝中上下争闹了好几个月,连曹后也被惊动了。

追封濮王的事情告一段落后,英宗准备封赏当初立储的功臣。仁宗快要病逝的时候,文彦博被罢相,贬为河南通判,封为潞国公。到了治平二年,文彦博从河南入朝觐见,英宗对他慰劳有加,说道:"朕能够当上皇帝,爱卿功不可没,朕真的要感谢爱卿呐!"文彦博推谢道:"陛下继承大统,一来全是先帝的意思,还有曹太后的支持;二来陛下德行出众,众望所归,实在与臣无关!况且陛下即位的时候,臣还在外地,是韩琦奉旨尊奉,臣没有出力。如今蒙陛下错爱,臣已经感激不尽了,怎敢妄自揽功呢?"英宗说道:"爱卿不必过谦,朕清楚,当初是爱卿在先帝面前力荐朕的,没有爱卿的推荐,朕不会有今天的!爱卿暂时西行,不久朕就会把你召回。"文彦博叩谢而退。

随后,文彦博奉旨担任永兴军通判。文彦博刚刚离开,富弼突然自称腿疾复发,力请辞官,英宗没有答应。富弼去意已决,他每隔一天就呈上一封奏折,五天两封,态度非常坚决。富弼之所以会这样,还有一段隐情。仁宗嘉祐年间,富弼担任宰相,韩琦为枢密使。凡军国大事,富弼都会与韩琦协商,可是,韩琦为人有些霸道,做事也有专断之嫌,很多大事,韩琦总是无视富弼,弄得富弼很是恼火。曹太后还政时,富弼竟然毫不知情。

一天,富弼生气地质问韩琦说:"在下位居相位,一些小事韩枢密可以决断,可是太后还政这么大的事情,韩枢密是不是应该跟我商量一下?你眼里还有没有我这个宰相?"韩琦听后解释道："富相勿怒，此事是太后突然提起的，在下也没料到，这不能全怪我啊。"富弼听后，心中未免不快。后来，英宗亲政后，因为富弼曾经力请建储，也算对英宗有恩，所以被加封为户部尚书。富弼推辞说："建立储君是国家大计，作为辅臣理当如此，功劳谈不上。陛下最应该感谢的是先帝和曹后，陛下对臣的加封，臣不敢当！"

这次富弼极力请求辞官，一是厌恶韩琦专断，二是老病缠身，确实无心过问朝政。经过几次三番的请求，英宗勉强答应他辞官的要求，将他调任扬州判官，并封为郑国公。还有枢密使张昇，当时已经被加封为太尉，也请求告老还乡。英宗见重臣们纷纷请退，不免心慌，他极力挽留道："太尉对王室呕心沥血，是大宋的栋梁，怎么忍心离去呢？要是爱卿真的体力衰弱，可以不必每天都上朝，五天一到就行了。"张昇到底还是不愿留下，执意要走。英宗无奈，只好让他出任许州通判。

韩琦、曾公亮等人因为富弼、张昇等人都已经被外调，说枢密院不能无主，打算提拔欧阳修为枢密使。欧阳修听说后，对韩琦等人说道："皇上现在已经亲政，任用大臣自有主张。在下承蒙错爱，但是你们这样做未免有些越权了，还望三思！"果然，英宗别有他选。英宗上回许诺，要召回文彦博，这回枢密使一职正好空缺，他便将文彦博召回任命。还有三司使吕公弼，被提拔为枢密副使。

吕公弼先前担任群牧使，当时英宗赏赐了他一匹马，性情暴烈。好友劝他将这匹马卖掉，并赠送给他一匹良马。吕公弼认为没有陛下的旨意，不敢轻易换掉，所以谢绝了朋友的好意。后来吕公弼被英宗提拔，做了枢密副使，他进朝叩谢时，英宗对他说："爱卿先前没有将朕赐的马换掉，朕就知道爱卿是个正直忠心的大臣。"吕公弼拜谢而退。

随后，英宗又召用泾原路副都部署郭逵，授他为检校太保。郭逵本来是位武将，是范仲淹的旧部。范仲淹赏识他能征善战，所以对他悉心培养，委以重任。从前，任福战死，葛怀敏全军覆没，郭逵都早已预料到了，时人佩服他未卜先知的能力，因而声名大噪。仁宗嘉祐年间，湖北发生叛乱，范仲淹调郭逵前去镇压，他奉命率军前往，不到一个月，就将叛乱平定。英宗听说他的智勇，便将他召入京城，提拔为枢密副使。

宋朝一向重文轻武，上回狄青荡平侬智高，劳苦功高，被仁宗提拔为枢密使，尚且惹得百官交相弹劾。郭逵的功绩还不如狄青，哪里能堵住悠悠之口？知谏院邵亢连篇上奏，大概说："祖宗先例，枢密使如果任用武臣，必定要有曹彬父子、马知节、王德用、狄青等人的功勋和威望。郭逵只不过建有小功，名望尚浅，怎么能委以大用呢？请陛下收回成命！"英宗没有理会。

这一年，京师连降大雨，洪水泛滥成灾。宫廷门外都被淹没了，百姓的房屋被毁，很多人都被淹死了。英宗与百官商议是何原因，谏官们只说了些亲贤臣、远小人的废话。没过多久，温州又发生火灾，在京城的西南方见到一颗彗星陨落，时人都很惊讶。英宗听从谏官的建议，下诏大赦天下，并一再削减赋税，希望能躲过灾祸。

英宗还下令中书省举贤纳士。中书省从各地选拔出了二十多位出类拔萃的人才，并让他们一同前来考试。韩琦认为，一下子提拔这么多人，恐怕没有这么多的官职。英宗说："大臣都说朕不能纳贤,如果选举出了贤士,岂不是多多益善吗?"经过辅臣们商议,决定先召十个人前来考试,考中的一律授予官职。宋朝一旦考中进士,往往能官进宰相,所以百姓非常崇尚读书。寒窗苦读十余年,一朝中举天下知,光宗耀祖。同时百姓却非常轻视入伍当兵,因为即使功高劳苦,最多也就位及枢密,这也是宋朝积弱积贫的原因。郭逵当了半年的枢密副使后,饱受同列排挤,最后被英宗调任陕西四路宣抚使,兼渭州通判。

治平三年十一月,英宗的身体每况愈下,一连十几天没有上朝。韩琦等人前去问安,看见英宗萎靡不振,昏昏沉沉,稍微起身坐一会儿,就累得支撑不住。韩琦见状,担心会出现意外,便建议道:"陛下这么长时间没有上朝,朝中上下都很担忧。请陛下早立储君,以稳固江山社稷!"英宗略略点头。韩琦又奏请道:"如果陛下也有此意,事不宜迟,那就即刻下诏吧!"英宗还没来得及回答,韩琦就命学士张方平进殿草拟诏书。张方平给英宗呈上纸笔,英宗勉强拿起笔,吃力地在纸上写了几个字。韩琦望过去,只见纸上写着"立大王子为皇太子",韩琦接着问道:"自古选立储君都是选择嫡长子,想必皇上指的是颖王,还请陛下写得明白一点!"英宗又写了"颖王顼"三个字。

张方平遵照英宗的意思拟写诏书,并在中间留下一个位置,留作填写太子的名字,请英宗亲笔加入。英宗不能久坐,待了一会,含含糊糊地说了几句话,韩琦等人也没有听清楚。张方平拟好草诏后,递给英宗,英宗费力地将太子的名字填写上去。写好后,不禁长叹了一声,眼中泛起了泪水,随即命内侍扶着自己,到龙床上躺下了。韩琦等人急忙退去。英宗之所以悲泣,想必是知道自己大限将至了,不舍得这皇帝宝座吧!

韩琦等人退下后,文彦博对韩琦说:"你刚才看到皇上的脸色没有?"韩琦担忧地说:"巨鹿受封才过去几年,想不到又要册立储君,真是造化弄人,令人嗟叹呀!"说完,各回府邸。第二天,英宗下诏,册立颖王为皇太子,并大赦天下。只是英宗的病情毫无起色,好不容易度过年关,已是治平四年,文武百官在元旦这天进朝庆贺,到了福宁殿,却不见英宗,大家等了一会儿,相互寒暄、祝贺一番之后便依次离开了。只见宫廷外天昏地暗,寒风怒号,阴霾四起,大家都认为这是不祥之兆。过了七天,宫中传出讣告,说英宗已经驾崩。

英宗在位只有四年,享年三十六岁。英宗德才兼备,宽宏大量,性情谦和,以诚孝闻名于世。濮王薨逝的时候,曾将家产分发给诸子,英宗将分到的财物全部赠给了王府旧人,自己只留下一条犀牛带,听说价值三十万,委托给好友出售。不料好友把犀牛带给弄丢了,非常惶急,担心英宗会责怪自己。想不到英宗知道后,一点都没有生气,一笑而过。英宗即位后,每次称呼大臣的时候,都只叫官职,不称名字,可他对每个人的任职都了如指掌。每每遇到大事,他定会问清楚前朝贤君是如何处理的,裁决的意见也是出自百官的建议,所以他也有从谏如流的美名。因此古今中外都称他为明君,只可惜天妒英才,英宗才三十多岁就病逝了,实在是宋朝的恨事。

皇太子赵顼继位后,诏告天下,他便是神宗皇帝。神宗尊皇太后曹氏为太皇太后,皇后高氏为皇太后,晋封弟弟赵颢为昌王,赵頵为乐安郡王,命韩琦为司空兼侍中,进封曾公亮为英国公,文彦博任尚书左仆射检校司徒,兼中书令,富弼改授武宁军节度使,进封郑国公,张昇改任河阳三城节度使，欧阳修、赵㮣一起加封尚书左丞，仍然任参知政事，陈升之为户部侍郎，吕公弼为刑部侍郎。其余百官都有调动。

二月初，神宗亲临紫宸殿朝见百官，随后册立原配向氏为皇后。向氏是向敏中的曾孙女，她的父亲叫向经，曾经担任定国军留后。治平三年，向氏嫁到了颍王府上，被封为安国夫人。颍王继位后，被封为皇后。

册封典礼完毕后，御史蒋之奇上书弹劾欧阳修，说他帷薄不修，做出奸淫外甥女这种令人发指的事情。神宗看完奏章后，非常恼怒，转头询问大臣孙思恭是否属实。孙思恭极力为欧阳修辩解，说欧阳修不可能做出这种道德败坏的事情。神宗又问蒋之奇，让他拿出证据来。蒋之奇无从取证，于是便招出实情，说是听彭思永说的。神宗见蒋之奇吞吞吐吐，心里发虚，猜想肯定是流言蜚语，污蔑好人。

原来，蒋之奇的御史之位是得利于欧阳修的推荐。当初百官为濮王追封的事情争论得不可开交，欧阳修独树一帜，朝中大臣大都反对他的奏议，唯独蒋之奇力挺欧阳修。欧阳修感恩戴德，向神宗极力推荐，蒋之奇才当上了御史。偏偏朝中有些人对此不满，整天对蒋之奇冷嘲热讽，说他沾了欧阳修的光才当上的御史。蒋之奇非常懊恼，为了跟欧阳修划清界限，排除众人的诽谤，便伺机诋毁欧阳修，让百官看清楚他的态度。

当时，欧阳修和妻弟薛良孺发生矛盾，薛良孺便捏造谣言，乘机诋毁欧阳修，说他奸淫爱女。这话传到了彭思永的耳朵里，蒋之奇从他口中听说后，也不管是真是假，就上书弹劾欧阳修。蒋之奇真是恩将仇报，还有没有一点良心？神宗召问彭思永，问他到底怎么回事，彭思永自称道听途说，也没有真凭实据。神宗大怒，于是诬告不成，蒋之奇和彭思永二人反遭坐罪，一律被贬。蒋之奇一人惹的祸，却牵连了彭思永，真是倒霉。欧阳修向来清正廉明，口碑良佳，这回遭此诽谤，羞愧难当。真相被查明后，欧阳修力请退位，神宗见他态度坚决，便将他罢为观文殿学士，出任亳州知府。神宗素以胸怀大志著称，他见朝中大臣相继离去，无人可用，便下诏请来了一位当时声名显赫的人物。

第三十五章 神宗误用王安石

神宗因朝中缺乏人才,特意下诏请来一位大名鼎鼎的人物。此人在朝野名声响亮,无人不知,他便是唐宋八大家之一王安石。沽名钓誉、喜新厌旧这八个字足以形容王安石的一生。王安石,临川人,字介甫,小时候非常喜欢读书,而且过目不忘。他文采出众,每次下笔都是洋洋洒洒几万字。他的朋友曾巩曾经拿着他的文章给欧阳修看,欧阳修感叹他为奇才,就向朝廷推荐。后来,王安石被朝廷任用为淮南通判,不久又调任鄞县知县。王安石上任后,也算是政绩斐然,造福一方了。他下令修筑堤坝,挖通水塘,水陆两利。一年,鄞县大旱,百姓青黄不接,王安石拿出自己的俸禄借贷给百姓,让他们来年再还。王安石自称能治理天下,百姓也信以为真,相率称颂。

后来,舒州通判一职空缺,文彦博极力推荐王安石,并召他前去应试,但是王安石没有去。不久,欧阳修又推荐王安石为谏官,他又以祖母年事已高,不便赴京为借口,推脱过去。欧阳修请旨再次召见王安石,任命他做群牧判官,王安石再次拒绝,并恳请到地方任职。于是,朝廷任他为常州知府,后来,又改任江东刑狱提点。王安石这般做作,无非是想抬高身家。果然,他的名声越来越大。嘉祐三年,仁宗召他为三司度支判官,王安石这才答应入京就职。

王安石在京城待了一个多月后,就给仁宗呈上万言书,大谈变法的事情。仁宗也不知道他说的有没有道理,只见他写得一手好文章,便命他跟别人一起修订起居注,他再次推辞不受。诏令官给他下达诏书,他竟然躲到了厕所里,大家找了半天,也没找到他。他等人们走后,便把诏书原封不动地退了回去,又接着一心一意地讨论变法的事情。后来,仁宗升他做知制诰,他立即拜受,没有丝毫犹豫。

不久,朝廷让王安石处理京城的案狱。正好他碰到一件案子,说是一少年得到一只斗鸡,非常厉害。他的友人眼馋,向他索要,他不同意,朋友就上前夺走了那只斗鸡。这位少年穷追不舍,终于逮着那个抢鸡的友人,并且一气之下,将友人杀害。当初,开封府已经以故意杀人罪将少年定了死刑,用以抵命。王安石看了卷宗后,却反驳道:"按照法典,公然夺取他人财物,应该以盗贼论处!这位少年的朋友光天化日之下硬抢少年的财物,这跟强盗有什么区别?他追上去杀了那个人,合情合理,不应该将他治罪。"

开封府府司见王安石如此狡辩,当然也不肯俯首认错,当下据理力争。王安石想要弹劾府司，将事情闹大了。案件后来交给大理寺审理，众人都认为府司的处理没有什么不妥当，故而维持原判。王安石仍然不肯认错，他本该登门谢罪，却自以为是，没有前去道歉。御史看不惯王安石刚愎自用，上书弹劾他，仁宗接到弹劾奏章后，没有答复。反倒是王安石本人牢骚不断，情愿退休。正好王安石的母亲病逝，于是他辞官回家守孝去了。英宗在位时，三番五次地召他回京，他固辞不受。

王安石的父亲王益都，虽然官至员外郎，可终究没有什么威望。王安石想借助当朝重臣，打通官运。韩绛曾经在颍王府做宾客，是神宗身边的大红人。王安石看准时机，经常低声下气，巴结讨好韩绛。所以，韩绛每次在神宗面前讲起独到的见解时，都会说这是朋友王安石的高论。耳濡目染，神宗对王安石这三个字越来越熟悉，神宗也很好奇，想看看这个王安石是否真有经天纬地之才。

神宗继位后，朝中大臣空虚，他便想起了王安石这尊大佛。王安石收到诏命后，又说自己有病在身，不能奉旨前往。神宗对辅臣说："仁宗在位时，曾多次召用，他总是推辞。先帝在位时也曾屡次召见，他勉强接受。朝廷上下都议论他恃才自傲，如今又召他不来，莫非他是在装病，别有他求？"曾公亮回答道："王安石具有宰相之才，我想他断不敢欺君罔上。"神宗点头，忽然一人出班奏道："臣曾经和王安石一同为官，此人刚愎自用，过于虚荣，如果受到重用，必定会搅乱朝纲，请陛下三思！"神宗一看，原来是新上任的参知政事吴奎。神宗对王安石印象颇好，怎能任他人诋毁？因此很不高兴地说："爱卿未免言重了吧？"吴奎接着说："臣只是将自己知道的事情说出来，如果不提醒陛下，怎么对得起陛下的恩德呢？"神宗没有说话。退朝之后，神宗颁诏起用王安石，任命他为江宁知府。这次一下提拔为知府，王安石当然高兴，欣然领命。

不久，曾公亮又大力推举王安石，说他堪当大任。曾公亮如此卖力地推荐王安石，是有隐情的。曾公亮与韩琦同朝为相，资历和声望都远不如韩琦，所有国家大事都由韩琦一人独断，自己就像个打下手的。曾公亮心有不甘，暗地里想借王安石来排挤韩琦。韩琦是三朝元老，遇事不免专横，神宗也对他心存芥蒂。正好学士邵元、中丞王陶都是颍王府的旧臣，他们也经常诋毁韩琦。韩琦内外受迫，只好上书辞官。神宗碍于情面，一时不好准奏，只是好言抚慰挽留。

那时，英宗已经被安葬在永厚陵，庙谥等事宜都已经处理妥当，韩琦再次请求辞官。神宗还是没有答应。不久神宗召入王安石，命他为翰林学士。神宗对王安石非常器重，明眼人都看在眼里。韩琦已经察觉到了神宗的意思，索性接连上奏，请求离职。果然不出所料，神宗接受韩琦的请辞，授他为司徒兼侍中，出任武胜军节度使，兼相州通判。韩琦奉旨辞行，神宗假惺惺地哭着说："爱卿一心要走，朕也只好放行。但试问爱卿走后，何人可以委任国事呢？"韩琦说道："陛下明鉴，恐怕心中早有人选了吧！"神宗问道："爱卿觉得王安石怎么样？"韩琦答道："王安石做翰林学士，学问有余；但是说到辅佐朝纲，他的器量太过狭小，不堪重任。"神宗听后，很是不快。

没过多久，吴奎也被贬到了青州。第二年，吴奎在青州郁郁而终。吴奎，北海人，特别喜欢奖赏善行。他出身寒门，显贵之后，他也效仿范仲淹，将所有俸禄全部捐给了家乡，兴办学堂。他死后，他的几个儿子竟然连住的地方都没有，世人都称赞他们为"清白吏子孙"。

神宗将韩琦、吴奎罢免以后，提拔张方平、赵抃为参知政事，吕公弼为枢密使，韩绛、邵元为枢密副使。赵抃曾经担任成都知府，如今神宗将他召回知谏院，没有让他在省府就职，就直接提拔他为参知政事，像这样越级提拔，在宋朝非常罕见，时人都议论纷纷。赵抃入朝拜谢的时候，神宗对他说："朝中大臣对朕的任命多有不满。朕听说爱卿上任的时候，只有一匹马、一只鹤、一把琴，可见你为官清明，为人正直，所以朕才破格提拔你做参知政事，你可不要辜负了朕对你的一片苦心呐！"赵抃叩首道："臣一定会拼死报答陛下的知遇之恩！"

此后，赵抃果然竭诚图报，遇到大事也是知无不言，尽力死谏。另一位参政张方平却不尽人意，御史中丞司马光上奏，说张方平没有参政的才能，神宗却不以为然，还将司马光贬为翰林学士。后来，张方平的父亲去世，恰好唐介官复御史，又升为三司使，神宗让他顶替张方平的位子，准许张方平回家服丧。可是，神宗心里总是对王安石念念不忘。

改元熙宁的时候，神宗召入王安石，问他："爱卿认为治国最重要的是什么？"王安石答道："治国必须要选定一条治国之道。"神宗接着问："唐太宗的治国之道怎么样？"王安石一听，兴趣盎然，夸夸其谈道："陛下应当效仿尧、舜，何必总是想着唐太宗呢？唐太宗虽然开创了贞观之治，可是却不及尧、舜的一半。尧、舜治理天下，简明而不繁琐，坚定而不迁腐，仁厚而不失威。只是后世的君臣不能完全参透他们的治国之道，所以才觉得他们遥不可及。其实，尧是人，舜也是人，为什么他们可以做到，而别人却做不到呢？"神宗听到这样独特的见解，非常着迷，说道："爱卿真是为难朕了，朕连唐太宗都比不上，哪里还敢自比尧、舜呢？但愿爱卿们能尽心辅助朕，治理好国家，让百姓安居乐业就好了！"王安石说："陛下如果听从臣的意见，臣定当以死辅助！"

一天，群臣廷议完毕，陆续散去。王安石正准备退班，神宗却让他暂且留下，还让他坐在自己身旁。王安石拜谢坐下后，神宗对他说："朕读汉、唐的历史，刘备因为请得诸葛亮出山，才建立了蜀国；唐太宗因为得到魏征的辅助，才开创了贞观之治。诸葛亮、魏征都是当世奇才，古今罕见呐！"

王安石对答道："陛下如果能像刘备、唐太宗那样知人善用，求贤如渴，天下之大，什么人才没有？像诸葛亮、魏征那样的人不足挂齿！就怕陛下择术不明，用人不专，就算得到那样的旷世奇才，恐怕也会被小人排挤，愤然离开了。"

神宗说道："历朝以来，哪一代没有小人呢？就是尧、舜的时候，还有'四凶（浑敦、穷奇、梼杌、饕餮）'呢。"王安石说："那是当然，但是尧、舜却能做到亲贤臣，远小人。倘若'四凶'奸计得逞，进谗献媚，像皋、夔、稷、契这样的人才，怎么肯与他们同流合污呢？"这一席话，说得神宗很是感慨。王安石退下之后，神宗还对此赞叹不已。

于是，这位刚愎自用的王安石，一步一步地迈向了中书府。当时朝中百官除了吴奎、张方平、韩琦等人之外，大多数人都很看好王安石，说他定有一番作为。只有眉山人苏洵写了一篇辨奸论，指桑骂槐，隐喻斥责王安石。还有洛川知县李师中，当初王安石还在做鄞县县令时，他就说王安石眼睛黑少白多，貌似王敦，一副奸邪之相，日后必定会扰乱天下。

仁宗在位时，西夏主李谅祚被册封为夏王，宋朝每年都会赏赐财物，李谅祚也称臣如故，没有异常。英宗继位后，西夏使臣吴宗前来朝贺，出言多有不逊。宋朝下诏命李谅祚降罪吴宗，李谅祚不但不肯奉命，反而还在治平三年率军入侵秦州、凤州、泾原一带，直逼大顺城。环庆经略使蔡挺率领赵明等人前去支援，李谅祚身披银甲，头戴毡帽，亲自督战。蔡挺派弓弩手在战壕外列阵以待，轮流放箭，站在前排的夏兵很多被射杀，李谅祚也身中数箭，慌忙率众逃走。西夏军休整一段时间后，又转而侵犯柔远。蔡挺派张玉领兵三千，夜袭敌营，夏兵惊惶溃败，退守金汤。

这时，正好到了宋廷赏赐西夏岁币的时候，延州知府陆诜便把岁币扣下来，并火速上奏："朝廷一味姑息退让，所以西夏才这么狂妄。如果现在还要给岁币，那西夏还能把我们大宋放在眼里吗？西夏亵渎我大宋国威，请陛下降旨责问李谅祚，等他臣服谢罪之后，再给岁币不迟。"英宗询问韩琦，韩琦本来就主张对夏强硬，陆诜的奏议和他意见一致，他当然支持。于是，英宗听从韩琦的建议，派人到宥州下达通牒，责问李谅祚。李谅祚连吃败仗，士气萎靡，再加上是他先挑起战乱，肯定理屈词穷，所以只得派使臣前去谢罪。他将责任都推给了戍边官吏，还请求英宗将他们治罪，真是恶人先告状！奏折上达时，英宗已经宾天，神宗继位。神宗回复李谅祚，命他安分守己，不要再闹事了，从前的事情可以既往不咎。李谅祚接到诏书后，派使臣到宋廷，满口答应。

冬天到了，西夏绥州监军蒐名山的弟弟蒐夷山，突然向青涧城献降。青涧城守将是种世衡的儿子，名叫种谔，也算是子承父业。种谔收到降书后，又让蒐夷山修书一封，将他的哥哥蒐名山招来，一同投诚，并特意赠送一只金碗给蒐名山。刚好那时蒐名山有事外出，他的亲信李文喜收到书信和金碗后，喜出望外，就和使臣秘密商定，让宋兵偷袭大营，他里应外合，不怕蒐名山不降。然后，一鼓作气拿下绥州城。使臣回去将这件事告诉种谔，种谔当即密奏朝廷，同时通知延州知府陆诜。

陆诜生性多疑，他说敌军献降，真假难辨，命种谔不要轻举妄动。神宗接到密报后，命转运使薛向和陆诜一起查清这件事情的虚实，然后再做定夺。薛向和陆诜将种谔找来询问，陆诜始终反对种谔的提议，可是薛向却有意赞成。他们三人商议了三条招抚的计策，由薛向主稿，并派幕府张穆之入奏。张穆之临行之前，受到薛向的密嘱，早就跟薛向意见统一了。张穆之面奏神宗，大言种谔的提议可行。神宗好大喜功，听了张穆之的一番话，觉得有机可乘，便想兴兵略地。神宗担心陆诜不肯同心协力，便将他调往秦州，专心任用薛向、种谔收复绥州。

哪知道，这个种谔是个急性子，他还没等朝廷下达命令，就率兵偷偷潜入绥州，将蒐名山的大营围住。蒐名山没有防备，自然手忙脚乱。李文喜和蒐夷山一同进帐，劝说蒐名山降宋。蒐名山无可奈何，只好率众出降。绥州城三百名首领、一万五千多户百姓、一万多名士兵，一律受降。种谔一面抚慰降兵，一面命人修缮城墙，防止夏人前来争夺。果然，夏人率众来争，被种谔发兵打退。夏人占据绥州城多年，早就被汉人同化。李谅祚侵犯边境之前不兴兵收复，谢罪之后又擅自用兵，未免有些失信。陆诜认为朝廷的诏令还没下来，种谔不该擅自用兵，所以准备将他逮捕治罪。这时，正巧张穆之从京师回来，传旨将陆诜调走。陆诜只好叹息着离开了。

夏主李谅祚听说绥州失陷，火冒三丈，准备兴兵进犯。部下李崇贵、韩道善两人进帐献策道："大王如果打算跟宋廷撕破脸皮，兴师进犯，恐怕胜负难料，不如另想计谋。"李谅祚问他们有何计策，李崇贵说："前段时间，宋使杨定到来，许诺边境一些百姓归我所有，我还因此赠送给了他不少财物。可是他却没有遵守约定，任由种谔夺我绥州，真是可恨之极！不如我将他引出来，然后杀了他，占据保安，作为根据地。那时我们进可战，退可守，不担心成功不了！"李谅祚大喜道："果然是好计，咱们就依计行事！"说罢随即派韩道善带着书信前去约杨定，杨定冒冒失失地前去赴会。一到会场，还没见到李谅祚，李崇贵就骂他不守信用，杨定还没来得及回答，就被李崇贵的伏兵剁成了肉泥，真是该死。夏军随即进攻保安，一路上大肆掠夺财物。

警报送达宋廷，神宗不免有些后悔。薛向把所有的责任全部推到了种谔的头上，朝廷上下随声附和，都请求诛杀种谔，放弃绥州。先前不来劝阻，现在却来怪罪，真是可笑。绥州如同鸡肋一样，食之无味，弃之可惜。神宗没有急于答应，而是命陕西宣抚使郭逵前去调查。郭逵是杨定的上司，他得知杨定被诱杀后，非常恼怒，于是上奏道：

虏杀王官，应加声讨，若反诛谔弃绥，成何国体？且名山举族来归，如何处置？言之甚是，一面贻书辅臣，请保守绥州，借张兵势，规度大理河川，择要设堡，画地三十里，安置降人，方为上计。

朝中上下仍然争论不休。绥州没有占据之前，神宗调韩琦为永兴军通判，任陕西经略使。韩琦临行之前，曾说绥州不可以攻取，等他到达陕西后，绥州已经攻克。李谅祚作乱，韩琦又上奏说绥州不能放弃。枢密院觉得他前后自相矛盾，就让他解释清楚。韩琦于是上奏说：

臣前言绥不当取，是就理论上立言，今言绥不可弃，是就时势上立言。现在边衅已开，无理可喻，只有就势论势。保存绥州，秣兵厉马，与他对待，俾他不敢小觑，方能易战为和。

奏章递上去后，朝中百官将枪口又转向了种谔，连篇累牍的弹劾，种谔最终被贬，真是倒霉。

后来，郭逵得知诱杀杨定是李崇贵、韩道善二人的主意，就给李谅祚递去檄文，向他索要二人。正巧李谅祚染病，无力折腾，他又听说宋廷派来韩琦镇守边境，料定不是对手，只好将李崇贵、韩道善二人抓住，献给郭逵。没过多久，李谅祚因箭伤复发，加上旧疾缠身，撒手西去了。他的儿子李秉常继位，李秉常派遣使臣薛宗道前往大宋报丧。神宗责问薛宗道杨定遇害一事，薛宗道回道："李、韩二人已经交给了郭逵大人，不日便可押到京都。"

果然，隔了几天，郭逵将这二人送到汴京。神宗亲自审讯他二人，李崇贵将杨定收受贿赂、食言爽约的事情一五一十地告知神宗，其中不乏添油加醋、颠倒黑白之语，神宗听后，不禁叹息道："照此说来，杨定受贿卖地，罪不容诛。但是你们为什么不奏明朕，由朕明正典刑呢？你们擅自诱杀我朝廷命官，藐视我天朝，难道就没有罪过吗？"李崇贵二人无言以对，只好叩头认罪。神宗赦免李崇贵、韩道善的死罪，并削去杨定的官爵，没收了赏赐给他的钱财，另外派遣使臣刘航册封李秉常为夏国王。西夏与大宋的纠葛也暂告一段落。

第三十六章 王安石变法

西夏战事平定后，王安石得到神宗的赏识，渐渐显露锋芒，便想要变法维新，炫人耳目。那时，宋朝连年向契丹进贡，还要赏赐西夏岁币，再加上一些地方叛乱，需要派兵镇压，国库的存银已经所剩无几了。神宗年轻气盛，想把富国强兵作为首要任务。王安石看出了神宗的意图，所以处处迎合上意，大谈理财变法富国的想法，煽动神宗。

熙宁元年冬天，神宗准备到南郊祭天。因河北发生旱灾，国库耗尽，因此辅臣请求神宗在南郊祭天之后，不要再遵循古例，大加赏赐。神宗召集学士商议，司马光说道："赈济灾民，节省开支，是当务之急！辅臣们的建议很有道理，应该照办！"王安石却不以为然，说："国库空虚，钱财不够使用，是因为不善于理财。如果一味地节省开支，而不增加收入的话，终归是没什么用的。"司马光反驳道："什么叫善于理财？无非是向百姓敛财罢了。"王安石争辩道："不用增加赋税，国库却能富足，这才算理财的好手。"司马光笑道："天下哪有这种道理？每年全国上下创造出来的财富基本维持在一个定值，官府多收一分赋税，百姓就少一分。如果想方设法从百姓那里捞钱，那还不如明目张胆地抢呢？汉武帝在位时，桑弘羊曾经用这种言论诳骗过汉武帝，司马迁用了许多笔墨责斥桑弘羊，讽刺汉武帝，你难道不知道吗？"王安石不肯服软，仍然争论不休。神宗说："朕的想法跟司马光相同，但是一点点赏赐如果很吝啬的话，未免有失体统了。"于是，神宗没有听从辅臣的建议，还是像往年一样遍行赏赐。

不久，郑国公富弼从汝州觐见，神宗准许他乘坐马车到殿门前，并让他的儿子扶着他进来，一切礼节都可免掉，赐座相谈。神宗开口道："爱卿老成练达，定有高见，朕想要定国安邦，不知爱卿有什么好的建议？"富弼回答道："陛下作为天下之主，喜欢什么东西，或者讨厌什么东西，都不能让别人察觉出来，否则一些心怀不轨的人就会乘机献媚。陛下要做到喜怒不形于色，让他们琢磨不透，这样才能不被他人所乘。"神宗又问："北方有强大的契丹，对我中原虎视眈眈；西边有西夏时常犯边，非常可恼。朕继承祖业，资历浅薄，志在富国强兵，朕该怎么做？"富弼回答："陛下刚继任不久，对国家大势还不够了解。当务之急应该广布恩德，树立威信，对外宣称愿意二十年不起刀兵，然后再谋发展。"神宗犹豫了半天，对富弼说："朕还有很多事情请教爱卿，爱卿就留下来辅佐朝政吧！"富弼摇头说："臣年事已高，不能胜任了，还是准许老臣告老还乡吧！"随后，富弼辞别神宗，返回家乡。

熙宁二年二月，神宗又召富弼入朝，拜他为司空兼侍中，并特赐府宅。富弼上表推辞，神宗多次下诏召他前来，富弼只得奉旨前往。在路上，富弼听说京师发生地震，神宗以为天意如此，下令削减赋税，取消歌舞，节俭开支，富弼非常欣慰。唯独王安石进言说："灾祸是上天注定的，不关人的事。"富弼不禁叹息道："比天子大的只有老天，现在王安石教陛下不惧天理，还有什么事情不敢教唆陛下的呢？我不能坐视不管！"随后，他洋洋洒洒地写了几千字呈给神宗，说了很多辨别忠奸的话，等到神宗召见他的时候，他又说了很多话，无非是在隐斥王安石。

神宗虽然任命富弼为同平章事，但心里总是忘不了王安石，打算提拔他做参知政事。正赶上唐介有事上奏，神宗就和他说了自己的想法。唐介说王安石是个沽名钓誉之辈，不堪大用。神宗就问："王安石是文学修养不够呢，还是权谋不行，或者是吏治方面不行呢？"唐介说："王安石的文采自然没得说，但是他这个人喜欢高谈阔论，模仿古人，如果让他做参知政事，必定会生出许多变端，还望陛下三思！"神宗没有回答，但是脸上已有不悦之色。

唐介退出后，对曾公亮说："皇上如果真的重用王安石，天下一定会大乱，诸位就拭目以待吧！"曾公亮本来就推崇王安石，当然不会在意这番话。没过多久，神宗又问侍读孙固，王安石能否担任宰相，孙固答道："论文采，王安石无人能及，如果让他做台谏侍臣必定能够称职；为宰相者，心胸必须大度，王安石嫉贤妒能，气量狭小，怎么能胜任呢？陛下如果真想求得贤相，臣心中倒是有三个人选，一个是司马光，一个是吕公著，一个是韩维。"神宗不听，最后还是任命王安石做了参知政事。

王安石做了参知政事后，入殿叩谢皇恩，神宗对他说："朝中有很多大臣都说爱卿只懂学术，不懂政治，更不通人情世故，不知爱卿怎么觉得？"王安石为自己辩解道："只有精通学术才能兼通政事，臣一片赤诚，请陛下详察！"神宗道："那照爱卿说来，要想精通政事，需要做什么呢？"王安石答道："改变陈规旧矩，建立新法度才是当今的要务。"神宗点头称赞王安石又说："立国之本，首先在于理财。周朝设立泉府等官职，就是为了收拢权力，以便变通民利。后世只有汉朝的桑弘羊、唐代的刘晏有过这种想法。现在如果想要理财，必须效仿古人，设立泉府制度，将权力收回。只有权力在握，才能在政治上畅通无阻。"神宗说道："爱卿所言极是。"王安石又接着说："古语有云，'为政在人'。但是善于理财的人才非常难得，而且还要得到大家的支持，如果得不到大家的支持，就会前功尽弃，功败垂成。可想而知，理财之难，难如上青天。当年尧委任大禹一人治水，朝中多有反对之声，但是尧顶住压力，给予大禹莫大的鼓励和信任，这才使得大禹拼尽全力，放手一搏，治住了洪水。"神宗犹豫道："朕知道了，爱卿先去把条规议定完毕；朕过目后，如果合理，朕会下令依次施行！"王安石领命而出。

第二天，王安石奏请设立三司条例司，从中变通旧制，调剂权力。然后又举荐知枢密院事陈升之与他一同办事。神宗准奏，命王安石、陈升之二人负责三司条例司，并让他们自己选择下属官吏。王安石引用吕惠卿、曾布、章惇、苏辙等人分管事务。吕惠卿曾经担任真州推官，入朝以后跟王安石一拍即合，心意相通。王安石称赞他为大儒，事无大小都要与他商议，关系非常紧密。曾布是曾巩的弟弟，为人非常圆滑，他清楚王安石正在得宠，所以事事迎合王安石，王安石也视他为心腹。这些人与王安石悉心商议后，总共定出了八条新的法规，自言其中六条可以富国，另外两条可以强兵。

富国的六条法规：

农田水利。奖励各地开垦荒田兴修水利，建立堤坊，修筑圩埠，由受益人户按户等高下出资兴修。如果工程浩大，受利农户财力不足，可向官府借贷"青苗钱"，按借青苗钱的办法分两次或三次纳官，同时对修水利有成绩的官吏，按功绩大小给予升官奖励。凡能提出有益于水利建设的人，不论社会地位高低，均按功利大小酬奖。此法是王安石主张"治水土"以发展农业，增加社会财富的重要措施。

均输。要求发运使必须清楚东南六路的生产情况和北宋宫廷的需求情况，依照"徙贵就贱，用近易远"的原则，必须在路程较近的生产地采购，节省货款和转运费。另外，还赋予发运使一定的权力，使他们能够斟酌某时某地的具体情况适当地采取一些权宜措施。这就减轻了纳税户的额外负担，限制了富商大贾对市场的操纵和对民众的盘剥，便利了市民生活。

青苗。宋仁宗时，陕西百姓缺少粮、钱，转运使李参让他们自己估计当年谷、麦产量，先向官府借钱，谷熟后还，官称"青苗钱"。王安石、吕惠卿等据此经验，制定青苗法。它规定把以往为备荒而设的常平仓、广惠仓的钱谷作为本钱。每年分两期，即在需要播种和夏秋未熟的正月和五月，按自愿原则，由农民向政府借贷钱物，收成后加息，随夏秋两税纳官。实行青苗法的目的，在于使农民在青黄不接时免受兼并势力的高利贷盘剥，并使官府获得一大笔"青苗息钱"的收入。

免役。废除原来按户等轮流充当衙前等州、县差役的办法，改由州县官府出钱雇人应役，各州县预计每年雇役所需经费，由民户按户等高下分摊。上三等户分八等交纳役钱，随夏秋两税交纳，称免役钱。原不负担差役的官户、女户、寺观，要按同等户的半数交纳钱，称助役钱。此法的用意是要使原来轮充职役的农村居民回乡务农，原来享有免役特权的人户不得不交纳役钱，官府也因此增加了一宗收入。

市易。在东京设置市易务，出钱收购滞销货物，市场短缺时再卖出。这就限制了大商人对市场的控制，有利于稳定物价和商品交流，也增加了政府的财政收入。

方田。熙宁五年八月司农寺制定《方田均税条约》颁行。此法分"方田"与"均税"两个部分。"方田"就是每年九月由县令负责丈量土地，按肥瘠定为五等，登记在帐籍中。"均税"就是以"方田"的结果为依据均定税数。凡有诡名挟田，隐漏田税者，都要改正。这个法令是针对豪强隐漏田税、为增加政府的田赋收入而发布的。

强兵的两条法规：

保甲。其主要内容是乡村住户，不论主客户，每十家（后改为五家）组成一保，五保为一大保，十大保为一都保。凡家有两丁以上的出一人为保丁，以住户中最有财力和才能的人担任保长、大保长和都保长，同保人户互相监察。农闲时集中训练武艺，夜间轮差巡查维持治安。王安石推行保甲法的目的主要是为了防范和镇压农民的反抗，以及节省军费。

保马。规定百姓可自愿申请养马，每户一匹，富户两匹，由政府给官马或给钱自购。养马户可减免部分赋税，马病死则要赔偿。

这几条新法商议出来后，朝中正直的大臣没有一个赞成的。参政唐介第一个站出来反对，他与王安石争辩，王安石强词夺理，非说新法无懈可击，必能实用。而神宗向来庇护王安石，唐介愤懑交加，气得背上生了疥疮，没多久竟然病死了。神宗随即将王安石的新法依次颁布施行，并派遣刘彝、谢卿材、侯叔献、程颢、卢秉、王汝翼、曾伉、王广廉八人，分为八路到地方上巡行，查核农田水利的实施情况，商定赋税科率，徭役利害；接着又施行均输法，起用薛向为江、浙、荆、淮发运使，领均输平准，创行东南六路。两法颁行，朝中已是哗然，知制诰钱公辅、知谏院范纯仁等人都上奏说，薛向前番挑起边境兵祸，被坐罪罢黜，不应该起用。钱公辅还斥责王安石徇私枉法，惹得王安石很不高兴，竟然奏请神宗将他贬为江宁知府。宣徽北院使王拱辰、翰林学士郑獬、开封知府滕元发都遭到王安石的嫉妒，相继被贬。

王安石这一连串的做法，惹怒了御史中丞吕诲，他忍无可忍，便写了一篇奏章弹劾王安石。途中遇到司马光，司马光问他要去哪儿，吕诲毅然说道：“我要去弹劾那个搅乱朝纲的当朝红人，司马大人可否赞成？”司马光知道他指的是谁，吃惊道：“他深受陛下宠信，你前去弹劾，不是自取其辱吗？”吕诲叹息道：“王安石刚愎自用，党同伐异。如果继续让他这么胡闹下去，国事必败。这个心腹大患不除，朝中上下永无宁日！我不管他是不是得宠，我非要参他一本，以泄心头之恨！”司马光说：“我正好要给皇上讲经，不妨同行吧！"

两人一起来到神宗面前，吕诲当场抽出奏章，递给神宗。神宗展开阅览，只见上面都是指责、痛骂王安石的话：

臣闻大奸似忠，大诈似信。安石外示朴野，中藏巧诈，骄骞慢上，阴贼害物，诚恐陛下悦其才辩，久而倚畀，大奸得路，群阴会进，则贤者尽去，乱由是生。臣究安石之迹，固无远略，唯务改作，立异于人。徒文言而饰非，将罔上而欺下，臣窃忧之！误天下苍生者，必斯人也！

神宗正在信任王安石，怎么能看得进去？当他看到"误天下苍生者"一句时，不禁怒气冲天，将奏章扔在了地上。吕诲也不心慌，缓缓将奏折捡起来，大声说道："陛下既然不信臣说的话，臣不愿意跟奸佞之臣同朝为官，请陛下将臣解职！"神宗也不多说，只命他退下。吕诲退出后，神宗当即下诏让他出任邓州知府。

范纯仁也上奏弹劾王安石，同样不见回应。范纯仁也请求解职，神宗下诏将他的谏官职位罢免，改为国子监。范纯仁不肯罢休，又陆续协同几位大臣，打算再拟奏折，弹劾王安石。忽然，王安石派人来到他的府上，传话给他说："陛下打算任范大人为知制诰，请大人不要再为难我了。"范纯仁勃然大怒道："他这是在利诱我吗？我家世代蒙受皇恩，怎会因荣华富贵卖主求荣呢？回去告诉你家主人，我定会将他扳倒！咱们等着瞧！"

果然，第二天，范纯仁在朝堂上抽出奏折，呈递神宗。突然见王安石入朝，面露凶色，疾言奏请废黜范纯仁。神宗为难道："范爱卿无罪，就算外调，也应该选择一块好的地方，就让他出任河中知府吧！"王安石不便多说，只好悻悻而去。

范纯仁是范仲淹的第二个儿子，他的哥哥名叫范纯祐。范纯仁曾经随同父亲镇守陕西，跟军中将士相处融洽，受人称赞。范仲淹被罢职的时候，他日夜侍奉在旁边，寸步不离。后来，范仲淹病逝，他的弟弟范纯礼、范纯粹依次做了官，都有所建树。范纯仁因为父亲的缘故，曾先后任县令、判官，很得民心。不久，他被提拔为侍御史，可惜在濮王受封之争中被外谪。后来又被召回京师，被任为谏官。这次又被贬为河中知府。

王安石在两法施行以后，又准备颁布青苗法。吕惠卿极力怂恿，苏辙却站出来反对。王安石问他为什么，苏辙答道："把钱借贷给百姓，本来是想解救百姓的，但是难免有人铺张浪费，到了期限无力偿还。到时候官吏就会逼着追着讨债，如若不还，必定拳脚相加，鞭打施暴，这样救民反而变成害民了。"王安石犹豫了片刻，说："这点我倒是没有考虑到，你说的很有道理，这件事情还需要从长计议！"于是，青苗法便被搁置起来了。

后来，神宗让王安石与司马光一同处理一件登州狱案。王安石和司马光各执一词，免不得又要争执。案子的经过是这样的：登州有一位妇人，父母将她许配给了一户人家；出嫁前，她听说未婚夫长得很丑，心里愤愤不平，竟然暗中携带尖刀，跑到未婚夫那里想谋害他；当时，她的未婚夫正在田边睡觉，她拔刀便刺，幸亏她的未婚夫没有睡着，听到动静后，慌忙起身躲避，才幸免于难；但是他在用手遮挡的时候，被砍掉了一根手指。

那男人随即报官鸣冤，知州许遵将这名妇女缉拿归案后，见她有几分姿色，确实与那男人不配，不免怜香惜玉起来，有意替那妇女开脱罪名。许遵令她承认犯罪经过，说自己会酌情宽大处理，那妇女当然领命。许遵奏闻朝廷，说该犯妇认罪态度良好，又有自首情节，希望朝廷能减免责罚。王安石和司马光到任后，司马光极力反对道："刁妇谋杀亲夫，罪不可赦，怎么能减免罪责呢？"王安石争辩道："犯妇既然已经自首，就应当宽大处理。"司马光又说："该刁妇因未婚夫丑陋而要谋杀亲夫，实在可恶。她虽没有得逞，但是却造成了伤害。一码归一码，自首固然可嘉，但是恶大于善，理应重罚！"王安石还是不低头，说道："如果自首不能减免罪行，那律文岂不是摆设？"

两人僵持不下，当即交与神宗判断。神宗向来偏袒王安石，这次也不例外。神宗同意王安石的建议，只将犯妇稍微惩罚了一下便释放了。文彦博、富弼等人谏阻，神宗不从，竟然还将谋杀致人伤残、如果有自首情节，可以适当减免罪责这条增加到法律中，交发刑部，奉为国法。刑部官员刘述不肯服从，将诏旨原封不动返还给了神宗。王安石大怒，奏请神宗将刘述罢官。刘述也不好惹，联合侍御史刘琦、钱顗等人一起上书弹劾王安石。

奏疏呈上后，王安石奏请神宗将刘琦、钱顗等人贬谪外地，将刘述打入大牢。司马光等人上疏力争，并为刘述等人求情。最后，神宗依照王安石的奏议，将刘琦、钱顗贬到浙东，殿中侍御史孙昌龄、同判刑部丁讽、审刑院详议官王师元都被坐罪，或被贬谪或被流放。还有龙图阁学士祖无择，因为与王安石意见不同，亦遭到黜逐。

第三十七章 韩琦谏君论弊政

神宗为了支持王安石变法，罢黜了一连串的大臣，为王安石扫清障碍。就连当初被王安石一手提拔起来的苏辙，也开始反对新法。苏辙在三司条例司中任职，王安石想推行青苗法，却遭到苏辙的反对，一直搁置了几个月。后来，京东转运使王广渊上书说，春天农民播种的时候都为没有本钱而苦恼，一些富豪就乘机向他们贷款，利息非常高，与其让富豪挣钱，还不如官府贷钱给他们。所以他请求朝廷拨发钱帛五十万，贷款给百姓，算下来每年可以获利二十五万。

不料这篇奏折被王安石看见，他看完后，拍着大腿大喜道："这就是我说的青苗法，怎么会行不通呢？"他随即召王广渊进京，与他共同商议青苗法的事情。王广渊当然一口赞成，王安石于是奏请神宗，先在河北、京东、淮南三地试行，如果效果好，就逐渐推广，神宗准奏。苏辙仍然保持以前的态度，极力劝阻。后来，苏辙的很多想法和吕惠卿发生冲突，吕惠卿在王安石面前进谗苏辙，说他有意阻挠。王安石很生气，想要加罪于苏辙，幸亏陈升之在旁劝解，才只是罢苏辙为河南府推官。

随后，王安石举荐吕惠卿为太子中允、崇政殿说书。司马光上奏说："吕惠卿为人乖巧，心术不正，王安石误信吕惠卿，才导致自己被人唾骂，这样的人怎么可以重用呢？"神宗不听，竟然依从王安石所请。首相富弼见神宗如此信任王安石，料想不能和他相争，于是托病请辞。神宗答应，令他出任亳州通判，并提拔陈升之为同平章事。

陈升之就职后，神宗召问司马光："刚刚上任的宰相陈升之，在百官中的名声怎么样？"司马光回答："闽人狡诈奸险，楚人傲慢轻薄。当今两位宰相，曾公亮是晋江人，陈升之是建阳人，都是闽人。两位参政，王安石是临川人，赵抃是西安人，都是楚人。以后他们呼朋结友，充塞朝堂，哪里还有安宁可言？"神宗说道："陈升之颇具才华，通晓民政，有宰相之能。"司马光又说："他的才智并不是不能为朝廷所用，只是旁边必须有正直的人监督，才能确保没有祸患。"神宗又问到王安石的为人，司马光回答道："外人都说王安石奸邪，未免太过诋毁。但是他性格太过执拗，不明事理，这也是一个很大的毛病啊！"神宗始终不听。

陈升之担任同平章事后，想要笼络人心。他见百官当初都反对设立三司条例司，便请旨撤销这个机构。当初，王安石举荐陈升之与自己一同创立三司条例司，这回他竟然请旨撤销，王安石认为陈升之辜负了自己，便和他吵了起来。陈升之没想到会触犯王安石，不敢与之对抗，便主动称病，请假休养。王安石又引用枢密副使韩绛管理三司条例司。王安石每次奏事时，韩绛都要跟在后面，随声附和，王安石如得左膀右臂。

后来，韩绛上奏："青苗法方便百姓，民间都愿意借贷，官府也可以从中获利，这样一举两得的好事，还犹豫什么？事不宜迟，请陛下下令诸路转运使施行。"于是，神宗下诏设置诸路提举官，执掌贷收事宜。提举官多方迎合，都以多贷青苗钱为功劳，不论富贵，随户支配。王广渊在京东将百姓分为五个等级，上等户最高贷款一万五千两，下等户最高贷款一千两。到期不还的，随即派遣彪悍的官吏前去暴力征讨，民间怨声四起。王广渊反而上奏说百姓欢呼万岁，感恩戴德。

谏官李常、御史程颢弹劾王广渊强迫百姓贷款，使百姓生活在水深火热之中，神宗没有理会。河北转运使刘庠不愿放贷青苗钱，奏称百姓不愿意借贷，神宗又不闻不问。王安石知道后，恨恨地说："王广渊力行新法，却连遭弹劾；刘庠想要破坏新法，却没听说加罪于他，朝廷这样办事，国家能富强起来吗？"

横渠人张载和河南程颢、程颐兄弟是八拜之交，关系非常要好，平日里他们一起讨论道学，研究六经。张载出任县令后，刑法宽厚，勤政务实，民风一新。御史中丞吕公著举荐张载入朝为官，神宗召见张载，问他治国之道。张载对答道："为政必须效仿古道，否则只能小有成就。"当时王安石正在倡导古道，神宗也有心复古，听了这句话，便认为张载和王安石是一类人，就留他在朝中，任为崇文院校书。哪知张载所说的古法与王安石的不同，他见王安石假借古人的名义为害人民，竟然称病辞去，明哲保身。

前参政张方平守丧期满返回朝廷，受命为观文殿大学士判尚书省，王安石视他为异己，极力排挤，因此他又被贬为陈州知府。在辞别神宗的时候，他极言新法的弊害，神宗也不禁为之动容，随即命他为宣徽北院使。谁料他又事事受王安石牵制，坚持请求外调，于是又出在应天府通判。当时已经是熙宁三年了。

同一年，河北安抚使、前首相韩琦也加入了反对派的行列。这位三年前还独领朝纲的大宰相从大名府寄来一份奏章，使局势发生了天翻地覆的变化，一举把宋朝当时的政局搅乱了。他上奏说：

臣准散青苗，诏书务在惠小民，不使兼并乘急，以邀倍息，而公家无所利其入。今所列条约，乃自乡户一等而下，皆立借钱贯数，三等而下，更许皆借。且乡户上等，并坊郭有物业者，乃从来兼并之家，今令借钱一千，纳一千三百，是官自放钱取息，与初诏相违。

强硬了一辈子的韩相突然间毫无征兆地慈悲起来，他又上奏说：

又条约虽禁抑勒，然不抑勒，则上户必不愿请，下户虽或愿请，请时甚易，纳时甚难，将必有督索同保均赔之患。陛下躬行节俭以化天下，自然国用不乏，何必使兴利之臣，纷纷四行，以致远迩之疑哉？乞罢诸路提举官，第委提刑点狱，依常平旧法施行！

这两点把年轻的神宗皇帝给震住了，他信心开始动摇，开始怀疑起王安石各种法令的妥善性。手捧这两份奏章，他不禁感叹道："韩琦真是个忠臣，身在外地却不忘江山社稷。朕本以为青苗法是利民的，谁成想害民到这种地步。"接着又有一些大臣列举了青苗法的其他弊端，其中一条说青苗法只针对农业，跟城中其他的百姓无关，为何也在城中放青苗钱呢？而且还要动用官府的人去追债，这样必然会导致家破人亡、民不聊生。可是王安石依然不肯认错，他还上书反驳，力言青苗法可行。神宗开始摇摆不定，有点想废除青苗法的念头。

曾公亮一直站在王安石这边，他劝解神宗："等臣到民间仔细察访一下，如果真的不可行的话，再废除也不迟！"神宗点点头。从那以后，王安石上奏称病。神宗命司马光答复韩琦，文章里多是埋怨王安石的话。可是神宗转念一想，又觉得亏待了王安石，心里过意不去，于是派吕惠卿到王府婉言相劝，邀他上朝。王安石仍然称病不出，神宗就和赵抃说："朕听说青苗法弊大于利，才打算废除掉，并不是责怪王安石，他为什么就不肯上朝呢？"赵抃说："新法毕竟由他所创，如果真要废除的话，最好跟他商议一下，才算妥当！"神宗又犹豫起来。

不久，一手被王安石提拔起来的韩绛面奏神宗："当年商鞅变法的时候，朝中大臣和权贵都不看好，争相排挤、诽谤他，还有仲尼、子产这样的圣贤，都有过这样的遭遇，何况王安石呢？陛下如果决定施行新法的话，就非留下王安石不可！"这一席话又让神宗打消了废除青苗法的念头。神宗一再敦促王安石入朝做事，同时派张若水、蓝元振前去考察民情。谁知道这两个人受了王安石的贿赂，回宫复命的时候，只说百姓交口称赞，毫无怨言。神宗越发深信不疑，竟然将韩琦的奏章交给三司条例司，命曾布批驳了一番，然后公示天下。王安石当即入朝叩谢，神宗又好言劝慰了几句。从此，王安石执行新政的决心比以前更坚定了。

文彦博也看不过去了，他入朝面奏，一再陈述青苗法对百姓的危害。神宗说道："朕已经派张若水和蓝元振考察过了，都说没有问题，爱卿为什么还这么反对呢？"文彦博辩驳道："韩琦是三朝宰相，陛下不信他，却要相信两个宦官说的话吗？"神宗不觉变了脸色，只因为文彦博是三朝元老，德高望重，不便当面斥责，唯有拉下脸给他看了。文彦博知道神宗鬼迷心窍，听不进去自己的话，便告退了。韩琦听说自己的奏章被驳斥，又连连上奏申辩，并说王安石妄图引用周礼，蛊惑陛下，可是神宗始终没有给他答复。

韩琦见神宗如此执迷不悟，愤懑异常，便请求解除河北安抚使一职，只在大名府任职。这道奏疏一上，立即就被批准了。后来，知审官院孙觉因为指斥青苗法，被贬为广德军知府，御史中丞吕公著也因为指责新法不便，被贬为颍州知府。知制诰兼直学士院陈襄因为推荐司马光、韩维、吕公著、范纯仁、苏轼等人，忤逆王安石，被贬为陈州知府。参知政事赵抃后悔先前为王安石求情，导致青苗法死灰复燃，上章弹劾王安石，并要求削去他的官职，也被神宗贬为杭州知府。参知政事一职命韩绛继任。

这时候，朝中又来了一个维护新法的人，名叫李定，曾做过秀州判官。他因为巴结附会王安石，得以升任监察御史里行，后来王安石收他为门下子弟。他在担任判官的时候，从秀州被召入朝，进京前遇到右正言李常，李常问道："君从南方而来，一路上民间百姓是怎么看待青苗法的？"李定答道："百姓都说很方便。"李常惊讶地说道："果真如此？满朝文武都在争论这件事，你进朝后还是闭口不谈的好，省得火上浇油。"

李定和李常辞别后，便去谒见王安石，对他说道："青苗法这么便民，为什么京师里的人都说不可行呢？"这句话说到了王安石的心坎里，他大喜道："这就叫作无理取闹。改日你入朝面见皇上的时候,必须将此事说明白!"李定唯唯遵命。王安石向神宗推荐李定,说他堪当大用。神宗随即召问李定,李定力言新法可行。当神宗问到青苗法的时候,李定说得更加逼真,称百姓远近讴歌。神宗非常高兴,破格提拔李定到知谏院任职。

曾公亮等人极力谏阻,说如此提拔没有先例,请神宗更改任命。神宗思前想后,改拜李定为监察御史里行。知制诰宋敏求、苏颂、李大临等人说:"李定只不过是地方上小小的判官,不应该任他为监察御史里行,最多将他安置在宪台任职。朝廷虽然急需任用人才,但破格特赏,大破常规,利小而弊大。"于是他们封还诏书。神宗诏谕再三,苏颂等人仍然不肯相从。王安石弹劾他们忤逆皇命,目无君上,于是神宗将他们全部贬谪。时人称他们三人为"熙宁三舍人"。

不久,监察御史陈荐弹劾李定,说他在担任泾县主簿的时候,得知生母仇氏去世,却假装不知道,不肯服丧,因此请旨将李定贬斥。李定上书为自己辩解:"臣实在不知道自己是不是仇氏所生,所以不敢服丧,还望陛下明察!"原来,李定的父亲名叫李问,曾经做过国子博士。李定出生在书香门第,难道连亲生父母都不知道吗?其实这里面还有一段故事。

李定的生母仇氏最初嫁给了一个普通百姓,生了个儿子,当了和尚,相传就是与苏轼结交的佛印禅师。后来,仇氏又改嫁做了李问的小妾,不久又生了一个儿子,就是后来的李定。李问去世后,仇氏又改嫁别人,生了个儿子。仇氏所生的三个儿子都很有出息。但是李定因为母亲改嫁,不愿意再与她相认。母子二人多年没有来往,因此仇氏病死的时候,他没有前去服丧。偏偏这件事被陈荐知道了,所以才大做文章,想借机搞垮李定。

李定知道被弹劾后,又不好明说,只能含含糊糊做些辩解,说自己是无辜的。王安石顾念师生情谊,极力庇护,反而驳斥陈荐捕风捉影、无事生非。他请求将陈荐罢职,改任李定为崇政殿说书。监察御史林旦、薛昌朝、范育又上奏言:"李定既然是个不孝之人,怎么能做崇政殿说书呢,这不是误君误国吗?"他们还一同弹劾王安石偏袒弟子的罪状。王安石又入奏神宗,说他们朋比为奸,诬陷忠良,应施加刑罚。神宗已经对王安石百依百顺,不管王安石说什么,都会毫不犹豫地答应。所以,林旦等人相继落职,谏官们一片哗然。李定见事情闹大了,觉得惶惶不安,所以自请解职,改任检正中书吏房、直舍人院。

宋朝的旧制,文官归审官院选拔,武官归枢密院选拔。王安石又创造出一番新的议论,将审官院分为东西两院,东院主文,西院主武,他这么做究竟是何居心呢?原来枢密院的主事是文彦博,他和王安石不和,王安石想通过这种方法夺走他的权利。神宗依议施行,文彦博入奏道:"审官院兼选文武,那还要枢密院何用?臣不能跟武将相接触,还谈什么任免呢?不如陛下将老臣罢免算了!"神宗虽然嘴上安慰劝留文彦博,但是审官院最终还是分为了东西两院,夺走了枢密院不少的权利。知谏院胡宗愈极力反对审官院分选文臣武将,还说李定根本没有才华,纯粹是靠王安石扶上墙的,请求罢他的职。不久,有诏书颁布下来,斥责胡宗愈心怀不轨,中伤好人,竟然将他贬为真州通判。

就在大家都口诛笔伐李定不孝之举的时候,京兆太守钱明逸上奏说广德军朱寿昌情愿放弃官职,寻找生母,找了许久终于找到。他的事迹广为流传,被世人称颂。前番有李定不认生母，不为母亲服丧，终于有朱寿昌放弃官位，寻找生母，这一个不孝子，一个大孝子，形成了鲜明的对比。

朱寿昌，扬州人，父亲名叫朱巽，曾经担任京兆守。朱寿昌为朱巽的小妾刘氏所生。在他三岁的时候，刘氏被赶出家门。等到朱寿昌长大成人后，他的父亲朱巽病亡，他日夜思母，四处访求，终不可得。朱寿昌先后在很多州县做过官，他平日里除了办公外，一有闲暇就会派人四处打探生母的消息，他还给同僚写信，委托他们寻访母亲刘氏的下落。他将朝廷给的俸禄全部用来寻找母亲，长年累月的察访，让他越来越穷，最后他索性放弃喝酒吃肉，还在背上刺下佛经，在神明面前发誓，只要还有一口气在，就会寻找到底。

熙宁初年，他被授为广德军知府，在职几个月，他总是叹息道："我已经五十岁了，连生母一面都没见到，还怎么做人？古话说得好：'求忠臣于孝子之门。'我一丝孝道都没尽，怎么好意思说自己是忠臣呢？罢了！罢了！我宁愿舍弃这一官半职，亲往寻母，活要见人，死要见尸，就算我母亲已经去世了，我也要找到阎罗殿上，和她团聚！"

他随即辞官，并和家人诀别道："我这次如果还寻不见母亲，就不回来了。"家人挽留不住，他竟独自背着行囊，飘然离去。一路上跋山涉水，风吹雨淋，触暑冒寒，也顾不上什么辛苦。他一路探问，悉心侦察，好不容易到了同州，又逐村挨户的查问。恰巧有一位老妇人在门边站着，他上前打听母亲刘氏的下落。那老妇人好像知道些什么，便叫朱寿昌进屋，盘问底细。

朱寿昌把事情的前因后果一一陈明，老妇人听后，不禁流泪道："照你这么说来，你就是朱巽的儿子朱寿昌吗？"说罢老妇人将自己如何被赶出府门、后来又如何改嫁全都告知于朱寿昌。朱寿昌听后，就已经知道这位老妇人就是自己冥思苦想、日夜寻找的生母刘氏了。还没等老妇人讲完，朱寿昌就扑通一下跪在地上，叩拜道："母亲，孩儿终于找到你了！"老妇人扶起朱寿昌抱头痛哭。

母子二人哭了一会儿，朱寿昌将自己寻母的始末讲述给母亲听，刘氏听后不禁破涕为笑，说道："我已经七十多岁了，你也有五十了，谁能料到我们母子二人还能活着重逢？想必是你的孝心感动了上天，才让我们母子相聚。"说完，刘氏又召入壮丁数人，跟朱寿昌相见。这几个壮丁是刘氏改嫁党氏之后所生数子。朱寿昌跟他们以兄弟之礼相待，大家寒暄了一番。不久，党氏家内准备了丰盛的酒宴，一家团圆，畅饮尽欢。随后朱寿昌回到了府邸。

过了两天，朱寿昌返回村落，将母亲刘氏和党氏几个同母兄弟全部接回了府邸。他的事迹广为流传，很快被朝廷得知，一班老成正士都说他是千古难见的孝子，必须破格提拔。无奈王安石要袒护李定，不得不阻抑朱寿昌，他奏请神宗，让朱寿昌仍旧担任原职。朱寿昌因为要赡养母亲，请求改任河中通判，神宗照准。

世人都称赞朱寿昌的孝行，士大夫还作诗相赠，极力赞美。监官告院苏轼也作诗赠与朱寿昌，并且附诗序一篇，明地里赞誉朱寿昌，暗地里却排斥李定。李定后来见到诗和序，非常忿恨，这也为他污蔑苏轼埋下了仇恨的种子。朱寿昌任河中通判数年后，母亲病逝，他终日哭泣，几乎失明。朱寿昌去世后，有很多白鸟聚集在他的坟墓上，时人都说是他太孝顺的缘故。朱寿昌官至中散大夫，《宋史》将他列入《孝义传》，被后人景仰歌颂。

第三十八章　仕途坎坷的苏东坡

监察御史程颢是河南人，他和弟弟程颐都潜心修学，以治国平天下为己任。程颢曾经中过进士，担任过晋城县令。他教导百姓要孝悌忠信，百姓都十分爱戴他。他入京后，在吕公著的推荐下做了御史。神宗早就听说过程颢的贤名，并多次召见他。程颢前后上疏很多次，建议神宗要清心寡欲，求贤育才，神宗也很是赞同。等到新法兴起，程颢多次阻挠，请求废除青苗法，并提议裁汰提举官这个职位。王安石虽然心怀怒意，但当时他颇为敬重程颢的为人，所以不忍心加害他。不久，程颢又上书，再三陈述新法的弊端。

奏折递入后，神宗让他在中书处进言。程颢前往中书处后，正好王安石也在场，而且还怒视着自己。程颢很从容地说："天下大事并非一家做主，如果在下说的话还有些道理，你不妨照我说的做；如果我说的没有道理，你可以站出来辩驳，何必故作一副盛气凌人的样子呢？"王安石听后，不觉惭愧异常，便起身请他坐下。程颢刚坐定，正要开口，忽然同僚张戬也来了。王安石见他进来，觉得自己又多了一个对头。原来张戬曾经和台官王子韶上疏说王安石霍乱法度，并弹劾曾公亮、陈升之、韩绛、吕惠卿、李定等人。他见奏疏久久没有回应，便跑到中书处当着他们的面据理力争。

当时正值酷暑，王安石拿着一把扇子，见到张戬，竟然用扇子遮住脸庞，吃吃地发笑，俨然一副奸诈的嘴脸。张戬抗声道："如果我太过狂直，王大人觉得很好笑，我无所谓。嘲笑我的不过就你们这几个人，但是嘲笑阁下的人，恐怕遍布天下吧！"陈升之在旁边劝解道："是是非非，自有公论，张御史也知道这个简单的道理，又何必大老远地跑过来和我们争论呢？"张戬不等他说完，便应声说道："陈大人也不是没有罪过！"王安石不耐烦地开口道："由他去说，我自有主张，干嘛要理睬他呢？"张戬不愿自讨没趣，转身离去。程颢也跟着一起离去了。

后来，程颢自知不能扳倒王安石一党，不愿同流合污，于是上书请求外调。神宗应允，诏命他为江西提刑，程颢不愿意，又改授签书镇宁军节度使判官。张戬和王子韶也请求离去，于是神宗调张戬出任公安县县令，王子韶出任上元县县令。还有右正言李常，因为驳斥均输、青苗等法，并将王安石比作王莽，不久也被贬为滑州通判。

不到数日，台谏官员被贬一空，王安石便推荐谢景温为侍御史。谢景温与王安石有姻亲情谊，所以得到王安石的举荐。王安石命吕惠卿兼判司农寺，管领新法事宜。枢密使吕公弼多次劝说王安石，不要生事，扰乱朝纲，王安石很不高兴。吕公弼准备弹劾王安石，谁知道奏折刚刚写好，就被从孙吕嘉问偷走，拿给王安石看。王安石当即禀报神宗，神宗竟然将吕公弼贬为太原知府。后来，吕氏家族赠送给吕嘉问一个美名，就是"家贼"二子。吕嘉问也不觉得惭愧，只要能讨到王安石的欢心，管他什么家贼不家贼的，真是厚颜无耻！

不久，曾公亮年迈请求离去，于是神宗罢免了他的相位，拜他为司空兼侍中。当时，五位宰相更迭，民间还有生老病死苦的谣言："安石诞生，公亮老朽，唐介病死，富弼称病，赵抃叫苦。"虽然只是几句民间谣言，但也觉得很贴切。

王安石极力排挤异已，强硬推行新法。忽然，西北传来警报，说西夏主李秉常大举侵犯边境，环庆沿路已经烽烟遍地了。王安石毛遂自荐，请求巡视边疆。韩绛入奏说："朝廷推行新法不久，全仰仗着王大人，怎么能派他去边疆呢？臣愿意赴边督军！"神宗大喜，便令韩绛为陕西宣抚使，并给了他一道空白敕书，让他必要时可以自行任免官吏，韩绛领命出发。

西夏兴兵是有原因的。此前，建昌军司理王韶曾经游历陕西，考察西北边事，他返回宋廷后，向神宗提了出了三条平定西陲的策略，大概意思是说：

西夏可取，欲取西夏须先复河湟，欲复河湟，须先抚辑沿边诸番。自武威以南，至洮、河、兰、鄯诸州，皆故汉郡县，地可耕，民可役，幸今诸羌瓜分，莫能统一，乘此招抚，收复诸羌，就是河西李氏，即西夏。即在我股掌中。现闻羌种所畏，惟唃氏即唃厮啰，见第十八回。子孙，若结以恩信，令他纠合族党，供我指挥，我得所助，夏失所与，这乃是平戎的上策呢。

神宗觉得此计甚妙，便召问王安石。王安石也极力赞许，神宗便命王韶为秦凤经略使，负责跟唃氏一族接洽，同时还册封唃厮啰的儿子董毡为太保。董毡是唃厮啰的第三个儿子，他仍然承袭保顺军节度使的职位，并封董毡的母亲乔氏为安康郡太君。董毡欣然接受，并派遣使者进京入谢。

王韶到了秦凤之后，收降了青唐蕃部俞龙珂，随即奏请建筑泾、渭上下两城，屯集重兵把守，并安抚招纳洮河诸部。秦凤经略副使李师中反对王韶的奏议，王安石认为李师中有意阻挠，请求罢免他的职位。王韶又上言说："渭源到秦州，荒废的耕田多达万顷，臣请陛下置市易司，笼取商利，作为垦荒的经费。"王安石正要推行市易法，怎么可能会不同意呢？李师中上言阻谏道："王韶所说的耕田，大都处在战事易发地带，不便开垦。市易司容易扰民，恐怕会因小失大啊，请陛下三思！"王安石哪里肯听从李师中的奏议？他当即奏请罢免李师中，贬他去了舒州。

神宗命窦舜卿为秦州知府，和内侍李若愚一同前往查探闲田所在地。哪知道他们只征得了十几亩土地，而且还被一户人家占有。窦舜卿、李若愚只好据实奏报。王安石哪里肯信，他斥责二人故意隐瞒，将他们贬谪，另派韩缜再去查探。韩缜不敢得罪王安石，所以谎报数目，歪曲事实。他只想保住官职，也是不得已而为之。王韶后来被提拔为太子中允，后来又担任洮河安抚司。王韶这一番倡议，不但让吐蕃境内从此多事，就连大宋和西夏也因此决裂，爆发战事。

熙宁三年五月，夏人建造诺和堡，并在那里屯集重兵。庆州知府李复圭听说朝廷有意收复西夏，竟然出师邀功，派遣副将李信、刘甫等人率蕃、汉士兵三千，前往偷袭诺和堡。不料走漏了风声，被夏人得知，李信等人中了埋伏，大败而归。李复圭非常后悔，他害怕朝廷问责，便将无故兴兵的罪状全部推到了李信、刘甫等人的身上，还将他们斩首示众。

后来，李复圭又率军追袭夏人，杀死老弱残兵两百多人，还上书告捷邀功。夏人岂肯善罢甘休？夏主李秉常趁着秋高马肥，大举入侵环州、庆州，猛扑大顺城和柔远寨，钤辖郭庆、高敏等人陆续战死。朝廷接到警报后，派遣韩绛前往督军，抗拒夏兵。韩绛来到边境后，在延安开设幕府，征选蕃人充军。韩绛一介书生，哪里懂得治理军队，他起用种谔为鄜延钤辖，守卫青涧城。

韩绛授权种谔统领诸将。当年种谔无故起兵，杀了不少蕃人，这回韩绛起用种谔，蕃兵多有不满。安抚使郭逵阻止道："种谔生性狂傲，贪功恋权，如果重用，必定误国误民！"韩绛不以为然。当时陈升之因为母亲去世，离职相位。曾公亮和陈升之这两个同平章事先后离去，神宗便提拔了另外两个人接替，一个是王安石，一个便是韩绛。韩绛在军营里接到任命的诏书，当然乐得合不拢嘴。

韩绛得到圣宠，随即弹劾郭逵牵制军情，神宗便将郭逵召回。韩绛授意种谔放手去干，有什么责任他来承担。不久，种谔率军两万攻破罗兀，筑城拒守，进筑永乐川、赏逮岭二寨，又分遣都监赵璞、燕达二人修葺抚宁故城。韩绛正准备保荐种谔，大肆称赞他的功绩，不料夏人已经攻破顺宁寨，进而将抚宁城团团围住。

种谔在绥州听到警报后，惊慌得不得了。当时守边将领折继世、高永能等人正在细浮图驻军，离抚宁城只有数里。况且还有赵璞、燕达等人防守抚宁城，根本不用惊惶。种谔打算召回燕达，偏偏口不应心，他提起笔，那笔尖儿好像有东西作怪，竟然颤动不已，不能写字。正好运判李南公在旁边，看他这样慌张，不禁觉得好笑。

种谔把笔丢到一边，搥胸顿足地说："这该如何是好，如何是好啊？"说完，竟然鼻涕眼泪一起流了出来。李南公在旁边劝解道："大不了放弃罗兀城，何必这么害怕呢？"种谔一言不发，还是涕泪不止。等到李南公退去后，警报纷至沓来，所有新建的城寨陆续被攻陷，战死了一千多将士。种谔束手无策，韩绛也无可奈何，只好上书弹劾种谔，并自请惩处。神宗不久下发诏书，命种谔放弃罗兀城，并将他贬为汝州团练副使，安置在潭州。韩绛也被坐罪，调任邓州知府。刚到手的相位，屁股还没坐热，就被罢免了，真是好笑。夏人得到罗兀城后，不久也收兵退去。

唯独王安石一人独任宰相，把揽大权。当时，冯京、王珪是新任的参政。王珪曲意迎合王安石，仿佛是王安石的家奴；冯京虽然稍微有点意见，但也不敢直言相抗。后来，翰林学士司马光、范镇也依次被罢免。神宗准备选拔一批正直的官员，当时太原判官吕陶、台州司户参军孔文仲已经受到百官举荐，准备入仕台谏。不料又被王安石阻挠，孙文仲仍然担任原职，吕陶也只被授予蜀州通判。

朝中反对新法的大臣几乎被扫清，于是保甲法，免役法依次施行，并改诸路更戍法，更定科举法，朝三暮四，任意更张。更戍法是太祖创立的旧制，太祖当年为了扫除藩镇的旧弊，听用赵普的计策，分兵创立四军：京师卫卒称为禁军，诸州镇兵称为厢军，在乡防守的部队称为乡军，保卫边塞的军队称为藩军。禁军与藩军交换戍边，厢军也互相调换，兵无常帅，帅无常师，所以叫作更戍。

神宗时，大臣们说将领频繁地调动，导致兵将互不相识，遇到紧急情况很难应付。有人提议不如让一部分将士始终驻守在一个地方，好让兵将之间互相熟悉，这样既对训练有好处，又省去了更迭的繁琐程序。王安石认为这个计策非常好，便改订兵制，分置诸路将副。京畿、河北、京东西三路共设置三十七名副将，陕西五路共设置四十二名副将，而且每位副将的麾下各有部队训练官等数十人。这样一来就和诸路原有的总管、钤辖、都监、监押等官职重复了。这群人整天吃着国家的俸禄，却游手好闲，不务正业，真是弄巧成拙了。

宋朝初年，选取进士仍然采用唐朝的旧制。进士一科，限年考试，所考的科目是诗赋、杂文、帖经、墨义等条。仁宗在位的时候，听从范仲淹的建议，有心复古，广兴学校。参加科举的考生必须先考策论，然后再考诗词歌赋，去掉了帖经和墨义。后来范仲淹被罢官后，又恢复了旧制。王安石掌权后，想要将科举革除，一心兴学。神宗于是召见群臣商议，苏轼说："仁宗当初兴办学校，只是徒有虚名罢了。科举制度选拔出来的人才未必没有才华，臣觉得不必变更。"神宗也觉得很有道理，王安石却觉得科举制度弊端太多，力请改革。经过辅臣们再三商议，最后决定以经义论策来录取人才，去掉诗赋、帖经、墨义。

后来，王安石又建议设立太学生三舍法，注重经学。王安石自己还写了《三经新义》，注释《诗》《书》《周礼》，并颁行下去，无论是学校还是科举，都只准用他的《三经新义》，以前所有的先儒传注一概废止。王安石当时真可谓权势熏天。

苏轼见王安石专断独权，心中愤懑不平，便在进士策论考试中拟了如下命题：

晋武平吴，独断而克，苻坚代晋，独断而亡，齐桓专任管仲而霸，燕哙专任子之而败，事同功异为问。

这明明就是借题发挥，讥讽王安石。王安石遂怀恨报复，公报私仇，上奏请求调苏轼为开封府推官，苏轼听到消息后，再次上疏驳斥新法。这道奏疏呈上去后，王安石更加愤怒。那时苏轼只不过是个小小的文职官员，竟然敢跟重权在握的王安石叫板，真是令人敬佩。王安石授意御史谢景温弹劾苏轼，苏轼得知后，不等神宗下旨，自请外调。于是，神宗将他贬为杭州通判。

苏轼，字子瞻，眉山人。他的父亲苏洵曾经游学四方，他的母亲程氏饱读诗书，是个大才女。苏轼几岁的时候，程氏就亲自教授诗书。等到苏轼成年后，已经遍览群书，能诗善文了。他尤其擅长写文章，下笔动辄就是上千字。仁宗嘉祐二年，苏轼参加礼部的考试，主审官欧阳修看到苏轼写的文章，赞不绝口，打算让他做头名，但又担心这篇文章是自己的门客曾巩代写的，为了避嫌，便将这篇文章排到了第二名。后来，在春秋对义中，苏轼名列第一，并因此入仕直史馆。苏轼才华出众，非常引人瞩目。王安石嫉妒他的才华，便改授他为判官告院。这一次苏轼又被贬为杭州通判。

杭州城外的西湖，风景秀丽，冠绝东南。苏轼在办公闲暇之余，经常跑到湖上游览，并把自己的情感寄托在风景之中，当时的文人墨客都争相跟他一起出游。苏轼模仿唐代的白居易，在湖中修建沙堤，上面种植桃花和柳树，点缀景色。后人将白居易修筑的沙堤称为白堤，将苏轼修筑的沙堤称为苏堤。

　　相传苏轼有个妹妹名叫苏小妹，也才华过人，出口成章。可能是程氏教导有方，他们一家都是大才子。学士秦观跟苏轼很要好，经常和苏轼一唱一和，苏轼将他引为知己。苏轼还与佛印外出郊游，泛舟湖上，饮酒作乐。苏轼还有个弟弟名叫苏辙，和苏轼一起荣登进士科，也非常擅长诗文，曾经担任三司条例司检详，后来因反对青苗法，忤逆王安石，被罢黜。世人有诗文称赞他们兄弟二人：

　　蜀地挺生大小苏，才名卓绝冠皇都。昭陵试策曾称赏，可奈时艰屈相儒。

　　后人称苏轼为大苏，称苏辙为小苏。仁宗在位初年，曾经读过他们兄弟二人的文章，读完后大喜道："朕为子孙发现了两位宰相啊。"苏轼被外调后，王安石又少了一个死对头，因此越发横行无忌了。

第三十九章 借父威竖子成名

苏轼被外调后，开封府知府韩维和蔡州知府欧阳修也相继被罢免。前朝宰相富弼因阻止青苗法，被贬谪到了汝州。王安石仍然意犹未尽，坑害他人仿佛上了瘾，他将富弼比作大禹的父亲鲧，请求神宗予以重责。神宗顾念富弼是三朝重臣，不忍加罪于他，王安石这才作罢。

宁州通判邓绾上疏称赞新法可行，极力奉承王安石。于是，王安石举荐邓绾为谏官。邓绾是成都人，他有个老乡在京师做宦官，因此人们都笑骂他不知廉耻。邓绾怡然自得地说："笑骂就由他笑骂吧！反正有好官可以做，管不了那么多了。"邓绾后来升迁为御史，同时兼管农事。他和曾布狼狈为奸，力挺王安石，因此王安石的气焰更加嚣张，打算进一步施行免役法。御史中丞杨绘奏请废除免役法，并且请求神宗召用吕诲、范镇、欧阳修、富弼、司马光、吕陶等人，也被贬为郑州府。监察御史刘挚陈诉免役法有十大危害，被贬谪为衡州监察。知谏院张璪跟刘挚是好友，两人关系非常好。朋友被人陷害，他当然不服，也丢掉了官职。这下朝中反对王安石的官员又减少了三个。

吕诲日夜担心，积忧成疾，上表神宗说："臣本来没有什么大病，只因为被医生误诊，错用偏方，导致重病，祸延五脏六腑，恐怕会一病不起了。只是陛下无依无靠，臣死后也难瞑目啊！"这明明是暗作比喻，劝神宗早早醒悟。无奈神宗已经鬼迷心窍，无可挽回了。后来，吕诲真的病危，司马光前去探视，只见吕诲卧在床上，奄奄一息，连话都说不出来，不禁感到悲恸。突然，吕诲伸手扯住司马光的衣袖，睁大眼睛竭力说道："天下的事情还有挽回的余地，你一定不要放弃啊！"说完便撒手人寰了。吕诲，开封人，是故相吕端的孙子。哲宗元祐（宋哲宗在位使用的第一个年号）初年，吕诲被追封为谏议大夫。

不久，欧阳修也在颍州病逝，享年六十五岁。欧阳修自幼喜爱读书，常从城南李家借书抄读，他天资聪颖，刻苦勤奋，往往书不待抄完，已能成诵；少年习作诗赋文章，文笔老练，犹如成人，其叔由此看到了家族振兴的希望，曾对欧阳修的母亲说："嫂子不必担忧家贫子幼，你的孩子有奇才！一定可以光宗耀祖，他日必然闻名天下。"

欧阳修的散文内容充实，形式多样，无论是议论还是叙事，都是有为而作，有感而发。他刚刚成年，已经名声在外。不久，他考中进士，并且名列南宫第一名。宋仁宗皇祐元年，他先后担任翰林学士、史馆修撰等职。至和元年八月，欧阳修遭受诬陷被贬。命令刚刚下达，仁宗就后悔了，等欧阳修上朝辞行的时候，他亲口挽留说："别去同州了，留下来修《唐书》

吧。"就这样，欧阳修做了翰林学士，开始与宋祁修撰《新唐书》，后来他又自修《五代史》。

苏轼曾经作序赞颂欧阳修："欧阳大人论大道像韩愈，论事像陆贽，记事像司马迁，诗赋像李白。"欧阳修祖籍庐陵，晚年时喜欢颍川的风水，所以定居在那里。刚开始自号"醉翁"，后来又号"六一居士"。他死后，宋哲宗赠他太子太师，赐谥号文忠。从此，宋廷又过世了两位重臣。

王安石有个儿子名叫王雱，从小天资聪颖，读书过目不忘。他在十五六岁的时候，就写下了一万多字的文章，时人都惊叹他的才学。后来他考中进士，光耀门楣，睥睨自豪，不可一世。做官不久，他嫌弃俸禄太少，官位太低，竟然辞职回家。他整日呆在家里，无所事事，便写下二十多篇论文，畅谈天下大事。后来，他又创作了《老子训解》和《佛书义解》，也有数万字。他为人放荡不羁，风流倜傥，孤芳自赏。

自古才子多风流，这位年轻气盛的王公子也免不了寻花问柳，选色征声。京城里所有的秦楼楚馆，诗妓舞娃，没有人不知道王雱的大名。王安石虽然是当朝大臣，有意保持家风严谨，但是他政务繁忙，根本无暇顾及管教儿子。王安石料想约束不住王雱，只好任由他放纵。况且他才华绝世，议论惊人，就是王安石自己跟他相比，也觉稍逊一筹。所以，王安石由爱生宠，由宠生怜，还管他什么游手好闲、拈花惹草呢？

王安石任参知政事的时候，程颢曾经到他家里访问，跟王安石谈论当今时政。他二人辩论得正起劲的时候，突然看到王雱披头散发，囚首丧面，手里拿着一个女人戴的发簪，从后堂窜了出来。他听见厅堂有谈笑声，便大步走了进去。见到程颢，他也不知道什么礼节，上来便问王安石："阿父在谈论什么事呢？"王安石说道："我正在烦恼新法颁行，朝中有很多人阻挠，所以才和程大人商讨此事。"王雱睁大眼睛大声说道："这有什么好商讨的！只要把文彦博、富弼两人的人头割下来，挂在宫门上，不怕新法不能颁行。"这小子说话不但幼稚，还很嚣张，想必是他父亲言传身教的结果。王安石连忙阻止道："你怎么能这么说话呢？"

程颢虽然与王安石不和，但好歹也是饱读诗书，粗知礼仪，他见王雱是这副嘴脸，就已经看不过去了；等到听了王雱的"高论"后，更是忍耐不住，说道："我和参政谈论国家大事，你一个闲人就不要过问了！"王雱听后，气得青筋暴起，怒视程颢，几乎要冲上去给他几拳。王安石当下怒喝，他才悻悻退去。

后来，王安石做了宰相，权势熏天，提拔了很多年轻的官员。王雱对父亲说："父亲门下多半都是年轻人，孩儿也已经成年了，难道我还不如他们吗？"王安石说："你只知其一，不知其二。宰相的儿子不能预选官职，这是本朝的定例，不能擅自改动。"王雱笑着说："既然我不能进朝做官，那去讲解经义总可以吧？"王安石被他这么一问，愣了半天才说道："朝中大臣都指责我总是任用私人，你要是进朝为官，恐怕别人又会说很多闲话，还是算了。"王雱又道："阿父这般优柔寡断，难怪新法不能施行。"王安石又踌躇了半天，才说道："你所作的文章和《老子训解》还在不在？"王雱回答说："都被我藏起来了！"王安石说："你赶紧拿出来，我自有用处。"王雱于是跑到书房，取出藏稿，递给王安石。王安石吩咐家丁，拿到外面印刷成书，廉价出售。

城里的人争相购买，后来辗转流入到宫里，神宗看到后，对王雱赞赏有加。邓绾、曾布正想讨好王安石，所以乘机力荐王雱，说他如何有大才，如何博学，称赞他为当代英豪，绝世无双。于是神宗召王雱入见，王雱奏对时，无非跟他父亲一样，极言新法可行。他也算乖巧，知道神宗梦想富国强兵，所以句句迎合。神宗自然欢喜，便授他为太子中允、崇政殿说书。

王雱平生最崇拜商鞅，商鞅曾经说如果不诛杀异论，新法就不可能得到施行。王雱在讲经的时候，常常倡议这个言论，神宗渐渐被他迷惑，竟然同意在京城增派巡逻的卫士，遇到诽谤时政的人，不论贵贱，一律拘禁。京城的人从此更不敢多言了。

没过多久，王安石请旨推行市易法，委任户部判官吕嘉问为提举，接着推行保马法，并令曾布妥善议定条规，遍行诸路。最后，王安石推行方田法，从东路开办，逐渐推行。枢密使文彦博、副使吴充上奏保马法不便施行，都没得到神宗回应。枢密都承李坪说了很多免役法的弊端，王安石说他作威作福，妄自诋毁，希望神宗加罪于他。神宗虽然口头上答应了，但是很久没有下诏。

后来，利州判官鲜于侁上书议论时事，暗地里指责王安石，神宗竟然将他提拔为了转运副使。王安石不解，奏问神宗，神宗回答道："鲜于侁是个人才，所以我才破格提拔他的。"王安石不敢多说。利州不愿领受青苗钱，王安石派人前去诘问，鲜于侁说："百姓不愿意借贷，我又有什么办法呢？"

王安石无奈，只好想出辞职这个办法。他面奏神宗，情愿外调，神宗挽留道："自古君臣像你我这么相知的，少之又少！朕本来很笨拙，缺乏见识，自从爱卿担任翰林学士以来，受教颇丰，心智慢慢开悟。天下大事刚刚有了头绪，怎么离得开爱卿呢？"王安石仍然要辞职。神宗又说："爱卿是不是因为李坪的事情跟朕置气呢？爱卿担任知制诰时朕开始重用你，托付天下大事，吕海曾经将你比作正卯、卢杞，朕都不信，何况李坪呢？"王安石这才退去。

第二天，他又上表请辞，神宗没有拆看，原封不动地退还给他。神宗多次派人前去慰问，好言相劝，王安石这才答应照常理事。不久，他又提议开拓边境，三路并进：一路是招讨峒蛮，命中书检正官章惇为湖北察访使，经制蛮方；一路是招讨泸夷，命戎州通判熊本为梓夔察访使，措置夷事；一路便是洮河安抚使王韶，招讨西羌，进兵吐蕃诸部落。这三路里唯独羌人比较狡猾、凶悍，不易收服，而其他蛮、夷两路没什么厉害的，官兵一到，他们就溃散了。王安石将这些功劳揽到自己身上，好像是自己一手创造出这个太平盛世。

首先是峒蛮（今西南湖北、湖南、江西、云、贵等省份），西南地带，山高水险，少数民族分布众多，历代都将其视为化外，呼作蛮、夷。朝廷没有在那里设置官吏，只是任命各处的酋长规范族人，让他们自治。北宋初年，辰州（湖南省怀化市沅陵县）人秦再雄，武健多谋，蛮人都很畏服他。宋太祖召见他，当面慰谕，命他为陈州刺史，并许可他自行任命当地官吏，只需要每年缴纳一定的赋税。秦再雄感恩图报，选派亲校二十人到各个蛮族招降。从此，宋廷西南几千里再无战事。后来各州偶尔有点祸乱，相继被平定。

仁宗在位时，溪州刺史彭仕羲自称如意大王，聚众作乱。经过官军征讨，彭仕羲狼狈逃跑。宋廷派遣官吏传达口谕，只要他改过自新，仍然官任原职，既往不咎。彭仕羲于是出降，后来，他被他的儿子彭师彩弑杀。彭师彩的哥哥彭师晏率军攻杀彭师彩，攻破城门后又上表向宋廷称臣。神宗命他承袭父亲的职位，管领全州事务。

蛮众的地盘分为南江和北江。北江有二十座土州，都归彭氏管辖；南江有三族，舒氏、田氏各领四州，向氏领五州，都服从宋廷的命令。不过好景不长，南江峡州峒酋舒光秀剥削无度，引起了部众强烈的不满。湖北提点刑狱赵鼎据实上报，辰州百姓张翘又献策给宋廷，说诸蛮自相仇杀，可乘势剿抚，将它们转为郡县。

宋廷遂派遣章惇为湖北察访使，经制南北。章惇到了湖北之后，先招纳彭师晏，授他为礼宾副使，兼京东州都监，北江自此平定。然后，章惇劝谕南江各族，向永晤奉表归顺，献还先朝所赐的剑印。舒光秀、光银等酋长也相继归降，唯独田元猛自恃骁勇，不肯从命。章惇率轻兵前往讨伐，攻破田元猛的城寨，夺踞懿州。南江州峒闻风而下，还有梅山峒蛮苏氏和诚州峒蛮杨氏，也相继纳土。章惇创立城寨，在梅山设置安化县，隶属邵州。不久又将诚州改称靖州，隶属辰州。自此，蛮人全部臣服，章惇风光还朝。

再说泸夷（今四川泸州至宜宾以南地区，自古以来就是一个重要的少数民族聚居区域），在西南一侧，与泸水接壤，有一座泸州城，所以被人称为泸夷。仁宗初年，夷酋乌蛮王得盖在泸水旁生活，部族势力最为强盛。泸水附近有座姚州城，废弃很久。王得盖招抚部落，以姚州为根据地，奉表效顺天朝。仁宗准奏，授予王得盖姚州刺史，铸印赐给。

王得盖死后，他的子孙私自号称"罗氏鬼主"，但是势力日渐衰弱，不能驾驭诸族。乌蛮有两位酋长，一位名叫晏子，一位名叫箇恕，一直都归王得盖的孙子仆夜管辖。后来，这两位酋长不服从仆夜的号令，纠众作乱，擅自抢劫晏州山外六姓和纳溪二十四姓，归其役属。六姓蛮夷受到这两位酋长的唆使，入侵宋境。戎州通判熊本一直驻守边郡，对夷情非常熟悉，朝廷命他为察访使，便宜行事。

熊本知道夷人都是一些乌合之众，于是他用金帛引诱一些酋首来到泸州，一并斩首，并悬竿示众，各姓族人见状非常害怕，表示愿效死命赎罪。只有柯阴一酋没有来，熊本派遣都监王宣招集晏州的降众和黔州的义军，给他们强弓毒矢，进击柯阴。柯阴酋居然开门迎敌，他那落后的兵器，哪里禁得起弩弓迭发，刚一交战，夷人立即仆地，夷众大溃。王宣率众追上柯阴，柯阴无计可施，只得下马投降。

王宣报知熊本，熊本将各族的人口、田地、牲畜登记造册，安抚群众。晏子、箇恕听说官军这么厉害，哪里还敢与他们抗争？他们当下派人前去犒师，并悔过谢罪。"罗氏鬼主"仆夜本就是个没用的人物，当然也拜表归诚。于是山前山后十郡诸夷都表示愿意世代为汉官，效命宋廷。熊本一一上奏朝廷，朝廷下诏命仆夜为姚州知府，箇恕为归徕州知府。晏子没来得及领受皇命就过世了，由他的儿子承袭，拜官巡检。泸夷自此平定。

熊本返回京师，神宗称赞他不伤财，不害民，提拔他为集贤殿修撰，赐三品冠服。后来，他又出讨渝州，击破叛酋木斗，收复溱州土地五百里，创置南平军。熊本奏凯班师，神宗任命他为知制诰。蛮、夷地区又划归为宋朝的统治范围了。

最后一路西羌，洮河安抚使王韶收降俞龙珂，还为他请赐姓氏，俞龙珂说天朝有个叫包拯的，忠清无比，愿意附姓为荣。神宗于是赐他包姓，改名为顺。包顺引导王韶深入西羌腹地，王韶与都监张守约在古渭寨驻戍，定名通远军，作为根据地。不久，他们向西进兵，攻取武胜。蕃酋穆尔、舒克巴等人据险来争。王韶身披甲胄，督兵迎战，大破羌众，斩首数百级，烧毁庐帐不计其数。唃厮罗的长孙木征前来援助穆尔，也被击退。

唃厮罗刚开始娶妻李氏，生了瞎毡和磨毡角两个儿子。后来，唃厮罗又娶了乔氏，生下董毡。乔氏颇有姿色，深得唃厮罗的宠爱，不久唃厮罗竟将李氏赶出做了尼姑。李氏所生的两个儿子被他禁锢在廓州。这对兄弟不服，暗中纠结母亲的死党李巴全，带着母亲逃往宗哥城。磨毡角占据廓州，扎下根基。瞎毡居住在龛谷，于是，唃氏的土地分作三个部分。

唃厮罗死后，他的妻子乔氏和儿子董毡据城坚守，有六、七万兵马，号令严明，人不敢犯。他们受到宋廷册封，还算恭顺。后来，磨毡角与瞎毡相继病死。磨毡角的儿子瞎撒欺丁孤弱不能守城，便投靠了董毡。瞎毡有两个儿子，大儿子叫木征，小儿子叫瞎吴叱。木征居住在河州，瞎吴叱居住在银川，木征担心董毡攻打自己，曾经向宋廷表示愿意内附。后来，宋军入境，同族向他求援，他便率众反抗王韶。不料被韶军击败，只得退守巩令城。

木征派遣部将瞎药驻守武胜，哪知王韶大军已经长驱捣入，瞎药抵挡不住，只好弃城逃走，武胜于是被王韶占有。王韶选择关要筑城，建为镇洮军，同时修书报捷。宋廷朝议创置熙河路，升镇洮军为熙州，授王韶为经略安抚使，兼知熙州事和通远军，并提领河、洮、岷三州。

当时这三州还没有收复，王韶派使者潜往河州，赠金招诱，自率轻骑尾随其后。当时瞎药正好败还河州，跟宋使晤谈后，得了若干金银，表示愿意归顺。王韶大军到达后，很快攻入河州，杀死老弱病残数千人，连木征的妻子也被擒住。木征在外没有回来，他的巢穴已被捣破了。王韶接着又进攻洮州、岷州，木征率军夺回河州，王韶又回军击退木征，河州又被平定。岷州首领木令征闻风献城，洮州也归降。还有宕、叠二州都来归附。王韶大军行军五十四天，跋涉八百多里，攻取五座州城，斩首数千级，获得牛羊马一万余头。

捷书上达，神宗亲自到紫宸殿为王韶接风，并解佩带赐给王安石，升王韶为左谏议大夫，兼端明殿学士。王韶于是留部将分守五州，自率部分军队入朝。不料他刚刚还都，边境的警报跟着也到了，河州知府景思立竟然战死在踏白城。

原来木征虽然已经败窜，但是贼心不死，他又勾结董毡部将青宜结、鬼章等人，侵扰河州。景思立麾军出战，羌众假装败走，景思立追到踏白城，遇伏而亡。木征势焰愈加嚣张，又进犯岷州。刺史高遵裕派遣包顺前往迎敌，战退木征，木征又转而围攻河州。

当时王韶已经奉诏返回，行军到兴平的时候，听说河州被围，急忙与按视鄜延军官李宪日夜奔驰，直抵熙州，挑选二万人马，进攻定羌城。诸将不解道："河州被围困，情势危急，我们应当火速前往救援，为什么不去河州，反而前往定羌城呢？"王韶说道："你们怎么连这么简单的道理都不懂呢？木征敢围攻河州，无非是仗着有外援。我先进攻他的外援，河州之围自然就解了。"

王韶于是引军到达定羌城，攻破西蕃，并命偏将进入南山，截断木征的后路。木征收到消息后，果然慌忙撤离河州，退保踏白城。谁知王韶大军已绕出城后，出其不意，突入羌营，烧毁营帐八十余座，斩首七千余人。木征走投无路，只好带领酋长八十余人到军门前乞降。王韶随即派遣李宪押送木征返回京师。

第四十章 流民图为国请命

王韶接受木征的投降后,将他押往京城。朝中大臣接到捷报后,相率庆贺,都说这是旷世奇功。先前,景思立战死,羌人气焰嚣张,朝中百官都主张放弃熙州、河州等地。神宗也觉得这块土地是个烫手的山芋,多次下诏告诫王韶要好自为之。王韶不以为然,亲率轻骑西进,最后俘获木征。神宗接到捷报后,喜出望外,在大殿召见木征,恩威并施,命他为营州团练使,赐姓名赵思忠;授王离为观文殿学士,兼礼部侍郎。不久,神宗又召他为枢密副使,总算是破格酬谢,王韶也得偿所愿了。

王安石本来就主张王韶的拓边建议,王韶立此大功,当然离不开王安石的支持,所以王安石不免得意洋洋,自诩有识。当时华山发生大面积的山崩,文彦博说这是民怨太深导致的,王安石大加反对,还说文彦博危言耸听。文彦博不愿与王安石相争,于是决定辞官离去。神宗允诺,命他为河东节度使,后来又将他调到了大名府。

后来,王安石又提拔李公义和内侍黄怀信。他们发明了一种叫浚川耙的东西,说是疏通河道的利器。它用八尺的巨木为柄,下面有铁齿,长约二尺,形状跟耙子相似,上面用石头压住,两边用绳子绑在船上,各用滑车绞木,称能扫荡泥沙,谁知水深的地方耙子不能到底,水浅的地方耙子刚开始还可以活动,后来被泥沙阻挡,船上的人用力猛拽,齿耙反而向上跑,根本就疏通不了泥沙。

试想,这种道具有什么用处?王安石偏偏觉得新鲜,将其视为宝物。他竟然还厚赏黄怀信,封李公义做了官,并将浚川耙派发给大名府。文彦博上奏说这个耙子根本没用,王安石说他故意阻挠,并令派虞部郎范子渊为浚河提举,置司督办,李公义为副提举。这个范子渊是个墙头草,专门敲顺风锣,力言这个耙子可用,也不管能不能办成事,只要能领到俸禄,在河上逍遥自在,河道通不通都无关紧要。

提举市易司吕嘉问又请求收免行钱,令京师的百货行各纳岁赋。当时因为铜禁法已经颁发,有些奸民经常销钱为器,导致钱币日渐损耗,王安石又想出了个馊主意,下令一钱可以当两钱来使用,颁行诸路。后来,矛盾越来越尖锐,民怨越来越深。

熙宁六年初秋,久旱无雨,赤地千里,神宗非常忧虑,整天唉声叹息。宫廷内外免不了将责任归咎到新法上面。神宗也动摇信心,想将新法废除掉。王安石听说这个消息,连忙进宫上奏道:"洪水旱灾,自古没有定数。就是尧舜的时候也不能幸免,何况此时呢?陛下即位以来，累年大丰收，现在就算几个月没有下雨，也没什么大的危害。如果百姓真的受灾很严重，大不了开仓赈济而已！"神宗皱着眉头说："朕正担心这件事，如果还要征收免行钱，那未免火上浇油，太不念人情了。朕身旁的大臣都说是因为政策多弊，不如将新法废除了吧！"

参知政事冯京当时正好在神宗旁边，听到神宗这么说，便应声说道："臣也经常听到怨声！"王安石不等冯京说完，就愤愤地说："冯参政不要胡说八道，我在民间也有耳目，为什么偏偏只有你听到怨声了，我却没有听到呢？"神宗默不作声，竟然起身入内。王安石和冯京都各自怏怏而退。

不久，宫廷有诏书传出，广求直言。神宗在诏书中沉痛谴责自己，语气非常恳切，相传这道诏书出自翰林学士韩维的手笔。神宗正在黯然神伤，忽然银台司呈上急奏，神宗当即批阅，奏折是监安上门郑侠递上来的，里面主要说的是：

去年大蝗，秋冬亢旱，麦苗焦槁，五种不入，群情惧死，方春斩伐，竭泽而渔，草木鱼鳖，亦莫生遂，灾患之来，莫之或御。愿陛下开仓廪，赈贫乏，取有司掊克不道之政，一切罢去，冀下召和气，上应天心，延万姓垂死之命。今台谏充位，左右辅弼，又皆贪猥近利，使夫抱道怀识之士，皆不欲与之言。陛下以爵禄名器，驾驭天下忠贤，而使人如此，甚非宗庙社稷之福也。窃闻南征北伐者，皆以其胜捷之势，山川之形，为图来献，料无一人以天下之民，质妻鬻子，斩桑坏舍，遑遑不给之状上闻者。臣仅以逐日所见，绘成一图，但经眼目，已可涕泣，而况有甚于此者乎？如陛下行臣之言，十日不雨，即乞斩臣宣德门外，以正欺君之罪。

神宗看到这里，便将附呈的图画展开阅览，只见图中所画的都是流民的惨状：有的人冻得颤栗哭泣；有的人饿得嚎啕大哭；有的人嚼草根；有的人卖儿女；有的人在路旁乞讨。还有一些人身戴枷锁，蓬头垢面，倒在地上奄奄一息；另外有一班凶神恶煞的官吏，拿着皮鞭，怒目相视，非常凶暴。这幅图画里面的人物栩栩如生，活灵活现。神宗看完这幅又看那幅，反复审视，禁不住悲从中来，当下长叹数声。当天晚上，神宗辗转反侧，夜不能眠。

第二天临朝，神宗特地颁发圣旨，命开封府酌情征收免行钱，令司农开仓放粮，三卫裁减熙州、河州等地的士兵数量。神宗体恤民情，青苗法、免役法暂时停止施行，方田法、保甲法全部罢免。中外欢呼，互相庆贺。老天也是奇怪，诏书刚刚颁发完毕，天空就兴云作雾，蔽日生风，霎时间电光闪闪，雷声隆隆，大雨倾盆而下，硬是把秋天到夏天的干涸之气荡涤一空。大雨下了一天一夜，江河沟渠顿时盛满了水，碧浪滔天。

辅臣们乘势恭维，联翩入贺，神宗说道："爱卿们可知道这雨是怎么来的吗？"大家齐声说道："是陛下盛德感动上天，所以才下了这场及时雨。"神宗摇头说道："这么大的功劳，朕可不敢当！"说到这里，便从袖子里抽出一张图画，递给群臣说："这是郑侠所呈上的流民图，百姓如此艰苦，上天怎么可能不动怒呢？朕暂时将新法罢免，上天就降下甘霖，可见这新法真的不适合施行。"

王安石愤不可遏，竟然抗声说道："郑侠欺君罔上，妄献此图，我只听说新法施行后，人民交相称赞，哪里有这种流离的惨状呢？"王安石手下都是一帮谄媚之徒，难怪一直蒙在鼓里。神宗说道："爱卿亲自去察访清楚,再行核议!"王安石悻悻退出。后来,王安石上奏请求辞官,神宗没有答应。于是,朝中与王安石一派的大臣无不咬牙切齿,痛恨郑侠多事,破坏新法。王安石怂恿御史,要治郑侠谎报机密的罪名。

郑侠,福清人,考中进士,曾经担任光州司法参军。以前,他有很多提议王安石都很支持,因此他将王安石视为知己,并力图报答他的知遇之恩。郑侠官期任满进京,正巧新法施行,郑侠想劝阻王安石。王安石问起他的所见所闻,郑侠说:"青苗法、免役法、保甲法、市易以及经拓边法,我觉得都不太可行。"王安石没有回答,郑侠退出后再也没有拜见过王安石,但是他多次写信给王安石,劝他罢行新法。王安石本来想举荐他为谏官,因为他一再反对新法,所以只让他做了监安上门。

郑侠见京师大旱,百姓遭灾,于是亲自绘画流民图,投到阁门。不料阁门拒绝接收,郑侠只好借口说这画是机密,派快马递呈银台司。宋朝惯例,密报不用经过阁中,可以直接由银台司交到皇帝手上,所以郑侠呈上的流民图,辅臣们一概不知。等神宗拿出流民图,大家才搞清楚这是怎么回事。一帮奸臣趁机陷害郑侠,当即以擅发马递的罪名上报给了御史。御史也不笨,他明白朝中大多数官员都支持废除新法,这么大快人心的好事,非但没有奖赏反而还要处罚,哪里说理去?御史谁都不想得罪,只好照着规矩给郑侠记了个过,这件事就算了结了。

吕惠卿、邓绾向神宗请命,希望继续施行新法。神宗沉吟了很久,没有回答。吕惠卿说道:"陛下近年来废寝忘食,好不容易推行了新法,天下百姓正准备讴歌帝泽。如果因为听信一个狂夫的胡言乱语,罢废殆尽,岂不可惜了。"说完声泪俱下,涕泣不止,邓绾也在一旁陪着流泪,一副小人的丑态。神宗不禁又软下心肠,点头应允,这两人欣然而出。不久,王安石一派又扬眉吐气,饬令内外继续施行新法。于是百姓苛虐如故,怨声载道。

太皇太后曹氏对这件事也有耳闻,她曾经在神宗入问起居的时候对神宗说道:"祖宗的法度不应该轻易更改。从前先帝在位的时候,我只要有提议必然相告,先帝也无不采纳。如今你也应当效仿先帝,才能免招祸乱啊!"神宗敷衍道:"现在也没有什么大事啊!太皇太后过虑了!"太皇太后说道:"青苗法、免役法等新法弄得民间很是痛苦,为什么还不废除掉呢?"神宗说道:"这些政法都是利民的良策,并不是苦民的毒药。"太皇太后说道:"恐怕并不是这样,我听说新法都出自王安石。王安石虽然很有才学,但是他违背苍生,乱行法度,导致民怨横行。如果陛下爱惜王安石,不如将他暂时外调,这样才能保全他。"神宗不情愿地说:"群臣里面就王安石一个人能担任宰相一职,况且新法刚刚颁行,怎么离得开他呢?"

太皇太后正想着怎么驳斥神宗,忽然有一人进来说道:"太皇太后的慈训都很有道理,皇上不能不思啊!"神宗正在懊恼,听了这句话,连忙回头一看,来的不是别人,乃是他一母同胞的弟弟昌王赵颢。神宗当下勃然大怒道:"这么说来贤弟是说我败坏国事了?等以后你做了皇帝,亲自治理国家可好?"为了王安石一个人,神宗几乎六亲不认,真是害人不浅。赵颢听后不禁涕泣道:"我也是赵氏子孙,国事不妨共同商议,臣弟并没有什么异心,为什么皇兄要这般猜忌呢?"太皇太后也觉得神宗说话太过刻薄,神宗很不高兴地离开了。

过了几天，神宗又到曹氏那里请安，太皇太后竟然流着眼泪对他说："如果放任王安石这样胡闹下去，天下必定大乱，祖宗传下来的基业也会毁于一旦，哀家也没脸在九泉之下面对列祖列宗，该如何是好啊？"神宗也不禁为之感动，半天才说道："罢了！罢了！等朕找好了做宰相的人选，就把他外调便是。"王安石自从郑侠上疏以后，多次请求离去，他听闻这个消息后，请辞的心更加坚定了。神宗让他举荐他人代替自己，王安石举荐了两个人，一个是前相韩绛，一个是曲意迎合的吕惠卿。于是神宗任命王安石为江宁府知府，调韩绛为同平章事，吕惠卿为参知政事。韩绛、吕惠卿是王安石一手提拔起来的，他二人感谢王安石的举荐之恩，当然力挺他创立的法度，不敢有违。时人为了讽刺他二人，戏称韩绛为"传法沙门"，笑称吕惠卿为"护法善神"。

三司使曾布跟吕惠卿向来不和，先前曾布看不惯提举市易司吕嘉问卖弄权威，贪赃枉法，于是上奏弹劾吕嘉问："市易法祸害百姓，吕嘉问更是私卖官盐，中饱私囊，请陛下问罪！"神宗还没来得及下决定，吕惠卿就上奏弹劾曾布，说他阻扰新法颁行。于是，吕嘉问和曾布都被外调。后来，吕惠卿又听用弟弟吕和卿的计策，创行手实法，命令民间的田亩作物、家畜房产，据实估价，酌量从中抽税。凡是藏匿财产不报的，一经查出，必定重罚，举报有奖。那时百姓已经饱受新法的摧残，现在连田地房产、鸡豚牛羊也要纳税，更是苦不堪言了。

郑侠见国事日渐迷乱，辅臣无所作为，更是一腔忠愤，他将唐朝的宰相分为两拨，魏征、姚崇、宋璟等人称为正直君子；李林甫、卢杞等人号为曲邪小人；又将冯京比作君子，将吕惠卿比作小人，援古证今，汇呈上去。吕惠卿收到这个消息后，怎么能不生气呢？于是他参劾郑侠诽谤朝廷辅臣，以大不敬论罪。御史张璪当时已经复职，他竟然附和吕惠卿的意愿，弹劾冯京和郑侠朋比为奸。这个张璪当初不巴结王安石，现在反倒依附吕惠卿，想必是前番落职，连气节都吓去了。郑侠因此获罪，被贬往英州，冯京也被罢去参政，出知亳州。王安石的弟弟王安国担任秘阁校理，向来跟王安石的政见不合，因为指责吕惠卿是奸佞小人，这次也一同坐罪，放归田里。

吕惠卿黜退冯京、郑侠等人，气焰愈盛，索性横行无忌，就连恩师王安石也想设法陷害。正好蜀人李士宁是王安石的旧交，知道他以前一些不好的事情。吕惠卿想借此兴狱，幸亏韩绛暗中袒护王安石，从中阻挠；后来李士宁被发配永州，很多人连坐，韩绛担心吕惠卿先发制人，急忙密奏神宗，重新起用王安石。神宗恰也记念起来，于是召王安石入朝。王安石接到诏令后，星夜赶路，七天便赶到了京城。他进谒神宗，神宗复命他为同平章事。

御史蔡承禧弹劾吕惠卿欺君玩法，立党肆奸；中丞邓绾也说吕惠卿可恶至极；还有王安石的儿子王雱，也弹劾吕惠卿。三路夹攻，神宗只好让吕惠卿出知陈州。后来，邓绾又弹劾三司使章惇，说他跟吕惠卿狼狈为奸，于是神宗让他出知潮州。这个邓绾起先反对新法，后来不知怎么又拥护新法，反反复复，真是个十足的阴险小人。不久，韩绛也称病辞官，朝廷让他出知许州，就这样，王安石又大权独揽了。

当时契丹主耶律宗真已经过世了，庙号兴宗。他的儿子耶律洪基即位，这是仁宗至和二年的事情了。契丹再次更改国号，仍称为辽，和宋朝通好如前。神宗熙宁七年，辽主遣使臣萧禧到宋廷，请求重新划定边界。于是神宗派遣太常少卿刘忱等人和辽枢密副使萧素商议代州的边界。双方彼此勘察疆界，争论未决。试想辽、宋已经交好几十年了，双方划疆自守，并没有什么摩擦，这次辽使偏来商议边事，显然是借端生衅，乘机侵占宋朝的土地。

辽使萧禧来到汴京，说宋、辽分界线应该在蔚、朔、应三州之间，以分水岭和土垄为界线，并诘问大宋在河东增加城寨，侵入辽境。刘忱前往察勘，并没有发现土垄，萧禧又坚持以分水岭为界。凡是山都会有分水岭，萧禧这句话明明就是含沙射影，自相矛盾。刘忱当然跟他争辩，双方再三争执，萧禧仍然坚持己意，不肯通融。刘忱奏报宋廷，神宗令枢密院详议，并下诏询问相州判官韩琦、司空富弼、河南府判官文彦博、永兴军判官曾公亮的意见。

韩琦首先上表，富弼、文彦博、曾公亮也先后上书，他们的意思大致相同，都是建议神宗废除新法，励精图治，准备战事，绝不示弱。神宗思虑再三，不能决断。不久，辽主又派遣萧禧来送国书，说是刘忱故意迁延，不干正事，希望宋廷另外派人前来商议。于是神宗再命天章阁待制韩缜跟萧禧叙谈，双方仍然各执一词，毫无结果。萧禧在驿馆住下不肯走，说必须宋廷答应要求，才肯回国。宋廷不便驱逐，只好随他。

知制诰沈括到枢密院查阅边境档案，发现辽使倡议的疆界根本不符合实情，随即上奏道："一直以来，宋、辽的界限都是以古长城为界，如今辽国所争议的界限在黄嵬山，前后相差三十余里，怎么能退让呢？"神宗也不觉叹息道："朝中有些大臣主张迁就辽使，他们不查明原委，几乎误了国家大事。"于是，神宗赏赐沈括白金千两，令他即刻启行。

沈括到了辽都后，辽相杨遵勖与他前前后后商议了六七次，沈括始终不屈。杨遵勖道："你们宋廷区区数里都不肯给我国，难道是要自愿杜绝交好吗？"沈括愤然说道："正义之师，所向披靡；不义之师，天理不容。北朝弃信失好，错在你们，我朝有什么罪过？"沈括随后向辽主告辞，起身南归。回来的路上，沈括考察山川关塞，风俗民情，画成一幅图，献给神宗。

神宗担心跟辽国谈不拢，打算北伐。王安石说战备还没有准备好，要缓一缓才可以。此外还有一班辅臣，有的主战，有得主和，意见不一。神宗入禀太皇太后，太皇太后说道："粮草和赏赐都准备好了吗？精兵强将是否已经操练好了？"神宗茫然答道："这是容易筹办的。"太皇太后说道："要是北伐胜利了，那还好说；万一失利，那就亏大了。哀家料想辽国如果好对付，太祖、太宗早就将他们收复了，还要等到今天吗？"神宗听后醒悟道："谨遵教诲！"

可是神宗退下后还是犹豫不定，打算再派人问问魏国公韩琦的意见。不料韩琦竟然病逝了，神宗大为悲恸，辍朝发哀，追赠韩琦为尚书令，赠谥号忠献。韩琦，字稚圭，相州人，册立过两位皇帝，是三朝宰相，宋廷视他为社稷支柱。在他病逝的前一天晚上，天上曾经有陨星坠落。他死后，神宗没有人可以商议，只得再去问王安石。王安石说道："将欲取之，必先与之，这是古人的遗训，不妨照做。"神宗于是下诏令韩缜答应萧禧的提议，以分水岭为界。这次议地，宋朝一共丧失国土七百多里，萧禧欣然辞去。

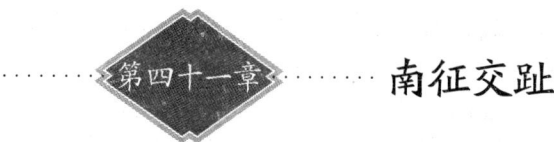

第四十一章 南征交趾

交趾国自从黎桓篡国后,翦灭丁氏世祚,宋廷非但没有兴师问罪,反而将错就错,封黎桓为交趾郡王。黎桓死后,他的儿子龙钺继位,龙钺的弟弟龙廷将他杀死自立,并向宋廷进贡,宋廷仍然封他为王,且赐名至忠。不久,交州大校李公蕴又将龙廷弑杀,派遣使臣向宋廷入贡,被封为南平王。李公蕴将王位传给儿子李德政,李德政又将王位传给儿子李日尊,都是承袭南平王原来的爵位。李日尊又将王位传给儿子李乾德,神宗封李乾德为郡王,李乾德还是像以往一样照常进贡,交趾与大宋通好如故。

当时正值章惇收复峒蛮,熊本平定泸夷,王韶攻克河州,边境捷报频传,恩赏非常隆重。邕州知府萧注对此非常羡慕,居然也想南平交趾,献策邀功。神宗召见他询问对策,他却支支吾吾说不出什么办法。看来这个萧注只知道一味迎合,却没有真材实料。偏偏这时度支判官沈起大言不惭,竟然说取南交就如探囊取物般简单,神宗以为他真有将帅之才,便命他出任桂州知府。

沈起上任后,派人到溪峒募集壮丁,让他们屯守广南。他还派设指挥二十人,分别监督部众,并在融州强行设立城寨,残杀千数交趾无辜百姓。交趾国王李乾德奉表陈诉,神宗也觉得无理可说,只好将责任归咎到沈起的身上,把他罢职,并另调处州知府刘彝接替沈起的职务。刘彝到达桂州后,虽然奏罢广南的屯兵,但仍然派人守卫边关。后来,刘彝又听信部下的建议,建造了很多武器和船只,大有荡平南交的意思。交趾商客入境做生意,也被他禁止。他还在沿途增派巡逻,不准交趾人过境,做得越来越过分。交人大愤,竟然分兵三路入寇宋境:一路从广府出发,一路从钦州出发,一路从昆仑关出发,接连攻陷钦州、濂州,杀死军民八千多人。

宋廷接到边警后,把刘彝罢免,并将沈起贬谪到郢州。交人不肯罢手,竟然直逼邕州。邕州知州苏缄拼死拒守,同时向各处乞援,哪知附近的州吏都是一班行尸走肉,邕州被围困,他们竟然袖手旁观,坐观成败。苏缄虽然日夜抵御,终究寡不敌众。眼看粮竭矢穷,料想已经不能再坚守,他命令家属一共三十六人先行自尽,将他们的尸体全都埋在柴火中,然后纵火自焚,满门尽忠。城中的百姓和官兵受到苏缄的感召,没有一个人向贼寇投降。等到交人攻入城中,城内总共五万八千余人被屠戮殆尽。这都是沈起和刘彝二人惹的祸。神宗得知消息后,非常震怒,他下诏追赠苏缄为奉国节度使,赐谥号忠勇,并命天章阁待制赵卨为招讨使，宦官领嘉州防御使李宪为副使，前往征讨交趾国。

赵卨跟李宪意见不和，于是上奏神宗："李宪是内侍，不便掌兵，这是自古的规矩，请陛下另派他人！"神宗召见赵卨说道："李宪既然不便与你同行，那就由爱卿再举荐一人便是。"赵卨答道："根据臣的愚见，没有比宣徽使郭逵更合适的人选了，他对边境的情况非常熟悉，一定能够胜任。臣的才能比不上郭逵，请陛下任命郭逵为招讨使，臣愿意为副使！"神宗准奏，将诏命更改。郭逵在辞别的时候，请求神宗准许鄜延、河东那些跟随自己多年的老部下随军一同南下。神宗允诺，并在便殿赐宴，特地赐给郭逵旗章剑甲，以示恩宠。郭逵拜谢辞行，与赵卨一同前往征讨交趾。

当时交人发出公告说："天朝自新法颁行以来，大扰民生，百姓苦不堪言，因此我国才特地出兵，前来救民于水火之中。"王安石得知后，非常恼怒，亲手拟写通牒，极力斥责交趾国，并令郭逵给占城国、真腊国发出檄文，约同夹击交州。郭逵率军走到长沙，遵从命令给这两国递交檄文，并派遣副将前去攻打钦、廉二州，自己与赵卨向西进发。快要到达富良江的时候，接到了钦、廉二州的捷报，两州已经被收复。

郭逵乘势进兵，到了江边，遥见敌舰纷至沓来，帆樯如林，舰中满载兵甲，来势汹汹，不禁疑虑起来，当下与赵卨商议道："南蛮狡诈凶悍，锐气正盛，我们恐怕很难跟他们争锋，看来我军还是不能渡江，该想个什么法子才能破敌呢？"赵卨答道："不如我们先打造进攻器具，伺机毁坏南蛮船舰，再派出奇兵袭击，不怕赢不了。"郭逵欣然说道："这倒是个好办法，那就这么办！请赵副使即刻去办！"

赵卨奉命而出，即刻分遣将吏登山伐木，制造成武器，运到江边。这种武器能发射石头，一旦触动机关，巨石就像雨点一样砸向敌军船只。南蛮的舰船没有料到宋军会来这一手，根本没有预防，遭此一击，顿时帆折樯摧，七颠八倒。赵卨已准备好大筏，选派精锐一万多人，乘筏急攻。交人正在考虑怎么维修被砸破的船只，怎禁得起宋军突然杀入。宋军一顿乱砍乱剁，霎时间交趾船舰大乱，纷纷溃散。伪太子洪真还打算勒兵截杀，他亲登船楼，指挥左右，不料一箭飞来，正中要害，当即坠船毙命。蛇无头不行，兵无主必乱，大家逃命要紧，除了晦气的蛮兵被杀死或者溺死，其余的都逃回交州去了。

宋军抢夺战船数十艘，斩首数千级，然后返回报知军门，献功陈绩。赵卨一一记录，转达郭逵。郭逵飞书告捷，同时与赵卨面商道："这次我军大获全胜，贼军应该被吓破了胆，我们正好乘势攻入。不然我军远道而来，触犯烟瘴，非死即病。昨天我派人查核，我军本来有八万名士兵，现在已经死亡过万，还有一半也生病了，这该如何是好啊？"赵卨说道："既然如此，那我们缓渡富良江，就在江北攻城略地，借此示威。要是李乾德肯来谢罪，我们能作罢就作罢吧！"郭逵点头说道："我也是这么想的。"于是郭逵命令士兵不准渡江，只是分兵平定广源州、门州、思浪州、苏茂州以及桄榔县。

李乾德见宋朝大军到来，也很震惧，他派遣使者奉表到军门商议割地赔款，乞求罢兵。郭逵、赵卨跟来使议和，不久便班师还朝了。廷臣见郭逵等人大获全胜，又相率称贺。神宗下诏改广源州为顺州，赦免李乾德的罪过。后来，神宗又治沈起、刘彝无端挑起争端的罪状，将他们安置在随、秀二州。这二人本来想讨好神宗，不料反而栽了跟头，真是活该！不久李乾德派遣使者前来进贡，并归还所掠夺的兵民，神宗念在李乾德悔罪投诚，所以赐还顺州，不久又归还他二州六县，交趾国总算不敢再发动叛乱了。其实交趾本来无意叛乱，是宋朝官吏咄咄逼人，才导致的。

交趾国被平定后，王安石也被罢免了相位。原来，吕惠卿出知陈州以后，王雱还想加害于他，这件事被吕惠卿听到了，于是他控告王安石父子欺君罔上，诬陷朝廷命官。神宗将王安石召来，将吕惠卿的奏折给他看，王安石当然为爱子辩解。王安石回府后，责问王雱到底是怎么回事，王雱也不抵赖，说一定要弄死吕惠卿，方能泄心头之恨！王安石听后，非常恼怒，狠狠地甩了王雱一巴掌。试想，这位王公子从小是在蜜糖罐里长大的，哪里挨过打？何况还是疼爱自己的父亲打的！王雱年轻气盛，心中憋着怒气，郁郁成疾，背上突然长出了很多毒疮，不久竟然一命呜呼！

王安石晚年丧子，悲愤交加，多次请求辞官。御史中丞邓绾害怕王安石一走，自己也失去权势，所以力请挽留王安石。神宗心里很不高兴，将此事告诉了王安石。王安石对神宗的心意揣测得一清二楚，他随即上奏说："邓绾身为国司直，竟然为宰臣求情，大伤国体，应该远谪才是！"神宗于是以论事荐人、不循守分为由，贬邓绾为虢州知府。试想，邓绾是王安石的心腹，王安石指斥他的罪状，明明是在试探神宗，没想到弄假成真，叫王安石如何过得下去？他当下申请辞职，神宗准奏，任命他为江宁知府，后来又改为集禧观使。

王安石到了金陵后，总是对别人说这一切都是吕惠卿害的。吕惠卿再次诬告王安石，并呈上王安石的私信，信中有"不要让皇上知道了，也不要让齐年知道了"这样的话。冯京跟王安石同年，这里的齐年指的就是冯京。此时神宗已经对王安石失去了信任，他看到这封书信后，方觉冯京是个贤臣，任他做了枢密使。王安石的女婿吴充向来中立，不依附王安石，也被提拔为同平章事。吴充请求召回司马光、吕公著、韩维，并推荐孙觉、李常、程颢等数十人。神宗于是召回吕公著到枢密院任事，又提拔了程颢。程颢上任不到几天，被李定弹劾，又被罢免。不久，神宗又提拔御史中丞蔡确为参政。

蔡确是经王安石推荐做的监察御史，当初王安石下台，他也深陷其中。王安石被罢相后，他立即追讨王安石的罪过，跟他划清界限，真是墙倒众人推啊！从这一点就能知道蔡确不是个好东西！后来，他将知制诰熊本、中丞邓润甫、御史上官均全部排挤掉了，自己才得以升任御史中丞。神宗对他越来越信任，这次竟然命他为参政。士大夫交口痛骂，蔡确反倒沾沾自喜。吴充想要改革新法，蔡确又说应该遵循前制，因此各种新法仍旧履行。

王安石被罢相的事情刚刚了结，中丞李定、御史舒亶就劾奏湖州知府苏轼诽谤皇上，勾结皇亲国戚。神宗下诏将苏轼逮捕入都，打入大牢。苏轼从杭州调到湖州，平居无事，经常借着吟咏讥讽朝政，李定、舒亶因此借机进谗，论他诽谤不敬的罪名，竟然想要将他置于死地。后来，太皇太后曹氏出面阻止道："苏轼兄弟初入制科，仁宗皇帝曾经非常欣慰，说：'我为子孙谋得了两位宰相。'听说陛下将苏轼逮捕下狱，莫非是哪个仇人中伤他吗？况且文人咏诗，本来就多情，有几句埋怨的话也很正常。何必吹毛求疵、罗织成罪呢，这也不符合仁君爱惜人才的做法,请陛下明察!"神宗闻言,唯唯受教。

后来,吴充又上奏为苏轼辩解,神宗也不忍定苏轼死罪,想从轻发落。不久,跟苏轼一起修撰《起居注》的王安礼又从旁入谏道:"自古以来,宽仁大度的主子不会因为言语治人臣的罪,苏轼具有文采,而如今却碌碌无为,难怪会有怨言。一旦逮狱加罪,恐怕后世都会说陛下不能容才呢!"神宗道:"朕也不想深究,但是苏轼已激成众怒,恐怕爱卿为苏轼辩解,他人反而要加害爱卿,请爱卿不要泄露此事,朕自有打算。"

同平章事王珪听说神宗有赦免苏轼的意思,又举出苏轼咏桧的诗句:"根到九泉无曲处,世间惟有蛰龙知",说他确实对皇上不敬,不严惩不足以示惩。神宗道:"苏轼咏桧,关朕什么事?爱卿们不要再吹毛求疵了。"写诗不谨慎,足以引来杀身之祸,幸亏神宗还有一隙之明,苏轼才侥幸不死。舒亶又奏称驸马都尉王诜与苏轼交通声气,朋比为奸,还有司马光、张方平、范镇、陈襄、刘挚等也跟苏轼是一丘之貉,暗中联络,非严惩不可。神宗不从,只将苏轼贬为黄州团练副使,苏轼的弟弟苏辙和王诜都被连坐落职。张方平、司马光、范镇等二十二人也一同被罚。

先前苏轼被逮捕入都,亲朋好友都与他绝交,没有人敢去探视。苏轼去黄州赴任的路上,路过广陵,只有扬州知府鲜于侁亲自往见。他的手下劝他说:"鲜公一直跟苏轼有来往,所有往来的书信应该全部烧毁,否则恐怕会被连累。"鲜于侁慨然道:"欺君负友,我实在不忍心,要是因为忠义获罪,后世自有定评,我也不怕。"后来鲜于侁竟然真的坐贬。

苏轼出狱赶赴黄州,豪旷不亚于往日。他曾经手执竹杖,足踏芒鞋,跟父老乡亲在山水间畅游。他在东坡盖了几间房子居住,因此自号东坡居士。每次有宴席集会,他都与文人们笑谈不倦,醉墨淋漓,吟诗作对。人们有所乞求,他绝不吝啬,就是侍奉他的下人向他索要字画,他也有求必应,因此他的名声越加响亮。神宗见苏轼多才,打算再次起用,但还是被王珪等人阻拦。

一日上朝,神宗对王珪、蔡确说道:"国史关系重大,应该召苏轼入京,让他撰写,才算稳当。"王珪答道:"苏轼身负重罪,不宜再召。"神宗说道:"苏轼不宜召,那就任用曾巩。"于是,神宗命曾巩到史馆负责修撰。曾巩修撰太祖这段历史的时候,神宗不太满意,于是下诏将苏轼移任到汝州,诏中有"人才难得,朕实在不忍心抛弃"等语。苏轼受诏后,上书说自己在常州还有薄田数亩,希望神宗恩准调往常州,让他在那里颐养天年。

神宗在位十年,都用熙宁为年号,到了熙宁十一年,改元元丰。苏轼被贬谪是元丰二年的事情。不久,宫中遭遇大丧,太皇太后曹氏薨逝。百官援引刘后的故例,拟定尊号为慈圣光献。神宗向来孝顺,他服侍太皇太后,无不曲意承欢,太皇太后也对他很是慈爱。每当神宗退朝稍微晚一些,她必定亲自到大殿后面等着,准备好吃的犒劳神宗。因此他们始终欢洽,没有丝毫矛盾。

宋朝旧例,外戚男子不能进宫拜谒,更不能干政。太皇太后有个弟弟名叫曹佾,曾经担任同平章事,神宗经常对太皇太后说,可以让他入宫觐见。太皇太后说道:"我朝宗法,怎么敢有违背?况且我弟已经跻身贵显,这已经算是不合规矩了,怎么还能让他进宫拜见哀家呢？"神宗受教而退。后来，太皇太后病重，神宗在旁侍奉，衣不解带，长达一个多月。太皇太后驾崩后，神宗悲痛欲绝，几乎昏厥。这一慈一孝，也算是宋朝的光荣了。

元丰三年，神宗打算改定官制，让中书府修订，命翰林学士张璪、枢密副承旨张诚一主管这件事。宋初的时候，官职大都承袭唐代旧制，但也略有不同。三师（太师、太傅、太保）和三公（太尉、司徒、司空）没有设立，以同平章事为宰相、参知政事为副宰相，中书、门下并列在外。在禁中设置中书府、枢密院分别管理文武大臣，称为二府。天下的赋税财物归三司掌管。所有的纠葛、弹劾，仍然归属御史台掌管。还有三省（尚书令、侍中、中书令）、六部（吏、户、礼、兵、刑、工）、九寺（太常、宗正、光禄、卫尉、太仆、大理、鸿胪、司农、大府）、六监（国子、少府、将作、军器、都水、司天）等，往往由其他官员兼任，不设置专门官位。起草诏书由知制诰和翰林学士两处负责，知制诰掌外制，翰林学士掌内制，称为两制。修撰书籍的三馆分别是昭文馆、史馆、集贤院。首相曾兼任昭文馆大学士，次相有时兼任集贤院大学士。有时设置三位宰相，分别提领三馆。馆中各员多称为学士，必须参加考试才能任命。

自从更改官制后，所有旧的虚职一律取消，又采取一些唐朝、宋朝的旧制，从开府仪同三司到将仕郎，一共分为二十四级。侍中、中书令、同平章事等名称都改为开府仪同三司，左右仆射改为特进，其余官职也依次做了更改。换汤不换药，有什么用？神宗因新官制将要施行，想要起用新旧二派，并对辅臣说道："御史大夫一职，非用司马光不可。"当时吴充已经被罢免，王珪、蔡确两人对望了一眼，大惊失色。

原来，神宗时期，朝中分为新旧两党，新党以王安石为首领，王珪与蔡确等人承袭王安石的新法，与旧党水火不容。旧党便是富弼、文彦博等一班老臣，司马光也在其中。还有研究道学的一些士大夫，也主张守旧，与司马光等人政论相同。道学这一派，由胡瑗、周敦颐两人开创。

胡瑗，泰州人，字翼之，湛深经学，范仲淹曾聘他为苏州教授，让自己的几个儿子跟着他学习。湖州知府滕宗谅也聘请他为教授。胡瑗为人正直，非常注重实学。仁宗嘉祐年间，他被提拔为太子中允，跟孙复一同担任国子监直讲。后来，他因老辞官，返回家中，不久便去世了。世人称孙复为泰山先生，称胡瑗为安定先生。周敦颐，濂溪人，字茂叔，曾担任县令、州佐，所到之处必有政绩。他平素喜爱莲花，因为屋前有一片莲花池，曾经写了一篇《爱莲说》，为世人传颂。他二人都与司马光交好，王珪害怕司马光被起用后，旧派将会连同被重用，所以和蔡确非常惊惶。退朝后，王珪依然怏怏不乐，蔡确沉默了很久后，不禁大笑道："有了！有了！"一副奸相！

讨伐西夏李宪丧师

蔡确想到了一个好办法，便笑着对王珪说道："王大人为什么这么害怕司马光被起用呢？"王珪答道："司马光来到京城后，必然会参劾我们，我担心我们的相位保不住啊！"蔡确说道："皇上早就想收复灵武，王大人要是能将这件事办成了，相位便能保住，还害怕一个小小的司马光吗？"为了个人的利益劳师费财，这个蔡确真是该死！王珪于是转忧为喜，一再称谢。

王珪回去后，举荐俞充为庆州知府，让他献上平定西夏的计策。神宗果然专心于收复西夏的事，根本顾不上召见司马光。神宗下令任命冯京为枢密使，薛向、孙固、吕公著为枢密副使，并下诏命百姓畜马，准备西征。薛向起初赞成畜马的提议，后来他担心百姓不从，所以站出来反对。御史舒亶弹劾他反复无常，有失大臣的风范，神宗竟然将他贬斥到了颍州。冯京也反对与西夏交兵，因此请求辞官，神宗准奏。神宗随即改命孙固为枢密使，吕公著、韩缜为枢密副使。

后来，朝廷接到俞充的奏牍，上面说：

夏将李清，本属秦人，曾劝夏主秉常，以河西地来归。秉常母梁氏得悉，幽秉常，杀李清，我朝应兴师问罪，不可再延，这乃千载一时的机会呢。

神宗看完奏折后非常高兴，当即命熙河经制李宪等人准备讨伐西夏，并召延州副总管种谔入问。种谔本来就是个信口开河的家伙，到了朝堂之上，便大声说道："西夏朝中都是些无用之人，西夏主李秉常更是小丑一个，就让臣将他活捉过来。"

于是，神宗决心西征。他召集辅臣，商讨出师事宜。孙固入谏道："发兵容易，收兵却难，还望陛下三思而后行啊！"神宗道："西夏现在正发生内乱，如果我们不攻取，恐怕将会被辽人占据，这次机会断然不能失去。"孙固回答道："如果陛下执意用兵，应该先正出师之名。如果侥幸战胜西夏，也应当将夏地分裂开来，让当地的酋长自己驻守。"神宗笑道："这是汉朝郦生的迂腐之论，爱卿为什么会这么说？"孙固说道："陛下觉得臣迂腐，臣还担心这次出征未必制胜呢？试问今日出兵，谁可以做统帅？"神宗说道："朕已经将帅位托付给了李宪。"孙固愤然说道："征伐西夏这么大的事情，怎么能派一个阉人为统帅呢？将士们会服从命令吗？"神宗脸上露出不悦的神色，孙固知道不便再进谏，随即拜退。

不久，王珪、蔡确等人商定，五路出师。孙固又约同吕公著入谏。孙固先启奏道："现在决定五路进兵，但是没有得力的大帅统率，就算成功，也会导致兵乱的，还望陛下三思！"神宗道："朝廷内外没有合适的人选，所以只好任命李宪。"吕公著随即进谏道："既然没有合适的统帅，不如罢兵吧。"孙固又接着说："吕大人说的是啊，请陛下采纳！"神宗沉着脸说道："朕意已决，爱卿们就不必多言了。"孙固、吕公著又撞了一鼻子灰，一同拜退。不久，神宗下诏命李宪从熙河出发，种谔从鄜延出发，高遵裕从环庆出发，刘昌祚从泾原出发，王中正从河东出发，分五路并进，并命吐蕃首领董毡集兵会征。于是锣鼓喧天，牙旗蔽日，又闹出一场大战争来，这是何苦呢？

李宪统领熙秦七军和董毡兵三万，突入夏境，攻破西市新城，袭据女遮谷，收复古兰州；种谔攻克米脂城；高遵裕夺回清远军；王中正率领河东兵马进军宥州；刘昌祚进驻磨脐隘，遇到夏兵扼险拒守，他凭着一股锐气横冲过去，夏军纷纷败走，跑到灵州。五路捷报陆续传入京都，神宗很是喜慰，随即诏令李宪统率五路兵马，直捣夏都。谁知诏书刚刚下达，战败的噩耗就传来了，各路将士不是被淹死了，就是被冻死、饿死了；剩下一些侥幸逃生的残兵狼狈逃了回来，真是空欢喜一场。

原来，夏人听说宋师大举，非常惊惶。李秉常的母亲梁氏召集诸将，共同商议抵御的办法。一群年少气盛的将士都主张迎战，唯独一位老将献策说道："宋师远道而来，速战速决对他们有利。我军开始不必跟他们硬干，只需要假装败退，引诱他们深入我们的腹地。然后，我们在灵武聚集精兵，以逸待劳，再派遣轻骑抄袭他们的后路，切断他们的粮道。时间一久，他们就会不战自困，恐怕到时候想退兵都来不及了。"梁氏大喜，依计而行。因此宋军五路并进，夏兵并没有过多抵抗，一击即溃。

后来，刘昌祚兵临灵州城下，乘胜猛攻，城门即将被攻克，偏偏高遵裕嫉妒他抢了头功，派人阻挠。刘昌祚的旧部归高遵裕管辖，他们不敢违命，只好按甲以待。等到高遵裕来到，夏人已经做好了守城的准备，宋军一直围攻了八九天，还是不能攻下。夏人暗中潜到灵州的南面，将黄河堤坝用火药炸开，河水灌入宋军大营。宋军大多是北方人，不懂水性，淹死了很多人。当时正值隆冬，就算侥幸逃生了，也是拖泥带水，寒冷不堪，可怜一些士兵被活活冻死了。高遵裕、刘昌祚两支大军死亡了一大半，途中又被夏人追杀了一阵子，只剩下两三成的人马得以逃生。

那个时候，种谔从米脂城进发，攻破石堡城，并在索家坪驻军，直逼夏州。忽然传来消息说后面的辎重被夏人截住，兵士顿时哗噪起来。大校刘归仁竟然先行逃走，剩下的兵马也跟着跑了。当时正值大雪漫天，士兵们没了粮食，沿途饿死的不计其数。出兵时共有九万三千人，回来的时候只剩下三万人。王中正从宥州行军到奈王井，粮食也吃完了，六万人饿死二万，也跑回了庆州。唯独李宪领兵东上，在天都山下安营，烧毁西夏的南牟内殿，并摧毁了馆库。夏将仁多唆丁率众前来援救，被李宪夜袭杀败，活捉了几百人。随后，李宪进军葫芦河，他听说各路兵马都已经退归，不敢再进，当即班师。

出兵之前，五路大军曾经约定在灵州城下会合，各路大军到了灵州境内后，唯独李宪那路没有赶到。败耗传入京师后，神宗才开始叹息说："孙固前番曾经向朕进谏，朕觉得他太过迂腐，现在真是追悔莫及啊！"朝廷按罪论罚，贬高遵裕为郢州团练副使，种谔、王中正、刘昌祚都被降了官阶，只有李宪没有受到处罚。孙固又入奏道："各路大军都已到达灵州，偏偏李宪没有赶到，岂能赦免他的罪状？"神宗认为李宪在古兰州立有战功，不忍心加罪于他，只是诘问他为什么擅自返回。李宪辩解道："粮饷不继，只好退归，臣打算整顿兵马，再图大举。"神宗又被李宪所蛊惑，竟然将他升任为泾原经略安抚制置使，兼任兰州知府，升李浩为副使。

吕公著再次上书谏阻，却不见理会。吕公著称病请求辞去，神宗准奏，让他出任定州知府。当时宋朝的官制已经被修订完毕，同中书门下平章事都改为左右仆射；参知政事被改为门下中书侍郎、尚书左右丞。后来，神宗任命王珪为尚书左仆射，蔡确为尚书右仆射，章惇为门下侍郎，张璪为中书侍郎，蒲宗孟为尚书左丞，王安礼为尚书右丞。

神宗一心想着开拓边疆，可是多次不见功效，所以总是闷闷不乐。神宗召问辅臣问道："李宪请求朕再次举兵征讨西夏，爱卿们觉得靠不靠得住？"王珪对答道："先前我军粮饷不足，所以导致失败；现在我朝有五百万缗（读音与"民"相同，古代穿铜钱的绳子；古代计量单位，钱十缗指的是十串铜钱，一串铜钱一千文），一定够用，不会有上次那样的隐患了。"王安礼接口说道："钞票又不能当饭吃，必须将它们转化为金币，而金币又需要转化为粮食，这中间辗转需要很长时间，岂是一两天的事情？"神宗气愤地说道："李宪上奏说他已经准备好了，他只是一个宦官，都知道拓宽疆土，你们难道就没有这个志向吗？朕听说唐朝平定淮西三州的时候，只有裴度的想法跟唐宪宗相同。现在，这想法不是出自朝中大臣，而是出自一个宦官，朕觉得可耻啊！"王安礼辩驳道："唐朝讨伐淮西三州的时候，有裴度这样的能相，还有李光颜、李愬这样的猛将，尚且穷竭兵力，经历数年后才平定三州。如今西夏势力强盛，并非淮南可以相比。李宪和诸位将领，才能都比不上李光颜、李愬，臣担心会重蹈覆辙啊。"神宗没有回答，随即退朝。

没过多久，神宗接到种谔的奏章，说延州知府沈括建议在横山修建城池，这样就可以俯瞰西夏，取得高高在上的地形优势，并且主张从银州进兵。神宗看完奏折后，随即命给事中徐禧和内侍李舜举赶赴鄜延商议。王安礼又入谏道："徐禧志大才疏，恐怕会耽误国事，请陛下另派得当的人！"神宗不肯听从。李舜举前往拜见王珪，说道："古人说边境城寨林立，是士大夫的耻辱。如今王大人身为宰相，应该以扫平西夏为己任，不会被别人嘲笑的。"王珪也自觉惭愧，没办法只好随口敷衍，说自己知道了。

李舜举遂与徐禧一同前往，不久便到了鄜延，见到了种谔。种谔打算在横山修建城池，而徐禧却想在永乐修建，两人为此争议不休。他们将自己的奏议上报朝廷，神宗更加青睐徐禧的奏议，竟然命徐禧带领诸将，在永乐修缮城池，驻扎待命，并命沈括为后援。陕西转运判官负责运送粮草，城寨用十四天就竣工了，神宗赐名银川寨，留下鄜延副总管曲珍据守，徐禧和沈括等人都退回米脂。这个银川寨距离银州有二十五里，地处银州的要道，是夏人必争之地。先前种谔之所以反对徐禧的提议，就是害怕夏人前来争夺，容易滋生事端。

果然，十天后，就有西夏数千铁骑前来攻城，曲珍连忙报知徐禧。徐禧遂与李舜举、李稷等统兵前往救援，令沈括留守米脂。徐禧等人率大军赶到银川寨，夏人也倾国前来，差不多跟蚂蚁一样多。宋朝大将高永能献出计策："胡虏来势汹汹，我们先据守城门，等他锐气耗尽，我们再出阵掩杀，或许可以取胜。"徐禧斥责道："你知道个什么，我们身为天朝正义之师，会畏惧他们吗？"说完，拔刀出鞘，麾兵出战。

夏人耀武扬威，进军城下，曲珍在河边列阵，见军士们都面露惧色，便对徐禧说道："我们的军心动摇，如果出战必定惨败，不如收兵回城，再图良策吧。"徐禧嘲笑道："你身为大将，怎么还没打就想着跑了？"说罢徐禧命七万大军列阵以待。夏人骑着铁骑渡河而来，曲珍又急忙对徐禧说道："西夏来的是铁鹞子军，我们不应该轻敌，必须乘他们还没有完全渡河，袭击过去，杀他一个下马威。要是让他们渡河过来，他们的铁骑就会如入无人之境，阻挡不住了。"徐禧又大言不惭地说道："我堂堂正正的王师，用得着使用这种阴招吗？"真是迂腐的书呆子。曲珍退回本阵后，忍不住长叹道："我军要死无葬身之地了！"

说话之际，夏兵的前队已经渡河东来。曲珍慌忙率兵拦阻，可是已经有些招架不住了。等到西夏的铁骑全部过河，纵横驰骋，如入无人之境。曲珍的部下本来就有些胆寒，哪还有心思恋战？顿时纷纷溃退，互相践踏，混乱不堪。徐禧见大军溃散，也手忙脚乱，管不了那么多了，急忙拍转马头，飞奔回城。李舜举、李稷见大势已去，也相率奔回城中。曲珍随即收集残兵，逃入城中。夏人将银川寨团团围住，里里外外环绕了好几圈，并且夺走了宋军的水源地，断绝了城内的水道。

徐禧束手无策，只仗着曲珍部卒昼夜血战，才勉强守住城门。怎奈城中没有了水源供给，兵士多半被渴死，情况非常危急。宋军有淹死鬼、冻死鬼、饿死鬼，想不到还有渴死鬼，真是惨烈。沈括与李宪接到警报后，率军援救，都被夏人打了回去。种谔那时还在埋怨徐禧的异议，不肯发兵前去解围。可怜银川寨内的将士跟瓮中鳖、釜中鱼一样，坐以待毙。半夜时分，天降大雨，守兵只顾扑地喝水，不料被夏兵摸进城中，银川寨失陷。徐禧、李舜举、李稷、高永能等人全都惨死在乱军之中，只有曲珍侥幸逃生。将校一共死了一百多人，士兵百姓丧亡达到二十多万，惨烈程度空前绝后。夏人追到米脂，沈括连忙紧闭大门坚守不出，总算没有被攻陷。夏人猛攻了几次，未能攻下，随即退去。

熙宁年间，神宗在西陲用兵已经好几次了，仅仅得到葭芦、吴堡、义合、米脂、浮图、塞门六座城池，但是兵士却伤亡无数，消耗的钱谷银绢不计其数。永乐一战，损失更加惨重。神宗接得败报后，也不禁痛悼，接连好几天吃不下饭。神宗追赠徐禧等人，妥善抚恤他们的家人。同时下令贬沈括为均州团练副使，安置在随州，将曲珍降为皇城使。过错不在沈括、曲珍，惩罚他们未免有失公道。从此以后，神宗再也没有西征的念头了，他总是临朝叹息道："王安礼曾经劝朕不要对西夏用兵，吕公著也多次劝谏过朕，都是朕误听边将的话，才害得这么多将士命断他乡啊。"现在又来后悔，都是急功近利惹的祸。

不久，夏人又进犯兰州，夺据两关门。副使李浩除了固守之外别无他计。铃辖王文郁星夜率领七百多死士，各持短刀，偷偷潜入夏营。夏人猝不及防，吓得东逃西躲，鼠窜而去。时人将王文郁比作唐朝开国大将尉迟恭，宋廷不久便将他提拔为知府。后来，夏人转而侵略其他地方，都被宋军击退。夏人南征北战，劳师已久，便班师回国了。不久，泾原总管刘昌祚写信上奏道：

中国者礼乐之所存，恩信之所出，动止猷为，必适于正。若乃听诬受闻，肆诈穷兵，侵人之土疆，残人之黎庶，是亦乖中国之体，为外邦之羞。昨日朝廷暴兴甲兵，大穷侵讨，盖天子与边臣之议，为夏国方守先誓，宜出不虞，五路进兵，一举可定，故去年有灵州之役，今秋有永乐之战。然较其胜负，与前日之议为何如哉？落得嘲笑。朝廷于夏国，非不经营之，五路进讨之策，诸边肆扰之谋，皆尝用之矣；知侥幸之无成，故终于乐天事小之道。况夏国提封万里，带甲数十万，南有于阗，作我欢邻，北有大燕，为我强援，若乘间伺便，角力竞斗，虽十年岂得休哉？即念天民无辜，受此涂炭之苦，国主自见伐之后，夙夜思念，以为自祖宗以来，事中国之礼，无或亏怠，而边吏幸功，上聪致惑，祖宗之盟既阻，君臣之分不交，存亡之机，发不旋踵，朝廷当不恤哉？至于鲁国之忧，不在颛臾，隋室之变，生于杨感，此皆明公得于胸中，不待言而后喻。何不进谠言，辟邪议，使朝廷与夏国欢好如初，生民重见太平！岂独夏国之幸，乃天下之幸也。

神宗看后，虽然里面有责怪自己的话，但是神宗并没有生气。后来，他命令刘昌祚到西夏商谈通好的事情。不久，西夏派人送来书信，说只要归还他们的疆土，他们就不再惹事。神宗不肯答应，只答应恢复赏赐岁币，疆土万万不能给与。夏使只好拿着诏书返回西夏。神宗下令陕西、河东经略司，所有刚刚收复的城寨，巡逻的士兵不能超出三里之外。不久，夏主又上书乞还被宋朝夺走的疆土，神宗还是不肯答应。因此，夏人仍然心怀不轨，蠢蠢欲动。

中丞刘挚弹劾李宪贪功生事，遗祸至今，不可不惩。神宗也很是烦恼，便将李宪贬为熙河安抚经略都总管。第二年即元丰七年，夏人又大举入寇，号称有八十万大军，围攻兰州。夏兵围攻兰州十天十夜，但是兰州城守备坚固，始终未能攻克。后来，夏兵粮草耗尽，便班师回去了。这一次幸亏李宪事先有预防，守备非常森严，才不至于陷落。后来，夏人又进犯延州德顺军、定西城和熙河的一些城寨，都没能得逞。不久，夏人又围困定州城，被熙河守将秦贵击退。夏人东征西讨，疲惫不堪，只好稍稍歇手了。

第四十三章 高后垂帘听政

元丰七年,神宗罢免了蒲宗孟,任用王安礼为尚书左丞,李清臣为尚书右丞,调吕公著出任扬州知府。这一年,司马光将《资治通鉴》修撰完毕,被授予资政殿学士。

《资治通鉴》简称"通鉴",是司马光主编的一部长篇编年体史书,共三百五十四卷,三百万字,耗时十九年。记载的历史由周威烈王二十三年(公元前四零三年)起,一直到五代后周世宗显德六年(公元九五九年)征淮南结束,计跨十六个朝代,包括秦、汉、晋、隋、唐等统一王朝和战国七雄、魏蜀吴三国、五胡十六国、南北朝、五代十国等其他政权。神宗降旨嘉奖司马光说:"自古以来从没见到过记载如此完备的史书,真是辛苦爱卿了,这本书比荀悦的《汉纪》好多了。"荀悦是汉代人,曾经删定《汉书》,修撰了二十篇帝王纪事,所以神宗才拿他跟司马光做对比。

元丰八年正月,神宗的身体渐渐羸弱,于是命辅臣替他在景灵宫祈祷。百官祭拜了天地、宗庙、社稷,都不见效,神宗的病情反而越来越严重。辅臣们进宫探问,请求册立皇太子,并让皇太后暂时摄政。当时,神宗已经没有力气作答,只是稍微点了点头。神宗本有十四个儿子,长子名佾,次子名仅,三子名俊,四子名伸,五子名俐,六子名佣,七子名价,八子名偭,九子名似,十子名伟,十一子名佶,十二子名俣,十三子名似,十四子名偲。佾、仅、俊、伸、俐、价、偭、伟均早亡,要数第六儿子赵佣排行最大,但是当时也只有十岁,神宗已经封他为延安郡王。

一开始拟立皇太子的时候,只有员外郎邢恕想立异邀功,他跑去拜见蔡确道:"一个国家有一个年长的君王,是江山社稷的福分。当年太祖皇帝将皇位传给太宗,本朝已有先例。为什么不从岐王、嘉王两位王爷当中选择一人拥立为帝呢?这样一来可以安国,二来可以保家,岂不是两全其美吗?"蔡确踌躇了很久,才说道:"邢大人所言极是,但不知道高太后是什么意思啊?"邢恕又接着说道:"岐王、嘉王都是太后所生,母子情深,一定不会反对的,蔡公就不要有什么疑虑了。"蔡确大喜道:"那我先跟高太后商量商量,免得节外生枝。"邢恕说道:"那我先跟其他大人协商一下,保管成功。"说完便告辞了。

邢恕离开蔡府后,又跑去拜见高太后的侄儿高公绘。进门后,邢恕跟高公绘寒暄了几句后,便在他的耳边小声说了这件事。高公绘摇了摇头,没有回答。邢恕又说道:"延安郡王才十岁,怎么比得上岐王和嘉王呢?况且岐王和嘉王口碑颇好,百官都称他们为贤王,没有比他们更合适的人选了。"高公绘说道："这怎么行得通呢？这是诛灭九族的大罪，难道邢大人要祸害我全家吗？"邢恕碰了一根钉子，乘兴而来，败兴而归。

岐王、嘉王是神宗一母同胞的弟弟赵颢和赵頵。神宗封赵颢为岐王，封赵頵为嘉王。这两位王爷在神宗重病期间，曾多次跑到寝宫问安。明眼人心里都清楚，这两位王爷是对皇位有想法。高太后也不是傻子，为了防止这两位王爷过多地接触神宗，就命他们不用经常探望。同时，高太后暗中派人制作了一件十岁小孩儿可以穿的黄袍，好让这两位王爷死了这条心。偏偏邢恕还抱有希望，他再次跑去和蔡确密谋，打算约同王珪一起进宫询问神宗的病情，并暗中让开封府知府蔡京在外面埋伏刀斧手，胁迫王珪一起谋变。如果王珪不肯答应，便让他身首异处！哪知王珪命不该绝，还没等蔡确跟他约定，就先行入宫去了。神宗跟他以及其他辅臣议定，册立延安郡王为皇太子。蔡确来迟了一步，计划没有成功。

三月初一，延安郡王赵傭被册立为太子，赐名赵煦。皇太后高氏全权处理军国大事。过了五天，神宗驾崩，享年三十八岁。神宗总共在位十八年，改元两次，分别是熙宁和元丰。神宗驾崩后，皇太子赵煦即皇帝位，史称哲宗，尊皇太后高氏为太皇太后，皇后向氏为皇太后，生母德妃朱氏为皇太妃，追尊先帝庙号为神宗，安葬于永裕陵。晋封皇叔赵颢为扬王，赵頵为荆王，皇弟赵佶为遂宁郡王，赵似为太宁郡王，赵俣为咸宁郡王，赵偲为普宁郡王，封尚书左仆射王珪为岐国公，潞国公文彦博为司徒，王安石为司空，其余的官员也一律加爵。

太皇太后高氏当政后，首先传旨，遣散修缮京城的役夫，禁止铸造军器，戒除朝廷内外没有必要的苛敛，宽容民间的保甲马，百姓拍手称赞。王珪等人并没有参与商议，等到圣旨颁发后才有耳闻。这高后一出手，就知道她是个贤明的妇人。过了数日，她又下诏说：

先皇帝临御十有八年，建立政事以泽天下，而有司奉行失当，几于烦扰，或苟且文具，不能布宣实惠，其申谕中外协心奉令，以称先帝惠爱元元之意！

这道诏书一下，都城中的卿大夫都知道太皇太后的用意了，她是想改繁为简，易苛从宽。蔡确担心朝政焕然一新后，自己会丢掉相位，于是就在上朝议政时，面奏太皇太后，请求恢复高遵裕的官职。这个高遵裕是什么人呢？原来他是太皇太后的伯父。蔡确这是在向太皇太后献媚，想讨好太皇太后，以稳固自己的地位。可惜太皇太后并没有买账，反而凄凉地说道："当初攻伐西夏，灵武一战，先帝半夜收到败报，辗转反侧，昼夜未眠。从那以后，先帝的身体慢慢虚弱，最后不幸驾崩。追根溯源，高遵裕难辞其咎。先帝尸骨未寒，我怎么敢只顾私情，不顾大义呢？"义正词严，蔡确惶悚而退。后来，太皇太后又下诏废除了京城巡逻的士兵，以及免行钱和浚河司，同时召司马光、吕公著等人入朝。

司马光在洛阳待了十五年，田野村夫都很尊敬他，称他为司马相公；就连妇人和小孩儿也仰慕他的大名。神宗仙逝后，司马光想要进京祭拜，可是又担心惹人猜疑，所以不敢前去。当时程颢正好也在洛阳，他跑去劝司马光入京，司马光这才答应启程东进。他快要到达京城大门的时候，卫士看到他到来，都额手相庆，大喊道："司马相公来了！司马相公来了！"沿途的百姓听说后，也纷纷跑来围观，并齐声说道："司马相公，请你留下来辅佐天子，为百姓造福，不要再回洛阳了。"司马光见人越聚越多，担心会出意外，竟然又从小道溜回去了。

太皇太后听说司马光来到京城，正想向他询问政要，偏偏等了好久都不见他来，于是派遣内侍梁惟简前去询问。司马光请求大开言路，诏榜朝堂。梁惟简复命时，蔡确等人已经探知了司马光的意思。蔡确先人一步，上奏创造"六议"，略言：

阴有所怀，犯非其分，或扇摇重机，或迎合旧令，上则侥幸希进，下则眩惑流俗，有一相犯，立罚无赦。

太皇太后看过这六条奏议后，又派人送给司马光看。司马光愤然说道："这分明是拒谏，哪里是求谏；人臣只好不说话了，只要一开口，肯定会触犯这六句话里面的任何一句，还怎么广开言路呢？"于是，司马光上奏将其中利弊一一陈述，太皇太后这才改诏颁行，言路才得以渐渐被打开。

不久，太皇太后任司马光为陈州知府，并起用程颢为宗正寺丞。称颢正准备启程赴任，偏偏染上了重病，不久竟然去世了。程颢跟弟弟程颐痴心道学，对《周礼》颇有研究。他为人非常有涵养，言行举止也很高尚。他死后，士大夫无论跟他认不认识，都前去祭拜。当初程颢反对王安石的新法，王安石敬重他的为人，所以才没有将他排挤出去。文彦博根据众人的意见，在程颢的墓碑上题写"明道先生"四个字，以示纪念。

司马光受命赶赴陈州，路过京城的时候，碰上王珪病死，辅臣们依次递升，正好空出一个职位。太皇太后乘机将司马光留下辅政，命他为门下侍郎。蔡确等人担心司马光会请求革除新法，所以搬出所谓的"三年无改"的大义，传布都中。司马光站出来驳斥道："先帝所颁行的法度，如果合理，即使是一百年也应当遵守。但是这些新法都是王安石、吕惠卿一手所创，祸国殃民，必须立即整改。"自此，议论声才稍稍平息。

太皇太后又召吕公著为侍读，吕公著从扬州进京，被提拔为尚书左丞。京东转运使吴居厚接替鲜于侁的职位，他大兴盐铁，苛敛横征，以至于被言官交相弹劾，被谪到了黄州，于是又重新起用鲜于侁为转运使。司马光对同列道："子骏是个贤才，不应该再让他在外地任职了，但是朝廷想要挽救京东困顿的局面，非得派子骏去不可了。他实是一个福星啊。当今人才凋敝，要是能得到一百个像子骏一样的人才，散布到天下各处，还担心不能国泰民安吗？"

鲜于侁，字子骏，宋代阆州（治所在今四川阆中城）人，考中进士。熙宁十年，任京东路转运使，兼管莱芜监。当时，莱芜的钢铁冶炼规模达到空前发达的程度，山东"莱芜监"与江苏的"利国监"同为京东路两大冶炼中心，莱芜监下辖"三坑""十八冶"，冶户千余户，主要是民营，冶户积极性很高。后来吴居厚接任京东路转运使，见冶铁有利可图，便收归官营，增加赋税，严重损害了矿冶户的利益，矿工想要发动暴动。元丰八年，吴居厚被罢后，重新起用鲜于侁为京东路转运使，管莱芜、利国两监。他后奏朝廷，停办两监。鲜于侁累官利州路转运判官，升副使兼提举常平仓事，后任集贤殿修撰，在陈州知府任上去世。苏轼称其为政"上不害法，中不废亲，下不伤民"，以为三难。他还刻意经术，为诗平淡渊粹，尤长于楚辞，著有《诗传》《易断》。

于是司马光、吕公著两人同心辅政，革除新法，罢免了保甲法、保马法、方田法、市易法，削去前市易提举吕嘉问的三品官职，贬为淮阳军知府。吕嘉问的党徒都被坐罪，邢恕也被贬为随州知府。第二年，哲宗改元为元祐元年，右司谏王觌，参劾蔡确、章惇、韩缜、张璪等人朋比为奸，陷害忠良，接连上奏了数十道奏折。谏议大夫孙觉，侍御史刘挚，左司谏苏辙，御史王岩叟、朱光庭、上官均又连章弹劾蔡确的罪状。于是，在众人的夹击下，蔡确终于被罢免了相位，出知陈州。不久，太皇太后又提拔司马光为尚书左仆射兼门下侍郎，吕公著为门下侍郎，李清臣、吕大防为尚书左右丞，李常为户部尚书，范纯仁同知枢密院事。

当时司马光已经患病，因为青苗法和免役法还没有革除，西夏的商议还没有解决，他不禁叹息道："这些祸害还没有去除，我死后也不能瞑目啊！"于是他修书一封给吕公著，大概说："老朽将身体托付给了医生，将家事托付给了愚子，只是国事还没有寄托，所以特地拜托吕公了。"吕公著将司马光的病情告知了太皇太后，太皇太后随即免去了司马光的早朝，并准许他乘坐轿子，三天一入朝。司马光不敢享受这种待遇，上奏道："臣名微功薄，断然不敢承受如此大的礼遇，况且三天一入朝，还怎么处理政事？"于是太皇太后改诏令司马光的儿子司马康扶着他入朝，并免去拜跪礼。

不久，司马光请求罢免青苗法、免役法，诸大臣没有异议，一致同意废除这两法。免役法废除后，司马光请求恢复差役法，章惇极力反对，跟司马光在殿前辩论，语气非常狂悖。太皇太后也不免恼怒，于是将章惇贬为汝州知府。当时苏轼已经奉诏入都，担任中书舍人，他倡导颁行熙宁初年的给田募役法，并陈述了五条益处。监察御史王岩叟说这五条益处很难实现，而且还有十处弊端，苏轼的提议便被放弃了。

苏轼本来对司马光很友善，但是他们这回政见不同，于是苏轼跑去诘问司马光说："司马大人想要改免役法为差役法，苏轼担心这两条法律的害处差不多，根本看不到好处。"司马光问道："那请你明示害处！"苏轼答道："免役法的害处是多敛民财，十室九空，钱财都被敛到了上层，下面必定经常发生钱荒，这个害处我们已经验证过了。差役法的害处是百姓都去服兵役了，没有时间务农；再加上一些贪官污吏随时征币，百姓苦不堪言，难道不是异法同病吗？"司马光又问道："那依君的高见，应该怎么办？"苏轼说道："法律要有根据，才能顺利施行。做任何事都要讲究循序渐进，这样才不会惊扰到百姓。从前兵农合一，到了秦始皇的时候才分作两路。唐初百姓出粮养兵，士兵出力保民，天下人都觉得很方便。历代不乏圣贤的君臣，但都没有轻易更改。如今的免役法跟这个很相似，但是司马大人却想要突然罢免免役法，改行差役法，恐怕百姓反而会更加痛苦啊。"司马光却不以为然，只淡淡地回答了几句，苏轼也随即告辞了。

第二天，司马光到政事堂议政，苏轼又进来谈起此事，司马光不禁变了脸色。苏轼从容地说："以前韩魏公做陕西刺史的时候，司马大人是谏官，再三劝阻，韩公非常不高兴，司马大人也愤然不顾。我曾经有幸听说了这件事，对司马大人当初的举动非常敬佩。难道司马大人如今做了宰相，却不许我进谏吗？"以子之矛，刺子之盾，苏轼真是能言善辩。司马光这才起身说道："容我考虑一下。"

范纯仁在旁边也对司马光说："差役法不应该太着急颁行，不然会滋扰百姓。在下希望司马大人能虚心接受大家的意见，不要事事都由你一个人做主，这样做事不免有专断之嫌，恐怕正好给了奸人迎合的机会。"范纯仁见司马光还是有些不情愿，便激将道："司马大人这是不让人说真话，不顾全大局。纯仁要是只知道讨好你，不如年轻的时候去迎合王安石，早就富贵显达了！"

起初，司马光决定将免役改为差役法的时候，是以五天的时间为限。同僚下属都觉得太过仓促，只有开封府知府蔡京如约执行，并当面回复司马光。司马光大喜道："如果每个人都像你一样坚决执法，还有什么做不到的？"蔡京告辞后，司马光便认为差役法是可行的，打算坚持到底。其实蔡京是个老奸巨猾的人，他只知道揣摩迎合他人。当初蔡确得势，就去依附蔡确，后来他见司马光入相，又去迎合司马光。这种反复无常的小人，最容易祸国殃民。司马光待人忠厚，哪里晓得他暗中投机取巧呢？

这个时候，王安石在金陵任职，已经有六十多岁了。他听说朝廷变法，毫不在意。后来他听说免役法也被罢免了，大惊失色道："怎么变法变到这种地步呢？"过了很久，他又捶胸顿足道："此法不能废除，这些人真是太胡闹了。"不久，王安石病死，享年六十五岁。太皇太后因为他是先朝大臣，追赠为太傅，后人称他为"王荆公"。这是因为元丰三年的时候，朝廷曾封他为荆国公，所以沿称至今。王安石死后，他的党徒依次被贬谪，范子渊贬知陕州；韩缜罢知颍昌；李宪、王中正等人罚司宫观；邓绾、李定被放居滁州；吕惠卿被贬为光禄卿，分司南京，再贬为建宁军节度副使，安置在建州。

相传再贬吕惠卿的草诏是出自苏轼的手笔，里面有几句话非常精辟，传诵一时。尤其是"汝以有限之才，兴必不可成之役，驱无辜之民，置之必死之地"这四句，更是脍炙人口，称为名言。新法党相继被罢黜，吕公著进任尚书右仆射，兼中书侍郎，韩维为门下侍郎。司马光又上奏说："文彦博是四朝重臣，应该予以重用。"太皇太后打算任他为三省长官，言官觉得不妥。最后，太皇太后准许他六天上一次朝，一个月讲经两次，位列相位，恩礼从优。文彦博这个时候已经有八十一岁了，跟他一辈的老臣都已经去世，真可谓德高望重。司马光又和吕公著商议，召用程颢的弟弟程颐。于是，太皇太后下旨召他为秘书郎。

太皇太后对司马光言听计从，司马光也不负厚望，越发励精图治，誓死报国。无论大小政务，他必然会亲自裁决，不分昼夜，朝野上下也对他抱有很大期望。就是辽国、西夏的使者来了，也都会问司马光的起居，并且告诫守边的将领："宋廷现在有了司马相公，我们不要轻易生事，挑起战争！"国有贤相，不战屈人。可是上天不庇佑大宋，栋梁轰然坍塌。司马光因为太过劳累，越来越消瘦，同僚劝他不要这么拼命，保重身体，司马光慨然说道："死生有命，富贵在天。只要我有一息尚存，就不会有一丝懈怠！"后来，司马光病情加重，卧床不起。他在弥留之际，还在不断地说梦话，仔细一听他说的话，全都是国家的大事。他死时，享年六十八岁。

司马光生平孝友忠信，恭俭正直。他在洛阳任职的时候，每次前往夏县祭祖，必定去拜访他的兄长。他的兄长叫司马旦，年近八十，司马光把他当作自己的父亲一样，非常恭顺。从小到大，都没有跟他顶撞过一句。司马光曾经说自己没有什么过人之处，只是不管做什么事，都力求问心无愧。他死后，举国皆痛。太皇太后也为他痛哭流涕，并和哲宗一起亲临葬礼，追封他为太师温国公。太皇太后还命户部侍郎赵瞻、内侍省押班冯宗道，护着司马光的棺椁回到陕西夏县老家。朝廷赐司马光谥号文正，并在他的墓碑上刻下"忠清粹德"，岭南封州的父老乡亲都跑去祭拜他。他安葬之后，四方的百姓还把他的画像挂在墙上，吃饭之前都要祭拜一番。

第四十四章　三党相争

司马光病逝后，吕公著独揽政权，但是一切官员的任免还是遵照司马光的意思，升吕大防为中书侍郎，刘挚为尚书右丞，苏轼为翰林学士。苏轼奉召入京后，短短十个月就连升三级，兼任侍读。他每次进宫授课，必定反复讲解，希望能开悟幼年的哲宗。

一天晚上，苏轼在禁中值班，太皇太后下旨将他召到便殿，寒暄几句后，便问苏轼道："爱卿前年是什么官职？"苏轼回答道："常州团练副使。"太皇太后又问道："那现在担任什么？"苏轼回答道："翰林学士。"太皇太后问道："你知道为什么升迁得这么快吗？"苏轼答道："承蒙太皇太后和陛下的错爱！"太皇太后说道："并不是这样的。"苏轼问道："莫非是大臣的举荐？"太皇太后又摇了摇头。苏轼惊讶地说道："那臣就不得而知了，臣虽然有心辅佐陛下，但是臣断不敢通过歪门邪道来加官进爵的。"太皇太后郑重地说道："这是先帝的遗意，先帝每次读到爱卿所写的文章，都会说：'奇才！奇才啊！'只是当初阻挠的大臣太多，所以不便重用爱卿。"苏轼听了后，不禁感激涕零，失声痛哭。太皇太后也为之动容。哲宗才十岁，见到他们两个相对哭泣，也忍不住呜咽起来。还有左右内侍，都不禁流泪。

大家都在掩面哭泣，反倒觉得大殿寂凉，良夜凄清。太皇太后看到这种状况后，觉得不太文雅，停止哭泣对苏轼说道："这不是上朝的时候，君臣不用拘泥于礼节，爱卿在旁边坐下，我要请教你一些事情。"说完，便命内侍搬来一把椅子，让苏轼坐在旁边。苏轼谢恩坐下后，太皇太后问了几句话，无非是国家政要。苏轼随问随答，太皇太后非常满意，特地赐茶给他喝。苏轼喝完后，太皇太后又对内侍说道："你去撤下御前的金莲烛，送苏学士回去。"一面说，一面带着哲宗进了内殿。苏轼向空座位拜谢完毕，就由两名内侍捧着蜡烛，一路护送回到了翰林院。

苏轼感激知遇之恩，经常在文章中揭露时政，规劝纲常。卫尉丞毕仲游写信劝诫苏轼说："苏兄并不是谏官，也不是御史，如果总是讨论别人的长短，不但无济于事，恐怕还会得罪很多人，引火上身，还望苏兄慎重！"苏轼没有听从。当时程颐正侍奉讲经，他曾自大地说："治乱主要依靠宰相，而君王德行的好坏全靠侍奉讲经的人。"因此入殿讲经的时候，总是一副趾高气昂的样子。苏轼说他恃才傲物，不近人情。司马光病逝时，正好赶上百官庆贺大喜的事，完事后大家都想去吊唁司马光，只有程颐力言不可，他还引用《鲁论》为自己辩解。苏轼在旁边冷笑说他铁石心肠。程颐听说后，非常介意，心怀不满。

右司谏贾易、右正言朱光庭都是程颐的门人，他们借题发挥，弹劾苏轼在一次考试命题中诽谤仁宗。苏轼为了表示清白，请求外调。侍御史吕陶上奏道："身为台谏，应该秉公执法，仗义执言，不应该公报私仇，陷害忠良。"左司谏王觌也上奏说："苏轼所拟的命题，不过是没有注意轻重，关系不大。要是小题大做，吹毛求疵，恐怕会导致分帮结派。一旦党派分立，朝中将永无宁日，这是国家的大患，不可不防。"范纯仁也上奏替苏轼辩解，说苏轼无罪。后来，太皇太后临朝说道："哀家也仔细看过苏轼的那道命题，他嘲讽的是当今某些官员，并不是在嘲讽仁宗皇帝，不能加罪于他。"于是苏轼仍然担任原职。

不久，哲宗生了疮疹，不能上朝。程颐跑去问吕公著："皇上不能亲临朝堂，太皇太后不应该独自听政。况且主子生了病，难道你这个宰相不知道去探望一下吗？"第二天，吕公著入朝拜谒太皇太后，并问起哲宗的病情。太皇太后说没有什么大事。为了这件事，百官都说程颐话多。御史中丞胡宗愈、给事中顾临连章弹劾程颐，说不应该让他去给皇帝讲经，这样会误君误国。谏议大夫孔文仲弹劾程颐投机取巧、没有德行，而且他在讲经的时候，僭越忘分，还巴结贵臣，勾通台谏，公报私仇，应该将他放归田里，以正典刑。在多方夹击之下，太皇太后只好将程颐贬为西京国子监。

从此以后，朝中各分党帜，相互诽谤，勾心斗角。程颐以下，有贾易、朱光庭等人，被称为洛党；苏轼以下，有吕陶等人，被称为蜀党。还有刘挚、梁焘、王岩叟、刘安世等人，与洛、蜀两党又不相同，被称为朔党，交结的人数最多。这三党其实都不是什么奸邪之辈，只不过因为意见不合，才互相结成嫌怨。

文彦博已经八十多岁高龄，多次请求告老还乡，太皇太后还是不同意，只是让他十天来上一次朝，商议重要的事情。吕公著也因老乞求退休，朝廷拜他为司空，同平章军国事。并授吕大防、范纯仁为左右仆射，兼中书门下侍郎；孙固、刘挚为门下中书侍郎；王存、胡宗愈为尚书左右丞，赵瞻签书枢密院事。吕大防质朴正直，没有参与党派；范纯仁洁身自好，也不愿意结党。这二人同心协力，将朝中事务治理得井井有条。

右司谏贾易因为程颐被外谪，心中愤愤不平，又上书弹劾吕陶跟苏轼结党，话语里还对文彦博、范纯仁多有侵犯。太皇太后想要严惩贾易狂妄乱言，还是吕公著替他辩解，只是让他出知怀州。右司谏王觌又上奏弹劾吕公著等人，说他们年纪太大，不应该再委以重任。太皇太后勃然大怒道："文彦博、吕公著德高望重，成熟干练，岂是你能诋毁的？"范纯仁替王觌辩解道："大臣们之所以相互参劾，是因为朝中党派林立，互相排挤。朝中大臣其实也并非政结党营私，只不过是物以类聚、人以群分，政见不合罢了。当年范仲淹、韩琦、富弼三人各自为政，同执政柄，但是他们的所作所为全都是为了江山社稷，并没有什么坏心眼。希望太皇太后明察！"太皇太后觉得有理，于是只将王觌贬为润州知府。门下侍郎韩维也被人逸诉，出知邓州。

太皇太后当初想召用范镇主持朝中大事。她派人前去邀请，那时候范镇已经八十岁了，不想再过问朝事。他的孙子范祖禹也劝他不要再折腾了，所以范镇也就没有接受。太皇太后不愿强人所难，下诏授他为银紫光禄大夫，封为蜀郡公。元祐三年，范镇病死在家中。范镇，字景仁，成都人，跟司马光齐名，享年八十一岁，后来朝廷又追赠他为金紫光禄大夫，赠谥号忠文。

第二年二月，司空吕公著也病逝了。太皇太后召见辅臣，哭着对他们说："国家不幸，司马相公去世，范镇和吕司空也逝世了，这该怎么办呢？"说完，太皇太后便带着哲宗前去祭奠，并追赠吕公著为太师，封为申国公，赠谥号正献。吕公著，字晦叔，是故相吕夷简的儿子。他从小好学，性格温和，谈吐文雅。他虽然是相门子弟，但是却吃苦耐劳，没有一点架子。他的父亲吕夷简曾说他以后必定位列辅臣，果然被他言中。

范镇的孙子范祖禹娶了吕公著的女儿，所以吕公著当权时，为了避嫌，始终没有提拔范祖禹。范祖禹曾经和司马光一起修撰《资治通鉴》，在洛阳十五年，没有想过升官。后来，富弼罢官也住在洛阳，他闭门谢客，除了范祖禹，他谁都不见。神宗末年，富弼病重，曾经嘱托范祖禹代他呈上遗表，极言王安石误国，及新法弊害。旁边的人都劝范祖禹，叫他别递上去，范祖禹不肯背弃约定。宋廷也没有为难范祖禹，还追封富弼为太尉，赐谥号文忠。

哲宗即位后，提拔范祖禹为右正言，他为了避嫌，推辞不受。不久，朝廷又召他为起居郎，兼任中书舍人，他都不肯接受。等到吕公著去世后，他才开始担任右谏议大夫，针砭时弊。后来，他又加封为礼部侍郎，他听说中官打算为哲宗寻找妃子，就和左谏议大夫刘安世一起上疏谏阻道："陛下才只有十几岁，不宜接近女色，理当洁身自好，进德爱身。"后来，他又乞求太皇太后保护哲宗，言语非常恳切。太皇太后诏谕说："这是后宫的谣言，不足为信。"范祖禹回答道："虽然只是谣言，但是我们也不得不防。天下的事情没有发生的时候，大家都没有过多地考虑；等到发生了，才后悔莫及。陛下是社稷的希望，为防万一，还希望太皇太后早做防备。"太皇太后点头应允，表示会采纳。

后来，汉阳军知府吴处厚将蔡确游览车盖亭的诗呈上，诗里有辱骂先帝的意思。谏官们相继上疏声讨蔡确，请求朝廷予以重罚，严明法典。太皇太后让蔡确解释这件事，刘安世等人说蔡确的罪状已经很明显，没必要解释了。于是太皇太后将蔡确贬为光禄卿，发配到南京。谏官们还觉得罪重罚轻，私下里多有怨言。范祖禹也上疏说蔡确罪大恶极，应该严惩。文彦博、吕大防等人上奏建议将蔡确发配到岭峤，只有范纯仁站出来对大家说："岭峤自从真宗乾兴以来，荆棘丛生，荒草遍野，去那里的人都饿死了。蔡确虽然罪大，但是这样对待前朝宰相，恐怕不妥，还希望大家多些宽容。"吕大防等人这才没有多说。

过了六天，朝廷又下诏贬蔡确为英州别驾，安置在新州。范纯仁又对太皇太后说道："圣朝应当以宽厚为本，不应计较文字，窜诛大臣。就好比用猛药治病，损害元气，还希望太皇太后明察！"太皇太后没有听从。当时潞州知府梁焘奉诏来京担任谏议大夫，路过河阳的时候，跟邢恕见了一面。邢恕说蔡确当初册立陛下立了功，嘱托梁焘入朝的时候为蔡确求求情，梁焘答应了下来。

梁焘入京后，随即将邢恕所说的话上奏。太皇太后对大臣们说："皇帝是先帝的长子，本来就应该登基为帝，他蔡确有什么功劳？蔡确如此欺君罔上，他日要是再让他入朝，恐年少的皇帝会被他迷惑，今后必定会酿成大害。我不好明说，只好借欺君的罪名将他窜逐，以绝后患。这是关系国家生死存亡的大事，即使有些大臣埋怨，我也顾不了那么多了。"

后来，司谏吴安诗和刘安世等人又上疏弹劾范纯仁跟蔡确结党，吕大防也说蔡确的党徒昌盛，不可不治。范纯仁为表明清白，力请罢政，出知颍州。尚书左丞王存当初是蔡确举荐的，后来也奉诏出知蔡州。那时，胡宗愈也早已被谏官弹劾，被罢为尚书右丞。一批与蔡确亲近的官员相继被贬，当然也有一拨官员得到升迁。刘挚被提拔为尚书右仆射，兼中书侍郎，苏颂被提拔为尚书左丞，苏辙被提拔为尚书右丞。蔡党是当初蔡确执掌相位大权的时候建立的，从此被一网打尽。

蔡党被贬后，其他党派加官进爵，势力有所增长。当时，赵瞻、孙固等人先后去世，朝廷升韩忠彦同知枢密院事，王岩叟签书枢密院事，后来又召邓润甫为翰林学士承旨。邓润甫曾经依附王安石、吕惠卿，臭名昭著，被贬到了亳州。这次被召回，朝中大臣多有不满。梁焘、刘安世、朱光庭等人连章弹劾，都不见回应。这三人不愿同流合污，都纷纷请求外调。于是，朝廷下旨调梁焘为郑州知府，调朱光庭为亳州知府，调刘安世为崇福提举官，朔党势力大减。后来，文彦博告老还乡，右司谏杨康国奏劾苏轼兄弟二人文学不正，侍御史贾易和御史中丞赵君锡也先后弹劾苏轼。太皇太后迫于压力，只好将苏轼外调，让他出知颍州，后来又改调扬州，蜀党也被打压了。

刘挚为人耿直，他跟吕大防议论朝政的时候，发生了矛盾。殿中侍御史杨畏依附吕大防，吕大防暗中授意他弹劾刘挚结党营私，联络王岩叟、梁焘、刘安世、朱光庭等人，贪恋权贵，并且还跟章惇等人往来，与盗贼勾结。太皇太后当即召见刘挚，刘挚也觉得惶恐不安，匆匆退朝。回到府邸后，他上章自我辩解。梁焘、王岩叟等人相继上疏为刘挚求情，这一举动反倒让太皇太后更加怀疑，便贬刘挚为郓州知府，王岩叟为郑州知府。朔党本来人数最多，势力最大，经过这两次打击，党徒土崩瓦解，元气大伤。后来，太皇太后又召洛党的领袖程颐入直秘阁，兼判西京国子监，结果被苏辙所阻谏，程颐只好推辞未就职。这便是三党互相攻击、更迭消长的情形。真是混乱不堪！

元祐七年，哲宗已经年有十七了，太皇太后觉得是时候为哲宗册立皇后了，于是征集一百多位公卿大臣的女儿入宫备选。其中有眉州防御使兼马军及虞侯孟元的孙女，举止端庄，秀外慧中。太皇太后和皇太后两人教她后宫礼仪，她学得格外勤奋谨慎，因此她很得两后的欢心。再加上她当时只有十六岁，跟哲宗的年龄相当，于是，太皇太后就宣谕辅臣说："孟氏德行出众，又与皇上年龄相仿，是皇后的不二人选。只是这些年的礼仪大都太过简单，册立皇后是陛下一辈子的大事，翰林台谏给舍和礼官们，一定要妥善议定册立皇后的六礼，这回一定要办得隆重一些！"

这道口谕一下来，朝中百官都忙得不亦乐乎，有的说要参考古代礼仪，有的说要遵循今朝的规矩，前前后后议论了好几天，才草定了一篇仪制，呈入政事堂。吕大防等人又详细核订，稍微修改了一下，才送给太皇太后阅览。太皇太后传旨许可，由司天监选择良辰吉日，准备大婚。在距婚期还有几天的时候，太皇太后又命尚书左仆射吕大防充奉迎使，尚书左丞苏颂充发策使，尚书右丞苏辙充告期使，皇伯祖高密郡王宗晟充纳成使，吏部尚书王存充纳吉使，翰林学士梁焘充纳采问名使。六礼分司，各有专职，除了正使之外，还设置了副使。

五月戊戌日，哲宗头戴天冠，身穿纱袍，御临大殿，受百官朝贺。百官相率入朝，吕大防等人首先进入，东西分立。典仪官奉上册宝，放置在龙椅前面。吕大防率领百官行叩拜礼，这时，宣诏官传谕道："今天册封孟氏为皇后，百官觐见！"吕大防等人又行叩拜礼，典仪官捧过册宝，交给吕大防。吕大防接奉册宝后，又率领百官再拜。宣诏官又传太皇太后的诏命："奉太皇太后令，命百官恭迎皇后！"大臣又行叩拜礼。孟氏由宫女、太监搀扶入殿，吕大防将册宝呈给内侍，内侍又将册宝献给孟后。礼成，哲宗在大殿设宴款待百官。酒过三巡后，天色已晚，哲宗便退到内殿，与孟氏相见。新婚燕尔，洞房花烛，春宵一刻值千金。

第二天，这对新人一早去给太皇太后、皇太后和皇太妃请安，跟以前的规矩一样。过了三天，按古礼他们要到景灵宫去祭拜祖宗，回来后再去拜谒太皇太后。太皇太后对哲宗语重心长地说道："陛下幸得一位贤内助，你应当好好珍惜，不要辜负了哀家的一片苦心。"哲宗和皇后离开后，太皇太后叹息道："孟氏虽然贤淑，但为人太过善良，要是以后遇到几个厉害的角色，恐怕她会心慈手软，免不了受到伤害啊！"既然料到孟氏福薄，为什么还要册立呢？大婚礼成后，宫内宫外庆贺了一个多月，才算完事。只是孟后相貌比不上德行，她的姿色很一般。哲宗年少好色，未免心怀不足，正好后宫中有个姓刘的女子，生得楚楚动人，高挑大方，面滟滟好似芙蓉，腰纤纤犹如杨柳，婀娜多姿，惹人怜爱。哲宗得到此等尤物，怎么肯放过？不久，哲宗便将她列入嫔御，进封为婕妤。

第四十五章 女中尧舜

范纯仁被外调后，尚书右仆射一职空缺下来，太皇太后特升苏颂为尚书右仆射，兼中书侍郎；苏辙为门下侍郎；范镇的儿子范百禄为中书侍郎；梁焘、郑雍为尚书左右丞；韩琦的儿子韩忠彦为知枢密院事；刘奉世为签书枢密院事。后来，辽使入朝庆贺，问到苏轼。太皇太后才想起来，便召苏轼为兵部尚书，兼官侍读。

原来苏轼为翰林学士的时候，每次遇到辽使往来，他都被派作招待员招待辽使。当时辽国也非常重视诗文，使臣大都饱读诗书，每次跟苏轼谈笑唱和，苏轼文采出众，折服辽使。后来苏轼被贬谪到外地。哲宗大婚的时候，辽使看不到苏轼，反倒怏怏不乐，太皇太后担心会影响宋辽两国的情谊，便又将苏轼召入，特地命他招待辽使。没过多久，苏轼又升为礼部兼端明、侍读二学士。

可是好景不长，御史董敦逸、黄庆基又弹劾苏轼曾经在起草吕惠卿的贬谪诏书时，隐斥先帝，苏辙包庇兄长，紊乱朝政。这两人都是洛党里的人，想要将刚刚回来的苏轼排挤掉。吕大防替苏轼辩驳，并说最近的谏官喜欢用流言蜚语中伤士大夫，危害朝纲；苏辙也替兄长讼冤。太皇太后对吕大防说道："先帝也京城追悔以前的事情，每每想到灵州和永乐几十万枉死的军民，先帝都会呜咽不止。"吕大防说道："先帝当初受人蛊惑，也并不想这样。"太皇太后说道："不管是百官还是百姓，对此有些怨言是正常的，利用这个来进谗的人肯定心怀不轨！"于是，太皇太后将董敦逸、黄庆基二人贬为湖北、福建路转运判官。不久，苏轼也被罢知定州。

后来，苏颂保荐贾易，说贾易是正直的大臣，不应该外迁，并跟吕大防发生了口角。侍御史杨畏、来之邵等人上奏弹劾苏颂包庇贾易。苏颂上书辞职，太皇太后将他罢为观文殿大学士。范百禄和苏颂一向交好，他出面替苏颂辩解，也被杨畏弹劾，出知河南府。梁焘亦因为跟朝中大臣政见不和，称病请求辞官，于是太皇太后又召范纯仁为尚书右仆射，兼中书侍郎。杨畏、来之邵又上奏说范纯仁不能再担任宰相，请求起用章惇、安焘、吕惠卿，太皇太后没有理会。

吕大防想要推荐杨畏为谏议大夫，范纯仁说："杨畏心术不正，怎么能重用呢？"吕大防微笑着说道："范大人不同意，莫非是记恨他劾奏过你吗？"范纯仁正觉得莫名其妙，苏辙在旁边将杨畏弹劾的文章递给范纯仁看。范纯仁看罢说道："这件事我还真不知道，吕公现在不辜负杨畏，恐怕以后杨畏要让吕公失望了！"吕大防不信，竟然推荐杨畏做了礼部侍郎。

元祐八年八月，太皇太后高氏病重，不能听政。吕大防、范纯仁入宫探视，太皇太后对他们说道："我这一病恐怕不会起来了。"吕大防、范纯仁齐声说道："太皇太后万寿无疆，肯定不会有事的。"太皇太后说道："我今年已经六十二岁了，即使死了也很正常，爱卿不必哀痛。只是我死后，最让我放心不下的是皇上。皇上还年轻，容易受人迷惑，还望爱卿们用心保护！"吕大防、范纯仁又同声说道："臣等定当遵命！"太皇太后转头对范纯仁说道："爱卿的父亲范仲淹可谓忠臣，在明肃太后（明肃太后名叫刘娥，是宋真宗赵恒的皇后，宋朝第一位摄政的太后，功绩赫赫，常与汉之吕后、唐之武后并称，史书称其"有吕武之才，无吕武之恶"）垂帘听政时，他规劝明肃太后要尽母道；后来明肃太后撤帘之后，他又劝仁宗要尽子道，爱卿应该效仿你的父亲！"范纯仁涕泣受命。

太皇太后又说："我受神宗的顾托，听政九年。爱卿你们说说这九年间，我有没有加恩于高氏吧？我为公忘私，我还有一儿一女，现在都快病死了，还不能跟他们见上一面，你们说我苦不苦？"当时嘉王赵頵已经薨逝，高后的儿子只剩下赵颢一个人，但是没有机会跟高氏相见。说完，高氏泪如雨下，喘息了好一会儿，又嘱咐吕、范二人说："以后如果皇上不听信爱卿们的话，那你们就告老还乡好了。"说到这里，高氏对左右说道："今天正好是秋社，（祭祀灶神的日子）赐给两位大人社饭。"吕、范二人不敢推辞。等到左右将社饭备齐后，他们暂时退到外面，到别室匆匆吃完。吃完后，他们又入寝门内拜谢。太皇太后呜咽道："明年吃社饭时，两位爱卿可不要忘了老身呐。"吕、范二人又劝慰了几句才起身告退。

过了几天，太皇太后溘然长逝。高氏听政九年，朝廷清明，华夏安定。辽主曾经对群臣说："南朝自从高后听政，仁宗时代的旧政和老成正士，大部分都被起用，大宋的国力又将昌盛，你们可不要给我惹事！"因此元祐这九年来，边境一直很和平。夏主前来归还永乐一战的俘虏，作为交换，他乞求宋朝归还他们的土地。太皇太后想要保境安民，便下诏归还米脂、葭芦、浮屠、安疆四个城寨，夏人于是又跟宋朝和好如初，再也没有生事。有大臣请旨让两宫一同御殿，太皇太后没有答应。后来，又有人奏请太皇太后在文德殿受册，太皇太后又说道："母后当政，并不是国家的福分，况且文德殿是天子办理公事的地方，太后怎么能去呢？就在崇政殿行礼就好了！"太皇太后的侄子高元绘、高元纪，整个元祐年间，只加封了一次，这还是哲宗再三申请，才得到的特许。中外都称太皇太后为"女中尧舜"。她去世后，礼臣拟定谥号"宣仁圣烈"四个字。

太皇太后死后，哲宗开始亲政。他着手的第一事竟然是召用内侍刘瑗等十个人供事。翰林学士范祖禹入谏说："陛下亲政，没听说任用一位贤臣，倒是先重用内侍，天下人恐怕要议论陛下了。"哲宗没有说话，好像没有听见一样。侍讲丰稷也这么劝说，哲宗竟然将他贬到了颍州。范祖禹忍无可忍，又接连上疏，大概说：

熙宁之初，王安石、吕惠卿造立新法，悉变祖宗之政，多引小人以误国，勋旧之臣，屏弃不用，忠正之士，相继远引，又用兵开边，结怨外夷，天下愁苦，百姓流徙，赖先帝觉悟，罢逐两人，而所引群小，已布满中外，不下二十万，可复去。蔡确连起大狱，王韶创取熙河，章惇开五溪，沈起扰交管，沈括、徐禧、俞充、种谔兴造西事，兵民死伤，皆不先帝临朝悼悔，谓朝廷不得不任其咎，以至吴居厚行铁冶之法于京东，王子京行茶法于福建，蹇周辅行盐法于江西，李稷、陆师闵行茶法市易于西川，刘定教保甲于河北，民皆愁痛嗟怨，比屋思乱，赖陛下与先后起而救之，天下之民，如解倒悬。惟是向来所斥逐之人，窥伺事变，妄意陛下不以修改法度为是，如得至左右，必进奸言，万一过听而误用之，臣恐国家自此陵迟，不复振矣。

这道奏折的主要意思是，劝告哲宗不要召用当年神宗在位时亲近王安石、吕惠卿一派的大臣。还有一道奏折是谏官呈上的，大概说：

汉有天下四百年，唐有天下三百年，及其亡也，皆由宦官，同一轨辙。盖与乱同事，未有不亡者也。汉自元帝任用石显，委以政事，杀萧望之、周堪，废刘向等，汉之基业，坏于元帝。唐自明皇使高力士省决章奏，宦官遂盛，李林甫、杨国忠皆自力士以进。唐亡之祸，基于开元。熙宁、元丰间，李宪、王中正、宋用臣辈，用事总兵，权势震灼，中正兼干四路，口敕募兵，州郡不敢违，师徒冻馁，死亡最多。宪陈再举之策，致永乐再陷，用臣兴土木之兵，无时休息，罔市井之微利，为国敛怨，此三人者虽加诛戮，未足以谢百姓。宪虽已亡，而中正、用臣尚在。今召内臣十人，而宪、中正之子，皆在其中，则中正、用臣必将复用，臣所以敢极言之，幸陛下垂察焉！

这两道奏折递上去后，哲宗执迷不悟。范纯仁、韩忠彦等人当面请求效法仁宗，哲宗没有采纳。吕大防受命为山陵使，主持太皇太后的丧葬。吕大防刚刚离开朝堂，杨畏就辜负吕大防的提拔，上奏说："神宗更该旧制，创行新法，功垂万世，请陛下延续新法，继承美名！"哲宗便召入杨畏，问道："先朝的那些旧臣，可不可以起用？"杨畏举荐章惇、安焘、吕惠卿、邓润甫、李清臣等人，对他们大加赞美，还说："神宗建立的新政，跟王安石创行的新法，实是交相辉映，足以富国强兵。如今王安石已经去世，只有章惇的才学才能与王安石媲美，请陛下立即召他为宰相。"哲宗非常信服，当场传下圣旨，恢复章惇、吕惠卿等人的官职。不久，哲宗任用李清臣为中书侍郎，邓润甫为尚书左丞。

宣仁太后安葬完毕后，吕大防回到京都，他听说侍御史来之邵已经准备好了弹劾自己的奏折，当即上书辞职，哲宗二话没说就准奏了。哲宗拨去了首辅，那些大臣就更加嚣张了。于是，这个说要继承遗志，那个说要沿用旧制，哄得这位哲宗皇帝居然想起要对死去的父亲尽孝，一心一意地完成神宗的遗愿——富国强兵。

元祐九年三月，那时候科举考试已经禁用王安石提倡的考经义，仍然考诗词歌赋。廷试进士李清臣发策拟题，第一条便是驳斥词赋，第二条主张施行青苗法，第三条指责免役法，第四条希望恢复治河法，第五条斥责归还西夏四座城寨，第六条讽刺盐铁弛禁。门下侍郎苏辙看不过去，上奏反对道：

伏见策题历诋行事，有诏复熙宁、元丰之意。臣谓先帝设施，盖有百世不可易者。元祐以来，上下奉行，未尝失坠，至于事或失当，何世无之？父作于前，子救于后，前后相继，此则圣人之孝也。汉武帝外事四夷，内兴宫室，财用匮竭，于是修盐铁榷酤均输之政，民不堪命，几至大乱。昭帝委任霍光，罢去烦苛，汉室乃定。光武、显宗，以察为明，以谶决事，上下恐惧，人怀不安。章帝深鉴其失，代之宽厚，恺悌之政，后世称焉。本朝真宗天书，章献临御，揽大臣之议，藏之梓宫，以泯其迹，仁宗听政，绝口不言。英宗濮议，朝廷汹汹者数年，先帝寝之，遂以安静。夫以汉昭帝之贤，与吾仁宗、神宗之圣，岂其薄于孝敬而轻事变易也哉？陛下若轻变九年已行之事，擢任累岁不用之人，怀私忿而以先帝为辞，则大事去矣。

哲宗看完奏章，竟然勃然大怒道："苏辙竟然将先帝比作汉武帝！"非常恼怒，想要罢了苏辙的官。苏辙在殿下待罪，百官都不敢相救。只有范纯仁从容地站出来说道："汉武帝雄才大略，虽然有些瑕疵，但是史家总体还是褒奖他的。苏辙将先帝比作汉武帝，算不上诽谤。陛下刚刚亲政，对待大臣，也不当像对待奴仆一样，随意呵斥。"正说着，有一人忽然出班上奏道："先帝的法度，都被司马光、苏辙等人败坏了。"范纯仁转头一看，原来是新任的尚书左丞邓润甫，于是抗声道："邓尚书这话说得就不对了！如果制度不完善，可以更改，司马光、苏辙这么做无可厚非！"哲宗又说道："秦皇汉武，自古就被世人讽刺，说他们为人太过残暴。"范纯仁又接着说道："苏辙只不过是就事论事，并不是指人品。"哲宗的脸色这才稍微好转，可仍然没有说话，当即退朝回宫了。

苏辙先前曾一味地依附吕大防，跟范纯仁政见多有不合。这次退朝后，苏辙拜谢范纯仁说："范公真是宽宏大量，这次要不是范公仗义执言，恐怕我难逃一死。我以前有什么做得不对的地方，还希望范公多多包涵！"范纯仁说道："我只是公事公办而已，你不必太感谢我。"苏辙一谢再谢。第二天，哲宗下诏降了苏辙的官职，将他贬为汝州知府。

选拔进士的时候，考官分定等级，优秀的文章大都是主张坚持元祐年间的政策。后来，经过杨畏审阅，将写这些文章的人的名次放在了后面，而将赞成熙宁、元丰年间政策的人改放在了前面。其中第一名是毕渐，他将王安石、吕惠卿比作孔子、伯颜，好像自己是他们的孝子顺孙。没过多久，曾布被提拔为翰林学士，张商英升迁为右正言。后来，朝廷又任命章惇为尚书左仆射，兼门下侍郎。

章惇升任后，为了报当初的一箭之仇，还管什么时局，什么名誉？他上奏哲宗，将苏轼贬为了英州知府，后来又把他调往惠州。贬翰林学士范祖禹为陕州知府。范纯仁当然心中不安，连连上疏请求辞去，随后也被贬为颍昌知府。接着，哲宗召蔡京为户部尚书，王安石的女婿蔡卞为国史修撰，林希为中书舍人，黄履为御史中丞。神宗元丰末年，黄履曾经官拜御史中丞，他跟蔡确、章惇、邢恕互相勾结。后来，章惇和蔡确被人参劾，他们派邢恕请黄履替自己说些好话。黄履也算够义气，不遗余力地为他们辩解，当时他们被人称为"四凶"。后来，黄履因为被刘安世弹劾，降级外调。这回他再次得志，为了报复私怨，他日夜罗织罪名，元祐年间的一些正人君子都被他陷入阱中了。

后来，曾布上疏请求恢复先帝的新政，下诏改元。哲宗准奏，于元祐九年四月改称绍圣元年。半年都等不急了，可见哲宗是多么的性急。随后，哲宗下诏再次施行免役法，免行钱、保甲法，废除十科举士法，命令进士们专心学习经义。黄履、张商英、上官均、来之邵等人趁着得势，诋毁报复司马光、吕公著等人，说他们妄改成制，叛道悖理。章惇、蔡卞竟然还请求挖掉司马光、吕公著的坟墓。这是有多大的仇？哲宗问尚书右丞许将，掘墓的事情可不可行。许将回答道："掘他人坟墓，并不是圣德之君做的事。况且他们都是有功之臣，这样做会让天下百姓寒心的，请陛下三思！"哲宗这才放弃了这个打算，只是收回了司马光、吕公著的谥号，并将他们的墓碑放倒了。随后，贬吕大防为秘书监，刘挚为光禄卿，苏辙为少府监。后来，章惇又构陷文彦博等三十个人的罪状，要求朝廷将他们一一罢免。

当章惇、蔡卞、黄履这三人大肆诬陷元祐年间的大臣时，百官都默不作声，不敢反对。唯独李清臣上奏说道："变更先帝的法度，虽然不能说无罪。但是这些人都是前朝的元老，他们为朝廷效力多年，没有功劳也有苦劳。要是听从章惇的话，恐怕会在朝中引起恐慌，陛下应该从宽处理才是！"哲宗点头。这个李清臣当初发策拟题，诋毁元祐年间的政举，仇视元祐诸臣，为什么会一反常态请求哲宗从宽处理呢？原来李清臣本来以为自己可以升任宰相的，后来章惇被起用，相位竟然被他夺走。他心中不甘，所以才跟章惇对着干，才有了这道奏折。

不久，章惇又举荐吕惠卿任大名知府。监察御史常安民阻谏说："大名府是北都重镇，吕惠卿恐怕不能胜任。试想，当初吕惠卿由王安石引荐，后来他竟然背叛了王安石。对待朋友都这样，侍奉君主可想而知了！现在诏命已经颁布了，他路过京城的时候，必然会进宫拜见陛下。臣料想他肯定会泣述先帝，想以此感动陛下，好让陛下将他留在京城。"哲宗似信非信。后来，吕惠卿到了京城，果然进宫拜见哲宗，还哭着说了很多前朝的旧事。哲宗看到这番景象，没有理会他。吕惠卿只好告退，出都赴任去了。

章惇听说这件事后，非常痛恨常安民。正巧常安民又连章弹劾蔡京、张商英，还有一道奏折是弹劾章惇专权植党，乞求收回主柄，抑制权奸。章惇更加不满，但是他还不想跟常安民弄个鱼死网破。于是，他暗中派亲信对常安民说："常大人一直以文学闻名，怎么现在喜欢议论别人的长短，与别人结怨呢？章大人说了，只要你不再生事，他一定会让你高升的！"常安民严厉地呵斥道："你是来做说客的吗？劳烦你转告章惇，我常安民只知道忠君爱国，不知道谄媚宰相！"傲骨铮铮，令人敬佩！

试想，话都说到这个份上了，章惇怎么能容得下常安民？果然，不久章惇便教唆御史董敦逸弹劾常安民，说他跟苏轼兄弟结党营私，于是常安民被贬到了滁州，做了酒税监官。门下侍郎安焘上书救解，毫不见效，反而也被章惇进谗，出知郑州。后来，蔡卞打算重修神宗实录，力翻前案，前史官范祖禹、赵彦若、黄庭坚等人因诋毁神宗被降职，分别被安置在永、澧、黔州。吕大防也曾经是修撰神宗实录的监督官，也被坐罪，被调往安州。范纯仁请求召回吕大防，忤逆章惇，被贬为随州知府。章惇当时还记念着蔡确，可惜他已经去世了，于是章惇嘱咐蔡确的儿子替父亲伸冤平反。朝廷后来将蔡确官复原职，并追赠他为太师，赠谥号忠怀。后来，章惇又跟蔡京密谋，与宦官勾结。他们将刘婕妤引为内援，做了很多伤天害理的事情。

第四十六章 宠妾废后纲常倒置

后宫中，刘婕妤受到专宠，权势比孟后还大。章惇、蔡京等人勾结后宫，将刘婕妤引为护身符，并诬陷当初范祖禹阻谏哲宗过早接近女色是在指桑骂槐，暗斥刘婕妤，坐诬谤罪，刘安世也受到了牵连。哲宗迷恋美人，只要能讨刘婕妤的欢心，没有什么不答应的，于是将范祖禹贬为昭州别驾，外调到贺州；贬刘安世为新州别驾，外调到英州。刘婕妤觊觎皇后的宝座，她外结章惇、蔡京，内交郝随、刘友端。这帮人狼狈为奸，渐渐地捏造出了一场冤狱，到最后，竟然闹出废后的重案来。奸人得势，真是无恶不作！

刘婕妤恃宠成骄，轻视孟后，不遵礼法。但是孟后本来就很温和贤淑，从来没有跟她计较。中宫的内侍们冷眼旁观，他们见刘婕妤傲骄无礼，心里不免为孟后抱打不平。一天，孟后带着众妃嫔来到景灵宫朝拜。拜完后，孟后坐下，妃嫔们都站在两边服侍，唯独刘婕妤轻移莲步，退到了帘下。孟后看到后，没有开口说话。偏偏孟后的侍女陈迎儿口齿伶俐，竟然大声说道："帘下站的是什么人？为什么亭亭自立？"刘婕妤听后，非但不肯过来，反而竖起柳眉，怒视陈迎儿；忽然又将娇躯扭转，背对着孟后站着。陈迎儿想再呵责她几句，看到孟后以目示意，才不敢多嘴。后来，孟后返回中宫，刘婕妤和一干妃嫔跟随着一同回去，她的脸上还带着三分怒意。

不久，冬至到了，后宫妃嫔按照惯例要去拜谒太后。她们到了隆祐宫，太后还没有到场。大家在大殿等着，暂时就坐。按规矩只有皇后的坐椅是朱漆金饰，嫔妃们不能一样，这次当然也不例外。偏偏刘婕妤站在一旁，不肯坐下。内侍郝随察觉出了刘婕妤的意思，竟然将她的座椅给换了，也是朱漆金饰，跟皇后的座椅相同。忽然有个人大喊道："皇太后出来了！"孟后和妃嫔们纷纷站了起来，刘婕妤也只好起身。哪知站了好久，并没有看到太后驾到，嫔妃们都是娇弱女子，不能久立，便又陆续坐下。刘婕妤也准备坐下，不料却坐了个空，她一时反应不过来，竟然摔了个仰天跤。侍女连忙将她扶起来，但是已经摔得云鬓蓬松，衣冠不整了。妃嫔们都看着她偷笑，就连孟后也笑了起来。

试想，这个时候的刘婕妤，恼羞成怒，怎么忍耐得住？无奈这是在太后宫中，不便发作，只好咬住牙关，强行忍耐。但是她眼中的珠泪已经不知不觉地流了下来。她心中暗想："这明明就是皇后暗中吩咐侍从故意设法刁难我，谎称太后出殿，引诱我起立，然后偷偷地将宝椅撤去，害我摔倒。奇耻大辱，我一定要除掉这个女人，才能出我胸中的恶气。"她当下命侍女整理好自己的衣服，又草草地弄了弄头发。太后这个时候已经出殿，也没有说什么，就坐在那里。孟后带着嫔妃们行过礼，太后与大家聊了一会儿，众人就各自回宫去了。

嫔妃们相继回宫，刘婕妤跄跄归来，心中余恨未消。内侍郝随在旁边劝慰道："娘娘不必大动肝火，只要娘娘能早生龙子，不怕这皇后的宝座不归娘娘。"刘婕妤恨恨道："有我无她，有她无我，我一定要跟她比个高低。"正说着，哲宗走了进来，她也不去接驾，直等哲宗走到身边，才慢慢地站起来。哲宗仔细一看，见她泪光满面，玉容寂寂，不禁惊讶地问道："今日是冬至节，是不是朝见太后的时候被太后斥责了？"刘婕妤呜咽道："太后训斥臣妾，理所当然，臣妾也不会不高兴。"哲宗又问道："那除了太后还有谁敢惹爱妃？"刘婕妤突然跪下，边哭边说："臣妾……臣妾快被别人欺负死了。"说完便嚎啕大哭起来。哲宗连忙抚慰道："有朕在，谁敢欺负你？爱妃你先起来！好好和朕说说。"

刘婕妤只是抽泣，索性一句话都不说，这是妾妇惯用的伎俩。郝随随即在旁边跪奏，把事情大概陈述了一遍，他们主仆自然同心，一口咬定这是皇后的阴谋。哲宗道："皇后贤惠善良，应该不会做出这种事情。"刘婕妤接口说道："那就是臣妾无理取闹了？请陛下把臣妾撵出宫门。"说到"宫"字，竟然把头靠在哲宗的膝盖上，娇啼不止。古人说得好："儿女情长，英雄气短。"自古以来，无论什么男儿好汉，铁石心肠，经过娇妻美妾，朝诉暮啼，没有谁能招架得住。况且哲宗最宠爱的就是这个刘婕妤，见她愁眉泪眼，仿佛一枝带雨梨花，哪有不怜惜的道理？于是哲宗软语温存，好言劝解，这才让刘婕妤停止哭泣。哲宗又让人取来酒肴，跟刘婕妤对饮消愁，等到酒酣耳热，已是夜色沉沉，后来吃过晚饭，哲宗就在这留寝了。当晚，刘婕妤除了艳语浓情外，还说了很多诋毁孟后的话。

这时，孟后的女儿福庆公主得了怪病，太医们都束手无策。孟后有个姐姐医术很高明，曾经治好了孟后的顽症，所以她在后宫中可以自由出入，不用避忌。孟后将她请来诊治福庆公主，但是依然不见起色。她没有办法，只好找来道家的符水治病，希望能治好公主。孟后吃惊地说："姐姐不知道后宫有禁令吗？这里可跟宫外不一样，要是被奸人造谣，会引火上身的。"于是，她令左右将符文藏起来。等到哲宗入宫，孟后主动向哲宗说明。哲宗说道："这也是人之常情，她无非也是想早点治好福庆的病，才会出此下策。"孟后让左右取来符文，当着哲宗的面一一焚毁，以表明心意。不料宫里面已经传出谣言，闹得沸沸扬扬。

不久，孟后的养母听宣夫人燕氏、女尼姑法端、供奉官王坚，到寺庙为孟后祈祷。郝随等人又捕风捉影，专门找茬。他一听说这个消息，当即密奏哲宗，说是中宫装神弄鬼，恐怕会出什么变乱。哲宗也不等查明真相，当即命内押班梁从政与皇城司苏珪前去捕逮宦官、宫妾一共三十多人，将此事彻查到底。梁从政和苏珪两人在内受到郝随的嘱托，在外受到章惇的指使，竟然滥用私刑，对被逮捕的一干人犯严刑逼供，有得甚至被打断了手脚。孟后对待下人向来宽厚，这些太监、宫女大都感恩戴德，怎肯污蔑皇后？偏偏梁从政等人不肯罢休，非要将孟后拖下水。有几个义愤填膺的太监、宫女，未免反唇相讥，骂个爽快。梁、苏大怒，竟然命人割去了他们的舌头。最后他们没有招供，所有的供词都是梁、苏两人凭空架造，捏成冤狱，入奏哲宗。

哲宗派侍御史董敦逸再审罪囚，董敦逸奉旨前往。只见罪人登庭，都是满身伤痕，气息奄奄，不能说话。董敦逸触目惊心，不禁心生怜悯，倒也不忍将他们定罪。恻隐之心，人皆有之。董敦逸虽然是奸臣，但终究还有点良心。郝随担心董敦逸会翻案，便跑去威胁恐吓他。董敦逸也怕引火上身，不得已维持原判，呈递上去。哲宗看后，勃然大怒，竟然下诏废除皇后，将她撵到瑶华宫，让她削发为尼，封她为华阳教主玉清静妙仙师，法名冲真。当时是绍圣三年初冬，天气突然变得很热，接着阴霾四起，竟然下起了冰雹。董敦逸觉得很内疚，便上书谏阻说：

中宫之废，事有所因，情有可察。诏下之日，天为之阴翳，是天不欲废后也。人为之流涕，是人不欲废后也。臣尝奉诏录囚，仓猝复奏，恐未免致误，将得罪天下后世，还愿陛下暂收成命，更命良吏复核真伪，然后定谳。如有冤情，宁谴臣以明枉，毋污后而贻讥，谨待罪上闻！

哲宗看完后，心想："这个董敦逸怎么反复无常，朕实在不能理解。"第二天上朝，哲宗对辅臣说："董敦逸反反复复，不能让他做谏官。"曾布已经得知内情，便奏对道："宫禁重案，由内侍审查决断，恐怕让人难以信服，所以才派董敦逸前去复查。现在陛下又要贬审查官，朝堂内外怎么会信服审查结果呢？"哲宗这才放弃了念头。后来，哲宗每每想起废后这件事，都会后悔地说："章惇真是败坏我的名节啊。"照这么看来，废后的举动，章惇必然递有密奏。后来皇后这个位置一直空缺，一时半会儿也没听到要册立继后的消息。刘婕妤扳倒了孟后，眼巴巴地期盼着册封，偏偏久无音信，只赢得了一级册封，被晋封为贤妃。

贼臣章惇一不做，二不休，捏造了孟后的冤狱还不够，还想废弃宣仁太皇太后。他循序渐进，想先从元祐诸臣身上开刀，以达到最终目的。二省（门下省和中书省）的长官都是章惇的党羽，章惇教唆他们追劾司马光等人，说："司马光等人诋毁先帝，变易法度，罪大恶极。虽然他们都告老或病逝了，但是还是应该重加惩罚，警戒后世！"昏头磕脑的哲宗皇帝竟然批准了。他追贬司马光为清远军节度使，吕公著为建武军节度副使，王岩叟为雷州别驾，夺回赵瞻、傅尧俞的谥号，并追还韩维、孙固、范百禄、胡宗愈等人的官职。后来，又追贬司马光为朱厓军司户，吕公著为昌化军司户，就差被贬为平民了。

各邪党兴高采烈，越来越猖狂。渭州知府吕大忠是吕大防的兄长，他从泾原返回朝廷，哲宗对他说："爱卿的弟弟吕大防素性朴直，被人所弹劾。他们想将他贬到岭南，朕不忍心，便将他安置在安陆。爱卿替朕向他问声好，两三年之后，我便重新起用他，那时再相见！"吕大忠叩谢而退。章惇前去与他相见，并问皇上都说了些什么。吕大忠心直口快，竟然将哲宗的话一五一十全部告诉了他。章惇假装惊喜地说："我正期盼着你的弟弟入京，我好跟他共议国事，难得皇上也有此意，我可以有个好帮手了。"

吕大忠离去后，章惇又唆使侍御史来之邵和三省（指中书、门下、尚书三省）长官奏称："司马光叛道逆理，没来得及惩罚，便被阎王带走。唯独吕大防、刘挚等人罪恶跟司马光相同，还在人世。朝廷虽然稍有惩罚，但不足解恨，请陛下予以重罚！"于是，哲宗又贬吕大防为舒州团练副使，调往循州；刘挚为鼎州团练副使，调往新州。苏辙、梁焘、范纯仁、韩维、王觌、韩川、孙升、吕陶、范纯礼、赵君锡、马默、顾临、范纯粹、孔武仲、王钦臣、吕希哲、吕希纯、贾易、朱光庭、孙觉、赵卨、李之纯、李周等人全部被贬。这道诏书下达以后，中外无不咬牙切齿。章惇、蔡京等人这次将元祐诸臣一网打尽，无论是洛党、蜀党，还是朔党，贬窜得一个不留。大宋朝堂之上，只剩下一班魑魅魍魉了。

后来，韩维的儿子上书陈诉说："父亲韩维执政的时候，跟司马光政见不合，恳请赦免！"哲宗准奏。范纯仁的儿子也想上奏，说先前父亲在施行免役法还是差役法上跟司马光有分歧，希望哲宗从轻处理。范纯仁摇头说："我受司马相公的引荐，才当上宰相。从前同朝论事，宗旨不合，为公不为私。要是拿这个做挡箭牌，去换富贵，我做不到！我与其有愧而生，宁可无愧而死！"随即整理行装，毅然启行。好友说他太过好名，范纯仁道："我都快七十岁了，两目失明，难道甘心被远窜吗？只是我年老体迈，不愿再明争暗斗，只希望能安享晚年！"

他的几个儿子见父亲年纪大了，担心路上会出意外，便跟随他一起赴任。一路风霜雪雨，不免埋怨章惇等人，范纯仁听见后，总会让他们住口。一天，船在江中航行，被大风吹翻了，幸好水不深，没有淹死人。范纯仁的衣服全部被打湿了，他对几个儿子说："这难道也是章惇害的吗？君子向来饱受磨难，何必总是怨天尤人呢？"到了永州，他仍然怡然自若，没有一丝悲伤的神情。吕大防在途中病逝，梁焘到了化州，刘挚到了新州，都因为忧劳成疾，相继辞世。

后来，张商英又弹劾文彦博背国负恩，跟司马光朋比为奸，于是朝廷贬文彦博为太子少保。诏命到家的时候，文彦博已经病逝，享年九十二岁。文彦博在洛阳居住的时候，曾经跟司马光、富弼等十三人，效仿白居易"九老会故事"，饮酒赋诗，筑堂绘像，自称为"洛阳耆英会"，现在还被传为佳话。宋徽宗初年，文彦博又被追复为太师，赐谥号忠烈。

哲宗将元祐大臣全部贬谪后，提拔曾布知枢密院事，林希同知院事；许将为中书侍郎，蔡卞、黄履为尚书左右丞。蔡卞跟章惇还不肯罢休，他们网罗罪名，想要引用汉、唐的旧事，请求诛杀元祐党人。哲宗询问许将，许将说道："汉、唐二代是有这么回事。但是我朝列祖列宗从来没有妄自屠戮大臣，所以才功德昭彰，远胜汉、唐。"许将也是奸党中的一人，但是还有点良心。哲宗点头说："朕也是这么想的！"章惇正准备派吕升卿、董必等人察访岭南，想将流放的大臣赶尽杀绝。哲宗召章惇入朝，对他说："朕遵从祖宗的遗志，从来没有杀戮过大臣，爱卿不要做得太过分了！"

章惇虽然唯唯应命，但是心中很是不快。他暗中修书给邢恕，叫他设法诬陷。邢恕那时正在中山，接到书信后，便设席置酒，招待高遵裕的儿子高士京。酒过三巡，刑恕小声问："高大人可知道元祐年间，为什么只有你的父亲没有受到封赏吗？"高士京说不知道。邢恕又问："我记得高大人有个兄弟，还健在吗？"高士京说兄长高士充已经去世。邢恕又说："可惜了！可惜了！"高士京连忙追问为什么。邢恕胡说道："皇上刚刚被册立的时候，王珪是宰相，他本来想拥立徐王。于是他让你的兄长去询问你的父亲，你的父亲呵斥了你的兄长，王珪的计谋才没有得逞，最后才册立了当今的皇上。"高士京非常震惊。邢恕又说："现在你的兄长已经去世，只有高大人可以作证。我有件事需要劳烦大人，只要你肯帮忙，转眼间可得高官厚禄,但是千万不要告诉别人!"高士京莫名其妙,但是听到"高官厚禄"这个四字,不禁眉飞色舞,当场答应下来。

邢恕立即回复章惇,说他已经安排妥当。章惇将邢恕召入京城,连升三级,位至御史中丞。邢恕于是上书弹劾王珪,高士京也应声上奏,说父亲高遵裕临死之前,曾经秘密嘱咐过自己。他将父亲斥退兄长的事情一一告诉了哲宗。章惇又唆使给事中叶祖洽上奏说册立陛下时候,王珪曾经有异言。三面夹攻,由不得哲宗不信,于是又追贬王珪为万安军司户,追赠高遵裕为秦国军节度使。

章惇等人坏事做尽,天怒人怨,交迫而至。绍圣五年,太原地震,毁坏了几千户房屋。太白星白天出现了好多次,太史奏称说奸佞小人就在皇上的旁边。哲宗召太史入问贼人是谁,太史回答道:"陷害忠良的人都是奸佞小人,希望陛下亲近正人君子,远离奸臣!"哲宗将信将疑。章惇、蔡京担心哲宗改变主意,于是又想出一条计策,蛊惑君心。

他们说咸阳县民段义捡到一方玉印,上面刻有"受命于天,既寿永昌"八个字,并呈报给了地方长官。地方官说它是秦玺,派人送到了皇宫,哲宗让蔡京等人验辨。原来,这玉印就是蔡京找工匠做的,让他去验辨,他能说不是真的吗?蔡京当即附上一篇贺表,称这是天人相应,古宝呈祥。哲宗大喜,将这玉印命名为天授传国受命宝;并选择良辰吉日,在大庆殿受玺,行朝会礼。哲宗还召段义入京,赏赐二百匹锦缎,授右班殿直。突然升官发财,不知道这个段义交了什么好运?同时,哲宗还下诏改元,以绍圣五年为元符元年,特赦罪犯,只是元祐党人没有赦免,反而将文彦博的儿子文及甫逮捕下狱,将刘挚、梁焘的子孙囚禁在岭南,褫夺王岩叟几个儿子的官职。这一案件被称为"同文馆狱"。

原来,文彦博有八个儿子,都做了高官。他的第六个儿子就是文及甫,曾在史馆任职。文及甫入狱几天之后,竟然又被释放。后来章惇被升为御史中丞,蔡京只被调任翰林学士承旨。蔡京跟蔡卞是兄弟,那时蔡卞已经担任尚书左丞,曾布对哲宗说,兄弟不应该同时位居要职,因此蔡京才不得高升。后来,这件事被蔡京知道了,非常痛恨曾布。蔡京跟曾布结怨后,对章惇格外谄媚。章惇一直都记恨范祖禹、刘安世,他嘱咐蔡京上章弹劾。范祖禹再度被贬,调往化州,刘安世也不能幸免,被贬窜到了梅州。随后,章惇又提拔王豪为转运判官使,并命他暗杀刘安世。不料,王豪在距离梅州约三十里的地方呕血而死,刘安世才幸免于难。范祖禹最后也病死在贬所。章惇又和蔡卞、邢恕等人密谋,打算将元祐变政的罪过归咎到宣仁太后身上,蛊惑哲宗做出泯灭伦理的事情。

第四十七章　刘美人喜极生悲

章惇、蔡卞等人想要诬陷宣仁太后，于是跟邢恕、郝随等人密谋，说司马光、刘挚、梁焘、吕大防等人曾经勾通崇庆宫内侍陈衍，密谋废立之事。崇庆宫是宣仁太后的寝宫，陈衍是宫中的宦官，当时已经坐罪被发配到了朱崖。还有内侍张士良，以前和陈衍的职位相同，也被外调到了郴州。章惇派人将他召还，让蔡京、安惇严加审问。蔡京、安惇高坐在堂上，旁边放着鼎、镬、刀、锯，他们凶狠地对张士良说："你肯说出一个'有'字，立马官复原职；你要是说一个'无'字，国法都在这里，就请你试一试！"张士良仰天大哭说："我不能诬陷太皇太后，天地神灵也不可欺，我情愿受刑，也不敢血口喷人！"蔡京等人再三胁逼，张士良死都不肯松口。

蔡京和安惇没有录到口供，只好上奏说陈衍离间两宫，还说内侍刘瑗企图谋反，理应处死！神魂颠倒的哲宗居然批准下来了。章惇、蔡卞于是拟写草诏，呈给哲宗，建议废宣仁太后为庶人。哲宗在灯下打开一看，正在迟疑未决的时候，忽然有内侍过来，说太后召他过去。哲宗急忙前去拜谒太后，太后说："我曾经日夜在崇庆宫侍奉，皇天在上，太皇太后哪里有废立的遗言？我正准备就寝，突然听说有人要废除宣仁太后，这让我非常震惊。试想对陛下如此宽厚的宣仁太后都有不测的变动，那以后还有我的立足之地吗？"哲宗连称不敢，回到行宫后，便将章惇、蔡卞拟写的草诏在灯下烧毁。郝随在旁边看到，连忙向章、蔡通风报信。章惇、蔡卞再次上奏，坚持请求施行，哲宗还没看完，就勃然大怒说："你们是想让朕进不了英宗庙吗？"说完就将奏折撕毁，气愤地扔在地上。

哲宗元符元年，夏主李秉常病逝，他的儿子李乾顺即位，并派遣使者来汴都报丧。哲宗仍然册封李乾顺为夏王，李乾顺表示感谢，并归还永乐的俘虏。当时宋朝还给了西夏四座城寨，彼此划界自守。可是夏人得寸进尺，总是越界侵犯，所以划界问题始终没有确定。元祐年间，宋廷政治清明，政局稳定，夏人还不敢深扰。绍圣改元后，西夏多次要求归还塞门二寨，并想以兰州边境作为界线，宋朝一直没有答应。

绍圣三年，李乾顺和母亲梁氏率军五十万，大举入侵鄜延。西自顺宁的招安寨，东至黑水、安定，方圆两百多里，烽烟不绝。李乾顺母子亲自督战，放纵骑兵四处抢掠，前队攻打金明，后队驻扎龙安。宋将调集边境的将士迎战夏人，连连战败，金明被攻陷，城内二千五百人全部被俘，只有五个人得以逃脱。城中五万石粮草全都被掠夺走了，守将张舆战死。当时吕惠卿调任鄜延经略使,他正打算让各路出兵支援金明,忽然夏人放还一个俘虏,他的两只手还被绑着,脖子上挂着一封书信。吕惠卿命左右替他松绑,并将书信取下,吕惠卿打开一看,只见上面写着:

夏国昨与朝廷议疆场事,惟小有不同,方行理究,不意朝廷改悔,却于坐团铺处立界。本国以恭顺之故,亦黾勉听从,亦于境内立数堡以护耕。而鄜延出兵,悉行平荡,又数数入界杀掠,国人共愤,欲取延州。终以恭顺,止取金明一寨,以示兵锋,终不失臣子之节也。

吕惠卿看完后,询问回来的俘虏,才知道夏人已经退去。于是吕惠卿将夏主的书信送到枢密院,可是院吏却隐瞒不报。第二年,渭州知府章楶献上荡平西夏的良策,请旨在葫芦河川修建城寨,倚天然之险,据守夏人。章惇和章楶是同宗,接到这道奏折后,赞不绝口,于是当即请命哲宗。哲宗批准后,章楶就率熙河、秦凤、环庆、鄜延四路人马,在葫芦河川修筑两座城寨:一座在石门峡江口,一座在好水河北面;一个据山为城,一个因河为池。夏人听说章楶筑寨,立即前来偷袭。章楶事先设下埋伏,击退了夏人。二十二天后,城寨竣工,取名平夏城、灵平寨,章楶当即奏报哲宗。章惇也上奏朝廷断绝夏人的岁赐,并命军队在边境各路选择险要的关隘,再修筑五十座城寨。鄜延经略使吕惠卿乘势图功,上疏奏请各路合兵,讨伐西夏。哲宗立即批准,并令河东、环庆各军全都归吕惠卿节制。吕惠卿派王愍攻下了宥州,随后又请旨修筑了威戎、威羌两座城寨。为了奖励吕惠卿的功劳,哲宗升他为银紫光禄大夫,其余筑城的各军将士都有封赏。

元符元年冬天,夏人再次出兵进犯夏城。章楶故伎重施,在城外十里外埋伏了三批人马,并命副将折可适带领前军向前诱敌,只准败,不准胜。夏将嵬名阿理以骁勇彪悍著称,他仗着一身蛮力,策马杀来。折可适率军拦截,不到几个回合,就勒马往回逃。嵬名阿理不知有诈,立即麾军追赶,后队的夏军监军名叫妹勒都逋,他听说先锋得胜,也鼓起勇气,率军跟来。章楶在山冈遥望,见夏军被折可适引入了第二层伏兵境内,于是当即燃炮为号,一声爆响,伏兵齐起,把夏军冲成了好几段。嵬名阿理还不知死活,只管舞动大刀,东挑西拨,宋军奋力围杀,一时半会儿竟然靠近不了他。章楶命弓弩手万箭齐发,箭如飞蝗,嵬名阿理顿时中箭落马,被宋军活捉了。妹勒都逋也被第三层伏兵围住,他拼命冲突,却无济于事,只好束手就擒。夏军大败,死亡过半。这次战役,夏国损失了大部分的精锐,受到了重创。

章楶飞书告捷,哲宗亲临紫宸殿受贺。章楶奏请乘胜荡平西夏,哲宗于是令他便宜行事。章楶随即设立西安州,并添筑荡羌、天都、临羌、横岭等城寨,以及通会、宁韦、定戎等城堡,步步紧逼,想要蚕食西夏。夏主李乾顺不禁有些畏惧,再加上当时他的母亲梁氏病逝,刚刚即位的他顿时没了主见,六神无主的他只好派遣使者向辽国请求支援。辽国派使臣到大宋替西夏求情,希望双方能达成和解。宋廷命郭知章写信答复辽国说:"夏主如果是真心实意想求和,就必须上表诚心悔过谢罪,这样我大宋还可以考虑再给他一次机会!"于是夏主派人前来谢罪,朝议经过商议,答应继续跟西夏通好,仍然每年赏给岁赐。于是,西陲稍稍安定下来。

不料一波未平一波又起,吐蕃又发生了战事。自从王韶倡议规复河湟,将木征押送到京城，吐蕃于是被平定，王韶也因此被封为枢密副使，后来，他跟王安石反目，被贬到洪州，不久就病死了。王韶在临死之际，背上长了一个毒疮，他整天躺在床上，闭着眼睛，奄奄一息。他派人到处求医，医生让他睁开眼睛，好进一步诊断，王韶睁开眼睛，就有许多被砍了头、截去手脚的人出现在自己的眼前，吓得他直哆嗦。医生知道这是因果报应，也无能为力，只好勉强用药，敷衍了几天，王韶就暴毙了。

边将听说王韶暴死，也想效仿王韶，倡议拓边，以此积攒功劳。当初归降的吐蕃酋长纷纷叛变，吐蕃与大宋的边境烽烟不止。岷州守将种谊收复洮州，并将吐蕃一个部落的酋长鬼章押送到京师。鬼章本来是熙河的首领，王韶平定熙河后，曾经请求朝廷封他为刺史，鬼章禁不住诱惑，便投了诚。当时保顺军节度使董毡病逝，他的养子阿里骨继位后勾结鬼章，企图叛变。朝廷派种谊前去征讨，将鬼章活捉。鬼章被押到京城后，哲宗加恩赦免，将他安置在秦州，并下诏让阿里骨自我救赎，阿里骨也畏惧天威，上表谢罪。宋廷决定不再加罪于他，并让他照常纳贡。阿里骨死后，传位给儿子辖征。辖征暴虐无道，人心离散。部将沁牟钦毡等人企图谋反，但是辖征的叔父雄武过人，手握重权。为了除掉这块绊脚石，沁牟钦毡日夜向辖征进谗，蛊惑辖征加罪于他的叔父。辖征昏庸残暴，竟然将叔父杀死，还翦灭了余党，只有罗结逃出来投奔了溪巴温。

溪巴温是董毡的宗亲，而辖征是董毡养子的儿子，溪巴温早就想夺回属于自己家族的地盘。罗结投奔溪巴温后，向他献上攻城略地的计划。罗结跟木征的长子杓椤攻入辖征的属境，夺走了溪哥城。辖征出兵征讨杓椤，罗结见杓椤支撑不住，便投奔了宋廷。洮西安抚使兼河州知府王赡将他收为臂膀，并秘密商议攻取青唐，献给朝廷。章惇正贪功黩武，极力赞成。于是王赡便引军攻打邈川。邈川是青唐的要塞，辖征虽然设兵防守，但是王赡突然率大军赶到，他们来不及布防，吓得仓皇失措。王赡督兵攻城，并射书招降，守兵知道不能支撑，便开门将王赡大军迎接入城。辖征在青唐听说邈川失陷，慌忙调兵御敌。哪知他的号令不灵，无人听命，部将沁牟钦毡反而还要加害他。他无可奈何，只身逃到邈川乞降。

王赡收纳了辖征，并向朝廷告捷，朝廷派胡宗回统领熙河，节制各路守军。章惇也因功受到了封赏，唯独王赡功大赏少，而且胡宗回这一来，权力还在自己之上，心中当然愤愤不平，于是他便故意逗留不进。沁牟钦毡等人竟然将溪巴温迎入青唐，并拥戴木征的儿子陇栟为主，气焰十分嚣张。胡宗回敦促王赡出兵进攻，王赡不肯听命。不久朝廷降下圣旨，催促王赡进逼青唐，陇栟和沁牟钦毡勉强出降。王赡奏报朝廷，朝廷下诏改青唐为鄯州，命王赡为鄯州知府；改邈川为湟州，命王厚为湟州知府。当时内外稍微有些远见的人，都料定这两人不是真心献降，预言将来一定会有变动，但是却没有引起朝廷的重视，这也为以后埋下了祸根。

哲宗废去孟后以后，不免有些后悔。岁月蹉跎了三年，一直都没有继立中宫。刘贤妃日夜觊望，格外献媚，终不得册立的消息。她再次嘱咐内侍郝随、刘友端，以及宰相章惇替自己说些好话，可是不管宫廷内外怎么请求，哲宗就是没有意向。可怜这位刘美人，日夜彷徨忧虑，望穿秋水，只剩下最后一线希望，那就是后宫的嫔御都没有生下一个男孩儿。哲宗早就成年了，还没有生下皇子，如果刘美人能诞下龙子，这中宫的虚位不属于她还能属于谁？无巧不成书，这刘妃果然怀孕，她到处烧香拜佛，希望能生下一个男孩儿。十个月后，临盆分娩，竟然真的生下了一个男孩儿。这件喜事可是非同小可，刘妃本来就是宠妃，这下子更有了立足的本钱。哲宗也是喜出望外，一时之间，宫廷内外全都是请求册立刘妃为皇后的奏章。哲宗这才改变了主意，命礼官准备礼仪，选定良辰吉日，册立刘氏为皇后。可是好事多磨，右正言邹浩上书阻谏说：

立后以配天子，安得不审？今为天下择母，而所立乃贤妃，一时公议，莫不疑惑，诚以国家自有仁宗故事，不可不遵用之尔。盖郭后与尚美人争宠，仁宗既废后，并斥美人，所以示公也。及立后则不选于妃嫔，而卜于贵族，所以远嫌，所以为天下后世法也。陛下之废孟氏，与郭后无以异，果与贤妃争宠而致罪乎？抑亦不然也？二者必居一于此矣。孟氏垂废之初，天下孰不疑立贤妃为后，及请诏书，有"别选贤族"之语，又闻陛下临朝慨叹，以为国家不幸。至于宗景立妾，怒而罪之，于是天下始释然不疑，今竟立之，岂不上累圣德？臣观白麻所言，不过称其有子，及引永平、祥符事以为证，臣请论其所以然：若曰有子可以为后，则永平冀人，未尝有子也，所以立者，以德冠后宫故也。祥符德妃，亦未尝有子，所以立者，以钟英甲族故也。又况贵人实马援之女，德妃无废后之嫌，迥与今日事体不同，顷年冬，妃从享景灵宫，是日雷变甚异，今宣制之后，霖雨飞霰，自奏告天地宗庙以来，阴霾不止。上天之意，岂不昭然？考之人事既如彼，求之天意又如此，望不以一时致命为难，而以万世公议为可畏。追停册礼，如初诏行之。

哲宗看完奏折后，便召见邹浩说："自古母以子贵，现在刘贤妃为朕生下唯一的子嗣，皇后之位非她莫属！这也是祖宗的老规矩，并不是朕自己创立的。"邹浩回答说："祖宗定了那么多规矩，陛下也没有遵守几个，却唯独咬住这个不放，恐怕会被后世议论。"哲宗听了，脸色大变。邹浩退下后，再次将邹浩的奏折看了一遍，踌躇不决，便将这道奏折交给中书府，让他们好好商议一下。试想废后立后的事情，大部分是由章惇主谋，现在就快要成功了，偏偏杀出一个邹浩出面挠阻，怎么不让章惇忿恨呢？他当下连篇上奏，极力贬斥邹浩狂妄大胆，目无君主，请求哲宗严惩！哲宗本来就是个没主意的主子，被章惇这一挑拨，又觉得邹浩多嘴确实有罪，于是将他削职除名，羁押在新州。尚书右丞黄履阻谏道："邹浩感激陛下的知遇之恩，所以才冒着触犯天威的危险，仗义执言。他如此忠心耿耿，陛下却反而将他拘押治罪。以后百官还有谁敢跟陛下再论得失呢？请陛下改赐善地，不要辜负他的赤胆忠心！"哲宗非但没有听从，还将黄履贬为了亳州知府，真是糊涂。

阳翟人田画是前枢密使田况的侄儿，他为人正直，敢作敢当，跟邹浩的关系非常好。元符年间，田画曾经问邹浩说："你为什么要做官？难道就是要做一只不说话的寒蝉吗？"邹浩回答："等有适当的机会，我一定会进言的。"后来，皇上要册立刘贤妃为后，田画对同僚们说："志完要是再不站出来，我就跟他绝交。"志完是邹浩的表字。等到邹浩因为上谏获罪，田画那时已经生了重病。他听说邹浩被贬出京城，勉强起身前去送别。邹浩一见到他就痛哭流涕，田画正色说："志完你太没气节了。如果你闭口不言，确实能够保住官位，但是你的内心是否能安宁？古人有言：'烈士为名节殉身'，大丈夫忠君爱国，无怨无悔！"邹浩领教。先前，邹浩做谏官时，他的母亲张氏曾经嘱咐他："谏官的责任在于规劝君王，只要你能竭忠报国，无愧良心，我一定会支持你的。你不要有太多顾虑，放胆去做吧！"邹浩的好友王回听说了邹母的话，非常感慨。等到邹浩被贬到岭南，大家都不敢前去送别。除了田画之外，就只有王回跑到邹浩的家里，替邹浩整理行装，慰问他的母亲。后来，这件事被人知道了，王回也受到牵连，被罢免了官职。邹浩有这么开明的贤母和这么仗义的贤友，也足以自慰了。

哲宗择定吉日在文德殿册封刘后，亲自授予刘后册宝。宫廷上下欢宴了好几天。哪知福祸相依，乐极悲生。刘后的儿子才两个多月，忽然得了一种怪病，整天啼哭不止，饮食不进，太医们都束手无策，最终夭折。刘后痛断肝肠，悲痛欲绝。偏偏福无双至，祸不单行，皇子夭折后，哲宗竟然也一病不起，好不容易才撑过了元符二年。元符三年元旦这天，哲宗卧床不起，免了百官的朝贺礼。后来，御医日夜诊视，用尽了灵丹妙药，还是不能挽回哲宗的阳寿。正月初八，哲宗驾崩，享年只有二十五岁。哲宗五岁即位，改元两次，在位十五年。

 初政清明的宋徽宗

哲宗驾崩后，向太后召入辅臣，商议继位大事。她哭着对群臣说："国家不幸，先帝没有子嗣，急需选择一位贤明的王爷，继承大位，安定中外。"章惇大声说道："按照祖宗的规矩，应该册立先帝一母同胞的弟弟简王为帝。"向太后反对说："哀家没有儿子，这些王爷都是神宗的儿子，不能妄加分类。"章惇又说："如果按长幼的话，应该立申王。"向太后摇头说："申王有眼病，不方便做皇帝，还是选端王吧！"章惇不同意，说："端王生性轻佻，不能君临天下。"曾布在旁边斥责章惇说："章大人怎么不问问我们的意见，难道是想独揽大权吗？皇太后的想法，臣倒是很赞同。"蔡卞、许将也齐声说好。向太后又接着说："先帝曾经说端王有福寿，而且非常仁孝，如果立他为皇帝，想必别人也没什么好说的。"哲宗本来就不贤明，向太后也未免看走眼了。章惇势处孤立，料难争执，只好默不作声。

随后，向太后宣旨，召端王赵佶入宫，在哲宗灵柩前面继位，他就是后来的宋徽宗皇帝。曾布等人请求向太后权同处理军国重事，向太后说徽宗已经成年人了，不需要她垂帘听政了。徽宗哭着恳请向太后训政，向太后这才答应。徽宗是神宗的第十一个儿子，是陈美人所生。神宗驾崩时，陈氏守在陵殿不肯离开，悲痛而亡。徽宗即位后，追尊生母为皇太妃；并尊奉先帝后刘氏为元符皇后；授皇兄申王赵佖为太傅，进封陈王；皇弟莘王赵俣为卫王；简王赵似为蔡王；睦王赵偲为定王，特进章惇为申国公；召韩忠彦为门下侍郎、黄履为尚书左丞；立夫人王氏为皇后。王氏是德州刺史王藻的女儿，元符二年嫁到端王府邸，曾经被封为顺国夫人。

徽宗在紫宸殿接受百官朝觐。韩忠彦首先倡导了四件事：第一、广布仁恩；第二、广开言路；第三、罢黜小人；第四、谨慎用兵。向太后看过奏折后，对此赞赏有加，非常满意。当时，吐蕃又发生叛变，青唐、邈川相继失守，向太后想到韩忠彦的提议，不愿用兵，决定放弃失地，并罢免守城官吏。

吐蕃之所以发生叛乱，原因是留守青唐的守将王赡纵兵四处掠夺，羌众心生怨言。沁牟钦毡纠众谋叛，被王赡击破，并将城中的诸羌屠戮殆尽，积尸如山。篯罗结因此产生了二心，谎称回到本部安抚族人，王赡信以为真，便将他放了回去。回去后，他招集了一千多人，围攻邈川，同时向西夏乞求援助。夏人发兵助攻，邈川危急，青唐也危在旦夕。王赡担心被叛羌隔断，于是便放弃了青唐，率兵东归。王厚也守不住邈川，飞书上达朝廷报警。那时朝旨

接连颁下，先将王瞻贬到昌化军，后来又贬王厚到贺州，就连胡宗回也被革职，贬为蕲州知府，并将鄯州（即青唐）归还给木征的儿子陇拶。宋廷授陇拶为河西军节度使，赐姓名赵怀德。陇拶的弟弟赐名赵怀义，封为廓州团练使，兼任湟州（即邈川）知府。王瞻因为前功尽弃，遭到贬窜，不免悔愤交加，失魂落魄地赶到任所赴任，他自觉路途辛苦，越想越烦，竟然悬梁自尽了。

不久，到了暮春，司天监测算天文，说四月初一会出现日食，请求徽宗广纳直言。筠州推官崔鶠上书为司马光等元祐大臣平反，并极力揭露章惇等人的罪状，希望徽宗能亲贤臣、远佞臣。奏章洋洋洒洒共一千多字，言语慷慨淋漓，情真意切。徽宗看完后，对左右说道："崔鶠虽然只是一个小小的判官，却敢直言无隐，跟当朝位高权重的几位大臣叫板，勇气可嘉，实在不多见！"于是，徽宗下诏嘉奖，提拔崔鶠为相州教授，后来又为殿中侍御史，并召用陈瓘、邹浩为左右正言。安惇入奏说："陛下重新起用邹浩，怎么对得起先帝呢？"徽宗勃然大怒说："立后这么大的事情，连中丞你都不敢说话，唯独邹浩敢仗义执言，为什么不能起用呢？"陈瓘得知后，上书弹劾安惇违背圣愿，不久，安惇便被贬为潭州知府。后来，徽宗将哲宗废除的皇后孟氏封为元祐皇后，将她从瑶华宫接回后宫。

徽宗听从崔鶠的建议，打算提拔一批官员。于是，韩忠彦被提拔为尚书右仆射，兼中书侍郎，李清臣被提拔为门下侍郎，蒋之奇被提拔为同知枢密院事。韩忠彦迎合徽宗的意愿，请求召还元祐诸臣，为他们平反。徽宗允诺，下诏派人到永州赏赐范纯仁茶药，还询问他的眼病好了没有，并让他迁到邓州居住。范纯仁从永州出发，一路北行。在路上他又接到圣旨，徽宗授他为观文殿大学士。范纯仁哭着叩谢道："想不到朝廷还没有忘记我这个老东西，真是令人欣慰！"范纯仁到了邓州后，又有诏书催促他进朝辅佐朝政，范纯仁推辞不受。后来，范纯仁乞求告老养病，于是朝廷又授范纯礼为尚书右丞。

这个时候，苏轼也被平反。徽宗将他从昌化军调往廉州，后来又调到了永州。可惜，不久苏轼便病逝了。苏轼写文章如行云流水，即使嬉笑怒骂，也能出口成章，时人都称他为奇才。可惜最后他遭小人嫉妒，不能久居朝列，世人替他叹息不止。后来，徽宗又下诏将刘挚、梁焘等人厚葬，录用他们的子孙，并将文彦博、司马光、吕公著、吕大防、刘挚、王珪等三十三人的官阶、爵位、谥号全部恢复。徽宗还采纳谏臣的意见，将蔡卞贬为秘书少监，调往池州；将邢恕贬到舒州。向太后见徽宗刚刚听政，就能罢奸任贤，内外无事，于是决定还政，让徽宗自行主持大局。七月中旬，向太后便将垂帘撤去。向太后前后听政不过六个月，也算是一个不贪权势、甘心恬退的贤后了。

宋朝的老规矩，每当遇到皇帝驾崩，必然会任命首相为山陵使，主持安葬大典。这次也不例外，章惇受命前往。八月底，哲宗安葬于永泰陵，谁知道天降大雨，哲宗的灵柩深陷泥淖，耽误了好几天才下葬。台谏丰稷、陈次升、龚夬、陈瓘等人弹劾章惇无所作为，对先帝不恭，徽宗于是将他罢知越州。章惇离开京城后，陈瓘穷追猛打，再次上奏弹劾章惇："章惇陷害忠良，手段毒辣，中书舍人蹇序辰和潭州知府安惇甘愿做他的鹰犬，大肆诋毁、残害元祐忠臣，应该处以重罚，以正典刑！"徽宗恩准，下诏将蹇序辰、安惇革除官职，放归田里，并贬章惇为武昌节度副使，安置潭州。后来，蔡京也被弹劾夺职，贬居杭州。林希也连坐削官，徙知扬州。

韩忠彦调任首相后，徽宗命曾布接替韩忠彦的位置。当初曾布依附章惇，后来，他发现章惇等人失去势力，便跟他们划清界限，排挤绍圣年间的得势大臣，因此他才能成为宰辅。当时大臣们都说元祐、绍圣这两个时期都有过失，不能千篇一律地看待。徽宗为了消除党派，打算重新拟定年号。开始打算改元建中，因为这个年号被唐德宗使用过，便特地在"建中"后面加上"靖国"二字，于是下诏改元，第二年为建中靖国元年。

到了正月初一，徽宗临朝受贺，百官分别站在两边，正在行礼的时候，忽然有一道红气照到大殿上。只见这道红光从东北方向向西南方向延伸，仿佛电光一样，红色中还带着一股白光，缭绕不已，大家都觉得很惊讶。等到礼毕退朝后，百官都仰望天空，红白光慢慢散去，只是旁边还有一些黑色的烟雾没有退去，于是大家都竞相推测，议论纷纷。右正言任伯雨认为，徽宗刚刚下诏改元，就出现这种征兆，恐怕是不祥之兆。

第二天，任伯雨又连章上奏，极力陈述阴阳八卦的理论，大意是：

日为阳，夜为阴，东南为阳，西北为阴，赤为阳，黑与白为阴，朝廷为阳，宫禁为阴，中国为阳，夷狄为阴，君子为阳，小人为阴，今天象告变，恐有宫禁阴谋，以下犯上；且赤散为白，白色主兵，或不免夷狄窃发等事。望陛下进忠良，黜邪佞，正名分，击奸恶，务使上下同心，中外一体，庶几感格天心，灾异可变为休祥了。

任伯雨将奏折呈递上去，却不见答复。倒是后宫里面看起来很忙碌，任伯雨探问内侍，才得知是向太后病重，已经到了弥留之际，任伯雨便将此事搁置到了一边。过了几天，向太后竟然归天了，享年五十六岁。向太后听政以来，对待向氏子弟毫不留情，所有向氏子孙都不准入朝做官族。向太后死后，徽宗追怀母泽，便将感激之情全部推到了两位舅舅身上。向后的两位哥哥，一个叫向宗良，一个叫向宗回，都被封为开府仪同三司，晋封郡王。就连向太后的父亲向敏中祖上三辈，也被追授王爵，真是莫大的恩宠啊。向太后驾崩后，徽宗赠她谥号钦圣宪肃，葬于永裕陵。后来，徽宗又追尊生母陈太妃为皇太后，加封谥号钦慈皇太后。那时，哲宗的生母还在世，徽宗小心侍奉了一年，也去世了。徽宗赠她谥号钦成皇太后，跟陈太后一同葬于永裕陵。

向太后薨逝时，范纯仁也正好病死在家中。他的几个儿子将遗表呈给徽宗，是范纯仁的亲笔书信，他劝徽宗清心寡欲，约己便民，杜绝朋党，察明邪正，不要轻易谈论战事，对谏官要宽容一些，查明诬陷宣仁太皇太后一案。徽宗看完后，非常感慨，赐范纯仁谥号忠宣。范仲淹的四个儿子当中，数范纯仁成就最高，官职最大。他死时，享年七十五岁。徽宗当初召见辅臣，问范纯仁是否健在，想要重新重用他。他死后，徽宗因为没有进用他而遗憾，多次念叨。范纯仁死后，任伯雨上奏，说范纯仁遭贬，都是因为章惇的陷害，请求徽宗严惩章惇。这道奏折里面有几句重要的话，说的是：

章惇久窃朝柄，迷国罔上，毒流搢绅，乘先帝变故仓卒，辄逞异志，向使其计得行，将置陛下与皇太后于何地？若贷而不诛，则天下大义不明，大法不立矣。臣闻北使言，去年辽主方食，闻中国黜悖，放箸而起，称善者再。谓南朝错用此人，北使又问何为只若是行遣？以此观之，不独孟子所谓国人皆曰可杀，虽蛮貊之邦，莫不以为可杀也。

这道奏疏递呈上去后，徽宗总该要重罚章惇了。可是，不料几天过去了，始终不见动静。后来，任伯雨接连申奏，一共递上去八道奏折，依然没有收到答复。任伯雨于是跟陈瓘、陈次升等人商议，与他们联手弹劾，申论章惇的罪状。这两位陈大人将奏疏递上去，徽宗这才准奏，再贬章惇为雷州司户参军。从前苏辙谪徙雷州，朝廷不许他在官署居住，没办法他只好向百姓租赁房子，章惇却污蔑他强夺民居，幸好有租赁的字据，才没有让章惇得逞。这回章惇被贬到雷州，他也想向百姓借房子住，可是州民没有一家肯答应。章惇诘问原因，州民说道："先前苏公来到这儿，被你陷害，差点毁了我的房子，所以不敢再向外租房子了。"章惇非常愧疚，沮丧而退。真是自作自受，遭了报应。

章惇担任宰相的时候，他的妻子张氏病危，临终前对章惇说："夫君你做了宰相后，千万不要公报私仇啊！"章惇却没有听从。等到张氏去世后，章惇非常悲恸。如今，章惇落马，回想起妻子的话，追悔莫及。他的好友陈瓘说道："后悔有什么用？听说你夫人临走之前留下遗言，你为什么就不听劝呢？现在好了吧，报应来了吧！"不久，章惇又被改调到了睦州，在任所病发身亡。

任伯雨做了半年的谏官，竟然接连递上了一百零八篇奏疏。曾布恨他多嘴，便将他调到了给事中，还派人警告他，只要他少说点话，就让他这个官做得长久一些。任伯雨不听，反而更加抗拒，还要上书弹劾曾布。曾布事先得到了消息，先下手为强，将任伯雨调为度支员外郎。尚书右丞范纯礼秉性刚直，曾布对他很是忌惮。为了拔除这颗眼中钉，他秘密对驸马都尉王诜说道："皇上本来想要提拔你为承旨，可是范右丞却从旁谏阻，因此罢议。"王诜于是记恨上了范纯礼。正好辽国使臣前来朝贺，王诜被任命为招待官，由范纯礼主持宴会。等到辽国使臣离开后，王诜便无端进谗，诬陷范纯礼没有礼貌，取笑辽使，失礼于人。徽宗也不问真假，竟然将范纯礼贬为颍昌知府。后来，徽宗又听信曾布的谗言，将左司谏江公望、权给事中陈瓘全都罢免了；就连李清臣也被曾布陷害，罢为门下侍郎。

一波未平，一波又起，朝中已经有了曾布这个大奸臣，想不到又来了一个更大的。前翰林学士承旨蔡京被贬到杭州后，正苦无事可做，日夜期盼朝廷能够复用自己。当时有个供奉官，姓童名贯，他是杭州金明局主管，奉诏南下。于是蔡京跟他结交，每天跟在他的屁股后面，狼狈相随。徽宗喜好书画和一些稀奇古怪的东西。童贯奉了密旨，南下采购。偏偏这个蔡京是个绘画的好手，他将采购的书画刻意加工，委托童贯呈上；他还买了一些名人的字画，加入诗句，然后在落款的地方写上自己的名字，假冒是他作的。他还给了童贯很多钱，希望他能在徽宗面前替自己多说些好话。

童贯见到徽宗后，就在他面前说蔡京很有才华，放在外地可惜了。徽宗被他蛊惑，竟然将蔡京召回了京城。蔡京返回京城后，又联络太常博士范致虚和左阶道录徐知常替自己说情，同时还收买了很多宦官、宫妾，大家得了好处，自然对蔡京交口称赞。徽宗见蔡京的名望如此之高，便重新起用他为定州知府，后又改任大名知府。后来，曾布和韩忠彦政见不合，想要引蔡京作为帮手，于是又举荐蔡京，希望徽宗能将他官复原职，仍为翰林学士承旨。

蔡京成功入京就职，他野心勃勃，竟然想将韩忠彦、曾布二相一并排斥，自己好独断独行，独霸朝纲。正巧邓绾的儿子邓洵武被升为起居郎，邓绾跟蔡京是八拜之交，感情非常深厚，所以邓洵武跟蔡京串通一气，日夜往来。可巧徽宗召他觐见，邓洵武于是乘机进言道："陛下乃是神宗的儿子，当今宰相韩忠彦是韩琦的儿子。神宗变法利民，韩琦却不以为然，今韩忠彦篡改神宗的法度，韩忠彦只不过是人臣，尚能继承父亲的遗志，陛下身为天子，为什么就不能继承呢？"徽宗不觉动容。邓洵武又接着说道："陛下如果想要继承先帝的遗志，非要仰仗蔡京不可。"徽宗道："朕知道了。"邓洵武退出后，又画了一幅爱莫能助图献给徽宗，图中分左右两表，左表列的是元丰旧臣，以蔡京为首，只有五、六人；右表列的是元祐旧臣，满朝百官几乎全部在内，差不多有五、六十人。徽宗觉得元祐党徒多，元丰党徒少，于是便怀疑元祐诸臣朋比为奸。最后，徽宗竟然相信了蔡京，将他升为了宰辅。

第四十九章　大奸臣蔡京

徽宗听信邓洵武的蛊惑，打算重用蔡京。蔡京回到朝堂后，极力主张绍述（宋哲宗时对神宗实行的新法的继承）。于是徽宗再次下诏改元，将建中靖国改为崇宁，有崇尚神宗熙宁的意思。随后，徽宗提拔邓洵武为中书舍人给事中，兼职侍讲；恢复蔡卞、邢恕、吕嘉问、安惇、蹇序辰的官职；罢免礼部尚书丰稷，出知苏州；再罢尚书左仆射韩忠彦，出知大名府；追贬司马光、文彦博等四十四人的官阶；将元祐、元符党人的名字全部记下来，下令不得再起用。同时还下诏禁止司马光等人的子孙进京做官；提拔许将为门下侍郎，许益为中书侍郎，蔡京为尚书左丞，赵挺之为尚书右丞。

当初曾布跟韩忠彦不和，便想将蔡京引为帮手。现在韩忠彦被罢免了，曾布的权力最大。他也非常赞成绍述，所以神宗熙宁、元丰年间的邪党陆续进用。蔡京虽然是曾布引入的，但是他却一直忌恨曾布，日夜谋划着怎样才能除掉这个绊脚石。曾布也察觉出蔡京对自己不是很友好，无奈现在蔡京深得圣宠，一时半会儿又撵不走他，只好虚与委蛇。蔡京升任尚书左丞之后，曾布提出的所有政事，他必然会唱反调，搞得曾布很郁闷。

一次，曾布想举荐陈佑甫为户部侍郎，陈佑甫是曾布的亲家，蔡京抓住把柄，乘机入奏道："加官进爵靠的是能力，怎么能靠走后门呢？曾大人身为宰相更应该以身作则，怎么能徇私枉法呢？"曾布也不是好惹的，愤愤不平地说："蔡大人跟弟弟蔡卞是亲兄弟，为什么就可以同朝为官呢？陈佑甫虽然是我的亲家，但是他的才能足以胜任户部侍郎一职，我举荐他又何妨？"蔡京冷笑道："恐怕未必真的有才吧。"曾布听后，更加生气地说："蔡京，你休要以小人之心，度君子之腹。你怎么就知道陈佑甫没有才能呢？"说到这里，声色俱厉。温益在一边呵斥曾布道："曾大人，皇上面前不得无礼！"曾布不甘心，还想训斥温益，但看到徽宗的脸上已经带有不高兴的神色了，只好悻悻而退。徽宗一言不发，不久拂袖退朝。

殿中侍御史钱俶第二天便呈入弹劾的奏章，指责曾布祖护元祐的奸党，排挤绍圣忠贤。真是欲加之罪，何患无辞啊。被扣上这么大罪名的曾布，当然在朝廷待不下去了，果然，徽宗不久便下诏罢曾布为观文殿大学士，命他出知润州。

曾布当初是由王安石荐引，依附于王安石的。后来哲宗亲政，他又依附章惇，不久太皇太后听政，他又跟章惇划清界限，好明哲保身。徽宗即位，章惇被逐，曾布位及尚书右丞，权势熏天。后来，他又主张元祐、绍圣政策，便将蔡京逐出京都。可是他跟韩忠彦不和，又引进蔡京作为援助，没想到最后却被蔡京所排挤，落职出外，真是咎由自取啊。时人戏称曾布为"杨三变之后"，而这个杨三变就是杨畏。杨畏在元丰年间附会王安石、吕惠卿等人；到了元祐年间，他又巴结吕大防等人；绍圣年间，他谄媚章惇一党，后来被谏官孙谔所弹劾，所以才被称为"杨三变"。曾布性格圆滑，机智多变，且担任过宰辅，比"杨三变"更加厉害，《宋史》将他编入奸臣传，与二惇（章惇、安惇）、二蔡（蔡京、蔡卞两兄弟）并列，也算是名不虚传了。

　　曾布被贬斥后，蔡京理所当然坐上了宰相的位置，即受命为尚书左仆射，兼中书侍郎。蔡京入朝谢恩的时候，徽宗在延和殿赐座，并当面询问他："神宗创法立制，先帝想要继志述事，可是中途却遭遇两次变故，所以大局还是没有安定。朕打算继承父兄的遗志，爱卿有什么好的建议？"蔡京起身叩拜道："臣定当竭尽全力，辅助陛下完成志愿！"

　　蔡京得势后，随即下令禁用元祐诸法，再次施行绍圣役法，仿照熙宁条例司，在京城设立讲议司，自己担任提举讲议，引用私党吴居厚、王汉之等十几人为鹰犬，调赵挺之为尚书左丞，张商英为尚书右丞。凡是一切正派人士，以及跟蔡京政见不合的人，都被视作元祐党人，全部被贬斥。就是元符末年上疏反驳绍述的那些人，也被称为奸党。蔡京命人将他们的名字刻在石头上，在端礼门立了一块石碑，这便是有名的"党人碑"。石碑上共刻写了一百二十人，是蔡京请求徽宗亲笔写下，然后照着刻上去的。

　　元符末年的时候，因为出现了日食，徽宗广开言路。当时应诏上书的不下数百人，由蔡京和他的党徒一一检阅。他们将符合自己心意的奏折定为正上、正中、正下三等；将忤逆熙宁、元丰新法的奏折分为邪上、邪中、邪下三等。于是，钟世美以下四十一人为正等，全都受到了提拔；范柔中以下的五百余人为邪等，全部被贬谪，而且被贬谪的人还不能住在同一的地方。蔡京这一举动，比章惇执政的时候还要厉害。从此朝中只剩下趋炎附势、圆滑奸险的小人，正直敢言的人荡然无存。

　　昌州判官冯澥窥伺朝旨，迎合上意，竟然越位上书，说元祐皇后不应该复位，这一道奏疏正中蔡京的心怀。他当初令童贯贿赂后宫，秘密勾结刘后的心腹，互相称颂赞扬，因此才得以重用。孟后复位后，刘后非常不高兴。内侍郝随担心孟后报复自己，心里惶惶不安。这次蔡京执政，重新恢复哲宗的旧规，于是郝随暗中嘱托蔡京寻找机会再次将孟后废掉。蔡京觉得废后事关重大，一时也不便发言，只好等待时机，以静制动。凑巧冯澥呈上这道奏折，蔡京觉得时机成熟，当即面请徽宗将奏议交给辅臣台官商议。

　　试想，这个时候的辅臣台官大部分都是蔡京的爪牙，哪个敢不顺从蔡京的意愿？御史中丞钱遹，殿中侍御史石豫、左肤等人陆续上书，力请再次废黜孟后，将她重新打入瑶华宫。蔡京又邀集许将、温益、赵挺之、张商英数人联名上疏，大意跟钱遹等人的相同。徽宗在没有做皇帝的时候，听说过孟后的美名，他本来不想再废除孟后，无奈被蔡京等人胁迫，只好依议施行，准许撤销元祐皇后的名号，再次将孟氏送到了瑶华宫，并且再次将韩忠彦、曾布降职，追贬李清臣为雷州司户参军，黄履为祁州团练副使；翰林学士曾肇，御史中丞丰稷，谏官陈瓘、龚夬等十七人因为当初赞同恢复孟后的奏议，所以连坐，全都被贬。而冯澥因为上奏有功，被提拔为鸿胪寺主簿，真是个投机取巧的小人。

哲宗在位时，右正言邹浩曾经阻谏册封刘皇后为皇后，刘皇后记恨在心，对邹浩深恶痛绝。正所谓最毒妇人心，这位刘皇后一直在寻找机会报复邹浩。她嘱咐郝随密语蔡京，让他网罗罪名，加害邹浩。徽宗初年，邹浩奉诏回京，徽宗问到上次立后的事情，还对他嘉奖再三。徽宗还询问他以前呈上的奏折现在在哪里，邹浩回答说："已经烧毁了。"

邹浩退朝后，将这件事转告给了陈瓘。陈瓘担心地说："你为什么要说烧了呢？要是以后别人查问起来，一些图谋不轨的人暗作手脚，从中舞弊，伪造一道奏折，到时候你有口难辩，恐怕会引火上身呐！"邹浩听后，也不觉后悔，可是一切都已经无可挽回，只好听天由命。蔡京受到刘后的密嘱，当即令自己的党徒捏造邹浩的奏疏，里面写着"刘后夺卓氏子，杀母取儿，人可欺，天不可欺"等几句话。蔡京拿着这道奏折入呈徽宗，斥责邹浩污蔑刘后和先帝。徽宗这个时候越发昏庸，他不假思索，便认定这就是邹浩当初写的奏折，并下令治邹浩的罪，将他流放到昭州。徽宗为了补偿刘妃，下诏追册刘妃的儿子赵茂为太子，赠谥号献愍，并尊元符皇后刘氏为皇太后，奉居崇恩宫。

蔡京当权，他的弟弟蔡卞当然也跟着富贵了。不久，蔡卞从资政殿学士被提拔为知枢密院事。二蔡同握大权，任免官员，肆意妄为。为了巩固自己的地位，他们又追究任伯雨等人的罪状，将任伯雨贬到了昌化军，将陈瓘贬到了连州，还有一班亲近任伯雨的大臣全都被外调。同时，他们又提拔了一批支持自己的大臣：赵挺之被升为中书侍郎，张商英、吴居厚升为尚书左、右丞，安惇重新担任副枢密院事。不久，张商英跟蔡京的意见不合，被蔡京罢知亳州，被划入了元祐党人之中。

随后，蔡京又将元祐党人的姓名分布到各个郡县，下令刻到石碑上，以示惩戒。长安有个叫安民的石匠，接到了这个差事，他却想要推辞掉。府官的人问他为什么，安民说道："小民虽然愚钝，但还是知道朝廷为什么要立碑的。不过像司马相公，四海之内无不称赞，为什么却被指为首奸，真是让小民不理解，所以不忍镌刻。"府官的人怒斥道："你知道什么？朝廷既然有命，我们就要照办。你既然是个石匠，就该做好分内的事情，其他的就不必过问了，难道你敢违抗朝廷吗？"说到这里，便让差役将木杖取了过来。安民哭着说："既然是朝廷的命令，我当然不敢推辞，只是你看，能不能将小民的名字也刻上去。"府官的人大笑道："你算个什么东西，有什么资格？再说，朝廷要你的名字有什么用？"安民勉强遵命，完工后，不免痛哭而去。

蔡京权势熏天，他更改盐钞法，中饱私囊。他还在京都修建存放军械的仓库，聚财以示富，耀兵以夸武。不久，他又推荐王厚、高永年为西部边境统帅，图谋收复湟、鄯、廓三州。徽宗刚刚登基的时候，吐蕃发生叛变，青唐、邈川相继失守。当时向太后听从韩忠彦的提议，不愿用兵，决定放弃失地，并罢免守城官吏。后来，宋廷将鄯州（即青唐）、湟州（即邈川）归还给木征的儿子陇栱，并授陇栱为河西军节度使，赐姓名赵怀德，陇栱的弟弟赐名赵怀义，为廓州团练使。吐蕃自从陇栱兄弟被赏赐姓名，分辖青唐、邈川等地后，还算得上恭顺。只是陇栱的部下溪赊罗撒自恃兵多将广，权势浩大，不愿听人号令，想要僭越称王。他暗中勾结羌众,威逼陇桥,想要将他赶走。陇桥自知敌不过他,便向宋廷投降,并乞求宋廷起兵讨伐溪赊罗撒。溪赊罗撒一走,羌人多罗巴便拥立他为主,号令诸部,蟠踞西番。

蔡京正想建功立业,他随即上言:"王厚本来具有将才,前番因为韩忠彦等人甘愿放弃湟州,冤诬王厚,才落了职。如今陛下应当将他官复原职,派他收复故地。还有河东蕃官高永年,能征善战,足为副将,请陛下一并录用,定能成功。"徽宗准奏,命王厚安抚洮西,合兵十万,指日西征。蔡京又保举内客省使童贯,说他曾经出师过陕西,对边事非常熟悉。徽宗仿照前朝李宪的故事,命童贯做了监军。童贯领命前往,耀武扬威地来到了湟州。这个时候,王厚、高永年已经调集边兵,等待童贯一起出发。童贯跟王厚、高永年会晤后,定下日期,准备出师西征。

就在这时,禁中太乙宫失火,徽宗认为是天象告警,不应该用兵,急忙下诏,想将他们召回来。八百里加急,童贯接到手诏,看完后竟然将手诏藏在衣袖里,秘而不报。王厚在旁边问手诏上写的是什么,童贯微笑着说:"没什么要紧的事,不过是皇上催促我们速战速决罢了。"王厚于是率军西行。途中他听说多罗巴率大军据险固守,当下跟高永年商议,假装安营扎寨,暗地里各带几千轻骑,从小道偷袭。据守关卡的是多罗巴的三个儿子,他们猝不及防,三个战死了两个,只有小儿子阿蒙受伤逃跑,多亏多罗巴前来救援,不然就被宋军活捉了。宋军一路高歌猛进,不久便进拔湟州,驰报捷音。

徽宗收到捷报后,非常高兴,将蔡京官阶连升三级,蔡卞以下的连升二级;并追究当初主张放弃湟州的罪过,贬韩忠彦为磁州团练副使,安焘为祁州团练副使,曾布为贺州别驾,范纯礼为静江军节度副使,剥夺蒋之奇三级官阶,凡是曾经参与过这个预议的人,都遭到不同程度的贬谪。随后徽宗饬令熙河、兰会等各路人马与王厚大军会合,再图西进。王厚将大军分为三部分,命高永年为左将军,别将张诚为右将军,自己亲率中军,三路并发,直取鄯州。三路大军约定在宗噶尔川会师。

群羌列阵拒战,背靠宗水,面对北山,气势非常浩大。溪赊罗撒登高指挥,旌旗蔽空,威风凛凛。他的两个儿子被宋军残杀,他不免怒火中烧,见到仇人就在面前,他如何按捺得住?当即下令大军进攻,直取宋廷中军。王厚也不跟他纠缠,号令大军不得轻举妄动,只准用强弓射退羌人。羌人三进三退,锐气渐渐衰弱。王厚偷偷地率领轻骑从山北杀上,攻击溪赊罗撒的背后。溪赊罗撒见部众不能取胜,心急如焚,正打算驱马下山亲自攻打宋营,不防宋军从山后杀到,口中还大叫着羌酋速来受死,杀喊声在山谷之间回荡,振聋发聩。溪赊罗撒不知道宋军来了多少人马,吓得手足无措,慌忙逃窜。羌众见主子都逃跑了,也跟着一哄而散,渡水逃生。

张诚见中军大获全胜,也带领右军越过山川奋力追击,正巧刮起了大风,飞沙走石,宋军顺风追赶,羌众想回头迎敌,扑面而来的都是沙泥,连路都看不清,还怎么作战?还是逃命要紧,于是羌人四散奔逃,毫无招架之力。王厚与高永年驱兵追杀,斩首四千三百余级,俘获三千余人,溪赊罗撒带着几个残兵败将仓皇逃走。王厚打算乘夜穷追,童贯觉得穷寇莫追,于是王厚下令收军扎营。第二天,宋军兵临鄯州城下,溪赊罗撒料知不能坚守,于是又带着几个人逃跑了。他的母亲龟慈公主带着诸酋开城迎降。王厚再率大军直奔廓州，羌酋落施军令结连忙开城献降。于是鄯、湟、廓三州一并被收复。捷报传到京城，蔡京率领百官入贺。徽宗下诏论功行赏，授蔡京为司空，晋封嘉国公；童贯为景福殿使，兼襄州观察使；王厚为武胜军节度观察留后；高永年、张诚等亦各有封赏。王厚将陇拶送到京师，徽宗封他为安化郡王。

　　蔡京自恃有功，越来越趾高气扬，他将讲议司撤销，令天下有事直达尚书省。后来，他又效仿王安石，设立三司条例司，将讲议司里的官员全部迁到三司条例司里面。他还下令烧毁景灵宫里司马光等人的画像，禁止三苏（苏洵、苏轼、苏辙）和范祖禹、黄庭坚、秦观等人的文集。这还不够，他还将熙宁、元丰功臣的图像挂在显谟阁；并在都城南面大修宫殿，里面有一千八百七十二间房子，赐名为辟雍，广招学士，研究王氏《经义字说》。辟雍中供奉着孔子、孟子等人的画像，他还将王安石的画像挂在孔子的下面，将吕惠卿的画像挂在孟子的下面。不仅如此，他又重新写下邪党的姓名，一共三百零九人，刻石立碑。

　　这一系列的举动引起了许将的不满，蔡京也不跟他讲道理，直接唆使中丞朱谔弹劾他首鼠两端，许将因此被罢为河南知府。蔡京为了进一步巩固势力，又向徽宗推荐了一些人入职宰臣：赵挺之、吴居厚为门下中书侍郎；张康国、邓洵武为尚书左右丞，胡师文为户部侍郎；陶节夫经制陕西、河东五路。胡师文是蔡京的亲家，工于心计；陶节夫是蔡京的私党，本来担任鄜延总管，他多次在无关紧要的地方增筑堡寨，虚报经费，并将所有收敛得来的钱贿赂蔡京，因此做上了枢密直学士，这一次更是被提拔为五路经略，金钱的力量真是巨大啊！陶节夫上任后，财大气粗，贿赂诱惑蕃人，令他们纳土归降，于是宋廷不费吹灰之力便得到了邦、叠、潘三州。陶节夫隐瞒实情，只说是蕃人感恩戴德，诚心归降。他还上疏极力赞誉蔡京，因此徽宗对蔡京更加信任了。

　　蔡京认为收复鄯、湟、廓三州远远不够，野心勃勃的他竟然打起了西夏的主意。不久，蔡京又想任用童贯为熙河、兰湟、秦凤路制置使，令他图谋西夏。这道奏议交上去后，朝廷里都是蔡京的党徒，当然没人敢反对。偏偏他的弟弟蔡卞站出来，说任用宦官防守边疆，必然会误了大事。蔡京竟然不顾兄弟情谊，弹劾蔡卞嫉妒自己，蔡卞请求离去，徽宗调他做了河南知府。

　　蔡卞的夫人是王安石的第七个女儿，被人称为七夫人。她知书能诗，才思敏捷。蔡卞每次上朝议政，必会去她的房间里请教，询问决策。因此蔡卞的同僚总是嘲笑他："今日蔡大人奉行的那些事情，想必是在床上跟夫人讨论出来的吧？"蔡卞听后，又气又羞，但又不好发作。后来，在蔡京的推荐下，他得以入知枢密院事。他在家中设宴张乐，很是得意。他还经常出入蔡京的府门，回到家里还总是述说兄长如何如何对他好。七夫人冷笑道："你兄长比你晚些进朝，可是如今官职却在你之上，你反而还巴结他，丢不丢人？"因为这一番话，兄弟二人便产生了隔阂。所以二府（中书处和枢密院）政议的时候，兄弟二人常常意见不合，以至于最后蔡卞被蔡京所排挤，兄弟二人反目成仇。

第五十章　万恶的"花石纲"

童贯在蔡京的保荐下，做了熙河、兰湟、秦凤路经略安抚制置使，并对西夏虎视眈眈。蔡京又嘱咐王厚，让他招降西夏卓罗右厢监军仁多保忠，令他作为内应。王厚奉命前去招降，本来已经说动了仁多保忠，无奈他的部下没有一个人肯跟从他，只好一再拖延。蔡京又再三督促王厚，王厚将真实的情况向蔡京反映，谁知道蔡京反而责怪他办事拖拉，还命令他一定要限期成功。王厚不得已又派弟弟前去递送书信，力劝仁多保忠前来归降。

不料消息泄露，王厚的弟弟被夏人抓住，策反的事情也暴露了，夏主因此将仁多保忠召还到身边。王厚又上书奏明情形，还说："仁多保忠即使没有遇害，也不能再执掌军政了，就算他脱身前来归降，也不过是匹夫一个，对国家有什么用处？"偏偏蔡京贪功性急，硬是要王厚将仁多保忠招来，如果违抗命令，定当重罚！宋廷还一面饬令边吏，只要能招降夏人的，无论是将军还是士兵，都会予以重赏。夏人听说了这道饬令，满腔怒火。于是西夏的君臣斥责宋朝无理取闹，肆意挑衅。夏主也发出诏令，号令兵民侵犯宋朝边境。

那时，辽国将成安公主嫁给了夏主李乾顺。西夏与辽国和亲，李乾顺扬言要向辽国乞求援助，并写信给宋使，争论到底谁是谁非。童贯将书信搁在一旁，没有回答，陶节夫为了讨好蔡京，不惜金帛，一掷千金，招降夏人。夏人大都不肯相从，还写信斥责陶节夫痴心妄想。陶节夫恼羞成怒，竟然杀死很多夏国的士兵和无辜百姓。夏人本来就被惹毛了，这回更加愤怒，于是夏主亲自率领轻骑三万，入侵宋境，掠夺了无数财物和百姓。同时他还和羌酋溪赊罗撒合兵联手，直逼宣威城。

当时鄜州的守将是高永年，他发兵驰援，行军三十多里，却没发现敌军的一人一骑。他见天色已晚，便择地扎营，安食而寝。到了深更半夜的时候，突然听到胡哨齐鸣，羌兵大至。高永年从大帐中惊醒，正准备整兵御敌，不料羌众前后杀入，顿时将营寨攻破，宋军大溃。高永年手下的卫兵纷纷乱窜，各自逃命。高永年孤身一人，惊惶失措，突然被一枪刺来，来不及闪避，正中左臂，痛晕倒地。

等高永年醒来，已经身在羌众的大营里了，只见一酋长高坐上面，对左右说道："这个人杀了我的儿子，夺走了我的王国，让我的宗族流离失散，居无定所。真是老天有眼，被我擒住，我要吃了他的心肝，才能消我的心头之恨。"说到这里，便起身走了下去，拔出佩刀，对着高永年的胸膛猛力戳入，再将刀上下一划，顿时鲜血直喷，不一会儿高永年便一命呜呼，横尸倒地。那羌酋也是刚猛，竟然将手直接伸到尸体里面，掏出心肝，连肉带血塞进嘴里。这个酋长就是羌人多罗巴。

多罗巴杀死高永年之后，又率军将大通河上的桥梁全部摧毁，湟州、鄯州守将听说高永年被残杀，桥梁被毁，惶恐不安。徽宗闻报，非常震怒。朝廷追究责任，责怪其他将帅救援不力，徽宗还亲自写下五路将帅刘仲武等十八个人的姓名，命令御史侯蒙前往秦州将他们逮捕治罪。侯蒙到了秦州之后，刘仲武等人已经穿上囚服，负荆待罪。侯蒙对他们说："你们都是侯伯，功高劳苦，不会深陷牢狱的，只要你们将实情全部告诉我，我一定会设法为你们开脱！"

刘仲武等人一一相告，侯蒙上奏请求赦免他们，奏折里有几句话写得很动人：

汉武帝杀王恢，不如秦穆公救孟明，子玉缢而晋侯喜，孔明亡而蜀国轻，今杀吾一都护，而使十八将由之以死，是自戕其肢体也，欲身不病得乎？

徽宗看完这几句话后，也不觉有所感悟，于是下令网开一面，暂不追究。只有王厚因迁延坐罪，被贬为鄜州防御使。不久，夏人又来侵犯，幸好被鄜延守将刘延庆击败，才退了军。从此以后，边境烽火连天，数年不息。

蔡京不降反升，被提拔为了尚书左仆射，兼门下侍郎；徽宗还提拔赵挺之为尚书右仆射，兼中书侍郎。赵挺之和蔡京地位相当，于是想要跟蔡京争权，他多次上奏说蔡京阴险狡诈，不适合担任首辅。徽宗此时对蔡京深信不疑，怎么可能听得进去呢？赵挺之于是上书请求辞去，徽宗立刻准奏。蔡京再一次独揽大权，成为唯一的宰相。权势熏天的他竟然想效仿周公，制礼作乐，粉饰太平。他创办礼制局，命给事中刘昺为总领，编成五礼新仪，编写新的乐章；命方士魏汉津为监造使，铸造礼乐器具，还铸造了九个大鼎，放置在九成宫里。蔡京自己担任定鼎礼仪使，带着徽宗来到鼎旁，行酹献礼。

这九个鼎被放置在大殿中，四周环筑垣墙，中间的那个叫帝鼎，北边的叫宝鼎，东边的叫牡鼎，东北边的叫苍鼎，东南边的叫冈鼎，南边的叫彤鼎，西南边的叫阜鼎，西边的叫晶鼎，西北边的叫魁鼎。徽宗一一酹酒献礼，走到北方宝鼎的时候，刚刚酹完酒，就听到一声爆响，把徽宗吓了一跳。仔细一看，才发现宝鼎竟然破裂了，里面的酒全部流了出来，大家都很惊讶。徽宗见后，只好扫兴而归。时人多半推测，这是北方起兵的预兆。蔡京却不以为然，反而说北鼎破碎，是辽国内部自行分裂，跟他们无关，还说或许能乘机收复北方。这番话让徽宗非常高兴，立马转惊为喜，并且亲临大庆殿，接受百官朝贺。

自从九鼎落成之后，徽宗渐渐奢侈起来，变得目中无人。一天，他召辅臣入宴，让内侍拿出玉杯、玉盏，对群臣说："朕想要用这些东西，可是又担心谏官议论，说朕太过奢华，真是让朕左右为难。"蔡京起奏道："臣前段时间奉命出使北朝，辽主曾经拿着玉杯、玉盏向臣炫耀，说这些玉器是两晋时期的物品，恐怕我们南朝没有。臣想外邦物产匮乏，难道我们地大物博的大朝反而还比不上他们吗？只是因为陛下向来节俭，所以臣才一直不敢说这件事。今天既然得到了这些宝物，正好派上用场，哪个敢说不应该使用呢？"徽宗担忧道："先帝曾经修建一个小小的台子，谏官就已经连章奏阻，朕其实早就得到了这些东西，只是担心别人指责朕奢侈,所以才不敢轻易拿出来。"蔡京又劝道:"如果事情是合理的,又何必担心别人说闲话呢?这些玉器本来就是拿来用的,陛下富有四海,区区几个酒器,不足挂齿!"徽宗听后,不禁眉笑颜开,心满意足。酒宴结束后,群臣都散去了,徽宗又将蔡京单独留下,聊了很久才让他退下。

第二天,朝中就传来圣旨,命朱勔提领苏州、杭州应奉局,管理花石纲(花石纲是中国历史上专运送奇花异石,以满足皇帝喜好的特殊运输交通名称)。刚开始,蔡京路过苏州的时候,打算修建一座僧寺,预估了一下经费,大概要花几万两银子。蔡京完全不考虑花费,只担心有没有合适的督造。当时,寺里的和尚保荐了一个人,名叫朱冲,是本地人士。蔡京立即命人将朱冲找来,朱冲也是满口答应。才过了几天,他就请蔡京去查验工程进度。蔡京来到工地,只见工地两边堆积了几千根巨木。蔡京对工程效率感到非常满意,而且花销也很合蔡京的心意。蔡京极口赞许,就下令让朱冲全权监造寺庙。

朱冲有个儿子叫朱勔,精明干练不亚于他的父亲,他们父子二人一同督理,僧寺几个月就建成了。蔡京前去游览,果然规模宏丽,金碧辉煌,于是对他们父子大加夸赞。蔡京还让朱冲父子跟他一起进京,并将他们父子二人的姓名加入到童贯的军籍当中,谎报了很多军功,请求徽宗赐予官职。从此,朱冲父子紫袍金带,居然做起官来,真是好运气。

徽宗本性喜欢稀奇玩物,尤其喜好奇花异石。蔡京命朱冲搜罗苏州、杭州的奇珍异玩,准备随时献给徽宗。第一次,蔡京找到了三棵黄杨,高达八九尺,确实是罕见的珍品,献上后徽宗非常高兴,大加赞赏。后来又逐件献入,无奇不有,徽宗更加欢心。这回蔡京又保举朱勔,令他在苏州设立应奉局,专门置办奇花异石,称为花石纲。朱勔得到这个美差后,国库任由他支取,每次领取,少则数十万,多则上百万。

朱勔奉旨到苏州、杭州大肆搜刮奇珍异物,寻常百姓家稍微有一木一石可以赏玩的,他马上就派凶悍的官吏前去封装起来,指为贡品,还命令这家人小心看护,静待搬运。一旦东西出现不测,便以大不敬罪论处。到了搬运的时候,必定撤屋毁墙,开辟出一条康庄大道,恭候而出。凡是有怨言的,一律抓起来,当众鞭答,惨无天日。因此,百姓一旦得到奇异的东西,都担惊受怕,认为是不祥的兆头,赶紧销毁。如果不幸走漏了风声,往往家破人亡。穷苦的人家只能卖儿鬻女,供给他们所需要的。可怜苏州、杭州的人民,无端遭受这种劫难,真是有冤无从诉,苦不胜言。

不但如此,朱勔还叱工驱役,掘山采石,就算是悬崖峭壁,也必须把石头搬下来,不得推诿;或者在万丈深渊,也得千方百计,直到得到为止。搬运的时候,无论是商船还是市舶,一经指定,必须献出,不得有违。负责运载的官吏仗势欺人,霸道州县,百姓纷纷侧目。朱勔狐假虎威,凶横得不得了。那时从太湖里捞出一块巨大的石头,高宽都好几丈。这块石头用大舟装运,水陆牵拉,凿城断桥,拆堤毁坝,经历了好几个月才运送到汴京。很多百姓被征为役夫,荒废的农田不计其数。朱勔在奏报中,却说不会劳民伤财;还说这么大的石头之所以能够快捷、安然地抵达京城,一路上全靠山神、水神的帮忙。真是荒唐!因此,朝廷将它命名为"神运石"。后来,万岁山被修建起来了,徽宗命人将这块石头搬运到山顶上,作为奇峰。

赵挺之辞去右相后，对蔡京恨之入骨。每次跟同僚在一起的时候，必定会说蔡京的坏话。户部尚书刘逵跟赵挺之是莫逆之交，曾说有朝一日得志了，必定会扳倒蔡京。崇宁五年正月，一颗彗星出现在西方，持续了好几天。徽宗因为星象告警，为了消灾避祸，只好削减膳食。赵挺之和吴居厚请求徽宗下诏，广开言路。徽宗当即降旨准奏，并且还提拔吴居厚为门下侍郎，刘逵为中书侍郎。刘逵又乞求将元祐党人碑粉碎，将党人的名单全部焚毁，并废除以前的一些禁令。徽宗也觉得颇有道理，半夜的时候，他特意命人到朝堂上，将元祐党人碑砸毁。

第二天，蔡京入朝，看见党人碑被人毁坏，当即跑进去询问徽宗是怎么回事。徽宗说道："朕想对这些人宽大处理，所以才将党人碑给毁了。"蔡京听罢，大声抗议道："石碑可毁，但是名籍不能毁灭！"这一句话响彻朝堂，百官无不惊讶，就连徽宗也瞠目结舌，脸上露出了不悦的神色！退朝后，不到半天，刘逵就呈入奏折，极力训斥："蔡京专横无礼，目无君父，党同伐异，陷害忠良，兴役扰民，损耗国力，应该立马将他罢免，以安国定民！"徽宗看完后，犹豫不决。后来，司天监上奏，说太白星在白天出现，应该大赦天下。于是，徽宗下令赦免一切党人，暂且废除崇宁诸法，并免去各州的岁贡。

后来，赵挺之和刘逵等人相继弹劾蔡京，说他大逆不道，陷害忠良。徽宗忍无可忍，将蔡京罢相，降为太乙宫使，留在京师。随后，徽宗又提拔赵挺之为尚书右仆射，兼中书侍郎。赵挺之拜见徽宗的时候，徽宗说道："朕这几个月俯察蔡京的所作所为，跟爱卿说得一模一样。现在我已经将蔡京罢免，爱卿一定要尽心辅助朕！"既然知道蔡京的罪恶，为什么不将他贬谪到地方上去？真是令人不解！赵挺之叩头领命。从此，赵挺之和刘逵齐心协力，辅助徽宗。蔡京先前做的悖理虐民的事情，都被稍稍改正，他们二人还劝诫徽宗罢兵息民，节俭勤政。

自从上回挑起战事，宋朝跟西夏一直刀兵相见，战火不息。一天，徽宗临朝对大臣们说："朝廷跟夏人连年征战，百姓苦不堪言，这难道是一个宽仁爱民的君王该做的事吗？爱卿们有什么见解，不妨直言！"赵挺之顺着徽宗的意思，出列奏道："我朝跟西夏交兵已经好几年了，现在边境还没有安定，不如我们主动跟西夏讲和，好让民生安定。"徽宗点头说："爱卿们先好好商议一下，如果可行，朕一定批准！"退朝后，赵挺之对同僚说："皇上打算息兵宁事，我们应当顺从皇上的意思，不要再有异议了。"大家都齐声称是。只有几个人在旁边冷笑，这些人都是蔡京的旧党。赵挺之回府后，嘱托刘逵再加一把火，上奏请旨，请求罢免五路经制司，贬谪陶节夫，并对夏人开诚布公，协商休战。奏疏呈上去后，徽宗准奏，将陶节夫贬为洪州知府，并派遣使者与西夏议和。夏主厌倦了连年的刀兵，答应罢兵，于是两国又和好如初，宋朝的岁贡也照常给付。

蔡京被赵挺之和刘逵排挤，愤怒至极，发誓要将他们除去，以泄私愤。他当下跟同党密商对策，御史余深、石公弼等人说道："皇上现在正准备重用赵、刘二人，恐怕一时半会儿很难将他们扳倒，必须想别的办法才是！"蔡京说道："我也是这么想的，现在我有一计，劳烦诸位搭把手，一起唱出好戏，如何？"余深问是什么妙计，蔡京一副奸相地笑道："由郑入手，由你们收场，要扳倒赵、刘二人，易如反掌！"余深和石宫弼等人已经领会了蔡京的意

思,齐声赞成。他们互相告辞之后,立即分头安排,静待佳音。

蔡京说的"由郑入手"这句话,是暗指宫中的郑贵妃和中书舍人兼直学士院的郑居中。郑贵妃是开封人,她的父亲名叫郑绅,曾做过地方官。郑贵妃十几岁的时候被送到宫中,因为姿色颇佳,秀外慧中,深得太后的喜爱,不久便做了押班。徽宗还是端王的时候,每天到太后那里问安,必须由押班代为传报。一来二去,二人日久生情。这个郑女聪明伶俐,善解人意,非常善于讨人欢心。况且她又有一副闭月羞花的容貌,徽宗岂能不动心?他们二人虽然没有苟且情事,但平日里免不了目逗眉挑。徽宗即位后,向太后早就看破了玄机,便将郑女送给了他,还有押班王氏,也一同赏赐给了徽宗。徽宗得偿所愿,便封郑女为贤妃,王氏为才人。后来才发现,这个郑氏还知书达理,饱览群书,是个才女,徽宗因此对她更加怜爱了。而王皇后性情温和,为人谦退,因此郑氏得到了专宠,她也没有意见,于是,郑氏不久就被晋封为贵妃。

郑居中是郑贵妃的远亲,自称是她的堂兄。郑贵妃认为自己的母族势力平庸,所以想倚仗郑居中巩固自己的地位。而郑居中也想将她引为内援,这两个人一个愿打一个愿挨,互帮互助。因此,郑居中颇得徽宗的信用。后来,蔡京又运动内侍转告郑贵妃,替自己多说些好话;同时,蔡京还讨好郑居中,请求他替自己说情。郑居中首先唆使蔡京的党徒上书,大概是说:蔡京更改法制,都是奉了皇上的意愿,并没有擅作主张。现在所有的法制都被废除了,恐怕不是皇上当初要继承遗志的初衷吧?徽宗虽然没有做出回答,但是郑贵妃在旁边看到,他的脸上已经有了三分许可的意思。于是乘机又替蔡京求情,淡淡的几句话,又挽回了五六分。郑居中看准时机,从容入奏道:"陛下即位以来,推行的法制上足以强国,下足以富民,没什么逆天背人,为什么要废除呢?为什么还要惩治有功之臣呢?"徽宗的脸色好了很多,说道:"爱卿说得很对啊!"

郑居中退出后,又跟礼部侍郎刘正夫交谈了片刻。刘正夫也随即上书,内容和郑居中说的差不多。大臣、贵妃三番四次的说情,徽宗又萌生了起用蔡京,罢免赵、刘二人的想法。最后,余深、石公弼两位御史联手弹劾赵、刘,说他们专恣反复,污蔑同列,引用邪党。这一道催命符最终打动了徽宗。不久,刘逵被驱逐,出知亳州,赵挺之也被罢为观文殿大学士佑神观使。徽宗再授蔡京为尚书左仆射,兼门下侍郎。蔡京请求下诏改元,再行绍述。于是,崇宁六年,徽宗改元为大观元年。所有崇宁诸法继续施行。吴居厚与赵、刘虽然交好,但是却无能为力,也连坐罢职。后来,徽宗又提拔何执中为中书侍郎、邓洵武、梁子美为尚书左右丞。这三人都是蔡京的党徒,不用细说。

郑居中认为蔡京之所以能够重掌大权,主要得力于自己,于是指望着蔡京报答。蔡京也知恩图报,打算推荐他同知枢密院事。偏偏内侍黄经臣跟郑居中素来不和,他密告郑贵妃说:"本朝自建立以来,从来没有外戚干政的先例,娘娘应该借避嫌为名,彰显美德。"当时郑贵妃已经显达,不需要再依赖郑居中了,她正想借此一请,增加自己的美名。一天,徽宗亲临郑贵妃的寝宫,郑贵妃乘机谏阻,劝诫徽宗收回成命。徽宗觉得很有道理,便改任郑居中为太乙宫使。后来,郑居中又托付蔡京代为周旋,于是蔡京上书说道:"枢密府是掌兵的,并不是三省执政，不需要避亲。"可是徽宗并没有理会。郑居中怀疑是蔡京故意敷衍，于是便对蔡京有了怨言。蔡京也无可奈何，只好装着听不见。徽宗担心没有听从蔡京的话，惹蔡京不高兴，于是就将蔡京最亲近的一个人提拔为了龙图阁学士，兼官侍读，作为补偿。

第五十一章　渐渐强盛的女真

徽宗再次起用蔡京为宰相，为了抚慰他，还任用他的私亲为龙图阁学士，兼官侍读。这个私亲不是别人，就是蔡京的儿子蔡攸。元符年间，蔡攸曾被派去监督设在京城的裁造院，那个时候徽宗还在端王府，每次退朝后，蔡攸都会下马向徽宗作揖，非常有礼貌。徽宗回到端王府后，询问左右他是谁，左右禀明说他是蔡京的长子，徽宗觉得他彬彬有礼，很是谦逊，便将他记在心中。徽宗即位后，提拔蔡攸为鸿胪丞，赐进士出身，后来，又授予他秘书郎，派到集贤殿修撰书籍。这时他又升任龙图阁学士，父子专宠，权势更加熏人。

其实，蔡攸毫无学术，只是个沽名钓誉之辈。但是他为人却很乖巧，他了解徽宗的喜好，便专心采献花石禽鸟，取悦徽宗。蔡京也故伎重施，专门用金钱诱降蛮夷，捏造祥瑞，哄徽宗开心。边境的大臣受到蔡京的指使，谎报某蛮想要内附，或着奏称某夷愿意归降。其实都是用金钱换来的，哪里是以德服人？还有什么黄河清，什么甘露降，什么祥云现，什么灵芝瑞谷，什么双头莲，什么连理木，什么水牛生下麒麟、母鸡生出凤凰，外臣接连入奏，蔡京接连表贺。其实这都是蔡京自编自导的荒唐戏！

后来，都水使者赵霆从黄河里得到一只奇怪的乌龟，身上长着两个脑袋，进献给宫廷。蔡京立即祝贺道："这是齐小白（齐桓公名小白，春秋时期齐国的国君，"春秋五霸"之首）所说的水怪，得到它的人必定成为霸主，臣要恭喜皇上了！"徽宗非常高兴地说："这也是爱卿们辅导有方啊！"蔡京拜谢而退。后来，郑居中上奏说："世间上无论是生物还是国家，都只能有一个头，现在这只乌龟竟然长出两个脑袋，分明就是妖怪。蔡京竟然蛊惑皇上，说是吉祥的瑞物，真是居心叵测啊！"徽宗转喜为惊道："爱卿所言极是，这确实是个不祥之物。"说罢，随即命内侍将这只两个头的乌龟扔到金明池里，不准留在宫廷上。第二天，朝廷降下一道圣旨，命郑居中同知枢密院事。蔡京听到消息后，闷闷不乐。

蔡京见不能用乌龟做文章，又想起了秦玺的故事。过了几个月，又有人献上玉印，长约六寸，上面还有篆文，写着"承天福延万亿永无极"九个字。徽宗赐名为镇国宝，还选能工巧匠另外铸造了六台大印，仿照秦朝天子六玺的典故，跟元符年间所得到的秦玺共称为八宝。徽宗为了奖励蔡京，进封他为太尉。大观二年元旦这一天，徽宗在大庆殿接受八宝，并赦免天下的罪囚，文武百官各进位一等。蔡京又得以晋升为太师，童贯竟然被加封为节度使。不久，童贯又奏请收复洮州。徽宗下诏授童贯为检校司空，宦官做宰相，就是从这里开始的。

后来，蔡京的私党林摅、余深分别被提拔为中书侍郎、尚书左丞。

河南妖人张怀素，自夸能预知未来的事情，他还跟蔡京兄弟秘密勾结。后来，张怀素图谋不轨，事情败露，牵涉到了蔡京兄弟，以及邓洵武等人。邓洵武等人坐罪免官，蔡卞也落了职。蔡京非常忧虑，幸亏此案是由中书侍郎林摅协同办理，他是蔡京一手提拔起来的，当然知恩图报，替蔡京掩盖罪行，因此蔡京才得以免坐。从此，蔡京跟余深、林摅两人结为死友，狼狈为奸，互为臂膀，权势凌人。

当时尚书左丞张康国已经升为枢密院知事，他本来是由蔡京引荐的，多次受到破格提拔。他担任枢密院知事后，又跟蔡京互争权势，各分门户，有时拜见徽宗，免不了诋毁蔡京。徽宗也觉得蔡京太过骄横，所以密令张康国监视蔡京，还向他承诺道："爱卿如果尽心尽力辅助朕，以后宰相的位子就由你来担任。"张康国喜出望外，于是日夜窥探蔡京的举动，有一点消息就会前去密报。翻手为云覆手雨，这就是小人的嘴脸。蔡京也有所察觉，于是他引用吴执中为中丞，嘱咐他弹劾张康国。谁知道消息走漏，张康国先发制人，趁着徽宗上朝之前，跑到内殿跪奏道："吴大人今天上朝，一定会替蔡京参劾臣，臣情愿避位，免得受蔡京的气。"徽宗说道："朕自有主张，爱卿不必多虑！"上朝后，吴执中果然出列朝班，陈述张康国的过失。徽宗还没等他说完，便怒视他说："你竟敢受人唆使，污蔑忠良！朕看你根本不配做中丞，给我滚出去！"吴执中撞了一鼻子灰，连忙叩首退朝，面如土色。这天傍晚，就有诏书谴责吴执中，贬他为滁州知府。

试想，一向只有阴险狠辣的蔡京谋害别人，从来没有上过当的他，这回被人摆了一道，岂能罢休？为了雪耻，他千方百计地想要谋害张康国。张康国也是小心防备，不让他抓住把柄。可是明枪易躲，暗箭难防，就算凡事都百般慎密，也保不住有一时的疏忽。一天，张康国入朝，退出后就只在偏殿喝了一杯茶，立刻觉得肚子疼得要命，狂叫欲绝。不到半个时辰，就口吐白沫，两眼翻白，好像牛喘气一样。殿里值班的人慌忙将他送到太医那里，不料刚刚送过去，张康国便两眼一瞪，一命呜呼了！一些官员看到张康国暴死，料定是死于中毒，但是又不敢明说。徽宗听说后，也非常惊奇，但是却没有深究，只是做了些表面工作，追封他为开府仪同三司，还赐给他一个好听的谥号，叫作文简，算是了结。张康国死后，职位空缺，由郑居中代任，同时派任管师仁为枢密院知事。

当时，徽宗在集英殿召见贡士，（县级科举考试，中试者称乡贡士）由中书侍郎林摅传报姓名。有个贡士名叫甄盎，林摅却将他读成了湮央。徽宗正好看到这个人的姓名，不禁笑着说道："爱卿读错了，他叫甄盎。"林摅自以为是，并没有觉得自己是错的。字都没认全，竟然做上了中书，真是可笑！同列在旁边偷偷发笑，林摅恼羞成怒地说道："大殿之上，不得喧哗！"大家听后，心中愤愤不平！退朝后，御史弹劾他孤陋寡学，倨傲不恭，失人臣礼。于是徽宗将他罢职，降为提举洞霄宫。随后，徽宗任用余深为中书侍郎，薛昂为尚书左丞。薛昂也是蔡京的同党，他规定全家上下不能提到半个"京"字，如果不小心提到了，必当严惩。蔡京欣赏他的恭顺，所以推荐他做了尚书左丞。

郑居中一直记恨蔡京当初敷衍自己，他执掌枢密府后，暗地里指使台谏陈述蔡京的罪恶。

中丞石公弼、殿中侍御史张克公等人受到郑居中的密嘱，挨个弹劾蔡京，接连递上去十几本奏折，却不见任何回复。后来，郑居中买通方士（方士就是方术士，或称为有方之士，用现在的话说，就是古代的科学家。一般简称为方士或术士，后来则叫作道士）郭天信密陈徽宗，说太阳里有黑斑，是宰辅欺君的征兆。此时徽宗正宠信郭天信，不免心惊胆颤，于是便将蔡京罢为太乙宫使，改封楚国公，只准每个月的初一和月底上朝。殿中侍御史洪彦升、毛注等人大谈蔡京的罪状，请求立即将他遣送出都。太学生陈朝老等人又出面弹劾，一共陈述了蔡京十四道罪名，跟《三字经》一样，分别是：渎上帝、罔君父、结奥援、轻爵禄、广费用、变法度、妄制作、喜导谀、箝台谏、炽亲党、长奔竞、崇释老、穷土木、矜远略。

结尾还引用了《左传》里的一句话："投诸四裔，以御魑魅。"可是，徽宗只将蔡京贬了官职，并没有把他逐出京师。后来，徽宗让何执中接替蔡京的官职，任命他为尚书左仆射，兼门下侍郎。陈朝老又上书说何执中没有才能，不能胜任，徽宗不从。大观四年夏季，彗星再次出现，徽宗按照老规矩，避殿减膳，并令侍从官广开言路，进谏纳言。石公弼、毛注等人于是又交相弹劾蔡京的罪状，张克公说出了蔡京不仁不忠的事情，多达数十件。徽宗终于松动，将蔡京贬为太子少保，安置在杭州。余深失去了靠山，心里惶惶不安，也上书请求罢职，于是也被调任青州知府。

当时张商英调任杭州知府，路过京城，徽宗召他入宫问话。张商英明白此时徽宗厌烦蔡京，为了迎合帝意，他在言语之中对蔡京多有中伤，于是得以留任朝堂，担任中书侍郎。随后张商英又将蔡京施行的苛政悉数上奏，朝堂内外都对他称赞有加。于是，徽宗又提拔张商英为尚书右仆射。这个张商英运气也不赖，正好彗星隐没，久旱逢雨。此时，一班趋炎附势的狗官说这是天人相应，将功劳归在张商英的身上。徽宗也很欣慰，亲自写下"商霖"二字，作为赐品，赠给张商英。张商英也心怀感激之情，大加改革，将蔡京所立诸法依次罢除，并劝徽宗杜绝奢华，平息土木，徽宗欣然答应。

起初，徽宗对张商英很是信任，后来不知怎么对他渐渐疏远，最后竟然产生了厌烦的情绪。左仆射何执中是蔡京的同党，他所有的主张都跟蔡京如出一辙。偏偏张商英从中作梗，大违初心。于是他心生忌恨，跟郑居中互相勾结，想把张商英推翻，好让郑居中接任。大观二年秋，王皇后崩逝，距离此时已经有两年，中宫之位非郑贵妃莫属。郑居中跟郑贵妃是同宗，更加觉得胜券在握，所以他跟何执中联同一气，日夜攻击张商英的短处。果然，大观四年十月，郑贵妃受封为皇后。郑居中觉得时机已经成熟，想要动手将张商英扫除，自己安安稳稳地做丞相。不料，郑皇后私下里对徽宗说："外戚不能干政，如果非要任用郑居中，最好改任其他职位。"徽宗也觉得颇有道理，于是下诏将郑居中罢为观文殿大学士，让吴居厚担任枢密院知事。

郑居中接到诏书大为吃惊。他以为是张商英抢先下手，于是决心鱼死网破，跟张商英斗争到底。他先令言官弹劾张商英的门客唐庚，再让中丞张克公参劾张商英与郭天信互相勾结。徽宗不免起了疑心，加上他本来就厌倦了这位张相，于是便将张商英免职，令他出知河南府，后来又贬为崇信军节度使。郭天信则被安置在单州。原来，徽宗还是端王的时候，郭天信曾经说他日后当居天位，后来果然应验，因此徽宗对他非常宠信。接到弹劾奏章后，徽宗担心这二人狼狈为奸，危害朝廷，索性将他们全都罢免，以防后患。其实这都是辅臣互相排挤、争宠夺权的手段，大都是无中生有，没事找事！张商英被免职，虽然没什么可惜的，但是何执中等人还不如张商英，岂不可叹？

张商英被外调后，何执中便独掌大权。蔡京写信给何执中，请他在徽宗面前求情，好让自己官复原职。落花有意，流水却无情，何执中担心蔡京回京后，夺走自己的地位，所以不免踌躇不决。正巧检校司空童贯奉命出使辽国，带回了一位叫马植的辽国大臣。童贯一面推荐马植做了大官，一面召还蔡京，好多个帮手。不料，这一举动竟然闹出助金灭辽、引金亡宋的大把戏来。

自从神宗听信王安石的建议，把七百里的疆土割让给辽国，双方才偃旗息鼓，重归于好，双方过了很长一段太平的日子。辽主耶律洪基有个皇后萧氏，才貌超群，善写诗文，喜好音乐，颇得恩宠。偏偏北院枢密使耶律乙辛专权狠辣，忌惮萧后的聪慧，他暗地里跟宫婢单登等人合谋，诬告萧皇后跟伶官（封建时代称演戏的人为伶，在宫廷中授有官职的伶人，叫伶官）赵惟一私通。耶律洪基不辨真伪，立即将赵惟一打入大牢，令耶律乙辛严加审问。严刑拷打，三木交逼，赵惟一被屈打成招。耶律乙辛于是将他定罪，呈递辽主。辽主被戴了绿帽子，岂能不气？他下令将赵惟一处以极刑，还把他的家族也一并屠戮殆尽。最可怜的是那貌赛西施、才胜道韫（东晋有名的才女）的萧皇后，不明不白，无处伸诉。为表清白，她只好自解腰带，悬梁自尽，真是可怜、可惜！

萧后有一个儿子，名叫耶律浚，当时已经被册立为太子。耶律乙辛担心他日后为母报仇，便密令私党萧霞抹离间辽主和东宫太子。耶律洪基半信半疑，护卫耶律查剌又受到耶律乙辛的嘱托，诬告都宫使耶律撒剌等人密谋废立之事。耶律洪基信以为真，便将太子耶律浚贬为庶人，押送到上京。这个耶律乙辛确实狠辣，耶律浚启程后，他竟然派杀手半路行刺。可怜的耶律浚和他的妃子萧氏一同惨死刀下。

耶律浚有个儿子叫耶律延禧，当时只要几岁，并没有受到牵连，还被养育在宫中。耶律乙辛想要斩草除根，幸亏宣徽使萧兀纳、夷离毕、萧陶隗等人密谏耶律洪基，请求保护皇孙，为以后册立嫡长孙做打算。耶律洪基犹豫不决，恰好他到黑山打猎，他见随同的官属大都待在耶律乙辛的马后，于是便猜忌起来。回宫后，耶律洪基将耶律乙辛罢职，改任南院大王知事。后来，耶律洪基一步一步削夺耶律乙辛的权力，并将他的余党逐步扫除。耶律洪基心怀愧疚，追赠萧后谥号宣懿，追封耶律浚为昭怀太子，册封耶律延禧为梁王。当时，耶律延禧年仅六岁，耶律洪基担心发生意外，便命甲士日夜寸步不离，格外保护。后来耶律洪基以耶律乙辛私藏兵甲、密谋造反为罪名，将他削职幽禁，不久便将他诛杀。

徽宗元年，辽主耶律洪基病逝，他的孙子耶律延禧继位，自称天祚帝，与宋朝仍修旧好。当时，耶律延禧已经成年，他在位期间荒淫无度，不问国事。东北的女真部落乘机崛起，势力日益强大。女真的前身是靺鞨，属于通古斯族，世代居住在混同江东部，是一个小部落，跟中原没有往来。唐玄宗开元年间，部落酋长派人入朝进贡，被李隆基封为勃利州刺史。五代时，才被人称为女真。辽国在北方兴起，威震朔漠。当时女真族已经分为南北两部，南部属于辽国，称为熟女真；北部不属于辽国，称为生女真。生女真中有个完颜氏部落酋长叫完颜乌古乃，他勇猛过人，将附近部落全部收服，势力不断增大。辽主想笼络人心，就命完颜乌古乃为生女真节度使。从此以后，女真就开始设置官属。完颜乌古乃日夜操练勇士，修备军械，渐渐盛强。完颜乌古乃死后，他的儿子完颜劾里钵继位。完颜劾里钵死后，他的弟弟完颜颇剌淑继位。后来，完颜颇剌淑又传位给弟弟完颜盈哥。完颜盈哥勇武过人，再加上有兄长的小儿子完颜阿骨打辅助，威名远扬。

徽宗崇宁元年，辽将萧海里叛变，逃到女真阿典部。阿典部派遣族人斡达剌去见完颜盈哥，约定一同举兵，反抗辽国。完颜盈哥不从，竟然将斡达剌囚住，转报辽主。辽主耶律延禧当时已经派兵追捕萧海里，接到完颜盈哥的书信后，于是命他夹攻阿典部，不要让萧海里这个叛徒跑了。于是，完颜盈哥率军一万多人，带着完颜阿骨打，前去捉拿萧海里。大军到了阿典部后，完颜盈哥见萧海里正跟辽兵交战，辽兵纷纷败退，于是对完颜阿骨打说道："辽自称大国，为什么他的兵士这么没用呢？"说完便哈哈大笑起来。完颜阿骨打答道："不如叫他退兵，让我上阵，萧海里的人头已被我看成囊中之物了！"于是，完颜盈哥登高大声叫道："辽兵退后，看我军擒拿萧海里。"

辽兵正好支持不住，突然听说有人顶替自己，当即勒兵撤退。完颜阿骨打随即麾众上前，一阵厮杀，把萧海里的部下打得七颠八倒。萧海里见不能力敌，策马返奔，哪知他的背后一声箭响，闪躲不及，正中后颈。萧海里忍不住疼痛，翻身落马。他的部下正想搭救，只见一员大将纵马杀到，他左手执弓，右手舞刀，刀光闪闪发光，哪个还敢上前？这员大将不慌不忙，纵身下马，将萧海里一刀劈成了两段，然后割下萧海里的首级，从容地上马离去。不必多问，这员大将便是勇猛过人的完颜阿骨打。完颜阿骨打杀了萧海里，他的部众自然溃散。完颜盈哥将萧海里的首级献给辽主。辽主大喜，赏赐颇丰。只是辽兵不堪一击的情形已经被女真看破玄机，埋下了灭国的种子。

不久，完颜盈哥病死，他哥哥的儿子完颜乌雅束继立。他东和高丽，北收诸部，渐渐有了与辽国争霸的实力。童贯镇守西部已经很久了，那时他在西羌占了些小便宜，便觉得能够图谋辽国。他上书请愿为辽使，前去探听虚实。当时徽宗又改元政和，正想出点风头，为国庆增添些喜事。他命端明殿学士郑允中为使臣，前去祝贺辽主的生辰，命童贯为副使。这二人刚刚走出芦沟，就遇到了辽人马植。马植自称曾经是辽国的光禄卿，只因为看见辽国气数已尽，不得不投奔大宋。童贯喜出望外，等到恭贺完毕后，就带着马植回到了汴都，还叫他改名换姓，叫作李良嗣，觐见徽宗。

马氏本来是辽国的大族，马植也确实做过辽国的光禄卿，不过他品行卑污，所以才被革职。童贯却把他当个宝贝，还令他进献灭辽的策略。他觐见徽宗时，说道："辽主荒淫无道，女真人对他恨之入骨，如果天朝能和女真结好，相约夹攻辽国，不怕辽国不灭！"徽宗召辅臣商议，有反对的，也有赞同的，彼此僵持不下。徽宗又召见马植，亲自询问他灭辽的方略。马植说："辽主荒淫懦弱，辽国内部矛盾四起，辽国必亡！陛下要是替天行道，以治攻乱，王师一出,辽人必然箪食壶浆,夹道相迎!这样一来,既可以拯救辽民于水火之中,又可以收复天朝的旧疆,一举两得!这次机会一旦失去,恐怕女真会先行下手,到那个时候情况就不好说了!"徽宗听了非常激动,当面授他为秘书丞,赐他赵姓。京城里的人都叫他赵良嗣,不久,他又被提拔为右文殿修撰,倍受恩宠。

第五十二章 徽宗沉迷道教

童贯与蔡京的关系一直很好，后来蔡京能够再次入相，大都出自童贯的帮助。童贯从辽国回来后，又替蔡京极力说情，劝徽宗仍然召蔡京辅政。徽宗本来就是棵墙头草，随风摇摆，他听童贯再三夸赞蔡京，又记念起了蔡京的好处，当即派人将他召回。蔡京星夜入都，徽宗听说蔡京回来了，马上召见他，并在内苑的太清楼大摆宴席，为他接风洗尘。当场，徽宗又恢复了蔡京所有的官爵，还赐了一座京城的宅子给他。

蔡京一退一进，好像惊弓之鸟，更加小心谄媚，无微不至。徽宗因对他大加宠眷，比以前还要优待，还准许他每三天上一次朝，商议国政。蔡京担心自己不在的时候，谏官又来攻击自己，所以特地想出了一个方法，将所有的密议都请徽宗亲自书写诏命，称作"御笔手诏"。从前诏书颁行之前，必须先让中书、门下议定之后，再命学士草制，然后盖上玉玺，颁布施行。神宗熙宁年间，有的诏书已经不需要通过中书、门下的商议了，只需要专权的王安石代为颁行就可以了。这次，蔡京请求徽宗御笔手诏，一旦徽宗写定诏书，立即特诏颁行。如果出现被封驳的情况，马上追究抗旨的罪名。从此以后，廷臣再也不敢有异议；到后来即使出现不伦不类的诏书，也只好奉行无违。徽宗哪有那么多时间？因为忙不过来，只好让中书杨球代为书写。蔡京见大权旁落到杨球手里，肠子都悔青了，但他已经没有办法控制局面，只好作壁上观了。

蔡京又想仿行古制，改置官名：太师、太傅、太保，古代称为三公，现在不应该称作三师，应该改回三公；司徒、司空，在周朝时被列入六卿；太尉是秦朝时期掌握兵权的重臣，并不是三公，应该改为三少，称为少师、少傅、少保，根据等级予以实权；左右仆射，在古代没有这个职位，应该改称太宰、少宰，仍然兼任两省侍郎；罢尚书令以及文武勋官，改侍中为左辅，中书令为右弼，开封守臣称为尹牧；府分六曹，（士、户、仪、兵、刑、工）县分六案；太监内侍全都模仿朝廷的管号，称为某大夫。这一条想必是童贯主张的。徽宗全部准许。后来，又建立了六尚局，分别是尚食、尚药、尚酝、尚衣、尚舍、尚辇。设立三卫郎，分别是亲卫、勋卫、翊卫。蔡京担任太师，总管三省事务；童贯进职太尉，掌握军权；追封王安石为舒王，王安石的儿子王雱为临川伯，在孔庙祭祀。熙宁新法一律施行。

蔡京又担心徽宗反悔，或者又被仇人弹劾，再遭贬斥，于是想出了一条更加蛊惑人心的方法，他想让徽宗堕入旁门左道，越陷越深。而所谓的旁门左道就是道教，这也是导致徽宗亡国的因素之一，不得不提。自从徽宗继位后，一开始宠信郭天信，后来又迷恋魏汉津；等到郭天信被贬，魏汉津老死以后，宫廷才没有了术士的影子。可惜好景不长，正好太仆卿王亶举荐了一位叫王老志的术士，徽宗将他召入京城。王老志，濮州人，对待双亲非常孝顺。他刚开始做小官的时候，从来不受他人贿赂。后来他遇到了一位奇人异士，自称"钟离先生"，这位异士给了他一副丹药，让他服用。随后，他竟然抛妻弃子，在田野上盖了一间茅庐，专门替人占卦算命，非常灵验。

王老志奉召入京，蔡京将他邀请到自己府上，殷勤款待。后来王老志被徽宗召见，他呈上密书一封。徽宗打开一看，发现是今年秋天自己写给乔、刘二妃的情词，不由得暗暗称奇，于是赐他道号"洞微先生"。王老志拜谢告退后，回到蔡府，朝中大臣都找他占卦，询问吉凶祸福。他也不说话，只是写下几句诗，让他们自己参悟，大家大都半信半疑。可是几天之后，很多都灵验了。从此，王老志声名远播，门庭若市。

蔡京担心张商英东山再起，所以跟王老志商量，让他不要再接见朝中大臣了，只需要博得皇上的赏识，就算不负所托了。于是，王老志又创制了乾坤鉴，敬献给徽宗。他说徽宗日后恐有大难，请徽宗时常坐在乾坤鉴面前，静观内省，祈福消灾。他还劝蔡京急流勇退，不要贪恋权位。这个王老志还算知道几分道理，但是蔡京却没有听从。王老志见朝政日益凋敝，徽宗愈加堕落，渐渐萌生了隐退的想法。一年后，他借口遭到师父谴责，上书请求归退，徽宗没有准许。后来，他又生起病来，再三请求离去。徽宗无奈准许，他接到诏书后，便霍然从床上跳了下来，健步如飞，当天就出了都门。说来也是怪事，他刚刚回到濮州，就一命呜呼了。徽宗赐他金棺，命人厚葬，还追赠他为正议大夫。

蔡京本打算利用王老志蒙蔽徽宗，想不到王老志独具见解，反而劝徽宗清心寡欲、亲贤远佞、励精图治，这当然跟蔡京不对胃口。于是蔡京舍弃王老志，另外举荐王仔昔作为帮手。王仔昔是洪州人，曾经做过教书先生。他自己曾经说遇到过许真人（即许逊，道教著名人物，净明道、闾山派尊奉的祖师，晋朝人士。他为汉族民间信仰的神仙之一，在江南地区留下了斩蛟龙治水的传说，受到历代朝廷的嘉许和百姓的爱戴，被誉为"神功妙济真君""忠孝神仙"，又称许天师、许真君），并且得到了他的真传。他四处游览，说自己能预测未来的事情。蔡京听说了他的传闻，于是便上书推荐。

徽宗下诏将王仔昔召入，赐号"冲隐处士"。那时，宫中正因为大旱祈雨，徽宗派小太监向他索要符文。过了几天，小太监又来了，王仔昔对他说，今天皇上为爱妃祈祷治疗眼病的良方，治病要紧，说完，便用硃砂画了一道符文，然后将符文烧了放到仙水里，让小太监马上拿给徽宗，并说："用这个仙水清洗眼睛，立马痊愈。"小太监没有接到旨意，不敢接受，王仔昔笑着说道："如果皇上怪罪下来，由我一力承担，你看可好？"小太监这才端着仙水，向徽宗复命。徽宗说道："朕早晨去天坛祈祷，曾默默祈祷爱妃的眼病能够痊愈，王仔昔是怎么知道的？他既然这么神奇，不妨试一试。"随即下令让宠妃用仙水清洗眼睛。没过多久，眼病果然好了，徽宗不觉惊喜万分，于是，下诏封王仔昔为"通妙先生"，对他倍加宠信。后来，徽宗更加迷信道教，他下令在福宁殿的东侧建造玉清和阳宫，供奉道家神像，日夜顶礼膜拜。

政和三年长至节，（冬至，又称为"冬节""长至节""亚岁"等，是中国农历中一个重要节气，也是中华民族的一个传统节日）徽宗祭祀天神，他用一百多号的道士执杖前导，并命蔡攸为执绥官。车驾出了南薰门，徽宗向东眺望，不觉大吃一惊。蔡攸问道："陛下看到的，莫非是东方云气？"徽宗说道："朕不但看到了云气，隐隐约约好像还看到了楼台轩榭，这是怎么回事？"蔡攸说道："臣这就去仔细看一看。"说完下车，跑到东边，选择一块空旷的地方，登高而望。不久，他返回禀报徽宗说："臣到玉津园东面，审视云物，果然有楼殿台阁，若隐若显，大概有数里长，而且都是悬在离地数十丈的空中，估计是神仙住的府邸。"徽宗问道："能看清楚里面的人物吗？"蔡攸回答："有好多人物，有的像道长，有的似童子，出入云间，面容清晰可见。想必是陛下帝德格天，因此才有神明现身。"徽宗大喜，等祭天完毕后，立马以天神降临为由，诏告百官；并在云气盘旋的地方建筑道观，取名迎真观，还修书立碑，并征收天下的道经。

第二年，徽宗又创办道士的官阶，有先生、处士等官职，级别上到士大夫，下到仕郎，一共二十六级。于是，黄冠羽客，相继被引进，权势竟然比朝中大臣还要大。王仔昔尤其受到恩宠，而且徽宗特地批准，在禁中建造一座圆象徽调阁，供他居住。朝中一班卑琐龌龊的官僚，常常跑去巴结伺候王仔昔，托他在徽宗面前替自己说好话，希附宠荣。

中丞王安中实在看不下去了，上疏抗议说："文武百官经常来往道观之间，一些图谋不轨的招延术士和文武大臣狼狈为奸，必生祸害，请皇上杜绝道士与大臣交通。"结尾还说了蔡京引用奸贼、欺君害民等几件事情。徽宗看后沉默不语。王安中再次上疏陈述蔡京的罪状，徽宗只回答了"知道"两个字。王安中再三弹劾蔡京，被蔡觉察，蔡京让儿子蔡攸在徽宗面前哭诉，说王安中血口喷人。于是徽宗将王安中贬为翰林学士。后来，越来越多的官员参劾王仔昔，徽宗渐渐起了猜疑之心，于是与他越来越疏远。

怎奈王仔昔刚刚失宠，又来了第二个王仔昔，这个人就是温州的林灵素。林灵素小的时候进入佛门，经常受到师父的责骂，因为吃不了那个苦，所以才做了道士。他善于装神弄鬼，经常往来于淮河、泗水一带，向僧寺里的和尚要吃的。寺僧对他横加白眼，所以他非常记恨僧徒。

王仔昔失宠后，蔡京又引荐林灵素入宫。徽宗召见他的时候，他便夸夸其谈道："天上有九层云霄，神霄最高。玉皇大帝总管九霄的事务，以神霄为都城，号称天府。凡间所有的圣明君主，都是玉皇大帝的儿子下凡转世。现在，玉皇大帝的长子玉清王降生南方，号称长生大帝君，就是陛下。次子号青华帝君，降生东方，统领东北。陛下如果能替天行道，虔诚信道，玉皇大帝自然会眷顾陛下的子民基业。"徽宗不觉惊喜道："你说的是真的吗？"林灵素说道："臣怎么敢诓骗陛下呢？陛下如果不是玉皇大帝的儿子转世，怎么能贵为天子呢？臣今天有幸见到陛下，感觉陛下看着眼熟。臣本来是仙府的一个大官，姓褚名慧，因为陛下下界转世，所以臣也跟着一起下凡，特地前来辅助陛下治理天下。"徽宗听后，连忙让林灵素起身，还给他赐了座，好好问答了一番。

林灵素自称能够呼风唤雨，驱鬼役神，徽宗非常惊喜。当时正值盛夏，宫中奇热无比，徽宗在水殿待着，都觉得热得受不了，于是他下旨命林灵素作法祈雨。林灵素说道："最近上天的意思是要大旱，不能降雨。但是陛下这几天饱受闷热之苦，等臣前去询问一下天庭，请得一场甘霖，为陛下暂时解除暑热。"徽宗惊讶道："先生既然已经转世成为凡胎，难道还能升天吗？"林灵素说道："身体太重虽然不能上升，但是魂魄轻巧可以腾空，臣自有办法。"说完，就退到了斋宫，小睡了一会儿，然后起身上奏说："四方诸神都遵奉玉皇大帝的旨意，将雨路一律封闭，只要黄河那里还有路可通，但是只能借一点，陛下觉得怎么样？"徽宗说道："无论雨水多少，即使能卜点小雨，也可以很清凉啊，爱卿赶快施法吧！"

林灵素奉命施法，他在水殿门前摆台升旗，披发仗剑，望空拜祷，口中喃喃诵咒，左手五指捏着一道符文，口中大喊道："风雨雷电听令，速降甘霖！速降甘霖！太上老君急急如律令！"过了一会儿果然黑云密布，蔽日成阴。他随即将木剑指向空中，只听雷电隆隆作响，如万马奔腾而来。雷电过后，接着大雨倾盆而下。过了一个小时，大雨停止。阴云散去后，豁然开朗，天空中又现出一轮红日。一场大雨过后，水殿中的热气顿时减去了一半。最奇怪的是，降下来的雨点全都是浑浊的！徽宗正惊讶不已，忽然内侍前来禀报，说门门以外并没有雨点还是烈日当空。徽宗彻底拜服，愈加觉得林灵素是位真神，对他格外优待，并当即封他为"通真达灵先生"。

先前，徽宗没有子嗣，道士刘混康拿着符文符水，出入禁中，查访风水。他说："京师西北方向地势太低，如果能修建得高一些，陛下一定能够生育很多儿子，大宋也不用担心后继无人了！"于是徽宗命工匠运送建筑材料，将西北一块全部堆高几丈。不久，后宫嫔御相继生下了很多皇子，皇后也生下了一男一女。徽宗那个时候才开始专心信奉道教。蔡京乘机献媚，暗地里唆使同党童贯、杨戬、贾详、何䜣、蓝从熙等人大兴土木，以此迷惑徽宗。

政和四年，徽宗决定重修延福宫，宫址在大内拱辰门的外面，由童贯等五人分别担任修宫使，除旧增新。这五个人自以为是，意见不合，你争奇，我斗巧，一心想着怎么奢华怎么弄，根本不管花费的问题。等到宫殿竣工后，又把花石纲巧取豪夺来的珍品摆在宫中。这宫殿是由这五个人分别监造的，当然分为五个部分。东起景龙门，西至天波门，亭台阁楼绵延不绝，凿池为海，引泉为湖，仙鹤麋鹿，还有文禽、奇兽、孔雀、翡翠数以千计，奇花异草汇聚成英，怪石幽岩巧夺天工。人巧几乎盖过自然界的神奇，仿佛身处仙境。徽宗亲自写了一篇《延福宫记》，刻碑留念。

后来，徽宗在延福宫旁边置办村居野店，歌楼酒坊。每年到了长至节，百姓可以前来游览，白天挂彩，晚上放灯。从东华门以北，通宵玩耍，并不禁夜。所以京城百姓也跟着一起花天酒地，放荡自由。欢庆一直闹到上元节以后，方才罢休。不久，又在跨越宫内的浚濠修建了两座桥，桥下用石头堆砌，船舶可以自由航行。徽宗将这条浚濠命名为景龙江。江的两岸种植着很多奇花珍木，两边殿宇对峙，极其繁华。

徽宗每当政务闲暇之时，就会去延福宫游玩，远观仰眺，场面壮观，足以赏心悦目。徽宗身在高楼之上，就像进了广寒宫，飘飘若仙，非常快活，他对旁边的人说道："这是蔡太师、童太尉等人用心良苦、大费周章才建造起来的宫殿。古代秦始皇、隋炀帝自夸自己的宫殿有多高大繁华，就算是真的，恐怕也没有朕这座宫殿华丽吧！"左右谄媚道："秦始皇和隋炀帝都是亡国之君，他们平时所喜好的，无非是声色犬马。而陛下不同，陛下鉴赏的全都是山林间的自然之物，无伤盛德，还有益身心，岂是秦始皇和隋炀帝能够比拟的？"徽宗笑道："朕也常常担心惊扰到百姓，所以才让蔡太师查核国库的余额，大概有五六千万两白银，我见国家富裕，所以才命人修筑这座宫殿，以便与民同乐。"左右迎逢恭维了一番，弄得徽宗神魂颠倒，更加痴狂。

　　自古坐拥四海的君王，一旦起了奢靡之心，不是大兴土木，就是迷信神仙，想要长生不老。还有征歌选色等荒淫无道的事情，也会随之发生。徽宗宫中，除了郑皇后一直很受宠信之外，王贵妃、乔贵妃、大小二刘贵妃、韦妃等人也很受宠幸。二刘贵妃出身卑微，都是以姿色赢得徽宗的眷恋。大刘贵妃生了三个儿子，分别叫赵棫、赵模、赵榛。政和三年，大刘贵妃病逝，徽宗痛失爱妃，伤感不已。他仿照温成皇后（宋仁宗温成皇后，为仁宗宠妃，八岁入宫，三十一岁暴病身亡。仁宗痛失宠妃，就以皇后之礼为她发丧，追册为皇后）的故事，将大刘贵妃追封为皇后，赠谥号明达。

　　小刘贵妃本来是一家酒保的女儿，她的父亲巴结内侍，才有幸将她送到了崇恩宫，充当杂役。崇恩宫是元符皇后的居所，元符皇后刘氏自尊为太后以后，常常干预外政，还做出了暧昧的风流韵事。徽宗忍无可忍，便下诏将她废逐，刘氏羞愤不堪，竟然用帘钩悬带，自缢身亡。那个时候孟后还好好地生活在瑶华宫，刘氏已经不得好死了，可见当初恶意陷害得到了报应。徽宗将崇恩宫里的宫女全部放还回家，可是小刘贵妃却不愿意回去，后来寄居在宦官何䜣家中。

　　正巧大刘贵妃刚刚逝世，徽宗失去一位爱妃，整天抑郁寡欢。内侍杨戬想为徽宗解愁，大肆夸赞小刘的美色丝毫不逊色于大刘，可以移花接木，抚平伤痛。徽宗连忙命杨戬将她召入。这位小刘贵妃，天资聪慧，善解人意，而且特别会穿着打扮。她每次戴一冠，制一服，无不出人意料，精致绝伦。俗语说得好："酒不醉人人自醉，色不迷人人自迷。"况且徽宗正值壮年，又是个善解温存的感性之人，突然得到这样一位漂亮聪慧的尤物，能不大加宠爱吗？不到一两年，刘氏就从才人进位到了贵妃。

　　徽宗对小刘贵妃非常宠爱，六宫其他的嫔御很难有机会侍寝。而这位小刘贵妃却承欢侍宴，朝夕相亲。他们今日倒鸾，明日颠凤，最后竟然生下了三男一女。名花结果，未免有损芳香，那时徽宗已经堕入了温柔乡，喜新厌旧，得陇望蜀。当时，正值延福宫张灯结彩，徽宗竟然带着蔡攸、王黼和几个内侍，偷偷地乘坐马车，微服游览。映入眼帘的无非是春色盎然，耳朵听到的全部是欢声笑语，草木向阳，烟云夹道。这一行人走出了东华门，只见作坊林立，万人云集，红尘盈盈，歌声飘扬。徽宗东瞧西望，目不暇接，突然听到头顶上窗帘一响，徽宗抬头仰望，那窗子露出一个千娇百媚的俏脸儿来，顿时惹得徽宗心旷神怡、意乱情迷！

第五十三章 风情万种的李师师

延福宫附近正是放灯的时节，歌妓舞女争相前来卖笑。一班纨绔子弟、风流王孙都到这里来寻花问柳，逐艳评芳。在众多歌妓舞女当中，有个露台的名妓，名叫李师师，远近闻名。此女生得妖艳绝伦，有目共赏，并且善唱能舞，口齿伶俐，工于酬应，因此艳帜高张，喧传都市，时人都很仰慕。

机缘巧合，李师师闲着无聊，正好开窗闲望，没想到跟徽宗打了个照面。徽宗见后，不觉低声夸赞此女的美貌。蔡攸、王黼这两个人也听到了响声，也顺着声音抬头仰视。李师师看了看王黼，竟然对他莞尔一笑。原来王黼也是个风流人物，他经常出入这里的歌楼舞池。当然，他和李师师有过几面之缘，所以不免眼熟，李师师才会笑靥相迎。王黼随即小声地对徽宗说道："刚才这位开窗的美人，便是名扬四海的名妓李师师，陛下是否愿意去游幸一番呢？"蔡攸吃惊道："这、这、这恐怕不方便吧！"王黼说道："我们都是皇上的心腹，肯定不会漏泄风声的。况且陛下这次是微服出游，谁认识陛下？只进去游幸一回，肯定没事。"蔡攸尚且知道有所顾忌，这个王黼完全就只会误导君主，真是个小人。

王黼，开封人氏，在崇宁年间中了进士。他外结宰辅何执中、蔡京，内交有势力的宦官童贯、梁师成，经过多次升迁，最后做上了学士承旨，与蔡攸同列禁中。他平时能言善辩，专好迎合，所以深得徽宗欢心。他此时见徽宗对李师师赞不绝口，就想代徽宗进去。徽宗猎艳的心思正浓，巴不得一解欲望之火，就对王黼道："爱卿言之有理，朕就进去看看，不过要隐藏你我君臣的名分，不能让别人看破了！"王黼领命，当即牵徽宗下车，慢慢走进了李师师的家门。蔡攸也跟着进去了。

李师师听说有客人来了，亲自下楼迎接。这三人被侍从引入厅堂，不久李师师便从内堂走了出来，并一一请安，各道万福。徽宗仔细端详，的确冰肌玉骨，楚楚动人，简直是秋水为神玉为骨，芙蓉如面柳如眉。还有那一抹纤腰，苗条可爱；三寸弓步，令人销魂！李师师为各位宾客奉上茶，又吩咐下人备了些酒菜，款待来宾。徽宗坐了首座，蔡攸、王黼依次坐下，李师师在末座陪酒。席间，李师师询问他们三人的姓名，徽宗先胡编了一个假名字，蔡攸也跟着说谎，轮到王黼，也捏造了两个字，李师师不禁笑了起来。王黼给她递了个眼色，李师师毕竟聪慧，当时就心领神会，估摸着这是个大人物，于是便打起精神，用心伺候徽宗。

酒过数巡，李师师的娇喉更加舒展了，她献唱了几首小曲，音调婉转，令人心醉不已。

徽宗目不转睛地看着李师师，李师师也浅挑微逗，眉目含情。蔡攸、王黼更是在旁边疏通气氛，添入诙谐。没过多久，李师师就跟这三个人打成一片，谈笑风生。于是，他们四人越谈越开心，言语也越来越谑浪，毫无避忌，一直聊到了夜深人静，方才罢席。可是徽宗还没有要回去的意思，王黼当时已经看穿了徽宗的心思。他一面对李师师小声地说了几句话，又一面对徽宗小声地说了几句话，两边谈拢后，王黼便邀了蔡攸一同出去，留下徽宗和李师师两人共处一室。徽宗见那两人已经离开了，索性把胆子放大了，他二话不说，便将李师师抱到了寝室。李师师初承雨露，早就知道了这位贵人就是当今皇上，所以使出浑身解数，卖弄风情，希望留住徽宗的心。这一夜的枕席欢娱，比那些妃嫔侍寝快活好几倍。可惜情长宵短，转瞬天就亮了。蔡攸、王黼二人一早便跑来敲门，催促徽宗回去。徽宗没奈何，只好披衣起床，跟李师师说了一句"后会有期"，才恋恋不舍地走了。

回宫后，徽宗勉勉强强地御殿视朝，朝罢入内，他只惦记着李师师如何的温柔，如何的缠绵，不但王、乔这些妃子不能相比，就是他最宠爱的小刘贵妃，也觉得逊她一筹。但是因为自己身在深宫，不能每晚都微服私行，好不容易挨过几个晚上，也几乎是辗转反侧，彻夜未眠。那位推波助澜的王学士，见徽宗这几天一副心事重重的样子，便又带着徽宗前去赴约。一个是真命天子，一个是红尘歌妓，再次重逢时竟然海誓山盟，互诉衷肠。徽宗表明了自己的身份，而李师师却愿意嫁做他的一名妃子。无奈这枝半路上折来的野花，终究不方便放到后宫的大花园里。徽宗听后，非常犹豫，只准许李师师充当个外妾，随时临幸。李师师不从，装娇撒痴，一定要入宫做个贵妃。徽宗经不住这般拨弄，只好答应，还让她静候自己的密旨，不久就接她进宫，李师师欣然答应。接着又是一晚销魂的交欢，怎奈春宵飞逝，铜漏催归。徽宗又和她再三约定，反复叮咛，这才回宫。

几天过去了，李师师每天倚门怅望，心中责怪皇上拖拉，不守约定。过了大概快一个月了，突然有一天，有个太监拿着密书进来，她打开一看，随即喜笑颜开，一扫愁容。她稍微打扮了一下，收拾了一下行礼，便跟着这位内侍进宫去了。一路上经过了许多重宫门，花了好久才抵达深宫。内侍也不事先通报，竟然直接带着李师师进去了。徽宗早就在那里等着了，见到朝思暮想的李师师，好像得到了宝贝一样，百般疼爱。等内侍退出后，两人又是彻夜绸缪，自然不用多说了。

于是，一个是天下之主，一个是红楼一妓，两人朝夕相处，越来越无拘无束了。后来，李师师竟然跟后宫的妃嫔们一个一个熟悉了起来。她本来就是应酬的好手，无论什么人情世故，都被她揣摩得滚瓜烂熟，三言两语就能弄得别人心花怒放，心满意足。何况六宫的嫔御都不过是一般的妇女心肠，更容易被李师师摆平。李师师凡事都体贴入微，每天都笑脸相对，不但徽宗对她格外亲昵，就连乔、刘这些贵妃也对她关照有加，不愿相离。

时光易逝，转眼又过了一年。徽宗正在便殿烤火，林灵素自外面拜见。徽宗赐他坐在自己的身边，跟他商谈仙机。说了一会儿，林灵素忽然起身跑到台阶下面说："九华玉真安妃将要到来了，臣应当起身拜见。"徽宗惊讶地问道："谁是九华仙妃？"林灵素道："陛下先别多问，一会儿她就到了。"说完，拱手站立在大门一旁。不久，果然老远看到有三五个宫女簇拥着一位环佩珊珊的美人进来，徽宗也怀疑是位仙女，不禁起身离座。等这位美人走近一看，并不是别人，而是小刘贵妃。徽宗禁不住大笑起来，林灵素却恭恭敬敬地一拜再拜。不一会儿，他又大声说道："神霄侍案夫人也要来了。"话音刚落，又看见一位丽人，轻移莲步，带着两三名宫婢，徐徐而来。徽宗远远望去，原来是后宫的崔贵人。林灵素又说道："这位贵人也在仙班之中，跟臣是同列，按礼不该叩拜。"于是只鞠躬长揖，然后又走到台阶上坐了下来。

原来，林灵素出入宫禁，已经成了习惯。徽宗准许他即使有妃嫔在场，也不必回避，因此他才能继续坐在那里。刘、崔二妃向徽宗行过礼后，自然另有座位。这两位妃子刚刚坐定，林灵素又忽然惊愕地看着殿外说道："真是奇怪！真是奇怪！"徽宗被他这一惊，连忙问发生了什么事。林灵素说道："殿外为什么会有一股妖气呢？"这句话还没说完，就见一位美妇走了进来，珠翠盈头，浓妆艳抹，极其妖媚。林灵素突然起座，拿起火炉里的火钳，大踏步跑到殿门前，准备袭击这位妇人，幸亏内侍从两边将他拦住，才没有成功。那美人已经吓得目瞪口呆，脸色苍白。徽宗也急忙大声喊道："先生不要误会了，这就是教坊中的李师师。"林灵素抗声道："她是一个妖狐，如果将她杀了，尸体没有狐狸尾巴，臣甘愿领欺君大罪，请陛下传旨将她立刻就地正法。"徽宗正爱恋着李师师，怎么肯同意？为了缓解气氛，徽宗连笑带劝地说了几句，全是维护李师师的话。林灵素不满道："臣不习惯跟妖魅为伍，臣这就告退。"说完，便拂袖离去。

徽宗半信半疑，到了第二天，他又召见林灵素，询问他当朝廷臣里面有没有仙人转世。林灵素笑着答道："蔡太师是左元仙子转世，王学士是神霄文华使转世，郑居中、童贯等人都名列仙班。"徽宗说道："朕已经建造好了玉清和阳宫，供奉仙像，请先生为朕做法！"林灵素不等他说完，就接口说道："玉清和阳宫风水不是很好，请陛下另外再建造一座宫殿，臣才能奉诏。"徽宗点头道："这也不是不可以，请先生帮朕选择风水宝地！"林灵素奉命而出，在延福宫的东侧勘定地址，准备建筑。徽宗命内侍梁师成、杨戬等人协同监造。梁师成曾经是太乙宫使，因为善于谄媚，所以备受恩宠。他的权力非常大，甚至一些诏书号令都是出自他的手笔，就是蔡京父子也要对他敬让三分。王黼更不用说，竟然视他如父，可见他的权势之大。

几个月后，宫殿建成了，定名为上清宝宫。徽宗命林灵素主持法事，王仔昔做副手，并且在景龙门城上又修筑了一条道路，直通宫禁，以便徽宗日后亲临祷祀。林灵素于是广招有名的道士，让他们在京城集合，并给他们请求俸禄。每次开坛做法，动辄耗费数万金币。甚至有一些游手好闲的穷民也到街上买来青布幅巾，冒称道士，混入上清宝宫中。他们不但每天能饱餐一顿，而且还能领到三百文钱，真是划算！

政和七年，徽宗设立千道会，不论是哪里的道士，都可以来京城听讲。开会这一天，羽流云集，人山人海，乱七八糟的什么人都有，还有很多女人。徽宗也带着刘、崔诸位妃子，前去听讲。林灵素头戴道冠，衣穿法服，昂首挺胸地登上了讲坛。林灵素先是高谈阔论地讲了一会儿虚无缥缈的废话，然后让人问他要诀。坛下瞻拜的人多不胜数，林灵素信口雌黄，没有没有什么深奥的语录；甚至有时候还会讲一些不堪入耳的下流话，引得讲坛上下哄堂大笑，毫无纪律可言。徽宗身边的妃子听后，也不觉嘻嘻哈哈，体制荡然无存。上恬下嬉，怎么能不灭亡呢？讲完后，徽宗赏赐了丰盛的斋饭给众人，徽宗与妃嫔等人也到斋堂里面，吃过了斋，才返驾回宫。

林灵素大权在握，当然后很多道士和官员依附、谄媚自己。只要能讨到他的欢心，他在徽宗面前随便编造个神话，都能让这个人飞黄腾达。不久，道箓院中忽然接到一封密诏，里面写道：

朕乃上帝元子，为太霄帝君，悯中华被金狄之教，金狄二字，刘定之谓佛身若金色，故称金狄，未知是否？遂恳上帝，愿为人主，令天下归于正道，卿等可册朕为教主道君皇帝。

林灵素小时候总是受到和尚的欺负，早就对佛教抱有成见。这回徽宗亲自下诏，他身为道箓院的主持，当然满口答应。于是他便上表册徽宗为教主道君皇帝，百官相率称贺。只是这个皇帝的头衔，只在道教的章疏内使用，不能拿出去用。同时，徽宗还派人修撰《道学》，编写《道史》。用内经《道德经》为大经，《庄子》《列子》为小经，自太学辟雍以下的官员，都需要用心钻研。凡是道家官员，必须通过一年一度的道学考试，才能加官进爵，这是林先生想出来的法子。汇集古今道教的事迹，编成一部大纪志，称为《道史》，这是蔡太师说出来的。可巧好像是这道法显灵了，西陲那一带捷报频传。于是徽宗更加相信是得到了神仙庇佑，更加迷恋道教了。

原来，太尉童贯自从督造延福宫之后，仍然手握兵权。那个时候夏人李额叶是环州定远军的首领，本来已经降服宋朝了。可是他却暗中勾结夏国监军多凌，说是定远军中断粮，城中空虚，可以率领大军偷袭定远，一定能够成功。夏监军多凌于是亲率一万大军前来偷袭。可惜，他们的密谋泄露，转运使任谅，募兵偷偷地赶到定远，做好了埋伏，就等多凌到来。多凌大军毫无防备，遭遇埋伏，死伤惨重，只好率部众回到夏国。多凌被宋军追击，无可奈何只好逃到臧底河，筑城扼守。任谅上书报知朝廷，徽宗下诏授童贯为陕西经略使，调兵征讨西夏。童贯到了陕西之后，发出檄文，命熙河经略使刘法率兵十五万，从湟州出发；秦凤经略使刘仲武，率兵五万，从会州出发；自己亲率中军驻守兰州，为两路大军后援。

刘仲武到了清水河，筑城屯守后返回。刘法跟西夏精锐右厢军遭遇，双方在一个叫古骨龙的地方，鏖斗了一场，宋军大败夏人，斩首三千级。童贯随即传报捷书。徽宗为了嘉奖他，于是下诏令童贯总领六路边事。分别是永兴、鄜延、环庆、秦凤、泾原、熙河六路。后来，童贯又派遣王厚、刘仲武等人，汇合泾原、鄜延、环庆、秦凤各路兵马，进攻臧底河城。不久，被夏人打败，十死四五，非常惨烈。童贯却隐藏不报，再命刘法、刘仲武等人调集熙、秦兵十万，攻打西夏仁多泉城。当时，仁多泉城守军孤立无援，只好献城出降。刘法进城之后，为了报上次失利之仇，竟然将城内的兵民杀得一个不留。手段非常凶残，震惊边境。捷书再次从边境传到宋廷，徽宗又加封童贯为陕西、两河宣抚使。不久，渭州大将种师道又攻克了臧底河城。童贯又得以升官加爵，被加封为开府仪同三司，签书枢密院事。蔡京也跟着沾光，徽宗一再赐诏，刚开始让他每三天来上一次朝，并总领三省的事务；后来，又晋封为鲁国公，每五天来朝堂商议国事，恩宠异常。

不久，徽宗又将茂德帝姬下嫁给了蔡京的第四个儿子蔡鞗，帝姬就是公主，由蔡京改制称帝姬。姬本来是古代的姓氏，春秋时期女性跟随母姓，所以才叫作姬。茂德帝姬是徽宗的第六个女儿，蔡攸兼领各种美差，比如上清宝宫、秘书省、道箓院、礼制局、道史局等机构，都有职位。蔡攸的弟弟蔡鞗也因为父兄的缘故，官路亨通，担任和殿学士。可以说蔡京一门全是显贵，权势浩大。

当时，徽宗册立长子赵桓为皇太子。赵桓是前后王氏所出，曾被封为定王。他崇尚节俭，讨厌奢靡。赵桓是未来大宋的主子，蔡京当然也要巴结。他将自己珍藏多年的大食国的琉璃酒器献给东宫。太子非但不领情，反而生气地说道："他身为天子的大臣，不知道教我道义，却把这些玩具送给我，莫非是想蛊惑我的心志吗？"太子詹事陈邦光在旁边又添油加醋，说了蔡京许多不是，惹得太子怒火三丈，竟然命左右将蔡京送过来的酒器全部砸碎了。蔡京听说了这件事，当然是又悔又恨！他想着一时半会儿是扳不倒太子的，所以只好将这口恶气喷在陈邦光的身上。他当下唆使言官上书弹劾陈邦光，然后自己又从旁边诋毁。于是，宫中传出御笔手诏，下令将陈邦光贬到陈州。

太宰何执中一直跟蔡京关系很好，他辅政十几年来，毫无建树，只知道一味地唯唯诺诺，粉饰太平。可是徽宗却对他恩宠不衰，直到他年迈龙钟，才赐他太傅，准许他告老回家，不久，何执中便病死在了家中。后来，郑居中继任太宰，兼少保衔；刘正夫为少宰；邓洵武知枢密院事。换来换去，无非还是这班庸奴。郑居中受职后，想要篡改蔡京的政策，他提出了很多正直有利的想法，深得人心。他之所以这么做，只不过是为了跟蔡京作对，其实并没有什么济世之才。刘正夫随波逐流，专务恭顺；邓洵武依附二蔡，人品学术更不用细说。随后，刘正夫因病辞职，郑居中因为母亲去世，也回家服丧去了。于是，徽宗又提拔余深为少宰。余深本来就是蔡京的走狗，怎么可能出卖蔡京呢？他的一切政务必然会禀报蔡京，而且对蔡京唯命是从。所以，蔡氏一族的权势更加滔天。

蔡攸的妻子宋氏是宋庠的孙女，颇知文字。她多次出入禁中，经常受到徽宗的恩赏。蔡攸的儿子名叫蔡行，也被提拔为了殿中监。有时徽宗相仿太祖当初对待赵普的故事，亲自光临蔡京的府邸。徽宗省去君臣的名分，以儿女亲家相称。所以，蔡家所有的仆人和妻妾都有幸瞻仰天颜。蔡京在府上设宴款待徽宗，美酒佳肴，一顿耗费千金。餐桌上的各种佳肴，异常精美，就算宫里的御厨恐怕都没有见过。徽宗不但不责骂蔡京奢侈，反而称赞蔡公相对自己的厚爱。徽宗准许蔡京一家老少全都列座席位之上，徽宗跟蔡氏一家彼此觥筹交错，仿佛跟一家人似的。徽宗又命茂德公主和她的子女坐在自己的旁边，倍加宠爱。可以说是帝德汪洋，无微不至了。徽宗吃完宴席，返回宫中，蔡京一家出门远送了好几里。

第五十四章 阿骨打称帝

童贯经略西陲，捷报频传，所以多次加官进爵。政和八年，徽宗改元重和，赏赐内外文武百官，童贯又得以升任太保。第二年，徽宗又改元宣和，童贯又想要侥幸邀赏，于是命刘法再次攻伐西夏。刘法以连年征战、人困马乏为由，不愿出兵。经过童贯的连日催促，刘法不得已只能亲率二万大军，从统安城出发。到了西夏境内，宋军与西夏主的弟弟察哥遭遇。察哥引兵到来，刘法当即列阵出战。察哥亲率三队步兵和骑兵跟刘法的前军鏖战，同时派遣一支劲旅翻山越岭，绕到刘法大军的背后，给宋军来个措手不及。刘法正在跟察哥酣斗，不防后队竟然被夏兵突然杀入。刘法顾前失后，顾后失前，连忙下令收军奔回，无奈夏兵前后环绕，将宋军团团围住，不肯放行。刘法见不能全身而退，只得硬着头皮督战，誓与夏兵拼个你死我活。双方鏖战了六七个时辰，宋军累得人马困乏，并且死伤过半。他料知招架不住，只好放弃大军，自己偷偷逃跑了。大军没了主帅，顿时溃散，两万宋军像两万只羔羊一样，任人宰割，死伤无数。

刘法逃脱后，连夜策马奔走，连续奔跑了一个晚上。第二天黎明，刘法来到一个名叫盖朱岯的地方，他四顾无人，于是下马卸甲，准备暂时休息一会儿。过了一会儿，有几个挑着担子的人慢慢走了过来。刘法以为他们是过往的商贩，于是向他们索要食物。这几个人跟他非亲非故，不肯答应。刘法瞪着眼睛大怒道："你们这些小民，难道没听说过我刘经略的威名吗？"其中一个人答道："将军就是大名鼎鼎的刘法刘经略啊，小的们有眼不识泰山，我这里有食物，这就给你拿。"说完，便在担中抽出一物，跑到刘法的身旁。刘法还以为是什么吃的，哪知道是一柄亮晃晃的短刀，他闪躲不及，正中要害，一命呜呼了。这几个人将刘法的首级割下，匆匆忙忙地离开了。

原来，这几个人是西夏的负担军，专门为夏军提供粮草。偏巧他们几个跟大军走散了，半路碰上了刘法，真是冤家路窄，当即将刘法斩首报功。当初刘法将仁多泉城的军民屠戮殆尽，夏人对他恨之入骨。真是冤冤相报啊！察哥见到刘法的人头，转头对左右说道："这位刘将军，先前曾经在古骨龙、仁多泉两个地方连败我军，我曾经说他是天生神将，不敢与他交锋；谁料今天他却被我的小兵所杀，真是讽刺！这就是他恃胜轻出的报应，我们一定要引以为戒！"察哥有谋有识，的确是西夏的良将，他大败刘法大军后，当下麾军再进，直捣震武。震武在山谷之中，被群山包围，熙、秦两路运送粮饷非常艰难，只能固守待援。守将早就听说刘法、李明、孟清等宋将都被夏人所杀，所以准备弃城逃跑。察哥说道："我们不要攻破这座城池，留下来当作南朝的一块心病，也是好的。"说完，便引军退去了。

童贯听说夏人已经退兵，反而谎报是守军将他们击退，竟然连刘法战败身亡也隐瞒不报。童贯担心夏人再次来犯，于是派人通使辽主，请他出面调解，想要再跟夏人修好。早知现在，何必当初呢？这个童贯真是自作自受！那个时候，辽国正在跟金国激战，辽主担心得罪宋朝，又增加一个敌人，于是修书转告夏主，劝他跟宋重归于好。夏主李乾顺也已经厌倦了连年用兵，于是便叫辽使代替自己进表纳款，跟宋朝商议和的事情。童贯于是上书，说夏主畏惧天威，情愿投诚。徽宗于是罢免六路兵马，加赠童贯为太傅，进封泾国公，时人称童贯为媪相，与蔡公相齐名。童贯班师回朝，正值蔡京等人主张图谋辽国，并建议派遣武义大夫马政渡海出使金国，约定夹攻辽国。童贯本来就跟蔡京穿一条裤子，当然极力怂恿，主张北伐。宋朝上下一时兴高采烈，大有辽国唾手可得的情景，真是妄想！

跟辽国酣战的金国，就是前面说到的女真部落。徽宗政和二年的时候，辽天皇帝耶律延禧来到春州，到混同江钓鱼。女真各部的酋长也相率前往。阿骨打奉了兄长的命令，前去拜谒辽主。辽主钓完鱼后，摆席张宴，招待文武百官和各位部落的酋长。酒喝到一半的时候，辽主命令众位酋长依次舞剑助兴，轮到阿骨打的时候，他却推辞说不会舞剑。辽主再三劝勉，他始终不肯听命。辽主勃然大怒，想要杀掉阿骨打，亏得北院枢密使萧奉先出面谏阻，才没有成真。阿骨打脱身回去后，担心辽主会加罪于自己，于是日夜筹备城防，招兵买马，率先吞并附近的各族，拓地图强。后来，他又修建城堡，打造兵器，扼守险要的地方，做好应对大战的准备，以防不测！

后来，阿骨打的长兄乌雅束病逝，阿骨打袭位，他不但不向辽国告丧，还自称为勃都极烈。辽主派遣使者前来诘责，阿骨打反而质问道："你们不前来吊唁，还说我有罪？"因此拒绝接见来使。先前，辽主喜好打猎，每年都会派人到女真各部索要奇珍异兽，一饱眼福。使者倚仗天威，往往贪得无厌，因此女真各部都相继对辽国产生了怨恨。只有纥石烈部酋长阿疏，盈哥在位的时候，跟盈哥有过节，被盈哥打败后逃到了辽国。盈哥、乌雅束先后前去索要仇人，却始终不见辽国回复。后来，阿骨打又派人前往索要，还是无果。于是，阿骨打召集诸部，约定在来流河边会师。阿骨打征得二千五百壮士，祷告天地，誓师伐辽。不久，他进军辽境，击败辽兵，射死辽将耶律谢十，并乘势攻克了宁江州。辽国都统萧嗣先率军一万，驰援宁江。阿骨打当时已经回师，可是萧嗣先却穷追不舍，一口气竟然追到了出河店，他见天色已晚，便下令安营。

第二天一早，萧嗣先听说阿骨打率军前来偷袭，急忙命前队前往阻截，可是还不到半天的时间，就被阿骨打杀败逃回。萧嗣先于是整军出迎，刚刚跟阿骨打交上手，忽然大风狂作，飞沙迷眼。阿骨打是顺风作战，麾兵奋击，辽兵支持不住，全部溃散，萧嗣先也狼狈逃跑。随后，阿骨打的弟弟吴乞买等人劝阿骨打称帝。阿骨打起初不肯答应，后来经过部将再三劝进，阿骨打于乙未年正月初一，宋徽宗政和五年，在按出虎水旁边即皇帝位，国号大金，有金刚不坏的意义。阿骨打建元立国后，改名字为旻，封弟弟吴乞买为谙班勃极烈；堂兄撒改和弟弟斜也为国论勃极烈。这两种职位都是女真部落的方言，尊贵的官长叫作勃极烈，谙班是最尊的意思，国论是国相的意思。

辽人曾经说女真部落兵不过万，根本不足为患，女真也不敢与大辽抗衡。后来，女真渐渐壮大，人马达到了好几万人。实力大增的阿骨打开始厉兵秣马，准备再次攻打辽国。辽主派遣使者送去书信，希望金国能成为自己的附属国。阿骨打回信，要求辽主送还阿疏，并割让黄府和另外一些疆土，才肯议和。辽主又写信给阿骨打，并直呼阿骨打的名字，还勒令他归降。阿骨打复书，也直呼辽主的名字，并谕令归降。双方口诛笔伐，各争尊长，煞是好看。那时阿骨打已经进兵益州，直捣黄龙府。辽兵屡战屡败，黄龙府竟然被阿骨打夺走了。辽主闻报大怒，当即下诏亲征，号称七十万大军，分路出师。

阿骨打听说辽兵大举，便用刀架在自己脖子上，哭着对部将说道："我与你们起兵，无非是忍受不了辽国的残忍，打算自立国家；如今辽主御驾亲征，恐怕我们抵挡不住，看来只有献上我一族的首级，大家拿出去迎降，或许你们还能因祸得福。"遣将不如激将，阿骨打深谙此道。他的弟弟吴乞买等人出列说道："水来土掩，兵来将挡，况且耶律延禧淫虐不仁，众心离散，就算是来了一二百万大军，也不过是一群乌合之众，怕他什么？"阿骨打于是接着说："你们如果愿意拼死效力，那就必须听我号令，同去御敌！"诸将齐声答应。于是，阿骨打调齐人马，倾国而出，出迎辽军。金军抵达黄龙府东面，遥见辽兵遍野，像蚂蚁一样到处都是，阿骨打下令道："敌利速战，我利固守，我们先深沟高垒，静观敌变，再行进兵。"将士们遵令，择险驻扎，按兵不动。辽兵也不来挑战，第二天，竟然陆续退走了。

辽军为何突然撤兵？原来，辽副都统章奴密谋册立辽主的叔父耶律淳为帝，耶律淳不愿谋反，还斩下了章奴派来的使者的首级，献给了辽主，自己则在家里待罪。辽主还像以前一样对他。计划败露后，章奴入侵上京，到了辽国的太祖庙后，历数天祚帝的种种罪恶，还给各州县派发了檄文，准备进犯朝廷。听说首都被偷袭，军士们都毫无斗志，辽主急忙带着大军回去。阿骨打知道这件事后，于是拔寨发兵，西追辽主。金兵追到护步答冈的时候，见前面旌旗蔽日，绵延好几里。于是阿骨打将大军分开两翼，一鼓而上，自率精兵猛将，专向敌方中军杀入。辽主猝不及防，急忙退走，辽兵也纷纷四散。阿骨打又上前麾杀一阵，斩首一万多级，夺得车马、兵械、军资不计其数。金兵占了这么大的便宜，当然引兵回国。辽主一路逃回了上京，那时章奴已经被熟女真部打败，部众都溃散了。巡逻的士兵擒住了章奴，送到辽主的营帐里，被辽主立斩。随后，辽主领军还都。

从前辽国定都临潢的时候，称那里为上京。圣宗耶律隆绪将首都迁到了辽西，称为中京；称辽阳为东京、幽州为南京、云州为西京，共计五京。章奴被诛杀后，上京的叛乱才得以平定。不料一波刚平，一波又起，东京又闹出祸乱。东京留守萧保先虐待渤海居民，被暴徒杀害。辽将大公鼎、高清明等人率兵围剿，祸乱稍微被平息。后来，裨将高永昌收集溃匪，占据辽阳，几个月之间竟然号召了八千多人，僭越称帝，建号隆基元年。

辽主派遣韩家奴、张林等人前往征讨。高永昌担心敌不过，于是向金求救。金主派遣胡沙补通知高永昌："辽国是我们共同的敌人，我愿意相助。但是你必须削去僭号，归顺我国，我定当封你做王侯！"高永昌没有同意。金主于是命大将斡鲁率大军攻伐高永昌。斡鲁在路上跟辽将张琳相遇，双方展开了激战，张琳败走，斡鲁乘势攻取了潘州，不久便兵临辽阳城下。高永昌开城出战，他哪里是金军的对手？很快被金军击溃，败奔长松。辽阳人挞不野将高永昌捉住，献给金主。于是，辽国东京的各个州县，还有南路的熟女真部落，陆续降金。

金主任命斡鲁为南路都统，斡伦统领东京。辽主听说东京失陷，未免惊慌，于是拜授耶律淳为都元帅，在辽东征得两万两千余人，前往征讨女真。耶律淳用渤海铁州人郭药师为统领，进兵前往。耶律淳见金兵强势，倡议议和。他派遣耶律奴苛前去商议，可是金主却有很多条件，索要很多东西，耶律淳当然不肯答应。后来，金主下达最后通牒，说只要辽主以兄礼对待金国，封册仪式仿照汉朝，就答应议和，否则不必再议。辽主依然不肯同意。偏偏辽国境内发生饥荒，人吃人的事情时有发生。各地盗贼蜂起，掠夺百姓的粮食，祸乱连绵不断。枢密使萧奉先等人劝辽主暂时依从金国的条件，于是辽主册立金主为东怀国皇帝。金主很不高兴，对来使说："什么叫作东怀国呢？我国的国号是大金，应该称为大金国才是。况且册书中并没有提到以兄弟礼节相待，我不能答应！"当下就将册书扔了出去。

这"东怀国"三个字，明明就是辽人捉弄金主，取"小邦怀德"的意思。辽人以为金主不懂汉文，或许可以蒙混过关，偏偏金主要称大金，要辽国用兄弟之礼对待，于是和议没有达成，双方决裂。蔡京听说这个消息之后，打算约定金国一起夹攻辽国，乘机收复燕云十六州。宋朝派武义大夫马政航海来到金国，与金主当面商议攻打辽国的事情。金主也派李善庆等人随同马政一起来到汴京，并拿着国书，还带来了东北的一些奇珍异宝送给徽宗。徽宗随即命蔡京跟金国约定攻打辽国，李善庆另外派人回去复命，自己则在京城逗留了十几天，逍遥快活。

不久，徽宗又派马政带着特别诏书，还有一些礼物，跟李善庆等人渡海回到金国。走到登州的时候，马政奉诏停止前行，只派遣平海军校呼庆送李善庆等人归金，并递上徽宗的诏书。金主将呼庆遣归，生气地对他说道："回去见到你家皇帝，跟他说，如果他真心跟我国结好，就应当送来国书。如果仍然下达诏书，我是不愿意接受的，到时候别怪我再将来使遣还。"呼庆唯唯而还。等到童贯入朝，极力主张蔡京的决议，请求徽宗再派遣使者前往金国，改送一封国书。朝中大臣都不敢有异言，只有中书舍人吴时独自上疏谏阻。还有一个普通的百姓叫安尧臣，也上书阻谏谋图辽国。吴时说我朝和辽国多年没有摩擦，不应该背弃盟约。而安尧臣的那道奏疏针针见血，透彻精辟，他说道：

今童贯深结蔡京，同纳赵良嗣以为谋主，故建平燕之议，臣恐异时唇亡齿寒，边境有可乘之衅，狼子蓄锐，伺隙以逞其欲，此臣之所以日夜寒心者也；伏望思祖宗积累之艰难，鉴历代君臣之得失，杜塞边衅，务守旧好，无使外夷乘间窥中国；上以安宗庙，下以慰生灵，则国家幸甚！生民幸甚！

徽宗连续接到两道阻谏的奏折，正在犹豫。正好有两个御医从高丽回来，入奏徽宗，也觉得图燕并不可取。原来，高丽曾经通好中国，因为高丽国主有病，向宋朝求医，于是，徽宗才派遣两位御医前去诊治。不久，高丽送这两位御医回国，临行之前，高丽主对他们说："我听说天子将要和女真图谋契丹，恐怕这并非良策。如果契丹能够存活，中国还可以勉强对付；要是存留下来的是女真，女真族人似虎如狼，极不友善。你们可以传达天子，做好准备才是！"这两位御医所以回来禀告徽宗。徽宗正在为吴时、安尧臣的话犹豫不决，听完之后，打算将联金伐辽的计议暂时搁置，并打算提拔安尧臣为承务郎。

可是，蔡京、童贯二人坚持前议，说这是千载难逢的机会，现在不取，反而会受害。还有学士王黼，当时已经升任少宰；郑居中乞求回家服丧，所以徽宗进封余深为太宰。余深、王黼跟蔡、童一同勾结，斥责吴时是个腐儒；并且还要治安尧臣越俎进言的罪名，不能再给他官当。这四人一起极力奏请，徽宗不得不从，只好派遣右文殿修撰赵良嗣以买马为由，再次出使金国，申请前约。正好辽使萧习泥烈到金国商议册礼的事情，金主仍然不满意，竟然兴兵攻打上京，还让宋、辽二国的使者跟在军中。

那时，辽主正好在白山围猎，他听说金主出师，急命耶律白斯不等亲率精兵三千，驰援上京。金主到了上京的城下，先勒令守兵赶快投降。上京留守挞不野不肯听从，金主于是督兵进攻，还对宋、辽二使说道："你们可以看我怎么用兵，然后再回去禀报各自的主子。"说完，他便亲自敲响战鼓，令军猛扑。金兵勇猛异常，迎着飞石利箭冲杀上前。战斗一直从早上打到了下午，金将阇母等人率先登上城楼，部众也跟着登上，上京城就这样被攻克了。留守挞不野无计可施，只好出降。耶律白斯不等率军前来救援，谁料大军还没有到达上京，就听说上京已经失守了，于是又率军返回。

金主入城犒师，置酒欢宴。赵良嗣等人捧着酒杯，恭祝金军大捷，都高呼万岁。第二天，金主留了些兵马驻守上京，自己带着赵良嗣等人回国。赵良嗣对金主说道："燕云之地本来就是汉朝的疆土，理应仍然归属中国。现在我朝愿意跟贵国同心协力，攻打辽国；贵国可以攻取中京大定府，我国愿意攻取燕京析津府。我们南北夹攻，一定能够成功。"金主说道："这件事好说，但是你主曾经赐给辽国岁币，以后也应该给我一些。"赵良嗣允诺，金主于是将国书递给赵良嗣，约定金兵从平地松林进逼古北口，宋兵则从白沟夹攻，并派遣勃董和赵良嗣向徽宗说明自己的意思。徽宗马上又派马政答复金主，并写了一道国书：

大宋皇帝，致书于大金皇帝：远承信介，特示函书，致讨契丹，当如约。已差童贯勒兵相应，彼此兵不得过关，岁币之数同于辽，仍约毋听契丹讲和，特此复告！

马政拿着国书抵达金国，金主表示愿意如约行事，约定达成。等到马政回到大宋，徽宗就下诏令童贯整军待发。郑居中认为不能轻易出兵，特意去跟蔡京说："你身为大臣，不能遵守两国的盟约，率先惹出事端，恐怕不是什么妙计吧！"蔡京说道："皇上已经厌倦了每年五十万的岁币，所以才赞成我的提议。"郑居中说道："你难道不知道汉朝和亲用兵的耗费吗？汉朝曾经每年给单于一亿零九十万，西域一千八百八十万，与本朝相比，谁多谁少？现在你贪念一时之功，让百万生灵肝脑涂地，罪魁祸首是你，到时候后悔都来不及了！"郑居中虽然不是什么好人，但是这几句话还是有几分道理的。蔡京默然不答，但心中总以为可行，况且已经跟金国定约，骑虎难下，所以仍然决定让童贯继续兴兵。这时，忽然接到两浙的警报，说是睦州人方腊起兵作乱，睦、歙、杭各州接连被攻陷，东南地区乱成了一锅粥。徽宗大惊，急忙召集辅臣商议，决定暂且停止北伐，准备南征。

第五十五章 方腊揭竿造反

宣和二年，睦州清溪的百姓方腊犯上作乱。方腊世代居住在竭村，他借旁门左道，妖言惑众。一些愚蠢的男女免不了被他蛊惑。但是方腊的本意只不过是乘机敛财，并没有什么做帝王的思想。清溪一带有梓桐、帮源等少数民族，山深林密，物产丰富，什么漆树、杉树、樟树，无所不有。一些富商巨贾经常来往这边，购买木材。方腊有一个漆树园，每年能获利几百两银子。自从苏州、杭州设置了应奉局和花石纲之后，朱勔依仗权势，作威作福，常常在民间巧取豪夺，不给一文钱。方腊也屡遭损失，漆树被人砍走，却没处要钱，因此对官家恨之入骨。他当下煽惑百姓，倡议杀掉朱勔，百姓都对朱勔咬牙切齿，巴不得马上将他捉住，碎尸万段，以消心头之恨！既然方腊主动站出来声讨，百姓当然一唱百和，请他举事。方腊还是担心人心不定，于是就假借袁天罡、李淳风的推背图，编成四句话：

十千加一点，冬尽始称尊。纵横过浙水，显迹在吴兴。

十千是隐寓"万"字，加一点便成"方"字；冬尽是"腊"字，称尊两个字，无非是在南面称君的意思。自古童谣图文，大部分是临时捏造出来的，用来迷惑愚民。看这四句话的意思，可以看出方腊的本意，只不过是想扰乱苏、杭，并无称帝的志向。睦州还有个传说，说是有什么天子台、万年楼。从前唐高宗永徽年间，曾有个叫陈硕真的女子叛据在睦州，自称文佳皇帝。后来举事没有成功，陈硕真就死了。方腊说这道王气会在自己的身上应验，巾帼应当逊色于须眉。一时间，百姓信以为真，哄动数千人。于是，方腊便削木揭竿，公然造起反来，根据地就是帮源峒。

方腊自称圣公，建元永乐，也设官置吏，以头巾作为分别，从红巾往上，分为六个等级。可是一时半会儿，他找不到军械、盔甲，只能靠拳头和棍棒侵扰四周。他又编造仙符，说有神效，能得到神仙的帮助，派发给部众。于是这一干人到处焚毁民庐，掠夺民财。所有妇人小孩儿，全部被掳到峒中，方腊挑选美丽的少妇，让她们日夜伺候自己，其余的全部赏给他的党羽做小妾丫鬟。不到半个月的时间，叛乱的人数就从一千多人增加到了数万人。于是，方腊将他们编成部伍，前去攻打清溪。

两浙都监蔡遵、颜坦率兵五千人，星夜前往讨伐。大军到了息坑，正好碰上方腊叛众的前队。军士们一看，不禁惊讶起来。原来方腊叛贼的前队并没有看见什么武夫，也不见有什么兵器，只有一些妇女和儿童。妇女们搽脂抹粉，只是服饰大都是道装，手中各执拂尘，好像戏剧里面的道姑。儿童的脸上都涂了染料，红黄蓝白，无奇不有，有的头上梳着两个丫髻，有的剪成沙弥圈。他们远远地看着官军，嬉笑憨跳，并不像打仗的样子。士兵们还没有见过这种场景，不禁面面相觑，还以为是什么妖法，不敢前进。蔡遵也胆怯了起来，可颜坦本来就是个粗人，他诘问蔡遵："这是方腊吓唬我们的诡计，有什么好怕的？看我领兵将他们杀光。"说完，便督军进攻。兵锋所指，那些妇女、小孩儿都吓得东躲西藏，没命地乱窜乱跑。

颜坦放胆杀入，一逃一追。只见前面的妇女、小孩儿都穿林越涧，四散奔逃。追了几里路，妇女、小孩儿一个都看不见了。四下里空无一人，只剩下空山寂寂，古木阴阴。颜坦也不管好歹，还要向前奋力追击。突然听到一声炮响，震得树叶颤动，官军不由得毛骨悚然。官军抬头一看，却又看不见什么动静，非常奇怪。大家都捏着一把冷汗，脚虽然还往前走着，但是眼睛却一直盯着四周。不料，只听见"扑通""扑通"好几声响，一大半的官军都落到了陷阱里，就连颜坦也掉了下去。就在这时，从两边的山谷里跳出许多大汉，他们手里拿着刀枪棍棒，冲上去就是一顿乱砍、乱打，可怜颜坦和他手下一千多人全都惨死在这巨大的陷阱里，无一生还。这就是轻敌的后果！

后队统领蔡遵看到前军所向披靡，一路向前，也依次赶了上去。但是前军行进太快，两队相隔已经很远了，双方失去了联络。蔡遵领着大队人马渐渐地走到山谷中，突然听到后面一阵鼓噪，他料知大事不妙，急忙下令让军士返回，退出谷口。可是，大军还没来得及到谷口，顿觉叫苦不迭，那谷口已经被木石给塞断了，阻断了回路。就在这时，山上几声炮响，只看到无数的巨石和滚木抛掷下来，军士不是被砸死，就是被砸残了，十分惨烈。蔡遵连忙让军士将堵塞在谷口的树木和石头搬开，以便通道。可是还没有搬到一半，就看到手持棍棒刀枪的匪党从后面杀了上来。那些倒地的残兵不能活动，只能任人宰割。还有扔下兵器去搬石头巨木的官军，还没来得及拿起武器，就被叛贼左劈右抹，一阵横扫，全部倒毙了，连蔡遵也死于乱军之中。

方腊这群叛贼收集官军的军械，从官军的尸体上扒下盔甲，乘胜捣入清溪，并且转而进攻睦州。方腊发出公告，威胁蛊惑城里的军民，大言不惭地说："我有天兵天将相助，你们赶紧投诚，否则蔡遵、颜坦就是你们的下场！"那个时候，江、浙一带已经太平了好久，很长时间没有打过仗了，士兵将士根本没有行军打仗的经验。各个郡县的守吏只知道奉迎钦差，保全禄位，并不会拿出资金修浚城濠，整缮兵甲。一听到方腊率众到来，守城官吏好像觉得他是天蓬元帅下凡，无人可敌，竟然不管不问城中百姓，都逃得一个不留。

方腊于是不费吹灰之力便破陷了睦州。后来，他又向西攻打歙州。歙州守将郭师中连忙调兵抵御贼寇，双方刚刚对上阵，只见那匪党里面忽然窜出一群披发仗剑的人物，他们手指指向天空，横剑齐向官军奋力冲入。这些官兵本来就没有打过多少仗，看到这种阵势，更加胆怯，担心他们是不是使着妖法，哪个还敢上前拦阻？霎时间，官军旗乱辙靡，如鸟兽散。郭师中在后面拿着长剑，督促部下杀敌，没想到却被吓破了胆的部下反杀，落得一命呜呼！官军一散，歙州自然也落入了方腊的囊中。

不久，方腊又麾众东趋。一路上贼众大肆掠夺桐庐、富阳等县城，直抵杭州城下。知州赵霆登城西望，遥见贼寇势如洪水，人山人海，当场就吓得哆哆嗦嗦。没想到，贼众中竟然又冲出了几个巨人，他们身高好几丈，头戴神盔，身披银甲，左手持矛，右手执旗，面目狰狞可怕，顿时吓得官军魂不附体。其实这种巨人都是方腊下令用巨木雕造而成，里面装有机关，人可以躲进里面操控。所以，这些巨人老远看上去，双脚双手活动自若，栩栩如生。方腊果然擅长这些旁门左道，尽是些装神弄鬼的伎俩。这个赵霆胆小如鼠，哪里晓得什么真假，当即跑到下城，回到官署。他踌躇了一会儿，最后还是三十六计，逃为上计。他匆匆忙忙收拾了一些细软，然后带着一妻一妾，趁着城中惊扰的时候，改换行装，潜出衙门，一溜烟地奔出城外。真是个胆小鬼！

不久，杭州制置使陈建、廉访使赵约来到杭州官署，想要跟赵霆会商守御的事宜，想不到署中已经是空空如也，连个人影都看不到。他们料到情况不妙，慌忙退出署门。可惜为时已晚，匪党这个时候已经窜入了城中。这两个人逃避不及，全都被抓了起来。方腊也是个凶狠的人物，他下令党羽四处逮捕城中官吏，一个都不许放过。最后，总共捉获了七十多人，并将他们一一绑在州署的门前，而方腊自己却高坐堂上，置酒纵饮。他每饮一杯，就下令杀掉一人。最狠的是他下令不留全尸，有得脔割肢体，有的剜取肺肠，有的熬煮膏油，有的丛镝乱射，残酷至极。他还对外称这是为民除害，替天行道！方腊还下令党徒四处纵火，满城屠掠。除了一些有些姿色的妇女供贼众淫乐之外，其余的百姓多半被杀死，屠城六天六夜，大火也烧了六天六夜，才算为止。

东南大震，警报像雪片一样传到了京城。太宰王黼因为朝廷正在筹划整师北伐的大事，无暇顾及这等小寇，竟然将警报搁置起来，隐瞒不报。等到事态失控，淮南发运使陈遘直接奏陈徽宗，朝廷才知道东南大乱。徽宗大为震惊，急忙命童贯为江、淮、荆、浙宣抚使；谭稹为两湖制置使；王禀为统制，分别率领禁旅，即日南下，平定叛乱。满朝上下只有童贯这个宦官可以任用，真是愧煞宋臣。后来，陈遘又上疏说江、浙士兵无用，必须调集外旅，迅速平定匪乱。于是，徽宗又八百里加急，饬令陕西六路精兵同时南征。于是边将辛兴宗、杨惟忠统率熙河兵马；刘镇统率泾原兵马；杨可世、赵明统率环庆兵马；黄迪统率鄜延兵马；马公直统率秦凤兵马；冀景统率河东兵马，一共分为六路，全归都统制刘延庆节制。总计内外各军调赴东南的兵马，大概有十五万人。

各军陆续南下，免不得要耗费些时日。童贯等人到达金陵，已经是宣和三年初春。那个时候，方腊已经转而攻陷了婺州，后来又攻陷了衢州，形势十分危急。衢州守将彭汝方被活捉，他仗义骂贼，惨遭杀害。后来，贼众又屠戮衢城，百姓尸横遍野。不久，贼众又攻陷了处州。处州缙云尉詹良臣率领数十人出来抵御，为贼众擒住，诱降不屈，也被杀死。随后，方腊派杭州守贼方七佛引众六万，攻陷崇德县。不久，他们又转而进攻秀州，亏得秀州统军王子武号召城中的兵民登城奋力抵抗，城低墙薄的秀州城竟然被守住了。这跟杭州城形成了鲜明的对比。

童贯留下偏将刘镇驻守金陵，自己率军进次镇江。他听说秀州被贼众围困，急忙发出檄文，派王禀驰援。正巧熙河将领辛兴宗、杨惟忠也领兵到来。他们两路夹攻方七佛，这些乌合之众哪里是久战沙场的边军的对手？方七佛支持不住，只好败退，秀州解围。方腊继续向东进攻，却困难重重，只好转向图西。他连陷宁国、旌德诸县，官军被他牵来引去，又只好分兵西援，一时顾不到浙西。

那时，东南大乱，匪患四起。淮南又出了一位声名显赫的大盗，姓宋名江。他纠集党徒一共三十六人，横行河朔，到处掠夺财物，京东再次戒严。宋廷诸臣有的主张出兵剿灭，有的主张优待招安，一时半会儿也想不出什么好办法。宋江也算是一个人物，所以特地提出来。元朝施耐庵曾经撰写过一部《水浒传》，里面讲的就是宋将起事的经过，可是这本书里大多是谬夸宋江，并不全都是真的。只不过施耐庵的文笔超群，刻画人物引人入胜，再加上有金圣叹做过评注，所以才流传至今，脍炙人口。但是从正史上考证起来，只有淮南盗贼宋江和部下三十六人横行河朔。可是宋江归降之后，朝廷并没有为宋江立传，可见宋江起事，转瞬即平，并不像《水浒传》中说的那样，有什么大势力，大经营。

一些野史中记载，宋江归降之后，曾经效力军行，助讨方腊，收复杭州。作者本人生长在古越，离杭州不到百里，时常往来杭州地区，察访古迹。果然，杭州城内建有张顺祠；还有封涌金门内的土地；城外还保留着时迁的祭庙；西子湖边也有武松的墓冢，想必梁山好汉的事迹不至于是虚构的。作者演义宋史，凡事多以正史为主，间或插入野史，仅供参考。作者深知自己见识短浅，所以不敢自信臆断，但是凭空捏造的瞎说，终究也不好采纳。

再说宋江，他是郓城县人，字公明，曾经充当县中的押司。他性情慷慨，喜欢结交江湖朋友，所以绰号叫作"及时雨"。后来，他因为私自放走偷盗的囚犯，酿成命案，被捕下狱。他的一班江湖好友不忍见他身陷囹圄，头断刑场，于是冒险前去救他性命。他被救出来之后，无奈上了梁山泊，做了个啸聚山林的山大王。梁山泊在郓城、寿张两个县的中间，山形突兀，路转峰回，周围约有二十五里。梁山上恰好有一块空旷的土地，足以容纳几千人居住。梁山山下有一个湖泊，可以汲水取饮，即使遇到大旱，也不会干涸。

古代的时候梁山本名叫作良山，因为梁孝王曾经在这里打过猎，所以才改名为梁山。北宋末年，朝政污浊，吏治废弛，贪官污吏布满各路，盗贼乘机蜂起。淮南、京东一带的亡命之徒落草为寇之后，便将梁山作为遮风避雨的地方。只是这些无赖小丑群龙无首，随聚随散，所以并没有什么名气。等到宋江入居此山后，被群盗推为首领，立起什么水浒寨，建造起什么忠义堂，托词说是替天行道，哄动居民。于是梁山泊三个大字，慢慢为人所知。

这宋公明既没有偌大的家产，山上又没有历年的积蓄，让他拿什么替天行道呢？他无非也是四处劫掠，抢夺一些金银财宝，作为生计。不过他所抢劫的对象，大多是富而不仁的土豪和多行不义的民贼，不像那睦州的方腊，一味地兴风作浪，逞妖作怪，恣意淫乱。因此京东一带，百姓都说宋江是个好人。亳州知府侯蒙曾经上书说："宋江能够横行齐、魏之地，定是才过过人。现在清溪盗贼四起，愈加猖獗，朝廷不如赦免宋江以前的罪行，让他戴罪立功，南下征讨方腊，将功赎罪。"徽宗觉得很有道理，打算调侯蒙担任东平知府，招降宋江。

可是好事多磨，偏偏诏命刚刚下达，侯蒙就病重不起，不久便病逝了。从此，招安这件事也跟着化为了泡影。京东各路兵马一再前往梁山泊围剿，反而被梁山的群盗杀得七零八落，大败而回。宋江势力日渐昌盛，所以趋附的人物也越来越多。起初梁山上连宋江排列在内，只有三十六位头目。后来宋江又得到了七十二人，一共有一百零八个强盗头子。他们自称是天上的星宿转世，伪造石碑，把这一百零八个人的姓名全部镌刻在碑上。其中有三十六人称为天罡星；另外七十二人称为地煞星。而且每人各有绰号，其中三十六位天罡星名气最大，分列如下：

> 天魁星呼保义宋江，天罡星玉麒麟卢俊义，
> 天机星智多星吴用，天闲星入云龙公孙胜，
> 天勇星大刀关胜，天雄星豹子头林冲，
> 天猛星霹雳火秦明，天威星双鞭呼延灼，
> 云英星小李广花荣，天贵星美髯公朱仝，
> 天富星扑天鵰李应，天满星小旋风柴进，
> 天孤星花和尚鲁智深，天伤星行者武松，
> 天立星双枪将董平，天捷星没羽箭张清，
> 天暗星青面兽杨志，天佑星金枪将徐宁，
> 天空星急先锋索超，天异星赤发鬼刘唐，
> 天杀星黑旋风李逵，天速星神行太保戴宗，
> 天微星九纹龙史进，天究星没遮拦穆弘，
> 天退星插翅虎雷横，天寿星混江龙李俊，
> 天剑星立地太岁阮小二，天平星船火儿张横，
> 天罪星短命二郎阮小五，天损星浪里白条张顺，
> 天败星活阎罗阮小七，天牢星病关索杨雄，
> 天慧星拚命三郎石秀，天暴星两头蛇解珍，
> 天哭星双尾蝎解宝，天巧星浪子燕青。

这一百零八人已经会齐，这个时候梁山泊上的气数要算是最昌盛的了。宋江摆下酒席，这一百零八位好汉依次列席，商量以后的出路。宋江首先提出两条出路：一是静待招安，一是攻占吴会。后来，军师吴用等人斟酌商议后，说吴会地方富庶，如果乘其不备，占据吴会，从此钱财数不胜数；如果失利还可以退回城寨，到时候再等招安也不迟，反正就是不能吃亏。宋江非常赞同这个提议，并提出航海南行，找准时机偷袭淮州和扬州，再大干一场！大家非常赞成。席散后，大家各自清点兵械。准备妥当后，宋江留卢俊义看守山寨，指日启程。不料，海州方面偏偏有一位赤胆忠心的地方官，已经摸清了宋江的行径，预先设下圈套，专等宋江等人到来。

宋江带领着党羽数千人，径直奔向海边。正巧岸边停靠着几十艘商船，宋江大喊一声，带着几个得力干将跳到了一艘船上。船里的商客大都殒命，有的是宋江的手下杀死的，有的

是自己跳到海里淹死的,只有一些水手没有遇害。宋江命他们仍旧照常行驶,只要听从他的号令,保证不会谋害他们的性命。一艘船被劫持了,其他船上的人想要逃跑,却被宋江的手下纷纷占据,一股脑儿全都被他劫住。宋江带着这数千兄弟藏匿在这几十条商船里,他命令水手急速前行,沿海航行。他们快要到达海州附近的时候,忽然海面上驶来几艘小船,里面坐着巡逻的士兵,要求盘查这几十艘大船。宋江看见后,担心露出破绽,所以打算先行动手。于是一声号令,迎面冲撞巡逻的小船。巡船上的水兵发现不对劲,慌忙并作一路,向海边奔回。

第五十六章　梁山好汉勇破杭州城

宋江率部下继续前行，将要到岸边的时候，看见四面芦苇丛生，里面还发出奇怪的声音。智多星吴用连忙对宋江说道："对面可能会有埋伏，我们应该停下来，不要再前进了。"宋江听后，急忙下令退回。船头刚刚调转，果然从芦苇丛中钻出来好多艘兵船。那兵船分为两边，围了过来。宋江急忙麾众抵御，且战且退，不料官船里射出了许多火箭，向宋江一行商船狂射。霎时间，宋江和部下乘坐的商船全部着火了，烈焰冲霄，宋江连声叫苦，幸亏吴用还有些主意，他指挥党羽，一面扑火，一面射箭，冲开一条血路，向大海中奔去。其他船中的各个头目，有的潜水逃跑了，有的恃勇杀出了，还有一大半被官军捉住。宋江等人大概行驶几十里，才挣脱了官军的追捕。他们急忙在附近的海岛暂时停靠，商议对策。

后来，三阮（阮小二、阮小五、阮小七）、二童（童威、童猛）、二张（张横、张顺）等人也陆续逃了出来，找到了这里；还有武松、柴进一群人带着几只七洞八穿的残船，狼狈前来相会。大家都垂头丧气，不说一句话。宋江数了一下人数，损失惨重，他不禁嚎啕大哭起来。吴用在旁劝道："大哥哭也没有用，现在兄弟们大都被官军捉去了，我们必须赶紧想个办法，保住他们的性命要紧！"宋江听后，停止了哭泣，他含着泪说道："一个小小的海州城，能有多少精兵猛将，他们竟然这么凶横。我马上通知卢兄弟，叫他把山寨里的人马全都带过来，我要跟他们决一死战。"吴用连忙阻止道："不可！不可！大哥你刚才有没有看到官军的旗帜？上面写着一个斗大的'张'字。"宋江疑惑地说："我确实看到了一面'张'大旗，那人到底是谁？竟然这么厉害！"吴用说道："怕不是张叔夜吧？"宋江说道："张叔夜是谁？他有什么厉害的地方？"吴用说道："他是西南边境的守将，以善于用兵布阵著称。他先前是兰州参军，当初他规划形势，守御羌人，全赖他西陲才能平安无事。我曾经听说他被调到了东南一带，莫非海州的长官就是此人！"

说到这里，阮小二上前说道："我曾经打听过，海州长官确实就是这个张叔夜。"吴用说道："既然是他在这里镇守，我们恐怕很难跟他一战，不如趁现在归附吧！"宋江说道："我们梁山好汉，难道要去投降不成？"吴用说道："识时务者为俊杰，况且这样做可以保全兄弟们的性命，请大哥不要再犹豫了！"宋江踌躇了一会儿，慢慢地说道："如果真的要投降，那也必须要有人前去通报才是！"吴用说道："我愿意前往！"宋江迟疑不答。吴用又劝道："兄长尽管放心，兄弟这一去保管成功。"说完，便驾着一艘小船，向海州乞降去了。

宋江在原地等了大半天,还是没有看见吴用回来。他心中忐忑不定,非常着急。转眼间,夕阳西下,天色将要昏暗,他登上船头,向西遥望。只见烟波浩渺,掩映着残霞,远处隐隐有一只船向这边驶来。他料想是吴用开着船回来了,心里稍微有些宽慰。等到来船慢慢驶近,果然看见船中坐着吴用。宋江大喊了几句,吴用也应声站了起来。不一会儿,两船就靠在一起了。吴用跨到这边跟宋江叙谈。宋江问起情况如何,吴用激动地说道:"恭喜大哥,兄弟们都被关押在牢里,生命暂时无忧。他们明日就要被押往汴京,亏得我们今天前去请降,不然就晚了。张知州也已经一概允诺,并叫我们将功赎罪,帮助他们征讨方腊,弄得好还可以混个官阶。愚弟已经斗胆跟他约定好了,明天一早,兄长前去相会就是了。"宋江淡淡地回答道:"事已至此,也只好这样了。"从这句话可以看出,宋江的本意是不愿意招安的。他随即跟同党说明事情的大概,同党也不说行不行,只说了"唯命是从"四个字。

第二天一早,宋江带着吴用和手下几名头目,乘船来到海州。海州虽然在海边,但是海州城却离海好几里。宋江舍舟登陆,徒步入城。到了州署,吴用首先通报,不一会儿就有兵役传他们进去。只听"梆"的一声,官兵统统笔挺地站在大堂两边。那仪表堂堂的张知州从屏风后面出来,徐步登堂,随即命令士兵传召宋江。宋江与吴用等人急忙入内。宋江抬头一看,瞧见这位张知州的仪容,不觉发虚,便在案前跪禀道:"淮南小民宋江拜见张大人。"张叔夜严厉地问道:"你就是宋江吗?你们今天前来归降是不是诚心的?你不妨跟本知州说清楚。如果你不是真心实意的,本知州也不加强迫,由你去招集徒众,来与本知州决一雌雄。"宋江听后,心中又是敬佩又是愧疚,连忙叩首道:"宋江情愿投效,誓不再对抗朝廷。"张叔夜说道:"你们果真投诚,都是好汉,你们先起来,听我慢慢说明情况!"

宋江、吴用等人拜谢起立。张叔夜于是好言对他们说道:"你们都是大宋的子民,应该知道报答朝廷的恩德。先前你们不服从地方官吏的命令,想必各有苦衷。但是背叛官吏,并不代表要背叛朝廷。就算有一些贪官污吏横行一时,也终究难逃国法,你们应当多加忍耐才是!免得以后再惹出是非。古人有句话叫'既往不咎',你们以前为非作歹,今天痛改前非,本知州怎么忍心再追究你们的罪状呢?我会替你们保奏朝廷,让你们前往征讨方腊。成功以后,不但能够将功折罪,还能算得上是忠臣义士,生时能得到赏赐,死后也能流芳千古,岂不是名利两全的好事吗?"宋江等人听到这番议论后,都觉得天良发现,感激涕零。张叔夜又将俘虏全部放了出来,再次推心置腹地谈了几句,众人都叩头泣谢。张叔夜命宋江回到梁山泊,调集那里的兄弟一同赶赴江南,投效军前。张叔夜又写了一封信让宋江交给那里的军官,并提醒宋江抓紧时间,不要过了限期,宋江等人拜谢而去。

张叔夜将招降宋江的事情上报了朝廷,朝议因为海州并没有什么祸乱,又将张叔夜调到了济南担任知府,张叔夜奉命前往。宋江等人回到梁山泊后,跟卢俊义等人说明了一切。他们当即将各个山寨烧毁,并遣散了一些喽啰,只带着一百多名头目奔赴江南。那时正巧熙河前军统领辛兴宗等人在浙西境内的江涨桥上跟方七佛等叛贼交战。双方僵持不下,宋江听说后,立即率众冲杀上去,一阵乱劈猛砍,方七佛的军队渐渐支持不住,纷纷溃败。

宋江遇到辛兴宗后,连忙将张叔夜的书信交给他。辛兴宗看完后,说道:"既然是张知州派你来这里，你们就留在营中，静候我的差遣！"宋江说道："宋江等人来此投军，愿意为朝廷肝脑涂地，粉身碎骨。现在浙西一带发生骚乱已经很久了，百姓苦不堪言。为什么不立即挥军南下，收复杭州呢？杭州一得手，便可以沿江西上，进攻睦州了。"辛兴宗瞪了宋江很久，才说道："恐怕没有这么容易。"言语之中透露了几分妒功忌能的意思。宋江说道："宋江等人愿意担任前锋，往攻杭州。"辛兴宗又瞪着眼睛说："你有多少人马？"宋江说道："一百多人。"辛兴宗冷笑道："一百多人，也想攻破高大的杭州城吗？"宋江说道："这还要仰仗统帅派兵接应，不然肯定成功不了。"辛兴宗哼了一声，回答道："照你说来，仍然需要我出兵出力。既然这样，那何必劳你们做前锋呢？你们如果非要前去，我就拨派士兵给你们，看你们能不能收复杭州！"宋江听后，肚子里窝了一股怒火，愤懑交迫，急切得说不出话来。

吴用在旁边接口说道："此事全仰仗统帅的威灵，小民等人恭听统帅的指挥。虽然现在胜负难料，但是既然是统帅亲自前往，声威已足夺人，那贼众魂飞魄散，不攻自破。"辛兴宗听了这番恭维的话，心里才觉得有些欣慰。他随即召入一名部将，令他率领所部的一千多人跟宋江等人一同攻打杭州。临行前，辛兴宗对吴用说道："你们一定要谨慎，不要贪功冒进，打肿脸充胖子。你们能攻就攻，不能攻就原地待命，等我前去接应。你们既然来投，我也当一视同仁。"吴用等人唯唯而出。

退出后，宋江对吴用说道："我实在忍受不了这种恶气，要不是看在张知州的面子上，我早就返回梁山泊了，还跟他说什么废话！"吴用叹气道："梁山泊也并不是什么安乐窝，我们只有拼死攻破杭州，报答张知州的知遇之恩了。要是还侥幸存活，便相约归隐江湖，做个逍遥自在的闲民，大哥你看可好？"宋江说道："我也是这么想的。"说完，宋江便带领这一百来号人，先行登程。辛兴宗所派的裨将也随后进发。他们将要到达杭州的时候，方腊派人守住要道，宋江等人身先士卒，将他们打退，乘势进逼城下。官军也跟在后面，但就是不敢靠近城防，只在十里以外的地方安营扎寨。

宋江跟吴用等人商议道："看来官军是靠不住的，我等只有一百多人，就算是以一当百，拼上性命，也攻破不了这座坚实无比的杭州城啊！"吴用也皱起了眉头，半天才说道："我们先撤退，慢慢再想办法吧！"话音刚落，忽然见城门大开，方七佛驱众杀出。吴用连忙命党徒退去。方七佛等人追了一程，遥望前面有兵营驻扎，担心城防会有所闪失，于是连忙下令撤军入城。吴用见贼众已经回去，便停止逃跑，找了个地方安营。那天夜里，吴用将部下编成几个小队，让他们潜到杭州城下，分头视察城防，看有没有可乘之隙。这几个小队奉命前往，到了夜深人静的时候，他们才一拨一拨地赶了回来。他们大都说守备甚坚，难以力敌，建议等大军到来，再合力攻城。

唯独浪里白条张顺奋然禀报道："我看各处的城门都关得很紧，唯独贼众仗着涌金门下有道深沟与西湖相通，所以没有严加戒备。等我跳入沟里，乘夜混入，斩杀守门士兵，然后再点火为号放大家进城，不怕此城不破。"吴用沉思了好一会儿，才说道："此计非常危险，就算张兄弟能够混进杭州城内，我们却只有一百多号人，也不可能跟守贼对敌。我们必须通知官军，让他们一同前来接应。"宋江说道："对！对！对！这是最要紧的。"鼓上蚤时迁又接口说道："艮山门一带，有些城墙还没来得及修缮，我们也可以乘黑爬过去。"吴用摇头说道："还是从涌金门进去较为妥当。"

第二天下午，宋江派人将密计禀报给官军，官军倒也同意前来接应。晚饭过后，张顺穿好行装，带着利刃，入帐辞行。吴用拉着他的手说道："时辰还早，你一个人去，我们也不放心，你叫阮家三兄弟与你同行。"张横上前说道："我也跟哥哥一起去！"吴用说道："那太好了，但是如果不能得手，宁可回来从长计议，千万不要硬拼！"张顺说道："不管怎么样我也要进去走一遭，为兄弟们探明情况，即使丢掉性命也要放手一搏！"说完，便告退出发。

张横和阮家三兄弟一同随行，他们一行五人偷偷摸到涌金门外。当时已经到了半夜，远见城楼上面还有几个人看守着。张顺等人脱去上衣，各带短刀，跳入池内，慢慢摸到城边。张顺见池底都有铁栅栏隔着，里面又有水帘护住，于是用手去牵扯水帘，不料帘上竟然系着一个铜铃，被张顺这一扯，顿时响了起来。张顺慌忙后退了几步，潜到水底，躲避城上的守兵。不一会儿，只听见城上开始喧哗道："有贼！有贼！"喧嚣了片刻，又听见有人说道："城外并没有看见什么人，难道是湖中的大鱼跑到池子里了？"不久，城楼上又恢复了平静。

张顺又想进去，张横劝道："二哥，里面既然有这样的守备，想必是不容易进去了。我们还是回去吧！"阮氏三兄弟也劝阻张顺，可是张顺却不甘心，说道："既然他们已经怀疑是条大鱼，不妨乘势摸进去。"他一边说，一边游到栅栏旁边。他见栅栏密缝隙窄，身体不能钻入，便拔出短刀去砍栅栏，可是却分毫不动，刀口反而砍了个缺口。他又用刀挖泥，淤泥松动后，栅栏也能活动了。好不容易扳开两条，张顺便侧着身子想要钻过去。不料，那水帘上的铜铃又发出了响声。张顺正想找到那个铃铛将它摘下来，忽然上面发出一声怪响，一个巨大的闸板应声而下，张顺来不及闪躲，竟被赤条条地压死了。张横见兄弟毙命，心如刀割，也想撞死在栅栏旁边。亏得阮家三兄弟将他拦住，一齐退出。他们在原处上了岸，衣服都还在，大家连忙穿好衣服，匆匆离开。张顺的遗衣由张横带回去，物在人亡，倍加酸楚。这时候宋江、吴用等人已经带着官军，静悄悄地绕到湖边，专望城中消息。不料见张横等人狼狈地跑了回来，见了宋江，痛哭流涕。张横哭得最为凄切，吴用忙从旁劝住，众人一起退了回去。幸亏城里没有派兵追杀，总算是全师而退，仍然驻扎在原来的寨子里。

第二天，中军统制王禀率部到来，宋江等人前去拜见。王禀问明一切后，不禁叹息道："烈士为国捐躯，传名千古，我一定会申报朝廷。只是听说城内的叛贼多达上万，辛统领仅仅拨给一千人帮助壮士们来攻此城，就算你们个个力大如虎，也无济于事，所以我特地前来支援你们。今日大家先休息一晚，明天我们便大举进攻。"宋江等人唯唯而出。

第二天一大早，王禀下令全军将士饱餐一顿，约定辰刻一起进军。不久，辰时已到，众人拔寨齐起，直捣城下。方七佛开城迎战，两阵对圆，梁山的好汉率先奋勇杀出，搅入方七佛的阵中，王禀也驱军杀入。方七佛抵挡不住，只得麾军倒退。急先锋索超、赤发鬼刘唐等人大声喊道："不乘此机会攻入城中，为我张兄弟报仇，更待何时？"大家听了，都拼命追赶。眼看贼军全都跑到城里，城门也将要关闭，刘唐等人抢前几步，闯入门中，舞刀杀死了三五个门卫。不料里面还有一道门，已经紧闭，眼见不能杀入，他们只好退回。刚靠近城门，这时候城上又放下了一道闸板,将刘唐等人关在两道城门之间。顿时,刘唐等人进退无路,守贼开了内城,一哄杀出。刘唐等人料定无法逃脱,只好拼命战斗,杀死了十几个守贼,直到力竭声嘶,他们不是被刀枪戳死,就是自刎而死,非常惨烈!

宋江等人在城外无法施救,只能眼睁睁地探望着城头。不到一个小时,刘唐等人的首级就被悬挂了出来。宋江等人咬牙切齿,恨不得将此城踏破,无奈王禀已经传令回军,只好退归原寨。当天晚上,时迁跟同党密约前去爬城墙。将到城头的时候,猛地看见一条几丈长的大蛇,昂头吐舌,蜿蜒而来。时迁心里一惊,一个失足坠落城下,顿时脑浆迸裂,死于非命。同党赶紧将他的尸体拖了回去,总算保留了全尸,不至于身首异处。其实,城楼上都有士兵守御,哪里来的大蛇?相传这条蛇是用木头制成,夜间特地放在那里,用来吓唬官军的。时迁不知道是假的,竟然真的被算计到了。想不到他做了一生的窃贼,到最后却遭贼暗算,真是讽刺。

宋江听说时迁又死了,越觉愁闷。吴用也急得没法,闷守了一两天。忽然王禀召见他们,宋江于是带着吴用一起进见,王禀说:"这杭州城只能智取,不可强攻。现有我有探子来报,说钱塘江中有贼粮运到,我想派诸位同去夺粮,如果能得手,守贼没有了粮草,肯定不战自溃。"吴用拍手说:"不必夺粮,就可以夺城。"王禀忙问有什么妙计,吴用请求屏退左右,悄悄在王禀的耳边说了几句话。王禀听后,非常高兴!

宋江、吴用回到本营后,马上让凌振、杜兴、李云、石秀、邹渊、邹润、李立、穆春、汤隆和阮家三兄弟、童家两兄弟等人扮作艄公;扈三娘、顾大嫂、孙二娘扮作艄婆,并将兵械、炮石等物装入袋中充作粮米,然后用军船载运,从内河绕到外江,跟在贼人的粮船后面。城中的贼众开城纳船,各粮船鱼贯而入,假粮船也尾随进去,城门再次关上。贼众正要逐个检验这些船,忽然听说有官军攻城,急忙登城拒守。官军猛扑到傍晚,守贼只管抵御,无暇顾及粮船。凌振等人乘隙行事,将袋中的兵械、炮石偷偷运出,弃船上岸。到了僻静的地方,放起号炮。霎时间满城鼎沸,方七佛连忙下城巡逻。城上守御顿时疏松,那梁山中的武松、李逵等人便架梯登城,守贼纷纷逃窜。王禀也督众随入,杀死贼众无数。方七佛料定不能支撑,急忙打开南门,向西逃去。武松见方七佛逃跑,飞步追赶,他也来不及招呼同党,只身一人大胆前行。方七佛手下还有数十名随从,他见背后有人追来,便回马与战。武松虽然力大,但终究双手不敌四拳。他打斗了片刻,左臂被砍断,险些晕倒在地上。

方七佛跳下马,招呼随从来取武松的性命。就在这紧急的关头,忽然迎面刮起了一阵阴风,吹得贼众头昏目迷,全部倒地。可巧张横等人也已经赶到,你刀我斧,把方七佛的随从全部杀死。武松见有了帮手,精神抖擞,上去将方七佛擒住。张横连忙上前帮他捆住了方七佛,押着返回。张横问武松:"武二哥,你刚才可曾看到我的兄弟了吗?"武松说:"隐约看到了,可惜并没有看清。"张横说:"我也一样,想必是我哥哥阴灵未散,前来帮助二哥。"武松说:"一定是这样!"武松等人返回城中,余贼已经被荡尽。众人将方七佛推到军前,由王禀验明正身。于是,大家摆了香案,剥去方七佛的衣服,当下剖腹取心,来祭奠张顺、刘唐、时迁等一班烈士。

第五十七章 狡兔三窟擒叛首

辛兴宗、杨惟忠等人到了杭州之后，由王禀迎入城内。王禀跟他们说明了当日破城的情形，并将功劳算在宋江、吴用等梁山好汉的身上。辛兴宗淡淡地说："宋江本是江洋大盗，此次虽然破城有功，也不过是抵赎前罪而已。"王禀争论道："他的手下已经死了很多人，我们应该上奏朝廷，量加抚恤才对。"辛兴宗摇头不答，王禀也不便再争。第二天，各将打算进攻睦州，宋江等人进帐告辞道："宋江一行本来有一百零八人义同生死，如今已多半阵亡，为国捐躯。虽然除贼卫国是臣民分内的事情，但是一想到出生入死的兄弟身首异处，不免心如刀割。再加上其余的人大都已经疲乏，情愿散归故土，过些平平淡淡的日子，还望各位统帅准许！"王禀非常惋惜地说："你们不愿意跟我一起攻打睦州了吗？"

说到这里，只见武松左臂已被砍去，裹着伤口上前说道："将军看我现在已经是个废人了，兄弟们也大都负伤，如何能帮助你进攻睦州呢？"王禀迟疑了好久，才说道："壮士们既然已经决心离去，我也不便强留。"说完，让左右拿出盘缠，散给众人作为路费。武松推辞说："我不需要，我看西湖的景色这么美丽，我要去做和尚了。"说完，飘然离去。宋江的手下有取路费的，也有不取的。不久，众人相继告别离去，王禀叹息不止。后来宋江等人再也没有出现过，想必是隐遁终身了。有人说康王南渡的时候，关胜、呼延灼等人曾经在途中保驾，抗拒金兵，为国捐躯，不知道是不是事实。只有武松的坟墓现在还留存在西湖，想必是真事，从此梁山好汉就消散了。

王禀等人平定杭州后，随即水陆大举，直向睦州进发。方腊听说后，不觉心惊胆寒，匆忙逃回了睦州清溪。原来，方腊部下的精锐大多留守在杭州，方七佛又是他手下最勇猛的头目，这次全军陷没，让他如何不惊？就是西路一带，贼众也纷纷解体，各自溃散。方腊的精锐一没，官军一路势如破竹，无人能挡。环庆将杨可世从泾县路过石壁隘，斩首三千级，进逼旌德县。泾原将刘镇在乌村湾大败贼寇，收复了宁国县。六路都统制刘延庆又从江东进入宣州，与杨可世、刘镇二军会合，一同攻打歙州。歙州城内的叛贼闻风而逃。这时候的杭州将士也接连收复富阳、新城、桐庐各县，直捣睦州。睦州贼众开城出战，王禀一马当先，上前对阵；辛兴宗、杨惟忠等人又分两翼夹击，任他贼众如何强悍，也被杀得落花流水，弃城而逃。各路大军陆续得胜，打算会合全师，共同进攻清溪。

不料霍城方面忽然闯出一个妖贼，名叫富袭道人。他居然响应方腊，甘心尊奉叛贼的年号。他率众肆意掠夺，相继抢劫东阳、义乌、武义、浦江、金华和新昌、剡溪、仙居等县，台、越一带再次陷入混乱。衢州的残余贼寇也进逼信州，官军又免不了分兵支援。于是方腊得到了一丝喘息的机会，得以再做一两个月的圣公。童贯认为各路大军已经逼近清溪，不能撤退，否则就会前功尽弃。他上书再次乞求调师将残余的贼寇一网打尽，徽宗因此又派遣内官梁昂、鄜延守将刘光世率兵一千八百余人，讨伐衢州、信州贼首史珪；河东守将张思正率兵二千六百余人，讨伐台州、越州贼首关弼；泾原守将姚平仲率兵三千九百余人，讨伐浙东的余党。

　　刘光世到了衢州后，贼首史魔王披发仗剑，出城迎击。他的手下也都穿着五颜六色的服装，好像是一群妖魔鬼怪。官军看了也很害怕，纷纷退后。刘光世毅然下令道："他是在装神弄鬼，根本没有什么厉害的地方。这等骗人的把戏岂能瞒得过我？众将士只管放胆向前冲杀，就算他真会妖术，本统领也自能破解他，不必惊怕。"众将士听到命令，也不管是真是假，只管放胆前进，刀枪并举，冲入贼阵。贼众果然不堪一击，碰着枪就倒地，挨了刀就断头。贼首史珪回马想要逃跑，被刘光世连发二箭，射中脖子。他一时忍不住痛，猝然晕倒，官军连忙赶过去，将他擒住。余党见头领被擒住了，哪里还敢跑回城里？当下四散逃去。刘光世于是麾兵入城，衢州平定。后来，刘世光又陆续收复了龙游、兰溪、婺州等地。其他两路的姚平仲收复了浦江县，张思正收复了仙居、剡溪、新昌等县。

　　另一方面，王禀等军专攻清溪，方腊又从清溪逃回帮源峒。王禀没费什么力气就攻占了清溪，他发出檄文让各军会集清溪，围攻方腊。于是刘镇、杨可世、马公直等人从西路进发；王禀、辛兴宗、杨惟忠、黄迪等人从东路进发，前后夹攻，旌旗蔽天。方腊残余的贼众占据着帮源峒，在石壁上开凿了许多洞穴，洞口都非常狭窄。方腊派人把守洞口，有一夫当关，万夫莫开的形势。官军们烧了一把大火，放在洞口，顿时狼烟四起，全都跑到洞里面。贼众呛得受不了，只好退去。各军士鸣鼓前进，进入帮源峒中，里面却又豁然开朗，别有一番天地。只是路径丛杂，官军不辨方向，也不知道该怎么走。就算抓到了贼众，他们也不肯供出方腊的住处，情愿受死。官军只好沿路搜觅，陆续剿杀。大概斩杀了一万多人，还是没有得到方腊的消息。

　　这时，有一个小校挺身而出，他带领着几个部下前去搜寻。他们偷偷摸到溪谷里面，遇到一名村妇正在打水，小校就上去问她知不知道方腊在哪里，村妇竟然没有隐瞒，立刻给他们指明了方向。他们直接捣入，砍杀了十几人，勇猛地冲了上去。只见方腊搂着妇女还在饮酒作乐，小校不由得大喝一声："叛贼还不束手就擒？"方腊一看，连忙将妇女推开，拔刀来斗。谁知道没战几个回合，就被小校用戈刺伤，活捉了去。这个智勇双全的小校就是后来大名鼎鼎的南宋名将韩世忠。韩世忠擒住方腊后，走到洞口，正好碰到辛兴宗领兵到来。辛兴宗命令韩世忠放下方腊，让自己的部下将方腊捆住。然后他带兵再次进入窟中，搜到方腊的妻子邵氏、方腊的儿子和部下一共五十二人，一并捉拿回去。而所有被方腊掠夺过来的妇女却一概不问。

　　后来，辛兴宗上表奏捷，只说方腊是被自己擒住，对韩世忠的功劳却一字不提。随后，各军又再次搜荡贼党，总计斩首七万级。还有一班良家妇女，被贼众淫掠到洞中。官军杀进来的时候，连衣服都来不及穿，就被赤条条地缢死在林中。其余胁从的百姓还有四十多万，都各自回家，重操旧业。自从方腊作乱以来，共攻破六州五十二县，惊扰沿路百姓二百多万。官军从出征到凯旋，一共用了四百五十天，用兵十五万人。方腊被押解到京师，凌迟处死，他的妻子和儿子全都伏法，富裘道人不久也被斩首。方腊手下的一些党徒如朱言、吴邦、吕师囊、陈十四等人散走到了两浙一带，也先后被荡平。徽宗下诏改睦州为严州，歙州为徽州，并加封童贯为太师，封楚国公。各路统将也都有封赏，相继回到原来的地方驻守。

那时，金主正好命大将斜也率大军入侵辽中京，辽兵弃城逃去。金兵进逼泽州，辽主耶律延禧还在鸳鸯泺打猎，他听说中京沦陷的消息，大惊失色，急忙带着身边的五千卫士向西逃去。途中他担心金兵追来，仓皇中连传国玉玺都遗落在桑乾河。金将斜也跟着越过青岭，决心分兵两路，他令副将粘没喝绕到瓢岭，奔袭辽主的行宫。辽主无计可施，只好乘着轻骑逃入夹山。金兵乘胜攻掠西京，击败大同府的援兵，竟然又把西京城夺了去。斜也派别将娄室追剿辽国残军，抓获辽将阿疏，娄室将他扭送给金主。金主责问他的罪状，阿疏却不慌不忙地说："要不是我辽主荒诞无道，辽国的上京、中京、西京，怎么可能被你们金国所夺取呢？"金主笑着说："你说得对，你主死到临头了还在狩猎，真是百年难见的昏君。你不如归降我大金，我可以饶你死罪，不然我就让你粉身碎骨！"阿疏也没急着回答，说需要些时间考虑考虑。

不久，金国派遣使者来到大宋，请宋主速速出师进攻燕京。那个时候，睦州的贼寇刚刚被平定，徽宗已经厌倦了刀兵。蔡京当时已经告老退休，只有王黼进言道："目前辽国将要灭亡，我们要是不取燕、云之地，肯定会被女真占有。到那时中原故地就永远没有回归的希望了。"徽宗于是决意出师，他命童贯为两河宣抚使，蔡攸为副使，统兵十五万，出兵北境呼应金国。

蔡攸一介书生，根本不懂行军打仗。他自夸燕、云诸州唾手可得，于是便趾高气扬地觐见徽宗。正巧徽宗旁边有两个美女侍奉，蔡攸看过去，不禁欲火焚身，垂涎欲滴。他大胆指着这两位美人对徽宗说道："臣如果凯旋归来，请陛下将这二位美人赐给臣！"徽宗也不加责备，反而对他微笑。蔡攸又说道："那陛下是答应臣了，那臣就告退了。"说完便返身自去。中书舍人宇文虚中上书谏阻，希望不要轻易动兵。王黼怪他多嘴，上奏徽宗将他贬为集英殿修撰。朝散郎宋昭上书乞求诛杀王黼、童贯、赵良嗣等人，仍然遵守辽宋和约，不要挑起兵端。奏折递上去没几天，宋昭就被革职除名，贬到海南。王黼在三省设下经抚房，专门治理边境的战事，将枢密院的权利夺去了不少。他还让全国的壮丁按人头交税，总共得到六千二百万缗钱，充作兵费。他还写信给童贯："太师北行，我愿意拼尽死力为你提供帮助。"童贯于是带着蔡攸出师，浩浩荡荡地到了高阳关。途中遇到辽国使臣说："奉天锡皇帝新命，大辽愿意跟天朝仍修盟好，宁可免去岁币，请天朝不要动兵。"童贯没有答应，辽使失望而归。

辽国只有天祚帝耶律延禧，哪来的天锡皇帝呢？原来，辽主耶律延禧逃亡云中前，曾命南府宰相张琳、参政李处温、都元帅耶律淳共同守卫燕京（辽国南京）。辽主逃到夹山后，号令不通。李处温就和族弟李处能、儿子李奭外联怨军，内结都统萧干，谋立耶律淳为皇帝。张琳阻拦不住，就与朝中大臣耶律大石、虞仲文、曹勇义、康公弼等人，集合蕃汉各军，来到耶律淳的府上，引用唐朝灵武的故事，劝耶律淳即位。耶律淳不肯同意，李奭等人竟然将黄袍硬披在耶律淳的身上，命百官俯身下拜，高呼万岁。历史好像重演，一百年前，宋朝的太祖皇帝也经历了这一幕。耶律淳推让再三，最后只好半推半就，在南面即位，他遥降辽主耶律延禧为湘阴王，自称天锡皇帝，建元天福。他封妻子萧氏为德妃，加封李处温为太尉，张琳为太师，改名怨军为常胜军，军中大事委托给耶律大石。后来，耶律淳听说宋军要来攻打燕京，所以才遣使议和。使臣返回禀报，耶律淳知道议和已经不可能了，于是派遣耶律大石统军御敌，迎截宋师。

童贯听从雄州知府和诜的计策，四处张贴皇榜，诏告燕民，还在旗子上写下"吊民伐罪"四个大字，同时还悬赏辽国百姓和士兵，说谁能够献上燕京就拜他为节度使。哪知辽人相率观望，并没有箪食壶浆来迎接王师。都统制种师道奉命从征，童贯下令让他进兵，种师道入谏说："今日出师，就好比邻居家进了盗贼，我们非但不去营救，反而还要跟盗贼分赃，太师你觉得这样好吗？"童贯呵叱说："天子有命，何人敢违？你竟敢妖言惑众，如果你敢违抗军令，就地正法！"种师道叹声而出。

童贯又下令两路进兵，东西并发。东路兵归种师道节制，进趋白沟；西路兵归辛兴宗节制，进趋范村。种师道知道军令难违，只好领兵前行。前军统制杨可世已经到达白沟，忽然看见辽兵鼓噪前来，势如狂风骤雨一般，锐不可当。杨可世心生畏惧，步步退却。那辽兵竟然捣入阵中，前来攻击后队。幸亏种师道事先有预备，他令军士们拿着巨梃，严防辽军铁骑冲突。种师道听说前军已经溃退，连忙督促拿着巨梃的士兵前去阻击，双方混战一场，辽兵的战马虽然雄健，但多次被巨梃挡住。大战从上午一直打到了傍晚，辽兵一点便宜都没占到，只好退去，种师道也退回雄州。另外一路，辛兴宗到了范村，被辽兵击败，跟跄逃回。种师道差点就招架不住，也不怪辛兴宗。

童贯听说两军都战败了，正不知道该怎么办，忽然听说辽国使臣又来了，于是召他入见。辽使对童贯说："女真背叛北朝，应该被南朝敌视才对。北朝正打算让你们作为后援，可是你们为什么要贪图一时的好处，摒弃两国百年之好呢？如果贵朝让豺狼作邻居，这不是为日后埋下祸根吗？要知道救灾恤邻，是古今大义，还望大国三思而行，不要忘记古礼，养虎为患。"辽使这番话理直气壮，童贯不知道该如何答辩，只好支支吾吾对付过去。他只说要启奏朝廷，再给答复。辽使回去后，种师道请求跟辽议和。童贯仍然没有采纳，反而秘密弹劾种师道勾结辽国，阻止进兵。王黼又从中挑拨，于是徽宗将种师道贬为左卫将军，将他调往别的地方。后来，徽宗令河阳三城节度使刘延庆代任种师道的位子，并让童贯等人暂时班师回朝。童贯和蔡攸接到圣旨后，便一起还朝。

不久，辽主耶律淳病死，萧干等人尊奉萧氏为皇太后，让她主持军国大事，并遥立天祚帝的次子秦王耶律定为皇帝，改元德兴。天祚帝有六个儿子，长子名叫敖卢干，进封晋王；次子就是秦王耶律定；三儿子名叫耶律宁，进封许王；四儿子名叫习泥烈，进封赵王；五儿子名叫挞鲁,进封燕王;小儿子名叫雅里,晋封梁王。晋王的文妃萧氏,小字瑟瑟,才貌双全,曾经因为天祚帝荒淫无道,国之将亡,便写了两首诗讽刺他,其中一首是:

直须卧薪尝胆兮,激壮士之捐身;可以朝清漠北兮,夕枕燕、云。

这四句话传诵一时,偏偏天祚帝却非常痛恨。枢密使萧奉先是秦王和许王的舅舅,他担心秦王不能继承皇位,所以想要谋害晋王。于是,他诬陷文妃与驸马萧昱、妹夫耶律余睹等人,说他们暗中拥立晋王,想要弑父夺位。天祚帝本来就记恨着文妃,这回可以公报私仇,便将文妃赐死,并杀死了萧昱等人。唯独耶律余睹得以脱身,投降了金国。金兵攻入辽国,曾经用耶律余睹为向导。萧奉先又因此进谗,请耶律延禧杀掉晋王敖卢干。后来,天祚帝逃入夹山,才明白萧奉先是个不忠不义的人,便把他驱逐。萧奉先本来想要逃到金国,却被辽抓住,被逼自尽。耶律淳病逝后,李处温、萧干商议册立秦王为皇帝。李处温虽然表面上允诺,但是心里却想卖主求荣。萧德妃称制以后,她知道了李处温暗通金、宋,卖国求荣的事情,于是便将他处死,还把他的儿子李奭处以车裂之刑。

从此萧干专政,人们多有不满。消息传到了宋廷,王黼又向徽宗再次申请北伐。徽宗于是又命童贯、蔡攸整军再出。辽国常胜军统帅郭药师留守涿州,他听说宋军又来了,对部下说:"天祚无道,女真捣入,现在宋师又大军压境,看来燕京以南必归中国。好男儿志在四方,何必要为这样的君主卖命呢?不如归降宋朝吧?"部众应声说道:"全凭统帅定夺!"郭药师于是率领所部的八千人马,还有涿、易二州的版图,到童贯处乞降。童贯大喜,立即上奏徽宗,有诏授郭药师为恩州节度使,令所部归刘延庆节制。

刘延庆奉童贯的军令,从雄州出发。他用郭药师为前锋,自己领兵十万,渡过白沟。刘延庆的部下大多纪律松散,郭药师对刘延庆说:"现在大军拔寨启行,却戒备疏松,要是敌人设下埋伏,我们首尾不能相应,不就要望尘溃逃了吗?"刘延庆没有听从。大军走到良乡,辽国萧干率众冲来,宋师刚刚交上手,就被打退。辽兵驱杀一阵,宋军大败。刘延庆收集败众,闭垒不出。郭药师又献计说:"萧干兵不过万人,如今他全力抵抗我军,燕山必然空虚,我愿意领奇兵五千,抄小道前去偷袭,一定能够得胜。但是还要请刘统帅的次子刘光世派兵接应,千万不要耽误!"刘延庆允诺,派遣大将高世宣、杨可世与郭药师引兵六千,乘夜渡过芦沟,星夜兼程。

到了黎明,辽国常胜军副帅甄五臣已经得到消息,急忙率五千骑进入燕城。郭药师等人陆续赶到,可是城中已经有了防备,宋军猛攻了数次才得以攻入城内。进城之后,郭药师派人前去逼萧后投降,那时萧后已经密报萧干,萧干急忙率领精兵三千,回到燕京进行巷战。郭药师盼望着刘光世前来支援,不料他却杳无音信。甄五臣再次杀出,害得郭药师前后受敌,只好与杨可世一同逃了回去。高世宣也战死在城中。

刘延庆进驻芦沟,既没有派遣刘光世,也不追赶萧干,真是没用的饭桶。不但如此,萧干还截住了他的饷道,抓住了护粮官王渊和两名汉军。他用布遮住他们的眼睛,将他们扣押在帐中。半夜的时候,萧干假装跟部下商讨军事,他说:"我军三倍于宋军,明天早上分成三队攻打宋营。最精锐的兵士冲入最难对付的中军,左右两队互相策应,举火为号,定要杀他个片甲不留。"说完，又故意放走其中一个人，让他回去报信。果然，刘延庆中计，信为真言。等到天亮，刘延庆遥见火起，怀疑是辽大军前来，急忙把军营烧毁，匆匆逃去。士兵们相互踩踏，死亡过半，真是可笑。萧干纵兵追到涿水才退了回去。辽人得知宋军竟然这么没用，有的作赋，有的写诗，来讥讽宋军。刘延庆没有办法，只好垂头丧气地退保雄州。他核查了一下伤亡人数，几乎死伤殆尽。

第五十八章　金国灭辽国

童贯两次失败，估计自己无法攻取燕京，但是他又担心徽宗责怪，免不了进退两难。他急中生智，想出了一条妙计。他秘密派人出使金国，邀请他前去夹攻燕京。金主也派人来到汴京，责问为何延期出兵。徽宗又派赵良嗣前往金国，金主完颜阿骨打说道："贵国跟我国相约进攻燕京，可是到现在还没有成功，反而要我国出兵相助，试想你们连一个小小的燕京都拿不下，还想什么燕云十六州呢？我现在要发兵攻打燕京，一定能够得手，既然是我攻取的，当然应该归我所有。不过前时你我有约，我也不会忘怀。等灭燕以后，我自会分给贵国燕京和蓟州、景州、檀州、顺州、涿州、易州六州。"赵良嗣说道："原先的约定是贵国答应给山前山后十七州，如今你们只答应给六州，未免背弃约定，贵国不应该不讲信用！"金主笑着说："前番我们约定确实是给十七州，如果这十七州都被贵国攻取，我应当让给你们。可是如今除了涿州、易州二州归降贵国之外，请问贵国可曾攻下一州的土地吗？"赵良嗣争辩道："我国曾经发兵呼应贵国，牵制住了辽人，所以贵国才能顺利地攻取四京，不然哪有那么容易。"金主勃然大怒："贵国如果不发兵，难道我就不能灭辽吗？现在贵国攻不下燕京，待我派兵前往，看能不能攻得下来！"赵良嗣还想争辩，金主起身说道："除了刚才这六州以外，其他的寸土都不给。"说完，便返身入内，赵良嗣只好怅然退出。

不久，金主派李靖跟赵良嗣一同回到宋廷，并只答应给山前六州。徽宗又派遣赵良嗣将李靖送回金国，并要求除了六州以外，还希望多给营、平、滦三州。赵良嗣还没有到达金国，金主已经分兵三路，进攻燕京。辽国萧后上表给金国，表示愿意成为他的附属国，完颜阿骨打没有准许。辽国接连奉上了五份国书，金主仍然没有答应。萧后见金人态度如此坚决，于是决定跟他拼个你死我活，鱼死网破。她派遣劲兵把守居庸关，金兵到了关下，辽兵正想着该怎么抵御，不料悬崖上面的岩石无故坍塌，压死了好多人。辽兵哗然退走，金兵于是轻易地越过居庸关，向南前进。

辽统军都监高六等人见金兵势如破竹，不敢抵抗，送款降金。金主听说燕京已经降顺，急忙赶了过去，率兵从南门进入。辽国宰相左企弓、参政虞仲文、康公弼、枢密使曹勇义、张彦忠、刘彦义等人，奉表到金营请罪，金主一律宽免，仍然命令他们各守旧职，并派人安抚燕京各个州县。萧德妃与萧干见大势已去，只好乘夜奔出，从古北口逃往天德。于是辽国的五京都被金国占有了。宋人攻占燕京如此艰难，而金人破辽却如此简单，是人事，还是天命呢？

赵良嗣转头前往燕京，乞求再多给平、营、滦三州。金主怎么肯依从？他又派人将赵良嗣遣送回国，并把辽国的俘虏一并送到宋廷，以此来羞辱宋朝，彰显自己的威严。徽宗与王黼还在痴心妄想，又派赵良嗣再去请求。这下惹毛了金主，他非但不肯答应宋朝所请求的，反而还要将燕京的租税占为己有。赵良嗣抗议道："有土地必有租税，你把土地给我了，难道租税却不归我吗？这是什么道理？"粘没喝在旁边厉声喝道："要是不答应给我们燕京的租税，那就归还我国的涿、易二州。"赵良嗣迫于压力，只好答应每年给他们二十万石粮食。

后来，金国又派遣使者李靖等人跟赵良嗣一起回到宋廷，商议岁币和租税的事情。王黼等人答应给金国和辽国一样多的岁币，只是燕京的租税不能全部给金人。徽宗又派赵良嗣赴金，他先后往返金国好几次，可是金主还是坚持索要全部租税。经过赵良嗣再三的力争，金主才答应索要每年代税钱一百万缗。粘没喝则只答应让给涿、易二州。辽国降臣左企弓又作了一首诗献给金主，里面有两句是这么说的："君王莫听捐燕议，一寸山河一寸金。"后来，金主顾念先前订下的盟约，于是跟宋朝定下了四条和约：

（一）将宋给辽岁币四十万，转赠给金邦；

（二）宋朝每年多给一百万缗钱，代替燕京各州县的租税；

（三）办理交易市场，两国通商；

（四）燕京及山前六州归宋，所有山后各州，以及西北一带的山川，一律归金所有。

赵良嗣不肯承认，返回雄州，派人递奏折给徽宗，自己则在雄州待命。王黼料定很难与金国相争，于是怂恿徽宗，勉为其难答应金主的要求，并遥令赵良嗣前去允约。金主派使臣扬璞前去交换誓书，并将让与燕京六州的约文呈给宋廷。徽宗下令让童贯、蔡攸前往燕京交接，谁料燕京城内所有的金银珠宝和富商子民被金人席卷一空，只剩下了一座空城。无独有偶，檀、顺、景、蓟各州也跟燕京的情况相似，全都成了空城。交割完毕后，金主凯旋班师，童贯和蔡攸也奉诏还朝。

童贯奏称："燕京城内，不论男女老幼都伏在道路两旁欢迎宋军，还焚香祭拜。"徽宗大赦天下，并布告燕、云各州县，同时命左丞王安中为庆远军节度使，兼河北、河东、燕山路宣抚使，任燕山知府；郭药师为检校少保，一同提领燕京。随后，徽宗将郭药师召入朝中，格外优待，并赐给他府邸、姬妾，还命贵亲大臣轮流设宴款待他。不久，徽宗又召郭药师到后园延春殿觐见，郭药师边拜边哭说："臣在辽国的时候，觉得大宋皇帝就好像在天上一样，没想到今天也能一睹龙颜，真是幸运。"徽宗听后非常高兴，对他极加褒奖，并让他好好驻守燕京，作为天朝的屏障。郭药师连忙回答："臣愿意以死效命！"随后，徽宗又命他率军去追剿天祚帝，郭药师突然变了脸色说："天祚帝是臣的故主，臣不敢受诏，请陛下另派他人。"说完便涕泣如雨。

其实，徽宗是在试探他，见他如此忠义，也不觉被他感动。徽宗解下自己穿的披风，还有两个金盆，赏给郭药师。郭药师拜领出殿，回去之后，他将金盆剪碎分给部众，对他们说道："其实我没有什么功劳，你们鞍前马后这么多年，我怎么能独享赏赐呢？来来来，分了这些财物!"第二天,徽宗又加封他为少傅,催促他赶赴燕京。后来,童贯、蔡攸等人回到京城复命,徽宗又进封童贯为徐豫国公,蔡攸为少师,赵良嗣为延康殿学士,并命王黼为太傅,总治三省事,特赐玉带;郑居中为太保。郑居中说自己寸功未建,不愿意受命。不久,郑居中染上重病,勉强撑了几天就逝世了。

这一年,万岁山建成了,改名艮岳。于是,众人将朱勔从江南运回来的巨石运到山顶,兀然峙立。因为朝廷刚刚收复燕云故地,所以特赐嘉名,称为昭功敷庆神运石。修建万岁山这个工程,从政和七年开始到宣和四年建成,一共经历了六个寒暑。这六年时间里,征用的役工多达上千万人,耗费的财物不可胜计。万岁山的地址在上清宝箓宫的东边,方圆有十几里。起初名叫万岁山,后来因为这座山在国都的艮(方位词,指东北方向)位,因此改名艮岳。这里有看不完的亭台楼阁,说不尽的靡丽纷华。徽宗曾经亲自创作了一篇《艮岳记》,赞颂它的壮丽繁华,穷工极巧,光怪陆离。

在神运石的旁边,还种了两株桧树。一株因为枝干夭矫,所以叫作朝日升龙之桧;一株因为枝干高耸,所以叫作卧云伏龙之桧,都用金牌雕刻着名字,悬挂在树上。徽宗还亲自题了一首诗:

> 拔翠琪树林,双桧植灵囿;
> 上稍蟠木枝,下拂龙鬣茂;
> 撑拿天半分,连卷虹两负;
> 为栋复为梁,夹辅我皇构。

后人都说徽宗这首诗饱含玄机,有预料未来的寓意。"桧"就是后来的秦桧,"半分两负"便是南渡的预兆。最后一个"构"字又是康王的名讳,跟南宋时期的情形非常吻合,不知道这是不是天意。当朝的宦官们为了争宠,都绞尽脑汁想要讨徽宗欢心。当时土木已经非常宏丽,做不了多少文章。只是那些奇珍异兽还没有被驯服,不免让徽宗有些遗憾。正巧,有个姓薛的老头,善于驯服禽兽,他毛遂自荐,请求童贯引荐自己到艮岳山驯化这些鸟兽,为徽宗带来些乐趣,童贯当即应允。他每天让侍卫到处游荡,然后用一面很大的盘子盛装梁米和碎肉,自己模仿鸟的叫声,呼唤群鸟前来啄食。后来,这里的鸟兽渐渐和人混熟了,一来二去,也就不再惧怕人群了。一天,徽宗前往游览,鸟儿们全都聚集在一起,好像很欢迎徽宗的样子,徽宗感到非常惊喜。这个薛老头笑着说:"万岁山上的瑞禽欢迎皇上大驾光临。"徽宗大喜,当即赐给薛老头官阶,且赏赐丰厚。后来,山里面又修通了两条小道,一条通往茂德帝姬的住处,一条通往李师师的住处。徽宗每次游幸完艮岳后,就顺便到这两家宴饮。不久,因为万寿峰长出了许多金色的灵芝,又将艮岳改名为寿岳。

徽宗喜怒无常,嗜好也很广泛,什么土木神仙、声色犬马,没有一个不中意的。但是他往往喜新厌旧,不能专心持久。就连他对待朝中的大臣,也是忽冷忽热,令人捉摸不透。徽宗最宠信的当然要数蔡京,然而蔡京也是经历了三进三退,才勉强全身而退。徽宗信奉道教也是喜新厌旧,比如当初王仔昔刚进宫时,非常受宠。政和七年,新来的林灵素将他排斥。后来,林灵素勾结内侍冯浩陷害王仔昔,徽宗竟然将王仔昔下狱处死,毫不顾念多年的情谊。

林灵素虽然得宠的时间很长，但是也没能一直受到信任。到了宣和二年春季，他因为不尊重太子，也被斥还故里。就是那手握兵权、扶摇直上的童贯、蔡攸收复燕云归来之后，徽宗也嫌他们太过骄恣，渐渐地对他们冷眼相对。王黼、梁师成共同举荐内侍谭稹，说他的才能足够担任守边的重任，可以派他代替童贯，于是童贯的权利被削去了一大半。徽宗命谭稹为两河、燕山路宣抚使。谭稹来到太原，将朔、应、蔚三州投降的兵民编为朔宁军，从此便在边境作威作福，最终竟然酿出了宋、金失和的大事来。都是这班阉人，摇动了宋室的江山。

　　先前，辽前主天祚帝耶律延禧跑到了夹山。不久，金兵又前去偷袭，辽主又跑到了讹莎烈，并向夏主李乾顺求援。西夏统军李良辅率兵三万，前往救援辽主。大军赶到宜水的时候，被金将干鲁、娄室等人一阵杀败，匆匆逃回。败军经过野谷的时候，又遇到山涧暴发洪水，淹死了很多人。夏人遭此重创，再也不敢发兵救援了，辽主的形势非常窘迫。金将干离不又与降将耶律余睹追袭辽主，一直追到了石辇驿。金兵只有一千多人，辽兵却有二万五千人。辽兵以为敌寡我众，定能获胜，于是辽主命副统军萧特烈率军出战，自己带着妃嫔们登山观战。不料耶律余睹派了一股奇兵，偷偷地摸到了山上。辽主猝不及防，慌忙逃走。辽兵见主子都跑了，无心恋战，所以也大败而逃，所有的辎重全被金兵夺去。

　　辽主跑到了四部族，恰好萧德妃也从天德赶到这里，与辽主相见。辽主怀恨他们僭越称帝，竟然将萧德妃杀死，追降耶律淳为庶人。萧干料到辽主不会饶过自己，所以没有跟着他们去辽主那里，而是转向逃到了卢龙镇。他招集以前的奚人和渤海军，自立为奚国皇帝，改元天复。奚本来是契丹的旧部，与辽主世代通婚。奚人本来姓舒噜氏，后来改为萧氏，因此契丹刚兴起的时候，史官称他们为奚契丹。萧干既然自称奚帝，当然跟辽主势不两立。辽主又命都统耶律马哥前往讨伐萧干，哪知金将干鲁、干离不等人不离不弃，又统兵追了上来。辽主听说金兵又来了，好像犬羊遇到老虎一般，急忙逃往应州。干鲁等人将抓获来的辽将耶律大石用绳子牵住，令他作为向导，猛追辽主。辽主拖家带口当然跑不快，金军一路狂奔，途中终于将他赶上，金人把秦王定、许王宁、赵王习泥烈以及诸妃嫔、皇子、公主、大臣全部抓住。只有辽主还在前队，抱头窜去。耶律延禧最小的儿子梁王雅里，还有长女特里，幸亏有太保特母哥护着，才得以乘乱逃脱。

　　辽主见家属、大臣全都被金人掳走，心痛万分，万念俱灰。他担心金兵还会追来，于是派遣使臣拿着兔钮金印向金军乞降，而自己急忙向西奔往云内。不久，使臣拿着回复的书信回来了，金国想援引石晋北迁（契丹曾经掳走晋出帝，后来没有杀他而是封他为负义侯，将他安置在黄龙府）的故事，待遇辽主。辽主不肯答应，只希望金主赐他些疆土，双方互不侵犯，自己愿意做大金的附属国。干离不没有准许。辽主又打算逃到西夏，萧特烈劝他不要前去，辽主不从，径自渡河西行。萧特烈见辽主无可救药，竟然劫持了梁王雅里向西北方向逃窜，并拥立雅里为帝，改元神历。可是不到几个月的时间，雅里竟然病死了。后来，萧特烈等人又拥立辽室宗亲耶律朮烈为帝。又过了二十多天，竟然发生了兵乱，耶律朮烈被弑杀，萧特烈也死于乱军之中。

　　萧干自立为奚帝后，率军杀出卢龙岭，攻破景州，接着又攻陷蓟州，前锋直逼燕京城。

郭药师收到战报后,麾众出战,大败萧干,宋军乘胜追过卢龙岭,将敌军杀伤大半,萧干败逃。他的部下耶律阿古哲把他杀死,将首级献给了郭药师。郭药师将他的首级装在盒子里,送往京城。徽宗大喜,加封郭药师为太尉。

　　那时,辽国的土地全部丧失,只存留了一个天祚帝奔走在荒漠里。他一心期待着能到西夏寻求个安身之所,免得做了金人的俘虏。偏偏金人厉害得很,他们先派人送给夏主一封信,命令他们将天祚帝执送过来,如果答应,就割地相赠。夏主抵不住诱惑,又担心得罪了强悍的金人,只好拒绝辽主前来,表示愿意用对待辽国的礼节来对待金国。金国履行诺言,令粘没喝割让下寨以北,阴山以南,以及乙室邪剌部、吐禄、泺西的土地送给西夏。西夏与金国从此通好,信使不绝。辽主不能前往西夏,只好渡河向东返回。途中,正好碰到降将耶律大石从金国逃回,辽主大声斥责耶律大石说:"我还没有死,你们竟然敢拥立耶律淳为帝,该当何罪?"耶律大石回答道:"陛下拥有这么辽阔的土地和众多的兵马,却一次都不能拒敌,竟然弃国远逃。臣拥立耶律淳也是逼于无奈,他也是太祖的子孙,比起做金国的摇尾狗要好一些吧?"辽主无法回答,反而赐了他一些酒食,仍然让他随驾。

　　后来,徽宗想要引诱耶律延禧前来,他令番僧带着书信前往,并许诺以皇帝的礼仪对待辽主。辽主刚开始颇为心动,打算启程南下;后来他担心宋朝不可靠,便打算投奔党项族。途中,他再一次遇到了金兵,他担心被他们发现,连忙放弃坐骑,徒步逃亡。后来,途穷日暮,粮食也吃完了,没办法只好拿冰雪充饥解渴。好容易挨到了应州东边,却被金将娄室追上,活捉了过去。金主将他废为海滨王,不久,又下令将他杀死,还用万马践踏他的尸体。自此,辽国灭亡。辽国从太祖耶律阿保机称帝,共经历了八代君王,历时二百一十年。后来,耶律大石率军逃到喀什,他召集西鄙七州十八部的兵力,战胜了西域,在克将木称帝,自称天祐皇帝,改元延庆,并册封妻子萧氏为昭德皇后,辽国又绵延了三世,历史上称为西辽。

第五十九章 金兵南下

宣和五年六月，金国平州留守张珏表示愿意将平州的土地献上，归降大宋。张珏本来是辽国的大臣，担任辽兴军节度副使。辽主逃往夹山，平州遂发生叛乱。张珏率军进入平州，安抚城内百姓，辽主任命他为平州知府。后来，金国将辽国灭掉，金主仍然让张珏担任平州知府。不久，金主将平州改为南京，命张珏担任留守。那时，金兵正押着辽国宰相左企弓、虞仲文、曹勇义、康公弼等人向东迁徙，一同上路的还有燕京的富民百姓。

这一行人在金兵的押送下路过平州，燕民忍受不了一路的艰苦，前去对张珏说道："左企弓等人不能守住燕京，害得我们百姓流离失所，远离故乡。张大人仍然坐拥巨镇，手握强兵，为什么不为辽国尽忠，放我们重归乡土，恢复大辽呢？"张珏听后不禁心动，感慨不已。他召集部将商议，他的部下都是辽国旧将，当然赞成燕民所说的，他们还说："就算不能兴复大辽，也可以归降大宋。"张珏点头。他来到滦河西岸，命人将左企弓等人押来，一一数落他们的罪行，然后将他们全部绞死，把尸体扔到滦河里。张珏仍然尊奉辽国的国号，并张榜诏告燕民，宣布立志要兴复辽国大业，燕民大悦。

后来，张珏担心金人前来讨伐，于是派遣张钧、张敦固拿着归降书信来到燕山府，表示愿意带着平州一起归降大宋。燕山宣抚使王安中喜出望外，立即上奏朝廷。王黼也觉得这是千载难逢的机遇，力劝徽宗招纳降臣。可是赵良嗣却阻谏道："我们刚刚跟大金结盟，如果纳降张珏，必定会惹恼金人，到时候后悔就来不及了。"徽宗没有听从，反而斥责赵良嗣危言耸听，并将他连降五级。随后，徽宗下诏命王安中妥加安抚，并赦免了平州三年的赋税。

试想，金国日渐强盛，又刚刚吞并了强大的辽国，现在正值最强盛的时期，怎么能忍受张珏叛逆呢？金主完颜阿骨打当即派遣大将干离不、阇母等人，督兵前往攻打平州。阇母率三千铁骑率先到达平州城下，他见城上守备森严，心想一时半会儿也攻克不了，于是便暂时退去。张珏谎称自己打了胜仗，于是徽宗下诏建立平州为泰宁军，授张珏为泰宁军节度使，犒赏银绢数万。宋廷派遣使者快要到达平州的时候，张珏出城远迎，不料金国大将干离不乘虚掩击，张珏听到警报后，连忙败走，逃到了燕山。

张珏逃走后，平州都统张忠嗣和张敦固开城出降，干离不命令张敦固诏谕城中守军，并派遣使者跟他一起进城。不料，城中的人杀死了金使，并推张敦固为都统，闭门固守。干离不大怒，一面督众围城，一面向燕山府索要张珏。王安中见张珏跑到这里来了，就将他藏在城内。偏偏金使多次前来索要，王安中没有办法，只好找到一个跟张珏相貌相似的军卒，杀了割掉头颅，送给金使。金使哪有那么好骗，他回去后发现不对劲，又前来索要张珏的真首级，并说不给就要兴兵攻打燕山。王安中非常害怕，连忙奏请朝廷杀掉张珏，免得激起兵祸。徽宗不得已只好准奏。于是，王安中便将张珏缢杀，割了首级，并将他的两个儿子也一同扭送给金人。

归降大宋的燕将和常胜军动了兔死狐悲的念头，潸然泪下。郭药师愤然说道："金人索要张珏，朝廷就将张珏的首级给了他们；要是他们索要我的人头，是不是也要给他们？"于是燕山城内人心惶惶，谣言百出。王安中非常害怕，力请罢职。徽宗将他召回，另派蔡靖为燕山知府。那时，金主完颜阿骨打正好病逝，他的弟弟吴乞买即位，改名为完颜晟，尊奉完颜阿骨打为武元皇帝，庙号太祖，并改元天会。宋遣使祝贺，并要求金国给予山后几个州。金主完颜晟刚刚继承大位，不想抗拒宋朝，所以打算答应。偏偏粘没喝从云中飞奔回来，阻拦金主。于是，金主只答应割让武、朔二州，并索要赵良嗣当初许诺的二十万石粮食。燕山宣抚使谭稹回答说："赵良嗣只是口头答应，不能作为凭证！"因此拒绝了金使。金人斥责宋朝背信弃义，决心南侵。那时，正好阇母攻克了平州，并杀死了张敦固，直逼燕京。宋廷却怪谭稹反复无常，将他免职，并重新起用童贯领枢密院事，出任两河、燕山路宣抚使。

当时，宋朝国库的积蓄早就用光了。当初童贯出兵伐辽时，曾命宦官李彦增加京东、京西百姓的租赋。后来，童贯又命陈遘经制江淮七路，增加税率。随后，因为燕云之地需要重兵把守，缺少粮饷，王黼又令京西、淮南、两浙、江南、福建、荆湖、广南各路，编置役夫各数十万。百姓如果不服兵役，就要出免夫钱，每人三十贯。可是百姓已经不堪重负，无力支付，朝廷只征得了不到二万缗钱，人民痛苦不堪，怨声载道。

徽宗却仍然跟以前一样荒诞，每天晚上微服私行。王黼说自己家里长出了灵芝，徽宗觉得很奇异，晚上跑去观赏。果然，王黼大堂的木柱上长有灵芝，徽宗认为这是祥兆，非常开心。王黼设宴款待，并邀梁师成过来赴宴。没过一会儿，梁师成就从后门进来，拜见徽宗。原来，梁师成的府邸与王黼的府邸毗邻，王黼对待梁师成就跟对待自己的父亲一样，称他为"恩府先生"。因此他们就将阻隔两家的那堵墙打通，以便往来。徽宗问明底细后，也想过去看看。梁师成当然也要设办酒宴，款待徽宗。徽宗非常高兴，竟然喝醉了。后来，徽宗回到王黼的府邸，继续开宴，酒后进酒，醉上加醉，竟然喝得昏昏沉沉，不省人事。

等到五更天的时候，徽宗才在十几名内侍的搀扶下回到了艮岳山旁边的龙德宫，到了第二天下午，徽宗才勉强上朝。退朝后，尚书右丞李邦彦入内请安，徽宗把昨晚喝酒的事情告诉了他。李邦彦震惊道："王黼、梁师成轮流宴请陛下，难道是想要陛下做酒仙吗？"徽宗听了没有说话。李邦彦是一个银匠的儿子，只因他长得玉树临风，而且天资聪明，文章又写得工整且富有灵气，所以做了秘书省校书郎。他能言善辩，善于迎逢，而且擅长蹴鞠和音律，徽宗也喜欢舞文弄墨，所以视他为奇才。后来，又经过多次升迁，李邦彦最后做了尚书右丞，颇受宠眷。李邦彦自称李浪子，时人称他为"浪子宰相"。这次他来觐见，一番话却引起了徽宗对王黼的疑心。

太子赵桓曾经记恨王黼，王黼想让徽宗的第三个儿子郓王赵楷跟赵桓争夺太子之位，可是却没有成功。这件事被李邦彦得知，当即奏报徽宗，蔡攸也在一旁作证。接着，中丞何㮚又上奏，陈述了王黼专权误国等十五件事，于是徽宗将王黼罢免，提拔白时中为太宰，李邦彦为少宰；张邦昌那时已经是中书侍郎，没有变动；赵野、宇文粹中为尚书左右丞。徽宗再次起用蔡京，让他总领三省的事务。可是，蔡京那时已经是第四次做宰相，两眼昏花，不能胜任，他把三省所有的事务全都交给了他的三儿子蔡绦决断。蔡绦手握大权，肆无忌惮。白时中、李邦彦等人都非常怕他，就连他的同胞兄长蔡攸也多次说他的坏话。徽宗见蔡绦口碑如此之坏，便让他停职在家静养，不得干政。蔡攸觉得这样还是不解气，必须要加罪他的三弟。

蔡京父子都是奸臣。不过，蔡京却一直对三儿子蔡绦宠爱有加，蔡攸早就怀恨在心。后来，蔡攸得以受封为少师，权力跟蔡京差不多以后，竟然跟蔡京划清界限，父子二人几乎成了仇敌。父既然不忠，儿子自然也就不孝。蔡攸又捏造罪名，诬陷蔡绦。于是徽宗接连下诏，罢免了蔡绦的所有职位，并将蔡京再次罢免，同时恢复了元丰年间的官制，三公不再统领三省事务。随后，徽宗又进封童贯为广阳郡王，让他在燕山驻扎，留意金兵的动向。

当时，京城出现了很多异象。天狗星陨落，坠落的声音跟打雷一样响；京城附近出现了一只妖怪，形状跟乌龟一样，长一丈多，出现时腥风血雨，刀枪不入，后来，它又出入人家，专吃小孩儿，过了两年才消失；京都里有个酒保朱氏的女儿竟然长出了胡子，长约六七寸，跟男人一样；还有个卖青果的男子，他的妻子怀孕，最后竟然生下了一只狐狸；都门外有个卖菜的农夫，他跑到宣德门下卖菜，忽然像疯了一样，将担子扔下，拉着别人的手说："太祖皇帝、神宗皇帝派我前来，说要速速改治！"逻卒将他逮捕下狱，一个晚上之后，他已经不记得以前的事情，狱吏却将他处死了。除了京师之外，河东、陕西、熙河、兰州等地相继震动，积累的粮食毁于一旦。种种天变人异纷至沓来，可是宋廷的那帮君臣还在那里粉饰太平，一点都没有觉得大难临头。

后来，金国使臣来到汴京，徽宗设宴款待，还趁机将一些奇珍异宝拿出来炫耀。哪知金人早就虎视眈眈，看到南朝这样富庶，恨不得立马将它吞进肚子。宣和七年十月，金国命斜也为都元帅，坐镇京师，调度军事。粘没喝为左副元帅，和右监军谷神、右都监耶律余睹从云中直抵太原；盈哥的儿子挞懒为六部路都统，率南京路都统阇母、汉军都统刘彦宗从平州进入燕山。两路分道南侵，那宋徽宗还昏头昏脑，派童贯前去索要山后的土地，仿佛在做梦一般。先前金使来到汴京，徽宗向他索要山后的各州，金使不肯答应。后来又经过商议，金人才答应割让蔚、应二州和飞狐、灵邱二县。现在童贯前往交接，到了太原，听说粘没喝已经领兵南下，料知有变，于是他派遣马扩、辛兴宗去金军营帐询问他的来意，并请他如约交地。

宋使来到金营，只见粘没喝高坐在大堂上，目光凶狠。马扩上前询问他率军南下的目的，并让他如约交地。粘没喝瞪着眼睛说："你们还想要两州两县？山前山后都是我国的土地，何必多言！你们藏匿我国的叛徒，违背之前的诺言，应当另外割地赔偿我国才能赎罪！"马扩不敢再说话，与辛兴宗一起回去了。他们转告童贯，请求马上准备作战。童贯却泰然说道："金国刚刚建立，能有多少兵马，敢来打我天朝的主意？"话还没说完，就有人禀报说金使王介儒、撒离拇拿着书信到来，童贯将他们传入。只见这两位使臣昂首挺胸，递上书函。童贯打开一看，不禁吓了一跳，支支吾吾地说："贵国说我们纳叛背盟，为什么不先来告诉我？"撒离拇说："我国已经兴兵，何必多此一举。如果想要我们退兵，马上割让河东、河北，以黄河为界线，宋朝的社稷或许还能苟存！"童贯听后，瞠目结舌，半天才说道："贵国不肯交地，还要我国割让两河，真是荒唐！"撒离拇生气地说："你们不肯割地，那就干一仗怎么样？"说完，就带着王介儒愤愤地离开了。

童贯心里非常害怕，想要借着回朝议事的机会，跑回京师。太原知府张孝纯劝阻说："金人破坏盟约，大人应该会集各路将士，奋力抗击，若大人一走，人心摇动，万一河东有什么闪失，河北还能保得住吗？"童贯怒叱道："我只是两河宣抚使，并没有守卫疆土的责任。你们非要留我，试问还要你们这些守臣做什么？"于是，童贯整顿行装，匆匆回朝。张孝纯叹息道："平时童太师作威作福，现在大敌当前，他却临阵脱逃，抱头鼠窜，他还有什么脸去见天子？"不久，张孝纯听说金兵已经攻克朔、代二州，直逼太原，于是他誓众登城，奋力固守。金兵久攻不下，只好退去。

黄河东路已经失去二州，燕山路又遭兵祸。金国大将干离不率军攻打燕山府，知府蔡靖让郭药师带兵出战。郭药师早就怀有异心，因为蔡靖真心相待，不忍出卖，他只好带着部将张令徽、刘舜仁等人，率兵四万五千名前去迎战。这回，金兵的精锐全部到来，郭药师料定不是对手，还没有交锋就败至燕山。金兵追到城下，他竟然将蔡靖捆起来，开城出降。干离不既收复了郭药师，燕山的各州县当然听命，相继归降。于是，干离不让郭药师为向导，长驱南下，直逼黄河。

警报像雪片一样飞到宋廷，徽宗急命内侍梁方平率领禁军，前往扼守黎阳（河南省北部、黄河故道的北岸，属鹤壁市）。派皇太子赵桓担任开封牧，且下令撤销花石纲和内外制造局，并诏告天下出师勤王。宇文虚中上奏说："如今形势危急，陛下应该先降旨反思自己，改革弊端，这样或许还能挽回人心，同心协力抵御强敌。"徽宗连忙说道："爱卿马上替朕起草罪己诏书。"宇文虚中领命，就在殿上拟写草诏。

草诏写好后，宇文虚中呈给徽宗看。徽宗大致看了一遍，说道："朕一定会痛加悔改，爱卿就将这道诏书颁行吧。"后来，宇文虚中又请命罢免道官，以及大晟府、行幸局，徽宗一一照准。徽宗又命宇文虚中为河北、河东路宣谕使，召各军领兵入朝。临时抱佛脚，已经来不及了。宇文虚中于是传出檄文，令熙河经略使姚古、秦凤经略使种师中领兵前来支援。可是远水难救近火，宫廷内外经常听到警报，一天好几次。金兵还没有渡河，宋廷已经自乱阵脚，怎么拒敌呢？徽宗想要东逃，让太子留守汴京。太常少卿李纲对给事中吴敏说道："敌势猖獗，两河危急，不把大位传给太子，恐怕不足以号令四方。"吴敏回答说："陛下健在，禅位恐怕没那么容易，不如奏请太子监国吧！"李纲又说："太子聪明仁厚，当今皇上对他宠爱有加，我想会答应的。"吴敏欣然允诺。第二天，吴敏便将李纲说的上奏徽宗。徽宗召见李纲当面商议，李纲用针刺扎手臂，写了一封血书进呈徽宗。徽宗一看是封血书，不禁感动，只见书上写着：

　　皇太子监国，礼之常也。今大敌入攻，安危存亡，在呼吸间，犹守常礼可乎？名分不正而当大权，何以号召天下，期成功于万一哉？若假皇太子以位号，使为陛下守宗社，收将士心，以死悍敌，则天下可保矣。臣李纲刺血上言。

　　看完后，徽宗已经决心禅位。第二天上朝，他亲自写下"传位东宫"四个字，交给蔡攸。蔡攸也不便多嘴，便令学士拟草诏，禅位给太子赵桓，自称道君皇帝。退朝后，徽宗召太子来到禁中。太子看到徽宗，哭着推辞，可是徽宗没有答应，于是太子赵桓即位，亲临垂拱殿，接受百官朝贺，史称钦宗皇帝。礼仪结束后，钦宗尊奉徽宗为教主道君太上皇帝，让他退居龙德宫；皇后郑氏为道君太上皇后，迁居宁德宫，称宁德太后；册立朱氏为皇后，朱氏是武康军节度使朱伯材的女儿，曾被册封为皇太子妃。钦宗还追封朱氏的父亲朱伯材为恩平郡王；命少宰李邦彦为龙德宫使；进蔡攸为太保；吴敏为门下侍郎，兼龙德宫副使；授李纲为兵部侍郎，耿南仲签书枢密院事。随后，钦宗派遣给事中李邺赶到金军营帐，告诉他们宋廷内禅的事情，并请求议和。干离不遣还李邺，打算率军北归，可是郭药师却说道："南朝未必有防备，为什么不乘胜进攻呢？"干离不听从了郭药师的建议，进陷信德府，驱军南下，气焰越来越旺盛。太学生陈东联名多位学士上书，大概说：

　　今日之事，蔡京坏乱于前，梁师成阴贼于内，李彦敛怨于西北，朱勔聚怨于东南，王黼、童贯又从而结怨于辽；金创开边衅，使天下大势，危如丝发，此六贼者，异名同罪，伏愿陛下禽此六贼，肆诸市朝，传首四方，以谢天下。

　　这封奏折呈递上去已经是寒冬腊月，钦宗正准备改元，一时无暇顾及。第二年，为靖康元年正月初一，钦宗接受群臣朝贺。退朝后，钦宗退到龙德宫，朝贺太上皇。国家都快保不住了，还要什么繁文缛节？钦宗下诏，令中外大臣、百姓直言得失。当时，李邦彦主要负责这件事情。他只有遇到急报，才准许群臣进言，稍微缓一点的就加以抑制。于是当时就有了"城门闭，言路开；城门开，言路闭"的传闻。后来，听说金将干离不又攻克了相、浚二州，梁方平所率领的禁军在黎阳大溃，河北、河东制置副使何灌退保滑州，宋廷人心惶惶，那班误国奸臣先捆载行李，收拾私财，载运娇妻美妾、爱子宠孙一股脑儿全跑了。第一个要算王黼，逃得最快；第二个就是蔡京，一家老小全部南迁。连太上皇也准备行囊，想要东奔了。

　　吴敏、李纲请求诛杀王黼等人，以申国法。钦宗于是将王黼罢官，流放到永州，并暗中命开封知府聂昌，派遣武士在半路诛杀王黼。王黼到了雍邱，在百姓家借宿，被武士追上，枭首而归。李彦被钦宗赐死，没收了家产，朱勔也被放归田里。这时候的钦宗还算从谏如流，惩恶劝善。但是宋廷人心已去，无可挽回了。金兵奔驰到河边，河南守桥的兵士望见金兵的旗帜，连忙毁桥逃跑。金兵用小船渡河，队伍散乱，骑兵渡了五日，又渡步兵，并不见有南军前去拦截。金兵不禁大笑道："南朝真是没有人了。如果用一二千人守住河口，我们怎么可能这么轻易就渡过来呢？"金兵全部过了河，就去进攻滑州，何灌又望风而逃。

　　这消息传入宫廷，太上皇急忙下令东行。他命蔡攸为上皇行宫使，宇文粹中为副使，保护自己出都，童贯带领胜捷军跟随在后面。这胜捷军是童贯在陕西的时候，亲自招募的精壮民兵，人数多达万人。这些人跟着太上皇东行，名义上是护驾，实际上是自保。太上皇路过浮桥的时候，卫士们聚众嚎哭，童贯担心走得太慢被金人追上，于是命胜捷军射退卫士，向亳州进发。还有徽宗的宠臣高俅也跟着一起去了。

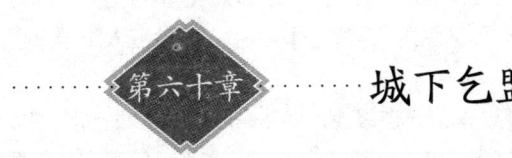

第六十章　城下乞盟

钦宗送太上皇出都，白时中、李邦彦等人也劝钦宗到别处暂避敌锋。只有李纲再三谏阻，劝钦宗留在汴京死守。于是钦宗命李纲为尚书右丞，兼东京留守。这时，内侍前来禀报说皇后已经离开了。钦宗听后，不禁变色，突然从龙椅上跳起来说："朕不能再留了。"李纲泣拜道："陛下千万不要离开，臣愿意死守京城。"钦宗想了半天，喃喃说："朕现在命爱卿留守京城，带兵御敌，一切要事全部委托给爱卿，请爱卿不要推辞！"李纲涕泣受命。

第二天，李纲又进朝，忽然看见禁卫军穿着盔甲，马车也已经准备好了，大有一副离开京城的情形，于是连忙召集禁卫军说："众位将士愿意随我守卫江山社稷，还是愿意跟着陛下逃离京城？"卫士们齐声说："愿意死守社稷。"于是，李纲入奏道："陛下已经让臣留守京城，为什么又要离开呢？试想六军的亲属全都在京城，万一卫士们半路上跑回来，谁来保护陛下？况且金军的骑兵已经逼近，万一他们侦察到了皇上的车驾，率军赶来，陛下将如何御敌？这岂不是更加危险吗？"钦宗感悟，于是将皇后召回宫中，亲自到宣德楼宣谕六军。六军将士都拜伏在门下，高呼万岁。随后，钦宗又命李纲为亲征行营使，准许他便宜行事。李纲连忙派人修缮都城墙壁，准备军械。不久，金兵抵达城下，占据牟驼冈，夺走了二万匹马。

太宰白时中畏惧辞官，由李邦彦接任，张邦昌为少宰。钦宗召群臣商议是战是和，李纲主战，李邦彦主和。钦宗听从李邦彦的意见，命员外郎郑望之、防御使高世则出使金军。途中正好遇到金使吴孝民前来议和，于是郑、高二人跟他一起返回。谁知道吴孝民还没有觐见，金兵就已经开始攻城，幸亏李纲事先有预备，将蔡京家后山的石头搬运到都门前，坚不可破。到了夜间，李纲暗中招募敢死队一千人，从城上爬下来，偷偷摸进金营，砍杀金国酋长十几人、兵士一百多人。干离不也有点害怕，率军暂退。

第二天，金使吴孝民觐见钦宗，责问宋朝为何要收纳张珏，并且让宋朝交出童贯、谭稹等人。钦宗说："这是先朝的琐事，朕并没有得罪邻邦。"吴孝民说道："既然贵朝说这是先朝的事情，不必计较，那就应该重新誓书修好。我请求贵朝派遣亲王、宰相来我军中议和。"钦宗允诺，命同知枢密院事李棁跟吴孝民一同回去。李纲入谏道："国家安危，在此一举。臣担心李棁懦弱，耽误国事，不如让臣代替他去吧。"钦宗不许。

李棁来到金营，只见干离不在南面坐着，两旁站立的兵士都带有杀气，不觉胆战心惊，慌忙叩拜。干离不厉声说道："你家京城旦夕便可攻破，我看在你家年轻皇帝的面子上，不愿赶尽杀绝，所以才下令不攻。你应该感激我的大恩，速速悔改。只要你们答应我这几个条件，我就退兵，否则立即屠城，到时候可不要后悔！"说完，拿出了一张纸，扔给李梲说道："这就是议和的条款，你赶快回去吧！"李梲吓得冷汗直流，接过这张纸后，也不看上面写的是什么，只是唯唯诺诺，捧着纸就出去了。干离不又派萧三宝奴、耶律中、王汭三人跟着李梲进城，听候答复。

第二天一早，金兵又攻打天津、景阳等门。李纲亲自督战，仍然命敢死队从城上爬下去，令何灌为统领，双方展开激战。从早上一直打到了晚上，斩杀金兵一千多人。何灌也身负重伤，大叫而亡，非常惨烈，金兵再次退去。李纲入内议事，见钦宗正与李邦彦等人商讨和约，桌子上还摆着一张纸，是金人所列的条款，一共四条：

（一）宋朝赔给金国五百万两黄金，白银五千万两，牛马各一万头，绸缎一万匹，作为犒劳的军费；

（二）割让中山、太原、河间三镇的土地；

（三）宋帝以伯父的礼仪对待金主；

（四）要宰相和亲王各一人作为人质。

李纲看完条款后，大声说道："这就是金人的要求吗？这怎么能答应呢？"李邦彦说道："敌临城下，社稷危在旦夕，如果想要退敌，只能勉强答应他们的条件。"李纲愤然说道："第一款，他们要这么多金银牛马。就是搜刮全国的金银牛马恐怕也无济于事，何况一个小小的京城？第二款，他们要我们割让三镇土地。三镇是国家的屏障，屏障一旦失去，还怎么立国？第三款，更加不能答应。两国本来平起平坐，怎么能以伯侄相称呢？第四款，说是要派遣人质。宰相可以派过去，但是亲王万万不行！"钦宗说道："照爱卿这么说，一条也不能答应；要是京城失陷了，如何是好？"李纲回答说："当务之急，应该派能言善辩的人前去跟他们磋商，拖延几天，等四方勤王的兵马赶到之后，不怕敌人不退。那时再跟他们议和，自然不会像现在这么过分了！"李邦彦摇头说："敌人狡诈，怎么肯让我们拖拉？现在都城都保不住了，还要什么三镇？至于一些金币牛马，更不用计较了。"张邦昌也随声附和，赞同议和。李纲还想再争辩，钦宗说道："爱卿暂且出去守城吧，朕自有主张。"李纲退出，前去巡城。谁料李、张二人竟然派遣沈晦跟金使一同回去，一一如约。等李纲知道后已经来不及阻止了。李纲满腔愤懑，叹息不已。

钦宗缩衣节食，四处筹集金银，却只筹得黄金二十万两，白银四百万两，民间已经被掏空，远远达不到金人要求的数目，第一款不能如约，只好说以后陆续缴纳；第二款，宋廷先奉送金人那三镇的地图；第三款，使臣送去誓书，宋主表示愿意称金主为伯父；第四款，宋廷派张邦昌为计议使，跟康王赵构一同前往金军作人质。赵构是徽宗的第九个儿子，是韦贤妃所出，曾被封为康王。张邦昌当初跟李邦彦极力主张议和，现在被派为人质，不便推辞，好像哑巴吃黄连，有苦说不出！张邦昌临行之前，请钦宗记下他的名字，钦宗只说了"不忘"两个字，并没有用笔记下他的名字。张邦昌流泪而出，硬着头皮与康王赵构开城渡濠，前往金营。

后来，统制官马忠从京西招募了很多士兵前来，他见金兵在顺天门外掠夺财物，便麾众进击，把他们赶走了。西路被打通，援兵得以抵达。当时，两河制置使种师道听说京师被围困，急忙调集泾原、秦凤两路兵马，火速赶往支援。因为种师道年事已高，京城里的人都叫他老种，听说他率兵到来，大家欢呼庆贺道："好了！好了！老种来了！"钦宗也喜出望外，急忙命李纲打开安上门，迎接他入朝。种师道拜见钦宗，行过礼后，钦宗问道："今天情势危急，爱卿是什么意思？"种师道回答："女真族不善用兵，他们孤军深入，旷日持久的战斗难道不会疲惫吗？"钦宗又说："可是我已经跟他们讲好了。"种师道又说："臣只知道带兵打仗，不知道其他事情。"钦宗说："京城中正好缺少一位统帅，爱卿来得正好！"于是，钦宗命种师道同知枢密院事，任京城、河北、河东宣抚使，统领四方勤王的兵马和城中禁军。

不久，姚古的儿子姚平仲也带着熙河的兵马到来，钦宗诏命他为都统制。金将干离不因为金币不足，仍然驻兵城下，日夜催促，还纵兵到处屠掠，幸好勤王兵陆续到来，才稍稍杀去金兵的气焰。李纲进谏说："金人贪得无厌，越来越嚣张，看来非用兵不可了。况且敌兵只有六万人，我们勤王的兵马已经达到了二十万，如果我们扼住河津，截住敌人的粮道，然后分兵收复北面的几个州县，我再用重兵向他们施压，坚守不战。等他们食尽力疲，自然不战而退。到那时，我们再收回誓书，废除和议。即使他们北归，我们也可以在半路截击，一定可以取胜。"种师道也非常赞成。

于是，钦宗饬令各路兵马，约定日期一同举事。此时，偏偏姚平仲说："既然已经议和了，就不需要再战；如果打算撕破脸，那就事不宜迟，应当速战！"他这一句话，弄得钦宗摇摆不定。李纲听后，也表示同意。可是，种师道想要等他的弟弟种师中到来，然后再开战。姚平仲进说："敌军士气骄横，必定没有设防。我乘今夜出城，杀入敌营，不仅可以救出康王，就算是敌酋干离不也能擒来。"种师道摇头说："恐怕没那么简单。"姚平仲说道："如果不能取胜，我甘愿受军法处置！"李纲接口说："那就去试一试吧！我们也去支援一下他们。"

等到半夜，姚平仲率军一万，出城劫敌，专门向敌军中营冲杀。不料冲进去后发现是一座空营，姚平仲急忙退还。可是为时已晚，伏兵已经从四面冲杀出来，干离不亲自率领各军，围歼宋军。姚平仲拼了性命才杀出一条血路，侥幸逃脱。他担心回去被诛杀，竟然逃跑了。李纲率各路兵马前去支援，到达幕天坡的时候，正好碰到金兵乘胜杀来，他急忙命兵士用神臂弓射击，才将金兵击退。李纲收军回城，种师道将他们接入。李纲不免悔叹，种师道对李纲说："今天发兵劫寨，本来就是失策，不过明晚不妨再去，这是兵家出其不意的计谋。如果还不能取胜，可每天晚上派数千人分道往攻，只求扰敌，不必血敌。我料定不出十日，金兵必然撤兵！"李纲极力赞成。第二天，李纲上奏钦宗，钦宗却沉默不语。原来，李邦彦等人上奏说昨天已经兵败，怎么能再战呢？于是，钦宗将种师道的话搁置在一边，没有采纳。

干离不回营后，庆幸自己早有防备，才能大获全胜。他召康王、张邦昌入帐，斥责他们用兵违约，大肆咆哮。张邦昌害怕极了，竟然被吓哭了。而康王却挺立不动，泰然自若。干离不看见后，让他们二人退出。干离不对王汭说："我看这宋朝的亲王，恐怕是将门子孙前来假冒的，不然怎么会有这么大胆呢？你去一趟宋都，诘问他们为什么要劫营，并让他们换其他亲王作为人质。"王汭奉令前往宋都。李邦彦解释说："用兵劫寨，是李纲、姚平仲的主意，并不是出自朝廷。"王汭生气地说："李纲等人如此专权，为什么不加以责罚？"李邦彦说："姚平仲已经畏罪潜逃，只有李纲还在，我立马上奏皇上，将他罢免。"王汭满意而归。李邦彦入内片刻，就有圣旨传来，将李纲罢职。钦宗还派遣宇文虚中到金营道谢。宇文虚中刚出门，就看到宣德门前聚集了很多军民，喧闹得很。钦宗连忙派吴敏前往查探，吴敏回来的时候，手里拿着太学生陈东的奏折，交给钦宗。他们要求起用李纲，诛杀奸臣。

吴敏等钦宗看完奏折后，又启奏说："宣德门外聚集了一万多兵民，请求陛下仍然任用李纲，臣没办法遣散他们。臣担心会发生叛变，望陛下详察。"钦宗皱了皱眉，召李邦彦协商。李邦彦应召入朝，兵民看见后，边追边骂，还用石头扔他。李邦彦像一只过街的老鼠，抱头鼠窜。等钦宗见到他的时候，他还面如土色，颤抖不已，不能出声。殿前都指挥王宗濋请钦宗仍用李纲，钦宗没办法，只好传旨召李纲。内侍朱拱之奉旨前往，可是他拖拖拉拉，迁延怠慢。民众乱拳交挥，竟然将他殴打致死，还杀了随从的十几个内侍。开封知府王时雍让大家退散，众人不听。一直等到户部尚书聂昌传出谕旨，恢复李纲的官职，兼任京城四壁防御使，大家才欢呼万岁。后来，民众又要求见种老相公，聂昌转奏，敦促种师道入城抚慰民众。种师道乘车前来，众人掀开帘子看了看说："果然是我们的种老相公。"这才欣然散去。

第二天，钦宗又派聂昌在学士中宣谕，让他们静心求学，不要干涉朝政，并说要用杨时为国子监祭酒，如果有什么话，可以让他代奏。大家都高兴地说："龟山先生到来，还有什么好说的！我等自然奉命承教了。"原来杨时的别号叫作龟山，他是南剑州人，与谢良佐、游酢、吕大临三人都是程颢的徒弟。程颢死后，他们又拜程颐为师。一天冬夜，杨时跟游酢一起拜见，程颐正在睡觉，杨时与游酢站在外面不肯离去。等程颐醒来，门外已经雪深三尺，程颐非常感动，将平生所学全部传授给他们。后来，程颐在大观初年病逝，世称伊川先生。伊川学术只有谢、游、吕、杨四子得到了真传，因此他们四人被称为"程门四先生"。

京城被围困后，杨时又奏请罢免内侍，修缮战备，钦宗命他为右谏议大夫，兼官侍讲。这次太学生等要求起用李纲，朝议认为是暴动，打算追究带头人的责任，杨时又上奏说："这些学士忠于朝廷，并没有其他意思，只要命德高望重的人监督他们，他们自然不会做出出格的事情。"因此，钦宗有意任用杨时。等聂昌奏明太学生们的情况，钦宗才决定命杨时兼任国子监祭酒，并解除元祐党籍学术的诸多禁令，同时追封范仲淹、司马光、张商英等人。

后来，金营遣还宇文虚中，并让王汭又来催促割让三镇土地，还有另派亲王的事情。于是，钦宗命徽宗的第五个儿子肃王赵枢代替，并下诏割让三镇给金国。王汭返回禀报干离不，干离不不接见肃王，并将康王、张邦昌放了回去。后来，他听说宋廷起用李纲，城中守备森严，还没等金币凑足就匆匆撤兵，京城解围。御史中丞吕好问进谏说："金人得志以后，越加轻视中国，今年秋冬的时候必然倾国而来，陛下应该马上备战，不要延误时机！"钦宗不听，只下诏大赦天下，废除一切弊政。后来，李邦彦被人弹劾，被贬为邓州知府。张邦昌进任太宰，吴敏为少宰，李纲知枢密院事，耿南仲、李棁为尚书左右丞。那时，姚古、种师中和折彦质引兵前来支援，有十几万人，已经到了京都。李纲请求下诏命姚古等人追击敌人，乘机掩击。

张邦昌却不以为然，还让他们回到原来的任所，并罢免了种师道的官职。

不久，有金使从云中前来，说奉了粘没喝的军令，前来索要金币。辅臣说他无理取闹，将他拘押了起来。粘没喝非常气愤，又分兵攻打南北关。平阳府的叛军们竟然将金人引入关中。粘没喝看到这城关高大坚固，非常雄伟，不禁叹息说："这关口这么险峻，他们却让我不费一兵一卒安然度过，南朝真是没有人了！"威胜军知府李植听说金兵过关，也急忙投降。后来，金兵又攻下隆德府，知府张确自尽。粘没喝听说泽州一带守备坚固，便退回云中，转而围攻太原。钦宗见金兵没有再来，召群臣商议三镇是否应该割让给金人。中书侍郎徐处仁说："敌人已经毁约，为什么还要割让三镇？"吴敏也说："三镇绝不能放弃。"于是，钦宗决定不割让三镇。因为张邦昌、李梲二人一直主和，所以钦宗将他们免职，提拔徐处仁为太宰，唐恪为中书侍郎，何㮚为尚书右丞，许翰同知枢密院事，并下诏说：

金人要盟，终不可保。今粘没喝深入，南陷隆德，先败盟约，朕夙夜追咎，已黜罢原主议和之臣，其太原、中山、河间三镇，保塞陵寝所在，誓当固守。

诏书颁布后，钦宗起用种师道为河东、河北宣抚使，屯守滑州。姚古为河北制置使，率兵增援太原。种师中为副使，率兵增援中山、河间。种师中渡河之后，猛追干离不到北部边境，这才撤军。不久，姚古也收复隆德府和威胜军，扼守南北关。钦宗见捷报频传，心里放心了许多，打算迎接太上皇回朝。当时太上皇已经到了南京，跟京城好久没有通消息了。因此京城里谣言四起，不是说太上皇复辟了，就是说童贯谋变了。钦宗也有些担心，李纲毛遂自荐，说去南京将太上皇接回来。李纲见到太上皇后，太上皇询问为什么这么久没有音信，还质问为什么要更改旧政，经过李纲一一解释，太上皇才答应回去，当即启驾还都。

太上皇回朝后，钦宗亲自前去迎接，并立皇子赵谌为太子。赵谌是皇后朱氏所生，深受徽宗的喜爱，赐号嫡皇孙。所以太上皇还朝后，钦宗特地立他为储君，以便侍奉太上皇。后来，右谏议大夫杨时弹劾童贯、梁师成等人，侍御史孙觌等人又极力论述蔡京父子的罪恶。于是，钦宗贬梁师成为彰化军节度副使，蔡京为秘书监，童贯为左卫上将军，蔡攸为大中大夫。墙倒众人推，随后，又有大臣弹劾梁师成，言辞非常激动。钦宗这才命开封官吏追杀梁师成，并没收了他的家产，再贬蔡京为崇信军节度副使，童贯为昭化军节度副使。

蔡京阴险奸诈，曾经四次手握重权，流毒四方，天下共恨。童贯握兵二十年，他与蔡京表里为奸，专门勾结后宫嫔妃，经常送东西给她们，后宫妇人对他们交口称誉，因此才深得徽宗的宠信，权倾一时。内外百官大多出自童贯门下，他坏事做尽，擢发难数。京城一带早有歌谣："打破筒，拨了菜，便是人间好世界。"筒与菜，暗寓童贯、蔡京二姓。蔡京和童贯二人被一贬再贬，谏官们乐得弹劾，就是京、贯的私党，也担心引火上身，交相攻击他们。于是，钦宗又将蔡京流放到儋州，赐蔡京的儿子蔡攸、蔡翛自尽。蔡翛还算有点良知，他接到圣旨后，慨然说道："误国到这种地步，确实该死！"说完，服毒而死。蔡攸尚且犹豫不决，左右给他一条绳子，他才悬梁自尽。蔡京不久也死在了流放的路上。

童贯被贬到吉阳军，路过南雄州的时候，忽然有京官到来，对他拜道："皇上赐给大王茶药，并且马上就要任命你为河北宣抚，下官先来祝贺，明天圣旨就到了。"童贯捻着胡须笑着说:"还是离不开我啊!"他让京官留在身边,整装以待。第二天上午,果然来了御史张澄。童贯急忙出迎,张澄命他跪听诏书,诏书中数落他十几条罪状,将要读完的时候,那京官在旁边拔出快刀,竟然砍下了童贯的脑袋。原来,这个京官是张澄的随行官,张澄担心童贯诡计多端,且手握兵权已久,不肯受刑,因此他先派随吏前往,假装前来祝贺,让童贯掉以轻心,免得到时候生出变故来。御史奉旨诛杀童贯,还需要用计,可见童贯的势力有多么庞大。相传童贯相貌魁梧,下巴上有很多胡子,皮骨如铁,一点也不像个阉人。童贯被诛杀后,张澄带着童贯的首级回京复命。还有梁方平、赵良嗣、朱勔等人也接连被诛,只有高俅侥幸存活,但是被削掉了太尉官衔。

旧贼还没有除干净,新贼又出现了。耿南仲、唐恪等一同被钦宗起用,杨时做了祭酒仅仅九十天,就被人弹劾罢官了。王安石的《字说》虽然已被禁用,但是仍然留着祀文庙。朝廷最失策的地方就是不修战备,不固边防,只想守住三镇,驱逐金人。因此钦宗连日催促姚古、种师中等人进军太原。

误国误家京城失守

金将粘没喝围攻太原，姚古、种师中奉命前往支援。姚古接连收复了隆德府、威胜军；种师中也接连收复了寿阳、榆次等县，进驻真定。朝廷因为两军旗开得胜，多次催促他们进兵。种师中老成持重，不愿意冒失急进，朝廷下诏责怪他逗挠，（躲开敌人，并持观望态度，刻意躲避开战，是军事用语）种师中叹气说："逗挠是兵家大忌，我从小从军，从来没有退怯；如今老了，怎么能忍受这种罪名呢？"于是，他随即麾兵前进，同时约姚古前来夹攻，并扔掉了所有的辎重和粮饷。种师中到了寿阳，碰到了金兵，五战三胜，随后便转攻距太原百余里的熊岭，静待姚古前来会师。不料姚古过了期限还没有赶到，金兵却摇旗呐喊，从四面赶来。种师中的部下此时已经饥肠辘辘，但仍然上前死战，不肯退步。双方从早上鏖战到了晚上，种师中令士卒用神臂弓（神臂弓，又称神臂弩，北宋神宗时发明，弓身长三尺三，弦长二尺五，射程远达二百四十多步，成为宋军弩手的制式兵器之一）射退金兵，无奈士兵没有米做饭，有功无赏，大多愤怨散去，只剩下一百多卫兵。金兵又杀回来，将种师中围住，他死战不退，身受四处重创，力竭身亡，死不瞑目。

金兵乘胜杀入，到盘陀驿的时候跟姚古大军相遇，姚古一战即溃，退保隆德府。种师道听说弟弟战死，悲痛欲绝，生了一场大病，乞求告老，将弟弟的尸骨带回家乡。耿南仲接到败报，惊惧万分，建议钦宗放弃三镇。只有李纲极力反对，于是，钦宗任命李纲为宣抚使，刘鞈为副使，前往代替种师道。李纲受命出发，查明姚古失约是统制焦安节误导所致，于是将焦打入大牢，就地正法。李纲还奏请钦宗贬谪姚古以告慰种师中的亡灵。于是，钦宗追封种师中为少师，将姚古贬到广州，另授解潜为制置副使，代替姚古的职位。

李纲留在河阳十几天，他操练士卒，修缮器械，大造战车，誓师御敌。钦宗又派遣解潜驻守威胜军，刘鞈驻守辽州，幕官王以宁与都统制折可求、张思正等人驻守汾州，范琼驻守南北关，约定三道并进，支援太原。偏偏耿南仲、唐恪等人嫉妒李纲，又倡议跟金国议和，并令解潜、刘鞈等将领仍然受朝廷指挥，不必受李纲的约束。徐处仁、许翰等人又主张速战，敦促诸species的速援太原。金人剑拔弩张，蓄势待发，而宋廷却互相排挤，水火不容，真是令人费解。

刘鞈自恃骁勇，贪功冒进，金人奋力激战，刘鞈力不能敌，当即败还。解潜继续进军，大军抵达南关，也被金人击败。张思正等人领兵十七万，与张孝纯的儿子张灏、张宵到达文水,袭击金将娄室的大营,取得小胜。第二天他们再战,竟然大败而归,损失了一万多人。都统制折可求一军也溃败,退到了子夏山。这几路兵马相继战败,威胜、隆德、汾、晋、泽、绛等地的百姓都闻风而逃,渡河南奔,州县都空无一人。李纲上奏说:"号令不统一是战败的主要原因,此后应该将几路兵马合成一军,由一路挺进,才有胜利的把握。"这道奏疏递上去后,李纲正准备召集湖南统制范世雄,以及之前被击溃的残兵,亲自率军前去攻击敌人。不料朝廷颁下圣旨,召他回京,仍然命种师道接任。

最可笑的是宋廷的宰臣,不重视择将练兵,就知道诱结亡国旧臣,图谋金国。到最后惹怒了强邻,兴兵压境,赵宋一百六七十年的锦绣江山就要葬送一大半了。先是肃王赵枢被派往金国作人质,宋廷也扣留了金使萧仲恭和副使赵伦。萧、赵都是辽室旧臣,因为归降金国而得官。赵伦担心会被长久扣押,于是对接待自己的宋朝官员邢倞说:"我等不得已降金,可是却对金人恨之入骨,如果有机会我们也非常想恢复故土,兴复大辽。如果贵国能帮我们一把,我马上回去联络耶律余睹,除掉干离不、粘没喝这两位金国悍将。到那时,贵国就可以安枕无忧了,我们也可以匡扶辽国了。"邢倞信以为真,连忙报告吴敏等人。吴敏等人也不加怀疑,并将蜡书交给赵伦,让他和萧仲恭一同回金,转告耶律余睹,令他作为内应。

没想到,这两人回去后,马上将蜡书献给了干离不。干离不转告金主,金主大怒,立即任命粘没喝为左副元帅,干离不为右副元帅,分两路大肆南侵。粘没喝率大军猛攻太原,太原城中已经断粮,军民十死七八,哪里还固守得住?知府张孝纯支持不住,太原城被攻陷,张孝纯也被擒住。粘没喝见他是个忠臣,不忍杀他,劝他归降大金,仍然任他为城守副都总管。王禀背着太宗的神像跳入汾河自尽,通判方笈、转运使韩撰等三十多人也全部遇害。金兵随即分兵攻破汾州,知州张克戬战死。宋廷诸位辅臣接连收到警报,你言战,我主和,又激起了一番争论。徐处仁、许翰是主战派;耿南仲、唐恪是主和派。后来,就连吴敏也加入耿、唐的阵列,反对徐处仁等人。徐处仁认为吴敏向来主战,这次突然又主和,反反复复,令人可恨,并在朝堂上当面质问他为何反复无常。吴敏不肯服气,跟他吵了起来。徐处仁是个暴脾气,他气急败坏,竟然拿起桌子上的墨笔,当作武器扔向吴敏。凑巧墨笔碰到吴敏的鼻子,画了一道墨痕。耿南仲、唐恪等人见吴敏被画花了脸,在旁边偷偷发笑。吴敏羞愤不已,竟然跟徐处仁扭打起来。最后还是钦宗把他们喝住,才算罢休。

退朝后,中丞李回弹劾徐处仁、吴敏二人目无君主,有失体统,就连许翰也被参劾在内。分明是耿、唐二人唆使,所以才将许翰列入在内。于是,钦宗将徐处仁、吴敏、许翰等人一并罢斥,改用唐恪为少宰,何㮚为中书侍郎,陈过庭为尚书右丞,聂昌同知枢密院事,李回签书枢密院事。钦宗决心主和,他派著作佐郎刘岑、太常博士李若水分别出使金两路大军,请他们撤兵。刘岑等人回朝后,说干离不不停地索要所欠的金银,粘没喝也定要割让三镇。钦宗不得已,再派刑部尚书王云出使金军,答应给他们三镇一年的赋税。那时,正好李纲回京,耿、唐二人担心他再来主战,便唆使言官交相弹劾李纲。言官说李纲劳师费财,徒劳无益,于是钦宗将李纲罢为扬州知府。中书舍人刘珏、胡安国为李纲辩解,说他忠心报国,不应该被外调,不料竟然得罪了辅臣,也被贬谪了。

那时，边境的警报铺天盖地地传到京城，朝中大臣议论纷纷，意见不一。何㮚奏请钦宗将天下二十三路分为四道，每道设置一名总管，总管遇事可以专断，财政也可以专用，官员可以自主升降，士兵可以自主赏罚。如果京城有危险，立即送去檄文，让他们率军前来守卫。钦宗准许，命大名知府赵野总管北道；河南知府王襄总管西道；邓州知府张叔夜总管南道；应天知府胡直孺总管东道。钦宗又在邓州设置都总管府，总领四道兵马。南道总管张叔夜听说都城空虚，请求统兵前去保护，陕西制置使钱益也想统兵前来。偏偏唐恪、耿南仲一味主张议和，竟然发出檄文，让他们驻守原镇，不得无故移师。

同时，唐、耿二人派给事中黄锷渡海到金国首都，请求罢战修和。试想，此时的金兵已经分道扬镳，倾巢南下，还有什么和议可言？况且前时宋朝答应的金币还没给全，答应割让的三镇也没有交割；并且宋朝还羁留金使，让他们诱结辽臣，这种种投机取巧的举动，早就被金人当作话柄。除非宋朝有几员大将，有几支精兵，杀他一个下马威，他还能跟你讲个道理。如果一味地乞和，金人怎么会答应？果然宋臣只管主和，金兵只管前进。干离不从井陉进军，杀败宋将种师闵，长驱直入天威军，攻破真定。守将都钤辖刘翊自尽，知府李邈被押解到金都。后来，干离不又率军直逼中山，河北大震。

事到如今，宋廷大臣还大都坚持议和，接连派人前去讲解。干离不派遣杨天吉、王汭等人来京，拿着宋廷给耶律余睹的蜡书觐见钦宗，抗议道："陛下不肯割让三镇倒也罢了，为什么还要规复契丹？"钦宗吞吞吐吐道："这是奸人所为，朕并不知情。"王汭冷笑说："南朝向来崇尚信义，为什么这么无信？现在你们只有赶快割让三镇，并尊奉我主为伯父，将拖欠的金币、牛马全部献上，还有议和的余地。"钦宗迟疑了半天，才说："等我跟大臣们商议一下。"王汭说道："商议！商议！恐怕我国大军就要渡河了。"说完便想离开。钦宗还想挽留，王汭说道："陛下可派亲王到我军前，自行陈请，我们没时间留在这里。"随即扬长而去。

钦宗惶恐万分，立即发出诏书，征集四方兵马来京勤王。种师道料定京城难以支持，急忙上疏请钦宗移驾长安，暂避敌锋。辅臣们反而说他怯懦，传旨将他召回，令范讷代任。种师道来到京城，见沿途毫无准备，愤激得不得了，心里想着自己老病缠身，还不如赶快病死。过了几天，种师道果然病重身亡。前次汴京被围，全仗着李纲、种师道二人主持大局。这时种师道死了，李纲也早已出知扬州，宋廷完全失去了主心骨。耿南仲等人还抓着李纲的辫子不放，挑衅滋事，不久李纲又被贬为保静军节度副使，安置在建昌军。

那时，正好王云从金营归来，说金人非要得到三镇不可，否则就要进兵攻取汴都。宋廷大震，钦宗召集百官到尚书省，商议三镇到底是弃还是守。唐恪、耿南仲力主割地，何㮚却进言说："三镇是国家的根本，怎么能割弃呢？"唐恪说道："不割三镇，怎么能退敌呢？"何㮚又说："金人无信，割地他们会来，不割地也会来。"他们争论了好久，还是没有结果。那时，金国主帅粘没喝已经从太原统兵南下，攻陷平阳，收降威胜军、隆德府，进破泽州。守城官吏弃城逃走，远近相望。宋宣抚副使折彦质领兵十二万，沿河驻扎，守御使李回也率一万多骑兵沿河驻守。偏偏金兵到来后，在河对岸敲了一夜的战鼓，把折彦质的大军吓得溃退。李回孤掌难鸣，也随即逃回京师。金兵勘察河流，见孟津以下的河道可以徒涉过河，于是便引军径渡。河阳知府燕瑛、河南留守西道都总管王襄闻风逃走。郑州永安军全部归降金军，汴京再一次戒严。

粘没喝派使臣前来要求割让两河（河北、河东地区），廷臣都面面相觑，不敢说话。只有王云站出来说："之前干离不索要三镇，并请康王前去，现在如果依他，一定可以讲和。万一金人不从，那就如王汭所言，给金主加上尊号，赠送冕辂就是了。"钦宗没法，升王云为资政殿学士，命他跟康王一起赴金军，答应割让三镇，并奉上衮冕玉辂，尊金主为皇叔，加上十八个字的尊号。王云受命后，就与康王赵构出都，由滑、浚到磁州。知州宗泽迎接说："肃王一去不回，难道大王也想重蹈覆辙吗？况且敌兵就在眼前，去了也没用，还是不要去了！"康王于是留在磁州。王云再三催迫，康王不从。康王去祭拜嘉应神祠，王云也跟在后面，州民都拦在路上劝康王不要北去。王云大声呵叱，激动众怒，大家齐声喊道："奸贼！奸贼！"王云不知进退，还想恐吓他们。可是众怒难犯，百姓们汹汹上前，你一脚，我一拳，霎时间王云倒在地上，双腿一伸，呜呼哀哉了。康王也不便动怒，只好连劝带谕解散了百姓。康王回到州署时，接到相州知府汪伯彦的帛书，请他前去相州。康王到了相州后，汪伯彦身穿铠甲，带着步兵，出城迎接。康王下马慰劳他："改日见了皇上，一定举荐你！"汪伯彦拜谢，康王就留在了相州。

这时，来了一位壮士，入城拜见康王。康王见他英姿凛凛，相貌堂堂，不禁暗中喝彩。康王问他姓名，他说姓岳名飞，字鹏举，是相州汤阴县人。他曾在真定军做过部校。他家世代务农，父亲叫岳和，母亲姓姚。相传岳飞出生时，曾有一只大鸟在屋顶上鸣叫，因此取名岳飞，字鹏举。岳飞出生还没满月，黄河决堤，洪水泛滥，房子都被冲垮了，幸亏岳飞的母亲抱着岳飞坐在大缸里，被冲到岸边才幸免于难。岳飞长大成人后，天生神力，能拉起三百斤的强弓。他听说周同善于射箭，便拜他为师，尽心学艺，最终得到了他的真传。岳飞在家闲来无事，就前去拜见康王，看有没有机会报效国家。康王问明一切后，将他留作护卫。后来，相州出了个叫吉倩的盗贼，康王就命岳飞前去招抚。岳飞单枪匹马去了吉倩的山寨，和他比试武艺。吉倩屡斗屡败，情愿率部下三百八十人悔过投降。岳飞将他引见给康王，康王嘉奖岳飞，并授他为承信郎。

岳飞请康王征募士兵，抵御强敌。康王因为没有接到朝廷的命令，有些犹豫。忽然有个人跟跟跄跄地跑进来，大声喊道："王爷，不好了！快快召集河北的士兵前去保卫京师。"康王一看，原来是尚书左丞耿南仲。康王来不及让他入座，就问："金兵已经到京城了吗？"耿南仲说："自从王爷离开京城后，金使三天两头前来催促，一定要我朝割让两河。皇上派聂昌去河东粘没喝的军营，派我去河北干离不的军营，分头磋商和议。我虽然已经老了，但不敢违命，只好与金使王汭一同上路。不料路过卫州的时候，兵民争着要杀王汭。我连忙替他解释，他才得以脱身逃走。偏偏兵民又要为难我，幸亏我命不该绝，才能逃到这里来见王爷。"康王说："聂昌到了河东，不知道情况怎么样？"耿南仲说："别提了，他一到绛州，就被钤辖赵子清五马分尸了。"康王不禁搓手说："这可怎么办？"耿南仲说："现在只有王爷征募士兵，进京护卫，或许还能保全京师。"于是，康王和耿南仲联名署榜，招募士卒。

再说汴京这边，粘没喝与干离不会师，直达汴京城下。干离不屯兵刘家寺，粘没喝屯兵青城。汴京城里面，卫士加上弓箭手只要七万人。朝廷将他们分为五军，命姚友仲、辛永宗为统领，登城守御。这时，兵部尚书孙傅保举了一个市井游民姓郭名京，说他能施六甲法，可以退敌。钦宗宣他入朝，他大言不惭地说："陛下如果相信小民，臣只用七千七百七十七人，就可以抓住敌帅。"钦宗大喜，说："若真能这样，朕还有什么好担心的？"于是，钦宗授郭京为成忠郎，赐金帛数万，令他自己招募勇士。郭京也不问技艺如何，只问生辰八字，只要能配合六甲法的都可以充选。他招来的都是一些市井无赖，没几天就凑够数了。

还有市民刘孝竭，也假借抵御强敌为名，效仿郭京募兵，有的称为六丁力士，有的称为北斗神兵，有的称为天兵大将。他整天谈神说鬼，自夸能守城破敌。钦宗也担心不能久持，便派人乘夜送出蜡书，召康王和河北守将前来支援。可是使者们走到城外，大都被金营的巡逻兵抓获。唐恪密奏钦宗，请求马上西去洛阳，何㮚引用苏轼"周朝失计，莫如东迁"这两句话，劝阻钦宗。钦宗听后，毅然说道："朕今天要死守社稷，决不逃离！"他随即亲自披甲登城，用御膳犒赏将士。当时正值寒冬，连日雨雪，守城将士冒雪抵御，很多人被冻死倒地。钦宗不忍目睹，便光着脚跪在地上乞求老天放晴。后来，钦宗又亲自到宣化门，百姓们看到皇上在泥淖中骑马，不禁感动落泪。唐恪跟在钦宗后面，被汴京城里的百姓殴打。他策马狂奔，才得以逃脱，回到家后，便卧床请求辞官。钦宗准奏，命何㮚继任。

不久，钦宗下诏恢复元丰三省的官名，不称何㮚为少宰，仍用尚书右仆射名号。冯澥回朝后，受职尚书右丞。南道总管张叔夜率兵勤王，命长子张伯奋统领前军，次子张仲熊统领后军，自领中军，合军三万余人，转战到南薰门外。钦宗召他入朝，张叔夜请钦宗移驾襄阳。钦宗不听，只命他统军入城，令他签书枢密院事。殿前指挥使王宗濋情愿出城迎战金兵，钦宗拨调了五万卫兵给他，令他开城出战，哪知王宗濋到了城外，刚一交锋就弃甲逃跑了。金兵猛扑京城的南墙，张叔夜和都巡检范琼拼死守御，才将金兵击退。粘没喝又派萧庆入城，一定要钦宗亲自出城谈判，钦宗非常为难，只派冯澥等人到金营请和。粘没喝将他们立刻遣还，不跟他们说一句话。东道总管胡直孺援救京师，被金人击败。金人抓住胡直孺，把他捆到城下示众，京城百姓惶恐不安。

后来，范琼派一千人偷袭金兵，过河的时候冰面破裂，淹死了五百多人。何㮚多次催促郭京出师，郭京一开始说，不到紧急关头不会出兵。后来，他又跟张叔夜说："金兵如此猖獗，等我出城作法，定能退敌。"张叔夜应允，郭京带领部下出了城门，竟然一溜烟地逃跑了。金兵已经从四面登城，宋军抵御不住，全城沦陷。统制姚友仲、何庆言、陈克礼、中书舍人高振全部战死。内侍监军黄金国赴火自尽，守御使刘延庆夺门出逃，被追骑所杀。张叔夜父子奋力抵抗，身受重伤，也只好退回。钦宗听到京城沦陷的消息后，不禁嚎啕大哭道："朕真后悔当初不听种师道的话，如今要成为亡国之君了！"

第六十二章 北宋灭亡

钦宗听说京城被攻陷，不禁恸哭不止，忽然有卫士在外面吵闹，要求见钦宗。钦宗只好登楼抚慰，正好卫士长蒋宣到来，将大家遣散，并打算拥护着钦宗的座驾突出重围。孙傅、吕好问在旁边满口否决。蒋宣大声说道："二位宰相误信奸臣，害得这般局面，还有什么好说的！"孙傅又想争辩，吕好问急忙劝解说："你们想要护主出围，本来是忠义之举，但是此时敌兵已经破城，怎么能轻举妄动呢？"蒋宣觉得言之有理，就退下去了。何栗想要率城中兵民进行巷战，正好有金使进来，提出议和退师。于是，钦宗命何栗与徽宗的第六个儿子济王赵栩到金军请和。他们回来后，说粘没喝、干离不等人要求太上皇亲自前去订盟。钦宗呜咽着说："太上皇因为惊吓、忧虑已经生病，怎么能去呢？如果非要前去，那由朕亲自前往就是了。"何栗、孙傅、陈过庭等人都束手无策。钦宗痛哭流涕说："罢了！罢了！事已至此，也顾不了那么多了。"于是，钦宗命何栗等人起草降表，由自己亲自送到金营乞降。

那时，粘没喝、干离不高高坐在床上，将钦宗等人传入。钦宗进营，向这二人作揖，并递上降表。粘没喝说："我国本来不愿兴兵，只因你国君臣太过昏庸无能，所以才兴师问罪。现在只要你们另立贤君主持中国，我们就退师。"钦宗沉默不答，何栗、陈过庭、孙傅等人在一旁齐声抗议道："贵国想要割地纳金，我们都能答应，只是更换君王这一条，我们不能答应。"粘没喝只是摇头，干离不狞笑道："你们既然愿意割地，那快去把两河割给我们；说到金帛这一条，最少要黄金一千万两，白银二千万锭，锦帛一千万匹。"何栗等人听了这话，不禁瞠目结舌，一时不好答应。粘没喝竟然将钦宗一行人扣押下来，强迫他们妥协。过了几天，钦宗跟何栗等人无计可施，只好勉强答应再立新君。金人这才放他们回城，并敦促他们在规定的时间里办妥。

钦宗从金营出来，像个女人一样哭成了泪人。路上看到百姓在两边接驾，不禁掩面大哭，说："都是宰相误导我父子二人呐！"百姓也涕泣不止。钦宗回宫后，立马派遣刘韐、陈过庭、折彦质等人为割地使，分别赶赴河东、河北割地给金。同时又派欧阳珣等二十人，到各州县传发檄文，让他们降金。欧阳珣曾上书，愤然说道："祖宗的土地，即使一尺一寸也不能给别人。"京师被攻陷后，他又上奏说："如果战败而割地，以后再夺回来还能说得通；若是不战割地，以后再要恐怕就说不通了。"这几句话触怒了宰辅，因此才命他出使，前往割让深州。到了这个时候，还想着借刀杀人，这帮辅臣真是该死！各路使臣都有金兵跟在后面，欧阳珣来到深州城下，对城上的守兵哭着喊道："朝廷被奸人所误，兵败割地，我特地拼死来到这里，奉劝大家恪守忠义，守土报国，不要做他人的亡国奴！"话还没说完，他就被金人押往燕京。欧阳珣誓死不屈，最后被金人活活烧死。此外，两河的将士和百姓都不肯降金，他们大都紧闭城门，拒绝来使，谢绝诏命。

后来，陕西宣抚使范致虚集兵十万人救援京师，大军到颍昌的时候，他听说汴都已被攻破，西道总管王襄率先逃跑。范致虚率副总管孙昭远、环庆主帅王似、熙河主帅王倚一同从武关出发，在邓州千秋镇遭遇金将娄室的部队，还没交战就溃败了。金人攻陷汴京后，越来越骄横，军中一切供应都向宋廷索取。金兵今天要粮，明天要马，甚至还索要少女一千五百人充当侍役。可怜这一帮宫娥彩女听说这个消息后，担心被送到金人那里后会被那群鞑子糟蹋，所以纷纷跳到池子中，陆续毙命。

不久，到了除夕夜，宫廷里面的人啼哭都来不及，还有什么心思贺年？第二天是靖康二年元旦，钦宗到崇福宫向太上皇请安，金帅粘没喝也派遣儿子真珠带着偏将八人前去拜贺，钦宗命济王赵栩到金营答谢。才过了三天，金人又来索要金币。这个时候，宋廷的国库早就空空如也了，哪里还拿得出这么多的金帛？偏偏敌使连番催促，到了初十这一天，竟然派人进宫索要，否则就再邀请钦宗到大营当面商议。钦宗也知道这次凶多吉少，所以不肯再去。何栗、李若水等人进言说："皇上先前已经去过了，没有什么意外事情发生；今天再去应该也没事！"于是，钦宗命孙傅辅助太子监国，自己和何栗、李若水等人再次前往金营。

阁门宣赞舍人吴革对何栗说："我夜观天象，见天文帝倾斜。这次陛下再去金营，肯定一去不复返了！"何栗不听，仍然拥护着钦宗出了城。张叔夜在车驾前谏阻，钦宗叹息说："朕为了天下苍生，不得不再去。"张叔夜嚎啕大哭，一拜再拜，钦宗也哭着说："嵇仲努力！"说到这里，已经泣不成声。原来"嵇仲"是张叔夜的表字，钦宗用表字称呼大臣，表示重托的意思。这个时候，京城内外全都被金人占领，宋廷上下都好像瓮中之鳖。钦宗如果不去，除非以身殉国，否则是逃避不了的。钦宗到达金营后，粘没喝将他留住，作为索要金帛的筹码。太学生徐揆到金营投书，请金人放还钦宗。粘没喝召他进去，生气地呵斥他，徐揆也不示弱，据理力争，竟然被金人杀害。

割地使刘韐到了金营后，粘没喝非常器重他，派遣仆射韩正劝他归降大金，并打算推荐他做宋朝的皇帝。韩正对刘韐说："刘公是宋朝重臣，德高望重。粘没喝国相非常器重刘公，刘公可谓前途无量啊。"刘韐回答说："如果让我苟且偷生，侍奉二主，我宁死也不屈。"韩正又说："我军正打算替宋朝册立异姓君主，国相打算让刘公接替皇位，与其白白送死，还不如到北朝去安享富贵呢！"刘韐仰天大呼道："苍天！苍天！大宋臣子刘韐，会听敌人威胁？"说完走到内室，咬破了手指，找了一张纸，在上面写了几句绝命的诗词：

贞女不事二夫，忠臣不事两君，况主忧臣辱，主辱臣死，以顺为正者，妾妇之道也，此予所以必死也。

写完后，将纸张折成方形，让亲信带回家，告知家属。而他自己则沐浴更衣，饮下几杯酒后，悬梁自尽了。金人敬佩他的忠义，将他的尸体安放在寺庙中。过了八十天，才将他入殓，放入棺中的时候，他的脸色红润，跟活人一样。

那时，汴都一带整天都在刮大风，阴霾四起。钦宗留在金营中，日夜期盼着回到宫中。他传令朝中大臣搜刮金银，无论是外戚宗室还是内侍后宫，一律进献财产。八天之后，搜得黄金三十八万两，白银六百万两，衣缎一百万匹，全部送到了金营。粘没喝还是不满足，再让开封府立赏征求。过了十八天，又搜得黄金七万两，白银一百一十四万两，衣缎四万匹，仍然全部献上。粘没喝反而生气地说："宽限了这么长时间，却只送来这么些金银，明显是觉得我好欺负。"提举官梅执礼等人说已经搜刮干净了，当即被金人杀害。其余的官员被杖责一百，然后再被派去收缴。粘没喝同时宣布金主的命令，将太上皇和钦宗废为庶人。

知枢密院事刘彦宗请求金人再立赵氏子孙为帝，粘没喝没有同意，并在南薰门设立关卡，禁止皇宫里的人出入，京城内外人心大乱。后来，金人又让宋廷大臣推举异姓大臣接替皇位，并逼迫太上皇、太后等人出城。太上皇准备起行的时候，张叔夜上奏说："皇上如今一去不复返，太上皇不应该再去了，臣这就鼓励将士，率军护驾突围。万一老天不保佑大宋，战死在自己的国土上，也比身陷蛮夷要光荣得多！"太上皇叹息了几声，想要找些毒药自尽。不料刚刚找来毒药，都巡检范琼突然赶到，劈手将毒药打翻在地，然后劫持太上皇和太后乘坐的马车出宫。他还逼迫徽宗的第三个儿子郓王赵楷以及六宫嫔妃、公主、驸马等人一起跟着。只有元祐皇后孟氏因为被废，一直住在京城之外，才幸免于难，也算是因祸得福了。

先前，内侍邓述跟着钦宗来到金营。金人威逼利诱邓述，命令他将亲王、皇孙、公主和妃嫔们的名字一一列出。然后让开封府尹徐秉哲根据所列的名单，将这些人全部叫出来。徐秉哲无奈，只好诏告城中百姓，不得藏匿皇室宗族的人。随后，徐秉哲下令城中街坊五家为一保，相互举报，先后捉了三千多人交给金军。粘没喝将太上皇劫持出来后，让他和钦宗一起换上胡服。李若水抱住钦宗，放声大哭，并痛骂金人猪狗不如。金兵将李若水拽了出来，拳打脚踢，李若水顿时血流满面，晕倒在地。粘没喝连忙喝住士兵，并派十几个铁骑守卫，临走前严加嘱咐说："一定要让李侍郎安然无恙，不然你们人头不保！"李若水醒后，拒绝进食。金人前来一再劝降，李若水叹息说："天上没有两个太阳，难道我李若水会侍奉两位主人？"

后来，粘没喝又胁迫两位皇帝召集皇后、太子。孙傅留住太子不放，并想方设法保全他们。偏偏卖主求荣的莫俦等人一定要太子出宫。都巡检范琼更加凶恶，他竟然命令卫士将皇后、太子强拉硬拽送上了马车，比那金人还要凶狠。孙傅大哭说："我是太子太傅，应当跟太子同生共死！"当下将留守的职务交付给王时雍，跟随太子一同出宫。城里的百官和百姓都跟在太子车驾后面，边追边哭。太子也哭着喊道："百姓救我！"哭声震天。他们到了南薰门，范琼请孙傅回去，守门的金人也对孙傅说道："我军只想要太子，跟留守有什么关系？你赶快回去吧！"孙傅回答说："我是宋朝的大臣，兼太子太傅，发誓定当死从！"金人只好将他留下。

李若水在金营里待了几天，粘没喝将他召入，商议册立异姓皇帝的事情。李若水也不跟他多说，只骂他是狗贼。粘没喝还是不想加害他，让他退下。可是李若水仍然骂不绝口，这下惹怒了营里的一群金将，他们用铁棒槌猛击李若水的嘴巴。李若水顿时唇破血流，可是他还一边喷血一边痛骂，直到舌头被割下，咽喉被割断，才气绝身亡！粘没喝也不禁赞叹道："好一个忠臣！"金国部将也感叹说："辽国灭亡时，还有十几个人舍生取义，而南朝却只有李侍郎一人还算得上是位血性男儿。"

粘没喝又令莫俦召集宋臣，商议拥立异姓皇帝的事情。百官都不敢说话，留守王时雍私下里问莫俦，莫俦说："金人的意思，是打算立前太宰张邦昌为帝。"王时雍说道："张邦昌？恐怕他难以服众。"说到这里，刚好尚书员外郎宋齐愈从金营回来，他传达金人的意思，并带回一张纸书，上面写着"张邦昌"三个字，还说："如果不立张邦昌，恐怕金军是不肯退兵的。"王时雍于是决定将张邦昌的姓名写到议状里面，让百官签名。孙傅、张叔夜都不肯签署，莫俦将这件事告诉了粘没喝。于是，粘没喝派人前去捉拿孙、张二人，并将他们分别羁押在营中。粘没喝召见张叔夜，吓唬他说："孙傅不肯署名，我已经将他杀死，张公老成硕望，跟孙傅一同赴死岂不可惜了？"张叔夜说道："我世受国恩，理当跟国家共存亡，今天我宁死也不会署名。"粘没喝不禁点头，让人把他带走。

后来，太常寺簿张浚、开封士曹赵鼎、司门员外郎胡寅都不肯签名，全部逃走。当时，唐恪已经署名，不知道他后来是不是良心发现，竟然喝药自杀了。王时雍又召集百官到秘书省，关上大门威逼他们签字，外面被卫士团团围住，但凡签过名的官员就可以离开。范琼晓之以理，动之以情，劝解大家拥立张邦昌，大家也唯唯听命。唯独御史马伸、吴给约同中丞秦桧写下这议状，想要迎还钦宗，并严厉指责张邦昌。可见秦桧当时还有些良知。粘没喝得知这件事后，又将秦桧捉走了。莫俦遂带着议状到金营，并邀请张邦昌到尚书省居住。当初张邦昌想要自尽，莫俦派人对他说道："相公先前没有战死在城外，现在忍心见京城上下生灵涂炭吗？"于是，张邦昌才安然居住，静候金人的命令。

阁门宣赞舍人吴革不肯屈节于异姓皇帝，他密结了几百名亲信和大臣，准备诛杀掉张邦昌，夺回两位皇帝，并约定在三月初八举事。离约定时间还有两天的时候，忽然听到金国要在初七册封张邦昌，吴革等人于是提前举事。三月初六，他们各自烧毁了自己的房子，杀掉了老婆孩子，在金水门外起义。吴革披甲上马，带领大家攻夺金水门。当时正好碰到范琼出来，他问明吴革的来意，假装表示支持，当即给吴革开了门。谁知道吴革一进门，只听范琼一声断喝，埋伏在旁边的党徒就将吴革拿下。吴革痛骂范琼禽兽不如，当场被范琼杀害。吴革还有一个儿子从了军，也惨遭诛杀。吴革手下的一百多人全部被抓，屠戮殆尽。第二天，金人送来册宝，立张邦昌为楚帝。张邦昌向北朝拜，受册即位，然后在文德殿接受百官朝贺，并传令金国使者不用拜谒。王时雍首先拜倒在地，其余百官也一律跪地。张邦昌也觉得忐忑不安，只面向东边站着，不敢接受。

这一天，天色昏暗，百官们虽然行了礼，但心里总不免有些凄楚。张邦昌也惶惶不安，只有王时雍、莫俦、范琼这几人显得非常得意。张邦昌命王时雍知枢密院事，莫俦为枢密院签书，吕好问统领门下省，徐秉哲统领中书省，所有职位上都加上"暂且"两个字。张邦昌虽然没有改元，但是所有奏折里都撤去了"靖康"的字样。只有吕好问的奏章里还写着"靖康二年"。王时雍进殿的时候，对张邦昌说"臣启陛下"等话，还劝他坐在紫宸垂拱殿上接见金使。幸亏吕好问据理力争，才放弃了这个举动。太上皇在金营听说张邦昌僭越即位的事情，不禁潸然泪下说："张邦昌如果能死守臣子忠节，社稷也会光荣一些，如今他却做起了皇帝，大宋还有什么希望？"金人也担心呆久了会发生变乱，于是在四月初十将两位皇帝以及皇亲贵族分为两批，押解北行。张邦昌穿着赤黄色的龙袍，亲自到金营为他们饯行。干离不带着太上皇、太后、亲王、驸马、妃嫔以及康王生母韦贤妃、康王夫人邢氏，向滑州北行。粘没喝带着钦宗、皇后、太子、嫔妃以及何栗、孙傅、张叔夜、陈过庭、司马朴、秦桧等人，由郑州北行。启程的时候，张邦昌又带着百官到南薰门外遥送他们，两位皇帝不禁嚎啕痛哭。

这时，忽然有一位半老徐娘穿着素服跑了过来，她的装饰跟女道士差不多。她不顾金戈铁马，硬要闯入金营来跟太上皇诀别。这妇人原来就是李师师。李师师自从徽宗禅位给钦宗后，一直隐居在尼姑庵里。金人久仰她的芳名，早就想和她寻欢作乐，因为一时没有找到，所以才搁置了。这次她偏偏不请自来，金人喜出望外，立刻将她拥入怀中。李师师挣扎着说："只要你们让我跟太上皇见上一面，我就跟你们一同北去。"金人于是带着她去见太上皇，这两人聚短离长，有说不尽的苦楚，只能把一捧泪珠作为赠别的纪念。金人不等他们说上几句话，就将李师师扯到一边强行带走。只听见她说"上皇保重"四个字，就像一曲出塞琵琶曲，凄婉悲切。粘没喝的儿子真珠一向好色，看李师师好像一株带雨的梨花，顿生怜悯之心。他下令让李师师跟他乘坐同一辆马车，好言抚慰她。刚刚走了几里路，那李师师竟然柳眉紧蹙，桃面惨白，口中模模糊糊地念了几声太上皇后，就仆倒在车上，溘然长逝了。真珠还想施救，可是哪里还来得及？仔细检查后发现，死因原来是她将折断的金簪吞进了肚子里。真珠非常叹惜，便下令在青城附近将她安葬，并亲自前去祭拜了一番，才登上路。

金人这一次带走的宝物不计其数，什么冠服礼器、教坊乐器、祭祀用具、八宝九鼎、圭璧、浑天仪、铜人刻漏古器、景灵宫供器、太清楼秘阁三馆书、天下府州县图以及一切珍玩宝物，都从汴京城内运到了金都。钦宗每过一座城，都会掩面哭泣。一路上，张叔夜粒米未进，只靠饮水为生。到了白沟，他听车夫喊道："过界河了。"他突然站了起来，仰天大哭，然后一言不发。金兵跑过去一看，才发现他竟然将自己扼死了。

到燕山的时候，金军两路相会。真珠向干离不提出了一个要求，干离不微笑着答应了。原来徽宗身旁有个妃嫔王氏和一个公主，长得玲珑剔透，美丽无双，好色的真珠早就对她们垂涎三尺了。只因为徽宗这一路是由干离不监押，只好向干离不请求。干离不转告徽宗，徽宗这个时候连命都保不住，哪里还顾得上妻子和女儿？无奈，只能忍痛割爱。干离不于是让真珠自己前去带人，真珠连忙将这两位如花似玉的佳人送到自己的马车上，载送回营了。这就是昏庸的报应，到了这种地步，徽宗也算是自作自受。

不久，金军从燕山到达金都，粘没喝、干离不奉了金主的命令，先命徽宗、钦宗两位皇帝穿着素服，拜谒金太祖完颜阿骨打的祠堂，随后在乾元殿拜见金主。两朝的天子一起做了别人的俘虏，只因贪生怕死，向金主屈膝下跪，把黄帝以来汉族的脸面全都丢尽了，真是可耻！可叹！金主完颜晟封徽宗为昏德公，钦宗为重昏侯，幽禁在韩州。后来，金主又将他们迁到了五国城。何㮚、孙傅在燕山的时候都相继殒命。

北宋自太祖开国，传到钦宗这里，一共经历九位皇帝，历时一百六十七年，北宋自此灭亡！

第六十三章 南宋开国皇帝赵构

金兵退走后,张邦昌仍然做着皇帝,吕好问对张邦昌说:"你真想当皇帝?还是权宜之计,慢慢考虑其他办法?"张邦昌大惊失色:"这是什么意思?"吕好问说:"你阅历丰富,饱读诗书,应该知道中原的人情世故。当时金大军压境,我们无可奈何。现在敌人已经远去,还有什么人肯拥戴你呢?如果你为自己考虑的话,还是将朝政归还,内迎元祐皇后入宫,外请康王早正大位,这样做或许还能保全你。"监察御史马伸也写信给张邦昌,说明其中的利害关系,建议他赶快迎接康王进京。张邦昌这才迎接元祐皇后孟氏入居延福宫,尊她为宋太后。太后前加一个宋字,难道张邦昌也想效法宋太祖吗?

淮宁知府赵子崧是燕王赵德昭的第五代子孙,他听到二帝北迁,就与江、淮经制使翁彦国等人登坛誓师,共同辅助王室。他们还写信呵斥张邦昌,让他退位。张邦昌只好派遣谢克家前去迎接康王。康王在汴京危急的时候,已经被任命为天下兵马大元帅。在陈遘、汪伯彦、宗泽的辅助下,大军从相州出发,进抵大名。金军沿河驻扎,大约有几十个大营。宗泽带着前锋猛攻,力破金军三十多个城寨,破冰过河。信德知府梁扬祖率领三千人前来参战,旗下有张俊、苗传、杨沂中、田师中等人,都有勇有谋、骁勇善战。宗泽请康王支援汴京,康王答应了下来。

偏偏这个时候,朝廷派曹辅带着蜡书前来,蜡书中说:"金人攻不下汴京,正准备议和。你们可以在附近屯兵,但不要急于来京城!"宗泽说:"这是金人的阴谋,想让我们缓兵。臣认为君主有难,我们理当前去营救,请大王率领将士先去攻打澶渊,然后继续前进。万一敌人有什么异常,我军那个时候已到汴京城下。如果用这个办法,徽、钦或许不至于被抢走。"汪伯彦说:"可是圣旨让我们不要进军,这怎么能违背呢?"宗泽说:"将在外,君命有所不受。何况这道命令,怎么知道不是在敌人的胁迫下写的呢?"康王相信汪伯彦说的话,于是派宗泽先去攻打澶渊。

宗泽从大名赶赴开德,一路上打了很多胜战。宗泽一边写信给康王,让他下令各路兵马在京城会和;一边写信给北道总管赵野、河东北宣抚使范讷、知兴仁府曾楙,让他们带军进京支援自己。不料这几路全都没有回应。宗泽只好率领孤军,进攻卫南。这时忽然看见金兵四集,险些将他困住。副将王孝忠在这次战斗中阵亡。宗泽下令拼死血战,士兵们都以一当百,杀掉敌军几千人,金军这才败逃。到了夜里,金军又来偷袭宗泽的大营,幸亏宗泽早就预料到了。他事先埋伏在外面，只剩了一座空寨，将金兵吓退。宗泽过河追击，又打了胜仗。随后，宗泽将这些消息上报康王，并催促他迅速进军。康王这时已有八万人马，还召集高阳关路安抚使黄潜善和总管杨惟忠移师东平，分别驻扎在济、濮各州。后来金人假传圣旨，让康王马上回京城，并把所有兵马交给副元帅。幸亏张俊看破了阴谋，劝阻了康王。康王这才进驻济州，静等消息。救兵如救火，康王没有故意逗留在路上，足以看到他的决心了。

宗泽多次催促，都没有用。他又听说两帝已经北上，只好带着孤军回到大名，传檄文给河北，准备和各路兵马拦截金军的归路，夺回二帝。怎奈勤王兵没有一支到来，他知道自己势单力薄，不可轻易冒进，所以只好作罢。康王这个时候还居住在济州，等谢克家从京城到了济州，才得到京城的确切消息。谢克家当即劝康王即位，康王没有答应。后来，汴京使臣蒋思愈也来了，他带着张邦昌的手书，无非是为自己请罪，请求康王回汴京即位。康王回信安慰了张邦昌一番，却没提即位的事情。

后来，宗泽又说张邦昌篡位叛逆，请康王前去讨伐，光复社稷。康王还在迟疑，吕好问又写信给康王："如果大王不即位，恐怕有不该即位的人就要作乱了，还是应以大局为重，尽快即位，稳定局势。"张邦昌又派谢克家和康王的舅舅忠州防御使韦渊，带着大宋的受命宝书，到济州劝康王即位。孟皇后也派冯澥等为奉迎使，同到济州，劝康王即位。经过众人的劝慰，康王这才哭着接受了宝书，派遣谢克家回到京城，准备即位的事情。这时，孟后已经由张邦昌尊奉，垂帘听政，她命太常少卿汪藻代写手书，诏告天下，宣布康王继承帝位。

这道手书传到济州之后，济州的百姓无不欢欣鼓舞，纷纷请康王在济州城即皇帝位。康王住在济州城里的时候，济州城四面总是红光照耀天空，非常绚丽。百姓都觉得这是百年不遇的祥瑞，坚信日后康王必定能重振大宋。康王安慰并遣散了百姓，让他们回去听命。这时，应天府朱胜非前来觐见，表示愿意将康王迎到应天府，并说："南京是太祖兴起的福泽之地，四方所向，交通便利，而且水上航运非常发达。请康王马上启程。"宗泽也很赞同，于是康王决定前往应天府。临走之前，鄜延副总管刘光世从陕州前来，康王命他为五军都提举。不久，西道总管王襄、宣抚使统制官韩世忠也陆续到来，他们都跟随康王一起前往应天府。

到达应天之后，这一行人在应天府府门的左边建起了受命坛，并定期在五月初一即位。张邦昌在即位前一天赶到应天府，见到康王后，他趴在地上请求康王赐他一死，接着便放声痛哭。康王将他扶起来，好言抚慰了一番。不久，王时雍等人也带着车驾和即位的礼服陆续到达应天府。五月初一，康王登坛受命。礼仪结束后，康王遥谢二帝，朝着北边痛哭不已。后来，经过百官的劝慰，康王才止住哭泣，接受百官拜谒，并改年号为建炎，颁诏大赦天下。康王并没有问罪张邦昌等人，只下令蔡京、童贯、朱勔、李彦、梁师成等人的子孙后代不得为官。康王遥尊靖康帝为孝慈渊圣皇帝；尊元祐皇后孟氏为元祐太后；遥尊生母韦氏为宣和皇后；遥立夫人邢氏为皇后。孟后当天就在东京撤帘，一切朝政交给新皇处理。历史上将这个朝代称为南宋，因为康王后来的庙号叫作高宗皇帝，所以历史上也称他为宋高宗。

这里还有一段关于高宗的传说。相传徽宗是南唐后主李煜转世，神宗曾经梦见李煜前来拜见自己，然后就有妃子生下了徽宗。所以徽宗无论是性情还是学术，都跟李煜非常相似。

徽宗被掳到金国后，金主也仿照宋太祖见李煜的方式见徽宗。高宗出生时，徽宗与郑后都梦见钱王李镠前来索要两浙的土地。第二天，太监就禀报说韦妃生下了一个男婴。而钱王活到八十一岁，高宗的寿命正好与钱王的寿命相同，所以人们都称高宗是钱王转世。

宣和年间，徽宗设宴招待诸位王公，高宗喝醉后想小睡一会儿，于是就退下休息去了。徽宗进入看他，揭开床上的帘子，竟然看见一条一丈多长的金龙蜿蜒在床上，徽宗当时就吓得退了出去。后来，高宗到金军那里做人质，粘没喝怀疑他不是亲王，要求再换一个人做人质。没过多久，他得知了高宗的真实身份，便立即派遣使者前去追赶。高宗那个时候正在一座寺庙里休息，忽然他梦见有位神人对他大喊道："快走！快走！敌人要追来了！"高宗被惊醒，看见旁边有一匹马，连忙上马飞奔。高宗渡河之后，那匹马却站着不动了，高宗仔细一看原来是匹泥马。因此民间才有了"泥马渡康王"的故事。

高宗即位后，任命黄潜善为中书侍郎，汪伯彦为枢密院知事，授张邦昌为太保，封为同安郡王。高宗准许他每五天来一次都堂，参与处理军国大事，不久，又加升他为太傅。高宗罢免了尚书左丞耿南仲和右丞冯澥；任用吕好问为尚书右丞；召李纲为尚书右仆射，兼中书侍郎。高宗还设立御营司，统一军政，乃命黄潜善为御营使，汪伯彦兼副使。王渊为都统制，刘光世为提举，韩世忠为左军统制，张俊为前军统制，杨惟忠主管殿前公事。高宗将误国的罪臣李邦彦流放到浔州；吴敏流放到柳州；蔡懋流放到英州；李籲、宇文虚中、郑望之、李邺等人调到广南各州。又因为宣仁太后高氏以前保护过哲宗，曾立大功，所以高宗下令让国史馆改正诽谤，诏告天下。并追贬蔡确、蔡卞、邢恕等人。后来，高宗又贬斥了耿南仲，将他流放到南雄州。

宗泽进见高宗，慷慨陈词，说了一番复兴大计。刚好这时李纲也在，这两人陈述国事，志同道合。他们边说边哭，高宗也非常感动。偏偏汪伯彦、黄潜善两个人嫉妒宗泽，不想让他入朝。为了将他排挤走，他二人就说襄阳为江防要口，应该派宗泽前去镇守。高宗于是任命宗泽为襄阳知府。汪、黄二人又嫉妒李纲，在高宗面前说了很多李纲的坏话。

李纲对此事略有耳闻，所以极力推辞宰相的职位。高宗当面告诉李纲："朕知道爱卿一向忠义，希望爱卿不要推辞了！"李纲叩头哭泣道："如今想要攘外安内，让金国归还二帝，安抚四方，责任全在陛下和宰相身上。臣自知愚陋，不配担此重任。如果一定要臣暂时掌管政权，臣愿意仿效唐朝宰相姚崇的故例，先说十条建议给陛下听。陛下采纳施行，臣才敢受命。"高宗说："你尽管说，只要是行得通的，朕自会答应。"李纲于是逐条说了出来，这十条分别是：

（一）治国时要注意防守。能守才能战，能战才有资本议和！（二）请高宗到汴都谒见祖宗庙堂，要是汴京不再适合居住，上策是定都长安，其次是定都襄阳，又其次就是定都建康，定都之事都应该事先准备妥当。（三）追究当初主张图辽的大臣的罪行，并将当初贬谪的忠臣，官复原职！（四）张邦昌挟金图逆，易姓改号，应该严明典刑，就地正法。（五）张邦昌僭越称帝，追击百官当中支持他的人，分为六个等级治罪！（六）严明军律，信赏必罚，振作士气。（七）在重要的河口、江边布置关卡，严防死守，扼住要冲地带。（八）整顿朝纲，严明纪律。（九）靖康年间任用官员，朝令夕改，要引以为戒。（十）高宗皇帝要励精图治，修孝悌恭俭，兴复大宋！

　　高宗听完这十件事，没有做出回应，只说第二天商议施行。于是李纲退下。等到第二天，高宗只答应了八条，张邦昌即位应该受罚和百官接受伪命应该受罚这两件事没有答应。李纲再次上书，要求严惩这些人，言辞非常恳切。高宗看完之后，召汪伯彦、黄潜善二人商议。黄潜善拼命为张邦昌辩解，高宗又召见吕好问：“爱卿那个时候刚好在汴京，必定知道张邦昌当时的情况。”吕好问说：“张邦昌篡窃皇位，人人共知，还求陛下明断。”高宗闻言，更加踌躇。李纲又觐见说：“张邦昌叛逆，如果仍然留在朝中，百姓将认为有两个天子，臣不愿与贼臣同朝。如果仍然留张邦昌，臣宁愿辞官！”说罢哭泣不已，高宗颇为感动。汪伯彦接着说："李纲正直忠诚，为臣等所不及。"高宗这才依从李纲的奏议，揭露张邦昌的罪状，贬他为昭化军节度副使，安放在潭州，并将王时雍、徐秉哲、莫俦、李耀、孙觌等人全都贬谪，分别安放在高、梅、永、全、柳、归诸州。

　　张邦昌住在皇宫的时候，华国靖恭夫人李氏经常给他进献水果，张邦昌也厚礼答谢。一天晚上，李氏邀请张邦昌饮酒，特意将养女陈氏打扮一番，令她侍宴。张邦昌见到陈女，身子已酥了半边，再加上她殷勤斟酒，目逗眉挑，张邦昌不由得心神俱醉。饮了数杯，张邦昌便假装喝醉，躺在席子上。李氏见张邦昌已醉，立即和陈女扶他起来，并说："事已至此，还说什么呢？"当下把黄色的披风披在张邦昌身上，将他扶进福宁殿小睡，并令陈女侍奉。张邦昌本来就是故意装醉，见李氏出去，立即一跃而起，将陈女搂住。陈女半推半就，任张邦昌为所欲为，宽衣解带，成就好事。后来张邦昌封陈女为妃，而李氏没有得到一点好处。等到张邦昌退居东府，李氏私下相送，并说了一些怨谤高宗的话。若要人不知，除非己莫为，张邦昌被贬到潭州，威势尽失，有人将这些话密报高宗，高宗命人将李氏打入牢狱，并让御史审讯。李氏没法抵赖，只好全部招供。于是张邦昌罪上加罪，马申奉诏来到潭州，勒令他自尽。随后，高宗又一并诛杀了王时雍等人。李氏杖刑三百，被发配到了军营。

　　吕好问曾接受伪命，为侍御史王宾所弹劾，因此自请解除职务，于是高宗下诏，让他出任宣州知府。高宗还追赠李若水、刘韐、霍安国等官位，并任用李纲为右仆射，兼御营使。李纲也尽力报答，知无不言，言无不尽。李纲接连上书了几条规划，想要富强国家，一雪前耻。里面有几条很是精辟：

　　（一）请置河北招抚司，河东经制司，特荐张所、傅亮二人充任。

　　（二）因高宗登极时，赦诏未及两河，建炎元年六月，正好潘贤妃生子，应援例大赦，特请遍赦两河，广示德义。

　　（三）请调宗泽留守汴京，规复两河。

　　（四）请立沿河、江、淮帅府，凡置府十有九，下列要郡三十九，次要郡三十八，府置帅，兼都总管。郡置守，兼钤辖都监。总置军九十六万七千五百人，别置水军七十七将，帅府置水兵二军，要郡一军，立军号曰凌波楼船军。造舟江、淮诸州。前此四道都总管，一并取消。

　　（五）修明军法，定伍、甲、队、部、军各制。五人为伍，二十五人为甲，百人为队，五百人为部,二千五百人为军。上下相维,不乱统系。所有招置新军,及御营司兵,俱用新法团结。且诏陕西、山东诸路帅臣,并依此法,互相应援。

(六)令诸路募兵买马,劝民出财,并制造战车,颁行京东西路。

(七)议车驾巡幸,首关中,次襄阳,又次在邓州,不当株守应天。高宗特命范致虚知邓州,修城池,缮宫室,实钱谷,以为巡幸之备。

(八)遣宣义郎傅雱使金军,但云通问二圣,不言祈请,俾上下枕戈尝胆,誓报国耻,徐使敌人生畏,自归二帝。

(九)请还元祐党籍,及元符上书人官爵。

高宗此时言听计从,无不施行。黄潜善、汪伯彦两人暗中妒忌李纲,又开始提倡议和。正巧这时候金国的娄室率领重兵进攻河中,代理知府郝仲连以身殉国。娄室攻陷了河中府城,又接连攻陷解、绛、慈、隰各州。汪、黄两人听到警报,秘密请求高宗转往东南,高宗也觉得胆怯,就下诏巡视东南。这下惹恼了一位忠臣,他接连上书,请求高宗返回汴京。

第六十四章 智勇双全的宗留守

高宗想到东南地带避难，偏偏有个人接连上表，请他返回汴京。这人不是别人，正是东京留守宗泽。自从金人离开汴京之后，百废待兴。宗泽受命留守汴京，他见汴京城楼破废，盗贼横行，当即下令不论赃物的轻重，只要参与偷盗，一概按军法处置。宗泽抓捕了几个匪徒，将他们当众问斩，从此京城附近的匪患慢慢平息。后来，他四处抚慰流离失所的百姓，并率众修缮城楼，汴京城里慢慢恢复了安宁。

不久，宗泽听说河东一带出现了一个巨寇，名叫王善。他纠集二十万匪徒，四处掠夺，而且图谋夺取汴京。宗泽一人一骑来到王善的大营，哭着对他说："朝廷当初危急的时候，要是有一两个像王公一样的人挺身而出，也不至于遭此大辱。我现在受皇命委托，力图兴复汴京，平定灾乱。正所谓大丈夫建立功业，报效祖国，为什么要自暴自弃，危害百姓呢？"王善一向敬仰宗泽的大名，听到这番言论后，更加感动，于是也哭着拱手说："不敢不效力！"于是，宗泽将王善收降，又派人到各州县宣示朝廷的诏令，命各州守将安抚好民众，严明律法，约束部下。京西、淮南、河南、河北一带，盗贼从此销声匿迹。宗泽还在汴京东南西北四面设置统领，收降四处溃散的将士，并督造战车一千二百乘，以备不时之需。城内的防守安排妥当后，他又在城外根据地形修建了二十四所壁垒，并沿河建筑连珠寨，联结河东、河北沿河的民兵，抵御外敌。一切处理妥当后，宗泽觉得是时候迎接高宗回京了。于是他上书请求，高宗只是下令嘉奖有功之臣，却对回京之事一字不提。

不久，金国又派使者来到开封，说是来通好楚帝张邦昌，宗泽将他扣押，并请求高宗将他就地正法，以泄私愤！可是，高宗却下令宗泽不要轻举妄动，并让他好生招待金使。宗泽又接连上书，请斩来使。高宗再三敦促，让他冷静对待。宗泽不愿奉诏，想先斩后奏。后来，高宗亲自写下诏书，严令他遣还来使，宗泽迫于龙威，只好将金使放还。后来，金人又来攻打汜水关，宗泽正准备组织人马前去支援，恰好岳飞因为触犯军令，被押送到了汴京，审问论罪。宗泽见他相貌非凡，不忍心加罪，还问他该如何应对金人来犯。岳飞一一回答，宗泽非常满意。宗泽认为岳飞是个将才，于是调拨五百铁骑让他驰援汜水关，将功补过。岳飞果然不负厚望，大败金兵。宗泽提拔岳飞为统制，自此岳飞开始崭露头角。宗泽再次申请高宗回都，高宗不但没有答复，还将元祐太后和六宫卫士的家属全部接到应天府，彻底放弃了汴京。宗泽再次上书，极力劝谏高宗不应舍弃故都，可是仍然不见回复。不久，宗泽听说李纲担任左仆射，正准备写信让他劝劝高宗，没想到信刚刚写好，就听说李纲又被罢免了。后来，宗泽听说太学生陈东、布衣欧阳澈请求复用李纲，罢免黄潜善、汪伯彦，竟然激怒了高宗，被处以死刑！这赤胆忠心的留守看到高宗如此昏庸，不免心寒长叹！

原来，汪、黄两人经常劝高宗移驾扬州，李纲极力反对。高宗当初还非常信任李纲，因为汪、黄在旁边日夜进谗，于是渐渐改变了初见，将李纲撇在了脑后。李纲呈递的奏折也放在一边，不予理会。后来，高宗想要提拔黄潜善为右相，不得已调任李纲为左相。仅仅过了几天，黄潜善就催促傅亮渡河。傅亮认为还没有准备妥当，打算缓些日子，并求李纲代为申请。偏偏黄潜善不以为然，还责备他有意逗留。傅亮本来是李纲举荐，李纲为了避嫌，便上书请朝廷罢免傅亮，自己也愿意解甲归田。高宗抚慰了李纲几句，但还是将傅亮罢官了。李纲再三请辞，高宗这才将他罢相，改为观文殿大学士，提举洞霄宫。

李纲总共做了七十七天的宰相，所有政策刚刚形成规模，稍微有点头绪，就被罢免了。于是高宗下定决心，巡幸东南。高宗不知道争存图强，一味寻找安乐窝，也是个无用的主子。陈东、欧阳澈跟李纲素未谋面，因为被他的忠义感召，所以才上奏请高宗任贤斥奸。黄潜善却挑拨道："陈东等人拉帮结派，如果不严惩，恐怕会出现骚动，后患无穷。"高宗令他核罪查办。尚书右丞许翰问黄潜善说："黄公要追究他们什么罪？"黄潜善说："按法当斩！"许翰说："国家之所以能富强，全仰仗言官死谏，我们不应该阻塞言路，还是等几位大臣好好商议一下再做决定吧！"黄潜善假装点头，却暗中嘱咐开封府尹将他们秘密处斩。

陈东，字少阳，镇江人；欧阳澈，字德明，抚州人。这两人因为忠义上谏而惨遭杀身之祸，人们无论认不认识他们，都为之流涕不已。三年后，汪、黄犯罪被查，朝廷也为陈东和欧阳澈平了反，追赠他们为承事郎，他们的子孙也被封了官。绍兴四年，他们又被加封为朝奉郎、秘阁修撰官。许翰听说这二人被处斩，心痛不已，连上八道奏折，请求免职，高宗准许。

当时，河北的州郡陆续被金军破陷，黄潜善、汪伯彦二人力劝高宗巡幸扬州。高宗听从他们的建议，打算马上启程，并命隆祐太后以下的人率先出发。这隆祐太后就是元祐太后，元祐的元字因为触犯太祖的忌讳，所以才改为隆祐太后。高宗到了扬州之后，自以为离敌人很远，可以不用提心吊胆了。他把故相李纲贬到鄂州，并派人到金人那里请求休战议和。高宗一心一意想讨好金人，只不过是想做个小朝廷罢了。哪知宋越是示弱，金越是逞强，使者到了云中后，反而被粘没喝扣住，软禁了起来。不久，粘没喝发起燕京大军，分三路来侵犯南宋。一个国家不图富国强兵，专想偏安一隅，真是可怜、可叹、可恨！

先前，金将干离不听说高宗即位，打算送归二帝，重修旧好，可是粘没喝不同意。不久，干离不病死，粘没喝独握兵权，仍然窥伺着南宋，打算兴兵吞灭。不久，南宋再派出使臣前来请和，粘没喝见高宗只知道向南退却，不知向北进攻，料知高宗是个没用的主子，于是他当下请求金主，分道南侵。粘没喝亲率本部兵马下太行，由河阳渡河，直攻河南；分遣银朮可攻打汉上；讹里呆、兀朮从燕山出发，由沧州渡河，进攻山东；派阿里蒲卢浑率军进攻淮南；娄室与撒离喝、黑锋从同州渡河，转攻陕西。各路金兵分头进攻。粘没喝到达氾水关，留守孙昭早已闻风而逃。娄室到了河中，见西岸有宋军扼守，不敢直接渡河。

他绕道韩城，踩着冰河，接连攻陷同州、华州。随后，娄室一路势如破竹，捣破潼关，中原大震。兀朮想要渡河攻打汴京，幸亏宗泽指挥得当，将兀朮打退，汴京才幸免沦陷。

转眼间，已经是建炎二年了。刚出正月，银朮可就率军进陷邓州，知州范致虚逃走，安抚使刘汲战死，他们准备巡幸的物品全部被劫走。银朮可又分兵四处进攻，连接攻陷襄阳、均州、房州、唐州、陈州、蔡州、汝州、郑州、颍昌府。郑州通判赵伯振、颍昌知府孙默、汝阳县令郭赞都宁死不屈，惨遭杀害。兀朮又从郑州进攻白沙，进逼汴京。那时，宗泽还悠闲地下着围棋，谈笑自若，部下前来询问迎敌计策，宗泽坦然说道："我早就准备好了。"不久，士兵来报，果然打了胜仗。原来，宗泽事先派遣部将刘衍赶到滑州，刘达赶到郑州，牵制敌人。后来，又令岳飞亲选两千精锐，绕到敌人的后方，截击金兵的归路。那时，金兵正在跟刘衍交战，不料后面又有宋军，两路宋军前后夹攻，竟然打败了所向披靡的金兵！

宗泽收到捷报后，料知金人势力昌盛，不会因为吃了一次败仗而撤兵，于是他又派遣部将阎中立、郭俊民、李景良等人率兵赶到郑州。不料，他们途中遭遇粘没喝带领的大军。两军对垒，阎中立战死，李景良逃跑，郭俊民投降了金人。宗泽接到战败的军报后，将逃跑的李景良抓住斩首。后来，郭俊民带着金使来到汴京，拿着粘没喝的书信招降宗泽。宗泽撕毁了招降书，并喝令左右，将这两人拖出去斩了。不久，刘衍从滑州返回汴京，金兵乘虚进攻滑州，宗泽派部将张撝率军支援。张撝的手下只有一二千人，金兵却有一二万人，有人劝张撝不要送死，张撝叹息说："畏惧敌人，苟且偷生，我还有什么脸面再见宗公？"张撝拼尽全力，战死沙场。宗泽听说敌军人多势众，担心张撝抵挡不住，连忙派遣王宣驰援，不料为时已晚，那时张撝已经战死。王宣带着部下与金人力战不退，竟然大破金兵，金兵弃城而逃。王宣进入滑州后，报知宗泽，宗泽令他驻守滑州。

这时，宗泽有位部将活捉了一名金国将领，宗泽询问他的来历，才知道他是辽室旧臣。宗泽亲自为他松绑，邀他坐在身旁，跟他说起了辽国灭亡以及金人的真实实力，收获颇丰。于是，宗泽召集诸将，哭着对他们说："你们都是忠义之士，应当协助我驱除鞑虏，迎还二圣，共立大功才对！"众将听后，无比慷慨激昂，都发誓以死报国，于是宗泽决心大举兴兵。他到处征募士兵，储备粮饷，并约同先前招降的贼寇共集城下，打算定期渡河，抢回二帝。不久，宗泽再次上疏，请高宗返回汴京，同时发出檄文，召都统制王彦回防滑州。

王彦为人忠勇，曾经跟张所、宗泽等人共图恢复大业。先前，金兵来犯，王彦首当其冲，于是宗泽派遣岳飞前去助他一臂之力。王彦率师来到新乡，遥见数万金兵前来，气势浩大。王彦部下不过七千人，将校十一员。当时岳飞也在其中，其他将领看到这种场面，都有些胆怯，不敢出战。唯独岳飞拿着丈八铁枪，冲入敌阵。他左挑右拨，无人敢挡，很快夺走了敌军的大纛，抛向空中。诸将见岳飞得手，也奋勇杀上，顿时击退金人，收复新乡。第二天，宋军又在侯兆川与金军遭遇，岳飞全身上下有十余处创伤，部众全部死战不退，又将金人击退。后来，岳飞的粮食快要吃完，他派人到王彦的大营乞粮，王彦没有准许。于是，岳飞便自行筹粮，转战到了太行山，擒住金将拓跋耶乌。金国悍将黑风大王自恃骁勇，前来与岳飞交锋，不到几个回合就被岳飞一枪刺死，金人见状，全部吓跑了。岳飞因为王彦始终不给粮草，不便再进，于是率着本部将士回到了宗泽身边。

王彦突然失去了这位良将，没人能抵挡得住敌军，不久便被金人围住。王彦奋力冲杀，才得以脱身，退到了太行山。随后，他又联络两河的豪杰，准备再次举兵。他的部下全都在脸上刺了"赤心报国，誓杀金贼"八个字。不久，两河响应，聚众十万，金将见宋兵人多，不敢靠近，专门偷袭王彦大军的粮道。王彦埋伏在粮道附近，大败金兵。后来，王彦接到宗泽的檄文，便率军陆续赶到了滑州。宗泽听说王彦已经回到滑州，便将所定的规划奏报高宗，大概说：

臣欲乘此暑月，是时当靖康二年夏月。遣王彦等自滑州渡河，取怀、卫、浚、相等州，王再兴等自郑州直护西京陵寝，马扩等自大名取洺、相、真定，杨进、王善、丁进等各以所领兵，分路并进。河北山寨忠义之民，臣已与约响应，众至百万。愿陛下早还京师，臣当躬冒矢石，为诸将先，中兴之业，必可立致。如有虚言，愿斩臣首以谢军民！

这道奏折递上去后，依然没有答复。而其他地方的情况更加糟糕，永兴军、潍州、淮宁、中山等府相继失陷。经略使唐重、潍州知府韩浩、淮宁知府向子韶、中山知府陈遘全都为国捐躯。宗泽忠愤交迫，再次上书，大概说：

祖宗基业，弃之可惜。陛下父母兄弟，蒙尘沙漠，日望救兵，西京陵寝，为贼所占，今年寒食节，未有祭享之地。而两河、二京、陕石、淮甸百万生灵，陷于涂炭，乃欲南幸湖外，盖奸邪之臣，一为贼虏方便之计，二为奸邪亲属，皆已津置在南故也。今京城已增固，兵械已足备，人气已勇锐，望陛下毋沮万民敌忾之气，而循东晋既覆之辙！

高宗看到这道奏折后，也不觉怦然心动，打算择日还京。偏偏黄潜善、汪伯彦这二人记恨宗泽多事，百般阻挠，力劝高宗不要回去，并告诫宗泽不要轻举妄动。奸臣当道，老将徒劳，可怜宗泽忧愤成疾，背上竟然长了毒疮。诸将纷纷前去探望，宗泽愤然起床说："二帝蒙尘，我日夜忧愤。你们如果能将金人赶走，夺回二帝，我就是死也没有遗憾了！"诸将流泪，齐声说道："不敢不尽力！"大家退出后，宗泽又吟诵唐人的诗词："出师未捷身先死，长使英雄泪满襟。"不亚于当年诸葛亮遗恨五丈原。第二天，风雨交加，宗泽在弥留之际仍然对家事一字不提。到了临终的时候，宗泽只是大喊了三声："过河！"到死了也不忘这个念头。

宗泽，字汝霖，义乌人。元祐年间中进士，文武双全。他在州县任职以来，政绩卓著，那时才将还没有显现出来。不久，他被调到磁州，修缮城池，誓师固守，金人不敢来犯。后来，他辅佐高宗，做了副元帅。他渡河逐寇，连败金人，于是渐渐威名远扬。随后，他受命留守东京（汴京），金人屡战屡败，于是更加敬畏宗泽，还称呼他为宗爷爷。他去世的时候已经七十岁了，举国悲痛。他病逝的消息传到朝廷，高宗追封他为观文殿学士谏议大夫，赐谥号忠简。宗泽的儿子叫宗颖，一直跟在父亲的身边，辅助军务。他为人谦和，深得人心，都城上下请他继承父亲的职位，统领汴京事务，偏偏朝廷颁下圣旨，让北京留守杜充移任，只让宗颖做了汴京判官。杜充来到汴京后，骄横无谋，大失众望。宗颖多次上谏，都不见杜充听从，他辞去官职，为父亲服丧。城中所有的将士以及被招降的盗贼，听说宗颖辞官，也都自行散去。刚刚有点自保能力的汴京城，又失去了防御的能力。

当时，金兵所到之处，城池大多被攻陷。娄室攻陷永兴后，率军西行，秦州帅臣李绩出降。娄室又引兵进犯熙河，都监刘惟辅亲率精骑二千，星夜赶往新店。第二天早上，他们碰上了金军的前锋黑锋，刘惟辅一马当先，挺枪突出。黑锋猝不及防，被一枪戳中胸膛，落马身亡，金兵大败。都护张严执意追击金人，追到五里坡的时候，遇到娄室的伏兵，被围战死。当时，粘没喝占据着西京，他听说黑锋战死，于是将西京城中的房屋全部烧毁，率军前往支援娄室，并留下兀朮屯驻河阳。

粘没喝一走，西京空虚。河南统制官翟进率军偷袭西京，不料兀朮早有防备，在城外设下伏兵，严阵以待。翟进的儿子中了埋伏死于乱军之中，翟进也差点战死。当时，御营统制韩世忠奉诏支援西京，他路过河阳的时候，正好遇到翟进的败军，于是率军救了翟进一命。后来，韩世忠与兀朮相持几天，双方都没有占到便宜。不料，几天后兀朮竟然率军走了。原来，粘没喝率军前去支援娄室，后来他听说娄室已经转败为胜，于是便在平陆渡河，率军回到了云中。兀朮得知消息后，也不打算久留，相继撤军。

另一边，娄室率军入侵泾原，制置使曲端派遣副将吴玠迎击，在青溪岭一带一鼓击退金兵。石壕尉李彦仙也用计收复了陕州，以及绛、解各县。那时，徽宗的第十八个儿子信王赵榛本来和二帝一同被金人押往金都，到庆源的时候逃了出来，流亡到了真定境内。和州防御使马扩与赵邦杰在五马山会师，他们从民间找到了赵榛，并奉他为王，总领各路兵马。两河的遗民听说后，闻风响应。于是，赵榛亲自书写奏折，让马扩送呈高宗。高宗接到奏折后，只见上面写着：

马扩、赵邦杰忠义之心，坚若金石，臣自陷城中，颇知其虚实。贼今稍惰，皆怀归心。今山西诸寨乡兵，约十余万，力与贼抗，但皆苦乏粮，兼阙戎器，臣多方存恤，惟望朝廷遣兵来援，否则不能支持，恐反为贼用。臣于陛下，以礼言则君臣，以义言则兄弟，其忧国念亲之心无异。愿委臣总大军，与诸寨乡兵，约日大举，决见成功。臣翘切待命之至！

高宗看完后，正好黄潜善、汪伯彦也在一旁，高宗便将奏折递给他们看。黄潜善不等看完，就问高宗："这可是信王的亲笔书信吗？会不会有假？"高宗摇头说道："确实是信王的亲笔书信，他的笔迹朕认得。"汪伯彦接口说道："陛下还是看仔细了。"高宗于是将马扩召入，问明一切。高宗确定无误后，当即授信王赵榛为河外兵马都元帅，并令马扩为河北应援使，返回禀报信王。马扩退出后，黄潜善对他道："信王已经北去，怎么还在真定？你这次回去，一定要小心观察，细心留意，不要中了奸人的诡计，触犯了欺君大罪！"马扩想要争论，黄潜善却说这是皇上的密旨，马扩不便跟他多争，怏怏而去。马扩到了大名府后，料知这件事情很难办成，便逗留了好几天。先前宗泽的奏疏里写的令马扩从大名府攻取洛相、真定，就是这个时候。金将讹里朵探知此事，担心马扩请来援兵帮助赵榛，急忙率军攻打五马山，并派人请粘没喝速来接应。信王赵榛听说金兵到来，连忙督兵守御，哪知水道被金兵截断，将士没了水源，顿时溃乱。讹里朵乘乱杀入，诸寨悉数失陷。信王赵榛也逃走，不知所踪。

第六十五章 苗傅作乱

金将娄室被吴玠击败后,退到咸阳。他看到漫山遍野都是渭南的义兵,所以不敢冒进。当时,河东经制使为王庶,他给环庆主帅王似、泾原主帅席贡接连发出檄文,约定一起合击娄室。这两人不愿受王庶节制,都不肯发兵。还有陕西制置使曲端,也不愿听从王庶号令。这三人勾心斗角,只是作壁上观,毫无团结可言。娄室全力攻打鄜延(宋康定二年,分陕西路地置鄜延路经略安抚使。治所在延州,后来升为延安府,是现在的延安市),王庶调兵扼守,金兵转而进犯晋宁军,侵犯丹州,渡过清水河,再次攻破潼关。王庶再次发出檄文,催促曲端进兵,曲端不肯听从,只派吴玠收复华州,自己引兵去了襄乐。

三位统帅都不肯相助,王庶只能独自御敌,偏偏娄室从小道偷袭延安,王庶急忙回援,可是延安已被攻破,害得王庶无家可归。恰逢兴元知府王燮率兵前来,王庶把部兵交付给他,自己和手下跑到襄乐,还想通过曲端来恢复实力。没想到王庶跟曲端见面后,曲端反而责怪他丢失了延安,想要将他杀掉。幸亏王庶机灵,将经制使印交给曲端,并上书自我弹劾。朝廷降旨将他贬为京兆守,这才保住性命。曲端还想扣住王燮,派部下前去召他过来,并嘱咐部下说:"他要是不来,提他的头来也行!"部下刚刚到了庆阳,才知道王燮已经回兴元府去了。

娄室又进犯晋宁军,知军事徐徽言写信给知府折可求,约定夹攻金人。折可求的儿子折彦文送信回复徐徽言,却被金兵抓住。娄室威胁他写信劝降他的父亲,折可求重子轻君,竟然将自己管辖的麟府三州献给了金军。徐徽言和折可求是亲家,娄室又派折可求到城下招降徐徽言。徐徽言也不废话,一阵乱射,将折可求射跑。徐徽言乘势出击,大败金兵,娄室退走十里下寨,他的儿子死于乱军之中。娄室伤心欲绝,恨不得把晋宁军吞到肚子里去。他命部下猛攻,双方僵持了三个多月,徐徽言粮尽援绝,城门被破。他正准备自刎,金人突然到来,将他拿下。娄室还想诱他归降,徐徽言破口大骂,最后被杀。娄室又攻破鄜、坊、巩三州,自此秦、陇一带几乎没有净土了。

那时,粘没喝已经跟讹里朵会师,合攻濮州。知州杨粹中登城固守,半夜命部将姚端偷袭金营。粘没喝猝不及防,狼狈逃走。后来,金军猛扑了一个多月,终于将濮州城攻陷。杨粹中被抓,宁死不屈,惨遭杀害。粘没喝再派讹里朵进攻大名府,并传檄文令兀尤再攻河南。兀尤接连攻陷开德府和相州。讹里朵兵临大名城下,守臣张益谦想要逃走,提刑郭永阻止说:

"北京（指大名府）是宋朝的屏障，一旦失守，朝廷就危险了。"张益谦低头不语。郭永退出后，急忙率军守城，并招募敢死队从城墙爬下，准备偷袭金营。没想到突然大雾四起，一片白茫茫的，金兵趁机爬梯登城，大名府失陷。张益谦慌忙迎降，讹里朵斥责他为何当初不降，吓得他连忙跪拜，将责任推到了郭永的身上。刚好郭永被抓，被推到营帐里，讹里朵问他："就是你率军顽抗吗？"郭永淡然承认。讹里朵又说："你要是肯降，少不了富贵。"郭永怒骂道："无知狗贼，我恨不得将你碎尸万段！"讹里朵大怒，一剑杀死了郭永，并下令逮捕郭永的家属，全部屠杀。

各处的警报接连传到扬州，黄潜善大多隐瞒不报。高宗还以为天下太平，只管安享富贵。他任命黄潜善与汪伯彦为尚书左右仆射，兼门下中书侍郎。两人拜谢，高宗对他们说："黄爱卿任左相，汪爱卿任右相，还担心国家不能复兴吗？"这两人听后，好像吃了雪一般的爽快。退朝以后，这两人毫无计谋，整天就知道跟娇妻美妾饮酒欢谈，他们有时还到寺院听老僧谈经说法。蹉跎到了建炎三年正月，忽然屯兵滑州的王彦觐见高宗，并先到汪、黄二相那里叙谈。刚刚见面，王彦就生气地说："敌军步步紧逼，一直没听到两位宰相调将派兵，难道想坐以待毙吗？"黄潜善沉着脸说："有什么祸事？"王彦禁不住冷笑说："金将娄室侵扰秦、陇；讹里朵攻陷北京；兀朮进攻河南，想必早就有警报了，近日粘没喝又攻破延庆府，前锋即将到达徐州，两位宰相也有耳目，难道是耳聋的白痴吗？"汪伯彦插嘴说："敌兵入境，全都仰仗着你们守御，为什么只责备我们宰臣？"王彦说："两河（河东、河中）的义士翘首期盼王师支援，我王彦日夜想着兴兵北渡，无奈各处的将士人心不齐，全靠两位宰相辅导皇上，颁下诏书，会师北伐。可是，如今两位却寂然不动，皇上也因此蒙在鼓里，再这样下去，恐怕不只有中原沦陷，就连江南也保不住了。"汪、黄二人无话可说，但心中却非常忿恨。等王彦退走后，他们急忙入奏高宗，说王彦丧心病狂，请求将他罢免。高宗立即准奏，下令将王彦贬为御营平寇统领。王彦悲愤交加，一肚子的苦水，不久便称病辞官。

不到几天的工夫，粘没喝就攻陷了徐州，知州王复一家遇害。韩世忠率师来救，被粘没喝率军击退，败走盐城。随后，粘没喝攻陷彭城，从小道进军淮东，攻破泗州。金兵打到面前了，高宗才收到警报，急忙派遣江、淮制置使刘光世率军防守。可是敌军还没有到，宋军就已经溃散了。粘没喝长驱到楚州，守城献降，他又乘胜南进，大破天长军。这时，金兵已经离扬州不到十里了。宦官邝询听到警报，连忙禀报高宗："贼寇快杀过来了，快跑啊陛下！"高宗也来不及问清楚，急忙披甲乘马，跑出城外。跟随高宗一起的只有王渊、张俊，以及内侍康履，还有几个卫兵。到了瓜州，他们坐上小舟渡江，傍晚才到达镇江府。黄潜善、汪伯彦当时还带着同僚在寺庙里听浮屠说法。听完回来的时候，守城的人大叫说："皇上已经走了。"这两人你看看我，我看看你，连饭都来不及吃，就策马南奔。隆祐太后和六宫妃嫔幸好有卫士护着，也相继出逃。城中居民都夺门而出，他们互相踩踏，死伤无数。司农卿黄锷逃到江边，军士以为他是黄潜善，便用刀枪指着他痛骂："误国误民，都是你一手造成，你也有今天！"黄锷正想解释，谁知话还没说出口，头就被砍断了，真是倒霉。

金人突然杀到，仓皇之下，朝廷的礼仪供奉物品多半被遗弃。太常少卿季陵带着九庙神主出逃,出城还没有几里,回望城中已经是烽烟冲天,大火弥漫。突然听到后面杀声震天,他担心是金兵追来了,急忙向前逃窜,匆忙间竟然把太祖的神主给弄丢了。等他跑到镇江,已经天明了。他见车驾又要启程,探明情况后才得知高宗要奔向杭州了。原来,高宗在镇江住了一晚,第二天一早,召集群臣商议去留的问题。吏部尚书吕颐浩请求留下,为江北坐镇;可是王渊却说钱塘有长江这道天堑,更加安全。于是高宗决定出走杭州,留中书侍郎朱胜非驻守镇江。

到了杭州后,高宗下诏罪己,并广纳直言,大赦天下,放还被流放的罪臣,唯独李纲没有赦免。不用猜就知道是汪、黄二人搞的鬼,他们想讨好金人,自以为机智,其实愚蠢至极。高宗还录用张邦昌的家属,让刘俊民带着张邦昌当初跟金人约和的书稿,到金军那里议和。后来,接到吕颐浩的奏报说:"金人在扬州烧杀抢掠一番后就退走了,臣已派陈彦渡江收复了扬州,希望陛下能宽慰一些。"高宗这才稍稍放心。

中丞张澄弹劾汪、黄二人,写下了二十条大罪。这两位奸臣竟然还联名上书,说什么国家艰难,自己不敢退去。高宗看完奏折后,才稍稍察觉这两个人的奸险,便将黄潜善贬为江宁知府,汪伯彦为洪州知府,升朱胜非为尚书右仆射,兼中书侍郎;王渊为签书枢密院事。王渊一直没什么威望,突然被提拔为这么大的官,大家都心怀不平。苗傅自以为是名将后代,刘正彦也因为招降贼寇却功大赏薄,心怀怨恨。他们二人看到王渊到枢密院任职,更是愤恨得不得了,还怀疑王渊跟内侍康履、蓝珪勾结,才做了这个官。于是两人密谋,打算先杀王渊,再杀康履、蓝珪。中大夫王世修也痛恨内侍专横,他与苗、刘串通一气,协商起事,并伺机而动。

那时,高宗召见刘光世为殿前指挥使,命百官入朝听封,苗傅以为时机成熟,于是跟刘正彦商议,让王世修在城北桥下设好伏兵,专等王渊退朝。王渊全然不知,糊糊涂涂地进去,糊糊涂涂地出来,马车刚出城,那桥下的伏兵突然窜了出来,一拥上前将王渊拖落马下。刘正彦拔剑出鞘,当场把他砍死。接着,刘正彦与苗傅拥兵入城,直抵行宫门外,将王渊的头割下来,挂在宫门上。他们还派人分头搜捕,斩杀了一百多内侍。

康履听说发生变乱,飞报高宗,高宗也吓得满身发抖,两眼痴呆。朱胜非正好到行宫觐见高宗,看到这种情况,急忙跑到楼上诘问苗傅为什么要擅自杀人。苗傅大声说:"我会当面奏明皇上的。"说没说完,中军统制吴湛就从里面开了门,将苗傅等人带了进去。一时间,只听见一片喧哗声,都说要见驾。杭州知府康永之见事情紧迫,无法拦阻,只好请高宗登楼抚慰众人。高宗不得已登楼,苗傅等人看见高宗,倒也还是山呼下拜。高宗扶着栏杆问有什么事,苗傅厉声说道:"陛下信任宦官,赏罚不公。军士有功,不闻加赏;内侍无功,却能升官。黄潜善、汪伯彦误国到了这种地步,还没有被远窜;王渊遇敌不战而退,率先渡江逃跑,并且他还结交康履,做了枢密签书。臣等自从陛下即位以来,功多赏薄,觉得很不公平。我们现在已经将王渊斩首,宫内的宦官也都伏诛,只有康履还在陛下旁边,请将他绑了交给臣等,将他正法,以谢三军。"苗傅说话虽然蛮横,但却有几分道理。高宗说:"黄潜善、汪伯彦已经罢斥,康履等人我会重罚的,爱卿你们回营听命吧!"苗傅又说:"天下生灵无罪,却被害得肝脑涂地，这都是宦官擅权的缘故。如果不斩康履等人，臣等决不回营。"高宗沉吟不决，过了片刻，苗傅等人情绪越来越激动，高宗无奈，只好命吴湛将康履抓来，送到楼下。苗傅手起刀落，将康履砍成两段，鞭尸枭首，悬挂宫门。

高宗再次命他们回营，苗傅等人还是不肯答应，还要高宗让位给皇太子。高宗为难地说："如果要朕退位，必须要有太后的手诏。"于是派门下侍郎颜岐去请太后登楼。太后到来后，见情势危急，连忙说："道君皇帝（徽宗）误信奸臣，酿成大祸，跟当今皇上无关。虽然皇上刚刚即位，有些失德，但也是被汪、黄两人误导，现在他们已经被窜逐，苗统制难道不知道吗？"苗傅回答道："臣等一定要太后听政，奉皇子为帝。"太后说道："如今大敌当前，我一个妇道人家怀抱一个三岁小孩，怎么号令天下呢？传到金人耳朵里，岂不是自取其辱？这件事情恐怕不能这么草率！"苗傅等人仍然固执不从，太后又对朱胜非说道："今天正需要大臣当机立断，为什么相公却一言不发呢？"朱胜非退下后对高宗说："刚才苗傅的心腹王钧甫跟臣说：'苗傅、刘正彦忠心有余，学识不足。'臣请陛下暂时禅位，以后再作打算！"高宗于是提笔写诏，禅位于皇子，请太后垂帘听政。朱胜非拿着诏书出去宣读，苗傅等人这才带着部下退去了。

皇子当天即位，太后垂帘听政，尊高宗为睿圣仁孝皇帝，改显宁寺为睿圣宫，颁诏大赦，改元明受，加封苗傅为武当军节度使，刘正彦为武成军节度使，将内侍蓝珪、曾泽等人流放到岭南各州。后来，苗傅派人将他们在半路全部杀死。他还想挟持太后、幼主到徽、越等地，幸亏朱胜非极力劝阻，苗傅才罢休。

第二天改元，赦免的诏书已经到达平江，平江留守张浚却秘而不宣。这时，张俊带着八千部下到平江来见张浚。张浚和他谈到朝中的时候，哽咽不止。张俊回答说："我接到圣旨，让我赶去秦凤，并只准我带走三百人，其余的部下归其他人调拨。我想这肯定是叛贼传出的矫诏，想除掉我这颗眼中钉。我犹豫不决，所以特地前来跟你商量商量。"张浚说："正如你说的那样，我已经准备兴兵问罪了。"张俊哭着说："这的确是当务之急，但是我们需要好好商量一下，免得惊动了圣上。"张浚一再点头。他们正在商议，忽然接到江宁送来的一封信，张浚打开一看，原来是吕颐浩来打探消息，他说："禅位一事，肯定有叛臣胁迫，我们应当一起兴兵讨逆才对！"这句话说到了张浚的心坎里，他随即写信答复，约定一同起兵，并写信给刘光世，请他率军前来帮忙。

那时，韩世忠从盐城回朝，已经到了常熟。张俊听说后，大喜道："世忠来了，不用担心不能成功了。"他当下转达张浚，招韩世忠会师。韩世忠收到张浚的书信后，愤慨地说："我跟二贼不共戴天！"随即他率军赶往平江，会见张浚。见到张浚后，他边哭边说："今天讨逆，世忠愿意跟你共当此任，请你不要担心！"张浚也哭着说："能够得到两位的鼎力相助，我也不必担心了。"于是，张浚犒赏张俊、韩世忠两军，并晓以大义，将士们无不感愤。韩世忠辞别张浚，率兵赶去杭州，临走之前张浚告诫他说："投鼠忌器，此行千万不要操之过急，急则生变。韩将军应该先到秀州，占据粮道，等各军到齐之后，再一起行动！"韩世忠受命而去。

韩世忠到了秀州后，称病不再前行，暗中却大修战备。苗傅等人听说韩世忠来了，非常担心，他们想要扣押他的妻子和儿子作为人质，朱胜非连忙阻止说："韩世忠在秀州逗留不前，说明他还在首鼠两端，犹豫不决。要是你拘押了他的妻子、儿子，恐怕反而会激怒他。为今之计，不如派他的妻子前去迎接他，好言慰抚，也许他还能为你所用，平江其他的人都是平庸之辈，掀不起什么风浪。"苗傅高兴地说："相公所言极是！"于是当即禀报太后，并封韩世忠的妻子梁氏为安国夫人，令她前往秀州，招韩世忠前来。

韩世忠的妻子梁氏就是南宋著名的巾帼英雄梁红玉。梁红玉出身卑微，但有胆有识。她武能挽弓射雕，文能舞文弄墨，平时见到一些纨绔子弟，总是冷眼对待。韩世忠在延安从军，跟着部队南征方腊。回到京口的时候，遇到了梁红玉。梁红玉料定他不是凡人，所以对他关怀备至。这两人常常在一起切磋武艺，讨论军事战略，就像卓文君遇到司马相如，红拂遇到药师一样。他们相见恨晚，引为知己。一次，梁红玉晚上梦见一只黑色的老虎跟她躺在一起，她惊醒后，非常诧异。见到韩世忠后，发现韩世忠也做了同样的梦。因为那时韩世忠还没有妻室，所以梁红玉便以终身相托。韩世忠也欣然答应，不久之后他们便结为夫妻。没过多久，梁红玉生下了一个儿子，取名韩彦直。

先前，高宗在应天即位，召韩世忠为左军统制。于是韩世忠带着妻子和幼儿一起到了南京，保护圣驾。后来，他被调出御敌，将妻子和儿子留在了南京。因为高宗陆续移驾扬州，逃往杭州，梁氏母子当然跟着高宗一同南行。现在，苗傅封她为安国夫人，并命她去迎接韩世忠。梁氏巴不得被派出去，她匆匆跑到宫里谢过太后，便回家带上儿子，策马奔出杭州城。只用了一天一夜，就赶到了秀州，韩世忠大喜说："真是天助我也，让夫妻二人能够重聚，我这下可以安心讨逆了。"不久，杭州送来诏书，催促他们前去。只见诏书上写着"明受"两个字。韩世忠大怒道："我只知道有建炎，并不知道还有明受。"说完将诏书撕毁，将来使斩杀，随后写信给张浚，约定马上进兵。

张浚收到韩世忠的书信后，也写信给苗傅、刘正彦，斥责他们的罪状。苗傅等人接到书信，又怒又怕，于是派遣弟弟苗瑀、苗翊以及马柔吉等人，率重兵扼住临平，并封张俊、韩世忠为节度使，唯独贬张浚为黄州团练副使，安置在郴州。张浚等人都没有受命，并起草讨逆檄文，传达附近的州县。吕颐浩、刘光世等人相继来会，于是讨逆军以韩世忠为前军；张俊为左军；刘光世为右军；张浚和吕颐浩总领中军，浩浩荡荡，由平江出发直逼杭州。

苗、刘等人听说大军到来，都惊慌失措。朱胜非却暗地嘲笑这两人都是酒囊饭袋。苗、刘情急之下，只好与朱胜非商议对策，朱胜非说："为两位打算，还是赶快请皇上复位，否则大军一来，你们将怎么办？"苗傅、刘正彦想了好久，实在没法，只得听从朱胜非的话。第二天，太后下诏还政，并命朱胜非等人将高宗从睿圣宫迎回行宫。高宗到了前殿，朝见百官，并说了几句安抚苗傅、刘正彦的话，苗傅跪拜说："皇上宽宏大量，罪臣罪该万死！"那时太后还在帘内。随后，高宗下诏恢复建炎年号，任苗傅为淮西制置使，刘正彦为副使，进封张浚为枢密院知事。又过了四天，太后撤帘，诏令张浚、吕颐浩入朝。那时，张浚、吕颐浩等人已经到达秀州，接到圣旨后，免不了聚众商议一番，然后再做定夺。

第六十六章　韩世忠讨平首逆

张浚、吕颐浩召集众人商议。吕颐浩仍然主张进兵，他对众位将士说："现在朝廷虽然已经复辟，但是苗傅、刘正彦这两个叛贼还手握重兵，如果事情安排得不周全，我们反而会遭到他们的报复。汉朝的翟义、唐朝的徐敬业，不都是前车之鉴吗？"众位将士齐声说道："吕公言之有理，我们一定要肃清君侧，不然绝不还师。"商议好之后，张浚等人又驱军直进。抵达临平的时候，老远看到苗翊、马柔吉等人沿河扼守，靠山临水驻扎了好几座大营，河里还插了很多木桩，阻止船只航行。韩世忠看到这种情形，立刻下令舍舟登陆，跨马先行，张俊、刘光世跟在后面，大刀阔斧地杀了上去。苗翊等人见他们来势凶猛，连忙麾众退却，韩世忠索性跳下战马，徒步冲杀。他拿着长戈誓师道："今天我和众将士要誓死报国，如果有人不一起拼命，一律处斩！"于是，人人奋勇杀敌，个个舍生忘死，霎时间，王师驰入敌阵。苗翊命人拉满神臂弓，严阵以待。韩世忠瞪大眼睛，一声大喝，弓箭手全都吓破了胆，慌忙逃跑。苗翊、马柔吉也抵挡不住，只好调头逃跑。各军乘胜追入北关，苗傅、刘正彦听说勤王兵杀到，急忙带着两千精兵，趁夜打开涌金门逃走了。王世修正打算出逃，劈头遇见韩世忠，被他一把抓住，交给了狱吏。

张浚、吕颐浩一起入城后，马上前去拜见高宗，伏在地上待罪。高宗再三慰劳，并对张浚说："朕前段时间住在睿圣宫跟外界隔绝，那天我正在吃饭，忽然听说爱卿被贬官了，不禁弄翻了饭碗。朕心想爱卿走了，还有谁堪当大任？"说完，高宗将佩戴的玉带解下，赐给张浚，张浚连忙拜谢。当时，韩世忠已经剿除了逆党，也前来进见。高宗见他到来，还没等他行礼，就起身紧紧握住他的手，哭着说道："中军统制吴湛是第一个帮助逆贼的，他现在还在朕的身边，爱卿能替朕抓住他吗？"韩世忠连忙遵旨。等高宗将手松开，韩世忠便离开去找吴湛了。这时，吴湛正好路过殿门，韩世忠假装跟他打招呼，趁机抓住了他的手。吴湛想要挣脱逃跑，可是韩世忠力大无穷，他们彼此拉拉扯扯，只听见"扑"的一声，吴湛的中指竟然被拉断了。吴湛一声惨叫，疼痛难忍，连忙缩成一团，当场被韩世忠抓住，交给了刑官。后来，吴湛跟王世修全都被斩杀，逆党王元佐、马瑗、范仲容、时希孟等人也相继被贬。

高宗准备大加奖赏，可是朱胜非进见说："先前陛下遭遇变故，臣理当不屈而死，臣苟且偷生，就是为了今天！现在陛下已经安全了，臣情愿退职。"高宗说道："朕明白爱卿的忠心，爱卿千万不要离开朕。"朱胜非一再请辞，高宗无奈地说："爱卿走了，什么人能代替呢？"

朱胜非说道："吕颐浩、张浚都可以继任。"高宗又问他这两个人的优缺点,朱胜非说："吕颐浩做事干练,但雷厉风行;张浚做事负责,但有点粗心。"高宗皱眉说："可是张浚太年轻了。"朱胜非又说："臣前日被召见,粮饷后勤都交给了张浚处理;还有出师勤王的主意也是张浚提出来的,陛下可不要小瞧了这位年轻人呐!"高宗点头。等朱胜非退去后,高宗升吕颐浩为尚书右仆射,免掉朱胜非的职务;升李邴为尚书右丞,郑毂为枢密院签书;升韩世忠、张浚为御前左右军都统制,刘光世为御营副使。凡是勤王的部将都加官进爵。高宗还下令禁止内侍干预朝政,重新修订三省的官名,将左、右仆射改为中书门下平章事,改中书门下侍郎为参知政事,撤掉尚书左、右丞。

张浚等人请高宗还朝,高宗从杭州启行,向江宁进发。临行时,高宗命韩世忠为浙江制置使,与刘光世一同追讨苗傅、刘正彦。高宗到了江宁府后,改江宁为建康府,暂时歇脚。高宗册立独子赵旉为皇太子,赦免苗傅的党羽马柔吉等人的罪名,让他们改过自新。只是苗傅、刘正彦和苗傅的弟弟苗瑀、苗翊等人没有被赦免。韩世忠受命追讨逆贼,他从杭州西进,在鱼梁驿跟苗傅、刘正彦等人撞上,并跟他们激战了好几天,神勇的韩世忠将他们一一击溃,除了苗傅逃走之外,刘彦正、苗瑀、苗翊全部被擒。后来,韩世忠又在各州县悬赏缉拿苗傅。没过几天,就有人将苗傅捉住,交给了韩世忠。韩世忠将苗傅等人押回建康府,苗氏三兄弟全部就地正法。高宗非常欣慰,亲自写下"忠勇"两个字,悬挂在韩世忠的大旗上,用来表彰他的功绩。

天下的事情祸福相倚,喜忧参半。不料逆臣刚刚被诛杀,储君却不幸夭折。皇太子赵旉那个时候还在襁褓之中,高宗在去建康的路上,途中免不了受些风寒,导致染上了疟疾。祸不单行,宫里的侍女不小心踢到地上的金锣,突然发出的巨响惊动了太子,太子竟然抽搐而死。高宗悲愤交加,追赐赵旉为元懿太子,并命人将侍女杖毙,就连保母也一并被处死。

高宗突然丧子,不免心痛不已。他正伤心拿着小儿的衣物悼念,张浚忽然进宫劝慰,并趁机秘密禀报了一件事情。高宗屏退左右,跟张浚鬼鬼祟祟地谈了一个晚上,张浚这才告辞。原来高宗即位后,下令严惩当初拥立张邦昌的官员。当时,张邦昌等人都已经伏罪,只有都巡检范琼仗着自己手握雄兵,不肯就范,并率军盘踞在洪州。苗傅被押送回建康府时,范琼从洪州入朝,乞求赦免苗傅等人的死罪。可是高宗没有答应,把苗傅等人全部正法。范琼又进朝当面诘问高宗,非常傲慢,高宗不禁有点畏惧。为了安抚他,高宗升他做了御营司提举,并暗中召见张浚密议,嘱咐他设法除掉范琼。于是,张浚跟刘子羽秘密商议,偷偷让张俊带着一千甲士星夜渡江,对外说是防御其他贼寇。安排妥当后,张浚密报高宗,请他召见张俊、范琼、刘光世等人到都堂议事。高宗事先命张浚草诏,命大臣们第二天上午到都堂议事,且让他预备好范琼的罪状,布置好天罗地网后,静待范琼等人到来。

到了第二天,张俊、刘子羽先到,张浚随后赶到。不久,百官相继到来,到了响午,范琼才慢腾腾地到来。都堂中特地准备了午餐,大家吃完饭后,坐在大堂等待召开会议。忽然刘子羽拿出一张黄纸,走到范琼的前面说:"皇上有旨,命将军到大理寺对质!"范琼惊愕地从椅子上跳起来说:"你说什么?"话还没说完,张俊就召甲士进来,将范琼押了出去,送到狱中。刘光世出去安抚范琼的部下说："先前二帝被围困在汴都，范琼却甘心做金人的走狗，挟持二帝北去，罪大恶极，我已经奉诏将范琼打入大牢。你们同受皇家的俸禄，并不是由范琼供养，所以不会株连到你们，大家各自回去待命吧！"大家齐声允诺，各自回营。范琼被打入大牢后，不久便被赐死。他的儿子和族人全部被流放到岭南。高宗下令将范琼的旧部分派到各军，罪魁祸首范琼就这样被正法，真是大快人心。

张浚除掉范琼后，又上书献上兴复大宋的计策，他说："现在想要一雪前耻，必须从平定关、陕开始。关、陕一旦丢失，东南也保不住。臣愿意为陛下做前驱，肃清关、陕的敌人。陛下可以先与吕颐浩一起去武昌，以便寻找机会到陕西。"高宗点头称赞，随即命张浚为川、陕、京、湖宣抚处置使。张浚正准备启程赴任，谁料边关又传来警报，金将兀术大举南侵，接连攻破磁、单、密等州，并攻陷兴仁府城。高宗惊恐万分，急忙派遣两位使者前往金营，一位是徽猷阁待制洪皓，一位是工部尚书崔纵。洪皓临行之前，高宗让他转告粘没喝，表示愿意除去尊号，尊奉金国为正统，宋朝愿做附属国。洪皓抵达金营后，粘没喝却胁迫洪皓归降，洪皓不肯屈服，被金人流放到冷山。崔纵到金营请和，并询问二帝是否安好，金人认为他傲慢无礼。崔纵说了很多大道理，并要求迎还二帝，他的举动激怒了金人，也被流窜到了荒郊野外。

先前，吕颐浩送别张浚后，本打算护着高宗前往武昌，听说金兵南下，于是改变主意，说："武昌路途遥远，粮饷难以供给，不如在东南定都。"滕康、张守等人又说："去武昌有十个害处，千万不能前往。"于是，高宗打算留在杭州，并升杭州为临安府，让李邴、滕康二人暂且统领三省枢密院的事务，请隆裕太后前往洪州。当时的东京留守杜充因为粮食将要吃完，打算离任南行，岳飞阻谏说："中原的土地一寸都不能放弃，我们今天一旦离开，恐怕马上会被金人占有，以后再想夺回来就没那么简单了。"杜充不肯依从，收拾行李匆匆南下。他回到临安府后，高宗却没有加罪于他，反而升了他的官职。随后高宗又命郭仲荀、程昌寓、上官悟等人代替杜充的职位，并派京东转运判官杜时亮和修武郎宋汝为一同到金都，请求金人缓兵。高宗还写信给粘没喝，信中无非是一些哀求的话，令人不忍直视。高宗这个时候已经吓破了胆，全然不顾志节了。

试想，从前太祖在位的时候，江南也曾向他乞请罢兵，太祖没有答应，还说卧榻之侧不容他人鼾睡，难道高宗不知道太祖的遗训吗？况且戎、狄、蛮、夷，一向只服从强国，只有雄兵才能让他们低头，怎么会跟你讲大道理呢？宋朝越是可怜地跪地乞求，金人越是蛮横无理，强兵压境。果然，宋使三番五次前去求和，金兵不闻不顾，只管南下。起居郎胡寅见高宗这般畏缩，也放胆仗义直陈，极言高宗从前的过失，并进献七条计策，请高宗施行：

（一）罢和议而修战略；（二）置行台以区别缓急之务；（三）务实效，去虚文；（四）大起天下之兵以图自强；（五）定都荆、襄以稳根本；（六）选宗室贤才以备任使；（七）存纪纲以立国体。

这篇奏牍说得淋漓透彻、慷慨激昂，偏偏高宗不以为然，吕颐浩也恨胡寅太过刚直，竟然上奏将他外谪，免得他再多嘴。不久，警报日益紧迫，风声鹤唳，草木皆兵。高宗召集文武大臣商议可以停留的地方。张浚、辛企宗请求转驾长沙，韩世忠说道："国家已经丢失河北、山东，要是再抛弃江、淮，我们还去什么地方安居？"吕颐浩说："近来金人专门朝皇上所待的方向猛攻，可见他们的目标是皇上。我们现在应该且战且避，护卫皇上转移到安全的地方，臣愿意留下来死守此地。"高宗说道："朕的旁边不能没有宰相，吕爱卿应当跟着朕同行，江、淮一带就托付给杜爱卿了。"于是，高宗命杜充兼任江、淮宣抚使，留守建康；韩世忠为浙西制置使，据守镇江；刘光世为江东宣抚使，镇守太平、池州，各路兵马都归杜充调遣，自己启程向临安府奔去了。

金将兀术听说高宗逃往临安府，准备大办水师，从海上进攻浙江。他同时传檄文给降将刘豫，攻打南京。刘豫本来是宋臣，曾经担任济南知府。后来，金将挞懒攻陷东平，进攻济南，刘豫派遣儿子刘麟出战，被敌人围住，幸亏部将张东引兵前来救援，才将金兵击退。随后，挞懒招降刘豫，并许诺他荣华富贵，刘豫禁不住诱惑，竟然开门归降了。挞懒让刘豫担任东平知府，刘麟担任济南知府，还把金国旧河以南的地区全部交给刘豫统辖，刘豫非常得意。刘豫接到兀术的檄书后，率军攻破了应天府。知府凌唐佐被活捉，后来不得已归降了金人，并仍担任原职。凌唐佐用蜡书奏达朝廷，乞求援兵，不幸事情败露，刘豫将他满门残害。高宗收到凌唐佐的蜡书后，还想通好挞懒，让他阻止刘豫南下，于是便派直龙图阁张邵奔赴挞懒军营。

张邵到潍州后与挞懒相遇，挞懒令张邵跪拜，张邵毅然说："监军与我都是臣子，彼此平等，哪有跪拜的道理？况且用兵不论强弱，只论曲直。上天还没有抛弃大宋，贵国却唆使我朝叛臣刘豫裂地分封，还要穷兵猛打，如果论起理来，哪国为直，哪国为曲，请监军自思！"义正辞严，南宋之所以不亡，还赖着有三两个这样的直臣。挞懒无言以对，竟仗着强横势力将张邵押送到密州，幽禁在柞山寨。还有真定守臣李邈也被金人掳去，软禁了三年。金人想委任李邈做沧州知府，李邈死不从命。后来，金主下诏凡是留在金国的宋臣，都要换上金人的冠服，李邈非但不从，反而痛骂金人。金人割掉他的舌头，将他杀害。高宗虽然也有所耳闻，但是心中只存着两个字，一个是"和"字，一个是"避"字。高宗听说兀术打算从海道入侵浙江，便下诏命韩世忠屯守圌山、福山，并令兵部尚书周望为两浙、荆、湖宣抚使，统兵驻守平江。后来，兀术分两路入侵，一路从滁州入侵江东，一路从蕲州、黄州入侵江西。高宗担心隆裕太后在洪州受到惊扰，又命刘光世屯兵江州，作为屏蔽。高宗在临安府待了七天，听说敌人越逼越紧，又渡过钱塘江跑到了越州。

金将兀术接到探报，得知高宗越跑越远，自己一时飞不到浙东，便向江西进兵，去劫持隆裕太后。金人相继夺取寿春、光州、黄州，长驱过江，直逼江州城下。江州当时由刘光世驻守，他整天就知道饮酒作乐，对战事绝口不提。等到金兵杀过来，他竟然不做任何抵抗，匆匆忙忙打开后门，向南康逃去。知州韩相也乐得弃城出走，步刘光世的后尘。江宁这道屏障一破，金兵直奔洪州。滕康、刘珏听说金兵杀到，急忙带着隆裕太后出城。江西制置使王子献也弃城出逃。洪、抚、袁三州相继被攻陷。隆裕太后逃到吉州，听说金兵追了上来，急忙连夜坐船逃离。不料船夫起了歹心，劫夺了许多财物。都指挥使杨维忠受命保护太后，手下士兵不下数千，也相继溃变。宫女有的逃走，有得被抢劫，最后只剩下几个人。后来，连滕康、刘珏二人也逃得无影无踪。可怜太后身旁的侍卫只剩下不到十人，他们还算有些良心，一路保护着太后和太子生母潘贵妃，从安陆逃到虔州，才稍微安歇，也算他们命不该死。

金人攻破吉州，并屠戮了洪州。一路上宋朝的守臣不是逃跑就是归降，金兵势如破竹。只有徐州知府赵立方率兵三万打算前去保护皇上，可是杜充却让他去驻守楚州。赵立方路过淮阴的时候，遭遇金兵的大队人马，他的部下劝他返回徐州，赵立方愤怒地说："返回者，斩！"随即，他率军跟金人展开殊死搏斗，转战四十多里，终于到达了楚州城下。赵立方两边的脸颊都被弓箭射中，不能说话，只能靠双手指挥，忍痛坚持作战。进入楚州城后，赵立方才拔出弓箭。金人忌惮他的忠勇，不敢进逼。金兵改道去攻打真州，再从马家渡江，攻入太平。杜充防守江、淮一带，任由金人进犯，没有派过一兵一卒前去救援。统制岳飞上书死谏，杜充却视而不见。直到太平失守后，因为金人快要逼近建康了，才派遣都统制陈淬与岳飞截击金人。陈淬和岳飞相继杀入敌阵，陈淬战死，岳飞挺枪跃马，奋力冲突，金人不敢近身。可惜各军已经败溃，单靠岳飞一军，终究寡不敌众。岳飞没有办法，只好率领部下杀出重围，择险立营，保全自己。杜充听说各军败溃，竟然放弃建康，逃往真州去了。

杜充的部将埋怨杜充苛刻，想暗中谋害他。杜充得知消息后，不敢回营。后来，他接到金将兀术的书信，劝他归降，信中说："如果杜大人归降，定会效仿张邦昌的旧事，拥立你主持中原。"杜充大喜过望，便偷偷跑回了建康。正巧兀术率军赶到城下，杜充连忙说服守臣陈邦光、户部尚书李棁开城迎降，在路旁叩拜。兀术入城后，城中官属全部归降，只有通判杨邦乂咬破手指，在衣服上写下"宁作赵氏鬼，不为他邦臣"十个字，宁死不降！金兵将他押到兀术的面前，兀术看到他的血书，心里很是敬佩，当下婉言劝他归降。杨邦乂又破口大骂，只求一死。兀术不得已，将他杀害，事后还对他赞不绝口。

高宗到达越州后，一会儿想亲征，一会儿想远逃。后来，他听说连杜充也投降了金人，三魂七魄被吓丢了一半，连忙召吕颐浩前来商议，不断地说："该怎么办？该怎么办？"吕颐浩不慌不忙地说："万不得已的时候，我们就乘船航海。敌人善于乘马，不善乘舟，等他们退走了，我们再返回两浙。敌进我退，敌退我进，也是兵家的上策。"高宗当即向东逃到明州。兀术乘胜南下，从建康杀到广德，一路过关斩将，闯进独松关。他见关口内外连个人影都没有，便笑着对部众说："南朝只要用几百勇士扼守此关，我们就没那么容易成功了。"当下金兵直抵临安，守臣康允之逃走，钱塘江县令朱跸自尽。兀术进城后，派遣阿里蒲卢浑率兵前往浙江，追讨高宗。

第六十七章 英雄夫妻

高宗听说金兵追来了，连忙上船逃到海上，并留下参知政事范宗尹和御史中丞赵鼎留守明州。当时，张俊从越州赶来，也奉命在明州留守，高宗还亲自写下手札，上面有"捍敌成功，当加王爵"这样的话。吕颐浩让随从的官员留下来听候差遣，高宗说道："士大夫应当与君主共存亡，岂能不跟在朕的身边？否则朕不就跟强盗一样四处流窜吗？"于是郎官以下大部分跟着上了船，嫔御吴氏也穿着军装跟随高宗。

吴氏祖籍开封，父亲叫吴近，曾经梦见自己身在一座亭子上面，匾额上有"侍康"两个字，两边种遍了草药，百草丛中却有一花独放，缤纷可爱，吴近醒后不解梦境。吴氏十四岁的时候，秀外慧中，被时任康王的高宗选做王妃，颇受宠爱。吴近也因此升任武翼郎，他这才明白当年"侍康"的梦兆。高宗一路奔波，只有吴氏对他不离不弃。她穿着盔甲，拿着宝剑，好似高宗的贴身侍卫。而且她知书识字，过目不忘，算得上一个文武双全的淑女。

建炎三年年底，高宗接到越州被攻陷的消息，所以不敢登陆，只好呆坐在船里过了年。到了建炎四年正月，又收到张俊的捷报，这才敢移舟靠岸，暂时停留在台州境内的章安镇。过了十多天，高宗听说明州又被攻陷，非常惊慌，连忙令水手起锚，向那烟波浩渺间飞逃去了。

原来，金将阿里蒲芦浑带领精骑南追高宗，抵达越州。宣抚使郭仲荀出逃温州，知府李邺出降。阿里蒲芦浑留下偏将琶八守城，自率精兵再度前进。琶八送走阿里蒲芦浑后，快要回城时，忽然有一块巨石飞来，跟他擦肩而过。他当下喝令军士，拿住刺客。那刺客大声喊道："大宋卫士唐琦在此！我恨不能击碎你的头颅，我即使死了也是赵氏鬼魂！"琶八叹息说："如果宋人全都像你这样精忠，赵氏怎么会沦落到这种地步呢？"他随后又问道："李邺身为知府，尚且举城迎降，你是什么人，竟敢跟我们大金作对？"唐琦厉声说道："李邺为臣不忠，应该被碎尸万段。"说到这里，见李邺就在旁边，便怒视着他说："我每个月只有一石的俸禄，都不肯卖主；你受朝廷厚恩，却甘心做走狗，还算是人吗？"琶八下令将他拖出去斩首，唐琦到死还骂不绝口，真是忠烈。

阿里蒲芦浑离开越州后，渡过曹娥江，到了明州西门。留守明州的张俊派统制刘保出战，败还城中。张俊再派统制杨沂中和知州刘洪道水陆夹击金兵，两将奋勇死战，杀死金兵数千人，敌军败溃。那天是除夕，他们杀退敌兵后入城过年，聊赏残年。第二天是元旦，西风大作，金兵又来攻城，仍然未能攻下。又过了一天，金人像发了疯一样猛扑，张俊、刘洪道登城督守，并派兵反击，大败阿里蒲芦浑。金人派人向兀朮求援。过了四天，兀朮的部下领军前来，仍然由阿里蒲芦浑统领进攻。这个时候，张俊竟然胆怯起来，他连夜向台州出逃，刘洪道也逃跑了。城中没有主将，很快被金兵攻入。金兵进城后，又大肆屠掠了一番。后来，金兵又乘胜进破昌国县，他们听说高宗在章安镇，急忙率水师穷追，可是航行了三百多里，却没见到高宗的踪迹，反而看到十几艘船舰，趁着顺风，前来攻击自己。金兵是北方人，不懂水性，哪里是对手？连忙调转船头，四散逃跑。宋军的船舰当下扬帆追击，一阵驱杀，重创金兵。那船中的主帅就是提领海舟的张公裕。张公裕击退金兵后，返报高宗。高宗这才敢在温州港口暂作停留。

那时，金将兀朮一路掠夺财物，收获颇丰，于是他打算引兵撤回临安。他一路纵火焚烧，将所有金银财宝装载了好几百车，从秀州经过平江，运回临安。平江留守周望逃往太湖，知府汤东野也弃城逃跑，兀朮又顺便大肆掠夺了一番，直逼常州、镇江府。正巧浙西制置使韩世忠在镇江驻守，他听说兀朮要撤军，连忙率军阻截他的归路。兀朮见江上布满战船，料知不能安心渡江。于是，他派遣使者到韩世忠那里，约定决战的日期。韩世忠接受战书，并约定在明天一早决战。

那时梁夫人也在军中，她听说明天就要决战，便向韩世忠献计说："我军不过八千人，敌军却不下十万，要是跟他硬拼的话，就算我们以一当十，也恐怕不是对手。妾身倒是有个想法，不知道夫君肯不肯采纳？"韩世忠说："夫人如果真有妙计，当然听从。"梁夫人说："明天交战的时候，由妾身统领中军，专门负责守御。我会下令只用石炮和强弩射击敌人，不跟他交锋。将军再领前后二队从两侧杀入敌阵，敌人往东，你就向东截杀；敌人往西，就向西截杀。妾身会在船楼上竖旗击鼓，夫君以中军的旗鼓为信号，根据旗子的动向和鼓声截杀。这次一定要打出我们的威风，免得他以后再窥伺江南。"韩世忠说："真是妙计！不过我也有一计。我观察这里的地形，只有金山还算高点。金山上有座龙王庙，想必兀朮会登山俯望，窥探我军虚实。我马上派甲士埋伏在龙王庙的内外，如果兀朮中计，便可以将他擒来，不怕金兵不败。"梁夫人大喜道："那还不赶快行动！"

韩世忠马上命偏将苏德带着两百精兵登上龙王庙，一百人埋伏在庙里，一百人埋伏在庙外。只要江中的鼓声一响，庙外士兵先把住庙口，庙里士兵把住寺院，见到敌人马上拿下。兀朮只要前来，插翅难逃。苏德领命前去，韩世忠亲自登上船楼，在旁边放了一面鼓，睁大眼睛密切注意山上的行人动向。一个时辰后，果然看到有五个人将马放在山脚，登山入庙。韩世忠也是心急，那些人还没有进庙，他就敲响了战鼓。庙中伏兵听到鼓声后，率先杀出，那五人见情况不妙，连忙奔逃下山。庙外的士兵反应稍迟了一步，没有将他们拦住，只好跟庙里的士兵一同追赶。五骑中只抓获了二骑，其余三骑上马奔逃。只见其中一个从马上掉了下来，他立即爬起上马，最后还是逃了。韩世忠望过去，见此人穿着红袍，系着玉带，料定就是兀朮。看见他脱身而去，韩世忠不禁长叹："可惜啊！可惜！"后来，苏德盘问被抓住的那两个人，得知逃走的那人果然是兀朮，韩世忠更觉得可惜，叹息不止。

当天傍晚，韩世忠依照梁夫人的计议，万事俱备，只等开战。第二天一大早，梁夫人统领中军，坐在船楼上，准备击鼓。只见她头戴雉尾，脚踏战靴，满身裹着金甲，好像出塞的王昭君，又好像从军的花木兰，英姿飒爽。兀术领兵杀到，遥望宋兵中军的船楼上坐着一位女子，也不知道是什么人物。兀术先是惊诧，后来转念一想，管她是谁，先杀过去再作计较。他当下传令攻击，专门向中军冲杀。哪知桴声一响，宋军先是万箭齐发，然后又有轰天大炮接连发声。上百斤的巨石跟飞一样砸向敌船，落下的地方不是人死就是船碎，管你是什么精兵强将，照样抵挡不住。

金人抵挡不住狂风骤雨般的射击，兀术连忙下令调转船头，忽然又听到鼓声大震，一彪水师从中流突出，为首的统帅不是别人，正是威风凛凛的韩世忠。兀术令其他的船只将他拦截，自己转舵西向，打算从西路过江。偏偏到了西边，又有一员大将领兵拦住了他的去路。他仔细一瞧，发现还是那位韩元帅。兀术暗想："我今日见鬼了，那边已派兵拦住了他，为什么在这里他又出现了？"兀术正在凝思的时候，忽然从旁边闪出一人，大呼杀敌。他仗着熊胆，跃上船头，一看原来是爱婿龙虎大王，急忙叫他回来，但是为时已晚，对面的宋兵见有人冲杀上来，用长矛猛刺，连戳带钩，把这位龙虎大王钩落水中。兀术急呼水手捞救，可是水手还没有下水，那边的宋军早就跳下水，擒住了龙虎大王，登船报功去了。兀术既惊惶又气愤，打算督兵冲出一条血路，可是哪禁得住宋军长矛齐集，部众纷纷被挑落下水，兀术一看没缝可钻，只好麾众退去。

韩世忠追杀了几里，听到鼓声已经停止，才下令收兵。他返回船楼，见梁夫人已经下楼，不禁上前握紧她的双手说："夫人辛苦了！"梁夫人说："为国效力，有什么辛苦的！只是有没有抓到敌军将领？"韩世忠说："抓住了一个！"梁夫人说："夫君快去审问，妾身先去休息一下。我担心兀术还会再来，到时候我还得帮忙。"说完，便到船舱里休息去了。韩世忠命人将龙虎大王押上来，拷问了几句后才得知他是兀术的女婿。韩世忠设台焚香，砍下他的头颅，用来祭奠那些宁死不屈的官吏。随后，韩世忠检查了一下这次的伤亡情况，发现没有人死亡，只是伤了几人，于是让他们安心静养。

不久，兀术派人送来书信，说情愿将所掠夺的财物全部赠送给韩世忠，希望能放自己一条归路。韩世忠没有答应，还将金使赶走了。金使临走之前，又赠送了一匹宝马给韩世忠，韩世忠还是没有答应，金使只好离去。兀术见韩世忠不肯让开道路，于是率军从镇江逆流而上，韩世忠也赶紧开船跟上。那时，金兵在南岸，宋军在北岸，他们夹江相对，谁都不敢松懈。就是到了晚上，他们也这样僵持着，并击打柝声互相应和。到了黎明，金兵将船开进了黄天荡。这黄天荡是个断港，只有进路，没有出路。兀术不知道航道的情况，便抓了几个渔夫，问清楚情况后，才叫苦不迭。他再三踌躇，只得下令悬赏征求计策。俗语说得好："重赏之下，必有勇夫"，果然有个当地人跑来献策说："距离这里十多里的地方，有个叫老鹳河的旧河道，不过由于被淤泥阻塞，不能正常通行。只要将军发兵开掘，就可以直通秦、淮了。"兀术大喜，立即赏赐他千金，并派士兵前去开挖。士兵们都想逃命，所以一齐动手，不到半天的时间就将河道挖通，长三十多里。兀术非常欣慰，连忙命战船向建康方向驶去。

金人到了牛头山，全军登陆，打算改陆路前进。忽然听到鼓角齐鸣，一路人马拦住了他们的去路，兀朮还以为是留守这里的金兵前来相接，所以一马当先，前去探望。他遥见前面的将士身穿黑色军衣，当时夜幕已经降临，他辨认不出来者是金军，还是宋军。正在他迟疑的时候，突然有位身穿铁甲、头戴银盔的大将挺枪跃马，带着一队人马，像旋风一样冲杀过来。兀朮连忙跑回军中，并大喊道："前面那队兵马是宋军的，大家小心！"部众急忙操起兵器，准备迎战。可是，那大将已经突入敌阵，他凭着一杆丈八金枪，盘旋飞舞，几乎是神出鬼没，无人可当。金人被他刺死了无数，又因为天色昏暗，受到惊吓的士兵相互践踏，死尸满地都是。兀朮连忙策马往回奔跑，一口气跑到了新城，才敢转身回头看，他见逃来的士兵都是本部的败兵，后面没有宋军追上，心里才稍稍宽慰了一些，他问部众说："这宋将是什么人？怎么这么厉害？"有一位小兵脱口回答说："他就是岳爷爷。"兀朮吃惊地说："难道他就是那个岳飞吗？果然名不虚传啊。"

当天晚上，兀朮在新城安营扎寨，并命巡逻的士兵留心防守，时刻注意宋军的动向。兀朮不敢安心就寝，熬到深更半夜，好不容易有了些睡意，突然听到帐外有人大喊道："岳家军来了！"兀朮当即从床上跳起，披甲上马，弃营逃走，金兵也跟着主帅一起奔逃。可是岳家军穷追不舍，跑得慢的金兵都做了岳家军的刀下鬼；而那些脚生得长些、腿跑得快些的金兵，还算侥幸脱网，跟随兀朮逃到了龙湾。岳家军撤兵后，兀朮检点兵士，发现十成中竟然伤亡三五成，他忍不住长叹道："我军在建康的时候，专门防备这岳飞截击我的后路，所以我特令偏将王权等人留守在广德境内作为后援，难道王权等人已经被岳飞大败了吗？现在这条路也走不通，该如何是好？"将士们献策说："我们不如返回黄天荡，再按原路渡江，想必那韩世忠认为我们已经离去，不至于事先准备，我们回去打他个措手不及。"兀朮沉默了半天，说："除了这个法子，也没有别的办法了。"于是，他又率军在龙湾上船，再次回到黄天荡。

岳飞自从兀朮率军南下，曾率部下在后面追杀，追到广德境内的时候，正巧遇到了金将王权。他们两人交战了几次，王权哪里敌得过岳飞，被他活捉了过去。还有金兵的四十多位首领也全部被抓住。岳飞将王权斩首，其他的金将杀了一半，留了一半。接着他纵火将敌人的军营全部烧毁，然后进军钟村。他本想着南下保护高宗，可是军中缺乏粮草，不方便长途跋涉。他料定兀朮掠夺了财物后，肯定会沿着原路撤军，于是便在牛头山驻扎下来，专等兀朮回来，跟他杀个痛快。兀朮经受岳家军这次重创后，被逼回了黄天荡。岳飞想到江中还有韩世忠守着，自己带着的又是陆师，不习惯水上作战，所以想率军先攻打建康，等建康收复后，再去截击兀朮也不迟。于是，岳飞带着岳家军前去攻打建康了。

兀朮回到黄天荡后，期盼着韩世忠已经放松警惕，好让自己渡江北归。他好不容易行驶了几里路，正准备驶出荡口，不料远远看见江面上仍然停留着一排战船，船上插满了韩字大旗，兀朮忍不住叫起苦来。将士们咬牙切齿地说："主帅不要担心，看我等拼命杀过去，总能保护主帅冲杀出去，我们就不信他们都不怕死吗？"兀朮说道："只能这样了，今晚好好休息，养足精神后，明天随我一同杀出去！"当晚，两军僵持不动，隔江相望。

到了第二天早上，金兵饱餐一顿后，便摩拳擦掌，擂鼓杀出。那堵在口外的宋军战船果然被冲开了，分作两路。金兵乘势驶进去，不料行驶了一会儿，各战船忽然自己打起旋涡，一艘一艘沉向江底去了。原来韩世忠知道兀朮这次前来，必定拼命抢夺水道，于是事先预备铁索，前面装有铁钩，一旦敌军的船只冲出来，便用铁钩勾住敌船，只要牵动铁索，船就会自然下沉。金兵怎会知道还能这样打水仗，那些淹死的士兵，恐怕到了阎王殿都不知道自己的船是怎么沉的。兀朮见前面的船被拉沉，急忙命后面的船退回，这才保了几十艘船。兀朮心中焦急得不得了，只好请韩世忠出面答话。韩世忠登楼和他交谈，兀朮哀求他放过自己一马，并发誓以后再也不来侵犯大宋了。韩世忠大声说道："还我两位皇上，还我的疆土，我就放你一条生路。"兀朮无言以对，只好转舵退回。

这时，挞懒派金将孛堇太一率兵前来支援兀朮。兀朮远远看到金人的旗帜，不觉又放开了胆子，再次请求和韩世忠叙谈，希望宋军能让开道路，让自己过去，韩世忠当然不同意。兀朮恼怒地说道："韩将军你不要太轻视我了！我一定会想办法渡过去的，他日我整军再来，一定要将你宋朝人民杀个片甲不留！"韩世忠没有回答，偷偷地从背后取来神臂弓，搭箭拉弓，想将他射去。兀朮毕竟也是个老将，他见韩世忠鬼鬼祟祟，料定会有阴谋，于是连忙返入船内，一溜烟地划船逃跑了。韩世忠一箭射去，只射中了船篷。

兀朮退到黄天荡，对部将说道："我看敌船如此庞大，行动却非常灵活，好像跟骑马一样方便，这是为什么呢？"部将说道："先前凿通老鹳河，是靠的悬赏当地人，主帅为什么不再用一下这个办法呢？"兀朮说道："说的是啊！"于是，兀朮又重金悬赏，征求打败韩世忠的计策。当时有个姓王的闽人，来到金人战船上献策说："将军可以在船里放些土壤，上面铺上木板，这样可以保证船只的稳定。然后，你们在船舷上架设木桨，等大风停止以后再出来。宋军的海船没了风作推动力，就不能行动了。你们可以用火箭狂射他们的船身和船帆，他们便不攻自破了。"兀朮大喜，依计行事。

韩世忠没有做任何防备，反而跟梁夫人坐在船里赏月，饮酒谈心。他们喝了几杯酒后，梁夫人忽然皱着眉头说："夫君不能因为一点小胜利就忘却了大敌。我想这兀朮也是金国赫赫有名的将帅，要是被他逃走了，日后必定会来复仇。夫君如果没有成功堵住他，反而让他给跑了，岂不是转功为罪吗？"韩世忠摇头说："夫人你也太多心了，兀朮已经陷入绝境，还有什么逃跑的机会？等他粮食吃完后，我定砍下他的头颅！"梁夫人又说："江南、江北都被金人占据，将军还是小心为上。"韩世忠说道："江北的金兵都是陆师，他们不擅长在水上作战，不足为虑！"说完，他便乘着三分酒兴，拔剑起舞，还随口吟了一首《满江红》：

万里长江，淘不尽壮怀秋色。漫说道秦宫汉帐，瑶台银阙，长剑倚天氛雾外。宝光挂日烟尘侧，向辰拍袖整乾坤，消息歇。龙虎啸，风江泣，千古恨，凭谁说？对山河耿耿，泪沾襟血。汴水夜吹羌管笛，鸾舆步老辽阳幄。把唾壶敲碎，问蟾蜍，圆何缺？

吟完后，梁夫人见他快要喝醉了，便扶着他回去休息了，同时对诸将说道："今天晚上月明如昼，想必金人不敢来犯了。但是小心驶得万年船，你们还是要多备些小舟，彻夜巡逻，以防不测。"说完梁夫人便回去睡觉了。谁料兀朮采纳了闽人的计谋，安排妥当之后，竟然乘着月明星稀、风平浪静，驱众杀了过来。

第六十八章　刘豫僭越称帝

听闻兀术驱众杀过来，韩世忠夫妇连忙披甲上阵，准备迎敌。但韩世忠过于轻视兀术，认为他这是在做困兽之斗。他下令各船将士照常截击，直到发现敌船行驶得比以前轻便，才觉得有些不对劲。突然听到一声胡哨，敌船里面跳出许多弓弩手轮流放箭。韩世忠正想用盾遮挡，不料射来的都是火箭，所有船帆刚被射中就立刻"哔哔剥剥"地燃烧起来。偏偏天公不作美，江面上不起风，各船都不能行动，只能眼睁睁看着漫天火光，想逃都逃不掉。

幸亏巡江的小船都聚集过来，梁夫人连忙对韩世忠说："事已至此，快下小船退回吧！"韩世忠无计可施，只好听从妻子的话，跳下小船，梁夫人立刻柳腰一扭蹿入小舟中央，接着又有几十个士兵陆续跳下来，一起划船向镇江逃去。其他留下的将士有的被烧死，有的溺水而亡，只有一小半的人乘上小船，仓皇逃脱。兀术打了胜仗，自然安安稳稳地渡江北去。

韩世忠逃到镇江，一路上懊悔不已。残兵败将陆续逃了回来，他得知战死了两员得力的副将，一个是孙世询，一个是严允，心痛如绞。梁夫人从旁劝慰道："事情到了这种地步，后悔也没用了。"韩世忠说："接连胜利受到圣上褒奖，这次突然战败，让我如何复命？"梁夫人说："我当初受封安国夫人时曾经拜谢过太后，太后为人仁慈，对我非常宠爱。后来平乱苗贼，我随将军一起去建康的时候，也拜见过太后几次，更加被太后喜爱。现在听说皇上已经回到越州，而且要去虔州迎接太后。现在我上呈一份密奏，形式上好像是弹劾将军，实际上却是为将军求情，若太后顾念以前的功绩，说不定就赦免此罪了。"韩世忠说："这法子固然不错，但我应该上章自劾。"于是，他们夫妇二人各自起草了一份奏折，两人互相校正，然后派人送了出去。没过几天就有钦差奉旨前来，圣旨上说："韩世忠仅八千人，对抗金兵十万余人，相持了足足四十八天，几胜一败，不足为罪。特封为检校少保，兼武成、感德军节度使，以示劝勉。"韩世忠拜谢圣恩后送回了钦差，夫妇俩这才松了口气。

兀术渡江北行，到了建康。他看到建康由金兵把守，以为到了自己的地盘，便慢悠悠地进了静安镇。刚到镇上就远远地看见有旗帜飘扬，上面写着"岳"字，兀术大惊，立刻下令退兵。哪知兵还没退尽，后方已连珠炮响，岳飞带领大队人马杀了过来，吓得兀术策马飞奔，匆匆跑过了宣化镇，向六合县逃去。到了六合县，他清点残兵的辎重，发现又失去了许多士兵和车马，不由得顿足叹息道："前些日子遇到岳飞，惨败在他的手下，如今又遇见他，难道建康已经失守了？"话刚说完，他就接到了挞懒的军报："建康已被岳飞夺去，幸亏孛堇太一赶到，才将那里的守将救了出来。现在我军正在围攻楚州，请援兵夹击。"兀术想了一会儿，就问来人："楚州城的城防怎么样？"来人说："楚州城不是很坚固，但是守将赵立却十分顽强，所以挞懒将军屡攻不下。"兀术又说："我现在急着回去运些物资过来，补给粮食和器械，如果赵立允许我借道过去，那我也没工夫夹击他。我先派人去试探试探，实在不行，我再前去和你们夹攻楚州。"

于是，兀术写了一封书信，派使者送到楚州，打算向赵立借道。过了三天，挞懒命人来报说，使者已经被斩首了，脑袋还被挂在了城墙上。兀术大怒道："赵立算什么人？竟然敢杀我的使者？此仇不报我誓不为人！"他随即派挞懒来使回去禀告："想要攻入楚州，必须先截断他的粮道，我愿意担当此任。楚州城内没了粮食，宋军就会不战自溃。"来使走后，兀术专门设立南北两路人马拦截楚州的粮道。楚州被挞懒围攻，又被兀术截粮，情况十分危急。赵立咬牙坚忍，可还是有些支持不住，不得不向朝廷告急。

然而此时，御史中丞赵鼎正与吕颐浩闹得不可开交，赵鼎屡次弹劾吕颐浩专权放纵，吕颐浩也说赵鼎阻挠国政。于是高宗下诏改任赵鼎为翰林学士，赵鼎不接受；又改任为吏部尚书，赵鼎依然不接受，还上章极力论说吕颐浩的过失，洋洋洒洒达一千多字。高宗不得已下诏降吕颐浩为镇南军节度使，兼醴泉观使；接着命赵鼎掌管枢密院事。赵鼎接到赵立的急报后，准备派张俊前往支援，但张俊和吕颐浩关系要好，不愿听从赵鼎的安排。赵鼎只好改派刘光世调集淮南各镇兵马支援楚州。然而刘光世却毫无作为，不胜重任，部将王德、郦琼等人都不服从他的命令。尽管他们知道楚州支援迫在眉睫，但依然不慌不忙，迁延观望。高宗一再催促刘光世上路，他却一再逗留，始终没有出发。

那时楚州形势日益危急，赵立依然昼夜防守，不敢松懈。挞懒料定他援绝粮尽，就再三猛攻。赵立命人撤掉城内沿墙的废屋，挖一个深坑，然后在里面点起大火。他又在城内广招壮士，让他们手持长矛，只要金人顺着梯子爬上城来，就用长矛把他们勾起来扔到火里去。金兵也是杀红了眼，不管不顾地往城墙上攀爬，无数金人因此命丧火海。挞懒暗中打通了通往楚州城的地道，不料被赵立发现，将混入城内的金兵全部斩首。这下可惹恼了挞懒，他发誓非攻破此城不可。于是，他命令士兵运来石炮，向城中轰炸。赵立随缺随补，仍然不给敌人可乘之机。就这样双方相持了几天，赵立听见东城炮声隆隆，立马登城督促士兵防守，不料一块巨石飞来，不偏不倚，正好砸在他的头上，他顿时血流满面，却仍然屹立不倒。左右的人连忙去搀扶住他，他哭着感慨道："我已经身受重伤，恐怕不能继续为国杀敌了。"话音刚落，就一命呜呼了。左右把他抬下城楼，将他殓葬。金兵怀疑赵立诈死，仍然不敢登城。士兵们被赵立的忠勇所感动，照旧防守。又过了十天，粮食全部吃完，楚州这才被攻陷。赵立死后，他的事迹被高宗知道，高宗追封他为奉国节度使，追赐谥号忠烈。

听说楚州被围，岳飞连忙率军支援，不料赶到泰州的时候，岳飞听说楚州已经沦陷，不得已率军返回。金将兀术听说楚州已经攻陷，往北的道路已经打通，便打算整军北归。忽然，他听说京、湖、川、陕宣抚使张浚从同州、鄜延出兵，要截击自己的归路。于是他又改变计划，打算绕到陕西，跟那里的金将娄室会师。正巧金主也下达命令，命他进入陕西，支援娄室这路。于是兀朮从六合出发，率军西行，到陕西与娄室相会。二人见面后，娄室告诉兀朮说，自己先前攻陷的各州县，大多又被张浚派兵夺去，非常不甘心，所以才请命金主将他邀请过来，助自己一臂之力。兀朮吃惊地说："张浚也这么厉害？看我军跟他打一仗，再做计较。"

原来，张浚从建康出发，到达兴元。那时，金将娄室接连攻陷鄜延和永兴军，关陇大震。张浚随即招揽豪杰，修缮城池，并用刘子羽为参议，赵开为随军转运使，曲端为都统制，吴璘、吴玠为副将，整军防守，渐渐有了起色。不久，娄室又攻打陕州，知州李彦仙向张浚求救。张浚派遣曲端发兵救援，可是曲端不肯奉命。李彦仙死战金兵，最后城破自杀。娄室又率军入关，攻打环庆，吴玠前去迎击，并约定曲端过来接应。可是曲端又没有遵守约定，吴玠大败，退到了兴元，并向张浚参劾曲端。张浚本来想招揽曲端做个帮手，没想到他总是袖手旁观，于是张浚怀疑他跟金人通奸。后来，张浚听说兀朮进犯江、淮等地，穷追高宗，急忙率各路人马前去保护高宗。偏偏曲端又从中作梗，说西北兵士不习水战。张浚于是因疑生怒，将曲端的军权罢免，贬为海州团练副使。随后，张浚督兵到达房州，准备南下。同时，他派遣赵哲收复鄜州，吴玠收复永兴军，又向各个被攻陷的州县发出檄文，劝慰他们反正。各州县响应强烈，大多被陷的州县再次回归南宋。

等到兀朮决定北归的时候，张浚打算截击兀朮的归路。他分别从关、陕两地调来五路大军，分别攻打同州、鄜延，打算东拒娄室，南击兀朮。兀朮知道此事后便奔赴陕州，与娄室的军队会合西进。张浚立刻召集熙河经略刘锡、秦凤经略孙偓、泾原经略刘锜、环庆经略赵哲以及统制吴玠，会合五路大军，共四十万人，七万匹战马，决定与金兵大战一场。张浚命刘锡为统帅，先行出发，自己率领各路兵马作为后应。统制王彦劝谏说："陕西的兵将互相之间没有交情，未必能团结一气。合兵之后一旦有什么闪失，五路兵马损失太大。不如让各路分别驻守要害地带，等敌军入境后再相互支援。万一其中一路打了败仗，也不会有太大的损失。"张浚却不以为然，说："我怎会不知其中的道理？但东南的战事尚在危急，不得已才出此下策。假如在这个地方能一举击溃金兵的主力，以后西部没有忧虑了，东南一带就可以专心御寇了。"吴玠、郭浩也劝说张浚，张浚没有听从，执意令大军出发。

前队到了富平，刘锡立刻召集诸将共同商议作战方法。吴玠说："此处一带为平原，很容易被敌人偷袭，我们应该占领高地，凭险扎营，才能确保安全。"其他将领却认为："我众敌寡，前方又有芦苇沼泽，即使敌人的铁骑前来，也不可能驰骋，不必转移到高处。"刘锡因为大家意见不同，也没能最终定夺。偏偏娄室这时候带着大队兵马杀到，部下都把背着的柴土搬入沼泽中，不一会儿沼泽就被填得和平地差不多。金兵纵马而过直逼宋军各营，兀朮这时也率兵赶到，与娄室左右夹击。刘锡见敌人已经逼近，便下令开营迎战。吴玠、刘锜等迎击左路的兀朮，孙偓、赵哲等迎击右路的娄室。刘锜、吴玠两人身先士卒，奋勇拼杀，所向披靡。兀朮的部队虽然也身经百战，但也不免胆怯，渐渐后退，兀朮也捏了一把冷汗。另外一边，孙偓亲自指挥没有退缩，赵哲却胆小如鼠，躲在军后。娄室看出破绽，带领铁骑直奔赵哲的军队。赵哲慌忙逃跑，他的部下也跟着逃走。孙偓大军见赵哲逃跑，也顿时溃散。刘锜、吴玠两军看见右军已经溃散，也无心恋战。不但如此，娄室杀败孙、赵两人后，前来援应兀术。刘锜、吴玠招架不住，纷纷败北。统帅刘锡见四路全败，也当即逃走了。

当时，张浚驻扎在邠州，专等前军的战报。忽然他看见败兵陆续逃回，料定前军大败，连忙退保秦州。刘锡等人带着残兵回到秦州后，张浚自然痛加责备。刘锡将罪责全部推到了赵哲身上，于是张浚召来赵哲，数罪并罚，就地正法，并将刘锡贬到合州。随后他命令刘锜等人回到各自州镇，严防金兵，同时递上奏折，自行请罪。高宗不但没有怪罪于他，反而还对他再三劝勉，张浚感激之余，更加愤恨金人。

无奈，各路兵马刚刚战败，敌人的气焰愈加嚣张。泾原各州大多被金兵攻陷，张浚身边只有一两千的亲兵，哪里还能再战？警报越来越近，连秦州也难保守，没奈何张浚再退到兴州。有人说兴州也是危险之地，建议退到蜀境，在夔州驻守，凭险死守，才能永保无事。张浚跟刘子羽商议，刘子羽勃然大怒："是谁提出这条意见的，罪当斩首！四川全境，一向富庶，金人不会舍弃，迟早兴兵来犯。只不过因为山高水险，才暂缓图谋。而且陕西一带，还有我军驻扎，更加不能入蜀。如果放弃陕西，纵敌深入，那我们就会跟关中那边失去联系，那时其他地方就危险了。当务之急，只能收集败军，号召将士，扼守险要，坚壁死守，静待时机了。"张浚连连点头，并派刘子羽前去召集散亡的将士。

刘子羽只身赶到秦州，发出檄文，召集散亡的将士。将士们因为富平战败，都畏罪潜逃，跟张浚失去了联络。刘子羽赦免了他们的罪行，并仍然让他们担任原职。将士们喜出望外，自然接踵而来。仅仅半个多月，刘子羽便收集了十多万人，军势大振。刘子羽返回禀报张浚，张浚随即派遣吴玠到凤翔，扼守大散关东的和尚原；派关师古等人统领熙河的兵马，扼守岷州的大潭县；派孙渥、贾世方等人收集泾原、凤翔的兵马，扼守阶、成、凤三州。三路分屯，相互驰援，金兵不敢再冒然挺进。后来，娄室突然病死，兀术势力单薄，暂且择地屯兵，等养足锐气后，再图进犯。

金军另一路，金将挞懒掠夺山东，攻陷楚州，并分兵攻破汴京，汴京守将上官悟逃走后被盗贼杀死。汴京是北宋的都城，称为东京，河南府称为西京，大名府称为北京，应天府称为南京，到这时已经全部被金人攻占。金主完颜晟本来对中原并没有野心，从前粘没喝兴兵南下时，他曾经当面跟他们说："这次如果能荡平宋室江山，你们应该像当初拥立张邦昌一样，再选一藩王主持中原，向我们称臣纳税就好了。中原的土地由中原人自己治理，较为妥当。"粘没喝领命而去。金人占领四京后，再次提起此事。

刘豫听到这条消息后，用重金贿赂挞懒，求他举荐自己。挞懒受了贿赂，也非常乐意送个顺水人情，便转告粘没喝，请他推荐刘豫为藩王。粘没喝没有回信。挞懒又写信给高庆裔，让他替刘豫做说客。高庆裔是大同府尹，离云中不远。他前去拜见粘没喝说："我朝当初举兵，只不过是想攻取两河，那时得到汴京后，便拥立了张邦昌为楚帝。如今，河南州郡全部归我朝所有，皇上肯定会像当初那样选人主持中原的。元帅为什么不早点建议，不然这恩惠被人抢走，后悔都来不及了。"粘没喝听后，不觉被他说动，于是就将转挞懒的话转告给了金主。金主随即派人到东平府咨询当地的军民，该立谁为藩王合适。大家还没开口，刘豫的老乡张浃就说刘豫是不二人选。大家也随声附和。使者返回禀报金主，于是金主决定册立刘豫为帝。金主派高庆裔和知制诰韩昉拿着玉玺和宝册，拥立刘豫为齐帝。刘豫拜受册印，居然在大名府中耀武扬威地做起大齐皇帝来了。

高宗建炎四年九月，也就是金主晟天会八年，大名府中筑坛建幄，那位卖国求荣的刘豫穿戴着不宋不金的衣冠，拜过天，祭过地，南面称尊，登上伪皇帝位。他任用张孝纯为丞相，李孝扬为左丞，张柬为右丞，李俦为监察御史，郑亿为工部侍郎，王琼为汴京留守，他的儿子刘麟为大中大夫，统领各路兵马，并兼任济南知府。张孝纯曾经坚守过太原，十分忠义，后来经过粘没喝一再劝降才归顺金国。粘没喝派他去辅佐刘豫，因此刘豫将他拜为丞相。刘豫升东平府为东京，改东京为汴京，降南京为归德府，唯大名府仍称北京，命弟弟刘益留守北京。刘豫生长在景州，后来又守卫济南，接着掌管东平，最后在大名称帝。后来，他在这个地方召集几千壮丁，称为云从子弟。他尊母亲瞿氏为太后，妾钱氏为皇后。钱氏本来是宣和殿的宫人，颇有姿色，并且熟悉宫掖礼节，所以刘豫舍妻立妾，对钱氏格外加宠。刘豫即位时，奉金为正朔，沿称天会八年，而且向金国奉上誓表，世代拜金国为父。后来金国允许他改年号，于是第二年改为阜昌元年。刘豫对金国十分恭敬，就连赠送给挞懒的礼物也绝不马虎，哄得挞懒十分开心。后来，挞懒又想出了一计，特意将一个军府参谋放回南宋，让他主张与金人议和，设法陷害忠良，去做金国的奸细、宋朝的卖国贼。这人不是别人，正是遗臭万年的秦桧。

自从徽、钦二帝被掳后，秦桧一路跟从，后来二帝辗转到了韩州时，秦桧依然跟随。秦桧本来擅长词学，写出来的诗词凄婉华丽，辞藻缠绵。金主完颜晟非常欣赏他的才华，就将他交给挞懒任用。挞懒是金主完颜晟的弟弟，手握重权，奉命南侵的时候，任秦桧为军事参谋。秦桧的妻子王氏，之前被金军掠去，后来也随同秦桧北行。秦桧得到挞懒的信任后，王氏得以随军帮忙做军衣，充当厨役。挞懒看秦桧夫妇勤劳能干，所以格外优待。秦桧夫妇也发誓愿意报效挞懒的恩德，将之前拒立异姓的天良抛弃得干干净净。后来挞懒与秦桧夫妇相处久了，熟悉他两口子的性情，就与秦桧密约，放他回南宋做奸细。

秦桧带着妻子王氏乘船到了越州，谎称是自己杀死了监守，夺船回来的。朝中的大臣大都怀疑他的话，说他从北到南这一路起码一千多里，怎么可能不被金人察觉呢？还有即使被他跑出来了，怎么他的妻子也逃出来了呢？一时间众说纷纭，只有参知政事范宗尹、同知枢密院事李回，因为之前和秦桧关系很好，才尽力为他辩解，还说他是忠诚可信之人。高宗召见秦桧，秦桧立即呈上自己起草给挞懒的求和书，并劝高宗为了迎还二帝、安息万民，委屈依从和议。高宗十分高兴，对大臣们说："秦桧真是朴忠过人，朕能得到他很是欣慰。既有了二帝和母后的消息，还得到一个忠臣，岂非是好事成双吗？"于是拜秦桧为礼部尚书，没过多久又升他做了参知政事。

第六十九章 神勇的吴氏兄弟

建炎四年冬季，高宗下诏改元，将建炎五年改为绍兴元年。因为秦桧南归后，高宗得知了二帝的消息，于是在元旦这天的清晨，率领百官遥拜二帝，并免去朝贺礼。自从金人南下，大肆骚扰中原，百姓困苦流离，很多人都啸聚山林，做了强盗。朝廷命各路将帅出兵围剿和招抚，盗贼大多收敛从良，各地慢慢恢复了安宁。只是一些有点名声的强盗头头，一会儿投降，一会儿反叛，态度摇摆不定，成为地方上的隐患。朝廷在各路设置镇抚使，专门负责围剿和招抚举棋不定的叛贼。这些将士领受了宋禄，自然非常卖力，先后平定了当地的盗患。可是有个叫李成的叛贼，他本来是江东捉杀使，建炎二年，反叛后占据了宿州。后来，宿州被刘光世攻破，李成便浪迹在江、淮、湖、湘一带，横行于十几个州郡之间，势力非常强横。李成也效仿方腊，装神弄鬼，捏造符文，蛊惑百姓，流毒四方。

高宗特派吕颐浩为江东安抚制置使，出兵征讨李成。不料却被李成的部将马进打败，江州也被夺走了。高宗命张俊为江、淮招讨使，岳飞为副使，征讨李成。张俊本来跟岳飞约定一同出兵，后来接到急报，说筠州被马进攻陷，张俊愤然说道："江州、筠州接连丢失，豫章（今南昌地区）就危险了，我不能不先出发了。"于是张俊没等岳飞赶到，就匆匆率军前往豫章了。到达豫章后，他命令军士坚壁固守，不可轻举妄动。马进带着党羽乘胜进犯，声势浩大。张俊并不发兵，双方僵持了一个多月，马进给张俊发出战书，约定战期。马进书信里的字写得很大，而张俊却用蝇头小楷草草答复，并且没有说具体的决战日期。马进以为张俊胆怯，防备就松懈下来了。不久，岳飞领兵到来，进城见到张俊后，问到敌军的情况，张俊大概说了几句，岳飞说："现在可以出战了，叛贼虽然人多势众，但是却顾前不顾后。如果我们派奇兵沿着江流偷袭叛贼的后军；然后再派重兵猛攻他的前军，他们首尾不能相顾，必定大败！"张俊非常赞同。岳飞情愿担任先锋，张俊于是命杨沂中带领一千精骑前去偷袭，岳飞率领本部人马与叛贼正面交战。

岳飞身穿铠甲，纵身跃马，率军直逼贼营。马进急忙出营抵御，刚刚出了营寨，就看到岳飞一马当先，挺枪杀来。马进慌忙舞刀招架，可是还不到几个回合，就被岳飞杀败，拖刀逃走。岳飞率众追杀，杀得敌军人仰马翻，尸积如山。不到一个时辰，就将各座营盘横扫一空，夷为平地。马进带着残兵跑到了筠州，岳飞追到了城下，在城东安营扎寨。他料定马进不敢出战，便想出了一个办法。他用红色的罗布做成旗帜，在上面刺上"岳"字，并选派二百骑兵，举着旗帜来回游荡。而自己却躲在城东的一个角落，等骑兵将马进引诱出来后，自己再率军杀出来，截住马进的回路。马进在城楼上，看到一群骑兵举着"岳"字的旗帜来来往往，却没有发现岳飞的人影。他怀疑岳飞还没有赶到，只是故意派骑兵扬旗示威，恐吓自己。于是便率军杀出，想要吃掉这部分骑兵。骑兵看见马进出城，撒腿就跑，马进策马穷追，刚跑出去一里路，就听见背后有人大喊道："狗强盗往哪里走？"马进回头一看，见大喊的不是别人，正是岳飞。他已经跟岳飞交过手，料定不是对手，于是只好弃城往东逃了。岳飞一路追赶，并且大喊道："不愿意跟随叛贼的，快坐在地上，我会免你们一死！"众人听后，多半放下武器坐在地上。岳飞将他们的名字一一记录下来，一共八万人。岳飞好言劝慰一番之后，将他们遣散回乡。

随后，岳飞又率军追赶马进，马进拼命逃跑，不料张俊、杨沂中也领兵杀到，前后夹击，把他围困在中央。马进拼了性命才杀开一条血路，向南康逃去了。张、杨两军刚想追赶，正好岳飞赶到，并情愿作为前驱。于是他们让岳飞先行，两军随后策应。岳飞星夜追击马进，到了朱家山，跟马进的后队相遇，刺死了一个贼军头目，其余的贼人四散逃窜。岳飞趁势再追，到了楼子主，只见前面尘土飞扬，不觉感到奇怪。仔细一看，原来是李成率领十万贼众蜂拥而来。岳飞毫不畏怯，只见他挥舞着一杆长枪，迎头乱刺。霎时间就戳倒了十几人。贼众从来没见过这样的猛将，都各顾性命，纷纷倒退。这一退，反倒冲乱了自己的后队，他们互相践踏，场面非常混乱。李成见部众慌乱，急忙上前镇压，恰好碰上岳飞杀来。于是他抖擞精神，舞刀接枪。可是岳飞这杆长枪可跟普通人的大不一样，仅三五个回合，就杀得李成一身臭汗，眼看他就要败下阵来，马进突然从旁边闪出，抡刀相助。他们二人双战岳飞，岳飞左挑右拨，游刃有余。三匹马盘旋的时候，马进手头一松，被岳飞刺落马下。李成见马进被挑落下马，慌张得不得了，竟然一溜烟地跑了。岳家军跟着主帅一拥而上，顿时将马进踏得稀烂。岳飞追击十多里，斩首一千多级，才停下来等后军到来。

张俊与杨沂中赶到，见岳飞已经取胜，自然非常欢慰。张俊对岳飞说："岳先锋天生神力，所向披靡，但是你的部众不免劳苦，应该好好休息才是，让我们追杀一阵，你看何如？"于是，岳飞让两军前进，自己在险要处扎营。张俊和杨沂中引兵追讨李成，追了十余里，被河流阻挡，对岸布满了贼军的大营。杨沂中对张俊说："贼军势力依然不小，我们不能力敌，只能智取。今晚我从上游渡河，绕到贼军身后，你直接渡河，你我腹背夹攻，必胜无疑。"张俊拍手称妙，当下就令杨沂中乘夜偷渡，过了一两个时辰，张俊估摸着杨沂中已经到达对岸，也击鼓渡河。李成听到有鼓声响起，连忙率众迎敌。

两军正在酣战，不料杨沂中从后面杀到。贼兵都是乌合之众，遇到功劳一拥而上，互不相让；遇到危险四处乱窜，互不相救。其实越是跑得慌，死得就越快。十多万强盗就像十多万只蠢猪，被张、杨二军首尾截杀，死伤了三四万，投降了两三万，逃去了一二万。可怜李成这几年积累下来的兵马毁于一旦，只剩下三五千人跟着自己渡江逃跑了。张俊也渡江穷追，到了蕲州、黄梅县，才追上了李成。李成的部众看见"张"字旗号，好像老鼠看到猫，吓得魂不附体，边跑边喊："张铁山来了！张铁山来了！"张俊因为长得黝黑，所以别人都叫他张铁山。李成经过这次重创，已经失去抵抗的能力，只好投奔了刘豫。张俊等人乘势夺回了江州、筠州，岳飞也收服了当地几个叛贼头目，于是，江、淮一带渐渐恢复安宁。张俊向朝廷递上奏折，说这次剿贼，岳飞功劳最大。于是，岳飞得以升任右军都统制，并奉命屯守洪州。

金将挞懒攻陷楚州后，对通、泰各州虎视眈眈。幸好有武功大夫张荣在兴化缩头湖畔设立水寨，严防死守。挞懒率军渡江南侵，打算拔掉张荣的水寨。张荣率领水师迎战，他见敌船不多，所以只派小舟出击。那时正值大旱，江水干涸，敌船都陷在了泥淖里，不能前进。张荣将士兵分为两队，一半乘船，一半登陆。水兵大呼前进，猛攻敌船。敌船不能行驶，敌人只好从船里跳出来，想要上岸。他们急不暇择，脚忙手乱，有的淹死在江中；有的陷入泥淖，也被杀死；侥幸逃到岸上的，又被宋兵的陆军截住，乱杀乱剁。要不是挞懒指挥得当，冲开一条血路，金兵非得死伤大半。张荣收军回营，检点俘虏，有五千多人，于是上表向朝廷告捷，朝廷提拔张荣为泰州知府。

挞懒带着残兵回到楚州，听说刘光世引兵来攻，所以不敢逗留，又退到了宿迁，不久便率军北去了，刘光世于是乘机收复了楚州。高宗又想起用汪伯彦，打算命他为江东安抚大使，后来由于侍御史沈与求的阻谏，才将他贬回原职。那时江东已经没有金人，只有陕西一带还被兀术盘踞，他连破巩、河、乐、兰、郭、积石、西宁各州。熙河副总管刘惟辅被擒获，骂敌遇害。兀术又进陷福津，蹂躏同谷，进逼兴州。宣抚使张浚退保阆州，任用张深为四川制置使；刘子羽同趋益州、昌州；王庶为利、夔制置使，节制陕西各路，兼任兴元知府。不久，张浚又命吴玠为陕西都统制，并将曲端召到阆州，还想予以重用。

曲端和吴玠、王庶一直有过节，吴玠于是写信给张浚，说如果起用曲端会对战局不利，而且信里还写着"曲端谋反"四个字。王庶也写信弹劾曲端，说他曾经在墙上题了一首诗，其中有"不向关中争事业，却来江上泛渔舟"两句话，有嘲讽高宗的意思。张浚于是将曲端逮捕下狱。负责审问的是夔路提刑康健，他曾经忤逆过曲端，惨遭过他的虐待，这次正好公报私仇。康健命狱吏把曲端绑住，用纸糊住他的嘴巴，然后用火烧烤。曲端口渴请求喝水，狱吏就把烧酒灌到他的嘴里，于是他的五脏六腑都被灼烧，七窍流血，死于狱中。

那时，关、陇六路都被兀术攻破，只剩下阶、成、岷、凤、洪五州以及凤翔境内的和尚原、陇州山内的方山原还归南宋所有。吴玠扼守和尚原，囤积粮草，操练兵马，加固城寨，准备严防死守。兀术派部将没立从凤翔出兵，乌勒折合从大散关出兵，约定在和尚原会师，夹攻吴玠。有人劝吴玠退守汉中，吴玠愤慨地说："我在这里，敌人就不敢那么嚣张，一旦我离开了，就连蜀地都很危险，我誓与此地共存亡！"他随即搜集兵甲，准备出师。后来，有侦骑来报，说金将乌勒折合已经到了北山，于是吴玠整军出发，严阵以待。乌勒折合给吴玠写信请求出战，吴玠不慌不忙，将大军分为前后两队，直逼北山。

金兵沿着北山排兵布阵，见吴玠的大军逼近，便麾众出战。吴玠身先士卒，劈头遇到金将，只见他手起刀落，三两下就将那金将砍落马下，金兵大惊失色。吴玠带着前队杀入敌阵，与金兵鏖战一场。到了中午，双方各有伤亡，都回到营中吃过午餐，然后继续战斗。吴玠让前队休息，将后队抽出，与敌人再战。金兵那时已经疲惫不堪，怎么经得住一支生力军的冲杀呢？顿时遮拦不住，步步退后。吴玠督兵步步紧逼，乌勒折合料定难以抵挡，就勒马往回奔驰。主将一逃，士兵没人不逃。吴玠一路追杀，杀死金兵无数。没立正率军赶来，也被吴玠派人杀败，金兵两队人马始终不能会合，他们只好急忙向兀朮报告。兀朮非常愤怒，他集合十几万将士，并亲自督领，在渭水上筑起浮梁，陆续渡兵，进军宝鸡。接着从宝鸡开始，修建起连环寨，并在四周垒砌石头，与吴玠的大军对峙，进逼和尚原。

吴玠听说金兵倾巢出动，担心部下胆怯，就召齐将士，说了很多鼓励的话，并当众咬破手臂，歃血立誓。将士们都慷慨激昂，纷纷表示愿意以命相搏。吴玠的弟弟名叫吴璘，也在军中，吴玠哭着对他说："今天是我们兄弟报效国家的日子，万一兵败，宁可我们兄弟先死，决不能让将士们先亡！"吴璘奋然点头，众将士也齐声说："主将兄弟以命报国，我们也愿意报答主将。"可见行军打仗全靠主帅，主帅舍生忘死，将士们自然奋勇无畏。吴玠非常欣慰，马上命弓弩手轮番射击，射退敌人的猛攻。一时间，箭如雨下，金兵望而却步。吴玠又派遣几位得力干将从小道绕出，切断敌人的粮道。他还命吴璘带领三千弓弩手在神岔沟埋伏，自己带着剩下的部队趁夜偷袭敌营，连破敌人十几座大营。兀朮仓皇败走，逃到神岔沟的时候，只听一声炮响，接着箭如飞蝗。兀朮抱头鼠窜，身上还中了两箭，耳边还听见有人喊道："兀朮休走！"那时天快亮了，兀朮担心被人认出来，连忙将胡须剃尽，还将帅袍扔掉，策马逃跑。

后来，兀朮认为陕西之地不易攻守，便将攻占的城池全都交给了刘豫统辖，从此中原全归刘豫所有。刘豫于绍兴二年迁都汴京，尊祖父和父亲为帝，并将神牌放在宋太庙里。忽然间，暴风狂作，屋子上的瓦都被掀开了，刘豫插在城楼上的"大齐"旗帜也都被卷走了，百姓们非常震惊，都说是宋太祖显灵了，刘豫不免扫兴。襄阳镇抚使桑仲上疏，请求集合各镇兵马收复中原。高宗准奏，命桑仲节制各路军马，规复刘豫所治理的州郡，各镇抚使互相策应。桑仲受命后，到郢州调兵。郢州知府霍明怀疑桑仲有谋反的野心，将他诱入城里杀害。桑仲的部将李横听说桑仲被害，便起兵攻打霍明。霍明战败，李横接管郢州。李横继承桑仲的遗志，出兵攻打阳石，大破刘豫军。然后乘胜攻打汝州，大破颍顺军，攻入颍昌府。刘豫接到颍昌的警报后，连忙派当初归降自己的贼首李成率兵两万前往支援，同时向金国乞援。金主调派兀朮救援刘豫。两军同时到达牟驼冈，夹攻李横。李横寡不敌众，只好退走，颍昌府得而复失。

先前，兀朮在陕西和尚原遭到重创，不敢继续进兵，部将们也胆怯起来。这次兀朮前去支援刘豫，吴玠听说后，便留下弟弟吴璘驻守和尚原，自己率军驻扎河池，同时传檄文给熙河总管关师古，让他出兵收复熙、巩各州。金将撒离喝收到消息后，急忙命降将李彦琪驻守秦州，窥伺仙人关，牵制吴玠。随后他又派出一支骑兵前往熙河，牵制关师古。他自己统兵从商、於进发，直捣上津。金、均、房三州镇抚使王彦战败，退保石泉，三州相继失陷，撒离喝乘胜进军，直逼洋汉。当时刘子羽调任兴元知府，听说王彦败退，急命田晟驻守饶凤关，并派人向吴玠求援。吴玠从河池出发，一天一夜行军三百里，赶到饶凤关。撒离喝大惊："怎么来得这么快？"当下督军仰攻饶凤关，吴玠命人用弓弩乱射，并往下推大石块，阻挡敌人的猛攻。双方相持了六天六夜，尸积如山，饶凤关仍然岿然不动。

接着，撒离喝招募死士，从小路绕到吴玠的后面，爬到高处，俯攻饶凤关。宋军支持不住，相继溃去。金兵趁机攻入洋州，吴玠邀刘子羽一起逃走，刘子羽却劝吴玠共守定军山。吴玠认为定军山易攻难守，就退到了西县。刘子羽不得已，只好烧掉兴元囤积的粮草，退到三泉。于是，撒离喝长驱直入，攻入兴元，进兵金牛镇，四川大震。当时，随同刘子羽的士兵不到三百，他们粮食吃光了，只能到山上挖野菜，啃树皮充饥。刘子羽已经到了绝境，他写信给吴玠，誓死诀别。吴玠当时已经到了仙人关，收到刘子羽的书信后，还是不愿意去支援他。吴玠的爱将杨政在一旁大喊："将军不能辜负刘待制，否则我们也会丢下将军，各自逃生去了！"吴玠这才从小路出发，去援助刘子羽。吴玠给刘子羽留下三千兵马，然后对刘子羽说："仙人关是西蜀的门户，不能轻易放弃。"说完又率领一部分人马回守仙人关去了。

刘子羽送别吴玠后，便去巡视周围的地形，防备金兵到来。他看见附近有座潭毒山，悬崖峭壁，非常险峻，但是山顶却有一块平地。他命人在那里修筑营垒，营垒刚刚建好，金兵就到了，相隔不到几里。刘子羽坐在垒口，脸上丝毫没有慌张的表情。部将哭着对他说："这里不安全，将军还是走吧！"刘子羽说："死生有命，如果我命中该死，就死在这里；你们也不要慌张，说不定会有奇迹发生呢？"金兵蜂拥而至，抬头看见刘子羽穿着军装，喝着茶水，淡定地坐在那里，不禁感到莫名其妙。撒离喝亲自出来探视，他也怀疑这是刘子羽的诱敌之计，所以不敢冒然前进。而且山势陡绝，不便攀登，所以他只命人往山上射箭，可是箭又射不上去，只好暂且退军。刘子羽见金兵退去后，才起身回营。众将都非常敬佩他的胆识，更加服从他的命令。撒离喝返回凤翔后，又派遣十个人去招降刘子羽。刘子羽将其中九个人斩首，只放一个人回去，并对他说："回去告诉你家主帅，要来就来，我愿意与他决一死战，想要我投降，门都没有！"那人吓得心胆俱裂，抱头逃了回去。撒离喝不敢再进，再加上粮食供给不上，刘子羽和吴玠又用小股军队四处骚扰，弄得撒离喝寝食不安，只好退军。刘子羽接着约吴玠出师偷袭，金兵那时都想着回家，毫无斗志，死伤无数。他们抛弃了所有的辎重，一股脑地逃命去了。王彦乘势收复了金、均、房三州。

第二年，兀术、撒离喝和刘豫的部将刘夔，三路联合攻破了和尚原，转攻仙人关。吴玠命弟弟吴璘在仙人关右边设下营寨，号为杀金平。金兵凿厓开道，发誓要攻破此关。吴玠防守第一道关隘，吴璘把守第二道要隘。金人用云梯、用铙钩、用火箭，想尽了攻关的所有办法，始终不能攻入，反而损失了很多士兵。吴玠和吴璘又带着将士捣入金营，金兵顿时大乱。金将韩常被射瞎，部众纷纷溃逃。吴玠又遣王浚等人埋伏在河池，截杀敌军的归路，又打了一回胜仗。兀术、撒离喝、刘夔等人垂头丧气地逃回凤翔去了。吴玠兄弟戮力同心，名扬陇、蜀一带，金、齐各军都不敢再犯。朝廷为了奖励他们的战功，授吴玠为川、陕宣抚使，吴璘为副使。

第七十章　岳家军威震四方

张浚镇守关、陕三年来，因手下的刘子羽和吴玠兄弟通晓军事，虽然没有将关、陕全部收复，但蜀地因为有陕西作为屏障，所以一直相安无事。而且他们的顽强抵抗有效牵制了金兵入侵东南地区，江、淮一带各路守军的压力减小很多。自从吕颐浩担任宰相之后，跟张浚虽然没有什么矛盾，但关系非常平淡。再加上参政秦桧一直主张和议，当然反对张浚用兵。秦桧平时夸口说："我心中有两条计策，足以安抚天下。"别人问到是什么计策的时候，他又说："我还没有当上宰相，说了也没用。"高宗还真以为他有什么奇谋，当即拜他为尚书右仆射。

秦桧升任宰相之后，向高宗献策说："将河北的百姓归还给金人，中原的百姓归还给刘豫，这样天下就能太平无事，免动兵戈了。"高宗这个时候还没那么糊涂，驳斥说："你说南方人归南方，北方人归北方，那朕也是北方人，朕该去哪儿？"秦桧无言以对，又说："周宣王内修政治，外攘强敌，所以国家才得以中兴。如今当朝两位宰相全都在内廷，分工不明确，怎么能富民强国呢？"这句话其实是在排挤吕颐浩，于是高宗命吕颐浩负责治理朝外，秦桧负责治理朝内。秦桧想要在朝中栽培势力，到处招揽名士，中书舍人胡安国兼官侍读，跟秦桧臭味相投，引为好友。他经常在高宗面前极力称赞秦桧，说他的人品学术都在张浚等人之上，因此高宗对秦桧更加信任。

吕颐浩请求高宗移驾临安，并推荐朱胜非代统领江、淮一带的兵马，高宗准奏。偏偏胡安国上奏弹劾朱胜非，说他曾经依附汪、黄二人，还暗中跟张邦昌有来往，并且当初苗、刘篡逆的时候，他贪生畏死，毫无作为。高宗于是收回成命，改任朱胜非为侍读。可是胡安国却扣押了诏书，隐瞒不报。吕颐浩又特命检正黄龟年再起草一份诏书，颁行天下。胡安国于是称病求去。吕颐浩劝高宗降旨谴责胡安国胆大妄为，肆意扣押圣旨，请求将他罢官。秦桧再三上书，请求赦免胡安国，高宗没有理会。吕颐浩又暗中指使侍御史黄龟年等人弹劾秦桧主张和议，卖主求荣，阻挠复国大业，并且植党专权，请求将他远谪。高宗又突然改变态度，将秦桧罢相，还贴出诏告，宣布永远不再起用秦桧，并让朱胜非代替秦桧的位置。

朱胜非嫉妒张浚手握重权，所以每天在高宗耳边说他的坏话，让高宗小心提防他。于是高宗派王似为川、陕宣抚处置副使，名义上说是辅助张浚，实际上是监视张浚。张浚也察觉到了高宗不信任自己，于是上书辞职，高宗没有答应。吕、朱两相心胸狭窄，哪里容得下张浚？朱胜非假传圣旨，将张浚召回临安，张浚奉命回朝。朱胜非又指使中丞辛炳、侍御史常同等人弹劾张浚，说他丧师失地，嚣张跋扈。高宗竟然将张浚罢官，流放到了福州，并且还将刘子羽一起治罪。随后高宗又派王似和卢法代替他们两人的职位，跟吴玠两兄弟镇守川、陕。不久，又有人弹劾吕颐浩的过失，高宗也将他给罢职了，并命赵鼎为参知政事，授刘光世为江东、淮西宣抚使，屯兵池州；韩世忠为淮南东路宣抚使，屯兵镇江；岳飞为江西南路制置使，屯兵江州。

那时，刘豫的部将董质献出虢州归降南宋，由统制谢皋接收。刘豫派李成攻打虢州，谢皋猝不及防，被李成抓住。谢皋指着自己的肚子对李成说："我肚子里只有赤胆忠心，不像你这等狗贼，狼心狗肺！"李成恼羞成怒，竟然将他开膛破肚。后来，李成又进破邓州、襄阳府。刘豫又派兵攻陷伊阳，并与金人合兵图谋西北。熙河总管关师古出兵迎战，不料大败，竟然将洮、岷二州献降给了刘豫。刘豫又联络洞庭湖叛贼杨幺让他跟李成合作，从江西出发，直逼浙江。岳飞接到警报后，当即上奏朝廷，希望规复襄阳六郡，除去心头大患：先逐出李成，然后荡平杨幺，最后再进图中原。赵鼎极力为岳飞做担保，高宗这才同意，并命岳飞兼任荆南制置使，收复襄阳。岳飞接到诏书后，即日渡江。他对部下说："我这次不擒住贼人，誓不渡江回朝。"说罢率领大军向郢州进发。

当时郢州已经被刘豫占有，刘豫派部将京超驻守。京超天生神力，号称万人敌。他听说岳飞率军抵达城下，便登城守御。可是他自恃勇猛，城防非常松懈。岳飞下令说："先登上城楼者赏，退后者斩！"部将王贵、牛皋等人奋勇登城，岳飞率军跟在后面，前仆后继。不到一个时辰城池就被攻破，京超开城逃走。岳飞派人追杀，京超走投无路，跳崖身亡，于是郢州又归南宋所有。岳飞安抚城中百姓，随即率军直逼襄阳。李成率众迎战，分为步兵和骑兵两队。他令步兵驻守在平原，骑兵则守卫襄江。岳飞知道后，不禁大笑说："步兵在险要的关卡才能发挥作用，而骑兵更利于在平旷的地带作战。如今李成却恰恰相反，这明显违背兵法，他虽然有十万大军，我们也不用害怕。"于是，岳飞在马上举鞭指示王贵说："你带领步兵，拿着长枪去迎击他的骑兵！"又指示牛皋说："你带领骑兵，冲击他的步兵！"两将奉令，分头前进。王贵杀入敌军骑阵中，专用长枪勾刺敌军的战马。战马中枪即倒，敌方骑兵纷纷落马，被宋军戮死无数。其余的战骑大多被逼到了江中，也多半淹死。牛皋杀入步兵队里，怒马驰骋，锐不可当。敌方步兵即使没有被砍死，也被马踩死，又伤亡了无数。李成顾命要紧，哪里还有心思管部下，上马就逃走了。于是，襄阳也被岳飞收复。

后来，刘豫在新野收集败军，准备再战。岳飞派牛皋攻打随州，王贵攻打唐州、邓州，张宪攻打信阳军，自己带着副将王万分作左右两翼，掩杀新野的败兵。李成的部众刚刚虎口脱生，早就知道岳家军的厉害。他们一见到"岳"字旗帜，立刻吓得魂飞魄散，逃得不知去向了。刘豫本部的兵士势力单薄，当然也四处溃散。岳飞、王万两军从左右杀入敌阵，左劈右砍，好像切瓜一样，将刘豫大军杀得尸横遍野，血流成河。岳飞得胜回到襄阳后，牛皋、王贵、张宪等人陆续送来捷报，随州、唐州、邓州、信阳军全被收复。于是襄、汉一带悉数平定，岳家军名声大振！岳飞将兵马驻扎在德安，并向朝廷告捷。

高宗接到捷报后，欣慰地说："朕早就听说岳家军非常厉害，不想他这么快就将襄、汉收复了，真是个将才啊！"于是高宗下诏大加褒奖。岳飞趁机上奏，表示愿意等粮草备齐后，北上杀敌，收复河山。高宗接到奏折后，便命赵鼎担任枢密院知事，兼川、陕、荆、襄的军事都统。赵鼎推说自己才疏学浅，担当不了这么重的责任，高宗语重心长地说："四川、荆襄两地全盛时期，赋税可以占到天下的一半。朕将它们托付给你，你可以便宜行事，朕不会干涉。千万不要辜负了朕对你的期望！"赵鼎再次上奏，拟写了几条便宜行事的权利，高宗本打算准许，偏偏朱胜非从中作梗，有意阻挠。赵鼎再次上奏，要求起用张浚。

奏折递上去后，没有回复。当时正好霪雨连绵，江、淮一带洪灾泛滥。高宗认为这是上天的警告，便下诏广开言路。侍御史魏矼弹劾朱胜非，说他蒙蔽君主，以至于遭到天谴。朱胜非也自请解职，于是高宗将朱胜非免官。至此，左右两相相继被罢职。高宗正打算选人继任，忽然听说刘豫向金人乞援，金人派讹里朵、挞懒、兀术率兵五万支援刘豫。同时，刘豫派儿子刘麟、侄儿刘猊与金兵会合。他们分道南侵，骑兵从泗水攻打滁州，步兵从楚州攻打承州，大有吞噬江南的迹象，高宗非常焦急。正好赵鼎入朝辞行，打算到川、陕赴任。高宗说："金、齐联合侵犯，国家危亡，爱卿怎么能离开朕呢？"赵鼎叩头而退。第二天，高宗拜赵鼎为尚书右仆射，兼枢密院知事，另外任命沈与求为参知政事。

当时，赵鼎决心主战，沈与求跟赵鼎的意见相同。赵鼎劝高宗颁下手诏，派韩世忠率军驻守扬州。当时韩世忠剿灭了江、湖一带的盗贼，因功勋卓越，被拜为太尉，功高望重。他接到高宗的手谕后，哭说："主子如此忧心，作臣子的岂能贪生怕死？"于是，他从镇江誓师，进屯扬州。他派统制解元扼守承州，抵御金军的步兵，自己提领骑兵驻扎在大仪，抵挡敌军骑兵。他命人将身后的桥梁毁掉，用树木堵住道路，誓与金、齐决一死战。后来，朝廷派吏部员外郎魏良臣出使金国，途中与韩世忠相遇。韩世忠知道他是主和派，故意邀请他叙谈，还谎称已经奉诏移守平江。魏良臣听后，匆匆离去。韩世忠等魏良臣出境后，奋然上马，下令三军："你们看我手中的马鞭，马鞭指到哪儿，你们就去哪儿，不得延误！"将士们听令，随韩世忠出发。韩世忠根据地形，四处设伏，少的地方有几百人，多的地方有几千人，从大仪以北一路设伏，总共二十多处。他还设立五座营寨，命令各路伏兵，只要听到营中的鼓声一响，就一同出击，违令者斩！陷阱已经设好，就等金兵到来。

金前队将军聂儿孛堇正打算派出侦骑，探悉宋军的动向，正巧魏良臣赶到，便问他宋军的消息。魏良臣将自己的所见所闻都告诉了他，聂儿孛堇非常高兴，急忙领兵到江口，离大仪只有几里。副将挞不野奉聂儿孛堇之命，带领铁骑为大军开路。他们经过韩世忠五营东边第一个大营时，被韩世忠发现，韩世忠急忙传令营中擂鼓。鼓声一响，伏兵四出，全都奋力突入金兵阵中。挞不野虽然骁悍，怎奈一人不能顾全四面，东边刚刚堵住，西边又被冲破，南边正要防守，北边已经溃散。霎时间，四面八方都夹杂着宋军的旗帜，搞得聂儿孛堇头晕眼花，无从指挥。突然有一队骑兵从侧面杀入阵中，每个人手里都拿着一把长斧。他们上砍人头，下斩马脚，只见金兵人仰马翻，顿时大乱。挞不野到此时也顾不了那么多了，三十六计，走为上计，只想着杀出一条血路逃生。偏偏他的坐骑往后退了几步，竟然陷入了泥淖中。

宋军从四面八方杀到,将他团团围住,挞不野只好束手就擒。

韩世忠擒住挞不野后,再进军攻打金兵,同时派遣偏将成闵率两千骑兵支援解元。原来,解元到了承州后,也在那儿设伏等待金军。金兵快走到北门的时候,解元放起号炮,伏兵一齐杀出,将金兵打退。不久,金兵又来了,又一次被解元击退。金兵不肯罢休,前后来攻了十三次。解元疲惫不堪,但仍然坚持不退。忽然,他听到东北那边鼓声大震,遥见一路人马杀到,解元以为是敌人的援兵,不免心慌。可是,他见金兵那边好像有慌乱的情况。解元登高远望,看到"韩"字旗帜,不禁喜出望外,大喊道:"韩元帅到了!"大家听到"韩元帅"这三个字,好像是天兵天将前来相助,顿时精神倍增,全部鼓起勇气,上前厮杀。金兵腹背受敌,当然支撑不住,一哄而散,全都逃走了。解元率军追杀,正巧遇到前来的援师,仔细一瞧,原来是统领成闵,便问道:"韩元帅没来吗?"成闵说道:"元帅已经亲自追赶金兵去了,派我前来援应。"解元听后,才知道是故意用旗子恐吓金人的。他跟成闵合兵一处,追杀金兵。沿途俘获无数辎重和俘虏,一直追到了三十里外,才下令返回。

金将聂儿孛堇一路渡江逃跑后,韩世忠得胜回营,见了成闵,才知道承州也取得大捷,于是向朝廷告捷。群臣纷纷前来道贺,高宗笑着说:"韩世忠忠勇过人,朕早就知道他不会辜负我的厚望。"沈与求说:"自建炎以来,我朝将士都不敢跟金人正面交手,如今韩世忠连连得胜,功勋卓著,要算是中兴第一功臣了。"高宗点头说:"朕一定要重重地奖赏他,爱卿替朕准备一下。"于是,韩世忠和部将解元、成闵等人都一一加封。赵鼎劝高宗亲征,借以鼓舞士气。高宗这个时候胆子也不觉大了起来,居然同意了。他任孟庾为行宫留守,决定亲自督兵前往临江。赵鼎退朝后,他的下属对他说:"皇上御驾亲征,将士们的士气确实会提升不少,可是这样做是万全之策呢,还是孤注一掷呢?"赵鼎愤慨地说:"我朝一再避让,士气不振,敌人愈加骄横,我们不能再这样被欺负下去了,所以我才劝皇上亲征。成败由天,我也不敢断言。"喻樗说:"这么说来,大人还是应该先筹划好退路。张浚德高望重,通晓军事,不妨让他宣抚江、淮、荆、浙、福建等地,招募各路将士前来支援。万一这次亲征不顺利,那他的来路,就是朝廷的归路啊!"赵鼎豁然开朗,连忙禀报高宗,请求起用张浚。

高宗准奏,召张浚入朝。高宗告诉了他亲征的事情,张浚也非常赞同,于是,高宗又命张浚为枢密院知事。张浚受命退出后,握着赵鼎的手说:"赵相公想得真周到啊!"赵鼎笑着说:"这是喻樗的功劳,是他举贤任能的,我只是送了个顺水人情。"张浚一再拜谢,赵鼎又说:"陛下能顶住压力起用你,你就应当身先士卒,做皇上的先锋,报效国家。"张浚回答:"明日我就跟陛下告辞,率军渡江。"赵鼎高兴地拍了拍他的肩膀说:"这样才能堵住悠悠之口啊!"张浚离开后,第二天就跟高宗辞别,到江上视察军队去了。

不久,高宗御驾亲征,来到临安。刘锡、杨沂中率禁兵护驾,赵鼎当然也要随行。途中,高宗派刘光世移军到太平州,为韩世忠声援。刘光世和韩世忠有私仇,不愿意移兵,还派人嘲讽赵鼎说:"相公既然受命入蜀,为什么还要替别人的去留担心呢?"韩世忠替赵鼎辩解,说他敢作敢当,是个正人君子。赵鼎听说韩、刘吵得不可开交,就请高宗派人去劝劝他们,还对高宗说:"陛下养兵千日,用兵一时,如果将士们不精诚团结,摒弃前嫌,虽然有长江这道天险，恐怕也不能久持。"于是，高宗命御史魏矼前去调解。经过魏矼再三开导，刘光世这才移兵太平州。高宗也移驾平江，并下诏声讨刘豫的罪行，整顿六师，打算渡江决战。赵鼎担心胜负难料，于是谏阻高宗说："敌人远道而来，利在速战，我们不该急着跟他们争锋。况且刘豫只派了他的儿子前来，陛下何必要亲临阵前呢？陛下在这里调度三军，就足以诏谕天下了。"高宗这才打消了渡江的念头。

就在这时，庐州告警，高宗急忙遣岳飞前去支援。岳飞命牛皋为先锋，徐庆为副先锋先行出发，自己随后就到。牛皋来到庐州城下，见伪齐兵已经围住了庐州城北，金兵也陆续赶到。牛皋一马当先，向金将喊道："敌将听着！我乃岳元帅部下先锋牛皋是也！敢跟我斗上三百回合吗？"金将听后，回头一看，果然看到"岳"字旗帜飞扬在城南，便对部众说："岳家军可不好惹，我们赶快退回去！"说完就率军撤去了。伪齐兵见金人退走，也不战自溃。不久，岳飞赶到，对牛皋说："快快去追！要是放他们回去了，以后还会再来的。"于是，牛皋追击了三十多里，金、齐两军还以为是岳飞亲自追到，慌忙溃退，他们互相践踏致死和被宋军杀死的，不计其数。

当时，挞懒领着泗州军，兀朮领着竹墩镇军，被韩世忠所牵制，脱不开身。不久，兀朮派人送来战书，要求约战。韩世忠也派王愈前去答复，还说张枢密也在镇江，约定决战的日期。兀朮说："张枢密不是已经被贬到岭南了吗？怎么可能出现在这里？你可不要欺骗我！"王愈拿出任命张浚的文书，兀朮不觉大惊失色，半天才说道："你朝曾经派魏良臣前来议和，现在已经回去了。他跟我朝约定，说在建州以南划定界限，贵国做我国的附属国，免得争战不休。可是你朝却还不满足，想跟我朝开战。要是将来兵败国亡，恐怕就是一寸的土地，你们也休想得到。"王愈回答："我国并非不愿意跟贵国议和，但是贵国欺人太甚。你们夺我两河、三镇，抢走我二帝，还想兴兵占领江、淮，册立叛逆，试问还怎么议和？自古国家存亡，一半听天由命，一半由人事决定，人定也能胜天。我朝姑且和贵国再决胜负，请看我朝是不是真的无能为力？"兀朮不知道怎么回答，只好说："要战就战，难道我朝还怕你们不成？"说完便将王愈遣还。

王愈回来后，告知韩世忠。韩世忠正准备调兵遣将，第二天就整装出发。到了第二天早上，有侦察兵来报，说金兵连夜撤走了，伪齐兵也跟着逃走了。韩世忠连忙率军追击，途中只缴获了若干辎重，都是伪齐兵丢弃的。韩世忠见敌军已经走远，料定追赶不上，便率军回营了。金、齐二军为什么突然匆匆撤兵呢？原来，当时是绍兴四年隆冬，整天大雪纷飞，粮道不通，金兵只能杀马代粮，将士们怨声四起。挞懒、兀朮见部众已经没了斗志，宋军又防御森严，料知不能深入，再加上金主病危，不得不赶紧退回。金兵这一退，刘麟、刘猊哪里还敢独自留下，他们连辎重都来不及带走，便急急地逃走了。

韩世忠上奏朝廷，高宗非常高兴，对赵鼎说："多亏各路将士奋勇杀敌，才能打退强敌，但要不是爱卿从中调度，恐怕又是另一番结果了。"赵鼎拜谢说："那也得益于陛下当机立断，从谏如流。虽然强寇现在已经北去，但是他日未必不会再来，陛下还需要广纳直言，为日后做准备。"高宗点头称善，说罢召集百官商议下一步战略。侍御史魏矼等人奏请罢去"讲和"

两个字，换成"攻守"，并敕令各路将领加紧操练兵马，修缮城防，储备粮草。所以魏良臣拿着和约书回来后，大家都没有理会。后来，高宗又命韩世忠屯守镇江，刘光世屯守太平，张俊屯守建康，各路相互策应，同心协力，抵御强敌。绍兴五年二月，高宗回到临安，并提拔赵鼎、张浚为左右仆射，并同平章事，兼枢密院知事，统领各路军马，准备迎接金、齐两军再次来犯。

第七十一章 洞庭湖擒贼扫穴

绍兴五年，金主完颜晟驾崩，金人称他为金太宗。粘没喝、兀尤等人拥立金太祖的孙子完颜合刺为皇帝。完颜合刺改名为完颜亶，他即位后，金国的政局基本稳定，没有发生什么重大的变动。宋廷的有些大臣以为金国刚刚册立新君，或许会同意议和，打算派使臣前去试探一下金人的态度。中书舍人胡寅极力谏阻，张浚却上奏说："金国与我国都是大国，来往使臣非常有必要，将来两国终究要和好的，迟早有交通使臣的必要。"于是宋廷派忠训郎何藓出使金国。胡寅见他的话未被采纳，便请求外调。于是，高宗命他为邵州知府。

当时洞庭湖贼寇杨幺非常猖獗，张浚认为洞庭湖在长江中上游，土地富饶，是鱼米之乡，关系到国家的强盛，如果不马上荡平叛乱，贼情扩大，后果不堪设想。于是他上奏请求出兵征讨，高宗准奏。张浚随即带着水师先到潭州，然后再到达醴陵。一路上，张浚抓捕了很多杨幺的部下，然后将他们全部释放，并好言抚慰，让他们拿着诏书去招降其他叛贼。这些盗贼回到各自的城寨，向他们的同伙说明了朝廷的政策，劝他们接受招降。各贼首相继前来献降，唯独杨幺抗命如故。

杨幺是鼎州盗贼钟相的党羽，钟相曾用旁门左道迷惑百姓，聚众一千多人，自称楚王，改元天载，并率众攻陷了澧州。后来，宋廷派降盗孔彦舟前去围剿，将钟相和他儿子钟子昂一并抓住，斩首示众。唯独杨幺成了漏网之鱼，他收集散贼，盘踞龙阳，渐渐地势力壮大，羽翼丰满。杨幺自恃剽悍，拥立钟相的小儿子钟子仪为楚王，令部众以君臣礼节对待钟子仪，自己也做了钟子仪的大臣。但他僭称大圣天王，一切兵权全部掌握在自己的手中，无论他要做什么，钟子仪全都得依他。因此洞庭湖中，大家只知道有杨幺，并不晓得有钟子仪。高宗令都统制王燮发兵围剿，王燮本是个没用的人物。他派遣忠锐军统制崔增前去征讨杨幺，可是崔增一去不回，后来接得军报，才知道崔增全军覆没了。不久，杨幺乘着水涨船高，率众攻破鼎州，守将许筌战死。王燮束手无策，不得不向朝廷奏达败报。

接到败报后，高宗派遣张浚督军，并封岳飞为武昌郡开国侯，兼清远军节度使，代替王燮招捕杨幺。岳飞的部下都是西北人，不习惯水战。岳飞奉命出发，并对部下说："杨幺盘踞洞庭湖，一直出没在湖里，别人都说他厉害，不容易剿除。其实出兵讨寇，根本不用分水陆两军。只要将帅指挥得当，陆战能打得赢，水战也不在话下。到了那里我自有办法击败这水寇，众位将士就不用担忧了，只要你们听从我的号令，上下齐心协力，我倒想看看杨幺能不能逃出我的手掌心？"这些部下跟随岳飞多年，早就知道岳元帅智勇过人，当然唯命是从。岳飞率军在距离鼎州不远的地方安营扎寨。他先派出使者招降杨幺的党徒，并承诺待遇优厚。不久，使者回来报告说黄佐愿意归降，岳飞非常高兴，说："黄佐是杨幺的谋士，要是能将他招降，那事情就好办多了！"说完，便想动身前去跟黄佐见面。牛皋、张宪等人都上前劝阻说："贼党突然来降，恐怕会有诡计，主帅不可不防啊！"岳飞笑着说："古人有言：'不入虎穴，焉得虎子？'我想要剿灭杨幺，关键全在黄佐一人身上，难道真要用我的陆军去攻打他的水师吗？"当下便命使者带路，只身一人骑着马前往黄佐的营寨。

岳飞来到黄佐的营寨，让使者前去通报。黄佐问来了多少人，使者说："只有我家岳主帅一人前来。"黄佐对部下说："岳节度使号令如山，能征善战，要是与他为敌，只能是自寻死路，所以我才打算献降。今天岳节度使单骑前来，可见他是个诚信之人，他一定会履行诺言，善待我们的。我们赶快前去迎接吧！"部下纷纷点头，见到岳飞后也非常恭顺。岳飞下马慰劳，并拍了拍黄佐的肩膀，说："你们能弃暗投明，改邪归正，实在难得！以后如果你们能为国建功，封侯拜将也并非难事！"黄佐连忙道谢，然后便带着岳飞会见自己的部众。岳飞同样好言抚慰，大家也都心悦诚服。临走之前，岳飞又对黄佐说："你我都是宋朝子民，并非金人。我这次来宣示民族大义，希望大家能洗心革面，共同保卫王室，剿除异族。现在我打算派你到洞庭湖中传达我的意思，能劝降的，就将他一块带过来，我根据才能的大小向朝廷举荐。不能劝降的，劳烦你想办法将他擒住，到时候我一定会拜本上奏，请朝廷奖赏你们，以示鼓励。"黄佐非常感动，发誓愿意以死相报。岳飞回到军中后，随即上奏朝廷，保举黄佐为武义大夫，并暂时按兵不动，静待黄佐的消息。

那时张浚已经到了潭州，他的参谋席益见一点动静都没有，怀疑岳飞故意拖延观望。他请求张浚上疏弹劾岳飞，张浚摇头说："岳飞忠孝兼全，怎么能随便弹劾他呢？你怀疑他拖延观望，可是两军交战玄机深奥，并不是一般人能预测的，我想岳飞一定在等待什么。"席益被张浚驳斥后，也觉得很惭愧，连忙退出。隔了几天，岳飞去见张浚，谈到战事，岳飞说："黄佐已经攻破周伦的水寨，还把周伦歼灭了，我打算上表奏功，举荐他做武功大夫。"张浚笑着说："岳元帅如此智勇，何愁水寇不破！"岳飞又说："前统制任士安不服从王燮的命令，才导致惨败，如果想要严明军律，不能不严惩任士安。"张浚点头赞同。岳飞又跟张浚密谈了几句，张浚非常满意。

岳飞回到营中，命人将任士安召到大营里来，狠狠地数落了他的罪状，然后杖责三十，并对他说："本元帅限你三天之内荡平贼寇，否则定斩不饶！"任士安唯唯退出。岳飞亲自率本部士兵逼入洞庭湖，对外扬言岳家军有二十万，不久便能到达。杨幺自恃洞庭湖水深浪大，非常险固，曾经大言不惭地说："如果官军从陆路杀来，我可以逃到湖中；如果他们从水路杀来，我可以上岸。想要剿灭我，除非岳飞亲自出马。"因此他对任士安等人非常不屑。部众报告说任士安率领水师来攻，于是杨幺调拨几十艘战船，出去迎敌。湖中遇到任士安，不过只有数千士兵，便下令一拥上前，围住任士安的战船，奋力猛攻。任士安担心退后会被岳飞斩首，只好拼命死战。他们正在酣战的时候，岳家军突然从东西两面杀出，贼船顿时大乱。任士安趁势追杀，跟援兵一同围剿贼船，击沉了好几艘，其他的贼船匆匆逃去。

岳家军和任士安回营报功，岳飞听说打赢了，打算率全军发起总攻，荡平贼人的巢穴。这时忽然收到张浚的手书，说皇上降下圣旨，为了防止金兵趁着秋高马肥南下侵犯，召岳飞马上回朝，洞庭湖讨逆的事情暂时搁置一段时间，等明年再做计较。岳飞看完手书后，连忙跑去见张浚，开口就说："都督给我宽限几天，只要再给我八天，我一定能破除贼人的巢穴。"张浚有些不高兴地说："恐怕没有这么容易吧！"岳飞从袖子里抽出一张地图，指着图对张浚说："这是黄佐献来的洞庭湖全图，还有杨幺平时守御的部署，非常详细。只要按照这张图有序进攻，不出十天，就可以扫平贼巢。"张浚还是觉得水战不是岳飞的长项，很是为难。岳飞笑着说："王燮用陆军攻打水寇，所以难以取胜；而我却借用水寇攻打水寇，自然简单得多了。水战是我的短处，是杨幺的长处，如果我用短处攻击别人的长处，岂能不难？但是我收降了他的部众，剪除了他的左膀右臂，并离间了他的心腹爱将，让他孤立无助。只要时机成熟，我再用王师捣入，一鼓作气，便可荡平贼人。八天之内，我一定将杨幺押到都督的帐下！"张浚想了半天，才说："既然如此，我就给你八天时间，八天之后我可就不再等了。"岳飞允诺退出，督兵赶赴鼎州。

正巧黄佐求见，岳飞立即召他入见。黄佐禀报说："杨幺的堂弟杨钦愿来归降，我特地将他带来，拜见岳元帅。"岳飞大喜道："杨钦能够前来效命，我大事可成了，快去带他进来！"黄佐领命，召入杨钦。杨钦见到岳飞后，拱手拜道："我久仰岳元帅的盛名，早就想来拜见，只因为堂兄叛乱，担心岳元帅会怪罪于我，所以才不敢来投。多蒙武功大夫黄佐告诉我岳元帅宽宏大量，既往不咎，而且还特别优待降将，所以这次特地登门请罪，还望元帅宽恕！"岳飞下座，亲自将杨钦扶起说："朝廷的规矩，自首可以减免罪行。况且你能跟令兄划清界限，不甘同流合污，理应赦免前嫌。我还要特别举荐你为武义大夫，你现在马上回到湖中，招揽同僚，我一定论功行赏！"杨钦高兴地离开了。

第二天，杨钦带着余端、刘诜等人来降，心想着这次觐见，定能得到奖赏，没想到走到案前，抬头一看，岳飞的脸上竟然带着愤怒的表情，他也摸不着头脑，没办法，只好对岳飞行礼，并详细叙述招降的情况。忽然听见堂木一拍，岳飞厉声说道："我叫你把人都招降过来，你怎么就带来两、三个人？我看你是刁钻得很，来人，快拖他下去，杖责五十！"杨钦还想解释，已经被人七手八脚地抬了出去，按倒在地，杖责了五十下。杨钦连声喊冤，营帐里又传出号令，命一百将士押着他到湖上，再往招抚。杨钦心想岳飞竟然这么糊涂，后悔当初不该听信黄佐的鬼话，前来投降。他想着这些将士押我返湖，我一定要诱他深入，杀他一个精光，方泄我恨，随即与将士同行。不料已堕岳飞计中。

当时天色已晚，湖上烟波浩淼，暝色苍茫，再加上正值盛夏，湖水被暑气蒸发，湖面上更加烟雾迷濛，前后难辨。岳飞派将士百名，押着杨钦出湖，又暗中命令牛皋、王贵等人率兵数千，悄悄地跟在杨钦的后面。杨钦不顾后面，只管前进，曲曲折折地将他们带入自己的巢穴。只见前面有一座巨大的水寨，驻扎着几万贼众。杨钦对上口号后，便有贼船开门前来迎接。杨钦正准备将这一百名将士引入水寨，忽然听见后面鼓角齐鸣，战船丛集，不由得吓了一大跳。他回头一看，见牛皋、王贵等人已经从船头跳到了水寨上。杨钦看宋军竟然如此勇猛，只好将胸中所有的盘算全都抛到了湖水中。他招呼牛皋、王贵等人一起到寨子里叙谈，牛皋、王贵出发之前已经受到岳飞的密嘱，不能轻易进寨。牛皋问杨钦："寨里的人到底愿不愿意归降，如果不愿意我们就杀进去了。"杨钦无可奈何，只好大声喊道："全寨兄弟们听着！现在岳元帅有数万人来到这里，问你们愿不愿意归降。愿意归降大宋的，马上放下兵器出来迎接他们，不愿意的马上出来一战！"宋军突然杀到，水寨里的人完全没有防备，怎么迎战？况且岳家军来势汹汹，如果交战，恐怕有死无生。大家顾命要紧，纷纷应声归降。牛皋、王贵让他们放下武器，才引兵入寨，同时派人报告岳飞。

不久，岳飞坐船赶到，他见水寨正在君山脚下，地势险要，便登山四处张望。他见湖的右边还有一座水寨，附近还有贼船活动，于是当下命任士安擂鼓约战。贼寇见官军只有十几艘战船，便从水寨里冲杀出来。没想到官军这方面突然又杀出了大股战船，连这位白袍银铠的岳元帅也亲自到来。贼众未免胆怯，想要退回水寨，可是回路已经被官军包抄，无奈贼船只好向港口方向拼命逃窜。好不容易划进了港口，只见里面都被巨筏塞住，筏上载着官兵，全都跳上了贼船，乱砍乱刺。这时，湖上的官军又追杀了上来，贼人真是哑巴吃黄连，有苦说不出。

就在贼众危急万分的时刻，杨幺引兵前来救援。港口的官军都去抵挡杨幺，港内的贼人一看有了生路，纷纷逃出港口。一到港外，看见双方正杀得厉害，官兵都张着牛皮抵挡飞箭，且举着巨木横冲直撞，把杨幺的大船撞出了好几个窟窿。不一会儿，只听官兵那边有人大叫："逆贼杨幺跳到水里去了！"后来又听见官兵们拍着手说："好，好！杨幺被活捉了！"贼党连忙探头去看，果然自己的大圣天王被一个黑面将军从水里抓了起来，跳到岳元帅船中去了。贼众更加惊慌，这时又听见官兵大喊："降者免死！"贼众想要活命，除了投降别无他法，自然纷纷投降。岳飞派牛皋收抚降众，自己带着张宪突入贼巢。巢中还有余贼守着，听说岳飞来了，都吓得不知所措，急忙打开寨门，押着钟子仪迎接岳飞。岳飞亲自抚慰贼众，让老弱病残回家种田，劝年轻强壮的人参军。最后，除了将杨幺斩首之外，其他的人全部赦免。随后，岳飞派遣部将黄诚带着杨幺的脑袋，到张浚那里报捷。

张浚接到捷报，掐指一算，正好八天，不禁惊叹道："岳飞真是神勇，太神了！"随即命黄诚回去禀报，让岳飞在荆、襄一带屯兵，准备北上收复中原。他自己从鄂州出发，转入淮东，去觐见高宗。高宗将张浚召到殿内，张浚把平定洞庭湖的经过上奏之后，又递上《中兴备览》四十一篇。高宗大加褒奖，命人给张浚赐座。张浚又举荐李纲，说他为人忠义，可以担当重任。高宗同意，下诏重新起用李纲，命他为江西安抚制置大使。李纲入觐高宗，仍然坚持当初的宗旨，他奏请高宗说："金、齐两国贼寇多次侵扰淮、泗，我朝应当派出一道奇兵，给他们一个下马威，否则他们将无休无止地侵犯我们！我建议陛下马上派遣悍将，从淮南进兵，跟岳家军构成椅角之势，东西夹击，威慑敌人。"高宗非常赞成，李纲告辞而去。

张浚因为秋防紧要，准备再到江、淮一带督军，计划举兵收复中原。他当即入奏高宗，并极力保举韩世忠、岳飞两人，高宗又一一照准。张浚还没有出发，就收到韩世忠的军报，说他在淮阳城杀退金兵，只是州城还没有攻下。这淮阳城在刘豫的管辖之内，刘豫突然在淮阳调集大量兵马，打算为南侵做准备。韩世忠想要先发制人，便引兵渡淮，直扑淮阳城下。当时正好金将兀术前来与刘豫相会，韩世忠随即督兵与金兵展开厮杀。金军先锋牙合孛堇自恃骁勇，出阵挑战，韩世忠部将呼延通迎战，他们打了十几个回合，不分胜负。这两人打得性起，都将兵器扔掉，徒手展开搏斗。最后，金将斗不过，被呼延通制服。韩世忠乘胜掩杀，金人败去。

　　不久，兀术、刘猊又引兵前来增援，韩世忠也向张浚求援。可是援兵久久不到，韩世忠索性不等援兵，出战迎敌，他一马当先，对着敌阵喊道："我就是韩世忠，你们谁敢上来，跟我一决雌雄！"不久，从敌阵里杀出了两人，韩世忠不等他们靠近，就策马挺枪，左右一挥，这两位敌将就死了一双。金兵大震，连忙退去，韩世忠随即奏报朝廷。高宗召张浚商议，张浚建议先让各军将领到镇江听命，再做计较。张浚到了镇江后，召集各路将领，分派他们屯守北上的重要城池，派张俊屯守盱眙，派韩世忠屯守楚州，派刘光世屯守合肥，派岳飞屯守襄阳。张浚命他们整军储粮，准备收复中原。

　　岳飞自从平定了洞庭湖叛乱之后，就回到了襄阳。他每天枕戈待旦，以收复中原为己任。后来，又收到张浚写来的书信，多是些鼓舞勉励自己的话，岳飞越发斗志昂扬，摩拳擦掌。不久，朝廷又颁下圣旨，改授岳飞为武胜定国军节度使，兼宣抚副使，命他在襄阳设立府衙，并且往武昌调军。岳飞部署妥当后，准备连夜带兵赶往武昌。正在这时候，他突然接到从襄阳送来的家书，上面写着："姚太夫人病逝了。"岳飞看后，不禁变了脸色，大叫了一声"母亲"，便晕厥过去了。左右急忙将他扶起来，好不容易将他唤醒，只见他仰天大哭道："岳飞上不能报国尽忠，下不能事亲尽孝，忠孝两亏，怎么为臣？怎么为子？"左右一再劝慰，让他不要太过悲伤。岳飞星夜奔丧，赶回襄阳。

　　岳飞自幼丧父，全靠母亲姚氏节衣缩食，含辛茹苦将他抚养成人。岳飞成年后，非常孝顺，只要是母亲的命令，从来都不敢违背。姚氏经常劝勉岳飞为人要忠义，还在岳飞的背上刺了"尽忠报国"四个大字，深入皮肤，然后再用墨水涂在字上，让它永不褪色。所以岳飞一生牢记的，除了一个"孝"字外，就是"忠"字。

　　先前庐州解围的时候，朝廷为了奖励他，封他的母亲为太夫人。岳飞感激朝廷的恩遇，决心收复中原报效国家。等中原收复后，便辞官回家赡养母亲。这次突然听说母亲逝世，怎么能不悲恸呢？岳飞回到襄阳，将母亲安葬后，随即上报朝廷，希望能为母亲守孝两年。偏偏朝廷又任命他为京、湖宣抚使，岳飞再三推辞，却不见批准。朝廷又下诏劝慰他，希望他能将孝心转化为忠心，岳飞不得已只好勉强接受。朝廷又命他宣抚河东，统领河北各路兵马。于是，岳飞派牛皋收复镇汝军，杨再兴收复河南长水县，自己督军攻克蔡州。随后，他又令王贵、郝政、董先等人光复虢州和卢氏县，缴获粮食十五万石，招降敌兵数万。不久，岳飞又进军唐州，烧毁了刘豫的兵营。随后，岳飞奋然上表，请求高宗下令进军，恢复中原。

第七十二章 大胡子将军

岳飞上奏朝廷，请求收复中原，高宗却说要从长计议。于是，岳飞将王贵等人召回鄂州。张浚听说高宗没有批准岳飞的奏议，心里很不痛快，亲自赶回朝中，当面请求高宗移驾建康，鼓励三军，力图收复中原。可是高宗依然犹豫不决，正好那时刘豫又想南下侵犯，所以张浚的申请更加强烈。赵鼎也劝高宗移驾平江。高宗与张浚、赵鼎两位宰辅商议了一番后，决定启程，并打算起用秦桧为行营留守。秦桧被贬斥以后，本来有永不复用的告示，可是偏偏高宗是个没有主张的主子，今天说他是恶人，明天又说他是善人。因此将秦桧罢官一年之后，又让他做了温州知府，不久又调任绍兴知府。

秦桧阴险奸诈，料定有张浚、赵鼎两位宰相在朝堂上，跟金国和议的事情肯定成不了，所以他暂时将议和的事情搁置在一边，换了一副嘴脸来对待张浚、赵鼎，暗地里再跟他们周旋。张浚为人忠厚秉直，他见秦桧不再主张和议，且才华出众，就认为他是个有用之才，推荐他做醴泉观使，兼官侍读。后来，高宗又打算让秦桧留守临安，张浚当然赞成。可是赵鼎却不以为然，但是由于张浚极力保举，所以他也不便多嘴。于是高宗命秦桧为行营留守，孟庾为副留守，并批准秦桧拥有参与决断尚书省、枢密院政事的权利，从此秦桧再一次回到朝中，一步一步地祸害忠良。

高宗起驾到平江，张浚率先出发，打探伪齐的消息。据侦察兵报告，刘豫派儿子刘麟、侄儿刘猊分兵南下侵犯，并且有金人帮助。张浚想了半天，说："我估计金人未必肯来，金人帮助了刘豫好几次，可是都吃了败仗，难道他们还肯来相助吗？"于是，他将自己的想法上奏高宗。后来，听说刘麟由寿春进犯合肥，刘猊由紫荆山进犯定远。还有那个反复无常的孔彦舟，先前已经归降大宋，后来又投降了刘豫，这次他奉命由光州进犯六安。张俊、刘光世见敌人来势汹汹，张俊请求增兵支援，而刘光世却想撤兵。张浚马上写信给这两位将领，说："贼人刘豫犯上作乱，以逆犯顺，如果不将他剿除，我们用什么来立国？朝廷养兵千日，就是为了今天，我们现在应该进战，不该退保。"

书信发出去后，张浚又接到赵鼎的手书，请求他派杨沂中增援张俊，一同保卫合肥。张浚同意，调派杨沂中赶赴濠州，跟张俊合兵一处，还特地给他写了一封手书，说："朝廷对待杨统制不薄，统制应该及时立功，以报答朝廷的知遇之恩！"这道手书发出去后，张浚又接到高宗的亲笔信，说："张俊、刘光世恐怕不能担当大任，朕的意思是让岳飞率兵东下，抵制逆贼刘豫。至于张俊和刘光世的兵马,不如命他们退守江滨。"张浚看完,不禁愤叹道:"这事怎么能使得呢?赵丞相整天呆在陛下身边,难道就没有谏阻吗?"说罢,张浚连忙提笔修书,让参谋吕祉送到平江,递给高宗。奏折刚刚递上去,庐州又送来军报,说刘光世已经退到采石了。张浚拍着大腿说:"刘光世这么胆小,怎么对敌?"话还没说完,吕祉从平江回来,禀报说:"皇上有旨,命张都督总领军务,各位将士如果有不服从命令的,一律军法处置。"张浚非常高兴,连忙派吕祉赶到采石,传达旨意。吕祉到了采石,截住刘光世,厉声说:"皇上有旨,凡是渡江后撤者,立斩不饶!"刘光世不寒而栗,急忙返回庐州。

刘猊进军淮东,被韩世忠击退,又转攻定远。刘麟从淮西架起三座浮桥,渡江之后,进军濠州和寿春交界处。张俊出兵抵御,双方僵持不下。刘猊从定远赶到宣化,准备侵犯建康,走到越家坊,恰巧跟杨沂中大军相遇,他正想整军交锋,不料杨沂中已经冲杀过来,根本没时间布阵迎战。刘猊料定不是对手,连忙麾军退去,改向合肥进发,打算跟刘麟合兵一处,再作打算。刘猊大军刚刚抵达藕塘,就望见前面有官军拦住,大旗上写着一个"杨"字,刘猊又惊又愤,说:"莫非又是那位大胡子将军?"原来,杨沂中胡子非常浓密,所以大家都叫他"大胡子将军",他击退刘猊后,料定刘猊会去合肥跟刘麟会师,于是他从小道进军,赶在刘猊的前面,严阵以待。

刘猊看到这种情形,连忙据山列阵,命弓弩手狂射宋军前军。一时间,箭下如雨。杨沂中命统制吴锡率五千精兵率先突击,自己亲率大军作为后应。吴锡奉令登山,前队的士兵大多中箭倒退,吴锡策马突出阵营,左手拿着刀,右手拿着盾,冲上了山冈。部下见主将身先士卒,奋勇当先,也不管死活,拼命跟上。刘猊拦截不住,阵势被稍稍撼动。杨沂中下令全军掩杀,自己也带领一股精锐的骑兵向刘猊大军横冲直撞过去,并大喊:"贼破了!"刘猊不禁胆颤,部下也纷纷大惊失色,刘军顿时溃乱。正巧统制张宗颜也接到张浚的檄文,从泗州率军前来增援合肥,他从刘猊背后杀到,乘势夹攻,刘猊大败,部众死伤无数。

刘猊好不容易跑到李家湾,迎面又碰上张俊率军杀来,刘猊吓得魂飞魄散,急忙夺路逃生。偏偏张俊不肯放他过去,指挥将士将他团团围住。刘猊左冲右突,还是不能脱身。幸亏谋士李愕让刘猊卸甲弃盔,混到步兵队伍里,这才摆脱官军的注意,从侧面溜了出去。刘猊和李愕狂奔好几里,见后面没人追来,才敢稍微休息一会儿。刘猊事后惊出了一身冷汗,不由得痛哭起来,边哭边说:"不料这次出兵,偏偏遇上了这个锐不可当的大胡子将军,真是晦气,害得我全军覆没,苦不堪言!"李愕好言劝慰了几句,刘猊这才停止哭泣。不一会儿,刘猊看见有十几个人骑马逃来,他们盔甲破烂,狼狈不堪,喘息了片刻后对刘猊说:"这里不是休息的地方,恐怕追兵很快就要到来了。"刘猊和李愕慌忙起立,向他们借了两匹马,扬鞭逃走。有两个骑兵没马可骑,不免落后,后来被杨沂中擒获。杨沂中又追赶了一会儿,不见刘猊,这才收军退回。这一仗,刘猊大军损失数万,伪齐的嚣张气焰顿时被浇灭了一大半。当时,刘麟收到刘猊第一次战败的消息,就下令退军十里,不敢跟张俊相持。所以张俊才能抽出身,转攻刘猊。后来,刘麟听说刘猊全军覆没,更加丧胆,匆匆撤兵。孔彦舟也撤掉光州的包围,率军返回。

其实当时，金将兀朮就在黎阳驻守，却一直作壁上观，不去支援。原来，这次刘豫发兵南下侵犯，曾经向金国乞求过援兵，金主完颜亶召群臣商议，其长子蒲卢虎说："先帝当初拥立刘豫为帝，无非是想让他作为我们的屏障，令他和宋朝自相残杀，我们好坐收渔利。可是，现在刘豫进不能取，退不能守，兵连祸结，无休无止。如果总是答应刘豫的请求，打赢了，好处都是刘豫的；不幸战败了，我们还要损兵折将。况且前年因为援助刘豫，我们已经遭到挫伤，难道还能答应他吗？"金主完颜亶觉得很有道理，所以不肯发兵，只派遣兀朮驻兵黎阳，坐观成败。后来，刘麟、刘猊等人打了败仗回来，兀朮还派人诘责他们，说他们无能。于是，刘豫此时真是进退两难，渐渐失去了金人的欢心。

张浚见刘豫各路兵马都已经败退，请求乘势攻取河南，并奏请高宗移驾建康。偏偏这个时候，赵鼎建议高宗返回临安。高宗如果真的想要收复山河，按理应该北进，不应南退。赵鼎也是南宋名相，他跟张浚同心协力，为什么张浚请高宗移驾建康，而他反而请高宗回临安呢？其实这里面还有一段隐情。自从张浚在江上督军，曾经派参谋吕祉到平江奏事。吕祉在跟赵鼎说话的时候，语气非常嚣张，并常常压制赵鼎，赵鼎心里免不了不舒服。吕祉回去后，又对张浚说赵鼎有意牵制，阻挠进兵。张浚信以为真，将所有的愤恨都写到了奏折上。高宗对赵鼎说："以后如果爱卿跟张浚不和，肯定是因为吕祉，爱卿不可不防！"赵鼎笑着说："臣跟张浚本来亲如手足，毫无怨嫌，如今被吕祉离间，以至于张浚对臣有了怨言。不如留下张浚一人专政，让他尽情地施展才能，臣愿意避嫌。"高宗道："等张浚回来再说吧！"

张浚与赵鼎都是忠义之臣，既然赵鼎知道是吕祉挑拨关系，那为什么还要辞职呢？而高宗既然知道有人离间两位宰相，为什么不为他们调解，好言劝慰呢？只能说，君臣都有过失。不久，张浚来到平江，当面奏请高宗移驾建康，还说："刘光世屡屡不肯出战，请皇上收回他的军权。"当时赵鼎也在旁边，他反驳说："刘光世世代为将，现在无缘无故地将他罢免，恐怕会让将士离心，反而生出事端。"张浚奋然道："朝廷现在正要收复中原，怎么能允许有消极避战的将领呢？现在应该赏罚分明，振作士气，这样才能收复河南，平定逆贼刘豫！"赵鼎又反驳说："河南并不是不能攻取，但是攻下河南就能保证金人不会入侵吗？平定刘豫还算容易，但是和金人为敌就难了！"张浚有点不高兴地说："逆贼刘豫不除，始终是个祸害。况且即使我们偏安在东南地区，金人也未必不来。试想这几年来，陛下一再临江督战，将士们士气倍增，成效已经卓著，难道这个时候要退却吗？"高宗点头说："爱卿说的很有道理，朕就听从爱卿的安排！"张浚退去后，赵鼎一再奏请辞职，高宗就将他罢为观文殿大学士，任绍兴知府。

过了几天，忠训郎何藓从金国归来，说道君皇帝及郑太后相继驾崩，高宗不禁痛哭说："隆祐太后对待朕就像亲生儿子一样，不幸先前已经逝世了。朕本一心想着迎回太上皇和太后，好尽些孝道，谁知道他们又相继驾崩于异国他乡，真是令人心痛。"高宗打算服三年大丧，张浚阻谏说："天子尽孝跟普通百姓不同，天子注重的是宗庙社稷，而不在于素服哀悼这些虚的东西。现在太上皇和太后的棺椁还没有迎回，天下生灵涂炭，愿陛下挥泪而起，兴兵雪耻，收复中原，这才是真正的尽孝道。"高宗于是命张浚拟诏，告谕群臣，宫外不必服丧三年，但是宫中必须服丧三年。隆祐太后孟氏，于绍兴元年四月薨逝，享年五十九岁，谥号昭慈圣献；道君徽宗皇帝，于绍兴五年四月去世，享年五十二岁；郑太后去世，距离徽宗去世只隔了几个月，享年五十二岁，两人都死于五国城。何藓回朝时，已经是绍兴七年，因此丧期已经过了两年。

高宗当下追尊太上皇道君庙号徽宗，尊郑太后谥号显肃。高宗的生母韦贤妃也跟着徽宗北徙，建炎初年，高宗曾遥尊她为宣和皇后。郑太后去世后，又遥尊她为皇太后。高宗对左右说："宣和太后年事已高，朕日夜记念，心里惶惶不安。朕多次想委屈讲和，以便迎回生母，好好赡养。可是金人不肯答应，让朕实在没有办法。现在太上皇和太后的棺椁都没有迎回来，我不得不派人去请求，如果金人肯归还宣和太后和棺椁，朕也不妨低头！"说完，便将王伦召入，命他为奉迎梓宫使，并叮嘱说："听说金国现在是由挞懒等人专权，爱卿可以转告挞懒，只要他答应归还棺椁和朕的母后，朕愿意议和，无论什么条件都会考虑。而且河南一带，与其交给刘豫，还不如还给朕，爱卿谨记，不要辜负朕命！"王伦唯唯退出，立即北去。

张浚听说高宗又想议和，随即拜见高宗，请高宗下令三军，发兵复仇。高宗沉默不答。张浚退朝后，又递上奏折，极力规劝高宗励精图治，起兵收复中原，一雪前耻，可是高宗还是没有回答，张浚再三奏请，高宗仍然不许。后来，张浚请圣驾从平江转移到建康，奏折里始终不离"国耻"这两个字，高宗也不禁有所感触，答应移驾。到了建康后，张浚弹劾刘光世沉溺酒色，不务军事，高宗下诏，将他罢为万寿观使。张浚派参谋吕祉到庐州统帅刘军，枢密副使张守阻谏说："刘光世被罢免，群情激动，必须派一位德高望重的人才能压制得住舆论，吕祉恐怕不行。"张浚却不以为然。

后来，岳飞从鄂州觐见，那时岳飞屡立战功，高宗非常欣慰，当面授岳飞为太尉，并命王德、郦琼两军也受岳飞统制，还下诏告诫王德、郦琼："岳飞的号令就如同朕的号令，务必听从！"岳飞感激涕零，又递上奏折，献上收复中原的战略。高宗看完后，非常欣慰，并在奏折上批语说："爱卿如此忠勇，朕还有什么好担心的？以后爱卿的一切行动，朕不会牵制，放胆去做吧！"后来，高宗又将岳飞召到寝宫，握着他的手，郑重地说："中兴大业就交给爱卿你了！"岳飞非常感激，打算以死相报。偏偏秦桧暗中忌惮岳飞，从中作梗，离间高宗和岳飞，同时还在张浚面前说了岳飞很多坏话。后来，张浚想让王德、郦琼两军到淮西驻守，从而统领先前刘光世的部下。高宗左右为难，便让岳飞到都督府亲自跟张浚商议这件事。

岳飞奉命去见张浚，张浚对他说："王德在军中威望很高，淮西各军都非常敬服他，我想命他为都统，再命吕祉以督府参谋的身份，帮助他统辖刘世光的部众，太尉你觉得怎么样？"岳飞回答说："王德和郦琼地位一直不相上下，一旦王德的权力高于郦琼，恐怕郦琼会不服从管制，肯定会发生争端的。还有吕参谋根本没有在军中呆过，恐怕难以服众。"张浚又说："那张俊怎么样？"岳飞回答："张宣抚是岳飞以前的主帅，岳飞不敢多嘴。但是为了国家着想，张宣抚性格暴躁，缺乏谋略，恐怕王德等人也会不服。"张浚突然拉下脸，慢慢地说："那杨沂中的能力和威望肯定要比这三人高一些吧？"岳飞又说："杨沂中虽然骁勇，但也只是跟王德旗鼓相当，怎么能驾驭得了他们呢？"张浚不禁冷笑道："我就知道别人都不行，非岳太尉出马不可了。"岳飞正色道:"都督既然询问我,岳飞不敢不实话实说,岳飞赤胆忠心,明月可鉴!"说完,张浚不免心存芥蒂,脸上慢慢露出怠慢的神情。岳飞看见后,立刻告辞。第二天,岳飞写信请假,乞求回家服丧。他让张宪暂且处理军事,自己竟然到庐山母亲的坟墓旁,筑庐守制去了。张浚虽然有些心胸狭窄,但是岳飞也未免太过率真。

张浚听说岳飞突然离去,恨上加恨,竟然命张宗元任宣抚判官,监督岳家军。同时,他又令王德为淮西都统,郦琼为副都统,吕祉为淮西军统制。王德刚刚上任,郦琼就跟他不和,时常发生矛盾。而吕祉又不能调和,只好返回朝廷。王德与郦琼各自罗列对方的罪状,送到都督府和御史台,诋毁弹劾对方。张浚无可奈何,只好将王德召回建康,并命吕祉到庐州,另派杨沂中为淮西制置使,刘锜为副使,在庐州驻扎。吕祉到了庐州,郦琼又在吕祉面前说王德的不是,吕祉语重心长地对郦琼说:"张丞相喜欢能打胜仗的将帅,只要能建立战功,即使有很多的罪过,他也不会计较,况且这小小的嫌疑呢?我一定为你们极力辩解,放心吧!"郦琼听后,非常感动,从此军事慢慢安定。吕祉见军心已经稳定,便秘密奏请罢免郦琼等人的兵权。奏疏还没有发出去,不料被郦琼得知了,他随即派人到吕祉那里搞到了那份奏折,打开一看,果然是弹劾自己的。郦琼想不到吕祉竟然这么虚伪,非常忿恨。这时,他又听说朝廷已经命杨沂中为制置使,正在赴任的路上,不禁又气又惊,他左思右想,竟然想到了叛逆!

第二天,各位将士前去拜谒吕祉,郦琼也在其中。郦琼见大家都到齐了,便从袖子里抽出吕祉的奏折,对中军统制张璟说:"各位军官有什么罪?郦琼实在想不出来。可是吕统制却偏偏无故诬陷好人,他奏请朝廷,想要夺走我们的兵权,我实在不理解!"吕祉一听,就知道大事不妙,想要逃走。郦琼抢先几步,抓住吕祉的两只手,并喝令左右将他拿下。张璟看不过去,说:"凡事都可以商量,为什么要擅自捆绑朝廷命官呢?"郦琼厉声说道:"朝廷这么糊涂,我还留在这里干什么?你们想要死中求生,就快随我投奔刘豫去!"张璟呵斥道:"如果你投降刘豫,那就是叛贼!"统制刘永衡和兵马钤辖乔仲福等人大喊道:"叛臣贼子,人人得而诛之,我们应该为国除贼。"话还没说完,郦琼就拔剑出鞘,命令军士斩杀张璟等人。张璟、刘永衡、乔仲福也拔出宝剑,奋勇抵抗,毕竟寡不敌众,斗了片刻,他们三人相继毙命。

郦琼随即带着全军上下一共四万人,押着吕祉,前去投奔刘豫。在路上,吕祉抗声对郦琼说:"刘豫这个逆贼,我死都不会前去相见!"郦琼的部下强行夹着吕祉往前走,吕祉怒骂道:"叛徒!奴才!我就是死也不愿意北渡。"那时,郦琼还不想杀吕祉,吕祉又大声喊道:"刘豫这个逆臣,谁人不知道?难道这军中就没有英雄站出来,难道都情愿沦为叛贼吗?"大家很受感召,竟然有一千多人站在原地,不肯前行。郦琼担心吕祉动摇军心,就将他斩杀,然后策马渡江,投奔刘豫去了。张浚听说吕祉被害,这才后悔当初没有听信岳飞的话,并上书自我弹劾。

第七十三章　岳飞计除伪帝

张浚因为郦琼叛逆，脸上挂不住，于是向高宗引咎辞职。高宗询问他说："爱卿走后，秦桧能否担当重任？"张浚回答："臣先前以为秦桧是个人才，所以才劝皇上起用他。但是，最近我跟他共事的时候，发现其实他心怀鬼胎，不是个好人。"高宗说："既然如此，那我就再起用赵鼎吧。"张浚叩拜说："陛下明鉴，赵鼎确实非常适合。"张浚拜退后，高宗下诏命赵鼎为尚书左仆射，兼枢密使，罢张浚为观文殿学士，提举江州太平兴国宫，且撤除都督府。

张浚被罢免，秦桧本以为有机会担任宰相，偏偏张浚从中阻挠，怎么能不气愤？秦桧怀恨在心，于是唆使言官弹劾张浚。高宗是个糊涂虫，竟然还想继续追究张浚的罪状。赵鼎为张浚求情，高宗说："等贬了张浚，朕就颁罪己诏书。"赵鼎阻止说："张浚的母亲年事已高，况且当初张浚勤王立了大功，不应该受到重责。"高宗没等他说完，就愤然说："功过不能相抵，朕只知道有功当赏，有罪当罚！"赵鼎退去后，高宗立即发出批示，打算将张浚贬到岭南。赵鼎截住批示，并约同僚一起为张浚辩解。第二天早上，高宗的怒意还没有平息，赵鼎就上前为张浚求情说："张浚的罪行只不过是失策，试问谁没有犯过错呢？况且张浚不知道会出现这种事情，如果无心犯了一点错误，就被大加贬谪，那以后谁还敢放胆为朝廷出力？即使有什么奇谋秘计，谁人敢说？此事关系重大，并不是因为臣跟张浚有什么私情，才替他说话的！"张浚当初举荐赵鼎，而赵鼎现在又营救张浚，这两人能不计前嫌，真是宽宏大量，令人敬佩！经过多人求情，高宗才软下心肠，只将张浚降为秘书少监，分管西京，居住在永州。李纲再次上书营救，却始终不见答复。

张浚被罢官后，高宗又想起了岳飞，敦促他重新担任原职。岳飞极力推辞，高宗没有答应，岳飞只好回朝待罪。高宗再三抚慰，命他驻扎江州，支援淮、浙。岳飞到任后，想出了一条促使金人废掉刘豫的反间计。

从前，金国拥立刘豫做伪皇帝，是因为刘豫贿赂挞懒，挞懒再动员粘没喝劝金主，这才当上了伪皇帝。粘没喝一直驻守在云中，金主完颜亶即位后，召他做了宰相，高庆裔也跟着他入朝，做了尚书左丞相。只是蒲卢虎跟这两人一直不和，多次想要加害他们，而且金主也非常忌惮粘没喝的权势。高庆裔窥透了隐情，他劝粘没喝乘机篡立，先发制人，同时除掉蒲卢虎，可是粘没喝一直不敢行动。不久，高庆裔犯了贪赃罪被逮捕下狱，粘没喝乞求金主赦免他的死罪，将他贬为庶人，金主没有同意。高庆裔被行刑前，粘没喝到法场跟他诀别，高庆裔哭着对他说："你要是早听我的话，我岂能有今天？"粘没喝也不禁呜咽起来。高庆裔被斩头后，粘没喝哭着回去了。金主又网罗罪名，将粘没喝的党羽纷纷治罪，粘没喝愤懑不已，每天借酒浇愁，绝食而死。

刘豫失去粘没喝这个援手，再加上藕塘兵败，渐渐地金人产生了废掉他的念头。岳飞得知这个消息后，打算除掉刘豫这颗眼中钉。恰巧他的部下抓到一名金国的间谍，岳飞故意认为他是齐国的使者，假装呵斥道："你家主子曾经写信跟我约定，一同诱杀金国四太子（兀术是金太祖完颜阿骨打的第四个儿子），为什么还没有行动？我今天免你一死，替我把这封信交给你家主人，让他不要再延误了。"金国间谍为了顾全性命，也乐得将错便错，一口答应了。岳飞将书信递给他，让他转交给刘豫，并告诫他不要将此事泄露出去。

间谍得到书信，连忙跑去报告兀术。兀术看过信后，又惊又急，连忙回去禀报金主。当时刘豫正好派遣使臣出使金国，请求册立刘麟为太子，并请求金国援助自己再次南侵。金主因为接到兀术的密报，就假装答应了下来，让兀术带兵前去，直驱汴京。大军快到汴京城时，兀术先派人召刘麟前来议事。刘麟到了军营后，兀术随即令人将他拿下，接着亲率轻骑驰入汴京城内。刘豫那时还在讲武殿训练士兵，兀术进入东华门，下马跟刘豫打招呼。刘豫走出殿外跟他相见，兀术将他扯到宣德门，喝令左右将他带了出去，囚禁在金明池。

第二天一早，兀术将百官召集在一起，宣布废除刘豫，并命张孝纯担任左丞相，暂且主持大局，任胡沙虎为汴京留守，李俦为副留守。他还率领数千铁骑围住伪宫，将宫内财物掠夺一空。后来，挞懒也率军赶到，刘豫向挞懒乞哀，挞懒斥责说："当初赵氏少帝离开汴京时，百姓沿途相送，嚎啕不止；如今你被废除，没有一人垂怜，你自己想想，你能做这汴京城的主子吗？"刘豫不知怎么回答，只好低头哭泣。随后，兀术将刘豫和他的家族全部迁到临潢居住。

岳飞听说金人已经中计，于是约韩世忠同时上疏，请求乘机北征。哪知高宗这个时候已经被秦桧蒙蔽，一心想着议和，什么收复中原，什么匡扶社稷全都抛到九霄云外去了。正巧王伦从金国南归，他入报高宗，说金人答应归还太上皇和太后的棺椁以及韦太后，还答应归还河南疆土。高宗非常高兴，说："要是金人能答应朕的那些请求，其他事情就没什么可以计较了。"五天后，高宗又派王伦出使金国，并迎还棺椁。接着，高宗跟群臣商议，决定重新在临安定都。张守阻谏说："建康是六朝古都，气象雄伟，可以北控中原，况且还有长江这道天堑，足以捍御强虏。陛下刚刚定都建康，位子还没坐热，又打算南迁，百官六军不免会受到牵动。请陛下三思！"试想，当时秦桧得志，高宗昏迷，哪里还肯听信忠言？当下高宗从建康启程，还都临安。

张守见朝廷一天比一天浑浊，极力请求辞职，高宗没有犹豫，将他调做婺州知府。首相赵鼎也受了秦桧的笼络，说秦桧堪当大用，推荐他做右相。高宗忘了当初张浚临走前的告诫，竟然采纳了赵鼎的建议，将秦桧提拔为尚书右仆射，兼枢密院使。吏部侍郎晏敦长叹道："奸人做了宰相，看来中兴大业没有希望了。"秦桧做了宰相，果然将"和议"这两个字明目张胆地抬了出来。赵鼎当初曾经说秦桧是奸邪之徒，后来秦桧回到朝堂后，对赵鼎言听计从，慢慢地赵鼎开始对秦桧有了好感，所以极力举荐他。秦桧跟赵鼎平起平坐后，便换了一副嘴脸，开始处处排挤赵鼎。不久，王伦带着金国使臣回朝，高宗命吏部侍郎魏矼招待金使，魏矼见了秦桧后，一直说金人狡诈，不应该轻易相信。秦桧说："只要真心相待，金人也可以成为朋友。"魏矼冷笑说："要是敌人不真心对待你，该怎么办？"秦桧恨他太过耿直，竟然改命吴表臣前去接待金使，将金使带到临安。金使见到高宗，说金国愿意跟南宋修好，并归还河南、陕西的土地，高宗非常欣慰。

金使退出后，高宗对群臣说："先帝的棺椁，如果金人答应定期归还，稍微迟点也没关系。只是母后年事已高，朕急着想迎她回来，所以才情愿委屈自己，向金国乞和。"百官都有些不赞成，高宗非常恼怒。赵鼎上奏说："陛下跟金人有君父之仇，不共戴天。如今陛下想屈己讲和，无非是为棺椁和母后着想。但是群臣义愤填膺，也是忠君爱国的表现，希望陛下不要生气。如果陛下将自己的心意讲明白，大臣们也会理解的。"高宗听从赵鼎的话，亲自写下诏书，言辞非常恳切，百官这才没了异议。但是赵鼎内心是不愿意主和的，参知政事刘大中也跟赵鼎意见相同。秦桧想将这两人排挤掉，他推荐萧振为侍御史，让他弹劾刘大中，高宗竟然将刘大中免职。赵鼎对同僚说："萧振最终目的并不在刘大中身上，只不过是拿他开刀罢了！"萧振听说后，也对人说："赵丞相是个聪明人，那我就不弹劾他了，要是他能急流勇退，那就更加聪明了。"不久，殿中侍御史张戒弹劾给事中勾涛。勾涛上疏自我辩解，还说张戒弹劾他是受了赵鼎的指使，他还诋毁赵鼎，说他在内勾结谏官，在外勾结许多将帅，图谋不轨，居心叵测。赵鼎得知后，称病请辞，高宗竟然答应，命他为忠武军节度使，调为绍兴知府。秦桧跟百官为赵鼎饯行，赵鼎却没有理会他，只是作了个揖就离开了。

秦桧当初受了挞懒的嘱托，回朝后力主和议，所以秦桧每次上朝，等百官都退去了，唯独他留下来跟高宗叙谈。他曾经说："百官们首鼠两端，摇摆不定，跟他们商量不靠谱。如果陛下真心想要讲和，那就专门跟臣商议，千万不要听从其他人的意见。"高宗点头。但是高宗和议的态度不够坚定，秦桧也担心哪一天高宗会突然变卦。中书舍人勾龙如渊向秦桧献策说："相公为了天下大计，倡议和议。可是偏偏不被人理解，遭到这么多人反对。依在下之见，相公为什么不推举一批谏官，将异党全部排挤走呢？到那时，大家意见一致，和议也就顺理成章，没有阻碍了。"秦桧非常高兴，当即举荐勾龙如渊为中丞，但凡遇到异议，立刻上章弹劾。秦桧还推举孙近为参知政事，孙近对秦桧非常恭顺，差不多跟孝子顺孙一样。

不久，金主命张通古、萧哲为江南招谕使，出使南宋，并答应将河南、陕西等地归还南宋。这次王伦回朝，将他们带了过来。他们抵达泗州的时候，传话给州县的官员，让他们出城迎接。平江知府向子諲不肯出来拜见，还上奏说不应该议和，结果被高宗罢免。张通古等人抵达临安后，提出要求，说务必由高宗亲自接待，才能宣布国书。秦桧劝高宗说，如果国书中有对高宗的册封，请高宗勉强接受。高宗愤然说："朕继承的是太祖、太宗的基业，怎么能受金人的封册呢？"秦桧无话可说。后来，勾龙如渊想了一个办法，那就是跟金使好好商量一下，希望能直接将国书交给高宗，免去宣读这个环节，秦桧依计行事。张通古还想让百官行叩拜之礼，秦桧便带着自己的心腹，穿着朝服到驿馆里行了礼，这才蒙混过关。

后来，秦桧又令礼部侍郎兼直学士院曾开拟写国书，答复金使，并要求信中的体制就像南宋是金国的藩属一样。曾开不肯起草，秦桧婉言劝道："皇上还等着呢，你还是赶快起草吧！"曾开说："敢问我朝对待金人，到底用什么礼数？"秦桧说："就像高丽对待我朝一样。"曾开正色说："皇上临危受命，宰相应该以强兵富国为己任，怎么能忍受这种耻辱呢？"秦桧勃然大怒，说："圣意已定，你还多说什么？你自己去富国强兵吧，我只想着平息战乱，让百姓安居乐业。"曾开始终不肯拟诏，主动请求罢官，并和同僚张焘、晏敦复、魏矼、李弥逊、尹焞、梁汝嘉、楼炤、苏符、薛徽言、方廷实、胡珵、朱松、张扩、凌景、夏常明、范如珪、冯时中、许忻、赵雍等人联名上疏，极力劝说高宗不要和议。后来，枢密院编修胡铨上奏，请求斩杀王伦、秦桧、孙近等人，言语非常激烈，时人称为名言。就连金人都愿意掏出千金，购买他的复印稿，算得上南宋史上一篇大文章，言语恳切大胆，分析透彻，议论慷慨，读起来荡气回肠，振聋发聩，令人深思。

试想，心胸狭窄，妒贤嫉能的奸臣秦桧看到这种奏折，怎么能不触目惊心呢？他当即就参劾胡铨狂妄凶悖，聚党闹事，应该重罚。于是，高宗下诏将胡铨除名，并把他流放到昭州。朝中大臣纷纷上奏解救胡铨，秦桧被舆论所迫，只好改命胡铨去广州的盐仓。曾开也因此被罢官。还有宜兴的进士吴师古，看到胡铨的奏疏后，也上奏阻谏和议。秦桧得知后，将他流放到了袁州。统制王庶上疏七次，面奏六次，极力劝说高宗不要跟金人议和。后来，他和秦桧辩论，笑着对秦桧说："秦相不记得当年汴京城被围，你宁死不屈，力保赵氏江山的情形了吗？"秦桧听后，又愤怒又羞愧。王庶又接连上疏，请求辞官，于是高宗罢他为资政殿大学士，调任潭州知府。当时李纲在福州，张浚在永州，他们先后上疏，请高宗拒绝和议，都没有收到回复。当时，岳飞已经奉诏返回朝廷，他面见高宗说："金人向来不讲究信用，恐怕即使和议了也不能长久。宰相误导君王，祸国殃民，一定会被后世唾骂的。"秦桧听说后，非常痛恨岳飞。

绍兴九年正月，和议终于达成。高宗下诏大赦天下，诏书到了鄂州，岳飞又上疏阻谏："臣愿意替陛下收复两河，夺回燕云，为国家报仇雪恨，踏平胡虏，让他们向我朝俯首称臣！"秦桧得知后，更是恨得咬牙切齿！从此，秦桧跟岳飞便结下了深仇大恨。高宗为了抚慰岳飞，升他为开府仪同三司，岳飞推辞不受，高宗再三勉励，岳飞这才受命。

史馆校勘范如珪因为金人已经归还了河南的疆土，所以上疏请求速派谒陵使告慰祖宗的英灵。于是，高宗派遣赵士褒和兵部侍郎张焘赶赴河南，修缮祖宗的陵寝。秦桧责怪范如珪不事先禀报自己，便将他罢免，命王伦为东京留守，周聿为陕西宣谕使，方庭实为三京宣谕使。王伦到了汴京后，金人归还的河南、陕西的土地由王伦接收。方庭实到了西京后，马上去拜谒先朝的陵寝。他发现历代皇上的坟墓都被挖掘，哲宗陵竟然暴露在光天化日之下。北宋之所以灭亡，祸端起自哲宗，也算是报应。方庭实痛苦流涕，连忙将衣服脱下，覆盖在上面。秦桧担心方庭实多嘴，便另派路允迪为南京留守，孟庾兼东京留守，李利用权且留守西京。吏部尚书晏敦复一直反对秦桧，秦桧用高官厚禄引诱他，晏敦复毅然说道："我的性子跟生姜一样，越老越辣，你不要多言了。"秦桧见不能收买他，便向高宗请奏，将他贬为了衢州知府。

先前，岳飞听说赵士褒要去西京拜谒陵寝，并且要路过鄂州，就亲自前去为他饯行。赵士褒来到西京后，百姓夹道欢迎，他喜极而泣，说："想不到你们虽然沦为金人的俘虏，心里仍然挂念着国家，无愧于宋朝的子民！"后来，他被秦桧参劾，不得已返回朝堂，张焘也跟着一起回朝复命。张焘面奏高宗说："金人侵占西京后，导致祖宗陵寝遭殃，就算以后歼灭了金国，也不足以雪此耻辱，请陛下不要和议，勿忘国仇。"高宗询问各个陵寝的具体情况，张焘只是叩头，没有回答。高宗也沉默不语。秦桧在一旁，恨张焘太过耿直，便将他贬为成都知府。

不久，吴玠在川蜀病逝，李纲也在福州逝世，二人都被朝廷追赠为少师。吴玠病重的时候，被任命为四川宣抚使，由别人搀扶着受命，没过多久便去世了。蜀人感激他保卫国土，为他建立了祠堂。李纲忠义凛然，闻名遐迩。每次宋使出使金国，金人必定会问李纲是否安好。可是，他最后还是被人进谗，抱憾终身。他平生写下了一百多卷文章、歌诗和奏议，句句光明磊落，篇篇慷慨激昂。高宗也曾赞赏他有大臣风度，但是他被罢相之后，再也没有被重用。

金人将三京归还后，就拼命地索要财物。和议的条件也久久没有确定下来，于是，南宋再次派遣王伦到金国议事。这时，秦桧正得高宗信赖，得意洋洋，一心期盼棺椁和太后能够早日被送回来，这样就算大功告成，可以受封拜爵了。谁料晴天里突然打出一声霹雳，惊得这位秦奸相又惊又气。原来，那位和事老王伦竟然被金人扣押，只遣回了副使蓝公佐。

 刘锜捍卫顺昌城

王伦到金国议事，正赶上蒲卢虎等人谋反。蒲卢虎自以为是太宗的长子，整天嚣张跋扈，蛮横无法。他还勾结挞懒，企图弑君篡位，可惜密谋泄露，蒲卢虎被诛杀。挞懒（金太祖完颜阿骨打的叔父盈哥之子）是皇室宗亲，再加上他立有大功，所以金主命他为行台左丞相，杜充为行台右丞相。可是挞懒却愤愤不平，说："我是开国功臣，竟然要和降臣比肩为伍，真是耻辱。"后来，蒲卢虎被杀，挞懒打算起兵谋反。先前跟南宋议和，将河南、陕西归还给南宋的主张，大多出自挞懒、蒲卢虎，所以金主完颜亶怀疑他暗通宋朝，早就提防着他了。因此挞懒还没动手，金主就已经派人追杀他了。挞懒向南逃走，被追兵杀死。

金主将王伦扣押，命耶律绍文严刑拷问他，挞懒、蒲卢虎两人有无暗中勾结南宋，企图谋反，王伦一口否认。耶律绍文又问他这次来的目的，王伦回答："上次贵国使臣萧哲曾经带着国书南下，答应归还棺椁和河南，天下皆知。我这次来是想问问挞懒元帅，事情到底办得怎么样了，哪里还有什么别的目的？"耶律绍文说："你只知道元帅，你眼里还有我主吗？"于是便将王伦囚禁在河间，只遣还副使蓝公佐。那时，高宗皇后邢氏也在五国城病逝，金人却封锁了消息。蓝公佐返回后，高宗听信秦桧的话，提拔秦桧的党羽莫将为工部侍郎，命他前去迎回棺椁和韦太后。

莫将刚刚启程，谁知金将兀朮、撒离喝已经分道入侵。兀朮从黎阳进逼河南，势如破竹，河南各州县接连失陷。东京留守孟庾、南京留守路允迪不战而降，西京留守李利用弃城逃回，三京全部沦陷，河南又回到了金人的手上。撒离喝从河中直逼陕西，攻入同州，招降永兴军，陕西各州县也相继沦陷。随后金兵进军，驻扎在凤翔。警报频传，陕西远近大震。宋廷派胡世将为四川宣抚使，他刚到河池，就听说金人已经打到凤翔了，连忙召集诸将会商。吴玠的弟弟吴璘、孙偓、杨政、田晟等人相继到会，孙偓说河池不易坚守，杨政和田晟也请求退守险要，唯独吴璘厉声说："说这种懦弱的话，只能动摇军心，罪当斩首！我愿意誓死破敌。"胡世将起座，把剑出鞘，奋然插在桌子上，毅然说："我也愿意死守此地！"说罢，便派各将分守渭南。

不久，朝廷下达诏命，命胡世将移兵屯守蜀口，并让吴璘统领陕西各路兵马。吴璘得到统领大权后，命统制姚仲进兵石壁寨，与金兵交战。姚仲挥旗猛进，将士都冒死向前，瞬间将金兵击退。撒离喝又派鹘眼郎君率领三千精骑，从小道杀入，偷袭吴璘。吴璘早就令统制

李师颜在半路上候着。李师颜见鹘眼郎君到来，突然杀出，鹘眼郎君猝不及防，金军顿时被冲成了好几段。鹘眼郎君见不能取胜，只好且战且逃，扔下了许多兵器，一溜烟地跑了。撒离喝连续接到败报，顿时大怒，亲自督兵到百通坊，跟姚仲打了一仗，还是不敌，只好退回。金人先前在扶风修筑城寨，派兵驻守，被吴璘率军攻入，活捉了三位大将。撒离喝一败再败，损兵折将，士气大减，只好率军返回凤翔，不敢再进军了。

河南这边，兀朮已经占据东京，并分兵南下。当时，刘锜奉命为东京副留守，他赶到涡口，正在吃饭的时候，忽然西北角上刮起一阵暴风，把坐帐都吹开了，军士们都很惊讶。刘锜从容地说："看这狂风，是强寇来犯的预兆，我们赶快前去支援。"于是，他下令兼程前进，到达顺昌城下，知府陈规出迎，说金兵马上就要攻来。刘锜问："城中有没有粮食？"陈规回答："粮食很充足！"刘锜大喜，说："只要有吃的，我们就能守住城池！"他进城后，部将都建议带着家属，退保江南。只有一位绰号夜叉、名叫许清的部将挺身而出，说："太尉奉命留守汴京，将士们都是扶老携幼而来。一旦退军，就得抛弃父母妻子，于情何忍；如果带着家眷撤军，又容易被敌人追上。还不如奋力一战，或许还可以死中求生。"刘锜点头，厉声说："我也是这个意思，再敢言退者，斩！"

刘锜曾经受爵太尉，他的部下大都是王彦的八字军。因为被派往驻守东京，所以将士们都带着家属，刘锜的家眷也在其中。刘锜决心死守，他命人将带来的船全部沉到江底，断绝自己的归路。然后将家属安置在寺庙里，并用柴火堆积在门口，告诫卫兵说："如果城池被破，立即烧死我的家属，不要让他们落入敌人的手里！"于是，军士亢奋，男人登城死守，女人磨刀修箭，非常踊跃。刘锜将百姓家的门板拆下来作为屏蔽，又把城外几千户居民的房子全部烧毁，以免被敌人侵占。

过了六天，城防也差不多修好了，这个时候开始有敌人的骑兵前来侦察。刘锜预先设下埋伏，抓到了两名侦察兵。经过讯问得知，金将韩常在白沙窝驻兵，距城只有三十里。刘锜派一千精锐趁夜前去偷袭，韩常仓促迎战，禁不住来军的勇猛进攻，再加上月黑灯昏，他们自相攻击，白白地死了几百号人。韩常不得已率军退到了几里之外，刘锜打了胜仗，却没有伤亡一个人，韩常也只好自认倒霉。

不久，金国的三路都统葛王乌禄率兵三万，和龙虎大王合兵一处，直逼顺昌城。刘锜却大开城门，好像迎接他们一样，乌禄等人反而不敢进城。突然，城楼上一声鼓响，箭如飞蝗一般射了过来。很多金兵中箭落马，纷纷撤退。刘锜亲自率军从城中杀出，可怜那些落荒而逃的金兵，被刘锜率军赶到河边，淹死了好多。刘锜回军入城，休息了两天，听说金兵又在东村驻扎，离城只有二十里，于是派遣部将阎充招募五百敢死士，乘夜袭敌。正巧天降大雨，电闪雷鸣，阎充带着敢死士突入金营，趁着闪电的亮光，只要看见有鞭子的士兵，立即乱刀砍杀，金兵又惊慌而逃。

兀朮在汴京多次得到败报，便率十万大军前来支援。刘锜又跟各位部下商议，有人说兀朮大军到来，恐怕不能抵挡，况且已经打了那么多次胜仗，可以全师南归了。陈规说："朝廷养兵十年，就是为了今天。况且敌人的士气已经受挫，军威大减，就算我们寡不敌众，也应该有进无退。"刘锜接口说道:"陈大人是一介文人,都知道死守不退,而你们这些征战沙场多年的将士,却畏敌言退。试想,要是我军一动,被敌人追上,岂不是前功尽弃?如果放兀术大军长驱直入,到时候两淮不宁,江浙堪忧。我们本都是忠君报国的好男儿,想着杀敌建功,如果撤退,岂不是犯了误国误民的大罪吗?"将士们听后,齐声说道:"谨遵太尉军令!"于是军心再次稳固,专门等待兀术到来。

兀术大军抵达城下后,狠狠地责备了战败的部将,他们不服气地说:"这也不能全怪我们,南朝现在用兵,跟以前大不一样,元帅过几天就知道厉害了。"兀术不信,反而斥责他们推卸责任。过了几天,刘锜派遣耿训到兀术大营约战,兀术大怒道:"刘锜竟敢跟我约战?这座小小的城池,我弹指可破,真是个不知好歹的家伙。"耿训微笑着说:"我家太尉不但要来请战,而且还说四太子必定不敢渡河,所以我家太尉愿意献给贵军五座浮桥,让贵军南渡,然后再大战一场。"兀术冷笑说:"难道我还怕刘锜吗?你回去告诉刘锜,千万不要爽约!看我怎么教他做人!"耿训回去后,刘锜趁夜派人到颍水,在上游水草茂盛的地方投掷毒药,并告诫军士千万不要喝这里的水。第二天早上,刘锜真的如约在颍水上建筑了五座浮桥,让敌人横渡。当时正值盛夏,天气非常炎热。兀术率兵渡过颍水河,士兵和战马都非常口渴,免不了会饮水食草,可是这水早就被刘锜投了毒,士兵中毒马上病倒,战马中毒马上暴毙。兀术还不知道自己已经中计,硬是渡过颍水直逼顺昌城,列阵以待。刘锜以逸待劳,按兵不动。

等过了中午,天气稍微凉快些,刘琦才派几百人出西门,跟敌人对仗。兀术见刘锜只派出这么点兵,毫不在意,只管下令前军接战。刘锜军统制赵撙、韩直麾兵奋战,身上中了好几箭,但还是力战不退。兀术又派兵助阵,把赵、韩两将团团围住。就在这紧急关头,城内突然飚出一队人马,从南门杀来。他们嘴上没有呼喊声,只是拿着巨斧乱砍,将金兵冲成了好几段。兀术见前军快支撑不住,亲自指挥长胜军前进。这长胜军全都身穿铁甲,头戴铁盔,三人为一组,互相之间用绳子连接,只能进不能退,以显示必死的决心。兀术以前靠这种办法打了很多胜仗,这次又故伎重施。可是刘锜早有准备,他马上派出长枪手、刀斧手两队人马,并且亲自督战。长枪手在前,专挑金兵头戴的铁盔;刀斧手跟在后面,用大斧猛劈,不是断胳膊,就是碎脑袋。兀术又派出铁骑,分为左右两翼,前去拒战,这些铁骑被称为"拐子马"。刘锜仍然命长枪大斧,冲杀过去。拐子马虽然强健,但也有些抵挡不住,逐步倒退。忽然大风四起,天色阴沉,刘锜担心被金军所乘,急忙用拒马木作为屏障,阻住敌人的骑兵,并对兀术大喊道:"金太子兀术听着!你我两军已经厮杀了半天,想必你的军士也饿了,不如彼此暂且休息一会儿,各自吃过晚饭,再来厮杀!"兀术也自觉饥饿,巴不得听到这句话,于是马上答应下来。

刘锜随即命军士进城吃饭,他自己也下马进餐,非常从容。兀术也命部众饱食干粮。双方吃过晚饭后,风势稍微减弱,刘锜军又乘着上风,撤去拒马木,再次请战。刘锜见兀术身披白袍,亲自骑马督阵,便大声喊道:"擒贼先擒王,前面身披白袍的那位贼将就是兀术,大家随我上前,活捉兀术!"军士们听后,都拼命上前,向兀术杀去。兀术手下的亲兵来不及拦阻，只好护着兀朮倒退下去。可是这一撤退，阵势也随之变动，金兵顿时大乱。刘锜乘势追杀，一路上尸横遍野，血肉横飞，兵器和车马堆积如山。宋军好不容易将道路清理开来，可是金兵早就逃之夭夭了。刘锜料想追赶无益，乐得将路旁的辎重搬凑了好几车，打着得胜鼓，返回城中。兀朮带着残兵败将连续倒退了二十多里，他担心宋军会追上来，竟然带着败军回汴京去了。刘锜上奏大捷，高宗非常欢喜，授刘锜为武泰军节度使，兼沿淮制置使，他部下的将士也都各有赏赐。

岳飞听说刘锜打退了兀朮的十万大军，于是分派王贵、牛皋、杨再兴、李宝等人整军备战，打算夺回西京以及汝、郑、颍昌、陈、曹、光、蔡各个州郡。同时又命梁兴渡河，号召河北忠义之士前来会合，大军已经整装待发。于是岳飞密奏高宗，请求长驱直入，收复中原。高宗又升岳飞为少保，任命他为河南府路兼陕西、河东、河北招讨使，并传命说："这次出兵，爱卿可自由调度兵马，朕不会牵涉。"不久，高宗又改授岳飞为河南北诸路招讨使。岳飞誓师大举，进兵蔡州，一鼓攻破。他又派张宪攻打颍昌，击败金将韩常，收复淮宁府；随后，郝晸收复郑州；张应、韩清收复西京；杨遇收复南城军；乔握坚收复赵州。其他的将领所到之处，无往不胜。河南兵马钤辖李兴也带着部下响应岳飞，收复了汝州和伊阳等八个郡县。金国的河南尹李成弃城逃走，岳飞推荐李兴为河南知府。捷报频频传到临安，满朝上下无不欢呼雀跃，唯独秦桧忧虑不安。不久，韩世忠又收复了海州，张俊的部将王德收复宿州、亳州。

刚刚攻陷的河南各州郡相继被宋军收复，金人非常震惊。他们招募死士偷偷潜到宋朝，给秦桧送信，并责怪他负约，秦桧又羞愧又愤恨。先前，金人违反盟约，将王伦扣押，秦桧担心高宗会怪罪自己，就嘱咐给事中冯楫，让他打探一下高宗的口风。冯楫上奏说："现在金人长驱植入，进犯顺昌，不久势必攻杀过江，为了国家考虑，不如起用张浚，托付兵权。"高宗正色说："朕宁可覆国，也不用此人。"冯楫退出，报知了秦桧。秦桧暗中窃喜，于是又唆使中丞王次翁等人诬蔑弹劾赵鼎的罪状。于是赵鼎再遭贬谪，出任清远军节度副使，安置在潮州。秦桧举荐王次翁为参知政事，王次翁为了讨好秦桧，多次在高宗面前替秦桧说好话，因此高宗更加信任秦桧了。

秦桧再次提出和议，他派遣司农少卿李若虚跑到岳飞的军营，劝他班师。试想，这赤胆忠心的岳少保，正在节节进攻、节节得胜的时候，怎么肯半途撤军呢？他当下谢绝了李若虚，一心一意进剿。他留大军驻守颍昌，命各军将领分道出战，自己亲率轻骑赶赴郾城。宋军兵势税利，兀朮不禁有些心虚，他连忙召集诸将，打算跟岳飞大战一场，一决雌雄。岳飞得到战报后，高兴地说："金兵来得越多越好，我好一举杀败他的精锐，免得他再觊觎中原。"正说着，又有钦差来到，宣读圣旨，让岳飞好好斟酌，不得轻易进军。岳飞受诏后，对钦差说："金人已经没什么伎俩，而且我军连接取胜，士气如虹。岳飞有信心破敌，请钦差回去告诉皇上，让他不要担心。"钦差回去后，岳飞派人日夜前去挑战，并痛骂兀朮是个缩头乌龟。兀朮非常愤怒，随即会集龙虎大王、盖天大王以及韩常等各路兵马，直逼郾城。岳飞召儿子岳云入帐，令他率军出战，并对他说："你如果不能得胜，我便第一个斩了你！"岳云领命退出，然后亲自挑选三千精骑，出城搦战。岳云十二岁的时候就跟着张宪东征西讨，他手握两把八十斤的铁锤，勇猛过人，多次建立战功，大家都叫他"赢官人"。他二十二岁的时候担任防御使，经常统率几千骑兵，自成一队。

这次开城出战，岳云也不管敌军是多是少，抡着锤子就突入金兵的阵内，鏖战了十几个回合，杀毙了无数的敌兵。兀术见岳云竟然这么厉害，便又放出拐子马来，抵御岳云。这回的拐子马大概有一万五千骑，他们互相钩连，逐排驰骋。马上的骑士都身穿重铠，就连脸上也用铁皮罩着，只露出一双眼睛。不管是什么刀剑，都不能刺入，他们却手拿利器，乱砍乱杀，这就是兀术手下最强的雄兵，一向横行中原，没人敢挡。只有颍昌一战，被刘锜打败，不过那时只有数千铁骑，而且脸上没有戴面罩，只有头上戴着铁盔，所以被刘锜用枪挑斧斫，导致挫败。兀术回去后，吸取教训，将这拐子马改良了一番，战斗力也大大提升。岳云也不管死活，抖擞精神，冲上去跟他们厮杀。交战了一个多时辰，岳云身上已经受了好几处伤，但还是勉强支撑，死战不退。兀术见岳云被围，心里非常欣喜，忽然城中冲出一队藤牌军，冲入阵营。他们左手用藤牌护体，右手拿着麻扎刀，蹲下身子，专砍马腿。拐子马用绳子连在一起，一匹马倒下，其他马匹都不能前行。霎时间，这一万五千骑拐子马人仰马翻，四分五裂，七颠八倒，全都乱了套。岳云乘势杀出，岳飞也挥军奋力冲击，杀得金兵叫苦不迭，向北逃走了。

兀术一路奔逃，后来见岳军收兵，才敢停下安营下寨。他忍不住大哭道："我起兵以来，全仰仗这拐子马取胜，如今被岳飞破灭，从此以后就没有我的立足之地了。"韩常等人劝了他几句，兀术转悲为恨，说道："等我再添些兵马，跟岳飞决战到底！"随后，他收集败兵，再从汴京调到生力军，前来决战。岳飞只带着四千骑士，出阵迎敌，又将兀术杀败。兀术像发了疯一样，再从各地调来十二万兵马，转攻临州、颍州。那时，杨再兴正带着三百骑兵观察地形，他老远望见金兵到来，也不顾敌多我少，当即突入敌阵，左挑右拨，杀死两千金兵。兀术见杨再兴如此勇猛，就假装败退，将他引诱到小商桥，一阵乱箭，将他射死。杨再兴本来是贼首曹成的部将，后来归降岳飞，屡破金军，骁勇异常。那时，张宪已经在支援的路上，可惜还是晚了一步。他只好将兀术击走，找到杨再兴的尸体，将他身上的箭镞拔出来，一共三十多支，不觉潸然泪下。张宪驰报岳飞，岳飞也悲恸不已，止住哀痛后，对一旁的岳云说："兀术虽然败退，必定还会去攻打颍昌。那边只有王贵一人把守，恐怕凶多吉少，你赶快去增援他！"岳云领命出发，刚到颍昌，果然看见金兵大军挺进。岳云跟王贵左右夹击，将金兵杀得落花流水。兀术的女婿夏金吾手拿长刀跟岳云交手，还不到几个回合，就被岳云一锤子打死了。金兵又慌忙奔逃，宋军追了十几里才收兵。

同时，太行山一带的忠义之士和两河的豪杰，跟岳飞的部将梁兴，连败金兵，先后夺回怀州、卫州。太行山的后路被宋军截断，金人非常恐慌。随后，岳飞又进军朱仙镇，距离汴京只有四十五里，与兀术对垒列阵。岳飞派出五百嵬军（北方人称酒瓶为嵬，大将的酒瓶都交给亲信的人背负，所以韩世忠、岳飞都称自己的亲随军为嵬军）先行杀入，将兀术的阵势冲乱，然后自己再挺枪跃马，冲入阵内，众将也跟着奋勇向前，任你兀术是身经百战的强寇，也经不住这样猛烈的冲击。宋军如同猛虎下山，神龙搅海，金兵死伤相当惨重，连兀朮也差点丧命，幸亏撤得快，一口气跑回了汴京，才保全了性命。岳飞又联络河北义士李通等人，克日会师，准备直捣黄龙。

莫须有的罪名

兀朮大败回到汴京后,打算再整军迎敌,偏偏诸位将士垂头丧气,没人再敢言战。兀朮又传檄文到河北,调集各路兵马,还是没人到来。当时中原一带,各路兵马纷纷响应岳家军,"岳"字旗帜插遍了各个州县。各州郡的父老百姓都争相备粮,馈送给义军。就是一些金国将领都萌生了归降岳家军的念头。兀朮的部下龙虎大王、忔查、高勇等人也秘密接受了岳飞的招降,就连韩常也蠢蠢欲动,打算率众归附。兀朮自知情况危急,只能长叹道:"我自从带兵以来,纵横沙场二十余载,从来没有感到如此挫败。事情到了这个地步,我还有什么好说的呢?"随即,他带着亲随军,打算回朝。可是刚出城,忽然有个书生拦住了去路,阻谏道:"太子暂且留步!岳少保马上就要撤兵了!"兀朮在马上答道:"岳少保只用五百精骑,就能冲破我十万大军。而且汴京里的百姓日夜期盼他能到来,我难道要呆在这儿等死吗?"书生笑了笑,说:"太子说错了。自古以来,从来就没有权势熏天的大臣在朝堂之内,大将能在外建功立业的事情。岳少保也不能避免,太子就等着瞧吧!"这几句话倒是提醒了兀朮,他随即返回汴京城,静待时变。

那时气吞山河的岳元帅,正召集各军将士,整装出发,并鼓舞他们说:"大家随我一起直抵黄龙府,等赶走了胡虏,我当跟诸位痛饮一番!"话还没说完,忽然朝廷派来使臣,催促岳飞班师回朝。岳飞不解地问:"发生了什么事?"朝使回答说:"秦丞相跟金国议和,已经有了头绪,所以请岳少保回朝。"岳飞愤然说道:"恢复中原,已经十拿九稳,怎么能半途而废呢?"朝使也没有说话,匆匆离去。岳飞急忙上疏,说:"如今金人丧胆,毫无斗志,他们将所有的辎重全都丢弃,纷纷渡河撤兵。现在各路豪杰纷纷响应,各军将士无不拼命,我们应当趁势猛进,时不再来,稍纵即逝,望陛下三思!"

秦桧得到岳飞的奏疏,非常懊恼。为了将岳飞拽回来,他想了一个釜底抽薪的计策。秦桧先写信给张俊和杨沂中,催促他们赶快回朝,然后上奏高宗说:"岳飞孤军奋战,不应该久留。"高宗也是糊里糊涂地应了一声。于是,秦桧连下十二道金牌,催促岳飞马上回朝。这个金牌就是木牌上面写着"金"字,但凡遇到紧急命令,都会用金牌。岳飞一天之内连续接到十二道金牌,他不觉悲愤交集,对着东面一拜再拜,说:"想不到我岳飞十年精心运营毁于一旦,现在离成功只有一步之遥,却要班师回朝,真是无奈!真是无奈啊!"迫于朝廷的压力,岳飞只好下令班师。各州百姓拦路挽留,一边哭一边说:"我们省吃俭用馈赠粮草给义军,岳元帅怎么忍心背弃，要是他日金兵再来侵犯，我们该怎么办？"岳飞也不禁落泪，拿出金牌指示说："我食君禄，尽君事。既然皇上有命，我也不敢逗留啊。"百姓听了岳飞的话，顿时哭声震天。岳飞下令道："愿意跟从我走的，马上收拾行李，我再多呆五天。"大家齐声应命。五天过后，大军回朝，百姓跟着岳家军一同南行，如同闹市，延绵十几里。在路上，为了安置这些百姓，岳飞上奏请求将汉上六郡闲田赠给这些百姓，供他们居住，高宗总算批准。

兀术听说岳飞已经退兵，又分道出兵，把河南刚刚收复的各个州郡全部夺去。岳飞到达鄂州后，听到寇警，越加愤恨，于是上奏请求罢免兵权，高宗不许。后来，岳飞从庐州觐见高宗，高宗提到先前的战状，抚慰了岳飞几句。岳飞只是叩头拜谢，并没有夸耀自己的战功。后来，秦桧又派人送信给韩世忠，让他罢兵还镇。偏偏兀术调集了两河的兵马以及旧部，总共十万大军，准备大肆侵犯。撒离喝相继攻陷庆阳、河东。兀术听说撒离喝已经出兵，也向南出师，攻陷寿春，并渡过淮河，攻陷庐州。朝廷下诏，令张俊、杨沂中马上率军支援淮西，令岳飞进驻江州，并督促韩世忠、刘锜等人也督兵前去支援。张俊的部将王德听说兀术的前锋已经抵达历阳，快要到达江上，急忙率领所部渡过采石矶，连夜进入和州。张俊督军前进，击退兀术，兀术只得退保昭关。不久，兀术又来争夺和州，被王德击败。王德率军追击兀术，连获胜仗，收复昭关。

当时刘锜也从太平渡江，跟张俊、杨沂中会师，打算夺回庐州。刘锜先引兵出战，两战全胜。后来，刘锜、王德、杨沂中三路并进，杀得金人积尸如山，血流成河。金兵溃逃到庐州以北三十多里的时候，正打算休息一下，忽然看到后面有追兵杀到，他们仔细一瞧，原来是"刘"字和"王"字大旗，不禁大惊失色，说："这不是顺昌城里的旗帜吗？还有王夜叉也来了，那还抵挡什么？赶快撤退吧！"随即金兵退保紫金山。当初刘锜誓死捍卫顺昌，杀败金兵，金人都非常敬畏他。钦宗在位时，王德曾经率领十六骑杀入隆德府，将金国守臣姚太师活捉。姚太师看到王德的时候，大喊着："夜叉饶命！夜叉饶命！"想必是王德长得凶神恶煞，所以军中都称他为"王夜叉"，连金人也知道他的大名。后来，兀术又在店步迎战宋军，结果又被杨沂中打败。

高宗想要尽快退敌，所以打算再邀岳飞出马。他命令岳飞马上进兵，打退兀术。那时，岳飞饱受咳嗽的折磨，勉强抱病出发，直奔庐州。此时，兀术正和杨沂中僵持不下，突然听说岳家军要来，连忙弃城逃走，于是庐州被收复。岳飞率军返回，在舒城驻守。高宗下诏，一再褒奖，说他舍身为国，小心恭谨。唯独秦桧非要跟金人讲和，他再次催促张俊、杨沂中、刘锜等人班师回朝。无奈，张俊首先退兵，杨沂中、刘锜也只得退还。才离开没几天，朝廷又接到警报，说金人率军攻打濠州。当时张俊在黄连镇，说自己势力单薄，不敢前去增援。杨沂中率军匆匆赶去，在半路上遭遇埋伏，大败而归，于是濠州城被攻陷。高宗又督促岳飞前去应援，岳飞抵达濠州，兀术又弃城逃出，渡江向淮北去了。秦桧听从给事中范同的建议，乘敌人退还之际，召韩世忠、张俊、岳飞等人回朝，只说是论功行赏。于是韩世忠、张俊同时班师觐见，唯独岳飞久久不到。秦桧请旨敦促，无奈岳飞只好回朝。高宗拜韩世忠、张俊为枢密使，岳飞为副使，各自到枢密府任职，加封杨沂中为开府仪同三司，赐名存中，王德为清远军节度使。秦桧这么做，表面上是推崇他们，其实是为以后夺取兵权做准备，免得他们在外作梗，破坏议和。

岳飞在诸位将领中，年龄最少，三十岁就统领一军，独当一面，并且屡立战功，将领们心中不免有些嫉妒。张俊当初也经常称赞岳飞神勇，后来岳飞的官越做越大，他也不免心生忌恨。庐州、濠州两次战役，张俊曾多次故意逗留，延误战期。回朝后，他反而诬陷岳飞逗留不前，有意观望。岳飞虽然也有耳闻，但是没有跟他计较。后来，张俊和岳飞奉诏到楚州阅军，张俊见韩世忠的亲军雄壮威武，于是跟岳飞商议，打算将他们分调到自己帐下。岳飞顾全友谊，不肯听从张俊的建议，张俊非常失望。

张俊将这件事告诉了秦桧。因为韩世忠一直不主张和议，所以秦桧早就想除掉这颗眼中钉。他捏造罪名，打算将"谋变"这个大帽子扣在韩世忠的头上。岳飞得知消息后，写信给韩世忠，告诫他小心提防。韩世忠随即进宫参见高宗，表明心迹，解释原委。因此，秦桧的阴谋没有得逞，他也因此对岳飞更加愤恨了。兀术又写密信对秦桧说："你朝当初说要议和，为什么又让岳飞掌兵，日夜企图收复中原呢？岳飞不死，休想议和！"于是，秦桧极力谋划，一定要置岳飞于死地。他唆使中丞何铸、侍御史罗汝楫、谏议大夫万俟卨等人，轮流上章弹劾岳飞，说他故意逗留舒州，不去支援淮西，后来又想放弃山阳，居心叵测。这种弹文，明眼人一看就知道是鸡蛋里挑骨头，血口喷人，稍微清明点的君王都会追究上奏人的诽谤罪，偏偏高宗糊涂透顶，看到这种奏章，竟然真的怀疑起岳飞来了。岳飞满腔忠义，一心报国，动不动就被人诽谤，怎么忍受得了？于是他接连上奏，请求收回自己的兵权。高宗居然准奏了，罢岳飞为万寿观使，真是可恨！

秦桧初次下手就收到了成效，索性得寸进尺，步步紧逼，好拔去这颗眼中钉。他当下跟张俊密谋，用重金诱惑岳飞的部下诬陷岳飞谋反。可惜，诱惑了半天，也没有人前来应命。张俊听说岳飞当初想要斩杀统制王贵，并多次对他施以杖责，于是他想从王贵身上下手，趁机诬陷岳飞。可是，张俊派人去试探王贵，问他记不记恨岳飞，王贵摇头说："大将手握兵权，总不免会严明赏罚，这样才能统帅三军。如果我为了这种事情怨恨元帅，那就是我王贵心胸狭窄了。"张俊又用私事要挟王贵，王贵不禁有些胆怯，勉强答应了下来。

后来，秦桧又听说岳飞有个部将叫王俊，绰号雕儿，生性奸贪，经常受到张宪的压制，早就心生不满。于是，秦桧暗中收买了他，让他诬告岳飞。张俊亲自写下岳飞的一些莫须有的罪状，交给王俊，王俊立即向枢密府投诉。张俊在那状纸里捏造说："副都制张宪盘踞在襄阳，暗地里想把兵权还给岳飞。"张俊接收了状纸，随即派遣王贵批捕张宪。张俊的下属王应对他说，枢院院没有审讯权，被张俊叱退。后来，张俊竟然高坐堂上，传张宪对簿公堂。张宪大喊冤枉，张俊拍案骂道："岳飞的儿子岳云曾经写信给你，让你兵变，为岳飞谋复兵权，你还想抵赖吗？"张宪回答说："那书信在哪儿？"张俊呵斥道："书信在你的手上，你不来自首，反而还向我索要，岂有此理！"张宪抗声说道："谁看到了岳云写的书信？"张俊冷笑说："我看你是不受大刑不肯招了！"于是他喝令左右，先杖责五十。左右一声吆喝，便将张宪拖了下去，重杖五十，打得鲜血淋漓，皮开肉绽。张俊又叫他上堂供状，张宪大喊道："我就是死，也不会诬陷岳元帅！"张俊又命人重杖五十，左右又将张宪拖下去动手。这次打得更厉害，可怜张宪被打得体无完肤，痛晕过去。张俊用冷水将张宪泼醒，张宪还是不肯伏罪。张俊将张宪打入大理寺的牢房，自己捏造了一纸口供，递交给秦桧。

秦桧随即入朝请旨，乞求召见岳飞父子，跟张宪当面对质。高宗摇头说："岳飞忠肝义胆，应该不会犯上作乱，爱卿不要想太多了，以免动摇人心。"秦桧没有说话，悄悄退出。退出后，他竟然假传诏旨，将岳飞逮捕下狱，并命中丞何铸、大理卿周三畏严加讯问。岳飞见了这两个人，说："皇天后土，可表我心！"说完，便将衣服解开，露出后背，请何、周两人审视。两人仔细一看，"尽忠报国"四个大字映入眼帘。周三畏不觉起敬，就是秦桧的同党何铸，也居然良心发现，说了一个"好"字，他还前去替岳飞求情，说他是无辜的。秦桧只是摇头，慢慢地说："这是皇上的意思，我也没有办法。"何铸又接口说："我不敢偏袒岳飞，但是强敌还没有歼灭，我们无故自残一员大将，只怕将士离心，恐怕并非国家的福分。"秦桧也不知道怎么回答，支吾了一会儿，就命何铸退出了。周三畏良心不安，辞官离去。

为了确保万无一失，秦桧又命谏议大夫万俟卨来主办此案。万俟卨跟岳飞一直不和，他这次公报私仇，也算如愿以偿。经过几次审问和几番拷打，害得岳飞死去活来，可是岳飞始终不肯承认。万俟卨也效仿张俊，自作供状，诬告岳飞曾经令于鹏、孙革写信给张宪、王贵，谎报杀敌人数，耸动朝廷。还说岳云曾经跟张宪私通书信，让张宪设法交还岳飞的兵权。万俟卨还说书信已经被人焚毁，无从考证，只能再求证人，以便定罪。秦桧又悬赏重金，募集证人。可是悬赏了两个多月，就是没人出来做伪证。秦桧也没有办法，只好责备了万俟卨几句。后来，有人给万俟卨献计，说可以拿岳飞逗留淮西的事情做做文章。万俟卨于是禀报秦桧，秦桧派人到岳飞家中搜查，将岳飞平时来往的书信全都翻了出来，可就是没有淮西逗留的事迹。没有办法，秦桧只好凭空捏造。他唆使于鹏、孙革作证人，诬陷岳飞刻意逗留，并让元龟年将岳飞行军的日期颠倒篡改，形成冤狱。秦桧如此肆无忌惮的诬陷，惹恼了朝中一班有良知的忠臣，如大理卿薛仁辅、寺丞李若朴、何彦猷等人，都为岳飞喊冤。他们联名上疏，愿意用性命替岳飞担保，说："中原还没有平定，却诛杀忠义，那中原何时能够恢复，两位皇帝何时能够还朝？"偏偏这人面兽心的秦桧，除了让岳飞死之外，什么话都听不进去。韩世忠心怀不平，诘问秦桧岳飞犯了什么罪，秦桧说："岳飞的儿子岳云跟张宪私通书信，密谋造反，虽然没有真凭实据，恐怕是莫须有的事情。"韩世忠愤然说道："'莫须有'这三个字，怎么能让天下人心服口服呢？"秦桧没再理他。

韩世忠回到府上后，脸上还带着几分怒意。梁夫人问他发生了什么事情，韩世忠就把自己替岳飞喊冤的事情告诉了梁夫人，梁夫人叹息道："奸臣当道，还有什么指望？臣妾为了相公着想，不如急流勇退，明哲保身吧！"韩世忠说道："我也早有此意，只是因为受到皇上的厚恩，所以不忍离去，我看现在朝廷局势混乱，白白送死也没有用处，也只能自保了。"随即，韩世忠上书辞职，开始高宗没有答应，他再次拜表乞求罢官，于是高宗将他罢为醴泉观使，封福国公。从此以后，韩世忠闭门谢客，绝口不谈兵事。他有时骑着毛驴，喝着美酒，带上一两个书童纵游西湖。有时在家里跟梁夫人促膝相谈，把酒言欢，逍遥快活。像他这样也算是有福了。

岳飞自从绍兴十一年十月被打入大牢，拖拉到了年底，还是没有结案。十二月二十九号，秦桧跟妻子王氏在家里围炉饮酒，忽然下人送进来一封书信，秦桧一看信封表面，原来是万俟卨送过来的，连忙拆开来看，他说建州一个叫刘允升的平民百姓，召集士民，替岳飞上讼喊冤。万俟卨担心夜长梦多，发生变故，所以特地请教秦桧该怎么办。秦桧眉头紧锁，满脸愁烦。王氏问他有什么烦心事，秦桧便将书信递给王氏阅览，王氏看完，笑着说："这有什么要紧？索性灭了他，免得别人再闹出什么事情。"果然是最毒妇人心。秦桧还在沉吟，王氏又说道："要是放虎归山了，我们都活不了！"秦桧听到这句话后，才下定了决心。他当即拿出纸笔，写了几句语，将纸张折成方形，派心腹送往临安大理寺狱吏。当天晚上，狱中传出了岳飞的死讯。有人说岳飞是被狱吏勒死在风波亭，有人说是狱吏假装请岳飞沐浴，然后突然猛击岳飞的胸口，致使其肋骨断裂而死，还有人说岳飞是被赐毒酒而死，众说纷纭，正史没有详细记载。岳飞死时，年仅三十九岁。岳云、张宪也同时毙命。有个叫隗顺的狱卒，眼睁睁地看着岳飞枉死，心里非常哀痛，便偷偷地将岳飞的尸体背出来，埋葬在栖霞岭下面。

岳飞家中没有姬妾，也没有什么财产。吴玠一向敬重岳飞的为人，非常情愿跟他做朋友，他还曾经送给岳飞一个美女，岳飞却责怪说："皇上每天操劳勤俭，忧心忡忡，难道现在是大将享乐的时候吗？"于是他将那位美女送了回去，吴玠也因此对岳飞更加拜服。先前，高宗想赠送岳飞一座大宅子，岳飞推辞说："金人还没有铲除，哪里可以安家？"有人曾经问岳飞天下什么时候能够太平，岳飞回答说："如果文官不爱钱，武官不怕死，那天下就自然太平了。"岳飞平时驾驭部下，也是恩威并施，赏罚有度。但凡有人拿走百姓的一束稻谷，立斩不赦。士兵一旦受伤或者生病了，他都会亲自为他们调药。如果将士们被派到很远的地方驻守，他就会派妻子去慰问他们的家属。朝廷赏给岳飞的奖品，他拿回去后立刻分给部众，一点都不会私藏。如果将士们不幸战死，岳飞必定替他们抚养妻儿，赡养双亲。因此将士们都非常爱戴岳飞，在战场上也是勇往直前，拼死效力。

敌人常说："撼动大山容易，撼动岳家军太难。"张俊曾经问岳飞用兵的要领，岳飞说："仁、信、智、勇、严，缺一不可。"自从岳飞二十岁投军抗金以来，无战不胜，每次上章报捷，都将功劳归功于将士们。岳飞的儿子多次建功，官职最高的时候只被封为左武大夫，死的时候只有二十三岁。岳飞剩下的四个儿子岳雷、岳霖、岳震、岳霆全都被流放到了岭南。岳飞的女儿痛心于父亲的冤屈，竟然抱着银瓶投井自尽，所以后人都称她为"银瓶小姐"，将那口井称为"孝娥井"。秦桧派人抄岳飞的家，只搜得几条金玉犀带、一些头盔铠甲、钢刀弓箭、马鞍辔头，还有几匹绢布、几斗粮食。直到孝宗即位，才下诏为岳飞平反，恢复了岳飞的官职，并以礼改葬。相传改葬的时候，岳飞的尸体竟然没有腐烂，而且面色鲜艳，栩栩如生，还可以更换朝服。到了淳熙六年，他又被追加谥号武穆，嘉定四年，被追封为鄂王。

第七十六章 为生母屈辱求和

岳飞死后，于鹏等人也被坐罪，薛仁辅、李若朴、何彦猷等人，也因为替岳飞求情，全部被贬。刘允升竟然被逮捕下狱，枉死在囹圄之中。要不是高宗昏庸，怎么会做出这种事情？秦桧写密信给兀朮，兀朮得知岳飞被杀，高兴得不得了，大摆了三天三夜的酒宴表示庆贺。他将宋使莫将放回，接着又令审议使萧毅、邢具瞻一起到临安，筹商和议的事情。萧毅等人见到高宗后，要求以淮水为界，并索要唐、邓二州以及陕西剩余的土地，并要求宋主向金称臣，每年还要进贡银币绢布。高宗让他跟秦桧商议，秦桧竟然全都答应了下来。金使许诺归还棺椁和韦太后，当下定下了四条和约：

（一）东以淮水，西以商州为两国边界，这条界线以北是金国的属地，以南是宋国的属地；

（二）宋朝每年向金国进贡白银二十五两、绢布二十五万匹；

（三）宋朝君主只要受到金主封册，才能称宋帝；

（四）宋徽宗的棺椁和韦太后归还宋朝。

和议确定后，高宗命何铸为枢密院签书，充当金国报谢使，前去金国送上誓表，同时令秦桧祭告天地社稷，即日派遣何铸带着金使北行。萧毅等人入朝告辞，高宗说："如果今年太后果真回来了，我自当遵守誓约，如果超过期限，这誓文也是一张白纸，形同虚设。"萧毅满口答应，启行抵达汴京的时候，何铸跟兀朮相见，兀朮要求阅览誓表，只见表文上写着：

臣只此一字，已把宋祖宋宗的威灵，扫地无余。构言：今来画疆，以淮水中流为界。西有唐、邓州，割属上国，自邓州西南属光化军，为敝邑沿边州城。既蒙恩造，许备藩方。亏他说出。世世子孙，谨守臣节。连子孙都不要他挣气。每年皇帝生辰并正旦，遣使称贺不绝。岁贡银绢二十五万匹，自壬戌年为首。即绍兴十二年。每岁春季，搬送至泗州交纳。有渝此盟，明神是殛。坠命亡氏，踣其国家。臣今既进誓表，伏望上国早降誓诏，庶使敝邑，永为凭焉。

兀朮看完后，笑得合不拢嘴，当即命何铸和萧毅等人带着誓表前往会宁（今哈尔滨市市区一带）。金主看过誓表后，立即传檄文给兀朮，令他向宋朝索要疆土。兀朮贪得无厌，派人多要了商州以及和尚原、方山原。秦桧也不管什么，只要金人开口，他便照办。于是商州以及和尚原、方山原全都割让给了金国，边界一直退到了大散关。这样一来，宋朝仅仅拥有两浙、两淮、江西、江东、湖南、湖北、西蜀、福建、广东、广西、京西、京南、陕西一共十五路，而京西、京南路只有襄阳一府，陕西路只有阶、成、和、凤四个州。金国又得到了这么多土地，因此设立五京，以会宁府为上京，辽阳府为东京，大定府（辽中京的位置在内蒙古赤峰市宁城县天义镇原铁营子镇下辖区域）为中京，大同府为西京，大兴府（改燕京为中都，定为国都；改燕京析津府为永安府，后来又改永安府为大兴府）为南京。不久，又称汴京为南京。

那时，金主一开始不肯归还韦太后，经过何铸再三恳请，才同意归还徽宗和郑后、邢后的棺木，以及高宗生母韦氏。韦太后非常聪明，她担心金人反复无常，于是等役夫集合完毕后，一刻都没有耽搁，连忙启程。钦宗趴在车前，哭着对韦太后说："太后回去后，跟我九哥和宰相求求情，也把我要回去吧。我如果能回朝，当个太乙宫使就心满意足了，其他的不敢多想。"韦太后见他泪流满面，也于心不忍，就满口答应了。钦宗又掏出一个金环，作为信物。还有徽宗的贵妃乔氏，曾经跟韦太后结为姊妹，送行时，她带来五十两黄金赠送给金使高居安，对他说："一点心意不成敬意，请大人好好护送我姐姐回到江南。"说完，她举起酒杯为韦太后饯行，哭着说："姐姐一路保重！姐姐回去就是皇太后了，而妹妹估计永远也回不去了，只能老死在这荒漠了。"韦太后与她握手告别，两人都痛哭流涕，依依不舍。

当时正值酷暑，金人不想太过劳累，所以启程后经常沿途逗留。韦太后担心会出现变故，就暗中向高居安借了三千两黄金犒赏役夫，并承诺回朝后加倍奉还。高居安受了乔贵妃的嘱托，也就答应了。役夫得了这么多犒金，也忘记了天热，一心一意地往前赶路，丝毫没有偷懒。一行人到了楚州，太后的弟弟安乐郡王韦渊奉诏前来迎接。韦氏姐弟久别重逢，悲喜交加，抱头痛哭。抵达临安后，高宗以下的文武百官全都在路旁恭候。宋奉迎使王次翁、金扈行使高居安率先觐见高宗。高宗慰劳一番后，亲自迎接徽宗和太后的棺椁，接着拜见韦太后。高宗母子重逢，喜极而泣。随后，又迎接邢后的灵柩，高宗也不禁潸然泪下，他对群臣说道："朕一直将皇后的位置空着，已经十六年了，不幸皇后已经逝世，直到今年才得知噩耗。回念当年的旧情，朕心如刀割。"高宗想念着妻子，怎么就唯独忘怀了兄弟呢？秦桧等人再三劝慰，高宗才好过一些。高宗将徽宗和太后的棺椁安放在龙德宫，将邢后的棺椁放在两个棺椁的西北面，然后奉韦太后入居慈宁宫，并追赠邢后谥号懿节。

不久，金国派来使者册封高宗为宋帝，高宗居然北面拜受，大臣们纷纷上殿祝贺。高宗晋封秦桧为秦、魏两国公。先前蔡京曾经被封为秦国公，秦桧觉得名声不好，不肯接受，最后高宗只封他为魏国公，兼任太师。主和派的其他官员都依次得到升迁，而那些主战派以及跟秦桧作对的官员全都被贬，例如刘锜被罢免了兵权，调任荆南知府，王庶则被安置在道州。何铸从金国回来后，秦桧记恨他当初不肯陷害岳飞，将他贬到了徽州。张俊虽然为诛杀岳飞出了不少力，但是他手握兵权，秦桧很是忌惮。秦桧命谏臣江邈弹劾张俊，张俊也被罢为醴泉观使。这么多将领中，除了韩世忠明哲保身外，就只剩下刘光世独善其身了，他早早就交出了兵权，随波逐流，所以总算保全爵位，碌碌一生。后来，徽宗皇帝、显肃皇后都被安葬在永固陵，懿节皇后也就陵旁祔葬。秦桧等上奏请高宗册立皇后，韦太后也再三催促。这时后宫深得高宗宠爱的妃嫔，第一个是吴贵妃。她本来就有"侍康"的瑞兆，再加上才貌双全，性情委婉。韦太后南归后，她又在韦太后身边日夜侍奉，体贴入微。所以绍兴十三年的闰四月，高宗册立吴贵妃为皇后。

吴皇后当初跟张贵妃一起侍奉高宗，每次遇到晋封，这两位贵妃都名位相等，不分伯仲。绍兴二年，张贵妃的儿子元懿太子夭折，而后宫众位嫔妃都没有生下皇子，所以她请求高宗将宗室里的伯琮召入宫中，作为养子。伯琮是太祖的七世孙，是秦王赵德芳的后裔。他的父亲名叫赵子偁，曾经被封为左朝奉大夫。伯琮入宫时只有六岁，第二年高宗就封他为和州防御使，赐名赵瑗。吴氏也想认个养子，她在宗室众多王子中看中了伯玖。伯玖是太祖的七世孙，赵子彦的儿子，当时只有七岁，赐名赵璩。绍兴十二年，张妃病逝，赵瑗和赵璩都被吴氏收养。赵瑗性情恭俭，喜好读书，高宗见他勤奋敏锐，年年都会加封他。吴氏被册立为皇后以后，赵瑗已经被封为了普安郡王。

先前，枢密院知事李回和参知政事张宇都上奏说："太祖当年将皇位传给弟弟太宗，而没有传给儿子，德行可跟尧、舜媲美。还有仁宗，将皇位传给了养子英宗。陛下现在没有子嗣，应该效仿先祖，继承大德。"高宗也觉得颇有道理，所以打算在赵瑗、赵璩两位养子中选出一位，立为太子。偏偏秦桧从中作梗，向高宗献了两条计策：第一条是劝高宗不要将渊圣皇帝接回来，免得撼动自己的帝位；第二条是劝高宗等自己生下亲子，再册立储君，免得传统外支。秦桧叫高宗无祖无兄，确实是个好宰相。高宗听到这两条计策后，深合私心。因此，当初韦太后回朝的时候，将钦宗的金环交给高宗，高宗看后面不改色，反应冷淡。韦太后见状，也不便多说。还有册立储君的问题，也是拖延多年，一直没有提到日程上。

秦桧迫害忠良的脚步并没有停止。先前被金国扣押的洪皓、张邵、朱弁三位使臣，和议之后被金人放还。这三位使臣在金国待了很多年，一直没有屈节。回朝后，高宗想为他们加官封爵，偏偏这三人言辞激愤，说的都是高宗和秦桧不爱听的话。洪皓说金人一向忌惮张浚，希望高宗能起用他。张邵说金人有归还钦宗和诸位皇妃的意愿，应该派遣使臣前去奉迎。而朱弁说和议必不能持久，应当卧薪尝胆，报仇雪耻。试想，这种论调，高宗和秦桧怎么会容忍？于是洪皓、张邵、朱弁相继被贬，抑郁而终。秦桧担心赵鼎和张浚会死灰复燃，所以决定再加一把火，彻底将他们除掉。他将赵鼎先前上奏的奏折全都翻出来，在里面找茬。证据收集好之后，他唆使中丞詹大方弹劾赵鼎。赵鼎出任绍兴知府后，总是遭到秦桧的奸党弹劾，连续被贬，最后被安置在了潮州。从此，他闭门谢客，不谈世事。他曾经奉上谢表，里面有一首诗，其中两句是"白首何归，怅余生之无几；丹心未泯，誓九死以不移"。秦桧看过后，冷笑说："这个老头还是那么倔强，恐怕还是逃不过我的手心吧！"

不久，东方出现彗星，高宗非常恐慌。秦桧却不以为然，说这种事情很平常，没有什么好稀奇的。这下可惹恼了一位先前被贬后来又被起用的旧臣，他上疏说彗星出现是上天的警告，应该任贤黜邪，以稳固江山社稷。秦桧看到这种奏折，不禁大怒道："我正要找他算账，他还敢来老虎头上搔痒吗？"原来，这道奏疏就是故相张浚递上去的。张浚被贬到永州后，被赦免还朝，提举临安府洞霄宫。绍兴十一年，改任万寿观使。第二年，因为和议告成，韦太后回朝，高宗加封他为和国公。张浚痛恨秦桧独揽大权，多次想要上奏参劾他，只因为母亲计氏年事已高,担心祸从口出,没人赡养老母,所以一直没有行动。计氏看出了张浚的心思,就对他说:"作为臣子,宁愿因为进谏而死,也不能一言不发,辜负皇恩。"张浚这才下定决心,上疏直言。秦桧知道张浚有排斥自己的意思,怎肯坐以待毙?他令中丞何若等人联名弹劾张浚。于是,张浚又被贬到了永州。

从此以后,朝廷任免官员,全都出自秦桧之手。只要顺从、讨好秦桧,无不加官;稍微忤逆秦桧,就算之前是秦桧的同党,也逃不过被贬斥的命运。跟秦桧最亲密的大臣莫过于万俟卨,他当初附会秦桧,主审岳飞,为秦桧诛杀岳飞帮了不少忙,因此升做了参知政事。后来,因为一点小事和秦桧发生了分歧,就被罢免了。高宗对待秦桧越来越好,他封秦桧的母亲为秦魏国夫人,封他的养子秦熺为秘书少监,掌管国史。秦熺上任后,从建炎元年到绍兴十二年的历史,一共五百九十卷,所有的诏书、奏折,只要稍有诋毁秦桧的话语,一律焚毁。接着他又命人撰写长篇大论,为秦桧歌功颂德,很多人因此升官发财。秦熺还禁止私人著书,遇到守正辟邪的学说,一律视为旁门左道,一律查毁,不得复印。到了绍兴十五年,秦熺升任翰林学士,兼侍读官。不久,高宗赏赐秦桧一座宅子,并赐给了很多金银珠宝。没过多久,高宗又亲自临幸秦桧的府邸,秦家上下都得到了封赏,高宗还亲自写了"一德格天"四个大字赐给秦桧,作为家中的匾额。后来,高宗还准许秦桧设立家庙,并御赐了很多祭祀的用具,真是恩宠无限。秦桧手握大权,又深得圣宠,有一辈子享不完的荣华富贵。比起那徽宗时代的蔡京,有过之而无不及!

当时,朝堂内外的官员纷纷迎合秦桧,争相称他为圣相,就连尧、舜身边的皋、夔、稷、契都不能跟他相比。巴结秦桧的人越来越多,极力赞颂太平盛世,于是,到处出现所谓的祥瑞。出现日食要称贺,河水变清也要称贺,就连下雨下雪都要称贺。不久,秦桧告知高宗说,自己家中的柱子上忽然出现了"天下太平年"五个字,高宗听后,更加忘乎所以,偷安享乐的念头越来越浓。他把临安视为安乐窝,把收复中原、报仇雪耻的事情忘得一干二净!秦桧是个很记仇的人,而且心狠手辣。自从被金人放还以来,赵鼎一直跟秦桧作对,要不是赵鼎,秦桧早就当上了宰相。秦桧对赵鼎可以说是恨之入骨,贬斥不足以泄恨,他要的是害死赵鼎。于是他派心腹到吉阳军中,随时监视赵鼎的动向,每个月都要上报情况。赵鼎派人给家里送去一份家书,嘱咐说:"秦桧迟早要害死我,我要是死了,还能确保你们的安全,否则就要祸及全家了。"书信送出去后,赵鼎又给自己写了墓碑,并写了十四字联句作为铭旌(古代丧俗,人死后,按死者生前等级身份,用绛色帛制一面旗幡,上以白色书写死者官阶、称呼,用与帛同样长短的竹竿挑起,竖在灵前右方,称之为铭旌),上联是"身骑箕尾归天上",下联是"气作山河壮本朝"。然后,他又写了遗表,请求高宗准许他葬在故乡,后事办妥之后,就绝食而死。南宋这么多贤相,赵鼎要算首位。赵鼎死后,远近悲痛。参政段拂听说赵鼎过世,只是叹息了一声,竟然被秦桧降为资政殿大学士,可见秦桧不但狠毒,而且心胸狭窄。

这时已经是绍兴十八年。此时的秦桧依然没有停止迫害忠良,他想将生平反对的人一网打尽,让他们的子子孙孙永远不能翻身。秦桧的计划确定后,便依次施行。绍兴八年,第一次与金议和,百官都不赞成。秦桧推荐吏部尚书李光担任参政,作为自己的帮手。后来,李光慢慢发现了秦桧阴险的嘴脸，所以经常跟他作对。有一次，在朝廷之上，李光跟秦桧发生了争执，双方都不肯退让，这让秦桧很是恼火。李光慑于他的淫威，自请罢职。可是秦桧不肯罢休。时隔四年，秦桧抓住把柄，趁机弹劾李光，将李光和他的儿子李孟坚流放到了岭南，还规定李光的后代不准为官。后来，胡寅、程瑀、潘良贵、宗颍、张焘、许忻、贺允中、吴元许八人被认为是李光的私党，也都被贬谪。此时的高宗，已被秦桧欺诈胁迫，毫无主意，简直像木偶一般，任秦桧摆布。

　　有一次秦桧退朝，在回家的途中，忽然有一名壮士冲出，拦住他的轿子，从腰间拔出一把尖刀向他刺去。偏偏秦桧命不该绝，连忙把身子一闪，刀锋只戳中了轿子的木板，并没有碰到秦桧。秦桧的家奴七手八脚将壮士打倒在地，捆了起来。秦桧幸免遇害，但是也被吓得不轻，他命左右将刺客带到了家里，等稍微安定之后，叫左右将刺客押上来，厉声问道："你是什么人？竟敢行刺我！想必有人唆使，快说出来，我便饶你一命！"那壮士面不改色，怒骂道："像你这样的奸贼，欺君误国，哪个人不想食你的肉，扒你的皮？我姓施名全，是殿前的小校，我想要为天下除奸。我生前不能杀你，死后必变成厉鬼，勾走你的奸魂，看你逃到哪里去！"秦桧被这么一骂，气得浑身发抖，连忙命人将他送交大理狱中。第二天，施全就被车裂而死。秦桧经过这么一吓，好像惊弓之鸟。他选派五十名家丁手持砍刀作为护卫，每次出门的时候，必然会跟着他一起出去。但从此以后，秦桧总是睡不安稳，他时常梦到冤魂索命，整天担惊受怕，以致生了一场病。他到处聘请名医，为自己诊治。人参鹿茸倒是吃了不少，就是不见好转。即使这样，秦桧还是每天想着大兴党狱，诛杀忠臣。

　　凑巧这个时候，太傅韩世忠病逝，秦桧心里乐开了花。韦太后在金国早就听说金人畏惮韩世忠和岳飞。当时岳飞已经遇害，韦太后回国之后，亲自召见韩世忠，慰劳备至。后来，她经常派人去慰问他，还让高宗垂念功臣，晋封他为咸安郡王。韩世忠虽然不再干预政事，但是高宗和太后都非常敬重他，所以秦桧也不敢向他下手。韩世忠死后，秦桧除了有点忌惮高宗之外，其他人谁都不放在眼里。他听说王庶病死任所，王庶的儿子王之奇、王之荀抱着棺木痛哭，并发誓要替父报仇。为了免除后患，他将王之奇流放到了海州，将王之荀流放到了容州。后来，他又想到赵鼎虽然已经死了，但是他的儿子和侄儿很多，为了斩草除根，杜绝后患，他密谋了好几年，可惜，被旧病缠身，不得已搁置到一边。直到绍兴二十五年，才找机会将赵鼎的儿子赵汾等人批捕入狱。秦桧唆使狱吏诬陷赵汾跟张浚、李光、胡寅、胡铨等五十三人图谋篡逆。狱吏也不管赵汾是否承认，竟然捏造了一篇供状，献给了秦桧。秦桧坐在"一德格天"的匾额下面看到这张供状，高兴得不得了。他当下取过笔来，准备加上几句话，不料这笔杆好像有千斤之重，怎么也提不起来。秦桧非常惊诧，他抬头一看，不觉大叫一声："哎呦！不好了！"话还没说完，身子往后一仰，就随着椅子倒在了地上。

第七十七章 完颜亮篡国

秦桧晕倒在地，不省人事。秦桧的妻子王氏和家人都怀疑他中风了，慌忙将他扶起来抢救。好不容易才将他救醒，王氏呵退左右，问秦桧身受何苦。秦桧不肯直说，只嘱咐说："快给我准备后事，我活不了多久了。"说完又昏过去了。王氏又喊了他几声，只见他像被杀的鸡一样，四肢颤动，口中模模糊糊地说了几声饶命。王氏也不禁毛骨悚然，贼胆心虚，她连忙派家人到宫里去请太医。御医王继先是秦桧的心腹，也是秦桧在宫中的耳目，他听说秦桧病倒了，连忙赶到床榻旁诊治。秦桧睁大双眼，一会儿叫他岳少保，一会儿叫他施义士，不久又把赵鼎、王庶等人的官职名号全都叫了出来。王继先吓得心惊胆战，勉强开了一个药方，慌忙离开了。

秦桧喝下王继先开的药后，反而病情加重，不是连声喊痛，就是满口喊冤。他身上的皮肤一会儿红一会儿青，颜色变来变去。王氏正忙着，忽然下人跑进来说皇上来了，王氏连忙让秦熺出门迎驾。高宗进屋慰问，那时秦桧才稍觉清醒，想必是皇帝到来，众鬼都退避了。但是秦桧却不能开口说话，只对着高宗流了几滴鼻涕眼泪。高宗对秦熺说："朕看你的父亲是不行了。"秦熺跪奏说："臣父要是有什么不测，敢问以后该由何人继承他的职位？"高宗摇头说："这件事不是你该打听的。"说完便拂袖出屋，乘车回宫了。高宗回宫后，当即命直学士沈虚中拟诏，罢免秦桧父子的官职，但是表面上却加封秦桧为建康郡王，秦熺为少师，秦熺的儿子秦埙、秦堪为江州提举。当晚，秦桧嚼舌自尽。

秦桧居相位十九年，除了一心主张议和之外，专门摧残反对自己的人，所有忠臣良将，要么被贬，要么被杀。所有弹劾的事件都是由秦桧亲手撰写奏折，然后偷偷交给谏官。朝臣见奏折的措辞和风格惊人地一致，猜到都是出自秦桧的手笔，但是没人敢多嘴。这十九年里，参政一职前后换了二十八人，几乎每大半年就换一次。而且秦桧还收受贿赂，以至于他的家产富可敌国。高宗开始认为秦桧是个奇才，后来开始讨厌他，接着又宠信他，最后竟然有些畏惧他。秦桧权势熏天，几乎就跟当年的王莽和董卓一样。秦桧暴死以后，高宗对杨存中说："朕以后再不用在靴子里藏刀了。"然而，高宗还是追封秦桧为申王，赐谥号忠献。直到宁宗开禧二年，才追夺他的王爵，改谥号缪丑。

张俊在秦桧死的前一年就病死了，秦桧的妻子王氏不久也病逝了，唯独万俟卨失去了秦桧的欢心，被贬到了沅州。秦桧死后，高宗又开始选择宰相，他以为万俟卨不是秦桧的党羽，所以召他为尚书右仆射，兼同平章事，汤思退为枢密院知事，张纲为参知政事。其实，汤思退也一直附会秦桧，秦桧卧病时，曾召他过来嘱咐后事，并赠给他一千两黄金，但是汤思退却没有接受。高宗听说后，才开始重用他。其实汤思退不接受黄金，是担心秦桧在试探他，所以才不敢接受，并不是想跟秦桧划清界限。而沈该当时已经位列参政，他本是个随俗浮沉的人，只有张纲为人正直一些，他不愿跟秦桧为伍，辞职在家待了二十多年。这次被高宗召为吏部侍郎，后升为参政。后来，御史汤鹏举等人多次弹劾秦桧，说他病国欺君、党同伐异。于是，当年被秦桧迫害的大臣纷纷平反。其中赵鼎的儿子赵汾免罪出狱，李光父子和王之奇兄弟也相继回朝。张浚、胡寅、胡铨、洪皓、张九成等人官复原职，并追复赵鼎、郑刚中等人的官爵。

不久，万俟卨也暴毙身亡。他曾经和张俊协助秦桧杀害岳飞，所以后世在岳王墓前特地铸造了四个铁人，长跪墓前，三男一女。三男就是秦桧、张俊、万俟卨；一女就是秦桧的妻子王氏。当时有人咏岳王墓："青山有幸埋忠骨，白铁无辜铸佞臣。"这两句脍炙人口，千古流传。秦桧的坟墓在江宁，明朝成化年间，他的坟墓被盗，丢失的珍宝价值百万。后来，盗墓贼被官府抓获，官府派人前去查验，发现秦桧和王氏的尸体都用水银入殓，面色如生。官吏当下将他们碎尸万段，将尸块扔到厕所里，并赦免了盗贼的罪行，百姓拍手称快。

绍兴二十九年，汤思退转任左仆射，陈康伯被提拔为右仆射。这年是韦太后的八十大寿，本该好好庆贺一番，不料喜事变成丧事，没过几天，宫中就传出消息，说韦太后在慈宁宫薨逝。高宗对待母亲非常恭顺，韦太后薨逝后，高宗悲恸不已，赐谥号显仁，并葬在永佑陵旁边。当时高宗已经五十多岁了，仍然没有子嗣，其实他早就想立赵瑗为皇子，但当时被秦桧节制，所以一再搁置。秦桧死后，他又担心不合母意，而且吴后的养子赵璩也已长大成人，被加封为恩平郡王，所以他左右两难，犹豫不决。韦太后死后，高宗偷偷询问吏部尚书张焘的意见，张焘揣测出高宗的意愿，说："册立储君是国家大事，请陛下在两位郡王中选择一人，托付祖业！"高宗点头。

其实，高宗心里很清楚，赵璩无论是才能还是德行都比不上赵瑗，所以皇位的人选他早就心里有数。但是他又担心吴后会有意见，所以就想出了一个办法，他从宫中挑选了二十位样貌出众的宫女，分别送到普安郡王和恩平郡王的府上。赵璩得到十位美女，左搂右抱，逍遥快活；赵瑗得到十位美女，却仍然让她们做杂役，秋毫无犯。高宗将这件事告诉了吴后，两人都决定册立赵瑗。不久，高宗下诏，册立普安郡王赵瑗为皇子，并改名为赵玮；加封赵璩为开府仪同三司，改称皇侄，并将宫女一律归还。

储君册立后，忽然左相陈康伯入报高宗，说："陛下赶快筹备边防战事，金人要破坏盟约了。"汤思退也在旁边，怫然说道："去年王伦出使金国，还说邻国对他很是照顾，金人怎么会违背盟约呢？臣认为是守边的将领贪功觊权，所以才有这样的谣言。"陈康伯微笑说："恐怕这次未必是谣言。"高宗说道："你们赶快派人将此事打探清楚，再做计较。"陈、汤两人依次退出。接下来的日子，金人毁约的消息不断传到朝廷，侍御史陈俊卿弹劾汤思退有意蒙蔽陛下，因此汤思退被免职。陈康伯转任左仆射，参政朱倬进任右仆射。高宗连忙令利州西路都统吴拱任襄阳知府，派部兵三千前往防守，南北又要开战了。

金人之所以会毁约，说来就话长了。金主完颜亶即位之初，励精图治，再加上干本、兀朮两人内外附着，初政清明，国泰民安。后来，皇后裴满氏干政，朝中大臣很多都是她的内线，权势倾朝。完颜亶打算册立太子，却处处受到皇后的压制。完颜亶心怀抑郁，便纵酒解愁。谁知美酒虽然可以消愁，但也容易惹祸。完颜亶嗜酒无度，往往酒后使性，妄杀大臣，就连宋使王伦也惨遭屠戮。慢慢地金国上下离心，国势渐渐衰弱。挞懒的儿子胜花都郎君因为父亲谋反败露，逃往西北，他连结蒙古多次侵犯金国边境。蒙古民族是唐朝的室韦分部，一直居住在斡难河、克鲁伦河流域一带，以游牧为生，刚开始被辽国占领，后来归属金国。随后，蒙古哈不勒一族渐渐强大，他帮助挞懒的儿子跟金国对抗。兀朮从汴京回国后，几次带兵征剿，屡战不胜，没办法只能跟他讲和，册封哈不勒为蒙兀国王，并把西平、河北二十七团寨全部让给了蒙古族，这才罢兵息民。

兀朮班师后，没过多久就病逝了。金主完颜亶任用堂弟完颜亮为平章政事。完颜亮自以为雄才伟略，又跟金主亶同为太祖孙子，所以萌生了觊觎帝位的念头。他平时阴结党羽，揽窃大权，并和皇后裴满氏通奸。可是完颜亶却对这些毫无察觉，并提拔完颜亮为右丞相。完颜亮生日那天，完颜亶赐给他一匹宝马和宋朝司马光的画像。后来完颜亶听说皇后也私下里送了重礼给他，怀疑他们两人暗通交好，便将赏赐的宝物都夺了回去。完颜亮本来就野心勃勃，怎么忍受得了完颜亶如此慢待，于是一场阴谋悄然展开。

金主亶的弟弟完颜常胜曾被封为胙王，位高权重。完颜亮日夜在金主面前进谗，说胙王阴谋篡立，心怀不轨。金主亶也不加审查，就将胙王逮捕下狱。可怜胙王不明不白，竟受了大逆不道的冤屈，被活活处死了。胙王的妻子名叫撒卯，本打算连坐，一同处死。偏偏金主亶贪恋她的美色，竟然将她赦免，并带进宫里，令她侍寝。裴满皇后顿时醋意大发，跑去质问金主亶。金主亶此时正宠爱撒卯，他视裴满皇后如眼中钉，肉中刺，还没等她把话说完，就拔出腰剑，将她砍死。后宫的妃嫔也被屠戮殆尽，不久金主亶居然把弟媳妇撒卯册立为皇后。于是朝堂内外怨声四起，议论沸腾。完颜亮抓住时机，打算乘机篡位。金主亶有护卫十人，护卫长名叫仆散忽土，他是完颜亮父亲干本的旧部，完颜亮将他视为心腹。还有卫士徒单贞、阿里出虎，这二人跟完颜亮有姻亲关系，也愿意助他一臂之力。内侍大兴国和尚书省令史李老僧也跟完颜亮串通一气。于是，完颜亮跟这些人秘密合谋，竟然做出一件谋杀皇帝的大把戏来。

金主亶皇统九年，也就是宋高宗绍兴十九年十二月丁巳日，仆散忽土和阿里出虎在宫里值班。二更天的时候，大兴国偷出钥匙，打开宫门，完颜亮和妹夫徒单贞，以及平章政事秉德、左丞唐古辨、大理卿乌达、李老僧等人，每人怀揣一把短刀，偷偷地溜了进去。秉德、唐古辨曾经受过杖刑，非常怨恨金主亶。唐古辨本来娶了金主的女儿，但是为了私恨，也想要害自己的岳父。当时守门的禁卫兵因为唐古辨是国婿，完颜亮是皇弟，剩下的人都是金主亶的心腹要臣，也就没有怀疑，把他们放了进去。这一行人径直走向寝殿，破门而入。金主亶从梦中惊醒，他听到外面有动静，于是叫了几声内侍，可是没人回应，不由得慌了手脚。

阿里出虎首先掏出短刀，刺向金主亶，仆散忽土随后跟上，将金主亶刺翻在地。完颜亮上前一刀，血溅满面。称帝十四年的金主亶，就这样一命呜呼了！

金主亶被弑杀后，完颜亮带着众人出宫，并假传诏旨，深夜召群臣前来议事。群臣那时还没听到什么风声，就稀里糊涂地赶了过来。等他们匆匆到了朝堂，才得知金主亶已被杀害，完颜亮想要称帝。曹国王宗敏、左丞相宗贤稍微有些异言，都被杀死。群臣你看看我，我看看你，都不觉惊愕万分，没人再敢多嘴。完颜亮于是登上御座，自称皇帝。他任命秉德为左丞相，唐古辨为右丞相，乌达为平章政事。废故主完颜亶为东昏王，封裴满皇后为悼平皇后。然后大赦天下，改元天德。追尊父亲干本为帝，庙号德宗。嫡母徒单氏和生母大氏同时被封为太后。

那时，徒单氏居住在东宫，大氏居住在西宫，她们向来和睦，亲密无间。完颜亮弑杀金主亶后，徒单氏对他说："虽然人主无道，但是作为人臣终究不该这样做。"完颜亮记恨在心。后来，徒单氏过生日，宫中大开宴席。酒喝到一半的时候，大氏从座位上起来，跪着给徒单氏献酒祝寿。那时，徒单氏正在跟几个公主、王妃说笑，没有注意大氏，大氏跪了半天徒单氏才看到，急忙起身接受了寿酒。这一幕让完颜亮看在眼里，他怀疑徒单氏是故意羞辱生母，所以生气地走了出去。第二天，他传召那几位公主和王妃，责问她们昨天为什么发笑，并一一加以杖责。大氏听说后，慌忙前去阻拦。完颜亮愤然说道："孩儿现在是皇帝，怎么能跟以前一样呢？谁敢羞辱我的母亲，我饶不了他！"各位公主和王妃忍痛离去，完颜亮反而大笑道："正好让你们知道我的厉害。"不久，完颜亮便大开杀戒，血腥屠杀宗室皇亲。他把金太宗的子孙七十多人、粘没喝的子孙三十多人全部屠杀，一个不留。其他宗室也杀死了五十多人。随后，他又把左副元帅撒离喝满门斩杀，就连左丞相秉德也未能幸免，被他一刀砍成两段，他的亲属也全部遇害。

后来，完颜亮迁都燕京，接着便开始大兴土木。他派遣左丞相张浩、右丞相张通古调集各路工匠，根据汴京皇宫改造燕京的宫殿。宫殿里到处都用黄金做装饰，五彩琉璃勾勒点缀。每座宫殿都需要数以万计的花费，稍微有点不合心意，马上下令重建，务必要极尽奢华。金屋建成之后，当然要编选娇女了。完颜亮有个癖好，就是喜欢人妻，比当年的曹操有过之而无不及。第一个下手的便是叔母阿懒。他见叔母颇有姿色，就马上将叔父阿鲁补杀死，将阿懒占为己有，封为昭妃。一位美人并不能满足他的淫欲，他又对宰辅说："朕的儿子还没几个，先前被诛杀的那些人，很多都是朕的表亲，把他们的妻子都带到宫里来，供朕挑选一下。"张浩等人奉命而去，当即搜到一百多名罪妇，送进宫中。完颜亮睁着一双色眼，东瞧西望，里面美丽的女子倒也不少，其中有四位尤为妖艳，一个是莎鲁啜的妻子，一个是胡里刺的妻子，一个是胡里刺的弟弟胡失打的妻子，一个是秉德的弟弟嘉哩的妻子。

完颜亮将这四位美妇收入后宫，轮流取乐。其中，嘉哩的妻子最为淫媚，被封为修仪。有一天，他正在寻欢作乐的时候，忽然乌达的妻子唐括定哥派奴婢到后宫觐见，完颜亮猛然想起："不错！不错！先前我本来跟唐括定哥约为夫妇，后来因为乌达立有大功，我又不忍杀他，特地调他为崇义军制度使，让他带着妻子远去，免得被我眷恋。今天唐括定哥自愿前来赴约，我也顾不了许多了。"于是，他将奴婢宣入，对她说："你回去告诉你家主母，她要是能亲自杀掉乌达，朕一定纳她为皇后，否则朕要杀她全家！"奴婢领命而去。

不到半个月，唐括定哥果然盛妆前来，完颜亮见她杏脸桃腮，比以前更加妖艳，不由得将她搂抱入怀，笑着问："你的夫君乌达现在是否安好？"唐括定哥回答说："皇命难违，臣妾已将他缢死了。"完颜亮大喜道："好！好！"随即将她拥入帷帐，重续旧欢。第二天竟将她封为贵妃，大加宠幸。偏偏唐括定哥一向不安分，她在家里就跟一位长相英俊的下人私通。入宫后，那位下人也跟着前来。完颜亮虽然宠幸唐括定哥，但是妃嫔众多，总免不了随时应酬，唐括定哥耐不住寂寞，就趁着间隙跟那下人再续旧情。不料这件事被完颜亮知道，他立即将那位下人活活打死，并令唐括定哥自尽。

唐括定哥死后，完颜亮又不觉追悔。为了满足淫欲，他又到宗室里搜罗美妇，干离不的女儿什古、兀朮的女儿希拉和希延、讹鲁观的女儿锡古兰、阿鲁的女儿莎里古贞和余都都是完颜亮的堂姐妹。完颜亮的侄女郕国夫人崇节、太后大氏的嫂子奈剌忽都已经嫁人，可是完颜亮却不顾伦理，一律将她们召入宫中，逼她们侍寝。完颜亮还有个怪癖，就是每次跟妇女交欢的时候，必定要奏乐，还要把帷帐撤下来，命妃嫔们列坐旁观。他还喜欢看嫔妃脱掉衣服，全身赤裸，相互追逐嬉戏，只要淫兴一发，就抱住一个扑倒在地，裸体交欢。可怜这班含羞忍耻的妇女，只因一时贪生，没办法只好玉体横陈，任他糟蹋。即使这样，完颜亮依然不满足，他听说江南自古出美人，并且南宋后宫里有一位刘贵妃色艺无双，冠绝宋宫，他竟然想兴兵南下，把她抢过来！

不料太后大氏一病不起，在弥留之际，她召完颜亮到床前，哭着嘱咐道："我跟徒单太后关系一直很好，你迁都燕京后，却没有把她迎接过来，而是将她独自留在会宁。我现在快死了，都不能见她一面，真是遗憾啊。我死后，你一定要将她接过来，侍奉她就跟侍奉我一样，千万不要忘记！切记！切记！"完颜亮答应下来。大氏薨逝，操办完葬礼，完颜亮便亲自前去迎接徒单太后，他还命左右拿着两根棍棒，跪着对徒单太后说："孩儿自知不孝，让太后一个人留在宫中，请太后责罚！"徒单太后毕竟是一介女流，见他这么诚心认错，自然软了心肠，亲自上前将他扶起来，说："百姓家里还有不孝子，他们都不忍施加棍棒，何况你是皇上，我怎么下得了手呢？"随即便将左右斥退。随后，徒单太后跟着完颜亮回到燕京，入居寿康宫。完颜亮表现得非常恭顺，太后去哪里他必定跟随，太后起身他马上上前搀扶，太后有什么需要的，他必定亲自供奉。宫廷内外都盛赞他孝顺，连徒单氏太后也非常欣慰。

绍兴三十一年，钦宗病死在五国城。完颜亮秘不报丧，只令枢密院签书高景山、右司员外郎王全到宋朝祝贺天中节。他们临行前，完颜亮对王全说："你见了宋主后，可以当面指责他为什么在边境招兵买马，还毁掉了南京的宫室，是不是还怀有二心？如果他是诚心修好，那马上将汉、淮土地割让给我，算是赎罪。"王全唯唯退出。到了临安，他入见高宗，将完颜亮的话一一转达。高宗说："上国好歹也是大国，为什么这么不讲信誉呢？"王全厉声说："你国君臣难道知道渊圣皇帝赵桓已经死了，所以才无所顾忌，阴图造反吗？"高宗听后，立即起座入内，让辅臣问清楚赵桓是不是真的死了，王全说已经死了好几天了。于是高宗下诏全国举哀，持服三年，尊渊圣皇帝庙号为钦宗。钦宗在位仅有两年，被金人掳走后，在金国被幽禁了三十多年，享年六十一岁。

虞允文大破敌军

　　钦宗的死讯传到宋都，宫廷内外相率举哀。一连几天，对金使提出的条件搁置不谈。金使迫不及待，便去问宰相陈康伯。陈康伯说："天子正在治丧，哪还有心思谈这些事情？贵国如果顾念旧约，就不要破坏盟约，否则只能以后再说了。"金使想再争论，陈康伯却一言不发，金使自讨没趣，只好悻悻而归。陈康伯担心两国将要开战，急忙入奏高宗。高宗命同安郡王杨存中、三衙帅赵密以及宰辅、台谏一起商议对策。陈康伯首先提议："今天不必谈论议和或者防守，而应该商谈出战！"杨存中接口说："强虏破坏和约，是他们理亏在先，我们确实应该主战。"赵密和右仆射朱倬却沉默不语。陈康伯见这两人犹豫不决，便对他们说："现在我们国势虽然不强，但并不是没有一战之力，只要君臣上下一心，定能克敌制胜。我这就入朝申请，等皇上下定决心之后，再来商议，你们看如何？"大家点头，纷纷退去。

　　陈康伯进朝，得知内侍张去为暗地里劝高宗议和，并建议迁都西蜀，急忙上奏说："金敌败盟，天人共愤。事情已经到了有进无退的地步，请皇上下定决心，速调集各路兵马，扼守襄、汉，严阵以待，不要再拖延了。"杨存中也上奏，向高宗献上御敌的十条策略，高宗这才同意备战。于是，朝廷命主管马军司成闵率兵三万进驻鄂州，跟先前调守襄阳的吴珙形成掎角之势，互相策应；命吴璘宣抚四川，与制置使王刚中准备边防；起用刘锜为江淮、浙西制置使，进驻扬州，统领各路兵马。

　　这边正在加紧备战，那边也在妄动干戈。金主完颜亮收到高景山、王全两人的回报后，顿时火冒三丈，大怒道："朕举兵灭宋，易如反掌。等灭宋之后再举兵荡平高丽、西夏，将天下合为一家，才算是真正地统一了。"参政敬嗣晖、李通等人也乘机献媚，怂恿金主起兵。于是，完颜亮开始大肆修备战具，建造兵船，招兵买马，打算指日南下。唯独徒单太后多次劝阻，完颜亮心里很不痛快。金国到处招兵，辽国旧地一些壮丁不愿参军，金人就强拉硬拽，逼迫他们，以至于怨声载道，辽人相率揭竿起事，后来被金人镇压下去。

　　后来，完颜亮命仆散忽土西征。他临走之前，顺便入宫拜见徒单太后。徒单太后见到他后，皱着眉头说："我们国家世代定都在上京，前段时间刚迁到中都，如今又要去汴京。我听说皇上要兴兵南渡，征伐南宋。我担心百姓困苦，将会生出什么变乱。我曾经好言谏阻，他却嫌我多嘴，现在辽人又挑起叛乱，该怎么办？"仆散忽土安慰了她几句，就出宫了。谁知徒单太后这番言论被她的侍婢高福娘报告给了完颜亮。自从徒单太后被接到燕京后，曾经派高福娘问候金主的起居。高福娘面目妖娆，完颜亮甚是喜欢，于是乘机跟她私通。因此徒单太后的任何言论和举动，她都会向金主报告。完颜亮听到这种话，不禁愤怒地说："这个老不死的，她想阻止朕，朕偏要迁都，偏要伐宋。"他当下传令迁都，即日启程。徒单太后以下，也都跟着来到汴京，太后入住宁德宫。完颜亮又命人搜捕宋、辽的宗室，共搜得一百三十多人，一律处死。他还密嘱高福娘说："此后宁德宫中，要是再有违背朕的话，我跟她势不两立。"

高福娘本来有个丈夫，叫特末哥，生性非常狡猾。高福娘将完颜亮说的话转告给他，他奸笑道："你为什么不借此机会立功呢？"于是，高福娘便时常进谗，说太后有废立的想法。完颜亮暴怒道："怪不得她私养郑王完颜充，现在完颜充的四个儿子已经长大了，她是想册立他做皇帝吗？"于是，金主召入点检大怀忠，赐给他一把宝剑，对他说："你去杀了宁德宫的那个老太婆，回来告诉我！"大怀忠持剑而去，到了宁德宫，那时徒单太后正在玩骰子。大怀忠斥责太后说："快跪下接旨！"太后感到名其妙，惊愕地问："是谁让我下跪？"话还没说完，大怀忠背后冲出一人突然上前，将太后按跪在地上，并向她背后连击三拳。太后挣扎着起身，又被打倒在地，眼看已经气息奄奄，形势垂危。那高福娘手拿一条绳子，套到太后的脖子上，使劲一拉，可怜这位金国的嫡母双足一蹬，便呜呼哀哉了！太后身边的一些奴婢、太监也全被杀死。大怀忠回去禀报，完颜亮命他将太后的尸体焚烧掉，将骨灰扔到水里；并将郑王的四个儿子全部捕杀。完颜亮还担心仆散忽土跟太后有勾结，在外拥兵自重，便召他还朝，也结果了他的性命。随后，完颜亮封高福娘为郧国夫人，特末哥为泽州刺史。

解决徒单太后之后，金主开始大举南侵。他将各路兵马分成三十二军，设置左右大都督和三道都统制府，总领大军。他命奔睹为左大都督，李通为副；纥石烈良弼为右大都督，乌延蒲卢浑为副；苏保衡为浙东道水军都统制，完颜郑家奴为副，从海道直逼临安；刘萼为汉南道行营兵马都统制，从蔡州进逼荆、襄；徒单合喜为西蜀道行营都统制，从凤翔趋进大散关；左监军徒单贞别率军二万进入淮阴。完颜亮命皇后徒单氏与太子完颜光英留守，张浩、萧玉、敬嗣晖留在朝中治理政务，而他自己身穿银盔铠甲，跨马启程。后宫几十号妃嫔也一律随行。完颜亮带着大约六十万的兵马，号称百万雄师，毡营遥遥相望，旗鼓连绵不绝。

金军前锋徒单合喜长驱西进，直抵大散关。他下令骑兵攻打黄牛堡。守将李彦坚告急，制置使王刚中乘快马奔驰了二百多里，跑到吴璘的营中。那时吴璘还在睡觉，王刚中将吴璘喊起来，着急地说："大将跟国家同命运，共呼吸。现在敌寇已经犯边，将军为什么还高枕安卧呢？"吴璘大惊道："有这种事情？"他随即披甲上马，率部下亲兵跟王刚中一起杀到金平，扼守青野原，并调集各路兵马分道并进，支援黄牛堡。徒单合喜见宋军从四面八方赶来支援，不敢进攻，退驻桥头寨。吴璘遣部将彭青率兵乘夜劫营，大败徒单合喜，金兵只得退还凤翔。在黄牛堡的金兵也被守将李彦坚用神臂弓射退。于是，西路金兵撤退，四川边境的局势稍微缓和。吴璘又派彭青收复陇州，刘海收复秦州，曹休收复洮州，西北确保无事了。

那时，东北的大名府早就是金国的地盘。高平人王友直深谙兵法，有收复中原的志向。他听说金主背弃盟约，于是联络各方豪杰，自称河北路安抚制置使，并传谕各州县勤王。不久，便招集了几万人，王友直将他们分为十三军，进攻大名府，一鼓攻克。王友直入城招抚百姓，让他们奉绍兴为正朔，并派人入朝报捷。宋廷授他忠义都统制。还有宿迁人魏胜智勇过人，他应征参军。后来，完颜亮南侵，他跃然而起，招集三百义士，渡过淮河，攻占涟水军。随后他又进攻海州，遍张旗帜，并举烟火作为疑兵。他又派人去招降守卒，说金人毁坏盟约，朝廷特地兴师问罪，如果能开门献降，便秋毫不犯。城中人听后，都欢呼雀跃，连忙开城相迎。魏胜率军进入城中，抓住金国的知州高文富，将他斩杀。他又招降了海州各个县。随后，魏胜减免租税，释放罪囚，打开仓库犒赏将士，并在四处传达檄文，四方勇士纷纷响应。他又乘势进逼沂州，缴获一万多件战甲。金将蒙恬、镇国率领一万人马来争夺海州，魏胜设下伏兵，大败金兵，镇国也被射杀。淮南总管李宝替魏胜奏功，作为嘉奖，朝廷任命魏胜为海州知府。

完颜亮收到几路的败报后，急忙率军渡淮南进。他担心魏胜偷袭他的后路，又分兵几万，将海州团团围住。魏胜派人向李宝求援，那时李宝正率领水师航海，打算从海道到胶西抵抗金兵。他收到魏胜的急报后，便带着部下前去支援魏胜。金兵那时距海州城只有十几里，李宝率军迎击，双方打得正酣，魏胜也出城夹攻，金兵腹背受敌，顿时溃败。魏胜率军退到海州北门，金兵又率军来犯，再次被魏胜击退。不久金兵再来攻打东门，魏胜单枪匹马出城骂战，敌人竟然被吓跑了。第二天早上，大雾弥漫，金兵乘机从四面杀来，又被魏胜打退，一来一回金军也不觉疲倦，便拔寨撤军了。

李宝解了海州围困后，便率领水师赶赴胶西白石岛。正巧金将完颜郑家奴也开着战船驶出海口，在陈家岛停靠，跟宋军只有一山之隔。这时，海上忽然刮起了大风，李宝连忙乘风出战，霎时间冲过大山，直逼敌船，宋军鼓声震荡，海浪翻腾，敌兵顿时大惊失色。金船又正好逆风前行，他们举起船帆，却丝毫不起作用，反而急得手忙脚乱，阵形大乱。李宝用带火的弓箭狂射，火被风一吹，顿时在敌船上蔓延开来。还有一些没有着火的战船，还想着向前迎敌。李宝亲率将士，跳到敌船上，各用短刀一顿乱砍狂劈。金兵惊慌失措，只见船上头颅乱滚，血肉横飞。完颜郑家奴不会游泳，但又无路可逃，也做了宋军的无头鬼。金军主帅一死，其余将领纷纷乞降。李宝将降将绑了起来，收编了降兵，并缴获了无数的兵甲和粮草。这一战，金国的海军算是全军覆没。

金主完颜亮接到海道战败的消息，又急又怒，准备派兵增援胶西，可是偏偏有宋朝老将刘锜派兵把守。经验老道的刘锜在水中埋伏水手，只要遇到敌船，就用钉子将船凿沉。完颜亮不敢直接渡河，只好改去攻打淮西。淮西守将王权本来是刘锜派过去的，可是他却贪生怕死。他听说金兵大至，便放弃了庐州，退守昭关。金主径直渡过淮河，不费吹灰之力便进占了庐州。不久，王权又从昭关退到和州，后来又退到采石。刘锜听说完颜亮已经渡河，也只得引军返回扬州。随后，完颜亮攻陷和州，并派遣高景山率军攻打扬州。当时刘锜正好患病，无力抵抗，只得从扬州退守瓜州，于是扬州又被攻陷。金将高景山咄咄逼人，又领军前来攻夺瓜州。这时刘锜的病情稍微好转，他跃马出战，麾军突阵，打算跟金兵决一死战。到底是久经沙场的老将，年纪轻轻的金将不到几个回合就被刘锜斩落马下，金军顿时溃散。打了胜仗后，刘锜便收兵回营。为了这一战，刘锜使出了浑身精力，回到大营病情复发，而且越来越严重，无奈他只好上疏请高宗找人代替自己。

两淮的警报传到临安，高宗召杨存中到内殿商议避敌之计，还让他转告陈康伯。见到陈康伯后，杨存中说道："主子又想着航海逃跑了。"陈康伯说："我早就听说了，明早入朝，我当极力谏阻。"第二天，陈康伯入奏，极力陈说航海并非上策，高宗也被触动。不料隔了一晚，陈康伯忽然接到高宗的手诏，上面说"要是敌人不退，就将百官遣散"。陈康伯非常恼怒，取了一个火把，将手诏给烧了。当晚，他跑到宫里，入奏高宗说："百官怎么能散得？百官一散，皇上的形势更加危急，臣恳请陛下发愤亲征，当年平江一战，陛下可曾记得？"高宗被陈康伯一激，才开始振作起来。他当即命枢密院知事叶义问到江、淮督师，顺便探望刘锜；命中书舍人虞允文为参赞军事；杨存中为御营宿卫使，择日亲征。殿中侍御史陈俊卿上奏说："张浚老当益壮，可以起用。"高宗便命张浚驻守建康，并夺去王权的职位，发配琼州，命都统制李显忠统领王权的部队。同时召刘锜回镇江养病，兼顾江防。

刘锜让侄儿刘汜率一千五百人扼守瓜州，都统制李横带着八千人作为援应。金主完颜亮攻陷两淮后，又分兵侵犯瓜州。那时，叶义问已到了镇江，见刘锜正病重，就没有跟他谈论战事，只令李横暂代刘锜，督兵渡江，并命令刘汜跟进。李横觉得不该出战，可刘汜却跃跃欲试，率军先行。叶义问又敦促李横跟进，李横迫不得已只得跟刘汜一同渡江。宋军刚刚登上对岸，突然看到敌骑大至，好似狂风骤雨，迎头冲来。刘汜不禁胆怯，竟然上船往回跑了。李横孤军奋战，眼见得支撑不住，左军统制魏俊、右军统制王方陆续战死。李横慌忙退走，连所佩的都统制印也丢了。他部下的将士死了七八成，长江被宋军的鲜血染红。

叶义问得到败耗后，急忙逃到建康。他派虞允文到芜湖去迎接李显忠，让李显忠接替王权的军队。虞允文到了芜湖，发现王权已经离开，李显忠却还没到，军士零零散散地坐在路边，士气低落。虞允文将他们召进大帐，商议军事。忽然有侦察兵来报，说金主完颜亮已渡江前来了。各将都面面相觑，不说一句话。虞允文慨然起座，对诸将说："大敌当前，全仗各位将军协力同心，为国杀敌。我虽然是一介书生，并不懂兵事，但我也愿意执鞭随后，看各位将军杀贼建功。"众位将士被他这么一激，也一齐起立说道："参军都能如此忠勇，我等身为军人，更当誓死一战！"虞允文大喜，可是随从虞允文的幕僚拉着虞允文的衣袖，偷偷地对他说："大人受命前来犒师，并不受命督战，要是出了什么事，恐怕大人担当不起吧！"虞允文怒叱道："社稷垂危，我怎能退避？"他命各位将领严阵以待，将战船分为五队：两队分列在东西两岸，作为左右军；一队驻守在中流，作为中军；还有两队潜伏在小港，作为游兵，防备不测。

部署刚刚完毕，敌人已经杀到。完颜亮在后面手拿红旗，指挥数百艘战船鱼贯前来。霎时间，已经有七十艘敌船渡到南岸，进逼宋师。宋师见敌船来势凶猛，便稍稍退却。虞允文在中流督战，他拍了拍统制时俊的后背，婉言说："将军的胆略如雷贯耳，怎么今天却龟缩在后面跟个女人一样呢，这样岂不是威名扫地吗？"时俊听后，立即跳到船头，手挥双刀，拼命相搏。军士也努力死战，双方僵持不下。虞允文又召集海鳅船（大船可容数百人，上有弩楼，用二十四部水车踏动前进，也叫踏车海鳅船）猛冲敌舟。敌舟都是小船，不是很坚固，被海鳅船锐角相撞,沉没了好几艘。可是金人仗着船多,死战不退,双方一直厮杀到了傍晚,金人还不肯退。虞允文也觉得头疼,他遥见西岸有许多官兵陆续到来,便开着船靠岸,登陆询问,问过几句后才知道是光州败军。他眉头一皱,计上心来,便对败军说:"来得早不如来得巧,我现在给你们些旗帜和战鼓,你们绕到山后,摇旗呐喊。敌人怀疑是我们的援兵到了,肯定退军。"大家依计行事。不一会儿,遥见山后旌旗摇动,战鼓震天。果然金主完颜亮上了当,扔掉红旗改用黄旗,麾兵退去。虞允文又命强弓劲弩跟在后面猛射,把金兵射死无数。直到金兵都退到了北岸,宋军方才收兵。完颜亮退还和州,检查兵士,发现损失很大。他气急败坏,竟然迁怒于部将,下令锤杀了好几个人。

完颜亮正在一筹莫展,突然从汴京接到警报,说曹国公乌禄已经在东京即位,改元大定。完颜亮不禁长叹了一声:"乌禄竟然乘我亲征,叛乱僭位,朕只好北归了。等平定内乱之后,再来伐宋。"李通说:"陛下亲入宋境,无功而返,恐怕不能服众!我们一旦撤军,如果宋军追杀上来,那我们就完了。"完颜亮说:"既然如此,那就分兵渡江,朕率一部分将士北返。"李通又说:"陛下一旦离开,就算留再多兵渡江,恐怕也会解体。为陛下考虑,不如燕北的各军率先渡江,免得他们怀有二心。渡江之后,我们再将船全部击沉,断绝他们的回路。到那时他们肯定拼死南进,不怕宋室不灭。灭宋以后,陛下再挥旗北指,平定叛乱当易如反掌了。"完颜亮大喜道:"兵贵神速,明日继续进兵!"于是他传令各将,第二天准备进发。

到了第二天,完颜亮督军再进,他还以为宋军没有防备,可是刚到杨林河口,就看到前方有许多海舟,一字排开,严阵以待,他不由得惊诧起来。原来,虞允文料定完颜亮会再来,所以半夜命部将盛新在这里列阵以待。完颜亮正打算上前突阵,忽然听到一声鼓响,宋船中的火箭好像万道金光,一齐射来。天空中的风神也前来帮助宋军,把金船烧得一干二净。完颜亮急忙督兵扑救,偏偏宋师四面杀来,大家都顾着御敌,顾不了火势,最后连完颜亮自己乘坐的龙凤舟也被烧着了。完颜亮好不容易逃回北岸,遥看江上三百多号战船烧得只剩下一半,而且还都残缺不全,不能再行驶。他自己乘坐的龙凤舟,龙头也焦了,凤尾也黑了。

完颜亮遭此大败,急得暴躁不堪,打算将剩下的船全部毁掉。这时,江对岸的宋军送来书信说:"如果你们还不退兵,我虞允文奉陪到底!"完颜亮读完后,问旁边的人:"我只知道南宋有一个老将叫刘锜,怎么又有一个虞允文也这么厉害?"各位将领都不知道虞允文的来历,所以也不知道该怎么回答。完颜亮见众人默不作声,更加愤怒,便将当初怂恿自己南下的李通召进来,厉声说道:"你当初劝朕渡江,难道不知宋朝还有个虞允文?"说完,便拔剑一挥,将李通斩成两段。随后,他又命人将龙凤舟毁掉,率军向扬州赶去。

暴君的下场

完颜亮大举南侵，王权败退，所以朝廷命李显忠前去代替。那时李显忠还没有赶到，由虞允文领军御敌。想不到虞允文竟然将完颜亮击退。不久，李显忠匆匆赶来，虞允文连忙前去接见，两人见面后，虞允文说："金兵渡江不成，转向去了扬州，他们肯定会去瓜州，跟那里的水师合兵。京口是扼守南下的重要关口，我愿意率军前去扼守，大人能分些兵相助吗？"李显忠说："都是为了朝廷，有何不可？"于是李显忠分兵给虞允文一万六千人，让他带去京口。临走之前，虞允文前去探望刘锜，刘锜握着虞允文的手说："一点小病没什么要紧的。朝廷养兵三十多年，想不到最后打退强敌的，竟然是你这一介书生，真让我们这些将军羞愧死了。"话刚说完，就有诏书传入，召刘锜还朝。另派成闵为淮东招讨使，李显忠为淮西招讨使，吴拱为湖北、京西招讨使。刘锜接到诏书后，便跟虞允文告别而去。

不久，杨存中也奉诏来守京口。杨存中跟虞允文临江阅兵，并命战士在江中试船。这时候金主完颜亮已经赶到瓜州，他命部众用弓箭射击宋船，可是宋船跑得太快，竟然将箭纷纷躲过，金人不觉诧异。完颜亮冷笑说："跑这么快，恐怕是纸船吧。"话音刚落，就有一将跪在地上说："看来宋军是有备而来，陛下不可轻敌，不如撤军驻守扬州，以后再考虑南下吧！"完颜亮怒叱道："你竟然胡说八道，动摇我的军心，来人呐，拖下去杖责五十！"左右将他拖走后，完颜亮又召集各位将领，限他们三日之内渡江，否则定斩不饶！

这道命令一下达，金军上下人心惶惶，不免有些人起了异心。骁骑高僧打算带着部下逃走，想不到完颜亮有所察觉，他命人将高僧抓住，乱刀分尸。随后，他又下令但凡有士兵逃走，就斩杀伍长；伍长逃走，就斩杀总管。将士们听到这道军令，更加惶恐不安。后来，完颜亮又从扬州运来鸦鹘船，规定全军第二天渡江，敢后退者，斩！这一道道军令把将士们越逼越紧，于是大军中开始有人动了叛乱的心思。都统制耶律元宜召集部下，商讨明天进军的细节，不料有部下异口同声地说："宋军在江对岸设有重兵，我们都是北方人，不善水战。要是我们非要渡江，恐怕都会淹死在这浩浩长江里。最近听说辽阳有新天子即位，不如共行大事，然后举军北还，免得身死江南。"耶律元宜迟疑了好久，才说："诸位果真愿意齐心协力？"大家都应声说："谨听都统制号令！"耶律元宜说："既然如此，那事不宜迟，明天一早我们就行动！"大家答应后，便散去了。

第二天一大早，耶律元宜召集各将，各持刀枪，向完颜亮的大营赶去。那时，完颜亮还躺在床上，抱着美妇，做着吞灭南宋的美梦。突然听到外面杀声四起，他还怀疑是宋兵渡江杀来，连忙令侍卫大庆山出去召集军士迎敌。大庆山刚准备出去，忽然有一支箭射了进来，被完颜亮接住。完颜亮一看箭头，不禁大惊："这箭是我军所射，并不是宋军。"话还没说完，就听见外面有人在喊："速速诛杀无道昏君！"大庆山连忙对完颜亮说："事情紧迫，请陛下赶快逃吧！"完颜亮绝望地说："还能往哪里逃？"说完，便转身去取弓箭，谁知背后又突然射来几支箭，有一支正中脖子。完颜亮禁不住痛喊一声，晕倒在地。一名小将首先杀了进来，他砍了完颜亮几刀，发现他的手脚还在动，便取出绳子，将他勒死。不可一世、弑君弑母的金主完颜亮就这样惨死了，真是因果报应！

众将士陆续跟进，完颜亮手下的心腹大臣郭安国、徒单永年、梁珫、大庆山等人也依次被拿下，还有那些妃嫔也被一股脑儿牵了出来。耶律元宜将他们捆在一起，大家纷纷喊杀。于是乱刀齐下，这些助纣为虐的大臣和供完颜亮淫乐的妖女都被剁成肉泥，变做了刀下之鬼。众人又将完颜亮的尸体放在柴堆上，纵火焚烧，并将他挫骨扬灰。后来，耶律元宜自封为左领军大都督，他一面派人到汴京，将完颜亮的皇后徒单氏和儿子完颜光英全部斩杀，一面下令退军三十里，并派遣使者到镇江议和。杨存中拒绝来使，金使返回。不久，荆、襄、江、淮一带的金兵全部撤离。

原来东京留守曹国公乌禄，为人仁孝，很得人心。他听说完颜亮有弑杀嫡母、屠戮族人的情节，担心会祸及己身，所以整天忐忑不安。兴元少尹李石是乌禄的舅舅，他劝乌禄先发制人，不要坐以待毙。于是，乌禄就将副留守高存福囚禁，东京城内的文武百官早就对完颜亮的暴行咬牙切齿，可是却敢怒不敢言，他们都愿意拥戴乌禄为主。后来，乌禄将高存福杀死，在宣政殿即皇帝位，并大赦天下，改名为雍，改元大定。他还下诏历数完颜亮的十大罪恶，并令部众截击完颜亮的归路。随后，他又追尊父亲讹里朵为帝，号为睿宗。完颜亮死后，他又从辽阳赶到燕京，抚慰南征的各路将士，并追废完颜亮为海陵炀王。萧玉、敬嗣晖等人相继被罢免，特末哥和高福娘全被处死。不久，他又恢复故主完颜亶的帝号，尊他为熙宗，并追讨完颜亮弑杀熙宗的罪过，再度将完颜亮废为庶人。接着金主雍派高忠建为招谕宋国使，出使宋朝。

当时高宗已经去了建康，那时建康由张浚驻守。张浚进宫拜见高宗，卫士见到张浚后，都拍手跳跃，非常高兴，高宗也温言抚慰。绍兴三十一年年底，虞允文从京口回朝，高宗对虞允文说："爱卿忠勇过人，真是国家栋梁啊！"虞允文说道："金主完颜亮已被诛杀，金国新主初立，正是我朝扬眉吐气的好机会。希望陛下坚持主战，扬我国威！"高宗淡淡地说了句："朕知道了，我封你为川陕宣谕使，跟吴璘一起防守西陲！其他的事情你就不要操心了。"虞允文领命而去。后来，高宗还是想着回到临安，御史吴芾请他留在建康，一战到底，收复山河。可是高宗没有答应，还借口说要将钦宗的神主放在太庙里，必须回去。没过多久，高宗便回到了临安。这时，朝中传来了刘锜呕血身亡的消息，朝廷追封他为开府仪同三司，赐他的家属三百两白银，三百匹绢布，赠他谥号武穆。刘锜为人慷慨，冷静沉着，有儒将风范，被金人所敬畏。他死后，举国悲恸。

不久，金使高忠建来到临安，高宗对群臣说："上次主和，是为了让金人归还棺椁和太后，虽然有些屈辱，但是也顾不了那么多。现在金国新皇即位，先前的盟约已被破坏，如今应该再重新正名分，划境界，改定岁币。"陈康伯奉命转告金使，高忠建不肯同意。他听说两淮的各个州郡被成闵、李显忠等人依次收复，便抗议责怪高宗。陈康伯说当初弃好背盟，错在金，不在宋。高忠建无言以对，只好闭嘴。高宗又派洪迈为贺登极使，并对他说："祖宗的陵寝三十多年不能按时祭扫，朕心痛如绞。如果金人能将河南归还，或许可以遵守前约，否则非改议不可。"他当下把国书交给洪迈，里面省去了"臣构"的字样，直接称"宋帝"。洪迈拿着国书到了燕京之后，金主见国书的称呼跟以前不一样，便令洪迈修改成"陪臣"，并且宋使朝见的礼节也要跟以前一样。洪迈坚决不答应，金人将他锁在使馆中，连续三天不给送水送饭，可是洪迈始终没有屈服。金主打算将洪迈扣押起来，大臣们说使臣无罪，不如将他遣还。洪迈这才得以南归，只是和议仍然没有头绪，南北之间还是免不了摩擦。

四川宣抚使吴璘出兵屯守汉中，收复商、虢各州，并分兵收大散关，又遣姚仲攻打德顺军，可是连续攻打了四十多天，还是没能攻克。吴璘让李师颜代替姚仲，李师颜的儿子李珽出战，大败金兵，擒得金将耶律九斤等三百七十人。金兵全部逃到德顺，吴璘亲自前去督师，又跟金人大战一场，大获全胜。金兵回到营地固守，正好天降大雪，金军不堪严寒，只好拔营退去。于是，吴璘整军入城，再派严忠攻夺环州，姚仲、耿巩、王彦等人也奉命收复了兰、会、熙、巩等州以及永兴军。

虞允文到达陕西后，跟吴璘一同镇守，西部边境还算太平无事。东部边境也传来捷音。金主派遣豆斤太师发二十路兵马，进攻海州。豆斤太师先派骑兵绕到州城西南方，想要阻截饷道。海州知府魏胜挑选三千骑精锐，在石阐堰据守，金军屡攻不下，只好退还。后来，金兵又发兵十万，前来争夺海州。魏胜留下一千骑兵扼守险要，亲率其他骑兵驰援海州城，杀死金兵一千多人，余众溃散。魏胜进城后，金兵又乘夜攻城，将城防重重围住。魏胜拼死守御，并派人向李宝告急。李宝连忙上奏朝廷，于是，高宗命镇江都统张子盖前去驰援。张子盖率军经过石湫堰的时候，见河东列着敌阵，立即亲率精骑冲杀。统制张汜一马当先，不料刚入敌阵，就被乱箭射中要害，落马身亡。张子盖大喊道："张统制殉难了，此仇怎能不报？"话还没说完，就已跃马向前。部众紧跟其后，纵横驰骤，锐不可当。金兵苦苦支撑，不料魏胜也率军杀来，好像生龙活虎一般，四处冲杀。金兵招架不住，纷纷溃逃。于是，海州解围，魏胜收军还城后，张子盖也带兵回镇。

李显忠听说金兵在海州又被打败，打算乘势规复中原。他奏请向西出师，从宿、亳趋进汴京后，直通关、陕一带。关、陕一通，鄜延一路都是忠心于大宋的守臣，必定纷纷响应，然后再招集各路兵马，转而攻取河东。谁知高宗非但不同意，反而下诏撤销三司招讨使，并召李显忠主管侍卫军马司，成闵主管殿前衙司，吴拱主管侍卫步军司，将李显忠的军权大大削弱。李显忠逼不得已，只能奉命还朝。

当初，金主完颜亮南下侵犯时，群臣大多劝高宗避敌，皇子赵玮非常生气，并对高宗说，自己愿意率师御敌。高宗非常感动，这才下诏亲征，赵玮也跟着同行。金军退去后，高宗又回到了临安,他觉得自己年事已高,不愿再劳心国事,便打算禅位。陈康伯也非常赞同,于是,高宗立赵玮为太子,改名为昚。不久,高宗下诏,令太子昚即皇帝位,自称太上皇帝,吴皇后称为太上皇后,退居德寿宫。太子昚固辞不受,高宗再三劝勉,并亲临紫宸殿,当面诏谕群臣,让侍臣拥太子出来。太子到了御座旁,仍然站立不坐。经过大臣们再三恳请,他才勉强坐下。第二天,高宗移居德寿宫,太子冒雨送行。高宗一再让他回去,他却坚持不走。高宗对群臣说:"看来我是选对人了,从此以后我可以不用操心了。"第二天,朝廷颁诏大赦天下。又过了一天,太子前去祭拜天地宗庙社稷,他就是后来的孝宗皇帝。

孝宗久仰张浚的大名,即位后,便召张浚入朝。张浚拜见后,孝宗赐他坐在自己的旁边,对他说:"久闻张爱卿忠勇过人,今朝廷能够安定全赖着爱卿,希望爱卿能教教朕!"张浚从容地回答:"皇帝靠的是人心,只要人心齐了,还有什么事情办不成呢?只要陛下秉公办事,赏罚分明,爱戴臣民,到时候人心所向,上下一心,敌人自然会敬畏我们!"孝宗肃然起敬,说:"朕谨记在心!"于是,加封张浚为少傅,封魏国公,任江淮宣抚。张浚一再进言说:"和议不是长久之计,应该练兵图强,派战船从海道直捣山东,再命诸将出师相助,进取中原。"孝宗也觉得这计策不错。

可是,这个时候偏偏出了一个叫史浩的大臣,他跟秦桧是一丘之貉,专门主张和议。他上书阻谏:"如果出兵西征的话,东边不可越过宝鸡,北边不可越过德顺,如果离川蜀太远,恐怕会遭受敌人的偷袭,到时候川蜀也保不住了。"孝宗竟然被他说动了,打算放弃秦陇三路。虞允文在四川递上奏折阻谏,孝宗反而将他罢为夔州知府,并诏命吴璘班师。吴璘这时已经收复了十三州、三军,正跟金将阿撒僵持不下。他接到诏命后,不得已下令退兵。部下纷纷劝说:"将在外,君命有所不受,我们折损了多少将士,才收复了这些州城,怎么能轻易退师呢?"吴璘叹息道:"这我也清楚!但是皇上刚刚执政,我手握重兵,如果抗旨不遵,岂不是以下犯上吗?"于是,下令撤军,退守河池。这样一来,秦凤、熙河、永兴三路,和刚刚收复的十三州、三军,又被金人夺去了。后来,虞允文从川、陕回朝后,入见孝宗,他用笏板在地上画出疆界,并极力说明放弃秦陇三路的利害。孝宗这才后悔说:"都是史浩误导了朕啊!"

孝宗于绍兴三十二年六月即位,第二年改元隆兴,升史浩为尚书右仆射,同平章事,兼枢密使,且下诏让百官各抒己见,陈述对时政的看法。百官大多主战,唯独史浩主守,说是主守,其实就是变相的议和。不久,张浚递上金将写的书信,金将在信里索要海、泗、唐、邓、商各州的土地,并要求恢复金熙宗在位时的旧约,否则便兵戎相见。原来,金主雍称帝以后,本来已经放弃了南征,可偏偏谋衍、仆散忠义、纥石烈志宁这三个人怂恿金主继续南侵。纥石烈志宁还写信给张浚,要求恢复旧约,并派蒲察徒穆、大周仁率大军屯守虹县,萧琦屯守灵壁,积粮修城,准备开战。

张浚将书信送上去后,又极力主战,劝孝宗临幸建康,鼓舞士气。孝宗看后,召张浚商议。张浚仍然坚持己见,并建议乘着敌人还没动手,先发制人,攻打虹县和灵壁。孝宗点头会意,可是史浩又阻谏说:"帝王出师,应该万无一失,怎么能冒险尝试呢?"张浚跟他争辩,孝宗愤然说道："魏公国既然锐意图复，朕难道就甘心偷安吗？"张浚拜谢而退。李显忠当时也在朝堂，兼任淮西招抚使，他也请求出师，并愿做前驱。建康都统邵宏渊又进献攻打虹县、灵壁的计策。在多方的劝导下，孝宗决定兴师，并将兵马大权托付给了张浚。

张浚到了建康后，设置江淮府，并派李显忠从濠州出发，攻打灵壁。邵宏渊也从泗州出兵，攻打虹县。这次出师的旨意，并不需要通过三省枢密院决议，所以各路兵马调派完毕后，史浩才得知消息。他心中很是不平，于是上书辞职。正巧，侍御史王十朋弹劾史浩怀奸误国等八条罪状，于是，孝宗将史浩罢为绍兴知府。李显忠从濠梁渡过淮河，直抵陡沟。金右翼都统萧琦率拐子马来战，李显忠麾众猛击，萧琦败逃，灵壁被攻克。只是邵宏渊围攻虹县，久攻不下。李显忠派灵壁的降兵到虹县招降守城将士，并晓以利害。金守将蒲察徒穆、大周仁出降，连萧琦也情愿投诚。可是邵宏渊的功劳被李显忠夺取，心里很是妒忌。正好李显忠的降将前来告状，说邵宏渊的部下把他们的佩刀夺去了。李显忠向邵宏渊要来罪人，经过审问，情况的确属实，李显忠喝令左右，将他们统统斩首。因此，邵宏渊更加忌恨李显忠了。

李显忠乘胜攻打宿州，大败金兵，并追击了二十多里，才收军回营。不久，邵宏渊也赶到了，两人相见，邵宏渊微笑着说："将军不愧是'关西将军'啊！"李显忠说："你既然来了，那就赶快去休息吧，明日我们合力攻打宿州。"邵宏渊没有说话。李显忠知道邵宏渊靠不住，便在第二天带着自己的部下攻城。经过将士们的浴血奋战，终于攻破了城门。李显忠老远看到邵宏渊的部队还在旁观，便喊他们进城。等李显忠的部众都进城之后，邵宏渊才慢慢悠悠地渡过壕沟。经过半天的巷战，李显忠才将宿州收复。捷报到了临安，孝宗非常欣慰，授李显忠为淮南、京东、河北招讨使，邵宏渊为副使。

不久，金副元帅纥石烈志宁从睢阳引兵来攻，部众有一万多人。李显忠笑着说："区区一万多人，怕他什么？"到了第二天早上，金兵兵临城下，李显忠登城远望，发现金军差不多有十万人，他惊讶地说："这哪是只有一万人啊？"当时正值盛夏，烈日当空，将士们都汗流不止，纷纷脱下铠甲。邵宏渊在旁边巡视，对大家说："天气这么热，就是在大树底下摇扇纳凉，恐怕都无济于事，何况还要在这烈日中穿着铠甲苦战呢！"试想，行军打仗全靠士气，这话一出，人心开始动摇，将士们都没了斗志。到了晚上，中军统制周宏忽然击鼓，说是敌军来了，然后就和邵世雍、刘侁等人带着部下逃跑了。接着统制左士渊、统领李彦孚也相继逃走。李显忠急忙进城，可是在半路上，统制张训通、张师颜、荔泽、张渊也全部逃跑。金人乘机攻城，李显忠带着剩下的部众死战，斩杀金兵二千多人。

忽然，东北角上有敌人架着十几条云梯登城。李显忠急忙派出长斧手上前将云梯砍断。瞬间，梯上的一百多个金兵掉了下去，全部毙命。李显忠亲自登城杀敌，将士们也拼死抵抗，金兵久攻不下，死伤惨重，慢慢退却。李显忠叹息说："如果各路将领戮力同心，从城外掩击金兵，我再率军杀出，前后夹击，金兵必败。可惜全军上下离心离德，痛失良机！"邵宏渊见李显忠只剩一支孤军，料定支撑不了多久，竟然也撤军离去了。临行前，他对李显忠说："我听说敌人又增添了二十万生力军来攻打宿州，将军要是再不退兵，恐怕就来不及了！"李显忠正想回答,可是邵宏渊已经转身离去了。李显忠仰天长叹道:"苍天呐苍天!难道收复中原就这么难吗?为什么你们要这般阻挠?"无奈,天黑之后,李显忠也带着部下退到了符离,宋军大败而归。

奸臣通敌议和

张浚见到李显忠，听说宋军大败，所有粮草、器械抛弃殆尽，急得痛心疾首。他命刘宝为镇江军都统制，赶到泗州招抚败亡的将士，然后退到扬州，并上章自我弹劾。朝中的一些墙头草见宋军兵败，纷纷上奏攻击张浚，并请求议和。好在孝宗不为所动，并下诏鼓励张浚说："既然朕已经将重任委托给了爱卿，就应该有始有终，虽然朝中有些大臣对你说三道四，但我还是相信爱卿不会辜负我的厚望！"张浚收到诏书后，非常感动，准备再修两淮战备，反击金兵。后来，和议的声音渐渐高涨，汤思退又被起用为醴泉观使。汤思退一向主和，右正言尹穑为了依附汤思退，也上章弹劾张浚，说他穷兵黩武，破坏太平。孝宗也不免起了疑心，渐渐失去了对张浚的信任。不久，张浚被降职为枢密使，宣抚江、淮东西路，李显忠也被贬为果州团练副使，安置在潭州。邵宏渊虽然也被降职，但是仍然担任建康都统制。先前，参知政事辛次膺因为极力阻止和议，触怒秦桧，落职了二十年。孝宗即位后，将他召入枢密，不久又提拔为参政。可是刚刚官复原职，又因为跟汤思退发生分歧，又被罢官了。此时，孝宗开始渐渐宠信汤思退，并将汤思退升为尚书右仆射，兼枢密使。

汤思退担任宰相后，当然继续主和。朝中大臣也大多附和，唯独陈俊卿上疏抗议，说和议断不能行，并请求重新重用张浚。孝宗也有所感触，又命令张浚统领江、淮的各路兵马。不久，金帅纥石烈志宁又送来书信，大意跟上回的差不多。汤思退劝孝宗跟金议和，参政赵葵也赞成汤思退的提议。工部侍郎张阐愤然阻谏："金人前来和议，贪得无厌，要求越来越过分，臣认为决不能和。"孝宗也说："朕的意思也是这样，先随便应付一下，再作计较。"于是，孝宗派卢仲贤到金军大营，递交回信。临行之前，孝宗告诫他，海、泗、唐、邓四州一定要保住，不能答应割给金人。卢仲贤领命而去。偏偏汤思退私下里对卢仲贤说："如果可以议和，这四州不妨给他们。"

那时，金都元帅仆散忠义已经进据宿州。卢仲贤到了宿州后，仆散忠义对他一顿咆哮，吓得他一句话都不敢说，只说要回去复命，把孝宗交代的话忘得一干二净。仆散忠义又交给他一封文书，提出了四个条件：

（一）南北两国交通国书，改用叔侄相称；

（二）割让海、泗、唐、邓四州；

（三）每年缴纳的银币跟以前一样；

（四）必须交出叛臣和中原归附的人民。

卢仲贤匆匆回朝，呈上金人的文书。孝宗看完后，后悔不该派卢仲贤前去。张浚也派儿子张栻进谏孝宗，弹劾卢仲贤辱没国体，贪生怕死。于是，孝宗责备卢仲贤擅自答应金人割让四州，并将他打入大牢，不久又将他流放到郴州。偏偏汤思退急着想达成和约，又奏请派王之望和龙大渊出使金国，并暗中嘱咐王之望答应割让四州，只是要求将岁币的数目减半。王之望启程后，有人阻谏说："是和是战，现在还没有商量好，王之望匆匆出使，恐怕会步卢仲贤的后尘，应该将他追回，等廷议决定后，再派人前去。"张浚也上奏说："金人反复无常，不能相信，请皇上移驾建康，锐图进兵。"于是，孝宗下诏让王之望在边境原地待命，不要贸然前往，并改命胡昉出使金国。同时召集群臣商议和议的利弊得失。以汤思退为首的主和派当然都赞成和议。湖北京西宣谕使虞允文、起居郎胡铨、监察御史阎安中都力阻和议。监南岳庙朱熹也应召上奏，说只有开战才能复仇，偷安只能渐渐灭亡。孝宗沉默不答。后来，汤思退又向孝宗进谗，将朱熹免职。右仆射陈康伯跟汤思退政见不合，也上章求去，孝宗准奏，并调汤思退为左仆射，另授张浚为右仆射，仍然让他统领江、淮的各路兵马。

第二年，宋廷接到边报，说使臣胡昉被金人扣押了。孝宗不禁叹息道："看来和议是谈不成了，这大概就是天意吧！"于是，孝宗决心主战。他召王之望等人回朝，并命张浚巡视江、淮，整顿兵马，修缮战备。汤思退心里非常焦灼，他奏请孝宗先询问一下太上皇的意见，然后再做定夺。孝宗愤然说道："金人如此无礼，爱卿还想着议和吗？况且如今的形势要比秦桧那时乐观得多，爱卿整天吵着要言和，怎么还不如秦桧呢？"汤思退受到这么严厉的批评，不觉胆寒。

后来，胡昉竟然又被金人遣还了。原来胡昉到了金国以后，金人责怪南宋失信，将他拘留。后来，金主雍将他释放，并让他转报宋廷，好好商讨和议。于是汤思退又振振有词，有了借口。汤思退暗中唆使王之望和户部侍郎钱端礼等人，奏称战备还没有修缮好，国库也已经空虚了，希望孝宗以符离兵败为鉴，改战为和。孝宗又再次改变主意，命王之望、钱端礼两人传旨到两淮，并召张浚回朝供职。

此时，张浚正在大造战舰。他号令两河豪杰，并令降将萧琦统领降兵，传檄文给辽人，作为声援，打算锐意兴师。战备正在如火如荼地进行着，偏偏钱端礼前来大泼冷水。试想，张浚收到诏书后，怎么能不气愤？怎么能不懊恼？他回到平江后，接连上了八道奏折，请求罢职。孝宗打算主和，所以也不想挽留他，便授他为少师，兼保信军节度使，到福州任职。侍御史周操奏请留住张浚，反而遭到罢斥，两淮的战备也被撤除。张浚在上任的途中，积郁成疾。弥留之际，他留下遗书嘱咐两个儿子张栻和张枃说："我曾几次担任国相，却不能恢复中原，眼睁睁地看着国家蒙耻，却无能为力。我死后不准将我葬到祖宗的坟墓旁边，将我葬在衡山脚下就行了。"不久，张浚病逝的消息传到了朝堂，孝宗也非常感念张浚的忠勇，开始封他为太保，随后进封为太师，并赠谥号忠献。张浚，绵竹人，一直胸怀大志，终身不主张和议。孝宗即位后，非常倚重他。可惜他忠勇有余，才智不足。宋军在符离大败，几乎让孝宗绝望，所以孝宗才忽战忽和，摇摆不定。

张浚死后，宋廷又少了一个反对和议的健将。不久，汤思退奏请派遣宗正少卿魏杞出使金国，并拟写国书称："侄大宋皇帝睿再拜奉书于叔大金皇帝，岁币二十万。"孝宗又当面嘱咐魏杞说："这次朕派爱卿赴金议和，一是要正名，二是要他们退师，三是要减少岁币，四是要拒绝归还归附的人。"魏杞叩拜说："臣奉旨出使，怎敢辱没使命？万一敌人贪得无厌，请陛下准备战备。"孝宗点头，魏杞退出后，收拾行装，匆匆北去。

最可恨的是汤思退，他担心和议不成，竟然派私党孙造偷偷到金军大营，劝金将用重兵向宋廷施压。于是，金元帅仆散忠义又打算率军渡过淮河，企图南侵。宋廷接到警报后，又不觉惶恐起来。汤思退又唆使御史尹穑弹劾反对和议的大臣，先后多达二十多人。就在此时，忽然孝宗下诏命尹穑统领江、淮的各路兵马。尹穑是个和事老，叫他卖国求荣，他倒是把好手；要他去做元帅，真是赶鸭子上架，笑掉别人的大牙。可见孝宗是越来越昏聩了。尹穑连忙入朝推辞，于是孝宗改命杨存中代任。杨存中刚刚受职，就听到金兵已经攻陷了楚州，魏胜也战死了。杨存中急忙赶到淮河，差点连防守都来不及了。

这英勇过人的魏胜是怎么战死的呢？原来魏杞奉命出使金国，金帅仆散忠义要求阅览国书。魏杞回答说国书已经被封起来了，必须见过金主后才能打开。仆散忠义料定里面的条件不能如意，所以又要求割让商、秦各州，以及岁币二十万。魏杞派人奏报孝宗，请孝宗做些退让，答应割让四州，以及岁币二十万。谁知道宋廷刚刚送来改过的国书，就听说仆散忠义和纥石烈志宁从清河口出兵攻打楚州。镇江都统制刘宝闻风而逃，唯独海州知府魏胜不肯退让，他率领忠义军到河口拒敌，打算袭击金兵的粮道。偏偏刘宝传令魏胜，让他停止进军，说不应该阻扰和议。金军已经入侵，他还想着和议，真是好笑。魏胜接到军令，只好按兵不动。

后来，金兵渡过淮河向南开进，已经进入宋朝的境内，魏胜急忙前去抵御。宋军和金军两下交锋，从早上一直厮杀到晚上，依然没有分出胜负。不料，金将徒单克宁又带来几万生力军，从侧面杀到。眼见宋军寡不敌众，实力悬殊，可是魏胜还是率众死战。直到弓箭用完，力气用尽，魏胜知道自己必死无疑，便对自己的亲随兵说："我应当战死在这里，你们如果侥幸逃脱，回去上报天子。"说完，他下令步兵在前，骑兵殿后，且战且走。败退了十八里，魏胜最后中箭身亡，楚州失陷。江、淮一带军民大震。

幸好杨存中星夜赶到，传檄文调派各路兵马，互相援应，边防才稍微稳固。可是金兵却得寸进尺，相继攻陷濠州、滁州，都统制王彦逃跑。朝中有些大臣竟然提议舍弃两淮，渡江南下。杨存中上奏坚决反对，说前番无端撤去两淮的守备，所以才导致金军长驱直入，无力招架，并奏请追究责任。这时，孝宗才后悔听用了汤思退的话。谏官窥探出了孝宗的心思，于是连章弹劾汤思退。汤思退因此获罪落职，被贬到了永州。太学生张观等七十二人又上书说："汤思退、王之望、尹穑三人误国误君，招致兵祸，乞求马上将他们诛杀，以谢天下！"孝宗虽然没有同意，但是这消息已经传到了远方。那时，汤思退正赶赴永州，他在路上听说这条消息后，吓得半死，颤抖了好几天，便一命呜呼了。

随后，孝宗重新起用陈康伯为尚书左仆射，升钱端礼为签书枢密院事，虞允文同签书枢密院事，并命王之望到江上犒劳三军。王之望是汤思退的爪牙，当然也主张和议。钱端礼跟王之望狼狈为奸，不惜一切主张跟金兵议和，并下令各位将领不得擅自进兵。后来，谏官弹劾王之望，朝廷将他免职，可是那时金帅已经回信，答应和议了。这次和议的内容总共有三条：

（一）两国的边界跟以前一样；

（二）宋以叔父对待金，宋主可以自称皇帝；

（三）每年缴纳的贡品，在原来约定的基础上各减五万，即白银二十万两，绢布二十万匹。

和议达成后，孝宗升钱端礼为参知政事，兼知枢密院事；虞允文同知枢密院事，王刚中签书院事，并且下诏大赦天下，改元乾道，同时撤去江、淮都督府。后来，孝宗又授杨存中为宁远、昭庆节度使，撤销两淮及陕西、河东宣抚招讨使。不久，尚书左仆射陈康伯病逝，孝宗赐谥号文恭。陈康伯，弋阳人，见识不凡，做事果断，孝宗曾经将他比作谢安（东晋名士，著名的政治家）。陈康伯死后，孝宗一时找不到继任宰相的人选，只命虞允文为参知政事，王刚中同知枢密院事。不久，王刚中也病逝了，洪适接任了他的职位。

到了晚春，魏杞从金国归来，他觐见孝宗，带来了一个好消息。他这次出使金国，刚到燕山的时候，金主派来馆伴张恭愈招待他。张恭愈看见国书上写着"大宋"的字样，便要求魏杞将"大"字去掉。魏杞毅然说道："南朝的天子也是一方帝王。现今南朝豪杰并起，同仇敌忾。如果你们北朝执意用兵，能确保必胜吗？南朝天子不忍心两国百姓惨遭涂炭，打算息兵安民，所以才命我前来跟贵国修好。你们北朝如果真心议和，就不要再妄加指责，强人所难了！"张恭愈带着魏杞觐见金主，金主在大殿上召见他，魏杞还是坚持原则，不肯退步。金主雍这才说道："朕也想让百姓安定，所以才下令罢兵，此后两国应当遵守新约，朕也不再苛求你们了。"魏杞起身拜谢。于是，双方签定和约，大宋既不用交出叛臣，也不用再受册封和上誓表了，但是海、泗、唐、邓四州和大散关一带的疆土一律归金国所有。魏杞向金主告辞后，返回南朝。他将签约前后的细节一一禀报，孝宗听完后自然非常欣慰，对他大加慰劳。不久，金主雍将仆散忠义等人召回，只留下六万人防守边境，并将宋国的岁币分赏给各军。仆散忠义回到京都后，被拜为左丞相。不久，左副元帅纥石烈志宁也被召回，被拜为平章政事，仍然镇守南京。仆散忠义一年后病逝，纥石烈志宁十年后也去世了。《金史》上称他们为"贤将相"。

宋廷自从议和之后，边境总算相安无事。孝宗册立邓王赵愭为皇太子。赵愭是已故妃子郭氏所生，郭氏一共生下四个儿子，长子就是赵愭，次子名叫赵恺，三子名叫赵惇，四子名叫赵恪。孝宗即位后，追册郭氏为皇后，封赵愭为邓王，赵恺为庆王，赵惇为恭王，赵恪为邵王，同时续立贤妃夏氏为皇后。夏氏是袁州宜春人，她出生时有一道奇异的光线穿过屋子。她长大之后，相貌秀丽，父亲夏协便将她送到宫中，后来有幸侍奉吴太后。吴太后见郭妃去世，又看夏氏才貌双全，聪明伶俐，就将她赐给了孝宗。没过多久，夏氏就被册封为了皇后。赵愭做了皇太子，他的妻子钱氏当然就是太子妃了，而钱氏的父亲就是参政钱端礼。钱端礼仗着自己是皇亲国戚，对相位觊觎了很久。陈康伯去世后，宰相之位一直空缺，他以为自己的女儿贵为太子妃，想着这宰辅一席早晚非他莫属。

可是好梦难成真，侍御史唐尧封上奏说钱端礼跟皇家联姻，不应该执政。可是孝宗没有听从，反而将唐尧封贬为太常少卿，朝中一片哗然。后来，吏部侍郎陈俊卿又当面阻谏说："本朝历代以来，从来没有听说过皇上的亲家担任宰相的，希望陛下谨守家法！"孝宗这才醒悟。钱端礼愤愤不平，恨透了陈俊卿。他上奏弹劾陈俊卿，不料孝宗已经将他罢免，贬为资政殿大学士，兼提举万寿观使。钱端礼没有办法，只好怏怏受命。又过了几个月，洪适被提拔为右仆射，兼枢密使。洪适从中书舍人升到右仆射，仅仅用了半年时间，百官不免有些议论。洪适自觉没有什么功劳，也心有不安。乾道二年春天，他以霪雨引咎，上奏辞职。孝宗又命参政叶颙为左仆射，魏杞为右仆射，蒋芾为参知政事，陈俊卿同知枢密院事。

不幸朝廷内外大丧接连不断，老臣凋谢和皇亲沦亡的痛苦接踵而来。乾道二年十一月，宁远节度使杨存中病逝。杨存中征战沙场四十多年，经历过大小战役二百多场，从来没有过大败，时人都赞颂他的忠义。他死后，举国哀悼，孝宗赠谥号武恭。过了两个月，太傅四川宣抚使吴璘又病逝，他留下遗疏说："毋弃四川，毋轻出兵。"孝宗看过奏疏后，也不禁潸然泪下，后来追赠他为太师，加封信王。又过了一个月，皇后夏氏也薨逝，再过了一个月，连皇太子赵愭也逝世了，孝宗赠皇后谥号安恭，赠太子谥号庄文。孝宗哀上加哀，痛中增痛，多亏了内外大臣多方劝慰，才稍微好过点。不如意的事情纷至沓来，也是难为了孝宗。朝中两位宰相也是经常变更，叶颙、魏杞被罢相之后，孝宗专任蒋芾。后来，蒋芾因为母亲去世，回家服丧，又改任陈俊卿、虞允文为左右宰相。

虞允文打算再派使者到金国，想要回陵寝。于是，孝宗派遣起居郎范成大为金国祈请使，请求陵寝的土地以及更定接受国书的礼仪。先前绍兴年间，金使每次来到宋朝时，高宗必定亲自接受国书。到了孝宗初年，陈康伯执政时期，每次有金使到来，都会让他将国书取来，然后再呈给孝宗。后来，汤思退担任宰相后，又回到了绍兴年间的礼仪，孝宗渐渐有些后悔，所以才令范成大也在大殿献上国书。范成大来到金国后，拜见金主时，突然从袖子里取出国书，口述里面的内容，然后献给金主。金国大臣无不惊讶，连金主雍也愕然说道："这里岂是献书的地方？"说罢便将国书扔在地上，不肯接受。范成大不慌不忙地捡起国书，再次进献。金太子允恭当时也在金主的旁边，他对金主说道："宋使如此无礼，应该处以死罪。"金主雍没有同意，只叫他回到驿馆。过了一晚，金主派人送来复书，严词拒绝了孝宗的要求，并将范成大遣回了南朝。

孝宗收到复书后还是不肯死心，他又派中书舍人赵雄到金国庆贺金主的生辰，顺便再次申请归还陵寝。金主还是不肯答应，并对赵雄说："你们国家为什么肯舍弃钦宗的棺椁，却专门要求巩、洛的陵寝呢？如果你们不想要回钦宗，那我就代替你们将他安葬了。"赵雄也不好说什么，只是说要回去禀报宋主，再作回复。金主等了一年，宋朝那边还是杳无音信，于是他用一品礼将钦宗葬在巩、洛的陵寝里面。

第八十一章　南宋大儒朱熹

太子赵愭死后，按照顺序应该册立庆王赵恺为太子。可是孝宗非常欣赏第三个儿子赵惇，说他英明神武，跟自己很像。于是竟然越过次序，立赵惇为太子，只晋封赵恺为魏王，通判宁国府，并命宰相在玉津园设宴为他饯行。宴席完毕后，宰臣们送赵恺启程。赵恺非常不舍得离开，他回头对虞允文说道："还望相公保重啊，恐怕我这一去很难再回来了！"虞允文也安慰了他几句。于是，赵恺便带着妻子儿女离开了临安。后来，吴太后的妹夫张说因为攀附皇亲，竟然被提拔为签书枢密院事。诏命下达后，朝中议论纷纷。左司员外郎兼侍讲张栻上疏阻拦，并在朝堂上当面指责虞允文说："宦官执政，从蔡京、王黼开始。而外戚执政，则是从相公你开始的。"虞允文不禁惭愧不已，他立即去见孝宗，孝宗这才收回成命。乾道八年，左、右仆射改为左、右丞相，左相仍然由虞允文担任，右相则由梁克家担任。后来，孝宗又将张栻贬为袁州知府，仍然让张说进入枢密院。侍御史李衡、右正言王希吕又上书谏阻，直学士院周必大不肯拟写诏书，给事中莫济也表示不满，将录用文书封还。孝宗将他们四人一起罢免，朝堂内外人士都称他们为"四贤"。

虞允文因为谏院缺人，特别举荐李彦颖、林光朝、王质三人。可是，孝宗却没有理会，而专用宠臣曾觌所推荐的人员。虞允文于是上书辞官，孝宗竟然答应了，将他调为四川宣抚，但是又晋封为雍国公。虞允文上任后的二年，就病逝在了四川，朝廷追封他为太傅，赐谥号忠肃。虞允文是隆州仁寿县人，他虽然是一介书生，但是一直怀有雄才武略，采石一战一举成名。他担任宰相之后，知无不言，秉正刚直，也算得上是一位救世的良相。可是，梁克家却外和内刚，自从虞允文离去后，他独自一人担任宰相。后来，他跟张说谈到外交策略，很多话都谈不到一起，于是梁克家主动请求外调，被任命为建宁知府。后来，张说总是专断专权，渐渐被孝宗察觉，也被罢免了官职。

乾道八年腊月，孝宗又打算改元。第二天元旦，下诏改元淳熙。当时，左相的位置一直空着，右相也经常变动。曾怀、叶衡等人忽进忽退，大多是庸庸碌碌之辈，没有什么建树。叶衡曾举荐左司谏汤邦彦为金国申议使，再次要求金人归还陵寝。汤邦彦到了金国后，金主拒绝见他。过了一个多月，金人才将他引给金主雍。觐见的时候，朝廷两边站着卫士，他们都严然矗立，腰挂佩刀，一副耀武扬威的样子，吓得汤邦彦心惊胆战，一句话都说不出来。他勉强应付了几句，便匆匆告辞了。孝宗责怪他有辱使命，便将他流放到了新州。从此以后申请陵寝的提议就再也没有提及了。这年冬天，孝宗册立谢贵妃为皇后。谢氏是丹阳人氏，她幼年丧父，寄养在翟氏的家里。长大之后，她进宫服侍吴太后，吴太后见她才貌双全，就将她赐给了孝宗。不久，她就被封为了婉容，第二年，又晋封为贵妃。淳熙三年，孝宗带着嫔妃到德寿宫拜见太上皇。太上皇见她端肃恭谨，说她可以继任中宫的位置。于是孝宗就将她册立为皇后。孝宗一向不喜欢女色，所以后宫中除了谢皇后外，只有蔡、李两位嫔妃，也算是位奇怪的皇帝。

这时候南宋出了一位大儒，他就是以前提到过的朱熹。北宋年间，周敦颐、张载、邵雍以及程颢、程颐等人都以道学闻名于世。程门中还有谢良佐、游酢、吕大临、杨时四个人，都将导师的学说融汇发展，后来就形成了今天的"河南程氏学"。杨时是罗从彦的老师，罗从彦又收李侗为徒弟。婺源人朱松曾经做过吏部员外郎，他的儿子就是朱熹。朱熹字元晦，小时候就聪颖过人。他刚会说话的时候，朱松指着天空对他说："这就是天。"朱熹却问道："天上是不是还有神仙？"朱松见刚刚会说话的儿子竟然会问这个，不禁很惊异。有时，朱熹跟小伙伴儿外出游玩，伙伴们都在沙上嬉戏，唯独朱熹一个人坐在僻静的地方，用手在地上画来画去。伙伴们跑过去一看，才发现他画的是先天八卦图和后天八卦图。大家有嘲笑他的，也有敬佩他的，但是他毫不动容。

朱松和李侗是同学，所以他让朱熹跟着李侗学习，朱熹也不负师望，尽得真传。绍兴十八年，朱熹高中进士，做了泉州同安县的主簿。上任之后，他经常给百姓们讲解圣人之道，百姓们都很爱戴他。没过多久，他又改任潭州南岳庙的监官。后来，孝宗即位，下诏广开言路。朱熹应诏上奏倡导圣学，并极力反对和议。孝宗非常赏识他，准备加以重用。可是，汤思退等人却暗中阻挠，朱熹只做了个武学博士。不久，朱熹上书请辞，回到了家乡。后来，陈俊卿、胡铨、梁克家等人又相继引荐他，孝宗多次召他到京城任职，他都不肯接受。随后，孝宗又怀念史浩，将他召为醴泉观使，兼任侍讲。史浩想要笼络名人，以堵住悠悠之口，于是他看中了朱熹，推荐他为南康知府。朱熹一再推辞，可是孝宗却坚持让他上任，没办法朱熹只好受命。他上任不久，南康大旱，朱熹勤政爱民，开仓赈粮，百姓们才渡过了难关。朱熹有空的时候就给士子们讲学，还拜访了唐代李渤的白鹿洞书院，并奏请修复到以前的规模。从此，儒家学说渐渐昌盛。

淳熙六年，西南一带大旱，百姓苦不堪言。孝宗再次下诏访求直言，朱熹从南康递上一封奏折，劝孝宗正人心、立纲纪、雪国耻，言辞非常激烈。孝宗看完后，勃然大怒："这分明是在讽刺我，说我是亡国之君！"幸亏枢密使赵雄在旁边替朱熹辩解说："这些学士们都很注重名声，如果因为直言被皇上斥责，反而会增加他们的名气。皇上倒不如多些包容，根据他们的长处给他们个官做做，看他们是不是真的能胜任，到那时，优劣一眼就能看出来。"孝宗的怒气这才稍微平复一些，并下诏命朱熹为常平茶盐提举。不久，又将他调到浙东任职。

那时，浙东正在闹饥荒，朱熹一个人跑到临安，向孝宗当面述说灾情，并请孝宗修德任人，同时指出了当时政策的七项弊端。孝宗虚心静听，并夸奖他直言不讳。朱熹向孝宗告辞后，马上回到了浙东。刚一下车，他就写信给各个郡县，要求当地的官员召集米商，并减免他们的赋税。听到这个消息，浙东一带的米商纷纷到来，朱熹又拿出一部分税收平衡米价，于是浙东的百姓都可以填饱肚子了。后来，朱熹又到各个郡县察访民情。他每次都是轻车简从，非常低调，所以当地的官员都不知道他会到来。从此以后，各个郡县的官员都忐忑不安，再也不敢胡作非为了。刚刚半年，朱熹的政绩就非常显著了，于是孝宗又让他到微猷阁供职。

第二年，朱熹微服私访到了台州，那时台州百姓将知府唐仲友给举报了，说他贪赃枉法。朱熹经过调查后，发现确有实情。于是，他上章弹劾唐仲友，可是接连递上去三道奏疏，都不见回应。后来经过打听才得知，原来浙江金华人王淮当时被提拔为了左丞相。唐仲友跟王淮是老乡，并且还是亲戚，所以王淮才暗中包庇他，并将朱熹的奏本全都藏了起来，不让孝宗知道。王淮还将唐仲友调为江西提刑，想要躲避朱熹的弹劾。朱熹不惧权威，索性写信给王淮，说自己要进京面奏皇上。王淮料定纸包不住火，便将朱熹写的奏疏呈了上去，唐仲友也上疏自我辩解。后来，王淮想了一个法子，他表面上将江西提刑这个肥差推荐给朱熹，暗地里又提拔大府寺丞陈贾为监察御史，让他跟朱熹作对。陈贾受职入朝后，随即上奏："提倡道学的人无非是借着这个名头，抬高自己的身价。希望陛下悉心考察，不要被人欺骗了。"他虽然没有指名道姓，但是大家都知道他就是说给朱熹听的。还有吏部尚书郑丙为了迎合王淮，也上奏诋毁"二程"的道学。试想朱熹这么聪明，听到这种流言蜚语，怎么肯贸然接受任命呢？他多次请求辞官，于是，孝宗下诏让他主管台州崇道观。

高宗禅位后，一直居住在德寿宫。他常年待在宫里，从来不过问朝政。孝宗也毕恭毕敬地侍奉他，从来没有失礼。到淳熙十四年，高宗已经享寿八十一岁了。这年秋天，高宗偶感风寒，卧床不起，孝宗每次退朝后，都会前去探望。过了一个月，高宗就驾崩了。孝宗听到噩耗后，嚎啕大哭，两天两夜没有吃东西。他对宰相王淮说道："从前晋孝武帝、魏孝文帝都曾经穿了三年的丧服，素衣听政。司马光在《资治通鉴》中记载得非常详细，朕也想效仿古人。"王淮回答："晋孝武帝虽然有这种想法，但也只是在后宫中穿着丧服，朝堂上还是黄袍加身。"孝宗说道："那是因为群臣不能顺从他的美意，所以后世的人也经常诟病这件事。"王淮不便再说，于是孝宗下诏，决定穿三年的素衣，用这种方式来缅怀高宗。

高宗在位共三十六年，改元两次。禅位后，他又在德寿宫住了二十五年。翰林学士洪迈奏请孝宗尊庙号为宋世祖。直学士院尤袤上奏反对，他说汉世祖光武皇帝刘秀虽然是长沙王的后代（刘秀是汉高祖刘邦的九世孙，出自汉景帝子长沙定王刘发一脉，因遵行"推恩令"的原则而从列侯递降。到他父亲刘钦这一辈，只是济阳县令这样的小官员了），但是他却是以普通平民的身份建立起的东汉，所以用"世祖"这样的庙号，没有争议。而太上皇的情况虽然跟光武帝有些相似，但是归根究底太上皇是继承了徽宗的正号，是以子继父，并不像光武帝那样，所以不能尊为"世祖"。孝宗也觉得很有道理，于是定号为"高宗"。

高宗为人节俭，平时穿戴的器具和服饰一概从简。他晚年宠爱的刘贵妃，仗着自己年轻貌美，生活非常奢侈，高宗经常在旁边加以抑制。刘贵妃是临安本地人，当初进宫的时候是宫里的一个女官，因为生得国色天香，所以受到高宗的宠幸，很快被封为了婕妤。绍兴二十四年，她又被封为贤妃，不久便做了贵妃。从前金主完颜亮南下入侵，想要抢夺的那位南宋后宫美人，就是这个刘贵妃。刘贵妃曾经因为盛夏炎热，用水晶作为脚踏，借以消暑。后来高宗发现，将它取来做了枕头，刘贵妃这才稍微克制了一些，不敢像以前那样铺张浪费了。但是高宗对她的宠眷，到老都没有减退。淳熙十四年，刘贵妃去世，高宗整天悲伤哭泣，所以才得了病，不久便驾崩了。后人都说高宗偷安忍耻，抛弃兄弟。还有他刚刚即位时被汪伯彦、黄潜善所蛊惑，最后又被秦桧所牵制，李纲、赵鼎、张浚相继被贬，还有岳飞父子冤死在狱中。高宗有可用的将相，有可乘的机会，最终却向仇人俯首称臣，苟延残喘，这些都经常被后人诟病。

孝宗的第二个儿子魏王赵恺，比高宗先去世几年。他死后，孝宗曾伤感道："先前朕越过次序册立储君，就担心这个儿子福薄，不料他果然英年早逝了。"孝宗赠他谥号惠宁。孝宗的另一个儿子恩平王赵璩，在高宗病逝一年后也去世了。孝宗平时对他特别关爱，每次召他一起吃饭，都称他恩平王，并不直呼姓名。他死后，孝宗追封他为信王，赠太保太师。孝宗在为高宗服丧期间，穿着白衣布袍在内殿听政，每月的初一或十五，都要到德寿宫去看看。后来，王淮被罢相，右相周必大举荐朱熹为江西提刑。朱熹奉诏入朝，他的一位朋友对他说："你那些所谓'正直诚意'的老调子，皇上已经听得厌倦了，这次入朝后就不要再提了，不然会惹得皇上不高兴的！"朱熹愤慨说道："我生平所学的，无非就是这四个字，怎么能不讲给陛下听呢？"

不久，朱熹见到了孝宗，又开始说那些"存天理，灭人欲，亲贤臣，远小人"的话，孝宗果然听得有些不耐烦了。当时曾觌已经死了，只有内侍甘昪还任原职，朱熹认为不应该继续任用他。孝宗说甘昪曾经侍奉过太上皇，很有才识，不打算罢斥他。朱熹反驳说："小人如果没有才识，怎么能博得主人的欢心呢？"孝宗听后没有说话。第二天，朱熹就被改任兵部郎官，他以腿上有病为由推辞不受。后来，兵部侍郎林栗又弹劾朱熹，说他托名道学，故意推辞不受，从而抬高自己的名声，应该予以罢斥。孝宗看完林栗的奏折后，对周必大说："林栗说话未免太过分了。"周必大也附和说："朱熹上次上殿，确实腿上有病，勉勉强强登上大殿，并不是托词。"孝宗点头说："朕也看到了，他当时走路一拐一拐的，所以朕才说林栗言过了。"后来，左补阙薛叔似和太常博士叶适陆续上奏，都维护朱熹，斥责林栗。随后，侍御史胡晋臣又弹劾林栗党同伐异，诋毁正士。于是，孝宗贬林栗为泉州知府，改命朱熹主管西京嵩山崇福宫。

淳熙十六年，孝宗调周必大为左丞相，提拔留正为右丞相。没过多久，孝宗决定禅位。周必大见孝宗心意已决，也不再劝阻。过了几天，孝宗下诏改德寿宫为重华宫，将吴太后移居到慈福宫。接着，周必大呈上禅位的草诏，孝宗看完后，立即颁布，将大位传给太子。随后孝宗换下素服，亲临紫宸殿。太子赵惇随后也来到大殿，禅位的情形跟当初孝宗受禅的时候差不多，都是你推我让，走个过场。受禅完毕后，孝宗退到内殿，换上丧服，然后就退居到重华宫里去了。太子赵惇即位，历史上称为光宗皇帝。光宗尊孝宗为寿皇圣帝，皇后谢氏为寿成皇后，皇太后吴氏为寿圣皇太后，同时大赦天下，并册立元妃李氏为皇后。

李皇后是安阳人，她是庆远军节度使李道中的女儿。相传她出生的时候，有一只黑色的凤凰盘踞在军营，因而取名为凤娘。凤娘七岁的时候，李道中听说有个叫皇甫坦的道士，善于给人看相，于是将他邀请过来给凤娘看看。凤娘出来相见后，皇甫坦惊讶地说："你的女儿将来一定会母仪天下的，你可要善待啊！"后来皇甫坦将这件事告诉了高宗，高宗就让凤娘做了恭王妃。随后，凤娘生下嘉王赵扩，便被立为了皇太子妃。哪知这位凤娘虽然相貌无可挑剔，但是性格却刁钻蛮狠，她曾经在高宗和孝宗面前搬弄是非，总是说太子的不是。高宗曾私下里对吴后说："这女子生性泼辣，完全不知道什么是贤良淑德，我轻信皇甫坦的话，让太子娶了她，真是后悔也来不及了。"孝宗也常常训斥她，让她多向皇太后学习，否则就废了她。可是这凤娘不但不悔改，反而心生怨恨。被册立为皇后之后，她好似一飞冲天的黑凤凰，开始施展一番手段了。

怕老婆的宋光宗

孝宗末年，金主雍也病逝了，庙号金世宗。这金世宗是一个贤主，他即位后，因为已故的王妃乌林荅氏为他以死殉节，所以终身没有册立皇后，算得上是位好丈夫了。南北讲和后，金世宗弃武修文，让百姓休养生息，而且他所用的大臣大多贤良。金世宗为人非常节俭，他下令宫中的饰品不得使用黄金；所有的建筑都是用宫里省下来的费用修建的。金世宗在位期间，轻赋薄税，百姓都很富足。刑部每年记录在案的死刑犯只有十几个人，国人都称他为"小尧舜"。

夏国宰相任得敬胁迫夏主割让土地给金国，并且向金国请求册封。金世宗料事如神，断定这一定是被奸臣所逼迫，并非夏主的本意，所以把来使遣回，并传谕对夏主说："祖宗的基业你应该固守，如今你派人前来请命，事出突然，如果是被奸人拨弄，你不妨直言相告，朕一定会替你兴师问罪。"后来，夏主将任得敬诛杀，并派使者前去感谢金世宗。

不久，高丽国王李晛被弟弟李皓废除，李皓上表乞请金主册封，还说是兄长情愿禅位的。金世宗还以为是李皓篡国，所以派人前去详查。后来，李晛送来国书，说自己是遵从父亲的遗训，将王位传给弟弟的。无奈，金世宗只好派使者册封了李皓。随后，高丽西京留守赵位宠叛变，并占据了四十多座城池想要归降金国，金世宗又说："朕是天下之主，难道要帮助叛臣吗？"他将赵位宠绑了交给高丽主，高丽国的叛乱得以平息。金世宗还大兴文学，并广求直言。他将所有客死在金国的宋、辽宗室，全都移葬在河南广宁旧陵的旁边。他在位二十九年，远近讴歌，逝世时，哀号遍野。太子允恭英年早逝，他的孙子完颜璟即位，各个方面都比不上他的祖父，从此金国开始走向了衰弱。

南宋这边，光宗受禅后，改元绍熙，罢免了周必大，任用留正为左丞相，王蔺为枢密使，葛邲为参知政事，胡晋臣为签书枢密院事。这四位大臣同心辅政，朝中上下还算太平，没有什么弊政。可是，后宫里那个嫉妒成性的皇后李凤娘，就是不肯安分，她日夜想着怎么离间三宫，乘机窃权。偏偏光宗又是个懦弱不振的主儿，面对这位女娘娘，他好像是晋惠帝碰上了贾南风，唐高宗碰上了武则天一样，唯唯诺诺，不敢忤逆。但是光宗还不算太糊涂，他知道李后这么嚣张，全赖着宦官，想要釜底抽薪，就必须将宦官一网打尽。虽然想法是对的，但是一时半会儿却又不敢实行。偏偏宦官窥探出了光宗的意图，整天向李后谄媚，求她庇护。所以每次光宗斥责宦官的时候，她都会一力承担，并极力包庇，害得光宗有话难说，有气难撒，渐渐地憋出了忧郁病。孝宗听说光宗生病了，非常担心，他命御医拟了一个药方子，熬成药丸，准备等光宗问安的时候，让他试服一下。

可是，孝宗等了好久，都没有看到光宗前来请安。而这合药的消息却已传遍了宫中。宦官乘机煽风点火，对李后说："太上皇准备了一些药丸，打算让陛下去请安的时候，试服一下。万一皇上有什么不测，那将来皇位该属于谁呢？"李后听后，深信不疑。等到光宗病情稍稍好转，她便使出了一番狐媚的手段。她暗中嘱咐宦官，准备些可口的御膳，并将御膳搬到宫中，请光宗品尝。她坐在旁边陪伴，跟光宗边喝酒边谈心，酒过三巡，光宗有些微醉，她乘机说道："扩儿已经长大了，陛下已经封他为嘉王，何不现在就立为太子，也好助陛下一臂之力？"光宗欣然说道："朕也有此意，但是必须跟太上皇禀报一声才行。"李后说道："这也需要禀明太上皇吗？"光宗说道："父亲既然健在，我就不能专权，况且册立储君这么大的事情，怎么能不事先禀明？"李后听后沉默不语。

正巧过了两三天，孝宗听说光宗的病情有所好转，就召他前来吃个饭。可是，李后竟然不让光宗知道，独自一人去了重华宫。见了孝宗，李后勉强行个礼。孝宗问及光宗的病情，李后只是说："昨天好多了，可是今天又感觉不舒服，所以特地嘱咐臣妾前来侍宴。"孝宗皱眉说："这该怎么办呢？"李后接口说道："皇上体弱多病，依臣妾的愚见，不如马上册立嘉王赵扩为太子，以防不测。"孝宗摇头说："禅位才刚刚一年，就要册立太子，岂不是太早了吗？况且册立储君必须谨慎，再等几年也不迟。"李后不禁脸色大变，说："自古册立太子，都是按照长幼次序来的，臣妾是皇后，嘉王赵扩又是臣妾亲生的，他现在已经成年了，为什么不能册立呢？"孝宗听了这几句话，忍不住怒气冲天，呵斥道："你竟敢这么跟我说话，真是无礼！"李后竟然转身退出，匆匆乘车，回到了宫中。她回到寝宫，见光宗不在，盘问内侍后才得知是到黄贵妃宫里去了，顿时醋意大发，火冒三丈。

黄贵妃本来在德寿宫，光宗为皇太子的时候，旁边没有侍寝的女人，孝宗见黄氏体态端庄，就特地赐给光宗。光宗对黄氏格外宠爱，即位后便封为了贵妃。可是李后心生嫉妒，她平时见了黄贵妃，就像看到一个眼中钉，分外刺眼。这次李后前往重华宫，被孝宗斥责了一顿，心里已经很不舒服了，又听说光宗跑到黄贵妃那里去了，叫她如何不气？如何不恼？她当下赶到黄贵妃的寝宫，不等内侍通报，就硬闯了进去。进去一看，发现光宗跟黄贵妃正在促膝密谈，于是更加醋劲勃发，就在门口大声喊道："皇上龙体刚刚好转，应该远离女色，怎么又到这里来调情呢？"光宗见了李后，连忙起立。黄贵妃更是吓得魂不附体，不由得下跪相迎。李后也不答礼，连眼珠子都不朝她转一下。光宗知道已经惹祸，便握住李后的手，一起回到了中宫。

回到宫中，只见李后的眼眶内一个劲儿地流泪。光宗手足失措，只好好言劝慰。李后说："臣妾并不是为了黄贵妃才生气的。陛下身为天子，身边有几个妃嫔理所应当，难道臣妾连这点道理都不知道吗？不过陛下身体刚刚痊愈，不便纵欲，所以臣妾才冒昧劝谏。此外还有一件大事要跟陛下商议。"说到这儿，更是嚎啕大哭起来。光宗摸不着头脑，再三询问，她才让内侍将嘉王赵扩找来，让他跪在光宗的面前，自己也突然下跪说："太上皇想要废掉皇上，臣妾和扩儿两人将来不知道会是什么结局，难道陛下还不知道吗？"光宗听了，不禁惊讶地发抖，又详细询问了一遍，李后才将孝宗所说的话又叙述了一遍，而且里面还添了几句不好听的话。到了这个时候，光宗自然被她牵着鼻子走，便说："朕以后再也不去重华宫了。你们先起来，朕自有安排！"李后这才带着嘉王赵扩起身。随后，他们彼此密谈了好久，无非是说些抵制孝宗的计策。后来，李后又想修建家庙，光宗也答应了。偏偏枢密使王蔺认为是皇后的家庙不应该用公费修建，顿时忤逆了李后的意愿。光宗得知后，将王蔺罢职，改任葛邲为枢密使。

一天，光宗在宫中洗漱，宫女将水盆端了进来，光宗见她的手非常纤美，禁不住说了一个"好"字。没想到正好被李后听见，怀恨在心。第二天，她派内侍献上一盒食品，光宗亲自打开一看，还以为是什么糖糕或果脯之类的东西，没想到盒子里竟然是一双血肉模糊的玉手，令人惨不忍睹。光宗那时又不好发作，只得自怨自悔，命内侍带了出去。自此以后他的忧郁病又发作了，梦中经常痛哭不止。

到了绍熙二年十一月，应该祭祀天地宗庙。按例应由皇帝亲自祭拜，光宗没法推脱，只能前往。这位心狠手辣的李凤娘，趁着这个空隙，将黄贵妃召到自己的宫中，指责她蛊惑病主，跟谋逆没有什么两样，竟然命内侍将她重重地杖责一百下。可怜她玉骨冰姿，哪里熬得住这般重刑？不到十几下，就已经魂飞魄散，消香玉殒了。李后见她已死，便命内侍将她拖出宫外，草草入殓，同时向光宗报告，谎称她是暴病身亡。光宗知道后，非常惊讶。他明知这里面另有隐情，无奈被皇后压制，不敢诘问。而且他只能留在斋宫准备祭祀，甚至连黄贵妃的遗体都不能见上一面。

这天晚上，光宗在床上翻来覆去，好久都没有合眼，直到四更的时候才朦胧睡去，突然见到黄贵妃满身血污，流着泪来到自己面前。他此时也顾不了什么了，正要跟她抱头大哭，突然外面一声怪响，顿时将他吓醒。他睁开双眼，发现并没有什么爱妃，只听见外面北风怒号，天已经微微亮了。他急忙披衣起床，匆匆洗漱，连早饭都无心下咽。外面法驾早已备齐了，光宗出门坐上辇车，直达郊外。这个时候天色已经大明，只是四面阴霾，好像黄昏一样。光宗下车步行到天坛，突然之间狂风大作，骤雨倾盆，就算头上顶着华盖，也遮不住天空的雨点，不但侍卫、大臣们全身湿淋淋的，就连光宗的祭服也几乎湿透了。到了坛前，祭品都已摆放齐备，只是没法点燃蜡烛。光宗本来就头晕目眩，又被骤风暴雨这么一激，更加觉得站立不住。他勉强拜了几拜，让祭祀官快点读完祭文。祭祀官领了旨意，只匆匆念了十几句，便算完事。侍臣连忙扶着光宗上了辇车，跟跟跄跄地回宫去了。自此以后，光宗整天奄卧在龙床上，要么长吁，要么短叹，饮食逐日减少，渐渐地骨瘦如柴。

光宗病倒了，李后开始乘机干政。朝中的事大多由她一人作主，独断专行。孝宗听说光宗又病倒了，急忙前去探望。正巧李后外出，孝宗就令左右不必通报，自己悄悄走到殿里。孝宗揭开帷幔探视，见光宗正在熟睡，就没有惊动他，合上帘子退坐到一边。不久，光宗醒了，呼叫近侍递上茶水，内侍禀报说太上皇来了，光宗急忙下床跪拜。孝宗见他面色惨白，倍加怜恤，便让他躺回床上。孝宗询问他的病情，才讲了三两句，外面就跑进来一个人，行色匆匆。孝宗一瞧，不是别人，正是那心狠手辣的李凤娘。

李后回宫，听说太上皇前来视疾，不觉惊讶，便三脚并作两步赶了过来。他见太上皇坐着，不得不低头行礼。孝宗问她："你去哪儿了？为什么不侍奉皇上？"李后说："因为皇上抱病在床，不能亲自处理政务，所有的外廷奏折暂时由臣妾收阅，再转达给皇上。因此才没能侍奉皇上。"孝宗不觉"哼"了一声，说："我朝的家法，皇后不得干政，就是慈圣（指慈圣光献皇后曹氏，北宋宋仁宗赵祯的第二位皇后）、宣仁（指宋英宗皇后高氏，宋神宗的母亲，曹氏是她的姨母）两朝时期，母后垂帘听政也必须和宰相及大臣们商议，从来没有一人专断过。我听说你自恃有些才能，一切国家大事都擅作主张，这是我祖宗家法所不允许的！"李后无词可答，只好强行辩解说："臣妾不敢违背祖制，所有事情仍然是皇上作主。"孝宗正色道："你也不必瞒我，你想想皇上的病是因何引起的？又是因何日益加重的？"李后呜咽道："天有不测风云，人有旦夕祸福，怎么能全推到臣妾一人身上呢？"孝宗说："上天震怒，就是在警示！"说到这里，孝宗听见光宗在卧榻上叹了一声，知道触碰到了他的心病，就连忙住了口，不再多言。后来，孝宗劝慰了光宗几句，便起身出去了。光宗下榻想送送父亲，被李后竖起柳眉，怒视了一眼，顿时缩住了脚步。李后等孝宗远去后，免不了边哭边骂，撒了好久的泼。光宗也只好闭目不语，听她咒诅。在李后的离间下，光宗父子渐渐产生了隔阂。

自从光宗病情加重后，经过御医的多方调治，直到绍熙三年三月，才得以痊愈。光宗亲临延和殿听政，群臣请光宗到重华宫朝见孝宗，光宗不肯听从。以往孝宗的诞辰以及每年的节日，按照惯例都应该请安。后来，因为光宗多病，孝宗就降旨罢免了那些礼节。这次群臣因为光宗没有答应，就再次联络宰辅、百官，趴在地上泣涕力谏，光宗这才勉强允诺。谁知道过了几天，还是不见前往。大臣们又纷纷奏请，光宗这才在四月份的时候，前去朝见了一次，以后再也没去过。到了五月份，光宗旧病复发，朝政依旧管不了，哪里还顾得上重华宫。冬至时，光宗的病情好得差不多了，开始上朝。冬至节前一天，丞相留正等人面奏光宗，请他再次朝见孝宗，光宗没有回答。留正只好约同百官，在第二天早晨聚集在重华宫，一同庆贺。兵部尚书罗点、给事中尤袤、中书舍人黄裳、御史黄度、尚书左选郎官叶适等人，又上疏请求光宗朝见重华宫，仍然没有回音。

大臣们说赵汝愚是宗亲，不能坐视不理，于是赵汝愚也上奏光宗，再三规谏。光宗于是转告李后，约她一起去重华宫。李后一开始想要劝阻，后来想到自己的家庙已经建成，如果让光宗去朝见父亲，自己也能去祭拜家庙，免得大臣们有什么异议，于是满口答应了下来。冬至节后的第六天，光宗去了一趟重华宫，李后也跟着去了。这次朝见，父子之间非常欢洽。就连李凤娘也格外谦和，对着孝宗夫妇只管叩头认错。孝宗一直很宽厚，还以为李凤娘真的痛改前非，于是对她另眼相看。因此欢宴了大半天，光宗夫妇才离开。朝中上下非常欣慰。哪知才过两天，皇后祭拜家庙的内旨就传了下来，那时无人敢劝阻，礼部只好准备凤辇，恭候皇后出宫。

祭拜那天，李凤娘凤冠凤服，珠玉辉煌，打扮得和天仙一样，由宫娥、内侍等人簇拥而出，徐徐地登上凤辇，并由卫士喝道前行，场面非常壮观。到了家庙门口，李凤娘从容地走下凤辇。她四面眺望，看到祠堂宽敞高大，规模差不多跟太庙一般，心里非常欣喜。又因为李后高祖以下全都被封了王侯，殿中供奉的神像都是玉质金相，异常华丽，所以他心里喜上加喜，有说不尽的快乐。瞻拜完毕后，李氏的亲属入庙拜见李后。李凤娘一一接见，除了太过疏远的亲戚外，李后对家族里的二十六位至亲推恩颁赏，各位亲属也是不胜欢喜，连连叩谢。可惜美好的时光总是短暂的，李凤娘不便久留，不久便辞庙回宫去了。当晚，就传出内旨，给这二十六位亲属加官进爵，并且他们身边的一百七十二名侍从也全部得到封赏。甚至连李氏的门客也有五人得到了官做。这真是宋朝以来从没有过的旷世恩典。这李凤娘果然不同凡人！

　　绍熙四年元旦这一天，光宗总算自觉去了重华宫。到了晚春，他再次和李后跟着孝宗夫妇到玉津园游玩。可是从立夏到晚秋，就再也没看到光宗去过重华宫。九月重阳节是光宗的生辰，群臣连章进谏，请光宗朝见重华宫，光宗不听。给事中谢深甫上书说："这世间，儿子孝顺父亲是天经地义的事，太上皇如此钟爱陛下，就好像陛下钟爱嘉王一样。如今太上皇春秋已高，千秋万岁后，陛下想尽孝恐怕也没机会了！"光宗听后，这才决定前去朝拜。那时百官已经在外面恭候多时了，见光宗走出御屏，大家连忙上前相迎。不料李凤娘突然从屏风后面走出来，她将光宗的手揽住，一脸妖媚地说："天气这么寒冷，陛下回去陪臣妾喝点酒吧！"光宗转身打算和她回去，陈傅良竟然跑上前去，牵住光宗背后的衣角，劝阻说："陛下不要再走了！"李后担心光宗再次出去，又用力一扯，将光宗往后拽。陈傅良也壮了壮胆，跟了进去。李后怒叱陈傅良说："这是什么地方？你们这些秀才就不怕断头吗？"陈傅良只好放手，哭着回到了殿下。李后派内侍出来问："无缘无故地恸哭，是何道理？"陈傅良回答："《礼经》上说：'子谏父不听，则号泣随之。'大臣就像儿子，君王就好比父亲，力谏不从，怎么能不难过呢？"内侍将这些话报告给了李后，李后更加愤怒，传旨说皇上再也不去重华宫了。群臣没办法，只好再次上疏，怎奈奏折呈上去后，好像石沉大海，毫无音信。两个月后，仍然没有动静，于是丞相以下都上疏请求免职。到了十一月，工部尚书赵彦逾又上疏劝谏，又不见听从。后来，太学生汪安仁等二百一十八人联名请求朝见重华宫，光宗这才去了一回重华宫。

　　绍熙五年正月初一，光宗又去看望了孝宗一次。过了十二天，孝宗卧病，接连三个月，光宗毫不过问，群臣的奏请也统统不理。立夏后，光宗反而带着李后到玉津园游玩。兵部尚书罗点请求先到重华宫去一趟，光宗没有听从，竟带着李后在玉津园游玩了一整天，傍晚的时候才尽兴而归。那时，彭龟年已调任中书舍人，他接连递上三道奏折都被搁置在一边。后来光宗临朝，彭龟年跪在地上一个劲儿地磕头，直到血流满地，光宗才问道："朕一向知道爱卿忠直，你今天想说什么？"彭龟年说："今天最重要的事情，莫过于到重华宫去探望寿皇圣帝。"光宗淡淡地说："朕知道了。"说完便退了朝，但是随后还是没有消息。群臣又接连进奏，光宗这才约定了一个时间前去探望。到了约定的时间，百官都在宫外候驾，一直等到日落，才看见内侍出来禀报说："皇上身体不舒服，不便外出。"群臣非常懊恼，悻悻而返。

　　到了五月，孝宗已经病入膏肓了，他非常想跟光宗见上一面，甚至想得都哭了。这消息传到了内廷,丞相留正等人带着百官入宫进谏,光宗却避而不见。留正和陈傅良等人哭着跪在殿外喊道:"寿皇圣帝病情危急,如果皇上再不去看一眼,恐怕就要后悔莫及了。"光宗却没有回答。留正等人想要硬闯宫门,却被侍卫赶了出去,可怜这一班忠心耿耿的大臣,边哭边离开了。

第八十三章　赵汝愚拥立新皇

绍熙六月中旬，孝宗皇帝在重华宫病逝。宫中的内侍先跑到宰辅的家里报丧。赵汝愚那时已经升任枢密府知事，得到讣告后，他担心光宗被李后阻扰，不出来上朝，就特地没有将丧事禀报给光宗。第二天一早入朝，赵汝愚见光宗临朝，便将哀讣说了出来，并请求光宗马上到重华宫服丧。光宗不能再推辞，只好允诺，然后返身入内。谁知道等到了日落，还是没看到他出来。宰相留正和赵汝愚等人只得自己到重华宫，整备治丧。可是光宗不到，没有人主持丧礼，留正、赵汝愚便商议，请寿圣吴太后暂时主持丧事。吴太后不肯答应，经过留正等人再三劝谏，才勉强同意，在太极殿办理丧事。有儿子还要母亲代替治丧，也算是千古奇闻。孝宗自受禅以来，共改元三次，在位二十七年。禅位给光宗，五年后就病逝了，享年六十八岁。孝宗是南宋的贤主，但却有些优柔寡断，用人不当。孝宗虽然不是高宗的亲生儿子，但是却对高宗非常孝顺，而且有始有终，丝毫不敢怠慢。所以庙号为"孝"，也算是名副其实。

治丧期间，光宗颁诏，尊寿圣皇太后为太皇太后，寿成皇后为皇太后，但还是称病不出来。郎官叶适对丞相留正说道："皇上一再以生病为借口，不去治丧，将来怎么让天下人臣服？如今嘉王已经长大了，如果能马上册立储君，参与决断军国大事，就能免去目前的疑谤，相公为什么不早做决定呢？"留正说："我也正有此意，我立刻上疏力请。"于是留正联络几位辅臣，联名上奏道："皇子嘉王仁孝聪慧，应该早点立为储君，以安人心。"可是不见任何回复。第二天，他们再次奏请，这才有御批下来，上面写着"很好"两个字。又过了一天，他们再次上奏，宫内又传出御札，比前面多批写了几个字，写着"朕也有些疲倦了，也想引退"。收到御札后，留正急忙跟赵汝愚密商。

赵汝愚的意见是不如请命太皇太后，令光宗禅位给嘉王。留正却不以为然，说只能让太子监国。这两人各执一词，吵得不可开交。留正索性辞去相位，免得陷入漩涡之中。第二天上朝，他故意摔倒，装出一副老态龙钟的样子。卫士将他扶回府上后，他立即草草写了辞表，命卫士带回递上。辞表里除了告老乞休之外，还有"愿陛下痛改前非，渐渐收回人心，确保江山社稷"这些话。等光宗回信挽留的时候，他已经偷偷跑出都门，一溜烟似地走了。

留正离开后，人心更加动摇。不久，光宗临朝时也晕倒在地上，幸亏内侍及时挽扶住，才没有受伤。赵汝愚见情势危急，急得手足无措。左司郎中徐谊讽刺赵汝愚说："自古以来能让历史记住的大臣，不外乎忠奸两种，忠就是忠，奸就是奸，从来就没有半忠半奸的人可以名垂千古。大人内心表面上着急不安，但却又袖手旁观，这不是半忠半奸吗？要知道国家的安危全在今天，为什么不早做打算呢？"赵汝愚摇头说："首相已经离去，我虽然想定策安国，无奈孤掌难鸣，无能为力啊。"徐谊接着说："知阁门事韩侂胄是寿圣太后的亲戚，为什么不托他禀明太后，马上内禅呢？"赵汝愚说："可是我不方便前去啊。"徐谊又说："我的同乡蔡必胜跟韩侂胄是同事，我这就去告诉蔡必胜，让他转邀韩侂胄，怎么样？"赵汝愚说："事关机密，请小心点！"徐谊点头离开。当晚，韩侂胄果然前来拜访赵汝愚，赵汝愚随即跟他谈到内禅的事情，并当面托付他传达太后。韩侂胄答应了下来。

太后有一个叫张宗尹的近侍，，跟韩侂胄关系一直不错。韩侂胄辞别赵汝愚后，就去了张宗尹那里，嘱咐他代替请奏。张宗尹向太皇太后奏报了两次，却不见允诺。后来，韩侂胄又遇到太后的另一名内侍关礼，向他问明原委。关礼说："张宗尹已经禀报了两次，始终不见答应。大人是太后的姻戚，为什么不当面奏请呢？等我替大人通报一声就是了。"韩侂胄非常高兴。关礼进去见太后，脸上挂了些泪痕。太后问他为什么哭泣，关礼回答："太皇太后饱读诗书，历史上也经常出现当今的局势，能确保不会发生变乱吗？"太后说："这……这不是你们该知道的。"关礼又说："可是皇上病倒的事已经路人皆知，小臣不想知道都不行了。如今丞相已经离开，只仗着赵知院一个人，恐怕他也要离去了。到时候社稷就危险了。"说完，声泪俱下。太后惊讶地说："知院是赵氏子孙，跟别人不同，也要走吗？"关礼又说："知院正因为是皇室宗亲，所以才不敢离去。他特地派知阁门事韩侂胄禀报对策。韩侂胄让张宗尹代奏了两次，可是太后都没有答应，所以赵知院也要走了。"太后说："现在韩侂胄在哪儿？"关礼回答："小臣让他在门外待命。"太后说："如果事情合理的话，就命他酌情办理吧。"关礼得了旨意，连忙跑出门外，对韩侂胄说："明天早晨，太皇太后要在寿皇圣帝的棺椁前面垂帘听政，烦劳大人转告赵知院，不得有误！"韩侂胄领命后，急忙转身出宫，找赵汝愚去了。那时天色已晚，赵汝愚得到韩侂胄的禀报，一面转告参知政事陈骙和同知院事余端礼，一面命殿帅郭杲星夜调集卫兵保卫南北大内。关礼又派阁门舍人傅昌朝密制了黄袍。

第二天是甲子日，群臣都到了太极殿，嘉王赵扩也素服到来。赵汝愚率百官到棺椁前，隐隐看见太后坐在帘内，便跪奏道："皇上有病在身，不能前来执丧，臣等曾经奏请皇上立皇子嘉王为太子，蒙皇上批出'很好'两个字，后来又有'想要退闲'的御札，特请太皇太后处理。"太后说："既然有御笔，相公奉行就是了。"赵汝愚道："这事关系重大，不能没人指挥，还望太皇太后作主。"太后允诺。赵汝愚于是从袖中抽出拟写好的诏书，递给太后，里面写着："陛下身体抱恙，至今都不能执丧，陛下曾有御笔，说想要退闲，皇子嘉王赵扩可以即皇帝位，尊皇帝为太上皇帝，皇后为太上皇后。"太后看完后，便说："就照这么办吧！"赵汝愚又奏请说："从今以后，臣等的奏事当由新皇帝处分。臣等担心两宫父子会有嫌疑，全仗着太皇太后从中调停，且陛下龙体多病，突然听到这件事，也不免惊疑，还望太后多多劝慰。"太后允诺，并命赵汝愚传旨，令皇子嘉王赵扩即位。嘉王推辞说："我担心会背负不孝的名声。"赵汝愚劝谏说："天子应该以安定社稷、稳固国家为孝，如今中外人人忧乱，万一出现变故，你要将太上皇置于何地？"说罢，赵汝愚指挥侍臣扶嘉王登上大殿，穿上黄袍，即皇帝位。嘉王站在那里不肯坐下，赵汝愚已经率领百官叩拜了。朝拜完毕之后，新皇帝下令改光宗的寝殿为泰安宫，奉养太上皇。于是民心悦服，中外安然，局势稳定住了。

　　第二天，太皇太后颁布特旨，册立崇国夫人韩氏为皇后。韩氏是忠献王韩琦的六世孙，当初跟姐姐一起被选入宫中，侍奉两宫太后。可是她聪明乖巧，总是能讨得太皇太后的欢心，所以被送到了嘉王的府邸，封为新安郡夫人，后来晋封为崇国夫人。她的父亲韩同卿是韩侂胄的伯父，自从她被立为皇后，韩侂胄又多了一重皇亲身份，并且他自以为这次拥立新皇帝立有大功，所以渐渐地专横起来。赵汝愚奏请召回留正，留正听说后，再次跑出了城。太皇太后命人将他追回，赵汝愚也入奏新皇，下诏留住留正。经过多方的劝慰，留正官复原职，仍然担任左丞相。不久，新皇带着群臣到泰安宫朝见，光宗这才知道，并召新皇觐见。韩侂胄跟随新皇一同入内，光宗瞪大眼睛说："你是我的儿子吗？"随后，他又对韩侂胄说："你们不先来禀报我，就擅作主张。但既然是朕的儿子受禅，朕也就不追究了。"新皇和韩侂胄都拜谢而退，从此禅位算是确定下来了，历史上称新皇为宁宗皇帝，改元庆元。

　　韩侂胄想要宁宗封赏这次的有功之臣，赵汝愚反对说："我是赵氏宗臣，你是皇亲外戚，不应该论功求赏。其他的人稍微封赏一下就行了。"韩侂胄非常失望。赵汝愚只禀报宁宗，加封郭杲为武康节度使。还有工部尚书赵彦逾，定策时也曾参与商议，因此被任命为端明殿学士，出任四川制置使，兼任成都知府。而韩侂胄觊觎高位已久，却偏偏只被升了一级，兼任汝州防御使，心中非常不快。徐谊对赵汝愚说："韩侂胄如果心生异心，肯定是国家大患，为了防止他独揽大权，应该将他外调，以免除后顾之忧。"赵汝愚没有听从。后来，赵汝愚又想加封叶适，叶适推谢说："社稷危亡，作为人臣效忠国家是本职，怎么敢邀功呢？只是韩侂胄居心叵测，不如满足他的欲望，给他个大官，再将他外调出去，否则他的怨恨日益加深，恐怕不是国家的福分啊。"赵汝愚还是没有听从。叶适退后，叹息说："灾祸恐怕从现在开始了，我不能在这里坐以待毙。"于是，他力求外调，宁宗将他调去了淮东。

　　宁宗拜赵汝愚为右丞相，赵汝愚没有接受，于是被改任为枢密使。不久韩侂胄多次到都堂，图谋干政。左丞相留正派人对他说："这里的公事，跟你的职位无关，韩知阁不用总是跑过来。"韩侂胄怀怒退去。那时，留正正在和赵汝愚商议孝宗山陵的事情，跟赵汝愚意见不合。韩侂胄于是乘机进谗，宁宗竟然颁下手诏，罢留正为观文殿大学士，调任建康知府，授赵汝愚为右丞相。赵汝愚听说留正被罢官的事情是由韩侂胄主导的，不禁愤愤地说："我并不是跟留相公有过节，不过公事公议总会有意见不合的时候，为什么韩侂胄要进谗，将留相公罢去呢？如果事事都这样，那大臣们还敢多说话吗？"签书枢密院事罗点在旁边正要开口说话，忽然有人禀报说韩侂胄前来拜谒。赵汝愚愤怒地说："不必让他进来！"那人随即传命出去，罗点连忙对赵汝愚说："相公别意气用事啊！"赵汝愚不等他说完，也醒悟过来，于是命人前去宣韩侂胄前来相见。韩侂胄听说赵汝愚拒绝了自己，正准备转身出门，又听到有人传他回去。他与赵汝愚见面后，没谈几句就告退了，从此他的怨恨越结越深了。

　　后来，侍御史章颖弹劾内侍陈源、杨舜卿、林亿年等十人，说他们离间两宫，制造混乱，于是宁宗将这些人都贬到了外地。不久，在赵汝愚的举荐下，朱熹被召为焕章阁待制，兼任侍讲。朱熹奉命上任，在路上他递上奏折，请求宁宗斥外戚，用正士。等到入朝之后，他又劝宁宗随时反省自己，要孝顺太上皇。宁宗不置可否，心不在焉地听他说了一通。朱熹见宁宗无意听从，于是当面辞职，宁宗没有答应。不久，赵汝愚又奏请增加讲读官，宁宗下诏让给事中黄裳、中书舍人陈傅良、彭龟年担任讲读官。接着赵汝愚又举荐了祭酒李祥、博士杨简、府丞吕祖俭等一批正直的官员。在赵汝愚看来，满朝都是正义之士，可以不用担忧了。谁知挟怨怀怒的韩侂胄也在交结党羽，千方百计地想要除掉赵汝愚。不怕贼偷就怕贼惦记，试想这赵丞相的位置还能坐得长稳吗？不久，罗点病逝，接着黄裳也去世了。赵汝愚入朝，哭着对宁宗说："黄裳、罗点相继去世，这不是他们本人的不幸，而是天下的不幸啊！"可是宁宗却没什么感伤，他听从韩侂胄的话，任用京镗代替罗点的职务。京镗本是刑部尚书，宁宗想要用他镇守川蜀，赵汝愚劝谏说："京镗资浅望轻，怎么能担任这个重任呢？"宁宗于是将诏书扣留，没有发出去。到手的肥肉被赵汝愚弄飞了，当然怀恨。于是韩侂胄推荐京镗进入枢密院，日夜找赵汝愚的茬，企图报复。

知阁门事刘弼认为自己有拥立宁宗的功劳，却没有受到封赏，心里很是不平。于是，他对韩侂胄说："赵相想要独占大功，大人非但不能升迁，反而要被贬到岭南了。"韩侂胄愕然说："这该怎么办？"刘弼回答："只要引用台谏作为帮手，就可以扳倒他了。"韩侂胄又说："要是他又出来阻挠，怎么办？"刘弼笑着说："从前留丞相离开的时候，大人是怎么下手的？"韩侂胄也冷笑说："我真是聪明一世，糊涂一时，我知道该怎么做了。"过了一天，宁宗就颁下诏书，拜给事中谢深甫为中丞。不久，又升刘德秀为监察御史，还有刘三杰、李沐等人，都升做了谏官，弹冠相庆。朱熹见这些小人得到升迁，密约彭龟年一同弹劾韩侂胄。偏偏彭龟年奉命出使金国，事情作罢。朱熹又转告赵汝愚说："韩侂胄挟怨已深，应该用厚赏高官调他外出任职，不要让他留在朝中了。"赵汝愚说："他曾经自愿说不受封赏，有什么记恨的？"朱熹见赵汝愚不从，只好自己当面向宁宗陈述韩侂胄是奸邪小人，宁宗没有回答。右正言黄度准备上疏弹劾韩侂胄，偏偏被韩侂胄抢先一步，假用御笔将他罢免。黄度愤然说："从前蔡京擅权，天下大乱，如今韩侂胄假用御笔，斥逐谏臣，恐怕又要生出祸端了。我还做什么官？"于是上奏乞求归养，飘然离去。

朱熹见黄度辞退，便上疏劝谏说：

陛下即位未久，乃进退宰臣，改易台谏，均自陛下独断，中外人士，统疑由左右把持，臣恐主威下移，求治反乱。

这道奏疏递上去后，韩侂胄大怒。正好宁宗要去看戏，韩侂胄暗中嘱咐戏子峨冠阔袖，扮演大儒，为宁宗演戏。那些戏子故意扭曲朱熹的一些学说，故作幽默，引人发笑，通过这种方式讽刺朱熹。韩侂胄又乘机进言说："朱熹太过迂阔，不能再重用了。"宁宗点头，等看完戏后，就写了一道手诏交给朱熹，说朱熹年老体衰，特意体恤，允许他告老还乡。这道手诏颁行之前，须先经过都堂，赵汝愚见真是御笔，就将诏书藏在袖子里，前去觐见宁宗。赵汝愚又是叩拜又是力谏，并将手诏取出来还给宁宗。可是宁宗就是不肯收回成命，赵汝愚因此请求罢职，宁宗摇头不许。等了两天，韩侂胄求得原诏，将它封装，让私党送给朱熹。朱熹收到手诏后，便上书称谢，离开了京城。中书舍人陈傅良、起居郎刘光祖、起居舍人邓驿、御史吴猎、吏部侍郎孙逢吉、登闻鼓院游仲鸿接连上奏请求留住朱熹，都不见回复，不久陈傅良、刘光祖反而被罢免了，而韩侂胄却被提拔为了枢密院都承旨。

韩侂胄势力越来越大，气焰也越来越嚣张。彭龟年因为弹劾他被罢免。陈骙因为替彭龟年求情，也坐罪免官。宁宗任用余端礼知枢密院事，京镗为参知政事，郑侨同知枢密院事。京镗两次迁升，都是由韩侂胄一力保举，他心中非常感激，每天到韩侂胄的府上商量私计。韩侂胄想要驱逐赵汝愚，苦于没有罪名，京镗随即献策说："他是楚王赵元佐的七世孙，本是太宗的嫡派，要是污蔑他觊觎皇位，谋图社稷，扳倒他岂不是十拿九稳吗？"韩侂胄欣然说："你也可以称为'智多星'了。"京镗又说："赵汝愚曾经梦见孝宗把一个鼎交给他，让他背负白龙升天，这是辅佐当今皇上的预兆。我们不妨说他自己想称帝，才谎称做了这个梦，借以蛊惑人心。"韩侂胄鼓掌说："很好，很好！我这就嘱咐李沐参他一本，不怕除不掉他！"

李沐曾经向赵汝愚求官，赵汝愚没有同意。韩侂胄于是引荐李沐担任右正言。这次他召李沐前来商议，教他怎么弹劾赵汝愚。李沐满口答应，当天就写了一封奏折递了上去，说：

汝愚以同姓为相，本非祖宗常制，方上皇圣体未康时，汝愚欲行周公故事，倚虚声，植私党，定策自居，专功自恣，似此不法，亟宜罢斥，以安天位而塞奸萌。

赵汝愚听说这道奏疏，连忙到浙江亭待罪。宁宗下诏罢免他右相的职务，授他为观文殿学士，出任福州知府。中丞谢深甫等人轮流污蔑赵汝愚，于是宁宗又将赵汝愚降职，只命他提举洞霄宫。祭酒李祥、博士杨简、府丞吕祖俭等人连章奏请挽留赵汝愚，都遭到驳斥。吕祖俭的奏疏中有侵犯韩侂胄的话，韩侂胄向宁宗告状，诬陷吕祖俭朋比为奸，将他流放到了韶州。太学生杨宏中、周端朝、张衢、林仲麟、蒋传、徐范六人不由得动了公愤，他们联合上书，斥责李沐和韩侂胄勾结陷害赵汝愚。可是，这个时候的宁宗已被韩侂胄蛊惑得团团转，把所有七窍灵气全都蒙蔽住了，根本辨不出什么是奸，什么是忠。他看了这道奏疏，反而龙颜大怒，将这六个人全都贬到了岭南。杨宏中等六人没处喊冤，无奈被押着上了路。

韩侂胄还觉得不痛快，非要害死赵汝愚。他再唆使中丞何澹、监察御史胡纮弹劾赵汝愚说："赵汝愚勾结党徒，图谋不轨，他谎称梦见孝宗，乘龙受鼎，暗中却跟徐谊密谋造反，打算将太上皇押送到金国。"宁宗也不辨真假，竟然将赵汝愚贬为宁远军节度副使，安置在永州；将徐谊贬为惠州团练副使，安置在南安军。赵汝愚接到圣旨后，从容启程，他临走前对几个儿子说："韩侂胄是铁了心要杀我，我死后，你们也可以免遭灾祸。"果然，他走到衡州时，衡州留守钱鍪受了韩侂胄的嘱托，对赵汝愚百般羞辱，气得赵汝愚什么都吃不下，没过多久就暴病身亡了。当时是庆元二年正月中旬。

第八十四章 钻狗洞的尚书

赵汝愚死后，宁宗升余端礼为左丞相，京镗为右丞相，谢深甫为参知政事，郑侨知枢密院事，何澹同知院事。余端礼本来跟赵汝愚同心辅政，关系很好。后来赵汝愚被窜逐，他却不能解救，不免抑郁不平，再加上朝中上下对他指指点点，说他为人薄情寡义，于是便称病求退。宁宗开始不肯答应，后来他又上表乞休，宁宗将他罢为观文殿大学士，提举洞霄宫。余端礼一走，京镗得以独掌大权。他想把朝野的正士一网打尽。于是，他联合何澹、刘德秀、胡纮这三人提出了伪学一说，无论是道学派还是其他学派，只要是反对他和韩侂胄的人，通通说是伪学一派。刘德秀首先发难，他说要考核真伪，辨明邪正，请求宁宗将以前的奏疏全都发下来，让辅臣们查看，判明是否是伪学一派。后来，京镗搜取了正派人士的姓名，并编成伪籍，呈给宁宗，打算将他们一一窜逐。

太皇太后吴氏听到这个消息后，劝宁宗不要大兴党禁，否则会动摇社稷的根本。宁宗于是下诏说："从今以后，谏官的奏折里面不要老是提过去的事情，务必要秉公办事。"这诏书一下，京镗等人当然愤闷，韩侂胄更加愤怒。先前，朱熹告老还乡之后，闲居在家中。他听说赵汝愚无辜被贬，不忍坐视不理，就写了一篇一万多字的奏折，将韩侂胄、京镗等奸邪小人蛊惑君主以及贤相赵汝愚蒙冤的情状一一历数，打算立刻呈上去。可是他门下的弟子都劝他不要进谏，说这道奏折一旦递上去，必定会引火烧身！朱熹不肯听从，他的门人蔡元定请求用卜易做决定。卦象显示，是大凶之兆，朱熹也看懂了卦象，因此将原稿给焚毁了，只是上奏力辞现在的职位。后来，宁宗又下诏任命他为秘阁修撰，朱熹不肯拜受。

当初胡纮还没有显达的时候，曾经到建安去拜访朱熹，可是朱熹听说这个人心术不正，就没有接见他，因此他对朱熹一直怀恨在心。等他做了监察御史，便想打击报复朱熹。他日夜寻找机会，将陷害朱熹作为己任，可是朱熹已经还乡，所以也找不到什么把柄。后来，宁宗表示要禁止伪学的时候，他认为这是个千载难逢的机会，乐得乘机排斥。他刚刚写好弹劾的奏折，不巧又被改任太常少卿，因为不是谏官，所以不便越俎代庖，多管闲事。不料又来了一个沈继祖，他因为说程颐的学说是伪学，得以担任御史。于是，胡纮把奏疏交给他，以他的名义参奏，还说可以让他飞黄腾达。沈继祖本来就抱着升官发财的目的，突然得到这次奇缘，仿佛天上飞来的馅饼，开心得不得了。他将胡纮给他的奏折带回府里，除了录述原稿之外，还多添加了几条诬陷的话，大致凑成了弹劾朱熹的十条罪状。最后一条是说朱熹毫无学术，只知道剽窃张载、程颐的学说，诓骗晚辈，乞求将他罢免。他还说朱熹的徒弟蔡元定跟朱熹狼狈为奸，蛊惑人心，也奏请将蔡元定罢免。果然奏折递上去没多久，宁宗就发出诏书，削去朱熹秘阁修撰的官职，并将蔡元定流放到道州。不久，选人余纮又上书，奏请诛杀朱熹，杜绝伪学。参知政事谢深甫披阅余纮的奏疏，看里面的话纯粹胡说八道，如同疯狗一样乱咬人，当即就将奏折扔在地上说："朱熹、蔡元定不过是阐述自己的理论，有什么得罪朝廷的地方呢？"于是他将奏折扣留了下来，大家的议论才稍微平息。

蔡元定，字季通，是建阳人氏。他的父亲名叫蔡发，博览群书，曾经将程氏的《语录》、邵氏的《经世》、张氏的《正蒙》这几本书送给蔡元定，说这是孔、孟的正统，让他好好研读。蔡元定日夜钻研，通晓大义。后来，他听说朱熹的大名，特地前往拜师。两人叙谈，朱熹惊讶地说："季通，你的学问不比我低，不应该做我的弟子。"可是蔡元定敬佩朱熹的才学，执意要尊奉朱熹为师。后来，尤袤、杨万里等人都在宁宗面前推荐他，但都不见起用。不久，掀起了禁止伪学的风潮，蔡元定叹息说："恐怕我们是不能幸免了。"随后，他被流放到了道州，官吏催迫他上路，蔡元定毫不动容。他跟小儿子蔡沈徒步上路，跋山涉水三千多里，脚都磨出了血，可是却毫无怨言，他还写信给几个儿子，告诫说："独行不愧影，独寝不愧衾。不要因为我获罪了，你们就懈怠了自己的志向。"到道州的第二年，蔡元定病逝，时称"西山先生"。

庆元三年冬天，太皇太后吴氏驾崩，享年八十三岁。吴氏一生，经历了高、孝、光、宁四朝，在后位长达五十五年，是历史上在后位最长的皇后之一。她留下遗诏说："太上皇帝身体还没有康复，由当今皇帝代替服丧五个月。"宁宗遵旨，并尊吴后谥号为宪慈圣烈四字，埋葬在永思陵。第二个月，宁宗下诏编写了一个伪学派的人名单，名单上一共有五十九个人，全部坐罪。其中包括赵汝愚、留正、周必大、王蔺、朱熹、徐谊、彭龟年、陈傅良、刘光祖、吕祖俭、叶适、蔡元定等人。党禁大兴之后，《六经》《论语》《孟子》《中庸》《大学》这些书籍全都被列为禁书。朝中上下没有一个正派人士，宰辅以下全都是韩家的走狗。韩侂胄也早就被封为了保宁军节度使，不久又加官为少傅，封豫国公，权势熏天。

吏部尚书许及之总是向韩侂胄献媚，非常殷勤。他日思夜想韩侂胄能够举荐提拔自己。可是，苦苦等了两年多，望眼欲穿的他却没有收到一点好消息。他心中有说不尽的苦楚，没办法只能静待机缘，再去乞求韩侂胄。不久，正巧赶上韩侂胄过生日，大办宴席庆祝寿辰。群臣都带着礼品前去祝贺，许及之也硬着头皮，忍痛割舍千金，准备了一份厚礼，打算到时候送过去。到了那一天，许及之见太阳才刚刚升起，认为时间还早，就想迟点再去。谁知道到了韩宅，竟然发现看门人已经闭门拒客了。他惊惶得不得了，就轻轻地敲了几下，只听见里面有人呵叱说："来者何人？"许及之将自己的官衔报了一遍，并乞求将自己放进去。只听里面又厉声喝道："什么吏部上树、外部上树的？如果想要祝寿，就应该清早过来恭候，你看现在都什么时候了。"许及之心里越加慌乱，他承诺只要能放他进去，必定重金酬谢。看门人这才指了一条路让他进去。这条路就是府第旁边的一扇小门，韩府里的奴隶和狗都是从这里进出的。许及之见到这扇小门，喜出望外，连忙蜷缩着身子钻了进去。那位看门人已经在里面候着了，许及之当即给了他很多银两，并让他带自己到正厅拜寿。许及之到了寿坛前，恭恭敬敬地行了三跪九叩的大礼，然后转入客座。他瞧见在座的都是名公巨卿，而且他们已经安坐开席了。你会巴结，谁知别人比你还会巴结。许及之愈加觉得懊悔，等到酒席散后，他抢先一步上前谢宴，最后才迟迟退出。

过了两天，许及之再去拜见韩侂胄，寒暄一番后，许及之马上述说自己最近落败的情状，甚至说到涕泪满面的地步，样子非常可怜。韩侂胄慢腾腾地回答："我也知道你的苦楚，正打算替你想想办法呢。"许及之听到这句话，好像是天降隆恩，感激涕零，不由得屈膝下跪说："全仗大人的栽培了！"韩侂胄微笑着说："你又何必如此呢，快请起来吧！你就静候佳音吧！"许及之又磕了几个响头，才爬了起来，嘴里是谢了又谢，才告别而去。不到两天，果然有圣旨传出，任命许及之为同知枢密院事。京城里有人知道他求官的事迹，就送给了他两个头衔，一个是"由窦尚书"，一个是"屈膝执政"。可是许及之不以为耻，反以为荣。进入枢密院后，他非常得意，面对别人的嘲讽，他也显得很从容，经常说："笑骂由他们笑骂好了，反正我做上了高官。"

同时，还有个叫赵师择的大臣，更加不知廉耻。他是燕王赵德昭的八世孙，曾经中过进士，经过多次升迁，做了大府少卿。自从韩侂胄掌权，他更时常献媚，被升为了司农卿，任临安知府。那天韩侂胄庆寿的时候，他也在场。百官相赠的奇珍异宝不胜枚举，可是唯独赵师择从袖子里拿出一个盒子，呈给韩侂胄说："在下特意准备了小果核供大人享用！"大家都以为是人参果之类的稀罕东西，打开盒子一看，却是一个黄金做的葡萄架，上面点缀着大大小小几百粒黑珍珠，个个精圆秀润，粒粒烨烨生光。大家齐声称赏，韩侂胄却只说了"还好"两个字。赵师择顿时心灰意冷，他揣测可能是韩侂胄嫌自己的礼物太轻了，于是便红着脸退了下去。

韩侂胄有四房妻妾，分别是张氏、谭氏、王氏、陈氏，都被封为了郡夫人。三夫人绰号"满头花"，最为妖艳，深得宠幸。韩侂胄还有十个婢女，也是左搂右抱，不肯落下一个。为了讨好韩侂胄，有一个趋炎附热的狗官，献上了四顶缀着硕大珍珠的凤冠，韩侂胄将它们分给了四位夫人。那十个婢女又是羡慕又是嫉妒，都跑到韩侂胄面前诉苦说："我们又不是低人一等，难道就不配戴一戴吗？"从此以后，她们为了这个事情，总是跟韩侂胄闹别扭，搞得韩侂胄很是心烦。这消息传到赵师择的耳朵里，他马上掏出一万缗钱，购买了十个同样的珠冠，趁着韩侂胄上朝的时候，亲自送到他的府上。这十个婢女非常欣喜，将珠冠给分了。等韩侂胄退朝回府后，她们都过来道谢，韩侂胄见了却了一件心事，也非常开心。过了几天，都城里举办花灯节，这十个婢女各自戴上珠冠，招摇过市，引来了无数羡慕的眼光，心里乐开了花。她们回去对韩侂胄说："我们得到赵太卿的厚赠，身价仿佛提升了十倍，大人为什么不给他升个官呢？"韩侂胄满口答应，第二天，赵师择就升做了工部侍郎。

不久，韩侂胄又跟几位客人到南园饮茶，赵师择也在其中。园内装点的景色精雅绝伦，里面还有一座山庄，竹篱茅舍，非常有趣。韩侂胄对众人说："这里真像是世外桃源啊，可惜就是少了一些鸡鸣犬吠。"客人刚要说鸡犬这种小事，无伤大雅，就听见篱笆那边传来"汪汪"

的狗叫，震动耳膜，韩侂胄不免惊讶。他仔细一看，发现在那儿狂吠的并不是什么韩卢（战国时期韩国的名犬）晋獒（山西的藏獒），而是现任的工部侍郎赵师择。的确是个狗官！韩侂胄不禁哈哈大笑，赵师择还在那里摇头摆尾，做出一副乞怜的样子，非常滑稽。其他的客人虽然暗暗鄙薄，但表面上也只能说他多才多能，取悦韩侂胄。韩侂胄从此更加宠信赵师择。后来，有人写了一首诗："堪笑明廷鹓鹭，甘作村庄犬鸡。一日冰山失势，汤燖镬煮刀刲。"诗句字字讽刺，仿似当头棒喝。

后来，伪学的禁令越来越严。先前，起居舍人彭龟年和主管玉虚观刘光祖都被追夺了官职。京镗调任左丞相，谢深甫进任右丞相，何澹知枢密院事，而韩侂胄竟然被授予少师，晋封平原郡王。京镗、何澹、刘德秀等人日夜排挤正派人士，唯恐不能一网打尽。朱熹当时还在家乡给学生讲学，有人说最近朝廷风声太紧，劝他将学徒遣散，不要再讲那些学说了。朱熹只是微笑，并不作答。庆元三年六月，朱熹患病去世，享年七十一岁。朱熹一生著作颇多，有《周易本义》《启蒙》《著卦考误》《诗集传》《大学中庸章句或问》《论语孟子集注》《太极图通书》等等，他门下的弟子也是不可胜数。

太上皇后李氏自从宁宗受禅以后，还算安分守己，没有什么过分的举动。庆元六年，她生了一场重病，不久就去世了，谥号为慈懿。仅仅过了两个月，太上皇也驾崩了，庙号光宗。宁宗将他们合葬在永崇陵。不久，皇后韩氏竟然也病逝了，宁宗接连失去了父母和妻子，非常心痛，赠韩后谥号恭淑。韩后的父亲韩同卿曾经担任泰州知府。后来，因为女儿荣登后位，多次升迁，做了庆远军节度使，并加封太尉。可是，韩同卿为人却非常低调，做事非常谨慎，所以朝堂内外的人士只知道韩侂胄是皇后的亲戚，并不知道韩同卿是皇后的父亲。韩同卿早韩皇后一年去世。韩皇后病逝以后，韩侂胄还是像以前那样骄横，并引荐陈自强为签书枢密院事。

陈自强是韩侂胄小时候的老师，他听说韩侂胄当国，便跑到了京都，想谋求个一官半职。韩侂胄立即让党羽轮流上奏，夸赞陈自强有大才，可堪重用。于是，陈自强青云直上，才用了四年，就进入了枢密府。吕祖俭的弟弟吕祖泰看不惯韩侂胄这种行为，击鼓上书，请求宁宗诛杀韩侂胄，宫廷上下都很敬佩他。不久，宁宗颁下诏书说："吕祖泰挟私上书，语言狂妄，即日流放连州。"右谏议大夫程松跟吕祖泰是总角之交（总角是八九岁至十三四岁的少年，古代儿童将头发分作左右两半，在头顶各扎成一个结，形如两个羊角，故称"总角"。"总角之交"是指儿时结交的朋友），他听说吕祖泰冒犯了龙威，担心自己受到牵连，于是上奏说："吕祖泰狂言无忌，罪当诛杀。可是皇恩浩荡，赦免了他的死罪，不过也应该杖责刺字，流放到远方，才能服众。"宁宗准奏，将吕祖泰杖责一百，发配到钦州收管，而韩侂胄又被加封为太傅。

庆元七年，宁宗改元嘉泰。这一年临安发生火灾，大火整整烧了四天才被扑灭，五万三千多家房屋被烧，百姓流离失所。于是，宁宗颁下罪己诏书，并避殿减膳，但韩侂胄仍然专权。他提拔陈自强为参知政事，程松同知枢密院事。程松当初是钱塘知县，不到两年，就升做了谏议大夫。显然他也是靠巴结韩侂胄才官运亨通的。后来，他做了谏议大夫后，很久都没有得到升迁。于是，他特地出高价买了一位美人，取名松寿，送给韩侂胄。韩侂胄好奇地问他："她为什么和你取相同的名字呢？"程松笑着说："下官想要自己的贱名常常被大人听到，所以才取名为松寿。"韩侂胄不禁怜悯，便举荐他进入了枢密府。第二年，苏师旦又被升为了枢密院都承旨。苏师旦本来是韩侂胄的老手下，韩侂胄欣赏他的敏慧，特地将他的姓名加到嘉王府上，让人以为他是皇上的旧臣，于是苏师旦的权势越来越大。那时京镗早就死了，何澹、刘德秀、胡纮这三人也慢慢失去了韩侂胄的欢心，相继被罢职。后来，韩侂胄也有些后悔发起党禁，打算对那些人从宽处理。他的属下张孝伯、陈景思等人也劝他给自己留条后路，不要赶尽杀绝。于是韩侂胄又追复了赵汝愚、留正、周必大、朱熹等人的官职。

　　不久，宁宗打算册立继后。那时，杨贵妃跟曹美人都深受宁宗的宠爱，都有被册立的希望。杨贵妃聪明机智，读了很多史书，通晓古今大事。而曹美人却温婉贤淑，没有什么心机，跟杨贵妃迥然不同。平时韩家的四位夫人经常出入后宫，她们曾经跟杨、曹二妃并坐并行，不分尊卑。杨贵妃心中颇为不满，难免会脸上表现出来，而曹美人却和颜相待，从来没跟她们计较过。四位夫人回去转告韩侂胄，所以韩侂胄便劝宁宗册立曹美人为后。毕竟杨贵妃机灵，早就有所察觉。她表面上向曹氏示好，平时还倾心述说一些心事，好像情同姐妹一样。杨贵妃曾经对曹美人说："这后宫里，就数你我二人最受宠爱，皇后的位置迟早是你我其中一人的。不如我们各自摆下宴席请皇上赴宴，观察一下皇上的意愿，姐姐你看怎么样？"曹美人当然允诺。设宴肯定会有先后，杨贵妃故意让曹美人在前面，自己甘愿落后。曹美人不知道这是诡计，反而暗中欣喜，但是面子上还是要推逊一番，可是杨贵妃执意如此，曹美人也乐得不再推让，高兴地走了。

　　到了约定的这一天，曹美人先邀请宁宗前来赴宴，一直等到了太阳落山，才看见车驾到来。曹美人连忙迎接宁宗上座，自己在一边陪伴。不料刚刚喝了几口酒，就突然听到有宫女禀报说："贵妃娘娘来了。"曹美人只好起座，邀请她一起入席。杨妃对宁宗说："陛下应该一视同仁，陛下已经来了姐姐这里了，也到臣妾那里去一趟吧！"宁宗听后，打算起身离开，急得曹美人连忙阻拦，宁宗再求多喝几杯。杨贵妃又说："曹姐姐何必这么着急呢？陛下到臣妾那里转一转，马上就回来。"宁宗也连连点头，便带着杨贵妃离开了。到了杨贵妃的宫里，她又使出一番柔媚的手段，迷惑宁宗。这二人觥筹交错，柔情蜜意，渐渐有了醉意。杨贵妃乘机娇滴滴地凑上前去，乞求宁宗册立自己为皇后。宁宗也不加细想，便让她取来纸笔，写了"贵妃杨氏可立为皇后"九个字。杨贵妃欣喜若狂，娇嗔着还要宁宗再写一张。宁宗如她所愿，写完之后，杨贵妃屈膝谢恩，并吩咐内侍把御笔分发出去。接着她下令撤去残肴，卸了晚妆，替宁宗解去龙衣，二人相拥入寝。这一晚的龙凤交欢，跟平常侍寝的时候相比，更增十倍的韵味。

# 韩侂胄丧师辱国

皇后确定后，登殿宣布的贵戚名叫杨次山。杨贵妃曾认他为兄长，其实他们并不是至亲骨肉，只不过因为籍贯相同，所以才彼此冒认。杨妃出身微贱，小时候跟着母亲张氏一起到隶德寿宫做歌姬。她天生丽质，冰雪聪明，一听到音乐就能随着节拍唱起来，并且她还生就了一副楚楚的身材，亭亭的玉貌，六宫中所有的妃嫔都觉得相形见绌，感叹她是个尤物。不久，她的母亲告老回乡，将她留在了宫中，服侍吴太后。她善于察言观色，再加上能歌善舞，非常讨吴太后喜欢，便被赐给了宁宗。宁宗见她色艺过人，非常喜爱，当即封她为婕妤，不久就升做了贵妃。此时她跟曹美人争夺后位，仗着心灵手巧，暗施巧计，夺得了后位。她又担心韩侂胄与她作对，可能会封诏驳还，所以才请宁宗书写了两张纸，一纸照常例颁发，一纸交给杨次山，嘱咐他上朝的时候拿出来，确保万无一失。等到韩侂胄知道后，事情已经成定局，没法变更，他只好顺着皇上的意思，听凭百官准备册后礼仪。

册封皇后的礼仪完成后，群臣大多都加官进爵，韩侂胄也被晋封为了太师，唯独谢深甫力请辞官，宁宗准奏，任命陈自强为右丞相，许及之知枢密院事。陈自强生性贪婪，下面递上来的书信和奏折，必须另外馈赠财物，他才肯打开阅览，否则就放在一边，不闻不问。他还放纵自己的子弟亲戚卖官鬻爵，凡是想要买官的，根据官职大小讲定价格，然后给官。庆元七年的那场大火将陈自强存放的金帛烧得一干二净，他非常心痛。韩侂胄知道后，当即就赠送给了他一万缗，辅臣以下听到消息后，相继馈赠。不到一个月，陈自强就收到了六十万缗的馈赠，是先前失去的两倍。陈自强喜极而泣，曾经对人说："我只有一死，才能报答太师的厚恩。"有时他跟僚属聊天的时候，必称韩侂胄恩主恩父。自古以来，从来没有人认自己的弟子为父的，有也是从陈自强开始的。韩侂胄专揽国家大权，跟陈自强表里为奸。后来，这个位极人臣的韩太师居然想整军尚武，图谋大功，做出一番惊天动地的事业。那便是恢复中原，北伐金国！

金国自从金世宗病逝后，继位的皇帝完颜璟沉溺酒色，不理朝政。他在内宠幸妖妃李师儿，在外宠信佞臣胥持国。李师儿因为父亲获罪，被送到了宫庭，不久因为聪明伶俐，势倾后宫。胥持国曾试考童子科（中国古人把那些幼而敏慧，天赋异禀的儿童同一般儿童区别开来，把他们称为神童，有时也称为圣童、奇童，将他们集中起来参加特定的考试，通过这种方式选拔人才），因为能背诵四书五经，被选为太子的陪读。金主还是太子的时候就对他非常

信任，即位之后，就将他提拔为了参知政事。他跟李师儿关系密切，互相作为援手，金人都称："经童作相，监婢为妃。"从此以后，金国内政大乱，国防松弛。北方鞑靼等部常常侵扰金国边境，金廷连年兴师，将士疲惫不堪，国库也被掏空。好不容易击退了外寇，又发生了内乱，盗贼四起，民不聊生，几无宁日。

韩侂胄听到这个消息后，以为有机可乘，乐得出些风头，扩张自己的权力。苏师旦更是极力怂恿，讨伐金国。于是这几个人开始聚财募兵，并从国库里拿出一万两黄金，准备奖赏有功之臣。他们还到处购买战马，建造战舰，并增设襄阳骑军和潋浦水军。安丰守臣厉仲方上疏说淮北的守臣都愿意归附。浙东安抚使辛弃疾也上奏说，天佑大宋，金国必亡。还有出使金国刚刚回来的邓友龙，也上书陈述金国困弱的现状，说金国唾手可得。韩侂胄看到这些奏折，便开始摩拳擦掌，跃跃欲试。他先追崇韩世忠和岳飞等人，鼓励将士。韩世忠那时候已经入了孝宗庙，被追封为蕲王；岳飞却只有个武穆的谥号，还没有封王。于是，韩侂胄请宁宗下旨，追封岳飞为鄂王。随后，又请旨追夺秦桧的官爵，改谥号缪丑。追封岳飞追夺秦桧，确实是大快人心的举动，但却是出自韩侂胄等人之手，真是可叹。

初步工作准备完毕后，他开始跟许及之商议，打算让他驻守金陵。这许及之是个窝囊废，让他做个磕头虫，他倒是很擅长；但要他出守要塞，独当一面，他却吓得两腿发软，不敢前去。他说什么都不肯领命，韩侂胄反而懊恼起来，将他免职。后来，陈自强想出一条好计，那就是遵从孝宗的旧制，创办国用司，总管内外财赋。韩侂胄一力赞成，竟把这国用使的要职让陈自强兼任，并命参政费士寅、张岩一同管理国用司。这三人都是剥削百姓的好手，他们一齐上台，正好将东南的元气消耗殆尽。韩侂胄劝宁宗下诏改元，振作士气。宁宗无不依从，下令将嘉泰五年改为开禧元年，并命皇甫斌为襄阳知府，兼七路招讨副使；郭倪为扬州知府，兼山东、京东招抚使。韩侂胄担心中外有人反对，特地让陈自强、邓友龙等人代为奏请，劝宁宗委任重权，总领这次北伐。于是，宁宗任命韩侂胄平章军国事，每三天去一次都堂议政，并将三省的印信全都送到韩侂胄的府上。韩侂胄现在是一人之下，万人之上，越加肆意妄为。将帅的任免全都由他一个人说了算，很多事情都隐瞒不报。他将苏师旦引为心腹，任命他为安远节度使，做自己的帮手。

那时，金主完颜璟已经听说南宋将要用兵，就召集大臣商议边防。大臣们都说："宋朝孝宗在位，吃了败仗，自救都来不及，恐怕不敢叛盟吧。"只有完颜匡愤然说："他们设置忠义、保捷各军，还改元天禧（北宋真宗使用过的年号，历时五年。宁宗沿用先祖的年号，意在中兴赵氏），这不是明摆着想要收复中原吗？"金主完颜璟连连点头，便命仆散揆带领大军驻守汴京，防御南军。仆散揆到了汴京之后，写信给宋朝，责问他们为什么要毁约。宋廷狡辩说增设这两支军队是为了防止盗贼，没有别的意思。仆散揆遂按兵不动，随后入奏金主，说不必加防。不久，宋使陈景俊到金国祝贺金主的生辰，金主完颜璟对他说："大定初年，我朝世宗准许和宋朝世世代代以叔侄相称，到现在一直相安无事。不料你们竟然想要妄兴兵戈，侵犯我朝。朕特派大臣宣抚河南，你们又说这是误会。朕念两国和好已久，所以委屈宽容。你回去告诉我的侄儿，告诫他不要违背盟约，不然后果自负！"

陈景俊回去后，将情况告诉了陈自强，陈自强让他不要说出去。后来，金使太常卿赵之杰前来祝贺宁宗的生辰，韩侂胄故意让赞礼官说一些冒犯金主的话，挑起是非。赵之杰当然动怒，想要入朝诘问宋主。韩侂胄请宁宗拒见金使，著作郎朱质说："金使无礼，应该斩首！"宁宗还算有些主意，没有听从朱质的话，只让金使改日朝见。赵之杰生气地离开了。韩侂胄令邱崈为江、淮宣抚使，邱崈推辞不受，并写信劝诫韩侂胄说："金人未必有意败盟，为了国家考虑，我们应该加紧操练兵马，静待时变。等金人首先发难，到那时我们理直，他们理屈，我们才能动兵。否则胜负难料，恐怕会耽误国家。"韩侂胄看后很不高兴，下令皇甫斌、郭倪等人立即出兵，先收复边境上的几个州县。

开禧二年，皇甫斌进兵唐州，郭倪进兵泗州，韩侂胄再令程松为四川宣抚使，兴州都统制吴曦为副使。吴曦是吴璘的孙子，本来担任殿前副都指挥，郁郁不得志，因此贿赂陈自强，想要回到川蜀。陈自强告诉了韩侂胄，韩侂胄这才命他为兴州都统制。吴曦离开京城，到了兴州后，便排挤掉了副统制王大节，独揽兵权，图谋不轨。程松入蜀后，召吴曦议事，吴曦不肯前去。后来，保护程松的一千八百名卫军也被吴曦抽调走了，程松却还没有察觉。不久，朝廷下令命吴曦兼任陕西、河东招抚使。大安军统领安丙多次向程松揭发吴曦的异谋，程松仍然没有醒悟。就连朝中的韩侂胄也认为吴曦是一个将种，可以作为爪牙和心腹，日夜期盼他建功立业，哪知他已经暗中派门客姚巨源偷偷去了金都，表示愿意献上关外阶、成、和、凤四州，请求金主册封他为蜀王。然而，朝廷却对此事一无所知。

后来，韩侂胄听说泗州已经得手，不久，新息、褒信、颍上、虹县陆续被收复，韩侂胄非常欣慰，立即吩咐直学士院李壁拟写草诏，讨伐金国。这道诏书颁下去之后，韩侂胄马上派薛叔似为京、湖宣抚使，邓友龙为两淮宣抚使，即日调兵遣将，兴兵北伐。金主完颜璟听说宋朝已经宣战，连忙派仆散揆提领汴京附近各个州县，征兵筹粮，分兵把守要塞。因为战事是韩侂胄挑起的，金主担心百姓会发掘韩琦的坟墓，特令彰德的守臣派兵守护。韩侂胄还没有尝到金兵的厉害，催促各路进兵，哪知金人到处都有防备，无懈可击。郭倪派郭倬、李汝翼等人进攻宿州，被金人杀得大败，逃回蕲州。金人追击郭倬，将他团团围住，郭倬竟然为了顾全性命，把部下田俊迈执送给了金人，将责任全推到了他的身上。金人这才放了他一条生路。不久，建康都统制李爽攻打寿州，也战败而归。后来，皇甫斌又在唐州失利，江州都统王大节率军攻打蔡州，被金人杀得落花流水，仓皇溃退。

败报接连传到了宋廷，韩侂胄这才开始惊慌起来，没办法只好请出邱崈，让他代替邓友龙的职务，宣抚两淮。邱崈，字宗卿，江阴人，一向忠义。他本来主张收复中原，只是将才相继凋零，所以才改变态度，坚持主和。他以前一再推辞，后来听到两淮一带形势危急，不得不应命赴任。王大节、皇甫斌、李汝翼、李爽等人全都坐罪被贬。郭倬罪行最恶劣，被当众斩首。韩侂胄也后悔听了苏师旦的话，轻率地做出讨伐金国的举动。凑巧李壁拜访，韩侂胄留他吃饭，席间谈到苏师旦的事情，李壁进言说："苏师旦想乘机揽权，怂恿太师挑起兵祸，让太师背负千古骂名，不将他流放不足以谢天下。"韩侂胄因此罢免了苏师旦，并没收了他的家产，流放韶州。

过了一个多月，忽然有警报传来，说金兵分九路南侵了。原来仆散揆听说宋师败退，就定下了九路南侵的计划，他自率三万兵马从颍州、寿州出发；完颜匡率军二万五千从唐、邓出发；纥石烈子仁率军三万从涡口出发；纥石烈胡沙虎率军二万从清河口出发；完颜充率军一万从陈仓出发；蒲察贞率军一万从成纪出发；完颜纲率军一万从临潭出发；石抹仲温率军五千从盐川出发；完颜璘率军五千从来远出发。九路兵依次南下，急得韩侂胄寝食不安，只好再任两淮宣抚使邱崈签书枢密院事，兼任江、淮军马都督。金将胡沙虎从清河口渡过淮河，围攻楚州，淮南大震。有人劝邱崈放弃淮南，退守长江，邱崈愤然说道："我要是放弃淮南，敌人便会进逼长江，到那时敌人就跟我们共有长江的险阻，怎么能退让呢？我要跟淮南共存亡！"随即下令增兵防守，日夜戒严。

偏偏金兵逐节进攻，势如破竹。完颜匡攻陷光化，进逼枣阳。江陵副都统魏友谅突围向南逃走，招抚使赵淳从樊城星夜逃走。接着，完颜匡又攻破信阳、襄阳、随州，进逼德安府。仆散揆也引兵到了淮河，守将何汝砺、姚公佐仓促溃逃，自相践踏，死亡无数。仆散揆于是夺下颍口，攻陷安丰军和霍邱县，围攻和州。还有纥石烈子仁这一路，攻破滁州，直逼真州。郭倪遣兵驰援，不战而逃，连扬州都放弃了。幸亏副将毕再遇引兵赶到六合，截住了金兵。纥石烈子仁麾兵而来，毕再遇在南门埋伏伏兵，并亲自监督弓弩手登城，偃旗息鼓，满弓以待。等金兵靠近壕沟，一声鼓响，万弩齐发，射死无数金兵。他再令伏兵冲杀过去，金兵立即溃散，毕再遇没有穷追，收兵回城。第二天，纥石烈子仁亲自督军攻城，六合城里的箭已经用完，将士们不免惊惶。毕再遇说："没事！没事！我自有借箭的办法。"他命步兵举着顶盖在城上走来走去，金兵还以为那是统兵的大将，都争着拉弓射箭，不一会儿，城楼上面便射满了弓箭，大概有几万支。毕再遇令守兵将箭拔下来射还给金兵，再用奇兵出击，金兵再次被打退。

仆散揆听说金兵在六合失利，便想通好罢兵。后来，他找到韩琦的五世孙韩元靓，派他渡过淮河，通知邱崈。邱崈问他从哪儿来的，韩元靓说："两国交兵，北朝都说是韩太师的意思，现在相州宗族的坟墓都保不住了，只得偷偷南下，投奔太师。"邱崈又询问金人的情势以及该战该和的问题。韩元靓这才透露出讲和的意思。邱崈又派人护送他北归，令他去征求金元帅的文书。不久，韩元靓带着仆散揆的书信以及和约条款返回。于是，邱崈奏报朝廷。那时，韩侂胄捅出这么大娄子，也想讲和，他让邱崈主持和约。邱崈派刘佑给仆散揆送信，表示愿意息兵讲和。仆散揆说："必须称臣割地，献出罪魁祸首，才能言和。"刘佑回去禀报，邱崈又派人前去，说："用兵是苏师旦、邓友龙、皇甫斌的主意，跟朝廷无关。如今这三人都被贬黜，不用再议了。"仆散揆又说："韩侂胄要是无意用兵，苏师旦等人怎敢专权？南朝说这些话，未免有些自欺欺人吧！"邱崈又派人前往，说答应归还淮北的流民以及今年的岁币，仆散揆这才暂时答应停战，从和州退到下蔡，准备正式议和。

韩侂胄听说金人想要加罪首谋，他担心和议不成，便派人督促吴曦进兵，希望他能打个胜仗，或许到时候讲和就容易得多。吴曦假装派兵攻打秦陇，暗中却等待姚巨源的消息。不久，姚巨源从金国回来，说金人答应封他做蜀王，并命他按兵不动，于是，吴曦令部将王喜等人退师。吴曦节节退让，金将蒲察贞乘势攻入和尚源，进陷西和州，进逼大散关。后来，金将完颜纲派遣使者命吴曦献出降书。吴曦交出降书后，完颜纲传达金主的诏命，派人馈赠书印，正式封吴曦为蜀王。吴曦秘密拜受，返还兴州。第二天，吴曦召集僚属说："东南已经失守，皇上也逃去了四明，恐怕这里很难保全。现在金人已经派遣使者前来招降，封我为蜀王，我打算勉强接受，免得蜀境生灵涂炭。"部吏王翼、杨之抗议说："东南并没有这样的警信，副使是从哪里听来的？就算东南危急，我们也应该戮力效忠，否则副使忠孝八十年的门户要一朝扫地了。"吴曦愤然说："我意已决，你们不必多言。"于是他派人奉表到金都，献上蜀境的地图和吴氏的族谱。

　　邱崈听说吴曦叛变，上疏请求勉强答应和议，并派兵讨伐叛贼，他说："金人既然指认韩侂胄是首谋，请将韩侂胄免职。"韩侂胄大怒，竟然将邱崈罢职，让张岩前去代任，并打算封吴曦为蜀王，令他掉过头来抵御金兵。可是诏书还没有发出去，吴曦就已经自称蜀王，下令改元了。吴曦接受金人的册封后，便派部将引导金兵进入凤州，并交付四郡的版图。他下诏定都成都，并修筑宫殿，设置百官，即日从兴州迁到成都。他还派人告知他的伯母赵氏，赵氏知道他叛逆后，日夜嚎哭，痛骂吴曦，并拒绝接见来使。后来，吴曦听从金人的命令，将部下的十万大军分为十路，各置统帅，乘船到嘉陵江，扬言要约同金人夹攻襄阳，并传檄文到成都、潼川、利州、夔州四路，招募士兵，进犯宋朝。他任命随军转运使安丙为丞相长史，可是安丙却忠心朝廷，阳奉阴违，伺机而动。吴曦的堂弟劝吴曦引用一些名士，笼络人心。吴曦下达诏命后，名士大多不屑一顾，要么削发为僧，要么弃官逃走，要么不屈自杀。

　　兴州监军杨巨源跟部下不愿背叛朝廷，打算密谋诛杀吴曦，为国除害。有人将这件事转告给了转运使安丙。安丙将杨巨源召到府上，一探虚实。两人谈到国事，突然杨巨源问道："先生甘心沦为逆贼的丞相长史吗？"安丙哭着说："据我所知，目前川蜀的兵将多是酒囊饭袋，不足与谋。必须要有一位豪杰跟我联手才能灭掉吴贼。"杨巨源奋然起身说："巨源愿效死命，诛杀逆贼，报答国家！"安丙转悲为喜，便和他商议诛杀吴曦的计划。正巧，兴州中军正将李好义也联合军士李贵、进士杨君玉、李坤辰、李彪等数十人，举兵讨逆。李好义对众人说："我愿誓死报国，挽救西蜀生灵。但是此事关系重大，必须要有一人主持，才能成功。我听说安丙有意杀贼，不如我们让他主持大局。"大家齐声赞成。于是，李好义赶到安丙的府上，说明自己的来意，于是安丙又将杨巨源邀来，三人共同磋商杀贼计划。计划议定后，三人便开始分头行动，一场杀贼好戏就要上演。

　　这天半夜，李好义带着七十四个得力部下，潜到吴曦的伪宫。转瞬间天已经微亮，侍卫将宫门打开，李好义突然闯入，并大喊道："奉朝廷密诏，任命安丙长史为四川宣抚，并令我等诛杀反贼，敢抗命者，诛灭九族！"吴曦的一千多名卫兵听说朝廷颁下诏书，连忙缴械投降。李好义拿着诏书，带着部下匆匆赶到吴曦的寝宫。那时，吴曦正想开门逃跑，李贵拔刀问道："逆贼往哪里走？"话还没说完，大刀就砍中了吴曦的脖子。吴曦忍痛反抗，和李贵同时扑倒在地。李好义又呼唤王换，用斧头砍杀吴曦。吴曦连忙躲避，李贵趁机跃起，再用大刀猛砍吴曦的脖颈，顿时，一颗头颅便跟身体分作了两截。李好义拾取吴曦的首级，驰报安丙。安丙进城安抚民众,并宣告吴曦已经被诛杀,军民纷纷拍手称快。李好义又命人将吴曦的党族全部捉拿,并一一问斩。安丙派人将吴曦的头颅和金人的册印送到了朝廷,并说自己是矫诏平贼,应该接受处分。吴曦僭位称王总计不过四十一天,真是自作孽,不可活。

第八十六章　史弥远定计除奸

　　当时，金主听说吴曦要献地，就派尢虎高琪前去交接。没想到他还没到蜀境，就听说吴曦已经伏法了。杨巨源、李好义对安丙说："吴曦已死，应该马上收复关外的四州，否则后患无穷。"安丙立即派李好义攻打西和州，张林、李简攻打成州，刘昌国攻打和州，张翼攻打凤州，孙忠锐攻打大散关，这几路依次得手，金统将完颜钦逃走。四州和大散关全部收复，朝廷任命杨辅为四川宣抚使，安丙为副使，改兴州为沔州。安丙自恃劳苦功高，跟杨辅不和。宋廷得知后，将杨辅召回，让吴猎前去代替。李好义收复西和州后，打算进兵秦陇，从而牵制两淮的金军。偏偏吴曦的旧将王喜暗中嫉妒李好义，从中作梗。安丙听从王喜的话，传令停止进军，将士们的士气很受打击。金将尢虎高琪乘机调集各路兵马，又将大散关夺去，孙忠锐仓皇败走。

　　安丙听说孙忠锐退还，秘密嘱咐杨巨源、朱邦宁率兵前往支援，并乘机诛杀孙忠锐。杨巨源到了凤州后，听说孙忠锐前来迎接，就命卫士躲在大帐内，等孙忠锐进帐，唤出伏兵，将孙忠锐拿下斩首。安丙奏报朝廷，他编造罪名，说孙忠锐企图投靠金人，已经伏法。朝廷下诏嘉奖安丙，只是杨巨源前次诛杀吴曦，没有得到重赏，而这次的诏书中也没有一个字提到杨巨源。杨巨源怀疑是安丙故意掩饰自己的功劳，心中颇有怨言。不久，他又听说王喜得以升任节度使，心中更加愤愤不平。王喜是吴曦的老部下，生性贪婪，心狠手辣，诛杀吴曦的时候他不肯下跪拜诏，并率党徒杀入伪宫，烧杀抢掠。王喜还很好色，他将吴曦的姬妾全部抢回家，日夜取乐，百姓和将士们都敢怒不敢言。

　　杨巨源和李好义都说他是个害群之马，安丙却不以为然。王喜暗地里想除掉这两个眼中钉，李好义是第一个下手的对象。他嘱咐死党刘昌国接近李好义，然后伺机动手。刘昌国来到李好义的军中，一副和颜悦色的样子，表现得非常友好。李好义性情豪爽，坦诚相待，经常跟刘昌国开怀畅饮。一天晚上，军中欢宴达旦，李好义突然感到一阵剧烈的腹痛，不一会儿便倒地暴毙了。入殓的时候，他的嘴巴、鼻子、手指都显出青黑色。大家去寻找刘昌国，发现他早就逃跑了，部众这才得知他们的将军是刘昌国毒杀的，顿时嚎啕大哭，如丧至亲。刘昌国跑去禀报王喜，说已经得手。王喜非常欣慰，对他连连称赞，刘昌国也洋洋得意，沾沾自喜。可是天道轮回，报应不爽，没过几天，刘昌国的后背忽然冒出了一个毒瘤，疼得他号哭了好几天。他什么偏方都用过了，可还是治不好，没过多久就死了。

杨巨源听说李好义被害,他心里本来就有怨恨,这回更加愤怒了。他写信给安丙,指责王喜是主谋,请求降罪于他。安丙却有意包庇,他上奏朝廷,只将王喜调任荆、鄂都统制,始终未奏报王喜的罪行。杨巨源非常愤懑,写信给安丙,将肚子里的怨恨和苦水全都倒了出来,安丙收到书信后,知道杨巨源对自己不满,免不了对他有所警戒。除掉李好义后,王喜又对杨巨源动了杀念。他暗中唆使心腹在安丙面前挑拨说:"杨巨源自恃功高,却没能得到重赏,他最近跟私党米福、车彦威鬼鬼祟祟,肯定有什么阴谋,安宣抚不得不防啊。"安丙下令让王喜逮捕车彦威、米福两人,并交王喜审问。试想,这件事是王喜发起的,由他主审此案,就算没有佐证,也要捏造罪名,锻炼成狱。王喜污蔑他们意图谋反,投靠金人,将米福、车彦威斩首。安丙听说谋乱属实,秘密派兴元都统制彭辂前去逮捕诛杀杨巨源。杨巨源那时正在凤州附近的长桥旁边跟金人交战,撤兵回来的时候,在半路上遇到了彭辂。彭辂二话没说,就令武士将杨巨源拿下,送到阆州对质。押送到大安龙尾滩的时候,将校樊世显乘杨巨源不备,竟然用利刃砍向他的脖子,顿时鲜血四溅,倒地毙命。杨巨源死后,樊世显说他畏罪自刎,过了好几天,才由安丙下令将他安葬。蜀人都替他喊冤,朝廷记念他的旧功,赐谥号忠愍,李好义也被追赠谥号忠壮,事情就算了结了。

金帅仆散揆退兵到下蔡,专门等待议和。宋廷派使臣前去商议,仆散揆非要加罪挑起兵祸的始作俑者,于是双方没有达成共识。这时,仆散揆突然病逝了,金主命左丞相完颜宗浩代替他继续跟宋朝议和,双方仍然没有达成一致。韩侂胄找来方信孺,让他做国信所议官,赶去金军大营。方信孺到了濠州,金将纥石烈子仁责令他将谋划战事的主犯献出来,方信孺毫不屈服,纥石烈子仁将他关押在监狱里,摆出了好多刑具,并断绝他的饮食,强迫他答应五个条件。方信孺神色不变,从容地说:"归还俘虏和缴纳岁币还可以考虑,但是执送主谋,那是不可能的!至于称臣割地,我这个做臣子的也说了不算。"纥石烈子仁大怒道:"你还指望能活着回去吗?"方信孺仰天说道:"我奉命踏出国门的那一刻,就已经将生死置之度外了。"纥石烈子仁对他无计可施,只好将他放了,并命他到汴京去见完颜宗浩。

完颜宗浩见到方信孺后,也坚持宋朝必须答应这五项条件,方信孺侃侃辩答,说得完颜宗浩无话可对。正好那时安丙出师,收复了大散关,对秦陇虎视眈眈。完颜宗浩也想和议,于是他让方信孺回去,并说:"将长江以北的疆土全部割让,并献上主犯的首级。同时,金币增加五万两,绢布增加五万匹,犒师费用一千万两,才能议和。"方信孺回去见韩侂胄,韩侂胄问他金主帅怎么说,方信孺说:"金人一共提出了五个条件:一是割让两淮,二是增加岁币,三是索要归附的军民,四是索要犒军费用,最后一条在下不敢明说。"韩侂胄说:"你但说无妨。"方信孺踌躇了片刻,脱口说道:"最后一条,他们想要太师的头颅!"韩侂胄不禁大惊失色,连忙起身,跑到宫里。他奏明宁宗,剥夺方信孺三级官阶,并将他调派到前线。韩侂胄打算再议用兵,并撤还两淮宣抚使张岩,另外任命赵淳为两淮制置使,镇守江、淮。为了再战问题,又引出一个后来的奸臣,他要跟韩侂胄赌个你死我活。这个人就是史浩的儿子史弥远。这个奸臣还没有死,又来了一个奸臣,真是天不保佑宋朝啊!

史弥远在淳熙十四年中了进士,多次升迁,最后做了礼部侍郎,兼任资善堂直讲。韩侂胄挑起兵端，揽权图攻，史弥远极力反对，他曾经上奏说不应该轻易开战，破坏盟约。宋军大败后，他又上奏陈述当时危急的局面，并请求诛杀韩侂胄以稳固天下，可是宁宗还是没有醒悟。这件事被杨后得知，当初韩侂胄推举曹美人为皇后，她怀恨在心，早就想报复韩侂胄了。这次兵败，就是最好的机会。她暗中嘱咐皇子荣王赵曮弹劾韩侂胄。赵曮是燕王赵德昭的九世孙，原名赵与愿。宁宗庆元四年，丞相京镗等人因为宁宗没有生下子嗣，所以奏请宁宗挑选宗室的王子作为养子，于是赵与愿被挑中，送到了宫中，并赐名为赵曮，封卫国公。开禧元年，宁宗立赵曮为皇子，晋封荣王。

　　荣王赵曮接到杨后的命令，他等宁宗退朝后，当面启奏说："韩侂胄打算再起战事，恐怕要危及社稷了，请父皇加罪韩侂胄。"宁宗不但不听，反而斥责他无知。后来，杨后又在旁边进言，宁宗还是没有下定决心。杨后又说："宫廷内外，哪个人不知道韩侂胄的奸邪？只是大家都畏惧他的势力，所以才不敢明说，陛下为什么就执迷不悟呢？"宁宗说道："恐怕未必如此，等朕查明真相之后，再做打算！"杨后又说："陛下一直呆在深宫之中，怎么查明真相？这件事非得托付给皇亲国戚不可。"宁宗这才点头同意。

　　杨后担心事情泄露，急忙召杨次山进宫商议，并命他密结朝中大臣，捉拿韩侂胄。杨次山应命而去，转告史弥远。史弥远于是召钱象祖进京城。钱象祖曾经担任副枢密使，因为谏阻用兵，得罪了韩侂胄，被贬到了信州。他奉命回都后，史弥远又转告礼部尚书卫泾、著作郎王居安、前右司郎官张镃等人，共同决策。后来，他们又通知参政李壁，李壁也同意帮忙。史弥远在几位朝中大臣的府邸之间来来往往的事，很快被人告诉了韩侂胄。一天，韩侂胄来到都堂，突然对李壁说："听说有些人要搞出点事情，参政知情吗？"李壁被他这么一问，禁不住面红耳赤，半天才回答说："恐怕没这回事吧！"韩侂胄离开后，李壁连忙报告史弥远。史弥远也很惊慌，于是跑去跟张镃商量。张镃献计说："贼我势不两立，不如杀了他。"史弥远本不敢谋杀韩侂胄，但是听到了张镃的话后，才壮大了几分胆色。他命禁兵总管夏震带着三百甲士，专等韩侂胄明晨上朝，乘机下手。

　　这天，韩侂胄的三夫人"满头花"正好过生日，张镃一直跟韩侂胄有来往，他假装前去祝寿，跟韩侂胄等人喝了一晚上的酒。半夜的时候，韩侂胄的私党周筠收到小道消息后，派人送来密函，说是有重要情报。韩侂胄半醉半醒地打开一看，摇头说："这个人又来胡说八道了。"说完就将书信给烧了。第二天早上，韩侂胄坐车上朝，周筠又派人来谏阻，韩侂胄怒叱说："谁敢害我？谁敢？"于是坐车而去。车驾刚到六部桥，就看到前面有禁兵站立着，韩侂胄便问发生了什么事情。夏震站出来回答："皇上下诏，罢免太师所有职务，并命我来逮捕你。"韩侂胄说："要是真的有圣旨下来，我为什么不知道？莫非是你们假传圣旨不成？"夏震也不跟他争辩，当即命令部下夏挺、郑发、王挺等人，将韩侂胄拖下车，押送到玉津园。一到玉津园里，夏震就将韩侂胄拖出，勒令他跪地听旨。夏震当场宣读道：

　　韩侂胄手握重权以来，祸乱朝纲，轻起兵端，使南北百姓生灵涂炭，可罢免平章军国事一职。陈自强巴结权贵，毫无才能，可罢免右丞相一职。

　　读到这里，夏挺等人走到韩侂胄的背后，用锤子猛烈一击，将韩侂胄的头颅捣个粉碎，一道灵魂就到阎王殿那里报到去了。史弥远在朝门外等了好久，到了傍晚还是没有得到消息，正准备换衣服逃走，正巧夏震赶到，说大事已成，大家都非常欣慰。只有陈自强有点局促不安，钱象祖从怀里取出诏书，交给陈自强说："太师和丞相全都被皇上罢职了。"陈自强问道："我有什么罪行？"钱象祖说："你没看到圣旨里说的'攀附权贵，毫无才能'这几个字吗？"陈自强羞愤难当，悻悻离去。史弥远、钱象祖等人到延和殿，将诛杀韩侂胄的事情向宁宗禀明。宁宗一开始还不信，过了三天，宁宗才知道韩侂胄真的死了，于是宁宗这才下诏历数韩侂胄的罪恶，颁告中外，并派人没收了韩侂胄的家产。当下抄出许多东西，竟然有黄袍和皇冠，只是各种奇异珍宝被韩侂胄的宠妾张、王两位夫人给砸碎了，因此她们也一并坐罪。韩侂胄膝下无子，养子被流放到了沙门岛。四个小妾十个婢女，竟然都没能生下一个后代，上天对恶人的惩罚真是残酷。

　　第二天，宁宗又将陈自强贬到永州，并在韶州诛杀了苏师旦，郭倪、邓友龙、张岩、许及之、叶适、薛叔似、皇甫斌等韩侂胄的党羽全部坐罪落职，连李璧也被夺去了官阶。随后，宁宗册立荣王赵曮为皇太子，改名为赵洵。升钱象祖为右丞相，兼枢密使；卫泾、雷孝友为参知政事；史弥远同知枢密院事；林大中签书院事；杨次山晋封开府仪同三司，赐玉带；夏震也得以升任福州观察使。接着，宁宗下诏改元嘉定，决心主和。

　　韩侂胄没死之前，宋朝就已经派人到金军大营去了，请求依从旧制，以伯父礼仪对待金国，并增加岁币为三十万，犒军费三百万贯。金将完颜匡不肯罢休，非要韩侂胄、苏师旦的首级。后来，金主又命完颜匡给宋朝写信，索要韩侂胄的首级，并改犒军费为银三百万两。宁宗召集百官商议，吏部尚书楼钥说："金人的耐心有限，能答应的就答应吧！况且现在那二人已经被诛杀，两颗首级又有什么舍不得的呢？"于是，宁宗命人挖开韩侂胄的棺椁，割下首级；再派人到韶州取来苏师旦的首级，一并交给金人。金主命人将这二人的首级悬竿示众，然后再跟南宋签订了和约，条款如下：

　　（一）两国的境界跟以前一样；

　　（二）以后，南宋以侄儿对待伯父的礼仪对待金国；

　　（三）增加岁币为白银三十万两，绢布三十万匹；

　　（四）宋朝向金国缴纳犒师费用三百万两白银。

　　和议达成，这是宋、金的第五次和约。金主派人归还侵占的土地，并命完颜匡等人罢兵。宁宗将和议诏告天下，调任钱象祖为左丞相，史弥远为右丞相，雷孝友知枢密院事，楼钥同知枢密院事，娄机为参知政事。不久，钱象祖被罢相，从此史弥远开始专断国政了。

　　嘉定元年，金主完颜璟病逝，完颜璟没有子嗣，金世宗的第七个儿子完颜永济为人乖巧，很受完颜璟的钟爱，被封为了卫王。金主卧病后，完颜永济从武定入朝，一直留在宫中。不久，金主去世，元妃李氏、李新喜、完颜匡等人就商议让完颜永济即位，尊故主完颜璟为章宗。完颜永济听说章宗的遗诏里写着："妃嫔中有两个人已经怀孕，如果生下男孩儿，就册立他为储君！"他担心帝位不够稳固，所以事先预防，命仆散端为平章政事，秘密和他商议如何杜绝后患。后来，仆散端上奏说妃嫔贾氏的产期在十一月份，可是现在还没有动静。而范氏的产期虽然在这年正月，但是太医说胎儿已经变形，范氏愿意削发为尼。完颜永济随即把贾氏没有身孕、范氏怀了一个畸形胎儿这两件事诏告天下。元妃李氏和贾氏因为有些怨言，竟然被完颜永济毒死了。随后，完颜永济升仆散端为右丞相，金国的军民都口服心不服。

东北的斡离河畔，杭爱山下，有一个蒙古部长，自称成吉思汗。他就是后来建立元朝的太祖，名叫铁木真。他是哈不勒汗的曾孙，哈不勒汗被金人封册为蒙兀国王。铁木真的父亲也速该吞并了附近部落，势力渐渐强大。他的母亲诃额仑在生下他的时候，正好他的父亲在攻打塔塔儿部，擒住了敌人的头目铁木真，所以就给他取名"铁木真"。后来，也速该被塔塔儿人毒死，铁木真母子二人相依为命，非常艰苦。幸亏铁木真的母亲诃额仑才智超群，独自将铁木真抚养成了一代霸主。铁木真成年以后，东征西讨，先后荡平泰赤乌部、蔑里吉部、克烈部以及塔塔儿部。附近的乃蛮部势力强盛，称霸一方，乃蛮部酋长太阳汗率众跟铁木真争夺地盘，被铁木真活捉，身首异处。从此以后，远近的部落都非常恐慌，争相前来归附，并情愿奉他为大汗。"汗"字是蒙古族主子的通称，"成吉思汗"是最大的意思。

铁木真即位是宁宗开禧二年的事情。统一各个部落之后，铁木真又出兵西南，前去攻打西夏。西夏主李乾顺病逝后，他的儿子李仁孝继位。李仁孝懦弱无能，被相臣任得敬压制，幸亏金世宗帮助他平定了叛乱，西夏国才没有灭亡。所以，李仁孝对金国非常恭顺，但是跟南宋很少来往。李仁孝病逝后，他的儿子李纯佑继立。后来，王位被他的堂弟李安全篡夺，内乱四起。西夏国的势力越来越衰弱，哪里敌得过威风凛凛的铁木真呢？铁木真率军挺进，势如破竹，接连攻克了好几座城池，长驱直入，直逼夏都。李安全惶恐万分，急忙派人到金国乞求援兵。偏偏援兵始终不来，敌兵昼夜猛攻，李安全无可奈何，只好城下乞盟，并将爱女察合献给铁木真。铁木真生平最爱妇女，他见察合妩媚可人，乐得卖些情面，撤兵回国去了。

李安全因为金国袖手旁观，非常愤怒，竟然率军攻打葭州。当时葭州是金国的疆土，葭州守将庆山奴一鼓作气将夏人击退。李安全无计可施，只好向蒙古诉苦，怂恿铁木真讨伐金国。其实，铁木真也想南下，他老早就在造箭制盾，练兵养马，为攻打金国做准备。当时，金主完颜永济正好派使臣到蒙古，册封铁木真，并让他向南拜受。铁木真问金使说："你们的新天子是谁？"金使回答说是卫王。铁木真朝地上吐了一口痰，骄横地说："我还以为中原的皇帝，只有天上的人能做呢？想不到像他那样的庸奴也能做皇帝，还想要我跪拜，真是可笑！"随即将金使撵了出去，金使灰头土脸地回去了。先前，完颜永济做卫王的时候，铁木真曾经到静州献纳岁币，他见过完颜永济，知道他为人懦弱，毫无韬略，所以才这样藐视他。铁木真赶走金使后，便趁着秋高马肥的时候，带着长子术赤、次子察合台、三子窝阔台统兵数万，浩浩荡荡地向金国杀来了。

成吉思汗伐金

铁木真率军南下攻打金国，他派部将哲别为先锋，直抵乌沙堡。金派遣平章政事独吉千家奴、参政完颜胡沙率兵抵御，可是他们还没来得及防备，哲别就已经杀到，顿时溃败。乌沙堡和乌月营相继被攻陷。铁木真也跟在后面，进攻西京。西京留守纥石烈胡沙虎率军突围，仓皇逃走，西京和桓、抚各州全都落入铁木真之手。铁木真又命他的三个儿子各领一军，分道攻打云内、东胜、武朔、丰靖各州县，所到之处，无不攻克。金主完颜永济再命招讨使完颜九斤、监军完颜万奴等人统兵四十万，扼守野狐岭。这野狐岭地势高峻，相传就算是大雁经过这里，只要稍微不慎，就会坠落下去，是一个西北的要隘。完颜胡沙又奉诏作为后应，他以为有四十万大军扼守这飞鸟难过的关隘，就可以高枕无忧了。完颜九斤的部将明安劝完颜九斤屯兵固守，不要轻敌，完颜九斤不听；后来明安又劝他，趁敌人只有小股部队前来，率军偷袭敌军，他又不听。

后来，铁木真率大军攻占了獾儿嘴，跟野狐岭只隔一个西冈时，完颜九斤才派遣明安到蒙古军中，问他入侵的原因。明安恨完颜九斤不肯听从自己的良言，竟然归降了铁木真，并把金军的布防和薄弱点全都告诉了铁木真。于是铁木真乘夜突击，完颜九斤毫无防备，蒙古骑兵顿时突入，一番蹂躏后，金兵死伤大半。完颜九斤、完颜万奴两位金帅落荒而逃。蒙古兵乘胜追击，又杀死了无数的金兵。完颜胡沙接到战报后，前来接应，他听说金军已经大败，连忙率军往会河堡方向靠拢，不幸被蒙古骑兵追上，一阵厮杀，金军全军覆没，完颜胡沙侥幸脱身，逃到了宣德州。接着，铁木真又攻克晋安县，分兵进逼居庸关。居庸关守将听说蒙古大军来攻，慌忙弃关逃走。蒙古兵杀入关中，兵临金国首都城下。金主完颜永济惊慌失措，打算南迁汴京。幸亏金都的几万卫兵誓死御敌，拼杀了一天一夜，才把蒙古兵杀退。铁木真见金都久攻不下，便留下部分兵马驻守居庸关，自己和三个儿子率军回国，准备再次南下。

铁木真撤军后，金都解严。金主任命上京留守徒单镒为右丞相，纥石烈胡沙虎为右副元帅。纥石烈胡沙虎从西京逃到了蔚州，他随意拿取官库里的金银、衣物，并率军把守紫荆关，还擅自杀害涞水县令。对于这一切金主非但不加罪，反而任命他为副元帅，因此他更加肆无忌惮了。他奏请金主派给两万兵马驻守宣德，可是金主只给他五千兵马。纥石烈胡沙虎写信给尚书省说："鞑靼（当时金人称蒙古为鞑靼）大军将至，这区区五千兵马肯定不能支持。我死不足惜，可是宣德一旦失守，恐怕十二个关隘和建春、万宁宫都将不保了，乞求陛下再添些兵马。"金主这才开始嫌他多事，并将陈年旧账都翻出来，把他给罢免了。

不久，金国发生内乱。金国益都防御使杨安儿兵败逃亡到了山东，他聚集党羽，横行四方，烧杀劫掠。还有千户耶律留哥，他本是辽人，因为投降金人当了个官儿。这次蒙古大举入侵，他又归附了蒙古，并攻取辽东几个州郡，自立为辽王。金将完颜胡沙讨伐耶律留哥，大败而归。金主重新任命纥石烈胡沙虎为右副元帅，命他率军屯守燕京。宰相徒单镒再三劝谏，说纥石烈胡沙虎狼子野心，刚愎自用，不能再用，金主不听。纥石烈胡沙虎到了燕京之后，整天打猎作乐，完全不管军事。金主见还有蒙古兵驻留在居庸关内，便下令纥石烈胡沙虎整兵前往攻打。诏令里有几句责怪的话，纥石烈胡沙虎不但不听，反而心生忿恨，竟然跟私党完颜丑奴、蒲察六斤、乌古论夺刺三人私下商议，造起反来。他不说自己造反，反而说别人造反，并传令到军中，说是奉了圣旨，率军前往讨伐叛贼大兴知府徒单南平，进京勤王。军士们哪里知道这是他编的幌子，便跟着他一起来到金都燕京。纥石烈胡沙虎派兵把金都围了个水泄不通，然后派心腹徒单金寿进城召见徒单南平，徒单南平一头雾水，奉召而来。纥石烈胡沙虎在京城门口等待，见徒单南平到来，大喝道："你竟敢谋反？"徒单南平不觉惊愕万分，正要辩解，纥石烈胡沙虎已经拔出腰刀，将他劈落马下，死得不明不白。

杀了徒单南平后，纥石烈胡沙虎便率军从东华门进城。护卫斜烈、和尔等人将他引进宫中。纥石烈胡沙虎自称监国都元帅，并遍邀亲党，大摆酒宴，犒劳部下。到了第二天，纥石烈胡沙虎派武士将金主胁迫出宫，让他移居到卫王府邸，并留下两百卫兵监守。那时，丞相徒单镒从马上坠落下来，摔伤了腿，正在家中休养。纥石烈胡沙虎想要僭越称帝，但是又担心军民不服。徒单镒在金国德高望重，纥石烈胡沙虎便特地前去拜访他，希望能得到他的支持。可是徒单镒却说："翼王完颜珣是章宗的兄长，众望所归，元帅要是诚心拥立他为新皇，那可是万世功勋呀！"纥石烈胡沙虎没有说话。后来，他令宦官李思中在卫王府邸毒杀了金主完颜永济，并另派徒单铭等人到彰德迎接翼王完颜珣，让他到燕京即皇帝位。完颜珣即位后，册立儿子完颜守忠为太子，追废完颜永济为东海郡侯。

纥石烈胡沙虎为了巩固自己的地位，开始大肆残杀手握重兵的将领。他听说完颜纲手里有十万兵马，在缙山驻扎，便特地引诱他回京，在半路上设伏，将他杀害。后来，他又下令守边的将士全部撤回到原来防守的州郡。铁木真听说金军已经撤防，又率军入侵。金元帅右监军朮虎高琪迎战溃败，蒙古兵乘胜进逼金国中都燕京。纥石烈胡沙虎腿疾发作，他乘车督战，大败蒙古兵。但是他的腿疾一天比一天严重，几乎不能行动，于是他下令命朮虎高琪在限定时间内率军勤王。可是朮虎高琪超过了期限，纥石烈胡沙虎责备他违抗军令，想要将他处斩，还是金主珣替他求情，才免去了他的死罪。

后来，纥石烈胡沙虎敦促朮虎高琪出战蒙古兵，并警告他说："如果打赢了就算将功赎罪，打不赢立即问斩！"朮虎高琪驱军迎敌，正好碰上北风大作，吹石扬沙，无法睁开眼睛。金兵正好处在下风，眼看支撑不住，只好败回。朮虎高琪对军士们说："我们虽然得以脱身，但还是难免一死，不如回去将纥石烈胡沙虎诛杀掉，再做计较！"军士们齐声领命，蜂拥到了纥石烈胡沙虎的府邸，团团围住。纥石烈胡沙虎料定大事不妙，急忙跑到后院，想要翻墙逃走。偏偏他的腿疾还没痊愈，行动不便，慌忙中被石头绊倒在地，屁股摔开了花，躺在地上不能起身。尤虎高琪率兵杀入，见纥石烈胡沙虎在地上挣扎，哪里还肯容情，上前手起刀落，将纥石烈胡沙虎砍成了两段。随后，尤虎高琪带着纥石烈胡沙虎的脑袋到金主那里请罪。金主珣不但没有加罪，反而抚慰了他一番，并下诏历数纥石烈胡沙虎的罪恶，追夺他的官爵，且命尤虎高琪为左副元帅，只要参与诛杀逆臣的将士，统统有赏。

这时，蒙古兵正在四处侵略，所向披靡，接连攻陷金国九十多个郡县。两河、山东延绵几千里的路上，尸骸遍道，一片废墟。铁木真再次进兵攻打中都，他派遣使者转告金主："你国的山东、河北各个郡县都被我占有了。你所坚守的燕京，我也不难一鼓踏平，但是老天既然让你如此羸弱，我也不忍心赶尽杀绝。你赶快拿出些钱财犒劳我的军士，只要能让我的将士消了怒气，我自然撤军回国。"金主珣犹豫不决。当时尤虎高琪主战，右丞完颜承晖主和。金主派遣完颜承晖出城议款，铁木真说："你主子有女儿吗？为什么不把她们带过来侍奉我呢？"完颜承晖无奈，只得回去禀报金主。金主想出了一个办法，他把故主完颜永济的少女扮成公主，送给铁木真享用，又将金帛五百匹、童男童女各五百名、马三千匹作为犒师费一并送给蒙古军。铁木真这才驱军北还，退出居庸关，凯旋而归。

金主珣因为国贫兵弱，为了防止蒙古人再来，打算迁都汴京，苟且偷安。左丞相徒单镒进谏道："车驾一动，汴京以北都会守不住。既然现在已经讲和了，我们应当聚兵存粮，固守京都，这才是上策。而依靠辽东为根本，靠山临海，只需要防守一面，也不失为中策。如果迁都汴京，恐怕会四面受敌，到时候就真的束手无策了。"金主珣不肯听从，徒单镒郁郁而亡。随后，金主珣命完颜承晖为都元帅，穆延尽忠为左丞，辅佐太子完颜守忠留守中都，而自己带着六宫、百官迁到汴京。铁木真得知金主迁都后，愤怒地说："既然已经跟我议和了，竟然还要迁都，分明是对我不信任。他跟我讲和，只不过是缓兵之计，我难道会被他欺骗吗？"于是，铁木真开始大阅军马，再次南侵。

铁木真派遣降将明安围攻燕京。金主珣听说燕京被围，急忙召太子完颜守忠到汴京来。完颜守忠一走，燕人更加恐惧。蒙古将领木华黎又分兵侵犯辽西，攻打金国北京，北京守将银青出战败退，部下完颜昔烈、高德玉等人将他谋杀，并推举寅答虎为主帅。寅答虎是个没用的家伙，他见蒙兵势盛，当即出城献降。于是，辽西各州郡相继归附。只剩下一座燕京城，就算是铜浇铁铸，也是孤危万分。完颜守忠离开燕京之前，将兵权全部交付给了都元帅完颜承晖。完颜承晖送信到汴京，乞求发兵增援。金主珣命左监军永锡统领中山真定军，左都监乌古论庆寿统领大名军，大约几万人，驰援燕京。同时又命御史中丞李英负责运输粮饷。李英整天饮酒，蒙古兵前来劫粮，他竟然全然不觉。他带着粮草冒冒失失地到了霸州，途中正巧遇到蒙古兵大刀阔斧地冲杀过来，那时，李英还酒气醺醺，似醒非醒。蒙古兵杀到他的马前，将他乱枪戳死，押粮的将士无一幸免！

乌古论庆寿、永锡听说粮草都被人劫去了，哪里还肯支援，当即撤回。燕京城没有援兵，内外不能交通消息。完颜承晖跟穆延尽忠商议，坚持死守，可是穆延尽忠却支支吾吾，犹豫不决。完颜承晖自知必死无疑，索性回到家中，写下遗书，托付给尚书省令史师安石，让他送到汴京。遗书里大概陈述了穆延尽忠和尤虎高琪对国家不忠的奸情，他还说自己不能保全燕京，死有余辜，并恳请金主马上罢黜奸臣，任用贤良，整军练武，保卫社稷。写完遗书后，他拿出全部财产，分给家人，让他们赶快出城逃命。家人都嚎啕大哭，而完颜承晖却神色泰然，服药自尽。有这样的忠臣，也足以光照《金史》。完颜承晖死后，穆延尽忠打算跑回汴京，他整装来到通元门，发现有一群妇女堵住了门口，嘴里都喊着逃命。穆延尽忠一看，原来是留在燕京的妃嫔。他向她们喊道："我先出去，给诸位王妃开路。"妃嫔们便让他先出了城，谁知道他带着爱妾和财物一溜烟地向南逃去，连头都没回。妃嫔们进退无路，正在惶急万分的时候，蒙古兵一拥杀入。老的丑的都惨死在刀下，漂亮的年轻的都被蒙古兵掳去，任意奸污。

　　燕京被蒙古人攻陷，宫室被焚毁，府库的财宝也被搜刮殆尽。还有金祖宗的神像，也一股脑儿被蒙古人扔到了坑里。后来，金主得到完颜承晖的遗书，只追赠他为尚书令，兼广平郡王，而对穆延尽忠弃城逃亡的罪名不闻不问，反而任命他为平章政事。就是尤虎高琪也担任原职，没有加罪。不久，蒙古兵又进攻潼关，急切不能攻下，便从嵩山的小路赶到汝州，直扑汴京。金主急忙召花帽军前往阻截，击败蒙古兵的前队，不久，蒙古兵撤退。金主见敌兵已经退去，便特遣仆散安贞统领花帽军前去平定山东。

　　杨安儿在山东作乱后，群贼响应，势力越来越猖獗。杨安儿小时候是个市井无赖，以贩卖马鞍为业，大家都叫他"杨鞍儿"，他因此自称"杨安儿"。杨安儿有一个大约二十岁的妹妹，臂力过人，能在马上挥舞双刀，无人敢敌。这兄妹二人招募徒众，修建了一个城寨，叫作杨家堡，称霸一方。后来，金行山东省事完颜霆将他们招抚，并任杨安儿为防御使。不久，蒙古兵围攻燕都，完颜霆招募将士前往支援，并命唐括合打为都统，杨安儿为副都统，前去解围。大军在鸡鸣山跟蒙古兵遭遇，杨安儿战败而归。他索性又干起了老本行，乘机劫掠州县，杀害官吏，啸聚一方。

　　这时，潍州北海人李全也聚众作乱，他擅长骑射，仗着一杆神出鬼没的铁枪，在山东打出了名气，人送外号"李铁枪"。他也招集无赖子弟，在淄、青二州出没，四处劫掠。李全沿途所经过的地方，各个村堡无不畏惧，都杀猪宰牛送给他们，免得惹上灾祸。唯独杨家堡称霸一方，跟李全分庭抗礼，互不相容。李全带着贼党径直来到杨家堡，找杨安儿决斗，想比个强弱。杨安儿随即带着徒众，出堡接战。李全大喊道："你我都算好汉，你敢跟我单打独斗吗？我要是输给你，便让你做霸王；你要是输给我，必须要让给我。"杨安儿说道："我难道会怕你？这便跟你大战三百合。"说完，就抡刀出阵，跟李全对杀。两边的徒众都退后作壁上观。这二人战到四五十个回合的时候，杨安儿的刀法渐渐慌乱，几乎快要招架不住。忽然他的后面有人娇声喊道："哥哥歇会儿！我来了！"李全溜眼一瞧，发现一个红颜女子，正挺着双刀，直奔前来。他随即用枪架住杨安儿的刀，抗议道："我们有言在先，一对一的厮杀，你为什么要请帮手？"杨安儿说道："你如果真是好汉，就赢了我妹妹手中的双刀，那时我才服你。"李全说道："那好，你退下，我来跟你妹妹争个输赢。"杨安儿退后几步，让妹妹上前角斗。这一男一女，你枪我刀，大战了七八十个回合，还是不分胜负。李全心中暗暗称赞，抖擞精神后，又跟她酣战。大约又是五六十个回合，仍然不分胜负。杨安儿担心妹妹体力不支，便喊道："李全！你愧服吗？"李全喊道："不服！不服！"杨安儿又喊道："今天天色已晚，明天再战，你看可好？"李全回道："那我就让你们多活一夜！"说完，双方都退回去了。

　　第二天双方再战，李全跟杨家妹子又斗了一天，双方还是没有破绽，真可谓棋逢敌手，将遇良才。李全又气愤又羞愧，同时又心生爱慕。杨家妹子回寨后，也对李全称赞不已。第三天，李全乘马来到杨家堡门前挑战，杨家妹子也怒马冲出，跟他争锋。李全问道："你我打斗了两天，我还不知道你的芳名，请先报上名来！今天我一定要生擒你。"杨家妹子说："我叫四娘子。"李全笑着说："好名字，那我就擒你做我的娘子。"杨氏不禁红了脸，对李全瞅了一眼，说道："休要胡说！"杨安儿在后面观战，看穿了妹妹的心事，便对李全说："李全！你如果能赢了我妹妹，我便把她许配给你。"李全回答："很好！"于是这两人又奋力决战，斗了大约四五十个回合，李全佯装不敌，虚晃一枪，拨马便走。杨氏还以为他是真败，策马赶来。追了几百步，路的两旁出现了竹子和杂草，李全跃马在前，杨氏驱马跟进。忽然"踢踏"一声，杨氏马失前蹄，掀落马下。李全回身下马，将杨氏擒去。原来李全特意让两名壮士趁夜埋伏在杂草中，伺机砍去杨氏的马足，杨氏猝不及防，才会掉落马下。杨安儿也从后面赶到，见妹妹被擒，便对李全喊道："快快放了我妹妹，我立马邀请你到我杨家堡，今晚就成亲。"李全回答："你可不要抵赖！"杨安儿说："皇天在上，如果违背此言，天打五雷轰！"李全于是放下杨氏，带着自己的党徒一同进入杨家堡。杨安儿宰牛设酒，大摆宴席。当晚，这两人就拜了天地，成为夫妇。

　　杨安儿跟李全联亲之后，势力越来越盛，竟然僭号称王，设置官属，改元天顺，号令一方。金将仆散安贞统领花帽军到山东跟完颜霆会师，一同征讨杨安儿。当时李全已经回到青州，只有杨安儿兄妹与金人对抗。杨安儿的手下毕竟都是乌合之众，连战连败，最后只好乘船入海。金人驾船追赶，将他们团团包围。杨安儿投水自尽，只有四娘子仗着臂力，得以逃生。杨安儿的余党刘全等人收集残兵，奉四娘子为主，称她为姑姑，并召李全前来救援。李全星夜赶来，跟杨氏合军再战，又被完颜霆打败，退到东海。他们穷途末路，只好浪迹在岛屿之间，靠剽掠为生，聊以度日。后来，南宋楚州知府应纯之招抚山东的盗贼，给他们起名忠义军，把他们分为两路，讨伐金国。李全也带着五千人归附，跟副将高忠皎合兵攻克海州。后来，因为粮运跟不上，李全又退守东海。不久，李全又跟兄长李福偷袭金莒、密、青等州，相继攻克。应纯之上奏朝廷："山东的群盗都已改邪归正，中原可以收复，请授李全官阶。"于是宋廷授李全为武翼大夫，兼京东副总管。当时已经是嘉定十一年正月中旬了。

第八十八章　盗贼做了节度使

金主珣迁到汴京后，曾派使者到宋廷催促岁币。宁宗召集辅臣商议，有人主张跟金国断绝来往，有人主张仍然遵守和约。起居舍人真德秀上疏请求拒绝缴纳岁币。宁宗看完奏疏后，将岁币罢免。那时，夏主李安全已经去世，宗室的子嗣李遵顼继立。他写信给川蜀守将，请求夹攻金人，一同收复故土。蜀臣上报朝廷，不见回复。后来，宁宗又派使者祝贺金主的生辰，刑部侍郎刘钥等人上章阻谏，又不见答复。不久，真德秀又上奏，请求跟金国断绝关系，并出兵讨伐，一雪靖康之耻。这篇奏折共有一二万字，洋洋洒洒，非常激昂。宁宗也不管有没有道理，好像跟没看到一样，真德秀只好走了。

嘉定十年，金主珣听信王世安的话，企图南侵，并命王世安为淮南招抚使。尤虎高琪也劝金主侵宋，开拓疆土，金主即命乌古论庆寿、完颜赛不率兵渡过淮河，攻陷光州。乌古论庆寿又分兵侵犯樊城，围攻枣阳光化军，并另派完颜阿邻进入大散关，攻打西和、阶成各州。宋廷收到警报后，急命京、湖制置使赵方，江、淮制置使李珏，四川制置使董居谊，分别抵御金兵，便宜行事。

赵方，字彦直，衡山人氏，曾经是张栻的部下，晓明民族大义，孝宗淳熙年间考中进士，在青阳县任职。后来，经过多次升迁，做了京、湖制置使。他听说金人入侵，对两个儿子赵范、赵葵说："朝廷一会儿主战，一会儿主和，踌躇不定，只能扰乱人心。我只有提兵决战，拼死报国了。"于是他带着两个儿子赶赴襄阳，传檄文给统制扈再兴、陈祥、钤辖孟宗政等人，增援枣阳；又分兵扼守要塞，互相援应。扈再兴等人刚到团山，遥见金兵冲杀过来，势如风雨。他急命陈祥、孟宗政设下伏兵，等待时机，自己带着部下迎敌，刚一交手，就假装败退。金兵追了一程，突然两旁一声炮响，陈祥从左边杀来，孟宗政从右边杀来。扈再兴又调头反杀，金兵三面受敌，招架不住，顿时逃的逃，死的死，尸横遍野，血肉模糊。

孟宗政乘胜前进，星夜赶赴枣阳，枣阳的金兵闻风丧胆，立刻骇退。孟宗政进入枣阳城，向襄阳报捷，赵方非常欣慰，令孟宗政暂时统领枣阳军。不久，京、湖将领王辛、刘世兴也在光山、随州一带连败金兵。于是，赵方奏请宁宗讨伐金国，宁宗听说打了那么多胜仗，也不觉斗志昂扬起来，当即下诏，责备金国首先败盟，向金国宣战，饬令各军将士加紧备战；并诏告天下，无论是贼匪还是降将，只要能为国效力，改邪归正，一概既往不咎，量加任用。

这诏书下达后，两国的战事全面爆发。李全就是在这个时候攻破莒、密、青三州，被宋朝封了官。完颜赛不又率众攻打枣阳，号称十万大军。孟宗政修城掘壕，誓死守御。他又约扈再兴作为外应，跟金兵相持了三个月，大大小小七十多仗，没有一次吃亏。完颜赛不非常恼怒，他仗着人多，想要沿着壕沟建筑堡垒。孟宗政派兵侵扰，粉碎了他的妄想。不久，金将又率大军临城，孟宗政督兵死守，枣阳得以保全。随后，随州守将许国率军来援，孟宗政听到鼓声，也统军出战，金兵被前后夹击，相继溃逃。金将完颜赟率一万多骑兵西犯四川，攻破天水军，进逼大散关。利州统制王逸号召兵民驱逐金兵，夺回大散关，并斩杀完颜赟。金人又会合长安、凤翔的屯兵，再次攻入西和、成阶各州，进逼河池。兴元都统吴政麾兵御敌，击退金兵，收复全部丢失的土地。

金主珣听说各路将士胜败无常，不免有些后悔。再加上河北多个郡县被蒙古夺走，他们腹背受敌，不便再战，于是遣人前来议和，不料半路上被宋人拒绝，所以折还。金主珣恼羞成怒，又派遣仆散安贞为副元帅，辅助太子完颜守绪南侵，且命西路各军再次攻打西和、成、凤各州。吴政拒战大败，不幸阵亡。金军势如破竹，长驱直入武休关，大破兴元府，攻陷大安军，直逼洋州。沿途守将望风披靡，相继溃逃。就连四川制置使董居谊也逃走了。幸亏都统张威命部将石宣等人到大安军截击金兵，歼敌三千人，擒住金将巴土鲁安，金兵这才退去。

不久，金兵再次攻打洋州，一番烧杀和抢掠之后撤去。董居谊畏战潜逃，被贬到永州，朝廷改任聂子述为四川制置使。聂子述资历浅薄，部下多有不服。兴元将领张福、莫简等人相继作乱，他们头戴红巾作为标记，攻占利州，聂子述只好退保剑门。以前的四川制置使安丙早就被解除了兵权，只担任醴泉观使。安丙的儿子安癸仲是果州知府，他传出檄令，打算统兵讨贼。不料，张福等人竟然转向攻打果州和阆州，四川大乱。不久，宋廷再次起用安丙为兴元知府，兼利州路安抚使。四川的百姓听说安丙又重新上任，欢呼雀跃。张福率叛贼又攻占遂宁，进入茗山。安丙从果州赶到遂宁，调集各路兵马，把茗山团团围住。张福率众多次突围，都不能脱身。沔州都统制张威又奉檄文到来，张福走投无路，只好乞降。张威将张福执送给安丙，安丙将张福等人一并斩首。张威又抓捕到莫简以及贼众一千三百人，全部斩杀，红巾贼于是被扫平，四川又恢复了安定。安丙班师返回利州，金人也不敢再进。

金太子完颜守绪继续南侵，他派完颜讹可等人再次围攻枣阳，孟宗政竭力拒守，并派人到襄阳告急，乞求援兵。赵方对两个儿子说："金人大举攻打枣阳，唐州、邓州肯定空虚，你们马上会同许国、扈再兴两路兵马，分兵攻打唐、邓两州，敌人肯定返回救援，枣阳之围自然就解了。"二人领命启程。临行之前，赵方又嘱咐说："赵范监军，赵葵殿后，要是没能打赢，就不要再回来见我了！"说完，又给了两道文书，命他们交给许国、扈再兴两人。二人拿着文书离开，不久便跟许、扈会师，遵照命令行事。许国进攻唐州，扈再兴进攻邓州，两路并进，焚毁敌人的粮草。敌人聚兵固守，两军分别驻扎在城下，专等金兵返回支援，以便截杀。

这时候的淮西方面，金左都监纥石烈牙吾答和驸马阿海正在围攻安丰军以及滁、濠、光各州。他们又分兵三路，一路攻打黄州的麻城，一路攻打和州的石碛，一路攻打滁州的全椒、来安，以及扬州的天长、真州的六合，淮南大乱。江、淮制度使李珏命池州都统制武师道、忠义军都统陈孝忠前往支援。可是两军都畏惧金人的声势，逗留不前。淮东提刑贾涉继应纯之后任，暂时担任楚州知府，统领京东忠义军，而忠义军就是前时山东的降盗。贾涉听说江、淮危急，马上通知陈孝忠赶赴滁州，夏全、时青直奔濠州，李全兄弟负责切断敌人的归路。李全领命赶到涡口，跟金将纥石烈牙吾答等人在化湖陂鏖战，杀死好几员金将，还夺走了金军的金牌，于是三路金兵全部撤去。李全率军追到曹家庄，又斩杀数百金兵，并上交缴获的金牌和俘虏，要求贾涉封赏。贾涉曾经发出悬赏，说能杀死金太子的，封节度使；能杀死亲王的，封承宣使；能杀死驸马的，封观察使。李全谎称自己杀死了驸马阿海，请求如约封赏。贾涉也不加详查，竟然替他奏请，授李全广州观察使。

许国、扈再兴两军分别攻打了好几天。他们的本意是希望枣阳的金军来援救唐、邓，所以就没有猛攻。偏偏金兵仍然围住枣阳，没有撤回。赵方接到军报后，命许国退回随州，扈再兴与两个儿子驰援枣阳。自此，枣阳已经被金兵攻打了八十多天，金将完颜讹可各种猛扑，石炮和弓弩连番施展，都被孟宗政设法打退。不久，赵范、赵葵、扈再兴杀到，连败金人，直抵枣阳城下。孟宗政见到三路援兵到来，急忙从城中出击，内外夹击，士气大振。从傍晚杀到三更，杀毙金兵三万人，其余的全部溃逃。完颜讹可单骑遁走，孟宗政等人追到马磴寨，焚烧的城堡、夺走的粮草和器械不可胜数。从此，金人再也不敢窥伺襄、汉、枣阳。中原的遗民也陆续前来归附，孟宗政分给他们田地和房屋，并选择勇壮的青年组建忠顺军，经常在唐、邓一带出没，骚扰金人。金人畏惧孟宗政的威名，都叫他"孟爷爷"。

赵方料定金人多次失利之后，肯定还会再来，所以他先发制人，派遣扈再兴、许国、孟宗政等人率兵六万，分三路征讨金兵。赵方告诫他们不要深入，也不要攻城，只需要毁寨夺粮，摧毁他们的守备，就足以示威了。于是，扈再兴、许国等人又分别攻打唐、邓。他们见金人没有防备，所以只是沿途抄掠，骚扰了几天就回去了。金人率众来追，直抵樊城，赵方亲自督军，击退金人。孟宗政又攻破湖阳县，活捉金国千户赵兴儿。许国派降将耶律均跟金人在北阳会战，杀死金将李提控。扈再兴又攻入高头城。金兵接连败退，声势一天比一天衰弱。

刚被任命为观察使的李全，因为在化湖陂打了一场胜仗，渐渐骄横。他假装跟贾涉交好，曲意迎奉。贾涉已受了朝廷的命令，主管淮东制置司，统领京东、河北军马。他将忠义军分为两部分，都统仍是陈孝忠，改任季先为副都统。李全单独成为一军，领导五个营寨。季先为人仗义，德高望重，山东降众都很敬服他。可是李全却暗怀妒忌之心，他在贾涉面前挑拨说季先要谋害他，贾涉竟然信以为真，谎称派季先赴枢密院议事，却暗中命心腹在半路上刺杀季先，季先猝不及防，竟被杀害。随后，贾涉派统制陈选代替季先的官职。试想季先无辜被杀，含冤莫白，他的部下肯俯首帖耳，不起怨言吗？当下季先的部下裴渊、宋德珍、孙武正、王义深、张山、张友等六人为季先发丧，并倡议拒绝服从陈选的统领，暗中拥戴旧党石珪为统帅。陈选回去告诉贾涉，贾涉也没有办法，只好再用金银笼络石珪，并保举石珪为涟水忠义军统辖。李全见除掉了一个季先，又来了一个石珪，又想设法除掉石珪。他一面招降金益都守将张林，青、莒、密、登、莱、潍、淄、滨、棣、宁、海、济南各州县，奉上降表归降宋朝，通过这种方式赢得朝廷的欢心；一面率军袭击金国的泗州和东平，自夸威武。

朝廷对他一再奖赏，贾涉也对他一再慰劳，李全从此更加傲骄，可是降军却多半不服。不久，青州又被金将所招降，首先叛变。蒙古主帅木华黎乘机攻入济南，降将严实也到蒙古军前，奉表投诚。于是，石珪也渐渐萌生异志，背叛了宋廷。李全以为时机成熟，随即向贾涉上书，请求征讨石珪。贾涉于是派李全到楚州，在南渡门严阵以待，并调派淮阴战舰到淮安，以示军威。贾涉又传檄文诱招石珪的部下，说归降者有赏，否则切断一切供应，石珪的部众逐渐解散。石珪走投无路，竟然也跑去投靠了蒙古军。李全又请求贾涉让自己统领石珪的部下以及涟水军，贾涉不好推辞，竟然答应了，从此李全的势力越来越大。

李全愈加骄悍，目空一切。一次，他假借超度国殇为名，到金山寺做法事。镇江知府乔行简用方舟迎接李全，舟中准备了宴席，还请来了一些歌姬。李全入舟高坐，开怀畅饮。他左顾右盼，只见两边坐着的歌妓，这几个温柔娇媚，那几个妖娆绝伦。过了一会儿，曲子响起，娇喉婉转，传入耳中，令人不禁销魂。可是李全碍于乔行简的面子，一时不便搂抱，只好硬着心肠，端坐在那里。等到了金山寺，李全入寺设坛，除了开场的主祭典礼之外，其余的时间全部在外游赏，触目尽是美人，到眼总是佳丽，他不由得感叹："六朝金粉（金粉：旧时妇女妆饰用的铅粉，常用以形容繁华绮丽。这里是形容六朝时期的秀丽美女）名不虚传，我得志以后，一定要在这里建造一个安乐窝，才算不虚过一生。"

回去之后，他对部下说："江南繁华无比，你们愿不愿意跟着我去游玩？"大家当然赞成。李全开始大造方舟，寄泊在胶州西面，扼住宁海的冲要。接着又让兄长李福用这些船做生意。那时，南北已经开始通商，北方人特别喜爱南方货，运到北方能卖到十倍的价钱。船由李福主运，车归张林督办，张林一无所得，心中愤愤不平。后来，张林被任命为京东总管，就拿盐场的税收作为军饷，李福又想跟张林分红，张林不肯答应。李福大怒道："你忘记了我弟弟对你的恩德吗？信不信我告诉我弟弟，取你的首级！"张林听后，非常害怕。同党李马儿劝张林归降蒙古，张林于是奉上京东各郡，向蒙古投降。李福担心张林前来报复，便逃回了楚州。后来，济南知府仲贒前去讨伐张林，张林败走。李全乘机占据青州，宋廷竟然授李全为保宁节度使，兼京东、河北镇抚副使。贾涉叹息道："朝廷只知道给官爵能赢得人心，但不知道人是越宠越骄，将来恐怕会难以控制。"没过多久，贾涉忧愤成疾，请求辞官回乡，不久竟然逝世了。

当时京、湖制置使赵方和四川宣抚使安丙相继去世，几乎有宿将凋零的感痛。赵方驻守襄、汉十年来，以战为守。他将百姓和士兵合为一体，知人善任，有儒将的风范。所以金人南侵时，两淮和川蜀都一度陷入困境，唯独京西一带安全无恙。嘉定十四年，他病重时召见扈再兴等人来到卧室，一再鼓励他们要报效国家。当晚，只见天空有流星陨落在襄阳，正好跟赵方去世的时间吻合。宋廷追封他为银青光禄大夫，又追赠他为太师，赐谥号忠肃。安丙再次被起用后，蜀境转危为安，他又派人给西夏送信，约定夹击金人。西夏派遣枢密使宁子宁率军围攻巩州，安丙也命利州统制汪士信等人接应夏人。后来，巩州久攻不下，双方退师。不久，安丙去世，朝廷追赠他为少师，并在泗州为他建立祠堂。理宗在位时期，赐谥号忠定。

安丙有大将之才，一向被蜀人所畏服。唯独他杀害杨巨源、李好义，被后世所诟病，不免有损德行。

金主因为侵略南宋无功而返，同时连岁币也没了，心有不甘。他再命完颜讹可为主帅，统领三路军马，再次侵犯南宋。并任命时全为副主帅，从颖寿渡过淮河登陆。金兵在高桥市击败宋军，进攻固始县，击退了庐州将领焦思忠的援兵。后来，听说南宋跟蒙古通好，他们担心被南北夹攻，无路可归，便下令北还。行军到淮水的时候，将士们准备渡河，偏偏时全假传圣旨，将军队留在淮南收割南宋的麦子，作为军粮。金军逗留了三天，完颜讹可对时全说："现在淮水还比较浅，可以快速渡河。要是涨水了，渡河就没那么容易了。如果宋军这个时候再偷袭我们的后路，我们就完了。"时全不肯从命，只说没有关系。不料当晚就下起了滂沱大雨，淮水骤然上涨，完颜讹可决定造桥渡河。突然听到炮声四起，鼓声震天，宋军从后面杀了过来。时全惊慌失措，竟然一个人乘上小船逃跑了。部众都来不及跟上，纷纷跳入水中，大部分被淹死了。还有一些没有投水的，都做了宋军的刀下鬼。完颜讹可将责任都归咎到时全头上，并且禀明金主，金主下诏将时全诛杀，从此以后断了南侵的念头。

蒙古元帅木华黎奉成吉思汗的命令，攻取了河东各个州郡，又拿下了太原城。金国元帅乌古论德升以及行省参政李革等人全部自尽。降将明安带领小部分军队来到紫荆关，招降了金国左监军张柔。张柔引导蒙古军一路南下，攻克雄易、保安各州，接着乘胜攻下河北各郡县。金国真定经略使武仙被封为恒山公，他的财力和兵力都是各郡县之首，偏偏跟蒙古将士作战时，屡战屡败，最后竟然奉上真定城出降。其余的郡县更不用说了，全部土崩瓦解，无可挽救。金主虽然听从了一些忠臣的话，诛杀了穆延尽忠和朮虎高琪，但是事情到了这个地步，已经没有挽回的余地了。金主只好向蒙古求和，可是木华黎不肯答应，并且继续掠山东，攻山西，一直打到了陕西凤翔府，害得金主珣昼夜不安，酿成心病。到了宋宁宗嘉定十六年腊月，金主珣竟然一命呜呼了。金主珣在位总共十一年，年年都要用兵，北不能抵御蒙古，南不能侵占南宋，只能坐待衰亡。金主珣去世以后，太子完颜守绪即位，尊故主完颜珣为宣宗。第二年秋天，宋宁宗也去世了，为了皇位的问题，南宋又生出了一场变乱。

第八十九章 硝烟不断的楚州城

宁宗本来立荣王赵曮为皇子，改名为赵询。嘉定十三年，赵询突然病逝，可是后宫依然没有生下子嗣，免不了要另选皇子。孝宗立燕王赵德昭的九世孙赵均为后继之人，赐名赵贵和。嘉定十四年，立赵贵和为皇子，赐名为赵竑。史弥远劝宁宗多选一两个皇子，择优册立。史弥远的馆师名叫余天锡，为人谨慎宽厚，史弥远很器重他，并命他做皇子的老师。余天锡，绍兴人，因为要回乡秋试，所以请假回家。史弥远偷偷地嘱咐他："你这次回去，如果发现皇室里有优秀的子弟，就把他们带回来。"余天锡领命而去。

余天锡快到绍兴的时候，正巧天降大雨，不得已来到全保长家中避雨。全保长知道他是丞相的馆师，当即杀鸡宰羊，殷勤款待。吃饭的时候，余天锡发现有两位少年站在旁边，便问全保长他们是谁。全保长回答："他们是我的外孙赵与莒、赵与芮，也是开国太祖的十世孙。"余天锡不禁起座道："失敬！失敬！"再问这两位少年的履历，才得知他们的父亲名叫赵希瓐，母亲是全氏。全保长还告诉余天锡一件奇怪的事情，他说赵与莒出生的时候，屋里出现一道五彩光芒，非常耀眼。出生三天后，他的家人听到屋外有车马路过的声音，出去一看却什么都没发现。等到三五岁的时候，他在床上睡觉，身上隐隐地有龙鳞出现，街坊邻居都非常诧异。大家都说他以后肯定非常显贵，还说赵与芮也并非凡品。余天锡见他们相貌堂堂，也将他们夸奖了一番。

余天锡回到临安后，将这件事告诉了史弥远。史弥远派人召他们进京，全保长喜出望外，他急忙卖掉田地，筹钱买了几件像样的衣服，将他们送到了京城。史弥远见到这两位少年后，也暗暗称奇。后来，他担心事情泄露，就派人将他们送了回去，全保长大失所望。不久，史弥远又嘱咐余天锡，让他将赵与莒带到京城来。随后，史弥远转告宁宗，说赵与莒相貌不凡，又是太祖的后代，非常适合选做后继之人。于是，宁宗将赵与莒召入宫中，赐名赵贵诚，授秉义郎，当时赵贵诚只有十七岁。赵贵诚凝重端庄，非常好学。他每次上朝时，一些大臣在他旁边有说有笑，可是他却不苟言笑，静静地站立着，非常庄重。史弥远看见后，更加看好他。

史弥远把持朝政已经很久了，他内结杨后作为护身符，外结私党作为帮手，而谏官大都是他引荐的，所以朝廷内外没人敢跟他对抗。唯独皇子赵竑见他独揽大权，心中多有不满。史弥远也察觉出皇子的敌意，他知道赵竑喜好鼓琴，所以特地购买了一位擅长弹琴的美人，送到赵竑的府上，让她留意赵竑的一举一动。赵竑既得知音，又逢佳丽，他明知道史弥远不怀好意，但还是被这位美人迷住，一时无从解脱。再加上这位美人知书达理，善解人意，时间一长，赵竑反而将她视为知己，无论有什么事情都会跟她密谈。赵竑曾经给杨后写过一封信，说了很多史弥远的坏话，其中有一句是："史弥远误国误民，应该将他发配到八千里外。"他带着美人看墙上的地图，并指着琼崖一带说："我当上皇帝后，一定要把史弥远流放到那里去。"那位美人受了史弥远的嘱托，当然把这件事告诉了史弥远，史弥远不觉大惊失色，忧心忡忡。

　一天，史弥远来到静慈寺，替父亲史浩祈福，百官又纷纷前来祭拜，讨好史弥远，当时国子学录郑清之也在场，史弥远将他邀入慧日阁，私下里对他说："当今皇子无才无德，不堪重任。现在有一个皇室子弟，为人非常聪慧，不过他还太过稚嫩，需要有人教导。我想让你做他的老师，如果他能继承大位，以后我的职位就非你莫属了。切记，这件事只有你我知道，一旦泄露，你我都要被灭族。"郑清之唯唯从命。第二天，史弥远派郑清之给赵贵诚讲课，他每天教授赵贵诚诗文和谋略，并购买了高宗的御书，让他好好学习。赵贵诚本来就聪明，加上郑清之的悉心教导，才能突飞猛进。不久，郑清之前去拜谒史弥远，并出示赵贵诚写的诗文，史弥远对文章赞不绝口，还说他品学醇厚，为人不凡。不久，史弥远接连递上奏折，在宁宗面前历数赵竑的缺点，并极力赞颂赵贵诚。宁宗被他说得晕头转向，不知道该怎么办。

　后来，宁宗病倒了，史弥远又派郑清之去试探赵贵诚有没有做皇帝的意愿。郑清之问了半天，赵贵诚却不发一言。郑清之着急地说："丞相将心腹大事托付给了我，可是我说了半天，你却一句话都不回答，你让我回去怎么答复丞相呢？"赵贵诚听后，拱手作揖，慢慢地说："这件事我不敢专断，必须禀报住在绍兴的老母。"郑清之把他的话转告给了史弥远，史弥远不觉赞叹。过了五天，宁宗病重，史弥远竟然假传圣旨，立赵贵诚为皇子，赐名赵昀，封成国公。又过了五天，宁宗驾崩，史弥远又派杨后的侄儿杨谷将废立的事情告知杨后。杨后愕然地说："皇子赵竑是先帝所立，怎么能擅自更改呢？"杨谷回去禀报史弥远，说杨后不同意。史弥远又让他前去奏请，一个晚上总共往返了七次，可是杨后还是没有准许。杨谷哭着说道："内外的将士、百姓都称赞成国公的人品和才华。如果还不册立的话，肯定会发生变乱，到时候我们杨氏一族就要遭殃了。"杨后迟疑了好久，才说道："这个人现在在哪儿？"杨谷还不等她说完，便三步并作两步，跨出宫门，找史弥远去了。史弥远急忙派人宣召赵昀，并对派去的人说："我让你宣召的是赵昀皇子，不是赵竑皇子，你要是弄错了，定斩不饶！"不久，赵昀进宫觐见杨后，杨后拍着他的后背说道："从今以后，你就是我的儿子了。"赵昀并没有答谢。史弥远带着赵昀到宁宗的灵柩前，哀悼完毕后，才召赵竑前来。

　赵竑早就知道宁宗驾崩的消息。他一直等到晚上，才有人前来宣召。他急忙带着侍从，匆匆入宫。他每过一道宫门，就有卫士拦住他的侍从，到了灵柩前，只剩下他一个人了。史弥远出来带着他哭灵，哭完之后，又将他带出来，并命夏震看着他，赵竑非常疑惑。一会儿听见殿内宣召百官，恭听遗诏。百官按照顺序入殿，赵竑正准备登上大殿，却被传宣官引到原来站的位置。赵竑惊讶地问："今天都什么时候了，我还要位列日班吗？"夏震哄骗他说：

"在没有宣布遗诏之前,你应该站在那里,等宣布完毕后,才可以登位。"赵竑点头不语。可是,过了一会儿,只见殿上烛火齐明,竟然有一位少年天子出来登上了宝座。宣赞官宣读即位诏书,并命百官拜贺,可是赵竑不肯下拜,夏震在后面使劲推他,没办法只好屈膝跪地。跪拜贺礼完毕后,又颁出遗诏,授皇子赵竑为开府仪同三司,进封济阳郡王,判宁国府;尊杨后为皇太后,垂帘听政。于是这位成国公赵昀便安安稳稳地占了大位,史称理宗皇帝。他大赦天下,晋封赵竑为济王,追封生父赵希瓐为荣王,生母全氏为国夫人。

第二年,理宗下诏改元宝庆。三个月后,宁宗被葬于永茂陵。宁宗总计在位三十年,改元四次,享年五十七岁。他刚开始任用韩侂胄,后来又任用史弥远,两奸专权,宋室越来越衰落。理宗小时候在家里跟朋友做游戏,喜欢一个人坐在高处,自称大王,小伙伴们也叫他赵大王。他登基后,广招贤士,将潭州知府真德秀召入宫中,任命为直学士,召嘉定知府魏了翁为起居郎。这两人都是理学名家,同时被召入,深得人心。

过了一个多月,朝廷接到淮东的警报,说制置使许国被李全驱逐,死在了半路上,楚州大乱。许国曾经是淮西都统,他辞职在家,贾涉死后,他曾上奏说:"李全狼子野心,一定会造反。"朝廷就让许国接替贾涉。许国奉命前去赴任,李全的妻子杨氏到郊外迎接许国。可是许国却拒绝见她,杨氏非常气愤地回去了。许国上任后,犒赏三军。李全从青州写信前来称谢,许国对众人说:"李全这个人贪图蝇头小利,我稍微施舍点恩赐,他就如此摇头摆尾。"接着他回信给李全,邀他前来相见。李全不肯答应,许国备下一份厚礼一再邀请。李全的手下刘庆福派人去试探许国,料定许国无意加害,便请李全去见许国。李全对部下们说:"我要是不去见他,未免有些理亏,还是去吧。"

李全到了楚州,在座的宾客对他说:"李大人参拜的时候,许大人必定会下令免礼的。"等到李全入拜,许国却端坐在座位上一动不动。李全出来后,愤愤地对别人说:"我李全是朝廷命官,也不是没有拜过人。但是他不是文臣,他以前做淮西都统的时候,贾涉也没有让他参拜。他有什么功劳,官位一在我之上,就如此狂妄自大?我李全赤心报国,又不造反。"许国听说李全的话后,非常后悔,便特意盛宴款待李全,再三慰劳,可是李全还是没有释怀。不久,李全想去青州,担心许国不同意,就心想:"他不过是想让我跪拜,如果我能得志,拜一拜又算什么呢?"所以,他再见到许国的时候,总是折节下拜。以后不管有什么行动,也都会报告许国,表现得非常恭顺。许国高兴地对别人说:"我已经把李全征服了。"当李全说要去青州时,许国想都没想就答应了。李全到了青州后,马上派刘庆福到楚州谋杀许国。

刘庆福跟杨氏密谋,派人暗中巴结盱眙的四位将军谋变,可是这四位将军不肯,刘庆福才一时没有动手。计议官荀梦玉收到密报后,劝许国小心提防。许国夸口说:"尽管让他谋变,只要他一动,我就杀了他。难道我是不懂用兵的儒生吗?"荀梦玉见许国如此自大,担心自己会被连累,就传檄文到盱眙,转告刘庆福说:"许国要加害你。"刘庆福因此迫不及待,带着部众准备行动。当时,许国早晨起来处理公事,刘庆福等人带家伙闯了进来,许国料知有变,厉声喝道:"不得无礼!"话音刚落,一支箭已经射到了额头上,顿时血流满面。他也顾不了疼痛,转身就跑。刘庆福又指挥乱党闯到许国的家里,将他满门杀害,并纵火焚烧官署，抢劫库财。许国在几十名卫兵的保护下，狼狈逃脱。在路上，他心想全家被害，下不能保全妻儿，上不能报效国家，活着还有什么意思，索性解下腰带，上吊自尽了。

楚州大乱后，扬州也受到波及。可是史弥远听说后，竟然想含忍了事。他得知大理卿徐晞稷曾经驻守海州，跟李全有八拜之交，于是授徐晞稷为制置使。徐晞稷到了楚州后，李全也到了。李全佯装责备刘庆福不能驾驭手下，随便杀了几个人，然后上表待罪，装出一副痛苦不堪的样子。徐晞稷急忙阻止他，还再三劝慰。自此，李全更加骄纵，不可一世。徐晞稷却一意献媚，竟然叫李全为恩府，叫杨氏为恩堂，尊卑倒置。真是可笑，无耻！李全传檄文到恩州，里面说："许国谋反，已经被我诛杀，你们所有的将士都要听我节制。"恩州的守将彭义斌虽然也是降盗，但他却有点忠心，不像李全那样狡诈，他当下扯碎檄文，愤然大骂道："逆贼背国厚恩，擅杀制使，我必报此仇！"于是，他祭天誓师，率军讨逆。李全知道后，非常愤怒，当即率众攻打恩州。彭义斌出城迎战，击败李全，夺去二十多匹战马。刘庆福引兵救援，又被彭义斌大败，李全不禁气馁，于是写信给徐晞稷，请他替自己和彭义斌讲和。徐晞稷答应替他出面排解，彭义斌知道徐晞稷不可靠，便写信给沿江制置使赵善湘，约同他一起诛杀李全。盱眙的那四位将军也愿意协力讨贼。扬州知府赵范又上书史弥远，劝他不要养虎为患。偏偏史弥远姑息偷安，禁止他们轻举妄动，让这个狼心狗肺的李全逍遥法外。

彭义斌认为山东还没有安定，打算平定内乱后，再诛杀李全，于是他移兵攻打东平。东平守将严实当时已经归降蒙古，因为兵少粮虚，表面上跟彭义斌联合，暗中却约蒙古将孛里海一同攻打彭义斌。彭义斌对此全然不知，带着部队就到了西山，正好跟孛里海的兵马遭遇。两下交锋，不分胜负，谁知严实突然从背后袭击，彭义斌全军大乱，自己也被活捉了。蒙古将领史天泽劝他投降，彭义斌厉声说道："我是大宋臣子，怎肯向你们这些胡虏投降？"当即遇害。随后，京东各个州县接连被攻陷。后来，蒙古军又进围青州，李全好不容易有了一处巢穴，怎肯舍弃？他跟蒙古军鏖战多次，始终处于劣势。李福跟他商量，让他去请援兵，自己留下据守。李全摇头说："敌人有十万精兵，恐怕兄长抵挡不住，不如让我守城，兄长去乞援吧。"于是，李福半夜溜出城外，奔向楚州。

史弥远听说李全被围，打算乘机除掉李全。他调回徐晞稷，改任盱眙知军刘琸为淮东制置使。刘琸赴任时，只带了镇江的三万兵马在身边。盱眙忠义军总管夏全请求随同，刘琸担心他不容易驾驭，就没让他跟着。夏全的部下对他说："楚州城里的贼党不足三千人，他们的健尉又在山东，刘制使今天到了楚州，明日就可一举平定。太尉为什么不跟着去，建功立业呢？"夏全连连点头，竟然等刘琸出发后，率五千名部众悄悄地跟在后面。刘琸到了楚城，夏全也跟着进来了。没有办法，刘琸只好让他留下来。

李福回到楚州，想要分兵救援青州，刘琸不肯相从。于是，李福跟杨氏挑动部众，喧哗不休。刘琸让夏全的部队驻扎在楚城内外，严防兵乱，并限李福等人三天之内必须出城。李全的妻子杨氏想出一个离间的方法，她派人对夏全说："将军不也是从山东归附朝廷的吗？兔死狐悲，如果李氏被灭，夏氏能独存吗？愿将军垂怜！"这几句话进入夏全的耳朵里，夏全不禁心动，便去了杨氏的住宅。杨氏盛装出迎，夏全见她风姿绰约，华服凝妆，威武之中还有几分妩媚，不禁头晕目眩。杨氏故意卖弄风骚，留夏全吃饭，自己在一旁相陪。夏全不时色迷迷地看着杨氏，杨氏也眉目含情地看着他。酒过三巡后，杨氏娇声对夏全说："大家都传言我的丈夫已经死了。我一个妇道人家，还怎么立足？如果太尉能出兵援救青州，我就嫁给太尉为妻！"夏全听到这句话，喜出望外，全身酥麻了一半，斜看一双色眼说："姑姑！此话当真？"杨氏索性更进一步说："太尉要是能赶走刘琸，我一定履行诺言。"夏全非常高兴，将李福叫来商议，一起驱赶刘琸。

第二天，夏全等人合攻楚州官署，焚毁民宅，杀死官吏，闹得天翻地覆，鬼哭狼嚎。刘琸幸亏有镇江军那几万兵马保护，才得以逃出城外。镇江军跟叛贼激战一夜，将校多半战死，兵器、盔甲、钱币、粮食都被叛贼抢走。夏全将刘琸赶走后，便跃马赶赴杨氏大营，满以为这晚可以鱼水欢戏，颠倒鸳鸯，哪知到了营前，竟请他一碗闭门羹，满营的兵士都严阵以待。他当下策马回奔，招部下出城，直奔盱眙，一路上大肆掠夺。盱眙守将张惠、范成进得知夏全作乱，竟然紧闭大门，并将夏全的母亲和妻子一律斩首，将头颅扔到了城下。夏全气得咬牙切齿，恨不得将盱眙城吞下去。他正准备麾众攻城，城中竟然率先驱兵杀出，反而将他的阵营蹂躏了一番。夏全死伤了一千多士兵，一时无路可归，竟然投奔金人去了。

刘琸到了扬州，担心朝廷怪罪，忧虑而亡。理宗命姚翀任楚州知府，兼制置使。姚翀毫无才能，跟徐晞稷是一路货色。临行前，他将母亲和妻儿留在都城，自己买了两个小妾，坐船启程。到了楚州，他得知杨氏没有加害自己的意思，于是入城相见，极力谄媚。姚翀见州署被毁，没有落脚的地方，只好寄住在寺庙里，打发时间。幸好有两位小妾侍奉，倒也不怕寂寞。他整天左拥右抱，非常快活。不久，李全守不住青州，投降了蒙古。刘庆福那时驻守山阳，他知道自己的处境危险，想要杀掉李福赎罪。李福也已有耳闻，也想将刘庆福杀害。这二人互相猜忌，再也没有相见。

一天，杨氏邀请姚翀议事，姚翀不敢推辞，只好前往。到了李福的大营，见刘庆福也在场，杨氏开口说："哥哥患病，不能主持军务，所以请姚制帅和刘总管商议军情。"刘庆福说："李大哥什么时候患病的，我怎么不知道？"杨氏正要回答，里面就有人传刘庆福进去。刘庆福认为李福有病在身，应该不会出什么意外，于是就跟着报信的人进去了。走到内室，他遥见李福穿着衣服躺在床上，不免有些疑虑。他不得已走近床前，开口问道："大哥真的患病了吗？"李福回答："烦恼得很！"刘庆福突然听到宝剑出鞘的声音，心里大叫不好，拔腿就逃。李福从床上跳起，持刀追杀刘庆福。刘庆福手里没有家伙，当场被李福斩杀。李福拿着他的首级来到大堂，交给姚翀。姚翀大喜道："刘庆福这个罪魁祸首，一世奸雄，今天终于伏法了！"姚翀回到寺中，立刻草奏，奏报朝廷。

不久，朝廷传来圣旨，对姚翀大加褒奖，李福也加官进爵，杨氏进封楚国夫人。楚州自从夏全叛乱后，府库的粮食全部被掏空。李福经常向姚翀索要军饷，可是姚翀没办法支付，只好说等朝廷拨发。李福催促了好几次都没有结果，私下里生气地说："朝廷既然不肯养忠义军，为什么要设立它呢？如今设立了却又不给我们钱粮，这分明是在制压我忠义军。"于是，他跟杨氏密谋造反。他们邀请姚翀赴宴，姚翀欣然前往，坐了半天都不见杨氏出来相陪。不一会儿，姚翀见自己的两位小妾也被叫了过来，他不知葫芦里面卖的什么药，正在疑惑，突然看到一群武夫从外面向内探望，他料知没有好事，便起身离开。刚出客厅，只听见外面一片喧哗："姚制使逃了！姚翀逃了！"姚翀无处躲避，几乎吓破了胆。

第九十章 心头大患终被平

姚翀感觉大事不妙，抱头窜出。他见外面站满了带刀的甲士，心想这次死定了。幸亏李全的部下郑衍德挺身而出，保护他冲出重围。他逃到明州，不久便病死了。淮南相继发生变乱，朝廷派去的四位制置使全部被害，于是朝廷打算轻视淮南，将重心放在长江一线。随后，朝廷撤销楚州的建制，改楚州为淮安军，任命统制杨绍云兼制置使，命通判张国明暂时驻守。盱眙守将彭忔想要乘此建功立业，他暗中派张惠、范成进入淮安，对李全的部将国安用、阎通说道："朝廷之所以不给忠义军钱粮，无非是因为刘庆福、李福等人多次作乱。如今刘庆福已被杀死，可是李福还在，我们为什么不为朝廷除掉这个祸害呢？"国、阎二人觉得很有道理，于是联络王义深、邢德，打算一同举事。

当时张林又来归降南宋，他跟李福一直有仇。张林和这四位将军带着部众闯入李福的家中。那时李福正准备出门，迎面撞上邢德，邢德劈头就是一刀，砍掉了李福的脑袋。他们又闯进内室，将李全的小儿子李通杀死。他们到处搜找杨氏，见有个妇人躲在床底下，当即将她牵出来，杀死了事。他们将这妇人的头充作杨氏的，跟李福的头颅一并送到杨绍云那里献功。杨绍云派人将头颅送到临安，举朝欢喜。试想，这杨姑姑有胆有识，手上的双刀无人能敌，再加上无人能及的臂力，难道会躲在床底下任人宰割吗？原来这个被杀的妇人是李全的小妾刘氏，杨氏早就换了衣服，星夜逃往海州去了。朝廷表彰彭忔，命他经略淮东。张惠、范成进有功没赏，再加上缺少粮饷，于是密约投降金人。他们设宴款待彭忔，接连灌了他十几杯酒，彭忔醉倒在席上。这二人将他捆了起来，渡过淮河，投降金人去了。

李全奉了蒙古的命令，统治山东。他听说兄长和妻子被害，当然不肯善罢甘休，他请蒙古元帅准许他出兵报仇。蒙古元帅不肯答应，李全毅然切断手指，愤然说道："李全要是再回归南朝，有如此指！"于是蒙古主帅同意他出兵淮南。李全穿着蒙古人的衣服，传檄文到两淮，悬赏那五位杀兄的主谋。杨绍云见到檄文后，连忙退避去了扬州。王义深也投降了金人。国安用非常恐惧，他诱杀张林、邢德，带着他们的首级投靠了李全，自行赎罪。李全没有杀他，跟他一同攻入淮安。后来，李全又率军攻占了海州、涟水等地。李全的妻子杨氏听说丈夫率军杀回来了，便跑到淮安跟他相会。可是史弥远到现在还执迷不悟，只想着招抚，不想在淮南动武。李全那时还没有水师，所以他表面上顺从朝廷的命令，背地里却操练水战，大造战船，为撕破脸的那天做准备。

绍定元年，即理宗四年，李全广招水兵，无论是南方人还是北方人，来者不拒。宋军大多前去应征，李全又增设战舰，跟杨氏在海上大阅水师。夫妻二人一个是国家的将帅，甲胄辉煌；一个是半老佳人，英姿飒爽，也算是盗贼窝里的儿女英雄了。李全又跟金人联合，约定把盱眙割让给金人，并让金人封他为淮南王。他盘踞在淮河一带，表面上对宋称臣，索要军饷；又对蒙古称臣，将淮南的商税盐利一并垄断，好作为蒙古的岁贡；还对金人虚与周旋，免得他从中作梗，处事非常圆滑。朝廷里的士大夫都知道李全心怀不轨，可是因为史弥远掌权，没有一个人敢来多嘴。李全因为朝廷没有授予他节度使，竟然派心腹潜入皇城纵火，烧毁了军器库，先朝储藏的兵甲也被付之一炬。

朝廷明知道这是李全主使的，可还是苟且偷安，不加责问。后来，李全运麦子的船路过盐城，扬州知府翟朝宗派尉兵出来抢夺麦子，惹得李全怒气冲天，立即带着一万多水陆兵来攻打盐城。盐城守将陈益、楼强相继逃走，公私盐货都被李全强占。翟朝宗急忙派王节到盐城恳求李全退师，李全哪里肯依？他留下郑祥、董友驻守盐城，自己提兵回到淮安，并上表朝廷，只说："追捕盗贼路过盐城，守将都弃城逃走。我担心军民惊扰，所以才进城安抚他们，现在我已经返回淮安了。"史弥远尚认为李全固守臣节，于是满足他的心愿，授予他彰化、保康节度使，兼任京东镇抚使，并下令让他退兵。李全却毫不理会，史弥远不但不怪罪他，反而将翟朝宗罢免，让赵璹夫接替他的职务。

李全加紧建造战舰，他广招沿海的亡命之徒，充当水手。他又写信给赵璹夫，说是要防备蒙古，让他多给五千人的粮饷。朝廷也是有求必应，其他的将士看到淮海上来来往往的运粮船只，都私下议论道："朝廷还担心喂不饱这个叛贼，还让我们以后怎么杀贼呢？"所以，民间就有了"养北贼戕淮民"的谣言。当时，赵范、赵葵已经奉命，节制镇江、滁州的军马；赵善湘为江、淮制置使。三赵都嫉恶如仇，力主对李全用兵。那时，史弥远请假在家，大部分的大臣还是不知道要不要动手，唯独参政郑清之认为李全不除，便是心腹大患。他连同枢密袁韶、尚书范楷等人力劝理宗发兵讨逆。理宗准奏，郑清之又转告史弥远。史弥远见皇上已经下定决心，只好改变一贯姑息的态度，请旨削夺李全的官爵，并下诏讨伐逆贼李全。

朝廷跟李全摊牌后，李全便率众到达扬州湾头，来攻夺扬州城。扬州知府赵璹夫惊慌失措，正想收拾行装开溜，幸亏被副都统丁胜阻拦，才闭城拒守。不久，赵璹夫接到史弥远的书信，答应给李全增加一万五千人的粮饷，让他劝李全撤回淮安。赵璹夫派部吏刘易到李全的大营，拿着这封书信给他看。李全笑着说："史丞相劝我回去，丁都统又要跟我开战，岂不是自相矛盾吗？"随即将书信扔在地上。刘易回去禀报赵璹夫，赵璹夫急忙出发牌印，到镇江邀请赵范和赵葵前来支援。赵葵随即率领雄胜、宁淮、武定、强勇四路兵马，一共一万五千名将士，驰援扬州。李全的党徒郑衍德劝李全先攻取通、泰二州，再进攻扬州。于是，李全又引兵去攻打泰州。知州宋济不战而降，李全进城大肆掠夺一番后，又转向前往扬州。途中李全听说赵范、赵葵两兄弟已经进了扬州城，便举起马鞭，责怪郑衍德说："我本想先攻取扬州，你却劝我先取通、泰，现在这对兄弟已经进了扬州城，试问扬州还有那么容易夺下吗？"郑衍德理屈词穷，只好低头不语。

后来，李全分兵驻守泰州，自己率众攻打扬州，直扑东门。赵葵出城迎战，两人站在壕沟对面对答。赵葵问李全为什么要来攻扬州，李全回答："朝廷动不动就猜疑我，如今又断绝我军的粮饷，我并不是背叛朝廷，只是来要粮的。"赵葵大怒道："朝廷把你当作忠臣孝子，你却三番两次聚众作乱，迫害朝廷命官。你率军到处攻占城池，烧杀抢掠，无恶不作，朝廷岂能再给你粮饷？你说没有背叛朝廷，是欺人呢？还是欺天呢？你倒是说说！"李全被这一番话问得哑口无言，恼羞成怒地抽出弓箭，向赵葵射去。赵葵用枪挡住飞箭，并挥军渡过壕沟，打算跟李全决战。李全见他们来势汹汹，便下令暂退。第二天，李全倾巢出动，全力攻城，被赵葵杀退。后来，李全又多次发动进攻，二赵轮流战守，并陆续有援军到来，城防无懈可击。李全在城外修筑城堡，想要困住城里的守兵，并亲自督兵筑垒。赵范分兵前来骚扰，李全也分兵与他酣战，一场混战从早上杀到傍晚，双方伤亡相当，一直到天黑才鸣金收兵。第二天，赵范又出师大战，他命副将金玠袭击李全的粮船，杀败李全的部将张友，夺得十几艘粮船。又过了一晚，赵葵又率军出战，又将李全杀败。可是李全仗着人多，始终不肯退去。

双方从绍定三年冬季，相持到四年初春，李全还是不肯退去。赵葵、赵范率军出城，想要跟李全一决雌雄，可是李全屡战屡败，最后干脆躲在城堡里，不肯接战。赵葵对赵范说："贼兵是想等我们收兵后，追杀我们。"于是他命令将校李虎率军埋伏在一侧，假装下令收兵。贼兵见官军撤退，果然掩杀出来，李虎从一侧率军杀出，贼兵大败。到了上元节，赵葵下令张灯结彩，做出一番悠闲的景象。李全也在城堡里张灯设宴，庆祝上元节。第二天，宋军挑选一批老弱残兵到李全城堡前叫阵，引诱他出来，另外又挑选了一批精锐埋伏在路上，打算切断李全的归路。李全果然中计，立即开寨迎战。赵范、赵葵带着两路兵马从城里杀了出来，各位将士踊跃上前，无一落后。李全料知杀不过，只能且战且退。

他正打算跑回城堡中，忽然半路杀出一名彪悍大将，抢刀大喊道："贼人李全休走！李虎在此！"李全无心恋战，拍马奔逃。赵葵、李虎一前一后，杀得李全的士兵东倒西歪，伤亡殆尽。李全冲出重围，向北奔向新塘。去新塘的路上有很多泥淖，李全手下只有几十个人。他们骑着马拼命乱逃，慌不择路，再加上天色昏暗，路况难辨，只听见"扑通扑通"地响了几声，那几十个人连人带马都陷入了泥淖之中，李全当然也在其中。官军从后面追上，拿着长枪一顿乱刺，李全急忙喊道："别杀我，我是个头目。"官军听见"头目"两字，更加来劲，十几杆长枪将李全捅成了蚂蜂窝，跟着他的几十个人无一生还。官军带着李全的尸体回营报功去了。李全死后，余党想溃散，唯独国安用不肯听从，还想东山再起，推举一人继续称王，可是大家谁都不服谁。没办法，国安用只好回到淮安，想奉李全的妻子杨氏为主。赵范、赵葵奋力追击，大破贼党。赵范、赵葵收军回到扬州，派人将新塘的头目尸体送来检验，发现那具尸体左手上少了一根手指，这才确定李全已经死了。于是，赵葵下令，将李全的尸体碎成好几段，扔到荒郊野外。先前到庙里祈祷，可是没有应验，李全非常愤怒，竟然抽刀将神像砍得稀巴烂。后来，有个人在梦里对他说："你无故毁坏我的神像，你死后定粉身碎骨！"这次，果然应验了。

贼众溃散，扬州解围。赵善湘上书报捷，举朝欢庆。理宗下诏加封赵善湘为江、淮制置使，赵范为淮东安抚使，赵葵为淮西提刑，其余的将士也都有封赏。赵范和赵葵再率十万大军，直捣盐城，大败贼众。后来，大军又直扑淮安城，剿灭李全最大的一个巢穴，斩杀贼人一万多，城中哭声震天。李全的妻子杨氏对郑衍德和安国用说："想不到我二十年天下无敌手的黎花枪，如今竟然落到如此地步。罢了，你们死战不降，无非是因为我在城里。我马上出城，你们不妨出降吧。"于是，她带着几百名亲兵闯出城外，向北逃去。贼党于是派人出城请降，赵范不愿看到兵士相残，接受了他们的请降。于是，淮安被平定，海州、涟水等地也相继收复。杨氏一直逃回了山东，过了几年便病逝了。两淮十年的强寇从此被扫荡无遗了。

理宗初年，亲近贤臣，有心励精图治。可是史弥远掌权，正邪不能相容，并且因为真德秀、魏了翁等人曾经跟济王赵竑有些交情，所以史弥远更加憎恨他们。他特意举荐"三凶"梁成大、李知孝、莫泽进入知谏院，作为自己的爪牙。梁成大因为贿赂史弥远，一下子由知县升做了御史，他以排斥正士为要旨。不久，太后撤帘归政，国事由理宗亲自处理。这三凶轮流弹劾真德秀、魏了翁，说他们偏袒济王，朋比为奸，误国误君，因此真德秀、魏了翁相继被罢官。梁成大写信给亲友说："真德秀是个真小人，魏了翁是个伪君子。"大家都觉得他像疯狗一样乱叫，因此称呼他为"成犬"。接着理宗又录用贤臣的后代，比如赵鼎、朱熹、张浚、赵汝愚等人的子孙。理宗还修建昭勋崇德阁，请画师绘出先朝的功臣，一共二十四人，赵普在最前面，赵汝愚在最后。理宗一味地追忆过去，却不顾眼前，像真、魏这样的贤士，都被罢黜殆尽，真是本末倒置。

当时，蒙古主铁木真跟木华黎分两路征讨。木华黎负责侵略南方，铁木真负责侵略北方。乃蛮部落酋长太阳汗的儿子屈曲律逃到了西辽。西辽盘踞在葱岭一带，当年辽人耶律大石痛心大辽被金国所灭，率领残军逃到了新疆，联合回纥部落组合成了一个大国，史称西辽。他们以兴复辽国为己任，现在的主子是直鲁克。屈曲律见西夏、南宋、大金国势衰弱，都被蒙古蹂躏，于是投奔了西辽。直鲁克将他招为女婿，并授予大权。没想到，屈曲律竟然篡夺了王位，并发兵向东入侵蒙古的属境。铁木真派遣哲别西征，哲别率军直入，屈曲律不敌，一直逃到了巴克达山，被哲别追上，一刀了事。于是，西辽的国土尽归蒙古。

铁木真回国后，因为西征的时候曾向西夏征兵，可是夏主却不肯听从。铁木真又命夏主将儿子送过来作人质，夏主又不肯依从。惹得铁木真非常恼恨，再加上木华黎在南方病逝，因此铁木真打算南下征讨西夏，顺便掠夺中原。西夏自从李安全以后，又换了两个主子。李安全传位给了侄儿李遵顼，李遵顼又传位给了儿子李德旺。李德旺庸弱无能，国家大事全都由悍臣阿沙敢钵一人主持。上次蒙古派人过来征募士兵、索要王子，也都是他一人拒绝的。这次铁木真决定出师，不料在半路上，铁木真忽然患病，于是他只派使者前去诘责夏主，只要夏主低头认个错，他就撤军回去。谁料这个不知天高地厚的阿沙敢钵，竟然对着使者又顶撞了好几句，还辱骂了铁木真。蒙使回去禀报铁木真，铁木真勃然大怒，一下子从床上跳起来，下令大军急进，直贺兰山。阿沙敢钵居然率众前来迎战，谁知蒙古兵如此厉害，任你阿沙敢钵有上天入地的本领，碰到蒙古大军，也只能弃众逃走。铁木真一路势如破竹，先后攻破西凉，杀入灵州，踏平临洮，进陷洮河、西宁二州，一直打到了德顺。夏主李德旺见蒙古人这般勇猛，整天提心吊胆，不久便死去了。他的侄儿李睍继立，李睍年幼无知，根本不知道什么军国大事。不久，德顺也被攻陷，蒙古大军直逼夏都，夏主李睍无奈出降，蒙古兵一齐进城，抢了钱财，劫了妇女，还有夏主的妃子、公主，全都一股脑儿被蒙古人掳走，或杀或辱，不用细说。西夏从李元昊称帝以来，一共传了十代，历经了二百零一年灭亡。

铁木真在六盘山养病，但是病情一天比一天严重。他自知会一病不起，所以对左右说："西夏已被歼灭，金国势单力薄。我本打算乘胜灭掉金国，无奈寿命到头，不能再征战沙场了。希望你们能继承我的遗志，继续南下中原。想要灭掉金国，最好向南宋借道。宋、金是世仇，肯定会同意的。到时候我们出兵攻夺唐、邓，直捣大梁，不怕金国不被我们所灭。这比从潼关进兵要简单十倍！切记！"话刚说完，就去世了，享年六十六岁，蒙古人称他为元太祖。铁木真在遗书中命小儿子拖雷监国。过了一年，蒙古召开大会，让各位王公大臣共同推选一位大汗，此次会议叫作库里尔泰会议，推举太祖的第三子窝阔台为大汗。窝阔台继承汗位后，秉承父亲的遗志，一心一意攻打金国。

宋理宗绍定三年冬，窝阔台带着弟弟拖雷等人入侵陕西，连下山寨六十多座，进逼凤翔，并分兵攻打潼关。第二年，凤翔被攻陷，只是潼关久攻不下。窝阔台回忆起父亲的遗言，就命部下速不罕到南宋借道。速不罕到了沔州，竟然被统制张宣杀死。窝阔台收到消息后，当然不肯善罢甘休，他命拖雷率领三万骑兵攻入大散关，进破凤州、洋州，接着围住兴元。宋朝有数十万百姓被屠杀。拖雷下令蒙古兵拆了民房做成木筏，渡过嘉陵江，侵入蜀地。四川制置使桂如渊逃跑。随后，蒙古兵接连攻占城寨四百四十多所，势如破竹，无人能挡。蒙古兵在蜀境大肆劫掠一番后，便匆匆离开了。

第九十一章　约蒙古夹击残金

　　元太祖的小儿子拖雷分兵侵略蜀地，拔取城寨四百四十多座。因为蒙古和南宋还没有决裂，所以只派偏师示示威，劫掠一番后就回去了。随后，蒙古派大军全力灭金。蒙古兵攻破饶凤关，渡过汉江向东进发，直逼汴京。金主完颜守绪急忙命各将分别屯兵襄、邓，抵御蒙古兵。不久，蒙古兵渡江而来，驻守邓州的金将哈达见蒙古兵来势汹汹，不战自退，打算从小道逃走。谁知蒙古骑兵已经杀来，哈达招架不住，幸亏部将蒲察定住奋力截杀，蒙古骑兵才暂时退去。哈达在原地呆了四天，见没有敌人追上来，便引军返回邓州。不料走到半路，丛林里突然杀出敌骑，将他的辎重全部抢去，金兵吓得惊慌失措，阵形大乱。幸好敌骑缴获了辎重，没打算穷追，金国将士才免遭屠戮。哈达返回邓州后，反而说自己打退了蒙古兵，向汴京报捷，金廷上下被他唬得庆贺了好几天。

　　过了几个月，蒙古主窝阔台汗亲自督兵南下，从白坡镇渡河，进攻郑州。他派遣速不台领兵攻打汴京。金主完颜守绪没想到蒙古人竟然来得这么快，吓得不知所措，连忙召合达、蒲阿前来救援。合达等人奉命准备起行，偏偏拖雷又带着三千铁骑，一路追杀金军。金军回头还击，他就退去；金军启程，他又来偷袭，害得金军无法安心休息，非常苦恼。好不容易走到了黄榆店，突然天降雨雪，不能前进。这时，蒙古将领速不台已派兵前来，阻止金兵到汴京救援。金军前后被阻，在原地逗留了好久。后来，雨雪稍微停了，汴京派来使者，催促合达等人马上率军救援。他们不得已再次启程，走到三峰山，蒙古兵两路兵马已经会师，将他们团团围住。金兵被围了三天，也饿了三天，顿时大溃。金将武仙率领三十骑率先逃走，杨沃衍在乱军中战死。合达见大势已去，急忙邀蒲阿前来商议对策，哪知蒲阿早已杳无音信，不知去向了，只有陈和尚等人还跟着自己，并保护自己突出重围，逃往了钧州。窝阔台汗又派人前去接应拖雷，合攻钧州。钧州城内只有一千多残兵败将，哪里经得起蒙古铁骑的蹂躏？不到几个时辰，蒙古兵就攻破了城池，金将合达、陈和尚都被杀死。就连一开始逃走的蒲阿也被蒙古兵追上，结果了性命。接着，蒙古兵又移兵攻打潼关，金国守将李平出关献降。蒙古兵一鼓作气，又出兵围攻洛阳，洛阳留守强伸死守了三个月，蒙古兵无法攻破，只好退去。

　　后来，汴京久攻不下，蒙古主窝阔台打算北归。他派人从郑州赶往汴京，让金国赶快献出人质，然后同意议和。金主没有办法，只好封完颜子讹可为曹王，令尚书左丞李蹊将他送到蒙古军前，纳质请和。可是蒙古人却不甘心就这么撤军，蒙古大将速不台仍然率军猛扑，像疯了一样。幸好汴京城池坚固，双方一攻一守，相持了十六个昼夜，城内城外积尸如山。速不台调集了所有的精锐，还是打不开缺口，没办法只好跟金人议和。金主派户部侍郎杨居仁前去犒劳蒙古兵，除了酒肉之外，还献上了许多金帛珍宝。见收到这么多好处，速不台这才麾兵退去，驻扎在洛阳一带。

不久，蒙古派唐庆等人跟金国通好，竟然被金飞虎军头目申福杀死，于是和议决裂。蒙古主窝阔台火冒三丈，下令大举进军，不灭金国誓不返还。他派使臣王㮮南下京、湖，邀请南宋京、湖制置使史嵩之共同攻打金国。史嵩之奏报朝廷，百官都觉得机不可失，应该答应蒙古的请求，乘机复仇。只有淮东安抚使赵范上书阻谏："宣和（宣和是宋徽宗的第六个年号和最后一个年号）年间，海上定盟（北宋、金国联合攻打辽国的盟约，因为双方使节都由海上往返谈判，故名海上定约），当初盟约坚不可摧，可最后却引来大祸，皇上不可不鉴！"理宗不肯听从，他命史嵩之派人到蒙古大营，表示愿意出师夹攻金国。史嵩之派邹伸之到蒙古，蒙古主答应灭金以后，把河南的土地归还给南宋。

当时金主完颜守绪因为和议决裂，担心蒙古兵又来围攻汴京，于是下诏招募士兵，征缴粮草。无奈，城里的百姓都不愿意参军，而且百姓自己都没有吃的，哪里还有余粮接济军饷？左丞相李蹊和参政合周也不管百官死活，硬要百姓交粮。可是还搜刮不满三万斛，就已经满城萧索，饿殍遍地了。金主完颜守绪考虑到兵微将寡、粮草不济，担心汴京城迟早会失守，所以打算迁都避难。他命右丞相赛不、左丞相李蹊等人率军护驾，留下参政奴申、枢密副使习捏阿不等人驻守汴京。随后，他跟太后、皇后、嫔妃们握手告别，痛哭了一场便离开了。

出城后，金主也茫然不知该何去何从，将士们请他临幸河朔，并从蒲城渡河。当时归德统帅石盏女鲁欢正好送粮抵达蒲城，带来了两百艘战船，请金主乘船北渡。可是士兵们还没有渡到一半，忽然大风四起，波浪沸腾，后面的士兵根本没法上船。屋漏偏逢连夜雨，凑巧蒙古兵也追了上来，金元帅贺喜力战不退，为国捐躯，士兵也淹死了一千多人。金主在北岸看到后，吓得胆战心惊，急忙逃往泹麻冈。后来，金主派白撒领兵攻打卫州，蒙古兵渡河前来支援，白撒连忙撤退。大军到了白公庙，被蒙古将领史天泽杀得全军覆没，只剩下白撒一人狼狈逃回。金主非常恐惧，连忙逃往归德，并派人到汴京迎接太后、皇后、嫔妃等人。

不料汴京这头却出了大事，汴京西面元帅崔立见金主离去，国家将亡，竟然叛变作乱。他杀死留守大臣，请故主完颜永济的儿子梁王从恪监国，然后开门投降了蒙古。蒙古大将速不台进军青城，崔立穿着蒙古衣服前去迎接，还认了速不台做父亲。速不台见他这么恭顺，非常高兴，摆下酒宴款待他，崔立大醉而归。随后，崔立借口说金主外出，下令让随驾官吏的家属一起跟去，然后将这些人的妻子召到自己的府上，借此机会纵情享乐。崔立将天子的冠冕和衣服全部献给速不台，然后将金太后王氏、皇后徒单氏、梁王从恪、荆王守纯以及后宫的妃嫔统统送到蒙古军中。速不台杀死荆、梁二王，并将金太后以下的人全都送到了和林。这些人一路上饱受艰苦，比徽、钦两位皇帝被金人掳掠受的虐待有过之而无不及。可见祖宗行恶，子孙还报，这是天理昭彰的事情。速不台进入汴京城后，蒙古兵一并进入，他们四处抢掠，就连崔立的老婆和儿女以及家财也一并掳走了。崔立那时还在城外，听到消息后匆匆赶了回来，发现家里空空如也，不由得抱头痛哭。

金主完颜守绪到了归德后，听说汴京失守，两宫被掳走，当然忧上加忧。元帅蒲察官奴劝金主临幸海州，遭到石盏女鲁欢阻拦。蒲察官奴竟然率众杀死石盏女鲁欢和左丞相李蹊等三百人，并将金主锢禁在照碧堂。金主非常愤怒，他秘密嘱咐内侍宋珪，让他奉御旨命女奚烈完出、乌古孙爱实等人共同诛杀逆贼。正好这时东北路招讨使乌古论镐运米四百斛到归德，他劝金主南幸蔡州。金主下旨命蒲察官奴马上南迁，可是蒲察官奴就是不肯听从，还号令将士说："再敢说南迁者斩！"金主于是跟宋珪等人商议，让女奚烈完出、乌古孙爱实埋伏在大门后面，假装召见蒲察官奴议事。蒲察官奴贸然前来，这两人从左右杀出，刺伤了蒲察官奴。蒲察官奴负伤逃走，被两人追上，一刀砍死。金主亲自安抚诸军，留下元帅王璧驻守归德，自己往蔡州去了。

后来，蒙古兵又进攻洛阳，洛阳城内的粮食已经吃完，留守强伸拼死战斗，最终被擒，因为不肯屈服惨遭杀害。南宋京西兵马钤辖孟珙又从枣阳出师，跟金国唐州守将武天锡在光化交战。武天锡被斩杀，四百多将士被俘虏。宋军乘势攻取顺阳，金帅武仙逃跑，孟珙追击到葫芦山，那时武仙的手下只剩了五六个人，在逃往择州的路上被戍兵所杀。武仙手下的七万人全部归降了大宋。孟珙收军回到襄阳，刚解甲休息，就接到了史嵩之的檄文，命令他马上进兵攻打蔡州。原来蒙古都元帅塔察儿又令王旻南下，跟史嵩之约定一起攻打蔡州。史嵩之一口答应，随即发兵率先攻打唐州。金将乌古论黑汉战死，唐州城被攻克，史嵩之准备继续进攻蔡州。当时孟珙刚刚回到襄阳，于是他命孟珙跟统制江海率兵二万，并运三十万石粮食，向蔡州进发，跟蒙古军会师。

金主完颜守绪仿佛还在梦中，他派遣完颜阿虎带到宋军大营借粮，并转达自己的话说："朕从来没有辜负过南宋，南宋却要辜负朕。朕自从即位以来，经常告诫守边的将士不要侵犯南宋的边界，如今我国正在危难时刻，你们却来争夺朕的土地。要知道蒙古野心勃勃，西夏已经被灭，如果朕也亡了，那下一个就轮到你们大宋。唇亡齿寒的道理想必你们应该清楚，如果你们跟朕联合，打退蒙古，朕承诺永不侵犯。希望宋朝能借点粮草救济我们一下，朕自当感激不尽！"完颜阿虎带到了宋廷，宋廷哪里肯答应，立刻下了逐客令。可怜完颜阿虎带两手空空，回去禀报金主。金主无法可施，只得拜天祈祷，并赐宴群臣，希望他们能够为国效力。突然，侦察兵跑进来说："蒙古兵到了！"文臣武将都从座位上跳了起来，跃跃欲试。金主于是将将领们分为二队，一队守城，一队拒敌。果然出战的将士非常踊跃，不一会儿就将蒙古兵击退了。塔察儿亲自前来督战，竟然也败下阵来。蒙古兵不敢进逼，只在城外建筑长垒，准备长期围困。正巧宋将孟珙、江海带着粮食赶到蔡州城下，跟塔察儿相会。塔察儿非常高兴，当下跟孟珙约定，蒙古军攻打北面，宋军攻打南面，蒙、宋军不能互相侵犯。约好之后，蒙古兵和宋军各自回营安排，分头攻城。试想，金人现在已经是危如累卵、朝不保夕了，一座孤城怎经得起两国的夹攻呢？

金尚书右丞完颜忽斜虎每天用国家厚恩、君臣大义来激励将士，表示誓死固守。塔察儿派遣张柔率五千精兵，攀梯登城。城上的守将用长钩抵御，并接连射箭。张柔身中数箭，情况非常危急。宋将孟珙急忙率先锋前去支援，才将张柔救了出来。第二天，孟珙进攻柴潭，金人连忙前来抵御，宋军一拥而上，无法拦阻，金人只好倒退。那柴潭楼被宋军占住后，孟珙下令凿开堤防。堤防一凿开，护城河里的水就被放干了。孟珙用柴草填潭，以便大军通过。蒙古兵也并驾齐驱，捣入外城。金统帅牙尤鲁、中娄室两人率五百精锐，半夜从西门摸出，每个人身上背着一捆柴火，柴火上浇了油，想要烧毁两军的营寨。蒙古兵已经察觉到了，事先埋伏在隐蔽处，用强弩猛射。金兵还没来得及放火，箭已经射出去了，金兵伤亡惨重，只好退回。于是，两军开始合攻西城，前仆后继，再次攻入。可是里面还有内城，完颜忽斜虎派兵抵御，没有丝毫懈怠。金主完颜守绪自知不能支撑，哭着对大臣们说："朕做了十年金紫王、十年太子、十年皇上，扪心自问没有做过什么恶事，死而无憾。只是想到祖宗传下来的百年基业，竟然亡在我的手里，未免痛心。但是我身为一国之君，应当死于社稷，决不受辱于外族，给他们做奴才！"左右听了嚎啕痛哭。金主取出御用器皿分赏给将士们，并杀马犒劳三军。无奈大势已去，无力回天。不久，徐州守将投降了蒙古，金右丞相完颜赛殉难，转瞬间已经是理宗端平元年了。

蔡州城中，人困马乏，粮绝援穷。孟珙见黑云压城，天空无光，于是命各将士分运云梯，密布城下。金主完颜守绪听说城外的攻击更加猛烈了，于是召东面元帅完颜承麟觐见，下令传位给他。完颜承麟跪在地上，掩面痛哭，不敢接受。金主叹息道："朕也是被逼无奈，才出此下策。朕身体肥重，不便骑马冲杀。爱卿平时作战骁勇，并且颇有才略，要是能够侥幸脱围，保存宗室的一线希望，我死也安心了。"完颜承麟这才起身接受玉玺。第二天，完颜承麟即位，百官列班称贺。

即位大礼完毕后，就听到有人进来禀报："宋军攻入南城了。"完颜忽斜虎急忙率军出去巷战，只见宋军大张旗鼓而来，蒙古兵也在后面跟着。他自顾手下不过一千多人，就算以一当十也觉得寡不敌众。但是到了这个时候，也没有其他办法，只好拼命跟他们厮杀。酣战了好久，完颜忽斜虎的部下伤亡殆尽，他已经抱着必死的信念了，可是他还想见金主最后一面，于是便退到了幽兰轩。不久，他听说金主完颜守绪已经自缢，便对将士们说："我主已经驾崩，我还在这里做什么？死也要死得明白，各位好自为之！"说完，便跳到了水中，溺水而亡。将士们都哭着说："相公都跳河自尽了，难道我们要苟且偷生吗？"于是兀尤鲁、中娄室等五百多人全部跳了下去，为国殉身。完颜承麟退守子城，听说金主已经自尽，便哭着对群臣说："先帝在位十年，勤俭宽仁，有富国强兵的志愿，可是壮志未酬身先死，实在令人哀叹，应追尊为哀宗。"大家没有异议，不料还没有祭拜完毕，子城又被攻陷了。完颜绛山奉了金主完颜守绪的遗命，急忙将金主的遗体焚毁。霎时间，蒙古大军四集，蒙古兵见人就杀，完颜承麟无法脱逃，也死在了乱军中。

宋将江海攻入金宫，迎面撞上金国参政张天纲，便下令士兵将他拿下。后来，孟珙也到了，他问张天纲说："你的主子现在在哪儿？"张天纲哭着说："已经殉国了。"孟珙让他带着自己寻找尸体，到了幽兰轩，发现房子已经被烧毁。孟珙命军士扑灭余火，将已经烧焦的金主尸骨找了出来。那时，蒙古统帅塔察儿也到了，他把金主完颜守绪的尸骨劈成两半，一份给蒙古，一份给南宋。他们还议定以蔡州西北地境为界，蒙古统治北面，南宋统治南面，接着彼此告别，奏凯而归。金国从太祖完颜阿骨打建国，传到哀宗完颜守绪，总计经历六世，换了九个主子，历时一百二十年。

孟珙回到襄阳后，将抓来的俘虏以及缴获的东西交给了史嵩之。史嵩之随即派人将他们送到了临安，除了金主的遗骨和金银玉器之外，还有张天纲、完颜好海等俘虏。临安知府薛琼问张天纲说："你还有脸到这里来？"张天纲慨然说道："一个国家的兴亡，哪个时代没有？我大金虽然亡国，但是我主比起你们被掳走的两位皇帝怎么样？"这几句话戳到了宋臣的痛处，薛琼不禁恼羞成怒，破口大骂。第二天，他奏报理宗，理宗召见张天纲问道："你真的不怕死吗？"张天纲回答道："大丈夫死有何惧！只要能为臣节而死，有什么好怕的？请立即杀了我吧！"理宗暗中钦佩他的骨气，下令将他押回狱中。刑官又命张天纲写供状，让他把金主写成虏主，张天纲说："要杀就杀，写什么供状？"刑官见他不肯屈服，只好让他随便写。张天纲只写了"故主殉国"四个字，其他的字一个都没写。后来，理宗又将俘虏献到太庙，并将金主的遗骨放在大理寺的狱库中，然后加封了孟珙、江海等人。

孟珙这次出师攻打蔡州，外由史嵩之奏请，内由史弥远主持。蔡州城被拿下后，史弥远已经被晋封为太师，兼任左丞相；郑清之为右丞相；薛极为枢密使；乔行简、陈贵谊为参知政事。过了几天，史弥远因病辞官，理宗准许他解除左丞相的职务，并加封他为会稽郡王。又过了几天，史弥远竟然病死了。史弥远做了二十六年的宰相，理宗因为他拥立自己有功，对他恩宠不衰。史弥远的两个儿子、一个女婿、五个孙子都官居高位。开始的时候，史弥远还想招揽贤才，反对韩侂胄的所作所为。后来，济王冤死，百官开始对他指指点点，有些不满。他举荐谏官，排斥正士，权倾中外，朝中百官敢怒不敢言。后来，就连理宗也不能自主，一切要事都归史弥远主裁。

史弥远死后，理宗才开始亲政，改元端平，并下诏驱逐"三凶"，远谪"四木"。"四木"分别是薛极、胡榘、聂子述、赵汝述，他们都是史弥远的私党，因为名字上都有一个木字，所以叫作"四木"。理宗召用洪咨夔、王遂为监察御史。洪咨夔上书说："金国虽然已经灭亡，但是北方蒙古已经崛起，我们应该加强守备，不能掉以轻心。"理宗看后，连连点头称是。后来，理宗又提拔了几位正士，并听从了他们的建议，朝政还算清明。可是，就在这风平浪静的时候，赵范、赵葵忽然提出了一条收复三京的计划，顿时兵衅再起、南北相争，惹出一场大祸来。

第九十二章 侵南宋三路进兵

赵范、赵葵见蔡州已经收复，于是奏请理宗乘机抚定中原，收复三京。朝中大臣大多认为太过冒险，就连赵范的部下邱岳，也认为朝廷不应该首先毁约。还有史嵩之、杜杲等人都主张按兵不动，反对兴兵。那时，参政乔行简正好休假，他在家里也上疏谏阻，洋洋洒洒写了好几千字，从各个方面阐述了兴兵的害处，非常明了。偏偏右丞相郑清之却力主两赵的建议，劝理宗立即施行。正好，理宗也是个好大喜功的皇帝，在这几个人的怂恿下，他决定打破和平的局面，出兵收复先祖的土地。他下诏命赵范、赵葵将大军转移到黄州，克日进兵，同时命庐州知府全子才集合淮西所有的兵马进军汴京。

当时汴京由崔立驻守，都尉李伯渊、李琦等人总是被崔立怠慢和侮辱，一直都在等待机会，报复私怨。后来，他们听说宋将全子才率大军来攻汴京，便送出密信，约定归降的细节。在此之前，他们打算动手除掉崔立这颗眼中钉。一天，他们二人邀请崔立前去商议迎敌之策，崔立毫无戒备，呆头呆脑地就去了。他刚进大帐，就被李伯渊用匕首刺穿了胸膛，倒地身亡。李伯渊将崔立的尸首绑在马尾巴上，骑着马拖着他的尸体对将士们喊道："崔立卖主求荣，烧杀劫掠，奸淫暴虐，实在是古今罕见的恶贼，你们说该不该杀？"大家齐声喊道："该杀！该杀！按他的罪恶，杀十回都不解恨！"李伯渊将崔立的头割下来，高挂在望承天门上祭奠哀宗，将尸身扔在街市上，任军民宰割。料理好城内的事情后，李伯渊等人迎接宋军进城。全子才带兵进入汴京后，驻留了半个多月。那时，赵葵率淮西的五万兵马从滁州出兵攻下了泗州，又从泗州赶赴汴京，跟全子才相见。他责备全子才说："我们的计划是收复中原，不只是一个汴京城。你的兵马已经在这里逗留了半个多月，还不攻打潼关、洛阳，更待何时？"全子才反问道："可是粮饷还没有运到，怎么进兵？"赵葵愤然说道："现在蒙古兵还没赶来，我们正好乘虚突击，要是等史制使发饷到这里来，恐怕蒙古兵早就南下了。"全子才逼不得已，只好命淮西制置司徐敏子，统领钤辖范用吉、樊辛、李先、胡显等人，提兵一万三千人先行西上；再命杨谊率庐州强弩军一万五千人作为后应。令人担忧的是，这两路大军只有五天的粮草。

徐敏子星夜赶路来到洛阳，发现城里并没有守兵，只有三百多户人家。徐敏子进城后，第二天军中的粮食就吃光了。为了糊口，他们只好上山采些野菜，和上面粉，做成大饼充饥。不料，蒙古已经调兵前来，跟南宋争夺洛阳。杨谊的强弩军是徐敏子的后应，他们在距离洛阳东边三十里的地方埋锅做饭。忽然几里之外，隐约能看到许多军旗靠过来，有黄有红，还伴随着轰隆的马蹄声。宋军不觉惊愕，不料胡哨一响，蒙古兵像洪水一样从四面八方杀来。杨谊大军毫无防备，怎么御敌？杨谊急忙上马，向南奔逃。将士们见主帅都逃了，当然不战自溃。蒙古兵一直将宋军追到了洛水，宋军淹死了无数，杨谊侥幸逃脱。蒙古军兵临洛阳城下，徐敏子出城迎战，幸好胜负相当。可是城中无粮，将士们都好几天没有吃过饱饭了，总不能空着肚子打仗吧？所以徐敏子只好放弃洛阳，下令全军撤退。

那时，赵葵、全子才在汴京也多次催促史嵩之运粮过来，可是始终不见运粮车前来。蒙古兵拿下洛阳后，又率军攻打汴京。他们凿开河堤，向汴京城里灌水。宋军已经饱受饥饿的痛苦了，哪里还承受得住洪水的肆虐？赵葵索性放弃前功，引军南还。出兵之前的一番规划，也都成了画饼。赵范也觉得脸上挂不住，上书弹劾全子才，就连亲弟弟赵葵也被他参了一本。赵范说是因为他们两人冒然出师，好大喜功，才导致了兵败。这个赵范自己想要开脱罪名，连骨肉同胞都可以不管，这种行为恐怕没人赞成。不久，朝廷下诏，将赵葵和全子才各降一级，其他的将领也都有处罚。因为当初郑清之主战，这回兵败他难辞其咎，便上书辞职。理宗没有答应，并好言慰留。史嵩之也上书请求罢职，理宗准奏。史嵩之不肯转运粮饷，罪名确实要比郑清之重，应该罢免。理宗又命赵范代任京、湖制置使。不久，蒙古派使者王㬎来到南宋，并用"何为败盟"四个字责问宋廷。百官们都不知道怎么回答，王㬎非常不高兴地回去了。从此，长江以北蒙古和南宋连年交兵，永无宁日。南宋的半壁江山开始一步一步地沦丧。

当时，南宋拿得出手的将才，第一个要算孟珙。孟珙是孟宗政的儿子，智勇双全，颇有他父亲的风采。他奉命驻守襄阳，招募中原壮士一万五千名，分别屯守在汉北、樊城、新野、唐、邓一带，日夜提防蒙古来犯，号称镇北军。不久，朝廷命孟珙为襄阳都统制，孟珙到枢密院禀报军情，理宗召他询问道："爱卿是将门子弟，忠勇过人，当初大破蔡州、歼灭金国，功绩昭著，朕对爱卿可是寄予厚望啊！"孟珙跪奏说："这全都是宗社的威灵，陛下的圣德，还有三军将士的功劳，臣又有什么功劳可谈呢？"理宗又褒奖了他几句，并命他主管侍卫马军司公事，让他率军驻守黄州。孟珙辞行之前，理宗又问他恢复的计策。孟珙回答道："希望陛下体恤民力，储备人才，静待时机。"理宗又问道："爱卿你看议和怎么样？"孟珙回答说："臣是一介武夫，理当言战，不当言和。"理宗点头称赞，又赏赐了一番。孟珙叩谢后，当即赶赴黄州。他来到黄州后，开始大修城防，招募军士，抚慰边民，增设军寨，黄州的防御能力一下子提升了好几个档次，摇身变成了一座重镇。

后来，理宗遵从民望，召回真德秀、魏了翁，并任命真德秀为翰林学士，让魏了翁到学士院供职。真德秀进朝以后，将平时著述的《大学衍义》递呈给理宗御览，并告诫理宗声色犬马误君误国，希望理宗能励精图治。魏了翁也拿修身齐家、选贤建学这种老生常谈的论调劝谏理宗。理宗倒也谦虚静听，温语相答。但是真德秀和魏了翁说的这些话也并非纸上空谈，毫无所指。原来理宗初年，朝中倡议册选中宫，当时曾经有几个人入选，一个是故相谢深甫的侄孙女，一个是故制使贾涉的女儿。贾涉的女儿天生丽质，理宗一直很宠爱她，打算册立她为皇后。可是杨太后对理宗说道："谢氏端庄有福，应该位居中宫。"理宗不好忤逆，只好册立谢氏为后，封贾氏为贵妃。

谢皇后曾经有一只眼睛是瞎的，而且面色黝黑。她的父亲谢渠伯早就去世了，家道中落，所以她经常亲自洗衣煮饭。后来，谢深甫做了宰相，想把她送到宫里去，她的叔父谢梓伯说："你们看她的样子，最多做个烧火的奴婢，就算背后有点势力，也只能做个老宫人。况且入宫还要筹备很多钱，这急急忙忙地到哪儿筹钱呀？"于是这件事就被搁置了。正巧这一年的元宵节，天台县张灯结彩，奇怪的是，今年有好多喜鹊到灯山上筑巢，大家都认为这是有人要做皇后的预兆。县里的豪门谢氏温婉优雅，再加上她是宰相的侄孙女，所以人们纷纷出资送谢氏入宫。没想到，谢氏入宫后眼睛竟然好了，而且她的皮肤也慢慢转白，没过多久便肤如凝脂，到最后竟然出落成一个大美女。杨太后听说后，非常惊讶。再加上当初自己做上皇后，谢深甫帮了不少忙，所以她才跟理宗说，册立谢氏为后。绍定四年，谢氏正式被册立为皇后。可是不管后天怎么蜕变，论音容笑貌，妩媚动人，谢氏终究还是比不上贾氏。所以谢氏当了皇后以后，总是有人窃窃私语地议论："陛下不立真皇后，反而立个假皇后，真是荒唐。"可是谢后素性谦和，对待贾妃没有丝毫妒忌，这让杨太后更加喜欢她了，就连理宗也对她相敬如宾。

第二年，杨太后驾崩，谥号为恭圣仁烈。失去了杨太后的庇护，贾贵妃更加得宠。她有个弟弟叫杨似道，是个市井无赖，因为她的缘故，竟然做了高官。杨似道自恃恩宠，毫无收敛。他白天到妓女家中作乐，晚上在西湖上游玩。理宗曾经凭高眺望，遥见西湖的湖面上灯火辉煌，便对左右说："估计又是杨似道在那儿游玩吧。"第二天，他派人前去探问，果然不出所料。理宗派京尹史岩之前去警告杨似道，史岩之为了谄媚贾贵妃，便替他辩解说："杨似道表面上放荡不羁，风流贪玩，但是他却非常有才华，陛下不应该拘泥于小节。"理宗竟然信以为真，还萌生了重用杨似道的念头。后宫中除了贾贵妃之外，还有阎氏被理宗封为了婉容，她的美艳不亚于贾贵妃，也得到了不少宠信。因此真德秀和魏了翁这两人，一个劝理宗远离女色，一个劝理宗修身齐家。理宗虽然表面上听从，但是朝堂的正论怎么敌得过床上的私情呢？理宗还是照样沉溺女色，但是表面又装作一副虚心纳谏的样子。

后来，真德秀被提拔为参知政事。当时他已经患病，多次上表辞职，于是理宗改授他为资政殿学士，提举万寿宫。想不到才过去半个月，真德秀就去世了，朝廷追赠他为光禄大夫，赠谥号文忠。真德秀，浦城人，身材修长，才高八斗。他的朋友都认为他有做宰相的潜质。他平生的著作非常多，很多都是流传千古的经典，后世称他为西山先生。真德秀病逝以后，跟真德秀志同道合的名士只剩下魏了翁和崔与之两个人了。理宗召崔与之为参知政事。崔与之曾经担任四川制置使，政绩卓越，不久又升任为礼部尚书，可是他却请求回到广州，不肯受命。后来朝廷多次召见他，都不见他来。正巧，粤东摧锋军犯上作乱，朝廷任命崔与之为安抚使。他领命入城，叛兵们全都俯首听命。然后，他仍然返回家里。这次朝廷又召他做参政，仍然力辞不受，只是上疏请理宗亲近君子，罢黜小人。理宗又接连下诏，召他做右丞相，可是他还是不肯领受。第二年，崔与之病逝在原籍，理宗赐谥号清献，加封南海郡公。自此，魏了翁在朝中更加势单力薄了。先前就是他接连上疏，奏请崔与之入朝。崔与之死后，他也只好不顾利害，直言不讳，先后递上二十多封奏折，针砭时弊。理宗想让他做参政，可是他却被人嫉妒，总是暗中受到排挤。

这时，蒙古主窝阔台汗派儿子阔端等人侵入蜀地；忒木觯、张柔等人侵略汉中；温不花、察罕等人侵略江、淮，蒙古兵分三路南侵，宋廷大震。当时，郑清之已经担任左丞相，乔行简进任右丞相，他们两人会议军务，保荐了一个文臣出去掌握兵权，借机将他排挤出去。这个文臣就是魏了翁。理宗同意宰辅的奏请，还夸奖魏了翁通晓军事，忠君爱国，授他端明殿学士，同签书枢密院事，统领京、湖的军马。后来，又因为江、淮督府曾从龙忧虑而死，宋廷就把江、淮的军事一并托付给了魏了翁。朝中大臣纷纷上书谏阻，偏偏理宗一概不从。他命魏了翁马上上任，并允许他便宜行事，就跟当初高宗时期的张浚一样。魏了翁五次上书推辞，理宗都没有答应。后来，他又担心宰臣说他逃避责任，就把这副重担勉强地扛在了肩上。魏了翁离开京城以后，便赶赴江州、开封督军。他一上任，就调兵遣将，任用吴潜为参谋官，赵善瀚、马光祖为参议官，并陈述边防的十条建议，大有气吞山河的气象。

蒙古将领温不花攻打唐州，全子才等人弃城逃走，幸好赵范前往支援，才将敌兵击退。而攻打蜀地的阔端一军已经攻入泹州，知州高稼孤军无援，力战身亡。接着，蒙古兵又进围青野原，利州统制曹友闻星夜驰援，才将敌兵击退。后来，曹友闻又率军支援大安，击败蒙古先锋汪世显。宋廷听说两路的捷报，还以为蒙古兵也不过如此。大家都担心魏了翁因此立了大功，反而被他占了便宜，就想将他调回来，撤去他的军权。于是在两位宰相的建议下，理宗召回了魏了翁，任命他签书枢密院事。魏了翁一再推辞，于是朝廷改授他为资政殿学士，出任湖南安抚使，兼任潭州知府，魏了翁还是不肯接受。经过三番五次的调任，最后魏了翁被调到了福州。后来，魏了翁接连上疏辞官，理宗不答应，没过多久，魏了翁便去世了。魏了翁，蒲江人，跟真德秀齐名，平生著有《鹤山集》《九经要义》《周礼井田图》《说古今考》《经史杂抄》等书。理宗听到讣告，非常后悔，追封他为少师，赐谥号文靖。

自从魏了翁谢世之后，朝中缺乏敢直言不讳的人，蒙古兵的气焰也越来越猖獗。赵范在襄阳，把北军的降将王旻、李伯渊、樊文彬、黄国弼等人当作腹心，委以重任。北军的权力竟然高出南军，南军将士愤愤不平，总是侮辱北军将领，说了很多不好听的话。赵范抚慰不当，王旻与李伯渊竟然纵火焚毁了城外的仓库，投降了蒙古。南军将领李虎等人又乘火大肆劫掠，席卷而去。襄阳自从被岳飞收复以来，城高池深，城中的官吏和百姓一共有四万七千多人，府库中存储的粮食不下三十万石，军器约有二十四库，而金银、盐货还不算在内。经过南北乱军的这一场劫掠，把这么多年的蓄积烧抢个精光。赵范坐罪落职，朝廷任命他的弟弟赵葵为淮东制置使，兼任扬州知府。

赵葵上任后，下令开垦荒田，操练士兵，决定严防死守。可是襄、汉一带已经被蒙古将领忒木觯等人搅得天翻地覆，他们率军长驱直入，大破枣阳军和德安府，进陷随、郢二州和荆门军。温不花也乘势攻入淮西，蕲、舒、光三州的守臣相继弃城逃走。这三州的兵马、粮械全都被蒙古兵占有。接着，温不花又直趋黄州，骑兵从信阳直逼合肥。侵略西蜀的阔端一路攻破武休,进陷兴元,直逼阳平关。利州统制曹友闻跟弟弟曹友万、曹友谅率军驰援。大军正好遇上狂风暴雨,蒙古兵埋伏在半路,宋军大败,曹友闻跟弟弟曹友万全都战死。于是,阔端麾兵进入蜀地,不到一个月的时间,成都、利州、潼川三路所统辖的府州大多失陷。西蜀全境,只剩下夔州一路以及潼川一路管辖的泸、合二州和顺庆府还没有丢失。阔端在成都停留了几天,又移师北攻文州,知州刘锐、通判赵汝芝死守不退,等待援兵。可是坚持了一个多月,也不见一个援兵。刘锐自知不能幸免,于是召集家人服药自尽。家人一向恪守礼法,不敢违抗,他的幼子当时只有六岁,服毒的时候仍然知道下拜。刘锐放了一把大火,将家人的尸体和金银财物全部付之一炬,然后自刎身亡。文州城随即沦陷,赵汝芝被活捉,他破口大骂蒙古兵,惨死在屠刀之下。还有几万军民也被蒙古兵杀害。

警报传到宋廷后,理宗这才开始后悔当初听信主战派的话,并写下罪己诏书。郑、乔两位宰相都上疏辞职,理宗将他们一并免官。并特命史嵩之为淮西制置使,支援光州;赵葵支援合肥;沿江统制陈韡扼守和州,为淮西遥作声援。史嵩之听说忒木斛的大军已经到了江陵,急忙传檄文给孟珙,命他前去救援。孟珙派部将张顺先行渡江,自己率领大军作为后应,接连攻破蒙古二十四座营寨,救出难民二万多人。不久,蒙古将领察罕攻打真州,知州邱岳战守有方,接连挫败敌军。接着邱岳又出战胥浦桥,设下埋伏引诱敌人追击,大败蒙古兵,蒙古兵这才退去。这一年是端平四年,第二年,理宗改元嘉熙。因为朝中缺乏人才,理宗就起用乔行简为左丞相,兼任枢密使;郑清之任枢密院知事,兼任参知政事;邹应龙担任签书枢密院事;李宗勉同签书枢密院事。

第九十三章 固若金汤的防守

那时,蒙古主窝阔台汗不但发兵大举南侵,还派遣部将撒里塔东征高丽。高丽本是北宋的附属国;自从辽国、金国兴盛之后,又转而臣服辽、金;等到蒙古强盛之后,它又臣服于蒙古。高丽王暾继位以后,夜郎自大,目中无人,竟然杀死了蒙古派来的使者。蒙古主雷霆大怒,因此才派撒里塔率军东征。试想,小小的高丽怎么经得起称霸欧亚大陆的蒙古铁骑呢?果然,高丽屡战屡败,兵如山倒。蒙古兵直逼高丽都城,高丽这才意识到自己是在老虎头上扑苍蝇,连忙派遣使者谢罪,并表示愿意增加岁币。撒里塔派人转告窝阔台汗,窝阔台汗下令让高丽主将儿子送来做人质,才肯答应议和。高丽王见兵临城下,只得屈辱领命。

不久,窝阔台汗又派遣大将绰马儿罕出兵杀死了札兰丁(札兰丁是阿拉丁·穆罕默德的长子,臂力过人,骁勇善战。他是花剌子模沙王朝的末代国王,统治的地界是现在的阿富汗一带),荡平西域。然后又派遣元太祖的孙子拔都、速不台等人,西征钦察人(钦察人,现在指突厥诸族中的一个分支,主要是哈萨克人、鞑靼人、诺盖人。古代欧亚以游牧为主业的民族),乘势攻入阿罗思部(指现在的俄罗斯)。接着,蒙古军又向北进兵,在也烈赞城大肆屠杀。蒙古人势如破竹,一口气攻陷了莫斯科,开始进兵欧洲,分兵进入马札儿(即今天的匈牙利)、孛烈儿(即今天的波兰)。欧洲北部的诸侯王合兵迎击,都被蒙古兵杀败。蒙古兵一路神挡杀神,佛挡杀佛,好像是天兵下凡,所向披靡,震惊了整个欧亚大陆。捏迷思(即今天的德意志)的百姓纷纷带着行李四处逃命。窝阔台汗因为一直将精力放在西征上,所以南方的军务搁置在了一边。等到西方接连传来捷报,他才催促侵略南宋的部队进攻。

不久,温不花领命进攻黄州。孟珙从江陵赶来支援,他仗着一股锐气,竟然把温不花击退了。温不花不肯罢休,又转攻安丰。安丰守将杜杲修缮城池,亲自督军死守。只听城外炮声连天,城墙多次被打穿,杜杲随缺随补,始终没有松懈。后来,蒙古兵又用柴火填埋护城河,垒起了二十七座坝路,杜杲招募壮士出城攻夺坝路,壮士们都踊跃死战。正巧池州都统制吕文德也率军杀到,他们两军夹击,才将蒙古兵杀退,淮东的局势才稍微安定了一些。

第二年,史嵩之奉命做了参政,统领京湖、江西的兵马,在鄂州治理军务。蒙古将领察罕攻入庐州,史嵩之急忙传檄文命杜杲前去救援。杜杲率军进城守御,远远望见蒙古兵到来,差不多有数十万,他们所带来的攻城器具比在安丰时还要好几倍。杜杲毫不胆怯,他冷静地观察敌人如何排兵布阵,然后分兵抵御。当时蒙古兵已经临近城下,他们搬运土木,准备筑坝。几万蒙古兵一起动手，不到一个时辰就搭建好了木坝。杜杲在柴火上浇油，用火烧着，扔到坝上，刚建好的木坝当即被烧毁。杜杲又在城楼内建筑七层雁翅，防止敌人的炮击，敌人一旦开炮，就被雁翅阻挡下来，反射到敌营中去，敌人大惊失色。杜杲趁这个机会开城出击，大败敌兵，追了十几里才收兵。杜杲还大练水师，扼守淮河，并派遣儿子杜庶以及统制吕文德、聂斌等人，分别埋伏在要隘，蒙古兵不敢冒进，这才退去。杜杲向朝廷告捷，朝廷下诏加封他为淮西制置使，并命孟珙为京湖制置使，出兵收复荆州、襄阳。孟珙认为只有取得郢州，才能打通粮道；只有攻取荆门，才能派出奇兵。于是他传令江陵节制司进攻襄阳、邓州，自己到岳州召集各路将士，传授他们作战方略。各将依计行事，依次收复了郢州和荆门。孟珙又派遣将士分别攻取了信阳、光化军以及樊城、襄阳，襄、汉一带渐渐地被夺了回来。

理宗收到奏报后，当即命令孟珙便宜行事。孟珙将蔡州、息州投降的金兵编为忠卫军；将襄阳、郢州的降兵编为先锋军，分别让他们驻扎在险要的地方，自此襄、汉的防守变得非常牢固。不久，蒙古将领塔海又出兵入侵蜀地。制置使丁黼立誓死守不退，他先将妻子送回南方的老家，然后登城拒敌。塔海从新井进兵，他命令将士打着宋军的旗帜，迷惑城里的宋军。丁黼还以为是前线的败兵，便派人前去招抚，等到蒙古兵抵达城下后，丁黼才知道自己上了当。他半夜带着部下从城南杀出，在石笋街跟蒙古军交战，最终寡不敌众，兵败身亡。接着，塔海又蹂躏汉、卬、简、眉、阆、蓬各州，进破重庆、顺庆两府，直达成都。一路上宋军听说蒙古人来了，大都没有抵抗就弃城逃走了。

孟珙探知消息后，料定蒙古兵会经过施黔，然后从蜀地向东入侵江汉，于是急忙向朝廷要来十万石粮食，分给士兵，然后用三千人屯守峡州，一千人屯守归州；同时命弟弟孟瑛率五千精兵驻守松滋，为夔州遥作声援；并在归州的万户谷增派兵马，加派一千人到施州。后来，孟珙听说塔海渡江东下，连忙分布战舰，增设营寨，并派兵从小道抵达均州，扼守要冲。不久，蒙古兵渡过万州湖滩，施州和夔州相继震动。幸好孟珙的兄长孟璟担任峡州知府，在归州的大垭寨击退了蒙古的前军。后来，他进军巴东，又打了胜仗，夔州这才得以保全。孟珙的间谍探得蒙古军元帅想在襄樊、信阳、随州等处招集军民播撒种子，于是孟珙暗中派人将蒙古储藏的种子全部焚毁。随后，他又派兵摸进蔡州，将蒙古的屯粮烧得一干二净。蒙古兵没了粮食，暂时不敢再窥伺襄、汉了。

理宗因为蜀地的战事还未平定，特地调孟珙担任四川宣抚使，兼任夔州知府，统领归、峡、鼎、澧各州的兵马。孟珙上任后，召集闲散的百姓充作宁武军，用降人回鹘、爱里巴图鲁等人为飞鹘军。当时，四川制置使陈隆之跟副使彭大雅有些矛盾，总是互相说对方的坏话。孟珙写信责备他们说："国家已经到了如此危险的地步，我们合智并谋、同心协力都担心不能抵御强敌，你们竟然还窝里斗，难道你们不知道廉颇和蔺相如的故事吗？"陈隆之和彭大雅收到书信后，都非常惭愧。从此，他们摒弃前嫌，再也没有吵过。随后，孟珙下令肃清弊害，订立条例，颁发给各个州县。此外对赏罚不明、克扣军粮、贪污行贿、欺上瞒下等行为都严惩不贷。从此吏治一新，兵防更加严密。不久，朝廷又让孟珙兼任夔州路制置、屯田两使，他下令军民开垦荒田，修筑堤堰，并招募襄、汉、四川的壮士，没有战事的时候命他们经营农事，有战事的时候就立马出战。蜀地和襄、汉一带渐渐稳定。

当时，乔行简已经升做少傅；李宗勉为左丞相，兼任枢密使；史嵩之为右丞相，统领江、淮、四川、京、湖的兵马。这三位宰相中，只有李宗勉还算严谨守法；乔行简遇事模棱两可，不敢承担责任；史嵩之执拗任性，专断独行。不久，乔行简告老回乡，不久便病逝了。没过多久，李宗勉也去世了。三位宰相死了两位，史嵩之独揽大权，朝中正士，像杜范、游侣、刘应起、李韶、徐荣叟、赵汝腾等人，都因为跟史嵩之不合，相继被罢免。只有孟珙一向被史嵩之所推崇，因此孟珙的一切行动，史嵩之都没有去牵制。

到了嘉熙五年，理宗又改元淳祐。同年蒙古主窝阔台汗病逝，庙号太宗。他的第六个皇后乃马真氏垂帘听政，她将当初西征的各路兵马全部调回，只有南军留在了蜀境。塔海的部将汪世显等人打算再次入侵蜀地。他率军围攻成都，制置使陈隆之固守十几天，并发誓要与成都城同存亡。偏偏副将田世显贪生怕死，乘夜打开了城门，将汪世显大军放了进来。陈隆之被活捉，陈氏家族一百多口全部惨死。后来，陈隆之被押送到了汉州，田世显命他招降汉州守将王夔，陈隆之当即对王夔大喊道："大丈夫应当舍生取义，千万不要向胡虏投降！"话还没说完，他就被蒙古军一刀砍成了两段。王夔见陈隆之遇害，非常愤怒，他率领汉州的三千士兵出战，可惜不是蒙古兵的对手，兵败逃走。于是，汉州城失陷，城内的百姓全部被屠杀，接着蒙古兵又大摇大摆地退回了蜀地。

当时蒙古使臣王檝已经五次到南宋的都城临安议和，可惜双方总是谈不拢。后来，王檝在宋境病逝，宋廷将他的灵柩送了回去。蒙古又派月里麻思等人来宋继续商议，他们一行人有七十多个，刚到淮河就被守将拦住，劝他们归降。月里麻思不肯屈服，竟然被扣押在了长沙飞虎寨。蒙古人听说后，勃然大怒，蒙古将领也可那颜、耶律朱哥等人从京兆取道商房，直趋泸州。宋制置使孟珙急忙分调兵马前去拦截，一路屯守江陵和郢州，一路屯守沙市，一路从江陵前往襄阳，跟各军会合。随后，孟珙又派一路兵马屯守涪州，并下令守城的将帅不能放弃一寸国土，违令者斩！当时，开州的守将梁栋因为没有粮食，弃城返回。孟珙大怒道："你擅自弃城撤军，便是违犯军令！"当即将他斩首示众。各位将士不寒而栗，再也不敢有丝毫怠慢。蒙古将士听说宋军守备相当严密，当然也畏惧三分，不敢继续侵犯。

淳祐三年，宋廷又命余玠为四川制置使，兼任重庆知府。余玠是蕲州人氏，从小家境贫寒，但是他为人慷慨仗义，光明磊落。他曾经拜访淮东制置使赵葵，赵葵非常欣赏他的才能，就将他留在府上做事。后来，余玠多次建立战功，被升为了淮东副使。自从陈隆之死后，四川制置使这个位子一直都没有补上。不久，余玠进朝，表现突出，被任命为四川宣抚使，随后便加封为制置使。自古四川的赋税都是天下第一，宝庆三年，南宋失去了关外；端平三年，蜀地被蒙古入侵，州郡的府库被抢夺一空，民生凋敝。残存的州郡也是屈指可数，所以四川的赋税大大减少，府库一直亏空。历任宣抚使、制置使都束手无策，望洋兴叹。而各州郡的将帅和监官又目无法纪，毫无作为，所以百姓苦不堪言。余玠上任后，大改弊政，精简官制，并礼贤下士。他特地在州署旁边设立招贤馆，招揽天下人才，择优录用。播州的冉琎和弟弟冉璞都文武双全，为人称道。可是他们一直隐居在山林中，历任的长官多次征召他们，可是总是吃闭门羹。后来，他们听说余玠是个贤士，便亲自到他的府上拜访。余玠用上客的礼仪相待，冉琎、冉璞在府上闲居了一个多月，毫无业绩。余玠开始怀疑他们的才能，于是派人前去查探这对兄弟每天到底在干些什么。只见两人相对盘坐，整天用石灰在地上作画，一会儿画山川，一会儿画城池。旁边的人都看得云里雾里，不能理解，就连余玠也感到莫名其妙。

又过了十几天，这两兄弟才前来拜谒余玠，说是有要事禀报，请求屏退左右。余玠立即命左右退下，冉琎这才献计说："按照现在西蜀的形势来看，不如把各个城池迁徙、合并起来。"余玠不禁从座位上站起来说："我也曾经这么想过，但是没有找到合适的地方迁徙。"冉琎又说道："蜀口最好防守的地方莫过于钓鱼山，请把城池迁到这个地方，派些人扼守，再储备一些粮食。这样一来，这道关卡可以胜过十万雄师，巴、蜀一带自然固若金汤了。"余玠非常高兴地说："余玠还怀疑先生的才学，今天听到这一个奇谋，真是醍醐灌顶。我一定替你上奏朝廷，马上施行。"冉琎两兄弟告退。余玠立刻拟写奏折，照他们的提议向朝廷征求同意，并请朝廷授这两兄弟官阶。朝廷下诏命冉琎为承事郎，冉璞为承务郎，暂且任合州知府，迁徙城池的事情也全部委托给这两个人。诏书一下，蜀境的官员们顿时议论纷纷，余玠愤然说道："这座城池要是建成了，蜀地一定会转危为安的。如果出现什么问题，由我余玠一力承当，不会连累你们。"大家听到这句话后，才不敢再多说什么。余玠在青居、大获、钓鱼、云顶、天生各山之上建了十几座城池，全部是依山为垒，棋布星陈。建好之后，他又下令将合州的旧城迁徙到钓鱼山上，利戎的旧城迁徙到云顶山上。各个城寨表里相依，互相联络。然后余玠又下令屯兵聚粮，做好长期防守的准备。蜀地的防守焕然一新，百姓的生命财产安全也有了保障。

蜀地算是稳住了，可是江、淮一带却还是屡遭蒙古的侵犯。蒙古兵渡过淮河向南进军，接连攻入扬州、滁州、和州、通州。因为在通州受到强烈的抵抗，蒙古兵破城之后，开始了惨无人道的屠城。史嵩之认为江陵是江、淮的防守重地，为了确保江、淮的安危，他首先推荐孟珙调任江陵知府，抵御蒙古铁骑的践踏，理宗当然准奏。后来，史嵩之的父亲史弥远去世，史嵩之本应该在茅庐守丧，谁知道过了几天，朝廷竟然颁下诏书让他上任，仍然担任右丞相，兼任枢密使。谏官徐元杰上疏请求理宗收回成命，理宗不肯听从。太学生黄恺伯等一百四十四人又连忙上疏阻谏，可是仍然未见回复。武学生翁日善等六十七人，京学生刘时举、王元野、黄道等九十四人，又接连上疏，始终不见理宗听从。后来，史嵩之也知道众怒难犯，也上疏请求罢官，这才有诏书颁布下来，准许史嵩之的请求，改任范钟、杜范为左右丞相，并兼任枢密使。

第九十四章 奸权误国

杜范做了宰相之后,提出了很多实用的建议,都跟当时的局势很吻合,朝中上下对他称赞有加。后来,孟珙到江陵上任,并在上游驻军。朝廷担心他手握重权,将来不好节制,便派人去监视他。孟珙也察觉到了,他写信给杜范,信里都是一些颂扬的话,希望杜范能替自己在朝中说些好话,杜范回信说:"古人说将相调和,才能国泰民安,以后我自当跟主帅同心卫国,如果你要用虚言相笼络,实在是我所不齿的。"孟珙看完后,非常愧服。杜范又提拔徐元杰为工部侍郎,一切政事都要跟他悉心商议。徐元杰也是知无不言,言无不尽。就在朝堂内外都期待杜范能够改更弊政、重振朝纲的时候,谁知道天不假年,杜范做了八十天的宰相就病逝了,朝廷追赠他为少傅,赐谥号清献。

过了一个多月,徐元杰准备觐见理宗。他在前一天拜见左丞相范钟,并在阁堂吃了午餐。下午回到寓所,突然觉得疼痛难忍,到了黄昏,更是寒热交作,好不容易熬到四更,竟然手指爆裂,大叫了几声就死了。大家听说有这等事情,无不惊骇。有几位大臣上书说道:

历朝以来,小人倾陷君子,不过令他远谪,触冒烟瘴以死,今蛮烟瘴雨,不在岭海,转在朝廷,臣等实不胜惊骇。

于是理宗下诏,将阁中的役使逮捕到临安府审问。无奈一点证据都没有,谁肯甘心招供呢?临安府尹也知道事关重大,他担心因此跟奸人结怨,乐得草草了事。不久,刘汉弼又因为全身肿胀而暴亡。太学生蔡德润等一百七十三人又上书讼冤,弄得理宗也没有办法,只好赏赐给徐、刘两家田地五百亩,钱五千缗,作为抚恤。朝中的大臣都提心吊胆,心有余悸,最后竟然传出"故相杜范也是中毒身亡"的谣言。从此以后,大家都像惊弓之鸟,情愿饿着肚子也不敢吃阁堂里的饭菜。可是究竟是什么人下的毒,一时半会又查不出来。不过,接下来的一件事情让真相浮出了水面。史嵩之的侄儿史璟卿因为平时经常劝谏史嵩之,也不幸暴毙了。于是,大家纷纷猜测这一连串毒害大臣的事件都是由史嵩之主使的,范钟也有嫌疑。

不久,江陵知府孟珙因为老病辞官,朝廷授予他宁武军节度使,赠少师爵位。圣旨刚刚传到江陵,孟珙就病逝在了任所,当时是淳祐六年九月初旬。孟珙是南宋的顶梁柱,他一去世,边关大震。这个月的月底,有一颗流星陨落,如雷贯耳。而孟珙死的当天,大风怒号,连石头都被吹了起来,甚至一些参天大树都被连根拔起,非常恐怖。讣告传到京城后,理宗非常哀痛,下诏罢朝三日,赐孟珙的家属白银一千两,绢布一千匹,并追赠孟珙太师爵位,追封吉国公，赠谥号忠襄。后来，理宗委任贾似道接替孟珙的职位，贾似道没什么韬略，理宗将如此重任交付给这个人，可见理宗的昏庸了。不久，左丞相范钟多次请求告老归田，理宗准奏，改任他提举洞霄宫。随后，理宗召用郑清之为右丞相，赠太傅；又授赵葵为枢密使，统领江、淮、京、湖军马，兼任建康知府；陈韡为枢密院知事，任湖南安抚大使，兼任潭州知府。

史嵩之此时已经回到了朝中，他一直想被朝廷再次重用，正好理宗也有起用他的意愿。殿中侍御史章琰、右正言李昂英、监察御史黄师雍弹劾史嵩之无君无父，残害忠良。偏偏理宗鬼迷心窍，竟然将他们三个罢了职。翰林学士李韶又连同几位大臣上书阻谏，终于在多方的劝诫下，理宗放弃了重用史嵩之的念头。不久，理宗又升任贾似道为两淮制置使，兼扬州知府；李曾伯为京、湖制置使，兼江陵知府。赵葵因为被言官弹劾，上疏辞职。言官诉病他说："赵葵不是进士出身，担任枢密使一职不足以服众。"理宗也不论真才实干，竟然改授赵葵为观文殿大学士，兼任潭州知府。

改元淳祐之后，那时京、湖一带有孟珙驻守，巴、蜀一带有余玠坐镇，淮西有招抚使吕文德。他们三人都能巧妙地安排守备，无懈可击，所以蒙古兵一直在边境上屯留，不敢冒然进军。不过，蒙古之所以迟迟没有动手，还跟蒙古内部发生了内乱有关。所以，两国边境附近虽然经常发生摩擦，可是没有什么大的战事。原来，元太宗窝阔台的第六任皇后乃马真氏垂帘听政，国内没有君王的日子竟然长达四年。乃马真氏宠用宦官奥都剌合蛮和回族妇女法特玛，这两人内外勾通，斥贤崇奸，把朝中正直的旧臣除去了一大半。朝中德高望重的中书令耶律楚材郁郁而终。后来，太祖的弟弟帖木格大王以肃清朝政为名，竟然在藩镇起兵，由东向西，向蒙古朝廷进发。乃马真氏不免惊惶，马上将长子贵由召入都城，立为国主，帖木格这才收兵回去。

贵由汗虽然即位，但是朝政还是由乃马真氏独揽。过了几个月，乃马真氏逝世，贵由汗这才将奥都剌合蛮和法特玛等人一并处死。他将先前被贬斥的忠良全部起用，蒙古的政局才渐渐有了起色。可惜，贵由汗体弱多病，因为常年在外，突然回到京都，水土不服，老是卧病。后来，他搬到了西域，在横相雅尔住了几年，可终究还是无力回天，英年早逝了。皇后斡兀烈海迷失尊贵由汗为定宗，自己抱着侄儿失烈门听政。朝中大臣多半不服，他们另外召开库里尔泰大会，推戴拖雷的儿子蒙哥为大汗，驰入都城。这个时候元都已经奠定在和林（草原深处蒙古帝国的首都，十三世纪中叶世界的中心。蒙古窝阔台汗七年〔一二三五年〕建都于此。故址即今蒙古国中部鄂尔浑河上游的哈尔和林），都内官民听说蒙哥来京，都争相出城相迎。蒙哥即位后，杀死定宗皇后斡兀烈海迷失以及失烈门的生母，将太宗的皇后乞里吉帖思尼驱逐出宫，并将失烈门终生禁锢。

蒙哥汗有个弟弟名叫忽必烈，他悉心辅助兄长，一直胸怀大志。他统治漠南，四处求学招贤，刘秉忠、姚枢、许衡、廉希宪等当时的贤豪都被他录用。他根据才能授予官职，蒙古的政治越来越清明。元朝一统天下，就是这个时候打下的基础。忽必烈见国家日益强盛，所以锐意南侵。他派遣大将察罕等人窥伺淮、蜀一带，并在汴京分兵屯田，伺机南下。那时，宋廷还想姑息偷安，没有丝毫防备。左丞相郑清之因为年老体衰，上书辞官。朝中大臣纷纷跑去贿赂他，希望他能在临走之前保举自己坐上宰相之位。不久，理宗改命他为醴泉观使，过了六天，郑清之就病逝了。理宗又打算起用史嵩之，可是诏书都写好了，不知道为什么理宗又改变了主意，另外任命谢方叔为左丞相，吴潜为右丞相。吴潜一直都颇有贤名，偏偏谢方叔却意气用事，袒护亲属，一步一步葬送了西蜀。

西蜀制置使余玠一直镇守四川，边关相安无事。偏偏利州都统王夔生性凶残，不受制置使管制。他臭名昭彰，蜀民都号称他为"夜叉"。余玠听说后，便到边境阅兵。到了嘉定，王夔率领部众迎接，喊声震天，所举的旗帜上都写着一个斗大的"王"字，非常鲜明。余玠孤舟径入，他的左右都惊惶失色，唯独余玠面不改色。余玠传见王夔，从容地告诫他不要生事。王夔也不禁敬服，对部将说："想不到儒生当中竟然有一样有胆有识的人！"余玠返回后，对心腹大将杨成说："我看王夔生性骄悍，终究不是善类。我早就想诛杀他，可是又担心他的部下会因此叛变，这件事真是不好处理啊！"杨成回答说："如果今天不除掉他，等他羽翼丰满，恐怕就更难对付了。一旦他起兵作乱，西蜀就难保了。"余玠点头说："既然如此，我们得想个办法，马上把他诛杀！"余玠在杨成耳边嘱咐了几句，杨成领命而去。

这天夜里，余玠召见王夔议事，王夔刚刚离开营寨，杨成就单骑冲入王夔的大营，传余玠的军令，暂时代任王夔的职务。第二天早上，余玠将王夔斩杀，并将首级悬挂在竿子上，揭示他的罪状。王夔的部众非常惊愕，但还不敢叛乱。不久，统制姚世安想要接替王夔的职务，并暗中运动戎州都统写信给余玠保荐自己。余玠收到书信后，认为他们结党营私，便没有允许。为了镇压姚世安，他调派了三千铁骑到云顶山下，想要将姚世安罢免。姚世安一直跟谢方叔的儿子互相交结，关系非常密切。他火速派人到京城向谢方叔求救，并拥兵抵制余玠的三千骑兵。余玠正打算率军进讨姚世安，不料朝廷颁下圣旨，竟然召他入都，改授资政殿学士。不用细想，就知道是丞相谢方叔来援救姚世安了。

余玠治理西蜀以来，任命都统张实统领军旅，安抚使王惟忠管理财赋，监抚朱文炳负责迎接宾客，军事、政事处理得井然有序。自从改元宝庆以后，蜀中的将帅都推崇余玠，说他有大将之才，堪当重任。理宗因此准许他在西蜀便宜行事，可是这样一来，时间久了余玠不免有些专权和膨胀。他平时的奏疏，言语也有很多不谨慎的地方，理宗心里早就愤愤不平了。所以这次谢方叔向理宗稍微进了一些逸言，理宗就将余玠立即召回，另外调鄂州知府余晦为四川宣谕使。余玠收到命令后，郁郁不欢，余晦还没有上任，余玠就暴卒了。后世有人说他是服毒自尽，也不知道是真是假。蜀人全赖余玠才过上一段太平安康的日子，他死后，蜀民悲恸不已。可是，朝中侍御史吴燧却还要追劾余玠拥兵自重、贪赃枉法等七宗罪行，理宗也不加详查，竟然将余玠抄了家，用抄得的资产犒劳边军，天下忠臣义士无不寒心。

余晦到了蜀境后，已经嗅到了蒙古企图兴兵入侵的气味。他派遣都统甘闰率兵数万在紫金山筑城，扼守要道。不久，蒙古将领汪德臣果然率领蒙古精锐铁骑夜袭紫金山，突击甘闰的部卒。甘闰听说蒙古大军突然杀到，慌忙逃走，顿时全军大溃。新建的城寨也被蒙古兵夺去。理宗刚刚提拔余晦为制置使，就接到了甘闰的败报，可是理宗并没有召回余晦的意思。朝中大臣纷纷上奏说："余玠已经确保蜀境十二年的安宁了。可是余晦刚一上任，蜀境就发生了战事。余晦本没有什么将才,让他充当制置使,臣等担心蜀境五十四州的军民将会自行解体。要是被蒙古人知道了,也会窃笑我们南朝无人了。"理宗这才将余晦召回,命李曾伯接替余晦的职务。当时,蒙古藩王忽必烈又命速不良的儿子兀良合台统领各军,分三路攻打大理,掳走了大理国王段兴智。随后,蒙古又进军吐蕃,国王唆火脱惶恐乞降。料理完这两个番邦后,忽必烈下令班师,转攻西蜀。

　　这个时候理宗又改元宝祐,大肆庆祝自我认为的太平盛世。当时,后宫贾贵妃病逝,阎婉容晋封为贵妃。内侍董宋臣因为阎贵妃得宠,也深得理宗的信赖。理宗命他操办佑圣观,董宋臣逢迎上意,修筑了梅堂、芙蓉阁、香兰亭,并擅夺民田,假公济私。他还引进歌妓来蛊惑理宗,当时人称"董阎罗"。监察御史洪天锡弹劾董宋臣,不见回复。还有内侍卢允升也依附阎贵妃,跟董宋臣狼狈为奸。萧山县尉丁大全是皇亲国戚,他面带蓝色,最善于曲意逢迎。他暗中勾结董、卢这两个宦官,打探阎贵妃的喜好。董、卢二人喜欢钱财,阎贵妃喜欢珠宝,丁大全毫不吝啬,源源不断地送去好多。阎贵妃自然极力引荐,丁大全也因此累迁至右司谏,拜殿中侍御史。当时正好四川地震,闽、浙发大水,洪天锡不忍旁观,一再陈述阴阳报应,要求罢免董、卢这两个内侍。可是奏折递上去了六七封,统统如石沉大海一般,没有任何回音。洪天锡一怒之下辞官离去了。宗正寺丞赵宗𫞩责怪丞相谢方叔,说他不能挽留正义人士,谢方叔回答说:"并不是我不想规劝皇上,实在是皇上已经下定了决心,多说无益啊!"这几句话本来是自我解嘲,并不是反对董、卢。偏偏这些话被董、卢两人得知,他们贿赂台谏,极力诋毁洪天锡和谢方叔,说他们朋奸误国,应该罢黜。这位好色信谗的理宗,竟然真的将谢方叔、洪天锡给免了官。那时,右丞相吴潜早已辞官,两个宰相席位空缺,理宗于是提拔参政董槐为右丞相。

　　董槐是定远人,一直在外供职,很有政声。入朝做了参政之后,遇事敢言,升任右丞相后,更是想扫除宦官,革除时弊。这时候的宫廷内外,已变成了宦官专横、外戚勾结的局面,单靠一个董丞相怎么可能敌得过这些人?董槐不免郁愤,他当面劝谏理宗,极力陈述当今政局的三大危害:一是外戚不守法,二是执法官吏作威作福,三是宦官坑害忠良。并力请理宗除害兴利。理宗那时将信将疑,可是这一群蝇营狗苟的小人已经得知消息,把董丞相视作眼中钉。尤其是丁大全,非常忧虑,他密遣心腹到相府讨好董槐,邀请他到府上赴宴。董槐正色说道:"自古人臣没有私交,我只知道忠心报国,不敢结党营私。我是不会去的,你回去吧!"丁大全见董槐这么不识抬举,恼羞成怒,决定伺机报复董槐。董槐也上书弹劾丁大全,说不应该对他委以重任。理宗说道:"丁爱卿从来没有诋毁过爱卿,希望爱卿不要怀疑了!"宰相有任贤逐奸的责任,说这些话也无可厚非,可见理宗明明是袒护丁大全。董槐回答说:"臣跟丁大全无怨无仇,可是他为人奸邪,臣要是不说,恐怕会辜负陛下的知遇之恩。陛下既然这么信任丁大全,臣也很难再跟他共事了,愿辞官归乡!"理宗竟然怫然说道:"爱卿也太过激了。"董槐无奈告退。

　　后来,丁大全又上章弹劾董槐,但不见批答。于是他擅自传出檄文,调集一百多甲士,将董槐的府邸团团围住,并将董槐押送大理寺。董槐被送到大理寺后,忽然宫内又传出诏旨,将他罢相。于是，百官哗然，议论纷纷。太学生接连上章阻谏，理宗这才改授董槐为观文殿大学士，提举洞霄宫。后来，太学生陈宜中、黄镛、林则祖、曾唯、刘黻、陈宗六人又联名弹劾丁大全。丁大全唆使御史吴衍诬奏这六人妄言乱政。理宗将这六人罢官，发配远州，并在三学门口立碑，告诫各位太学生不得妄议国事。此后，丁大全步步高升，升任了谏议大夫。右丞相一职改任程元凤。不久，理宗又命丁大全签书枢密院事，马天骥同签书院事。程元凤才学有余，正气不足；而马天骥又跟丁大全是同党，也是由阎贵妃保举的。不久，朝中发现了一封匿名的帖子，上面写着八个字："阎、马、丁当，国势将亡。"丁大全等人却毫不为意。到了宝祐五年，理宗又任命贾似道知枢密院事。第二年，程元凤自请罢职，理宗又提拔丁大全为右丞相，兼任枢密使。一丁一贾，同时掌握枢密要事，宋室将来的命运可想而知了。

蒙古主蒙哥听说先前派去的使臣月里麻思被宋朝囚禁于长沙，以致身亡，早就想兴兵问罪，再加上大将兀良合台相继平定西南蛮夷，大破交趾，宗王旭烈兀等人又前后攻略西域十余个国家，威震中外。于是，蒙哥决定御驾南征。他命弟弟阿里不哥留守首都和林，分兵三路，自己从陇州进军大散关，王公莫哥从洋州进军米仓，万户李里又从潼关进军泚州。同时，蒙哥命忽必烈率军攻打鄂州，并命兀良合台从交趾引兵北上，接应忽必烈的大军。蒙古东西并举，宋廷大震。

当时四川制置使李曾伯早已回朝，接替他的是蒲择之。因为蒙古入侵，蒲择之急忙派遣安抚使刘整等人出兵据守渡口，切断敌人的东路。蒙古将领纽璘领兵到来，见宋军已截住渡口，便麾兵大战。大战一直从早上打到晚上，刘整等人支持不住，只好退回。纽璘长驱直进，直抵成都。蒲择之命杨大渊等人驻守剑门以及灵泉山，自己率军抵达成都城下。偏偏纽璘又转头袭击灵泉山，大破杨大渊的军队，接着又进围云顶山城，扼住蒲择之的归路。蒲择之的粮草被切断，大军顿时溃散。于是，成都、彭、汉、怀、绵等州全部归降蒙古。蒙哥听说前军得胜，便令大军渡过嘉陵江，继续挺进。大军行至白水，蒙哥命总帅汪德臣造浮梁渡河，进军苦竹隘。南宋守将杨立战死，张实被擒，后来也遇害了。蒙古兵直捣长宁山，守将王佐、徐昕也相继阵亡。鹅顶堡不战即降，于是青居、大良、运山、石泉、龙州等处望风惊骇，都向蒙古军投诚。只有运山转运使施择善不屈被杀害。

宋廷接连收到警报，急忙派遣京、湖制置使马光祖派军进驻峡州，扼住蒙古进入湖、京的脚步。六郡镇抚向士璧率军赶到房州，两军相会，继而合击蒙古兵，房州一战，总算打回点士气。蒙哥又转战阆州，宋将杨大渊从灵泉山败逃到阆州，听说敌兵又来了，急忙整军守城。蒙哥督兵猛攻，炮石交射，砖瓦齐飞，杨大渊非常惊骇，连忙开城出降。蒙哥接着又进军合州，他先派降将晋国宝去劝降守将王坚。没想到王坚是个硬骨头，不但责备晋国宝不忠不孝，而且把他斩首示众。接着王坚涕泣誓师，登城死守。蒙哥见劝降不成，亲自引兵攻打合州。王坚见他们刚刚抵达，没有扎稳脚跟，便督军出战。果然，蒙古兵被宋军杀得步步退让，一直退到了十里之外才安营扎寨。后来，蒙古兵又攻打了几次，都没有得手。

这时南宋朝廷调回了蒲择之，命吕文德代任。吕文德领兵援救蜀地，攻破涪江浮桥，接着转战到重庆，带领一千多艘战船逆嘉陵江而上。蒙古将史天泽分军为左右两翼，顺流夹击。

吕文德不能抵抗，被蒙古兵夺去了一百多艘战舰，自己带着残兵逃了回去。蒙哥收到史天泽的捷书后，索性集合各军，围攻合州。偏偏王坚守御有方，双方相持了几个月，依然不能攻克。偏巧蒙古军又遭遇瘟疫，多半士兵病倒了。这下惹恼了蒙古前锋汪德臣，他募集壮士，半夜登城。王坚急忙麾兵堵截，双方战了一夜，死伤相当。汪德臣在马上大喊道："王坚，我是来救你们一城军民的，赶快投降！"话还没说完，眼前忽然砸来一块巨石，汪德臣慌忙一闪，然而却为时已晚，飞石砸中了他的右肩。只听他大叫一声，坠落马下。

第九十五章　捏造捷报欺君罔上

蒙古将领汪德臣被巨石砸中后，坠落马下，蒙古兵连忙将他救回。想必天意也不想亡蜀，屋漏偏逢连夜雨，秋风秋雨，淅沥而来。淫雨霏霏的天气，使得蒙古兵的攻城云梯全都腐烂了，这让蒙古兵更加沮丧，无奈之下只得退军。撤军那晚，汪德臣重伤不治，呜呼身亡。蒙哥围攻合州已经快半年了，兵困粮乏；再加上良将伤毙，免不了忧从中来，抑郁成疾。蒙哥在合州城外的钓鱼山上养病，不料病情更加严重，没过多久竟然也死了。从军的将帅和大臣怕动摇军心，便用两头驴驮载着尸体悄悄地返回了蒙古。蒙古兵也陆续撤走，合州解围。王坚据实上报，朝廷提拔他为宁远军节度使。王坚接着修缮城池，挖掘濠河，防止蒙古再来侵犯。

蒙古将士北还之后，发出讣告，尊蒙哥为宪宗。忽必烈这时还不知道蒙哥已死，他正带着兵马渡过淮河，进入大胜关，并命部将张柔进军虎头关，分道并入，势如破竹。宋军听说蒙古铁骑杀到，相继逃走。兀良合台也引兵南下横山，蹂躏宾州、象州，攻入静江府，连破辰沅，直抵潭州。李全的儿子李璮也领受蒙古的命令，攻陷海州涟水军。京、湖、江、淮同时告急。宋朝自从改元开庆以来，将军权陆续交付给了贾似道。起初理宗提拔他为枢密使，兼任两淮宣抚使；不久，理宗又任命他为京、湖南北四川宣抚大使；随后，又让他兼任江西、两广都督，南宋的半壁江山尽都托付在贾似道的掌中。朝廷上下满心期待他能旗开得胜，马到成功。没想到他竟是个色中魔鬼，酒里神仙，要他选色征歌，倒是个能手；让他调兵遣将，真是用非所学，学非所用。

那时，忽必烈早已窥破情实，他料定贾似道当权，南宋必亡。可是，不久他却收到了首都送来的讣告，并召他回国。忽必烈离成功只有几步之遥，踏平南宋剩余江山指日可待，所以不肯返回，并对部将说："我奉命率军到此，怎么能无功而返呢？"于是，他登上香炉山，俯瞰大江。大江北面有武湖，武湖东边是阳逻堡，南岸是浒黄洲。宋军正在用大舟渡师，来势汹汹。忽必烈见到这种壮观的场面，感叹道："北人善于使马，南人善于使舟，这句话还真不假！"正说着，忽然从旁边闪出一员大将说："宋朝就靠着这长江天险立国，所以必然会坚防死守。我军一定要破他一阵，否则不足以扬威。末将愿意前去一试！"忽必烈转头一看，原来是董文炳，便点头答应。董文炳从山上赶下来，命令弟弟董文忠、董文用带领几百名敢死士，驾着艨艟大舰，击鼓渡江，自己则带领骑兵沿岸杀敌。宋军水陆驻扎的士兵不下一万人，但是看到蒙古兵杀来，还没有交战就纷纷逃散。董文炳兄弟水陆大进，杀得宋军东逃西躲，抱头鼠窜。霎时间，两岸的宋军就被清理干净了，任由蒙古兵浩浩荡荡地渡江。等到忽必烈率兵前来接应，董文炳等人早就渡到江对面去了。第二天，蒙古全军顺利渡江，并围攻鄂州，分兵攻破临江，临江知府陈元桂为国捐躯。接着蒙古又转入端州，知府陈昌世一向受百姓爱戴，百姓不愿让他殉难，便夹着他出城，向南逃去。

大军压境，可恨的是右丞相丁大全竟然隐瞒军情，不让理宗知道。后来，都城里人人皆知，他见没办法再隐瞒下去，这才上奏军情，并请求辞官。理宗知道后，改任他为观文殿大学士。墙倒众人推，中书舍人洪芹缴、御史朱貔孙、饶虎臣等人相继弹劾丁大全。于是理宗将他革职，并命吴潜为左丞相，兼任枢密使。理宗下诏拿出国库银币犒赏军士，命各路将士赶往前线；并将右丞相一职特地留给贾似道，令他进军汉阳，为鄂州遥作外援。宦官董宋臣见边报日益紧急，竟然请理宗迁都四明，暂时躲避敌人的锋芒。何子举对吴潜说道："要是圣驾一走，那都城中上百万生灵还能依赖什么？"吴潜当即进朝谏阻，朱貔孙也上书劝谏，可是理宗却犹豫不决。后来，幸亏谢皇后一再劝说，理宗才将迁都的事情搁置下来。宁海军节度判官文天祥上疏请求斩杀董宋臣，不见回复。鄂州副都统张胜整天坐在围城里，眼巴巴地等着援军，却怎么也等不来。他登城对蒙古兵说："这座城池已经是你们的了，但金银玉帛都在将台，你们到那里取来就是。"蒙古兵信以为真，烧掉城外的民居后就离开了。

随后，襄阳统制高达引兵来援，贾似道也进驻汉阳，遥作声援。张胜又修缮城墙，准备严防死守。不久，蒙古将领苫彻拔都儿又领兵来攻，并派人到鄂州城中责怪张胜违约。张胜将使者杀死，并派兵偷袭蒙古大营。谁知苫彻拔都儿已经有防备，等到张胜杀到，竟把兵马分为两翼，将他围住。张胜左冲右突，不能脱身，自知不免一死，便自刎而亡。幸好各路的重兵都赶来援救鄂州，如吕文德、向士璧、曹世雄等人陆续抵达城外，并请贾似道督战。贾似道听说各军云集，也放胆前来。高达自恃武勇，非常轻视贾似道，他总是对部下说："那个弱不禁风的书生知道什么军情，竟然派他来统领兵马！"因此他开营接战的时候，要求贾似道过来慰问，才肯出兵，他的将士还在军门前大声喧哗。而吕文德这个人非常圆滑，他为了讨好贾似道，便派人去控制局面，说："宣抚在此，你等不得闹事！"所以贾似道开始亲近吕文德，记恨高达。曹世雄、向士璧两人也瞧不起贾似道，一切的举动都不向他禀报，贾似道也怀恨在心。

这几路大军正准备抵御敌军，忽然接到朝廷的圣旨，命贾似道移军黄州。原来，蒙古将兀良合台进攻潭州，江西大震。左丞相吴潜听用御史饶应予的话，认为鄂州已经屯集重兵，可以无忧。而黄州在鄂州的下游，是两湖和江西的要冲，蒙古兵要是渡湖出江，黄州就要吃紧。所以才调派贾似道改防黄州。贾似道明知非常冒险，但已接到朝旨，不得不去。统制孙虎臣率七百精骑，送贾似道到了苹草坪，突然有侦骑入报说："蒙古兵来了。"贾似道吓得发抖，对孙虎臣说："这该怎么办？怎么办？"孙虎臣说："使相不必着急！等末将前去抵挡一阵子，再作计较！"贾似道支支吾吾地说："我军只有七百骑，恐怕不足以对敌吧。"孙虎臣见他面如土色，料知不能督战，便说："使相暂且退回一程，由我前去拦截！"贾似道吓得结结巴巴地说："你……你要小心呀！"孙虎臣带兵离去。贾似道往回逃了几里，找了一处幽僻的地方暂时躲避，还颤抖着说："死了！死了！可惜死得不明白！"等到太阳快要落山了，还不见孙虎臣的消息，好不容易挨到了天黑，他才敢把头伸出来探望。不一会儿，有几名骑兵赶到，报告说："孙统制已经得胜，还擒住了一个敌将，现在已经去了黄州，等候使相入城！"贾似道这才转忧为喜，星夜赶到黄州。孙虎臣当下禀报贾似道说："这拨蒙古兵是一些游骑，专门劫掠民间。叛将储再兴是他们的首领，现在已被擒住，听候相发落。"贾似道非常高兴，夸奖了孙虎臣几句，然后命人将储再兴押进来，乐得摆些威风，痛骂了一番，才命人推出去斩首。

过了两日，鄂州、潭州的警报纷至沓来，一点儿都没有放松。贾似道心中非常焦灼，没办法只好想了一条下策，他偷偷派心腹宋京到蒙古大营，情愿称臣纳币。忽必烈不肯答应，并将宋京遣还。正巧，合州守将王坚派阮思聪兼程赶到鄂州，说蒙古主蒙哥已经驾崩，敌军不久便会自退，叫贾似道放心。偏偏贾似道似信非信，又派遣宋京前往蒙古军营求和，忽必烈正在迟疑，部下郝经劝谏道："如今国家遭遇大丧，皇位空虚，宗族的各位大王都虎视眈眈，要是大王不先发制人，占据帝位，恐怕会腹背受敌，到那时就大事不妙了。现在不如跟宋朝议和，立即北归，再派遣一支军队将玉玺取来，然后召集诸王服丧，商议继位的事情。到时候我们手里有玉玺，什么都好办了。"忽必烈恍然大悟，于是跟宋京商定，宋朝割让江北的土地，每年进贡白银二十万两，绢布二十万匹。宋京一口答应，蒙古退兵北归。忽必烈又传檄文给兀良合台，命他撤去潭州的围兵，并命偏将张杰、阎旺到新生矶修筑浮桥，供兀良合台渡江还师。

兀良合台奉命赶到湖北，从新生矶渡兵。不料后面却有宋军杀到，那时蒙古兵已经无心恋战，只想赶紧飞渡，只有一百多个殿后的士兵来不及渡江，被宋军攻断浮桥，全部杀死。原来，贾似道听信刘整的计谋，命部将夏贵截断敌人的归路，希望能侥幸建些功劳。可是偏偏迟了一步，只杀死了一百多人。贾似道想入非非，竟然将称臣奉币的和议隐瞒不报，反而谎称："各路大捷，鄂州解围，江、汉的蒙古兵已被肃清，祖宗社稷转危为安。"理宗看后，非常欣喜，便召贾似道回朝。贾似道快要抵达京城时，理宗下诏命百官在郊外迎接。贾似道入朝觐见，理宗再三嘉奖，晋封他为少师，封爵卫国公。封吕文德为检校少傅；封高达为宁江军承宣使；封刘整为泸州知府，兼任潼川安抚副使；封夏贵为淮安知府，兼任京东招抚使；封孙虎臣为和州防御使；封范文虎为黄州武定诸军都统制；向士璧、曹世雄等人也各有封赏。

贾似道诓骗得手后，大权在握，他想到的第一件事情就是报复。他得知先前朝廷命他移军黄州的主意是吴潜提出来的，所以决心将吴潜除去，以泄私愤。正巧这个时候，朝中对册立皇储的问题争议不下，而吴潜偏偏说了一些不当的话，贾似道就乘机下手，设法陷害他。当初，理宗即位，曾经追封生父赵希瓐为荣王，母全氏为夫人，弟弟赵与芮承嗣爵位。理宗本来有个儿子叫赵缉，可惜早年夭折。后来虽然妃嫔众多，可就是没有诞下子嗣。到了宝祐元年，理宗已经年过半百，仍然无后，于是他命赵与芮的儿子赵孜入宫，作为皇子，赐名赵禥，封永嘉郡王。第二年，又晋封为忠王。随后，鄂州解围，贾似道奏报大捷，理宗便接连改元。出兵时已改元开庆，回兵时又改元景定。理宗趁着百官恭贺大捷的时候，打算册立忠王赵禥为太子。唯独吴潜密奏道："臣没有史弥远的才能，忠王也没有陛下的福分。"理宗年力已衰，立储本来是当前要事，如果忠王不足以堪当大任，吴潜为什么不劝理宗改立储君？吴潜说出这种话，难怪会被人钻空子。贾似道唆使侍御史弹劾吴潜说："册立忠王是众望所归的事情，偏偏吴潜一人反对，可见居心叵测。"于是，理宗罢免了吴潜的相位，并命贾似道专政。贾似道又申请册立储君，于是，景定元年六月，理宗册立忠王赵禥为皇太子。

相传赵禥的生母黄氏是湖州德清县人，跟贾似道的母亲胡氏是老乡，前后相距不过几里之遥。这两位妇人出身寒微，却都生了贵子。黄氏当初是以仆人的身份进入荣府的，正巧赵与芮苦于没有生下男丁，见她眉清目秀，便密令她侍寝。想不到一夜交会，就生下了一个男孩儿，就是忠王赵禥，黄氏随后也被封为了隆国夫人。但是她为人谦和，所以人人都称赞她的盛德。贾似道的母亲胡氏当初是一个普通百姓的妻子。有一次她在河边洗衣服，贾似道的父亲贾涉正巧在河边散步，他见胡氏姿色不凡，便动了色欲。胡氏见他穿着高贵，也眉目含情，浅挑微逗。贾涉跟着她回到家中，问她的丈夫去哪儿了，胡氏说外出还没有归来。他们二人叙谈了一会儿，慢慢开始暧昧起来。最后，胡氏竟然半推半就，任贾涉搂抱入床，宽衣解带，成就了一番好事。想不到一度春风，竟然暗结珠胎。等到她的丈夫回来，贾涉还在他的家里，并向他购买他的妻子。这个男人问明贾涉的底细后，才得知贾涉是朝中高官。他料想斗不过贾涉，乐得送个人情，接受了一些金钱，将胡氏送给了贾涉，贾涉便带着胡氏回了家。不久，胡氏生下一个男孩儿，就是贾似道。后来，胡氏年老色衰，被贾涉逐出，又嫁给了一个百姓为妻。贾似道成年后，将生母找了回来，在家奉养。胡氏生性刚毅严格，贾似道非常敬畏。后来，胡氏被封为秦、齐两国夫人，经常出入后宫，跟隆国夫人关系非常好。胡氏活了八十三岁，朝廷赐谥号柔正。这一个小县里出了两位贵妇，被时人传为奇事。

忽必烈北还后，到了开平，诸王莫哥合丹、塔察儿等人前来相会，并愿意拥戴忽必烈为大汗，忽必烈却假装不敢接受。当时，旭烈兀方镇守西域，也派人过来劝他即位。忽必烈见这么多人支持自己，便不等召开库里尔泰大会，就宣布登上了大位。当时是宋理宗景定元年五月中，忽必烈建元中统。他命刘秉忠、许衡等人改定官制，设立中书省总理政务，设立枢密院掌握兵权，设置御史台管理官员的升迁。接着又设置内官寺、监、院、司、卫、府等机构，外官设有行省、行台、宣抚、廉访等官位，牧民有路有府，有州有县，规模完备。忽必烈又命王文统为中书平章政事，统领众官；任用廉希宪为陕西、四川宣抚使，商挺为副使。

忽必烈即位以后，派遣郝经为国信使，到宋朝修好，并通告即位的事情，还敦促他们履行前日的和约。郝经本来担任翰林侍读学士，并不是专职的使臣，因为被王文统所忌恨，所以被派做了使臣。王文统暗中命李璮出兵侵犯宋朝，想借刀杀人。可是，李璮还没等郝经起行，就出兵偷袭淮安。幸亏宋朝的主管制置司事李庭芝事先设有防备，把李璮击退，李庭芝也因此得以升任淮东制置使。贾似道这个时候正命门客廖莹中等人修撰《福华编》，歌颂鄂州退敌的功勋，忽然他接到宿州的来报，说蒙古使臣郝经南来，询问入朝的日期。贾似道一想，要是郝经进了京城，那和议的事情岂不是要败露了？于是，他立即派人阻止郝经。偏偏郝经已经给三省以及枢密院送去信函，还转告淮东制置使李庭芝，说他想要即刻入都。贾似道接到郝经的书信后，索性一不做，二不休，将郝经拘押了起来。

郝经见宋廷迟迟没有回复，驿站的官吏反而将他锁在了房内，昼夜看守着，于是对身边的人说："我现在已经在宋朝境内，生死全捏在他们的手上，但是我既然受命前来，岂肯屈身辱国？他们竟敢扣押蒙古的使臣，我看赵氏江山时日不多了。"理宗听说蒙古派来使臣，便对辅臣说道："北朝既然派来了使臣，那就应该和他商议。"贾似道上奏说："和议是由敌国先提出来的，所以我们不应该轻易答应，先冷落他几天，再召见他也不迟。"于是理宗便将此事搁到了一边。蒙古人见郝经迟迟不归，便派人到宋境查探。他们得知宋朝的所作所为后，便以扣留信使、侵扰边疆两件事来诘问宋吏。制置使李庭芝上奏，问将北使长期扣押在真州，应该如何发落。偏偏宋廷一味拖延，一点回复的意思都没有。

第九十六章 误国的贾似道

贾似道扣押郝经之后，仍然把前时的和议隐瞒得严严实实的。他还担心宫廷内外有人会泄露出去，因此把内侍董宋臣调到了安吉州。卢允升势成孤立，权势也自然减弱；而阎贵妃又去世了，宦官的权势越来越小了。贾似道又勒令外戚不得做监司，郡守的子弟门客一律不得干政，将所有内外政柄全都掌握在自己的手里。大权在握后，他便可以为所欲为，没有什么顾忌了。他先前外出督师的时候，除了吕文德对他还算恭敬之外，将领多半都瞧不起他，如高达、曹世雄、向士璧等人，更是对他傲慢蔑视。他一直将此事记恨在心，他命吕文德罗织曹世雄的罪状，然后将曹世雄给杀了；不久高达也一起坐罪遭到罢斥。潼川安抚副使刘整起了兔死狐悲的感念，整天惶惶不安。正巧朝廷又新任了一个四川宣抚使，名叫俞兴。刘整跟俞兴有一些过节，他料知俞兴一来，肯定会找自己的茬，所以心中更加顾虑。果然俞兴上任后，便借贾丞相的命令，要刘整审计边防费用，限期非常紧迫。刘整上表请求宽限些时日，奏折却被贾似道扣了下来。刘整越来越慌，索性想了一条狗急跳墙的法子，竟然把泸州十五郡、三十万户的版图全部献给了蒙古，甘愿做个降臣。参谋官许彪孙不肯归降，饮药自尽。刘整当即受到蒙古的封赏，得以担任夔路行省兼安抚使。俞兴督军前去讨伐，进围泸州。官军日夜猛攻，几乎就要破城了，偏蒙古派遣成都经略使刘元振率兵前来救援。双方在城下大战一场，不分胜负。刘整瞅准机会，出兵夹击，害得俞兴前后受敌，顿时大败。宋廷却怪罪俞兴，说他逼走良将，将他罢职，改命吕文德为四川宣抚使。

吕文德到蜀地上任后，正好碰到刘整到蒙古朝见，他乘机偷袭，夺回了泸州。理宗非常欣慰，对他厚赏了一番。贾似道心知吕文德一心想巴结自己，便将他视作心腹，让他借着审计边防费用的名义陷害跟自己有过节的人。赵葵、史岩之等人算计不过贾似道，被诬陷"侵盗掩匿"，全部被罢官。向士璧这时已经受到弹劾，被贬到了漳州；后来，贾似道又说他侵吞国财，谎报军费，罪上加罪，将他送到刑部关押了起来。刑部官吏方元善为了逢迎贾似道，一再侮辱向士璧，向士璧不堪凌辱，上吊自尽。贾似道还忌恨王坚，将他贬为了和州知府，王坚又气又愤，重病而亡。贾似道为了私仇，将南宋的忠臣良将祸害尽了，南宋的根基都葬送在了他的手里。可是理宗却丝毫没有察觉，还一味宠信贾似道。景定三年，理宗又赏赐给贾似道很多钱，命他建造府邸，置办家庙，真是"皇恩浩荡"啊！

贾似道除去那些跟他作对的将领后，变得更加颐指气使，作福作威了。正在这时，忽然接到消息，蒙古大都督李璮带着京东的土地前来归降。贾似道非常高兴，急忙奏请理宗封李璮为齐郡王。当初，李璮攻陷海州、涟水军，连下四城，杀得宋兵叫苦不迭，震惊淮、扬。后来，蒙古主蒙哥驾崩，忽必烈即位，李璮打算背叛蒙古，归降南宋。他先派遣使者到开平，将长子李行简召回，并修筑济南、益都的城墙，将蒙古守兵全部歼灭，将京东的土地全部献给了南宋。李璮这种反复无常的性格，还真是跟他的父亲李全一模一样。南宋封他为王，又命他兼保信、宁武军节度使，统领京东、河北两路兵马，并追复李全的官爵，改涟水军为安东州。李璮暗中勾结蒙古宰相王文统，诱作外援，王文统也派儿子王荛跟李璮通好。偏偏这件事被忽必烈察觉，将王文统给杀了。李璮听说王文统被杀，气急败坏，引兵攻入了淄州。忽必烈命宗王哈必赤统领各路兵马讨伐李璮，随后又命丞相史天泽前去辅佐哈必赤。

史天泽到了济南城外，对哈必赤说："李璮诡计多端，兵精粮足，我们不应该跟他硬拼。我军可以深沟高垒，不跟他们交战。时间一久，他们吃光了粮食，到时候就好对付得多了。"哈必赤非常赞同，于是在济南城下扎下营寨，只命人不断骚扰，就是不交战。李璮多次出城挑战，蒙军都没有理他。他率军杀到敌营面前，敌方的营盘又好像是铜墙铁壁，无从下手。李璮这才知道蒙古人不但勇猛，而且还很狡猾，他连忙派人向朝廷乞求援助。宋朝拨发五万两白银犒赏李璮的将士，并派遣提刑青阳梦炎（青阳为复姓）领兵支援李璮。青阳梦炎到了山东，因为惧怕蒙古兵的强悍，不敢进军。蒙古又派遣阿朮率军赶赴济南。李璮率兵出城掠夺蒙古辎重，被蒙古兵夹击，杀得大败，逃回城中。史天泽见阿朮赶来，便在四面筑起高垒，围攻济南这座孤城。李璮日夜拒守，援军却一直不到。渐渐地军中的粮食吃完，李璮让士兵到百姓家里吃饭。不久，百姓家里也被吃空了，大家饥饿不堪，甚至出现了吃人的现象。李璮料定城池保不住，只好亲手杀死了妻妾，自己乘舟逃进了大明湖。主将一逃，济南城立即被攻陷。蒙古兵到处追杀李璮，追到大明湖中。李璮见无路可逃，便想跳水自尽，可是湖水太浅没能如愿，被蒙古兵活捉，献给了史天泽。史天泽二话不说，一刀将他砍成两段。

第二天，蒙古兵向东攻城略地，还没到益都，城里的人就开门迎降了，三齐（古地区名，泛指今天山东的大部分地区）再次被蒙古占有。忽必烈命董文炳为山东经略使。董文炳本来在军营，受命后立马赶到了益都。到了府衙，他也不设警卫，将李璮的部下召来抚慰了一番，安定了众人。在此之前，李璮部下有沂、涟二军，大约有二万将士。哈必赤进城后，打算将降将全部杀光，董文炳阻谏说："他们也是被李璮逼迫的，将军怎么能滥杀无辜呢？天子下诏南征，初衷是保境安民，如果妄加屠戮，恐怕天子将来会怪罪将军！"哈必赤这才作罢，班师回朝，并留董文炳驻守。宋廷听说李璮已经败亡，便追赠他为检校太师，赐谥号显忠。

忽必烈认为宋朝拘押郝经，接纳李璮，首先败盟，于是决定兴师问罪。他任命阿朮为征南都元帅，调兵南下。宋廷还迷迷糊糊，不知大难临头。贾似道残害了那几位良将之后，还想杀掉故相吴潜。他唆使言官继续弹劾，理宗又将吴潜贬到了循州。贾似道命地方官刘宗申伺机下毒，害死吴潜。吴潜有所防备，所以刘宗申没有机会下手。刘宗申担心不能复命，便托词宴请吴潜。吴潜一再推辞，刘宗申竟然将酒菜带到吴潜的寓所，强行命他食用。吴潜不能推辞，只好照办。刘宗申离开后，吴潜顿觉腹痛难忍，他仰天长叹道："我恐怕命不久矣，但我无罪而死，上天必定可怜我，如果今晚风雷大作，那就是老天在替我喊冤！"当晚，吴潜暴毙，果然风雷交加。吴潜字毅夫，宁国人。他为人忠君耿直，两次入相，都没过多久就被罢免了。吴潜中毒身亡后，免不了有人替他惋惜。贾似道担心众怒难犯，竟然将罪行归咎到刘宗申的头上，将他罢职。

贾似道报完仇后，便开始敛财。临安知府刘良贵、浙西转运使吴势卿为了迎合贾似道的私欲，想出了一条"买公田"的计策，献给枢密府。贾似道觉得这是条妙计，便命御史陈尧道、右正言曹孝庆、监察御史虞虑、张希颜等人上疏奏请。这条计策的大意是："仿照原来限制田地规模的制度，请官户超过规定数额的田产抽出三分之一，买回来充作公田。计算可得良田一千万亩，每年能够收粮六七百万石。这样一来可以不再向别国购米；可以充作军粮；可以停造纸币；可以调平物价；可以富裕仓库，一举能得五利。"其实井田制早就不再施行，田地早就归私人所有，土豪田地连成阡陌，贫民却无立锥之地，虽然穷富不均，但是也不是一时能扭转过来的。西汉、北魏也常常有限田的提议，但终究不能推行。南宋建炎（建炎是南宋皇帝宋高宗的第一个年号，共计四年）初年，曾没收蔡京、王黼等的田庄作为官田，仍然让佃户耕种，每年减三分税。绍兴（绍兴是南宋皇帝宋高宗的第二个也是最后一个年号，共计三十二年）二年，朝廷又将福建八个郡县的官田卖给百姓，每年能收获七八万缗钱，百姓交口称赞。

而这次贾似道听信奸人的馊主意，反而想将官田买回充公，这已经违反了人情常理，种种弊害从此发生。朝中但凡有人提出异言，当即罢职。贾似道命刘良贵为提领，当下议定了一条规则，收买公田。官府规定：每亩田地折价四十缗钱，不管是肥沃的田地还是荒田。浙西的一亩田，价值从百缗钱到千缗钱不等。刘良贵等人强硬购买，民间哗然。可怜百姓破家失业，怨声载道。稍微有点良心的官吏不愿助纣为虐，都被刘良贵弹劾罢官了。有些丧尽天良的官吏乐得从中捞些民脂民膏，中饱私囊。不到一个月，浙西六个郡县就收买了三百余万亩公田，朝廷还给刘良贵加官两级，其他的官员也各有赏赐。

景定五年，京城上空出现彗星，光焰冲天长达数十丈，从四更天一直持续到正午才消失。理宗下诏避殿减膳，准许中外直言不讳。言官纷纷上书，说买公田扰民，才导致天变。贾似道上书自我辩解，并乞求辞官。理宗当面抚慰了几句，再三挽留。太学生叶李、萧规等人应诏直言，极力斥责贾似道专权横行，害民误国，还说了"权奸擅国，敌兵必至，赵氏必亡"这些话。贾似道命刘良贵陷害这二人，锻炼成罪，残害忠良。随后，贾似道又创行"推排法"，规定江南的土地，不管多少，都要缴纳租税，因此百姓更加困苦。南宋初年，朝廷颁行交子、会子（交子、会子类似现在的钱票、钞票。交子是发行于北宋仁宗天圣元年的货币，曾作为官方法定的货币流通。交子是我国最早由政府正式发行的纸币，也被认为是世界上最早使用的纸币，比美国、法国等西方国家发行纸币要早六七百年。会子是南宋于高宗绍兴三十年由政府官办、户部发行的货币。会子是宋朝发行量最大的纸币，起源于临安）等纸币，贾似道下令大规模印刷纸币，制造出一片富庶的景象。可是这样一来，使得通货膨胀，物价上涨，百姓更加苦不堪言。但贾似道还以为这是条奇谋，可恨理宗老昏颠倒，贾似道说什么，他就恩准什么。

　　景定五年十月，理宗卧病在床。他下诏征集天下良医，如果能够治好自己，立即授予节度使，并赏赐十万钱，良田五百顷。可是始终没人应命。不久，理宗驾崩，太子赵禥即位，尊皇后谢氏为皇太后，次年改元咸淳元年，历史上称为度宗皇帝。咸淳元年元旦，恰好碰到了日食，当时人们都认为这是不祥之兆。三个月后，宋廷葬理宗于永穆陵。理宗在位四十年，改元六次，享年六十二岁。史官都说理宗继位之后，推崇朱熹，有功于理学，庙号应该为"理"。殊不知他表面上推崇理学，暗地里却有很多私蔽。他在位四十年，接连任用了三位奸相，任他们作威作福，搅坏朝纲。史弥远、丁大全已经将理宗蛊惑得神魂颠倒了，又来了一位只手遮天的贾似道，他在内陷害正士，欺瞒理宗；在外剪除良将，挑衅强邻。这积弱不振的宋室江山便从理宗这里开始摇摇欲坠、危如累卵了。

　　度宗认为自己能够坐上皇位，得益于当初贾似道的帮助，所以也对他恩宠有加，并特意授他为太师，封魏国公。贾似道每次上朝，度宗必定会起座答拜，称他为师臣，而不是直呼姓名。朝中大臣更是溜须拍马，称贾似道为周公。理宗安葬的时候，因为贾似道是首相，所以要兼任总护山陵使。山陵竣工之后，贾似道弃官归家，并密令吕文德谎报军情，说蒙古大军已经攻下下沱，朝中上下无不惊惶。度宗急忙传召贾似道，他却摆着架子，不肯应召。后来，经过谢太后的一再敦促，他才昂然进朝。拜见度宗的时候，他仍然口口声声地说要辞职还乡，急得度宗惶恐万分，竟然起身向他下拜，求他留下来。参知政事江万里以前是贾似道的幕僚，实在看不过去，便上前几步扶起度宗说："从古到今，从来没有君主参拜大臣的道理，陛下不应该如此。贾相公也别再说离开了。"这几句话说出来后，贾似道觉得难为情，急忙走下殿，拱手对江万里说道："要不是江大人提醒，我贾似道就要成为千古罪人了！"江万里还以为贾似道真心悔过才有此谢，想不到贾似道暗中已经记恨上了自己。没过多久，江万里就被贬为湖南安抚使，兼潭州知府。

　　第二年，度宗册封全氏为皇后。皇后是会稽人，她是理宗母亲慈宪夫人的侄孙女。全氏小的时候，父亲全昭孙是岳州知府。开庆初年，他官期任满回朝，路过潭州的时候，正巧碰到蒙古大将兀良合台率兵围攻潭州。全氏跟父亲进城避难，不久，兀良合台就撤兵了。潭州人都说是有神人护卫，才保全了城池。后来，全昭孙返回临安，不久就病逝了。先前，理宗听从丁大全的话，为太子选妃，聘定临安知府顾嵒的女儿为太子妃。随后，丁大全被罢免，顾嵒也受到牵连。言官上书说另选名门望族的女儿配对皇储，理宗顾念母族，便将全氏召入宫中，并问道："你父亲曾经为了国家病死，现在朕回想起来也不禁悲哀。"全氏回答："小女子的父亲确实值得怀念，不过淮、湖的人民更加值得挂念！"理宗听后，暗暗诧异。第二天，理宗对辅臣说："全氏能言善辩，心存万民，以后一定能母仪天下！"辅臣都没有异言，不久理宗便册封全氏为太子妃。后来度宗又册立她为皇后，并封杨氏为淑妃。杨淑妃就是文帝赵昰的生母。

　　后来，贾似道又上疏辞官，度宗命内侍传旨，一定要让他留下来，每天都要传旨四五次。到了晚上，度宗又派侍臣到贾似道的府邸外面轮流看守，生怕他离开。度宗还特授他为平章军国重事,每三天一上朝,到都堂议事。度宗还将西湖的葛岭赐给他建造府邸。葛岭在西湖的北面,相传晋代葛洪曾经在这里炼丹,所以才有这个名称。贾似道整天采花问柳,无论是歌楼的娼妓,还是庵院的女尼,只要有三分姿色,都命仆役召进府供他淫污。宫中有个叫叶氏的宫女,长得眉清目秀,玲珑可人,甚至也被他逼出宫,充作小妾。度宗虽然知道这件事情,但是也没有办法。不但如此,贾似道还召集以前的赌友,每天赌博作乐,男男女女混杂在一起谑词浪语,毫无顾忌。每到秋冬交界的时候,他都要捉取蟋蟀,观斗博彩,好友曾经戏谑道:"这难道也是军国重事吗?"贾似道也没有生气,反而对他谈笑风生。他整天兴高采烈,花天酒地,却把朝政全部搁置一边。

刚开始,贾似道还每隔几天乘船上个朝,他先跑到都堂里小睡一会儿,然后把内外的要紧奏折大致浏览一遍。到后来,他索性深居简出,所有的军国重事全都让堂吏送到他的府上。他也懒得审视,将事情全都推给馆客廖莹中和堂吏翁应龙代理。唯独言官弹劾和各个部门举荐官员的奏折,一定要经过他才能决定。朝中所有的正人君子被排斥殆尽,而一班贪官污吏却因为贿赂贾似道得到了美职。贾似道修建了一个多宝阁,将平时收受的贿赂全都藏在里面。每天他都会上楼好好把玩一番,不忍释手。他门下的幕僚也乘机发了大财,就连看门的下人也都做了富翁。贾似道又私下禁令,严禁百姓擅自窥伺他的府第,如果有事出入,必须先由门卫通报。一天,有一个小妾的兄长拜见贾似道,门卫见他是贾似道的亲戚,没有禀报就放他进去了。谁知道他刚走到门口就撞见了贾似道,贾似道当即喝令左右将他捆起来,扔进了火坑。他连忙报上妹妹的姓名,并大声呼救,贾似道这才下令将他拉了出来,可是这时他已经被烧得焦头烂额,苦痛不堪了。贾似道反而责怪门卫为什么不事先通报,门卫只好磕头认罪。后来,门卫变得更加严密。正当贾似道放胆纵欢、为所欲为的时候,蒙古征南都元帅阿朮已经带着降将刘整等人,南下攻打襄阳来了。

襄阳城失陷

蒙古主忽必烈早就想南下侵宋，但由于宗室王子阿里不哥抗命，忽必烈只好亲自督军前往讨伐。他们大战一场，阿里不哥败走。忽必烈向北追了五十多里，叛将大多归降。忽必烈班师回朝后，担心他会死灰复燃，所以迟迟不敢南下。中统五年，阿里不哥走投无路，自知不能跟忽必烈抗衡，于是跟谋臣不鲁花等人来到蒙古的首都开平，悔过投诚。忽必烈赦免了阿里不哥，将罪行归咎到不鲁花等人身上，说他们误导主子，犯上作乱，并处以死刑。忽必烈命刘秉忠为太保，处理中书省事。刘秉忠奏请迁都燕京，忽必烈准奏，并命人修缮燕京城池，建筑宫室，择日迁都，同时改中统五年为至元元年。又过了四年，忽必烈才命征南都元帅阿朮带刘整等人前去攻打襄阳。阿朮在马虎头山上驻军，看见汉东的白河口，不禁欣喜地说："如果能在白河口修筑高垒，切断宋军的粮道，襄阳城就不难攻取了。"于是，他派兵在白河口筑城。

襄阳知府吕文焕听说蒙古兵在白河口筑城，料知大事不妙，急忙通报他的兄长宣抚使吕文德，并上传警报。先前忽必烈听用刘整的计谋，赠送了一些财宝给吕文德，要求在襄阳城外建立榷场（指中国辽、宋、西夏、金、蒙古政权各在接界地点设置的互市市场。榷场贸易是因各地区经济交流的需要而产生的，对于各政权统治者来说，榷场还有控制边境贸易、提供经济利益、安边绥远的作用。所以榷场的设置，常因政治关系的变化而兴废无常），吕文德贪图蝇头小利，代蒙古向朝廷申请，宋廷允许在樊城外设立榷场。于是，南宋就在鹿门山筑起土墙，外面与市集相通，里面构筑堡垒。蒙古兵也在白鹤山设下城寨，控制南北的要道，并经常派哨兵到襄、樊城外查探，大有反客为主的形势。吕文德的弟弟吕文焕曾经写信谏阻过他，可是已经来不及了。后来蒙古人在白河口筑城，吕文焕知道兄长中了敌人的奸计，便写信责怪他。到了现在吕文德还不知道惶恐，反而谩骂弟弟说："你不要危言耸听，就算敌人在这里建了城堡也不足为虑。襄、樊城坚池深，城内存储的粮食可以支撑十年。叛贼刘整要是真的敢来侵犯，只要你们坚守到年底，等到来年春水一涨，我率军顺流前来支援，刘整怎么应对？恐怕到时候逃的是他们！"吕文焕无可奈何，只得修缮城池，操练士兵，准备坚守。

转眼就是第二年开春，刘整又向阿朮献计，大造战船五千艘，并招募水军，日夜操练，风雨不懈。阿朮练得七万精兵，立即从白河口进兵，围攻襄阳。传到临安的警报都被贾似道中途拦住。宁海人叶梦鼎享誉内外，曾经做过参政。贾似道也想顺从众望，所以特别荐引他担任右丞相。叶梦鼎起初推辞不去,经过贾似道再三劝说,不得已才入朝就职。可是没过多久,叶梦鼎就因为和贾似道意见不合,上书辞官。贾似道的母亲胡氏听说后,便将贾似道召来,生气地责备他说:"叶丞相本来在家里呆得好好的,根本没想入朝做官,你既然强行举荐他做了宰相,却又对他百般牵制。我看你如今的所作所为,终有一天会惹祸上身的。我宁可绝食而死,省得受到你的牵连。"贾似道向来忌惮母亲,于是他立即上奏度宗,挽留叶梦鼎。叶梦鼎自知正邪不能相容,坚持求去,可是度宗不许。后来,他听说襄阳的警报被贾似道隐瞒,便长叹几声,连夜坐着马车离开了。

不久,蒙古派遣史天泽等人增兵围攻襄阳。史天泽来到襄阳城下,从万山到百丈山都用重兵扼守,使得襄阳南北不能相通。他又在岘山、虎头山上筑起一字城,联络各个堡垒,打算攻城,并分兵围攻樊城。京、湖都统制张世杰本来是蒙古将领张柔的侄儿,因为犯罪投奔南宋。吕文德将他召到麾下,见他忠勇过人,一再提拔,让他做了都统制。他当即率军前往支援樊城,刚到赤滩圃,就遭遇了蒙古兵。两下交战,蒙古兵非常精悍,张世杰孤军不支,只得败退。直到这个时候,度宗才得知襄、樊告急。他命夏贵为沿江制置副使,支援襄、樊。夏贵乘着春水上涨,带着粮食赶到了襄阳。因为担心蒙古兵出来偷袭,所以他只跟吕文焕说了几句话,就率军返回了。等到秋天细雨绵绵,汉水突然上涨,夏贵就派水兵出没在汉水东岸的林谷之间。蒙古主帅阿尤看见后,对部下说:"这是兵书上说的疑兵,不用跟他们交战。我料定他会攻打新城,只要调集水军,以逸待劳就好了。"原来蒙古兵围攻襄阳,一共修建了十座城池,新城就在其中。第二天早上,夏贵果然带着水军去攻打新城,刚到虎尾洲,那蒙古水军就从两路杀出,夹击夏贵。夏贵没想到敌兵会突然出现,仓皇失措,眼看抵抗不住,急忙调转船头,往回逃跑。宋军被蒙古兵追杀了一阵子,淹死了好多士兵。都统制范文虎率领水师前来支援,正巧碰上夏贵败退,蒙古兵冲杀过来。范文虎本是个没用的人物,见到蒙古兵这般强悍,吓得胆战心惊,连忙轻舟逃去。将领一逃,部众也都惊慌失措,乱成一团。蒙古兵追上来一顿乱砍,宋军几千士兵都做了枉死鬼。

吕文德听说援军接连失利,这才后悔当初答应蒙古建立榷场。他不禁叹恨道:"我真是误国,现在后悔都来不及了。"后来他背上生了毒疮,上书辞官,朝廷下诏授他为少师,兼封卫国公。不久,吕文德病逝,他的女婿就是范文虎,贾似道升任他为殿前副都指挥使,命他掌管禁兵。同时,贾似道调两淮制置使李庭芝到两湖,督兵支援襄、樊。范文虎担心李庭芝抢了功劳,便毛遂自荐,情愿再援襄阳,并写信给贾似道说:"下官愿意提领一万兵马支援襄阳,我有信心一战打败敌军,但是不能受到别人的牵制。要是托恩相的威名,侥幸打退了敌军,大功应当全归恩相。"贾似道非常高兴,立即答应下来,并传令范文虎这一路兵马归枢密府节制,不受李庭芝驱使。李庭芝多次约范文虎进兵,范文虎却推辞说还没有接到命令,不肯答应。他整天跟妓妾饮酒作乐,击蹴鞠球,朝歌夜宴,尽情取乐。吕文焕日夜守着这座围城,眼巴巴地等待援音。谁知道都城里的权相、朝外的庸将都在华堂锦帐中做着那些风流快事,管什么襄阳不襄阳的。贾似道还再三称病,屡请归田,度宗苦口婆心地慰留,甚至都急哭了。刚开始度宗准许贾似道每六天一上朝,后来变成了十天,可是贾似道还是不能遵守期限。偶尔进朝拜见度宗，度宗必定起身赐座。贾似道离开的时候，度宗站起来目送他出了殿门，才敢坐下来。后来，贾似道更加傲慢无礼，甚至好几个月不上朝。度宗听说襄阳形势危急，多次催促他入朝议事，他始终迁延不至。

一天，贾似道跟一群小妾在地上斗蟋蟀，正拍手欢呼的时候，忽然下人禀报说有钦差到来，贾似道转喜为怒道："什么钦差不钦差？就算是御驾亲临，也要等我斗完蟋蟀再说！"说完，又从容地蹲在地上斗蟋蟀。过了很久，贾似道才出去面见钦差，钦差传度宗的诏命，极力规劝他进宫，贾似道这才答应明天觐见。第二天，贾似道进朝登殿，度宗慰问完毕后，才问道："襄阳已经被围困三年了，如何是好？"贾似道假装惊愕地说："北兵已经撤兵了，陛下是从哪里得到的消息？"度宗回答："有位嫔妃跟朕说的，所以朕才召师相前来询问。"贾似道不禁懊恼，半天才回答说："陛下怎么能听一个妇人胡说八道呢？难道满朝大臣都没有耳目，反而让一个妇人先知道吗？"度宗不敢再言，贾似道也悻悻退出。后来贾似道盘问内侍，得知了那位走漏消息的嫔妃的姓氏。为了报复她，贾似道竟然诬陷她跟侍卫通奸，硬要度宗将她赐死。迫于贾似道的淫威，度宗只好硬着头皮，命人将她赐死。可怜这位红粉佳人，为了关心国家大事，平白无故地丢了性命。

襄阳一直被围困的消息大白天下，贾似道敦促范文虎统领中外各军援救襄阳。那时襄阳虽然被围，但还有东、西两路可以通行，京东招抚使夏贵经常送衣服和粮食到襄阳，免得城内守兵受冻挨饿。后来蒙古人将东西路也封锁了，襄、樊的形势更加危急了。范文虎带领卫兵和两淮的十万水师进军鹿门。蒙古主帅阿朮沿江列阵，并命大军进犯宋军的前锋。范文虎指挥战船逆流而上，好不容易到了鹿门，突然听到鼓声大震，喊杀连声，连忙登上船楼，向西望去。他见来犯的蒙古兵非常踊跃，已经恐慌了五六分；再远远望见大江两岸全都是蒙古的军队，旌旗蔽日，戈铤参天，也不知道有多少人马，更加觉得心胆欲碎。说时迟，那时快，蒙古兵已经鼓噪突阵，顺流冲击。可是范文虎却没有鸣鼓迎战，竟然命令战船调头撤退。试想，行军打仗靠锐气，有进无退，才能制敌。可如今主将首先退缩，兵士当然没了斗志，稍微交战便弃甲抛戈，向东逃走。

李庭芝听说范文虎大败而归，上表自劾，另请贤才代任，度宗不许，并命他转移到郢州。李庭芝得知襄阳西北有条青泥河，就命人在河中筑造一百艘轻舟，每三只船连成一舫，中间一船装载兵器，两旁的船都有篷无底。李庭芝悬赏重金，招募擅长水战的死士，一共得到三千民兵。他任命张顺、张贵为统辖，两张都有勇有谋，民兵一向敬服他们，叫张贵为"矮张"，叫张顺为"竹园张"。二张奉命后，便号令部众说："这次行动九死一生，有谁要是怕死，可以退出，不要坏了我们的大事！"三千人都愿意以死效忠，没有一个人离开。正巧汉水涨高，两张调集百艘战船从团山进军高头港，决定三更天的时候出战，以红灯为信号。张贵首先出发，张顺作后应，他们乘风破浪，直捣重围。到了磨洪滩上，看见敌兵的战船已经把江面铺满了，无隙可入。张贵命善于泅水的士兵潜到水中，凿开敌人的战船，敌船半浮半沉，当然惊慌失措。张贵乘势杀开一条血路，且战且进。黎明时张贵等人已经抵达襄阳城下。襄阳城中已经很久没有援助，听说张贵等人到来，都喜出望外，立即开城迎接。大家勇气倍增，很快战退了敌军。等到收兵回城的时候,唯独没有看到张顺。过了几天,水面上浮出一具尸体,身穿甲胄,手握弓箭。城里的人去察看,不是别人,正是张顺。只见他身上有四处重伤,中了六箭,怒气冲冲的跟活人一样。将士们都很难过,随后将他厚葬。

张贵进入襄阳后,跟吕文焕共同防守,他奋然说:"我们这座孤城没有援助,我们不能坐以待毙,不如向范统帅求救,等到援军到来,再内外夹击,或许可以打退敌人。"吕文焕同意,命张贵设法乞援。张贵招募了两位勇士,他们能在水中潜伏一天而不需要进食。张贵将蜡书交给他们,命他们泗水送往范文虎的军前。范文虎收到蜡书后,答应发兵五千,进驻龙尾洲,以便夹攻,并命这两位勇士拿着回信返回禀报。张贵得到回信后,率水师来到小新河,只见敌兵驾着战舰,前来截击。张贵正麾众殊死搏斗,突然望见沿岸火光冲天,隐隐地看到有些船正在靠近龙尾洲。他还以为是范军前来支援,高兴地向前奋进,没想到来船都是敌兵,由阿朮、刘整带领,向他们杀来。等双方靠近,张贵才得知不是宋军,但一时又来不及躲避,被围困在了中间。这一战,宋军伤亡殆尽,张贵身受数十处创伤,身疲力竭被蒙古兵活捉,不屈遇害。原来范文虎率军到了龙尾洲,因为风狂水急,就往后退了三十里。阿朮接到密报后,便率先占据龙尾洲,以逸待劳,大破宋军。张贵被杀后,蒙古兵带着他的尸体来到襄阳城下,对着守兵大喊道:"你们认识'矮张'都统吗?"守兵见果真是张贵,不禁嚎啕大哭。敌兵将尸体扔下后便退走了。吕文焕出城收尸,将张贵葬在张顺坟墓旁边,立下双庙祭祀两位忠臣,并再次发誓死守襄阳。

到了咸淳九年,襄阳已被围困了五年,樊城也被围困了四年。襄、樊两城本来相互依存,形成掎角之势,中间隔着汉水。吕文焕在江中钉上木桩,用铁索连接,并在上面造了浮桥,以此互通援兵。敌帅阿朮派兵将木桩锯断,用斧头劈开铁索,将桥给毁了,从此两座城池不能相互支援。阿朮又用兵截住江面,防止襄阳的援兵,自己则率精兵去攻打樊城。樊城支持不住,被蒙军攻陷。守将范天顺仰天长叹道:"生为宋臣,死为宋鬼。"说完便悬梁自尽。部将牛富军带着几百多死士进行巷战,杀死敌兵无数。牛富身负重伤,最后跳入了火海。小将王福见牛富已死,不觉哭着说:"将军为国家而死,我怎么能苟且偷生?"说罢也跳到了火中。襄阳失去掎角后,更加危急。吕文焕每次巡城,都要望向南面痛哭,他每天都期盼着朝廷增援。贾似道见事情到了这一步,也知道瞒不过去,只好上书奏请度宗派他到前线,而暗中却让台谏上奏挽留自己,度宗于是没有让他离开。大臣们都保荐高达去增援襄阳,可是贾似道跟高达有些过节,坚持不让他去。后来,贾似道又再请亲自出马,监察御史陈坚认为:"如果相公离开朝廷,襄阳倒是顾全了,但是两淮又不能确保,还是让他留在朝中主持大局较为得当。"于是度宗听从陈坚的意见,将贾似道留在朝中。可是,贾似道仍然在府邸花天酒地,享受眼前的快乐,把襄阳的军务抛到九霄云外。

襄阳城越来越危急,吕文焕日夜登城,防守丝毫不敢松懈。一天,他正在城楼上指挥军士,忽然听到城下有人叫他的姓名,他低头一看,原来是刘整来劝他出降。吕文焕也不和他多说,暗中命弓弩手射下一箭,刘整猝不及防,被射中右肩,幸亏战甲坚硬,才没有性命之忧。刘整当即策马退回,心中痛恨不已。蒙古将领阿里海涯曾经用火炮攻破樊城,这次又转移到了襄阳。蒙古兵接连放弹，声如震雷，城中守兵人心惶惶，很多士兵都出城投降。刘整恨不得马上将襄阳城炸毁，进去抓住吕文焕，报那一箭之仇。阿里海涯阻止说："且慢！等我再去招降。他要是愿意投降，何必残害这么多无辜将士呢。将军也不应该总是记恨这些事情，大家各为其主，没有办法。"说完，阿里海涯便来到城下，对吕文焕大喊："你们拒守孤城已经五年了，为了自己的主子卖命，也是理所应当。但是现在你们势穷援绝，如果再抵抗下去，只能苦了城中几万生灵，如果能纳款出降，我们进城保证不杀一人，而且吕将军还会加官进爵。这是我主的诏命，由我代为宣告，决不欺骗你。"吕文焕听后，觉得很有道理，不禁犹豫了起来。阿里海涯见他低头沉思，料知已经说动了他，索性再进一步，将一支箭折断发誓道："我要是欺骗你，有如此箭！"吕文焕于是答应出降。阿里海涯首先入城，吕文焕交出地图，和阿里海涯一同前往燕都。

当时，蒙古主忽必烈已经改国号为大元。吕文焕入朝拜见元主，元主遵守阿里海涯的誓言，拜吕文焕为襄、汉大都督。于是，吕文焕呈上攻打郢州的计议，并表示愿意担任先驱。元主非常欣喜，命他暂时休息，准备再次大举进犯。这消息传到宋廷后，贾似道对度宗说："臣多次请求到边境去，都不见陛下答应，要是陛下早点听从臣的话，也不至于如此。"度宗也觉得后悔。吕文焕的兄长吕文福是庐州知府，上表待罪，贾似道从中庇护，一概不予治罪。度宗曾召用江万里、马廷鸾为左、右丞相，江万里做了几个月就离开了，马廷鸾任职一年后也隐退了。朝中上下只知道有贾似道，不知道有度宗。有人说："襄、樊失守，都是由范文虎懦弱导致的，应该将他斩首，以正国法！"贾似道不肯，只将范文虎降了一级，贬为安徽知府，反而将李庭芝罢职，改任汪立信为京、湖制置使，赵潜为沿江制置使。

赵潜是赵葵的儿子，年少无知，监察御史陈文龙说他是个乳臭未干的小孩子，不足以胜任，顿时触怒了贾似道，被贾似道罢免。后来，宋廷又起用李庭芝为淮东制置使，兼扬州知府；夏贵为淮西制置使，兼庐州知府；陈弈为沿江制置使，兼黄州知府。陈弈毫无韬略，因为巴结贾似道才得以显达，并手握重兵。咸淳十年，贾似道的母亲去世，贾似道回家服丧，度宗下诏用天子之礼送葬，并修筑类似山陵的坟墓，待遇非常隆重。百官也奉诏前往祭拜，那天天降大雨，百官们在大雨中站了一整天，没人敢动。葬礼完毕后，贾似道又回到了朝中。

过了几个月，度宗竟然驾崩了，遗诏命皇子赵㬎即位。度宗在位十年，享年三十五岁。度宗还是太子的时候，就以好色闻名。即位后，更加沉迷酒色。后宫的惯例宠幸妃嫔之后，妃嫔第二天要去谢恩，并写明临幸的日期。度宗在位时，有时谢恩的人数多达三十多个。最后度宗因为精气耗尽，壮年早逝。度宗的儿子赵㬎年仅四岁，是全后所生。皇子中还有一个叫赵昰，年龄较大。百官们都一致认为应该拥立年长的为皇上，唯独贾似道主张立嫡。于是四岁的赵㬎继承了皇位，尊奉谢太后垂帘听政，封赵昰为吉王，弟弟赵昺为信王，尊谢太后为太皇太后，全皇后为皇太后。

第九十八章 元兵大举南下

赵㬎即位后，还没来得及改元，元主忽必烈就已经下诏命各路将士大举南侵，并历数贾似道拘押使臣、破坏盟约的罪状。忽必烈任命史天泽和伯颜为元帅，统领各路兵马；任用降将刘整、吕文焕为向导，率二十万大军南下。南宋朝廷这方面，小孩子做皇帝，妇人临朝听政，晓得什么军国大事？挟势弄权、贪财好色的贾似道依然载歌载舞，粉饰太平。京、湖制置使汪立信听说元朝又有出兵的消息，不免忧愤交迫，向朝廷上疏，并提出两条建议：一是将兵力全部调到江淮一带，有战事的时候出战，没战事的时候耕田；二是放归使臣，答应和约的条款。

贾似道接到这封奏疏后，勃然大怒，将奏疏扔在地上说："这瞎子胡说什么？"原来汪立信有一只眼睛有点毛病，所以贾似道骂他是个瞎子。贾似道当即请旨罢免汪立信，改用朱祀孙为京、湖制置使，兼任江陵知府。元兵渡河南下，快要到达鄂州的时候，史天泽患病北归，各路兵马全归伯颜统领。伯颜将大军分为两路，自己跟阿术从襄阳进入汉江，命吕文焕率水师作为先锋；再命博罗欢从东道攻取扬州，由刘整率骑兵作为先锋。蒙古水陆并进，旌旗延绵数百里。伯颜抵达鄂州后，在城西立营。南宋都统制张世杰刚好在鄂州屯兵，鄂州在汉江的北面，城墙都是用巨石砌成；他又另外在汉江南面建立新鄂城，要害位置都设有防守，无隙可乘。元兵直抵鄂州城下，被张世杰击退。后来，阿术抓住一名探子，并好言抚慰，问他有没有小道可以走。这位俘虏说可以由黄家湾堡出发，从河口把船拖到藤湖里，再转到汉江下游，这样进兵最为方便。阿术转告伯颜，伯颜又询问吕文焕，吕文焕也极力同意。于是元军分兵攻取了黄家湾堡，荡舟从藤湖进入汉江，直逼沙洋。沙洋设有守兵，伯颜派那位俘虏拿着檄文前去招降他们。守将王虎臣、王大用将俘虏斩杀，烧毁檄文，登城拒守。吕文焕又到城下招降，也不见回应。傍晚的时候大风四起，伯颜命军士放炮纵火，焚烧城外的房屋，顿时浓烟滚滚，遮天蔽日。守城的士兵迷迷糊糊，什么都看不清，那时元兵已经登上城墙，一拥而入。王虎臣、王大用力战不支，都被活捉。

元兵接着进军新郢城。吕文焕押着王大用等人来到城下，让他们招降城里的守将，可是城内的都统边居谊没有答应。第二天，王大用等人再次被押来，边居谊回答说："我想跟吕参政说话，请他前来面谈！"吕文焕听后，立即骑马来到城下。可是刚一到就听见一声梆响，城门突然大开，弓箭手从城里往外乱射，箭如飞蝗。吕文焕急忙折返，可是右臂已经中了一箭，他勉强忍住疼痛，用左手挥鞭策马。不料坐骑中箭倒地，吕文焕也随着摔了下来。这时从城里跑出来一群士兵，他们各拿着长矛来钩吕文焕，刚要得手，却被元兵救走了。这群士兵没有抓到吕文焕，只好返回闭门不出。元兵大怒，奋勇攻城。边居谊督众坚守，相持不下。伯颜增兵猛攻，并往城里射招降书，用爵禄诱惑他们出降。总制黄顺及副将任宁都抵不住诱惑，竟然出城投降，他们部下的士兵也跟着一起逃出城外。边居谊开门驱逐，斩杀了无数。吕文焕又乘机来攻，边居谊用火箭将来兵射退。不料边居谊入城休息还没有一个时辰，城楼上就已经鼓声大震，元兵像蚂蚁一样涌了上来。守城的士兵不是被杀，就是逃走。边居谊自知不能支撑，拔剑自刎，于是新郢城沦陷。伯颜敬重边居谊的忠烈，将他收尸厚葬，接着进军蔡店，跟各路兵马会师，准备指日渡江。

那时，南宋淮西制置使夏贵正调集汉、鄂的水师，分别据守要害。都统制王达守在阳逻堡，京、湖制置使朱祀孙用游击军扼住中流，元军不能前进。伯颜用声东击西的计策，一路攻城略地，随即渡江与阿㳛会师，进兵鄂州。朱祀孙正打算率军增援鄂州，突然听说元军已经渡江而来，也不禁惊惶起来，连夜逃回了江陵府。吕文焕传达檄文劝守城将士投降，汉阳军将领王仪举城投降，鄂州守将张晏然和都统程鹏飞也开城接纳伯颜的军队。只有幕僚张山翁不肯屈服，元将都想斩杀张山翁，伯颜却称他为义士，将他给放了。伯颜命阿里海涯率军四万驻守鄂州，并攻取荆州、湖州，自己跟阿㳛率领大军南下，直捣临安。

宋廷接到警报，非常震惊，连忙召集群臣商议。大家都指望贾师相能挽救危局，请他督兵出战。事已至此，贾似道也不能再推辞，只好答应。朝廷命他统帅各路兵马，开赴临安，任用黄万石等人参议军机。朝廷打开府库，拨发十万两黄金，五十万两白银，钱一千万贯，充作都督府的公用。还有王侯公卿都要拿出部分家产，捐助军队。同时，朝廷还下诏天下，集结勤王部队。当时已经是咸淳十年暮冬，贾似道还不知利剑当头，在葛岭的私第里跟妻妾们围坐在火炉旁边，把酒言欢，花团锦簇，快快活活地过了残年。

第二天是新皇帝赵㬎即位的第一年，改元德祐，宫廷里面还是照常庆贺。当晚，就有警报传来，说元兵已经攻入黄州，沿江制置使陈奕投降，伯颜任命他为沿江都督。陈奕的儿子陈岩当时驻守东州，也跟着父亲投降元朝，蕲州知府管景模也派人迎降元兵。贾似道见守将纷纷献降，不免有些着急。他急忙召吕师夔参议都督府的军事，可是吕师夔却不肯受命，竟然跟江州的钱真孙一起投降了元军。伯颜任命吕师夔为江州知府，吕师夔为了表示答谢，便设宴款待伯颜，还召来宗室里的两名女子陪酒。伯颜赴宴就坐后，看见旁边有两名女子，不禁愤怒道："我奉天子之命兴仁义之师，向宋廷问罪，你怎么用女色来蛊惑我呢？我难道会为之动容吗？"说得吕师夔满脸羞愧，慌忙谢罪，并命那两名女子退下。伯颜喝了一杯酒后，便离开了。

安庆知府范文虎听说吕师夔已经降元，也起了异心。他派遣使臣到江州迎接伯颜。伯颜先命阿㳛到安庆，自己亲率大军跟在后面。范文虎出城迎接，非常恭顺。伯颜授范文虎为两浙大都督，通判夏倚却服药自杀。吕、范本来都是贾似道的党羽，他们接连背叛朝廷，急得贾似道不知道该怎么办。忽然，他听说刘整病死在无为城下，便欢呼雀跃道："刘整一死，元兵就没了向导，真是天助我也！"原来元兵大举南侵，一直仗着刘整、吕文焕做导向才会势如破竹。后来，伯颜派遣刘整率军攻打淮南，可是刘整却请命乘虚直捣临安，伯颜没有同意。刘整于是率领骑兵攻打无为军，结果久攻不下。后来，刘整听说吕文焕已经攻破鄂州，捷报频传，顿时失声说道："主帅如果不束缚我的话，我也不会落在他人之后。"因此刘整每天闷闷不乐，抑郁而死。贾似道还认为这是上天赐给的机遇，竟然上表出师，抽调各路精兵十三万人，即刻启程前去迎敌。金银辎重将战船装得满满的，战船首尾相连，延绵几十里。大军到了芜湖，贾似道派人问候吕师夔，并让他转告元军主帅，调停和议，可是吕师夔却没有答复。

不久，夏贵引兵前来相会，他从袖子里取出一封书信递给贾似道，说宋朝只有三百二十年。贾似道也没有多说什么，只是低头叹息了两声。他心想夏贵等人都不可靠，便重新起用汪立信为江、淮招讨使，命他在建康招募士兵。汪立信接到命令后，立即上路，跟贾似道在芜湖相会。贾似道拍着汪立信的后背说："因为当初没有听从你的话，才沦落到这种地步，现在该怎么办？"汪立信说："现在还有什么办法？敌寇已经大军深入，江南没有一寸净土，我这次前来，不过是想要找寻一片赵家的土地，拼死一战。即使是死也要死得明白，这才不愧为赵家的臣子！"贾似道听后，愧疚不已，勉强应付了几句，两人就告别了。贾似道自知不妙，再派遣宋京到元军请求称臣奉币，履行开庆（开庆是宋理宗赵昀的第七个年号。南宋使用这个年号共一年）的原约。伯颜回复说："我军没有渡江之前，还可以议和进贡；现在沿江的各个州郡都归我所有，还有什么和议可言？如果他非要求和，就请他当面商议！"贾似道收到回信后，当然不敢前去。

不久，元兵进犯池州，知州王起宗逃走，通判赵卯发暂时总领州事。他命人修缮城池，囤积粮草，打算死守。都统张林多次劝说赵卯发献降元军，赵卯发义愤填膺，怒视着张林，张林再也不敢说什么。后来，张林自己投降了元兵，并和他们里应外合。赵卯发知道大势已去，便设宴招待亲朋好友，跟他们诀别，并对妻子雍氏说道："城门快被攻破，我身为守臣，不能逃走，你可以先出去避难。"雍氏说："夫君是忠臣，难道贱妾就不能是忠妇吗？"赵卯发说："难道你不怕死吗？"雍氏坚持先死，赵卯发慨然说："既然甘愿赴死，不妨一起！"第二天，元军兵临城下，赵卯发在书桌上写道："国不可背，城不可降，夫妇同死，节义成双。"写完，便和雍氏面对面吊死在房子里。张林开门迎降，伯颜进城后问太守在哪里。左右说太守和太守夫人都已经自尽了，伯颜非常惋惜，命人将他们合葬，并亲自前去祭奠。宋廷追赠赵卯发为华文阁待制，谥号文节；追封他的妻子雍氏为顺义夫人。

贾似道听说池州也失陷了，急忙挑选七万精锐交给孙虎臣，命他前去截击元军；又命夏贵率领二千五百艘战舰陆续跟进；自己亲率后军驻扎鲁港，作为援应。孙虎臣有一位爱妾，日夜跟随着她，一步都不离开，这回也乘船相随。试想，身临大敌，孙虎臣还带着爱妾，怎么能抵抗得住强敌呢？宋军到达池州下游的丁家洲，望见有敌船靠近，孙虎臣立即命令战舰迎战。猛然听到炮声震天，炮火喷射而来。孙虎臣不觉有些胆怯，勉强指挥将士迎战。哪知元将阿朮又率数千艘战船乘风杀到，喊声惊天动地。宋前锋统领姜才忠勇过人，他挺身奋斗，偏偏孙虎臣这个胆小鬼被吓破了胆，慌忙乘船逃走。主帅一逃，部众顿时哗然，全军大乱。夏贵因为孙虎臣刚刚得到升迁，权力在自己之上，本来就抱着观望的态度，这时候他索性不战自退，乘船径直到贾似道的船前，大喊道："敌众我寡，不能抵挡，请贾相公另作打算！"贾似道听了，慌忙鸣金收兵。宋军的船只在江上颠簸起伏，忽分忽合。元将阿尤乘机横扫过去，伯颜又指挥步兵和骑兵夹岸相助。宋军不是死在刀下，就是淹死在水中，连江水都被染红了，所有的军资器械都被元兵抢走了。

贾似道逃到珠金沙，连夜召夏贵等人前来议事。刚好孙虎臣也赶来了，他假模假样地恸哭说："我手下的将士没有一个肯以死相拼的，叫我怎么办？"夏贵微笑着说："我从前跟阿尤血战有几次了，也不过如此！"贾似道问他下一步该怎么办，夏贵回答："各军都已经被敌军吓破了胆，不能再战了。相公只有马上赶到扬州，招集溃散的士兵，并将皇上送到海上，我等誓死守卫淮西！"说完，便乘船走了，贾似道跟孙虎臣连夜赶往扬州。第二天，贾似道见逃跑的士兵沿江而来，便让将领上岸摇旗呐喊，招纳溃兵，可是却没有人响应，有的士兵反而还骂他们，弄得贾似道实在没有办法。后来，镇江、宁国、隆兴、江阴的守臣全部弃城逃走，太平、和州的无为军也相继归降元军。元军又进攻饶州，知州唐震不屈被害，全家殉难。故相江万里的故乡也在饶州，他听说元军破城而来，便投水自尽。第二天，江万里的尸体浮出水面，下人将他入殓，并禀报宋廷。朝廷追封他为太傅益国公，赐谥号文忠，赠唐震谥号忠介。

贾似道上书请求迁都，太皇太后不肯答应。殿帅韩震是贾似道的爪牙，他也力请太皇太后迁都，于是朝中召开会议商议到底要不要迁都。贾似道出师之前，曾经任用王爚、章鉴为左、右丞相，王爚再三推辞不受，可是没有被允许。后来，王爚主张固守，不宜出战，韩震等人极力反对，一气之下王爚便离开了。随后，朝中多数官员都上书反对迁都，这才罢议。朝廷又下诏令各路兵马进京勤王。先前，朝廷颁下勤王诏书，各路将领都持观望态度，只有李庭芝带着兵马前来支援，后来又来了一个张世杰。参政陈宜中竟然怀疑他是从元军那里逃回来了，将他的部众给换了，另外调派一支新军给他统领。江西提刑文天祥、湖南提刑李芾因为以前忤逆贾似道，都被贬到外地。听说临安危急，文天祥急忙招募郡中的豪杰，并集结溪峒山一万多人进京勤王。李芾也招集了三千名壮士，派选将领，敦促他们进京勤王。但是南宋大局已经被贾似道搅坏，都中风声鹤唳、草木皆兵，单靠几位忠臣义士，徒手募兵，奋身卫国，已无法挽回，只能徒增伤感。后来，宋廷将王爚追回，仍任命他为左丞相；右丞相章鉴却托病离去，宋廷只好召陈宜中知枢密院事。

正逢郝经的弟弟郝庸奉元主的命令，来宋探望兄长。陈宜中奏请将郝经遣送回国。于是，朝廷命总管段佑护送郝经出境。郝经被扣押在宋朝十六年，回到燕都后，不久就病逝了。元主非常心痛，所以多次催促伯颜进兵。于是，伯颜兵临建康城下。江、淮招讨使汪立信自从跟贾似道分别后，也向建康进发。他见各州郡的守兵相继溃散，而且四面都是元军，所以又折回高邮，想要控制淮、汉，为以后做打算。后来，他听说贾似道大军溃败，江、汉的守臣也都望风归降，不禁长叹道："我如今要死在宋朝的土地上了。"他设宴和同僚、亲友作别，然后上书拜别三宫,并给侄儿写了一封信,叮嘱后事。当晚半夜的时候,汪立信起身在庭院中漫步,慷慨悲歌,又握紧拳头猛拍桌案。后来的三天里,汪立信一句话都没有说,最后竟然扼吭而死。元兵抵达建康后,汪立信的爱将金明带着汪立信的家人避难。有人将汪立信生前献给宋廷的计策告诉了伯颜,并请求屠戮汪立信的妻儿。伯颜叹息说:"宋朝不是没有能人,如果宋廷采纳他的计策,我怎么可能率兵攻打到这里来呢?这是忠臣,怎么能杀害他的妻儿呢?"说罢,他命人找来汪立信的家属,厚加抚恤了一番。金明将汪立信的棺椁葬在了丹阳。建康都统徐旺荣迎伯颜入建康城,伯颜又派兵招降了广德军。建康失陷,宋廷更加震惊。贾似道黔驴技穷,走投无路,只好将都督府的大印交了出来。

陈宜中问堂吏翁应龙,贾似道现在在哪里,翁应龙只说不知道。于是,陈宜中上疏请求诛杀贾似道。太皇太后谢氏说:"贾似道勤勤恳恳历经三朝,怎么能因为一朝失算而加以重刑呢?"于是,她下诏贬贾似道为醴泉观使,罢免平章都督一职。所有贾似道所创建的弊政全部革除;将公田归还给田主;并恢复吴潜、向士璧等人的官职;发配翁应龙到吉阳军,贬廖莹中、王庭、刘良贵、陈伯大、董朴等人的官职。不久,三学生以及台谏、侍臣又连接上书请求诛杀贾似道,太皇太后还是不肯听从。贾似道上表自我辩解,并说是被夏贵、孙虎臣等人所耽误。朝廷下旨命李庭芝资送贾似道回乡,为母亲守丧。不久,王爚又上书说:"贾似道不忠不孝,希望下诏严加谴责。"于是,太皇太后将贾似道连降三级,让他到婺州居住。婺州百姓听说贾似道要来,将他驱逐出境,不准他逗留。监察御史孙嵘叟等人又再次上书,说贾似道罪重罚轻,于是朝廷又将贾似道流放到建宁府。接着又有人上奏请求加罪贾似道的奸党,于是朝廷斩杀了翁应龙,没收了他的家产。廖莹中、王庭被发配到岭南。后来,这两人都畏罪自尽。不久,贾似道又被贬为高州团练使,被安置在循州,并将他的家产没收。荣王赵与芮当时已经被晋封为福王,他向来忌恨贾似道,于是找人做监押官,准备在半路上除掉这个奸臣。会稽县尉郑虎臣欣然请行。

第九十九章　都城被陷，幼主被掳

会稽县尉郑虎臣听说福王赵与芮的命令后，请愿充当监押官。原来，郑虎臣的父亲曾经被贾似道陷害，发配到了远方，所以郑虎臣一直想要报仇。凑巧碰到这个差事，当然乐于奉命，于是押着贾似道启程。那时，贾似道正在建宁府的开元寺中，身边还有十几个小妾。郑虎臣赶到后，命人将小妾驱散，责令贾似道立即上路。在路上，郑虎臣命轿夫将顶盖掀去，让贾似道在烈日中暴晒。一天，他们来到一座古寺，见墙壁上有吴潜南行时所题的诗句，郑虎臣便指着诗句对贾似道说："贾团练！吴丞相怎么会来这里？"贾似道非常羞愧，不知道怎么回答。不久，他们坐上了船，到达南剑州的黯淡滩时，郑虎臣让贾似道看看这河水，并说："这河水这么清澈，你可以自尽了！"贾似道以没有接到朝廷的命令为由，拒绝自尽。后来，他们走到漳州木绵庵，郑虎臣说："我为天下杀贾似道，死也无憾！"于是，他趁贾似道如厕的时候，将他杀死在了茅厕。先前，贾似道当权的时候，曾经梦见一位神仙带着一个人对他说："这个人姓郑，将来就是要你命的人！"当时，郑师望刚刚被起用，贾似道怀疑这个人就是他，便找了个借口将他外谪。不料最后竟然死在郑虎臣的手中，可见生死都有定数，并不是人力所能改变的。虽然冥冥之中自有定数，但是像贾似道这样恶贯满盈的人，此时不死，更待何时？

贾似道被杀后，南宋朝廷命王爚为平章军事，陈宜中、留梦炎为左、右丞相，并兼枢密使，统领各路军马。陈宜中还没有显贵的时候，跟黄镛等人弹劾丁大全，被发配到了远州，当时人称"六君子"。后来丁大全被贬，陈宜中官复原职，渐渐地官居要职。后来，贾似道在芜湖丧师，陈宜中还以为贾似道已经死了，所以才奏请追究贾似道的罪名。他本来就是反复无常的小人，听说郑虎臣擅自杀害贾似道，便命人将郑虎臣逮捕下狱，竟然将他给杀了。他还请求将贾似道归葬家乡，太皇太后谢氏还以为他存心忠厚，所以事事依从。

朝廷命张世杰统领各路兵马，分兵抗拒元军。可是，元兵步步紧逼，临安一天接到几次警报，不得不格外戒严。同知枢密院事曾渊子、左司谏潘文卿、右正言季可、两浙转运使许自、浙东安抚使王霖龙、内侍陈坚、何梦桂、曾希颜等十几个人相继逃走。签书枢密院事文及翁、同签书院事倪普故意唆使台谏弹劾自己，可是奏折还没有递上去，他们就跑了。太皇太后听说百官纷纷逃跑，便下诏三令五申，如有再逃者严惩不贷。诏书虽然下达了，但是朝中百官仍然有逃跑的。大家顾命要紧，有几个忠君爱国的志士肯出来支撑危局呢？最可笑的是边境守将竟然仗着一把利剑，乱杀外使。原来，元礼部尚书廉希贤和工部侍郎严忠范带着国书抵达建康与伯颜相见，后来，他们出使南宋，被宋境的守将斩杀。宋廷得知后，知道惹了大祸，急忙派人到元军中解释说："杀害贵国使臣的事情是边将做的，朝廷实在不知道，我们会依法治罪的，还希望贵国能罢兵修好！"于是，伯颜又派使臣前往临安，使臣路过平江的时候，又被守将杀死。伯颜怒上加怒，派兵四处攻掠，收降了常州。后来，阿里海涯又攻入岳州，安抚使高世杰战败，投降了元军，不久被阿里海涯杀死。元军接着又进破沙市城，监镜司马梦求自缢身亡。京、湖宣抚使朱祀孙和副使高达听说元兵接连攻陷州城，已是忐忑不安；等到阿里海涯转攻江陵，高达又屡战屡败，索性二人一起归降了元军。阿里海涯进入江陵城后，命朱祀孙传檄文给部下，劝他们归附。于是，湖北的各个州郡相继献降，荆南全部被元军占有，伯颜没有了西顾之忧，便安心东下。

另一方面，阿尤进兵扬州，他派部将李虎拿着招降书进入扬州城，宋制置使李庭芝将招降书焚烧，并斩杀了李虎。阿尤非常恼怒，兵临扬州城下。李庭芝派统制姜才出战，姜才骁勇，将敌军击退。阿尤又进攻扬州南门，李庭芝登城御敌，双方一攻一守，旗鼓相当，不分胜败。宋将刘师勇本来是个百姓，因为屡立战功，做了濠州团练使，后来，他率众收复了常州，被升任为和州防御使，帮助知州姚訔守城。没过多久，浙东的各路兵马也来援助。张世杰召刘师勇、孙虎臣等人在焦山会师，为扬州声援。途中，他们听说成都安抚使昝万寿投降了元军，两川的郡县也大多投降。张世杰更加觉得孤危，于是决定跟元兵决一死战。他将十条船拼成一个方阵，用石墩固定在江中，以示死战的决心。阿尤登上石公山，望见宋军的阵势，微笑说："这阵一烧就乱了。"于是他挑选了一千弓弩手，分成两路，夹射宋师；自己由中路进攻，跟宋师交战之际，下令用火箭接连射击。宋师的船都被石墩固定，不能移动，最后篷樯俱毁，烟火弥漫。宋军进退两难，除了投江自尽外，别无他法。元将张弘范、董文炳等人又用精兵横扫过去，杀得宋师七零八落。张世杰见兵败如此，只好率军逃跑，丢掉了七百多艘战船。刘师勇回到了常州，孙虎臣回到了真州。

张世杰上表请求朝廷增派援兵。这个时候，朝廷内部的执政大臣因为意见不合，互相排挤，还有什么心思去管张世杰呢？当初张世杰出师的时候，平章军事王爚上书说："陈宜中、留梦炎两位宰相应该派一个人前去督军，否则自己出马。"陈宜中心怀忌恨，暗中阻止王爚的提议。后来，张世杰在焦山兵败，王爚又进谏说："只有朝廷派遣大臣到前线督军，才能有战胜敌军的希望。可是，朝廷不听臣的意见，导致张世杰兵败焦山，试问国家现在还能承受得住几次战败呢？臣既然不能恪守职责，挽留时局，乞求陛下罢免臣平章国事一职。"太皇太后不同意。

不久，太学生刘九皋等人又上书弹劾陈宜中，历数他擅权误国的罪行，说他不亚于贾似道，可是朝廷依然没有理会。陈宜中听到风声后，偷偷地离开了。太皇太后派人前去召唤，他始终不肯前来。没办法，太皇太后只好将刘九皋等人批捕下狱，并罢免了王爚，借此来安抚陈宜中。当时陈宜中已经回到了温州，太皇太后亲自写书信给陈宜中的母亲杨氏，命她催促陈宜中入都，陈宜中这才勉强回朝赴任。当时左丞相的职务空虚，太皇太后想要召李庭芝入朝担任，可是李庭芝正在驻守扬州，不能离任。后来又召夏贵为枢密副使，兼任两淮宣抚大使，夏贵也推辞不受。当初文天祥提兵进京勤王，久久不见派遣。陈宜中回朝后，命文天祥为平江知府，命李芾为潭州知府。文天祥临行时，特地上疏请求朝廷建立四镇，抵御元军。陈宜中和留梦炎见到这道奏疏后，都以工程浩大不好实施为理由，搁置不答。文天祥只好叹息而去。

　　元统帅伯颜从建康渡江，分兵三路同时东下。阿剌罕、奥鲁赤率领右军，从四安镇赶到独松关；董文炳、姜卫率领左军走江阴这条路，直奔华亭，命范文虎为先锋；伯颜自己带着中路大军进逼常州，命吕文焕为先锋。元军水陆并进，约定在临安会师。文天祥来到平江后，正好碰上常州被围，他急忙派遣部将尹玉、麻士龙、朱华，跟陈宜中派来的张全会师，前去支援。麻士龙跟尹玉陆续战死，张全跟朱华不战而退，常州援绝势孤，知州姚訔、通判陈炤、都统王安节与刘师勇一同防守。伯颜派人前去招降，始终不见回应。伯颜招募城外的百姓运土，构建城堡。建成以后，他又下令杀掉百姓煎膏取油，做成火炮轰城，常州城中危急万分。伯颜召集帐前各军下令攻城，将士们奋勇争先，四面并进，没多久常州城就被攻陷了。姚訔、陈炤都力战身亡，王安节被捉，也不屈遇害。伯颜下令屠城，城中军民被屠戮殆尽。只有刘师勇带着八名骑兵突出重围，奔往平江。元将阿剌罕攻克了广德军四安镇，不久又进军攻陷隆兴，连拔江西十一座城池，直逼抚州、建昌。

　　江西的各个郡县被元将阿剌罕相继攻陷，随后元军进逼独松关，守将张濡闻风逃去。南宋朝廷非常恐慌，急忙敦促文天祥进京保卫。文天祥跟张世杰商议说："淮东的防守还算坚固，闽、广都捏在我们的手里，如果跟他们血战到底，或许能够成功。那时，我们再命两淮的兵马截击敌人的后路，也许还能挽救时局。"张世杰非常同意，上奏宋廷。偏偏陈宜中进谏太皇太后，说出师的事情务必要慎重，竟然将他们的建议搁置在一边。左丞相留梦炎不告而别，陈宜中没有别的办法，只有求和这条下策，他派遣工部侍郎柳岳跟元军通好。柳岳来到无锡见到伯颜后，哭着说："我朝皇帝还小，现在还在服丧，自古以来礼不伐丧，贵国为什么要赶尽杀绝呢？况且先前失信背盟，都是出自贾似道一人之手，如今贾似道已经伏诛，贵国应该原谅我朝了。"伯颜愤然说："你国三番两次地杀害我国的使臣，所以我国才兴师问罪。先前你朝太祖曾说卧榻之侧岂容他人鼾睡，他先后灭了吴越的钱氏和南唐的李氏，何曾手下留情？况且你国本来就是从小孩儿手里得到的江山，现在从幼主手里丢去，天道轮回，何必多言！"柳岳无话可说，只好回去了。后来，伯颜进入平江，陈宜中又派正少卿陆秀夫以及兵部侍郎吕师孟跟柳岳再次前往元军，表示愿意称侄纳币，或者还可以称孙。临行前，陈宜中嘱咐吕师孟转告吕文焕，乞求他在伯颜面前说些好话，劝他通好罢兵。吕师孟是吕文焕的侄儿，满以为这次可以达成和议，哪知伯颜仍然不肯答应。陆秀夫等人返回后，陈宜中劝太皇太后奉上降表求封为小国。太皇太后只知道哭哭啼啼，一点主见都没有，她将国家大事全部交付给陈宜中决断。陈宜中命直学士院高应松起草降表，高应松誓死不从，只好改命京局官刘褒然起草。降表写好以后，陈宜中派遣柳岳带着降表前往元军大营。不料柳岳走到高邮嵇家庄的时候，竟然被当地人给杀死了。

元兵步步紧逼，宋廷非常惶恐，好不容易熬过了残年。德祐二年的元旦，宫廷内外都寝食不安，也没有心思庆贺元旦了。过了一日，忽然接到湖南的警报，说潭州已经失守，湖南镇抚大使兼知州李芾殉难。原来，当时潭州被阿里海涯围攻了三个多月，李芾竭力拒守，经历了大小十几战，都没能打退敌军。阿里海涯见久攻不下，便凿开堤坝往城里灌水，潭州城人心惶惶，危在旦夕。各将士哭着对李芾说："事已至此，我等应当为国捐躯，可是城内的百姓却是无辜的，不如开门献降吧？"李芾怒斥道："国家平时高官厚禄地供养着你们，就是为了让你们保家卫国。你们的任务是死守此城，其他的事情你们不必多言，否则我先斩了你们！"各将无言而退。元旦这一天，天还没有亮，元兵就像蚂蚁一样涌了上来。不久，潭州城就被攻陷了。李芾对部将沈忠说："城门已破，我也不会苟活。你马上去杀光我的家人，免得被敌人侮辱，然后再来杀掉我。"沈忠哭着不肯领命。李芾严令照办，沈忠勉强答应。李芾当下召集家人，取来美酒，跟他们一起饮用。喝到半醉的时候，便下令沈忠动手。沈忠含泪将李芾的家人一一杀掉，最后也将李芾杀死。沈忠放了一把大火后，回到家中杀死自己的妻儿，放声痛哭后自刎身亡！李芾的部将陈亿孙、颜应焱相继自尽。潭州百姓也大都举家殉难，城里的水井都被尸体填满了。阿里海涯进城后，传檄文给各个州郡，袁、连、衡、永彬、全道、桂阳、武冈各个州县望风归降，湖南大震。

　　宋廷接到警报后，追封李芾为端明殿大学士，赐谥号忠节。都城中戒备更加严密，谣言四起。参知政事陈文龙、同签书枢密院事黄镛又相继逃走。朝廷命吴坚为左丞相，常楙为参知政事。那天中午在慈元殿宣诏的时候，文臣只来了六个人。不久常楙又逃走了。后来，又听说嘉兴知府刘汉杰、安吉州守将吴国定举城降元，知州赵良淳跟提刑徐道隆先后殉难。太皇太后整天惶惶不安，便有了向元朝称臣的想法。陈宜中假模假样地装做很为难的样子，太皇太后潸然泪下，说："只要能够保存祖宗社稷，称臣就称臣吧！"于是她派遣监察御史刘岜到元军奉表称臣，并表示愿意每年献上二十五万两白银、二十五万匹绢布。伯颜还是不肯答应，一定要南宋皇帝、大臣出城投降。刘岜没有办法只好回去禀报。太皇太后召集群臣商议，文天祥请朝廷命吉王、信王分别镇守福建、两广，以图东山再起。朝廷于是晋封吉王赵昰为益王，任福州通判；信王赵昺为广王，任泉州通判。第二天，宋廷听说伯颜已经抵达皋亭山，跟阿剌罕、董文炳各军会师，前锋直逼临安府北新关。文天祥、张世杰联名上疏，请求将三宫转移到海上，自己带着众人背水一战。陈宜中认为太过危险，于是跟太皇太后秘密商议，派监察御史杨应奎带着传国玉玺和降表，投降元军去了。降表上说：

　　宋国主臣㬎，谨百拜奉表言：臣眇然幼冲，遭家多难，权奸贾似道，背盟误国，至劳兴师问罪，臣非不能迁避以求苟全，只以天命有归，臣将焉往？谨奉太皇太后命，削去帝号，以两浙、福建、江东西、湖南、二广、四川、两淮，现存州郡，悉上圣朝，为宗社生灵祈哀请死。伏望圣慈垂念，不忍臣三百余年宗社，遽至陨绝，曲赐存全，则赵氏子孙，世世有赖，不敢弭忘！

　　伯颜接受了玉玺和降表后，将杨应奎遣回，并命他为传话人，让首相陈宜中出来商议投降的事情。不料陈宜中竟然在当晚逃走了。张世杰、刘师勇等人因为朝廷不战而降，非常愤溃,转入海上。元遣派都统卞彪劝降张世杰,张世杰割下卞彪的舌头,在中子山将他车裂。刘师勇忧患成疾,纵酒而亡。事情到了这一步,太皇太后只能将投降进行到底,她命文天祥为右丞相,跟左丞相吴坚一起赶赴元军大营,商议出降的事情。文天祥和吴坚见了伯颜,文天祥说:"北朝若能保全南宋这个小国,那就请退兵到平江或者嘉兴,然后再议岁币和犒师的费用,这样北朝也能全师而还。如果北朝非要毁灭宋朝的社稷,恐怕淮河、浙江、福建、两广一带的人还会拼死抵抗,到时兵连祸结,胜负难料!"伯颜见他出言不逊,便将他扣留在军中,只放吴坚回都。伯颜当即改临安为两浙大都督府,命忙兀台以及降臣范文虎入城治事,然后再命张惠、阿剌罕、董文炳、张弘范、唆都等人封掉府库,将史馆、礼寺图书以及各个部门的大印全部收缴,罢掉官府以及侍卫军。后来,他们又索要宫女、内侍以及乐官,宫女大多跳水身亡。太皇太后命贾余庆为右丞相,刘岜同签书枢密院事,与左丞相吴坚、签书枢密院事家铉翁等人,一起充当祈请使,赶赴元国都城。这一行人先到伯颜的军营,伯颜带出文天祥跟吴坚等人坐在一起。贾余庆一味地谄媚伯颜,文天祥呵斥他忘恩负国,并责怪伯颜背信弃义。吕文焕在旁边劝解,文天祥起身呵斥吕文焕:"你身受国家厚恩,不能以死相报就算了,竟然还助纣为虐!"吕文焕无话可说。伯颜一面让文天祥跟着祈请使一同北行,一面进驻钱塘江沙上。钱塘江本来有大潮,每天都会来两次,临安人都指望波涛大作,将敌兵席卷一空,谁知道潮水竟然三天都没来。大家都认为天意亡宋,只能相率叹息一番。

　　伯颜听说益王、广王已经离开临安,便派遣范文虎率兵向南追击。驸马都尉杨镇本来跟随这两位王爷一同起行,听说元兵追上来了,又带着几个人返回了临安。临行前他跟二王作别说:"我去拖住元兵,你们赶快走!"他们半路上遇到范文虎,谎称二王已经逃得很远了。范文虎带着杨镇返回禀报。伯颜到了临安城后,制造了元字大将的旗鼓,带着左右四处巡城;他们还观看了钱塘江的大潮;接着他们又登上狮子门,俯瞰临安的盛景。福王赵与芮手下的一些将领从绍兴回来,伯颜好言抚慰,让他们随皇帝赵㬎以及全太后到元都觐见元主,并派遣使者入宫宣诏,免去一切礼节。德祐二年三月丁丑日,伯颜带着皇上赵㬎以及全太后、福王赵与芮、沂王赵与猷、度宗的母亲隆国夫人黄氏、驸马都尉杨镇等人,一同北上。

第一百章 三烈难违天意

皇帝赵㬎被元将伯颜掳走后，除了全太后、福王、沂王以及隆国夫人、驸马之外，大臣谢堂、高梦松、刘褒然等人也一同北行。太皇太后谢氏因为患病，不能离开，暂且留在临安。伯颜留下阿剌罕、董文炳等人统领福建、浙江一带，自己带着宋主赵㬎等人北归。不久，江东全部沦陷。制置使夏贵归降元朝，淮西全境尽归元朝。当时，只有淮东、真州、扬州、泰州还是南宋的国土。孙虎臣已经病逝，李庭芝、姜才、苗再成等人都死守城池，不肯离去。文天祥向北赶往镇江，然后跟幕客杜浒等十二人星夜逃进真州城。苗再成迎接他们，跟文天祥商议挽救江山的计策。文天祥写信给李庭芝，约他一同举兵，截击敌人的归路，将皇帝抢回来。不料李庭芝误信逃兵的话，说元朝派文天祥前去说降真州，所以他密嘱苗再成诛杀文天祥。苗再成于心不忍，将李庭芝的文书拿给文天祥看。文天祥非常气愤，决心亲自到扬州解释清楚。苗再成又派了二十人送他到扬州，当晚文天祥就抵达了扬州城下。他听门卫说，李庭芝已经下了悬赏令，捉拿自己。文天祥知道大事不妙，只好改名换姓，逃往东海。途中饥寒交迫，幸好被樵夫搭救，将他带到了高邮。途中听说益王赵昰已经在福州即位，并改元景炎，文天祥又从温州再次航海，直奔福州。

原来益王赵昰跟弟弟广王赵昺一路南行，由赵昰的母亲杨淑妃、淑妃的弟弟亮节以及秀王赵与檡陪同。途中被元兵追杀，他们徒步逃到山里，躲了七天。幸亏统制张全率领几十名骑兵保护，他们才辗转到了温州。这时，宋臣陆秀夫、苏刘义等人也接踵前来，他们又将陈宜中从清澳召了回来，将张世杰从海上召了回来。大家奉益王赵昰为都元帅，广王赵昺为副元帅，命秀王赵与檡为福建察访使，先行进入福建，安抚官民，并招募各路忠义之士，准备举兵复兴。福建人纷纷响应。陈宜中等人奉二王到了福州，拥立益王赵昰为帝，改元景炎元年；尊杨淑妃为皇太妃；遥尊皇帝赵㬎为恭帝；加封广王赵昺为卫王；任命陈宜中为左丞相兼枢密使，统领各路兵马；李庭芝为右丞相；陈文龙、刘黻为参知政事；张世杰为枢密副使，陆秀夫签书枢密院事。新皇帝又命旧臣赵潜、傅卓、李班、翟国秀等人分道出兵，改福州为安福府，温州为瑞安府，遵循旧例，大赦天下。

过了几天，文天祥前来与新皇帝相会。朝廷认为李庭芝正在扼守淮东，不方便来到福建，所以仍然让文天祥担任右丞相，并兼知枢密院事。文天祥很讨厌陈宜中，所以不愿意接受，于是朝廷改授他为枢密使，一同统领各路兵马。文天祥请求回到温州，以图进取，偏偏陈宜中想要倚重张世杰，收复两浙，弥补以前的过失。他特命文天祥到南剑州建立府衙，管理江西。后来，派出去的各路人马都有收获，吴浚出兵江西，向后收复南丰、宜黄、宁都三县；翟国秀也攻取了秀山；傅卓收复衢州，各县百姓纷纷响应。偏偏这个时候元将唆都率军攻陷了婺州，接着又将衢州夺走，故相留梦炎竟然投降了元军。唆都派兵攻打吴浚，吴浚战败退回；翟国秀不战而逃；傅卓也被元兵击败，索性到元朝江西元帅府投降。与此同时，广东一带也正在遭元军铁骑的蹂躏，各个州县相继沦陷。江西、广东的败耗刚刚传到朝廷，淮东又报沦陷。制置使李庭芝跟姜才一同驻守扬州，元将阿术屡攻不下。自从临安被攻陷后，伯颜强迫太皇太后谢氏写下手诏招降李庭芝，李庭芝登城对阿术说："我只知道奉诏守城，从来没听说过奉诏投降。"阿术没有办法，只好继续攻城，可是仍然不克。后来，恭帝赵㬎被掳去北方，李庭芝痛哭誓师，将金帛全部分给了将士们，又命姜才率领四万人截击瓜洲，试图夺回恭帝和太后。刚刚交战，就遭遇了阿术的夹击，姜才料知不能取胜，只好退回。阿术派人招降姜才，姜才愤然说道："我宁愿死，也不做一个投降的将军！"后来真州的苗再成也想出兵夺回圣驾，也没能如愿。

恭帝赵㬎跟全太后等人抵达燕都后，在此之前南宋的祈请使贾余庆已经病死，高应松也绝食而亡，只有故相吴坚以及家铉翁等人前来迎接。他们趴在地上痛哭流涕，责备自己没能完成使命，保存祖宗社稷，全太后等人只能相对叹息。恭帝觐见元主忽必烈，元主可怜他幼弱，封为瀛国公。全太后自愿出家为尼，元主命她到正智寺出家。没过多久元主又命恭帝出家为僧。后来，恭帝病死在了沙漠之中。太皇太后谢氏本来留居在临安，过了几个月，被元兵从宫中拉出，送到了燕都。元主降封她为寿春郡夫人，在燕京呆了七年后病逝。福王赵与芮也受封为平原郡公。

当初太皇太后谢氏还没有从临安出发时，元军一再派遣使臣招降李庭芝，李庭芝没有回答，还射死了一位使臣。元将阿术派兵驻守高邮、宝应，断绝了扬州的粮道。不久，淮安、盱眙、泗州的守将都因为没了粮食出城投降，只有李庭芝还力战不屈。粮食吃完了就用牛皮、草根充饥，虽然城中的军民出现过易子相食的现象，但是大家都没有投降的想法。后来，福州的钦差来到扬州，召见李庭芝为右丞相。李庭芝命制置副使朱焕驻守扬城，自己跟姜才率军七千赶赴泰州。不料李庭芝刚刚出城，朱焕就出城献降了元军。元将阿术分兵追杀庭芝，李庭芝逃到泰州。泰州守将孙贵、胡惟孝偷偷打开了北门接纳元兵，那时姜才背上长了毒疮，不能迎战，只能束手就擒。李庭芝见元军已经进城，便跳进了莲池中，可惜池水太浅，没有死成，被元兵抓获。姜才也被活捉，他们二人被元兵押送到扬州。阿术斥责他们为何不降，姜才毅然说道："想要投降，做梦吧！要杀就杀，何必多言！"说完又对阿术痛骂不已。阿术爱惜他的忠勇，不忍杀害他，偏偏朱焕对阿术说："扬州自从用兵以来，尸骸遍野，军民苦不堪言。这一切都是李庭芝和姜才两人导致的，不杀他们更待何时？"于是，阿术将李庭芝、姜才同时杀害，扬州百姓没有不伤感的。

元军夺得扬州后，又继续攻打真州，苗再成死于乱战之中。淮东的各个州县尽归元军。元朝又派遣阿剌罕、董文炳、忙兀台、唆都等人率领水师从明州出发；搭出、李恒、吕师夔等人率领骑兵从江西出发，水陆一同南下，分别侵略福建、广东。接着元朝又传檄文给阿里海涯，命他率兵攻打广西。元兵长驱直入，一路无人能挡。元军直抵建宁府，守臣赵崇钁，赵时赏等人相继弃城逃走，福州震动。陈宜中、张世杰，急忙备海置备海船，带着皇帝赵昰以及杨太妃、卫王赵昺登船逃到了海上。

圣驾一走，福建各州郡闻风降元。福建招抚使王积翁投降元军，并引导阿剌罕等人来到福州。福州知府王刚中举城降元。泉州招抚使蒲寿庚到泉州的港口迎接圣驾，并求情他们在泉州落脚。张世杰认为泉州也并不安全，就继续西行。蒲寿庚又失望又生气，竟然把泉州城内的皇亲国戚杀了一大半，自己和知州田子真举城降元。元阿剌罕收降泉州后，派遣使臣到兴化军劝降。宋朝当时正好命参政陈文龙统领兴化军的事务，他当下斩了来使，并命令部将林华出战。可是林华反而将元兵引到城下，通判曹澄孙开门迎敌，不幸战败。陈文龙无法脱身，被元军抓住。阿剌罕胁迫他归降，陈文龙用手指着肚子说："这里面都是舍生取义的文章，怎么会被你胁迫呢？"随后绝食而死。元将阿里海涯一军，进逼广西，一路势如破竹，邕州、郁林、浔州、容州、藤州、梧州相继失陷。宋广西提刑邓得见广西不保，便穿着朝服向南一拜再拜，然后投江自尽。

那时赤胆忠心的文天祥还奔走在福建的汀州、漳州之间，他一心想着东山再起。汀州守将黄去疾当时已经跟吴浚叛宋降元，吴浚到漳州游说文天祥。文天祥责备了他一番，并将他斩首示众。接着文天祥引兵从梅州出发，夺回会昌、雩都，又派赵时赏等人分别围攻吉州、赣州，自己则在兴国县指挥。后来，广东制置使张镇孙收复广州，张世杰带着皇帝来到潮州，并率军回头讨伐蒲寿庚。蒲寿庚闭城自守，张世杰传檄各路攻取邵武军。随后，陈文龙的侄儿陈瓒也举兵杀死林华，夺回兴化。还有淮西人张德兴、傅高带着民兵攻下了黄州以及寿昌军，杀死了元宣慰使郑鼎，并拥立宋朝景炎的年号。四川制置副使张珏从合州进兵，收复了泸、涪各州县。一时间，南宋残存的一隅江山大有重新勃发的气象。原来，元朝的王公昔里吉叛乱，占据北平，所以元主调回了一些南方将士，改攻北方，所以残宋才得以趁机进兵，抢回一些国土。

不久，元将伯颜讨平昔里吉后，命塔出、吕师夔、李恒等人率步兵从大庾岭出发；忙兀台、唆都、蒲寿庚以及刘深等人率水师下海，水陆合追二王。李恒派兵支援江西，并在兴国县偷袭文天祥，文天祥没料到敌军这么快就反扑，战败退守永丰，接着又从永丰退守方石岭。李恒带兵追上，文天祥的部将巩信、张日中相继战死，剩下的人都跑了。文天祥的妻子欧阳氏以及两个儿子文佛生、文环生都被元兵掳走。文天祥脱身逃走，当时，赵时赏在后面故意放慢了脚步。追兵问赵时赏的姓名，赵时赏谎称自己就是文天祥，于是追兵停止了追杀的步伐。文天祥跟长子文道生、杜浒、邹㵯等人乘机逃到了循州。李恒抓住赵时赏后，让俘虏辨认，这才得知是假冒的，赵时赏遇害。李恒又将文天祥的妻子和两个儿子送到燕都，二子在半路病死。元将唆都又进援泉州的蒲寿庚，张世杰只好撤兵而去，于是邵武再次丢失，兴化也跟着沦陷。陈瓒被唆都抓获，车裂毙命。接着唆都又攻取漳州、惠州，跟吕师夔合兵一处，进犯广州，张镇孙举城降元。还有淮西的义民张德兴被元宣慰使昂吉儿攻杀，傅高改名换姓逃走，最终也被捕杀，黄州、寿昌军再次失陷。到了景炎三年，四川制置副使张珏被元将不花、汪良臣等人分兵突袭，合州失守，张珏逃往涪州时，遭遇埋伏被抓，他将弓弦截下来，把自己勒死了。自此，残宋死灰复燃的迹象被元军一一扼杀。

各路宋师忽起忽灭，只剩下张世杰一路兵马。他带着皇帝赵昰一路逃命，途中遭到元将刘深的袭击，不得已躲避到秀山，转从井澳那边下海。好像老天也在帮助元朝灭宋，陡然间刮起一夜狂风，竟然把赵昰的龙船掀翻在海里，可怜这位十几岁的小皇帝落入水中，被水手救起来后已是半死半活，好几天都说不了话。刘深又率元兵来追，张世杰想要占领一座城池作为栖身之地。陈宜中毛遂自荐前去诏谕守城的将士，想不到竟然一去不还。张世杰又带着小皇帝来到碙州，那时小皇帝的身体还没有痊愈，怎么禁得起海上簸荡呢？再加上有追兵围堵，吓得这位小孩儿两眼一翻，一命呜呼。他死的时候年仅十一岁，名义上算是做了三年皇帝。皇帝一死，群臣大多想要散去，签书枢密院事陆秀夫说："度宗皇帝还有皇子保存，不妨让他嗣立。楚虽三户，却能灭亡大秦。如今百官都在，我们手上还有几万士兵，为什么不再拼一拼呢？"于是大家拥立卫王赵昺为帝，赵昺当时只有八岁。据说当时有人看到一条黄龙在海上翻腾，于是改元祥兴，升碙州为翔龙县。杨太妃仍然一同听政。正巧这个时都统凌震与转运判官王道夫再次收复了广州，张世杰认为广州外海的厓山有天险可恃，于是将小皇帝转移到了那里。他命将士们到山上砍伐树木，建造行宫、军屋一千多间；接着大造战船、兵器，忙碌了好几个月。他们在厓山将赵昰埋葬，称为端宗，升陆秀夫为左丞相。陆秀夫每天都会读一些大学章句来训导新君。虽然行为看似迂腐，但是志节实在令人敬佩！

文天祥因母亲和弟弟都在惠州，于是收集残兵败将，带着母亲和弟弟去了丽江，并上表到厓山，自我弹劾兵败江西的罪状。朝廷没有责怪他，反而加封他为少保，封信国公，张世杰为越国公。正巧湖南制置使张烈良等人也起兵响应厓山，雷、琼、全、永，与潭州人民周隆、贺十二等人，同时举义，多则几万人，少则几千人。元主一面命张弘范为都元帅，李恒为副元帅，再次进兵福建、广东；一面敦促阿里海涯马上平定湖南、广西。阿里海涯日夜兼程来到潭州，周隆、贺十二等人来不及防备，都被斩杀，张烈良等人也全部战死。阿里海涯又进攻海南，劝南宋琼州安抚赵与珞归降，赵与珞不肯听从。偏偏州民作乱，将赵与珞抓住献给了元军，赵与珞被车裂而死。于是，海南一带也相继被元军征服。

元将李恒从梅岭袭击广州，凌震、王道夫等人接连打了几场败仗，弃城逃往厓山。张弘范又从海道进兵，袭击漳、潮、惠三州。当时文天祥正在潮阳屯兵，元兵前来攻打潮阳，文天祥带着家人和部下逃亡海丰，他的母亲和长子都病死在半路。可是他还是一心为宋，不肯死心，他率众逃到五坡岭埋锅造饭的时候，元朝先锋张弘正领兵追到，士兵们全都吓跑了，只剩下文天祥、刘子俊、邹㵐、杜浒等人，全部被元兵活捉。邹㵐自尽身亡，刘子俊想救文天祥，谎称文天祥是假的，说自己才是真的文天祥。他们二人争抢了一番，但是毕竟有人认识他们，刘子俊因为欺骗元军，被他们烹了。杜浒忧愤不食，不久身亡。张弘正押着文天祥来到潮阳，跟张弘范相见。左右呵斥文天祥下跪，文天祥毅然不屈。张弘范想要收降文天祥，所以亲自为他松绑，并待以客礼。文天祥一再请死，张弘范不许，并将他关押在船里。其实文天祥早就有了为国捐躯的打算，只不过还存在一丝卷土重来的期望，所以才苟活下来，并把满腔的忠愤全部付诸诗歌。

后来，张弘范进攻厓山，他曾派张世杰的外甥三次招降张世杰，全被张世杰拒绝。张弘范命文天祥写信招降，文天祥说："我不能保家卫国，却要教别人背叛君主，你觉得我会做这种禽兽不如的事情吗？"张弘范坚持让他写信，文天祥提笔写了八句诗，便是《过零丁洋感怀诗》，最后一句便是千古流传的"人生自古谁无死，留取丹心照汗青"，张弘范看完后，嘲笑了一番，并督兵攻打厓山。张世杰又用联舟为垒的办法，将一千多艘战船连在一起，并把小皇帝放在最中间的船上，决心破釜沉舟，背水一战。将士们都认为这样不妥，张世杰慨然说道："年年流亡航海，什么时候是个头？现在只能跟他们一决胜负，胜了那就算是国家之福，要是败了大不了同归于尽！"厓山的北面水浅，舟不能进。张弘范绕到海里，转从南面，用精兵攻打张世杰的船，但是张世杰的船非常坚固。元军又乘风纵火，偏偏张世杰已有防备，船上都抹上了泥巴。张弘范一时没有办法，只好派人对宋军说："你们陈丞相已经逃走，文丞相也被活捉，不要再做无谓的抵抗！"宋军没有回答。张弘范又用舟师占据海口，切断宋军的水源。元将李恒又带着水师前来相会，张弘范命他驻守山北。他将部下分为四军，把宋军围困在海里，并下令说："宋舟必定会乘涨潮突围，各军听我号令。一旦涨潮，全军出击，违令者立斩！"

祥兴二年二月六日早晨，西边有黑云笼罩，早潮突然到来。李恒乘着潮水进攻，张世杰率军死战，双方相持到正午，不见胜负。这时，张弘范又督军逼近，张世杰南北受敌，加上将士们都已疲惫不堪，不能再战。霎时间，旗靡樯倒，波怒舟摇，翟国秀、凌震等人都卸甲降敌。张世杰独自支撑，一直战斗到日暮。正赶上风雨大作，大雾四起，咫尺间分辨不出南北。张世杰料知大势已去，于是跟苏刘义割断缆绳，带着十六只船逃走了。陆秀夫走到小皇帝赵昺的船上，那小孩子已经吓得缩成一团。陆秀夫见船只都连在一起，知道逃脱不了，便先将妻儿赶入海中，随后对皇帝赵昺说："国家已经到了这种地步，陛下应当为国而死。德祐皇帝已经受到凌辱，陛下不能再次受辱。"说完，便背着小皇帝一同跳入汪洋大海之中。很多大臣都一同殉难。杨太妃听到赵昺的死耗后，抚膺恸痛哭道："我忍辱偷生到现在，就是为了赵氏的这一块骨肉，如今还有什么希望？"说完也跳到海里去了。

张世杰的船逃到海陵山下，正遇上飓风大作，将士们劝他登岸，张世杰叹息说："不必了！不必了！"说罢他独自登上船楼，焚香祭天，恸哭道："我已经为赵氏尽力了，一个君主驾崩，又立一君，如今这个又驾崩了。我还没有死，是想等敌兵退去后，再立赵氏的子孙以保存祖宗社稷，可是如今风浪滔天，想必是天意要亡赵氏，我也不愿再苟活了！"祷告完毕后，风越来越大，波涛越来越汹涌，竟然掀翻了张世杰的船。张世杰溺水身亡，苏刘义逃了出去，被部下所杀。南宋到这里算是彻底灭亡了。南宋自高宗到小皇帝赵昺一共经历了九个皇帝，历时一百五十二年；跟北宋一起算的话，一共三百二十年。文天祥被押送到元朝都城，三年后，在燕京被杀害。他的妻子欧阳氏为他收尸时，他仍面目如生。张毅将文天祥的骸骨归葬在他的吉州老家。又过了七年，谢枋也绝食而亡，他的儿子谢定护送他的骸骨归葬信州。

宋朝的事情到此就全部结束了！真是：

> 黄袍被服即当阳，三百年来叙兴亡。
> 一代沧桑说不尽，幸存三烈尚流芳。
> 北朝无相南无将，华胄夷人混一朝。
> 写到厓山同覆日，不堪回首忆陈桥。

　　两位小皇帝相继殂逝，而文天祥、张世杰、陆秀夫三人奔波在海陆之间，百折万险都没有动摇他们的忠心，真是可歌可泣，可悲可慕！"六合全覆而争之一隅，城守不能而争之海岛"，这三位忠烈明知徒劳无益，却为了那一线希望以命相博，这种愚忠后人或许会嘲笑他们太过迂拙，但是文、张、陆三位忠臣也只不过想无愧于心罢了。读诸葛武侯的《后出师表》，结尾说："鞠躬尽瘁，死而后已，成败利钝，非所逆睹。"千古忠臣义士，大都如此。宋朝虽然灭亡，但是纲常没有灭亡，元朝前后不过百年，最后又被明朝所灭。真是天道轮回，报应不爽！